雕刻不朽时光
—— 我用博文写春秋

第五部

研究还是被研究：
日本二次会

齐一民 著

心灵飞鸿 等 评

北京燕山出版社
BEIJING YANSHAN PRESS

图书在版编目（CIP）数据

研究还是被研究：日本二次会 / 齐一民 著. 心灵飞鸿 等 评. — 北京：北京燕山出版社，2018.1

（雕刻不朽时光：我用博文写春秋）

ISBN 978-7-5402-4968-7

Ⅰ.①研… Ⅱ.①齐… Ⅲ.①散文集—中国—当代 Ⅳ.①I267

中国版本图书馆CIP数据核字（2018）第031474号

研究还是被研究：日本二次会

作　　者	齐一民
评　　者	心灵飞鸿 等
责任编辑	陈　雪　王梦楠
责任校对	杜　睿
封面设计	闽江文化
社　　址	北京市丰台区东铁营苇子坑路138号（100079）
网　　站	http://www.bjyspress.com/
微　　博	http://weibo.com/u/2526206071
电　　话	010-65240430
传　　真	010-63587071
印　　刷	北京世纪恒宇印刷有限公司
开　　本	710mm×1000mm　1/16
字　　数	285千字
印　　张	23.25
版　　次	2019年5月第1版
印　　次	2019年5月第1次印刷
定　　价	298.00元（共6册）
出版发行	北京燕山出版社

版权所有　盗版必究

谨以此书献给我敬爱的父亲!

前 言

一民：

  我每天睡觉前，都在你的作品中度过。

  从文字上，它给了我极大的快乐、享受和心动。从文意上，它给了我许多现实生活中的深刻启示。

  我似乎是在重读着马克·吐温的著作，而它又大高于他那火辣般的笔触。

  结构的完整，可与福楼拜媲美。

  每部作品中所揭示的主题，倘若认真思索，犹如大海的广阔，也如地火般的深度。用你精美、深邃而又能搅起层层浪花的文字将读者（假定是一位认真思考的读者！）的灵魂颤动，让他认识到现实生活中的真、善、美。

  是你那不留情面的笔触，在诙谐、调侃之中，刺痛了人类的弱点，颂扬了正直，执着了良知。

  你的文字功底，已经达到了推波驾云的纯熟境地。你可以将任意微妙的思维、状物和一切纷繁、相互关联的人和事，干净简洁地表露无遗。

  十几年前，在课堂里，在奔突于"百花山"的路上，我还把你看作是一个大孩子。而今，见到你的人，读到你的作品，我欣喜地看到，在你艰辛地走过了十几年的心路上，不断地抛弃着名和利的诱惑，犹如杰克·伦敦一样地面向各种具有鲜活生命的生活，深入着，体验着，观察着，思考着——

于是丰富了你的作品中的内涵。

于是便在你作品中以白描的手法展现出了这个特殊背景下的各种人物的嘴脸和扭曲着的心态（如"马桶三部曲"）和他们各自未来的命运。在现今，在丑恶的名利场"角斗"中，漂浮在水面上的一些所谓的"作品"，是假冒伪劣作品的泛滥成灾。

而你所铺写出的百余万文字，像一块金子，即便投在湖底，也会熠熠发光。随着年深日久，更会成为不朽的著作。

因为你的文字，在"笑里藏刀"中触及到了中国人灵魂的底线！

在对你作品的几次复读中，我一方面赞叹你的表述技能，一方面因你独有的语言魅力使我从心底萌生阵阵笑意，另一方面也使我感受到"人"的悲哀，可怜又同情！

当你提起西湖时，你文字又带着柔情的一面，使我坠入诗的梦境之中，使我如梦如幻，使我顺着你那如歌慢板式的语言缓缓地飘向极乐的自然之中，令我陶然……

你的各个阶层生活的沉淀，你对现实生活的敏锐观察，你的胆识，你的直白，你的良知，你那独有的布局谋篇，你那天赋般的文字运用，必将，最终，在圣洁的文坛上筑上一块基石！

这是老师我对你的一片热烈的企望，会是这样的。

几段文字，是作为新年的礼物吧。

老师　张金俊
2005.12.16

寄语齐先生
——写给灵魂有香味的人

原来我曾经想过,如果哪天我要向陌生人介绍齐先生,该怎么说呢?若是做详细的介绍,担心话多了容易让人一头雾水摸不着头脑;若是简而言之,又觉得三言两语说不清楚齐先生的事迹为人。因为齐先生的人生阅历太过于丰富,包括他的学习、职业、创作、作品、藏书……

齐先生与我相识快 10 年了,用营销编辑小涂的话说,是我的"铁杆粉"作者,但其实我不是很确切地记得齐先生的年龄,在我的印象中,自认识他开始,他大约四十多岁的样子,奇怪的是现在依然感觉他还是那个年纪:他的思维反应还是那么快,上下楼梯还是跑来跑去一阵风似的,演讲起来几个小时不用打草稿……这就是齐先生第一个让人捉摸不透的地方:他的脑力和行动力让人猜不出他的年纪。

到现在为止,我对齐先生的了解大致源于他的作品,以及他不经意间谈及的更换过十几种职业,掌握数国语言之人生经历:上个世纪八十年代早期的天之骄子;然后拥有了同龄人最羡慕的职业:被国家贸易公司派驻日本;接着在八十年代末出国留学,从兼职到打工一直干到高级经理人,经商足迹踏遍五大洲,直到自己开公司当 boss,期间还不忘把自己经历创作成作品——这就是我早先帮齐先生出版的《自由之家逸事:新乔海外职场"蒙难"记》以及《走进围城:新乔"内外交困"记》;在快达到一般成功学眼中的人生巅峰时,他却毅然回国,做起了自由职业人：继续经商，却又自己关停公司到北京语言大学任客座老师，又开始继续写作，还出了畅销书，还在 50 多岁完成了北大的博士学业，目前在练习书法绘画；对了，忘了说，齐先生还是多项运动健将……，面对这样跨界复合型的斜杠中青年，就是齐先生第二个让人捉摸不透的地方：该怎么界定他的职业呢？

当我逐渐了解齐先生的创作之后，觉得他的作品和他的人一样：很难界定风格范围，初看平淡无奇，细读却耐人寻味。这就是齐先生第三个让人捉摸不透的地方：他想要表达什么？

好像是去年，齐先生思虑再三加入了北京市作协，其实他十几年前在创作方面已经"出名"了。早在 2000 年，因齐先生创作的《妈妈的舌头——我学习语言的心得》畅销，曾作为湖南卫视"有话好说"栏目的特邀嘉宾，和新东方两位合伙人俞敏洪、王强一道与李阳（"疯狂英语"创始人）就外语教学方法"舌战湘江"。2012 年，他曾经作为两位代表之一，与苏童一起参加了第一届澳门文学节，参选的作品是在海外也颇有影响力的短篇小说《电梯工余力》。

齐先生曾经跟我和王梦楠说过，我们做他的书，无论装帧还是内容简介都传达了他最想要的效果。曾经一度他还希望把我们的名字加在作者之后，在我们再三解释作为编辑不能如此之后，他显得很失望，因为他觉得经过我们打磨后的书稿宛如整容成功的美人。齐先生说这些话并非完全夸张：他的作品文如其人，也充满了"奇"的色彩：初看第一遍时得"咬牙"看，因为那种齐氏语言风格让你的头脑有一种要爆炸的感觉；但是耐心打磨文字一两遍之后，读起来会有点爱不释手：因为嬉笑怒骂皆成妙文，因为黑色幽默的语言让你忍俊不禁，因为他弯弯曲曲地说出了不少人生真理，因为在反讽尖刻的背后藏着他善良博爱的心胸……

例如这套即将出版的6卷本的《雕刻不朽时光》，洋洋洒洒100多万字，摘自他2006年到2011年的博客文章。2006年，博客还是比较流行的网络写作方式，齐先生有心想写点纪念的文字。当越写越多，越来越多人参与齐先生的博客讨论时，齐先生有了一个很符合他人生阅历的大胆想法：他想写一部中国版的《追忆似水年华》，作为一名心怀中华民族复兴执念的普通中国人、一名土生土长的北京人，以纪念百年奥运前后发生在自己周边的"大事"。

我个人比较喜欢这种风格的作品，除了延续齐先生一贯我行我素的语言风格之外，更因为欣赏这种微言大义的春秋笔法，于无声处描述普通民众眼中每天都在不断发展变化的时代，是一个人的微观史。同时更在其中浸染了作者浓郁的爱国情怀和对社会人生的哲思践悟，既像随笔又像杂文，总在精彩议论之处戛然而止，文后还附有一位好友的精彩点评。对了，齐先生最擅长的就是这种麻辣香锅式的大杂烩，在不停地熇炒过程中，炒出了一种独特风格味道和精神——我以为是：天下兴亡，匹夫有责。

但这套书绝不流于说教，相反这套书颇具阅读的趣味性，齐先生把他独具一格的黑色幽默和略有几分"哀其不幸，怒其不争"之反讽完美地结合在一起，读起来轻松有余，笑中带泪。我印象最深的就是齐先生在一篇文章中，不露痕迹地对有些"富贵人"进行反讽，因为他们在欣赏交响乐时像看京戏一样中途鼓掌叫好，读起来让人忍俊不禁又若有所思。

齐先生这套书几年前就交给我了，抱歉到现在才算是基本完成任务。估计很难达到齐先生一如既往的期望，但期待读者会有奇妙的解读，以符合齐先生之奇人奇作。在调入中国言实出版社工作之后，虽然跟齐先生联系不多，但我知道他一直默默关注着我（经常在我的微信里点赞），所以总觉得应该为他这套书写点什么，不敢说作序亦不敢说推荐，主要

想纪念与齐先生因书结缘的美好往事,因为齐先生留给我的,除了散发墨香的图书之外,更有散发香韵的灵魂。

祝贺齐先生多年巨作终于付梓,期待斜杠青年今后带来更多惊喜!

李满意

2018 年 6 月 30 日于时雨园

目录

2010年1月

- 01.01 "预备——跑！"公元2010年1月1日 / 001
- 01.04 听电梯女工说"贱也是人，贵也是人！" / 004
- 01.05 初识"三味书屋"之味 / 005
- 01.08 俺和国家队边锋一起滑冰 / 007
- 01.10 研究还是被研究？何为"文"？ / 010
- 01.10 混说杰克伦敦和猫狗 / 012
- 01.11 听比利时人演奏《柴可夫斯基第六交响曲》 / 014
- 01.12 好戏才刚刚开幕 / 017
- 01.14 谁是真正的"作家" / 019
- 01.16 邮局人之死 / 024
- 01.22 瞿秋白的不多余的话和重新光顾西四书店 / 026
- 01.26 电影《孔子》并不赖 / 029
- 01.28 中国网球日 / 031
- 01.30 "麦田守望者"的逝世以及盗版书贩的"守望精神" / 033

2010年2月

- 02.02 人需要有思想吗？——许倬云说钱锺书没有思想 / 035
- 02.05 老吴三个妻子合评的《牡丹亭》和《卡夫卡小说全集》以及"思想" / 037
- 02.06 昨天是2月5日 / 039
- 02.10 我给公使当翻译——从丰田车被召回想到的 / 042
- 02.11 比睡墓地都贵了的海南春梦 / 044
- 02.14 《扶桑花女孩》的感动和为何中国没有"大片" / 046
- 02.15 从"年"说到赵本山的"捐助" / 048
- 02.17 冬奥会和渥太华温哥华的青春追忆（冬奥会随笔之一） / 050
- 02.21 昆玉河边看放生 / 052
- 02.22 看冬奥遥想在加拿大滑雪时（冬奥会随笔之二） / 055
- 02.23 孝女周洋以及冰壶球（冬奥会随笔之三） / 057
- 02.24 鲜为人知的冰雪组合秘密披露（冬奥会随笔之四） / 059
- 02.25 从老领导Peter到正格的"体育精神"（冬奥会随笔之五） / 062

2010年3月

- 03.03 他为什么不笑 / 064
- 03.05 让张爱玲研究丁玲？ / 065

03.19	从北大到北大医院 / 066
03.27	出国前的几桩"怪事" / 068
03.27	汪晖有学术作风问题？ / 070
03.29	临行前去和"澳洲孔夫子""诀别" / 072

2010年4月

04.03	来到金泽 / 075
04.04	小城之春樱花开 / 078
04.06	寻找垃圾源头——非学术读书笔记 / 081
04.07	假如GDP增长率是零，人怎么生活 / 084
04.11	樱花的如雪的河边速写 / 086
04.14	"三重镜"照出的戏作文——先说说"礼治" / 087
04.16	听"澳洲孔夫子"说《余力》读后感 / 090
04.18	从前有座山，山里有座庙 / 092
04.19	买了本比老爸年岁还大的"中古书" / 094
04.20	民主是个好东西 / 097
04.21	一位无名市市长的孤独 / 100
04.24	反腐败——无名市长还有最后一招儿 / 102
04.25	浅野川和"春之舞"以及大和女性的"淑" / 104
04.26	举头望风圈，低头听"哀乐" / 107
04.28	日本也有"小金库" / 109
04.30	出国和看游行 / 113

2010年5月

| 05.01 | 继续畅聊《妈妈的舌头》——日语的新随想 / 117 |

05.02	"五一"时节说工会 / 120
05.03	"研究研究"和"学习学习" / 124
05.04	能登半岛的一天一夜 / 127
05.05	鸠山这个活受罪的内阁总理大臣呀 / 131
05.07	为乌鸦申诉 / 133
05.08	竹笋和炮弹壳 / 135
05.09	德田秋声纪念馆目睹芥川龙之介手迹 / 137
05.11	小作文：最后一次量血压记 / 139
05.16	"齐氏语言学"的几个奇妙发现 / 141
05.17	纪实文学：最近老丢钱 / 143
05.21	悚然的竹笋和禅 / 147
05.22	渡边淳一说鸠山没有"钝感力" / 148
05.23	老张住在我们"公摊"的别墅里 / 150
05.24	难道小泉后继有人 / 151
05.26	记住，她的名字叫"莲舫" / 152
05.26	浅野川上看斗鹰 / 154
05.29	《菊与刀》和《富美子与美智子》 / 156
05.31	观摩日—英大战的奇观 / 159

2010年6月

06.01	研究沉重的"满洲文学" / 161
06.02	鸠山真要下台 / 164
06.03	沿着夏目漱石《草枕》之路 / 166
06.06	研究之外的研究 / 168
06.06	百万石狂欢节的萧条追忆 / 170

06.08	鹰和乌鸦的续集：山里的珍奇动物们 / 172
06.09	小议"出道"俩字 / 174
06.10	《芥川龙之介文集》收藏纪念 / 176
06.13	时隔二十多年的"鬼剃头" / 178
06.13	鬼的故事续说——说说司马迁吧 / 179
06.15	不是人的浅野川 / 181
06.16	关于短文和微博 / 183
06.17	电话也坏了和《卢梭文集》 / 184
06.20	一条开始狂欢的河 / 186
06.20	呀，它是条"女川" / 188
06.20	我看世界杯——世界杯和人种的辨析 / 190
06.22	即使鲁迅也为中国足球呐喊 / 192
06.23	晚霞中鸣奏的金大 / 193
06.24	手握萤火虫和月下的黄金浅野川 / 194
06.25	如同看日俄大战 / 195
06.26	山顶观萤 / 196
06.29	王者马拉多纳 / 197

2010年7月

07.03	蜘蛛之命运——感慨于第48个生日 / 199
07.05	王者和不王者的转换 / 202
07.05	几个有趣的补充点 / 204
07.08	真是一物降一物——说说德国队被西班牙队击败 / 206
07.10	犀川见野鹤 / 207
07.12	我见到的那只鸟，原来叫鹭 / 209

07.12	脑残的电脑 / 211
07.13	学习保罗的"勇退" / 212
07.14	章鱼保罗今后的命运 / 214
07.14	"歪斜"了的日本国会 / 216
07.15	豪雨时期的"女川" / 218
07.15	日本近代作家的49岁现象 / 220
07.21	回国前的火热 / 221
07.27	京都奈良的重游 / 222
07.27	"弥客栈"（京都奈良的重游之二） / 223
07.27	小孩的玩法和大人的玩法（京都奈良的重游之三） / 224
07.28	老而丑的京都（京都奈良的重游之四） / 226
07.29	唐招提寺的晚钟（京都奈良的重游之五） / 227
07.30	琵琶山顶的那个寺庙（京都奈良的重游之六） / 229

2010年8月

08.02	"饺子缘" / 230
08.02	从马士町到银座 / 232
08.03	人"鬼"情未了 / 235
08.04	乐见日本国会上的吵架 / 237
08.05	国会辩论时的"托儿" / 239
08.08	马不停蹄的"告别游" / 241
08.09	海边有卡夫卡吗 / 243
08.10	日本为什么没有"朗读者" / 246
08.10	本人研究上的"暗渡陈仓" / 248

08.11 ○ 她不该被国人忘记 / 251

08.11 ○ 绝不该搞笑的"搞笑团" / 253

08.11 ○ 语言的无知和无畏（临走前的杂谈之一） / 256

08.18 ○ 在古寺中当义工和错误地弄到一本日本皇室绝版影集（临走前的杂谈之二） / 258

08.19 ○ 我将抱着《武安县志》回归故里（临走前的杂谈之三） / 260

08.23 ○ 和非人类打交道的情趣（临走前的杂谈之四） / 262

08.23 ○ 那些竹子、稻子和蜻蜓 / 264

08.23 ○ 熊、鹭、蜘蛛、乌鸦和地上半死的蝴蝶 / 266

08.24 ○ 家里的蜘蛛、蜻蜓以及明月星星 / 268

08.24 ○ 明月、星星以及文学 / 270

08.24 ○ 明月、星星以及文学之二 / 272

08.25 ○ 金猴将用千钧棒——捣毁蜘蛛精的巢穴 / 274

08.27 ○ 最后疯狂的旧书店告别秀 / 275

08.30 ○ 好比旋转寿司的日本首相更迭 / 277

08.31 ○ 天人和谐之境——浅野川边的最后畅想 / 279

08.31 ○ 最后一次被金泽市政府公务员接待 / 280

08.31 ○ 我赎回了最后一件日军从中国带走的文物 / 281

2010年9月

09.01 ○ 为什么日本是个动漫大国 / 283

09.03 ○ "日本二次会"的几段结语 / 285

09.03 ○ "日本二次会"的几段结语之二 / 287

09.03 ○ 应该恢复周礼——"日本二次会"的几段结语之三 / 289

09.06 本书小结局：外星人来偷我种的白菜了 / 291

09.21 回京后和金泽大学小张的通信 / 292

09.24 揭开历史媳妇的面纱——闲聊新版
《红楼梦》之一 / 293

09.25 咋越有钱越没钱拍《红楼梦》了——闲聊新版《红楼梦》
之二 / 294

2010年10月

10.06 "国庆"长假去延庆小住 / 296

10.06 "张金俊博客"能否续写 / 298

10.11 小陈来电话说：齐先生，我告诉你一个
非常不幸的消息 / 303

10.17 智利矿难大营救以及人和地球的关系 / 305

10.18 齐老师好！这是我今天日记里写的关于你的文字，
说的都是真实心声 / 307

10.24 小记北大中文系100岁生日 / 310

10.30 赶个"尾巴"第二次去上海世博影集 / 313

2010年11月

11.06 即便俺们的爸爸他——不叫"李刚"
（模仿"羊羔体"诗歌） / 318

11.06 高通胀下股市楼市的走向的私家判断——信不信在你
（模仿"羊羔体"诗歌之二） / 319

11.07 倘若中国没有如此多的李刚——
（模仿"羊羔体"诗歌之三） / 320

11.19 ○ 职业作家、职业雕塑家以及"鲁迅文学奖"下的

"羊羔"和"猪娃" / 324

2010年12月

12.05 ○ 从电影《赵氏孤儿》说到扁鹊瞧病 / 327

12.07 ○ 三里河"发小"们的大聚会和那个叫

"猴屁股"的同学 / 330

12.12 ○ 我们在2摄氏度的冰水中"畅游" / 335

12.12 ○ 下笔要有神——比如杨绛写的《杂忆与杂写》/ 337

12.15 ○ 零下5摄氏度当风游泳和"三味书屋"的早打烊 / 339

12.21 ○ 电视剧《医者仁心》和一个老医生家属的感受 / 342

12.27 ○ 圣诞节过后去教堂——但门没开 / 346

12.31 ○ 史铁生的离去和2010年的终结 / 350

> "预备——跑！"公元 2010 年 1 月 1 日

我写这个标题，就是为了就纪念 2010-1-1 这个数字本身，它里面，有 1 个"2"，还有 3 个"1"。我在这一天把它们放到一篇短文里，就算赋予了这一组数字一丝微不足道的"人气"——只因为我在 2010-1-1，而不是其他日子写而已，而这呢，似乎就构成了"真实"那两个字的"意义"吧。

是 2009 年岁末的各种媒体，提醒我们这个"年"，是"00 年代"的尽头的，那让我不觉也跟着思索起来，也就是说，在别的年根儿上，你最多想的是去年、今年、明年的事，在整 10 年根儿上呢，你该想的——如果你还想想想的话，是前 10 年和后 10 年的事。自然，有人即使你提醒他们，他们也不那么想，出于各类原因吧，有昨天被判了死刑的、有患了不治之症的、有刚刚出生的，还有压根儿就因为太忙——生计上的原因——而从不胡思乱想的，比如我们楼 10 年后仅保存下来的那 3 个开电梯女工，她们想的是怎么熬一个 8 小时班的，我呢，替她们想 10 年后她们的命运，以及所有电梯工人 10 年后还干什么。这个工种，10 年后还在吗？就像太监啊、奶妈啊那些工种似的，几个 10 年过后，那些工种就绝迹了，可能 10 年过后，电梯工这个职业，就灭绝了吧。

至于我本人的后 10 年，别的都不敢预测，包括我干什么和不干什么，有的干没的干，甚至在北京不在北京，在中国还是不在中国，但有那么一点我非常明白，就是假如没什么意外，10年后我就又会长大10岁。你恐怕，也和我一样。

去年最后一份《环球时报》说，前10年中国的两个核心词儿是"变"和"被"，我非常赞同，中国之变，用我读到的一个外国人的说法，是"在地球上又创造出了个新地球"。而我们这些个芸芸的草民——我日益觉得自己的"草民性"了，就是些在一个大家合谋下飞快增生的星星上的"行者"，我们日行八万里，我们星夜兼程，我们都是《水浒传》中的神行太保戴宗，我们全国人民用"被"安上的飞毛腿和时间跑、和机会跑、和情感跑、和价格跑、和不安跑，我们都是博尔特（牙买加百米名将），我们都是刘翔，我们眼前的那些个跑道，有明着的有暗着的，有平坦的有带阴沟的，还有暗算的和不怀好意的；我们眼前的那些个该跨的栏儿，比刘翔的还多、还难跨，因为它们的高度不均等，由于它们不是老老实实地等着你跨，它们会突然钻出来，从前后左右；它们有的1米5、有的半米，有的比姚明还高还"要命"——我上月就碰到一个建行银行经理，他就姓"要"。

我们要跨的栏太多，栏的高难度和变化度都太大，你来不及练习，但你不得不"被"当跨栏运动员，哦，有的栏还有毒，你不能碰，有的栏长得一副狼牙棒的模样，碰了，会钩破你的短裤，那么，就得跟着时代裸奔一把了！

别管你是男女老少、好人坏人、好心坏心，你都是一个"被变成的"时代短跑跨栏手，即便你都"被轮椅"了，还会有人没事儿干——就好比那些下岗的电梯工、那些实在多余的力量们，他就推着你、架着你、劫持着你，玩命和时代同步地用每年10%的飞速边对付那些突如其来的栏儿，边义无反顾、大义凛然、视死如归、飞蛾扑火地猛跑，你跑得出速度，就要克服轮椅的初速度、加速度，以及地球的万有引力才成！

后10年又如何？2020年到来的那个时刻，你在哪儿？我在哪儿？中国她在哪儿？地球它在哪儿？威尼斯、马尔代夫在哪儿？爱在哪儿、被爱的在哪儿？栏——在哪儿？你我跨栏用的"胯"——在哪儿？

先祝大家征途愉快！然后就预备——跑！

张老师的评语：

此文，以杂感与幽默的手法，以严肃的哲学视野，预见了未来10年，人类社会中的每个生命，为求生存而面临的各种严酷的挑战。自然的、人为的，一同向你压过来！起跑是重要的，我真诚祝愿余力众人未来幸福！

"雨霖苑"的评语：

跑吧，不跑能咋嘀？欣赏了！

听电梯女工说"贱也是人,贵也是人!"

　　北京的这场大雪,据说是 30 年来最大的。我昨天坐电梯的时候,和佳木斯来的那位大姐聊雪的事,她边操纵着电梯边说,其实北京的这种冷,并不算冷,她们那儿才真冷呢。她们家冬天零下 30 多摄氏度,但她在老家时,却并不觉怎么地冷,习惯了,都差不多。接着,她就说了一句让我想了老半天的话,她说:"其实人活着和天也一样,贱也是人,贵也是人,没什么太大的区别。"

　　她上次的那句也让我琢磨了半天的话,是去年入秋时开始冷的时候说的,她说电梯就像个吸血鬼,能把外面的寒气都吸进去,把好容易攒起来的热乎气,门一开,就都吸个精光。

　　"佳木斯大姐"看上去稀松平常,一脸和气,十分地沉着和淡定,外加百分之二百的从容。所以,她随口说一下就够让人推敲半天的那些个"警句",才显得极为地突兀和分量非凡。她,或许就是 2009 年美国《时代》周刊的年度人物——"中国工人"吧。

　　张老师的评语:

　　在赋予长久生命源泉的万人草根中,去寻觅那永恒发光的珍宝,才能找到一个文人的真正根基。

初识"三味书屋"之味

北京的"书屋"我基本都去了,上周去了蓝旗营的"万圣书店",一进去,一往深处走,就好比闯入宇宙的黑洞,真有点深不可测。

我家近处也有一个京城有名的书屋,就是"三味书屋",它在民族宫的对面,这多年我天天坐公交车都能看到,总想去总没去,像头上的痦子——你头上的,离你越近,就越不去碰它。

今天不知怎了,坐37路,两站后看到了它就下车去了,我或许觉得那个书屋不可能永久性地在那儿,以前报上说它光房租就赔了不知多少,不是百万就是千万,我始终纳闷,是什么人越赔越多,还坚持开书屋?

这两天冷,书屋里也冷,好像没有暖气——不,就是没有!只有书店一进门的那墙上的留言字迹,显得非常地"火"——由于都是名家,我仔细看着,连王朔的都有,大意都是鼓励书店的老板一定坚持住把"三味书屋"开下去,也别管什么房租不房租的!只要开着,就是民生、民主,就是有文化,就是坚守中国人的根!云云。当然,王朔没么说,那也不是他的口气。

除了二楼是茶楼我没去外,"三味书屋"其实很小,小得我都不舍得迈大步子,除了中央的书,周边还有一圈儿不知什么人画的油画:你在中央看书时一走神,就把眼瞟到油画上了。书的数量不多,我大致按书架盘算了一下,比我法华寺家中的私藏也就多那么几本。当然,我法华寺的书和"三昧"的不能只比数量,我那儿的书,大多是自己写的。

由于冷,也由于人气不旺,兼我还要赶路,就没在"三昧"里多驻留,我买了两本和我研究题目有关的日本文学方面的书,就走开了,临走前,我又驻足于门口那面墙上的那些名家的签字——都是些写书的人的,中外的都有,当然,里面还有让我惊奇的王朔的字迹。除了王朔,他们都异口同声地兴奋地狂喊,好比角斗场上坐着看台的那些:"别后退,开呀,别管房租不房租的,赔不赔算什么,开——下——去呀!"

张老师的评语:

在这真正文化荒芜的现实,开下去太难了!不如换上二人转,转他个天昏地暗!

"雨霖苑"的评语:

好比角斗场上坐着看台的那些:"别后退,开呀,别管房租不房租的,赔不赔算什么,开——下——去!"

您这一比,可比俗话"站着说话不腰疼"更精辟。

俺和国家队边锋一起滑冰

下午照常去西单滑冰。放假后的教师，是最空虚的人，至少本人至今还如此觉得。本人是大约6年前才开始"放假"的，但好歹那时候还坐班，从去年起不坐班了到北大读书，再放假，就好比走着走着突然地上踩空了，感觉非常地空洞。我连续两个月天天下午3点钟到楼下去买菜，那种感觉似乎是地球不转了，人也没什么事做了。可能人家职业的教师并不那么认为，比如北大那些从不坐班的老师们，从当讲师起就一个星期上一次课，然后还有冗长的假，人那也是一辈子呀。我想什么时候我天天3点到楼下超市买菜，也不难为情回答那些"您今天下班这么早啊？"的非常不知识分子的问题的时候，我也就真的在教师这个门路上出徒了吧。真正的"知识分子"嘛，可能就是不需坐班和悠闲。还有，头一天回答"您今天下班这么早啊？"的问题，我用的是"我家煤气今天漏气，非要堵上，所以早点"的答案，但由于记性不好，我第二天、第三天还用这个一模一样的说法搪塞他们，被搪塞的那些个超市收费的，就开始对我的这副面孔好奇多疑了起来。

对付假期无聊的方法，在北方，最好就是打冰球和滑冰，上周陶然亭的冰场开了，我去了，我玩不过那些风驰电掣的非常专业的，就在他们外面自己玩，我和半会半不会的人打，和小孩子打，但即使是那样，还是把我去年购置的那根俄罗斯制的木头球杆（反正上面有俄文字母）

给打劈了。等那些非常专业的老哥们过来休息时，他们对我说北京会打冰球的中老年人统共有561个，连名簿他们都有，还有，这伙儿陶然亭的专业队里最年轻的是45岁，那几个玩得最好的都在五六十岁之间。他们还让我也跟他们玩，我一看人家那身比杨利伟上天时穿的还臃肿坚实的"行头"，我就放弃了，因为假如我"裸"着上场，还不干挨他们的打？他们还说北京冰球打得最好的，都是东北来的，或是在东北插过队的。另外，西单冰场我认为打球打得最好的那些个教练，都是他们侄子辈的，那些人的爸爸们，全和陶然亭这边的打过球哩。

今年天特冷时我就在室内滑冰。今年我只去过一次国贸，主要是由于西单这边便宜，也随便些。国贸那边你在底下滑别人在头顶上看，和动物园游客往下看狗熊似的，而且还不用买票。西单这边呢，虽然头上也有人看但隔着层玻璃，你看不着看你的人的表情。

西单这边的教练特多。有教打冰球的，有教花样滑冰的，但没有教速滑的，速滑只要一刀，在小冰场上，就能"刀"到长安街上面。他们应该都是陶然亭那帮老冰球发烧友的子侄吧。其中有一个女孩子是教打冰球的，我第一次看她就傻啦，我还第一次看女孩子能把冰球打得如此飒爽英姿，过后我到门口处介绍教练们的墙报上一看，才知她竟然曾经是中国国家女子冰球队主力，是个退役的左边锋！她跟着国家队打遍了世界各国一直所向披靡，尤其在热带的非洲！不过，也好像只是在非洲得了冠军。还有，那个打得"神话"般的中年男教练，是个国家级健将！他一上场就极其娴熟地拎球杆四处奔跑，生生地把本人的气势给比了下去！让你怀疑他是在教孩子们玩还是自己在尽兴地撒欢；如果他自己在玩的话，那么家长们一个小时好几百的教练费，不算是帮他培养他了？还有几个看上去比我都年长的教练教起来动作极慢，胳臂不灵活，腿更不灵活，我恨不得取他们而代之！到门前的墙报上一看，人家原来是20

世纪 70 年代的国家队员，得过全国亚军！

今天 4 点钟一过冰场上忽然地人多了起来，而且哗啦地上来了十几个教练，他们都是东北人，都是活雷锋，都武艺高超，我边滑边瞎琢磨着，第一，今天不用对超市的收费员解释我家的煤气又怎么漏气了的事，第二，俺这哪里是在消磨编外教师假期无岗可上的寂寞，俺，这分明是在和国家队队员们在同一块冰上备战下次的冬季奥林匹克运动会呀！

研究还是被研究？何为"文"？

　　非常可能的，这个被写于2010年的本人的第20个集子，我把它命名作"研究还是被研究"——to study or to be studied——我在这儿说的是文学的研究。我稀里糊涂地，就从业余"白相"小说的，变成专业的研究文学的老青年了。"白相"是上海话，是"玩"的意思，上海人说"真好玩"时，说"好白相"——这好玩吧。

　　我近来研究的是"文"的事。但"文人"的前提是能"文"，但什么是"文"呢？用本人的非常"白相"的看法，报纸上你看到的一切文章，都不能被称作"文"，所以，在报纸上那些个写小说的、小品文的，就都不是"文人"了，注意，我那个打击面非常之广，那些在《北京晚报》上的文章，用"白相"的定义，都不算"文"，都只是大白话，都是"我手写我手"的"粗话"，都只是说话的录音，都苏州河水似的，噢，苏州河早先的水还有至少的臭味，还有味道，还浓汤似的，还臭得值得回味，还不十分的"水"。我说的"文"，是带底蕴的文，是有隐语和隐喻的"文"，是从前，只有鲁迅、废名、汪曾祺等极少数人才写过的"文"；是虽是白话——"动"的，但又有文言的"静"的文。孙郁在年初第一期的《书城》上，也说了"文"之"动"和"静"。好的"文"甭管咋样的"化身"，最终一定要沉静，你不觉得鲁迅的"文"的感觉，是下沉的，而且"宣泄"时刻面色是始终石头狮子样端正肃静的吗？还有，就是日本20世纪文人夏目漱石，他用吃奶的劲儿写了一本厚重的《文学论》，他想找回的，就是文人的那个"文"字的真谛，为之他神经衰弱，为之他忧郁而终。而我们这个时代从古人那儿失去的，恰恰就是这个"文"。"文"，绝不等同于"言"，说什么就写什么，那么还用写吗？而眼下那些通篇的所谓文人写的"文"，写得那般肆意汪洋和肆无忌惮，但语言是西化语言语法的中式复制，无韵无味无形，是"文"的赝品，是"真文"的水货，是"伪文"，是古文的讣告和悼词，它们，在用西文的句式语调宣告："我亲爱的文姐姐啊，why——为什么，你死得这么惨，这么早？这么快，就被妾身调包取而代之！"

混说杰克·伦敦和猫、狗

从前张老师夸我的时候，说我的经历像一个作家，那个作家叫做杰克·伦敦。由于从没专门学过文学，始终对伦敦只闻其声不晓其人，还以为是英国首都。前日在北大的一个打折的书店里，淘宝似的，淘来了两本吉林大学出版社出的《杰克·伦敦文集》，用一天读了其中的一本，另一本，就舍不得再读了。其实我们每一个，全都是杰克·伦敦，他之所以是他，只是因为他写小说了，他假使不写小说，他只是流浪汉、他只当过海员、他只是淘金者，他最后把经历写成了小说。天下的淘金者、流浪者、航海者至今都成千上万，论经历，哪个不比伦敦多呢？经历最牛的，在我看今天的世界上，当属索马里海盗了，但只要那些当海盗的不写小说，他们永远地就只是索马里海盗吧！！"海盗"其实在文学上是个非常酷和风流的字眼，可咋一变成"索马里海盗"，那疯劲就没了呢？前天在北大的41楼，在等待金泽大学"支教者网上面试"时，我和一个专学当代文学的博士生小刘聊天，小刘已经在北大读了10年文学了。我说我是半路出家，文学只学了一年但其他什么都干过了，小刘回答得很有意思，他说你只要什么都干过了，就等于学过文学了。

《杰克·伦敦文集》里有几篇非常震撼的小说，一个是他的"自画像"——《马丁·伊登》（Martin Eden），说他屡次投稿屡次被拒绝，因为编辑从来都不是人，注意，他并没骂人，而是说他从来没见过编辑的"人模样",他只是多年如一日地去邮局寄稿子又接着从邮局把退稿取回,所以他心中的作为"活人"的编辑们,从来是子虚乌有的。你看,我研究研究着别人的文学故事,把自己的切身故事也研究出来了吧!

我研究,还是被研究呢?

伦敦的另一篇非常"雷人"(学年轻人语,或许不适当)的小说,是《野性的呼唤》(*The Call of the Wild*)。那是用一条狗——巴克的眼睛看狗和人的世界的。他(伦敦)把咱们(人类)和它们(狗们)的世界给打乱后掺和到一起了,这非常像夏目漱石的《吾辈是猫》,但漱石的笔下猫是猫人是人,伦敦呢,一会儿用狗眼看人,一会儿又回头,用人眼看狗,再过一会儿,用他(伦敦)的眼,同时看人和狗。那样,这个世界就会自然变得非常地恐怖和雷人了。你想啊,人嫌狗碍事没用时,会杀狗,你只用人眼看狗和用人脑思考时,似乎还可以理解,但作者在人屠杀狗前的那一刹那,突然,又用狗眼看要杀它的人、用狗脑思考"生存还是死亡"之类的"人生问题"了。那时,你要是狗类而不是人类,会咋感受?

"雨霖苑"的评语:

"你只要什么都干过了,就等于学过文学了。"

我认为他说的有点道理哦。

不过别当真哦,我只是路过,也来看看"杰克·伦敦"。

听比利时人演奏
《柴可夫斯基第六交响曲》

　　近来国家大剧院的交响乐演奏会竟然非常地频繁,有伦敦爱乐乐团、法国国家交响院团,那些票都可能非常地昂贵,都是文化大国嘛,于是我,就选择了买了一个名气小一点的比利时布鲁塞尔爱乐院团的最便宜的票,还在昨天,看了和听了。

　　我照例,是坐在音乐厅的最上头,连台顶子上的吊灯都看得一清二楚——我是说从那些吊灯的上面看。吊灯离舞台5米,我们的座位离舞台6米。我第一次从那些演奏家们的头顶——从他们的头部把目光"灌"下去,看他们的演奏,他们——那些个男艺术家的头大都是秃的,所以,眼神模糊时,你还以为拉《贝多芬第五交响曲》和《柴可夫斯基第六交响曲》的,是一群油亮的蘑菇。当然也有色彩丰富的菜花在其中——那些女演奏家们的头。

　　昨天观众的特色只有一个,就是都不懂得交响乐。注意,"不懂"不是贬义,这年头说谁没钱谁当剩女或许是贬义,说谁不懂交响乐可绝对不是贬义,说了,谁也不会觉得。之所以说绝大部分昨天晚上的观众都是外行,因为在每一个曲目开演前广播都连说三次,叫大家在间歇处千万别鼓掌,可共有12个间歇,每个,都掌声剧烈!这要是德国的、英国的、法国的指挥家们早就急了,早就摔棒而去,但比利时的指挥家——那位也谢了顶的老先生,却不那么不文明,他反而在每次间歇掌声雷动时，回身对观众领首致意，这，就更增加了原本就不太懂的、鼓错了掌的绝大多数观众的——误会，于是下一个间歇处，掌声就像高尔基《海燕》中的暴风雨似的来得更猛烈了！甚至连本人我也激动地鼓错了一次，而且是带头鼓的。

说说"贝五"——"命运"和"柴六"——"悲怆"吧。《命运交响曲》布鲁塞尔来的老先生指挥得"没劲"，本来非常亢奋的曲子，老先生给处理得非常地绵软，最松软处，你还误以为是因为演奏者们在抗拒着6小时的时差，在半睡着做慢动作，或者光碟插反了，走调了。要是德国人，可绝不会那么演奏《命运》。演好命运的，必须是有"命运感"的民族，而小国家比利时，我去过的，就缺乏那种大国人对"命运"的领悟。我是在1996年去的布鲁塞尔，我的小说《庄总》中的那个小国的"撒尿小孩儿"的灵感，就是取自那个城市。不是我有成见，比利时人的小气毛病始终不改，昨晚观众鼓了那么多次挽留的掌——这些按规矩是该鼓的，他们却只加演了一个《茉莉花》，就死活不再演了。要是我，只要有一个人拍一下巴掌，我肯定就毫不犹豫地接着演，把会演的不会演的都演了，直演到谁也不敢拍巴掌、嫌长两个手掌多余并为之后悔为止！

再说《悲怆交响曲》，比利时人处理得还不错。我第一次听《悲怆交响曲》还是20世纪80年代初在经贸大学听讲座时，启蒙老师是宁德厚，他是个大提琴手。从那儿之后本人的生活就一天天"悲怆"起来了，一直悲怆到21世纪了还必须从别人的"蘑菇"头顶，听悲怆的"柴六"。

本人的另一个小说，自己最喜欢的，是《柴六开五星WC》，那个"柴六"，就是取自柴可夫斯基的"柴六"。我研究？我还是被研究？我干脆在研究别人的时候，顺便把自己也研究研究吧。小说中的柴六也是个拉大提琴的，后来他成功地开了个连锁厕所，他凭厕所冲出了亚洲走向了世界。我刚才在网上找寻"悲怆音乐教育家宁德厚"老师的下落，找到了,他还在搞音乐教育,至今他只上厕所,他并没有开厕所,那是他的幸福的"命运",那不是时代的"悲怆"。

柴可夫斯基在53岁去世前不久写成了《悲怆交响曲》,演奏反应平平,之后他就"悲怆"了,就死了。第四乐章,在第三乐章的那么蓬勃的冲动之后,是那么的"低调",然后,老人用一连串的"脚步声"(宁老师语),轻轻地走了。好比徐志摩的"轻轻地离去",之后是该鼓的唯一的一次的掌,那声音,是送给老指挥家的,还是送给柴可夫斯基的呢?

张老师的评语:

这年头,只要有钱,就能买到"不懂装懂"。

好戏才刚刚开幕

你只要留意昨天的报纸——《环球时报》和《新京报》，你就会知道从昨天起北京地铁里不能再卖报了。从那两份报纸上，我先读到了愤怒的倾诉，为了核实，我特意坐了一站地铁——从南礼士路到复兴门，我用肉眼，看见了那报纸说的全中国甚至全世界最"光秃"的地铁，除了人，只有人，没有南方地铁的便利店，更没有报纸。让两份报非常不满的是他们的报不能卖了，地铁里却还有一份《信报》不会因为"安全隐患"被取缔。

地铁没报了之后，高兴的，肯定是地面上卖报的报亭，我到百盛商场附近唯一一个报亭问那个从10年前就站那儿吆喝卖报的小老板，那人极具幽默感，平日边卖报边用京腔评说天下大事。他果然得意极了，说那些地铁里卖报的对地铁安全造成了巨大的影响，还说那些在地铁里卖报的是不务正业！听后我忍不住笑了，他回味了一下自己刚说的，也笑了。仔细想也没什么好笑的，对他来说，卖报，本来就是他最正经的最唯一的事业嘛。

北京地铁卖报的历史——由于我是个手不离报的人，所以比谁都清楚。最早地铁里连书带报都卖，1999年我那本《妈妈的舌头》就在地铁站被出卖过。后来领导不高兴了，就取消了卖书，就只能卖报。大约三四年前，又看不顺眼坐着卖报的，就勒令取消了能支撑的摊位，那些卖报的呢，就只能怀抱着报纸卖了。后来能卖报的也不再是外面进去的没人管的杂人，变成了穿制服的地铁里的自家人了。那些都是1998—

2009年发生的事情。新的十年伊始，这次又看那些站着卖报的人不顺眼了，就勒令在三两天内把那些怀抱着报纸卖报的、穿地铁制服卖报的男女青年给统统清除了，说他们卖的报会影响地铁安全，而那份《都市娱乐信报》呢，由于它被发送不会对地铁的安全造成任何冲击，就还能发放，变成了"一花独秀"。

但这次被惹急了的是作为《人民日报》国际版的《环球时报》和《新京报》以及一切《信报》之外的报刊，它们都迅速登载了大块的檄文，质问有关部门有无取消在北京地铁投放报纸的权利及其合法性，因为那些个卖报点的有无会关系到他们作为报纸的存亡。

从复兴门坐着本不用坐的一小站地铁（这段地铁或许是全北京最短的），我在两分钟内，看到了两截被有关领导"剃光了头"的地铁站，我似乎能切身地感受到在《北京晚报》《环球时报》《新京报》报社从业众生的愤愤，因为在如此白热化竞争的报海里那么多卖报点的突然被关停，关系到他们报纸的前途和他们的去留；我怀想着前日还在那儿歪站着、从清晨抱着报纸在怀里一直站到晚上的那个穿地铁制服的卖报女，但同时，我也能听到百盛商厦门口站着调侃着卖了10年报的老兄的、终于盼到了这一天的寒流中嘻嘻的庆贺的蔫笑——他把那些"不务正业"的对手，终于给盼回家了！从前那些"地铁人"虽然卖报不如他专业，但好歹不用在零下10摄氏度的户外卖。

"宁宁"的评语：

原来是强制地不让卖了。每天从南礼士路坐地铁从西边的地铁口一直有个女的在卖报纸。这几日不见，还以为她嫌天气冷偷懒呢。看来我真是过于迟钝了……

我的gmail邮箱最近也要悬了……2010年的新动向……

谁是真正的"作家"

——从安德尔斯对卡夫卡的一段评价到"作家"身份的识别
（车槿山老师"法国文学理论"课堂作业）

近读叶廷芳先生的《卡夫卡及其他——叶廷芳德语文学散论》（同济大学出版社，2009年），其中有叶先生引述德国研究卡夫卡的专家巩特尔·安德尔斯对卡夫卡的评价，安德尔斯说："作为犹太人，他在基督徒当中不是自己人。作为不入教会的犹太人（他最初确实是这样），他在犹太人当中不是自己人。作为操德语的人，他在捷克人当中不是自己人。作为波希米亚人，他不完全属于奥地利人。作为劳工工伤保险公司的职员，他不完全属于资产者。作为资产者的儿子，他又不完全属于劳动者。但他也不是公务员，因为他觉得自己是作家。而就作家来说，他也不是，因为他把精力消耗在家庭方面。可'在自己的家庭里，他比陌生人还有陌生'。"（该书第27页）

安德尔斯这段话不仅是我思索作为"作家"的卡夫卡的产生条件，以及作为"作家"这一职业和名称的界定方法，也就是通常所说的"作家身份"的普遍问题。

从卡夫卡到2008年得到诺奖的勒·克莱齐奥，再到2009年得到诺奖的德国女作家穆勒，再到萨义德，甚至到斯皮尔瓦克，似乎但凡有成就的作家以及文学理论家，在他们的生活历程中，都有过一个"生于斯"和"长与斯"以及"属于斯"的"悖论"问题，或者说是困惑，或者说的"模糊性"，而是否正是这种"模糊性"和"永久他者"的意思和反思，成为了文学作品和理解文学作品的酵母？而是否这种"他者"的感觉越纯粹越彻底，"文学"的个性和特征就越突出？假如这种假设具备合理性和普遍性的话，那么，我们能否根据之，找到"文学"作为一种"学"的源头？或者，我们仅凭据之，就能找到文学流派和风格的内在的起源的"肇始元素"？就比如卡夫卡，按照安德尔斯的分析，他是从（1）人种（犹太人而非捷克人）、（2）宗教（犹太教而非基督教）、（3）国籍（波希米亚还是捷克、德国）、（4）阶级（有产阶级还是无产阶级）、（5）职业（公务员？作家？）、（6）亲情（属于家庭还是不属于家庭）等六个方面全部模糊和没有着落的人，他是个完全彻底的"身份不明者"，我们甚至想象不出来还有比六个方面都"悖论""异化""模糊化"——一句话，都"没有确定性"的人了，于是，卡夫卡是占据在六层面的"全方位他者"和"局外人"、用六个"异端眼睛"打量世界描写世界的人。我们假如再也找不到第二个在六个维度上都"异端"的人，那么他的"邪说"——由于他写下了并且留下了那些"邪说"的文字，那么，他就是一个彻头彻尾的"最现代性"的作家了？我之所以使用了那个"最"字，是因为其他的"现代性作家们"也留下了现代性的作品，但他们的"边缘化"程度，要比卡夫卡小，他们没能达到卡夫卡的"六维边缘化"，举例说，2009年获得诺奖的穆勒，她从（1）国籍（德国？罗马尼亚？）（2）职业（作家还是工厂的办事员）（3）政见（追求自由还是专制）等最多三个维度上是个"漂移者"和"困惑者"，但她的"困惑坐标"比卡夫卡的至少要少三个，比如"人种"——她不是犹太人，至少德国血统的她不会受到普遍意义上的歧视，还比如"家庭"——她并没有卡夫卡和他父亲那类的不可调和的冲突，还比如宗教。由于至少少了三个纬度的不安和焦虑，我们虽然尚未读过穆勒作品，但从"现代性"方面，我们完全可以推断她的作品不会像卡夫卡作品那样直接答复"普通性的生存"问题，这里的"普通性"，我想说的人类的那些"通用问题"，存在和生存的问题，而不是狭窄的意识形态问题——意识形态问题不具备"生存性"，人对生存和存在问题的质询，是远在意识形态选择之前的，后者是有吃有穿（哪怕是基本的）再无"是人非人式焦虑"后的高雅一点的选择。

从"卡夫卡—穆勒"在"困惑元素数量"的对比开始，我们完全可以把这种方法放大和推展下去，比如，用卡夫卡和勒·克莱齐奥做对比，显然，后者在"他者元素"上比前者欠缺至少2—3个纬度，尤其是"作家"身份的确定时间上，后者少年成名，而卡夫卡直到去世时都不是一个职业化的、能凭写作谋生的"著名作家"，换句话说，卡夫卡在"六纬异化"和"六单元悖论"上，是从始至终的。

接下来，我们再拿一些东西方具备"永恒性""经典性"的作家和卡夫卡对照，尤其是那些"现代性"极强或始终未消失的例子，如俄国的莱蒙托夫，如中国的曹雪芹，再如日本夏目漱石。那些他们作品的主人公们大多是"多余的""零余"的和不合时宜的。莱蒙托夫至少在阶级、职业（他是军人还是作家）两个方面是"不定式"的，他的《当代英雄》，就是对生存状态"不定式"的一种"定位"的企图，得出的结论就是一个"多余"的毕巧林；贾宝玉呢，他是曹雪芹在三四个"身份非确定性"的状况下的产物，哪些？一曰阶级的非确定——曹雪芹是贵族还是满族皇帝的家奴？在写《石头记》时雪芹还是一个贵族吗？生活状况上看显然不是，但曾经大富大贵过的他显然也是，或者还是——我于是又想到了张爱玲在"定位"上的终身漂移和飘零，二是曹雪芹和卡夫卡式"身份迷茫"

的第一、二个重叠，是在他的"作家"的身份上，死前书还没写完或没出完的他显然不是个职业意义上的"作家"，更不用说靠写作谋生。

何谓"作家"？拉丁语系对"writer""author"的定义，我"普查"的结果，一是定义在"写"，所写的内容有诗歌、戏剧、散文，但最好是"小说"，二呢，定义在"谋生"（profession），"职业"的结果——假如是完整意义上的"作家"，必须从写作中得到过能使他们别的不再做，仅凭写作就能体面存活的收入。从这次严格定义上看，我们知道的众多伟大的作家，全部是不完全合格的"作家"，也就是说，他们在卡夫卡的第六个"漂移纬度"——"职业"上，都是半游离或完全游离的，卡夫卡不用说，他只是"写"，由于他家境富庶，他根本就不用靠稿费生活，恰恰相反，写作使他和商人的父亲矛盾重重，写作正好背离了他的辉煌的、谋生的、继承父业的道路，那么可以说，他选择的只是"作家"完整定义中的半个功能"写作"，他完全没有或根本不用靠"写作"进行经济意义上的"谋生"，也就是说，在他的"六层面悖论"中的第六个层面——"职业"上，于他，又派生或生成出一个"悖论中的小悖论"，这于他恐怕是特别的，任何想当"作家"的人无论最终成功与否，至少起初都希求在"写"和"靠写谋生"的全面意义上实现"作家"的功能和涵义，从一开始，就把"作家"中的两个元素当成了"悖论"的，只是卡夫卡式极少的人，比如身为伯爵的托尔斯泰，他无疑不是为了挣稿费写作，曹雪芹呢，恐怕是与卡夫卡同级别的"为写而写"者，绝大多数的作家，尤其是当代中国的，在"作家"的"写"和"谋生"的两重意义上，从开始就不把它们当"悖论"处理，少许的，开始是为写而写，当第一意义上的"写"的成功，把他们带入第二层面的"职业收入"的层面后，二者"殊途同归"之后，巨大的经济利益将第一阶段的"写"的动力和冲动迅速彻底地覆盖和笼罩，直至使其完全彻底地消失，那么我们看到的,就不再是一个为"写"而写作的卡夫卡、曹雪芹、托尔斯泰级别的只为"第一高度的写"而奉献生命的"作家"了,就成了英文词缀"er"——writer,和法文词缀的"vain"(ecrivain),就变成了只有匠气的技工。也就是说,从卡夫卡六个"离心成分"中的这第六个本身——还不用动用前五个呢,我就仿佛能隐约地测量出"作家"的分量和从他们在"职业身份坐标"上所处的方位上,大致判断作家的"文学成色"和价值了,这,也就是为什么德国的顾彬那么反对中国作家为电视剧写剧本,以及世人那么担心一旦穆勒获得百万美元巨额的诺奖后再也不会写罗马尼亚人专制下的悲剧故事,等等,从这层意思上说,只有卡夫卡、曹雪芹、托尔斯泰,才是从头到脚坚决贯彻"作家为写而写"的唯一理念、对"er"/"vain"的功利既无需求也没兴趣甚至从选择"写"那个开头,就已经早就拥有、就开始放弃、就开始逃避、就视为痛苦的"作家里的作家"。

邮局人之死

昨天到马路对面的邮局寄金泽大学"支教"的材料,边办着,边听旁边的人议论死人的事,说死的那个人才40岁。于是我问帮我发信的那个邮局人谁死了,她说是她的一个同事,我问那人身体好吗,她说昨天她还坐在她这个位子上班来着。我吓了一跳,你是说假如我昨天来这寄信的话,那么那个帮我发信的,就会是她喽——我昨天差点来。后来听说今晨邮局发现她都到点了还没上班,就给她家打电话问她为什么迟到,家里人说她再也上不了班,她早晨4点突发心脏病去世了。她们同事说她平时很健康。中午和北语的几个同事议论此事,几个老师说都是因为压力太大,我说也不是呀,邮局的人的压力,无论你怎么地压,会有多大?压力大了邮件会走得快些?我诧异的是,第一,人睡着睡着就突然会死,那你我今后还敢不敢上床睡觉?每次睡前,莫非留一个遗嘱?其二,她的死,在她的同事那儿,一点儿悲伤的涟漪都没能激起。大家只是多了一个话题,该笑的还是笑,至于该哭的,你分不清人家是为你哭还是为自己哭,所以你的死,这么一看,就不那么可怕了,反正都一样嘛,别管是夭折的、壮烈的,还是睡梦中的,不知不觉的。我甚至能把人睡死、海地把20万人在梦中震死的地震以及"谷歌"在中国的死,联系起来,夜里突发心脏病,莫非就是人体的大地震了?还有"谷歌"在中国的非常可能的莫名其妙、众声喧哗、众口难调、众说纷纭的行将的猝死,那和一个国家通往世界神经中枢的一条线索突然中断有什么不同呢？人脑被筛除、被优质化、纯洁化到了极端，人脑上的纹路消失磨平，变成了一块钙化的石头家伙——我不是在说先天愚型，我说是后天的愚型，那么留下一个非常健壮生猛的躯体，就比傻子还要傻子了，但这种傻却没有先天愚、自然傻的那股子"傻劲儿"和那份子可爱。

张老师的评语：
人的生命，有时真脆弱，热爱生活吧！"谷歌"起码不够哥儿们！

"雨霖苑"的评语：
也许走得太突然，自己什么都没准备，别人就更甭说了，不淡不咸，慢慢也就习惯了。

瞿秋白的不多余的话和重新光顾西四书店

这些天的日子过得有些杂，就跟杂文似的，有在北大三天的阅卷子——阅得战战兢兢和天昏地暗，脖子都阅直了，跟天鹅似的，但阅着阅着，由于偶尔聊天，就知道现在社会"剩女"特多的事了，也就是说，许多女孩子30岁过后还嫁不出去，因此我就急了，前天我索性一天给三对人搭桥牵线，也就是重操旧业当男"红娘"，虽然可能有"乱点鸳鸯谱"之嫌，但万一有一对儿成了，再生下一个宝宝，兴许，就可能积累一些个德行。

说到"鸳鸯"，今天在北海白塔的那个"永安桥"上，我朝桥下被冰围着的一圈儿清水望，我和隔壁的管我还叫"叔叔"而不是"爷爷"的男孩儿，共同看着从冰上跳到水中的一只肥鹅和一只胖鸭。它们那么地干净，仿佛很纯洁似的，它们"鹅、鹅"地叫着让你心惊，惊的是那么个小生命，喊叫起来比合唱团的男中音还男中音。它们顺势迈进了水里。我注意到它们的脚蹼，肉乎乎的，正好用作桨那样地划水。它们羽毛丰盈，云彩样地能自然漂浮在水面，你不得不佩服制造它们的那个"他"想象力的周全：造一种"物"时，既不偷工减料，又不画蛇添足，你想，假若鸭和鹅的脚多上两个变成四肢，还有，它们的脚趾间假如没有那小片透明的"小肉"，鹅和鸭的体态那么丰盈，一下水，注定会踩空掉的，也不能前行。人世本不长久，我们离开时，假如像上星期那个邮局的40

岁的工作人员似的在睡觉时就没了,那么世界上的那么多的谜——鹅掌鸭掌这样的,我们无论如何,也盘算不清了吧。

上午推母亲到北大医院看糖尿病,我在内分泌科看到了两个大夫,一个是杨大夫,她那儿门庭若市,对面的是个年轻的大夫,她那儿呢,一个患者都没有。就好像老北京拉场子演戏似的,叫座的,围观的一群,演不好的,一个瞧的没有。我真无法推算那个一个患者没有的、盯着电脑打发寂寞时间的小大夫的感想,只是无聊呢,还是妒忌对面的大夫。还有一个消化内科的大夫,是我们预约的,可去时,他竟然不等我们去就提前走了。他可能也是"被挂号"不多的"死盯电脑大夫"吧。

去刚修好的西四书店,儿时常去,印象里那时的西四书店,十分旧,在里面行走时地板会发出哼哼唧唧的声响,后来才知道那个古建和慈禧太后有关系。新修缮的书店还是古色古香、雕梁画栋,店员们说的也都是老北京音。老北京音在北京也渐渐绝迹了,至少在北大海淀一带是听不到了。就在我走在去西四书店的路上,还听一个女子在打手机时左一个"疙瘩"又一个"疙瘩"地说,她讲的不是京腔,是东北话。我本来也是"疙瘩"的后代,老父是辽宁人嘛,但毕竟生于西四,长于西四,只要一听京腔,就"小沈阳"一把——"我到家了"。

最近看的书,好的,是瞿秋白的《多余的话》。大学时本看过的。瞿秋白牺牲前的话不能百分百证明是他写的,由于找不到笔迹。但从文字味觉来看我想是他写的。他说他是文人,他本来也想考北大想研究俄国文学来着,没考上,有些稀里糊涂,就"被当上"革命领袖了,直到被抓,直到马上要被枪杀。他在35岁离别人生前的不长的那段话中,最后说的是永别了他爱的一切人,永别了过去的误会,而我最不好忘却的,是绝笔前,他竟然大声和中国的豆腐告别,他说感谢中国人发明的豆腐,你不愧是世界上最好吃的东西。我读着挺不是滋味的有些心酸,尽管是

20多年过后再读,因为我本人当年侨居10年后"毅然回归祖国",似乎和好像,就是为了随时随地能吃到豆腐。

张老师的评语:

这些个乱点鸳鸯谱似的杂感,都会留下了此一时彼一时的历史痕迹。轻轻点点的笔锋,又刻得那么深切。留给后来的人去推敲吧!文字依然还是那么撞击人的血脉。

"方若愚"的评语:

现在剩男剩女太多,总要考虑一下大家的感受,你能乱点鸳鸯就点吧,说不定大家乱中取胜呢!

电影《孔子》并不赖

作为一个当了几年教师的人,我去看了《孔子》;另外,作为一个快要到金泽大学"模拟孔子学院"用英文讲授"中国文化"和"孔子思想"的人,我也不得不去看了《孔子》,就算是备课吧。

《孔子》并不像韩寒说的那样一无是处,观后我问自己今后谁能把这个题材拍得比胡玫更好,回答是比较困难,首先是演员,周润发长得太像孔子了(和那幅标准画像比),他老了之后30年后有人想拍孔子,弄不好,会找一个长得像庄子或鬼谷子、孙子的人演他,我想那,就不是看着看着我小睡了三次的——问题了,当然,在哪儿听课,下午两点钟的时候我都小睡片刻。作为教师(夫子),我始终鼓励和激励上我课的学生,在这个时间段睡觉;好教师说是能"解惑",不如说是能"解困"。

胡玫导的《孔子》的问题——让人瞌睡的,是她太惧怕孔子了,她把他神圣化和绝对化了,那么一来就容易失真,从头到尾配的都是颂歌调子的音乐,调子一阵比一阵子高,给人的错觉是她是接受组织交给的神圣使命——来拍电影的,结果孔子太"高大全"了,太"圣"了,跟"圣男"(剩男)似的。但情节也有出乎本人意料的,就是孔子还竟有贼凶狠的一面:在对付鲁国的一个暴乱大夫的兵士时,我们的圣人竟然叫人从城头朝下倒火球,把那么多人烧得体无完肤四处逃窜,这换别人没什么问题——什么孙子啊、鬼谷子之类的,问题是孔子他是个"人民教师"

的鼻祖，2000多年前他那么为人师表，看了让我这个今天当老师的，觉得自己的历史——咋那么地清白无瑕！可见孔子之"仁"，不是对谁都"仁"的，真急了，他也把成千上万的人——用火使劲烧烤。

佩服那时的鲁国君王，他竟然把全天下最著名"公共知识分子"的孔子聘为"代理相国"，我想华夏历史上，孔子是第一个吧，但好像孔子——也是那最后一个。在之前写的文章中，我质疑过究竟研究外科开颅的和克隆山羊的——算不算"知识分子"来着，昨夜我还后悔没把"研究化学武器"的也附加上，但今早翻看《环球时报》时我吃了一惊：就在前几小时，伊拉克萨达姆时期研制化学武器的那个"知识分子"——"化学阿里"刚被绞死，莫非，是被我念叨的？看来读书多了真太可怕了，爱读书，或许是个大麻烦。读书人的"罪过"在于能掐会算——知道从前是怎么回子事啊，所以就能预测和感知未来而且非常精确。我有时就觉得自己有这种"特异功能"，比如我一想到"化学武器研究者"，没过几个小时那个代表人物就在地球的那半边被突然绞死了。这好比活得长经历的多却纹丝不动地的老乌龟，在地下沉默了300年了，草一动风一吹，就能预感到地震。所以千万别惹我。

中国网球日

这两天有两个中国女孩儿闯入了大满贯赛事的澳网四强却遗憾止步于四强——李娜和郑洁,是"中国网球日",看得老齐俺血压升高但手——却总是热的。

看体育和听音乐呀看京戏呀道理一样,你最好会两下子,你会和不会看网球——绝对不是一回事,碰巧,我几乎一切玩体育水平——都是二流,说明:在我说我"二流"的时候,那个"一流",是指如今的天王"费德勒"。

昨天李娜赢了"大威"(大威廉姆斯)后,我乘夜幕偷看了一下CNN是怎么说的,果然有美国人嫉妒得说中国人坏话了,说咋中国人体育好的,都是女的?当然我非常生气,但在网球上,好像亚洲男子就是不太行,我分析问题是在体型上:白人黑人体型打网球的优势是显而易见的,他们的体态能分成小腿、大腿和上肢三个能弯曲能折叠的"三节棍",又好似段落分明的长鞭,所以发球时、扣杀时,能打出甩鞭抽球的效果——不信你看费德勒咋打球,而我们中国老爷们呢,这方面段落不太分明。当然姚明也高大,但姚明的体型像条长竿,而不是"三节棍"那样的段段有劲。不信打打球,再观摩观摩,就知道我说什么了。

从前在加拿大时我也常打网球。记得那是1990年吧,我花了500加元,一下子买了两副拍子,一个是Prince(王子)的,一个是Welson的,都是顶级名牌，和大小威手执的一样。我的"大手笔"一下子就把同去的留学生吓坏了，要知道，那时我家银行的所有存款，也就1000加元。前几年还在语言大学和小同事打来着，但实在没有好对手，培养出一个太费工夫，就中途停止了。

网球无疑是最好玩也最有技术的运动之一，是力量加上速度，是上肢加上下肢。我的经验和理解，它其实是两种球类的合成——篮球和乒乓球。乒乓球就是"桌上网球"（table tennis），你乒乓球打得好了，只要桌子一撤，加上篮球场上的步伐和跑动，就自然会打网球了。我的乒乓球水平和我的一切球类运动一样，也是"二流"，当然，比我"多一流"是指国手马琳水平的。

被李娜打下去的大威的比赛我看过，那还是公元1994年，在北京，那天大威打着打着急了，就啪地——狠狠拍碎了Welson球拍，我看得那般地痛心！250加元呀！还好，昨天李娜打掉了她，但李娜今天不幸，被妹妹"小威"打下去了，但球相当精彩。她输在"非受迫性失误"过多上面，就是不该打歪的球被打歪了。你我要是上去，恐怕每一个球都打得——"非受迫性失误"。还有小威的发球，跟泰山压顶似的，你接住了，就等于扶住了要压顶的山。小威不愧是大满贯得主，就像是一座褐色的山峦，你想撼动，真是不易。郑洁和比利时的海宁的比赛简直是一边倒，个子小的郑洁被人打得像到处跑的球。今天虽然二朵"中国金花"都输了球，但由此勾起了我的网球瘾和少许回忆，也值得观看。

张老师的评语：

你让我获得了网球的知识，我打过乒乓球，一是抓不住，二是一打上，球就往后跑！奇怪？

"麦田守望者"的逝世以及盗版书贩的"守望精神"

写《麦田里的守望者》的美国犹太作家塞林格去世了，他原本打算活到140岁来着——《新京报》说的，当然，那也可能是他自己说过的，但不幸的，他死于91岁，这，就是他的"享年"。"享年"这个词语我一直感到蹊跷，人死——怎么能说是"享"呢，比如，我今天是47岁，假如像"邮局女工"那么睡着就没了，能否说是享年？那要看正做着什么梦吧，当然，那是几乎不可能也是不被鼓励的事情。还有一个字眼和"享年"同级别蹊跷的，是"斥资"，"斥"通常是非常愤怒时用的，但恰有人在海南眼下正——"激愤"地斥资炒楼。

《麦田里的守望者》我前些月读了，可能由于是从楼下买的盗版，所以不觉得那么地特别——这提示着你：好书，一定要买正版的。楼下卖盗版书的两个都是我的朋友，都是东北来的，一个圆脸，一个长脸，从他们二人那儿买书的历史已经记不清年份了，就在今早，我还见那个圆脸的在楼下满头大汗奋勇向前地骑着他那辆码满了盗版书——其中还有《圣经》——的三轮车，从我身边过连招呼都不打的——冲锋着，我朝后看，好像——也没见城管的车追呀，哦，可能有一个路桩，城管的车过不来，开来了，辂辘也没有了。他们俩最可怜时是月初零下15度时——在那儿迎风昂首卖盗版书，不好意思不买，又实在没什么买的，该买的都买过了，可他们那股子"守望精神"非常感人，那时刻连渤海都"冻结"了80%，卖菜的都"躲猫猫"去了，城管就更不出来干涉他们，或许，是城管的车子打不着火。

塞林格为楼下两个常年靠卖盗版书为生的东北爷们，算是送过也还会继续送去财富——经典畅销书作者嘛。什么是"经典"？楼下盗版的买什么，什么就是经典！《麦田守望者》北京的盗版小商贩卖，也门柬埔寨阿根廷的盗版商——假如有，也肯定卖。对那两个零下15度坚守盗版三轮车的人来说，他们的上帝是你、是我——这是从花钱的角度说的，他们真正的"财神"哩——却可能千里之外和千年之外的，是写《圣经》的、写《三国演义》的，还有，就是刚被确定"享年"了的不能再守望"麦田"了的塞林格。

不能"活守"，"死守"却是可以的，塞林格其实41岁起就隐居避世了，整整50年他躲在一个森林的木头房中。我想，他生前不会在乎本人楼下的那两个中国爷们儿卖他的"麦田"以及我花10元钱买他的"麦田"，他死后更鞭长莫及和无能为力；真麦子能充饥，假麦子，不是也能解馋？鲁迅说过：偷书的不算偷。

张老师的评语：

此文第一段对字义的分析十分有趣。世上尽是一些望文生义的怪事！如："某某球队打出水平"，水平如何打出去的呢？又如："我们要恢复一下疲劳"，请问，疲劳越恢复不是越疲劳吗？又如："大家都出来晒太阳"，这到底是你晒，还是太阳自己晒？人世间的怪事真多矣。哈哈！

人需要有思想吗？——许倬云说钱锺书没有思想

昨天的报上说，许倬云先生说钱锺书先生——没有什么思想。这使我极端地郁闷，钱先生是中国比较文学的鼻祖，鼻祖都没思想了，那么，我们这些个徒子徒孙注定是没思想的了。就好比说孔子没什么思想，他没有了思想之后，三千多如子贡、子路、冉有之流的弟子们，自然也就没有思想了，之后呢，就是信奉儒教的我等。但我至今——或许也是至今许多人想不通的，就是孔子的思想即使有了，是什么？孔子不能说没有思想，有大脑器官的必然有思有想。孔子的思想的"核儿"，是"和而不同"吗？我以为既然不同了却偏偏要和，那个"和"，就十分地难受，会变成打麻将赢时的那个"和"；不同就是不同，你偏要和，被和的，自然有不舒服的感觉。

我这个放了假的闲得没事的教师，走在冬天的龙潭湖岸边上，在想着钱锺书究竟有没有思想的那个问题，这本不应该是一个时代问题，现在追求的是有房没房有技能没技能，没听说你去应聘时，对方问你有思想没有，假如你说有，他还没给你发工资，就先炒了你——鱿鱼被炒，恐怕就是太有思想的缘故。但快奔50岁的本人这样的除了思想思想别的没什么事做的，至少在下野人生大舞台之前不愿意被人奚落："那小子吃了40多年的口粮，从来就没动过脑子！"

至少有一点是肯定的，就是艺术高于所谓的"思想"，好的艺术本身就是思想。《论语》的文采，要高于它的"思想"，钱锺书假如仅有"思想"没有《围城》，就不是我的偶像。还有，或许该思该想的都已被前一百辈子的先人——中外的都算，给思想透彻了，我等21世纪的晚辈的职责，就是消费和浪费他们的成果？

　　下午在天坛读卡夫卡的一个小说，是一只猴子在科学大会上的致辞，那猴子说的话，竟然那样地思想深刻！

　　《麦田守望者》的"写手"塞林格"隐居"的那个州，其实就在我蒙特利尔"故居"的不远处，我总从那边开车路过——不是为了寻找思想，而是为了加便宜点的油。据说那个犹太老头把他那个木头房子的围墙——为了怕全世界追求者们的骚扰——给加到了1.6米高。他从41岁，就与世隔绝了。我想所谓的"隐居"的概念，是有隐居传统的中国人给润色上去的吧，还有，名气大的人单过，在别人眼里算是"隐居"，但我们楼下那两个推车卖盗版书的小伙子，也早从他们的东北老家形影消失了，你说他们，算不算也在隐居？

　　张老师的评语：

　　许先生的这一论断，我柔性地讲，过于唐突！倘若连展示人世间无处不在的人的内在极端矛盾心理状态的《围城》都没有思想了，那么，这是一件多么可怕的事。

老吴三个妻子合评的《牡丹亭》和《卡夫卡小说全集》以及"思想"

前日在前门一条街上的"中国书店"买了四本书，其中的三本是人民文学出版社出的《卡夫卡小说全集》，另外一本是"吴吴山三妇合评"的《牡丹亭》。吴吴山，清代人氏，是个学者，他前后有三个妻子，都非常喜欢《牡丹亭》，但都早亡了——除了最后的一个——她名叫"钱宜"。这本书，就是吴吴山三个妻子前赴后继点评《牡丹亭》的结果。有三个妻子的古人不奇怪，奇怪的是三个都喜欢同一本谈情说爱的书，还都忍不住评论，我戏想，假如老大喜欢《牡丹亭》，老二喜欢《水浒》，那老三钱氏偏偏喜欢《西游记》，可如何地三人合评？

我是这一年来才对这个叫作"卡夫卡"的犹太人发生兴趣的，一是在北大上了车老师的"西方现代文学"课，二是《电梯工余力》的译者哈威说我小说风格像卡夫卡，所以我要弄清卡夫卡是什么样子，就跟有人老说你特像张三，而你从来没见过张三似的。但卡夫卡的书，我从书柜里把陈年的藏书读着的时候，却犹如一股腊月的春风，腊月本是不该有春风的，但真有了，你还是挺高兴的。卡氏的书写得"魔鬼聪明"——就是真的见鬼了，有人评说他始终在用着"几乎和精神病人接近"的眼光打量和描写世界，我看哩，他是单脚蹬着悬崖的一端，他马上就要落入深渊了，但由于他用一只手描写那时的感受，老天尚觉得他有用处，他就没掉下悬崖。昨天还看了本雅明对卡夫卡的评论，本雅明也是犀利冰雪的聪明，他把卡夫卡说透了，说到极端了，说到骨髓了。那个刚谢世的作者塞林格也是半个犹太人（他父亲是），而我从前的一个好朋友——美国来的 Leif 也是半个犹太人，那是我后来才知道的：有一次我大说特说犹太人的坏话，他听了也频频点头，也随着我说，但当有一天，他和我说到他那个他并太喜欢的孪生弟弟的时候，说那个人是个典型的犹太人，极其地吝啬，听了，我就没跟着说下去了，转而大说犹太人是多么地聪明！

张老师的评语：

"您把作家写成一个脚踏大地、头顶青天的伟人……事实上，作家总要比社会上的普通人小得多，弱得多。因此，他对人世间生活的艰辛比其他人感受得更深切、更强烈。对他本人来说，他的歌唱只是一种呼喊。艺术对于艺术家来说是一种痛苦，通过这个痛苦，他使自己得到解放，去忍受新的痛苦。他不是巨人，而只是生活这个牢笼里一只或多或少色彩斑斓的鸟。"卡夫卡上述的这种剔透的看法是对的。真正作家优秀的作品，来源于痛苦。

昨天是2月5日

　　昨天是个比较特殊的日子，2月5日——女儿的生日。我送女儿的生日礼物，是在西单地下的77街滑冰时顺便买的，是一只价值38元人民币的、轻轻一捏，就发出惨叫声音的——发泄鸡，由于女儿是属鸡的。回家后我把它塞给女儿，叫她好好看管住那只老爸好不容易买的、价值500元人民币"左右"的生日礼物。

　　属相那东西于我，就是封建迷信。现在年轻人已经不问你属什么了，而是问星座。我的理解是即使是我这类属虎的、本来非常率性的、已经属于濒临没有了的——动物，一旦落入"巨大螃蟹"之类的星座，原本那种虎头虎脑的本色也是难保的，所以不但于我，于女儿那样的"90后"少年儿童，属什么——无论是蛇呀、猪呀、狗呀之类的，就不是该重视的事情了。不过，属虎还是挺好的，我喜欢属虎，所以我和老妻都属老虎，被容到同一座山里。老虎虽然曾经吃人但算是直来直去光明磊落的性子，总比属"地头蛇"的强（嘿，对不起了！）；不过，对那些本命年系红腰带之类的把戏，我是坚决嗤之以鼻的，本人大部分时间都身着运动裤，本来就不受腰带的束缚，何况是红的呢？

　　说完了女儿的生日，再说老父亲昨天干了什么：老父亲昨天到人民大会堂喝茶去了，去参加"在京老同志春节茶话会"，同去的有2000个"老同志"。按说早先的"老同志"，父亲是没有份的，那时能去的都是老红军、老八路,但他们都一个个走掉了,开始了父亲一辈的"解放战争小老同志"的时代,不过即使是1947年参加革命的父亲那类人,也已经80多岁了,减去那些走不动路的,或许是开一次少几百人吧!也就是说,昨天,是我家正式加入"老同志家属"行列的日子。

我的2月5日的纪念,一是王府井外文书店买到的那本塞林格(《麦田守望者》作者)写的书,叫 *Nine Stories*(《九个故事》),原版的,58元人民币一本,对自己,当然不能像对女儿那样谎称是580元左右买的——要"实事求是"嘛!那本书在书店千奇百怪的英文书堆里"鹤立鸡群",并不是由于它个头子大,而是它的语言,我一眼见到它上面的头一行字,就几乎爱不释手了,就按捺不住地"斥资"拿了一本,然后到"新东安商厦"二楼的"麦当劳",旁若无人地边读边笑,一口气看完了"九故事"中的半个,就好比一下子咽下去了半个烟台梨——那样地解渴。塞林格不愧是半个犹太人,思路那般地聪敏,断句如同鲁迅,和本人、和鲁迅一样喜欢用大量的破折号。他用那些个横杠杠——把人的思维网先给撕裂,再给重新编制缝合。我读的那个小 story 于我最有读头,因为说的是他到本人的"老巢"——蒙特利尔找工作的事——我说塞林格就在距我家不远的地方"隐居"吧!他用了许多的法语,所以读起来有味儿而且气死那些不会法语的人!他说他去蒙市的一个艺术馆找工作,为了向法语区的魁北克人炫耀和套近乎,就用法语写自荐信,等和那个魁北克的老板见面时,才知道那人早先当过东京艺术馆的馆长——他是个日本人!巧了,本人在蒙市打工时,也业余做过演员,演的是个日本的消防警察。

本人的2月5日,是在2月6日的凌晨1点,才彻底结束的。到奥体中心去参加"念慈菴2009年度北京流行音乐典礼",朋友给的票,不好意思不去,去了就去到底,直到演出结束后和追星族们一起把那些"星"

们都由警察"押着"从人缝里一个个拽出去后,才星夜回家,所以能近在咫尺地看到了比想象的还胖的歌手韩红,和比想象的还瘦小的莫文蔚等人。还远距离和半远距离地看到了许多的"闪闪红星",多得好比红糖葫芦,有一个人的歌不得不提,她就是张靓颖,貌不惊人,但天然的歌后嗓子,浑厚凄美,起步就是悲剧的态势,压倒了喧哗的众声。

小孩子们的"追星"是个非常有趣的现象,那股子疯狂的劲儿和尖叫,听着的比台上唱歌的更有实力更像歌星。李宇春的支持者叫什么"玉米",当韩红得了"2009年度最受欢迎女歌手"后,那些"玉米"们气得竟愤然离开了。呵呵。不过,混在疯狂的追星后生之中,你能感到的是跟着追星不是——那不协调,但不跟着追星就更不是了:你视灿烂的星空无动于衷,分明是你童心已泯。唯有慰藉的是,当"流星雨"们散尽,星夜一点钟了,我走在奥体中心和鸟巢不远的高速公路下去找出租车时,眼前回放的,竟然是1994年冬天在蒙特利尔——也就是塞林格打工的那个魁北克城市,零下20多度,我和邻居老张演完电影(当群众演员)后回家,也是没车,也是这个时辰,也走在白雪掩埋的高速。

我的结论是:只要曾经曾历,就会恒星不灭。

"枫中隐鹤"的评语:

我也曾认为:只要经历过,就会不朽;

后来我变了,我更这么认为了。

我给公使当翻译——从丰田车被召回想到的

最近丰田车倒霉了，每年总产量才700万辆，但要从全球召回800万辆——是由于车闸的问题。早年在蒙特利尔我曾是个玩车的老手——当然也包括修车了，我修车的那些个年头别的都敢动，就是车闸不敢拆卸，我知道车可以马力不足，但马力足的车一旦没了闸，还不如没有马力。当然，没有闸的车我也是开过的，一次是开着老张的车载着张嫂忘了拉上手闸把手闸烧了，车上高速后屁股后突然一阵浓烟，还以为是别的车着火了，等踩下去是空的，才发现是自己的车没闸了——那时的车速最少有60公里，最后还是凭着我的临危不惧，靠惯性把老张家的车给停到了高速出口。我自己的那辆"老别克"也犯过闸的问题，那是被冻坏的，等我把车开到高速上时，我发现车闸和油门的作用被冻得起了反作用：你越踩闸，那车走得越快，你一踩油门，车子反而不走了，而且那车的速度最快也就30公里——无论你怎么使劲通过踩闸加速，而我背后和周围的车——都在用100公里的时速朝前冲刺！

说到丰田汽车，看着早晨电视播放丰田工厂的镜头，我就有一种"被怀旧"的感觉：大约在1987年前后，我陪同中国驻日本大使馆的公使、商务牟参赞访问过名古屋边上的丰田镇和丰田汽车公司，我给牟公使当翻译。我们参观了丰田的生产线，还和丰田公司的一个专务董事在一个室外风景如画的宴会厅共进午餐，席间，牟公使先站起来致词，作为翻译的我，也必须站起来致词。我那次是第二次给"老牟"做翻译了，他从前是外经贸部亚洲司的司长，一次中技公司在人大会堂设宴，安排我给他翻译，有趣的是作为主管亚洲商务联络的领导，一口山东胶东口音的"老牟"其实是会讲日文的，而且据说还非常流利——可能是他在老家被日军占领期间学的，但牟司长一腔爱国情绪，是个"老愤青"，"打死都不说日语"，知道那样，给他当翻译的我就特别地紧张，不过那天在丰田公司的席间，我好歹把他的外交辞令给"统统地"——翻译了过去。

张老师的评语：
智者千虑，必有一失。丰田丰田，丰而不甜（田）！

比睡墓地都贵了的海南春梦

昨天是中国足球队时隔32年大胜韩国队的大喜日子，值得一书，免得再过32年后，人们把这个日子忘了。似乎反腐——是让中国足球出线非常灵验的一招儿，足协主席刚一被抓，中国足球就出线了，有趣的是央视5台刚一"封杀"中国足球，中国足球第二天也出线了，所以不妨今后把（1）抓总负责人和（2）电视封杀，作为让老没出息的人和事情——变得忽然有了出息的——两个"组合拳"——打打。

早晨顶着寒风爬颐和园的"万寿山"。前日看乾隆专为颐和园昆明湖改造写的碑文，说万寿山是为了纪念他母亲生日起的名字，今日从早已不为谁"万寿"的山顶上朝下看，只见昆明湖一片地惨白——那是余留的残冰，靠岸的地方，还露出了湖底的泥，你走上去——我翻墙——后，脚下犬牙交错，仿佛步行在冰川之上。从前走过两次真正的冰川，一次是在北美落基山的班芙，一次是在四川的海螺沟，那两处冰川也是灰白色的，那些冰，据说是好几百年、好几千年前的"老冰"，走完后，还能喝一口好几百年前、好几千年前的冰川的融水，真好喝，没污染。而现在的积雪融了的水呢？那些带硫酸的，酿上三四百年后，让我们的子孙们喝——一口就死了。昆明湖上次来在冰底下受惊吓飞跑的鱼——由于乱冰碴下已没有了水，这次都已经死了。你能想象，它们随着冰一天天地变厚和水层的一日日变薄，生存的空间一天天一日日地从小到无，直到再也游不了，直到和冰冻于一体，而吾人类在大气层之间的空隙，莫不如此？

在常去的那家颐和园"新华书店"——离石舫不远的，淘到了另一本写苏东坡的书——《东坡拾瓦砾》——让人爱不释手。它把他写的文字——都还原到他的故事中了，由此遐想到海南春节期间那些离谱的旅店价格——由于苏子晚年也在琼岛住过，竟然每晚最高 5 万元人民币，你想，那种货币，还能叫"人民"吗？说到房价，北京上海最贵的大约是 5 万一平方米吧，但那好歹能住上 70 年，能做 70 年 × 365 晚的梦——还不包括那些"白日"的；比"北上广"房价贵的，大概要算墓地了，据说要 7 万一平方米，但由于是超 70 年的产权，苏轼等先人一"蜗居"进那些墓穴，就能做万年梦——肯定和地球的老命一样地长久，但海南的"单夜梦"的价格呢？每平方米／每晚 5 万，为何论平方米算？你想，除了姚明和日本的相扑运动员，谁团在床上的面积，会大于一平方米呢？还有，什么奇景看着那么昂贵？难道是海啸？

张老师的评语：

一窝蜂上去，又会一窝蜂地下来！

《扶桑花女孩》的感动
和为何中国没有"大片"

大年初一上午无意间从电影频道上看了一个日本电影《扶桑花女孩》，英文的名字是 Hula girls，我猜想"Hula"就是"呼啦圈"的那个"呼啦"吧。主演是苍井优和松雪泰子；之所以把她们的名字记录在"时间流水账"中，还是因为好的艺人是值得尊敬和被记录下来的。20世纪60年代一个要倒闭的矿山，没出路了，矿工的女儿们学习夏威夷的"草圈舞"——可能就是那种"呼啦圈"吧，最后矿山还是倒闭了，矿工也死了许多，但他们的女儿们竟然跳成了那种"呼啦舞"。看网上有关那个电影的消息，才知道我原以为的"小电影"，却横扫了2007年日本的"所有大奖"，而这，和我的希望是一样的。我同时想到好的电影真是可遇而不可求，别管你花多少钱拍，你拍不出人性的真实的感动，再想让观众哭——就像周润发在《孔子》发布会上向观众保证的那样，也是没用，恰恰相反，《孔子》中周润发认为该哭的地方，观众恰恰都在蔫笑着。还有，人性的真实之所以不好抓住，也是因为真实的人性也是铁树开花和昙花似的难以捕捉，比如你我他和她都天天月月年年吃饭，吃饭时有真实的人性吗？能区分是人性的差异吗？当然没有和不能了，或许只有要了饭——假如就在大年初一，你狼吞虎咽地吃下的第一口或是两个人推让那最后的一口给谁吃谁就能活命的饭，才算是真实人性的显露。《呼啦舞女孩》的背景，就几乎相当于要饭了，2000名矿工将要下岗失业，他们的女儿们无奈去学舞求生，经历了诸多波折，最终给黑色的矿山带来热带的鲜艳以及转型的希望，这故事开放出的"人性之花"叫任何一个导演捕捉住了——哪怕他不是个天才的导演，也能拍成为我们梦寐的"大片"，而这类的大片在中国，至少是这几年，我一部都没看到；我们只知道我们的制片费用扶摇直上，同时，我们每年那么多的矿工——死于瓦斯爆炸的井下。

从"年"说到赵本山的"捐助"

大年初二说"年"的事,或许曾在海外长久居住过,或是骨子里是"唯物"和"逆反"的,我从小对国人的这个"年",就比较地逆反。真正的"年"其实发生在农业社会,农闲了,没事了,就和地球的时钟共转,就大吃大喝大团圆,就在大团圆里合着地气折腾,但那种年的味道,必须是有泥土味的。小时候印象最深的"年"是在河北"五七干校",从满是泥土的干校赶到近处的"大刘镇"(好像是这个名字),去看农民过年,那个红火,那个"闲"劲,和今日高楼下的"年",绝不是一个意思。现在大城市的"年"是拼凑出来的,是"挤"出来的,是"抢"出来的,是"碰""编"出来的,就好比"春晚"似的,今年"春晚"结束后网上一看,吓了一跳,竟然那么多人大骂不好不好不不好,说都是瞎拼凑出来的,但你细想一下,"年"本身好吗?"年"难道不是中国人千年打造出来的一个"多日蒙太奇"吗?其实对批评"春晚"的你有一个特好的法子"对付",就是宣布明年没有春晚——后年才有,对付我这个挑"年"的刺的呢,也有一个办法,就是明年禁止我过年——后年再过,那——我肯定和你急!

其实赵本山的"捐助"挺符合"幽默规则"的,或者说他的小品是今年那么多小品中最符合"幽默规则"的那个,所谓的"幽默",必须有"结构上的错位和荒诞",就是"理"被"拧巴"了,你想,你为了"找老伴"

攒下的15000块钱，被你的"亲家"赵本山（幸好他不是我的亲家！）——给失手捐出去了，还要你在"搜狐视频"上现场直播地说"太好了！"，这不是"理"被拧巴了吗？这就是结构上、理上出现错位和荒谬了，在这个牢固的"荒谬结构"骨架上，你只要填上些搞笑语言的"肉"，幽默的"成品"就自然出炉了。而其他的一些小品——就是只有油滑的语言的肉，但没有"结构错位"的骨架，就好比只有一大堆肥肉却没胳臂没腿没屁股没腰没骨盆——总之没"身架"着落似的，你听了一百遍那些东西，你也记不住一个但赵本山的作品你即使记不住词了，《不差钱》那个故事的架子和《卖拐》里的从开始压根儿就不可能卖出去到真的卖出去了的——逻辑结构，你却能清晰记得，那当然了，要是逻辑没有被理顺、只要是少了一个环节，那个本来不需要拐的人——就不可能花钱买呀！所以结构和逻辑的成功"错位"，是赵氏小品的精髓和成功秘诀，他让每一个作品底下的"逻辑唐突"都那么地奇特和出人意料，而且都能自圆其说，还紧贴现实、不假，更厉害的，是从"卖拐"到"卖担架"到"大忽悠"一路下来——他们（他和他的编剧），把每年一个的小东西们糖葫芦似的串起来了，骨肉相连，连续剧似的，荒诞1你一旦接受，荒诞2就成立了，在荒诞1、2之上又架起了荒诞3——但你必须先知道1和2——这像不像是迪拜人盖世界最高楼？！ 这样，就在子虚乌有和平庸的海面上凭空搭建起了一个想象和编造的大厦，把我等亿万中国人的构思构造能力和"瞎想"的能力也"连续地"激发、激活和调动起来了。

冬奥会和渥太华温哥华的青春追忆（冬奥会随笔之一）

昨天申雪和赵宏博在温哥华的冬奥会上获得了花样滑冰双人赛的金牌，我一听小赵的年龄，好家伙——37岁——我原以为他是31岁来着，作为一个也是个"滑冰运动员"48岁的我，真不敢相信他的奇迹——他是自1920年以来最年长的"花滑"运动员。本人的滑冰"高潮"应该是在1989—1991年间，是在离温哥华几千公里外的加拿大首都渥太华，那时我28岁，每天在两个大学Carleton（卡尔顿）大学和Ottawa（渥太华）大学之间的那条据说是世界上最长的运河冰道上滑行上学，一来、一回有30多公里，也就是说，别人上学坐汽车，而我哩，我"坐冰刀"，别管是风雪交加还是黑灯瞎火。上课时也有趣，和许多加国学生一样，我们一进教室，当着教授的面，人先不落座，而是把手里的冰鞋放下。许多学生冬天滑雪——那是加拿大人的"乒乓球"，自然了，每个冬天，都有一两个本地同学像伤兵那样缠着绷带来到班上，国内去的同学蔡文国兄1989年第一年第一次上冰就把左手摔骨折了，他坐在第一排听课的时候由于手缠着绷带竖立不能动弹，貌似老在举手提问题，有的老师不知道，进教室就问他有什么问题要问，我想那些教授边问边想："中国学生真好学，难道我课还没开讲他就有问题了？！"

我现在北京滑冰的这双鞋，还是1989年从那个加拿大"老寡妇"手里买的那双"战靴"哩，她丈夫刚买到手滑了两三次，人就死了，她就把它贱卖给了我——仅要了 24 加元。那是个有钱的人家，所以是上等的 Bauer 名鞋。上月在西单冰场磨刀的时候，老师傅先夸我那鞋的钢好，但说鞋太老了，后鞋帮松垮了，使不上劲了，弄不好伤脚，他让我买双新鞋。但"老寡妇"的鞋是不好轻易卖的。

看冬奥会，也勾起了我对温哥华——那个我停留过不下上百次的城市的回忆，第一次去温哥华是 1988 年，我带着国内一个造纸设备代表团去考察，还坐了小型飞机。我们刚一到，就被那个城市的典雅和美丽给吸引住了——温哥华可是世界宜居城市之首！后来移民加拿大后，我每三四个月来往于亚洲城市和蒙特利尔之间，都在温哥华机场停留，1996 年带妻小游温哥华，在那里待了一周。温哥华的美是大海和雪山的组合，你想，你耳听着大海的波涛，你眼望的——却是连盛夏都戴着顶白雪帽子的落基山脉，就好比在享用着"火烧冰激凌"。瑞士的雪山也美，但瑞士的雪山下，却不是大海，是湖泊。温哥华有一个能沿海走 10 多公里的 Stanly 公园，我 1996 年就是扛着两岁的女儿走完那 10 公里路程的，不过那好时光已经过去，我"廉颇老已"，"老廉颇"我现在无论再外表装嫩，也不可能扛着 16 岁、1 米 68 的她走 10 公里路了。

昆玉河边看放生

大年初五的玉渊潭的东湖，你看到的，是围得死死的一圈带美丽图案的围墙，为了建地铁9号钱，我们游泳的这半个湖的湖水要被抽干，为的是防止在地下打隧道时湖水渗下去，我不大明白，那么地铁修好后再放湖水，那水，不也会渗下去吗？有一点是肯定的，没水的湖里原先给我们"伴泳"的那些小鱼，眼下都死了。

蹊跷的是，你走过西湖，走到园子外面，来到三环外的那条为玉渊潭供水的昆玉河边时，你能听到唱诵佛经的声音，原来，是20几个信徒在一个僧人的带领下，整齐地站在台阶上，一边诵经，一边放生，被放生的是10几个大口袋里游动着的硕大的鲢鱼和鲈鱼以及草鱼。在我原来杭州西湖家旁的净慈寺，我每年都看老太太们给小鱼放生，但在北京，放生这么大的鱼，而且还边念经边放，还是第一次看见。哦，想起来了，刚从桥上走过时，一个后生拉着一车大鱼——全在塑料口袋里面，也是游着的，其中也有鲢鱼和草鱼鲈鱼，别人问卖还是不卖时他回答说不卖，那些，就是和要被放生的鱼的同类和同一拨儿，但奇怪的是，那些鱼，是被拉着朝相反的——城乡贸易中心的方向去的，于是我明白了，"放生团"是先从市场预定了那些被放生的鱼，叫渔夫们把它们拉到河边，然后开始念经，被拉回去的——我想还是要回到城乡贸易中心的那些，是没被选中或是多余的甚至太贵的——那些鱼，它们，照旧是要回到超市被兜售被屠宰和被贩卖的。

佛经边被唱着,一口袋一口袋的大鱼们边先被浇上点像是可乐之类的养料液,然后就被倒入河中了,它们可能非常和极端地诧异——那些鱼——咋一下子被恢复自由了?直到10分钟后,它们还在放生的小片水域横冲直撞,它们都不离开被自由和放任的那个方位,在原地露出水面跳跃着,不知是幸福呢?兴奋呢?还是嫌冰凉的河水——不如农贸市场的养殖水暖和——反正死活不想走远。而那经——还在水面上被念诵着,十分地悦耳,也十分地和谐。

也就在鱼被恢复自由的水域20几米的运河的上端,冰还是厚厚的,冰还是那么地结实,咋知道的?因为冰上有十几个洞,洞口处,有五六个人,在那里端坐着钓鱼。那景象,历来是玉渊潭"冬景"的组成部分。

我呢,离开了善意的放生人和刚被放生的还不习惯的水下的鱼,也离开了那些在一旁钓鱼的人,我到城乡农贸市场的超市买晚上要做的菜——那儿老卖半成品的菜——其中当然有鱼。我家平日素食多,由于吃牛吃猪吃羊太粗鲁,大都只吃些海鲜,而鱼,恰是海鲜一族。头脑还滞留在河岸的放生,于是,我躲开了那些刚被杀死的肚子还被破着的鲈鱼鲑鱼之类,捡了一条被炸好煎好了的大黄鱼,我回家了。黄鱼的家是海洋且不是哺乳的,被吃了,也不算杀生吧,至少,它们的"后人",难于到陆地上找我们清算。

张老师的评语:

要放生?该放生的是人类的本身!

"咖啡时光"的评语：

俺见过的放生都是静悄悄的，没有诵经的。这么大场面的放生，还是第一次听说。

"枫中隐鹤"的评语：

报告齐老师，海鲜不可以在湖里放生。

看冬奥遥想在加拿大滑雪时
（冬奥会随笔之二）

会滑冰滑雪的本人看冬奥会的感觉——真有点像是老虎归山。我在魁北克蒙特利尔的那些山头滑了八年的雪，从Down-hill（高山速降）到Cross-Country（越野）两种模式，从崇山峻岭到后窗的那个小土坡，滑雪的感觉——真好，当然，那种"真好"的感觉，是用半条命得到的，我——在蒙市中心的那个最高的"皇家山"(Mont Royal)，有一次用四十公里的时速失控地俯冲，迎头撞向一根铁桩子，被剧痛折磨得龇牙咧嘴的我肯定地想膝盖难保，到医院拍片一查，才知道膝盖还没碎。皇家山的雪和松，是清香的，我家不远处的那个森林公园，你踩着越野的雪橇在树林中飞翔的时候，也是洁白无瑕的。雪是那么地刺眼，而你周围方圆几公里，就你一个在越着野。高的，是别号"老人参"的魁北克和美国边境上的那片林海雪原——我去年夏天去吉林长白山时仿佛又回到了那里，山顶是那么地高，坐缆车要四十多分钟，而且缆车翻一座山后，后面的山还有，好比后面的山在鹅毛飞舞的雪花的上面。一到山顶，你朝下俯瞰，哪儿哪儿都是雪道，分明是处女雪原，一眼能看到几公里之遥，雪还撒纸钱般在大片地迷茫地飞着，因此，奇景出现了——你的雪橇在几公里长的羊毛一样的、谁也没踩过的、厚得有半米深的雪海上，飞速按S形的线路下滑，注意，你压根儿看不见你的雪橇，它们不是在雪表面而是在雪的下面，你是在鲜雪褥子上浮游着冲浪！

滑雪的最佳温度是零下 2—3 度，整天看东北的天气预报，一直梦想到哈尔滨的亚布力和吉林夹皮沟的"那疙瘩"去滑雪，但那里冬天的气温太低，都是零下 10 度左右，那样，你的身体就是发僵蜷成一坨，想啊，冻成一团没有了灵活性的你怎么驾驭脚下那两个 50—60 公里速度急行军着的雪橇？最得意处，是在长 3—4 公里、宽 1 公里左右的大开阔地上驰骋的时候，那——真像在驾驭着双轮飞车。我最骄傲的记忆是有一次在一处 45 度倾斜的山坡上，两旁是深不见底的悬岩，整个坡就十来米宽，几个魁北克法裔青年一上坡就吓得趴在原地，俺哩，几个大回转一路先滑了下去，他们几个看了我的样子才敢站起来跟着滑——提醒你，中间是一条 45 度坡的雪道，只有 10 米来宽，两旁是——下去就再上不来的悬崖。

滑雪带给我的回忆总是带着强烈的孤寂，想当年那么多华人生活在魁北克，但你到了雪山之上几乎看不见一张黄色的脸。1998 年回京后我老找雪伴，好容易找到一个同龄的也对滑雪发烧的张老弟，2002—2003 年每年结伴去滑，但最后一次他不听我劝：我叫他悠着点，滑一会儿歇息一会儿，他不听，背着我一个人去南山滑雪场了，于是，就大腿和尾巴骨一起——摔折了。我以前不知道他还有尾巴夹着。还有，张老弟是山西人的后裔，按他们自己的习惯比较吝啬，不过在滑雪上反了过来，他对自己——贼狠！既然交了钱就偏把一分一厘都赚回来，结果一刻都不休息，结果摔断了尾巴。好在张老弟三年后痊愈了，不过，我问他还去不去滑雪时，他摇尾巴坚决地说"不！！！"我于是，又陷入了 21 世纪的雪色孤寂。

张老师的评语：
雪，是最能躁动人的心灵上的一位情人！

孝女周洋以及冰壶球
（冬奥会随笔之三）

虎年的冬季由于有冬奥会，必定是银白色的。

虽然我一直对"孝"这个字持保留态度，但周洋——前天得到1500米速滑冠军后的感言，还是让我这个当父亲的激动不已——她说她得了冠军后父母的生活就能改善了。她父母双双下岗，在家开一个彩票站。44岁就下岗的东北人——贼多，周洋的爸爸下岗没事了，就用自行车拉女儿训练，从而，就拉出来了一个奥运冠军！

前天那场比赛——我过后寻思，为什么三个韩国人就挡不住小周洋呢？其实道理也非常简单——除了实力上的，就是有时集团主义是斗不过"孤胆英雄"的，你想啊，三个韩国人边滑边琢磨咋三个对付一个，想来想去，就是不想怎么朝前滑，而孤军的周洋呢？她只想一件事，就是"冲啊"，1500米比赛就那么短的时间，一根筋超前的只要一个念头，就跑到最前面了。这其实也能解释为什么中国经济跑得那么地快，和西方比，西方是老队员的死守，是联手给人使坏和下绊子，而中国呢，是周洋式的孤军奋战，是愣头冲锋，是毫无顾忌，是为了实现目的，于是，中国就在短短的30年超英超日也不再恐韩恐谁了，就一路小跑，跑到了出口的世界第一和GDP的世界第二，跑出了小周洋的能用奖金改善下岗爸妈生活的——水准！

冰壶英文叫Curling，电视说加拿大是冰壶球王国，说全国人都在玩，我在加拿大10年，咋就没听说有人玩冰壶哩？要有，恐怕也是老年人运动吧。看冰壶球也挺上瘾的。中国女队的队长的名字中有个"冰"字，叫"王冰玉"，真不知是先玩的冰壶，还是先取的名字。冰壶球我看了几天大致明白了，其实颇像是保龄球和围棋象棋的结合，不需要什么体力，倒是需要下棋的算计，难怪这个项目中国人第一次进奥运就直奔金牌冲刺哩——咱的脑袋好使呀！还有，我看冰壶球赛的个人情趣，是听那些运动员用他们各种语言大喊大叫，有中文日文法文德文英文俄文等，真是五花八门，好在我都能听个边边角角——最起码那些连词助词之类的。由于中国运动员都是东北人，是我的半个老乡，所以他们的浓重口音外加几分东北人独特的木讷和实在，旁听旁观起来，真是有点"我到家了"的意思。注意到了吗？冬奥会的领军者一水是世界强国，而且世界强国没有一个国家不拥有冰雪覆盖的北方疆域，可见东北强了，中国才是真正的完整的强者。

鲜为人知的冰雪组合秘密披露
（冬奥会随笔之四）

本人对体育的瘾之大，是超出常人的，除了高尔夫之外，其他运动本人都玩得不错，而且都懂点门道。前些日子京城一个大玩主王世襄老先生刚刚去世，据说他什么都会，会玩鸽子蛐蛐和古玩之类的，但他玩的项目中，我想，肯定不包括打冰球或花样滑冰。我昨天和公司的老员工小孙从国贸滑冰场的顶上朝下看一位老先生滑花样，我对小孙说，你还记得他吗？2002—2003年咱们在这儿滑冰时他就在这跳舞——我那时给公司员工买了好几张卡，让他们下班到冰场滑冰，可都八年后了，他——还在这儿滑呢，只不过他以前跳得像老天鹅，现在跳不动了，变老土鳖了——嘿嘿，岁月呀。

刚才在西单玩冰，场上的都是90后，还有比我强得多的，就是那些教练、那些前国家队的主力。我和一个熟悉的教练小伙子闲聊，他说甚至申雪和赵宏博——都在这场子上玩过。我问他会不会滑雪，他说不会，我因此颇为得意，按我的推算，知道滑冰、高山速降（Down-hill）和越野滑雪（Cross-Country）三种玩法的国人，的确是非常地鲜有，你想呀，滑冰滑好最起码是10年功，滑雪也一样，一种滑法五年入门，另一种呢，还是五年，而本人——则三种都是超级业余水平——就和俺平时是个超级"业余知识分子"一样。

看冬奥滑雪比赛时绝大多数国人没见过的，恐怕是在平地上跑的那种"越野滑雪",即使在北美,精通烹调和麻将术的华侨一般也不玩那种游戏,但须知,Cross-Country 那种运动,可不比从山坡上下坠的"高山速降"有半点逊色。Cross——翻越,Country——田野,凭两块雪板和手中的雪橇,你能在平地的雪上健步如飞,如履平地,也就是说,只要地上有雪,你就能高速在雪上奔跑。所以北京一下大雪,我在被雪盖着的那些公园转悠时,就想顿时有副越野的雪板。和"高山速降"不同,越野的雪板要窄,雪鞋也不固定在板上,后脚可以像走路似的提起来。还有,一共有两种滑法,一是在两根铁轨似的笔直的雪槽(track)中循规蹈矩地滑,叫作"古典式",另一种呢,没有槽,就在平地上像滑跑刀似的"四仰八叉"地靠身体的大幅度"忽悠"生产前后的动力差,从而"大摇大摆"地飞奔!在离我家不远的那片森林中,我"忽悠"起来的最快速度,和一般人滑冰的速度相差无几,要知道那可是在平地上呀!

还有两点是不会滑雪、滑冰三种玩法的人永远不会知道的,就是:(1)即使在玩国人中最流行的"高山速滑"的雪场里,你照样可以在平地上按"越野"的滑法四仰八叉地"螃蟹式"快速飞奔。我去国内滑雪场时观察四周,发现没有几个人能在平地上像我似的飞奔,就是因为人家不会越野滑雪的"功夫"。(2)在滑完雪后,你再到冰场玩冰,那种神奇的感觉,就只有用"痛快死了"来形容了——由于你在前一天已经把身上所有的筋骨都放松开了,于是你怎么滑怎么有,你的肌肉和关节没有纠结制约的"死角"。

以上都是些"实话实说",记录下来,因为国人知道这种感觉的体验者不在多数,免得故事被人带走。即使是北美人也不见得人人都是"三通"的,因为三种运动门道不同,每样都需要磨刀砍柴功外加九死一生和不要命,就拿本人来说,20世纪90年代初在渥太华玩冰的那几年膝盖年年都是深紫色的——摔的呗!还有,三样都会到初级以上水平之前还有另一个条件,就是大腿比小腿粗壮——那是说要会踢足球,而本人之类的"玩主"在大学四年旷课率70%以上,天天都在足球场上踢球,那四年,膝盖不仅是紫的,就连前腿,也净是和人对撞留下的"弹坑"。

从老领导 Peter 到正格的 "体育精神"（冬奥会随笔之五）

冰雪和寒假的那个"寒"字以及冬奥会的直播，把我的一些寒冷时期的记忆的冰匣子打开了。我想到了体育给人类带来了什么——这个问题非常地严肃，结论是工业化时代残存的"野性"，而那种野性，一定不是冰壶之类的，一定非要是翻到空中后落下时有可能把脖子戳进去的"空中技巧"，而这，正是国人心目中"君子"们所不屑的。我还想到了一个当年在加拿大尤克集团总部工作时的总裁——Peter Blaikie，他高大的个子有1.9米，可以用"伟岸"形容，他无疑是个"高大全"的完人，是我们员工心目里的 role model——偶像，他是个政治家，当过加拿大反对党的党魁，他还是大律师，是蒙特利尔著名律师楼的合伙人，他是个白天和你谈工作晚上你就能在电视上看他做嘉宾、做政治形势评论的公众大人物；他坦荡荡的，唯一发过的一次"大火"——我亲眼看到的，是有一次一个印度裔员工在办公室病倒，叫急救车，但急救车一个小时后才来，他于是震怒了，怒斥负责安全工作的人，限令他追查救急迟缓的原因，然后，他带着我们抬着那个印度人上了急救车，看车走远了，才放心回到公司，然后晚上，你又能看到一个风度翩翩的政治家在电视新闻上露面，那人，也是他——Peter。我想说的是他和体育。60岁的他是蒙特利尔滑雪协会的会长，须知，在一个冰雪王国里当那种会长，需要有真的本事。他能随便滑上几十公里的"越野"——1米9几的他在雪9上耍开后肯定速度不凡。

夏天，他周末喜欢骑自行车环蒙特利尔岛高速"转悠"，每次都能骑200—300公里。有一次我从美国出差回来，在机场取行李时看到了他和他也是1.9米的老伴，我惊奇地问Peter你怎么在这儿，他含笑说不好意思，我不是去出差，我们刚才科罗拉多滑雪回来，我是在等我们的滑雪板。牛吧！那是近15年前的往事了。在尤克四年期满后，也是他和他的搭档董事长Fish艰涩而和谐地共事了四年后，Peter就风度翩翩地离开了公司，只当他的股东。他无疑是谁都敢欺负的Fish都不敢藐视的一个大人物。我想，他身上那股特有的魅力，不光是他的财富业绩的光辉，还重要的，就是"体育精神"——一个每天能骑二三百公里的60岁的人，不仅是聪明的犹太人，而是任何人都难于小看的。而中国的"儒"缺少的就是这种野外冒险的精神——我说说现今的，李白那个时代不是，古人的诗人们还在仗剑吟诗，毛泽东的诗词——也是听着枪炮声写的，而这些都似乎不复存在了。我用苛刻的尺度评价国人，很容易落入"极其温柔"和"极其野蛮"的两端，温柔的太"儒雅"，野蛮的太"野蛮"，而能让这两头折中的，就是需要用野蛮的方式成就的"体育"了，所以毛泽东六七十岁了，还到长江里去赤膊击水，而且觉得是在"闲庭信步"。"偶像"之含义，是你无法超越的人，是一个尺度和标杆，是距离，平庸的我辈，不可能超越远在蒙特利尔的老领导Peter，像他那样同时当着国家反对党的主席和城市滑雪队的队长，于是他们就成为了被定了格的偶像；他们于体育和文职中折中，我是说，假如他们只会天天骑300公里的单车而不当大律师，就只停留在运动上，就不是"体育精神"的偶像了。真正的体育的灵魂是激情冒险和喜爱，所以中国女子冰壶队稀里糊涂输给俄罗斯队后加籍教练骂她们把冰壶只是当工作而缺乏"挚爱"，是有道理的，而据传言中国女子冰球队中仅有六个人拿2000元工资，其他的都是"自费打球"——那这恰恰是因为了对冰球的爱，是名副其实的奥运精神！

他为什么不笑

冬奥会结束了，冬天的游戏也"玩完了"。昨天运动员们喜洋洋回来了。报道说周洋家的生活真的改善了——她得到了几百万的奖金，而"三冠王"王濛呢，变成了千万富翁。在祝贺她们的同时我担心纯真的不再。千万富翁很难保持纯真。

本人的"金泽之旅"也进入了备战的阶段。昨天去一个旅行社去办签证，接待的是一个男办事员。在平时习惯了微笑和被微笑的商业社会中，我照例微笑地把表格送给了他，但是他——却没微笑着接过去，后来他的一系列的动作中——都没有丝毫笑意，那使得一路微笑的我——显得特傻，我于是也报复性地——把脸紧绷了起来。看来冬寒还未褪去。

我于是想到了究竟哪些个行业的人——不能笑，结果是殡葬业、医生、银行前台和警察。殡葬业似乎不用解说；医生——我最近老带着家里的老人去"看医生"——其实我自己并不特喜欢去看望他们；医生在给别人诊断时，尤其是对那些得了不治之症的，千万不能够讪笑着，说："哈哈，您得癌症了！"银行的前台，你去银行办事时注意，也都眉头紧锁，在点钱时他们也绝不嘻嘻哈哈和幽默，说："嘿，又送来了3万！"那样，你会特别机警和不踏实。至于警察，在站岗和当保卫时脸通常也是非常严肃的，比如国家领导人出访时站在他旁边的那个高大的便衣，领导人和蔼地微笑时，他——绝对不应该也跟着笑！

让张爱玲研究丁玲？

　　这是今天的《北京晚报》说的，是断章的，整个的标题是"为了赚钱张爱玲甚至想研究丁玲"。张爱玲是谁并非每个人都必须知道，我从前就不知道，知道后也不喜欢，但近来却逐渐地喜欢起来——就好比国人喜欢冰壶以及短道速滑，我甚至"沉迷"于"张学"了。"张学"的迷人不止于她的文字——她的文字是越来越好了，还在于她的身世——她是饿死的——被她自己。后40年的她没有任何亮色，她几乎是贫困而死——在把他祖老爷李鸿章遗留的珠宝全变卖完了之后，但她依然是中国文学近百年的第一才女。文学是件"苦活"，从业者必须脚踏苦海，但像她踏得那么深的和那么孤单地踏，知道后，还是让人痛惜——有一种太残忍的不快，尤其在你读着她精灵文字并咀嚼那份快意的时刻。

　　和艺术的长命和能死而复生相比，一切的政治以及生计都是短命的——这话本不该在这一会儿说呀。艺术的穿透性是具有百年性的——假如好的话，不信你看看，书店里最热销的，尤其是《小团圆》面世后，全都是那个被自己饿死的"张小姐"的书，那岂止是"阴魂不散"？该说是"死魂灵"的超级狂欢，简直是在嘲笑着而今的这个"小品"时代——是王蒙感慨的吧，人问王蒙唐朝有唐诗、宋朝有宋词、元朝有元曲，民国有张爱玲（这是我发挥的）——您说我们现在有什么呢？大作家王蒙先好好想想，然后说："小品呀！"

从北大到北大医院

文学有"虚构"和"非虚构"之分,我的创作从"虚构"开始,到"非虚构"结束,原因是你仔细看世间的大事小事,其实都是故事,压根儿就不需要虚构,比如从本周的《南方周末》上看那个乞丐——"犀利哥"成名前后的世间反应,我纳闷——这是你咋发挥想象力都编不出来的小说吗——情节离奇也!

本人4月1号"愚人节"那天要去日本——也跟个故事似的,而且还挺愚人。我的同伴是小欧阳———一个才21岁但马上就要从北大硕士毕业的湖南小才子。我和他合计用金泽大学给的似乎只能"蚁族式生存"的那点微薄的奖学金如何度日,他说实在不行就住那些"胶囊旅馆"——只有一个囊状空间旅舍;他问我20年前在东京是咋住的,我说我那时在中国最牛的"央企"就职,住的是高级公寓,他听着,就特像是我在愚人。

老娘恨不得趁我人还在京把北大医院所有的科——全给看一遍,于是我这两星期推着她看了:内分泌科、骨科、消化内科、骨科、眼科、泌尿外科、老干部科,同时还做了胃镜和B超——以及这检那检之类的。在那个本来和北大没什么太大关系的"北大医院",你别想考虑什么科学和民主,你唯一想的——就是啥时逃离,只要在那种环境下待上半日——你人就会濒临崩溃,你周边的那成堆的人,似乎都是佛教中说的在地域中挣扎的：那样地残缺不全，那样地让人沮丧，所以我想，所谓的"中年危机"——特别开始于送老人频繁去医院而不去就不行的——我这种年纪，因为你已经看到了生命衰退的全程，而你，正推着你的先人——在一步步朝那边走，这，可能就是作为一个有生命的生物躲不过的悲哀吧。

在和科学、民主、理想主义以及独立思考全无干系的"北大医院"，你除了打架的吵架的挣扎的那些灰色的绝望的事，你还能看到些戏剧点的，比如有个"老男人"说他做前列腺B超，是为了问大夫还能不能继续"玩下去"，还有，人身上一切和爱情浪漫有关的器物，在医院里，都可以非常理性地被分解成名词概念在大庭广众下公然地表述，比如一个女大夫用高音告诉一个男的，叫他除了去化验尿和大便，再顺道做一个"精液检查"！那男人隔着人群大声说："咋做啊？！"除此，全都抑郁的人群中只要有一个笑意满面的,别管是什么身份——比如发药的白衣人，都仿佛沙尘漫天中，从泥土缝里钻出的一缕希望未绝的阳光。

出国前的几桩"怪事"

今天在北大中文系的五院,陈老师让我"秀"了一把日文,在场的有金泽大学来的几位教授和中文系的蒋书记、沈老师等一大屋子的人。本人这个科班出身的翻译已经有20多年没在正式场合当日文翻译了,所以要说的话连自己都心里没谱,讲话过程中夹杂着几个并不是日语的句式,好在日本来的教师们客客气气地点头,似乎都听懂了,这就是日本文化的微妙,假如是意大利人的话,明明听懂了,他们也会使劲摇头。20多年前,在东京的"东京会馆",我曾站在几百个日本商界要员的前面朗读日文稿子,代表中方出席酒会的是当时外经贸部的副部长李岚清同志,记得他当时的表情——就非常严肃,眉是皱着的。好歹我通过了今天的口译测试;语言这东西挺有意思的,就仿佛是潜伏在内脏中的器官——你自己看不见,但该用的时候,它就在那里。

初春的燕园乍游起来还是惊诧得美丽,邵燕君老师和我等几个同学带着金泽来宾在未名湖边游览,听着邵老师的解说,那湖、那塔,你不得不重新喜爱燕园这个"玩物"——其实只是间隔一两个星期没来湖边而已。"魅力"一词在于有"鬼的力量",魔一样地、细腻潜伏地存在着,一阵春风,就能把暗藏的魔力煽动起来。北大的诱惑不止是在湖和塔,更在满园子里面的、从全中国搜集来的"怪人"——老齐俺好歹也算在籍的一个;"怪人们"每个人的"怪法"并不相同,而这"怪"中,就有一种总是想脱离圆心的企图。

由于要出国,就去"畅春新园"去退宿舍,两年来其实本人只住过一晚上,所以和楼长说宿舍的号码425时,楼长说不是,你的房间是452——才对;到宿舍管理中心说我住的是1号博士楼,管理人员说不对,你住的其实是2号博士楼。然后,就用手机和同屋老孙道别,问他衣橱里挂着的那件T恤衫是不是我的,他说也可能是别人的吧——有许多我不认识的人在我那张床上住过,其中有的是为了考研,但据我所知,凡在我那张床上睡过超一个星期的,都最终考不上研。后来,我就抱着两年前送去的似乎是自己的被子,在飘扬着漫漫黄沙的北京城中像是一匹北方的狼,听着"古典也疯狂"音乐乘出租车回家,出租车费是35元;当我把已经棉絮裸露的不知被何许人"和谐"过的被子摔到复兴门家里的床上以后,才琢磨过来——或许,这被子和枕头的"典当价值"——并不会多于35元。晚上心神安定下来后,老孙来电话了,说老齐,那件脖领子黑色的T恤——的确是你的,我于是又叫出租车。

汪晖有学术作风问题？

本周的《南方周末》上有一篇看后令本人毛骨悚然的文章：王彬彬写的《汪晖〈反抗绝望〉的学风问题》，批的是清华大学顶尖人文学者汪晖先生，说他20年前写的博士论文有严重的剽窃问题。俗语言骂人不揭短，"彬彬"的这一揭，可是想从根子上挖汪先生的根子——博导当年写的博士论文，你想，假如博士论文都有造假，那么博士学位就可疑了，学位可疑了，凭文凭评的教授头衔——就有问题，然后是博导的头衔，再然后是著名学者的头衔；就跟说曹阿曼不是好人似的，你说他今天不是好人——没有力量，但假如你说他的爷爷是个宦官——那么，他从根部，就不是好人的胚子了。

汪先生是本人间接尊敬的一个学者，第一次见他是2008年的一次世界诗会，来的什么人都有，大部分是说英文的，汪先生令我佩服的，是他能把中国人说的特别难懂的中文以及外国人说的更不好懂的英文，互相转译成后来中国人也懂了、外国人更懂了的文字，而且是现场进行综述，那对50多岁的他那个年纪的人来说，并不是件易事。另一次见到他是在北大中文系的一次研讨会，他作为戴锦华老师请去的嘉宾做电影论文的点评，依旧温文尔雅，博学多才，一点儿——都不像非要招人那么恨的、欲置之死地而后快的人。

什么是剽窃和抄袭？其实我看，汪先生的被并不"彬彬有礼"的那位南京大学叫"彬彬"的教授批判的他所谓20多年前的剽窃,在外行看来仿佛是剽窃——那是王氏写文章想要达到的用语,殊不知,在我等专写社科论文的眼里,王氏说的那些个"伎俩"——绝不算是剽窃:引述而已,而论文中不大量引述,我等是休想得到博士学位的(本人最头疼并担心拿不到学位的,恰恰是老齐我总不按规范引述别人说过的话)。假如引述都算是剽窃——的话,那么王氏的文章通篇都是引述了汪晖论文——即使是为了批他而引述,那么王氏的文章,就要比汪晖的——更算是剽窃了:剽窃之剽窃也!

  文人间相互斗——这非常常见,不常见的是非想断了别人的后路前程,这就非常地损了,就好比章子怡近来的"倒霉"似的,指责归指责,欲置人于死地,那就不厚道了。对汪先生这样的正人君子施以猴拳螳螂拳或者掏裆战术,外人和闲人旁观——我这类的,都觉得愤愤不平!

临行前去和"澳洲孔夫子""诀别"

　　昨晚，我是抱着和老友保罗（Paul）"诀别"的心态，去北京语言大学和他畅谈的。听说他不久后要到另一个国家去教书，不再来中国，我呢，半年过后才从日本回京，所以65岁的他和我，就可能至此诀别。我送了保罗一本自己印制的《余力》英文版，在上面写了一句给他的"命名"：Australian Confucius(澳洲孔夫子)，他看了嘿嘿直笑，说我送的这个名号恰到好处。

　　从2004年起我和他共事七年之久，起初的他还不到60岁，来北京的第二年娶了一个菲律宾籍的娇妻，为之还把一头银发染绿了，看上去非常滑稽。后来娇妻回菲律宾了，回去了就再没回来，之前就听说保罗为她在菲律宾买了间大房子，他昨晚对我证实那个房子的确很大。本来我以为他的那段"闪婚"黄了，但他说他们还是恩爱夫妻，并顺手让我看他妻子从菲律宾某个小岛上刚发来的看似不是英文却是英文的短信，可见厚道的保罗，他的爱人还是——他的爱人。用"厚道"一词已经很难形容65岁的保罗，我说你怎么越看还越年轻了——即使没人再逼他把头发染绿。保罗与我畅谈，回忆起我们还都"年轻"的时候就有的默契，以及他和学院所有学生们之间，渗透到骨魂里的默契。当我在"学办"搞English Garden（英语花园）的时候，无论刮风下雨，只要是有一个学生在"花园"里，保罗"老残"的身影，就一定似电线杆子一般杵在那儿陪着学生；他搞圣诞晚会的时候，我也必定第一个到场，最后一个离开。我们之间彼此相求的事情不多，但只要对方有求，就必应。比如他去年悄悄地给我打了个电话，让我打探一下学院是否正在裁员，他们那些外国"老家伙"们会不会被扫地出门，我笑着说不会吧，之后便替他四处打探消息。牛津大学毕业的保罗风度翩翩，像个英国绅士，但他的机敏、聪慧外加几分的"装糊涂"，令我觉得是大智若愚。所谓的"智者"并不一定非常地精明，"智"，表现对适度和分寸的把握，我甚至觉得，像保罗这种刚柔兼备、糊涂和清醒并存、现世和未来"通吃"的人生境界，是我这类凡人很难达到的，或许因为他是个有信仰的人？他信基督教，他的娇妻也是信徒，他们就在北京的一座教堂相识相爱并迅速结婚。然后，保罗就极其虔诚地把这么多年靠每星期教书几十个小时的工钱，源源不断地打给那个远在太平洋小岛上的娇妻，帮她买了大房子，更让人惊叹的是，夫妇俩还在那座房子里，供养了两个无家可归的菲律宾女童。我想这种奉献精神，这种无私的捐献，无论是对学生、对友人、还是对远在天涯的娇妻，都只能用为信念飞蛾扑火、救赎灵魂之类的动机，才能解说得通。我本人不深信任何宗教，但假如宗教——都能被像保罗一样的人秉持奉献精神去信仰，是值得尊敬的。我们还聊到前些日子在首都博物馆举办的"意大利传教士利玛窦中国行"的展览，不经意间，我觉得保罗仿佛就是现世的利玛窦，他这些年虽然没像利玛窦一样给中国带来新科技或其他成就，但至少，他在几千个中国年轻人的心中建立起了一个无私、风趣、大度的形象，即使不把头发染成如苔藓般的绿色，也永远充满青春活力，虽然没人为他塑像立传，但无论世事如何变幻，保罗始终如一地秉持自己的信念。

  品人如品酒，好的人品也如佳酿，窖藏越久越芳香醉人。老保罗这瓶澳洲红酒在北京被雪藏七年，越发老而醇了。"诀别"时保罗告诉我，他原本要去的那个国家在离他老家澳洲不远的太平洋上,叫作巴布亚新几内亚,那里有300万人口,800多种语言,与现代文明相差800年。他想去帮助那里的人们提高文明程度,缩短这800年的距离,跟上现代文明的脚步。但他又说他尚未接到那个大学的正式聘书,我说,那你就别去了吧。

来到金泽

前天从北京出发的时候很有意思，我和老妻上了出租车后，司机问到哪儿，我们说"东直门"，见他犹豫了一下，赶飞机的我就试探着问："您不会不知道东直门吧？！"他果然不知道，于是从容打开了GPS。师傅（他是房山人）边问我们东直门的"直"是哪个"直"，边用也像是房山的字体别别扭扭写，有些练毛笔字的意思。要赶飞机的我有些慌了，问他能不能不用GPS，他说也行，就打了一个"求助热线"，他一边按那个人的说法走，同时，GPS也告诉他在哪儿左拐，哪儿右拐，哪儿有警察。但由于他写的那个"直"，不是东直门的"直"，我想，系统肯定是按上一个客户的要求——去八宝山之类的指示指挥的。

告别了老妻和祖国，我就上路了，踏上了25年前上的同一条路，两次都是去日本，而且在同一个季节。到了大阪关西机场，上了高速，我才知道这次和那次不太一样，那次是"昭和"年，这次是"平成"年，都平成22年了，也就是说，现在的日本的明仁天皇已经登基了整整22年，而我上次在东京，还看见明仁天皇和他的老爸一起挥手来着。上次来日本感触最大的是高速公路，那时中国最好的路是从北京市区到机场的路，还非常颠簸。我当年一下飞机——傻了，咋人家的汽车在飞机跑道上开？此一时彼一时也！同行的湖南小欧阳在大阪机场转悠了半天，说："师兄，咋没出国的感觉呀？"基本上两国的字是同样的字，人长得也一样呗。但日本人的规矩还是超出我的意料,除了礼貌语言还同样地讲究,办事的认真也没变——比如把垃圾按材质、用途不同细致分类,可燃的、不可燃的、资源垃圾、不可回收分,不清楚就不能倒,很是新奇。这次我第一天到日本的感受,就是日本进入老龄社会了:老的礼数、老的规矩、老人的社会——金泽满大街几乎看不到年轻人,年轻人都聚集在我住的金泽大学校区附近。没有冲动,没有浮躁,甚至没有流动,我于是想,等若干年后中国的老龄社会——会是个什么样子?金泽市非常古典优雅,老城的城头是乳白的,樱花的蓓蕾在做着开放前的彩排。人也有古意,昨天逛旧书店,听一个女店员在聊着写"俳句"的事,俳句相当于中国的古诗,古城春天出古诗,我的惊诧,相当于在北京的一个商店猛然听到收银员边数钱边说:"我昨晚又作了一首元曲!"

昨天杉山老师和一个研究生带着我去城里办"登录手续",在"市役所"——相当于说的"市政府大楼"。我们几路出发的学生,北大的、师大的在那里会师了,在一个文化上虽不完全是"异国"但却是绝对的"他乡"的国度,无论你见到哪个老乡,虽然不泪汪汪的,但也是情分分的,而这,也是偶尔"离家出走"的乐趣吧。我所在的大学位于一座山谷里,和我早年在渥太华读书时的卡尔顿大学的地势非常相像,出山也不容易,进山也不容易,只剩下一条出路:埋头翻书。

从一个GDP无论如何要"保8",不保就危险的快速行进的社会,突然来到一个自打我离开后20年一直确保零增长的缓慢社会,失重的感觉,就好比杨利伟从"神6"飞船着陆回到了地面。

有个字能看出中日文化之"时差",日本现在还把一封信叫"一通"信,而中文的那个"通",在民国后就绝迹了。你今天给谁写"一通信",注定是个错误,会引来一通笑骂。还有我注意到了,昭和时代一千元日元上的人头像,是我喜欢的作家夏目漱石,现在一看,是个卷头发的,我还以为夏目漱石后来也烫了头发,问了才知,千元的人头像不仅"改头"而且"换面"了,现在的不叫"夏目",叫"野口"① 了。

张金俊老师的评语:

一路平安是最好的事。廿多年后的异国采风,感触会更多。那情、那景,会升起你心中的五彩浪花。

"心灵飞鸿"的评语:

春来了,得知齐老师已平安抵达,十分高兴。山中的齐老师,一定有如鱼得水的感觉,期待分享更多山光水色,遥祝安康!

---

① 野口英世,被誉为"国宝"的日本细菌学家、生物学家。

小城之春樱花开

本人一贯喜欢在小城里过小日子，万不得已才空降到了莫大无边的北京——这绝不是句随便说的不腰疼的话，我曾在只有30万人口的加拿大渥太华生活过两年，又在只有20万人口的蒙特利尔边上的小城凡尔登（Verdun）住过8年，因此一到40万人口的小城金泽，就好比海龟游回大海和老鼠找到了洞——到家了，也该好好歇歇了。今天"北大团"的一行人去了市区的古城"兼六园"，园名是很早前一个日本人按照中国人的理念起的，可能其中兼有美呀德呀雅呀之类的——总之是六种，当然还兼有初开的樱花，所谓的"初开"，也有形容少女情愫萌动的含义，花朵想要盛开的张力把外围的束缚给顶破了。透过早樱的白花，遥看远山雪白的山顶——白里透白，遥相呼映。第一次看见几只小鸟摇晃樱花枝那雪白的花瓣，在空中打着旋儿，慢悠悠地、一瓣一瓣地、轻柔地、如播放慢镜头般地落到碧水里，随风飘落的花瓣是樱花的灵魂，有些日本式的凄凉。于是我思忖，樱花用自己的肉身葬自己的灵魂，被葬者和祭奠者的合为一体的，就只有花了吧，人类不行，没有啥人能用自身的胳臂去祭奠自身失去的腿。

日本人的勤快和对细节的追求，我等不得不叹为观止，比如说垃圾的分类，哪天能倒哪类垃圾有严格的细则，你必须准时去倒，过时只能等待下一次回收。这致使我都不敢产生垃圾了：我吃东西时往往想的不是吃什么，而是吃不消的将变为什么样的垃圾，比如说葡萄，我在北京吃葡萄一贯吐皮，但刚才直到我把最后一个葡萄吃完，也看不着一点皮——回收葡萄皮之类的"生垃圾"的时间兴许是下下周，为了减少那道程序，我现在必须把它们的皮吞下。

在超市，我见一个母亲不仅把吃完饭的碗给柜台送去，还拿了抹布，帮人家把桌子擦干净才走。她没觉得什么，我倒是挺感动的。那天我在全城找刻章的地方（日文把私章叫"印鉴"，很多事务都会用到），我原本想算了，反正才待半年，而且那么贵——5000日元，合300多人民币，但没有章开不了银行户头，那6万日元就永远到不了我的账上。我只有去刻，刻的时候店员说，名字如果是两个字费用就只需4000日元，我名字中间的那个字其实最简单不过，就是个"一"——一个字顶1000日元！我顺嘴幽默了一下："早知道起名时俺爸妈少取'一'个字就好了！"店员听后不但没笑反而特认真地盯着我看，我才意识到在日本不能像在北美那样开玩笑。太认真也。

从校园到山下的Jusco超市往返有两三公里，每天顶着星星和晨露走下去走上来，成了俺必不可少的运动。由于6万日元的生活费太紧，其他的几个"北大学子"比我更惨——他们都住在距校园走路一个小时的地方，为了省车费，每天走来走去，还不舍得吃，一进餐馆就叫我这个"翻译官"为他们点量最大、最便宜的饭菜，他们说每时每刻都处于"半饥饿状态"。

我这两天一直在想，是什么把一个曾经非常歇斯底里的国家，变成了这样一个非常和谐的社会呢？难道是从中国传来的礼？礼在日韩两个国家依然被原汁原味地保留着，所以孔子的礼，是有着实践性和强制性的——能制约人的行为，消减人性中的粗野。日本的礼还体现在语言之中，从日本语言的构成到它在各种场合的实用。我带着几个队友走一路讲一路，日本国民性的百年变异，我想到一种可行的解释：从臣民到公民的说法。"臣民"永远不是"公民"——无论你"臣"于什么，由此说，真正和谐社会的条件，或许不是唯一的，是"去臣"，别管你"臣"的是什么，也别管谁臣谁，是臣于皇权，臣于暴力，臣于物欲，臣于房子的价格，臣于偶像，甚至是GDP，随便哪一样，只要一个社会"臣"了，就没有真正的公民，就不会是真正和谐、和平的社会吧。

张老师的评语：

一提到樱花，我才恍惚四顾，原来小区内居然有一株。我抬眼望去，在槐、柳满树的枯枝当中，居然展露着她粉色的花瓣，鲜艳夺目。然而，有些稀疏的花片已飘落于泥土之上。在万树丛中，她的生命是那么地孤傲，默默地离去，不免让我心疼……但在晚间新闻中，看到华盛顿的樱花，真乃满树烂漫，如云似霞，每条枝丛都绽放着那么热烈、纯洁、高尚的气宇，这又使我的心回暖了起来。大和民族，将他们命运中的心语，移置到了樱花的魂魄之中。他们认为，樱花生命的短暂（七日），那是一种来去匆匆的美感，是一种不可多得的"壮烈"！面对死亡，她们果断离去，完成了大和民族的日本精神！当然，樱花将希望传给了世界各地：传说中有一位日本女子叫"木花开耶姬"的，她从冲绳、九州、关西，一直到北海道，一路撒下樱花的种子，她的用意在于，让世上所有的人，都有着生命、幸福和希望！据说樱花的故乡是"喜马拉雅山"。唐代的诗人李商隐曾写道：何处哀筝随急管？樱花永巷垂杨岸。

寻找垃圾源头
——非学术读书笔记

凤凰网上看窦文涛和德国汉学家顾彬的一次对话,顾彬因说中国当代作家"都是垃圾"而名满天下——似乎现在谁先说别人"垃圾",谁就能出名,但当着窦文涛的面,顾彬澄清了他的"垃圾说",他说他只说过三个作家写的东西是"垃圾",巧了,那三个人都是女的。究竟谁是垃圾,于我等外人并不重要,我比较同情的是,那些靠研究当代中国文学为生的学者们——这次"北大团"里就有一位老师和两个学生,那他们不就成了"淘垃圾"的了吗?噢,今天早晨,本人成功地第一次倒掉了垃圾,会馆负责管理的一个日本学生手把手地教我怎么倒"能燃烧"的废纸和"不能燃烧"的塑料物;假如中国作家也能用"能燃烧"和"不能燃烧"来比喻的话,那么顾彬批评的作家等人,就可能算是一点燃就化成烟灰的短命的"可燃烧垃圾"了吧。巧了,早晨在图书馆的"中国当代文学"书架上,还真看到了一本日译本的顾彬批评的作家写的书,那是"被翻译的出口垃圾"吗?

"金大"的图书馆不大,不过,日本近代文学的书够我读了,我在书堆里寻找着顾彬说的被丢弃了的中文"美好语言"创作文学的材料"语言"本身都成垃圾了,那些被用垃圾堆堆砌的文章,还不成垃圾箱?一定要顺着垃圾的成因摸索回去,原汤化原食,解铃先找铃——这正是本人金泽之行的真实意图:我研究的核心内容是近代日本语言的转变和中国语言转型之关联。昨天我找到了一个有意思的论述，日本明治时期和西方"初恋"时，日本曾想废除汉字，把文盲率太高归结为汉字难写，但有人反对——那些文人和爱汉字的人，其中有一个人的论点非常"好玩"，他说据他的调查，美国人用比汉字简单好学得多的拼音字，可美国的文盲率是日本的5倍！

今天还发现了一个小"东西"，清末马建忠是中国第一个用西方语法分析中国语言的人，在他同时代的日本也有几个人做同样的事，不同的是日本人读汉文的方法和中国人大不相同，所以他们"炮制"的汉语语法，也和马建忠的有许多不同之处。细看其究竟，好比用海蚌比河蚌，极其有趣，而国内研究近代语言学的那么多学者，恐怕都忽视了这个。

这些个小"学术樱花瓣"，俺来两天就采到两三朵。偌大的图书馆二楼，只有俺一个来自异邦的翻书人，在那里沾沾自喜。

张老师的评语：

汉字之美，在于它的声、形、意各具特色又密不可分的那种浓郁的人文思维、丰富的哲理和涵养于心中的直观美学，以及书写中所表现出来的各种超凡的气质。这是一个民族文化历史中沉积太久而得到的无价魂宝。

和小王的通信

小王，你好！

金泽的事你看我的博客，我闲着没事，写写解闷，日本我已经20多年没去了，由于讲日语没问题，还是有故地重游的好感，另外，这里没有中国那么瞬息万变，小国寡民的，人也简单善良，也许是金泽小的原因吧，另外，我想一个国家只要国泰民安，只要几个十年，人就都会诚实善良吧——孔子说，人之初，性本善，坏的环境才出刁蛮之民，因此国家的大是大非还是非常重要的——日本就是个例子，你真难把那些当年的日寇和这里的今天的百姓联系起来哩。

我深居简出，闭门读书，仿佛是闭关了，呵呵。

就说这些吧，一切安好！

附：小王的来信：

您好，齐先生！

您在日本如何？看到您在博客上的文章，勾起了我对日本的美好回忆。记得当年我到日本时——9年前，3月31号晚飞抵大阪关西机场——正值樱花绽放的季节。我那位住在奈良的朋友下周末来中国出差。

请多保重！

小王

假如GDP增长率是零，人怎么生活

这两天我到街道上闲逛，这种闲逛于别人而言没什么意思，于我，大有意趣——这是相隔了20多年的闲逛，我在反复观察着一个GDP增长率基本是零的国家的人是咋生活的。与我预想的相反，日本人还是那么地忙碌勤劳，街景也没太大的变化，但人人淡定祥和，一幅小国寡民和国泰民安的"浮世绘"，这令我万分地不解。回想1985—1988年我在经贸部中技公司日本代表处常驻的时候，主要调研宏观经济和企业动态，当时的日本如日中天，是发展的最高峰，几年过后，日本就进入了"失去的10年"，增长率就几乎是零了。昨天电视上民主党还在信誓旦旦地说他们有能力把经济维持在1%的增长率，也有政客放言说要达到4%的，对比中国，假如说明年的GDP增长率不是8%而是4%，那么，肯定就形同于恐怖威胁，我的疑问是：假如1%也能让人乐陶陶的，那么都8%了，咱百姓还慌张什么呢？

昨天租了个电视，打开电视后看到了我特别熟悉的歌谣——日本传统的"演歌"，看到了五木宏——他是日本的演歌巨星，20年前他还是个小伙子，现在已经成了雄性的"半老徐娘"。当时我在代表处时就爱唱他的歌，教我唱的是我一位老仁兄，老仁兄姓"任"，是我的"训导处长"和"师父"。我们两家从小为邻，我老爸归他老爸管。在代表处的三年我和"师父"任兄等一哨人马不是迎来送往就是出入各大巨头企业的总部——国家的代表嘛，每天不是香车宝马就是到外交酒会上"干杯干杯"。往事如烟，而今任大哥已经退休了，代表处第一任领导老冯已经去世，二任领导老赵也已退休。前天，从前三菱商事共事的一位日本同事知道我来了金泽后，得喜讯似的说要来看我，问我行还是不行，我说当然行啦。25年没见，不知是否物是人非？

樱花如雪的河边速写

昨天在山下的河边，接连着参加了两场"花见"——就是"赏花"，第一场是金大的中国留学会组织的，参与者有30多人；第二场是我"下榻"的"国际交流会馆"召集的，参与者有40多人。第一场的负责人是苏州来的薛老师，她女儿说一口日语但不会说中文，名字是"雪"，于是我就想用"雪"这个字，说说日本河边的樱花。河边的樱花仿佛洁净无比的雪，绵延河道几里地看不到尽头，好比中国吉林市冬天的雪挂和雾凇。朗朗晴空下，无论是日本人、中国人还是其他国家的人，大家聚集在白花满枝的樱树旁，以雪白的山顶为伴，一边欣赏着铺天盖地、如云似霞的樱花，一边喝酒、说笑、游戏着。

日落后，目睹有人在河两岸的台阶上用烛火组成"灯"字，还有身着和服的双人在吹箫，曲目是《樱花啊，樱花啊》和《荒城之夜》。夜色、烛光、箫乐、樱花、流水、欢歌、笑语，此时此景，如此和谐。观时，我恍如回到了唐朝，唯有唐人唐风才能最好地诠释花下箫笛、花影婆娑的古意。总之怀有从容典雅的、"一期一会"的心境追随，才成就了河边花海和闲人闻笛的诗情画意。

张老师的评语：

一幅和谐的田园风景速写画，雪白得如此圣洁。

"三重镜"照出的戏作文
——先说说"礼治"

20年没来一个国家，注定有观照的眼光，这和常来的以及没来过的还有匆匆来的看到的景象——肯定有所不同。就好比你曾经天天见的人——20年没碰面了，当再看到他（她）时，那种心情，才是格外激动、惶恐的：激动是肯定的，惶恐在于你推测在他（她）眼中的你是怎么样子，老啦？迟钝啦？傻啦？这还好，更可怕的是当你20年没见另外一个人时，你已经不在乎了，无所谓及无所忌惮，而那就是你真老的表现。

我想记下我用"相隔20年的眼"，看和听另一个国家事物的奇妙感觉，用文学的专业术语说是"镜像"——比较文学特喜欢这种手法，你拿一面老镜子，能看见一个新的你，不过这个"新"在生理上，是老了的意思；同理，当你用另一个国家当作镜子，看自己的故乡时，那面镜子越考究——于你，可能看到的就越有滋味。于是我呢，就用三个不同空间里擦拭的镜子——20年前的日本、20年前的中国、20年前的北美——来相互观照，由此，我能够看出——日本人看不到的日本，中国人看不到的中国，中国人日本人都不看到的西方，以及最重要的，地球看不到的它自己的旋转。之后，我再效仿我正在研究着的19—20世纪之交的日本小说家的写法，把它们联系成"戏作文"（当时的术语），这就活学活用了，而这，是不是挺"小说"？

先说好玩的，免得忘了。其中一个是前天体检，交表的时候有一份心理咨询的问卷，前几个问题是"你最近忧郁不忧郁，有没有不爱和人交往的感觉？"——这些问题还可以回答，但之后的问题是"你最近有没有自杀的想法？"——我看了觉得特别好笑，我想即使谁昨天有过这个想法，一看这问题，也就没有了吧！

眼下大部分樱花还开着，恰巧昨天看到"日本人和樱花"的电视节目，才知道日本国花，也有过"铁血"的一面。日本是明治维新后才在全国大面积栽培这种既好种又好看的樱花，它也是日本推行现代化的标志。但"二战"时明净的樱花却被栽到所有的兵营里，变成了武士道的象征，那时的宣传口号是"武士就如同樱花"——年轻（春天）时绽放，但花期短暂，开到最绚烂时就凋谢了，妈呀，这不是预示"鬼子"短命吗？原来貌似浪漫的小小洁白的花朵里，还曾藏着瘆人的惨白和残酷的杀机！

刚去世的作家井上厦曾积极反战，他说东京大审判是个"有瑕疵的宝物"，我以为，日本不仅要感谢东京大审判，更要感谢那些把他们的武士们打败了的他国士兵和民众，假使日本当年不战败，今天也不可能成为既保持着东方人勤奋好学的温良品格，又拥有西方成熟民主体制，融合两大"特长"的国家。日本是东西方文化结合得非常契合的样板，你既可以在电视上看政治家就任何鸡毛蒜皮的事吵闹不休，同时，你也可以看到一个几乎是彻头彻尾的东方"礼仪之邦"。孔子的"礼治"和老子的"无为"，以及亚里士多德的"理念"——像一块"三明治"似的被细致地、严丝合缝地"和谐"到了一处土地。遥想25年前，当我结束在"三菱商事"6个月的实习工作后，一到"中技东京办事处"，我就奋笔疾书，写成了几万字的"实习报告"，在分析日本社会时，我用了"有礼无德"四个字来概括日本，但25年过后，再次观察渗透到这个社会一切角落的"礼"，我突然生出一种想法，就是孔子本人该来日本逛逛，这里的语言、习俗、规范——一切的一切，都是他"礼仪之邦"

的具体实践，有一种被一条自上而下的硕大无比的"礼绳子"捆绑得哪儿都不能动的压迫感，同时，当日本社会的所有人都被那条无形的没缝隙的绳子捆绑得彻彻底底时，自由和安全感随之产生。你不用怕被别人"非礼"，你只需自己"守礼"，而这，不正是孔夫子理想中的并为之当了一辈子"丧家狗"的"礼仪之邦"吗？正是这个"礼"，把曾经悲剧般惨淡、惨白甚至是残暴的——樱花，给驯顺了，给还原了，给去瑕疵了。总之我这次的感觉是，"礼"和"德"并不完全对立，甚至"礼"——假如你长期遵循的话、假如你生来就受其制约的话、假如你不"礼"就不行的话，那么原本野蛮的变成文明，原本恶意的变为善意，原本粗糙的变为精细，原本想自杀的——可以放弃自杀，原本失去人性的变为人性。那么礼在我们中国又到哪儿去了呢？或许可以推断，中国的礼治——语言中的、行为举止中的、政策执行中的，一切层面上都一点点地被弃掉了，别的不说，我们的社会至少丢失了一个驯服本来由自己发明的社会稳定器，我们缺少了一个人们野性的手段，就好比汽车上本来应有两个刹车，一个是常用的脚刹，一个是不常用的手刹，当我们社会的脚刹不太灵光，也就是说欲望控制不住，同时，手刹——道德行为规范的礼制又逐渐去传统化——也力不从心了的话，那么，我们这匹年GDP增长速度奔走着的狂驹——它怎能不如脱缰野马，飞奔在一条越快越焦虑的——荒郊大道上呢？

听"澳洲孔夫子"谈《余力》读后感

昨天由邵老师和我组成的"北大中国文化宣讲队"正式开课了，我们这门课的名目是"中国文化社会概说"，昨天讲的题目是"中国人口问题"，选课的有五六个学生——一个荷兰的和一个比利时的学生、一个日本学生、两个中国台湾学生和一个中国大陆学生。邵老师用中文主讲，我用英文做即席翻译。为了体现金泽大学的"国际性"，这门课的"官方语言"是汉语和英语，"非官方语言"是日语。我们本来准备了一大堆应付学生提刁钻问题的问题，比如为什么有那么多人做"forced abortion"（强迫堕胎）等，但都没用上，学生毕竟不是记者，没那么咄咄逼人。但有一个学生问："听说中国现在新生儿的男女比例是160：100，真有那样的事吗？"邵老师说恐怕没那么高吧，但男的比女的多倒是真的。她私下对我说有专家悄悄对她透露过真实的比例，确实是极其地高，也就是说今后男孩儿特多、女孩儿特少。上帝造人很有意思，不经意地让地球上一半是男、另一半是女，其他动物也一样，由此产生了异性相吸，同性相斥。同性为追逐喜欢的异性玩命，而又由此派生出文学、文学里的诗歌和文学之外的歌曲。但你想，假如男女比例极度失调的现象——30年后成真的话，那时候歌曲会变吗？诗歌会变吗？小说会变吗？你可以想象一下，那时男女再对歌时是两个男孩儿——使劲唱向一个女孩儿，如此一个是帕瓦罗蒂，另一个是周杰伦，结果不出人们预料——周杰伦获胜：他嗓子虽然不好，但有条双节棍。

张老师的评语：

同性为追逐喜欢的异性玩命，而又由此派生出文学、文学里诗歌和文学之外歌曲。好妙的语言哟！

从前有座山，山里有座庙

本人仿佛，就是讲故事的"和尚"。

金泽的上一周，不是下雨就是阴天，出奇地寒冷，用日本人自己的话说，今年的春天丢了。上周北海道开始下大雪，我思忖假如再这样下去的话，四月大雪纷纷下到本人的头上，也绝非是不可能的事情了。

昨天早晨出去锻炼时，我从细雨的间隙中，无意抬头间看到了彩虹，彩虹把人迹罕见的、像被绿色毛毯裹盖的小山峦给打扮了一下。传说彩虹里有七种颜色，但由于我红色和绿色分不清楚，所以也就能认出五六种。我冒雨沿着有"彩练当空舞"的绵延的丛林前行，有目的地去找熊。介绍会馆周边情况时教务处的女教师告诉大家一定要注意这栋楼周围——或许有熊出没，但有些年头它们没出来了。于是，我每隔一天就到四面的山林去走走，想看看它们为什么不喜欢出来。

金泽大学平日算是被年轻人喧闹着的"山里的庙"，一到周末，庙里休假不接客了，除本人外没有人迹，有的只是清晨鸟和乌鸦的啼叫。北大来的只有我一个老人住在校区的会馆。于是从周五开始，本人就真的闭关外加闭嘴了。我每天最多只能和"人类"说不到半分钟的话，那就是到半山腰的小店买东西时，店员问我要不要塑料袋，我回答说："はい！（是！）"。担心连续几天不和人类沟通患了失语症把舌头搞锈了，于是周五我说了一次"はい"，周六说了两次，今天是周日了，本人就

打算再追加上一个，比如第一、第二次假装没听懂，说："はい？"，第三次才说："はい！"

买了本比老爸年岁还大的"中古书"

昨天东京的涩谷还真下起了纷纷扬扬的——"四月雪",所以,俺必须小心。

昨日的金泽难得阳光灿烂,历经一个多星期阴霾,当阳光出来后,这里的人比小孩子还喜气洋洋。我沿着那条虽然浅但据说水捧起来就能喝的河,一直走了下去,雪顶的山峦在我背后渐行渐远,山那边我20多年前曾经去过,叫作"富山",再那边,就是波涛汹涌的日本海,再远,就是韩国了,更北方,就是朝鲜。我和北大的邹老弟计划好,说什么明年也要到平壤去"正式访问"一次。

跨过河上的桥,我溜达到金泽的街区。我惊叹日本人的精细:所有的家居,所有的街道,所有的角落,所有的行路,几乎在每平方米的方寸之间都能看到人类精细"雕琢"的痕迹,真是匠心也。

市内有条街名为"片町",是最繁华的地方之一,阳光出来了,人也纷杂了起来,"中古书店"(旧书店)——它是上周我和欧阳小弟"发掘"的,书相当便宜,有的100日元(合7元人民币)三本,倒垃圾都比这个价贵,何况在日本要先把垃圾仔细分类。欧阳当时在店中突然大叫了一声:"师兄!"女店老板本能地应声回答:"はい!"——误认为是在叫她了,又一琢磨这孩子说的咋好像不是日语?就尴尬地把头低了。今天我独自去,听女店主和一个男伙计闲聊:"有的好客户啊,比我还喜欢书,一次就买四五本哩!"我于是就像上周那样斥资买了5本。这样,一个月买书的10000日元预算就全花光了。其中有两本书值得一说,一本是明治二十四年(1949年)出版的《江户好色文学史》;第二本更老,是大正十三年(1924年)出版的《近代文学和恋爱》,书上的藏书时间是1929年——比我老爸的出生日期还早哩。我如获至宝,把300日元(合20元人民币)慷慨地交到女店主手里之后,她掩饰着内心的激动,惊讶地看着我什么都没说出来——她压根儿不知道其实我也会说日语。

藏书,是我的一大爱好,有5000多册了吧,是我收留的来自世界各地的书。2003年在意大利米兰的闹市散步时,有一个老兄向我兜售他的藏品,是一部看似中世纪版的关于人类文明起源的书,大部头,字体如蝌蚪般硕大,就连纸张都快腐烂了,我爱不释手,但太沉了,因为要赶路,恋恋不舍还是没买,至今还耿耿于怀。我的藏书中有我在古巴哈瓦那收藏的卡斯特罗写的革命理论,也有在越南买的《越日词典》等,总之我性格随性自在,藏书也随意,有机会就搜罗点,就比如从片町的这家小"中古"——巧了,俺哥就当过"中古友谊小学"的教师,不过那个"古",是"古巴"。

在市中心的"中央公园"翻看河野多惠子的随笔《文学的奇迹》,她才华横溢个性鲜明,文字简练而直中要害。她说文学上最"奇迹奇特"的地方,在于一本好小说的诞生过程可遇不可求也!就连作者本身过后也说不清写书的动机和过程,那是个永恒的谜。她说写小说绝不等同于做作文,作文可以定做,也好比生孩子,你知道预产期,也猜得出新生儿该像谁该不像谁,但那些旷世之佳作——就比如《余力开电梯》,在生产时,动机是随机的,过程是随意的,结果呢,是意外的——生出来后,既不像爹,也不像妈,而像余力他们家的邻居。

这是我研究——还是想被研究?

多惠子是在二战时上的小学,她写那时日本本土的光景时,经常说到空袭。那时日本政府也号召要"军民紧密地团结在一起",她描述见到过的最狰狞的面目就是军人,正是因为要和他们搞团结,她家的房子全被烧光了。有一幕是这样的描写的:她们的小学当时请一个英国女人当英语教师,一次美军飞机在天上呼啸,河野正往炕道里藏,心想这下死定了!这时,她看到英国女老师也望着天上的美军飞机,吓得声嘶力竭地号叫,而就在那一个片刻,她才突然想到:不对呀,这个女人——应该是敌对国的人民呀?这飞机投弹,不是为了救她而来的吗?

你瞧那场景,像不像季羡林在《留德十年》中写的他和德国军民在美军飞机轰炸时一起钻地道一起挨饿的情节?

张老师的评语:

书籍,无所谓好坏,只要打开它,就会撩动你的心灵,或酷爱,或迷茫,或追求,或将你全部的情怀、身心去献给它,而后使你发狂,背负着自我生命的热情前行!书籍,它是历史的,是千万人心血欢乐与苦难印痕。一生热爱书籍的人,将会获得一生的光明!

民主是个好东西

民主是个好东西。民主就如同巧克力，巧克力是最好吃的一种东西，但有些人不适合吃，比如糖尿病患者，当你看到一个患有糖尿病的人咬牙切齿地骂巧克力时，正说明巧克力的魅力无限。补充一句，即使那样，糖尿病人兜里也要常备巧克力，是怕突然地低血糖。

每天通过电视，我在观摩着日本式的民主政治的运作。以往在北美看加拿大、美国式的运作，没什么感觉，欧洲人的后裔天性热情奔放，体制的自由似乎是天性使然。当我再回到曾经非常熟悉的日本，以20年后的眼光再看原本被"集体"惯了的这个东方民族如何操作宪政，如何吃美国人强加在他们头上的这块"巧克力"，我的感触，就深刻了起来。我本人也是有"糖尿病"基因的。

日本有八九个党之多的，其中有一个在朝党，有七八个在野党，在朝的并不是特"潮"，在野的呢，也不十分地"野蛮"。说到在野党，我20年前曾和当时一个在野党女主席——土井多贺子说过两句话，那是访日时在时任国家领导开的小型招待会上，我是主宾国代表之一。土井那时被誉为日本的"撒切尔"，我在她吃一个大麻团时，顺便说祝你在政治上更上一层楼之类的话，她只说了谢谢呀谢谢——嘴被麻团塞着呢。后来我从报纸上——知道她当上了日本众议院的议长，但这次再看电视，议长和许多职务一样——都被年轻化了，土井呢，恐怕也真的"撒切尔化"，在家独自"暗度晚年"了吧,哦,忘说了——她当时还是单身。

这次我意外发现守规矩的日本人——能把美国人强加在他们头上的民主,像对付垃圾那样,先严格分类,再分头处理,当然,又最终回收。

八个党的支持率就如同本人的血压一样,在高低不停地一会儿上蹿、一会儿下跳,而媒体哩,也像播报天气预报似的天天报道各党派的支持率。今天在朝首相做对了一件事,"党压"就上升半个百分点,明天一句话不小心,"党压"就从高压变低压了。媒体在天天评介,反对党和民意在天天地追,所以,这种体制下政府每一个、每一天的决策都是时时做出、时时被纠正、时时调整着的。就好比汽车在跑着,同时呢,刹车也好使(丰田牌的车子除外),手刹也在随时应急。日本这种东方式的民主和美国的不太一样,小布什、奥巴马风流倜傥,小皇帝似的被"空军一号"抬举着全世界颐指气使,日本的首相们哩——我从前在宴会上亲眼见过三个,像每天预习功课准备第二天应付老师检查的小学生,整日战战兢兢、如履薄冰,就仿佛他们每天都要向国民谢罪和交代问题似的。首相如此,由上到下,各级的行政官员都如此,百姓是大爷,政府官员是孙子,他们没工夫说爱国不爱国之类的话,他们要对付的是每天的"政治作业",做出来,继续执政,做不好,被问责或下台。就好比你要想当"刘翔",你唯一要专注的,就是逐一跨过跨栏,你跨不过去,再会煽情,再会说钟情于挑战自我和热爱110米栏运动等类似这样的话,你也要被赶回家。

"枫中隐鹤"的留言:

制度和监督是夫妻俩,监督的是悍妻,制度才能当个"称职"的丈夫。

"释怀2009"的评语：

你好，你的视野齐天大，你的文言简意深。随着你的笔可以看透是非曲直，谢谢你让我领略世间的真真假假。

一位无名市市长的孤独

　　昨天在电视上看到日本某个"无名市"的市长在议会上的无助和孤独，事情是这样的：他竞选时提出削减公共开支，口号得人心的他就被选上了。他首先要削减的是议员们的收入，而且，一减就要减一半！但是，他的提案必须被议会通过，而投票的正是那些收入会被减半的议员们，于是第一次投票，被否决了，第二次投，又被否决了，每次投票时，他都像个与在场所有人为敌的大坏蛋——孤零零、沮丧地坐在市长的首席位置。昨天他对媒体愤然说："你们这些议员口口声声说支持我削减公共开支，但你们又不想让我减你们的收入，那么你们告诉我——怎么减？！"

　　日本也有相当于中国事业单位的机构，那些机构半公半私，既吃国家的预算花纳税人的钱，同时也少有盈利，比如博物馆和"就业辅导中心"之类的。那些机构，如同骑墙派，哪边有好处就往哪儿靠。当国民们发现各省（相当我国的部）所属的"公共事业单位"，每年竟然要花费几兆日元的税金，不干了。于是这些天，执政党民主党的一个女议员（相当我国的人大代表），就在媒体簇拥下，一行人浩浩荡荡地去视察了"事业单位"，看他们有无低效行为、腐败行为的嫌疑，甚至有无取缔设置的必要。一次，女议员到一家"事业单位"的会议室，发现巨大的会议桌上有尘土，她又拉开办公用品柜，发现竟有一个特大的将棋（相当于象棋）盘，她责问颤颤巍巍的事业单位负责人："这，是干什么用的？"

负责人挠头说不清。于是，她脸色更凝重了。后来她又发现此单位有两个办公场所，其中的一处压根儿就可有可无。视察结束后媒体问她该怎么办，她回答说（大意）："问题肯定是有的，但怎么处理（该不该取缔这个'公共事业单位'），不应该是我现在说的。"

这些就是民主政治的操作和细节。口号归口号，执行归执行，细节归细节。显然，让议员投票降自己的工资，那个"无名市"的市长，是个"唐吉诃德"，假如这种投票体制不改，那么无论他提案多少次要降议员们的工资，现场得到的结果，都将是"否决"。那位女议员哩，假若她还想继续当下去，她注定要提议关掉那个有上班下"将棋"嫌疑的事业单位。

张老师评语：

他是个货真价实的"唐吉诃德"，各国议会都像个玩偶之家。

反腐败——无名市长还有最后一招儿

我原来也以为那位"无名市"的市长在一致不同意降一半工资的议员们面前已经"唐吉诃德"和黔驴技穷了，因为的确，最后一轮的投票，议员们仍然毫无悬念地把屁股晒给了市长，说："俺们就不同意！"但市长却没就此放弃，他悲怆地走向了街头，他决定乘坐公交，哪怕步行，也在所不惜，甚至要征集到365000个签名。起初我没看懂，电视解说让我恍然大悟，原来，根据有关规定，假如市长遇到议员的阻挡，还有一招儿能够翻盘，就是他必须在一个月的规定期限内，征集到本选区20%（名古屋有170多万人口）以上的、想要解散议会的市民签名，国会那些耍赖的议员们就可被集体炒鱿鱼！

所以，无名市长并不完全是个毫无希望的斗士，他的希望，来自一种事先设计好了的，开放式的，谁即使走到了的死胡同撞了南墙，只要你有"大多数"赋予的权力，南墙也能被撞个稀烂的——游戏规则。实质上这是个非常技术性的系统设计问题。系统设计的合理性，要优先于对操作人员品行好坏和主观意愿的依托，和系统的合理性相比，人性是稀软和不牢靠的，就好比电脑的程序，只要系统设计好了，别管你是道德模范还是道德缺失，都不死机。但如果系统设置本身有局限性，即使你是个孔子、耶和华，该死机还是要死机的。腐败之风气如同"野火烧不尽，春风吹又生"，绿油油、肥硕硕，一年能长三到四季毒草越铲越繁荣，天下所有的除草剂都不灵了，而且你越杀那毒就越猖獗，为啥？一定是体系设置的源头出了毛病，忘了安装"杀毒软件"？！

浅野川和"春之舞"
以及大和女性的"淑"

昨天,沿着上周刚探好的浅川路,去金泽市区了。我的身后,还是雪仍没融化掉的连排山峦。

路走到尽头走不过去了,回头才知道这条河的名字,叫作"浅野川",它在日本近代,还是一条颇有名气的河哩。稍后到"泉镜花文学博物馆"参观,"泉镜花"是一位一百年前日本大作家的笔名,真名是什么,已经不那么重要。他以写"灵怪"出名。博物馆的介绍上说,以前日本人写妖怪的时候受中国古典文学的影响,说的是妖怪,其实是借妖怪说人类自己,而泉镜花,他说妖怪的时候,就说妖怪本身。他自己解释说世界上万物那么多,有人也有妖,人有人的故事,妖怪也该有妖怪的、完全不同于人类的故事,这,还真有点"人妖平等"的意味。试想,我们的《西游记》,假若没有人类的思想做底色,就写孙猴子咋想咋做,那么第一个和你急的肯定是唐僧。

昨天"泉镜花文学博物馆"除我之外,就只有一个售票的工作人员,她问我有没有打折卡或优待卡——都是为日本本地人准备的优惠卡,我说都没有,于是她就收了我300日元。她还说今天天气真好呀,我说是的难得,由于就说了两句话,她大概没听出我不是本国人,若真知道了,她会充满好奇的。

难得的朗朗晴天,古城金泽好比攒好了劲儿要冲动一把似的,到处洋溢着欢娱的气氛。有歌舞声传来，走近一看，许多人当街舞蹈，把路都封死了。人们由着性子舞动，一个团队，再一个团队，基本上都是妇孺，穿着是艳丽的和服，舞起来把你一下子带回了唐朝。舞蹈的总名目是"日本海的春之舞"以及"北国新闻"。"北国新闻"是赞助商。舞狂了，舞乱了，舞得无拘无束，舞得整齐但同时舞得奔放；舞得得意和快乐，注意，得意并不完全等同于快乐！傍晚后，那些一个个专程从附近地区来"大比舞"的和服妇孺们，又在"中央公园"的舞台上翩翩起舞，同下午一样，舞得出人意料地整齐优美而狂野。每个人动作都那么执着认真，就显示出巨大的能量和炫目逼人的气势，那舞姿，极易让人联想到大唐风气的肆意汪洋。无羁之下的人性又显得多么片面，或礼仪或规矩或打破礼仪和规矩，既不是象征和符号，更无功利，总之为舞蹈而舞蹈，为快乐而快乐。色泽娇艳、美不胜收的和服和迪斯科的狂躁旋律融为一体，浓妆的、淡抹的，5岁的、50岁的，舞团和另一个舞团之间，相互呼应着，几百人台上台下，观的、舞的，鼓励着，掀翻了百米见方的场地。表演结束后，舞蹈团又在意大利女高音"It's time to say goodbye"的凄婉歌声中花一般地簇簇散落，空留余响。

曲尽人散后我照例去"片町"上一个名叫"王将饺子"的中餐馆——"用"每周一次的中餐。我思忖着：其实日本大和民族是多层面的，既有对秩序的执著着又有打乱秩序的冲动——只要是机会和场合到了，一切皆有可能。就好比人不动窝蹲久了，一旦让你施展一下，那是了不得的。还有就是阴阳的泾渭分明，日本男性和20年前比——至少在金泽这边，已经不那么雄性化，但日本女性的"静"与"淑"，还依然如旧。"淑"中有柔，有天真，还有与世无争——与男人无争，但如果从另一面说，又是一种潜藏的、一旦瀑发就无敌的超常能量，仿佛能载舟、覆舟之浩荡洪水；她们的

"不争"能平衡男女两性的本性,也能在关键时刻让男性,无后顾之忧。

张老师的评语:

民风朴实,令人慕爱。

举头望风圈，低头听"哀乐"

今天从图书馆出来的时候，抬眼冷不丁看到一种小时候在河北农村"干校"看到过的现象——风圈，就是在满月的四周，有一个花圈似的白色环状带。那环状带影影绰绰套在月亮的周围，预示着明天要刮风了！我回忆起七八岁时在"干校"的高粱地前看到风圈的场景，想着那时知道的"说法"。唏，竟然有几十年没见过这现象了，或许，这是我这辈子最后一次看到呢——因为北京很难看到此现象。风圈现象的出现一定要在没污染、晴空万里的环境，而北京的高楼大厦不要说看不到万里的晴空，能看到的晴空，或许只有百八十平米那么大吧。

图书馆每到晚上9点半，就会播放一种哀乐似的交响曲片断，催促读者们该回家了；10点钟关门前那"哀乐"又抽泣一次，于是我慌忙顶着风圈，下山坡，回到会馆。

今晚像在北大图书馆扫文集一样，把日本明治时期文豪们的集子全都"狂扫"了一遍，发现一个规律：与本人投缘的大文豪如永井荷风、夏目漱石、芥川龙之介、川端康成——都是能写"话中有话，文中有文"的文章的作家，他们的文集有一个共同之处，前20卷是"干货"，之外呢，就是日记、考证之类的文章了，这和中国的文豪鲁迅、郁达夫等非常相似。鲁迅文集一般都是十七八卷，"干货"在前10卷，一般每隔10年重编一次，每新编一回就往往能多出那么两卷。知道的，是又将之前出版时未收录文集的作品整理出版，不知道的呢，以为鲁迅直到现在还在为赚钱、为增加GDP马不停蹄地勤劳创作着，而且每年都多写出一本"故事新新编"。

我想表述的是写书人的一辈子，中国的、日本的、西方的，最多只能写20个集子，之后还有，就只会是"水货"了，就比如森鸥外吧，他的集子有28卷之多，起初我无比佩服，但我越翻越不对劲，一个作家，咋写了这么些治痢疾的药方子呀？哦，想起来了，他写书和本人一样，是业余爱好，其真正的职业是日本军队的军医总管之类。因此在为森鸥外编文集时，擅长垃圾分类的编辑，把他在部队当军医时开的那些个治痢疾方子全作为文学作品——给收录进去了，洋洋洒洒，有上百万字，我的妈！

本人从前是卖马桶的，莫非今后俺的文集里面……

忘说了，这本《日本二次会》，恰好是本人写的第20个集子。

明天的大春风不知何时开刮。

张老师的评语：

当然，开卷有益。但有的笔者用水写，简直是白开水煮豆腐，连佐料也不放，叫人如何下得了肚！

"心灵飞鸿"的评语：

上周五放学时，在孩子们的呼唤下，仰望西天，在楼顶斜上方，看到了夕阳的光圈，孩子们神秘地说那是地震云。哎，这多变的天气，这痛心的天灾人祸，也让孩子们心绪不宁了。愿这本《日本二次会》如花蕾般徐徐绽放于山野之上！

日本也有"小金库"

要说来日本研究什么,那要看对什么最有"兴味"了,"兴味"是个日文词,是"兴趣"的意思。25年前来日本,我最羡慕的是这里的现代化,我原以为中国要发展至此在自己的有生之年赶不上了,但邓小平让我的绝望——绝望了,如今中国的现代化比日本有过之而无不及,比如金泽没什么大楼,而电视里的上海到处高楼林立;再比如来日本快一个月了,我一辆奔驰车都没见到过,这儿的车都小巧玲珑,而我家楼下的长安街上,奔驰车,比骆驼祥子拉的洋车还多哩。

我几乎到一个地方就羡慕一个地方,到了哈尔滨就羡慕那里的"夜幕",到了杭州就羡慕那里的和尚;哈尔滨的夜幕十分璀璨,那才叫真正的"夜幕",杭州的和尚是吃素的,和北京的比,那才是真正的和尚。从某些意义上说,羡慕和惊叹,是人心没老的标志,等你看什么都不再惊奇了的时候,你或许眼能见的,就只有眼前的针头。或许到那时,我这类的人还会说:"唏,这个针头比昨天那个酷多了!"写书人一定要保持天真性情,保持可贵的天真,才会对所见所闻充满好奇进而激发想象力,文学才会发生。我们整天在研究文学理论,从发生的角度来看,天真着——就文学着,就还有捕捉黑影中的钻石所发出亮光的能力,否则呢,文学家的眼睛瞎了,"文",也就死了。

再说回到20年后重访日本的羡慕和惊奇,这次我惊奇的,反而是日本的"古老"了，是可以用"汉文"一个词拎起来的古色和古香。都说日本研究中国要多于中国研究日本，没错，道理太简单了，日本文化的根子是扎根于汉文之上的呀，他们研究汉文其实就是在复习他们的过去。就好似家谱，我们在家谱的上端，他们在下端，身处上端的人一般没必要了解下端，也正如上游水只管自己别断流、别干枯，下游的水呢，只管接着流下去，想管上游的事也够不到，具体地说，日本人背着背着自己的文化家谱，就背到曹操、刘备那儿去了，所以《三国演义》一般都摆在日本书架的最上面，书上缠着个"红腰带"——"不朽的名作"。

不是论谁先谁后，其实我喜欢的是他们对传统文化的执着和尽心保护。写"俳句"和"短歌"（相当于我国的短诗）至今在这里还是一种日常习俗，不信吧，比如前些天女宇航员山崎直子在"挑战者"号飞船上，还即兴写了首"俳句"展示给地球人，说"地球像个大鸭蛋"（大意），那就叫"天真"的我更"天真"了，你能想到吗？其实，这就是中国古代文人即兴吟诗作诗的习俗的延续。诗，是天真率性的流露和表达，什么时候房地产大鳄一边吟诗《清平乐》、一边高歌中国楼市，或刘翔冲过110米栏后，即兴吟出一个对子，中国的古典"雅"文化，才能够复生。

除了平衡现代奔驰宝马的"俳句"，除了日语里面那些用语法结构保留得恰到好处的敬语之外，我这次特别羡慕的就是日本式民主制度操作了。咱买不起还看不起吗？从1945年实施到现在，日本式民主制度已经在60多年后非常地成熟和老练，没有泰国"红衫军"的赖皮和暴力，也没有印度民主制的散漫和推诿。日本电视新闻的头等大事，就是政治，就是各党派之间以及民众利益的时时对撞和互动。日本的党派哩，颇像超市里的蔬菜，茄子、红薯和西红柿，每种菜都明码标价——那是它们的纲领和施政理念，而日本百姓们，也好像专职的家庭主妇，每天看各类菜——"党派"的行市，估量自己的财源，然后花钱投票，有买茄子的，有买红薯的，实在没趣了，这次就不买（投票）了。我来的这个月，日本又多出了三个新党，加入了与民主党、自民党和杂牌子小党们三足鼎立的时代，一个小党名字叫什么"立ち上がれ、日本！"（站起来吧，日本！），瞧，党名起得跟口号似的，保准"党命"不长，投票时人问你投谁，谁都不愿意说："我投了'站起来吧，日本党'"。

那个让我感动的"无名市"的市长，昨天在电视上露面了几秒钟，他正在街头上和百姓一一握手——他在征集30几万市民的签字，必须在一个月内，然后呢他就能凭之把腐败的议员们扫地出门喽！

那个总穿白色衣裳负责整合裁撤"冗员事业单位"的女议员，在一次接一次的代表民众中，对那些花纳税人几兆日元的机构们进行去留裁决，机构的代表们都垂头丧气地坐着听候宣判——那其中，就有在办公室被发现"将棋"的单位吧。昨天发现了两个重复设置测量汽车安全的"单位"，一个单位的测试标准是每小时50公里，另一个是56公里，女议员问他们："你们不认为你们两个单位是重复设置吗？只为了6公里的差别，就多花了纳税人这么多钱，必须撤掉一个！"那两个单位的代表面如土色，低头说："はい！（是！）"

日本的"事业单位"也有"小金库"哩，叫作"埋藏金"。昨天，一个机构名字贼长的、有两行字的机构在媒体上被曝光，主持人边读边说："这名字咋这么长？这还不撤了？"那机构竟然有几千亿的"埋藏金"——本该上缴的公共费用，女议员像小学老师似的板着脸，同时用敬语规劝机构——名字有两行字的还有"大小金库"——的领导："呀，那么多'私房钱'，好像本来是该入国库的吧，我能代表国民请求你们马上把那些钱存到国库里吗？"不用说，罪人似的领导听后大喊一声："はい！（是！）"

张老师的评语：

不是论谁先谁后，我喜欢是他们对古文化的执着和完好无缺的保护。人家没有高调地喊，却把古老文化的精髓保存了下来。

出国和看游行

8年没出国了，出国特想看到国内不大常见的事物，游行呢，就是其中之一。因此，本人昨天走了十几公里，还是顺着那条浅野川，去看金泽大学学生发动的"反米游行"，"米"是日语，指的是"美国"。这些日子里日本最大的政治事件，就是要求美军从冲绳撤除"普天间"基地的全国运动，金大的游行，也是针对这次事件的。我原以为中央公园里会有上周跳"春之舞"那么热烈，我甚至预想从老远，就能听到沸腾喧天的口号，但走到中央公园的外围时，一瞅，咋还是空的？咋没人？莫非本人看错时间了？我的表才快20分钟呀！走到公园的尽头，才看到十几个学生围了一个小圈，"过家家"似的在喊着口号，发着传单，他们的外围没有一个群众。他们喊的大意是，叫日本的学生和劳动者联合起来，一起反对日本首相鸠山由纪夫和美国总统奥巴马的政权。过一会儿又来了几个人，并不是声援的学生，而是警察。不过警察不是来抓他们的，而是帮助维持秩序。这些游行学生先用喇叭宣读反美宣言，然后，他们就在几个警察的开道和尾随下到繁华的片町继续去喊口号和发传单。自始至终都是孤零零的那十几个热血学生在游行示威，这迥然不同于2003年我在巴黎的协和广场观看的几万人浩浩荡荡的反美游行，那次是美国人第二次攻打伊拉克，那时萨达姆还活着哩，而打完后不久，他就被吊死了。彼时我还在国贸开着公司做着老板，有人找我谈买卖问你们老板咋不见了,伙计们骄傲地说:"他到法国参加反战游行去了!"巴黎人对游行的热衷要比日本人高昂,不过是就事论事,法国人他们不只是游行,他们简直是在借游行狂欢!连一只小狗,也被披上了一件印着"Bush"(布什)字样的外套,意思是说布什你是小狗,我牵着你走。明年我们去平壤,要是也能赶上一次游行,就不会算白去一趟。

说到这,我十分回味北京街头的游行,比如说1976年庆祝"四人帮"倒台的游行,还有早先庆祝《毛泽东选集》第五卷的出版等,一串串关于北京游行的回忆,竟然已是轻烟一样的"旧事"了。

其实有些游行"派对"一样的狂欢,游行的意愿是让所有人都参与,上街呀,喊口号呀,蹦蹦跳跳呀,得意忘形呀,当然,这不是指那些已经危及到生存的——非游就"不行"的"行"——比如日本人快打进北京城之前的爱国游行,而其他的喜庆的或恶作剧的,是可以有一些的。游行是一种社会情绪集体释放的需要,毕竟社会是一个有情绪有着七情六欲的——人的集合。眼下大家都忙于挣钱,挣钱的过程是压抑的,尤其是没挣到钱的或被别人挣走了钱的,偶尔大闹一场,偶尔放肆一下,偶尔快活,偶尔几万人、几十万人、几百万人在大马路上打破赔赚、高低界限的大碰头、大团圆、大面对面的聚上那么一聚,喊上那么一喊,叫上那么一叫——不也是一种"和谐手段"?

哦,想起来了,北京类似"派对"的游行,也有那么两次,一次是中国申奥成功,另一次,就是米卢带中国足球队出线的那个夜晚了吧。不过细想也挺懊恼的,首先,中国再次申奥成功——可能要再过百年,是吾辈的"百年"之后,而中国男子足球再次出线世界杯,也不会那么容易。想到此,近期没什么理由能在北京亲眼看到游行的本人,就不得不把干涩的眼光投到片町上渐渐远去的金泽大学孤零零游行着的那十几个日本学生无比单薄的背影上去了。

张老师的评语：

游行是表达众生的一种述愿形式，小的如涓涓细流，大的如惊涛拍岸。

和小王的"宗教"探讨

小王好！

谢谢发来"宗教精神"。我有一种想法，可能不十分妥当，假如我们的社会不需要宗教的慰藉了，莫非不也是一件幸事？世俗上有那么多人对宗教依赖，是因为我们的社会有病。这是我在日本一个月来的感受，这里没有人之争斗，至少没那么激烈，所以宗教气氛远没有北京那么强烈。随便说说，别打击"老师"的信仰。

小王的回信：

齐先生，您好！

您说的问题很好，在这儿跟您也表述下我本人的真实想法。

我觉得宗教之所以称为宗教，或者其他任何一个名词也无法取代，并不关乎它的名称与形式，关键在于的是"实质"；而对一个信仰者同样是不能以称谓或形式而定论，也关键在于人们自己生活中思想言行的实际表现。

一个某某教的信徒，如果只知嘴上念经拜神，以外在形式为主，而他实际上的言行举止远不如一个"外人"，我本人并不承认他就是个基督徒或者佛教徒之类等；反之，如果是一个外教人、无神论者，他本人的思想言行高尚得让人钦佩，我反而视他为"一个真正的信仰者"，是我应该学习效仿的楷模……"宗教"无论它有形还是无形，或以何种称谓称呼，它的真谛实质不外乎是"爱"，有些人把这个"爱"字在自己心中叫作基督、佛陀、安拉，或者称为良心、道德、宽容大度，等等。

中国的国情跟日本不同，这让我想起一个老师曾说过的："一个真正重视文化的国家，那里的人民追求更多的会是精神上的，而现在中国人不太信精神上的东西，反倒更看重物质方面，缺少真爱……"。

我的回信：

小王：

其实我们说的是一回事。你看我的博客就知道我在想些什么了。日本人在物质上并不比我们富裕多少，但绝大多数人都是笑逐颜开的，让我十分诧异，政治上的自由是第一要因，因为社会的怨气有合理的释放渠道，其次，就是对传统文化宗教般的执着。我现在写的这些随笔恐怕永远发表不了，但不妨是一种尝试，由于我实在想不出国人何时才能逃出折腾不定的命运，但有一点，宗教绝对不是"解药"，其只能起镇痛作用，人如何安慰精神家园应该是人心之古和大自然的和谐。还有，寄托于宗教和寄托于钱财和鸦片是一种性质。

继续畅聊《妈妈的舌头》
——日语的新随想

语言和乐曲是一样的，至少本人这么认为，本人10年前曾出版过一本学习语言的专著《妈妈的舌头》，适才在网上观望了一下它已"作古"的样子，深深地被刺激了，随即又继续想写写一些关于语言的"小东西"了。就说日语吧，我20几年没咋说了，所以我口里衔着的这个"日语小舌头"，是块"古老肉"，这次来日本后，我迟迟不敢说话、不方便亮出语言生锈了的舌苔。时隔了20年后又突然掉入另一个你曾经熟悉的语言环境的感觉非常神奇，这种神奇，我以为平常人很难体会，因为一般人学会一种语言后基本就持续操练之、靠之谋生、凭之搭起一个平台，尔后，就顺风顺水地应用起来。俺哩，俺恰恰在把一种语言的"舌头"打磨得非常光亮之后——又一下子抛弃（雪藏）了它，于是呢，就带给我一种别人不大能有的语言观了。我想说的是，现在看日语、说日语、评判日语，用的是一种奇特的"复习方式"，我的这条舌头、这副眼镜、这把尺子，是既可以考古，也能够创新的。

首先，我感觉日本人现在说的日语已经不是非常的"日语"，而是非常的"英语"了，用片假名标记的英语词汇铺天盖地，从加油站到便利店；早先还没去英文世界生活前，我是把它们（外来语）当作日语理解和记忆使用的，现在英语比日语娴熟了，你回头再看日语里占30%之多的裹着和服的英语词汇，压根儿就不用记，你只要猜猜英语该怎么说，再一拼音，再一接轨就行了。例子太多了，就不举了，我想，幸亏我是会英语的，但那些不会的呢？我甚至能感觉，现在的日本人是按着英文的思路，在思维着的，你想啊，在说100个词语时，假若你在每一个十字路口——关键词，都安上一个英文的"交接棒"（扳道岔）的话，那么整体的思路不就顺着英文走了吗？

当然也有不是英文的"关键词"，比如那个デビュー，老说哪个艺人"デビュー、デビュー"的，我一听很是耳熟，这不是法语"开始"的意思吗？所以我连字典都不用翻，就把它理解成了"出道"，刚才一查字典，果然，它就是法语的那个"debut"，发起来念着听似"德彪"，说谁"出道"，谁就"德彪"。由此说来，本人的日语水平较20年前不仅没降，反而提高了不少——我比一般的日本人更知道哪儿该用什么英语呀！无论从语感的把握还是语境的理解，本人都只强不弱。

现在日语中大量英文词汇的混入和娴熟应用，应该说归功于这些年英语教育的普及，还要归咎于日本人永远发不好英语音的天然缺憾。我正听一个老师讲《日本语学概说》课，在课堂上，就像解剖学教授那样，他把人的口腔——当然其中含有舌头、牙齿、上下嘴唇之类的分析得非常具体，同时他一一解说日语哪个发音和口腔的哪个部位发生什么联系，我关心的哩，就只有一个地方，就是从口腔结构上看为什么日本人发英文的音，会那么地艰难！

也是在这个课上，有一个中国留学生——北工大来的，被老师提问，问他人嘴里的那个非常尖利的家伙是什么，他回答得非常坚定正确，说是"は"——牙，当老师又接着问他，嘴里的那个最大最厚的东西是什么。他冥思苦想了半天，说不知道，随后老师又问一个日本学生，这个学生回答得非常迅速机敏，说是"した"——舌头。坐在最后一排的我迅速回放了刚才那个过程，我心想，难道中国学生不知道牙的下面应该是舌头吗？我又仔细一想,他可能是知道那块厚的肉——是"妈妈的舌头",他不知道的是用日语,它该叫作"した"。

张老师的评语：
一百五十年来,日本人西化后的语音,仍然丢不掉妈妈的舌头。

"五一"时节说工会

昨天是"五一"国际劳动节，我是上国内的网站才意识到的，日本的"五一"，没什么特别的意义，除了电视上关于日本首相向水俣病受害者含泪道歉的报道，大家都"黄金周"去了。或许全国都黄金着的百姓，99%都忘记了，"五一"是个劳动者的节日。俺这样在图书馆里看书的算是劳动者吗？难说。

没事时，我沿着山下的那条浅野川溜达。如果说一个城市让人的欲念消解、让人安居乐业，我觉得有三样东西是必不可少的——山、水、好人。这仿佛谁都知道似的，但那些生长在缺了其中之一之二或之三的人们就不知道了，比如也有好山，也有好水，但满街的人都气势汹汹的地方，或者是只有水而没有山，只有山却没有水的地儿。拿自己的家乡来说，北京什么都有，有山、有水，人也挺好，但山不突出、水不露色，况且有的水是人工放的假水，比如颐和园，你那么赞美它——水秀的时候，突然哪一天，水被抽光了，露出了丑陋的湖底——原来湖是假的！就好比喜欢一个秀色妖娆的丽人，偶然间你发现，她的美貌是"整"出来的，这就尴尬了。还是活水好。我最中意的西湖的水，就不是假的。眼前金泽的这条浅野川能见底的水，可是真的，是从"日本阿尔卑斯山上"涓涓而下的，抬眼看那白头的山，把手伸到溪流里，触碰着还带有雪山白浆的沁肤的水，我就好比又回到了依稀如梦的怡然杭州。

说到"五一"国际劳动节,我想说说工会的事。可能来金泽大学的大部分外国人,都没留心校园车站那儿插着的一排旗子,旗子上有许多竖着写的标语,其实,那些都是金大教师"组合"——工会的宣传口号,比如其中一条是"沉默就等于赞同!",另外一条是"不在编的教工们,别忘啦,你们也可以参加工会!也能维权啊!"由于在遥远的北京语言大学,我是不在编的教师,而且不在编六年之久,所以我对第二个口号出奇地冲动和赞同。

"Union——劳动组合——工会"是个宝,这个宝或许谁都没意识到——这才是真正解决中国目前"大格差"——贫富不均的途径。日本天天说怕中国强大而"胁威"(威胁)到自身,但在说中国的经济如此厉害的同时,都不忘说一点不好的,那就是"格差太大"——贫富太不均了。

无论是怎样的资本运作——公有的、私家的,只要是有人参与,就会有利润,分起来,就会有两份,一份是资本持有者的,一份是参与生产的劳动者的,但只要是没有独立的、能和资方讨价还价的工会,只要利润的分配权在一头,那么,全天下的老板们毫无疑义的选择,就是能拿多少就拿多少——俺当过那么多年的老板,不好意思地说,这,我还是比较清楚的。

早在1992年,我在加拿大蒙特利尔"黑匣子"里被一个犹太老板指定的拥有黎巴嫩血统的经理面试时,他说了一句说:"年轻人,你那么急迫地想加入俺们公司呀,我可事先跟你说好,咱们公司可不是unionized——'被工会化'的啊!"那时连下顿饭都不知道到哪儿去讨的我,听懂了"没工会化"的意思,便猴急地说:"我没问题,我绝不想参加什么工会!"等真进去了,从第一天下班到家,被老板从肉体到精神折磨得惨透了的我坐在沙发上,每天只有一门心思,就是想在那个"黑匣子"里,带头成立个工会。

两年后，我兴高采烈地到第二家犹太人开的公司去应聘，本想这次，三四千人的跨国大公司，好歹该有工会了吧！但还是没有，于是，我就过了八年没工会的大公司生活。没工会的大公司职员是极其离谱的，和国内有的一拼，就是溜须拍马风盛行，谁会拍谁官就大，我的顶头上司是最能拍的，我们下属的职能是好好干活，多多为公司挣钱，他呢，唯一的特长，就是拿着俺们的劳动成果，去大老板那儿加薪。由此，我又羡慕那些有工会的啦，尤其是每年全加拿大邮政工人集体罢工的那半个月里：邮件全收不到了，货也运不出去了。那么全加拿大邮局劳动者通过"有尊严"的方式提高了工资？资方绝不可能是主动加薪。每年一罢工，工资才每年一涨，GDP 多少与他们无关，只要通过 bargaining——讨价还价，才能真正从雇佣者那儿分回更多的"羹"哩。我在渥太华读"公共管理硕士"时，有一门是在政府从业的同学的必选课，就叫"Industrial Bargaining"（工业谈判），说白了，就是学会从雇佣者的角度和工会讨价还价，可见，劳资双方的互动和"互斗"，也是一门学问哩！西方国家整体的分配比例之所以能一直保持在劳方 7 分收入，资方 3 分红利，整体收入水平相对平均，社会相对公平，若没有工会的实质性的作用，是万万不可能的。

话再扯回来，本人在当了五年的老板，和不许他们造反的几十个员工们互动了五年后，公司关了门。恰在此时，作为自始至终语言大学的编外教师，戏剧性地当上民间的无冕"工会头子"，我的角儿，好比打冰球时最能耍赖冲撞的 tough guy(野小子)，我代表绝大多数的老实的怕丢工作的教工们，艰苦卓绝地和院方斗了好几年。说来没人相信，30%的编外教工多年来既没有工资条，也没有社会保险，大家领工资时财会像塞红包似的一捅，就算是发了，连敢问的都没有，于是俺老齐急了，先打工资条的仗，然后打保险的仗。最戏剧性的一次是财会拖延 10 多天不发工资，说是副校长病了，签不了字，"编外"们都火急火燎的——有的按揭都交不上了呀。我手写了一篇最后通牒——直接寄给那个不知有什么病的副校长大人，说请您立即发吧，否则去医院看您的，可能就是俺齐天大聘用的律师了，这招儿真有用，信写好后送上去的第二天，工资就发下来了。

嘿嘿，2010年的"五一劳动节"嘛，还是在这遥远的地方，看着日本"阿尔卑斯雪山"，沿着浅野川神思散步。这也是另一种劳动。

"研究研究"和"学习学习"

或许这个世界上最没什么用的研究，就是文学了，我这边的一个松本小师傅前日还感慨说，从前明治时期有许多大文豪，但现在没有了。为什么？因为学文学无法就业——读书没用了，尤其是读文学的书。当作家有发大财的，但研究文学的恐怕发不了大财，如果钱锺书的《管锥编》成了中国的 best seller（最畅销书），或许只有一个可能，就是大家都普遍地疯了。

你看中华文化的源流，有如我每天散步的浅野川，从高山——春秋秦汉唐宋元明清——一路地走来，有主流，有分流，有支流，还有顺流和逆流，甚至还有旁流——跟宫外孕似的，那个"宫外孕"的产物，就是韩国和日本以及越南的汉学；我不是在沾沾自喜于大文化的沙文，但这是不争的事实，有趣的是我越研究越发现，恰恰是日本文化这个"宫外孕"由于地理位置的特殊性，躲过了"娘家文化"经历的坎坷和衰落，在母体旁悄然地长大、成人，即使变了些种也杂交过（和英语文化），但神奇地把母体文化优秀的基因给保存下来了——这真是一种意外的确幸。远的不说，单说繁体字，日本人绝大部分的汉字，还都是繁体的，繁体字对于汉字来说，是母体的胎盘，是承载文化的符号，"胎盘"越厚重，孩子就越有分量，而大陆的简体字于汉字是最功利的，是只想取其"用"，而丢了它的"化"；文言也是一样，我发现日语的语库里直到现在还包括那么多古典的文言汉语词汇，这些"古董"，经常冷不丁地就跳蹿出来，和英语的语汇掺和在一起，被熬成所谓"和魂洋才"的大酱汤，然后被日本人一口气吞下。

或许这个非常现代也非常平等的国家的古意，就根植于繁体字、唐宋词、唐服（和服）和被大自然包围的氛围里面。其实繁体的汉字的灵气，是藏在山林里的。我昨天从金大顺后山而上，步行几里地之后，抬眼看到的是广袤无际的山林。汉字是依类象形成的，原始人创造汉字的时候，都受自然物象的启发，连绵的群山、挺拔的大树、清新的空气、流淌的河水，都是大自然的纹理，幻化为沾惹着甘露的温润笔画。字形呢，也是圆乎乎的哩，仿佛妇孺们在中央公园跳"春之舞"的样子，放荡的自由。四平八稳的汉字，是汉朝后的事了，是"封建"的事了，是大一统的事了。日本人哩，仰仗 GDP 的零发展，靠着把冒烟的工厂开到了 GDP 万能的中国大陆，而将四平八稳的脑袋枕着鸟飞花开的原始森林，耳听着小河流水的潺潺，沉浸在一笔一画、一撇一捺书写的汉字古意和平假名柔美的曲线中，在古曲和古趣里，保持浓妆淡抹总相宜的礼仪，平静地玩味和受用着汉唐、迪斯科、法国奶酪杂交的和谐生活。

研究和被研究，用英文说是：to study to or be studied。 study 呢，可以说成是"研究"，也可说成"学习"。越研究越学习，越学习呢，就知道有更多的东西需要好好地"研究研究"。《红灯记》里的那个鸠山太君看到他认为是密电码的书后，说要拿回去好好研究研究，我等之辈呢，在山林里复习复习汉字的由来，学学异国人如何发"僧敲月下门"的声音；然后，再听听孔子的话是怎么在这儿被活学活用的。前阵子去世的那位专写喜剧的令我敬佩的作家井上厦，说他自己之所以写起书来那么地"勇敢"，就是因为听了孔子，孔子说"仁义者才什么都不怕呢！"所有这些，都算是借人家的镜子照自己的脸庞，脸上有个疖子，就做了，有个瘤，也做了，有个臭虫，一巴掌拍死，臭虫比人脸还大的话，就改头换面得了。

能登半岛的一天一夜

"黄金周"的第三天,托中学老同学一文一家人的福,我这个山里人终于出山了,去了能登半岛。金泽的北方就是能登。能登半岛的形状像个象鼻子,我们晚上投宿的"农家乐",就在能登"象鼻子"的"鼻孔"那儿。那里的星星比金泽大学这边的要亮得多,据说夏天还有许多的萤火虫哩,听闻日本能看见萤火虫的地方不多了,只要洒农药的地方,萤火虫就绝迹了。去年在京郊的百花山,夜里的萤火虫也在划火柴似的起落。

我们还去看了海。沿着能登的海岸线,在海边,有一条长达460米的凳子,被世界吉尼斯纪录称为"世界最长的凳子"。我们坐到460米凳子的一头,然后就能看到身下遥远无垠的激荡的日本海了,有人说海的那头就是西伯利亚,西伯利亚给人的感觉,就是未知。以前有人说到"能登半岛",对于我和一般的日本人来说,也等同于"未知"——太偏僻的意思。但来了,就坐在一个非常偏远的地方眺望另一头"遥远"的西伯利亚,隔着一望无涯的大海,那种感觉,是挺"吉尼斯"的。

我们投宿的旅店主人藤田老先生,是一个典型的善良的老百姓,属虎的他,今年72岁了。我是观察了他家半天,发现到处都有"老虎"以后,才问他是不是也属虎的,果然如此。人属相是什么就喜欢什么动物——连属蛇的属猪的都似乎不避讳,何况属虎的呢!属蛇的不能在家里养条真蛇，属虎的也不行，但属猪、属鼠总可以的，对了，我可以养一只猫（老虎之师）呀！

藤田老先生从小就生活在能登半岛，他也曾到金泽去打工，我住的金大校园，他就曾参与建设过——他就是日本的农民工。这座半岛"部落"——村里的年轻人都出走了，从藤田家到最近的小学校也要20分钟车程，想去金泽那种大城市吧，可以坐巴士，但巴士每天才三班，可见人烟的稀少和交通不便。我夜里起来打开灯，一眼，看到我住的房间的顶头上，是藤田家祭祖的龛，那龛还是镀金的呢。我头顶上有一男一女两幅相片，都身着印有圆圈纹样的大正时期的和服，这和我北京三里河家的有个角落相仿，那儿有我姥姥的照片，一到春节，我老妈就叫我和女儿朝那照片拜拜，女儿边说作业还没做完呢，边草率地拜了了事。我想说的是和中国一样，日本的草民家，也非常地传统。

藤田老人还用他那口我能听懂几个字的"能登方言"，回答了我关于喜欢自民党还是喜欢民主党、部落（村）里的村长怎么产生的、村长厉害不厉害等问题，他还说村长没有什么特权，村长只拿政府非常少的一点工资。说到土地和山的所有权时，他说从前那会儿地主家的日子可舒服了，他们把地租给砍柴的人，每30年"寻租"一回，等树长高了，砍完了，他们就再收一轮的钱，如此循环，他们永远不缺钱花。

不过藤田老先生说过去那些靠租地、卖地活着的衣食无忧的地主们日子已今非昔比，地没人种了，柴没人要了，山和水田名义上没变——还是你的，可没人再感兴趣啦！寻租不成了要靠自己劳动了，要节省节制了，这不也是一种进步吗？

时隔了几年后我又看到海了。海的那边，是我这辈子还无缘相见却无比好奇的西伯利亚。海滩上，是一文的小儿子阳阳和小阳阳贤善的日本母亲，在那儿戏着时上时下的浪花。一任的海天一色。一幅的天人合一。

回程偶遇一个羽咋市的市民俗资料馆，就进去参观了。"咋"在这儿念作"くい"（哭伊）。"哭伊市"的历史沉积物中有几件宣扬军国主义的东西，引起了我本人的反感，其中有那时的爱国刊物，上面有妇女拥军的图画，还有一个"防弹背心"，其实就是个粗布做的绑在身上的小坎肩，正中有一个"大膏药"，细看，上还有许多这佛那佛诸如弥勒佛之类的名字，我想，好在这件"刀枪不入"的坎肩上没被打着，万一一颗子弹打来把"佛"字击穿了，那佛，还不和子弹的主人发飙！还有两面写着"武运长久"的旗子，像是出征前百姓送的，上头有非常醒目的四个大字"精忠报国"。站在"武运"大旗面前，我一个人沉思着，我想象着70多年前这个"哭伊"小镇狂热的军人出征的场面，妇女们在流泪，比"农家乐"藤田老先生大一轮的那些个赤贫出身的"小皇军们"在宣传机器的煽动下劈柴似的燃烧，那些前胸绑着粗布做的防弹衣的年轻人，呐喊着爱国口号，走向了被指定了的赴死的前线，荒唐的是，他们误以为自己就是岳飞，但他们去征战的正是海对面真正的岳飞的故乡！

回程我们走的是环海的高速，高速的右边，还是时而平静时而澎湃的海，海的那端，若照直走，就是等同于未知的西伯利亚；而我们人类面对大自然和自己，不都是愚昧和无知的吗？

当我们的"战车"缓缓地驶入小城金泽，到了比平日人多出几倍的片町，我们才感到了黄金周的沸点。带着一文一家，以小城主人的姿态再游日本三大名园之一的兼六园时，我才忽然觉悟我竟然生活在一个如此美妙、令那么多人驱车百里、千里迢迢来瞻仰的大有故事的小城呀。一文太太听说我每周都能徒步来兼六园走走时，大为羡慕，使我产生了小小的优越感，而且这种优越是如此地祥和，和70年前"哭伊市"那样的歇斯底里相比，这该有多好。

无奈的告别后，又回到了金大的山，远离了海，重新做一回"和尚"。

晚上看电视里的石川县慈善演歌大会，看到了20多年前熟悉的两个歌手，一个是加山雄三，一个是五轮真空。加山都75岁了。他们的名字和他们的歌于别人或许没什么意义，但是他们的声音让我猛然把自己的时钟——调到了20多年前。还有一个男歌手，他模仿邓丽君的歌，哦，当年我在东京时，邓丽君还活着呢！这是时间失重的感觉。

歌会上一个女歌手身着和服唱了一首改编的"さくら"（"樱花呀"），她唱得时而妖艳时而凄婉，她用手和身姿，在模仿着樱花落下地，她边哽咽边吟唱着："我就是那雪白的樱花，但我的命运，就是今天晚上必死！"我不禁倒吸着气——我甚至想：当初日本明治时期在全国到处种植樱花，誓把樱花精神作为这个国家的"国魂"。大和民族的血脉中在如此的平静下，有一种火山岩浆般的蠢蠢欲动，岩浆拱着地壳，在酝酿在加热，但没冲破地表，你感受不到冲动和热度，但加上樱花精神那铺天盖地的美和必落必死的宿命的暗示，这两样要是彼此不认识就罢了，要是相遇了再加上岩浆的高温和突然的喷发，一旦出事了，烧灼烫伤的岂止是他们自己？

我于是觉得，明治时期全国应该下种的，不该是樱花，而应该是"死不了"（一种花名）。

一文的评语：

两天的长途跋涉，有累齐兄了。我和家人收获颇丰：老婆喜欢上了金泽市街和兼六园，孩子今天数着拾来的贝壳想念日本海，我则不断地反复咀嚼齐兄对历史、时事的犀利分析。

一文

鸠山这个活受罪的内阁总理大臣呀

昨天日本首相鸠山由纪夫带着他惯常的一脸苦相——到冲绳的普天间美军基地去"访问"。按说一国的首相去下辖的一个地方视察，是风光无限的事。非也，鸠山一行就好似被押解的要犯，他所到之处——从空中到陆地，都是怒视他的眼睛。他承诺冲绳人民5月底前给美军基地搬出普天间一个"结着"——了结此事，但他无能为力，他的能力有限，他绝对拿不出一个把扰民的基地放到别处安置的法子，我猜想的结局就是他只能哭丧着脸，向想打他的、跪地上求他的、痛哭陈情的学生们和浩浩荡荡的万众一心的冲绳民众一句句道歉，我要是他，我早就崩溃掉了。

我看鸠山是个老实人。上个月在华盛顿开核不扩散会时他本想找奥巴马说说普天间的事——出发前拍过胸脯向人民保证与美国领导人商谈此事，但奥巴马就是不给他时间说，鸠山在奥巴马请大家吃饭的时候，好不容易单独见到了奥巴马，他表情沉重、心情紧张地和奥巴马面对面交谈了10分钟——就好似相扑选手开摔之前的架势，但那10分钟里他究竟说了什么呢？10分钟里一半是翻译时间，鸠山还总爱说最完整版的敬语，又浪费了5分钟的一半！我猜，鸠山肯定说："大总统，您看我托你办那件事……"奥巴马听了，肯定是一笑："好说，好说，先吃，先吃呀，哈哈！"

回国后鸠山的日子就更不好过了，媒体评论说你们看啊，我们日本国首相和奥巴马会谈的时间，总共才10分钟，人家中国和奥巴马竟然"正式会谈"了150分钟！是日本的10多倍呀，而且照集体相时，首相还站在最后一排的边上。有评论员说，你们当怎么样呢，今天日本和中国的地位比，日本就只能站在那个位子！

后来在国会辩论会上，反对党领袖对鸠山吹胡子瞪眼的，指鼻子说你这个总理咋那么地窝囊，美国媒体说你是去开会的最愚蠢的国家领导人。你们猜鸠山咋说？他说："可能，我就是最愚蠢的日本总理吧。"对方一听更急了："鸠山先生，作为一个大日本国堂堂的总理大臣，你怎么能当这么多人的面，说你自己是个愚蠢的傻瓜呢？你这不是给国家丢人吗？"

看，好玩不好玩？

每个国家的政治棋，由于开始编程的不周全，都有下死的那一步，日本今天的政治棋，由于起初编程有隐患，也下死了，而且谁下谁死。让美军基地搬出冲绳，美军不干，你敢跟美军急，你敢打请来保护你的美军？美军天普间的那些轰炸机正愁没事做哩；放在冲绳，冲绳人不干；不放在冲绳吧，放到哪儿哪儿的人都不干。所以鸠山当总理的角色，从程序上看，就是个受气包的命，他绝不可能给冲绳人民一个满意的"结着"，天真的冲绳人民对鸠山昨天没给一个"说法"而只是道歉表现出的绝望，其实那正是我预先想到的结局。

张老师的评语：

此文，以马克·吐温式的幽默的笔法，揭示了日本国、中国在目前所处的各自不同的窘境。这个死结难以解开。这就是产生动乱的根源吧！难揭示的问题，能够以鲜明的比喻合理地解释开来，实为高手！在笑中让人思考着这么深刻的主题，妙哉！

为乌鸦申诉

黄金周还没结束，课还没完全开始，所以本人连续几天都面壁读书。哦，昨天几个日本学生似乎不知道没课，来学校了，老师没在，为了不让她们白跑一趟，我说我给你们讲讲贸易上的事吧，就用日语上了一堂中日贸易课，她们满意不满意不太清楚，好歹，我算有了一个能和人类讲话的机会，我该谢她们才是。

按说"国际交流会馆"的阳台外能和我说话的——也不是没有，有雨声，还有一种鸟，老是"咯咯"地叫着，第一声是平声，第二声是去声，喊第一声和第二声之间那鸟还倒口气，我把目光聚焦那鸟，哦，原来是一只母的孔雀——像大母鸡似的、肉呼呼不会开屏的那种。

和我"同居"的昆虫，是一两只黑色的"臭大姐"，碳黑的颜色，有一次我刚想关灯睡觉，看见雪白床单上突然有一大块黑色的家伙，就吓了一跳，还以为满屋子都潜伏着"臭大姐"。第二次在床单上看见，又吓一跳，第三次又在阳台上看到一只不动的"臭大姐"。

黑色的"邻居"除了一动不动的、傲慢死板的"臭大姐"之外，还有乌鸦，早年在东京的"大使馆别馆"住的时候，那儿有大量的乌鸦，满树都是，我认为不吉利。现在金大还有，而且，前日在山林里快走的时候，我又邂逅了几只，没办法，只有驻足观察起乌鸦。冷不丁地，乌鸦排泄了，呈黄色。把不吉利的念头暂时放下看乌鸦，就会发现它们其实不就是黝黑的鸽子吗？体型和作派都很接近，不同的就只是颜色，一雪白，一黢黑，除了中华的风俗，别国——就比如在这儿吧，也有乌鸦不吉利的观念吗？假若没有，那么白鸽也好，黑鸦也罢，不都是鸟类，不都长着差不多的翅膀——既能飞，也都能排泄黄色分泌物，又何必被分出喜恶和伯仲哩？

"心灵飞鸿"的评语：

呵呵，是的！朝夕与这些山中"友人"相伴，能在超越尘世功利之外，放飞思绪，宁静心魄，幸甚至哉！

竹笋和炮弹壳

打个比方说，金泽大学坐落的位置就是香山的卧佛寺一带，下面是山，上面也是山，而且是绵延无际的山；本人住的"会馆"，就相当于卧佛寺里的大雄宝殿，晚上的我就是"卧佛"。

这房子哪儿都好，就是不隔音。前天隔壁的韩国学生半夜召集了一大堆人开party，隔墙听着大约有十多个男女在号叫，但他的屋子分明和我的一样大，就十平方米。"卧佛"难眠了。第二天早晨我想到了一个非常符合日本礼节的法子——用日语写了个条子，说请你夜里保持安静，因为周围的邻居在睡觉。我并没有写落款。我是早晨6点把那条子投到他信箱里的，10点钟我去检查，发现纸条被人取走了，于是，这两天出奇地安静，他似乎连大气都不敢出了，因为他的周围住着好几"户"人，有中国的、日本的、西方的，我那个"劝诱书"写得非常客气，还ありがとう（谢谢）了他，我估量那韩国小伙子不管见到哪个冲他甜蜜微笑的邻居——尤其是日本人，都在心里打鼓："是不是这厮写的？"

我每周六都沿着山路，像是在北京爬香山似的——卧佛寺的后山叫"凤凰岭"，上中学的时候我和两个13中的"大侠"同学，扛着一把猎枪，半夜登上了凤凰岭。30年前的那一夜从山顶上看向城，只是微弱忽闪的万家灯火和头顶上璀璨的星云。

金大后面的山叫"医王山"——不知为什么，难道和草药有何关系吗？

今天在常路过的竹林，我意外地发现地上耸立着一个漆黑的、尖尖的家伙，它拦住了我的去路——这不是竹笋吗？没错。我正想着是否要采去……抬眼朝竹林深处看，妈呀，到处都是漆黑的尖尖的竹笋，我还是第一次看见生长在野外的竹笋，我原来还以为竹笋是长在竹子的竹节上！我记得日本人好像不大吃竹笋，中国是熊猫的故乡，所以熊猫吃什么，人也吃什么。

有一个最高的竹笋竟然有半米高了，像土火箭似的朝天傲然挺立——像是随时准备发射吧。不知不觉中，我觉得竹笋特别像我在越南首都河内参观过的"革命军事博物馆"，在那里我看到的很多或立着的、或躺着的、或卧着的——空炮弹壳，炮弹壳贼大，里面翻开后能把"卧佛"睡进去。这点，不比日本的"胶囊旅馆"逊色，炮弹壳都是美军B52轰炸机空投下来的。小时候看过一些越南电影，有部名叫《铜墙铁壁的永灵》，也有得译作《回故乡之路》，电影里，你看美军B52从空中"下蛋"，一颗颗，就像是从竹篮子里倒竹笋！后来，我在加拿大蒙特利尔的一个航空展做烧烤工时，我和老妻边烧烤着土豆，边抬眼看那些刚从伊拉克战场上"干完活"的B52飞机，在加拿大百姓的欢呼声中，在空中，做着各种高难度表演动作——就差投弹了，哈，晃眼，又是20年前的旧事了。

张老师的评语：

哈哈，卧佛！太浪漫了。"干完活"，太行家了！

"心灵飞鸿"的评语：

虽相隔大洋，但此时静读山中卧佛——你的文字，你与山为友的惬意扑面。灵性的思维，连珠的妙语，奇特的想象，童心的幽默，尽在挥毫泼墨中！自然的处子，思想的顽童，20年铸就了又一颗年轻的心。分享金山心语，感念"卧佛"神思，愉悦尽在不言中。

德田秋声纪念馆目睹芥川龙之介手迹

浅野川上有两位文豪的纪念馆,上次去的是叫"泉镜花",这次去的是"德田秋声"。金泽总共为近代日本文学贡献了三大文豪,另一个的名字我总记不住,也是四个字,其中有一个"犀"字,对,就是"犀利哥"的那个"犀",说实话,文人在变"豪"之前,无论是中国的还是日本的,都有一个共同特点,挺"犀利"的,形同乞丐,飘移不定而且都有一身的"傻"气,这些特征我身上都带有点,所以,我能理解金泽第三大文豪,为什么在自己的笔名中别的字不放,偏放了个"犀"字。

但反过来说,文人们一旦脱离了"犀利哥"的行列——物质上丰富了,精神上就容易平庸了,那么"文"呢,也就是死了。"文学"的本质或许是"问、学",你整天花着国家的钱住五星经酒店、坐奥迪车,你连个"我咋能坐(住)上这东西(家伙)?"——都不"问"了,那么"文",也就不再成文了吧。大"问"出大"文",小"问"出小"文",不再问了,人和文都会猝死。其实,人之所以活着,就在于老是发问——"我咋这么、那么活?"或"我还能活多久?"——反正我老是问着,想着,盘算着,比如我只能活到明天——我是说假若,那么这个小文,我即刻就此停笔。

其实德田的老家我去过。有一次在一个小街道上迷了路——用日语说是"迷走"(日本首相鸠山就被媒体说成"正迷走中"),正懊悔,抬头看见一个牌子,上面说这是大文豪德田秋声的故居,细看,还不如复兴门俺那个家高哩，俺家住在 8 楼。

日本近代文人都爱用四个字给自己起笔名，而且后两个字都特别诗意，比如夏目漱石的"漱石"，正宗白鸟的"白鸟"，还有横路敬二里的"敬二"（电影《追捕》里的玩笑了）。不过你听，"秋声"和"白鸟"本身——不就是非常有古意吗？我仔细看了，浅野川中那欢唱着贴在水面上飞的，纯雪白翅膀和脊背的灵巧得像小燕子的白鸟，或许就是文人"白鸟"的幽灵。

在"秋声"馆里参观的就只有一对夫妻和我。我没看过他写的东西，我只是想把一个书本上的扁平的名字，变成一个混沌的立体的人——而已。据我所知，这个"秋声"以写情感缠绵为特长，他每和一个异性交往就写一本书，这个毛病挺可怕的——共有五个女子，名字分别是"お银""お岛""お娟""叶子"和"银子"，便有五本书——像不像开杂货铺的？有意思的和值得说的，是我竟然看到了芥川龙之介写给德田秋声的亲笔信，内容大致说"小生"实在对不起，由于胃病身体不适，在编文集时，错把你的文字给篡改了。

但凡知道日本文学的都对芥川龙之介耳熟，日本最大文学奖就以他的名字"芥川"命名，上次一个来自东北的中国人获得此殊荣，我的老师在课上还提到那事，他说："你们说中国人用日文写的文章，得了芥川奖——应该算是'日本文学'吗？"说的也是，假如哪天一个叫"丰田"或"马自达"的日本人用中文写了小说并力压作家协会中的那些作家，一举获得了"茅盾文学奖"的话，那么，算是给中国文学史，又平添了新的光彩吗？

小作文：最后一次量血压记

我最后一次被要求必须测量血压。今天早晨去复查上次体检不合格的血压——上次低压第一次量105，第二次量97，于是我在今天去复查路上，我发了誓言，今天拼死拼活的也要把血压给降下来。

那是共有两个血压测量装置，说是"装置"，是说日本的测血压方法和中国不同，不是人测，是机器测，上次测出我血不合格的机器，就好像一个竹筒，你把手臂插进去，竹筒使劲把你的胳膊夹紧，再放松，数字呢，就显示在仪器上了。"你是不是紧张？"女医生和蔼地问，她那么一问，就问出了我的心思——于是我反而不紧张了。回想第一次测血压是在小学的时候，那时血压就是班里第一，和我在班上的成绩差不多，自那以后，每次必要的测试，我就从来没再低过，或许是遗传，或许就是小学第一次测量被血压器给吓的。

今天和我一同"紧张"的还有一个20岁出头的日本男学生，他除了血压不合格需要再测之外，头上还裹着一块纱布，那可能也是被血压器吓出来的毛病。测血压过程中我俩还坐反了！也就是说那么一测，我的血压变成他的了，我说我不介意，因为他年轻。

第一次测我果然又不合格——还是低压93，好歹比上次少了4个指数，但更可怕的是脉搏102，女医生听我解释说因为刚从山下跑着来的之后，就让我先歇一会。我遵命了，一瞥，好家伙，头上被血压器吓得缠上了绷带的男学生也不合格，他低压89。我心想他才20岁，我都快50了，比他高4个指数，说明我没白活嘛。或许，就是这种"精神动力"起了作用，5分钟后我再一次"扑"向了从小学开始老和我过不去的血压器，我咬紧牙关，攥紧了铁拳，同时，我发挥着绝不给中国人民丢人现眼的"大无畏"精神，我按下了"开始"的按钮，然后，我就紧闭了眼睛，我感到那个"死敌"它——先把我的胳膊夹得紧紧的，又松开——以为结束了，但它撒开后，忽然，又更使劲地、不服气似的夹了第二次，第三次……最后，它才慢慢地泄了气，我睁开眼，朝记录仪上一看：低压83，脉搏90。

女大夫来了，看着我的结果，笑着说："算是将将合格吧！好，你可以放心回去了。"

就这样，我结束了可能是这辈子最后一次进行的非测不可、不测就可能卷铺盖回京的血压测量，我得意忘形地走出了金大医疗中心的大门，关门前我回头不经意一看，见那个比我小20多岁、头缠绷带的日本男学生，还在和"竹筒"面对面，一脸绝望地坐着哩。

北大邹老弟的评语：

天大兄异国生活真是丰富多彩，系里发纪念衬衫，我帮你领了件。下学期给你。我7月初回乌鲁木齐了，祝一切顺利、神采飞扬。

"齐氏语言学"的几个奇妙发现

昨天从山里回来,在金大"社会人间学科"的暗红色办公楼门口碰到了大泷、杉山和高山三位先生,他们都是周六来备课的,我说刚才森林里正在开着我觉得是紫槐的花——像结了满树的葡萄似的,在山野和万丈悬崖边欣赏时,我在思忖着你们日语中一种非常奇特的"生理语言现象"。读过拙著《妈妈的舌头》的人——当然一般人都没读过,我曾说日语是世界上唯一的、把象形文字(汉字、表意)和标音文字(平、片假名)结合在一起使用的语言,而这次我说的"生理语言",是指日本人说话时几乎片刻不离口的语气词"ね!"(ne,发音同中文"奶")和"けれども"(kereidomo),前者相当于中国人说的"呀",但中国人除了"呀"之外,还有许多语气词,比如"呦""啦""啊",等等。我们的比较丰富,日语的哩,就一个"ね",所以你听日本人讲日语,就仿佛是掉入了一个"奶——"的世界。几位老师听后大哗,说不可能,我们咋就没注意到"奶",我们还以为只有女子才口口声声"奶、奶"的,我一数,两位男老师刚才的几句话,就跑出了四五个"奶——"哈!

我还对几位老师说"ね"的泛用应该是当代日语的一个进步,使日语听起来轻柔和软化了,不粗野了。同样另一个 "比较"就是当代的韩语中也带有大量的"呔"——相当于日语"ね"的词尾。日语韩语同结构同词根,又是"同语气词尾",有考证说它们本身就是同宗。太专业啦,不赘述了。

晚上看电视碰巧节目是棒球，是"巨人"对"乐天"，注意听，那个男解说员果真句句不离"ね！"，不懂日文的听了，一定会以为日语就一个"奶"字哩。嘿，奶奶腔！

第一个"ね"有帮助喘气的功能，第二个"けれども"在我看，就是个挂在词尾的、纯粹帮助协调呼吸的、用于"倒气"的词缀；它就是个没用的"缀儿"，就好像刚跑完一百米后不能突然停，要降速多走几步——虽然那几步显然没用，所以，它并不完全是公认的表示转折的语法功能性的东西，我叫它"生理功能词汇"。词汇的"生理功能"？可是俺"齐氏田野语言学"的一大发现！日文讲起来如河水流动,但其"附着"的或长或短的串串词尾，好比人在呼吸时，一口气没吐完难于再大口吸气，于是这个没什么意义的けれども就派上用场啦！你把它加在词尾，它帮你把气吐完，你借着它"呼"完了，你才能再张大嘴吸气，然后再接着说，再让口中的"河"不间断地畅淌起来。汉语的"河"是悬着的，日语的"河"是流着的。汉语像缓慢流动的滔滔大河——（我一般指 "普通话"），但日语、韩语、上海话、吴音是平而快地流着的，像涓涓小溪，不同的是，在几种"小河流水"的语言中，上海话最轻柔，像改造后不再臭的苏州河。日语流得相对平缓悦耳，韩语呢，竟然流得还是那般激荡狂野和澎湃，尤其是当你听到朝鲜人民民主主义共和国播报"新闻联播"的那口"韩轱辘"，就好比——被罚站在"怒江"边上。

"心灵飞鸿"的评语：

感悟独特，妙喻成群，文采飞扬。这比较语言的文字，更为语言增色添彩。

张老师的评语：

语言达意的妙哉，不仅在书写的文字上，而更在音色的变化上。

纪实文学：最近老丢钱

昨天又丢了5000日元。本来与师弟小欧阳约好中午12点在片町的"王将饺子"请他吃饭，然后再去中古旧书店取上周三看中的三本价值2400日元有关文学评论的书，因为当时没带钱，暂时寄存在店里来。那三本书都是一个人写的，写得文采飞扬。大泷幸子老师听说我和小欧阳相约吃饭，就说我请你们吧。穿得挺酷的大泷老师开着车12点准时出现在"王将饺子"门前，把我和小欧阳接上了车。我们来到"日航饭店"，这家饭店开在差不多是金泽市最高大楼的顶层，所以四周景色尽收眼底。俯瞰市貌我才发现金泽的四周不是高山就是大海，而且金泽并不是一个只有"兼六园"的迷你城市，拥有50万人口的它从至高点由上而下环视，竟然有在景山的山顶看北京那种大无边的感觉。大泷老师的先生也叫"大泷老师"，因为她结婚后就用先生的姓氏了，我问她现在日本的离婚率为35%，那么女子结一次婚就换一下名字那不是会非常地麻烦？我还问日本女性那么地保守和传统，咋会像中国女子那样说离婚就离婚哩，大泷老师还没来得及回答，21岁的小欧阳把话头接过去了，说："离婚的原因是非常复杂的！"东京大学毕业的大泷老师有三个儿子还有不止一个孙子，东大毕业的女性在日本是非常了不起的，她1972年就作为自民党左派学生代表访问了中国，她当时住在友谊宾馆，并且和郭沫若亲切地握了手。我去过郭沫若在后海的故居，这样，一个和郭沫若握过手的日本人同一个去过他故居的中国人,在他前妻的祖国(他前妻是日本人)、在他离世的几十年后,坐在一起享用欧式午餐了。不知道郭氏的前妻离婚后把名字改了没有,她也姓过"郭"吗?饭后大泷老师开车带我俩去海边参观了一个博物馆,是展出日本江户时代玩具的,"江户"的发音和上海的"捣糨糊"挺像。那时的日本工匠就开始有大大的"匠心",比如有一种玩具由于脊背处灌了水银竟然能从台阶上自己翻跟头下来,最后还一叩头。过后,由于几个在三菱工作时期的老友下月来探视,所以就去金泽车站拿了些导游资料。最后大泷老师把我们送回到"王将饺子",和小欧阳拜拜时我对他说再过两周咱还这儿见面,我请你吃饭,然后就到中古书店取书,然后发现自己衣兜里一分钱都没有了。本人出门时分明是放了5000日元的啊!女老板看我如约来取书本来特别高兴,见我没钱就跟着我一起不好意思起来,还轻声问"大丈夫ですか?"(您没事吧?)我说我挺"大丈夫"的,她迟疑地问那三本已经包好了的书是否还接着保存,我慌张地说不对呀,早晨出门时分明放了5000日元的,同时匆忙说"当然,当然",就退缩出了书店。我沿着来时的路、顺着陕北延河似的浅野川一路找了回去,也就大约10几公里,我回忆早晨放了5000日元还是没放5000日元,上星期丢1000块时还好,是丢在金大邮局的自动取款机里的,当时情况是大泷老师帮交房租,可能机器认生,忘记找1000日元的纸币,我想算了吧,但第三天邮局来电话说那可不行您一定来拿。这次的5000日元不仅是1000日元的5倍,丢失范围不是1平方米见方的ATM机,而是方圆几十公里的有山有水有河流的金泽市郊。我想我找的不是钱,而是运气尤其是记性,对了,就怕老了记性坏了。纸币有价记性无价,纸币是柴火记性是青山。我一路走一路幻想着我出门时并没把5000日元放在兜里,而是放到垃圾桶了,我甚至强烈地觉察到那5000日元在床上躺着并没有随我出门。我一路走还一路分析着

"川"和"河"的区别,"川"流动起来稀里哗啦而且贼快,因为"川"心情急迫,"河"呢,就不了,"河"走急了就洪水泛滥。我还想到刚才书店老板的那份窘相,上次我和小欧阳去的时候他大叫"师兄!"时,她还以为说的是日语就"はい!"地答应,那就已经让她不好意思一回了,如果本人下周再去,再把手伸向衣兜的那一瞬间——她会紧张吗?其实金泽这个出大文豪的地方的书店老板,我已经认识得差不多了,见了我都有些紧张,前些天到一个更古的书店淘书,古得跟老上海当铺似的,在那儿淘书的感觉和淘出土文物相仿。那个老板在一个堆有年头儿的黄书堆中埋着,身子躲在一个萤火虫般小的孤灯后,沉默地偷窥并掂量着我——他店里几天才来一个"不速文客",见我没带钱包就没打招呼,一直保持着日本人少有的对客人的冷漠。我在陈年的书堆里见到了一本当年侵华的"满洲国"太君写的文集,那绝对是研究东北历史的史料,但标价6700日元而且注明着"绝版"——又是一周的伙食费;倒是真希望那是绝版。

回到会馆,奇迹没有发生,5000日元并没睡倒在床上,也没有邮局说叫我去取5000日元的留言,于是我紧张了起来,我反复回想丢钱的地方可能就在会馆的楼前,因为那5000日元和门卡放在一起了,我出门时肯定是先锁好门再把卡放进衣兜,而那时衣兜里的5000日元还在,就在我走到楼门口的片刻,不知什么原因我栽到门口的水泥地上了,那时我环顾了一下四周,有一个我认识的美国男孩儿和我打了招呼,然后我奔"王将",他奔浅野川。还有一种可能,就是在那个黑灯瞎火的"满洲书店"里等鱼咬食的"陈腐"老板,觉得我送钱赎书的可能性不大,就亲自过来取走了。我考虑来考虑去,那本书虽然有史实的意义,但还是建议北大图书馆用纳税人的钱派人来收集为好,我的财力还没到开图书馆的程度。我想最后怕的还不是这些个图书,而是,假若大泷老师昨天不请我和小欧阳俯瞰金泽的山海全貌、不和未知的西伯利亚眼巴巴地相望着——吃饭的话，那日我会按照计划，和欧阳一猛子扎进"王将"，我绝对会点 2000 日元的"麻婆豆腐"，然后，本人和我特意叮嘱过不让带钱的欧阳和"王将"的小跑堂，就会在惯常的非常客气的气氛下结账，那么，下午在旧书店和女老板的那种面对面的"不好意思"，就会发生在招牌醒目的饺子楼了。

张老师的评语：

祸兮福所依，福兮祸所伏。

悚然的竹笋和禅

　　昨天在山上又看到了竹笋，两周前刚有小腿高的竹笋，我昨天一看，惊吓到了，最矮的也长到了一人高，最高的有两米多，从未觉得竹子瘆人，但漆黑的两米多高的家伙们在不算太深的山里凌乱地挺立，还真把我，吓着了。感觉特像除不尽的腐败分子，当它们还是竹笋时，是黑里裹着白的，当你还没搞清它们是黑的（竹笋）还是白的（竹子）时，它们已经悄悄地褪了黑色，长大成完全看不到之前漆黑模样的青竹了。

　　前夜读谷崎润一郎的《文章读本》时，被"调情"了一次——文章的情。我一直以为谷崎是日本情色小说的鼻祖——吃少妇手绢上的鼻涕的那种人，没想到他还是个有头脑的文章家哩。"文"究竟是什么？他说我们正在课题上研究的志贺直哉写的文才是真正的"文"，文要有文气，文要有色和香，文要摆成活字后，才会有灵气十足、有气场。而真正写文的人的心境，需要有禅意——莫非就是我在山里的那种感觉？禅意虽说难有，但也不是绝对没有，眼前是草和木的时候，噢，还有昨天重山飘浮的雾气，那兴许，就是禅的意境了；但不是说只要是在山里的人，就都能感悟到"禅"，我想，那些药王山里零星的几个日本水稻农民——我每次去都在弯着腰插秧，即使是终身插秧，或许也想不到"禅"的一说。咦？这个问题，还蛮复杂的。

渡边淳一说鸠山没有"钝感力"

有些个词语，我绝不能错过——作为一个业余词语收集者，尤其是在日本的这六个月不到的时间里，尽可能地多采集一些。具体说就是看见电视中突然出现了一个怪词，就赶紧飞身下床拿笔找稿纸，但由于年纪半老的缘故，往往下床拿到笔再拿到稿纸记录——这么短短的一寸光阴里，刚才的那个新词——就记不住而丢失了。

新词语想放到脑子的"硬盘"里，但硬盘里都存满了从《道德经》到《毛主席语录》等之类的东西，而且不断老化丢失着，放到U盘吧，那是别人的脑子，是外脑。

比如日本人形容人生经历丰富多彩时，用的是"波澜万丈"，而我们是"波澜壮阔"；我们的"海市蜃楼"，他们叫"蜃气楼"。"蜃气楼"的中文发音跟"疝气"似的。我们说的"渎职"，他们说"污职"。还有一个词汇叫"钝感力"，写《失乐园》的大作家渡边淳一前天在电视上评说日本首相鸠山由纪夫，说他就缺少那种力量，所以老解决不好"普天间"美军基地的事，所以该下台了。所谓的"钝感力"不是"特别迟钝的力量"的意思——渡边做了定义，说"钝感力"嘛，就是干什么事都特别执着，并能贯彻始终，而且都携带极大的激情、爆发力和韧劲；随后，他用几个出色的前任首相来举例说明谁身上特有那股"钝感力"，例子中就有上世纪70年代打开中日大门的田中角荣首相。没错，那人特有激情，有感召力，我们都知道，渡边淳一还举出了最后一个他认为极度有"钝感力"的日本首相——"小泉纯一郎"。

张老师的评语：

以一点的论述开始，勾镰住八荒远近人物的漫画般的影像，笔力的势能堪强！

老张住在我们"公摊"的别墅里

网上的数据不可全信，但有些还是靠谱的，比如天气预报可能不准，但再不准预报冬天气温时，也不可能是摄氏38度，当然，我说的情况仅局限在北半球。

昨天某专家说的一组数据，却着实让观者不开心，数据说中国的公共行政费用占GDP的25%，美国的呢占9%，日本的呢占2.4%。据我理解所谓"公共费用"，就好比是买房子的"公摊面积"，也就是说你在日本买100平方米的房子，你"被公摊"2.4平方米面积；在美国买100平方米呢，你被公摊9平方米面积；但你在中国大陆买房哩，你要被公摊25平米面积，就只能住75平方米了。"公摊"的那25平米用作什么去了呢，当然有国防、有购置飞机大炮原子弹的费用——这相当于小区的保安费，还有就是公共医疗的补贴，但这也有用；还有送杨利伟上天的飞船费——这当然要公摊了，能壮国威呀，能让咱也用外星人的角度观察地球呀，但这些，恐怕只用掉公摊费的10%，剩下的，就是公务员的"三公消费"了，我是百姓，比如老张是公仆，老张坐的45万的公车，用了俺们的3平方米；老张吃出一身病的"公吃"，吃了俺们的另3平方米（好心疼哟）；公款旅游呀，老张同志去南非看世界杯用的是俺的月供款（更心疼）。最叫人不甘心的是老张他竟然不花钱或花小钱，住在俺们小区唯一的一幢别墅里！他那幢别墅，你家公摊2平方米，我家公摊2平方米，200平方米，总共要100户邻居公摊着！

难道小泉后继有人

一个日本政界的"小人物"引起了本人的注意,他名叫"小泉进次郎",耳熟?没错,他就是日本前首相小泉纯一郎的儿子,现在是自民党的议员。进次郎相貌酷似其父,比其父略微英俊,但头发并不卷,由此看来他父亲的卷头发是烫的,而且一烫,就烫了那么多年。这个"小小泉"身上还真有股子年轻人的朝气,善于用短信、微博和选民保持沟通;他思维机敏,咄咄逼人,几句话就让人想起他老爸。

我看这个"进次郎"搞不好,就会有大的作为,没准会成为若干年后的另一个首相,成为另一个小"麻烦制造者",尤其是碰到一个庸碌无为的首相当政时,老百姓想要一个不要命的新人来找寻刺激的时候——或许就是他这种强悍型"二代政客"的机会。你看现任的鸠山首相就太老实,没有作家渡边淳一所说的那股子能亡命(玩命)、能一条道偏要跑到黑的"钝感力"——而这恰是"进次郎"的天然禀赋,而且有过之无不及也。昨天我算是领教了一回,电视上小泉进次郎想向一个主持会议的"委员长"问询,委员长说由于时间已到,小泉君你不能提问了,一般没"钝感力"的人就会作罢,但进次郎偏不,他在人群中大声叫喊着"委员长!",被打断,他再叫"委员长!",被打断,他再叫"委员长、委员长、委员长!!!!",一声高过一声、声嘶力不竭,一连十几次不善罢甘休,知道的是他想发言,不知道的,还会以为是"委员长"说要枪毙他、他正被拉出去在垂死挣扎哩!

记住，她的名字叫"莲舫"

我在4月21日记录的那个代表日本国民进行"仕分け"（分类处理那些"公益法人"）的女议员，后来才知道她名字叫作"莲舫"，名字古雅的她，眉清目秀、留着短发，昨天她做出了裁决：70%的事业单位或被取消，或被缩编，只有少数留用。我之所以记录下始终一身雪色白衣的她，是因为我幻想什么时候中国的人民代表像她那样的，也能代表人民去清查那些臃肿的单位，那么，这就是中国的进步。

在助教翻译"中国的政治制度"时，我碰到了一个非常难翻的说法，就是人大代表有"人身受保护权"，就即席胡乱翻了，回来后一查，才知原来"人大代表"的"人身保护"有双重意思，第一个好像是在当代表期间可以"免罪"——不受起诉，第二似乎是在开代表大会期间可以"随便话说而不受追究"——这倒是真不好翻译了。第一条的负面结果——我记忆中的是有个别人大代表酒后开会；第二哩，想到的是古代的大臣问皇上："臣有句话，不知该说，还是不该说？"

近日在对那么多由"天下り"（从政府部门退休后的官员们）主持的对"公益法人"们逐一排查评估做裁撤处理的时候，有许多笑话发生，比如一个机构为了赚钱，就让美容师们先接受那种连睡觉都能轻易拿到执照，但必须花钱上的"执照培训"课，美容师们还要买非常昂贵的培训教材，其中有一大本配有插图的培训资料，是教大家用什么姿势"正确走路"的，并且还要参加考试。还有就是从事发放驾驶执照工作的"事业单位",为了多赚钱,让日本人每3—5年花钱更换驾照,为什么是3—5年?理由是人的相貌每3—5年会发生变化。对此电视做了调查,是和其他几个国家更换执照的时间做了对比,日本人"改头换面"的间隔最短,而有的国家哩,竟然能终身不换驾照——比如法国,也就是说法国人18岁的驾照照片,会一直被使用到80岁。我想,那警察难办了,抓了个80岁的肇事,一查驾照,上面有18岁的脸,问:"这是你吗?"回答干脆:"是!"警察没话说。在韩国就更难,韩国整容率好像全球最高,抓一个面容18岁实际是80岁老妇的时候,警察绝对要保持一颗非常平静的心。

浅野川上看斗鹰

昨天在课上看一篇文章，上面有"潺和湲"两个字，杉山老师问我是什么意思，我也不是很知道，但我知道的，是"潺潺流水"的"潺"，我还顺便想到了山下浅野川流淌的样子；于是我解释说，"潺湲"嘛，就是河水慢慢流的意思。哎，你说"川"和"河"，它们有区别吗？

也就是在那么浅，但流淌得并不慢的川上，有三只并不非常雄壮的老鹰在我眼皮下斗法。鹰和一旁飞着的乌鸦，我细看还是有区别的，叫声相仿，都尖尖的，但鹰的膀子能舒张成两节，一张一弛，一张一弛。你看，两只纠缠在一起了，然后搂抱着朝水面降落，快到水面时，又撒开飞起。三只老鹰，是在搞三角恋吗？谁知呢。不过鹰毕竟没有乌鸦多，假若它们的总数就只是区区的三只，那么如果想配偶，注定一只要出局。"配偶配偶"，合计起来必须是"偶"，才能配好，两只配好后，另外的那个，会成永远的看客。

因阴雨天十日没有出山去市区的本人，很是担心片町那三本上次没带钱无法取回的书被别人叼走，雨在犹豫着我今天是下呢还是不下、是大点下还是小点下、是等那个中国老小伙子出门下还是在他沿川走一半没防备的时候下。最终我要——去中古书店取书。喜欢看书的老板娘和她那个看起来面色死板并不太喜欢看书的伙计见我终于来了，就立马拿出那三本我上次把四个兜都掏遍了还是没钱赎走的——《中村真一郎文学评论集》。老板娘问我上次的钱找到了吗，我说："丢路上了。"她说那太可惜了，把书给我后，她推荐了另外一本，我还乘兴又订了一套芥川龙之介的全集——总价3200日元，说两周之内来取。在来这家书店前，还在另外的那个更老的专卖绝版书的中古书店预订下《满洲物语》——我管它叫"太君供词"——据说现在国际上非常流行研究"满洲文学"。躲在书堆里似乎几天没见人的老板听说我是中国人，就把书价从7600日元降到了5000日元，并说让我本月31日前来取。我希望随着我取走这本书，我老家"满洲"的叫法，在日本就永远绝迹。

  一手摩挲着兜里仅剩下的1000日元，从片町中古书店提着沉甸甸四本书，在转一个小弯子后，就到了阔别了几个星期的、能吃到麻婆豆腐的——"王将饺子大王"。我狼吞虎咽麻婆豆腐的时候，听到一个中年女工用能登半岛腔"教训"年轻的厨子，说："你呀要有自信心！你要自己时刻想到——我就是天下第一厨，那么你做的菜，才好吃！"是吗——我边吃阔别几周的麻婆豆腐边想。消灭掉麻婆豆腐后要付账时，发现那1000日元又不见了，四下找着，想着如果实在不行就回去把其中的一本旧书退掉。后来所幸在地板上找到了。看来，丢钱的事随着年近半百的到来——会变成非常正常的事情。

  "轻生一剑知天下"的评语：

  文如流水，淡如清波，有朱（自清）老晚年的味道。

《菊与刀》和《富美子与美智子》

都说中国人和日本人当了这许久恩怨交加的邻居，竟然没人写出来一本《菊与刀》；而写成了那本被公认为能解开大和民族性格谜团的书的本尼迪克特——竟然没来过日本，这使昨天傍晚从浅野川去闹市片町，然后，午夜再沿着那条已经变漆黑了的哗哗流淌的河步行回金大会馆的本人非常地郁闷，但好在现在我已经解开了那个结，我把我的这个"《菊与刀》"的尝试，叫作《富美子与美智子》。

富美子是当代日本皇后美智子的妈妈。我20多年前曾在二条城皇宫的人群里，在日本人惊呼"万才！"的呼喊声中隔着防弹玻璃看到过一次美智子。印象不深了，仿佛电视上看到的样子。那时，她母亲富美子还健在，她于1998年5月28日去世。

美智子年轻时貌似天仙，坐在人群中会使周边的人黯然失色，但她，是平民家的女儿，那时的太子偶然和她在一次打网球时相遇，当时按规矩他只能和皇族近亲结合，但他除了美智子，别人死活都不想娶。人的美丽有时还真有如此大的魔力，就像是大自然之魔幻，正如无论好人、坏人、恶人、强人，只要是近身西湖，魂儿就会被西湖勾引，而当初美智子身上强烈的自然美气场，就是一种旷世的稀缺自然奇景，所以皇太子拒绝了一切皇族小姐的追求，把美智子的照片放在写字台上，总是在偷看美智子那幅天然的奇观。

但美智子的娘家——富美子夫妇坚决不从，他们拒绝了两次皇家的求婚，美智子甚至只身去海外游学。他们的拒绝，是因为皇室在日本是"雲の上の人"，是云外的，是天之上的。20年后再来日本，才知"云上人"的说法在日本很常用，就比如说日本的皇室，他们的地位是天上的，但美智子的美丽也是万人之上的呀，也是国色和天香，天上的皇太子想降临到民间找天上没有的美人就一而再地求婚，被拒了，还求。后来美智子的妈妈富美子和她老爸终于答应了，于是举行了隆重的有50万群众观摩的盛大婚礼，这些都是大家们意料中的，是皇室典型的故事。不典型的发生在下个瞬间，富美子为女儿美智子准备嫁妆的时候，电视的播音员说富美子感到了一种不可名状的悲凉，因为她意识到只要女儿一从家里离开到云之上的皇宫，那么，她们母女就不能再似母女般地厮守，或许见面都难。看到此处我不以为然，以为他们见面虽不能像普通人家一般，但不可能见不到面吧，但令我愕然的却是从那之后的几十年间，她们母女竟然只见过三面！第一面，母亲从女儿身后走过，没表情，没说话，也没看；第二面，母亲从女儿身后走过，没表情，没说话，还没看；第三面——又过了十几年了，母亲再次从已经当了两个皇子的母亲的女儿身后走过，既是母亲又是外婆的富美子好容易和她的女儿面对面含笑着对视，但只是笑，也没有片言只语。为什么？母亲说"不想给女儿找麻烦"。她们母女最后一次见面是富美子病危时，那天，放下了几十年的无语和母仪天下的矜持、已经不再年轻的皇后美智子，直奔医院，匆匆下车，飞身跑上医院的台阶，冲进了富美子垂危着的病室，然后，电视镜头就终止了，再然后，5月28日她母亲去世了。

在临到"云上"出嫁的前天，天仙美智子在老家的园中种了一棵白桦树，是为了让富美子见树如见人；富美子也在女儿的嫁妆中放进了几十套家里制作的和服，美智子常常在公众的注目下轮换着穿，算是给母亲传递相思的信息。如此，几十年飞逝而过。我不解的也是常人都无法解析的是，女儿一旦变成皇后后——突然的母女隔阂和互视为路人，也就是那三组她们重逢时擦身而过的镜头，再放一遍吧：贵为皇后的女儿在前站着，母亲和她近得都贴身子了，但母亲毫无表情，母亲沉默而过，母女一眼都不相看。10年后女儿的身旁有了孩子了，老母开始老朽，女儿的姿色开始衰败，同样的距离，同样的背对背，同样的互不打扰，外表还那么淡定从容。最后诀别前没有了天仙姿色的半老皇后美智子跑上医院台阶的慌乱神色，那种时隔30多年又突然变回了平常家女儿的美智子，差点要摔倒的步态，最后，是你我都不得而知的相隔了30多年的母亲和女儿的第一次开口讲话同时又是永诀相嘱的私语。那一切，都仿佛是天上的云，是乌云彩云和蘑菇云——是你我永远看不到的遥远的混沌，那也是防弹玻璃后曾朝本人微笑过的皇后美智子的、在幽深的女儿闺房独处时，永远隐藏着的感情秘密，同样也是人类——不只是日本人，作为一种动物能用于自我行为解释的一个——非常不可理喻但又真实存在过的密匙。

张老师的评语：

以淡定的笔法描写了人间一种令人痛思不已的悲哀。云上，作践尽了人世间的真情。

观摩日—英大战的奇观

昨天日本队和英格兰队在奥地利的一个城市足球世界杯前的热身赛——在大雨中开赛,英格兰队中的明星是绰号为"坏小子"的鲁尼,但他在球场上不坏。比赛结果是1∶2,日本队输了,这不奇怪,奇怪的是三个球都是日本球员攻进去的——后两个是own-goal(乌龙球)。更有意思的是,第一个攻进英格兰球门并兴奋无比满场奔跑并用手指着自己脑壳说"俺进的!"的人,他是个头发留得像"南霸天"(后脑勺小瀑布)的日本球员——也是他非常精确地顶进了第一个乌龙球。"咋还是他?!"我正好奇并纳闷着,因为假如比赛以1:1的比分了结,那个日本球员就将是精彩回放时2粒进球的唯一功臣,我想他比我还急,边跑着边想着——总不能全场就俺一个人进球吧?果然没让他扫兴,日本队又进了一个球——还是乌龙球。这样,本人第一次目睹的离奇比赛过程回放:第一个球是日本队踢进去的;第二个球,是日本队顶进去的,踢和顶的都是同一个队员(他名叫"斗莉王"),只不过守门员一个是英格兰的、一个是日本的;第三个球又进啦!没人欢呼,因为还是日本队踢进的,守门的还是日本人。我想,那个"坏小子"鲁尼也比较郁闷:眼看着自己球队的比分扶摇直上,咋就是轮不到英国人自己把球踢进去呀?连这日本人也抢?而且,日本队在朝自己老家无论是踢还是顶时——所用的动作都那么地规范、干净、利落以及果断，就像是事先都设计和演练好的似的。哦，写到这里我想到原因了，可能是因为日本队平时训练的时候，都总是踢半场的缘故；还有，跟自家守门员较熟。

研究沉重的"满洲文学"

昨天国家领导人在东京访问时说中国人民决不延续历史的仇恨。我近来看一些日本作家二战时写中国游记的心情,也包括了被写进游记的人的心情,都是时而沉重时而极端,时而无语时而匪夷所思的。不知道那些专门从事"满洲文学"的研究者们是如何进行研究的,视角怎么把握?"成果"如何界定?要做结论吗?要做价值评估吗?假如做,又用怎么样的尺度?这无疑是历史的尺度和艺术的尺度了。但特殊历史背景下的艺术尺度又如何地测量?

昨晚在金大图书馆"扫文集"的时候,无意中看到一本女作家佐多稻子写的战争纪实,她在1942年的时候以作家的身份到过长江边上的宜昌,她写日军如何地威武,她还坐着轰炸机一起去参加投弹。看着我不禁后背生凉气。作家在写书的时候——日本早已战败了,佐多稻子后来承认她有过美化日军的"历史问题",她辩解说那是为了生计,她说即使那时她想写反对军国主义的文章,但报纸也不给她刊登。佐多稻子后半生倒是不停地忏悔,她晚年是个和平主义者,发表檄文坚决反对军国主义复活。回会馆后我翻查背景书籍才知道,原来佐多稻子是个著名的"无产阶级左翼女作家"。但战争是发生过的,那个貌美的无产阶级良知代表者——她竟然曾在一架从天上投弹的敌机中书写着日本皇军的赞美诗,这也是历史的事实。

另一个就是谷崎润一郎了，谷崎是个性情中人，搞日本文学的人几乎无人不知，他也写过一篇纪念"新加坡陷落"的"作文"；所谓"陷落"就是"大日本皇军"把新加坡占领了，把英国人打跑了。读谷崎的文，他说"呀，我威武之师皇军终于把新加坡人民解放了！可喜可贺可歌可泣，但，这只是我们要完成使命的一部分，接下来我们要做的就是要用良好的管理体制，给当地人民带来幸福了。"——（大意）一副铁肩担道义的样子。这是战争期间写的，战败后谷崎的笔调变了，他埋怨战时政府剥夺他创作自由，害他不得不和警察捉迷藏：他在写《细雪》时常常四下东躲西藏。

小林秀雄是那个时期日本顶级的文学评论家，他写的"满洲游记"我认为相对理智和冷静，文学价值也最高。从他的笔端，你能读出他对战争的怀疑、警惕、怜悯和批评，同时，你能读出他写作中所受的压力和监控，也就是说他的文中，有的敢说，有的不敢说。小林毕竟是个书呆子和文学青年，他到哈尔滨看见那儿的俄罗斯人后首先想到的，他们为什么和俄罗斯作家比如契诃夫笔下的那些俄国人不一样呢？因为他深受俄国文学的影响，他在哈尔滨的街道上边走边想：我对你们俄罗斯人的了解或许比俄罗斯人自己还多哩。同时他也喜欢鲁迅，他观察着街道上中国人，试图从中找到阿Q的原形。他还疑问为什么这儿的中国人不再是《诗经》里描述那样的？他质疑战争的合理性：难道日本人用一个莫名的"事变"为借口实际占领了"满洲"打败了俄国人，就算是东方文明战胜了西方文明吗？通过观察分析他推算所谓的"事变"是军方制造的。他去了有几千个日本人移民的一个"基地"，他看到在官方吹嘘中精神百倍、迎接新太阳升起的在"满洲"浪漫创业的日本人，绝对不那么值得歌颂，正相反，他们精神物质都非常空虚贫瘠，他们其实都傻乎乎的。小林秀雄笔下的"满洲"不仅充满着他对那块别人都认为是"新大陆"的冷峻的质疑批评和理性的分析,还极具文字的美感,比如他描述的皑皑冰雪下中国月亮的美。我读小林秀雄的"侵略者证词"的感觉——和谷崎、左多稻子相比较,深刻觉得同样是文人,评论家通常是批评和冷静的,在"众人皆醉"时,他们能保持知识分子应该有的底线如公正和正义感,在别人都狂热于"帝国胜利"的时候,他们能做的是即使参与了也不盲目颂扬。

除了读战争期间作家及评论家的"自白"之后,还有要读的就是战败后他们自己对那段经历的自我评价,有的说是被迫的身不由己——比如佐多稻子,有的说在专制的压力下言不由衷——比如说谷崎,有的承认当时的自己是压迫和狂热的双重产物,还有的对自己的过去没有悔过——比如那个小林秀雄,因为他曾经质疑和批评过,当时他并未盲从。

专制并没在地球上绝迹,历史和文学研究的目的也不光是揭开哪个民族早年罪恶的疤痕,这种文学现象的历史梳理最起码能告诉我们一个非常浅显的道理,那就是知识竟是力量和个人面对错综复杂人生时的自我保护,你的"知识"水准决定你的判断力,是你向前、后退、左转、右转的方向盘。

鸠山真要下台

早晨打开电视,看到的是日本首相鸠山由纪夫表示"辞意",也就是说他要下台了,用日文说也叫"退阵"。"退阵"好像是《三国演义》里的用语,就好比张飞用丈八蛇矛和谁正拼刺着,突然调回马头,大吼一声,说:"我退阵不玩了!"

日本全国街头都发放着首相要下台的"号外"。下台的原因是冲绳普天间美军基地迁移事务的处理不当——他说话不算数,他说要在五月底给国人一个"结着"(结果),但"六一"儿童节都到了,他还"结着"不了。此外还有两个原因,一是党内的一个秘书贪污被捕——才一个呀,另一个他从他妈妈那儿拿钱——从他妈妈那儿呀。但被一个秘书贪污——就相当于打掉了一个他的翅膀,从他妈那儿拿钱没交税,又相当于折了他另一个翅膀,加上没让冲绳人民过上"六一",于是,他就只有被"投げ出し"——棒球术语——投出面。

还有意思的是,前天鸠山还在东京举行过中日首脑会谈,会谈的时候他好像非常专注,但我猜他当时心里正在打鼓,说:"我后天下台——还是不下台呢?"

日本的总理像是歌舞伎舞台上旋转着的"角儿",演一个节目更换一个,你要想返场,你就不能演砸,只要观众的掌声不断,你就能一场接一场地演下去了。当政者最怕看的就是电视上的"支持率",鸠山的支持率从去年当选时的70%掉到今天的19%，这有时就好比股价，有时也像是油价和房价，又好比台风，而且日本的政坛基本上是"事件政治"，一件事处理不好就要换一个总理，什么事都算是"事"，比如绿豆价格的涨落——政客说"我上台的唯一好处，是能把炒绿豆的人——近日炒房的人都去炒绿豆了——绳之以法！"，他上台后，绿豆的价格假如还那么高，那么，首相就得下台——你说话没算数呀。

其实鸠山在我看来还是个正人君子。他不像一般的政客，他不会说谎，也就是说，别人都说他说谎，他只是说过的没法兑现；如果没法兑现就算是说谎的话，那么天下一半的人每天都至少说谎一次——别管是对谁了。但政坛是残酷的，西方的政坛上有那么多等着你说话不算数的在野党，只有执政党说话不算数了——在野的才有机会上台呀：谁想老"在野"呀？"野"挺"荒郊"的，"野"听着挺"野蛮"的，只要是"野"字在身上写着，就像是做"妾"的感觉吧，所以西方的所谓的"民主政治"，就好似一场场的正房和偏房之间的争斗，争的是千万别让绿豆卖成了楼价，只要是绿豆卖到楼价了，执政的首相就必须做两件事之中的一种：要不你把价格稳住，让楼还是楼绿豆还是绿豆；要不，你就放任绿豆价，让它再涨，涨到比楼房还贵一倍，总之你不能老是无为和霸占茅坑，别管你做的是否荒唐，这是游戏规则。这不，鸠山一个跟头，就栽在美军轰炸机基地的跑道上，再也爬不起了。

沿着夏目漱石《草枕》之路

在那部《草枕》里，作者夏目漱石是重复着陶渊明和王维的老路——一直走进山，在那里畅想，然后又走出去的。其实我想，金大周围的医王山无论从有泉、有花草、有远景、有近景、有蛙声、有稻田、有水塘、有老不出没的熊，哦，还有竹子，还是从人烟罕见来说，都像是陶渊明、王维、夏目漱石和本人的——草做的枕头。

我前日再见山中之前的竹子时，它们已经有大老爷们样的三米高了，它们的脑袋还是尖尖的，但尖得有些像是被削尖的脑袋——非常钻营，它们的下身已经没有了黑皮——下身变成竹子的青绿了，但原来漆黑的皮还少许遗留着，剩下的就是还没完全脱离漆黑色的三米高处秃秃的尖顶。说实话挺丑陋的。

一到晚上星空下水塘里的蛙声——就伴和着金大学生演奏黑管的高音，竞相开唱了。我傍晚走过那水池时，原本响声不大的蛙声随着我脚步声临近停了，想看看日本蛙什么样子也不得逞。我小时在河北干校时，那时的水塘里尽是墨绿色的蛙和癞蛤蟆。金大的水塘也是一样，夜空下，它们唱得比黑管还齐、还响，而且大多是高音，偶然一声低的，我想是癞蛤蟆。癞蛤蟆唱得深沉。星夜下的蛙和癞蛤蟆都不怕人。它们唱得开心和整齐。它们像是在排练着什么。

都说有熊，但我每两天就出没在熊该出没的地方，就是想邂逅熊，不是从没碰到熊，熊老出现在电视上，说它们爱伤人。我需再探再报。

顺着浅野川 Jusco 购物中心朝上走，就能找到它的上游。它上游的水更好喝，是甜的。据说那是刚从尚残存一撮白发的远山流蹿下来的。山根那儿似乎是为了减缓水的流速，有几片人为的"石头阵"，就是用山石像棋盘那样码成的几个方阵，溪水一冲到方阵处，就挤着冲不过去了，水花跳起来的样子也非常地工整，望着，像是千堆雪。

无论是医王山还是浅野川的四周，都有像北京门头沟百花山一样的无以名状的野花野草，她们一茬茬一拨拨，一种又一种、一个主题谢幕后马上更换个另一个主题；她们丰富，她们随风而动，她们因雨而丰饶。金大大学生们的服饰也仿佛被季节点缀的颜色，时而淡时而浓，时而工整时而繁乱。正所谓一方水土养一方人，人的服饰也是那样。比如你到哈尔滨时你看到的服饰，就是被松花江的江花而着色的，你在西湖边上行走，那里人的服饰风格，就好似清爽的龙井茶，同理，浅野川边上年轻人服饰的颜色，就恰是这山竹、这山草、这山蛙、这癞蛤蟆和这山里的狗熊的外包装了。

研究之外的研究

　　这些天没好好去听课，做了些课外的研究，比如研究日本新首相的诞生和民主操作的程序。我曾预言鸠山可能下台，但没想到他那么快地下台，也就是一顿觉的工夫，新首相菅直人的上台，也是快速并且戏剧性，这就像一集集的连续剧，而日本政治家们在这几天表现出的娴熟操作，激情投入，既令人目眩，也让人深思。补一句，我一直注意的那位"白衣女侠"——参议院华裔议员谢莲舫，在菅内阁中将出任"行政刷新相"，果然是为人民群众做事多——她过去就专门裁撤冗员事业单位，未来自会大刀阔斧地改革。公开竞争制度的受益者，永远是有本事有能力、有信念有方法的人，最佳的政治体系应该永远保持系统的开放性，让活水时时进来，让浊水随时流出。我认为伟大的政治家，不仅应该是能力出类拔萃者，更应该是合理体系的设计者、维护者和修补者，而体系高于个人，正仿佛楼房的整体结构的重要性要高于任何一根栋梁：如果一座楼的安危只依靠某一根房梁，那么当梁老化时，梁腐朽时的，梁萎缩时，梁就只能——假使劲、假支撑、假忠诚；梁还会自恃、自恋、自谋、自营，甚至梁会演变成心理变态，企图自杀。当一幢大楼的大梁不想好好干了，不想出大力了，不想承受重量了之后，楼的安危问题就会产生，那时，能把那根梁取而代之的就是好体制、好系统，取而不动，但好歹还能撑一阵子的，是中系统中体制；最差的，是取不下那根梁，梁自己认为还行,但楼的确都快塌了,梁却闹起腰间盘突出、软组织损伤坏死、大小便失禁等一系列症状;后来梁甩手不干——跑了,楼被架空在那儿,楼说俺凭什么老罚站在这儿,俺也想像梁一样歇会儿,结果一个屁蹲坐下后,发现没梁撑着,楼塌了——一塌糊涂。

张老师的评语:

体制的优越,才能导致操作的娴熟。文中建筑结构相互依存关系的比喻,完全说明了体制要害的问题。

百万石狂欢节的萧条追忆

才刚过一天的事，就快变成"追忆"了，我是说金泽市一直持续到今天的"百万石祭り"精彩纷呈的影子：昨晚市中心数万人身着和服们舞蹈和狂欢，与浅野川上随曲水游动的星月样的灯影交相辉映。昨晚彩灯下的舞蹈，一行行、一列列；看，妇女们和服跳尽了春夏之间多雨的沉闷和压抑，跳开了人与人之间的隔阂，跳出了彩，跳乱了节奏；五彩多姿的和服色彩，炫尽了地球上能想见的艳丽色泽：激情的红，神秘的紫，撩人的粉，欢快的蓝；东方人、西方人、在校的、在工的、在官在商的——都一齐和着七八个女子悠扬清脆的民谣伴唱，数万人舞成了人海，舞成了花雨，舞尽了风流，舞倒了色相，舞就了一身婀娜体态。啊，金大的学生团舞过来了！带头的是我们教的两个比利时女学生，学生团中有持中国五星红旗的、韩国八卦旗的、英国大不列颠旗的、澳洲袋鼠旗的、美国星条旗的等等。

舞的最标准的是那些装扮成万只花蝴蝶的中老年妇女。她们的舞都一板一眼，一丝不苟，一招一式，一举一动，一笑一颦，尽显日本女性的优雅妩媚，她们不苟言笑，她们的笑是用身子的摇摆替代了的，她们用原本那么稀松平常的几个基本动作，让身子灵活旋转着，仿佛是一个圆圆的游动着的"花架子"，仿佛是沉浸在一个方寸间独自跳跃的陀螺，也仿佛穿上木屐的仙子，那么多的"伊豆舞女"呀，在嘎达嘎达的舞动着游进着。忽然间，和式的舞蹈起舞的速度越来越快！仿若彩蝶在飞旋着舞出了大唐的气象、大唐的魂魄！如此民俗的、开心的、放肆的、欢畅的舞，震慑人心的东方文化经典——既整齐又个性、既集中又民主、既规矩又放肆——黑头发黄皮肤的数万人无拘束、无惧怕、无忧虑的翩翩歌舞，诱惑和凝聚力之强大，如黑洞般能把任何人裹挟，它形成的强刺激的蘑菇云般壮烈的气场，它给所有近身人送去的欢悦自由和解放放纵——让我等能消受得淋漓尽致，那舞时的缤纷夺目美艳绝伦，那舞散后的花谢败落萧条惨淡，仿若大唐时代的灵魂再现以及万古之悲情也！

鹰和乌鸦的续集：
山里的珍奇动物们

张爱玲说过你不抓紧写，过一会儿就忘了，忘了后，那时的感觉和记性就跑了，所以不得不抓紧记录——就比如天上盘旋的鹰、地上"拾荒"的乌鸦、半夜纱窗上呼扇着翅膀死皮赖脸非要进屋的大金牛雌蜂、楼门口地上盘桓的蛇、池塘里一跃一跃的水黾（mǐn）、深山里偷窥我出没的狗熊，外加蛙和蛤蟆之类的，并不是一成不变。我昨夜临睡前细想——它们如果不写出来不记录下来，就再也不会有光顾本人生活的"珍奇动物"了。"珍奇"和"不珍奇"嘛，那要看是在哪里了，在动物园看老虎交配都不算"珍奇"，但假如你在谁家后院撞见一头懒洋洋挺不愿意理你的老虎，那老虎肯定是"珍奇"的；还有天上的鹰——我的确是从小在干校和它们告别后（还有鹞子呢）就再没见过了。近来见过如此之多的鹰：前日见天空有一条白线，白线前有一个飞行物，按常理我知道白线是飞机屁股拉出来的，但细瞧，呀，线头上拉线的却不是飞机，而是只雄鹰——它和飞机一模一样，飞时翅膀也纹丝不动，它飞翔得那么高，都和飞机的轨迹重合了！这只鹰，和我在浅野川见过的、相互"纠结"着进行"空战"的鹰——竟然完全不同，这只鹰盘旋在我感觉是"万米高空"里，一会儿后，它又摆脱了飞机的尾气，在一圈圈滑翔着，它那么地高傲，简直就是傲视着本人和世间万物。这时巧了，地上一只黑乌鸦没头没脑地跟跄而过，乌鸦嘴上叼着一个白色的破垃圾袋子，哦想起来，上次我说其实鹰和乌鸦都一样都有黑色的翅膀，大小也相差无几，这次先举头仰望天上的雄鹰，再低头鄙视匆忙倒腾垃圾袋子的乌鸦，才知造物主造物是有目的和初衷的，让鹰是鹰，让"黑鸟"是"乌鸦"。

那条见到我来先被吓了一跳，又拉出了一条"之"形曲线、盘绕着爬入草丛的绿蛇——我的确前夜在梦中见过呀，当时我梦见我正和一条条五颜六色的蛇——都不算粗的，进行着一番斗争，但让我思路没有着落的，是为什么我前夜刚梦见过蛇，一条蛇，就在第二天早晨、在我要出会馆门口的时候，在那里把我等候。

欧阳学弟说那种能在水上跑的，在他老家湖南永州那儿叫作"水黾"的小昆虫只有在自然环境极佳、水质非常好的地方才能见到，在儿时的河北文安"干校"，我们管它们叫"酱油"。傍晚去食堂用餐，在路上，经过"听取蛙声一片"的水塘，我看见了许多只在水上戏耍的水黾，它们真像小黑十字架，又仿佛是赛艇高手，小身体就是双桨赛艇，一下一下地，在水上任意地划着——而那时半空躬身俯瞰着它们玩耍的本人，俨然，就似天上的雄鹰了？

张老师的评语：

人，若是全身心地与大自然万物融合，那将是怎样的一种精神上的升华与快乐！

小议"出道"俩字

上午沿黄白花瓣铺散的浅野川步行了 10 公里，到金泽市一个叫"入国管理局出张所"的地方去办打工许可证，领到证后我不禁苦笑，都这个年纪了，还打工呢，不过我当"中国文化课"的英文翻译，可是金泽大学邀请我打的工，这可得先说明白。

日文"アルバイト"其实是从德文（arbeit，工作）借用的词语，但日本年轻人，几乎无人知晓它是从德文变来的，就和那个法文变来的デビュー——出道（debut）似的。其实大陆的国人知道"出道"这个词也是近 10 几年的事，是从日本或港台传来的吗？没人考证。

写了十几年书至今还没正格"出道"的本人一直对"出道"这个词疑问重重，别人出道都非常容易，比如，人家余秋雨老师凭一本《文化苦旅》，就"出道"了；还有鲁迅凭《狂人日记》出道，巴金靠《家》出道，曹雪芹靠《石头记》出道，老子靠《道德经》出道，警察靠擒拿下第一个小偷出道，小偷靠第一次偷窃成功而没被警察擒拿住出道……咳，说来说去都老说别人"debut"的事了，而"奔五"的俺自己哩，今天也好歹弄到了一张 arbeit 证书——日期是有限的，莫非也算是出道一场了吧？

张老师的评语：

出道，真有天壤之别。光怪陆离的世界，太让人越来越捉摸不透了！望你的出道，能捡回来大和民族的优秀精神，也不虚此行！

《芥川龙之介文集》收藏纪念

昨天还到片町的那家中古书店——也就是我为之丢了5000日元的那家，取回了两周前预订的《芥川龙之介文集》，所谓的"预订"就是先跟那个冷面佛心的老板娘说好，然后按时去取；没按时去，就说明那部书放弃不要了，这无疑是一种节省的方法——能抑制盲目的买书冲动呀，不过，我至今没按时去取的是那个更古的书店里的《满洲物语》——我迟迟下不了决心，是让那本"太君供词"在浅野川河畔的破旧书屋里"物语"下去呢，还是把它迁坟到俺北京法华寺的藏书堆去呢？

有了这八卷的《芥川龙之介全集》，我所藏的"全集"又丰富了：《鲁迅全集》《马寅初全集》《周作人全集（分类）》，以及《芥川龙文介全集》。注意，前三位都是浙江人，有两人还是亲兄弟，把马寅初放在他俩之间，是怕哥儿两个在我家，而我在日本时——再动手打架。

如果想享受读书，我有一个值得参考的"经验"，就是读"全集"，其乐趣无穷。当然，这些作家的作品，是够出"全集"的数量才行，写一本书不能出"全集"，就好比曹雪芹，噢，不过曹氏的《石头记》是按全集的、包罗万象的思路写的；写一种文体的，也不算"全集"写手。"全集"要涵盖所有的文体和所有的"话题"，要兴趣广泛，要能进能出，要博学，要让人在读他（她）的"全集"后——变得更加"博学一把"才行。我认可的"全集"之中必须有小说、散文、随笔、诗歌、日记、文学创作谈、关于文学诗学的主见，此外，还需有"愤青"的态度、有大师的风范、有对未来至少300年的远见、有别人模仿不了的文字的个性和功力，还有对时代、对政府、对他人、对自己的批判和反思——这是大师对他生活时代的最基本的"功课"，是作业，换句话说，他们必须是所属时代的痒痒挠和手术刀；我们很难想象一个毫无批判性的鲁迅——连鲁迅都变得看什么都本能地呱唧呱唧了的话，那么中国人民会把他恨死骂死诅咒死。所以任何时代能"攒"出"全集"的大作家，都是那个时代的代表。日本近代大作家都非常"短命"：日本不仅会产生"短命内阁"，还专生产短命文豪——但他们在区区几十年生命中是最清醒者、最癫狂者、最有才者、最多情者、最思想解放者，他们是"智慧大权"，他们是"百科全书"，就比如被我收入囊中的那个芥川吧，他只活了36年，却写成了至今无人能出其右的"时代全集"，能出其右者有之，夏目漱石，也成就了20卷的"跨时代全集"，死于49岁，再之后的是更疯更癫的三岛由纪夫，他的全集竟然有40卷之多，每本都是半个枕头厚度，他如武士般自杀，三岛的死法和思想另当别论，但三岛如汪洋大海、包罗万象的文字巨浪——所掀起的万丈激情，令你不得不肃然起敬、叹为观止！

对比一下近半世纪的吾国之文豪——假若有，说来，也终止于鲁迅、巴金以及郁达夫吧，活过来的都是半身不遂的"全集"，拿郭沫若做例子，"上半身"尚可圈可点，"下半身"的作品，不是开会报告就是作文式的讴歌，竟有那么多的会要开，竟有那么多的颂词要说，说的最后一句话——在"全集"的尾巴处，听着，就仿佛是中国文坛的悼词。

张老师的评语：

"是怕哥儿两个在我家，而我在日本时——再动手打架。"——太幽默而深刻的语句啦！笑得人家喘不过气来，这便是文意通过文字表达的高手！

时隔二十多年的"鬼剃头"

本人是时隔了20多年后，才又让日本人理发的。这次是个女理发师。"鬼"和"不鬼"让时光的瓢泼大雨冲刷着，也就是变了色相——我是说从前是"鬼"的，今日的笑意，也可以是这般地真诚。

早年在东京"惠比寿"住时碰到的理发师——名字好像叫"田中"或"增田"，是我的一位朋友，我常去理发，常和他聊天，也常陪他去唱卡拉ok，唱时他总是说我是从"北京大学"毕业的 ——尽管我告诉他，我从来不是，他患的是日本人常患的"名校症"——日本人以有东京大学毕业的朋友为荣耀，那么有我那么一个"北京大学毕业"的朋友，他也可以顺便荣耀一下；但时隔20多年后，我似乎真该是"北大学生"的时候，理我这脑袋上这一大把黑白交杂的毛发的女理发师似乎已经不再关注我究竟是"金大"还是"北大"的学生了，她只是微笑着将我脑后的"原上草"除光——仿佛上周我们在留学生会馆前割草，然后，她用铜铃般的笑声——管我要钱，并拒绝了下一个屁股想要坐下的来客，说："对不起，我们要下班了！"

鬼的故事续说——说说司马迁吧

昨日读日本昭和诗人的《金子光晴自传》——也是从片町的那家破旧的书店买回来的。金子是个反战诗人，在别人都高歌"冲啊！"的年月，他在写反战的诗，那诗集的名字就叫"鬼の児の唄"——《小鬼儿之歌》。他说当时日本政府常用一个"一亿一心"的词语煽动群众，他说我偏不受煽动，我是"一亿二心"，意思是"只要我一人反战，那么我的心就与那其余的日本人的心不同！"。日本天皇宣布发动战争时，听到广播后的诗人金子光晴激动得连蹦带跳，他打开了留声机，他的异常举动招引老百姓的窥探。

"一亿一心"和"一亿二心"有质的区别，我昨日在夜幕快要降下的浅野川地毯似的小百花丛中随想。其实传说中的"知识分子"，不就总是对时代、对人世怀有"二心"人群吗？从屈原到鲁迅，再翻回到司马迁，司马迁的"二心"让他肉体的一小部分——脱离了他原本健全的身体，那一刀着实地让司马迁"变"成了有别于绝大多数人的"异类"，成了"变种"，成了"鹤立鸡群"，成了"独一无二"和"独钓寒江"，他已经有些不可能没有"二心"了！于是，独一无二的《史记》应运而生——"应"了司马迁被阉割了的"鸿运"！汉武帝切掉了他肉体上传宗接代的"老巢"，却让他把亿万多数的精子，变成了百万言的黑体字的"小蝌蚪""小爬虫""小水黾""小青蛙"——司马的神色，司马的呼声，司马的"遗传子"——最后用文字的形式流传千古了。

那就是一颗"二心"！

那绝对是与世隔绝、与世人为敌，而与"万众"却没什么关系。

不是人的浅野川

电脑突然坏了，只能用笔写日记。用什么工具就写出什么东西——这是注定的了。手写出来的东西就如同手工制品，电脑打出的东西呢？尤其是你再想上传到博客时，不仅要眼观六路，还要耳闻八方，你必须看人的眼色；耳聋的你要大喊，眼瞎的你要为他们装放大镜——总之你必须"看人下菜碟"，你自由度不大，而在用水笔、用自言自语的方式言说的时候，就仿佛自在流淌、昼夜不息、马不停蹄一脑门向前去的浅野川了。

让我不舍昼夜奔走的那条涓涓"流放"的浅野川。我夜行，我雨中行，我无雨中行——已经"入梅（雨）"了的金泽城倘若无雨，那就是"无语"——老天对你无语（雨）的观照。

从东京三菱商事来了三位20多年前的故交，同事再相会，第一眼就定了乾和坤，"乾"是男，"坤"是女，"乾"加"坤"等于岁月的流动；"乾"和"坤"相乘，如同"雷"与"电"的交加，一切，都倒进城外汩汩的夜河中了。

哦，"川"并不等于"河"，"河"有时不流，不淌，如"银河"，但凡是"川"，由于有左边的那一撇，那一道弯，就注定地让"川"流动起来，而且"川"字像八爪鱼，像章鱼的触角——在金泽市每日万头攒动的"近江鱼产品市场"里，你时常能见到章鱼的触角。

"川"的走动,要比人快,前日一去一回,我和"川"在竞走,而且,这条"川"中竟然没有一条小鱼——是因为水在流吗?没错,正是水至清则无鱼地步了,也就是这清凉、清纯的川啊,她快快地流,流走了我等的青春和纯情,留下了时光在斯人面目上的苍老,留下的是感伤,流走的是生气;流尽了风流,冲光了少年风姿,带走了如花容貌,卷走了豪情霸气,她永不停步,她不舍昼夜,她会把我等——追她追得马不停蹄的、脚不落鞍的人和动物们——你属高级的也罢,低级的也好,都不是她——这条"川"——飞跑的小河的对手。你我跑累了需要睡,你我走乏了非要歇,而她这无情无意无动于衷无感觉无感触更无感慨的——叫"川"的家伙,她没有青春可"逝",她可以永恒的、永久的、永动地跑,她从孔子时代一路跑来,她"如斯"地跑,她不知觉地走,她跑走、走死了千万、亿万的人类、动物,我们都不存于世了而她还在,而她还奔跑个不停!

关于短文和微博

由于我的电脑用着用着——就突然罢工了，同时又怕写的时候文件丢失，因此就尽量写短，再短些，就成微博了。

这些天日本，始终沉浸在前天世界杯上战胜了一个非洲国家的狂喜中，竟使得教授都不来上课了，说是身体不舒服。中国男子足球队究竟何时再能出线——邓丽君曾唱过何日君再来，万没想到盼君盼君，把"太君"的球队都盼来了，"国君"的队伍，却迟迟不出线。

写这类的"微博"，由于短得不行，就要像钱锺书说的如同女子的裙子——一定要非常地短，短到能暴露出点什么——当然是别人的丑了。

朝鲜的球队传说踢不好——都要去挖煤，不过一个国家只要还有煤挖，资源也就有，不会像50年后我们的球队也想到山西挖煤，煤说黑的煤早没了，白的倒有。

"心灵飞鸿"的评语：

中国男子足球队究竟何时再能出线——邓丽君曾唱过的何日君再来，万没想到盼君盼君，把"太君"的球队都盼来了，"国君"的队伍，却迟迟不出线。

中央五台"豪门盛宴"节目，大侃特侃世界杯趣闻得失，只字不提未进世界杯的中国足球，心里总是酸酸的，旁观者的滋味不好受。

电话也坏了和《卢梭文集》

在电脑和电话都坏了的——这些日子，我只有去看《卢梭文集》了。我那个 Soft Bank 牌子的手机最近老出现毛病，基本上一个星期到山下的专卖店修一次，虽然只是打开盖子，重装一次电池什么的，也需要专业人员来操作。我昨天自己尝试按照那个非常和蔼的店员的手法——打开了盖子，重装了电池，但当手机又出毛病时，盖子怎么也打不开了，于是黑色的手机，就如同变为了一个黑色的骨灰匣子——被封死了棺，却没有了回应。

由于日本老师老病着不来上课，我就暂时失去了扫日语文集的兴趣，我改扫法语文集了，扫到了让-雅克·卢梭的文集。那些文章都是1750左右年写的，距今有250年，但那时的卢梭他——居然是那般地聪明，有一篇文章，他以大意是"假如我有选择的自由和可能，我将选择出生在这样，这样，这样一种制度的国家"的句子开头，随后，卢梭一路排比了下去，一个，又一个，都是那么长的段落，比如他说，我愿意选择在一个绝对没有任何一个人和一个团体，能不受宪法——他心目中的最高尚的法律——制约的一种国家，等等。他洋洋洒洒，他口若悬河的口吻，就仿佛是山下汩汩飞流着的梅雨汛期时刻的浅野川！

卢梭用华丽、精准、逻辑严格的十八世纪的法文，先写了篇幅3—4页之长的10几个大段落，说他出生前若有选择权，他理想的社会制度应该和必须是什么样的，然后，他突然一个话锋突变，他说你们现在的法国官僚皇权，你们是如此地自私，你们是如此地贪婪和利己，你们咋这样的——把我出生后的社会——整得如此这般地——不合理哩？

卢梭那篇文章，诸君或许有所不知，那篇文章，是世界上第一个人，用一种从前从没有过的方式，设计着一个从未有过的合理社会的——基本要素和结构。卢梭想选择的那种合理社会，正是从对不合理社会的排比式、高屋建瓴般的扫荡式发问和质疑开始的。

张老师的评语：

卢梭，其实也是一位唯心主义者，想入非非。过去或将来，当主观还没有决定客观的时候，客观早已决定了我们。当然，从另外一个角度上去看，我们可能改造不了世界，但，客观世界也有可能改造不了我们！

一条开始狂欢的河

梅雨后的浅野川,由于已经注入了远山而来的浆子,由于有了"势"可仗,竟然就狂欢了起来。你已经看不到它的河底、河床、河沿、河边,它俨然已经出落成大姑娘,变成了闺中之秀,她(它)欢快着跑着,她想投奔就在不远处的海。金泽的海我去过一回,那里并不宜人,那里并不美丽,但即便海并不美丽也不宜人,也不妨她——这细长苗条的浅野之河,这阴柔的泛起水花的长龙,一路小跑着,屁颠颠地、乐淘淘地去和海约会,去和海私奔,去和海做爱;海是这小女子的归宿,海之滨是河川之尽头,是河川的坟冢,即便那海没有河清,虽然那海比川咸臭,而且还漂浮着死鱼以及漆黑的漏油。

从金大图书馆的书中,挖掘出另一个喜爱河(河和川一样否?)的人,她叫作"冈本加乃子",死于1939年,活了50岁,她是右翼,是个女帝国主义者,因此她命不长,但她爱河爱川,单为之一书。冈本其实就是日本的张爱玲,是个鬼才女,她出身显赫,是个"贵族",这也与张爱玲仿佛,因此破落了的她的那根被50个365天串联起来的神经,就如水纹似交杂着,纠结着、盘绕着,缠绵着,折腾着——变成了她笔下千古惊艳的文字:那川的珠子,那河的沫子,那水的哈气,那浪的淘气。

听冈本是怎样说川的——在她那本我认为是日本近代最有才气、只有用"鬼手"才能绘制出来的无与伦比的《女体开显》中,冈本说川之美是流畅之美,川之中有无限的包容性,有水性的自由和柔软;川用她那天籁样的潺潺水声，造就了天女般柔化的性情，打造出既美丽又才思敏捷的、福德圆满的绝世美女。冈本说："川用她永不枯竭的流水，赋予人类取之不尽的精力，川那滚滚的源泉是青春常驻的誓言，对之谁又不希求呢？但川先予之后又夺之，先予的'之'是青春，后夺的'之'依然是青春！"

所以川也罢，河也好，都不仁不义，它们（她们）——这些个小姐、小姐、小妇人想去私奔和投奔的海洋，想要怀抱漂浮死鱼、黑石油的近海。在金泽这边它叫日本海，在东京那头它叫太平洋。冈本的老家是在"江户"基础上发展而成的东京，她生于斯长于斯后又死于斯的那条川，叫"多摩川"，她本人的魂，就是和多摩川的水流一同，在人生50之后就回流到太平洋里去了。对此冈本早有了预言，她说："河中有无限的、乳房中溢出乳汁一样的水源，河的末端又是能包容无限的大海，夹在两个无限中间的，才是河。"

冈本说得是那般地无限地正确，河（川）只是过渡的中间段落，它头顶着无限，脚踏着无限，只有它这段儿是中介，是渠道，是似有似无的。那浅野川上个月不是就半干枯了吗？它只是条盲肠，它只是一会儿大一会儿小的胃，它不储存营养，它短命，它有限，它的有效时间是或40年或50年或80年或100年，它既不是浆液汩汩的无尽无限的源头的乳房，更不是来者不拒的死不要脸的海洋，这不是，她是发现河描写河理解河，又把河理想化了的一代鬼才女——"日本张爱玲"，冈本加乃子的命就戛然终止于死因匪夷不解的50岁那年了。

那是文学大河之断流。

呀，它是条"女川"？！

是下午在石川第四高中二楼的"石川近代文学馆"看一位女作家唯川惠说她家门前的那条河——《"女"川》时，我才愕然知道原来我每日围着转，我追着跑，我不亦乐乎，我忘却了自己，我歌我唱我写我咒我骂我恨我爱我恨不得下去捞鱼我情不自禁和它"躲猫猫"，我被大雨泼，我让太阳晒，我沿着它夜行，我清晨浑身浸透了它的晨露……我在它身躯旁昂首看鹰，我被它边上啄食的乌鸦的惨叫声吓着的那条、那弯、那道、那……名字叫得那么野性的——浅野川，山下的一带水，它原来是条"女"川！

金泽市东西的两条川，第一条叫"浅野川"，第二条叫"犀川"；第一条是"女川"，第二条是"男川"——唯川惠写道。

如此，这不是秘密，这是本地区的常识，全城本地日本人都知道浅野川——是女的。

三个月来对浅野川念念不舍的本人得知后——就不好意思起来。

呀，原来你是女的！

你——原来——是女的？

女的，你？

即使知道了，本人从片町那家中古书店出来，手拎着其中有一本夏目漱石汉诗集的"收获"，在没伞也没心再在市内漫游的状态下，我一猛子翻回到浅野川和卯辰山那方水土——那是回"金大"的唯一的路。于是雷轰响，于是雨下来，于是女性的河，就依势着雷、雨撒开了泼，她是想向本人证实：那个唯川惠说的没错，老娘就是条"女川"！

浅野川在撒野了，不知哪来的那么多水，忽然从四周的许多"暗道"里喷吐而出——好比是冈本写的那无限的"乳房"中涌出的奶浆，哗哗地——朝着比前两天更快活奔腾的"野丫头川"——排放！

于是天昏了，于是地暗了，于是我没路了，于是雨如澡堂的喷头了，于是老齐俺——惨透了。

我进不是，我退无路，我好像只有身在洗车房一般的倾盆大雨里匆忙前进。

前面走着两个日本女孩，她们一边在雨中笑谈着，一边回头看我。

我于是放慢了步伐，任雨狂浇。

那俩女孩还在如柱的雨中说笑着。我哩，索性也走慢了，全湿了，反倒无所谓快慢。

哦，细想——她们是这条川边长大的孩子，何况这条川——她本来也是女的。

好容易回到"会馆"后，换上干衣，提起笔，我第一个念头想到的："呀！幸亏和老子整日作伴缠绵扭捏成一团并谈情说爱的不是那'犀川'，那可是条'男川'。"

我看世界杯——世界杯和人种的辨析

　　昨天朝鲜队被葡萄牙队踢了个0比7，看得非常不爽。其实，朝鲜是为了金正日踢球，和我等没任何干系，只是实在不忍看他们被揍得人仰马翻，没脾气和尊严，因为他们和俺们毕竟是一个肤色。所谓的世界杯在我眼里，俨然是白马、黑马、黄马之间的对决，是人种之间的战争，正所谓物以类聚，人被群分。那么，当看朝鲜人玩命地踢还是踢不进，软弱无力时，你不由自已就能联想到自己的腿，假如对方的大门是加纳人或喀麦隆人的，或许就进了。你没踢过球，所以你没那种感觉，从没飞腿射过门的人无论怎么跟着瞎喊，无论怎么地投入，也是隔着球靴搔痒，能发出的充其量，是外行人的呐喊。所以如果你听鲁迅为哪只足球队疯狂呐喊了，你千万别那么认真。

　　也有不代表人种踢球的，比如大多是黑人球员了的法国队，还有一半是黑人球员的瑞士队，法国队假如和南非队踢，那么，看台上的黑人观众，对两支球队都会欢迎；但法国人不太高兴了。当然，法国人究竟是该黑还是该白，那是另一个议题，反正那年伙同英国火烧咱圆明园的法国人，都不是那么地黑。

　　再发挥下去，假若中国人20年后能用重金收买一支代表中国队打世界杯的队伍，其中一半黑人，另一半是白人，板凳上坐着的都是混血，那么，那只中国队即便是打入了四强，高兴和欢呼的，应该是——谁？

"心灵飞鸿"的评语:

读齐老师文字,又一次会心地笑了,这样的假设不敢想,如果真如此,那还是中国队吗?

即使鲁迅也为中国足球呐喊

看着热闹进行着的唯一不见中国人身影的世界杯，感觉中国人被开除了球籍，就好像是冷眼观看着动物园中发生的非常激烈的动物们的斗殴，唯一缺席的——是不能进场的人类。于是我幻想——是否把鲁迅从死魂灵里再请回来，再呼号呐喊上几嗓子，那样的话，即使被唤醒来匆忙上阵的，是孔乙己、阿Q、祥林嫂、阿毛之类的人，成绩也许不会是7比0，而是14比0，但只要阿Q不要求加入外国国籍，我中华也算没白观赏一次世界杯嘛。

近来日本也传出了相扑运动员的赌博丑闻，得知后我觉得好笑——那么胖的一群家伙，竟然也有行为问题。让相扑运动员上场踢踢足球，也就能改邪归正了。

中国的足球不能出线和中国的大学在亚洲不能进到顶尖行列，基本都是一种毛病，都是开始没按规矩行事；没有规矩不成方圆，鲁迅当年呐喊了一通，该喊的基本都喊了，除了草泥马——据说这是看北京国安队比赛的必须用语——鲁迅就是没呐喊过"阿Q，注意游戏规则"，因此，害得我中华儿女13亿人眼巴巴看朝鲜人丢人现眼，自己哩，连丢人的资格都没有了。

"心灵飞鸿"的评语：

害得我中华儿女13亿人眼巴巴看朝鲜人丢人现眼，自己哩，连丢人的资格都没有了。——百步笑五十步的我们，笑过之后是眼泪。

晚霞中鸣奏的金大

晚霞中的金大,环抱在群山里,真如欧洲 18 世纪的油彩绘制的风景画。太阳仿佛大蛋黄,而且是腌得特久的那种鸭蛋。山里的树显得更绿了,翠绿翠绿的,太阳还将本来或白色或蓝色,或惨淡或绚烂,或长寿或短命的花草统统都镀上了一层金色。我改变了原来的行路,我朝能看、能再看、能再再看一眼日落和彩霞的地方前行,于是我得以窥探到一支学生管弦乐队正在排练,一个指挥在台上挥动着双臂,台下演奏着与落日金光呼应,并为之增色的乐章。

有一个北大同学离开金大回国了,离开的步子伴随着深沉的曲调,太阳在晚霞的余晖下,在管弦乐队的轰鸣中一阶阶、一段段地被送下深渊,似乎不愿离去的魅日——也许在地球的另一端,正点明寂寞幽暗的森林。

手握萤火虫和月下的黄金浅野川

与两个师妹相约去看萤火虫。不一会儿,我的手就攥住了一只。虫子是黑色的,但它尾部发出的光却抵得过刚安上的新灯泡。它为何地"电"力十足?教科书中解释说,它用贼闪亮的屁股吸引异性。

半圆的金锭样的月亮挂在浅野川上,细碎的光照在河水上,犹如巨蟒的鳞片,泛着死神幽冷的光芒,金河如钢水流动,于是浅野川变成了一条放射金光的金蛇。在月的窥视下,"金蛇"把好似萤火虫样忽闪忽闪路过山头的飞机上的灯光盘锁住了。哗哗的河水声似金蛇在唱响,流动的金蛇跳跃着,匍匐前进于金泽大学校区这座山的下面。

可惜川上无萤火虫——这些不知是公是母,仿若"大红灯笼高高挂"的、成群结队的萤火虫。山下有学生骑单车来了,闪烁的萤火虫恍惚着变成了车的尾灯。尾灯和小黑虫屁股上的小灯在比赛闪亮,不一会儿,凡闪光的、凡移动的东西都变成了萤火虫:汽车的尾灯和屁股、自行车的尾灯和屁股、飞机的尾灯以及屁股,忽闪着大眼睛的星星们,这不,都和萤火虫的屁股混同到一处了。于是我使劲冲过马路,但"嘎"的一声,原来我追到的,是一部中型汽车的尾灯。

如同看日俄大战

如同鲁迅在日本看日俄打仗的片子，我凌晨3点钟起来，到会馆看日本队和丹麦队踢球比赛，会馆还有一个日本学生和一个韩国学生，他们的队伍一个已经赢了，一个正在踢着，而我中华的队伍，还在抖擞战袍上腐败的碎片，而且那一抖擞，就可能抖到本人的来世。我是说国人应和我一样，把与我们相同人种的韩国队和日本队以及朝鲜队当成自己的队伍，这种心态至少还要保持100年。也就是说，我们或许在今后的200年的时间里，要用看某一个人种踢球的心态，用超国籍的心理素质当世界杯的观众。

除非腐败能从中国退缩。腐败如流毒，能在空气里传播，能着落到足球上，让球溃烂，让国脚发霉，国脚上遍布了腐败的脚气，于是，球，就踢到邻国的脚下了。

日本队3比1赢了丹麦队。和丹麦人比他们的身材是那么地短小，犹如大人和小孩儿们在踢，但小孩儿把大人打得落花流水，而不成了体统和方圆。日本人是集体踢，是用制度在踢，于是踢出了小孩儿战胜大人的——丹麦安徒生童话。

无选择地，我只能向那个日本学生说声"祝贺！"了，外加对那个韩国学生，进入了16强，假若他们都没晋级，那么从下周起，黄色的14亿人，就将是半个地球的——板凳。

山顶观萤

昨夜山顶观萤。山顶,是真正的山顶,"萤"是宛如萤火虫的金泽市区的夜景,还有纵深的海。

带我等一行到药王山后山里看萤火虫的是金大两个教日语的女老师,车开到了我平日散步的地段。再向漆黑昏暗处开,开到了一处有一条水沟的山谷,你定睛一看,居然是萤火虫四处乱飞的所在。它们像金豆子,点缀在树丛里。小男孩们在母亲的领导下"拘捕"了几十只,把它们集中在一个笼里,笼子变成了一个灯笼。

过了一会儿小男孩儿们又开始"解放"萤火虫,那些小虫子就像孔明灯似的一盏又一盏地"窜天猴儿"般向夜空中飞散,仿若天女散花,或倒流的流星雨。

这时站在药王山山顶上,仰首是惨淡不明的月,而山下是萤火虫的"火盆"。月的风流在前夜都已耗尽,但由于毕竟还有月,那月的被浓云"打折"了的余光,洒在原本漆黑的山和密林,于是就出现了"白夜",在"白夜"下,听着微风声,留意斯人笑语,再伸腰把眼球投到几十公里之外的金泽万家灯火的"火盆"中去烧烤,你于是就有些微醉了——特别是同行的好客的韩国朋友们为你斟上几杯"小酒"之后。

王者马拉多纳

我偶尔在国际交流会馆的空场上，也踢踢球，也"暴露"两下子中国人玩足球的硬实力，围观的都是日本学生和美国学生，所以他们大多被惊吓住了——他们的日常强项都是一种叫作野球的棒球。不过自从足球世界杯开赛以后，我就再不好意思在会馆的空场上炫耀球技了，还不是由于没有中国队员影子在电视屏幕上嘛。我是想让国际上的人忘掉中国人还从事过一种叫足球的运动，就好比你从没见过西方人在电视上用筷子用餐，那么西方人说我们不参加什么全球筷子吃饭大赛你就不觉得奇怪了。

棒球的"野球"其实没有足球野蛮。打"野球"的时候真正野蛮的都是台上的观众。而足球却不同，足球让所有踢过的、没踢过的、平民、总统、阳春白雪、下里巴人都统统超级野蛮起来。最野蛮的当属阿根廷的球王马拉多纳，他球场内霸气外露如同美洲豹或者美洲狮那样的一举一动，既让我想起了鲁智深和李逵以及张飞，也让我回忆起在蒙特利尔同室操戈了多年的铁哥们儿Raul，同是南美人，都有牛一样大的眼睛，都那么率真又鲁莽。嘿嘿。

昨天有记者问马拉多纳，你那么投入地热吻每一个下场的男队员，除了比赛的兴奋之外，还有没有别的原因？

那个记者的隐含意思是，莫非你天性爱和男子拥抱？ 老马没回答，而是瞪大眼睛注视那个发问的记者，仿佛说你是不是说老子是同性恋呀。

一会儿,老马正面回答了,他说,你不知道我有一个金发美女的女朋友吗?接着,电视上就播放起老马边哼唱着小曲边走入赛场的画面,他唱的是:老马俺既有金发美女的小妞呀,俺又有掌上明珠梅西!

欧洲人还有拿马拉多纳在本届世界杯上可能做出的怪异行为赌博的,共有三种可能,赔率各自不同,其一是他和别国的运动员打架斗殴,其二是他被抓,其三是他在比赛时中途退场。哈哈。

我看马拉多纳,就是当今世界活生生的"狮子王"。

张老师的评语:

一个小球纠痛了万人的心。马拉多纳,只不过是万人中的一件玩偶。

蜘蛛之命运——感慨于第48个生日

电视中正播着巴西和荷兰世界杯1/4决赛,我一看钟,正在中场休息的时候,本人生日就到了。

48岁是个大生日。12等于一打儿,4个一打儿就是48岁了。在台湾人洗澡时,有一种叫"三温暖"的洗法,就是3个池子来回换,3个池子中有一个特烫,有一个贼凉,还有一个不特别烫也不特别地凉——我是说人生中每一个12年也如同一个澡池,你这12年火热,你前一个12年特凉,你又有一个12年不火热也不冰凉。

本人的12岁是在北京过的;本人的24岁是在日本东京过的;本人的36岁忘了,或是在北京或是在加拿大的蒙特利尔;本人的48岁呢,这不是,正日本金泽大学的这个山中的角间国际交流会馆的109房间里看足球。

而本人的第60个生日呢?

这109房间的阳台上,今天有一个蜘蛛织的大网,而那个结网的蜘蛛——我从研究室回家时,正躺在网上睡觉。我拿来了"不求人"——痒痒挠,气急败坏地把那个不受欢迎者的——一团棉花状的窝给摧毁。那个高效的做"空中蜗居"者随之坠落到了水泥地上。我是想说一山容不下二主,有本人在此居住,就不该有能用嘴在空中吐棉被的那个小东西的居住权。

我在傍晚返回图书馆的路上想，那个在水泥地面上团成一团装死的蜘蛛或许真会死掉——只要他找不到从水泥阳台的高墙再爬回到阳台外万绿世界的途径，而那途径对于它来说太高了，而它只是一个没血没骨的昆虫。它的丝已经吐光，它需要那片"空中的白云"（蜘蛛网）——那是它网罗飞虫的工具，那片"白云"既是它的温床又是它的食堂。

但我并不后悔将与1米8身高的本人争抢居所的万分矮小的入侵者的新居，给用"不求人"彻底摧毁了，即使我的那种"无情拆迁"，是在自己的第四个12岁生日快到时的前几个时辰执行的。

我的执行力还行，还不亚于第一、第二和第三个12周年的生日。虽然我很难预料第五个12岁生日，60岁该耳顺时自己还是否有把一只无理蜘蛛未经许可没办任何合法手续建立的云状的帐篷——给干净彻底无情摧毁歼灭的力量、胆量、坚持、坚决……

本人的那个那一池人生和生命的洗澡水——会是寒冷的？炽热的？不温不火的，还是，还是——干枯的？

有一个本人并不愿意在本命年上表记的事实，即本人有那么留意许多个作家的生命，都终止于第4、第5个"温暖"地带，这里是生命的中场，比如鲁迅，56岁逝世还有在更年轻的岁数逝世的日本作家中太宰治，39岁自杀而死；比如夏目漱石死于49岁，还有我刚重新发现的"日本张爱玲"冈本——她死于50岁……

于是我不得不把写作者的命运和那只被我捣毁了新巢、生死未卜的、卷成小黑团的蜘蛛联想起来。

它本命悬一线，那线的内容是他腹中的蛋白质，它出一腔"苦水"做成了围猎下一口饭的网。但不料网却被"天力"——齐天大掌中的痒痒挠给捅烂击毁了，于是，蜘蛛就面临着一场对它来说可能是史无前例的窘境和灾难：第一，它肚子已经空了，它已经"春蚕到死丝方尽"，第二，它失去了谋食的工具——那张雪白的网。

它假如想接着活下去，"温暖"地活下去，健康健壮地活下去——第一，要空腹翻越如狱墙的阳台，然后接着和其他的同伙、同路、同谋——别的蜘蛛们，共用一张网，捕捉食物，但为此它或许要在筋疲力尽之后再进行一场你死我活的争斗。

为了生存，为了继续活着。

但我并不后悔，想必蜘蛛也不后悔，我之不悔的是我毅然地捣散了想和本人"非法同居"者的小巢，而不后悔的小东西、那只死皮赖脸偏要搭"违建"的蜘蛛，它的不悔，是不悔于挑战了一个横卧在床上无所事事不思进取与世无争的貌似庞然大物的人类，它是个"挑战者"，而但凡是"挑战"行为，就无所谓是输是赢。

巴西队输了还是巴西队。

蜘蛛和齐天大圣叫板，无非是蜘蛛精和孙猴子、你此时高我彼时低的较量。

蜘蛛精会显原形吗？

我又在无星星的夜色下找它时，它已经不在阳台上原先那个旮旯了。

王者和不王者的转换

上次刚说马拉多纳是个"王者",转眼阿根廷就输球,就被德国队打得落花流水,老马呢,泪流满面,还差点和德国球迷大打出手;上次说过有人赌老马会在本届世界杯期间打架,老马差点出手时却没出手,赌博的人肯定非常失望吧。有时打人也能打出 GDP 来。

阿根廷都被"德国战车"踢得找不到球,踢成了四个鸭蛋了,看了本场比赛,我怀疑别的国家是否还该接着踢球。阿根廷人玩的是技术,德国人玩的是纪律,当然技术敌不过纪律了,何况德国人也不是一点都没有技术。阿根廷人在梅西的带领下在追着球跑,而德国人呢,没有头领只有组织,组织好了,球也就进了。哦,补充一句,德国人踢球时,是球在追人。

昨天周日,在金泽市闹市香林坊看参议院竞选的街头讲演——离选举还有一个星期。其中有一个女共产党,还有一个男的,是"幸福实现党"的。我一看那个女共党就极其激动,倒并不是因为她是个女的。而是我老妈就是个女共产党,而且还是在 1949 年以前当的呢,好像是什么妇救会主任。

那一男一女一个在地上说,一个在车上喊,一个要在日本搞共产主义,一个非要"实现幸福";他们喊得挺累挺投入,而围观的,就只有我一个。

张老师的评语：

在一场球赛中，总能闪现出一个优秀民族的坚韧的战斗精神来。日耳曼人，当之无愧。

几个有趣的补充点

关于阿根廷和德国的那场比赛,我认为有趣的,是好虎斗不过群狼,梅西是虎,德国的球员们是狼,于是我想到了二战时期的德国潜艇部队——"海狼","海狼"是成群结队的。全世界想打败德国队的唯一方法,我看,就是好好研究一下二战作战史。

日本队在和中国队的对抗中能取得胜利,也不是偶然的。换句话说,中国队输得也不太偶然。

昨天日本相扑协会把几个参与赌球的大相扑运动员给开除了,他们赌的是"野球",并不是他们自己从事的运动,却还是被开除了。让相扑运动员失业比让足球运动员失业要残忍得多,他们要先减肥才能从事别的工作,比如当办公室的文秘之类。相扑运动员即使当首相保镖也不太雅观,因为有大相扑在身旁,首相会显得非常纤细。

昨晚,金泽地方电视台在播放几个参议员竞选者街头演讲拉票的新闻时,放的镜头中有他们的手,有他们的脚,有他们的肚子,有他们的后背的一半甚至也包括了他们的屁股,缺的,却是他们的脑袋,我特别纳闷,因为我想看看其中有没有下午在香林坊见过的两个政治家。哦,我想明白了,原来是电视台为了保持媒体的中立立场,身体部位都能"放送",就是不能播放他们的头部——也就是说在诸君没得到"有权者"——选民的足够的票并当选前,他们是不能露头和有脸的,更何况是有什么"面子"

之类。哦，我对上号了，那双戴着手套攥着一大把话筒的——电视上的手，是那个参议院的女共产党，虽然电视观众休想看到她的那颗头颅。

有意思的民主选举。我不知道是否今后中国足球队在电视上灵光再现的时候，假如电视只播放国脚们的足部而始终不播脸部，是否会有助于他们改进球风。咳，忘了，他们有时还要头球。

就算我什么都没说。

张老师的评语：

胜者王侯，败者贼！

真是一物降一物——说说德国队被西班牙队击败

在德国战车今天早晨5点钟被西班牙捅翻之后的瞬间我想，世间的事真是一物降一物呀，这足球也真是圆得找不到南北呀，好好的，猖狂得不得了的那个把阿根廷打得痛哭流涕的德国军团，在两天后，就落入了西班牙人的斗牛阵，就成了被一群小堂吉诃德围着打的活靶子，你看那阵势，像不像我前两天说的德国的"海狼"，只不过是被天上水上围歼的末日的"海狼"罢了。

同样是说西班牙语的国家，由于口音不同，球风也不同；和阿根廷一样，西班牙人也善踢"小球"——近距离攻击，不同的是阿根廷人偏要盘带，西班牙人却不盘带，而我猜想德国人，犯的最致命错误是，他们仍以为西班牙人会像阿根廷人那样盘带。你盘带，你还是不盘带？在德国人正在判断的时候，那个球，早已经在另一个西班牙球员的足下了，我想——我当然是胡想和胡说了，下次阿根廷人假若前半场老盘带，后半场突然地都不盘带了，那么，德国人也会输给马拉多纳和梅西的，因为有一个非常简易的常识，就是球跑起来的速度，一般都比人快。

比如地球吧。

犀川见野鹤

在那条叫"犀川"也叫"男川"的河上，平生第一次见到了两只鹤："松鹤延年"中代表长寿的那种鹤，能飞翔的那种鹤，远看站姿仿佛一个大问号的——那种鹤。

这条川不愧是条"男川"，比我每周趟过一两次的那条"女川"——浅野川，不知要雄壮多少，不知要粗犷多少，不知要彪悍多少，不知要胃口大多少，不知要宽容多少，然后又不知要沉稳多少。

它竟然有20米宽，它是条河，当然，它的"大"和"宽"，是对于这仅仅50万人口的城市而说的。

野鹤孤零零地——站立在一个小河滩上。野鹤气定神悠闲，野鹤不慌不忙，野鹤忽而又展开巨翅飞翔了起来，它在空中姿态颇似老鹰，但比老鹰美妙轻盈，野鹤修长的颈，就仿佛是一个游仙。

仙鹤嘛！

水中和道边还有野鸭。日本人不像中国人那样爱"用"（食用）鸭，所有我猜想日本的所有鸭子，莫非都会是野的？

野鸭是一家子一家子的。有一家1只鸭妈带着7只鸭仔，它们迎面向我走来，但见我身材高大，就索性滚翻到"男川"里了。它们在水中游，我在岸上追，竟也比了个平手。那7只小鸭仔像是刚从蛋壳中钻出不久的呀，哼，早知我午饭时多吃只鸭蛋！

另一家子也是大约7只，这一家族体型硕大，硕大到几乎威猛，它们正用嘴"干洗"着身上的羽毛，似乎是要出征，是去远足？是去海滨吗？

野鸭到了川的出口处——海洋之后，是否会变成海鸟——雪白的那种？

虽然眼前的它们，都是草绿色的。

仙鹤在飞，雄鹰在飞，迷途的鸭子们也欲飞。一路上有飞架的桥，还有河两岸的歌声和人声。前日又抄写了一段"日本张爱玲"冈本加乃子写"川"的话，她在70年前、死后才出版的遗著中说："那河川中肯定深藏着无限性。河的存在尽管是过程性的，但我们还是能感知它与被它连接的首尾两端的根源性的密切关系。"那"首"，就是像乳汁汩汩流淌的山泉，那"尾"，不就是能把草绿色野鸭漂洗成雪白的"鹤"的蔚蓝的海？

绿色，雪白色，蔚蓝色；色的变幻，物种的转换，飞行姿态的转变，空中起舞时迥异的造型。

由野鸭到仙鹤再到海鸥；从溪水边到入海处，再到目中无岸的大洋，我似乎看到了冈本接下去说的"在平仄起落的河流中，流淌着旧日憧憬的实实在在的质量"。

但有一个前提，是你曾经有过某种实实在在的——憧憬。

我见到的那只鸟，原来叫鹭

　　昨天我被几个金泽的本地人告知，我在犀川沙洲上看到的那两只我原本认为是"仙鹤"的鸟，原来是两只鹭。不过鹭也是挺难得见到的，尤其是在不太荒郊的野外。没隔了两天，我又见到了在路面上匆忙赶路的另外的两只。前日的旅行，是金泽的中日友好协会组织的，他们拉着我们先去了山顶，看到了不能再绿的绿，之后又见到了大海，目睹了不能再蓝的蓝，那海——还是能遥望到西伯利亚的日本海，我还朝西伯利亚那边，用丢"野球"的姿势，丢了许多的石子。其中有一次溅起的一连串的"水圈"，竟然有10几个之多，最远的，都打到西伯利亚了。

　　不知道什么原因每次去看日本海，我都那么憧憬那个远方的西伯利亚。

　　昨晚日本在世界杯决赛前夕举行了参议院的选举，结果民主党大败，刚上台不久的"菅首相"，又要面临下台的危险了。水能覆舟，但日本的民意能在几个月内，一会儿载舟，一会儿又要把刚载起来的舟给颠覆，也算是无比地戏剧、喜剧。我前些天在香林坊看到的那个女共产党候选人落选了。被选上的是一个叫"谷亮子"的民主党党员。我看她觉得很眼熟，终于想起来，在2008年北京科技大学体育馆，她参加了柔道比赛，把对手摔了个大马趴还得到了一枚金牌，而我，当时就在现场。我推测，亮子女士决心参政，是因为她见到哪个敢挑战她的人，就把人就地放倒的缘故吧。

呀，今年参选的艺能界人士，还有说"落语"（单口相声）和打棒球的，就是没有大相扑。他们都赌博去了，没空儿。

世界杯终于在章鱼保罗 8 次精准的预测中结束了，本人从明天起，也即将开始正常的作息生活。雨果写过一本《海上劳工》，里面也写到过一条章鱼，书中的章鱼很厉害，在海里，它能把人当彩球，先死死抱住，然后囫囵吞下。日本人昨天也搞了条章鱼预测民主党和自民党谁输谁赢，结果猜错了。那个水族馆的馆长抱歉地说，他们的章鱼是新手，刚刚出道，经验不足，慢慢就会和德国水族馆的那只"保罗"媲美。网上还有说让章鱼预测中国房价的，这倒好，我们的水世界，被章鱼统治的世界，仿佛要提早来到。

"心灵飞鸿"的评语：

被章鱼统治的水世界，蔓延到人生存的空间，只怕是我们这些陆地动物，不习惯水性，脑子里要多灌些水了。

脑残的电脑

自己电脑坏了的情况下,还勉强在公共电脑上写博客,有时纯粹是在浪费生命,写了那么长的一篇,结果转眼丢了,就好比银行卡被机器吞了的,那种懊恼和厌恶真想把电脑砸了。

我刚写完一篇在犀川看到我原本以为是鹤过后才知是鹭的故事,但一存,那鹤也没了鹭也没了,有的就只有空空的屏幕;过后,我又写了能看到海的绿色的山和能看到西伯利亚的蓝色的海,结果一存,山也没了海更没了,只剩下惨白的电脑的屏幕。还有章鱼和世界杯以及日本刚刚结束的参议院选举,结果世界杯也结束了参议院选举也结束了,民主党也和这空白和脑残一样的电脑一样,不知能残喘乎能留下乎。

"心灵飞鸿"的评语:
脑残的电脑,竟然也知道罢工了!

学习保罗的"勇退"

今天日本电视台报道章鱼保罗时先说，即将"隐退"，过一会儿，又改称"勇退"了，我反应了一下，那不是"急流勇退"的那个"勇退"吗？ 章鱼的正常寿命是1.5岁，而保罗的年龄都2岁多了，也就是说，这条章鱼是老章鱼，相当于人类年龄的120多岁。120还不隐退或者"勇退"，恐怕过后退路不多。有人说要重金把保罗聘走，但德国水族馆说不行，说他们的保罗已经能拿退休金了，衣食无忧了。保罗不知道是不是也那么想，无论如何，8猜8中，这种概率极其地低，一般人是做到不的，但保罗猜起来是那么地自信。不瞒人说，其实我在看到荷兰与西班牙比赛到加时赛后半段的时候，虽然22个人踢了快120分钟比分还是零蛋对零蛋，把俺踢得都哈欠连连了，我还是坚信无论出现什么意外的情况——比如荷兰先进去100个球，最终夺冠的，还将是也只能是——西班牙队，因为保罗事先已经把结果设计好了呀。这可是真的，不是在开什么玩笑；不过是不是玩笑，只有保罗——那个已经想"勇退"了的章鱼爷爷知道，它，是不会再出马的。

今年既是本人的本命年——老虎年，也是章鱼的本命年。章鱼会知道人世间万事的究竟，是因为章鱼不是人类。旁观者清呀。还因为保罗是条老章鱼，老章鱼老奸巨猾。在同龄人中，我虽然不算是最老的，但本人由于多会了几种语言，多混了一两块大陆，多读了些无用的书——

书就该无用,所以本人的预知能力,也是人类中的章鱼水平。就说今年,就说近期,成功预测了日本首相的更换,本人就预测了国内工人会罢工,最后更了不起的还有,本人精准预测了中国足球队不可能今年出线。

本人下一步该学习的,就是保罗式的"勇退"和吃退休金了。

"心灵飞鸿"的评语:

送上迟到祝福:虎年山居的虎兄,生日快乐!继续料事如神!

章鱼保罗今后的命运

公元2010年注定是属于章鱼保罗的，今年是人类历史上的章鱼元年。

能预知世界杯命运并把结论提前告诉人类的章鱼保罗，我替它设想了一下，要如何度过它的晚年：第一，它一定要提前退休；第二，它不能继续预测；第三，它要隐姓埋名；第四，它要找机会重新回到海里。

种种迹象表明，有人要对保罗采取行动了！前天，输了球的荷兰的一个非常美丽的女球迷，就对着电视镜头咬牙切齿地说："我非要宰了那条章鱼！"鉴于此，西班牙首相在昨天的全国庆功大会上表情严肃地说章鱼保罗面临着前所未有的生命危险，西班牙政府郑重考虑派保镖去德国保护他们的福星保罗。

还有人要把保罗吃了；也有人庆幸从来没吃过章鱼，所以能避免被它或者它的别的同胞暗算——就比如我；更有人发誓再也不吃章鱼了。在金泽的近江海鲜市场上，我就见过被肢解和大卸八块了的一条章鱼的——残躯，我还劝同去的我的同类快买来着，我对之非常后悔。有一点我或许预测得比保罗要正确，就是即使有人铤而走险把保罗杀了——就比如那个输了球的妩媚的荷兰女人吧，也没人敢吃"保罗大哥"或"保罗大帝"的血肉，不过，保罗的血是蓝色的，与我们是彻彻底底的异类，或许保罗对我们的一切的事迹和未来都那般地了如指掌，具有人不具备的判断推理能力。

现在章鱼保罗已经有四个国籍和老家了,英国人、法国人、德国人、意大利人——都说保罗是他们的。德国人不用说了,英国人说保罗出生在他们那儿,意大利说保罗的出生地是他们国家的一座岛屿,但意大利人把那个岛(可能是科西嘉)——标示出来后,法国人说那不是我们法兰西皇帝拿破仑流亡的那个岛吗?

曾经有人怀疑保罗的预言,巴拉圭的主教练就说要把对手的教练和章鱼保罗的预言(当然是预言巴拉圭输了)——用一役彻底粉碎,但那役结束的哨声吹响之后,他90分钟前的誓言就被粉碎了。所以还是保罗厉害。

从今以后,保罗假若不想被煎炒烹炸、不想冒一部分人的——"大不韪",不想死于它本来就不太长久的天寿,保罗一定要学本人保持低调和沉默,除非,它明天就想去厨房和厨师的案板。

"歪斜"了的日本国会

非常怀念电脑还没坏的那些日子，但既然电脑已经坏了，又在两个月后即将回国，就决定不修了。已经染上东洋病毒的电脑，在东洋是修理不起的。要回去看中医。从山下的Jusco购物中心买回了一杆读者看不见的软毛笔，于是我又复原了这种古香古色的写法，写出来非常有唐人日记的感觉。架上，放着两本日本近代人写的日记，它们都是名著，该都是用这种毛笔写的，一本是武田百合子的《富士日记》，另一本是田边圣子写的《文车日记》，头一本是"纯日记"，记的都是上午吃了什么下午吃了什么，最后还有——晚上吃了什么，而且记录的都是食物的佐料，比如放了几勺糖和放了几勺盐之类的，但那不妨它成了日本名著，缘何？是因为人家的日记是在富士山的家里写的呀，上午放了一勺糖时，百合子看到的是上午的富士山；晚间放那勺盐时，人家看到的，是富士山的晚上。

第二本《文车日记》是田边圣子的随笔，说的是日本古典的故事。田边女士还健在，她最近说了一段这样的话，我由之被勾起了买她书的馋虫，她说她之所以比别的作家长寿，是由于她不聪明，她笨，她必须活得更长久、修行得更缓慢，她才能写出那些天才绝顶但短命的作家们能写出来的东西。她仿佛在说，那些人的才能都提前集中释放了，但释放光了人随之死亡，而她呢，是跑马拉松的——在"活字排列"的这条道上。

上周日在金泽市的那两个旧书店之中的一个，我还听到一个慈眉善目的老妇和女老板聊天时说她怎么爱书，她没直接说她爱书，而说她爱"活字"，女老板迎合着老妇人说，说自己比她更执迷"活字"，每读过一行"活字"，她再走出去书店的大门时，连空气都会新鲜，连天空都会湛蓝。

旁听的我为她们二人的"活字恋"所感动了，但我还能分辨出她们二人爱书的原因，老妇是真喜欢——就好比我本人；至于女老板，它喜欢"活字"还有另一个原因：她是开旧书店的。

今天该记录的"大事记"，是日本参议院选举结束后，日本众议院和参议院之间的"ねじれ"——歪斜、不平衡的意思。民主党大败后在参议院变成了少数党，他们即便在占多数的众议院通过了某项法律，在参议院也会被否决，也就是说，从今以后非常久远的时间内日本国会是个不能立法的国会，成了个残疾，无法进行生育。刚登台一个多月的、被日本人那么看好的菅直人首相，将变成一个有职无权的人，眼巴巴地想干事，但反对党老是阻碍他提出的法案，这情形，多么像清朝的光绪皇帝。我于是，也开始思考日本这种议会由两大党控制的政体政治的弊端，假如在野党无论执政党提议什么——都闭着眼说"反对"的话，那么所有的政治就会变成权力之争，变成游戏的游戏。这不，日本电视台也总喜欢用游戏和体育术语评述该国的政治，说败北的菅首相即便惨败也决定"续投"，我一查电子词典，"续投"是野球（棒球）用语，是接着投球的意思；还有，媒体说这回菅直人首相因为主张提高消费税而在选举中输了，玩的是 ownogoal，知道什么是 ownogoal 吗？就是"乌龙球"，他们这么说肯定是从刚结束的世界杯获得的灵感。

再有，日本人把决定参加竞选叫作"出马"，这是个中文中的古语，能使人想到关羽和张飞，以及身上绑着貂蝉手舞大刀打马出城的那个——冒失鬼吕布。

豪雨时期的"女川"

我昨日再从桥上朝下看梅雨旺季的浅野川时，气喘吁吁的，像发情时做爱时的女人，难怪她叫"女川"。今夏日本雨量出奇地大，是豪雨，这几天整个日本都浸泡在空前的暴雨中。暴雨后的那些川，那些河，就不再是细胳膊细腿的少女了，就成了雨水喧嚣的肥胖大妈，就成了山中林中无数股清流投奔自由大海必经的通路。现在通路是人造的人为的，最起码那个女作家唯川惠说她年幼的时候，浅野川还没被整治，还是个"野丫头"，那时这条河的两边并没有水泥制的河床，那时河水会在暴雨时节失控——如女人样地歇斯底里，但无雨时，浅野川也如女人样地非常温顺，野草会从河的正中央冒出，河中有游泳的鱼，还有站在野草上看小鱼玩耍的红色蜻蜓。

我后来才知道，"百万石大祭"前一天的晚上，我们在桥上看到在浅野川上游走的四四方方的灯笼，叫作"友禅流"。不知道名字的典故，但取得的确好，有"友"，有"禅"，还有"流"。"友"难道是"友情"？禅莫非是"禅影"？"流"难道是说"流转"？冈本加乃子的长篇遗著，就命名为《生生流转》，也是写川写河的，她写的那条川比这条浅野川要大要长，她叫作"多摩川"。川和河本来都是无名的，它们的名字都是人类赋予的，它们也不知道自己的性别，比如犀川是"男川"，浅野川是"女川"之类。我也才知道那些我一直以为是鹰的在川上翱翔的巨鸟的真名，也不是鹰，而是什么来着？忘了。当地人说真正的雄鹰会飞得更高，甚至飞到天的另一边去。还有我眼下四周的这么多鸟类和植物，我也叫不出名字，本人能叫出的，只有"紫阳花"，它本无色，它的色是由打在它头上紫外线的多少决定的，有时紫、有时蓝、有时红、有时白，这神奇吗？人类不也一样？子曰"人之初，性本善"的原意，不就是说每人生出来都是一朵紫阳花，都本无色，都本无好坏，那些个"坏人"的人生之所以惨白，是因为他们脑袋上长期没有阳光——比如俺们之流的大城市人，而真正大红大紫大灿大烂的那些人，不都生活在乡间，都24小时受阳光普照，风情万种吗？

紫阳花哟，紫阳花，刮风下雨都不怕，不能大红大紫，你可以洁白和金黄，你唯一不要变色的，是黑又黑。

日本近代作家的49岁现象

本人研究着日本近代文学，居然给研究出"49岁现象"了：我发现但凡是那个时期的大师在49周岁那年——必死，比如夏目漱石49周岁，比如林芙美子48周岁，比如冈本加乃子49周岁……当然，没活到49岁的就更多了，那些自杀的，比如太宰治、三岛由纪夫等，再有，日本近代作家有许多人死于胃溃疡，比如夏目漱石，也有死于脑溢血的，比如冈本加乃子和林芙美子。作家死于脑溢血不奇怪，作家用的最多的是的脑子嘛，但作家的胃是不该溃烂的，按本人的写作经验，通常用不到胃，但明显的，日本近代文学巨匠夏目漱石，死于不该死的胃病。

本人的胃尚好，但本人今年刚好是虚岁49岁。

研究什么就会被所研究的对象传染，金泽大学研究近代文学史的一位教授就传染了近代文人们的习性，比如上课从不准时，还比如前10分钟说些连日本人都听不明白、与课程没丁点儿关系的话——我指连语法都不正确的那种，然后才开始进入主题，但按规律，这位先生每讲10分钟，都非常准时地用手提一下裤子，即使他的裤子压根儿就没有松掉。对付那位先生的前10分钟的题外话和根本就不该笑的内容——他老自己笑，我通常就假装没听见，我那时用胃思考，而对付他那非常叫人不好意思的每10分钟一提裤子，我只能在第9分钟59秒的时候，赶紧把一只眼闭上两秒，这叫睁一只眼闭一只眼。

回国前的火热

即使不知道这篇杂文会不会在上传的中途丢掉,但还是要写,因为再过一阵子,就会许久地不能在国外写东西了。外国的月亮无论亮还是不亮,但隔着一汪水——日本海,看他国的月,还是不亮。人活着有"一遭烂"那么一说,就是生于哪个斯,一般就死于哪个斯。

本周梅雨天一过,就酷热了起来;比起北京的热,这里的热天有水汽,人在阳光下走,就好比水煎包子。

今早6点19分地震了,名古屋四级,金泽这儿是一级,我正看着电视,感觉到床在摇晃。我20年前在东京的时候,地震就像刮风下雨一样平常,但这次都来金泽4个月了,才头一次地震,我还有些兴奋。没有地震的日本,不能说是地道的日本,这个处在亚欧板块和太平洋板块交界处的岛国仿佛是一个弹簧床垫子,隔不久就忽悠一下,经久不忽悠了,人反而发慌。还好,日本岛要用地震欢送本人的辞别。

张老师的评语:

归来兮,我的"一遭烂"!

京都奈良的重游

重游的乐趣与其说是在景色,不如说是在重游着自己,所以前几天的京都奈良和琵琶湖的急行军,对本人来说,有点反省自己的意思——你20多年前在这儿,你20多年后,为什么又在这儿;人可能就这么想着想着——在不同的地方想,在不同的时间想,就从世界消失了,也就成为被想的对象了,比如我外孙子重外孙子会在100年200年后再在京都,在同一家非常便宜的客栈寻思——我祖太老爷齐天大那会儿——咋住在这么一个客栈,真丢人,但没有他,哪有我,没有天,哪有地,酒干倘卖无!酒干倘卖无喽!

"弥客栈"（京都奈良的重游之二）

那家有一个非常友善的老妈妈的小旅社的名字——刚过两天就忘了，只记得其中有一个"弥"字，"弥生"的"弥"，同时，也是"弥留"的"弥"，颇像《水浒传》中的一家客栈。我和小欧阳每晚回屋的第一项工作就是驱除蚊蝇，第三天晚上被我们驱除的，是三只苍蝇和两只蚊子，欧阳满旅社房间追逐着那些蚊蝇，同时还在呐喊："是我杀死了你们的爸爸妈妈，你们冲我来吧！"那些残余的蚊蝇当时不冲他来，而是要等到他睡熟以后。

"弥客栈"共有34个床位，每晚每人3500日元，也就是说，老妈妈每天要收10万日元（约合8000人民币）的租子，她一收，就收了30多年，她是我们这次在日本见到的最富裕的人了。她有一个胖胖的女儿，在电信公司工作，那也是日本的铁饭碗，老妈开店是金饭碗，女儿上班，抱的是国家的铁饭碗，金的摔了有铁的，铁的砸了有金的。老妈妈的家里住满了全世界各国的"穷人"——至少能从他们住宿的选择上说，有金发的，也有银发的，当然，也有黑发的，比如小欧阳。小欧阳临走那天忘了拿牛仔裤，我帮他拿到楼下，和老妈妈打了个照面，我说明是欧阳的裤子，忘了拿，老妈妈幽默地问："那他刚才出店的时候，是穿了裤子出去的吗？"

小孩的玩法和大人的玩法
（京都奈良的重游之三）

　　这两种玩法是大泷老师发明的，她说邵老师作为老师，不该参与我们学生的这种玩法。两种玩法主要的区别是经济上的，比如我们这次住的，是只隔了一层板子的日式家庭客栈，夜里能非常清晰地听到隔壁的鼾声；房间又非常地闷热，还有蚊子苍蝇之类的，于是，我三个京都之夜的睡眠质量，就取决于隔壁鼾声的质量上了，呼噜的质量高些，我就休息得差些，非常地"线性相关"。我边发愁何时睡着，边回忆起20年前我在京都的那些"大人玩法"的往事，那时的京都车站还没有这么摩登，那时的房东一家，也不接待我们这样的客人。我们奔驰着——从京都城浩浩荡荡而过，连警察都不敢阻拦，因为我们奔驰车的车窗上——有一个中华人民共和国的国徽。

　　大人的玩法还体现在付账上面，比如20年前本人"大人游"的时候，队团中有两个随时抢着付账的财会，但这次"小孩儿游"就不行啦，本人要使劲镇压住行军短裤里的钢镚子，即使这样，我们在第三天晚上11点钟，还是发现所有的硬币加起来也不够付当天晚上的房钱，次日早晨和老妈妈说明了情况，老妈妈说没事没事，我可以接受你们手里的9000日元购物券。

　　还有交通工具。想当年我当"大人"行军时，是四个轮子，这次是两条"红军"的腿。40度的高温，京都还是盆地，出发前电视上天天统计因"热中症"——中暑而死亡的人数,死亡人数最多的年龄段,好像就是我这种年龄。于是从金泽出发急行军的那天早晨——沿浅野川,我头顶一块毛巾,再罩一顶草绿色战斗帽,一路用毛巾蘸着河水、井水、厕所的洗手水和大小寺庙里的泉水,踉跄奔袭了下来。

老而丑的京都
（京都奈良的重游之四）

用"老而丑"三个字形容一个古都，的确听起来不敬，但几天在京都徘徊，看那街景，的确我这么想，这么想，不妨也这么说，否则，就是谎言。20年过后再来这个曾经常来的城市，我现在的参照，是那些极其新鲜的中国城市，对比着，眼前的京都，除了那些古老的庙，更老的，是那些仿佛古迹却依旧有人生活居住的街区，就好比我早先在渥太华住的那间极为破旧的屋子，有人说那是"旧居"，更有人说那是个"遗址"，而我却正住在那些屋里。京都也是如此，每条街道看着都让习惯拆迁的中国人，蓦然地，产生一种想把马路边所有的房屋都一夜拆光的冲动，而那些房子的产权，竟然是那么地长久，据说有1000多年，以至于，即使本人是京都市的市长，也拆迁不得，更不敢动土，还别说要野蛮拆迁。但正是这种"不合理"的土地所有制度，使得这个城市除了古迹还是古迹，除了古人更是古人，比如那残灯下穿着和服的妇女身上的一抹红，一片绿和一捧紫，还有那嗒嗒作响的木屐，就更证实了这个古城的古和它的朽了，无须过什么特殊的节日，也不是黄金周的夜晚，残灯下河道边的和服和木屐以及女人头上的发髻，竟然这么地随意，也竟然如此地"江户"，"江户"是百年前的景色了，但又不知不觉地——耀眼于我等的跟前。

唐招提寺的晚钟
（京都奈良的重游之五）

奈良的重游，倒是万分地惬意，惬意于那个城市的古老和新，仿佛金泽似的，从到京都的那一刻起，我们就开始怀恋金泽的好了，好山、好水以及它的默默无名——对旅游者而言，没有盛名的地方更令人神往，神往的就是对那个地方的无知，而知得太多了，反而成为重负，比如京都——大伙都知晓的，你偏要游出它的好处，好处不那么多，不那么鲜明，自然就成了它的遗憾。

看人，不也是如此？要想成为圣人，无名，或许是先天的条件。

游东大寺我只记得我20年前喂过的那些鹿，但注定的，它们现在已经不记得了我。我还在，它们不在了，或许成了鹿精灵。

东大寺本身的宏伟，还是超出了一行人的想象，不过，20年前和我去的一行都是商人，所以它在商人的目中不宏伟，只有价值，而且是能交换的；这次同游的都是文人，而且都是中文系的，那东大寺顿然，就异常地宏伟，惊叹声不绝于耳。当商人惊叹某物时，就危险了，而惊叹后的文人，自己变得危险。

在奈良博物馆看到了1000多年前的佛像，有的完整，有的残缺。

当我们在小欧阳一路小跑的带领下，顶着要火化你的日头到达鉴真和尚主持的唐招提寺的时候，我们被客气地告知庙宇已经关门，尽管我们说我们就是从东土大唐赶过来的，也于事无补。我们只能从门口处眺望着1300多年前建成的院落，里面有鉴真和尚的墓，还有他诵经的回音。闭门时刻到了，好心的看庙人说你们听完晚钟后再走吧，于是庙宇大门伴随着悠扬的钟声缓缓地关闭，与我们一起倾听古刹暮钟的还有1300多年前铮铮的魂灵。

张老师的评语：

悠悠绵长的钟声，越过大海，飘落在镇江、扬州，将魂魄回归他的故土。

琵琶山顶的那个寺庙
（京都奈良的重游之六）

即使刚去过，但还是忘了琵琶湖山顶上的那个寺庙的名字，只记得那座庙的主人之一叫作"空海"，那都是唐朝的往事了，近来有《明朝那些事儿》一书的流行，但《唐朝那些事儿》却没人关心，而我等重游京都奈良和琵琶湖，无疑，是用腿和脚步，在延续着唐朝的那些故事。

这个庙中的著名僧人，是古代的留学生，我想，从遥远扶桑去唐朝留学，本身就是一种修炼。

琵琶湖很大，从山顶的寺庙俯瞰它，依然看不清楚全貌。

是上山坐缆车时，有一个男孩儿发出尖叫声，原来发现了流窜的野生猴子。日本是个珍重大自然之国，到处都有野生的生命，比如树上鸣叫的蝉，我昨天就和几只蝉对视过，不过，它们是用后背上的眼睛反观着我。就在昨日，还和医王山里的鸟，切磋了几句绕口令。

最近我老是琢磨着"大乘""小乘"佛教之别，不是在教义上，而是在操守上，比如我认为，老师自己读书并获得乐趣，是"小乘"，但把所学得传授给学生，不就是"大乘"了吗？

张老师的评语：
悠闲自在的游性中，发散着人性的思维。

"饺子缘"

前日去日中友协的森田先生家包"中日友好饺子",包得热情洋溢,包得热气腾腾。森田家在山的一角,从山中吹来凉风,传来蝉鸣,蝉鸣叫起来一声比另一声高,像是在唱着歌。森田先生与中国的缘可谓是"金缘",他1983年就作为中国国家领导人邀请的3000位客人之一去过北京。那次在北京他见到了两位当时的他"没想到"的人,一位叫李连杰——那时的李连杰只是个被邀请来当众表演武术的中学生,在看小李耍刀枪的时候,森田还没看过电影《少林寺》;另一个"没想到"的人——和他同团去的,叫"菅直人",就是今天在电视上被议员们用问题死缠得几乎按捺不住、几乎想说"你这个马鹿"(混蛋)的现任日本首相。菅直人在一个多月前当上首相时媒体说他会和中国友好相处,因为他1983年就和森田先生一起到过北京了。

人生虽短得要命,但其中的"没想到"可真不少,比如本人20多年前在金泽的富山大学一位准教授(副教授)家里,就包过一次中日友好饺子,那时本人还是"体制内"的人,还是最年轻的中国外交干部,但没想到本人20年后变成"体制外人士",不再是国家干部了,而且,本人两次主厨包饺子——竟然相隔了那么许久——都是结婚惹的祸!结婚以后,俺就再不用做饭了。

1985年10月森田先生携娇妻自费去北京等地旅行结婚,浪漫之旅的成果和收藏——包括外汇券和车票,至今,森田先生还一边享用"饺子准教授(本人)"的作品,一边感叹地翻着。

天晚了,屋外的蝉还在唱歌着叫,附和着室内鼎沸的人声。

从马士町到银座

这两天日本全国都为"春秋航空"的飞机抵达茨城县哗然了,哗然的原因之一是今年6月从中国来的人数是去年同期的17倍,有2万人次之多;哗然的原因之二,是"春秋航空"的飞机票之"卑贱"——便宜的那种"贱"法,才4000日元,合200多人民币——我是说飞机,我一再说是"飞机"!哗然的原因之三,是中国富人在日本采购之大手笔,电视上的镜头是中国人数钞票的特写,一大打儿一万一万的日元,数的时候,就好比那些钱都是用来烧的。

好不威风!

"春秋航空"据说是国内唯一的私营航空公司,为了挣飞机票之外的钱,"春秋"从上海来的航班上什么都收费,吃的收,喝的收,我甚至怀疑上洗手间收不收呢?我认定"春秋"的董事长或总经理一定"想过"——这种问题。再有,"春秋"上什么都卖,——凡是你能想象到的,比如房子——如今东京"山手线"以内公寓的10%的买主,都是咱中国人了,"山手线"就相当于上海的内环线和北京的二环三环。由于200元的机票价实难赢利,我估摸着,"春秋上"每一个航空小姐每趟航程下来必须达到的卖货指标肯定不会少于一套房子,所以飞机刚离开地面,空姐们就站起来卖东西啦!乘客在看户型图时也是昂着头的——正在升空嘛!

日本电视还说"春秋"的总经理正在考虑卖站票的可行性，真要那样，俺，就把下月回国的船票退掉！

但愿我要乘坐的那架"春秋"的飞行员从前不是开战斗机的，即便开过也别太优秀了——优秀的飞行员喜欢驾机在空中翻滚呀！

此时我眼前"唰"地出现了1980年代的东京银座和那条著名的"马士町"购物街。"马士町"是当时（不知道现在咋样了）中国长驻人员除了去使馆开会最喜欢集中逛的地方，也是东京最"下贱"——我是说价钱——卖服装的地方。当时俺们驻日官员全身上下穿戴几乎全是从马士町买的——甚至还包括了我送给未婚妻的礼服——礼轻情意重嘛！由于马士町的中国人太多了，有一天，马士町突然采用会员制了，也就是说，只有日本人才允许占马士町便宜货的便宜！只见街中央一个坏小子模样的人神气活现地大声吆喝："谁是日本人？"是的，就客气地发给会员证，不是的死活不给。"我是！"只见我们办事处相当于一等秘书官的老李同志不假思索地——冲上去就抢。

当时大使馆还有一条规定——为了不给中国外交官丢脸，参赞以上的官员和夫人绝不允许现身马士町，但仍旧有人零星在那里出没。

时代真不同了，邓小平同志让一部分中国人——真的富裕了起来，日本人管那些人叫"富裕层"，日本电视节目上有人带着半嫉妒的口吻谈论中国的"富裕层"，说："不就是那么一小撮儿人，不就才5%的人口嘛。"后来他用计算器计算了一下，一看结果吃了一惊："哦，那也有将近7000万人呀！"

当年本人在三菱商社总社实习的时候，天天在银座地铁站乘车，但我从来都是匆匆地来又匆匆地去，因为那时的中国还不能与今日地位相比，而在灯那么红酒那么绿、霓虹灯如白昼的银座街头，我或许，是独一无二的中国人；那时看满街的华灯，我回想北京街景的单调，挺受刺激，没劲儿。这次来日本不想去东京,因为已经有那么多人替我去银座了,再去,似乎也没劲儿,于是,20年光阴如烟过后,我就享受金泽这边远小镇上的山水和悠闲得了。

人"鬼"情未了

昨晚的新闻播放了一位101岁的日本老中医在济南行医50年的事迹。我想,电视前的所有日本国民——只要是看了,就会汗颜和抽泣。老人名叫"山崎宏",28岁参军到中国作战。一次,他看见他的"战友"从一个中国妇女怀中抢到一个3岁的孩子,将孩子残忍地勒死,就良心发现,连夜叛逃。他要逃脱日军的追捕,同时,也要逃避中国百姓对一个"日本鬼子"带着恐惧的剿杀。

后来在树林中他昏死过去了,当他醒来时发现围着他们的是中国百姓,他张嘴,有人喂他饭,他再张嘴,有人喂他水——他被救活了。在电视采访中,他用日语说已经101岁的他,他直到快死了的今天也没想明白,为什么当时的中国人没杀死他——那个万恶不赦的"鬼子",而把他救活,接着用他跨了一个世纪的肺腑,对他的后人们说:"日军,实在是太坏了!"

山崎宏从20世纪50年代起自学了中医,在济南半义务地为穷人看病,开始人们知道他是个日本人时怕他,后来他的声誉建立起来了,而且成了当地的"神医"。山崎宏回过日本老家,但没有定居,他直到今天还在中国为穷人看病。

101岁的山崎是在用后半生、用实际行动感恩。因为他的第二次生命是中国的百姓给的,他与中国妻子有了几个年逾半百的儿女,但还是想不通当时的月夜之下，为何中国百姓要一口水、一口饭地——拯救一个日本人。

"日本鬼子"在日本电视台被翻译成"鬼之子"，其实这是误译，"子"是个虚字，是个词缀，跟"桌子""椅子"和"猴子"似的，"猴子"压根儿不是"猴之子"，就是"猴"本身，同理，"鬼子"就是"鬼"，想逃，是逃不脱的。"鬼之子"——指的是"鬼"的后代，是今世的日本人。"鬼之子"无罪，但"鬼"的罪，假如被遗忘，假如被淡化处理，"鬼之子"还会有再变成"鬼"的可能。许多民族都做过"鬼事"，这并不可怕，可怕的是老认为做过"鬼事"的人并不是"鬼"，而是"鬼之子"，因为"子"是小辈，小辈做恶事时未成年，无罪，打两下屁股就可免罚。

山崎宏老人为昨天的节目写了一幅大字，曰："明月有光，人有情。"

节目主持人都万分感动，我也十分感动。我总相信人心都是肉长的，人心也能相通。25年前三菱商事的几个同事在混熟后问我，中国人用什么最不好的词语称呼日本人，我先说大家别紧张，然后说是"鬼"，"小鬼大鬼"，人们听后反而乐了。这次来日本我才发现其实"鬼"在日语中并不是什么特可恨的咒语，日本有许多与"鬼"有关的民间活动，有点北美人"鬼节"——万圣节的味道，还有，我刚买了一本介绍女作家冈本加乃子的书，书中把她说成"艺术恶鬼"。

人"鬼"情未了。向101岁仍然救死扶伤的山崎宏老人致敬。

乐见日本国会上的吵架

20年前看过日本国会上的吵架，20年后的这三天，又看到参议员们在预算委员会上对执政党的攻击，以及民主党三天来的"防守"，除了看到了传说中的暴吵之外，竟然也有了许多的心得。

一般从议员提问的语气上，瞬间能听出他——是属于哪个党的。自民党议员的态度最凶猛，对菅直人首相连讽刺带挖苦，外加人身攻击，不像在谈国事，而是像在斗牛，斗牛在西班牙刚被禁止，今后再看，只有看日本国会的"中继"（直播）了。菅直人首相也有几次按捺不住，想动手把那个无理的自民党议员——给臭揍一顿——我猜的。

由于自民党在前日的选举中大胜，在众、参两院中形成了"ねじれ"（拧巴、扭曲）的局面，即只要轻微努力一把就有重新上马执政的希望，所以，你能从他们对菅内阁进攻中看到不理智和明显的恶意——就是绞尽脑汁，用狂言或粗话让对方在电视直播时失态、出丑、出格和犯错，也就是《三国演义》中的痛打落水狗和再补上一银枪，哦，错了，想"痛打落水狗"的不是《三国演义》里的张飞，而是现代人鲁迅。

三天"中继"对阵中最惨最累的是菅直人首相，他没什么尊严，被逼着"交代问题"，又不敢发飙，犹如受气包。比如屁大点儿的问题，提问者都指着想代替首相挨骂的担当大臣，说："你给老子下去，谁问你了？这里有你说话的份儿么？我问的是总理。总理，你躲什么？你上来回答我的问题呀！总理，总理，总理！"——语气跟召唤小狗似的。

于是菅直人，就又被唤了上来。

除了看热闹，心里想的是尽管有那么多的恶意（下套子、使绊子）、恶作剧和恶毒，但一国的执政党最高层还是要定时定期的受国民代表的现场质疑盘问，等同于学校里的中考和期末考。议员们都做了大量的调查工作，都有准备而来，提的问题那般地专业——现场展示各种数据和调查表，如此地体制化、专业化和细微化。

"国"，毕竟是大家的；年度预算花的钱牵扯到千家万户，"民"有权争议、参与和质问，由此说来，多吵吵、多闹闹、多议议、多打磨打磨，多把首相像唤宠物似的唤上来两次，或许正是表面闹剧之外的正剧？

国之首相想当好亿万民众都中意的宠爱人物——"宠物"，要说也不是那么容易。

国会辩论时的"托儿"

在看完前三天的日本国会"答辩"后，今天再看，你就明显地能发现提问者和被提问者——是与菅直人之间的关系了。一般，民主党——菅首相的"同党"议员提问时，都是在暗中给菅直人搭桥，比如问："总理，咱俩三年前在仙台一起喝酒的时候，你就发誓说有朝一日能当上日本的首相，而且还要当最有理想的首相，但今天你都当首相一个多月了，我们咋——还没看清你的'理想'是什么呀？请诚实回答！"——他此时显得非常气愤。

菅首相上来了，躬着腰。不知为何，提问者的麦克风非常高，被提问者的麦克风矮半截，这导致"人民代表"——议员们提问时的头老是昂着的，总理和大臣们"答辩"时却总是低着头，那自然地就会低声下气。

菅首相开始低头交代他的"理想"了。

他开始念稿子，他肯定有备而来，他无疑与刚才提问的那个一起喝酒的"小同党"事先商议好了：三年前就约定，到时候俺当了首相，当俺被自民党穷追猛打下不了台时，你就问我这个"理想问题"，于是，表面上是被追问，其实是没问，是设计，是反击，是表白，是政治立场宣言。这样，内阁就能在"中继"（直播）时稳定一下阵容，喘一口气，等下一轮真正的"造反派"——反对党的"真"的长枪刺过来时，再抵抗一轮。

日本这两天出现了一件荒谬的事,就是"民生委员"——相当于中国的"街道委员"吧——全国范围突访 100 岁以上的老人,不是突然的关怀,而是想知道他们还活着——还是没活着,原因是上周发现一个 115 岁的老太太早在三四十年前就死了,还有一个百岁老人在家里"失踪"了几十年,上门一看,都成"木乃伊"了,而他的家人们呢,几十年都一直替那个"木乃伊"领取"年金"——退休养老金。于是举国大哗,于是各市各县火速派"民生代表"去敲门确认日本 3 万个"百岁以上老人"是否真正地"活着",果然,昨天就有 40 个"老寿星"失踪了,那个"失踪统计数字"每小时刷新一次,"寿星失踪数字图",也和天气预报气温图那样,一会儿一变,一会儿紫,一会儿红。

韩国的媒体也跟着起哄了!各电视台大举报道日本长寿国是伪造的新闻。看来,韩国人又要和日本竞争,像冲进世界杯那样,一鼓作气、气势如虹、毫不妥协——向世界第一长寿国——日本冲锋,争夺"亚洲第一长寿国"的桂冠!

还有,万众一心的;

还有,视死如归的;

还有,前赴后继的;

最后是——死活不要命的。

马不停蹄的"告别游"

告别游,也有"马不停蹄"一说,于是,按照那种说法,昨日白天先去了岐阜县的"飞驒",接着,晚上又去了犀川边看放烟火。飞驒是一群山,最高的在云之外以及云之上。

还有一个钟乳洞。洞本身没什么,我感兴趣的是究竟是中国人还是日本人先把这种岩洞叫"钟乳洞"的;这三个字用得非常之贴切,不过,一个石头乳房的形成要上亿年头哩,同去的小同学说水滴会把上下两个乳头连接起来,我说不过咱们可能都看不到它们交汇的那一天了。

我们下月就离开日本。

钟乳洞的山下,有一个"クレコション館",外来语,collection,"收藏"的意思。馆中有人从中国收藏来的文物,其实应该都是抢来的,因为那几件稀世的汉代青铜器不使劲抢,中国人是不会情愿它们被收藏到一个叫飞驒的深山里的,而且当地的收藏者——至少是看守着"收集馆"的人,肯定不知道它们的艺术历史价值。你瞧,一个汉代塔,那么地大气和多姿,还有一个"汉马首",也是青铜的,有真的马头那么大,一脸的怒气和狂妄;另外还有一头青铜的犀牛。

我一再回跑到"收藏"汉代青铜的展区,我不情愿离开它们。毕竟本人北京的家在首都博物馆边上,是以"青铜"为邻之人,是识货的。

晚上追着下山的夕阳,我在身着"浴衣"的日本群众的间隙里穿行,我追着"男川"犀川去看"花火大会"。其实那花火本身与国内的没什么区别，让我回忆起的是20年前在东京千叶河边看花火的情景，那时我和一位叫奥村的朋友，连续三年都去河边看放花，对着烟花欣喜地叫喊。20多年过去了，奥村一家人失去联系了，但花火还在，还在核爆似的在眼前爆开，炸响，炸开、爆开生命的绚烂与刚强，脆弱和短暂，变幻与无常，你不知道下一颗绽放的是怎样的花朵，是什么颜色，是何样造型，或者它是一颗臭子？是朵败絮？或许它们会成片地开放？再或许它们是老树新春，还是火树夕阳红？

人们在犀川边上一席一席地坐卧着，包裹在五彩缤纷的浴衣里的少女，好像千万株被花瓣紧束着的花蕊，成排的各种小吃摊子的通明灯火，和空气中爆竹的火光上下呼应，人群在惊呼——对着瀑布般的火帘；夏意在流淌——顺着人们额头的汗水。

我没看完花火大会。我边退却边向星夜频频地回首，告别这席时隔20多年的空中盛宴，整装待发，以备战明日海边的烧烤大会。

海边有卡夫卡吗

上次在中国的海中游泳是2006年在青岛，日本的"上次"是1986—1987年间吧，是在东京附近的海滨，我一下水，人就没了，于是，岸上代表处的同事们就只能翘首在沙滩上苦等，一个多小时后我又从深海处归来。

昨天金泽的海滩是那么地长，也那么地舒缓，但本人没太敢朝深海处游，不知为何，可能因为对岸是西伯利亚。这个日本海的颜色即使是不加墨，也有漆黑和青涩的感觉，不像是我20多年前畅游的那片太平洋的湛蓝，或许，是因为俄罗斯人天生忧郁的缘故吧——人类把气色也传染给了大海。

海边的卡夫卡，海边没有卡夫卡。

中日友好的烧烤大会在热烈地进行着，虽然有海风但炭火在熊熊燃烧着，人，也有被烧灼的感觉。我和森田先生——上周去他家包饺子的那位森田先生，都惊喜地发现对方也喜欢西方的古典音乐，他会吹长笛，我爱交响乐，于是，我们就在烟气缭绕的松林中，应对起喜欢的旋律来了，一曲又一曲。

下午和小欧阳外加人大的一个小同学先一起在Donuts的三楼上观赏上下两层的彩虹——欧阳说他已经10年没见过彩虹了，俺哩，在蒙特利尔时经常能看到；在北京时，只能看到复兴门桥上的彩虹造型的霓红灯。

看双层的彩虹还是第一次，它们里一个，外一个，两个横亘半个金泽市天空的彩带不知是被掌握在何许人的手中——在当空不断地"舞"着，"内虹"和"外虹"之间是漆黑的乌云，更像是一座当空的、实心的"彩虹门"了，让人想起巴黎的凯旋门；由于在Donuts里只能看到那扇彩虹门的半扇，后半扇是怎么样的？你就自己遐想吧。

世界上能引发人遐想却没有结论的事物很多，比如星空，比如能把半个城市圈在其中的彩虹。我每次夜里从金大的办公楼下坡朝宿舍走时，都不由自主地把头像在海里游泳时那样抬起，我翘首望星空、问星空——此处的星空是何等壮美！大的星星和天鹅蛋似的，星罗密布在空中，我看见的星光，已经是它们亿万年前发出来的了，今日它们发出的光要再等数亿年才能在地球被看到，但愿那时地球还在，但愿金泽大学和这片山林还在，但愿人类那时的样子——与我们现在的模样没什么大不同。

晚上和欧阳他们去石川县文化大厅听金泽大学和京都大学联合交响乐团演奏的音乐会——就是我和森田先生都眷恋了大半辈子的那种"古典"的声音。共三个曲目，分别是勃拉姆斯、德沃夏克和瓦格纳的作品。众所周知勃拉姆斯的曲子特"哲学"，德沃夏克的曲子特"弦律"，瓦格纳的曲子特"闹腾"，勃拉姆斯的作曲非常地思辨但弦律不优美——所以我身旁有两个不喜欢思辨的人都睡着了；一进入德沃夏克华美的弦律他们就马上醒了；再后来当瓦格纳——那个先和尼采好又和尼采不好了的作曲家的将所有乐器"乱炖"成"满汉全席"的曲子，把整个音乐厅的顶子都掀起来的时候，旁人随曲子手舞足蹈，只有俺一个真懂音乐的人睡着了：没有思辨也没有弦律的东西，只配给房顶听。

不知为何，一到本人想坐车回宿舍的时候，到金泽大学的最后一班车，总是亮给俺一个空的臀部，于是，我只有一而再再而三地在浅野川边上江户风格的"小胡同"中赶路回家。半途接到了从北京打来的老伴的电话,我把只能打进不能打出的手机朝向幽暗中呼哧奔流的"女川",问老伴:"你听见河水流动的声音否?"

忘说了,原来想叫一个北师大来的小同学一同去听古典音乐会,但她说没兴趣,于是我们猜她能够欣赏的艺术最高形式,就是在"男川"边看花火大会。

日本为什么没有"朗读者"

《朗读者》是一本讲述德国人自己抓纳粹的小说，日本版的名字，也是《朗读者》，但二战中日本的侵略者却没有被自己人追杀，这是8月6日——广岛核爆纪念日那天在"朝日新闻"上一个作家的感言，我研究的结果也证明，日本还真没有德国式的自觉对战争发动者的追杀，追得他们隐姓埋名，追得他们四处逃窜。

8月6日那天到广岛参加纪念会的有两个人物，一个是联合国秘书长潘基文，他去是想号召全球人民都放弃核武器，另一个是美国驻日大使，而美国——投弹国的大使去时，有的日本人期待他为投核弹谢罪，但他并没有谢罪，他说自己是为二战中所有受害者而去的，他也没接受任何记者的采访，他只是作书面致辞。电视上我注意他在现场的表情，凝重、深刻，因为他是第一个，也是唯一的一个投弹国的代表。

但愿他也是最后一个投弹国的代表吧。

也就是8月6日的同一天下午，金大一群外国学生做学期末研究成果的发表，我没事也去旁听。一个英国牛津大学来的胖乎乎女生的论文是关于日本教科书问题，她认为日本在反省战争历史上不如德国人深刻，说日本从来没有"朗读者"。几个日本教师起来辩护，说日本人大多认为那场战争的性质是"解放"而不是"侵略"，说教科书不是只有一种，还有许多种哩，又说今天是广岛核爆日，连美国大使都亲自去了。

按捺不住的我也发言了。我说既然中国一再被提到，我只能代表中国说两句了，虽然我现在可能没那个资格，不过，20多年前我在东京时曾代表中国政府工作过。这时几位日本老师紧张了起来。我说都20多年过去了，这次我再来日本后一个极大的困惑，就是为什么本来全世界都早有定论的那场战争关于它是"侵略"还是"解放"的，在今天的日本还在争议不休着，就比如上月（7月）日本最有影响力的期刊之一的《文艺春秋》上，有一篇藤原正彦写的《一学究的救国论》，副题是"日本国民に告ぐ"（告诉日本国民），在那篇"救国论"中藤原——一个当下著名的"爱国者"——而不是"朗读者"，竟然把"太平洋战争"（二战）说成一个像野球（棒球）那样只有胜负之说而没有性质之说的"ゲーム"（游戏），说只不过日本没在那场游戏中玩赢而已。藤原还把所有在中国发生的"事变"都说成是技术性的事件。

我对在场的师生们说让我吃惊的并不只是在今天的日本还有藤原那样的右翼"爱国者"，而是日本第一大月刊《文艺春秋》竟然全文刊登和发行这类是非完全混淆的"爱国言论"，也就是说日本至今还有许多人并没反省和认识到那场战争发动者的行为不仅让其他国家的国民受害，日本国民也是他们罪行的受害者——当然也包括广岛的那26万人，而这些人之罪恶应痛恨之，追逐之，"朗读"之。

日本在高声"朗读"着自己的伤痛，却不迈前一步思考究竟是谁让美国人把那般恐怖的爆炸不是朝别人头上而是朝自己的头上扔的呢？"原罪"在谁身上？谁是让那些平民死去的真正始作俑者？

我的"朗读"结束了，场内的空气中已有了火药的味道。日本教师们无语着，论文的发表在继续进行着。

中场休息后我再返场时，发现几个日本老师都用半微笑迎接我这个20年前的"中国政府代表"。

本人研究上的"暗渡陈仓"

本人这次来金泽大学的主要"使命",第一是收集博士论文选题"日本白话文(言文一致)运动研究"的资料,第二个"使命",是在第一选题之外再寻找第二、第三个选题。第一个任务进展顺利,该找到的大多找到了,没有的——也就是没有。第二个哩,我张开一个大蜘蛛网——就像宿舍阳台上那个被我屡次捣毁又屡次编织起来,而且一张比另一张更大的——网一样,我在"烂读"着、"乱读"着图书馆架上的书,我那架式俨然就是一只上了岁数的蜘蛛。于是在为期6个月的研究进展到第4个半月零6天时,一个大"飞蛾"朝俺的巨网撞来——没智力没神经没经验的"飞蛾",它就是本人意外发现的第二个博士论文的选题——"日本作家在战争时期的立场和表现研究"。

这个题目与其说是被我找来不如说是自己撞上来的。你在近现代文学的书堆尤其是那些文集中爬行的时候,不可避免的,日本作家在二战时期的立场和表现就会进入你的视野,将其像围棋似的连成线,连成片,连成经络相通的阵容,于是,一个有研究意义和价值的专题就在"网"上停住不动了,不是不想动,而是被抓、被黏、被捆绑得动弹不得了。

那,就是我的第二选题——"侵略战争和作家"。

我在收集着相关资料,从旧书店、从金大图书馆的地下书库。这似乎已经变成了日本人不乐于关注的问题,所以那本唯一与此话题有关的书《战争和作家》早已躺在地下三层的书库中了，它还是20世纪70年代写的。

这个问题比较敏感也比较伤害感情。前一阵有一个来自南开大学的女博士在我们近代文学小组中念了一个钟头与此问题相关的研究成果——她连续说了上百个"军国主义""战争犯罪""反人类"之类的词汇，说得在场的几个日本同学和老师脸一会儿青一会儿绿，因为日本现在的男孩儿大都十分老实内向外加腼腆和不好意思（所谓的"食草男"），是在漫画中长大的，从来没被一个异国女子用不紧不慢、不慌不忙的口吻——连续那么长时间地数落，说他们的爷爷姥爷是军国主义份子，所以，当南开女博士的论文被她"朗读"完后，现场竟然10几分钟无人发言。老师也紧张得不得了，示意我发言救场，我比老师岁数还大，又是战争受害国的代表（现场还有俄国、韩国学生），于是我清了清嗓子，先说战争的话题无疑是最伤感情和沉重的话题——尤其是平时大家感情都还挺好、挺深的情况下，我接着又侃侃地说了10几分钟，说得他们频频点头。

有了那次的经验，平日对日本导师我只高谈阔自己在白话文研究上的进展，只有晚上七八点钟复印室没人迹的时候，我才去复印那些与战争有关的研究资料。

我明修栈道，却暗渡陈仓。

可能最终的结果——写出来的论文，只是一条栈道，但"陈仓"或许也会出现在眼前。

作家从前被说成人类的良心，所以考察非常时期（战时）"良心们"的言行举止，还是有意义的。

只要是爱人类的人就注定会反对战争、反对非正义战争，这于中国人、日本人、美国人、德国人——应该同理。只要日本还有藤原正彦那种"新爱国者"在鼓吹着"战争游戏说"，思想认识的战争就仍在进行。

日本的当代有识者和有良心者倘若真的爱国，就应该奋起与藤原之流作战——在意识形态上。不知是否只是巧合，七月份《文艺春秋》上还登载着4月刚去世的作家井上厦的"绝笔ノート（笔记）"，井上就是一个货真价实的反战和反法西斯主义者，他曾通过写话剧《小林多喜二》复原当时日本军方对工人和知识分子残酷迫害的场景。

她不该被国人忘记

她或许名叫"张甫人",但或许不叫,因为她的名字只是在电视上闪烁了一下,我迅速记在脑中,又马上忘了,第二天又使劲想,还在网上搜索,但网上叫"张甫人"的女子不是干财会的就是开公司的,而且年龄太小,她如果活着,该有八九十岁了吧,而且,她应该是个基督教徒。我知道有她这么个人,是因为那天看电视,电视上一个叫"武田清子"近90岁的女教授(在日本相当有名),回忆她和她周边的知识分子为何在战后那么地反战、那么地不想向美国一边倒,想和中国等所有国家和平共处,是因为她在1941年的一次世界基督教大会上遇到了一个中国妇女,那个妇女的名字是"张甫人"(说到这里时,她的照片和名字同时出现在电视上)。武田清子在那次会议上主动找到中国代表张甫人,想和张交友,想和张畅谈基督教的"博爱"精神,她刚说了个开头,突然那个中国来的弱女子神情激动、横眉立目地指着她的鼻子,说:"你不是想和我交朋友吗?你不是要和我谈'博爱'吗?我有一个条件,你——一个侵略军国家的女人,马上叫你们国家的军人从我们国家的上海撤退出去!"

结果"博爱"没谈成,两人不欢而散。

90岁的武田清子教授说她那次和中国人张甫人"交谈"后受到了巨大的精神刺激,说她以前没想到自己国家的军人给他国人民造成了那么大的伤害，引发出那般巨大的仇恨。战后她和一些"和平主义者"竭力推动和新中国的结盟，但朝鲜战争的爆发使他们的努力落空，使日本成为美国和西方反共的一个棋子。

武田清子关于战后日本走向原因的那些话并不是我关心的焦点，我的焦点是那个在电视屏幕上一闪而过、连她的名字我都可能记错的、1941年在国际场合对日本女子武田清子勃然怒斥的——张甫人女士，那个年轻靓丽的女义士。

国人不该把她忘记。

我猜想她的名字假如我没记错，却无法被"百度"出来的原因是她是个教徒，她并非从属于哪个执政的党派，但无疑的，她是一个非常极端固执的——中国公民以及世界公民，她用义愤和正气为祖国发声，打动触动惊动了一个侵略国的知识女性，无疑她是冒着危险的，但她还是大胆地、公开地那么做了。

她不该被任何时代遗忘。

绝不该搞笑的"搞笑团"

其实,战争是日本这个岛国的永恒的话题——我这么想,由于第65个日本投降日(8月15日)马上就要到了,由于8月6日、8月9日分别是广岛和长崎的核爆日,由于前天菅直人首相向韩国承认"日韩合并"之罪孽,以及归还了几件原本属于韩国的国宝,再由于有人想追忆"特攻队"("神风"敢死队)的事迹,等等,日本的电视、报刊、媒体几乎天天都有关于那场战争的报道、反思、反省、争议、争论,争的是我错了还是他错了,我坏还是他坏,我不是人还是他不是人,不过,90%的场合会认为我错了我坏和我不是人。

那场65年前结束的战争好像一个鬼魂,至今,仍旧忽隐忽现在这个形状纤细的岛国以及神经也比较纤细的国民的心里。这也是一种精神上永久性的炼狱和永恒的折磨,而且这并不是65年后的新一代的日本人想不折腾、想不参与、想逃脱就能逃脱、想不想就能不想的历史的问题。

非常严重的历史问题。

有时我想这或许就是佛教所说的因果报应吧,就是种豆得豆,种瓜得瓜,前人的罪恶后人偿还,前人用肉体造的罪恶后人用精神还——假如有良心,良心会被烧烤,假如没良心——会被有良心的指责;假如是偏左派——菅直人一样的——就凭良心认罪;假如是偏右派——小泉纯一郎和他的儿子那样的——就会挨邻国人的诅咒,反正,只要你是那些罪大恶极的"日本鬼子"的后代，子子孙孙都会与战争发动者联系起来。这是战争的"精神后遗症"，是跨时代的罪恶，是阴魂对灵魂的追剿。

这就是传说中的"恶报"。

昨夜 NHK 电视台为了纪念"太平洋战争"结束 65 周年，制作了一个特别的纪录片，讲述的是二战时到中国慰问皇军的一个叫"わらわし隊"的"事迹"。"わらわし隊"其实就是一个"漫才"表演队，而"漫才"就是相声。"漫才"劳军团中有男有女，都是当时的著名喜剧演员。他们也头戴"皇军帽"，也穿着"皇军"军服。他们走遍了中国的各个战场，走到哪里说到哪里，还留下了许多皇军看他们演出时大笑的"珍贵照片"，其中有一张是一大群手扶大洋刀的、刚攻占上海的"皇军"们哈哈大笑的遗照，坐在最中央笑的最主动最开心的是一个"大佐"，不过那是他最后一次笑了，因为不久后他就在长沙被英勇的我军击毙。

观看"漫才表演队"的皇军们大多是杀过中国军民的恶魔，其中有攻占上海和攻陷南京的"皇军"部队，纪录片也客观地承认那些笑得前仰后合的"皇军"们的笑是瞬间的笑，是苦恼的笑，是不该笑的时刻的笑，是——对他们绝大多数人来说——最后一次的笑，因为他们笑完后不久就被复仇的子弹击毙。但纪录片说至少那些人在看"漫才队"表演的那个时刻还会笑，是人性的可怜的残留。或许是吧？

有一张"漫才队"表演的照片看着叫我很不舒服，不，应该是非常的厌恶，照片中一男一女，在一张巨幅的孙中山遗像前，眉飞色舞、手舞足蹈地"漫才"，而且，那张照片就拍摄于南京失陷的两周之后。你自己想象吧，大屠杀后的杀人犯们在另一个国家政府所在地、在国家革命先驱的巨幅相片前在狂笑着。第二幅画面不是照片，而是一个当时参加过"漫才队"、弹"三味弦"的现在已经 92 岁的女艺人的"证词"。她说她们有一天参加过演出后，就被邀请去现场观看皇军怎么砍中国俘房的头——她竟然是用一种观看完"奇景"的语气叙述当时的情景,她说人头被一刀砍下去后,脖子像"莲藕根"一样齐刷刷地砍断,但并不出血,三十秒钟过后,血才如激流一样泉涌而出,俘虏才轰然倒地。

那个92岁的老太太近日在东京又弹奏起60多年前她参加"漫才队"时弹的调子,边弹她边对场下的并不再是威武的"皇军"了的男女老少们说:"活着真是件好事,人只有活着才能用眼睛看见如此丰富多彩的世界,大家热爱和平吧!"

我相信老太太说那番话时是真心的,但同时,我也怀想那些60多年前被残酷杀害的战俘——我的同胞,那个就在她眼皮底下头被像"莲藕的根"一样齐刷刷砍掉的、再也不能用肉眼看后世光明了的——中国小伙子。

语言的无知和无畏
（临走前的杂谈之一）

　　由于电脑不可靠，我近日是在用拿手的软毛笔，马不停蹄地续写着一本未来会有15万字的书，名字叫《研究还是被研究》，而在这个不靠谱子的电脑上，只能写点临走前的杂谈。电脑不靠谱和人不靠谱一样，你好不容易写了，被它不动心思丢失了之后——只要是有一次，你再在电脑上敲打时的感觉，就像是在弹着一团棉花，越弹手越软。

　　先说说语言的趣事。20年后再来日本，我是用电视当老师恢复自己的日语功能的，不过还好，仅4个月余，不仅该会的都会了，原本不会的也会了，因为日语已有了变化，我成人了，日语20年后，仿佛也成人了。由于现在的日语里外来语泛滥，一般日本人不会的外来语，我会；一般西方学生不会的外来语，我竟然也会，那是因为我比他们在西方的学历高些，有些专门的词汇，他们还要向我看齐。

　　中国人在日本，一来，就已经会了一半祖传的汉字，所以严格地说，日语对中国人来说，不能算是外语，应该说是一种变种的方言，不信，你看看阿拉伯语的那些豆芽字符，你就明白了，我难以想象，当我突然掉进一个中东国家，看到满目的豆芽形状的字母的感觉具体会是什么样子。

　　不过不会说日语和不会看日语的那些个假名，在日本生存，也还是蛮不方便的，比如北大来的邵老师，有一次她叫我帮她看一个日文的账单，我细看了一下，发现，那是三个月前催促她缴纳水电费的，催得还挺急切；

还有就是昨天，两个小同学让我和他们去申请信用卡，我说你们日语不行，能申请信用卡吗，别的都能帮她们翻译，就是信用卡这种事，果然，那个女同学用半生不熟的日语和学校"生协"的前台——交涉办信用卡的具体事宜，我在老远处观望，见前台人员拿着的极端复杂的办卡手续说明，办卡人员即使采取了使劲儿挥动胳臂、急速旋转眼珠、头部前后猛烈晃悠等一系列措施，像打手语说哑谜似的对女同学解释，她们还是仿佛只听明白了一半，再过一会儿，那个负责办卡的人就犹豫是给她办，还是不给她办那种——她必须按时还钱的——信用卡了。

在古寺中当义工和错误地弄到一本日本皇室绝版影集（临走前的杂谈之二）

据说人在将死的时候，其言是最真的，这是不是真的，我现在还不太清楚；据说人到真老的时候，其心也是善的——别管好人还是坏人；还有，据说人到即将离别的时候，都会非常地惜别。因此，本人9月10日从神户港启程之前，对日本本土的这个追想和回顾，都有些真实的情谊，因为毕竟世界那么地大，你不可能一而再再而三地重回一个地方、一个城市、一个国家、一个大学。我上次离开日本，说好不久回来，不久了20多年；我上次回辽宁的兴城老家，也是10年前了，那时我奶奶还在。人的一生，岂不是露珠对黄沙，又若珊瑚对海洋，再好似知了对入秋前的盛夏——无意义的嘶鸣而已！我们用短促对无限，我们用矫情对时空之冷漠，我们又同时对无情畅聊友情。于一个不走动不变迁不推移的城市和这里的人物景物来说，短暂的驻留者，无非是晨露是寄居蟹是流沙，而走动的人和匆匆的过客的任何矫情，都是自己对自己的本能，都缘自于本能又消解于本能，都可有也可无，都可写也可不写。

但不妨多写两笔，因为毕竟尚有稀奇事情发生，前两天，本人第一次到一个深山寺庙里当义工，是去能登半岛的金藏为一个庙会（日本人叫"祭"）去摆放和点燃万烛灯火。另外一件事就是上周末，本人本以为从旧书店淘到一个名叫"中野"的侵华日军少尉的遗物，是中国末代皇帝溥仪访日时候的绝版影集，惴惴地屁颠屁颠地拿到就近的 Donuts 甜点店，见周围没人打开细看，妈呀，原来是日本昭和天皇 20 岁出头时候的照片——日本皇室玻璃版影集，这兴许是蝎子拉屎——毒（"独"）一份哩！

我将抱着《武安县志》回归故里
（临走前的杂谈之三）

上回说到过一个叫"中野"的侵华日军少尉，那个人的确有在过的，我在上月收藏的《武安县志》上看到过他的名字，县志上面有一行毛笔字"中野少尉纪念"，落款人是"武安县知事王心耕"；"知事"其实就是"知县"，也就是县长和县太爷。也就是说，那时武安县的最高行政长官是王心耕，他亲手把刚刚编纂好的《武安县志》送给了一个叫作"中野"的日军少尉，少尉应该是排长吧。那是在民国二十六年，也就是公元1937年。武安县我原以为是在河南，但昨天网上一查，才知道是在今天的河北。

故事的后半段落，是后来那个可能是金泽本地出生的"中野少尉"，在日本战败后回到了金泽，随他一道回来的，就有那本民国二十六年在日本人监督下、由中国人组织人力编纂的线装的《武安县志》，共12本之多，用文言文记述，内容应有尽有，有地图，有文化政治和经济，还有民俗和文学，有历代诗人的诗，还有让我感到难以置信的许多历朝历代《烈女》们的名字，她们中有守寡50年的，也有守一辈子寡的，甚至有自杀的——我不知道为什么守寡的人会被历史书收编颂扬，再婚不就得了？书中说武安是战国白起的封地，还有详细的县城地图，还夹带着那时代画的一张人体全身穴位图，我不知"中野太君"保存中国人的穴位图何用。

故事真实结尾，就是不知哪年哪月金泽出生的"中野少尉君"——也死了，有一天，他衰老的妻子把他的遗物——这本完整版的《武安县志》送到了位于广坂街的这家我常光顾的中古书店，卖了几个小钱，7月17日，当我和欧阳在书店闲逛时，看到封皮上的《武安县志》，我眼前一亮，凭直觉我知道那肯定是件宝物，于是，我当即用3000日元（200人民币）将其拿下。

我丝毫没犹豫。交完钱后我对老板娘说这是件历史文物，是一个日本少尉65年前从中国带回来的，现在我，要让它完整地回归故里了。老板娘——一个老实忠厚的并没读过多少书的妇人，喜笑颜开地说："那太好啦，这样少尉知道了也会开心的！"

老板娘的话用惯用的中文说，一定是"少尉的在天之灵也会安息"，但我不会让他——一个手上有中国人血迹的人的灵魂——安息，我没有那个义务，我只是想抱着这一匣1937年由一个汉奸县长亲自送给一个刚刚占领了其管辖的县城的野蛮少尉的书，一时代横断面的完整化石，9月11日和欧阳从神户港一同乘海船——用它65年前来日本的方式回家。

和非人类打交道的情趣
（临走前的杂谈之四）

　　有时和人交往得非常疲乏了之后，和非人类存在交往——比如动物植物和天空上的星星，也是补充你交流缺失的法子，于是，我想我离开金泽后的若干年后，最让我怀想的，或许是这儿的蚂蚱、蜻蜓、蜘蛛、乌鸦、鹭、知了、狗熊，以及云和雨，还有星空，更有山里的竹林、水稻、远山上的树林。

　　这些都是非人类以及非物质能衡量的宝物——于那些使它们快绝迹的水泥堆砌的城市来说。在金泽，尤其是我居住的这个山里，它们是主人。它们是主，人类是客，它们多人类少，尤其是暑假开始以后；自打暑假开始的那一片刻开始，我屋外的知了就昼夜不停地歇斯底里地叫，声音非常响亮，以至于我打电话的时候被对方盘问——你说话的声音咋变得这么尖，你叫什么？！我赶紧关上窗户，说你听错了，刚才是知了叫的。

　　天闷热，知了就在夜里狂喊着：俺们热呀，俺们热呀！

　　人热了有空调，知了热了只有瞎叫。

　　这儿的知了你随手能抓，不像我们小时候，北京的知了要用竹竿黏，金泽的知了就趴在你眼前的树上，目中无人地瞎喊，我于是常动手去抓，抓住了便放，被放的知了可能受惊过度眼睛花了，一下，飞到水泥的电线杆子上，打滑落不住，掉下再飞，有时飞着飞着就飞离了树林，飞到大马路上去了，于是我就有些后悔，后悔不该从背后用人类的大手，把那只或许再也飞不回河边和树林的知了的忘我存在的状态——给恶意地打乱。

我也有倒霉的时候,前天我用手抓金大校内树上的一只知了,知了受惊边飞边尿一泡尿,尿进了我的右眼,我慌忙捂着眼睛回宿舍清洗。我担心自己的眼睛——如此雪亮却已经老化和老花了的,被一泡知了的急尿,给整瞎了。

　　还好,你能看见这段文字,说明我目光仍旧炯炯。

那些竹子、稻子和蜻蜓

我今晨又趁太阳还不太高的时候去金大的后山,我先爬山,然后去看山后的稻田,还有稻田背后的风景画似的——绿色的山。我总是这样一个人去金大的后山徒步,既然快走了,就更要去了。

竹子已经长高了,也写过了,就想忽略之。我发觉竹子和人仿佛是一样的,它们发芽时——是竹笋,是漆黑的,你对它们有浓厚的兴趣;当它们长到了一人高时,黑色的皮还隐隐地在,那时的它们是尖的,是半成熟不成熟的,你对它们也有兴趣;但当五个月后,它们真的成才,已经和那些老竹子在相貌上分不出差别了时,你再从它们旁边路过,已经不再能勾引起你的好奇了。

人的少年和老年是变化期,是诗化的,而人的中年是漫长而没什么实质变形的,就好比路旁这群分不出彼此的竹子。

于是,我的兴趣,转移到了山间的稻田。它们已经出穗子了,我抓来尝了一下,我已经能尝出——白米饭的味道,而它们在4月我刚到金泽的时候,分明还是玻璃般明亮的在水田里被主人用机器播撒的——秧苗。

成片的稻子舞动着,在齐刷刷地跳着集体舞。

它们在等待着,等待主人把脑袋——揪了;它们过不了多久,也就是下月初我登船乘风破浪回归中国大陆的时候,就会被集体收割。

于是我就在巨能的太阳依托的远山深绿色的背景下,观看稻子上飞动的蜻蜓，它们的翅膀是淡绿色，被强烈的日光涂上了一层金色，一闪一闪的，像是白日的烛火，或是彩灯的一开一合。

更有蓝色的蜻蜓，蓝蜻蜓在我身边的一根木桩上着陆，还没等我的巨掌合拢，就噌地起飞了。

最有趣的是抱在一起双飞着的配对蜻蜓，乍看像公园里一前一后骑着双人自行车的夫妇，但它们还真的就是夫妇，它们在空中尾巴对尾巴地边飞翔边做爱交配，我愤恨它们的目中无人，于是就在它们在一根稻秧上歇息的时候，我一声呐喊——我声音跟鲁迅似的，把它们给再轰回空中，叫它们没着落地在半空搂抱亲密去了。

我决不能漠视它们的蔑视。

熊、鹭、蜘蛛、乌鸦和地上半死的蝴蝶

由于受到极少数读者的鼓励，我就继续叙说和非人类打交道的故事和故事背后的乐趣。叙说和非人类打交道故事时的乐趣，是乐趣的极致，是没有什么是非，对了，似乎，是非是人群里的是和非。

前日我住的国际交流会馆的大门上贴了一幅巨大的图画，图画上有只大狗熊，说最近出去一定注意，因为这一带的狗熊们，近期也喜欢出门。

于是我在今天出门时，就极其地小心谨慎，尤其是在绕过稻田，朝再远处树丛更多的地方——出没的时候，我不是怕自己邂逅狗熊，我是担心狗熊怕邂逅我。

但今天没有。

那只蜘蛛在本人阳台上营造的天罗地网一样的窝棚，已经打搅我晾衣服了，但我这回没有主动把它的家拆除——我在静候着不久的一天的来临，因为会馆在我退房的时候要进行严格的检查，他们并不是希望我没把房间搞坏，他们担心的是我没把房间搞坏，那样，他们就必须退还我的押金。据所有前辈们说，这种检查是著名的日式鬼门关，只要查出一点点房间的瑕疵——比如阳台上有个蜘蛛网，我那两个月的押金，就肯定没了，因为房东要用我那两个月的押金——请专人来把这蜘蛛网捣毁。

和人类打交道累吧！

乌鸦和鹭在浅野川这一带是不足为奇的，你每天从河边走，都有优

雅盘旋的灰白色的鹭,不过,我从前把他们误认为鹤了,太极拳中有"白鹤亮翅"一节,不过浅野川边早晨还真有老人打太极拳。

乌鸦不在川上飞,这儿的乌鸦常站在路中央挡路。乌鸦的样子非常酷和深沉,没什么表情,像是白鸽穿上了漆黑的吊丧专用的外套——挺正式的,准备去出席鸽子的遗体告别仪式。

所以我,只能为乌鸦让路。

下山上山的路上有时常有死动物和死昆虫的残骸,最大的是带毛的,好像是狸猫,至于大鸟的骨架子,可能是乌鸦的、鹰的或是鹭的,由于只剩下白骨的架子,你分不清它们生时究竟是展翅高飞的雄鹰呢,还是优雅盘旋的鹭,还是在垃圾堆倒腾口粮的乌鸦。

鸟类和人类相同,生得伟大,并不代表死后绝对荣光。

路上半死样的昆虫,也非常多,有蚂蚱,还有大翅膀的蝴蝶,有一次我把蝴蝶捡起来,它呼扇了两三下翅膀,像损坏的飞机似的,又慢慢地腾空了,另外一只呢,我朝空中抛了几次,它都纹丝不动,它真的死了,于是我就把它唐装般华美的残骸,展平后,安放到有花草的地方了。

家里的蜘蛛、蜻蜓以及明月、星星

那天一只黑色的大蜻蜓在阳台上转悠，它老是想进来，于是我打开纱窗，它刚飞进来，我马上把纱窗关上，但它反应极快，在我关上纱窗的一瞬间，又跑出去了，我正在郁闷，它又飞回来了，我再一次打开纱窗，并迅速关上，这下我把它关进了屋里。这只大得跟飞机似的黑色的蜻蜓（我们小时候，北京人管它们叫"老贼儿"），似乎知道飞错地方了，它使劲儿用头撞墙，撞了几下，前面又猛然出现了光明的天空——那是因为我又把纱窗朝外打开，于是，"老贼儿"就再次投奔了光明。它哪知道它今天是碰到了好人。

北京的小男孩儿——俺们那个年月的，谁没有"蜻蜓情结"哩？抓蜻蜓是我们小时候的生活基调，而我印象中的这种黑色的健壮的大蜻蜓，是蜻蜓中的帝王，它们通常飞得极高，像苍鹰似的，抓"老贼儿"比抓老鹰还难，我万万没想到，那么多年后的本人又重现了儿时的故事，竟然在屋子里金屋藏娇，把一只"老贼儿"给诱导到屋子里来了。

蜻蜓是一种被人忽视的美丽的虫子——我昨日在稻田的田埂上，看着水田上被太阳照耀得像空中金鱼似的万点蜻蜓——那么想着。

说到那只把窝搭成了越南人空中摇床似的狡猾的蜘蛛——我一凑上去它就溜，我琢磨着它也真不简单，因为在它大到占据半壁墙了的网子上，有许多被它吃剩下的飞虫的残骸，比如翅膀之类的，但你细想，这个肉球似的小黑家伙，它竟然敢以飞虫为食物，而它天生是不会飞的！它是用肚子里吐出来的丝在空中织网，然后用网拦截过路的比它活动范围大得多的飞行物这种法子——觅食和生存的。

我是想说，造物主给他的子民们构建食物链时，不时有些非逻辑的——出人意料之手笔。

明月、星星以及文学

刚才漏说月亮和星星了。

由于节气到"处暑"了——日本电视上说的,平日有很多星,现在突然月亮——明亮了起来,月亮不仅贼亮贼圆贼硕大——真有万里皓月的感觉,月亮还一天比一天地把她的光芒,像探照灯似的,得寸进尺地朝我睡觉着的床铺前移,昨晚起来朦胧一看,呀,都快照亮半间屋子和本人半睡半醒的"佛面"了。

年龄逼近50的我——前50年中有1/4岁月不是在故乡和故国过的,已经不太在乎"月非要故乡明"和"床头明月光"之类的说法了,换种说法,我已经非常认可月就是月,故乡就是故乡,故乡假如不好好控制汽车的尾气,故乡的月亮肯定不会比非故乡的月亮光明的——月亮哪儿的亮哪儿的不亮让月亮自己说话叫自己的眼睛发言——这是"月亮客观唯物主义"的——说法了。

所以,我眼前金泽上空的这轮皎月,还是不掩饰她本色的明亮和纯洁。

还有这片山峦顶上晚上八九点钟时那个在北京天文馆的影棚才能看到的星空——当月亮不亮时,这片星空中的每一颗星星,都有鸡蛋那么大——这好像以前写过了,那好,就再大点儿,说它们比鸡蛋还大,像恐龙蛋。

星空既能让人神清气爽,同时,星空里的那些亿万年前发出的、亿万年后才传达到你眼前的点点的星光——也能让人类的存在可有可无和似有似无这一现实——显露得淋漓尽致，因为显然，你不知道那些亿万年前发过光的星星，现在还在或是不在，而人类的寿命如此之短，或许在没弄清楚答案之前就不再存在了——就好比那只本来就活不到秋天还马上就要被本人在退房前把窝捣毁的——蜘蛛一样。

呀，才想起来，蜘蛛、蜻蜓的命更短，它们连星星是否有无都不知道。

明月、星星以及文学之二

这次单说星空和文学。

由于快回国了,我每天都在晚上乘凉时候到复印室复印研究日本白话文运动——"言文一致"所需的原始资料,然后头顶着似天文馆穹顶般的满天繁星的夜空走回会馆,于是我,也变得像康德一样的——哲学了起来。

康德倒是没来过金泽。德国好像有一个叫作但泽的地方。康德说他最着迷的东西有两样,第一是人类心中的道德律,第二,就是星空。我对人类心中的道德律——没什么感觉,我倒是迷恋语言,因为我知道即使是非常"道德"的人类,假如不能将之用合适的语言表达出来的话,也可能显得——非常地不道德。

至于星空,本人始终是保持着躲闪不及的——深恋。因为我们永远不可能真正地了解星空,于它——我们最多是蚂蚱、蜘蛛、乌鸦或者蜻蜓,我们只不过是"老贼儿"。

我们看到的星星的光,是老光,是旧光,是陈光,是死光——因为它们从星星那儿发出来的时候,是千年、万年、亿年以前,那时不仅没有你我,那时甚至也没有地球。

其实艺术,比如文学,不也是古人、故人发出的死光和老光以及陈光吗?比如《论语》,是2000多年前叫"孔夫子"的星发出的光,比如

"哈姆雷特"的光,是400多年前从英格兰发出来的,比如曹雪芹的光,至今才传到你我的身上——假如你能看懂那部《石头记》的话。

文字的艺术——本人所定义的广义的"文学",其实是一门光学,是一门天文学,研究的是光谱和星象。

我对着被星光传播得亮得不能再亮的金大上空的穹顶,想。

张老师的评语:

在哲学理念的翅榜上展开飞翔式的畅想,扩大了我们人类的真正视野。看来,霍金的天文物理学说,断了我们人类的"天人合一"的幼稚想法。一路平安地归来兮!

金猴将用千钧棒——捣毁蜘蛛精的巢穴

今早刚走到阳台,一只漂亮的蝴蝶踉跄着飞走了,把我吓了一跳——别以为小蝴蝶就不吓人。低头,见一个黑影闪了一下,是那只肚子已经非常肥大了的蜘蛛,我明白了,原来是蝴蝶闯到蜘蛛的网上了,蜘蛛正预备捉拿它的猎物时,我突然出现了,蝴蝶和蜘蛛都一惊,然后,蝴蝶乘机飞走,也就是说,我救了那只眼看就要成为肥蜘蛛早餐的美丽的小生命,但同时,我可能,也断了那只见我推门就刺溜掉头走掉的蜘蛛精的口粮。

昨天和会馆的吉田女士商量如何退房的时候,我提到了那只在我阳台上编织巨网并想长期勾引蝴蝶上钩的——黑蜘蛛的事,她说那还不好办,你——她向我做出动作的示范,临走时把它的窝铲掉不就行了?我说那可是人家的家呀。看来,两周后我别无选择,我注定要捣毁那只黑家伙的家,也就是说,本人的差不多半年的"日本二次会",将在捣黑窝的——不典雅的动作中结束。

最后疯狂的旧书店告别秀

昨天我让小欧阳替我到那家原本我以为叫"片町",后来才知道叫"竖町"的中古书店去取那三本竹内好翻译的《鲁迅选集》,三本都是"书宝"——20世纪50年代的老书。我上周日如约去取寄存在老板娘那里的20多本书,见我拿这么多书她怀疑我是否拿得动,后来我又即兴追加了10本(一本100日元),我反而拿得动了——因为两手用力能够平衡。我总共花了6000多日元,那又让她非常地感动。她早已改变了原本对我和欧阳两个中国顾客的冷漠以及因我上次没能从裤兜中拿出5000日元书款的疑惑,她反复说着近期一直承蒙您的关照。她的态度是真诚的,因为非常有可能,我是她这半年来的最大客户——在她的书店,我至少买了10万日元的书。光顾她店的虽然也有我的指导老师杉山先生,但杉山先生马上要当第二个孩子的爸爸了,他绝不可能像本人那样出手大方。

女店主听说我马上要走了,当场非常地懊脑。

欧阳代我拿的那三本被100元处理的《鲁迅选集》——其中我今天早晨看了,有《狂人日记》和《阿Q正传》,我这所以没有亲自我取,是怕再在女店主面前突然现形,她会昏厥过去。

25日去近江町的那家比竖町书店更老的中古书店做告别秀时,我起先是犹豫了好一番的,因为我让他保留的那部大正元年的《日本国民大鉴》要8000多日元,买了它,万一9月10号在海上万一晕船的话,恐怕我将支付不起治疗晕船的药费，那样，我也许会半神志不清地回归故里；但假若我不去取那个日本人的宝贝，那宝会被遗失到日本人的手里，于是我还是去了。

老先生的书店破旧得好比半零落的等待蝴蝶飞来自投罗网的——蜘蛛网，老店主就是那只你使劲吆喝才从楼梯上下来的——老蜘蛛。书店内到处都是尘土，鼻子里充斥的是腐朽的百年前的出版物的霉味，所有的书都是鸡屎黄的颜色，其中有一本开价７０００日元被我砍到５０００日元后来还是没要，那是一本侵华"太君"写的《满洲物语》——我那次让老先生失望了，他顺口说现在的日本年轻人都不再读书了，他还感叹说现在的日本人都没道德了，我寻思了片刻，心说好像你那个时代的日本人的道德——也是有问题的。

提着那本非常沉重的100多年前的日本"国鉴"，头顶老人遮阳帽，我边用毛巾擦着哗哗的汗水，边沿着不时有灰白色的鹭展翅慢慢飞着的浅野川——向金大的方向行军。

实在走不动了，就决定到购物中心的麦当劳休息一下。喝着咖啡，我小心翼翼地搬开"国鉴"的腐朽的门面，那时的"大日本帝国"，既包括咱们的台湾，也含有现在李明博和金正日当领导的朝鲜。还有一幅彩色的"支那地图"，我一看，原来那是100多年前的中国地图，是个硕大的椭圆，比现在多的那一块，就是今天的蒙古人民共和国。

张老师的评语：
情意深长。结束，是最好的开始。

好比旋转寿司的日本首相更迭

跟踪了半年日本民主运作的本人最近有些失望，因为毕竟民主是个好东西——本人刚来的时候说过，但观察久了，日本民主的运作问题就一个接着一个地暴露出来了。近日，三个月前随着鸠山由纪夫首相下台的那个民主党的原干事长小泽一郎——相当于总书记的，宣布要下月"出马"和刚上台才三个月的现任首相菅直人在党代表会上"一骑打"——也就是两军阵前单枪匹马地对决，好比是刘备和曹操单练，谁赢了，谁就是下一位日本首相，也就是说，日本这次三个多月就要换一个首相，看着，真如同日式旋转寿司的那些小碟子似的——轮换得贼快。

日本人也有点急了——街头的日本人，他们说日本首相叽里咕噜地换，这怎么得了？那样外国人都看不起日本了！哈，俺就是其中的一个。

直选式民主的好处是大家都有当司机开车，过一把当车把式瘾的机会——至少理论上是那样的，而且，周围有至少四股力量在旁边等着，它们将导致你下台——反对党，你党内的对手，民众，你自己执政的失误。所以你开车——执政时前怕狼后怕虎，你有时什么都不敢做——你不想叫人抓小辫子，而你什么都不做，证明你无能，所以你该下台；而你做事了，就会出错——比如那个菅直人提出把日本的消费税从目前的5%提高到10%，否则日本政府就可能破产，但公众又不干了，谁想多纳税呢？于是，你的支持率骤降，也要被轰下台。

不过，这种一个媳妇"执政"八个婆婆"监督"的民主政治体制的好处，是你虽然不可能把公交车开快——你开车时阻力实在太碍事了，但你同时也不可能把车疯狂速飙到像开跑车，而且我保证，你绝不可能把公交车———猛子开进历史的沟壑。

天人和谐之境——浅野川边的最后畅想

今天还是沿着浅野川——去也是回也是——走到金泽市中心去。我发觉我那么喜欢顶着酷暑和暴风雨沿着这条其实并不是那么地秀丽的河流走来走去——每次往返都20公里,并不仅仅是因为这条河不时有飞不起来的大喘气的蝴蝶,以及灰色的白色的鹭——我今天看到了两对,我发现鹭在前后飞着的时候姿态那么像英国已经退役了的协和式飞机,脖子都是S型弯曲的;也不是由于远山的不时变换着色泽的曲线,以及河中欢快游乐着的小鱼儿;我或许是从这条并不艳丽的河想到了童年的我北京家门口的那条河,那条从玉渊潭中穿过的河,那时的那条河里,也有水草,也有鱼虾,河岸也有清点不尽的昆虫。

还有,浅野川的独特之处,是这里的人没有见了知了就想用竹竿子黏,见蜻蜓就想用网子扣,见狗熊就想动长枪,见乌鸦、野鸭、鹰和白鹭灰鹭就跑回家拿短枪的心思。这儿的人和自然浑然一体,人从不威胁昆虫和鸟类,倒是人——出门就要躲着熊走。前两天日本各地大闹猴子挨家挨户骚扰和抓挠主人的情景,电台的人也只是跟着猴子大叫着奔跑,也没人想动用武器。

人类和自然的和谐,日本现在是中国的老师,早几十年现代化了的日本提前达到了天人和谐之境——尽管日本人有时不善于和别的人类和谐着过日子。

最后一次被金泽市政府公务员接待

哦，忘了说去市里干什么了。

一是去市役所——金泽的市政府大楼去办理外国人离境前的手续，比如注销保险之类的。金泽"县衙门"公务员们办公态度极好，北大来的几个学生都一致那么认为，都被公务员们良好的态度整得非常不好意思和极其地拘谨。比如今天我问一个女公务员在哪儿办理外国人保险注销，一般她说不是在她那儿办理也就行了，她竟然站起身来先向我鞠躬，说真不好意思，由于我坐的地方不对导致你找错了地方，我连忙说那绝对不是你的问题而是我自己犯的错误，接着，女公务员就从她的位置上走到我站立的地方，说我带你到你真正应该去的地方吧，然后，带我来到正确办理地点，那个地方有一个电子排号装置，女公务员说您不知道——她一直在使用着特别拗口冗长的敬语——您该先按这个按钮取号吧，真不好意思让您这样地迷惑，这真的都是我们政府工作的不是，然后她帮我把号按好，是第40号，刚显示出来，40号就被叫了，说明另外一个公务员正殷勤地等待着我过去。我过去之前，温文尔雅的女公务员说您可能不再需要我的帮助了吧，我说不需要了不需要了，她说那不好意思我就先回到我办公的座位那儿去了。我说那，你就先回去吧。

我赎回了最后一件日军从中国带走的文物

从市政府出来，去广坂中古书店，也就是我淘"书宝"的那个地方。店主老大姐见老主顾来了非常热情，我说上次我买的那套影集不是中国末代皇帝溥仪的，而是你们明治天皇裕仁20来岁时的照片。女店主说，呀，他以前咋长那个样子？我说20世纪80年代在东京的皇宫我在你们国家的国庆日那天见过活着的昭和老天皇。女店主想了半天，问我：日本有国庆日吗？

我原来想把上次淘到的那本有可能是日本皇室的绝版影集送给金泽大学的，因为国内大学对一个侵华总司令的家族照片不会感兴趣，而我，也不想把它放在家中的卧室，那样阴气太重，本来我家的阳台就因为马路对面盖楼把刚阳之气挡住了不少。一位老姐姐说你还是留着吧，那兴许还是个文物，于是，我就决定把它带走——当然是乘坐9月10日从神户港出发的船。不晓得那艘船结实不结实，电视上说冲绳海域正在刮着巨大的台风。

女店主说她生于昭和15年，都快70岁了，我说真的不像，我头发都白了不少，您都快70岁了，还一根都没有。她说白发都让她揪下去了，我看她头发并不少，兴许没揪的时候更多。

我说我们几个从北京来的都说金泽这儿民风好，人实在，并说我们都不喜欢京都那边的人，女店主说你说得太对啦，京都那边的人极端地冷酷，说的和做的从来都不一样,我非常惧怕那边的人,还有,京都那儿虽然是历史古城,但在那儿发生的历史故事都是黑暗的,你去时感觉没感觉到,京都的晚上有鬼神出没?我说上次去没碰到,下次去我一定小心。

终于进入最关键的话题了,我询问女老板那个中野少尉除了上次我买到的三件文物,1945年还从中国带回了什么来吗?她说没有了。我挺失望没别的好买,就把一直放在外面卖的四册古装《论语》订下了,那是一部非常少见的还没有点标点符号的《论语》,上面的标点像是曾经书的主人尝试着点上去的,密密麻麻。我刚想走,女店主说对呀,这四本书也是中野少尉夫人送来的。我听后大喜,再一细看,只见《论语》的第一段有"丹阳"的地名和人名,假如它是从那个叫中野驻扎的河北武安县带回来的,那么这四本带着不规范标点的《论语》,最晚,应该是民国早年的文本,十分可能,它们是晚清时期的宝物。

张老师的评语:

没有标点的一部四卷本《论语》,确实很稀罕。丹阳,在镇江附近。那是一个很古老、很有传说的古镇。坐船,能望到浩瀚的大海!太惬意了。

为什么日本是个动漫大国

这个问题我来日本后一直在关心着。女儿叫我买的几乎所有礼物——都是和动漫有关的,我曾经试图让她放弃动漫而读些中国的古典,比如《水浒》什么的,但动漫的吸引力实在是太大了。另外,和我一同来日本的几个80、90后,管我叫"大师兄"的,也都是动漫的后代——他们不听父母的,而听动漫的;所以,我抱着一定要把动漫——我们那个年代叫"动画片"的东西搞明白的决心,关注起日本的动漫来了。

前一阵子我有了一个发现,就是中国动画片曾经也风靡过日本,几个中日友好人士在谈到他们年轻时候看中国的《草原英雄小姐妹》和《大闹天宫》时的神态,就像是回忆着自家的经典,所以说现代动漫的制作的风靡全球,其中也有着少许的"中国因素"。但这20多年,中国的动漫业停滞了,日本的动漫成熟了,其中的缘由是什么呢?每天看着日本电视中的动漫,我费劲琢磨着答案,起初还边看边思考,过不多久,就把思考的事情给忘了——我也掉进动漫的情节之中去了,我赶紧提醒自己千万不要在50岁的年纪看5岁的东西,但没过一会儿,就又看进去了,所以我决定提前回国。

其实,日本的几乎所有电视上的节目——你仔细看,你深刻想,都有动漫式样的特征,经济的,家庭的,国际政治的,做饭做菜的,体育的——所有的与生活相关的,比如政治人物刚一出场,屏幕就播放他的过去,人还是真人,可介绍的旁白——就已经是动漫式的,阴阳怪气,像说动物故事的语气。其实动漫的英文名字 animation 的词头,就是 animal 的 ani,那个动漫的"动",并不是"动画"的"动",而是"动物"的"动",你这么一理解,其实日本 20 年就变为动漫大国的谜底就揭开了,那就是我昨天写的"天人合一",就是对大自然的彻底保护,就是人和动物同居——我住的金泽市尤其是金泽大学所在的这个山头,就是人声和自然界的蝉鸣和风雨的抽泣声不分伯仲的世界,就是一个大自然交响曲的演奏场。还有骨子里,我以为日本这个国家还是个农业社会,农田山川和散居的人类以及各类齐全的物种,被那条原始的上天的生物链条拴在一起,几乎没有断裂的局部,其实你想,物种的链条是绝对不能断裂星点的,比如我阳台上的那只再过最多五天就会被我把家园捣毁的黑蜘蛛吧,它吃的是偶然从阳台上飞过的蝴蝶,所以,它生存的条件,是无限量的蝴蝶的——不被灭绝。由此类推,只要我阳台上的那只蜘蛛还是健康的,那么,它前后必须有成百上千的林林总总的动物昆虫和植物,其中也包括猴子和人类。

从一只阳台上"厚黑"鲜活狡猾但生命力不可小觑的蜘蛛,伴着下半夜满天灯泡大的星斗,听着仅隔着一堵阳台薄墙的外面的交响曲般发出千万种奏鸣的——动物世界,我想到了动漫产业崛起的三个根本要素:其一为人和动物的——浪漫共舞,其二是在工业化后仍旧不远离"农心",其三是思想上无暗示的不自由,充满无拘束的想象。

算是结语吧,童心未泯和思想的自由,同时,把人放在生物链完整保存着原状的大自然中,让人和大自然的一切都不失天然的天真,是把"动物漫画"玩耍起来的——几个先决条件。

"日本二次会"的几段结语

由于下周二就和欧阳坐夜行车去大阪,然后到神户,然后穿越日本海,伴随台风,抵达天津,最后回到北京,所以这本收集浅野川的河水而汇流出来的文字,也该断断续续的——打上休止符号了。

前日看日本电视台说台风的新闻,挺玄乎的,用的是动漫的描述方法,台风有50米高,像澡堂子里的水受了惊,在日本海那片海域乱窜。听会馆的吉田女士说,台风相当难预测,一般知道要刮台风的时候,船都已经在深海中行驶了。所以我的这本重返日本的集子的尾声,刚一下笔,就感觉到悲壮了。

长话短说,和25年前我在驻办东京时候(我那时是个20岁刚出头的国家22级别干部,我做的工作是研究日本商情)相比,今天的中国和25年前的中国已经大不相同,虽然不喜欢用什么GDP说事情,但它是一个国家经济总量的度量,今年中国的GDP超过了日本,这无疑是本人25年前没想到了,是个历史性的奇迹,打个比方,你能预测25年后朝鲜的经济总量——超过韩国吗?在平壤大阅兵。但凯恩斯的扩总需求的经济理论(凯恩斯的法子是先把钱放在罐子中,叫一帮人埋到地下,然后再让另一帮人去挖)还是有一定道理的;今天的日本就是个例子,日本的GDP老是零增长的原因,就是日本人干活太玩命太认真太死心眼,第一拨儿埋罐子的人一埋——就把罐子深埋到地下1000米了,或者是他们自己先埋了又自己挖出来了,所以第二拨儿人就没活儿干了,失业就产生了,于是政府的负担就重了,于是社会就危机了。

我是想说,虽然中国人盖完了就拆,拆完了又盖——由此内需一年年地扩大,由此浪费了自然的资源,但从经济本身的规则来看——中国的这种做法不乏有利之处,难怪有一个日本记者站在卢沟桥头感慨今年是日本的"经济战败之年"。对此,本人——这个知道25年前中日差距有多大的曾经的"经济官员",如今在金泽大学图书馆中像早年在东京细读分析"日本经济新闻"一般研究比较文学时还是感触颇深的。

中国经济的活跃程度远超日本,而且,由于贫富差别巨大——另一部分人想由贫到富的冲动也远强于日本,不公平从纯经济的观点看并不是坏事,是一种水流动的势差,所以,中国在未来的100年里,我预计,会不停地"折腾"下去,会不停地游动和流动,会不断地做腾空的翻越,而日本呢,却提早进入万事俱备的中老年状态了;拿满脸青春痘生机勃勃的"大中国青年"和一个养尊处优的"日本小老人"相比,未来的100年中国将处于强势和攻势,而日本将处于守势和弱势。今年是日本建都奈良"平成迁都"的1300年纪念,那时为日本定调子的是中国的唐朝,所以有日本知识界人士说今天的中国和日本的关系,将又回到当年的大唐朝和一个周边小国的关系。对之,我是赞同的。

我不是在瞎比喻,我是从日本的媒体收集来的——情报,老本行嘛。

今年的确是中日在亚洲角色扭转之年,也是日本人重新认可庞大的中国、想重新在亚洲寻找自己定位的——我看算是"元年"吧。上100年日本一直把自己定位为亚洲的西方人,想"脱亚入欧"。从今年开始,重新回到亚洲成为一种新的心情,但一个从前老在邻居那儿打砸抢杀人放火的坏孩子如何能被好孩子们接纳并带着他玩——却是个问题。

"日本二次会"的几段结语之二

25年前我作为或许是中国第一个在日本大企业实习的青年,完成了6个月的三菱商事的学习之后,回到东京的"廖承志办事处"(或称"中国大使馆别馆"),我上班后做的第一件事——除了白天玩命拖办公室的地和搞"商业情报"之外,就是写了一本数万字的"实习报告",没人要求我写,我自己想写的——就好比这本《日本二次会》。

"二次会"其实是个日语词儿,是晚上同事们去聚餐,聚完餐后再找个地方喝点什么的意思。

在25年前的那篇后来并没什么人关注的——也包括本人自己——"实习报告"中,我记得我给当时的日本的定论,是"有礼无德的国家"。给一个国家制作一顶定性的帽子,其实并不太容易,比如小布什把人家几个并不比美国更无赖的国家,说成是"无赖国家",说完后,就用无赖的军事手段去打击人家。

25年过去了,我第二次在这个国家小住数月,我再一次地想给它制作一顶帽子,比如还是"有礼无德"之类的,就感到为难了,因为作为参照物的我的故国——中国——和25年前大不一样了。我才想到凡是给另一个国家定义,心中都是有一个比较的对象的,比如小布什说伊拉克和朝鲜"无赖",他的参照标准是美国,但假若用被绞死的萨达姆和金正日同志的标准和尺度,那么最"无赖"的,无疑是美国了。

我是想说 25 年后的中国和日本都变化了不少，整整一代人，都退役了——比如我和我原来东京中技公司的那些个老同事们，还有当时和我们一同搞"中日友好"的中国人和日本人，记得那时有一条叫"中日友好之船"的船到日本访问，带队的，就是早先专门打日本鬼子的王震老将军，至于本人和王震老将军曾经单独一起——就我们两个——上厕所，对于熟悉"齐天大"的读者来说，应该不用再做说明了。

我其实是想说，25 年过去了之后，现在的日本人的礼仪竟然还和 25 年前的一样讲究，对比日本，中国本来是个"礼仪之邦"——我上学时教科书上老那么说，但 25 年过后我们的礼仪并没有恢复过来。"德"呢？从前的日本在我的眼里，的确是个"缺德"的国家——注意，我并没说日本在国际上，我只说他们国内，国际上岂止是"缺"——比如那时的日本人非常地色情，有红灯区，那时的中国没有，比如那时的日本非常资本主义的，人人说钱的事情——我们是做生意的嘛，但那时的中国，除了深圳那边在街头上倒卖电子表的和北京开出租车的"万元户"，人们并不太关心钱的事儿，那时女子心目中的"好男人"，只要是党员就行，党员没房子，照样是"好男人"。

我真正想说的，是现在，日本的礼——春秋的礼，战国的礼，大唐的礼，咱们孔老夫子创造的礼仪——在新一代日本人这儿，令我不可思议的是，竟然能和动漫同在，有礼的维系和呵护；道德——俺可还在说着日本人自己之间啊，就称作"内德"吧——并不比国人的水准差。

日本该以史为鉴，中国治国，也能和邻国对比，客观和概括地对比，结果很有"意思"，那就是 25 年后，中国赢得了伟大的 GDP，日本输了；同时，日本没把从中国学来的礼仪丢掉，而中国呢，德——总体的水准，不能说是彻底地丢失，比如素质可能要高许多，但宏观的社会普遍的传统的"德"，却和 25 年前和现在的日本——几乎没什么异同。

应该恢复周礼——"日本二次会"的几段结语之三

哈哈,你肯定会嘲笑我开出的这个药方子,但这个方子可不是本人开的,是孔子开的。

当你看到周润发演的《孔子》,晚年后对着鲁国的国门行跪拜大礼,一个中国最最智慧的人,会纠结跪还是不跪那一膝盖之间,就明白"克己复礼"的确是孔子精神的内核神。

"礼治"的本质,其实是在人好争斗的动物性之上,加了一个套子和嚼子,叫你咬人前多费一道程序,你每天都要重复地感受到那个套子或嚼子的存在,让你下嘴前迟疑一下,久而久之,你咬人的频率就低了,你就不想咬了,你就不咬了,你就咬不动了——

你就从野蛮变文明了。

原本形式上的东西,最后改变了人的本质。

好比宗教中那些个我们永远不懂的教义。

这,25年前我的确没有想到。但25年后,我仿佛在日本尚存的、尚没有被工业化、股票化、货币化花样无穷的所谓——现代、后现代、modern、post-modern的物质化元素侵蚀腐蚀和溶解掉的——语言和行为举止中无所不在的礼仪——从孔子那儿,从唐朝那儿,从明朝那儿,甚至从民国时期那儿——学习到的,我从古老的东方独特的亚洲独有的礼仪当中,似乎闻到了听到了看到了——能化解中国现代化商业化焦虑的——祖传偏方?

可能已经晚了。

礼,"礼仪之邦"的礼,在战争中,在"文革"中,在商业大潮和腐败大潮中——已经不见了踪影。

那么,中国人——没有宗教的,又没有礼仪做"隔墙",直接和现代化工业化物质化的元素——赤裸着拥抱着的我们中国人,在精神上,很可能就成为全世界最悲惨的——精神牺牲者、被迫害者和苦恼者。

工业的科学本质——应该是非动物化的,是冰冷化的,比如汽车,比如电脑,比如CCTV的"大裤衩楼",而那些,难道不需要人性的动物性的,自然性的,原始性的,和风细雨的——"非物质"的元素作为润滑液和隔离体,让人能半推半就,半裸半不裸,半贴身半不贴身地——和它们共舞共缠吗?

那其实,就是人类的传统——就是大自然之中月亮,星星和蟾蜍。

还有礼,孔子的,笨拙却智慧无比的——礼。

本书小结局：外星人来偷我种的白菜了

非常不情愿地，这本书以这种无奈的方式结语，原因是前一篇文莫名其妙地，被一个"外星人劫持"，被"隐藏"了起来；人还没回国，还在为台风的事情犯愁，"外星人"的小爪子，就来偷本人在博客上种的白菜了。

可见在故国做文章，是件费力不讨好的事情。

我甚至非常疑惑，外星人是否已经满大街都是了。

前两天没白天没黑夜的，在浅野川上行走，走一步，我一回头，我在向后面的山——这一会儿是墨绿颜色的，行着临别的礼，还有川上站着的那只灰色的鹭，那只鹭的头昂着，高高地昂着，它与世无争，而世界呢，也不争它的什么。

本人已经做出了最后的决定，就是明天从金大的国际交流会馆搬走的时候，不去捅那只黑蜘蛛在阳台上的"黑窝"，我宁愿为之付出"沉重"的代价，无论如何地沉重，也不会重于台风吧。

我宁愿让别的——更黑的手去捅它。

反正比本人的手黑的手——这时代多的是，比如熊掌吧。

张老师的评语：

浪漫色彩的丰富想象力中，隐藏着哲理。

回京后和金泽大学小张的通信

泓明，你好！

谢谢来信，你说的情理兼备，对我非常有启发，不愧是老编辑了！

我目前正在整理在金泽写的集子《日本二次会》，等整理好了就按你的思路做整体文集的梳理吧。我原来的思路是"闭着眼睛写书，20部为极限"，现在20部的目标已经完成了，有机会就零星出版，然后出文集。

至于市场，我正好和现状的"市场观"持相反的态度，由于浮躁是这个时代市场的特征，我真的迎合了，正说明我的作品是浮躁的短命的，我在给后代人写书，所以不太在乎本时代人的感觉。当然，这不纯粹是空洞的理想主义，商人出身的我自然懂得如何取悦我心中的读者。

知道法国人写的《追忆似水年华》那套大部头的书吧，我近几年的百万文字就大致按照那种写法把每年的大事记连续记录，现在已经完成了六部。我想无论如何在我有生之年让其面世，评论嘛，本时代人心太浮躁，我不寄什么希望。当然，哪个出版社有那个眼光，我只能碰了。如果无望，我会陆续把它们自费出出来。

啰啰唆唆。祝你学业顺利，打工注意劳逸结合。不过年轻人能打工自食其力，本是叫人敬佩的。

齐一民

揭开历史媳妇的面纱
——闲聊新版《红楼梦》之一

我刚想到新版的《红楼梦》，就联想到咱们这群人——尤其是写书的人，都挺累的，从500年前曹雪芹那时，就因为躲避自己写的东西被电脑"隐藏"——而采用影射和曲笔，就是不能想说什么就说什么，就是必须把"真事隐"，就是究竟想说什么——非要400年后的人去揣摩去瞎猜，于是就诞生了所谓的"红学"——以胡适、刘心武老师们为首的，我是想说，我真想说的，假若我们这个"大一统"的民族没有那么多的禁忌——从500年就开始的、从曹雪芹到鲁迅的再到"该文章已经被隐藏"的，假若，《红楼梦》里把想指的"桑"，就明了地说成了"桑"，而不必要说是"槐树"的话，刘心武老师——500年后的，也就没必要著大书立大说，说秦可卿是谁的谁的——原形坯子——之类的话了罢！

不自由的表述被后人再万分自由地诠释、你猜我我再猜你地——如此世代轮回，就成为咱们这个古老民族特别喜欢的文字谜藏，也就是说，此100年的"真实"要从下100年人的揣摩猜测中去猜测，留下的结果，就是这100年没留下真话，下100年又没留下什么真话，一拨再一拨儿，到了，可就从没有什么真的真实了——毕竟隔着岁数嘛，就虚了，就空了，就"好了好了"，就像是贾宝玉好容易揭开了历史媳妇的盖头，露出的，是他不愿意看到的宝钗的脸，一张虚伪的伪善的不真实功利化的脸——到了历史的面纱下并没有真实，有的，最多是对真实的猜疑和失望。

咋越有钱越没钱拍《红楼梦》了
——闲聊新版《红楼梦》之二

新版《红楼梦》起初看着不太好，但看着看着就比较好了——可这时已经接近尾声。起初看着不好，一是因为头饰别扭——那些主角儿的头发都是假的，都跟黑窗帘穗子似的，虽然曹雪芹没说清《石头记》究竟是明朝还是宋朝，但无论是哪一朝——人的头发终究还是人的头发，而不可能是窗帘。再有不好的就是演员的年龄了，比如姚笛演的王熙凤年龄太小了——老长不大的样子，样子不大也就泼辣不起来，20 岁妇人的泼和 30 岁妇人的泼毕竟不是一种泼法，20 岁人的媚——也不能是 30 岁人的媚。还有就是演王夫人的归亚蕾——她已经是 60 岁的人了吧，60 岁的人再稚嫩，也不可能稚嫩到给 10 几岁的贾宝玉当娘呀——那样她非要 50 岁上生产宝玉——当时的医学没有那么高的水准；再有呢，就是演贾母的老太太的"狠"劲儿了，这个贾母可没有越剧版的《红楼梦》和 87 年版的《红楼梦》中的达观和大气，恶狠狠的，或许我们这个时代——也有股子狠劲儿了？

这次拍了一回看了一回，除了老演员们，没留下一张有性格的演员的脸蛋儿的印象，比如贾宝玉的比如薛宝钗的，无疑是一大败笔，主角儿一会儿一个，像竹子样节节地窜出来，面孔都非常相似，一眼看上去，像是三个林黛玉和四个薛宝钗同台，每个都没有进入观众的心窝子，成为记不住忘不了的人物，没特爱上谁也没特恨上谁，那么整个剧自然会被飞速地——从人们记忆中散发。

87版你即使记不住剧情了,但一个陈晓旭,就被疼爱了一个时代。

剧里大段大段的道白,也是第一次在电视剧中看到,像是在创新也不是在创新,因为你换台看一眼《新闻联播》,用的也是那种表现技巧。都有点儿像记录片和科教片子了。呵呵。

李少红导演的苦衷一大堆子,第一就是不能说想让什么人演什么就叫人演什么,那不完全由她说算的,好像是要投资人来定,由此可以推想,原本少红导演或许是想让那个演贾母的演员——演王夫人,想让归亚蕾——演贾母的,要不就是想叫姚笛饰演贾母。导演没全权决定演员的角儿,就好比做川菜的厨子原本想往麻婆豆腐里放辣椒,老板说不行,你得放我的白糖,所以做出来的菜——往往是拔丝豆腐。

还有,少红导演在"诉苦"时,老是说什么没钱啊,什么投资人非要想要回报什么的。1987年中国没钱我信,但2010年的中国都世界经济老二了可还是没钱拍《红楼梦》——中国的《情感圣经》——我倒是怀疑了,那么多慈善家咋不捐点?还有,说到回报,曹雪芹想当初若是想到"回报",就写不出来《石头记》了呀,所以拍一集想着回报一集的钱,拍着拍着,就能把回报曹雪芹和回报《石头记》,给淡忘了。

"国庆"长假去延庆小住

由于本学期本人的工作就是读书和写论文外加准备资格考试,为着这份工作北大还发给我们每月2000元的助学金,不好好读书仿佛挺对不起北大和国家,所以平日能不外出就不外出,所以"中秋"和"国庆"长假于本人,也就是在家中——换一个姿势看书而已。但,还是在"国庆"那天的下午出去了,到延庆13中老同学"老季"的"太阳园"别墅——和老伴一块儿——借住了一宿。"老季"家前一次去,都是近10年前的事情了,那时他家周围的树还都是小树苗,"有苗不愁长"——那句话于他家周边的树和我们两家的女儿——都是一种道理,所以树长成了树阴,我们两家的女儿——也长成了少女。

老季家最让人羡慕的是900平米的院子,院子中的果树是老季的杰作,其中有一棵叫作"西梅",果实是紫色的,小拳头似的,挂在那儿像是一棵棵的小手雷。能在自己的土地上耕耘耕耘是现在城市贵族的一种闲趣和一种奢侈,你看"太阳园"几百家庭院中的那些个葱,那些个西红柿,那些个茄子和白菜,种的都跟农民亲手种出来的似的,但真正小区里的农民,却变成了小区的保安。"太阳园"的保安10年前非常有特点,他们个个精精神神的,头戴法式的"贝雷帽",特种兵的感觉,随叫随到,四处巡逻,但这次去,"贝雷帽"就基本看不到了,只是在别墅的大门那儿零星的几个保安在有气无力地看门,老季说是因为有人常年不交物业费,于是呢,那些原本是当地农民却戴上法式军人帽子的保安——10年后就又变成了农民。

"心灵飞鸿"的评语:

10年的位移、回归,太阳还顶在农民头上,只是回归了的农民,赖以生存的土地越来越少。

"张金俊博客"能否续写

明明中秋节的时候张老师还到我的博客上问候来着——那个"张金俊的博客",可突然袭来的脑血栓就把张老师按倒到北大医院的病床上了,我是想请张老师"国庆"吃饭的时候知道那个消息的,知道后就去看他,我于是,看到了那么健强的他在病榻上的那付仍然慈爱仍然有若干顽皮却有了几分不由自主的病容:张老师是上周临睡前突然被老伴发现只会笑而说不出话来,十万火急地送到医院的,一诊断就知道是得了血栓,然后就是用药液输疏通那个"栓",然后就是记忆的逐步恢复:先是想起自己的名字,老伴的,家里人的,家外人的,来人的,去人的,以往的,再以往的;我去时,他拉着我的手,先想起了我的名字,然后想到我是从一个叫"金泽"的地方回来的,然后,还记起了他的一个博友——我的同学他的学生"不值一文",但至于"不值一文"的真实名字,他就记不起来了,但他能记得住唐诗,他一遍遍地背诵着"巴山夜雨涨秋池"——至于巴山是在四川还是在重庆,张老师就恐怕记不起来了。我记起来了,那首诗,是张老师32年前在13中的语文课堂上写到黑板上之后,我才知道的。

张老师的老伴我还是第一见到,我们只听说20世纪50年代时他和她在地质学院相恋,但学校反对,于是一怒之下张老师就和老伴双双退学,然后又一怒,又考上了北京师范学院文学系,也就是说他先学的是地质,然后才学习语文,也就是说他和她假若当年没有那场恋爱,听张老师的课,我们要去地质学院。

张老师的老伴说他是捡了一条命,万一哪天他先睡过去然后再栓塞,那么就或许在睡梦中睡过去。看着病床上的他,老伴说他真是命大,可能是因为他帮助过不少人,老天爷才把他从死神那儿拦了一把。我想在张老师帮助过的人中,当然也包括了我自己。张老师还在老伴的指导下做手指的恢复训练,就是先伸一个指头,然后是两个,一直到5个,我想张老师哪天能把第6根指头的功能也恢复了就能够痊愈,玩笑。

老伴说张老师想恢复一切的欲望极强——无论是他清醒时还是不清醒时,他那天知道自己的神经中枢"死机"了之后,虽然说不出话来了,但他凭靠本能的意志在病榻上躺下,听从医生的摆布,之后的几天,他也那么凭本能一点点和血栓顽强斗争,我思忖着,那就好比一台电脑,只要硬件还好,只要硬件不放弃,即使主板中毒了,只要还有一点残留志向,电脑终究会软硬同时地——恢复正常工作状态。张老师身体的"硬件"极好,年轻时他曾是北京业余拳击冠军,在街头差点失手打死过坏人;张老师的软件都使用73年了也性能极好——你只要打开"张金俊的博客"就知道了,他能把那么多年前发生过的事情用那么激情不减的热忱外加罕见的细节描写给复写出来,把当时的场景和感受那般真实地再现到你的眼前,所以,我相信,只要"有信仰,有梦想"(传销训练时的口号)——张老师的思维恢复到"死机"之前的状态,是个指日可待的事情。

我想最让他放不下的——除了老伴,可能还是他那个"张金俊的博客",那是他那从去年开始下种开始耕种并开始收获的20世纪60—70—80年代的记述,他完成了《苦途》和《外调启示录》两个部分,他还有那么多的故事要说,那是他生命的痕迹,是他独有的《追忆似水年华》,

那些真实的故事被他用罕见的真诚和这个时代恐怕没人能写得出来的优美笔法一段段地诉说，一章节一章节地叙述，那项工程的停顿，是他记忆万一出现空缺黑洞的话，最不可挽回的损失，所以我观察张老师在床上卧着像个孩童似的给周围的人讲着谁都不知其究竟的故事——说书人似的，那个他，肯定在强行恢复着自己记性的功能，他多想续写他的博客，哦，不，他那么想续写他个人独有的"时代情感史"。

我想，张老师还有一个念头，就是能和刘心武不停地"叫板"下去，大作家刘心武"文革"期间也是13中的语文老师，他俩人对桌坐了10年，刘心武说他写的《班主任》的原形就是张金俊老师。张老师从去年才在文学创作上"晚年出道"，但愿，老师能从突然的昏睡中苏醒，清醒，清楚，不糊涂，然后，再接着快马加鞭地接着和刘心武老搭档在"文墨苦途"上的比赛追逐，我更想说的，是万一张老师地因记忆不能彻底复原而中途缀笔的话，那么将是一场厚积薄发却被苍天半途戛然中止的——文学上的悲剧。

"不值一文"的评语：

我人生之路启程于张老师的课堂。遥遥千里之外，愿老师早日康复。

"心灵飞鸿"的评语：

愿张老师早日康复！真诚执着，引领我们向前的这位古稀老人，是我们的精神领袖。唯有以同样至诚的心，为他祈福！

向病榻上的老人致敬！

生命，对于我们万般重要；生命，让我们与这个世界成为一体。可是，生命应当怎样度过呢？永恒在文学作品中：当他回首往事时，不因虚度年华而悔恨，不因碌碌无为而羞耻。

在现实生活中，他如我们的父兄师长。他用自己的言行，向我们昭示着：生命不息，圆梦不止。他是博友齐天大的老师，他是我敬仰的一位热爱教育、富有爱心的退休教师。他就是刘心武笔下《班主任》的原型——张金俊老师。

他在 2009 年 8 月 22 日开博时，已是 71 岁高龄。他勤奋好学，笔耕不辍。截至 9 月 25 日，已撰写 182 篇日志。他以细腻清新隽永深邃的文笔，"书写了自传体《苦途》和《外调启示录》之后，又为读者奉献出了同样记录和捕捉时代、气息的新文章《"五七"干校断想》。我们不由为作者的不眠热情，还有他心中的烙印而思索。相信那个时代 那一批见证中华民族辛酸与荣辱及斗争历史的人们，在他们的梦萦里一直在回绕着不息的火焰。"（摘自"我想与你一起飞翔"9 月 6 日评论）

在张老师的文字里，了解过往，感思人生。每读他的文字，都仿佛在与一个智慧老人促膝谈心。他的文字，如史诗，如画卷。

他有一颗诚挚的心，身已古稀，却常常关心关爱他人；身为长辈，却多次留言祝福问候，多次在我浅陋的文字后，写下激励赞许的话语，都使我感恩、感谢、感动。

中秋节还看到张老师送祝福的身影，可是现在，他突患血栓，躺在病榻上，在齐老师的日志里看到，他已恢复了些记忆，正在做着康复训练。有父兄师友般慈善真诚的张老师，如灯塔般照亮前行之路，真好！

在此向孜孜不倦、书写人生的张老师致以诚挚敬意，送上至诚祝福：

祝愿早日康复，继续博客之旅！

我坚信张老师会恢复记忆，恢复健康，也会再继续他的博客之旅！

坚强的生命，定会创造奇迹！

"水月禅心"的评语：

我一直很景仰张金俊先生，他为人忠厚善良，他的博客使很多年轻人了解了他亲身经历的那个年代，且文笔极佳。祝愿他早日恢复健康。

"收集每一颗晶莹的雨滴"的评语：

我是通过您的博客知道张老师的博客，并且一直在断断续续地读他的文章。问张老师好，盼着他早日康复。

> 小陈来电话说：齐先生，我告诉你一个非常不幸的消息

　　小陈昨天来电话说："齐先生，我告诉你一个非常不幸的消息！"我心一沉，问她怎么了，她说她帮我打字的那台电脑的主板坏了，可能修——要花300元钱，我说那——就修吧。小陈这几年常帮我打手写小说的稿子，所以说话也多少有点小说的味道了，语不惊人死不休；一般"非常不幸的消息"是指国家领导人逝世或股票市场崩盘或探月卫星刹车失灵之类的，300元钱的"不幸"，可能价钱低些吧。她正在帮助我打的，是那本我在金泽写的《日本二次会》，其中有几万字的稿子是手写的。我想或许小陈打字时的手劲儿太大，就把电脑的主板给打坏了。小陈原来（10年前）在我开的公司里是厨师，天天给大家做午饭，小陈拿手的是川菜。那时每天来大吃大喝的不是我们的员工就是北京建材市场中的小老板们，现在他们都破产了。

　　电视剧《女高男低》今晚播完了，主演是刘佳、巫刚和汪裴。我一边看一边对老伴说咱们家不也是"女高男低"吗？刚说完第二天老伴就到泰安开重要的医学会议去了。剧中女主角是副区长，男主角是副科长，都在"平海市"（大连市取的景）的一个区的同一个办公楼上班，也就是说妻子是丈夫的顶头上司的——上司——中间还隔了两级哩，于是矛盾和故事和新鲜事就出来了——因为晚上在枕边说话可不隔着什么呀。在语言大学工作的那几年里我的几任领导都是女同志，即使在金泽大学

我也是给女老师当助教，所以说明"女高男低"已经非常普遍了。当然，在个头上实现"女高男低"——女性还要努力几个世纪——那要重新书写一本《物种的起源》才好。

今天在张老师的"北大病房"来了一位13中的现任老师，他说他对30年前的我——还有点印象！他拉着张老师的手劝诫张老师："今后千万别再忧国忧民啦！你生气有什么用？你以后多看看影碟什么的就行啦！"那语气仿佛张老师的血栓是忧国忧民忧出来的。我也符合着说是呀是呀，连我都不忧国忧民了，我也快半百的人了，谁在我家门口开枪我都不在意，只要别进我家打我就行了。我哥上两个星期从美国回来，他说他家附近的那个纽瓦克机场有人坐得好好的，就被一颗流弹给打死了。1990年我们到纽约上城的朋友家去玩，想坐在窗边，朋友就说最好别坐那儿，因为有流弹。美国正闹着"茶党"（Tea-Party）。这个"茶党"的来历非常有趣，是早先反对英国人给茶上税的，是个"抗税"的组织。我哥还从外面拿回来了一块特像黑砖头的茶叶，老父亲见到后想扔了，劝阻后我把"砖头"砸碎了喝了几次发觉味道太浓也想用那块黑色"砖头"砍人，今天找到一个懂茶叶的一问才知——它就是普洱茶。普洱茶前些年被炒得比黄金还贵，之后才是绿豆、大蒜和韩国的天价大白菜，哦，现在比黄金还贵的茶叫"大红袍"了。

几天来分头在颐和园中跑步、在天坛读书和在景山爬山。我身挎"老干部便利包"——老娘单位发的，里面有一张"老干部信息卡"——怕走失、摔倒、休克填的。我填了自己的真实姓名和真实年龄。于是我就放心地肆无忌惮地在颐和园跑步和在景山爬山了。我发现景山今天有一个吹号的中老年男子管子乐队，吹得非常地专业和整齐，把半个公园吹得山响，在吹《雪绒花》时把一家子老外都吹过来听了，而且感动得很。我仔细看其中只有一件乐器本人能操练，就是那个用两个锤子打鼓点的，一手一个，锤子里好像都是沙子或者绿豆，要起来哗啦哗啦的直响。

智利矿难大营救以及人和地球的关系

上星期最令全世界瞩目的是智利人把33个深埋在矿井下70几天的矿工给营救上来了,他们被困的地方离地面竟然有700多米,他们上到地面第一个和他们拥抱的,是他们的总统。人和地球相比毕竟是渺小的和短命的,而且是"偶然"的;人的偶然是我们都"偶然地"来到这个世界——作为一个动物,然后我们又"必然地"离开——别管你想,还是不想,而地球呢,人家注定是离开了我们这些动物,还依然存在的,存活的。还有一点,就是人一旦和地球单独地打交道,就会"去符号化",比如假若那个智利的总统,他被单独地埋在700米深的地下,他以前再怎么是总统,他那时也——不再是总统了;他之所以是"总统",是因为他在地球的表面,他四周有让他"被总统"的人。

有些智利获救的矿工们接下来要进行的战斗——比深埋在海拔负700米还要艰苦的,是调节他们的妻子和他们的情人之间的纠纷——报纸上说的,说有的妻子发现有不少其他的女子比她们等她们的丈夫——还迫切得多,而且不只有一个,有的还带着孩子,一打听,才知道那些都是她们丈夫的情人以及丈夫的其他孩子,她们有的是真有情,有的是为了等救济金。看来,人只有变成了"鬼"或被架空在"鬼"和"非鬼"之间,世上的一些真相才能显露出来。

我在日本五个来月写的东西终于被我结成一个叫"日本二次会"了,

有近15万字之多哩。那真是我的"封笔之作"了,我这里所谓的"封笔"并不是绝对什么都不再写的意思——我这不是还在"涂鸦"着吗?我是说无论我今后再怎么地写,也写不出来这部第20个的集子了。这部集子原想命名为《人鬼情未了》,我都和"鬼"对话了吗?我这里所说的"鬼",并不只是指"日本鬼子",我是说"神秘",我更是在说"大自然",这是一部和大自然直接对话和交流交谈交往的集子,是和地球的交际交往和交流,甭管那块地球是在日本列岛还是在库页岛,还是在阿尔卑斯,山总是山,林子也总是林子,在山以及林子面前的一个俺,就是一个假若是被困在地表层下700米的——某个"智利总统",那时的他(俺),已经绝对地彻底地和地球"面对面"和"一对一"了,那时的你,甭管是质本"洁"还是质本"不洁"——那都已经晚了,已经来不及了,已经无所谓了,那时的你,就是一个生命的个体,就是一个地球的亲生儿子了;那种状态的你,必须拿出绝对的真实,因为谎言已经无用和失效——"谎言"是对人类讲的,是说给人听的,地球——绝不理会我们的谎言,比如,你说——在地下700米深处,在都离地壳甚至离地芯的岩浆都不远的地方,你一个人对地球叨唠:"老土让我上去吧,我可是好人!"地球可会不理你,地球会保持它伟大的沉默。

说到底了,还是活着好,还是地面上好,还是人世间好,好歹这世间上还有苦等着你们的总统、你们的老婆孩子,哦,以及情人和她们背后的——也是你的孩子们,对于他们来说,你就是生成他们和他们寄托的"地球"。

人只要不真的是"鬼",就必然想活,就注定有情吧!

"心灵飞鸿"的评语:
自然之美属于全人类,自然灾难,也验证着人性的美与丑!

> 齐老师好！这是我今天日记里写的关于的你文字，说的都是真实心声

张巧玲老师来信：

晚上收到齐天大老师发来的在日本这半年写的文集《日本二次会》电子稿，随后给他写了回信。

与齐老师在博客里相识已四年多了，这四年里，我为他的三本小说写过一些感悟式的评语，他视我为文字知音。每读他的哲思文字，都会有许多感思。他所关注的事物，虽与我所关注的不尽相同，甚至有一定距离，但也正是他的这些文字，扩大了我的视野和见闻，并丰富了我的内心世界。在他的文字引领下，油然而生新的感悟和想法，以博客评论的方式与他的文字唱和，天长日久，积少成多。如今已有三本书的文字稿，放在我书桌上，虽未出版，但看着这些，读者与作者之间交流互动的结晶，感觉很充实。

每读一本好书，就像是与一位智者交流。但在传统的纸质阅读时代，读者在读时，无法和作者对话，而博客，却为作者与读者之间的对话，提供了平台。感谢网络！

齐老师的文字，是我读过的，最具有文学价值的作品之一。其文学价值在于，他以如鲁迅杂文般犀利幽默讽刺的语言，以学贯中西，博览古今中外文学、哲学、政治、经济等多种学科的知识，以在国外10多年打拼、求学、经商所获得的实践经验，还有在国内近10年经商、教学、

考博、读博经历中所获得的独特体验，融会贯通，所形成的独特思想观念，真诚地书写着自己的心声。他是学经济的，从事经商，在大学里教着商业理论的，但却是坚持着用文学这种方式，记录自己从商感悟和体验的为数不多的一个人。他20世纪80年代毕业于经贸大学，现在却在北大读博，专攻比较文学。他的优势在于：学识见闻广博，实践经验丰富，勇于、乐于给这个时代把脉。他推崇鲁迅，喜欢苏子，他的文字里有正气，有家国，更有可贵的平民意识。他的文字不是小桥流水，不是风花雪月，不是无病呻吟，不是粉饰太平，不是得过且过；有的是投枪匕首，有的是苦口良药，有的是大吼不平，有的是求真务实。

他的文字，是这个时代，还没有被更多人重视的文学珍品。读他的文字，需要透过他写的人、事、物，感知他要表达的真实情感。他的文字，是训练思维的跑马场，是驾驭语言的培训学校，是瞭望社会的窗口，是疗救顽疾的会诊室，是一个满怀梦想，以文字为良驹的热血男儿，纵横驰骋的疆场。

与他的文字邂逅，是可遇不可求的事情；能读懂他的文字，是喜欢文字的我的幸运；能在他的文字感召下，书写自己的感悟，是在阅读中提升自我的一条有效途径。

虽然我们未曾谋面，但文字让我们成为挚友、知音。祝福齐老师写出更多作品！

我的回信：
张老师好！

真不不好意思，劳你写了这么多关于我的褒奖文字，当然高兴，高兴的是毕竟还有你能读懂我文字里的苦心、苦衷，外加快乐，而且别忘了，我们还是两个合作者哩！你文章中说的都对，都是我想通过文字这种媒介传递和留存给世人的，技术一点，我是想用白话文体，写出苏东坡意境的"韵文"——有古文回音回旋意境以及写意，另外，还能再通过读者的阅读给文字追加意思的文章，这种文的感觉是随着白话文代替古文消失的，所以，我们见到的99%的现代汉语文章——都是一维的，平面的，而不是古文似的简约但立体以及"复调"的。我博士论文研究的题目是日本从文言到白话的转化，而日文白话文化的结果，失去的，也是古文体中的韵味。

呀，写得太学究化了吧，说明我比2006年咱们"刚认识"的时候，有点理论水平了吧。一笑。

我从现在起除了再搞三年的论文，其他的，就是尽快把写成的书陆续出版。人一辈子下来能做的事情不多，我能做的不想再多，但留下20本的"天大文集"，是未来10年最想做的唯一的一件事，自然，我们的三部合著，就在其中。

再次感谢知音的知音，如有机会来北京一聚最好，什么时候我们的合著出来，我一定去陕西拜会。

多谢了！

小记北大中文系 100 岁生日

这阵子北大中文系庆祝100岁的生日搞得喜气洋洋的，本人哩，竟也被喜气"包容"进去了——"包容性"增长嘛，先是秦立彦老师在课堂上号召同学们周六去参加庆典，后是我昨天真的去了"百年讲堂"，先是没票，后是小师妹把票送到了门口，然后是从校长的讲话的缝隙中，给坐在1000多人之中的几个不同年龄段的同学——有48岁的，有22岁的，还有他们的岁数加起来被2整除的——打电话，他们告诉我，他们就坐在人群之中，然后是系主任陈平原老师的讲话，陈老师说今年编辑的"中文百年校友录"时破了一个先例，就是把正在读着研究生的人的名字——都提前编进去了，把"北大校友"的荣誉预支给他们，我翻开一看，还真有本人的名字，本人名字的下面，还有一个挺熟悉的，叫作"查良镛"，那个人还叫什么"金庸"。陈老师还说北大中文系出身的人都普遍有一个标志，就是有些小聪明，还有些清高——这，你可以往好处想，你也可以认为是不受大家喜欢的那种。在领导致词的黑暗处，冷不丁地，我见到了从金泽来的大泷老师，隔一个月在中国和她相逢，和她来了个"熊抱"。

典礼完了后就是"百年讲堂"前的大寻找，我分别找到了48岁的同学——老季，22岁的小同学——欧阳，和30岁的"中同学"——安宁，可都是实实在在的"同学"！老季和我中学同窗，1980年他考到北大中文系，欧阳和我在金泽大学同学了半年，他和我同年考上的北大研究生，他硕士我博士，他21岁我46岁；安宁是我同一个博导老师的"亲师妹"。

在"农园"饭堂聚餐的1000个拿中文系"餐券"的人中间，有叫我名字的，有叫我"老师""老齐"的，当然更多的，是我管人家叫"老师"的。我和老季，两个相隔30后又在同一本具有历史意义的"同学录"上同时被登载的"双料老同学"，在聚着餐。

餐后比较文学所的老师同学们在地下小咖啡厅喝咖啡，戴锦华老师请的客，咖啡味浓浓，笑声也洋洋，戴老师——这位在北大校园中万人瞩目的名师，中国的电影评论权威和权威的女权主义者——在说着"八卦"，她说她是中国"八卦之祖"，她还说她十几岁时就是个"淘气女孩儿"，就造反，就抽烟，她1978年考上了北大中文系，她在那之前还得过全国数学竞赛第一名。我劝戴老师再来一次令人想不到的"华丽转身"——放弃玩透了的电影研究和女权研究以及拉美研究，干脆重回中国古典，研究唐诗宋词之类——那才叫作"行为艺术"哩！戴老师让我下周一去上海世博时帮她带一本北朝鲜的邮票集子。

下午"静园"的草坪上举办着百年系庆的书展，我和元宏（老季）老弟在上面溜达，我们借着中文系五院古色古香的背景——墙上爬满"爬山虎"的，照了张纪念照，然后老季回家，我和安宁小师妹去六院"比较所"的办公室，我为她论文出"点子"。安宁说陈老师背后夸我，这让我倍感意外，老怕陈老师说我不努力，我能躲就躲。安宁说陈老师对她说："老齐我不太操心，老齐特能说，答辩时他肯定比提问的老师还能讲！"

"嘿嘿，我是特能说吗？"我问安宁。

之后，就是半迷雾的未名湖边的"走动"。这个湖，有时你把她看烦了，看透了，有时呢，她又神秘兮兮的，尤其是有层细纱样的雾的时候，你仿佛是在雾里看花，你有点神游的感觉。

晚上和小远师妹和邵老师在北大西门的"何贤记"宴请大泷老师，

她在金泽大学是有名的"亲华派",凭她的"女皇"的声望把人文学院众多的人力物力归拢到中文教育上,现在突然中日关系"大寒"了,她说她非常地伤悲。在校西门的石桥上,大泷老师说假如日本偏要在美国和中国之间找一个朋友的话,她本人绝对是选中国的。我说另外一个张同学人在郑州不能来聚会,大泷老师说:"呀,郑州,不就是反日游行的那个城市吗?"我说:"嘿嘿,就是。"

"心灵飞鸿"的评语:

分享北大中文系百年校庆的盛典,感受其中浓浓的人文气氛,真好!

雨果说过一句话:政府有时会是强盗,而人民永远也不会是强盗。中日人民之间的友谊,虽会因为日本政府的所为受到影响,但民众之间的真情会永存!

> # 赶个"尾巴"第二次去
> ## 上海世博影集

别人说第二次去世博会,可能是指今年4月去一次,然后10月再去一次,而我第一次去世博是1985年,是在日本的筑波——我是时隔了25年去的世博的,意思就不大一样了,按说,本人是最早晓得"世博"是咋回子事的中国人——之一;临行前听说世博不去后悔,去了就更后悔,可对于俺来说,只要是在自己国家兴办的"园子"里笔直站立上一下,哪怕是一个场馆都不进去,就算是不后悔的事情,也算是中国人从此——站起来了。和当时华丽现代化的日本欧美馆相比,记得1985年筑波世博的中国馆非常萧条——和我这次来上海的北朝鲜馆似的,也记得当时的中国馆里面除了"四大发明"之外就只有些丝绸土产之类,甚为寒酸,哦,还有几根红色的柱子之类。那时我还去了苏联馆——破产前的那个"苏联",我用英文说我是从"China"来的,顿时,若干面色铁青的苏联官员冲过来把本人就那么——包围了起来,用看敌人和外星人的眼神,由于那时中国已经开始搞"市场经济",在他们的眼中,是个另类,是个"修正主义"的国家,还有,当时在国外,中国人的身影还极其鲜见哩。

带着那些记忆的碎片,我回到了阔别了七年的上海,那个本人从1994—2003年征战过10年之久的地方,那个本人当过外企的首席代表当过老板最后当过失败的"将军"的地区,那个当年几乎每两三个月就要住上一阵子、那个几乎每一幢高楼里都有过自己版本的故事和记忆——或是住店或是谈判或是吃饭或是睡觉或是把它们——那些建筑变成为本人本公司的一个"战绩"——的城市。

一个不愿面对不堪回首但又终于面对和回首了的城市——那就是本人的上海，我惴惴地、悄悄地去，我被上次去时还没有的从虹桥站经过的地铁2号线拖带着，我又回到了灯火辉煌的南京路，我在一处谁也找不到的，最最安全的某省会在南京路上的招待所找到了一个能看到上海夜景和上海早晨的几乎是没有门脸只有盥洗室和台子上三两只小蟑螂的——客房中下榻，才300元，也能看见对面的一家不能说名字的四星级酒店，我也在那儿住过，记得我那年在那儿还审问过一个生意上的"叛徒"——他弃主投靠我们。我住的这家最贵300元（世博期间）、平时才200元、盥洗室有2—3匹未成年的小蟑螂组成的"办事处"，之所以隐蔽和"绝对安全"，之所以不能明说，是因为我住在6楼，第二天我无意间发现3层或4层那里有一大堆人民警察在繁忙办公，当下午回来时，海市蜃楼样，那个办公室的门上又挂上了一个什么"补习班"的招牌，那时我才醒悟到，原来人民警察们是在"潜伏"着保卫着南京路的安危，呀，电视上还放着电视剧《黎明之前》，也是谍战片子。

第二天去了世博，恐怕买不到票，于是担心一大早就去，真买到了——从一个女"黄牛"手里买的（本人这学期没课，已经不是什么"人民教师"了，所以能搞些"低端"的伎俩），那样我省了50元人民币，我用那50元，在北朝鲜馆——买了一张60元的"志愿军入朝60年纪念邮票"，还有，我还替戴锦华老师采购了她非常想要的朝鲜邮票，共两组。我发现朝鲜馆的从男到女的那些"东木"（同志），和我1985年在筑波看到的那些当年的中国的"同志"们，是那么地相像，特色就是不太会笑，不过有一个女"东木"在我换纪念章时，笑出来了，颇像一现的昙花。

一直到晚上的8点，我拿着一本"世博护照"上窜下跳，我专找那些谁都不排队的馆进，进一个盖一个章，没章盖的就匆匆走过，别人也是那样，都到处盖章，有的场馆索性高悬牌子"没章盖"，那样，几乎就没人进去了。排队长的，中国的，日本的，英国的，沙特的，法国的，德国、意大利的——我一个都没排，因为我没有那么富裕的2—5个小时，还有，那些个国家我都去过N遍了，何必还排队看它们的"缩影"？就拿日本来说，从上海到东京坐飞机才3个小时，排队进日本馆，竟要5个小时。韩国也一样。

晚上坐船渡黄浦江，在船上观上海的夜景，这夜景还是那么精美绝伦的。上海人和北京人相比的确会过小日子，而且能把小日子过得仔仔细细和甜甜蜜蜜，过得周到，其中有聪慧，其中有审美，其中也有情趣——这，我在回来的夜行火车上和卧铺房一个从美国西雅图来的"老美"聊起时——他们夫妇带着一个两岁的儿子、一个小"洋娃娃"，他也对上海的美丽"难于释怀"，他说站在外滩看陆家嘴就好比是做梦，就好像是看迪斯尼，他对中国的"高铁"也赞不绝口，说你们国家这30年所做的简直是个神话，无论社会制度如何，至少，这30年的中国政府做的，是wise——"智慧"的事情，他还说你们这种国家"is capable to do everything!"（想干什么就能干成什么）。我说你们加州的州长施瓦辛格上月来过上海，他也想在加州铺设这种"高铁"，他说是的，但施瓦辛格没钱。

老城隍庙里的"蟹黄包子"以前没上心过，这次才知道是15块钱一个，而且只能喝汤——用吸管虹吸。看来是开始通货膨胀了。

和北京相比，上海的确"没文化"。我奔走了整个一个下午，问了几个志愿者，就是找不到一个报亭，不读报的我就仿佛没魂了，而在北京哩，你想问路，就找报亭问好啦。上海人会过日子，北京人会思想——分工有所不同吧；这两个都不愧为能用"伟大"二字言说的城市，一个是中国的大脑，一个是中国的心脏。2012年后一条高铁用4个小时把两个城市串联起来，中国就既有思想又会过日子了吧。

离开了上海，坐着刚开通的沪杭"高铁"去"老家"杭州。最高时速是354公里，用当地人的话说，是"坐在地上飞"。到杭州从原本的两个小时，到1小时多，再到现在的45分钟。西湖还是西湖，老家还是老家，坐"游2"从老家南山路经过，然后和老徐在原来龙井村的一处池塘边用餐，小学生们在山下草丛中戏耍着，多像是花果山中欢快的猴子。傍晚，我背着10公斤重的书围着这个和上海一样、几乎每一座楼堂馆所中都有自己版本的"故事"的城市——我当过客人也当过房东，在寻梦，在梦寻，西湖的晚霞在"收山"着，西湖的水平稳得像绸缎。我老来还是要重回杭州的，这次已经向徐兄的儿子打听好租房价格了，免得老来时租房湖边居住没有准备。最后背着10公斤重的书去旧家附近的清河坊吃晚饭，吃的是杭州百姓常吃的"虾片儿川"，那些书是上海福州路一家第二天要关闭的书店里买的，吆喝说是能论斤称着卖，每斤11块钱，我就买了10公斤，其中有《宋徽宗书法全集》等。在过秤时，我还怀疑那家书店在秤上做了手脚。

哦，久违了的上海书店一条街——福州路上，偶然撞进了一家"上海外文书店"，不经意地，看见了摆放着的那本本人写的英文版《电梯工余力忏悔录》，那是好友英国人 Harvey 翻译并贩卖的，看来卖得不错。但从日本回来后给他写信一直没回，肯定是怕给我稿费。那稿费按说第一次该给我的时间，是6个月前。

"心灵飞鸿"的评语：
看完了齐老师的世博杭州行，沉甸甸的过往，泛起新的涟漪。北京、上海、杭州三城市组成一幅相关联的画卷，展现了展馆之外的风景，这也是另一种形式的世博。

> 即便俺们的爸爸他——不叫"李刚"
> （模仿"羊羔体"诗歌）

这岁月上，好像好多人的爸爸——都叫"李刚"，正因为他的名字是"李刚"，所以他的儿子可以说"我爸爸是李刚！"，而，偏偏俺们的爹爹他——不叫"李刚"，但即便他的名字不是"李刚"，他仍旧是——俺们的爸爸，而且是——亲的。

假如俺们的爸爸他——叫"李刚"而且就是真的"李刚"，俺们在开车把人撞了的时候，俺们才能先看车撞坏了没有，然后，才看人被俺的车——撞死了没有。

但即便俺们的爸爸——亲的——他不是"李刚"，俺们也仍然想走以及必须走阳关道，我们没有独木桥，独木桥是给独个的人准备的；我们走在大路上，大路上就有狂野的车，哦，忘了，校园的小道上也不缺，那种——被"李刚"儿子们驾驭的机动车，那种"机动车"开起来特别地喜好"激动"，它们激动的来、机动着朝我们的腰部——玩命撞击，撞了俺们青春的腰，然后，把我们从半腰那儿——截断，你这么一想，一寻思，你们（我们）的——爸爸，还是就叫、就是"李刚"的好，那样，我们可以在车里，那样，我们的"对手"可以在车外，在车外的被俺们汽车的轮子——夭（腰）折。

高通胀下股市楼市的走向的私家判断——信不信在你（模仿"羊羔体"诗歌之二）

上周我才惊悉，这些年，咱们被美国人带领着——多印刷了那么多的货币，是GDP的两倍，有70多万亿，那些个纸币从楼市漂泊到金市，再到大豆市、红木市、普洱茶市、"大龙袍"市，然后再一华丽转身，在股市上歇息，然后6个月后——我猜测，当股市的资金被"云上人"用吸管子习惯性吸走，当养肥的鱼被"高人"再用大眼的网给捕捞，当股市再次成为了没有鱼虾可再"渔"的空池子，同时，当我们餐桌上的西红柿和胡萝卜——价格高得和象牙做的那般地高，当低收入人群再也熬不下去的时候，压力下，政府会再开闸，再放水，把纸币"堰塞湖"中的"水妖怪"，再次疯狂导向——楼市。我是判断——从你我的日常菜价上的走向上，这股"通货"之水，在不久，就会成为制造社会"不和谐"的祸水和脏水，那时的政府会"两害取其轻"，与其让人们的菜篮子兜钞票，不如让那些空着的、遍布全国的已经盖好了没人住的荒郊野外的——楼房，去当"处理"纸币的——垃圾池子，因为只有那个垃圾池子足够地大，大到能装下多余的那么多万亿的——人民币。

最终的道理是人可以一天不买房子，但人——不能一天不吃饭菜。

倘若中国没有如此多的李刚
（模仿"羊羔体"诗歌之三）

倘若，中国没有如此之多的——贪官李刚，其实那么美国人疯狂开机印钞票，印6000亿也罢，因10000亿也好，就让他们去印吧，那时的美元就会成为废纸，可以用作包书皮，可以用作点烟，当然，也可以做如厕时候的——应急，我是说美国贬值人民币升值本身并非坏事，那不正说明"敌人一天天烂下去，我们一天天好起来"？人民币可以顺势地成为国际硬通货，我们可以像美国人那样只要印钞就能用纸张——到美国去——换取他们的大豆和高粱？我们也可以手持从白纸坊（北京的造币厂）新鲜出炉的——"人民的货币"，到日本的北海道去吃"回转寿司"以及喝喝不惯的人不愿意喝但不喝白不喝反正是白喝的——"大酱汤"？我们甚至，能手提着用长白山的废木料做成的——哪怕是粗糙一点假冒伪劣一点的——人民币，去巴黎去米兰去耶路撒冷去阿富汗——浪漫浪漫，不过那样可——辛苦了白纸坊的——造币的工人同志！总之硬通货，通货硬，是几代人的梦，通货硬则国硬民硬头颅硬手脚硬甚至连——动脉血管都"登登"地——硬！

中国人民站起来——假若没有那么多的"李刚"——就该以人民币站起来为标志，美元的"泡沫化""片儿汤化"，是中国崛起的信号灯！

但是，有那么多的"李刚"，"李刚"的一个——要用100个不是"李刚"的人豢养，一个"李刚"吸走了——像癌细胞那样——他周围的所有良好细胞本来该自己受用的给养,"李刚"的收入是多少人的N倍,你就可知,就会有N多的人的生活——处在贫困线上,那么,结果就是基尼系数中国的超高(0.46),就是虽然中国已经是世界第二大经济体,中国的平均收入才是世界的第97位。我大致错算过,假若中国的基尼系数在正常的0.3以下,那么中国的人平均值至少是现在的两倍以上,也就是说,一个"李刚"不仅会造孽出一个会把无辜女学生撞死的"小李刚",一个大癌细胞不仅会繁殖一大窝小癌细胞,而且大小癌细胞组合起来——会通吃它们周边的健康的肌体,然后,把好端端的一个鲜活的肌体废烂成一个植物人,一个必须拿掉一个肾、一个肝,或半个大脑的——残疾!

"李刚"造成了80%的国民财富集中到20%的国人的手中——用垄断,用巧取豪夺,用卖地,用强拆,用牛毛税收——的"中国现象",那么结果呢,就是大量人口的"相对贫困化",就是低工资,就是与世界第二大经济体绝对不相适应的低廉的劳动成本,那么,美国人印钞让其货币贬值时我们能不跟着印吗?不印,就会减少出口(人民币相对高的话出口价格会提高),什么是出口?出口实质上就是为别的国家打工,就是别人用印刷的纸(纸币)来换取我们的24小时加班劳动和我们的大豆和高粱!但家底薄的人能失业吗?亿万个本该有储蓄却被大小"李刚"们把家里的存底儿剥夺走了的老百姓没有别的出路,只能继续为比他们收入高5—10倍的真发达的(平均发达的)的人打工,也就是说,为了维持最低廉劳动报酬的就业,中国政府没有别的法子,中国不能享受自己货币升值带来的财富输入效应,中国还要继续增加纸币的投放,白纸坊的印钞机还该日夜不停地跟着美国人造币机的"劳动强度"——玩命印刷货币!

如此恶性的循环,可怕的梦魇——通货膨胀就接踵而来了!通胀是蝗虫，通胀是真正能让穷人们灭顶的敌人！通胀会瞬间地叫百姓餐桌上白菜的价格——变成台北故宫里的玉白菜的天价！10倍之多的货币供给量（70万亿！）无论如何，都是一座形同"悬湖"的屎盆子，是13亿中国人头顶上的一个大核武器，眼下，它被从烂尾了的楼市轰了出去，轰到了我们的菜篮子里面。

都是"李刚"们惹的祸！倘若没有癌细胞般贪婪的李刚——以及他们的儿子，倘若分配均等，倘若改革开放的成果全中国人民共享，我测算，以中国目前的GDP基数，中国的人均GDP好歹该在8000美元水准，而不是现在的4000美元（日本20世纪80年代也就是30年前，就早已达到和超过这个平均值了），那么美国人印钞——在无可奈何之后，正是中国崛起的信号，那么，我们用美元表述的GDP正好大幅提升，那么中国的货币将成为代替美元的强势货币，人民币硬通货的时代正好来临，那么好啦，我们就可以用升值后的人民币大量进口产品，叫外国人为我们劳动、为我们生产东西而——过上真正"不劳而获"的富裕民族的生活！

但我刚才说的——只是个美梦，是"李刚"们，贪婪的"李刚"们，强权的"李刚"们，无药可救的"李刚"们，制造了我们这样一个"哑铃型"而不是"橄榄型"的财富分配最不均匀的社会，逼迫着我们惨遭洪水猛兽般的纸币的暗算，让货币不等于财富，甚至让我们中间的很多人——即将沦为赤贫。

"无为无味"的评语：

读了先生的大作，才发现这"羊羔体"还真是算一种表现形式，介于诗和文之间。假如，假如——没这么多李刚——中国早就早就——是世界第，第几强？学不像，成结巴了。问候齐先生！

我的答复：

祝贺您——也会用"羊羔体"——写诗啦！

职业作家、职业雕塑家以及"鲁迅文学奖"下的"羊羔"和"猪娃"

昨晚和几个搞艺术的朋友聚会,聚会的地点是三里屯,是个云南餐厅,叫了一个特别奇怪的名字,叫"8楼"——其实那个餐厅是平房,平房也不错,省得火灾来了不好逃生——最近上海起了一场大火,于是全国人民突然发现——咱们救火的云梯最高才能够到8楼,而上海呢——我印象中的,并没有比8楼矮一点的楼宇,云梯都够不到,要靠直升飞机救火,而直升飞机呢,好像蜻蜓似的,翅膀也不坚挺;咱要小心点!

老伴儿为了防火,在床头拴了一个红色的哨子,据说是万一被笼罩在烟幕中了——有巨毒的那种,就能凭据最后一口气——用哨子——把救火队员吹来,我于是昨天半夜就试着吹了一下。

昨天同席的有作家有雕塑家有翻译家有出版家有中国人有英国人还有澳洲人,有一位叫"慕容雪村"的作家,是个性情中人,他是第二天去"中国现代文学馆"领奖的,连获奖感言都写了两大篇哩,题目是"我真想站在更大的舞台上",经他说我才知道作家也是个能养活人的职业,而且真正的职业性作家都那么地好猎奇,好冒险,好发掘鲜为人知的故事——比如去传销会呀,比去如孤儿院呀,比如拉萨的布达拉宫呀,再比如重庆有一个能在水下一憋——就憋两个小时的道士呀——什么的,都是能叫职业作家兴奋和大写特写的——那些故事,道士在水底下憋一口气能坚持两个小时,这俺从前也能。

张雕塑家和伍雕塑家就不同了，他们一个倒带着顶帽子，一个后脑勺拴着条马尾——他是男的，马尾英文叫 ponytail，pony 其实是"野马"，所以 ponytial 应该是太极拳中的一个招式——"野马分鬃"；我女儿也想朝绘画的那个方向发展，不过女孩子当了艺术家之后要想显得与众不同，我想，可能不是留马尾而是剪下那个 ponytail 吧。

好消息是——那个英国的翻译家可能明年翻译我的那本 20 世纪 90 年代史诗般的小说《美国总统牌马桶》了。他由于翻译并出卖了我的和慕容雪村等人的书，日子似乎大大得到改善了，都能到德国法兰克福的书展上去摆一个小摊位、去兜售我的《电梯工余力忏悔录》了；忘了那个办书展的大楼（我 2003 年去过，是去采购意大利马桶）——的防火装置好不，是不是 8 以上层大楼；要烧，也先烧人，后烧书。

上午北大秦立彦老师在"美国文学中以中国为主题的作品"课上，讲解了赛珍珠的《大地》（*The Big Earth*），秦老师讲得声情并茂，她一贯那样，课上，她放了赛珍珠得了诺奖后和肯尼迪夫妇恳谈的照片，诺奖把她的《大地》竟然也说成是 epic（史诗）；哦，我们比较文学所有两个硕士小师妹的名字颇有意思，一个叫"史诗"，另一个，叫"史画"。

赛珍珠把女人说成男人的"大地"，不过那是 80 多年前的事情了。现在的女人是一些男人"大地"上成长的"小三"。

法院刚说：今后对"小三"对"大地"的财产诉求——绝不支持啦！

昨天在语言大学校门前报亭前等公交车的时候，从报亭花 7 元买了一本《北京文学》本月的特刊号——因为封皮说那是"本期鲁迅文学奖"作品专辑，等打开塑料包装后大叫"上当"，原来这是本"中篇小说卷"，其中并没有我做梦都想看看全貌的、本届得了诗歌奖的"羊羔体"作品。

莫非要到"东来顺"去买？

我今天才知道——从《南方周末》的一篇质疑文章（《鲁迅文学奖，

谁得？》）上，原来每届"鲁迅文学奖"的得主不止有"羊羔"呀"猪娃"呀"狗仔"呀——一年两三个，每年一下子，要发几十个个"鲁迅奖"嘞！

真好，一个鲁迅 70 多年病怏怏前倒下去，70 多年后，每年都有 40 多个粗壮壮的鲁迅——站起来啦！

哈！

"无为无味"的评语：

病怏怏的鲁迅委实是倒了下去，但每年茁壮壮长出来的莫非是"东来顺"的标的吧，那一茬茬的物种恐是变了基因的哦。

我的回复：

嘿嘿，不管风来自何方，只要"顺"了就好。

从电影《赵氏孤儿》说到扁鹊瞧病

好久没看电影了，于是，昨晚去看了陈凯歌拍摄的《赵氏孤儿》——这个电影我是当"课外作业"去看的，缘由是《赵氏孤儿》是研究比较文学人的必修课——法国的老哲学家伏尔泰当年——17、18世纪吧，就把《史记》里的那个故事改编成了话剧《中国孤儿》——在欧洲演出，而且据说还——演得贼火。

在看陈凯歌的《赵氏孤儿》的时候，我几次差一点就——昏睡过去，其实我前天晚上睡得挺充足来着，葛优演得不错，但怎么演都不是战国的那个"程婴"，而就是葛优，葛优我见过一次真的，是在前几年从杭州到北京的一趟火车的软卧车厢上，那时刻的葛优挺平实的，现在想来，可能那天他是刚从杭州拍《非诚勿扰》回来，还带着"乡亲"后的神气儿；要说，葛优的老父葛存壮我也是见过的，那是在天安门广场，在国庆的傍晚，我看见葛存壮带着老伴过马路，我想葛优再过一二十年，就变成葛存壮那个样子了。

现在的电影看一部，就几乎等于看一百部了，由于都是"大制作"，所以基本上就是先被各种大画面和大噪音——给震撼一阵子，那——就几乎把几亿的"大预算"的一大半给——糟蹋完了，然后才看人物，才注意情节，但今年的三部贺岁片——据说主演都是什么葛优，那么，人物也就没什么悬念了——不是那个和我住隔壁软卧车厢的老相亲不成的秃子嘛，嘿嘿。人物没什么悬念后，就是剧情了，剧情都挺虚假的——而且都那么地哲学、都那么地深奥，比如《英雄》里的"和为贵"呀、"天下"呀什么的，不过，我本来就是学习哲学的，而且还有自己创造的流派哩，所以，电影中的哲学于我——显得那么地浅显。要说这部《赵氏孤儿》中，陈凯歌也想把原先比较简单的剧情朝哲学方面发展来着，可遇到了专业的哲学家本人，本人一到非常"哲学"的那段，就瞌睡了。再说，电影一"哲学"起来了，作为电影，就浅薄了非专业不是？好的电影我窃以为，一定要会用视觉和故事情节说事儿，而绝不要要求观众一边看电影、一边思考极端深奥的问题——那种问题要到寺庙和教堂之类的地方去思考，要到殡仪馆或者珠穆朗玛峰的顶峰去——思想——才是。

带着陈凯歌电影的温乎气儿，我从藏书中找到了两部线状的《史记》，两千多字的《赵氏孤儿》故事没找到，找到了一个扁鹊——那个历史上著名的中医，给一个国君瞧病的故事。司马迁真是个大手笔，两千多年后读他的书，每个字码，竟然还那么地鲜活着，你能感受到笔者2000年前在竹简上写作时候心脏的跳动！都知道司马迁下身儿有病，他在用心灵勃起。

扁鹊屡次说那个国君这儿有病那儿有病，那个国君多说你别逗我了，我的心呀肺呀脾呀肺呀——好着哩！你——回去吧！最后一次他真的发觉自己病了——是骨头疼，把扁鹊叫来，扁鹊说我敬爱的君主呀，晚啦，你心、肺、脾等地方有病，我能够这么这么这么地用这些药——治疗，但现在你骨髓坏死了，我也没招数了。说完扁鹊就走了，扁鹊一走，国君就死了。

"太史公"司马迁说完了故事后，给总结了一下，说有六类人的病——没治，后四类我给忘了，前两类还能记着，第一种人是明明有病却死活矫情的、没理搅三分的人；第二类是要财不要命的人——

2000年后"太史公"说得没错呀,我是说放在现在也不过时,人体有病要及时地治疗,体制的病——别管是足球的呀还是非足球的呀,要治,也得让扁鹊们——从开头治疗。

要豁出去吃苦药。

"无为无味"的评语:

现在人的病扁鹊是治不了的,有的人有病但没钱治,有的人没病却总在用公费医疗吃药。这两种人还算是少数,多数人的病是在扁鹊的药绝对到不了的地方,不是腠里,是脑里,所以当用华佗或者李逵的斧头,才能治。

三里河"发小"们的大聚会
和那个叫"猴屁股"的同学

上周六是12月4日,小时候的小学及中学"三里河四小和214中"同学大聚会,我——还是组织者之一哩。相隔30多年没见,60多个原先小鼻子小眼睛的"发小",冷丁又见了,却几乎不认识,那种感觉,就仿佛是我们这个年纪的人看人看书报,你不戴花镜吧,你看不见;你带上花镜了,对面的那种曾经熟悉的笑脸儿——又一下跑远了,有些个"雾里看花"——当然,30年前10几岁的那些小丫头似的花,30年后都靠近五旬了,再稚嫩妖艳的花朵,也变成了松树和柏树,变成了《沙家浜》里伤病员们一定要学习的——"泰山顶上一青松"!

30年后的"发小"们再聚首,你发觉人性真难改,小时候啥德行,现在还是啥德行:有淘气的,有调皮的,有脸皮薄的,有不要脸的。所谓的"知根知底",恐怕比不上从幼儿园就认识的人那么地真切,但彼此乐淘淘,相互乐哈哈——即使还不太熟知现在彼此的一张张"老脸"——要靠胸牌上的名字辨认,但恍惚间他(她)——30年前的那张小脸的模样,就突然映现出来了,如同水中的鱼儿,一探头,就又钻回到了水里,于是,你又一边和"老发小"畅聊,一边思忖着——这小子(丫头)我认识吗?他(她)那时候长啥样子? 时光的时隐时现,印象的忽然来忽然走,20世纪70年代"阳光灿烂日子"中的京西"机关大院儿",大院儿里的半野孩子们,没大人管的,兄弟姐妹太多的……想起来了,那时候院子中有一棵老槐树，呀，是呀，聚会后夜里醒来我半天睡不着觉——俺们大院子正中央的那棵参天的老槐树咋不见啦？它被砍死了——这是无疑的，它在新盖的也是参天的大楼群中被判定碍事，于是树死了，于是当年的小猢狲们也散尽了，因此，周六的"三里河四小和214中学"的那些"老孩子们"的再聚首，应该说是散了的猢狲的——重上花果山，山上重逢后，还叫着彼此小时候的"外号"——其中有一个外号叫"猴腚"的，我小时候只知道他叫"猴腚"，我当时还真以为他大名就叫"猴腚"，30年后谜底终于被揭破——他的真名是——咳，没记住，就还是叫他"猴屁股"吧。

（说明：由于当时中学数量不够，北京20世纪70年代有一种"带帽"制度，孩子们小学毕业了没中学好上，政府就顺手把一顶"中学"的"帽子"戴到小学的头上，小学就变成"中学"了，学生没变，老师当然，也没变。我们的小学原来叫"北京三里河四小"，当我们长大到中学生的年龄时，我们的小学就顺便被"戴帽"成"北京214中学"了。）

小王的来信

主　　题：什么也比不上读者给予的好评

时　　间：2010年12月10日 16:16:20

齐先生：

您好！我刚又收到您的一封邮件，是转发"退回去的那封信"。

《与鬼为邻》那本是我在商务出版社涵芬楼见到的，因为书名与您的"鬼书"有点相似，所以当时就随手翻看了一下，好像写的都是鸡毛蒜皮的事，作者曾在环球时报社工作。

您那本《研究还是被研究》其中有几篇文章让我特别欣赏：小城之春樱花开、樱花的如雪的河边速写、买了本比老爸岁数还大的中古书、能登半岛的一天一夜、浅野川和春之舞以及大河女性的淑、德田秋声纪念馆目睹芥川龙之介手迹、芥川龙之介收藏纪念、手握萤火虫和月下的黄金浅野寺、犀川见野鹤、我见到的那只鸟原来叫鹭（第一段）、唐招提寺的晚钟、人鬼情未了等。无论是文章的内容、笔锋还是题目，我对这几篇"情有独钟"！

这几天业余时间在给一个朋友的孩子翻译本关于巴赫的儿童故事书——前两天在地坛冬季书市买的出口外文书，打算翻译完后再送给那八岁的孩子。在巴赫的故事里讲到他生前的经历，即使在他已经创作出了大量优秀作品后，当时都没名气，最终他的音乐风格还把人们搞烦了，巴赫死了多年后都没出名，过了很久，到如今却被人们称为"伟大的音乐家"，而远远超越在当时红极一时的那些所谓有名的音乐家。比如我喜爱的卢梭也是……所以我有时真不明白世间到底是怎么一回事，怎样一个法则。当今很多走红的作家我认为他们写的很无聊，但是销量却荣登作家富豪排行榜（不知您在凤凰锵锵看了没有）。我想起老师说的一句话："被媒体追捧的作家、最畅销的书并不代表就是一个有深度有涵养的作家，也不一定就是一本有价值有益处的好书"……而且那本《枕日闲谈》第 23 页里也引用山本周五郎说的"对于作者，什么奖也比不上读者给予的好评"！

祝好！

小王

我的答复：

小王，你好！

谢谢来信鼓励，我看了你说的那几个段落，也"发觉"自己写得不错，才时隔三个月，和金泽已经远隔千里了，那时候的感觉，却能凭文章"触摸"到，看来文学和文字还是有价值的。

我有一个"习惯"，就是走到哪儿从来不拍照，却企图用文字把感受精准地记录下来，回头阅读时如实复习出感觉了，就算是成功了。

至于那种会见，有"给鸡拜年"之嫌，暂时不做评论，红军中有一个傅连璋——红军中的华佗，本身就是基督徒。其实政治本身就应该是博爱性质的。

我会尽最大努力——拿出经商的"老本行精神"和教授"市场营销"的水平，营造出一个"齐天大"来，做到不当下一个死后才被认可的巴赫（玩笑）。

其实你本身就有写作的才能，不妨试试，我也是三十几岁之后才业余爱好起来的，一爱好就写了几百万字的东西。

《谁出卖的西湖》已经在浙江文艺出版社的一个编辑手中了，上周还去了中央广播电视大学出版社，商量如何盘活以前出版的几本书。

再次感谢你这个"老读者"的鼓励！

小王的回复：

时　　间：2010年12月11日 17:21:14

齐先生：

无论哪家出版社，只要您的新作品"问世"，就是又一次的"胜利"。如有任何好消息，请别忘记告之分享！

我还从未敢想过"写作"。首先我觉得这种人必须有深厚的国文功底；其次要有丰富大量的生活阅历；最后具有深沉或者感情丰富的性格。而我除了跟最后一项的后半部稍微沾点儿边外，与其他两项半相差甚远，这点我有自知之明，尤其在像您这样的学者面前更不敢妄想……唯有厚积才能薄发！

您的成功，也会给我们带来快乐！

小王

我们在2摄氏度的冰水中"畅游"

今年在玉渊潭游泳时的不爽,是因为地铁正在玉渊潭"东湖"的正中央施工;东湖的正中央被围栏了起来,变成了能走人的地面,吊车吊在空中,吊着地下几十米施工的人。湖水出奇地浅显,当我们朝湖水中匍匐的时候,你甚至能感觉到肚皮在擦拭着恶心而黏糊的湖底的泥巴,但我们还是——照样朝前面游泳,一直游到有冰碴的地方,然后用肉身将冰面破开,这时候的水温,已经是2摄氏度了,也就是冰箱解冻时候的温度。

本人每年冬天一贯地,一个星期只在湖水中"畅游"一次,所以比较痛恨那些用白斩鸡似地赤条条的身体去冲撞冰面的人——因为我正等待着那冰层冻得结实、再结实后,我好到上面去打冰球。原以为那只是本人的一种"私心",但上周二我发现还有几个和我有着同样心思的大老哥们,他们说"冻了好呀,我们该滑冰了!"——他们也是喜欢打冰球的一类,有一个,甚至两次——穿着冰鞋掉进冰窟窿里了——他说是因为冰有缝子。显然,那时他没穿着冰刀被冰水淹死,他说是由于他身上穿着羽绒服,掉不下去。

上周在一个叫什么"惠新桥"的地方,一个青年男子就因为顶不住生活的压力而自杀地——跳到冰窟窿里了,他真的死了,报纸上说他只在冰水中挣扎了一两分钟,就冻得不能再动了,就死了——只因河水太冷；他临跳桥时，还和别人聊了天，还抽了烟。我于是产生一种不能说是"侥幸"的感觉——因为毕竟是有人死了，但我们这样每星期不得不跳到冰水中、不跳就浑身不自在、就焦虑就浮躁就烦躁的人，的确——你不能不承认，是有一种超出"正常人"的本领。

下笔要有神——比如杨绛写的《杂忆与杂写》

昨日在崇文门新世界的三联书店买书，本来想买三四本来着，后来一掏兜——钱不够了，就买了两本，被放弃了的是诗人北岛的一个新出的集子，我之所以想买它，是我发现北岛也是北京13中毕业的，是我的校友，再往下一看，后来他又考上北京4中了，是我女儿的校友；他好在没再考上北大，像我一样读个老年博士什么的。不过，北岛要是真的去了北大，就不用读什么书了，就会坐到"被研究"的位子上面——讲座。

杨绛的书，我看到必买，她是钱锺书的夫人，90多岁的她是个中国为数不多的明白人。人，可并不是越活就越明白，我想这个道理，凡明白人都明白，但要想让一个从上世纪20年代就来到这个世界上的人糊涂，也不是非常容易的，就比如老树、老遗址和老毛病，想不让那些"老字号"的放弃，是不容易的，我是说"岁月本身，就等于智慧"，所以大家都要朝漫长处活，比如活着看到中国真正成为"盛唐似的国家"以及活着看到美帝国主义彻底灭亡甚至是房价狂跌——之类的。

杨绛的明白，在于她笔下的"神"，她下笔真的有神，仿佛是她的夫君，是因为她翻译了《堂吉诃德》，从遥远的那个西班牙人的气息中——获得了生气儿？还是来自枕边的语言大师夫君的叮咛——总之，杨绛是活得好好活得精神活得透彻活得透彻得透顶的——老寿星。

笔下能有"神韵"的人其实并不多；文学或者文字，我总喜欢那些有神的。要说世间所有的文章文字，你只能分成两大类，就是"有神的"和"无神的"，比如《论语》《庄子》，比如《史记》、苏东坡的书是有神的，《红楼梦》的前半部，是有神的，《堂吉歌德》是有神的，《毛泽东选集》的前几卷，是有神的，现代和当代人中，鲁迅是有神的——非常和极其地有，路遥的《人生》是有神的，钱锺书《围城》的前半部和杨绛几乎所有文章，是有神的；次类呢，是"半有神或有半个神的"，比如莎士比亚的呀，比如《孟子》和《老子》呀，比如鲁迅的弟弟周作人的——一家人总不能都有神呀，还比如王蒙的书——王蒙肯定不服我对他的评价；再之后，就是第三类啥精神都没有的书了，比如——那就多了去了。

除了以上三种之外，还有一种和有精神没精神没太大关系的，那种书有股子邪气和怪气，王小波、王朔的书中，有时候有神，有时候没神。

有神的书是不太好写的，写有神的书的人下笔时——似乎就应该有神，有精神有神情有气质，甚至有气色、有格调有情调和有情趣，而且一般那种情趣——需要健康一点儿——才好，所以我说抱着病态的态度的人写出来的东西，你可以佩服他们的笔法，你可以赞赏他们的才艺，但你读着却不舒服，比如日本现代的那个三岛由纪夫和那个太宰治——他们一边写文章，一边寻思着用什么法子自杀，是切腹嘞，还是跳河嘞——我建议他们两种都试试看。

不过他们都只成功了一种。

零下5摄氏度当风游泳和"三味书屋"的早打烊

昨天北方和南方合伙吹着,把北京给吹歪了,我上午盘算着是去玉渊潭呢,还是不去玉渊潭呢,盘算着,下午三四点钟,就已经站在"大闸"前的风口了,眼皮底下是那个早晨被人凿开的冰窟窿,耳边是横竖吹着的北风和南风以及西风,嗷嗷的。一同游泳的唯一的那个老哥先下去了,水顿时到了他的脖颈子,刚退去衣服,就顿感风刀子似的"刮"着你,瞬间把全身的热气带得精光。我下去,他上来,我在水中游,他在岸上忙穿衣。一上岸,就又感到了风的凶猛,凶猛得把袖子吹成了旗帜。那个老兄索性不用浴巾挡下半身了,我惊悚地发现,他竟然正——光屁股换裤子!这时候手已经冻僵,这时候唯一的心思,就是我的——裤子呢!这时候换下的游泳裤脱落在地上,已经冻成了一个冰坨,我仍旧和风在搏斗着,争取把裤子穿上——并同时拼死搏斗着——不像那个老兄那样不修篇幅。当僵化的手把僵化的衣服全都成功地"打包"之后,我终于也就能从容地"顶风伫立"了,那时候的气温加风速的感觉,最起码有零下10摄氏度。

我在跑,我跑着追上了那个"光腚兄",他正推着个破自行车猛跑,那架势和兴奋劲头,跟刚偷了辆车似的。他说他老婆也游冬泳,早晨砸冰的众人之一,就有他的老婆。我和他仅一同在巨寒的湖边和严寒打斗过一次,就已然是"过命兄弟"了。游冬泳的人都知道这种"冰点下的交情"，那么的冷，那么大的风，假如没有个不要命的和胆大的先下去，你心里就没底，你就会"怯场"，他先下去了，而且——他又上来了，于是，你就敢重复他刚才的举动，不过我是说练过的人，没练过的，他下去上来，你再下去，他，就变成打捞你的人了。我最早看人游冬泳是在1986年前后，是在玉渊潭那边的"八一湖"，那天举行着北京冬泳大赛，人声鼎沸，旗鼓喧天，仿佛男女老少是个人就能往水里跳，边游，还边高举旗帜。我按捺不住了，心说这有什么呀，于是也想跟着跳——来着。后来我知道，我那天险些变成被打捞的。

回家后好容易从"爆冷"中身心安顿下来，我算是"冲击零下5—10度"成功了。冬泳游到一个关卡的标志，是你虽然能感受到皮肉之苦，但"事后"你心不狂跳，你不哆嗦。有的人却不行，有的人上午跳冰窟窿后，他的心——一直能哆嗦到当天夜里。其实那是我刚"出道"——1988年那年的感觉，我那年也正赶上谈着对象，于是，搞对象的哆嗦和从冰窟窿中跳上来后的哆嗦就——形成了那年冬季的物理学常说的"共振"。

晚上带着一颗从零上1摄氏度的书中打捞上来的心，到离家不远处的"三味书屋"去取那两本上次因差两块钱而不得不再去一次的书——其中有一本杨绛的《文论喜剧三种》。奇怪的是才6点钟书店门就关了，一敲，把那个头发灰白的老板敲了出来，他拉开门闩说由于今天天太冷了，整个一天一个客人没来，就提前打烊。我买了书后问这个京城著名书屋的老板，说您的书店开了多少年啦？他说20年啦。我说报纸上说您老不赚钱，是真的么？他没回答，一笑，反问说："您看我赚钱吗？"我说您会接着开下去吧，他叹道："人老啦！"

我嘿嘿地，告别了他和他的小伙计，我一走他们就又把门闩上上，把我抛回了冰冷的夜色的长安街上。

"不值一文"的评语:

我原以为冬泳者全都是意志坚定、毅然决然者,男的全是董存瑞,女的都是刘胡兰。原来也有此多"杂念"……三味书屋,回想起当年印象:长安街街面平房,前面停一辆老板的天蓝色皇冠轿车。

电视剧《医者仁心》和一个老医生家属的感受

每看完一个电视剧就写下一个记录，当然是看进去的才写；今晚《医者仁心》看完了，就记录下来吧。

我是和老伴一起看的，她本身就是个医生，而且她当大夫的那个医院的名称，在博客上都不方便披露，免得看过来的人托我们挂号，要挂她那个医院的号，你要排队，最起码要排个三到四个昼夜，不过，她那个医院我可以间接告诉大家，一是孙中山和溥仪是那里死的——哦，第二个应该说是"驾崩"的，二是梁启超当年被取错了一个肾脏（那时候叫作"腰子"）——也在那里，《医者仁心》中还提到了那个案例。

作为一个20多年的医生家属，坐在椅子上评论《医者仁心》，和不当医生家属，是不太一样的，首先，医生好吗？有好医生吗？医生辛苦吗？辛苦是肯定的，比如内人不能老和我看这个电视剧，她要到隔壁的房间去写她的"论文"，她似乎写"论文"已经写了许多年了，每天都写到本人一觉醒来，另外，她今晚同时，也在和医院的小大夫保持着联络，因为一个孩子（儿科的）正在治疗，就在刚才，她睡下前还说，夜里会有一个电话打来，是说那个孩子的病情的。

医生中也有不太好的，这，我也知道，本人每周都到北大医院推着老妈看病，态度不好的，也零星看过一两个，我爱人她那个医院前一阵子就闹了一件大事，有病人告状，说几个护士大夫在婴儿室里跳绳——

年轻人嘛，结果院方快刀斩乱麻，立马开除了几个小护士，取消了一个小大夫的行医资格。不过我看来，在婴儿室内跳跳绳，不是也能把婴儿影响得——更像婴儿吗？

中国的医患之间的那么多矛盾和故事，或许是全世界独一无二的，我在国外生活过十多年，就比如加拿大吧，那里的医生就是医生，患者就是患者，医生是蛮高的蛮神圣的，你从来看不见中国这样的——医生是医生、病人也是医生的现象，我妈在看病时的架势就像是给大夫瞧病，口若悬河的，滔滔不绝的，偶尔有时候也声泪俱下，说得大夫一起哭。另外在中国的医院，和所有只要花了钱就是"牛人"一样——患者也挺牛的，能对医生像对跑堂子的那样训斥——不过这我可不敢，我担心得罪了医生之后"医者们"会故意给我把药下错，不过我身边就有个"保健医"，我一般不去看病。不过有一点可以肯定，任何人都怕外科医生，因为你再牛，他们把你用麻药弄迷糊过去之后，想咋报复，就咋报复。

当了20多年的医生家属后——我大概要当一辈子了，本人也算是个医务工作者，一半儿科的病我都知道个大概，比如我上个月，我还在没照核磁的前提下，就掐算对了一次语言大学一个女老师即将出生的女儿，是女的——还在她还大腹便便的时候。我甚至想在三年后，在拿到北大的中文博士文凭之后（如果能如愿），实在没什么能献身的事业，就去学习个中医，开刀本人不行——由于是红绿色盲，容易把血管看错，但扎针我还是可以的，不过，扎针老花眼无障碍吧，没事，我给那些也是老花眼的人扎就行，就不疼。

说来说去，我们这种医生的职业，还是挺不错的，我们虽然说不上是"仁者"，但我们这个职业恐怕是极为罕见的和"人命"相关的职业，另一个和"命"相关的职业是当军人，不过当军人是要人命的，当医生是保人命的——大原则上是那么着的（军医是个例外，军医又要人命又保人命）。有很多职业对人类来说可以有也可以无，比如"股票分析师"呀洗脚工呀开电梯的呀之类的，没有股票人照样活着，没人替你洗脚你自己洗，但自从有了人，自从人类能直立着行走之后，首先想到要有的，恐怕就是能瞧病的人——医者，何况，我们还越老越值钱越有经验，要说世界上能"越老越值钱"的职业并不是太多，比如运动员吧，就越老越不行，70岁的运动员去跳栏，就不如17岁的，可医生呢，70的就比17的好，能有一种莫名其妙的安全感。不过也有不行的，贱内（我爱人）科里就有一个70多岁的老专家，70岁还坚守岗位，还坚持开药，心是好心，但由于他患有轻微的老年痴呆，方子就——老是糊涂着开，就老是给婴儿下点猛药——什么的。

现在都半夜两点了，贱内等着的那个病房值班大夫的请示电话还没有来。于是本人困了，就睡觉去。

"不值一文"的评语：

医生与患者，往往是绝对的强者与弱者的关系，做医生一定要性善，譬如身处象邱少云在熊熊烈火中，想到的应是"我没耽误患者吧"，然后自己才昏厥过去。现实生活中，无法把烈火的考验搬到医照考试中，要靠社会机制去扶植与筛选。嫂夫人以及嫂夫人的医院，出名的不仅是医术，还有医德，美国传教士贡献不小。大医院一般如此。拜读博文有感。

"心灵飞鸿"的评语：

最近晚7点40—10点多，都在看中央八套热播33集电视剧《医者仁心》，心灵被强烈震撼。该剧通过激烈尖锐的医患冲突，讴歌了老中青三代医务工作者信守职业道德，无私奉献的精神，同时也以部分医务工作者迷失自我，害人害己的事例，警醒世人。

如果说《亮剑》中的李云龙是战争年代敢拼敢打，无所畏惧的英雄，那么该剧中的钟立行，则是乐于追求并坚守人生信仰，真诚无私，勇于面对现实和自我的当代英雄。

在物欲横流的今天，虽然有很多人利欲熏心，但总有些人，在坚守着自己的信仰，守护着心灵的一片净土。在以真纯之心，坦然面对纷争和挑战。

治病救人，无愧医德、良心，是医生的幸福。教书育人，无愧师德、良知，是教师的幸福。实现自我价值，不就是人生最大的幸福？

心底无私天地宽，坚守信仰人自刚。当我们把时间和精力用在如何精进技能时，也许会少些追逐权利、满足物欲的热情。当我们坦诚待人接物时，也许会少计较些个人得失，也不会陷在纷争里，不能自拔。

《医者仁心》是部震撼心灵的电视剧，愿主人公真诚敬业守信精神，成为我们的心路航标。

圣诞节过后去教堂
——但门没开

今天上午去王府井书店，之后就顺便去了那边的天主教堂，但门没开，我这才想到那个"圣诞节"分明已经过去两天了。去年我也来了，是在25日的那天早晨，那天零下10摄氏度，我边走边说，那个小孩子耶稣基督在这么冷的天下凡到人间，也够倒霉的——不知他会不会冬泳。人生如草，一岁一枯荣，今年我没有去年那么虔诚了，晚两天来，于是教堂的门上了锁，于是没有了"saint"（圣）的感觉。

但今天的教堂门口的那棵圣诞树上，挂满了许愿的纸条，书是翠绿的，条子是花花绿绿的，相称应着——分外地妖娆！我原想取走几张回家细看来着，后来一想，那恐怕不太好，因为本人毕竟还不是圣诞老人，还是等几天过后，让环卫的人来取。

条子上有西班牙文，有韩文，还有看不太明白，好像是东欧那边的文字，当然大多是中文的，许的愿，和天主有关的不多，倒颇像是日本神社中的那样，都是爱情啊健康啊高考呀——什么的，有一张好玩，说："你借了我的笔，你还借了我的纸，哼！"——这分明是诅咒旁边那个写许愿条的人，还有一张，更逗，写到："《不平等条约》：甲方某，乙方某，甲方承诺从今天起彻底戒烟，假如做不到，就是对乙方的背叛！"然后是甲和乙的签名——这分明是小两口在家因为男孩儿甲老抽烟戒不掉，到圣诞老人这儿说理来了。然后，就是那些把从外地来的火车票连同心愿——给钉死在圣诞树上的。

本人不太信教,但本人还是一年一度的,来沾染上点儿"saint"(圣)的气味,就如同每到这个时候,商家的店员似乎都头顶一个火红的帽子——我是红绿色盲。还有,韩国人还在"三八线"上,点起一棵挂满大灯泡的火树银花、唱着圣歌——问对面他们的手足兄弟:"有种的——同志们朝我开炮!"

显然,这世界比较混乱。北大的老师上星期从伊朗回来,说那边的教信的更邪乎——让你仿佛一下回到了"文革",他们几千个人竟然边祈祷边用钢鞭自己抽打自己的后背——那还不如叫那些中国股市赔了钱的人去帮着抽呢。还有,上周我在玉渊潭游泳时,见身边一个穿裤衩儿在太阳下溜达的男泳伴,裤裆下放了一条大鲤鱼,那鱼还气喘吁吁的,对面的码头上,人影在攒动着,船头一拨儿,船尾另一拨儿,知情人说船头那拨人信的是佛教,是放生大鲤鱼的,船尾那拨儿呢,是等着捞的,放一拨儿,捞一拨儿。问为什么明知道有人捞,鱼跑不了,还放生,知情人破口大骂:"他们丫的特他妈的自私,说只要我放生了,我的病就能好,我管那鱼呢!"

写到这里,我似乎意识到,我已经把世界上信三种主要宗教的兄弟姐妹们——轮流得罪过一遍。善哉!阿门!

不过,教好歹还是要信的,只要炮弹还不时在地球上横飞,只要航母的战斗群——美国人的——正浩浩荡荡地朝咱们这东北亚赶路。命运咋如此荒诞:10年前俺住在北美,航母们也驻扎在北美——本人那时候是贩卖门锁的,我的客户中就有过一艘航母,还有——关岛的美军基地,而俺回祖国落户后,老美的航母就调头追逐了过来。看来这教——俺还不得不信。

业余信教的另一个给力的"新动力",是越发知道人必然会死,我们都在"生生疲劳"的大路上——跨步着前进,有小碎步磨蹭的,有快马加鞭——离老天爷"三尺三"(毛泽东诗词语)的,昨天法华寺读书,我重读《于晓阳文集》,禁不住唏嘘不停。于晓阳是电影演员于洋之子,小时候常到我家来玩——我哥和他姐姐是小学同学,还记得他小时候一起骑车到小西天他家的样子,我本人,还差点和他一起去当小解放军(那时候的"酷"和"给力"),10年前还听过他电话里的声音,但45岁的时候他突然离去,留下的,是我手中的这本《于晓阳文集》(他似乎出版这本书时就已经预感到了自己的短寿),几年后再读,发觉他的诗才和文彩可能远大于他当导演拍电影的才能,但谁又知道呢,他拍的几个电影《女贼》《武则天初恋》都被审查时枪毙掉而不为世人所知,文集的一大半,都是他的呐喊和呻吟;他只比我大一岁,所以举头看看那个"天堂""天国"里的他,低头想想当下,我们就不得不每年去一次教堂检查那些许愿字条和——溜达一次寺庙烧平安香火了。

小王的来信(关于宗教的探讨):

之一:

齐先生:

您好!

刚去看您的博客,又赶上了当天发行的博文。其实那教堂是开着的,只不过不是正门,是面对教堂的右侧(南边)有一扇棕红色木门,不推很难知道它能打开——如果真推不动,那就是真关了。

其实我昨天和前天周六下午四点都去那里参加了英文弥撒——也是推那扇门才进去的。本来是想问您去不去,但怕您误以为我在传教就没敢提。

25号周六下午人很多,百分之七十是外教人来看热闹的——弥撒结束后,甚至有很多年轻人摆出胜利V字手势在神父旁边争先恐后的,如同见到影星一样兴高采烈地与神父合影——两个神父都是西方人,弥撒结束后通常在后面的门口握手欢送大家,那天正好又穿着圣诞节日红黄祭衣,可能他们认为这就是"圣诞老人"吧!昨天周日下午看热闹就少多了。

近来去王府井东堂的英文弥撒比较多,时间非常合适,不用起早,交通也最方便。您有空儿可来观摩——每周日下午四点我多数都在,但需走旁边的小门。

圣诞快乐!

之二:

没有什么,我也同样有很多质疑与指责,所以在这点上对于那些"老派"我不能算是个规范或者是合格的教友。我不喜欢那种过于"讲究形式"的祈祷,比如佛教的故意卖鱼放生、基督教过去的那种自我鞭打苦行等。我想,其实这些宗教的本质是要人们发自内心、顺其自然地做事,比如遇见有条鱼正从小溪里跳出来了,这时躺在岸边马上要奄奄一息,正好有人路过就把它放回水里——这才是真正的"放生、救命",我想佛教一定讲的是这个道理,只不过让大部分人把这些"概念"给"扭曲"了。再比如《易经》,现在已经被人们"扭曲"成只是"算命"的八卦了!

对我个人而言,我感觉有时坐在(或站在)一个"神圣"的地方,会容易使人内心产生那种庄严、沉静、平和,这样的气氛带给人们更多的是"力量"与"思考"。

小王

史铁生的离去和 2010 年的终结

今天，是公元 2010 年的最后一天了。

每年，都有用一个字总结那个年代的时尚，今年中国的那个字，是"涨"和"胀"，通胀的"胀"，涨价的"涨"，日本的那个字是"暑"——本人今年的那个夏天是在那里过的，自然知道"暑"的热度，韩国的那个字比较长，好像是"藏头露尾"，今年内韩国和朝鲜没开仗，算是韩国的幸事了；对于本人来说，似乎可以用一个词语"好歹"来概括 2010 年，比如今年好歹本人出了一趟国，还比如好歹又长大了一岁，还比如好歹女儿去台湾了，还有好歹昨天晚上，本人在北大的博士论文资格考试通过了——尽管非常地惊心动魄和玄玄乎乎。

研究还是被研究，看来还是最最难以解决的问题。

凡事，都是由"好歹"定的调子，好也好，歹也罢，好歹过去的总要过去，好歹该有个说法的要有个说法，好歹大事不会发生，好歹小事情呢——也不会清净。人嘛，好歹是要有结局的，比如今天，那个写《我与地坛》的作家史铁生先生就去世了，而我写《我与天坛》的时候，默想的，就是他那本《我与地坛》；今天是公元的年末，而明天，本来还在他的期盼之中的。

史铁生走了，地坛好歹——还在那儿；天坛也在那儿。

全书完——2010 年 12 月 31 日晚；星期五，复兴门家

雕刻不朽时光
——我用博文写春秋

【第六部】
五十还不知天命

齐一民 著

心灵飞鸿 等 评

北京燕山出版社
YSP
BEIJING YANSHAN PRESS

图书在版编目（CIP）数据

五十还不知天命 / 齐一民 著. 心灵飞鸿 等 评. — 北京：北京燕山出版社，2018.1

（雕刻不朽时光：我用博文写春秋）

ISBN 978-7-5402-4968-7

Ⅰ.①五… Ⅱ.①齐… Ⅲ.①散文集—中国—当代 Ⅳ.①I267

中国版本图书馆CIP数据核字（2018）第031476号

五十还不知天命

作　　者	齐一民
评　　者	心灵飞鸿 等
责任编辑	陈　雪　王梦楠
责任校对	杜　睿
封面设计	闽江文化
社　　址	北京市丰台区东铁营苇子坑路138号（100079）
网　　站	http://www.bjyspress.com/
微　　博	http://weibo.com/u/2526206071
电　　话	010-65240430
传　　真	010-63587071
印　　刷	北京世纪恒宇印刷有限公司
开　　本	710mm×1000mm　1/16
字　　数	152千字
印　　张	12.25
版　　次	2019年5月第1版
印　　次	2019年5月第1次印刷
定　　价	298.00元（共6册）

出版发行　北京燕山出版社 BEIJING YANSHAN PRESS

版权所有　盗版必究

谨以此书献给我敬爱的父亲!

前　言

一民：

　　我每天睡觉前，都在你的作品中度过。

　　从文字上，它给了我极大的快乐、享受和心动。从文意上，它给了我许多现实生活中的深刻启示。

　　我似乎是在重读着马克·吐温的著作，而它又大高于他那火辣般的笔触。

　　结构的完整，可与福楼拜媲美。

　　每部作品中所揭示的主题，倘若认真思索，犹如大海的广阔，也如地火般的深度。用你精美、深邃而又能搅起层层浪花的文字将读者（假定是一位认真思考的读者！）的灵魂颤动，让他认识到现实生活中的真、善、美。

　　是你那不留情面的笔触，在诙谐、调侃之中，刺痛了人类的弱点，颂扬了正直，执着了良知。

　　你的文字功底，已经达到了推波驾云的纯熟境地。你可以将任意微妙的思维、状物和一切纷繁、相互关联的人和事，干净简洁地表露无遗。

　　十几年前，在课堂里，在奔突于"百花山"的路上，我还把你看作是一个大孩子。而今，见到你的人，读到你的作品，我欣喜地看到，在

你艰辛地走过了十几年的心路上，不断地抛弃着名和利的诱惑，犹如杰克·伦敦一样地面向各种具有鲜活生命的生活，深入着，体验着，观察着，思考着——

于是丰富了你的作品中的内涵。

于是便在你作品中以白描的手法展现出了这个特殊背景下的各种人物的嘴脸和扭曲着的心态（如"马桶三部曲"）和他们各自未来的命运。在现今，在丑恶的名利场"角斗"中，漂浮在水面上的一些所谓的"作品"，是假冒伪劣作品的泛滥成灾。

而你所铺写出的百余万文字，像一块金子，即便投在湖底，也会熠熠发光。随着年深日久，更会成为不朽的著作。

因为你的文字，在"笑里藏刀"中触及到了中国人灵魂的底线！

在对你作品的几次复读中，我一方面赞叹你的表述技能，一方面因你独有的语言魅力使我从心底萌生阵阵笑意，另一方面也使我感受到"人"的悲哀，可怜又同情！

当你提起西湖时，你文字又带着柔情的一面，使我坠入诗的梦境之中，使我如梦如幻，使我顺着你那如歌慢板式的语言缓缓地飘向极乐的自然之中，令我陶然……

你的各个阶层生活的沉淀，你对现实生活的敏锐观察，你的胆识，你的直白，你的良知，你那独有的布局谋篇，你那天赋般的文字运用，必将，最终，在圣洁的文坛上筑上一块基石！

这是老师我对你的一片热烈的企望，会是这样的。

几段文字，是作为新年的礼物吧。

老师　张金俊

2005.12.16

寄语齐先生
——写给灵魂有香味的人

原来我曾经想过,如果哪天我要向陌生人介绍齐先生,该怎么说呢?若是做详细的介绍,担心话多了容易让人一头雾水摸不着头脑;若是简而言之,又觉得三言两语说不清楚齐先生的事迹为人。因为齐先生的人生阅历太过于丰富,包括他的学习、职业、创作、作品、藏书……

齐先生与我相识快10年了,用营销编辑小涂的话说,是我的"铁杆粉"作者,但其实我不是很确切地记得齐先生的年龄,在我的印象中,自认识他开始,他大约四十多岁的样子,奇怪的是现在依然感觉他还是那个年纪:他的思维反应还是那么快,上下楼梯还是跑来跑去一阵风似的,演讲起来几个小时不用打草稿……这就是齐先生第一个让人捉摸不透的地方:他的脑力和行动力让人猜不出他的年纪。

到现在为止,我对齐先生的了解大致源于他的作品,以及他不经意间谈及的更换过十几种职业,掌握数国语言之人生经历:上个世纪八十年代早期的天之骄子;然后拥有了同龄人最羡慕的职业:被国家贸易公司派驻日本;接着在八十年代末出国留学,从兼职到打工一直干到高级经理人,经商足迹踏遍五大洲,直到自己开公司当boss,期间还不忘把自己经历创作成作品——这就是我早先帮齐先生出版的《自由之家逸事:新乔海外职场"蒙难"记》以及《走进围城:新乔"内外交困"记》;在快达到一般成功学眼中的人生巅峰时,他却毅然回国,做起了自由职

业人：继续经商，却又自己关停公司到北京语言大学任客座老师，又开始继续写作，还出了畅销书，还在50多岁完成了北大的博士学业，目前在练习书法绘画；对了，忘了说，齐先生还是多项运动健将……，面对这样跨界复合型的斜杠中青年，就是齐先生第二个让人捉摸不透的地方：该怎么界定他的职业呢？

当我逐渐了解齐先生的创作之后，觉得他的作品和他的人一样：很难界定风格范围，初看平淡无奇，细读却耐人寻味。这就是齐先生第三个让人捉摸不透的地方：他想要表达什么？

好像是去年，齐先生思虑再三加入了北京市作协，其实他十几年前在创作方面已经"出名"了。早在2000年，因齐先生创作的《妈妈的舌头——我学习语言的心得》畅销，曾作为湖南卫视"有话好说"栏目的特邀嘉宾，和新东方两位合伙人俞敏洪、王强一道与李阳（"疯狂英语"创始人）就外语教学方法"舌战湘江"。2012年，他曾经作为两位代表之一，与苏童一起参加了第一届澳门文学节，参选的作品是在海外也颇有影响力的短篇小说《电梯工余力》。

齐先生曾经跟我和王梦楠说过，我们做他的书，无论装帧还是内容简介都传达了他最想要的效果。曾经一度他还希望把我们的名字加在作者之后，在我们再三解释作为编辑不能如此之后，他显得很失望，因为他觉得经过我们打磨后的书稿宛如整容成功的美人。齐先生说这些话并非完全夸张：他的作品文如其人，也充满了"奇"的色彩：初看第一遍时得"咬牙"看，因为那种齐氏语言风格让你的头脑有一种要爆炸的感觉；但是耐心打磨文字一两遍之后，读起来会有点爱不释手：因为嬉笑怒骂皆成妙文，因为黑色幽默的语言让你忍俊不禁，因为他弯弯曲曲地说出了不少人生真理，因为在反讽尖刻的背后藏着他善良博爱的心胸……

例如这套即将出版的6卷本的《雕刻不朽时光》，洋洋洒洒100多万字，摘自他2006年到2011年的博客文章。2006年，博客还是比较流行的网络写作方式，齐先生有心想写点纪念的文字。当越写越多，越来越多人参与齐先生的博客讨论时，齐先生有了一个很符合他人生阅历的大胆想法：他想写一部中国版的《追忆似水年华》，作为一名心怀中华民族复兴执念的普通中国人、一名土生土长的北京人，以纪念百年奥运前后发生在自己周边的"大事"。

我个人比较喜欢这种风格的作品，除了延续齐先生一贯我行我素的语言风格之外，更因为欣赏这种微言大义的春秋笔法，于无声处描述普通民众眼中每天都在发生变化的中国和时代，是一个人的微观史。同时更在其中浸染了作者浓郁的爱国情怀和对社会人生的哲思践悟，既像随笔又像杂文，总在精彩议论之处戛然而止，文后还附有一位好友的精彩点评。对了，齐先生最擅长的事就是这种麻辣香锅式的大杂烩，在不停地煸炒过程中，炒出了一种独特风格味道和精神——我以为是：天下兴亡，匹夫有责。

但这套书绝不流于说教，相反这套书颇具阅读的趣味性，齐先生把他独具一格的黑色幽默和略有几分"哀其不幸，怒其不争"之反讽完美地结合在一起，读起来轻松有余，笑中带泪。我印象最深的就是齐先生在一篇文章中，不露痕迹地对有些"富贵人"进行反讽，因为他们在欣赏交响乐时像看京戏一样中途鼓掌叫好，读起来让人忍俊不禁又若有所思。

齐先生这套书几年前就交给我了，抱歉到现在才算是基本完成任务。估计很难达到齐先生一如既往的期望，但期待读者会有奇妙的解读，以符合齐先生之奇人奇作。在调入中国言实出版社工作之后，虽然跟齐先生联系不多，但我知道他一直默默关注着我（经常在我的微信里点赞），所以总觉得应该为他这套书写点什么，不敢说作序亦不敢说推荐，主要

想纪念与齐先生因书结缘的美好往事，因为齐先生留给我的，除了散发墨香的图书之外，更有散发香韵的灵魂。

祝贺齐先生多年巨作终于付梓，期待斜杠青年今后带来更多惊喜！

李满意

2018年6月30日于时雨园

目录

2011年1月

- 01.05 新年寄语——就让子弹飞吧 /001
- 01.06 也说姜文的霸气 /003
- 01.09 阳光初照滑冰场 /004
- 01.11 在地铁中感受周围居民楼上的颤抖 /005
- 01.16 天安门东的孔子塑像印象 /008
- 01.20 那个不该被忘却的《钢铁年代》 /010
- 01.23 在北京寻找北京人——从"丹丹体"想到的 /012
- 01.30 关于李娜没拿到澳网冠军以及新版的《水浒传》 /014

2011年2月

- 02.02 向老虎说声"别了" /017
- 12.04 谁说赵本山《同桌的你》俗气 /019
- 02.06 说几个春天的邪乎故事 /021
- 02.10 女儿放单飞和北京60年下得最晚的雪 /024
- 02.14 石京龙滑雪场和王教练 /026

02.18 ○ 从埃及的解放到正月十五的月亮 / 028

02.23 ○ 两家称呼不同的医院——一个叫"老乡",一个叫
"奶奶" / 030

02.28 ○ "长期"保姆的故事和小汪切磋"商技" / 032

2011年3月

03.06 ○ "齐叔"带领清末状元的曾孙女游京城 / 034

03.09 ○ 被拆了!济南火车站 / 037

03.13 ○ 日本的大地震纪录 / 039

03.16 ○ 核爆?——从东京传来的消息 / 041

03.19 ○ 我顺手抢购了一瓶草菇酱油 / 043

03.23 ○ 在国图看到了自己写的书 / 045

03.25 ○ 小哭和大哭的柴可夫斯基 / 048

03.30 ○ 北约为什么非要打卡扎菲——记本人的本年度的
第一次"开讲" / 050

2011年4月

04.03 ○ 和中国人讲外文的不自在 / 052

04.06 ○ 无雨有花的清明和有核物质的海洋中的鱼鳖
虾蟹 / 054

04.11 ○ 金色蛋糕一样的上海 / 056

04.17 ○ Free-lance 就要开始的终结 / 058

04.23 ○ 天上落下的是"核雨" / 060

04.27 ○ 我帮助巴基斯坦总工会书记"充电" / 063

04.29 ○ 庆祝第二篇"垃圾论文"的发表以及对巴基斯坦

工会主席背影的回望 /065

2011年5月

05.04 ○ 从景山顶上望朦胧的故宫 /067

05.07 ○ 拉登死了 /069

05.12 ○ "老友记"和女儿成绩的飞跃 /070

05.13 ○ 和陈慕华合影的日子以及俄罗斯艺术的

美轮美奂 /072

05.21 ○ 波切利和她们的歌声 /074

05.26 ○ 从胡适的"假博士"头衔到犹太人卡恩的性侵犯 /076

2011年6月

06.03 ○ 小师兄的答辩和百年讲堂上演的戏剧 /078

06.06 ○ 祝贺你,李娜 /081

06.13 ○ "蒙娜丽莎"北京的真容 /082

06.19 ○ 范曾状告郭某的大获全胜有感 /085

06.25 ○ 平静悼念马伯伯 /087

2011年7月

07.01 ○ 关于唱红歌和党的生日的纪念 /091

07.04 ○ 虚岁五十 /093

07.09 ○ 生活速写:圣保罗大学、郭美美、水华以及崔如琢

老师的大皮鞋 /095

07.17 ○ 达·芬奇有密码吗 /098

07.24 ○ 出版的"组合拳"和众多的"飞来的横祸" /100

07.30 ○ 国人都得了"恐高症" /102

2011年8月

08.07 ○ 有些失望的延庆 /104

08.17 ○ 醋意的山西 /106

08.23 ○ 我看到了开题的曙光 /110

08.30 ○ 和老外一道旁听中国聋哑人"开会" /112

2011年9月

09.03 ○ 五十而刚知道天命——我的开题报告得了

88分 /114

09.12 ○ 黄世仁都向杨白劳借钱了 /116

2011年10月

10.02 ○ 有点像金丝猴的梵高和由"姐夫"指挥的老柴的

《第二交响曲》《第五交响曲》 /118

10.13 ○ 《马勒第四交响曲》和本不该鼓的雷鸣般的掌声 /120

10.23 ○ 人在五十看死亡 /122

10.26 ○ 成功地死在了中国的丹尼 /125

10.29 ○ 死于《无病呻吟》谢幕时刻的莫里哀 /129

2011年11月

11.05 ○ 追思光合作用书店和美国教师丹尼 /132

11.14 ○ 《雕刻不朽时光》="天命"乎 / 137

附录《谁出卖的西湖》留言 / 139

新年寄语——就让子弹飞吧

这卷关于2011年中国和世界流水账的名字,与我今天看过的电影《让子弹飞》同名。时间像子弹一样地飞行,跨过一个个障碍的栏,然后,越过了110米的终点,再接着飞上一会儿。人也同样,人的生命被时光上膛,扣响扳机之后,就划着弧线吱吱地在空中飞奔,然后,打中目标,再落到地面上,扎到泥土中,长成树,结成果子,最后,终归成土。

姜文犯的是当代电影人的通病,就是想在90分钟的时间里,告诉大家太多的东西,电影里出现了很多人,都有复杂的人性,结果,观影的人仿佛去了一趟疯人病院。疯人和普通人之间有一个谁都不太注意的区别,就是疯人都显得比普通人聪明,疯人无所不能,疯人是合成物,疯人的思维是多维度的,正常人的思维一般达到三维度已经是很聪明了,但疯子能达到七维度以上。把20世纪50年代的人带领到2011年上映的《让子弹飞》的影院里,非把他们吓死不可;或者相反,他们会显得比银幕上的人还正常呢;当然,你把现在的疯子带到20世纪50年代的现场,疯子也会沉静。

我们的时代在不知不觉之中疯跑,子弹越飞速度越快,有时我们打出去的子弹,飞着飞着,就不知道飞到何处去了,仔细一瞧,原来,打到了自己的后臀。

我赞赏姜文的名言:"站着,而不是跪着——挣钱!"我是职业商人出身，我知道那两种挣钱态度的区别，比如，我原来是做销售的，那就是跪着挣钱。每一个人，都不可能一辈子跪着、蹲着，就连《红楼梦》贾府门前的石狮子，也有蹲累了的时候。人也不一定一辈子都是站着挣钱，有时，偶尔跪上一跪，也不啻是一种新的、舒服的姿势。

2011年的这个年呀，像一颗子弹头飞起来吧！

"无逸斋主"的评语：

你说出了一个真理，方向比速度更重要，可惜，更多的人都只看重出枪的速度，可一旦打错了方向，屁股自然就保不住了……

也说姜文的霸气

近来总是被论文开题的事情焦虑着、烦恼着,于是,我想起了姜文饰演的张牧之的霸气,我想,有焦虑的人是霸气不起来的,而有的人的霸气与生俱来。人们喜欢有霸气的人,但那只是一种隔着一层膜的"鉴赏",哪天你真的"被霸气"一回,就不觉得舒服了。人都想自己能霸气,想着别人被你霸气,一旦颠倒了过来,这世界——就不太平了,试想,满大街的都是姜文演的那样的霸气之人,拎着长筒枪,戴着墨镜,足蹬长靴地招摇着,还满嘴的脏话,那么,你就会特别怀念——葛优饰演的马邦德;此人集中国人的痞气、二赖子气和哲人的智慧于一身,有点子中国人身上的特别精神,装傻而不真傻,充愣而不真愣,谦恭而不软弱,不过,也不能满大街都是。总之,人性是需要相互调和的,既不能都霸气,也不能都怂,见着怂人的时候,你别老压不住火气,有张牧之般霸气的时候,也会有马邦德似的怂包的时候!

阳光初照滑冰场

今天在阳光和风中来到后海湖面上打冰球，打着打着我发现，现在打冰球的人越来越少了。和认识的冰球教练及另一个老兄聊，他们也察觉了。原本能在后海冰场上螃蟹般横着滑的最惹眼的那伙人眼下都已经60岁开外了；60岁之前两脚劈开横着滑冰，凭借的是技术，但一过60岁之后，即使会滑冰，也因为体力的关系只能趔趄着行走在冰上，于是呢，滑冰的人越来越少了。

我和北海冰场上认识的那几个人每年都见面，这样见来见去，就已经认识三四年了。每天见面的有你和你的配偶，一个月见一面的有你和你的工资条，只是和工资条见面的渴望度要超过配偶；一年见一面的是我和北海的几个滑冰友了；再有，就是几十年见一面的——你和你的运气仇恨，运气不可能天天厮守着你，同样，怨恨仇视也仿佛天上的黑洞，你不愿意将其仰视，但它一直在。

其实后海和其他北京冰场上的人，不停地流转着，他们一拨拨地登场，一拨拨地又下场，中间还有人才的断代。冬天一次次地如约而至，最令我怀恋的是四五十年前在冰面上"茌冰"（好像是这个"茌"字，争强斗胜的意思）的矫健身影，那些身影有的和作家史铁生似的——永久地离开冰和湖而去了，有的坐上了轮椅。

岁月如冰，像冰一样的岁月。

在地铁中感受周围居民楼上的颤抖

今天的这个日子有意思,里面有五个"1"字,所以可以把今天当"五一"来过。

报上说大兴线地铁一通车,每当列车在地下通过时,一些离地铁只有30米左右距离的居民楼屋里的茶杯就跟着颤抖。于是我今天就亲自去坐了一次,想体验像蚯蚓似的在地下活动,当地铁列车如飞速的子弹般行进时,把住在18层楼里人家的茶杯子——疯狂震动的实际快感。

北京城原本有6个核心区,去年变为4个了。北京城像个大黑肚子蜘蛛,黑蜘蛛的肚子,就是这4个核心区,而刚建成通车的5条郊外线,就好比蜘蛛的5条新细腿,其中的一条——好像是通往良乡那条,中间还虚了一段,是条断腿。今天我坐的是大兴线,就是蜘蛛朝南伸出去的那条。

我长这么大,大兴我总共去过两次,小时候去学习过一次贫下中农好干部"王国福"的事迹,他就是大兴的。不知道王国福同志现在还健在不,地铁终于通到了大兴,而且每次从地下走,都让地面上的人跟着心房颤动。

我去大兴,第二个想看望的是大约10年前搞建材公司时,打官司认识的一位法官,他是大兴法院的,他特别同情我的遭际。可以说没有他,也没有现在的我。

地铁到达据说是大兴区中心的某个车站后，我下了车。我向三个人打听了大兴区的中心在哪儿，这三个人，一个是餐馆跑堂的，一个是蹬三轮充导游的，最后一个是戴袖标的城管，但他们都不知道。于是我似乎来到了卡夫卡小说里的那个《城堡》。我实在没办法了，就问他们知不知道大兴法院在哪儿，他们更不知道了，我说："连我都知道，你们咋不知道呢？"他们听了还是说不知道。莫非我看上去很恐怖吗？

我终于看到一幢特别粗壮的大楼，我以为是法院，仔细看，原来是大兴公安局。

另一个高门槛的，是大兴税务局，建筑的半个楼好像还没修理完善。

最后我在距离一开始我询问地点大概100多米的地方找到了大兴区的中心。那中心，竟然也那么地繁华。我凭借蜘蛛侠似的感觉知道，这儿，已经离大兴法院不远了。但我也凭借蜘蛛侠似的触觉知道，即使我找到了那个法院，它恐怕也变成法院的"原址"了——印象中它太简陋了，还有，那个判案的老法官，也早该退休了。

于是我在一个叫作"华美"的书店，买了一本日本作家太宰治写鲁迅的小说，名叫《惜别》。鲁迅在日本待了7年，写了一篇散文，就是《惜别》。我翻看着，看里面是否有和我所做的博士论文有关系的东西，结果没有。

※

从上周开始我每天都写着论文。我每天至少写2000字，虽然我知道我写的2000字大多不是论文，但我只能写和必须写，别无选择。我发现用电脑写东西容易，用电脑删东西更容易，所以我不怕多写。我在紧张地准备着2011年底北大中文系的论文开题。我虽然以惊险的方式，在去年年根儿成为了一个"北京大学博士候选人"（PhD. Candidate），但如果今年12月开题开砸了，我或许就会一辈子Candidate——候选下去。

所以开题于我，就如同开膛，顺利地开过去了，那膛，还能被缝合，还能继续地活；但万一开不好，那肚皮下的"膛"，就再也合不上了，那于我，未来就如同住在地铁线上经济适用房里的人们一样，每5分钟就要被轰轰振奋一下子。

天安门东的孔子塑像印象

今天天安门东、中国历史博物馆门前立起了孔子雕像。我去的时候，孔子雕像还被围栏围着，但即使是被围栏围着，也阻碍不了它的伟岸。孔子雕像用了17吨重的铜铸就，因此孔子雕像看上去仿佛一座小山。孔子雕像面部苍老，面目表情高深莫测，半露微笑，我想，孔子之所以这副表情，是因为自己这次不再是被批倒的对象，而是被树立的典范，不过不知道铜雕像这一次"被罚站"多久。

17吨的铜，是够重够多的。几十年前号召捐铜时，我家实在是没有铜，我就打起了一个老木箱子的主意，那上面有一个铜制的机关。

同样要立像的，是刚刚去世的作家史铁生，人们建议在地坛中给他塑像，因为他写了《我与地坛》，但也有反对的，说名人太多了，不能一一立像，就拿张艺谋来说，不该因他在鸟巢导演了奥运会的开幕式，一旦他没了，就给他在鸟巢立像；也不能因为冯小刚拍摄《非诚勿扰》时取景过北海道，一旦他死了就在北海道给他立像，真要立像那也要征得日本的同意。

由于写论文的需要，我在读胡适的书。胡适的书真好读，饱含学识，平易近人，非常白话。知识分子会变得腐朽，知识也会过期，但知识分子的灵性却能跨越时空保鲜——即便你不立铜像。胡适的书你别管横着读、竖着读，甚至倒着读，你都能体味到他身上的"胡适味"，那味道不温不火、不咸不辣，但十分地从容和睿智，感觉着有点像一杯温和的"永和豆浆"。

鲁迅书的味道，却是"上岛咖啡"或"海底捞"用的底汤。我昨天在法华寺的家里读着鲁迅写的一篇关于译著的说明，本来是篇应用文，但读着读着，就咂出小说的味道了，鲁迅把持不住了，就白话起来了，连讽刺带挖苦、指桑骂槐、旁敲侧击。他还说文学和文艺中，是不能没有趣味的。我想我看他的书时偷着乐，他看我读书的样子，也在偷着乐吧。

就连在天安门前"被罚站"的孔圣人，夜间兴许，也在偷着乐哪。

"心灵飞鸿"的评语：

很精彩的文字，我是笑着读的。在这些比较中，读出了你对从容睿智的胡适、辛辣讽刺的鲁迅的褒扬，对曾经被打倒，现在又被雕像的孔子命运的思索。从五四运动的砸烂孔家店，到"文革"的批孔，再到今天被竖立于天安门前，时代似乎拐了一个弯，又回到了那个点上。

那个不该被忘却的《钢铁年代》

陈宝国(饰尚铁龙)、冯远征(饰杨寿山)、姜宏波(饰麦草)主演的电视剧《钢铁年代》播放完了,本来想赶快忘了,可实在是忘不了。

《钢铁年代》说的是20世纪50—70年代鞍钢的故事。我1970年前后去过鞍山一次,记得那时鞍山的街道的正中央,还跑着有轨道的电车。忘不了"钢铁年代",忘不了工厂里的工人。那个时代是工人阶级当主人的时代,是戴鸭舌帽的人最荣光的日子。那时候我们小学生常去工厂学工。首钢的特种钢厂,就在北京木樨地我家附近。我们学工时也身穿工作服,而现在呢,工作服都变成了西服,戴鸭舌帽的都变成了秃瓢儿。

"钢铁年代"讲究的是烈性和硬度,现在的社会要求的是"柔软"(孟京辉、廖一梅先锋剧用语)。硬度有衡量尺度,20世纪的工人,他们把钢的硬度炼到一定的程度,钢,就能被装到原子弹里去,但"柔软"的尺度极难掌握。就比如我现在在北大,就被要求进行"学术柔软"练习,练习我的学术耐力和定力,但咋练?这在知识界,是没有固定尺度的。是劈叉劈到大腿和腰部韧带撕裂为止,还是即使都断裂了,你站不起来了,瘫痪了,也不算成功?

我除了小时候做学工当工人之外,还在北美的厂房里历练了6年,我在蒙特利尔工作过的公司有个车间,也有一个非常大的锌锭冶炼炉,而该公司在美国的分公司有专门制造钥匙的厂子,也有个冶炼炉,用来冶炼铜，原料是枪弹的子弹壳。因此，那时上班时，也热火朝天的。

不过现在那些，都只是记忆了。本人现在需要苦练的，是学术的和知识分子的——柔软。

在北京寻找北京人——从"丹丹体"想到的

现在的北京个人总觉得没几个正宗地道的北京人了。这是从最近宋丹丹的"丹丹体"那儿想到的。宋丹丹说:"我只是一个普通的长大了的北京女孩儿,看着自己的城市蒸蒸日上但又不乏黑点,就没人说话吗?多让人难过……"她那话用在本人的身上,就会变成:"我只是一个普通的长大了的北京男孩儿,看着自己的城市蒸蒸日上但又不乏黑点,就没人说话吗?多让人难过……" 她是劝诫潘石屹别再盖建外SOHO那样的楼了。但据说她丈夫也是搞房地产的,开发的楼盘就在我们时常游泳的玉渊潭的北岸。她看潘石屹的楼别扭,我看她老公盖的楼也挺别扭的。凡是楼,都有碍观瞻。她老公盖的那个10万1平方米的楼,在游泳的人和野鸭子的眼里,其实就是一个"黑点",而且"点"要长达70年之久,点要熬到俺的外孙子辈儿,也挺闹心的。

但从宋丹丹的话里话外,我找到了北京人的那股子劲头。北京就像是饺子皮,我父母是1955年随伟大的中国共产党来到北京的,于是我们家,就被包进了这个饺子皮,那时候的北京似乎只有"一环",如今都变成六环了,北京现在变成了大馅包子。想找宋丹丹那样的北京女孩儿,还真不太容易嘞,地铁里基本没有,海淀区也不太多,天安门那儿也极少见。到处都有北京出生的孩子不假,但大多还没"长大"。我觉得身上要有一个城市的"乳臭",而且未干,最起码要长大到40岁以上吧

——俺这样的。

北京这个大包子、大饺子里的"馅儿"——我是说40岁以上的"北京人"的特点,我想了很长时间,似乎唯一能说出来的,就是"不死要面子也不受活罪"。面子哪儿的人都要,北京人也是,但北京人要面子,一般都到不了非要"死"的地步,半死和差不多就行了。其次,北京长大的男孩儿、女孩儿即使是受罪,并不特别地和"罪"较真儿,也是受得差不多就行了。昨天我们带着女儿去一个全封闭式的绘画学校学绘画,去以前,老师在电话中就一再说"北京的孩子可不爱吃苦呀",原以为女儿和本人一样,是特能吃苦的一类,可当她看到学校六个人睡的乱屋子和每天早晨一块钱的早餐、每天晚上只有一个茶鸡蛋的伙食,顿时,第一想当毕加索、第二想当达·芬奇、实在不行就当女徐悲鸿、女张大千的雄心壮志瞬间就灰飞烟灭,拉着我们就颠儿(跑),边跑还边喊着:"我不想军训!"

关于李娜没拿到澳网冠军以及新版的《水浒传》

马上属兔的本命年就要到了,我们这些个属虎的,也马上就轻松了,我不仅提前脱掉了那件脖领子血红的、已经几个月没敢换过的脏毛衣,为了能把本命年的最后几天过好,我还决定除非有特殊的情况,就不轻易出门了。我在写每天都写的也不知道写了有没有用的博士论文开题报告。记住,本人正式"开题"的日子,大约在盛夏的6月,也可能大约在冬季的12月底。按照我每天都能写1000字的速度计算(周末除外),在6月份开题时,我就能写12万字,但万一题目开不了,这12万字,就毫不客气地都会变成垃圾。

明知道自己有可能生产的是垃圾,我还不能够停止眼前的工作,因为我不可能在连垃圾都不生产的情况下,每个月拿北大给的2000元的助学金。那助学金都是国家的钱,国家的钱是纳税人的;即使本人现在每年纳的税额要远大于从北大领取的助学金,但一码事是一码事。本人纳的税,可能都给了真正制造垃圾的人了,而本人和那些人不同,本人生产的是十分易于处理的电子垃圾,是电脑上的字符而已。

每天写1000字的后果,是我已经不太会写别的东西了——就比如这种"博客",这在学者们以及已经写了几万字"学术论文"的本人的眼里,是算不上什么的。写论文虽然也是说人话,但和正常人说的人话是迥异的。写论文时说的每一句话,都是要有出处、有根据、有论据的,而我们平时说话时，是无须如此严谨的。打个比方，你看到一条好看的哈巴狗，一般说话时你会毫不犹豫地脱口而出："真是条好哈巴狗！"一旦用学术语言说话，你就会犹豫再三：亚里士多德那么说过吗？孔夫子说过吗？老子说过吗？孙中山、毛泽东说过吗？奥巴马说过吗？萨达姆、齐奥塞斯库说过吗？赵本山、郭德纲、周立波说过——那条狗是条好的或坏的或不好不坏的——哈巴狗吗？你要说它是不是好坏时——先做好如上的调查，然后你再说你怎么想，否则你就没法开题，你说的就都是垃圾了。其实，你自己怎么认为并不重要，你甚至可以不说一句关于那条狗的好话，或者坏话，只要你把从亚里士多德到萨达姆到周立波，乃至从宋江、武大郎到武二郎等所有能搜集到的（从图书馆）关于那条哈巴狗的议论都罗列一遍，你关于那条哈巴狗的学术判断就已经做出来了，你大概就能开题成功，就能继续你的有关哈巴狗的学术研究了。

我不知道说明白了没有。

关于李娜昨天为什么没能拿到澳网的冠军——那场把本人心脏都打得跳出来了的比赛，我还没来得及做学术上的研究——我还没搞明白亚里士多德、老子、萨达姆、武大郎、潘金莲以及小沈阳对昨天李娜为什么没能拿冠军的看法，所以，我坚决不能给你答案。但"关于"二字，注意到了吗，是带了学术味儿的。

※

最近，我买了新版《水浒传》的光碟，看得真过瘾。我甚至在戏中，看见了一条宋代的哈巴狗，它就在开人肉包子铺的孙二娘家的灶台下转悠。宋代人讲究的是"仗义疏财"，现代人时兴的是"仗财疏义"。反正"义气"在今人这儿，是"博傻"的意思。真该对"义气"二字，从起源进行一番学术上的梳理。但有一种人，我和我的朋友们都是小瞧的，就是特别抠门儿的那种人。近来还真就这个问题达到了共识，我们发现，别管是《水浒传》里的，还是《让子弹飞》时代的人，都不喜欢特别抠门儿的人——尤其是男子。好在本人有一点山东血统。山东人一般都不抠，凡是抠门儿的山东人，500年前都被武松、鲁智深用戒刀和禅杖消灭掉了。

就连俺的论文字数，也像是山东人后代写的——俺绝不抠，俺最少要写40万字。

向虎年说声"别了"

当今天早晨9时前后,我站在景山的山顶上俯瞰着紫禁城时,我已然站在了虎年的尾巴上头了。今天的紫禁城甚是富丽堂皇,甚是宁静致远,甚是韬光养晦。

我总习惯隔三岔五穿过北海,到景山的山顶去看这个我生于斯、长于斯,或许也会死于斯的城市——北京。这座城市近10年间,已然是气派多了。10多年前我从加拿大蒙特利尔——那座法国人为主流的城市死乞白赖地回来时,北京还是世界中的"二流成员",是边缘,是可有可无,10年过后,它竟然变成了世界的一个中心。这紫禁城,也恍惚间有了本有的从容和气派,也俨然变成"核心的核心"了。虎尾巴兔子头的这个片刻,北京是如此的寂静——因为占城市人口半数的人都回老家过年去了,紫禁城才露出了大家闺秀的淡定和从容。而我,是极少数目睹它"真色相"的早起的人——本人给所有朋友发短信拜年时,他们都还在床上没起。留守在这座城市的人,都无福端详"大年"前一天中国首都富态的容姿。

再过几个时辰,属虎的人的本命年就要结束了,下一个本命年到来时,本人就是60岁了。早晨在三里河老家小路上行走时,偶遇一个小学同学,他的名字就叫"虎年"。和老虎相比,兔子不仅尾巴太短不给力,打架也不行。难道属虎的人个头上都像是武松,属兔子的人都像是《水浒传》里的矮脚虎王英?武松之所以是个"大英雄",是因为他和老虎格斗时取得了最后的胜利。要是武松因为三拳头打死了一只兔子而被中国人祖辈崇拜的话……

还有，越南人也避开了兔子，他们管兔年叫作"猫"年。所以，这个兔年的地位还是有争议的嘛！呵呵。不过兔年生人对虎年生人的最大帮助，我看，就是帮俺们把本命年的"地雷"解除了。还要谢谢兔子老弟。"本命年"本是巫术，我从来不真信，但下一个本命年偏偏落到60岁头上，是个整数，你再怎么不信，也要提防着点。

虎年我有一个特大的遗憾：虎年年初和家小到龙潭湖逛庙会，看见一个"虎头"，灵气活现，我犹豫了一下没买，再想买时，转回去就再也找不到了。昨天在崇文门"新世界"商场那儿还想买个虎头，可都一色是兔子了，才知道俺们老虎的"末日"真是快要到了，兔子是今年的"主角儿"。到俺60岁的时候，俺一定再去龙潭湖庙会，俺非把那年卖的所有虎头包了。

Travellerfoot 的评语：

齐老师，加您好友这么久，印象您已经50岁出头了，今天看您博客这么一说，跟我差不了几岁。于是敢放肆地给您留言，目的是接您的虎气，还有福气，和您北京城的大气，您别不高兴，再大一点我真不敢这么说。兔年吉祥！

雪梅的评语：

过年这两天的确感觉到了北京应有的那份大气和从容，这种感觉真是久违了，常常处在喧嚣和浮躁中，难得你站在景山上的这份心境了。顺利渡过了本命年，兔年自然吉祥啦！

谁说赵本山《同桌的你》俗气

看网上对春晚赵本山小品《同桌的你》口诛笔伐，齐叔叔我就有点不开心了，于是，也想从我的论文胡适和反对白话文的林纾、严复们的论战中暂时抽出身来（我的论文昨天大年初一就又开工了），和反对赵本山的人用《水浒传》中名号叫"青面兽"杨志的大刀搏杀几个回合！

挺羡慕《水浒传》时代的人物，人人都有个名号，洒家好歹也有一个，叫作"齐天大"。

看赵本山的小品，你们不要看主题，你们只要看风格，他的小品题材怎么变，只要演的人没变，风格就没变，还是那群俺的东北老乡，一身子的"彪"气——从小沈阳到王小利，都土得掉渣，但纯真和朴实，小品有荤有俗，有喜庆有快乐，这是东北小品特有的"野幽默"。哦，我找到这个词了，就是"野幽默"。和"野幽默"不同的是"洋幽默"，代表人物有卓别林和本人齐天大。昨天在北京台的"春晚"上，有一个光头说相声的，说的就是"洋幽默"，他用一个小学生写作文的口气说："在一个风和日丽的下午，老师决定组织我们全班——去爬珠穆朗玛峰（咋就像俺爬景山似的）。"后来他们班还真都爬山去了，带头上去的是他们班的体育委员，那个委员在珠峰顶上发现了一块绿地，还看见了正想开发那片绿地的开发商们，有任志强以及潘石屹（后几句是我发挥的）。

在弄清楚"野幽默"（土幽默）和洋幽默的区别之后，再回头看看赵本山的《同桌的你》，你就不再"彪"了。赵本山能编出小品《同桌的你》，原本就不太容易——他从没上过学呀，所以那叫"野幽默"。他"洋幽默"的成分在台下，下台后他需要吸氧，他吸着氧气为人类制造快乐，还遭着人骂（也包括他自己），这就叫"洋幽默"了。

谁都有过"同桌的你"，原本没人在意，等有心人将这段往事写成旋律，那一个个同过桌子的人如"映画"（日语：电影）般飘零回来了，于是回忆有了意义。生活本无意义，意义都是人赋予的，将生命中一个个瞬间留下一串的印记，人的一辈子活着的意义也就真留下了。有了施耐庵，就有了《水浒传》中的那些个风流人物；有了曹雪芹，贾宝玉也就没白活了一场，谁又知道再过50年，人们的脑子中留下的，是不是赵本山和他从没有过的——"同桌的你"呢？

一到大年初一，我那个诺基亚老手机的收短信功能就失灵了。我能发，但不能收了。结果，我辛辛苦苦给别人拜了半天年，一个回拜的都没有。可能那些短信们，都被那个相声里说的小学老师——给带到珠峰顶上去了！但是，老伴的手机来拜年的短信声音却日夜不停，都是找她看过病的人发的。看好病了的发信，是为了表示感谢，没有看好的病人也发短信，我估计是想求她继续治疗吧，所以和老伴的"人气度"相比，我就只有趁明天天气好，在老师的带领下，去征服一座相声里说的、比珠峰更高的山峰吧！

说几个春天的邪乎故事

昨天打冰球把左手腕和左肩膀摔坏时，我才意识到右手腕和右肩膀的伤已经恢复得差不多了，才醒悟上帝给人一边安上一条胳膊，是有目的的。今年后海冰场上来了一群滑跑刀的，他们围成了一个圈，滑起来都仿佛是"神行太保"戴宗，又好似在一条跑道上抢着起飞的歼-20。我们几个打冰球的，则在冰球场"厮杀"着。由于冰面质量太差了，我抢球时一个后马趴摔下，80多公斤的重量全都落到了手上，顿时手、肩膀没了知觉，但还能摇晃。万幸没骨折，但不能自己穿衣服，夜里也翻不了身，一动就剧痛，好像在上刑，因此，我体会到姚明、刘翔经常受"伤病困扰"是咋回事了。上次在紫竹院把右手摔伤了，我休养了大约两周，据此经验，我这次摔伤休养一个星期足够，本人要好好调理，争取参加2月13日的滑雪。

※

第13中学校友绍军兄来电话，说他过节发了一万块钱奖金，让我两天内紧急召集班里同学们聚会，他请客。我说那哪来得及，他有些急了，说我都快50岁了，太想和大家见见面了。

当兔年的耳朵一点点暴露出来以后，我发觉属虎的人都得了一种"50岁恐惧症"，大约一年多以后，我们就陆续到半百。以前不知道半百是什么感觉，就好像100岁的人不知道百年之后是什么滋味一样，因此，属虎的人最近都爱说"我都快50岁了"！不信，你看看周边属虎的，都有这个毛病。你骂他（她）一句，他（她）准会说："我都快50岁了，我还跟你一般见识？"你给他（她）压岁钱，他（她）准会说："我都快50岁了，我还要你的钱？"

50岁是个前不着村后不着店的目的地，或许是"墓地"。50岁还没到，人就开始絮叨了，等真到50岁那一天，反倒踏实了。人一辈子，就这么10年10年地活着，只有前进，没有后退。

昨天在后海滑冰时碰到一个老兄，他53岁了，还剃着个哪吒式的小秃瓢儿。他炫耀自己年轻时打架的本事，说那时他只要拿冰刀在后海一站，就能用冰刀"扎婆子"，哪个敢不从？说自己的身上至少有三个被捅的窟窿——因为他打架不要命呀，还说人到一个巴掌的年龄后（巴掌有5根指头，是50岁的意思），就不能再靠打架混世，要靠经济实力了。我看那老兄打架在行，但滑冰着实不行，都一巴掌的年纪了，一个大老爷们儿还穿着一双白色花样鞋，滑起来像猪八戒踩西瓜皮似的扭扭捏捏，十分地不给力。我怎么都想象不出就他这等水平，当年是怎么在后海用冰刀"扎婆子"的。

昨天差点把年近50岁的老命撂倒在什刹海冰场的我，一边用冰杆敲打着今年"赛季"最后一场坚如磐石的冰面，一边思忖水真是一种神奇得不可思议的物质，因为也就再过20多天，我们脚下的冰面就要水波荡漾了，那时候熟人没了，笑语没了，此时此刻在冰面上飞奔着的所有人，都要让位给水中的鱼虾——我们人类要到陆地上活动去了。那时候的冰面，将融化成最最柔软的水了。水不可思议，硬时坚如磐石，软时柔情恬静。水究竟是什么呢？

夜里被"伤病"困扰得不得安歇的我，还想到另外一种不可思议的物质，那就是火。昨天冯小刚的工作室被火烧了，不知是不是他去年拍的电影太火了,大年初一那天沈阳的最高楼也被大火烧了,看上去火树银花。但火究竟是什么?水,你还能放在瓶子中仔细观看,但你把脸贴到火上看看呀?谁又用手抓住过火?水火不相容,二者相生相克的神秘性,或许能超过——人生50岁。

女儿放单飞和北京60年下得最晚的雪

由于在加拿大生活过近10年，雪不是让我们感到神奇的东西了，那时候反而倒是没雪的日子像金子般的珍贵。长久被包裹在银白色世界中的感觉，没经历过的人是不知道的，那就是"无聊和苍白"。当然，对于喜好滑雪的本人来说，那时候的雪——尤其是当雪下得像被子一样把大地盖得严严实实的时候，是一种可以慢慢消受的福分。至于滑雪时用开飞机的速度朝山下俯冲的那种感觉，没经历过的人也同样是不知道的。

由此，北京今年的第一场雪是60年来最晚的。我昨晚从车站往家走，看到地面上银白的雪的感觉，也仿佛是相隔了60年才看到的。没雪的冬天和6个月都被冰雪覆盖的冬天——同样是没劲的，就好比春天百花不开，夏天缺少雨露，秋天没有红枫——都那么让人焦躁不安。原本北京人今年都不奢望下场雪了，所以当它真的来的时候，还有些受宠若惊，毕竟四时序替，万物生生不息，雪嘛，冬天也是要下一下的。有人工降雨一说，人工降雪的难度恐怕要大得多，我想，可能要先把100块像北极冰川那么大的冰块，用吊车吊到北京的半空，然后，再把100台造雪机运到300米的高空，在空中把冰块粉碎后，最后再用另100台鼓风机——朝北京的几个城区撒雪，反正不太容易是吧。

但雪它毕竟还是下了，雪一下，人类的安全感也随之回来了。我上星期曾想：60年不下雪——人的心里或许还能接受，如果等200年都没下雪了，那么人该怎么过？

※

对于我们做父母的来说，女儿首次单独坐火车去合肥看她外婆，意义要大于国产大飞机的首航——倒有点像是毛泽东在天安门城楼高呼国家站立起来。我和老伴的分工，一个是北京站送，一个是合肥站接。我送站时事先和女儿约好，这次全凭她自己上火车——毕竟你17岁了，是到了考验你独立旅行能力的时机了，我总不能送你到47岁吧。于是我尾随着女儿，一句话不讲，一个指令不给，看她能否独自登上合肥的列车。我还和她约定，在老爸尾随你的时候，无论出了什么事情——车票没了、钱没了、身份证没了，只要人还在，老爸都不管，甚至假使她坐上了去齐齐哈尔、牡丹江的列车——只要不是去莫斯科的、车臣的、埃及的车——尾随着的老爸我——都将视若罔闻。

果然，女儿在行李过北京站安检的时候发生了状况，她的背包被别人误拎走了，好在又被她追回。我目睹了整个过程，但我只小声对女儿说了一句："恭喜你遇到了第一个'坏嫌疑人'！"

之后，果然，她差点走进开往齐齐哈尔列车的站台，她拿着去合肥的票，居然"没遮拦"。

最后，当她终于上了去合肥的、正点的那趟车，她的旅伴是一个比她大龄的男子。

安放好行李老爸下车了，我在站台等着火车的开离，那10钟仿佛比北京60年不下雪还更漫长。发车时刻到来时，小雪片也开始下了起来，车厢门口的踏板被列车员撤空了，车开动了，车缓缓开走了——我女儿，也开始远行、独立了。

石京龙滑雪场和王教练

在从石京龙滑雪场回来的路上,我听着邻座两个后生说他们学滑雪摔跤的经历,我思忖着,20年前的我就和他们一样,在山坡上一路地摔,但初学滑雪的人会有九成以上最后摔不出个名堂,最多也就是会顺着山坡溜下去。能用腰部力量滑雪板不和雪死较劲,能利用高速掌控下滑的重力在雪地上轻盈地"飘"着一路落下,感觉就像是在海水上冲浪和戏水,能玩"小回转",才真正地算作是会滑雪和知道滑雪的"真滋味"。但你朝山上看,知道我在说什么的最多也只是1/10的人,他们大多数都会起始于摔跟头并终止于摔跟头。

我昨天也摔了个大跟头,摔倒在地上几分钟爬不起来,心想这下可能是半残了。令我气恼的是,我是在厕所里摔的——穿着硬塑料的滑雪鞋。那个厕所的地面很滑,我一打滑,整个身子飞起来,又直挺着从半空拍下去。好在落地前没用胳臂支撑,否则肯定会骨折。不过腰部的肌肉被强烈震动,刀割般地疼痛,最后只得放弃,到中级道上面去滑了。滑雪摔跤是值得的,但在厕所中摔个半残,就好比打仗的人没被炮弹击中牺牲而是在战斗间隙被鸟蛋砸死了——真是一万个冤枉!和本人经历相仿的是北京的"金隅女篮队",她们昨天比赛输了,输的原因不光是在球技,据说球队赛前在哈尔滨机场吃了一顿早餐,饭后队员全都出现食物中毒症状,打点滴后再上场比赛,还能不输?

这次滑雪我是和什刹海滑冰场的张教练及他组织的"风行者"俱乐部的成员们一同去的。其他俱乐部成员的平均年龄都只有10多岁。只有一个比我大的，是王教练。王教练是负责中级滑道的。王教练68岁了。我最早滑雪的时候是25年前，在国人还从电视上看什么是滑雪的时候，我就在加拿大和美国边境的"林海雪原"里上蹿下跳了。

王教练中午吃饭的时候拿出来一瓶"小二锅头"。据说他能倒着从山上滑下来，我想初学的人恐怕一大半都能倒着下来——但要看怎么个"倒法"了。王教练说他最擅长的是滚轴溜冰，还说运动全能的他在东城这一带的老年人中找不到敌手。他说50岁的时候他穿滚轴鞋的时间比穿一般鞋的时间还长，而且，他还靠此技能收学生赚钱，退休金全在老伴手里，一分钱都不用动。王教练还说他今年要买一套新的滑雪器具，包括全新的雪鞋和雪板。我想老王再过两年就70岁了，现在买一套全新的，莫非他能——倒着滑到100岁？

总之，老王是本人的新偶像。本人这个冰雪赛季非常倒霉，双手、两肩都挂了花，昨天还加上了后腰。但有王教练榜样力量的鼓舞，有同仁堂刚买回来的"跌打丸"和几贴膏药，再加上长达10个月的休整期，和张教练、王教练他们明年再征服几个雪山和冰场，看来还不成问题。

从埃及的解放到正月十五的月亮

大门不出，二门不迈，一心只读"圣贤书"以及写非常有可能成为"垃圾"的论文开题报告的本人——也难以抵御这个变幻动荡世界的干扰。

首先是埃及的"1·25"革命，被称为最后一个"法老"的穆巴拉克"叛逃"了。"法老"还有活的哩！本人把这阵子所有和埃及相关的报纸都收集了起来。"民主"无疑是进步的，你不可能不想民主。

美国人在埃及这个"烫手山芋"面前，一是"维权"——维护"世袭政权"中它的股东利益，二是无奈地旁观。美国在这个问题上的实际立场是——一个独裁政权的民主的维系者。结果，只能是"无可奈何花变色"。

※

至于昨晚上正月十五去前门看花灯结果除了人头什么都没看见——就不再细说了。不过，昨晚的月亮倒是挺圆的。总之，这个年——算是完了！

"河北的空空的空间"的评语：

您写的文章不仅风趣而且深奥。好多年前，我在河北图书馆借到一本《妈妈的舌头》非常地喜欢，也激起了我对学习语言的兴趣。齐老师谢谢您。今天终于见到作者的博客了。您也属虎呀，我也属虎，我是

1974年生的。您呢?

我的答复:

谢谢这位河北朋友和读者,我这个老虎比您大一轮。《妈妈的舌头》已经出版十多年了,老虎的胡须也变白了。祝您外语和国语都学有所成!

齐天大

两家称呼不同的医院——一个叫"老乡",一个叫"奶奶"

这两天老母亲突然又病了,而且非常之急切,于是我就推着轮椅带母亲去了空军总医院和三里河社区的医院打吊针。傍晚,我在空军总医院的"中庭"漫步,因为老母亲的吊针要一滴一滴地打,我散着的步伐,也是一步一步的。10年前本人也在这个医院的"中庭"散步,也是因为母亲住院,那时候"空总"的几个楼,都是非常简陋的,10年后,我发觉楼也高了,也气派了,入夜后也灯火辉煌了,老母亲比10年前老了10岁,我也老了10岁,但这家医院却越来越光鲜了。几辆"空"字头的车前,站着几个英姿飒爽的空军将士在拍照,他们马上就要拉着警笛、浩浩荡荡地到西客站去接几十个从新疆运来的心脏有病的人——军民鱼水情。让本人羡慕的是人家那身藏蓝色的、笔挺的军装,空军的制服是蓝色的,因为天本应该是蓝的,但这几天被浓雾污染的北京天空却是灰黑色的,空军的青蓝制服在帮我们追忆着好像天空曾经是蓝色。我一直都认为穿空军和海军制服的人有一种神秘感,仿佛那制服一穿上身,人就能飞天、能下海。穿空军和海军制服的人,在北京城,也就在几个"大院子"里面能看到,就如同会开屏的孔雀只有在动物园的珍禽馆中才能看到:因为这里毕竟是陆地,这里不是海洋。

今天陪老母亲去三里河社区服务站打吊针,那里的环境更有家的氛围,只不过多了穿白大褂的医生和头上扎着白色蝴蝶结的护士。在那儿打吊瓶的都是熟人。人们一边打吊针,一边聊着30年前院子里的故事。还有,和"空总医院"不同的是,那儿的医生在心里管病人叫"老乡",这儿的医生一见面就管我妈大声叫"奶奶"——那一叫,连我的辈分都自然地变成女医生的"叔叔"了。所以在社区小医院中,你一下子就感到家的温馨,就好比墙上挂着的锦旗,"温暖如家"。以后没事——还真得常回这儿看看。

"长期"保姆的故事和小汪切磋"商技"

老妈老爸身边需要保姆，于是我就去找。我来到家政公司，这里乱糟糟的，里面坐满了一大堆要上岗的保姆，空气极不新鲜。我很快谈成了一个，今天就可到家里上班。上一个保姆是山西人，大前天来的昨天走的，原本说是"长期"，但只"长期"了两天。她说她是"做生意"的，做"安利"，我就顺嘴说了一句："哦，原来是传销！"山西"女生意人"在我家刚待了三天，就把老母亲家的电话"打爆"了——原来她曾用那电话联系"安利"的业务，害得我在她"离职"后，被叫去修她用坏了的电话。我妈昨天去输液，保姆却说她不能跟着去，说要去开"安利"的大会，于是只得我陪我妈输液。这位山西保姆还挺爱吃的，把春节我送老头儿、老太太的瓜子、花生都吃光了。我妈说她临走前一天做了唯一一件保姆该干的事，就是把大沙发洗得"相当的干净"——没错，当然用的是"安利"的洗涤用品、要的是"安利"的价钱，洗完沙发后还不忘要洗沙发的小时工钱。

"长期"保姆走后，我对刚相好了的"候选人"劈头就问："您听说过安利吗？"她摇了摇头，我才放了心。

※

昨晚我在王府井的"东方新天地"和从上海来的阔别了8年的小汪畅聊商界的事，和他切磋了5个小时的"商技"——经营管理之道。小汪是我10多年前在上海开"尤客办事处"时从人才市场上招募来的员工，他是我的小徒弟。8年没见，小汪像变了一个人似的，不仅非常地阳光，一身行头也了得！他现在是一个40人公司的小老板，销售当初我们一个客户的保管箱，年销售额1000多万，在上海同类产品中排第三。8年前的一天，我到上海南京路的一个地下小店去"探视他"，那时候刚"出道的"小汪，土气得很，孤苦伶仃的。现在，原本极其内向的小汪俨然是一个唐骏式的演说家，他口若悬河、意气风发，而且他仿佛得了一种"病"，叫"演讲病"——每天必须面对观众一刻不停地、激情澎湃地演说上3个小时以上，谈理想、谈成功之路，谈自己是怎么从一个内向的、自闭的、安徽的农村娃娃，变成了一个上海滩上的成功人士的，接着再谈对人类和地球以及火星、木星的——深情爱恋！于是，他的公司员工们每天要站着参加晨会，听汪总长达3个小时的"洗脑"演讲。我听了说："小汪，你这演讲的瘾，倒是蛮昂贵的哩！"

哦，我下次要问问小汪为什么不去销售更需要激情的"安利"。

"河北的空空的空间"的评语：

有一年春节我岳母的一个学生来拜年，说是好多年没有见到老师了特来叙旧。我岳母很高兴。没想到两人聊了一杯茶的工夫后，那个学生竟然从包里拿出安利产品来介绍了。原来原来他是来……咳。

"齐叔"带领清末状元的曾孙女游京城

从3月1日中午到今天下午,"齐叔"我带着两个从纽约来的小姑娘转了一圈京城——从故宫到长城,再从长城到十三陵——直到北京机场的T3航站楼。她们的父亲是家兄在美国长岛大学的教授,而她们的曾祖父,也就是她们的爷爷的爸爸,名叫"朱汝珍",是广州清远人,是清朝的最后一个榜眼,据说朱汝珍原本是考了第一,但慈禧看不顺眼他的名字,朱汝珍的"朱"字同明朝皇姓一样,"珍"字中又与"珍妃"的"珍"字相同,所以"老佛爷"心里犯嘀咕,那么一嘀咕,Amy和Candice(俩小姑娘的英文名字)的太爷爷,就从"状元"降为"榜眼"了。这次,她们是先跟着她们的父亲,到清远去参加朱汝珍雕像的揭幕仪式,为此,清远还特为朱汝珍修建了一座公园。

我游紫禁城无数次,但跟和故宫有过干系的人同去,还是首次。一到午门,我对她们说:"你太爷爷曾在这儿站立过,怀着激动和惶恐,面对着这高楼和红墙。"当保和殿到了,我对她们说:"瞧,就是在这里,1904年,光绪皇帝坐在那把龙椅上面,你们的太爷爷朱汝珍,可能就趴在旁边的一张桌子上面答卷,然后,光绪皇帝现场打分,你们的太爷爷的分数最高……"之后,我们来到"珍妃井"的边上,我又指着英文的说明——她们也认出来了,那上面也有一个和她们太爷爷一样的拼音"zhen"字,我向她们解释说:"你们看,就是因为名字中的'zhen'

字与那个被投在这口井中的女子一样,他才从第一被降到了第二!"还有,在颐和园"老佛爷"办公的那个殿堂,我指着慈禧的相片说:"看,这老太太,就是你们太爷爷的敌人!"

她们是中国最后一个榜眼的曾孙女,但她们不会说中文。她们问我爱人——她是搞遗传学的,问从遗传学的角度上说,爷爷的爸爸的基因能传递到第四代人身上吗?

我还领着她们去了"798艺术中心"。798我还是第一次去,挺有意思的。在被改造的旧厂房里展览着很多有趣的"艺术品",比如身穿西装的人头上长了一对鹿角,还有肚子圆圆的、眼睛眯眯的"中国男子"的塑像——总之,都是怪的人、怪的事、怪的艺术,都是"伪艺术"!我对毕业于美国常春藤大学艺术史专业的Candice说,把艺术做成贴近生活又高于生活的"艺术品"非常不容易,但你若只想"搞怪"、想标新立异和与众不同的话,那太容易了,因为那没有尺度和标准,你可以千变万化,你可以随心所欲,比如,你可以把那个人头上的鹿角给换成牛角、燕尾、扫帚把子,你还可以把人头、马头、龙头给猫的身子套上——总之,由于没有尺度,你咋整都行。因此,整个798艺术区我没有一件"看不懂"的"艺术",因为那些创意,本人用耳朵都能发明出千种万种,798艺术看上去似乎千变万化,在我看来其实只有一种。

有一个展览非常有意思,偌大一个展厅中只有10幅巨作,每一幅都一样,都是用红油漆喷的。除了红油漆什么都没有。更有趣的是,展厅里面的人还风度翩翩地和来人握着手哩。那些人中肯定有一个是画家本人。但这种画家,怎么会好意思把手伸给别人握呢?Candice说在美国,从前的古典艺术家你一下就能从人群中识别,现在的当代艺术家就不同了,他们站在你身边半天,你也不知道他们是艺术家。我想:这咋那么像现今的腐败分子?

后来,我们就专找那些一进门就给橘子水呀、苹果汁呀、白兰地呀什么的艺术展厅参观了。于是,本人还有些微醉了。我们还目击了几个德意志来的画商,他们都直眉瞪眼的,头部像是刀刻出来的贝多芬的铜像。天下艺术家一家亲。798艺术区的老外也都是怪怪的,也都拧巴着——从长相到做派,也都反叛着。于是我想,所谓当代的艺术,核心就是想反叛——比如反叛科举什么的。

798艺术区最令人心动的艺术并不是那些废旧厂房中的艺术,而是一座混在众多"假厂房"里面的真厂房,那厂房还在吞云吐雾地生产着。我们原本想看看那个展厅中展着什么,但我说不能看:"你们看,那里正在进行着'真枪实弹'的'大生产'呢!"于是,我的问题就来了,真的工业生产,难道不才是艺术吗?而且是大艺术哩!

此时,当我在电脑上似"798"的样子胡乱"涂鸦"的时候,那两个"状元格格"正在太平洋上飞行,她们或许正在机舱里玩着那副从商场买来的袖珍麻将。她们8个小时后就要飞回纽约,而后天一早,又都要赶去上班。于是我想,中国历史真是一部从贵族到平民的轮回大戏,假如孙中山——朱汝珍的同乡不把满清推翻,真的或许,她们就是中国的贵族千金,她们的父亲朱教授1947年也不会迁移到台湾,之后再迁移到美国,把她们托生在纽约,也不至于她们在曾祖父当年是No.1且"御前行走"的北京这块土地上,在人挨人的地铁中被人用中文说"你挤谁呢"还不知道怎么回复。这儿,究竟是她们的异乡,还是她们的殿堂?对于曾祖父不是状元、榜眼、探花的其他海外华人,我们似乎都可以说中国和你没什么关系,回你们的美国去吧,但对于一个爷爷的爸爸就是100年前紫禁城里保和殿上金榜题过大名的朱汝珍的后代,似乎那种话到了嘴边,就又迟钝了。

被拆了！济南火车站

看今天的《新京报》上面的那幅画，我才知道30年前我曾到过的老济南火车站被拆除了。

那是一座非常好看的欧式车站，恢宏气派，典型的哥特式建筑。记得车站有耸立的钟楼，还有墨绿色的古典的窗子。大概是1981年吧，我从那里上火车、下火车，回到烟台老家，再到济南看母亲的同学——淑娴大姨，然后再去泰山，到曲阜，再返回济南，一趟行程下来，经过这座济南唯一的火车站好几回。我今天才知道它是由德国建筑大师赫尔曼·费舍尔设计，于1912年建成并投入使用，是一组哥特式建筑群。

我从济南走的那天淑娴大姨到车站去送我。她话不多，美貌惊人——母亲说她当年是烟台一中的"校花"。那时候铁轨上的枕木还是木头做的，微胖的她跟着我在铁轨边走。我们身后，就是那个好似"建筑校花"的老火车站。我讶异济南人的愚钝，居然把城市唯一好看、经看的建筑拆除了。那是济南人的脸——就好比北京当年的城墙及城楼。如果城市"唯一的脸"都不要了、都毁容都拆除了，而且不反省不追究，那城市还留下什么脸面？济南人的"脸"——能想起来的，现在恐怕就剩下大明湖了，但湖中能有什么？

人无知不可怕，可怕的是无知的人特别无畏。

我最后一次看到淑娴大姨（她的相貌和品质正像是她的名字），是在2006年她去世前的头几个月了,那年我也从济南火车站下车。当时我没想起那座美丽的老站,我看到的是满街管谁都叫"老师"的、百分百会骗你的出租车司机。我到达济南后的当天下午就去看淑娴大姨,但那时的她几乎已经变成了一具骷髅了,但她还是认出了我,但她不能说话,她哭了。几个月之后,我就得知了她的死讯。

反正,一个没有了美丽的脸的城市,没有一位贤淑的长者,没有平躺在枕木上曾经宁静的济南,于我,是再没有想去的念想了。

"zxm 的博客"的评语:

济南火车站拆得实在是太可惜了!没拆之前那个建筑师的后人经常会带人从德国来检修,检修后人家会很自豪地说能够再用100年。

唉……

日本的大地震纪录

2011年恐怕最大的自然灾害，就是3月11日的日本大地震了。地球上的板块之间突然错位了，而那种错位我们压根儿就看不见，于是，日本就被平行着移动了2.4米。

海啸、核泄漏，海啸是天灾，而核泄漏是人祸。海啸无论你想不想让它咆哮，它都会咆哮，但核泄漏却不是无缘无故的泄漏，你一定要先有"核"，而有什么能比"核"更显得人类是聪明的呢？于是，人类就在海啸来的时候，不仅要面对大自然的滔天洪水，而且要忍受自己亲手制作的"核弹"了。

仙台是座美丽的城市，我20多年前在日本住的时候常去。鲁迅就在那里读过书。如果我没记错的话，东北大学的草坪上，还有鲁迅的雕像。日本常常地震，地震的频率仿佛刮风下雨。我当年工作的办公室桌下都有一个头盔，虽然我从来没有戴过。但在3月11日的电视画面上，看见了那么多戴头盔的人。

上午在紫竹院公园见到了一个初中的发小，发小说夫人得了肺癌。我赶去看望，见她夫人正练着据说能防止癌症继续扩散的气功。她表面看上去还是老样子，和我20多年前见过的一样。但是，她身体内部的癌细胞已经扩散。这，不也是天灾吗？

张老师的来信：

一民：幸好、万幸！日本地震将你免除，也使老父、老母免去灾祸。使我心也生怡然！善哉。你再造访家中，望万不可去买水果，一使我心焦，又使我心酸，断断不能！你我已是知心之友，不再论此俗道也。你的一片赤诚之心，已由我心生敬仰，余后已无意义，望可理解我的心。

老师

核爆？——从东京传来的消息

这两天从日本传送来的画面令人毛骨悚然：地震、海啸，以及核燃料泄漏。很显然，前两个现象是大自然的拿手把戏，而第三个现象——核泄漏，则是人祸。核，是人类智慧的杰作，老虎弄不出来核，猴子也弄不出来。人合成核初衷是用于军事防御或新能源开发，但核是把双刃剑，利用好可以造福人类，但如果对这个坏脾气孩子不加以严格监管，它就会玩弄恶作剧，用最轻柔的方式谋杀人类的肌体，酿成毁灭性的灾难。这次地震，人类从日本福岛核电厂一个接一个炸响的气团中就看到了自己的无能，而我们却看不见抓不着那个——核。

在这次事故中，中国、韩国、朝鲜、俄罗斯都向日本伸出了援手，虽然这几个国家与日本都有各种历史遗留问题，但在这种影响整个远东地区生存环境的灾难面前，各国必须携手应对危机，好比几个不同种族的人正在抱成一团厮打着，打着打着突然发现一个更大更坏的家伙排山倒海般地朝他们冲过来了，而且非要把几拨人类都一起灭绝掉，于是人类就不得不一起冲上去和那家伙格斗，还边打边相互安慰。

不过仔细想：核其实——也是自然的一部分，是人类合成的"自然"。

刚地震那天我也分别给原先求学的金泽大学日本老师们发出了慰问电——就一句话，他们都马上回信了。昨天东京三菱商事的一位"发小同事"——我们20多岁时就一起在东京上班，说："齐老弟，我要是实在坚持不住了，可要到北京去投奔你去了啦！"我马上回电，说："当然没问题啦。奥运会有个歌，就叫《北京欢迎你》。"那位"发小"挺感动的，说这次地震中中国政府真的帮忙，让日本人民非常感动。不过，如果那个"发小"真来北京的话，怎么着，我也得先索要一个"钓鱼岛是中国的"的字据吧！

我顺手抢购了一瓶草菇酱油

看到今天的报上都在批评着前两天参加抢购的人，就不由得一阵子紧张，因为前天我也在隔壁的"天客隆"抢购了一瓶草菇酱油——由于那时候已经没有盐可以抢了，我当时还想是否再买几包那种咸得能把"卖盐的打死"的"正林牌"西瓜子。我大前天晚上还一边吃那种瓜子一边喊叫着"咸！咸"来着，我还把上面的盐分给冲洗掉了，但洗着洗着，就从电视上看到了"有人造谣说碘盐能防核"的谣言。于是，我立马就特别后悔。

我得知盐马上就要被抢完了的消息时，正在一家银行办事，外面一群妇女叽叽喳喳在议论，银行的经理也提到了隔壁"天客隆"超市正在抢购盐的事，我笑着说，那些人真是傻子，难道他们不知道中国青海湖里的盐水能够吃一万年的常识吗？我还对那个经理说眼下人人都怕日本的核泄漏，什么都有人抢，可就没人抢你这银行！可能我说那话时面部表情比较狰狞、诡异，他可能有些害怕，因为当时银行中除了他，好像就是剩下一个我了。人们都在隔壁——抢盐。

在那个银行经理有点警惕的目送下，我不由自主地到隔壁的"天客隆"去了。一进门，我就感到了久违了的人人抢购的哄闹气氛。这，你能从售货员们哭笑不得的表情中读到，因为他们分明是身不由己地——也想参加抢购。

我一路朝里面冲，一面问店里那些不大情愿的正服务着的人："大家都抢什么呢？"有的说只抢盐，有的说什么都有人抢，有的说你自己看吧。于是我，就看到在超市最里面的有条从没见过的"舞龙"似的长队：那正是抢购盐巴的队伍！但他们的尽头货架上却是空的。我显然来晚了。我笑着从队中回头，我看有没有别的带盐的特咸的东西，于是，在我的眼中，那些咸带鱼、咸鸭蛋、正林瓜子、酱豆腐和水疙瘩等咸菜们——就如同排山的海啸巨浪那样顿时伟大以及崇高起来，不得不让我仰慕它们。

但我还是坚持没买。我知道中国的青海湖的水，是齁咸的——我2007年曾尝过那个湖中的水，那一年我不止去过一个湖、不止是尝过一个湖的水，如果我没记错的话，青海湖的水是咸的。

为了储备，为了防御万一的可能的核爆，在走出"天客隆"时，我还是买了一个西瓜。另外，由于等待结账时，排在我前面的那个人用了半个小时——她一定抢到了碘盐，无聊的我，就顺手把一瓶别人先抢了又丢在一边的没人关注的草菇酱油给拿上了。

我敢肯定，那酱油中有盐。

评语：

（1）才看见一副对联，上联：日本乃大核民族，下联：中国是盐荒子孙，横批：有碘意思。

（2）你那酱油也许比盐好，传蘑菇能增强抵抗力。

（3）俺也知道青海湖的水是咸的，所以就没有去抢盐，哈哈！

（4）可乐！又有点历史意义。

（5）抢盐，一桩可乐的事。我们同事还抢了醋呢，说是醋里也有盐。

在国图看到了自己写的书

前天，在保安极为严密的欧盟驻北京办事处，我这个"独立咨询专家"走马上任了。这是一个极其短期的项目评估小组，共有三个"专家"，本人是第三人，是 Expert 3（专家3），而且是 Junior（低级的）。我们三个将在4月的前两周中对欧盟在中国投资的一个培训项目打分。项目的总投资是2000万欧元。涉及了商务部、贸促会和本人的"母校"——对外经贸大学。

我是在加拿大渥太华读硕士时的老同学小蔡的召集下参加这个小组的，他是评估组的 leader（组长）。另一个专家叫阿里（Ali），应该是个印巴原籍的英国人，之所以那么猜测，是从前天的电话会议上，我听出了他那口有少许咖喱味道的英文。他目前和小蔡在比利时的布鲁塞尔调查项目在欧洲的实施情况，我们三个下周会合。之后，我还要带着阿里去上海出差，至于去干什么我们都不知道，好像这个项目其中的一项使命，就是非要考察一个除中国北京以外的城市。

那天，在欧盟的北京办公室，我和几个压根儿就不认识但又必须尽快熟络的人一起开会，他们中有一个叫爱丽丝的德国人，另外两个，我说不出他们的原籍，反正是欧洲人。他们见我就是"专家3"，就说没想到第三个专家这么快就到北京了。我说我50年前就到北京了——我生在这儿。他们又问我是怎么开始为欧盟项目工作的，我说以前从没干过，是"专家1",也就是马上就要打来电话的项目组长请我来的,我们20年前是同学。那几个欧洲人听了说:"原来是这样!"

当天晚上我和身在比利时欧盟总部的人通过电脑签了合同。我刚谢过小蔡,他又发来了另一个项目的邀请,说是在印度尼西亚,为期40个月的项目。我想,自己还是别去印度尼西亚了,因为我真没时间去印度尼西亚——即便那里不再有海啸,我的北大博士论文还悬着呢,于是我就没给小蔡答复。

※

昨天,怀着惴惴的心情去北大五院见陈教授。果然不出我所料,在教授眼中,我写的6万字差不多全是"垃圾",这,我是有心理准备的。我原先是想,由于自己没搞过研究,开始写出来的不可能不是垃圾,但即便如此,我也要咬着牙写,而且一写,才两个月出头,就创造出来了不算太薄也不算太厚的6万字的垃圾。我其实是想知道其中是否有不是那么垃圾的内容。年龄又大又不好改变的本人的确给教授带来了苦恼,苦口婆心说了两个小时之后,陈教授笑着说:"作为同龄人,我们这个年纪的人想改变自己,实在是太难啦!"

我的核心问题是写书写惯了,写博士论文老写得像书,而且极其像小说和博客。我目前最大的挑战就是前面说过的开题,但题目还没开,我就在交给教授的"论文"抬头上写上了"齐天大博士论文,2011年1月7日开工",陈老师批评说:"谁说这就是论文啦?"

但我毕竟还是想把论文写好的——那个中日白话文对比的"故事"。于是,我今天就去了国图,在国图的新的数字图书馆的第190号书架上,我看见了我写的那一套四本《万花露》。那四本书是本人2008年自费出版的,总共才印了200套,其中4本在国图的书架上放置着。当时还是托在图书馆工作的燕志兄送进去的哩。不过,我今天才知道它们是不外借的，所以，或许可以永久性地矗立在190号书架之上。

和燕志兄喝咖啡的时候，我说到了写论文找参考书的烦恼，他说那还不好办。他是馆里专门负责图书查询的。他说他能非常迅速地将所有与我本人论文相关的博士、硕士论文都找到并复印给我，包括每篇论文后的参考书他都能帮我找来。我听后十分兴奋，这样的话就立即有成千上百本参考书供我使用了，就是好比一个鸡能下10个蛋，10个蛋又能孵出10只鸡，每只新的鸡又再下10个蛋，转眼，就变成1000个蛋了。他说别人写论文都这么写。他说只要是那样，包我论文的每一句话——都至少能出自10本书，也就是都有来头。燕志那么一说，我对从北大毕业而不是"肄业"总算稍稍有了信心。最近"肄业"这两个字眼老是在折磨着本人。

燕志兄喜欢摄影，由于他拍了一些英国的照片，他4月还被邀请到苏格兰一周游。他说他在国图收藏的一些没公开展示过的鲜为人知的旧照片中，发现了诸多的秘密，比如珍妃，统共才留下过两张照片，照片中的珍妃确实特别美丽，所以光绪爱珍妃，而隆裕皇后（她是慈禧的侄女）的照片就奇丑，脸是横着长的，有些个横看是岭侧看是山。燕志兄还说他爱好摄影和我不同——我一出书就搭钱，而他呢，一照相就挣钱。于是，我邀请他帮我策划策划怎么才能不赔钱地出书，就从你们图书馆地下一层第190号书架上的那四本《万花露》开始吧！

小哭和大哭的柴可夫斯基

今晚,我在中山音乐堂的二楼听柴可夫斯基作品演奏会时想,如果说柴可夫斯基的《B小调第六交响曲》(简称《柴六》)是"大哭"、大悲怆的话,那么他的《F小调第四交响曲》(简称《柴四》),就算是"小哭一场"了。我还想,西洋音乐最好是由西洋人指挥,但这个指挥是山东济南的,是俺的半个同乡,而且还得到过泰国国王的"高度赞赏"——反正都离西洋挺远的,还有,他在指挥到本应该快乐一点的圆舞曲的时候也不舞动,像是在偷懒,我猜测他可能是在为最后高峰时刻的全身抖动做着能量的储备——果然,在最后高潮来到的时候他猛然歇斯底里,人都快从指挥台上掉下来了,还用大皮鞋把指挥台跺得咚咚直响。

我上次听演奏《柴四》是在国家大剧院,是比利时来的交响乐团。那个乐团也不怎么样,好像还缺几个人,但指挥还行,因为毕竟是西洋人——在这时你我必须"崇洋媚外",因为就好比谁都不爱看满台的西洋人演唱京戏似的,谁的戏最好由谁演嘛。

今晚听演奏会的大部分都是外行,这,从不该鼓掌的时候全场掌声雷动中就可以知道。本来交响乐的乐章之间是绝对不能鼓掌的,但今晚每一个乐章之间全都有掌声,激扬一点的掌声就热烈一些。我于是挺诧异的,因为进场时你看见那些个观众,都穿得挺有艺术感觉的呀。

《柴六》的哭是哭人生的,《柴四》的哭是哭失恋的,那时候的老柴刚刚离婚,但他之后"结识"(他们从未谋面)了一个伟大的女性梅克夫人,没有她,就没有老柴的辉煌了。她是他的知音和"粉丝"。本人也是老柴的终身"粉丝"。我这个"粉丝"的"粉丝"是去年在日本金泽碰到的森田先生,我们曾在海边你上段我下段、你上句我下句地"飙"西洋乐曲,而我认识的人中,无论是中国的还是外国的,能和我那么"一唱一和"的,也就只有他一个人了。前些天在语言大学见到了森田的女儿,她交给我三盘森田送给我的光盘,一张是德彪西的《牧神的午后》,一张是小泽征尔指挥作品集,第三张是莫扎特作品集。

我总以为不懂交响乐的人就不太懂得艺术以及艺术人生,本人虽不识谱,但自诩是能听懂交响曲的人之一,证据就有一个,就是我从没随着众人在绝不该鼓掌的时候玩命鼓掌!

"网事悠然"的评语:

凡人雅兴很充实。

北约为什么非要打卡扎菲
——记本人的本年度的第一次"开讲"

本人这个业余的客串教师在本年度唯一的一次讲课，恐怕就是前天在语言大学人文学院的这次关于"中国经济"的讲课了吧。听课的学生是从挪威Bergen大学来的，总共有30多个。我给这个大学来的学生上课，算上前天那次，加起来有3年之久了，他们每年的春季都来，最多的是这次，最少的——我记得只有一个女学生听课，我问她："就咱两个，你想听我说什么？"她说我也不知道，你就随便讲吧！

但前天的那30个学生非常认真，我英文演讲的题目是"Think about China as an economist"（"用经济学家的眼光看中国"）。我说假设我对中国经济什么都知道（I know everything），假设你们什么都不知道（You know nothing），而我们这两个小时，就是让一个"什么都知道"的人和一大群"什么都不知道"的人之间进行对话。我们的对话最后肯定是成功了，证明1.他们非常不想让我中途课间休息；证明2.课后掌声响热烈起来了。他们的领队——一个老教师在课后做了总结（他一遇见我就问我是否在加拿大留过学，我说是。他说那就对了，我想肯定是前两年回去的学生们对他说的）。他说凭借他对东亚经济的了解，这位老师今天给大家讲的内容——一定是正确的！于是，学生们就又激动地鼓起掌来了。哦，忘说了，本人的课总是理论联系实际，我先从为什么北约（我对学生们说你们挪威应该也算是"北约"），非要开飞机打利比亚的卡扎菲——咱们用经济学家（economist）的立场分析吧！

俺这个"齐老师"的称号虽然是业余的，但我也不能辜负此称谓，而这是要用讲课证明的。本人每年都要用讲一阵子课来证明自己还是个"老师"，就好比更新驾驶执照，说你是"司机"，你总不能老不开车呀。去年教课是在日本的金泽大学给北大的邵老师做了一个学期《中国文化纵横谈》的英文同传助教，今年呢，就是上这堂"散课"了。

对于曾经当了6年教师近来又不太常讲课的本人，重回讲台上的感觉，还是挺好的，那让人联想到上星期五听的那场交响音乐会，甭管指挥时是否闭着眼，或他看不看你，指挥者就是"轴心"，就是"主角儿"，而一个好的讲师（比如俺）能在最快的时间内把台下的人的注意力聚拢到你这个主题、你这个表演者上面，让他们先快进，然后再快出——一堂课就跟做梦似的，梦醒后走出教室，看北京的春天阳光明媚，看那世界还是那个——世界。

和中国人讲外文的不自在

作为一个"独立顾问"（free-lance），本人的顾问活动开始了，这些天，我和蔡兄以及英裔的巴基斯坦人阿里整日穿梭于欧盟代表团、各种外国公司在北京的办事处以及中国政府的部门之间——进行着中国欧盟经理人培训项目的评估。

"free-lance"是个非常有意思的概念，我原本以为就是无业游民或自由职业者，我原本以为也只是做短短的几天的临时工作，但阿里说他也是个"free-lance"，但他干这个都20多年了。昨天在美国使馆边上的一座楼里和两个德国人会谈，谈了3个小时后，他们说他们都是"free-lance"，一个还有两天的工钱要拿，一个已经在同一个岗位上干了3年多了，但项目结束后马上就要卷铺盖离开北京。而关于"free-lance"，阿里说其实就是"intellectual-prostitute"（知识娼妓）。我问为什么，他说不就是出卖我们的智力吗？我说："哦？！"

我们两三天之内见到了那么多不同国籍的free-lance，这些人没有老板，没有办公室，有的国籍都有好几个，但他们彼此之间都非常熟悉，就好比是一群乌合之鸟，从一个国家飞到另一个国家，聚集到一个项目上，干上一段时间，然后再呼啦地散去。

和中国人说英文绝不是本人的长项，但蔡兄非常擅长。20多年前在渥太华共同求学的时候，我俩第一次见面，他就和我说了10分钟的英文——当然是他说我听，因此在国际贸促会、商务部和政府官员们见面的时候，蔡兄的英文脱口而出，对方也流利对答，而本人则——始终保持着沉默，每次会谈结束时，我都会突然补充上几句中文。昨天在商务部会见的"一等秘书"女官员让我想起了大约25年前坐在那个位置上、接待外宾的本人。会谈结束后我问那个女官员，你认识"宋××和贾××"吗？她说当然啦，他们一个是"宋司长"、一个是"贾司长"呀，我说他们俩一个是我大学的同班，一个是我的学弟。

那天在一家豪华酒店中举办的"中欧经理人培训项目"毕业典礼上，我们和一个从英国NGO（非政府组织）来的毕业生谈论这个项目的得失，她先问我们能否说实话，会不会把她的名字公示，我说你放心，她才说用这么多钱培训这么少的人也太浪费英国纳税人的钱啦，说他们英国本身有那么多的人在失业。阿里也说是的，他说他所在的曼彻斯特到处都是失业的人。我想那里边倒是不包括像阿里一样全世界到处飞，常常住在五星级酒店里对没水没电的第三世界国家的贫困进行评估，然后夜间对着天花板计算报酬的人。

无雨有花的清明和有核物质的海洋中的鱼鳖虾蟹

　　昨天是清明，没有下雨的清明，但玉渊潭白雪般的樱花却代替了雨。去年这时，我身处日本的金泽，在那个或许会因为本人的一本书而出名的"浅野川"的河岸，赏樱、烧烤；竟没想到才不过一年的光景，玉渊潭的樱花就"火"过了金泽的樱花，而且，今年金泽的樱花还夹杂了一些"核物质"。携手老伴去看樱花，比樱花还多的是人。樱花神奇得很，冬天不开，秋天不开，它在春天开，而且花期短暂，十天半个月就马上收。

　　清明是个祭奠逝去人的节日。目前正在热议的，是墓地的产权究竟是20年，还是70年。看来在阴曹地府，也需要些任志强和潘石屹之流。很可能活人的楼市刚被控制住了，死人的"房事"又需要下猛药——进行调控。哦，今天利息涨了，一定是因为墓地的价值暴涨。我倒是建议在购买墓地方面，也实行"限购"和"摇号"。另外，本人是北京出生的，本人不仅优先，而且还能凭户口本，买两块——墓地。

　　日本人开始朝大海——"不得已"地投放携带核物质的坏水啦。于是，我们这个世界就更加"拍案惊奇"了：以后的鱼虾都是照过X光的了。

　　今天报纸上刊登了清明缅怀专刊，其中有一个女共产党朱枫、一个黄宗江让我唏嘘。朱枫原本是个大家闺秀，1960年她在台湾被五花大绑着枪杀。女共产党被枪杀不是第一次，一个人，在连老百姓都不是你的"同党"的环境下信另一种主义，那一定是如死一般地孤独。还有黄宗江，一个"性情中人",说每一次恋爱都是"初恋"。不懂什么是"性情中人",但他的乐观,我们都达不到。有些人活着的时候,你不曾注意过他,他一死,就活了过来。

今天去我的"母校"经贸大学进行评估,"母校"字眼带有中国人的恋母情结。不过,当一看到那个旧得不得了的阶梯教室,想到30年前自己曾坐在这里学习,本人都有些被岁月"猛然忽悠"的感触。毕竟,我们已经进化到新时代了。

金色蛋糕一样的上海

好久没坐飞机来上海了，掐指一算竟然已经有了10年的间隔。我一直对飞机极端不信任，我前天乘坐的飞机直播降落过程，好在，终于找到跑道，但万一没找到呢？我想象着飞机一点点地朝跑道俯冲了过去。1985年我第一次来上海时，乘坐的是一种苏联制造的飞机，那种飞机的"舒适度"恐怕和战斗机差不多，飞上高空我耳朵一直剧痛，但我还是坚持着飞到了那时的"破上海"，也住到了南京东路上的这家"东亚饭店"。

当我把阿里从东亚饭店带到落日时辰的外滩的时候，外滩已经被抹上了一层金色的辉煌，就像一个金色的蛋糕。但当我们晚上八点之后再回到外滩的时候，对面的浦东，已经是灯光勾勒出来的幻想世界。

我一再问阿里为什么40多岁了还没结婚——尤其是当我们在人民公园那儿看到那么多人在观看征婚告示的时候，那儿还有一个专业的"现场办公红娘"，她穿着一身红衣服。阿里说他一般会说因为他是个"free-lance"，工作需要全世界乱飞而不结婚，其实那只是借口，他真正不结婚的原因大概是有特殊的性取向。于是我就不方便再问什么了，赶紧把话题拽回到工作上面。

昨天去和"中欧经理人项目"的六七个中外学生座谈。谈到最后大家一起热腾腾地到"上海人家"去吃晚饭，席间大家问我究竟是干什么的，我说退休怕大家不信，说不务正业也不好，就说目前唯一的"正式职业"是北大的在读博士生，做这个项目是逃学一个星期以及逃避可怕的论文。

饭后，我们步行回静安寺边上的学校，由于不熟悉街道我们中途到一家位于常德路的咖啡厅问路，问完了路，下午座谈的时辰没到，我们便在咖啡厅休息一下。我无意中看到了店中摆放了几本张爱玲写的书，又注意到墙上有一个市政府制作的"看板"，看板说这里和张爱玲有关，转回头去问咖啡厅的店员，她说楼上就是张爱玲的故居，她曾在这里住过6年。

你看，这就是不经意的、大上海和老上海的品位。上海骨子里有一股子大家闺秀的气质，别管是破落还是繁华，这，是谁也模仿不来的。而北京呢，北京是虎妞。

我带着阿里来到福州路上的"外文书店"。在店中很是随意地就看到了台子上摆着的我写的、英国人哈威翻译的《电梯工余力》。女店员听说那书是我写的，就好奇地问封面上的那个垂头丧气的男孩子是谁。我说他是个雕塑。对，他只是一个雕塑。

听闻鲁迅的儿子周海婴终年82岁去逝。关于鲁迅去世有不少的文章。但一个鲁迅肉体的传承人去世，还是挺让人惊诧的。不知人的灵魂能否随着生物的后代传承，要真是那样，日本人的基因往后就开始有核物质了。上海也挺玄乎的，我问东亚饭店的早餐怎么没什么人吃，当班的说是因为上海和日本只隔着一个东海，怕有核辐射人家都不敢来了；还说核辐射很厉害，连人的基因都能改变。

我于是暗中就有了一点"此地不宜久留"的感觉。

Free-lance 就要开始的终结

经过两三个星期的周折，几十次的会议和会谈之后，明天我们"三个和尚"的 free-lance 工作就要终结了；明天，我们将在欧盟使团（EU-Delegation）前 debriefing——这个词从前在北美从来没用过，是"做汇报"的意思。

据不完全的统计，这份工作是本人做过的第 10 种工作了。阿里做 free-lance 做了 20 年，蔡兄做了 15 年，本人做了 3 个星期。阿里一直是眯眯瞪瞪、懒懒散散的，直到他只用了两个小时就把要做汇报的 Slides（幻灯片）给写了出来——漂亮易懂的英文，我们才佩服起了阿里，想他不愧是英国名校 Landon School of Economics（伦敦经济学院）毕业的，是个极具抽象和写意能力的高手，就好比乔丹打篮球和梅西踢足球，3 个过人后，球就进去了。而所谓的"大手笔"——用于写这种花了 2000 多万欧元（2 亿元人民币）才培养出来 400 个 managers（经理人员）的项目，就是把报告写得极其像"外交辞令"和不痛不痒，既肯定又不肯定、既否定也不完全否定，同时还提出许多谁也不想仔细看的"建议"，最后就"皆大欢喜"，因为这个世界上最最需要的就是"和谐"与"包容"。

想起来了，深圳为了成功举办和谐的大学生运动会，正在玩命清除 8 万个"社会闲杂人员"，我想其中就包括了乞丐和失业者，而参加我们评估的 METP 项目的许多欧洲人，就有很多人是经济危机失了业之后才下定决心到中国来。在学了7个月中文之后，他们马上变成了"中欧友谊之桥"。

吾师钱锺书写过一篇小说，是讽刺鲁迅的。不知鲁迅看过没有，大抵是没看过吧，因为他说到一个"大作家"死了，那个"死了的"就是鲁迅。在紧张的会谈期间，我穿插着看了两本写钱锺书和杨绛的书。一本说到了杨绛散文的风格，和我悟彻的一样——我以为杨绛是中国最后一个能写"白话古文"的人，她写的是白话，骨子中是古文。她话中有话，她的文字是"回音壁"，之后的人写的白话，就都变成絮叨和啰唆了。

我温故着久违了的"工作状态"。所有被我们采访过的"外企"，领头的都是一个趾高气扬的"老外"，被领导的中国员工，都仿佛没有中文名字。他们被叫着外文名字，听上去就像在呼唤宠物。这时，我才想起我的英文名字也曾经是Jimmy，自己也曾经是外企的首席代表来着。朝阳区的外企真多，外国人多得像是国外的"唐人街"了。看来，人类不会永远地失业，在一个国家失业了，到另一个国家从业去。我还在上海浦东走访证券大厦的那天，在一家律师所看到了对面的"金穗大厦"。我对身旁的阿里和女律师说，瞧，对面，就是10年前我开公司的地方。

钱锺书还开了一个玩笑，他在英国考取学士（bachelor）学位的时候，把确定选题中学生的不自由形容成"用尾巴摇晃狗"——那要比让"狗摇晃尾巴"困难得多。他因为晃悠不过狗屁股，就索性夹起尾巴不读学位了。够幽默！

天上落下的是"核雨"

喜欢爬山的本人一周换一个山爬，上周末带着阿里爬上了景山，向他证明北京比巴黎漂亮，今天爬的是丰台区"北宫国家森林公园"里的那个不大不小的山包。第一次坐上了"937支3"的郊区车，才发现937路公交车竟然有3—4条支线。你千万要小心，有"支"到大兴的，有"支"到丰台的，"支"的压根儿就不是一个方向，上错了，搞不好会被"支"到塔里木盆地去。

上了937支3公交车，两份报纸还没看完，就到了一片绿色的世界，是贝多芬的"田园"吗？还真有些像哩！久违了绿色世界，久违了新鲜空气！

※

前天在北大五院趁陈教授的兴头上将"言文一致"的一叠"前人研究成果"给他过目，陈教授乐着说："这就对了！"窃喜。向开题的方向又前进了一步。论文的开题如同"开刀"，是疼痛的。本人13岁的时候曾经经历过不针刺麻醉开刀，就像关云长的不打麻药刮骨。那次，本人生生挺过去了。假若这次9月份能把题目给开了，就算是二次不打麻药开膛。题开了之后写论文的过程反而像是缝针了，不过不打麻药缝针的时候也极不舒服。

万一开不了题，就算是本人横躺在手术台——学术的手术台上——长眠不醒了。

北语刚刚成立的翻译学院刘院长热心地问我能否从下学期起当一个客座讲师，我说我真的是个"四不像"：不像学者，不像商人，不像教师，更不像写小说的"作家"，但也不能够否认，本人的确又经过商、讲过课、写过和发表过（在极其普通的学术杂志上）论文，而且，也还真出版过不少小说，刘院长听着更好奇了，她于是就顺嘴送给了本人一个非常有趣的称号"业内人士"。

本人做这种散乱"时间札记"的原则，就是把那些从来没有过的事物用文字记录下来，比如昨天我在北语的校园中和老同事们同行的时候，天下起了雨，人们纷纷躲避，说那是含有核放射物质的雨，而这，就值得记录下来。人类生存了几千年，好像还是第一次被"核雨"给淋了。早50年前下的是"酸雨"，今天下的是"放射雨"，科技水平再高速发展200年，那时候天上噼里啪啦落下的——就可能真的是馅饼了。哈哈！

本人刚才修正了这个札记的名字——从《让子弹飞》调整到《五十还不知天命》。9月份题开了，"天命"是啥子大概就会知道，但开不了呢，就还是不得而知。不过"四不像"的本人倒是不太在乎。就比如那个北语的翻译学院的老师吧，好像也是个"四不像"。四不像的学院被四不像的教书先生教出来一些四不像的学生——他们习惯地被叫作"复合型人才"。

※

在重庆卫视上看"经典回放"——从《地道战》看到《奇袭》，昨天播放的是《早春二月》，百看不厌。上次看《早春二月》的时候本人特别羡慕在讲台上的萧剑秋（孙道临饰）——他既能讲课也能和学生们打篮球，那时候本人还没当过教师，现在呢，本人书也教过了，篮球也打过了。还有谢芳演的叫"晴岚"的女教师，在现代人眼里也应该算是

"超现代派"吧,人之"现代"似乎和时代没什么关系。被阉割的司马迁我看就挺"现代"的,而当代一些抱残守缺的史学家却是那么地陈旧。还有永恒的主题"爱情"——柔石《二月》中的男女主人公的"现代"和"摩登"——又怎是谈婚论嫁时动辄"房子、车子"的现实主义当代青年人所能望尘的呢?还有上官云珠饰演的寡妇,上吊自杀了。

谢铁骊导演的这部《早春二月》含蓄而又富于诗意。"含蓄"是苦痛的,尤其是深爱某种事物的时候,就好比手术台上你被生拉开刀的时候,在剧痛中,你必须用手紧攥着台子两边的把手不至跳起身来,还要开几个玩笑向护士们表示坚强。但"含蓄"难道不是中国传统艺术所要表达情感的精髓吗?就连《地道战》里那个汤司令,都"高——实在是高"地含蓄地夸赞太君哩。

时值老师的老师乐黛云先生八十大寿,北大的老师们都在香山饭店给乐老师祝寿。前天,本人这个"老徒弟"也在一个小师弟的伴陪下扛着一箱"燕京扎啤"大步流星地奔向比较文学所的六院。听小钟小师兄说了一个笑话:一个北大的老师问另一个老师:"哦,你们研究的'比较文学',还有研究'比较不文学'的吗?"其实,我们研究的这个"比较文学"本身就是个"四不像"。

人年过八十岁了,就会打破一切人世间的规则而思考,就是升华和解脱——就会变为"仙人"。

我帮助巴基斯坦总工会书记"充电"

今天早晨到协和医院的一个票贩子处拿号——我托他挂的（老母亲得了湿疹）。原挂号费300元的号他要600元。号贩子非常的职业化，不仅早晨7点就来电话说："哥呀，票整到了！"于是我在离皮肤科挺远的"发热门诊"角落取到号。我问是你自己排的队吗？他说自己排，别人也帮他排。边说还接着电话，对另一个客户说："哥呀，我在发烧门诊这儿！"

对号贩子的职业性，本人是不怀疑的，而且本人认为从经济学和经营学的角度说，他的开价对你来说是合理的。首先，专家号稀缺，有"刚需"；其次，人家排一晚上队得到一两百元的分成，是一种有付出的"附加价值"。你自己愿意，你也可以排呀。但你自己排队的话，将付出"机会成本"，储蓄第二天劳动的能量的睡眠时间。你把第二天工作的所得转交给号贩子，假如你第二天的净收入大于一两百元的话，那么就是合理的价值和劳务交换了。因为你也没亏呀！这和请别人帮你做家务，你把自己在没做家务获得的时间里挣下来的收入交给小时工的道理是一样的。

※

近来读的书都和钱锺书有关，所以我想到一些个生活中的杂事，假如零散地记录下来，就成了一部《生活管锥编》了。《管锥编》是钱氏作品中的"压轴戏"。

我家住在全国总工会边上,前天路过报亭,一个满脸黝黑、印巴样的老外和与我相熟的报亭主人在那里比比画画,我就凑上去给他们当翻译。那个老外的"破手机"没法充电,他说把充电器落在巴基斯坦了。报亭的主人在我的指导下帮他充了电,而且没要钱,老外十分感动,对我说:"Welcome to Pakistan!"(欢迎你到巴基斯坦去!)还往我手里塞了张名片。我回家仔细一看,才知道那个拿的手机比我的还要原始得多的老外,是巴基斯坦全国工会的创始人和总书记!瞧,这个故事挺"管锥"的吧。

今天看书又读到当江青派特使请钱锺书去赴宴,钱锺书说:"我没时间去,我很忙。"来者劝他编一个理由,比如说自己身体不好呀什么的。钱说:"不不,我身体挺好的。我就是很忙。"

你细琢磨一下,这恐怕是你我知道的对权威最"牛"的蔑视了。

钱锺书还对偏要总结他早年创作的人说:"人不能和狗似的。狗朝前走一阵子,就要回头闻闻以前大便小便的味道。人不应该有这个毛病。"

钱锺书说他只是个"通人",还说他在"人生边上"写作。其实他这个"人生边上"是"人群边上"的意思。他不与大多数人为伍。从这层意义上说,钱锺书倒是和那个吊儿郎当、与任何人都"三不沾"的王小波是同党了。不过,本人这个"四不像",倒也颇有点"小通人"的意味。

庆祝第二篇"垃圾论文"的发表以及对巴基斯坦工会主席背影的回望

昨天从北大的徐学弟那里拿到了2011年第一期《枣庄学院学报》的样书，上面有本人的一篇长达一万八千字的论文，叫作《人类本质的另类方法探索》，副标题是"从日本文学中的'异性装'现象到廖一梅、孟京辉的先锋话剧《柔软》"。这样，北大读博士期间要求发表的两篇文章本人算是完成了。这期还刊发了师妹安宁的一篇文章，我俩的文章题目竟然都被放到了封面上，我的文章第一，她的第二。看来，是"北京大学"四个字帮助我们在学术期刊上坐上了第一和第二的交椅。我这篇文章不像上次似的因为混杂许多错别字而在"资格考试"时被老师们痛打落水狗似的大批判——这次只有一个，但作者的出生年月显然是"整"错了——本人"被出生"于1954年，这样就像中国高铁那样被提速了8年。看来每发一篇学术文章，本人就会大步幅早出生些个年头。

学术论文中有不少是垃圾——这是在北大读书几年我的"总体感觉"。你想，那么多人要毕业，每人毕业前都有写论文的指标和硬性任务，所以只要是地球还在旋转、大学的门不关闭，"垃圾"就避免不了被成批量"出炉"和生产。但反过来想，假若没有硬性要求的话，那么谁都不写文章、谁都不推出成果的话，那么凭什么学校要付给你奖学金呢？因此"垃圾"是必需的。好文章出自垃圾但胜似垃圾——如同池塘中的荷花。

看着手中的"垃圾论文"，我对小同学感叹道："没想到我这样一个曾经以门锁钥匙为专业的国际贩卖家，竟然还能在这么严肃的学术刊物上，并且是第一的位置上发表论文，而且全篇只有一个地方搞错了，就是把我早出生了8年！真是'不容易呀'！"

下午中文系有一个讲座，主讲的是挪威奥斯陆大学来的一个"汉学家"。听了一耳朵，感觉像是在用山东话或河南话非常投入地"讲用"着亚里士多德。还在中文系聆听了严绍璗老先生的课，主旨是如何提高学术论文的科学性。严先生中外驰名，年逾古稀，思路竟然比在座的都敏捷。他说出了一个核心论点，就是写论文一定要做"原典考证"——就是要追溯到史料的根本，由此，他认为"天人合一"呀、"黄帝"呀都是些"伪命题"——无出处嘛。严先生的治学态度无疑是令人敬仰的。不过本人刚发表的那篇"垃圾论文"倒是真的找不出前人研究的证据，尤其是文章的展开部分，用的是"演绎法"。"演绎"和"归纳"原本属于两个套路。现在中国的学术界重归纳而轻演绎，用的是苦力，而西人是重演绎而轻归纳，结果就形成了一个比较典型的"中西交流模式"：西方人先用演绎法把新的理论"整"出来，过若干年后，中国的学者们就竞相进行归纳了。前者成了制作垃圾的专业户，后者呢，不就是汗流浃背、埋头收垃圾、处理垃圾的专业户吗？

巧了，写到这里我住的这个楼里专收垃圾的小姚按门铃了，他来收我家的旧瓶子和父亲写过大字的废纸。他不给我们钱，为了感谢，他每次来都送给父亲两瓶墨汁（但愿墨汁不是垃圾）。这样，父亲就能继续写了，他也有的收了，多么的"可持续"呀。嘻，这不颇似学术上的"中西交际模式互惠"吗？

刚在长安街的过街天桥上回望到一个熟悉的背影：是那个巴基斯坦全国工会总书记，他正用一个手机贴着耳朵讲话，那手机的电，还是我帮他充的呢。

从景山顶上望朦胧的故宫

"五一"前我带着从日本的金泽来的朋友森田先生一家,在北京四处游览。我们先游览到天坛,他们夫妻25年前到过那里,并拍下蜜月照,没想到过了25年才故地重游,还带着"第三者"——他们的女儿到达了祈年殿,时光如闪电啊!他们当天穿着25年前的那身"情侣装"。我家在天坛边上,本人每星期必游一次——从天坛的中间"路过",但和我一同领悟天坛内城墙历史沧桑感的——恐怕只有森田和他的家人们。那段墙普普通通的没有装饰和修缮,但城墙的巨大砖头上竟然有着明晰可认的明代的长方形印章,而且每一块砖头上都有。森田一家人不愧是古城金泽来的。

第二天天公不作美,刮起了大风还下起阴雨,我们还是来到了景山的山顶。我说遗憾的是我们不能看到故宫的全貌了,但森田说:"这样最好,这样最好!"阴雨霏霏下的故宫仿佛是孙悟空大闹的"天宫",琼楼玉宇,在烟雨中展露着它宏大的朦胧美。懂得欣赏古迹,这是人难得的品性,需要修养,需要文化,也需要那么一些情趣。

从景山公园出来我又带着他们去了郭沫若故居,然后又到了森田夫人一直向往的宋庆龄故居。宋庆龄故居在后海的北岸,离我曾经就读的13中学不远。在故居内我第一次见证了外国人对宋庆龄发自肺腑的崇拜和爱恋——从森田夫妇身上看到的。我为他们的激动而无比感动。无疑,他们对异国"国母"的感情十分难得,也十分"独立":森田一家人能脱离自己的民族"独立审美"——宋庆龄有好大一段历史在抗日。

森田夫妇在 25 年前的故地"上天入地""闪游"了两天(我带他们到国贸三期顶层北京最高的咖啡厅里俯瞰新北京)之后,就又匆匆地回到了我极其喜欢的也为之不时"梦游"的日本古城金泽。作为礼物,我送了他们一本从前出版的"拙著"(带引号是因为我不认为自己的书"拙劣"),但他们走后我又有些后悔送那本《我与母老虎的对话》的书,因为里面有许多破口大骂日本人的、特别难听的话。

拉登死了

美国人把拉登打死了。毛主席在"老三篇"之一的《为人民服务》中说（我们年幼时都能一字不差地背诵），"只要是死了人，就应该开个追悼会，以寄托我们的哀思"。但不知拉登死了之后该不该开追悼会以及该不该寄托我们的哀思呢？

现在这个世界绝对是一个"费解"的世界，尤其是今年，福岛核泄漏致使东京一个那么大、那么繁华的都市，据说现在都没有干净水给婴儿洗澡了，这费解吧；大海啸那么凶猛，比动物还凶猛，这费解吧；拉登被美国人的"天兵"在主权国家巴基斯坦的兵营边上给乱枪处决了——奥巴马和希拉里等美国高官通过卫星同步直播见证了，这也费解吧。

我想，从今往后这个地球令人费解的事情会一件接着一件地发生，反正我们这拨人不解，后人会理解的：比如或许再过100年，不带"核添加剂"的食品是拿不上桌面的，那时候人们在餐馆就餐时会大声训斥："服务员，你们这是什么破餐馆，怎么这么贵的菜，连核味儿都没有？？！！快，再给老子加上100个毫西弗！"服务员听后赶紧把几瓶钚呀、碘呀的核元素添加剂端了上来。

"老友记"和女儿成绩的飞跃

这两三个月来了很多拨儿的朋友:从美国来的华人朋友、从英国来的巴基斯坦裔的朋友、从金泽来的日本朋友以及我刚送走的从意大利威尼斯来的商人朋友。

威尼斯来的卡罗和本人之交起始于1998年,说起来已经认识十几年了,所以前天当我准备去旅店见分别8年的他之前,心中还忐忑了一阵子。卡罗还是老样子,只是脸有些塌陷了,也老了。我们两个曾是同事以及后来的生意伙伴。前天在酒桌上,我们一同回忆起10年前在威尼斯他家的往事:那天他说要带我到位于阿尔卑斯山的家去看看,我问他咋去咋回,他说去时开车回来时骑bike,我还以为是自行车,但当他真的把bike推出来,我才知道是一辆motorbike(摩托车)。那车显然状态不佳,卡罗和他的妹妹一次次把它从坡上赶驴似的拽着冲下去又推上来,为的是打着火。后来车终于打着火了,我们刚戴着头盔上了车,突然下起了雨,卡罗猛地加速,载我在山路和隧道中飞驰。我们的脸被吹歪了,破头盔也顶不住从黑灯瞎火的阿尔卑斯山里吹来的破风,后来据卡罗说当时时速达到了160公里。

大约两个小时后我们终于骑着那辆不知道闸灵不灵反正点火装置不灵的——bike,回到了中世纪般古典温柔的威尼斯边上的小镇。也就是说,我们大约在海拔一两千米的阿尔卑斯山中、在风雨里飞驰了300多公里。

酒桌上，我问卡罗他那辆宝贝摩托咋样了。他说他忍痛把它卖掉了，说因为也是在那条山路上，他亲眼见到两个姑娘骑摩托出了车祸后，其中一个死了。

我问他8年没来中国，再次到中国印象如何。他说8年的变化太不可思议了。在南方他到处都看到高铁两旁的高楼，他问那些楼里有那么多人住吗，我说我也不知道。晚上我带他到国贸一带看了看北京的高楼。之后我们又来到国贸三期的顶层的酒吧，原本以为能在高处安静地看北京的夜景，没想到酒吧中全是人，中外的都有，都妖里妖气的。

老友相聚如同对流逝岁月的温习。20世纪六七十年代的茅台都卖到100万元一瓶了，这和老朋友的价值差不多吧。老朋友和茅台相似，都是"原装的"。不过瓶子打开后，也不见得老酒就注定比新酒有滋味。

※

昨天到北京四中给女儿开家长会，女儿得了个全班学习进步第一名：一下子在年级排名上超越了170个人！见到上晚自习归来的女儿后，我第一句话就说："大事不好啦，你一下子得罪了170个人，罪过罪过！"

和陈慕华合影的日子以及俄罗斯艺术的美轮美奂

陈慕华去世了。那个时代的人都知道她——一个个子高高大大的女性官员。她曾是国务院副总理，也是国务委员，本人和陈慕华合过影——这事儿本来我忘了，陈慕华一去世，我又猛然想了起来：1988年前后的一个晚上，在人民大会堂，她参加我们中技公司的一个中外项目签字仪式，她来晚了，大家都站在合影的台阶上等她，后来她来了，进来后先和汪道涵（时任上海市市长）聊了会儿天，然后就开始照相了。当时我就站在她和汪道涵的身后，不过，他们现在都已经逝世了。

还有一个刚刚去世的人我没见过，但那个时代的人都熟知，他就是李德生将军。20世纪80年代李德生将军经常上电视，总穿着一套绿色的军装。他去世后我才知道，他就是指挥上甘岭战役的副军长。他负伤过6次，两次还是重伤。我真难以想象自己负伤6次后还怎么有意志坚持革命。

※

昨晚去了俄国大使馆边上的俄罗斯文化中心，去看纪念反法西斯胜利66周年的小型音乐会。俄语我懂一点点，在报幕员用俄语报幕的时候，我能大致猜出她在说着什么，这次，我还是头一次听俄国人说俄语，以前我的两位俄语老师，一位是英国人，一位是中国人。俄国，是一个孤独的大国：孤独的地理位置、孤独的人群、孤独的艺术，而无论如何，俄罗斯的艺术都是高贵的，对这，我从未改变过想法。听，俄罗斯的音乐飘逸幽怨，展示出宏大的画面，离奇美妙的旋律——这些无论从西方角度还是东方角度来说，都是"另类中的另类"和"想象之外的想象"，而似乎，俄罗斯美轮美奂的艺术只属于他们自己，自己演，自己唱，自己欣赏。前两天我的意大利朋友们说他们不喜欢俄罗斯女孩儿，说她们从来不会笑，不过，在俄罗斯文化会馆见到的那些花枝招展的"喀秋莎"们，还是都能笑的。

※

本人在北大的学习遇到大坎坷了，由于疏忽，我没能按时办理延期手续。本人一贯和电脑有"仇恨"，种豆得豆、种瓜得瓜，本人这次恐怕要栽在老冤家电脑的手里了。不过也罢，实在不行就放弃吧，人都年近半百，能放弃多少，就放弃多少吧——昨天，我围绕未名湖，就着春夏之交的湖光想。

波切利和她们的歌声

那是铜铃、那是雷电、那是地裂、那是海啸,那是圣父、圣母们隔着云层发自肺腑的安抚——用语言是很难形容今晚在国家体育馆听波切利(Bocelli)唱歌时的感觉的。波切利是个盲人,他上台的时候必须由指挥牵着手走上舞台。不知道盲人在歌唱的时候是一种什么感觉。和他对唱的两个女歌手,一个叫罗茜(Rossi),一个叫海莉(Hayley),她们两个歌声美人也美,一个像圣母,一个像天使,但波切利和她们面对面时是看不见的。他和她们歌唱大地、大海和爱情,但假若一个人既看不见大地,也看不见大海,更看不见面对面的情歌中的"情人"的话,他怎么想象,又怎么动情地发声呢?

和我10年前在紫禁城亲耳听过的"三高"——帕瓦罗蒂、多明戈、卡利拉斯的声音比,波切利的声音像是薄薄的地道的意大利披萨饼,而那三个人的声音呢,却是厚厚的、层次不分明的美式披萨——波切利能把那些颤音、轻音、长音唱得那么精准而悠扬!而海莉呢,她在用中文唱《月亮代表我的心》的时候,你仿佛觉得是因为新西兰(她的故乡)的月亮比咱们的更大、更亮,她的歌声才如铜镜般清明透亮的。

由中央歌剧院组成的歌队,有一个我认识的朋友,她是我大学班长的夫人。嫂夫人20世纪80年代中期就在天桥剧场的台子上演唱,1/4个世纪过去了,我又在台子上看到了她。人都老了,歌却没有老——比如《今夜无人入睡》，是能让一代代人传唱下去的。

他们三人在谢幕、在为我迄今听过的最美妙嗓音合奏的终结而唱起《告别时刻》(*It's Time to Say Goodbye*)，这是波切利最有名的一首歌，当歌声在体育馆中响彻的时候，全场的人也包括我，犹如美梦苏醒前的时刻，极其不情愿醒来但又无能为力，只能连续、再连续地用大巴掌呱唧。

从胡适的"假博士"头衔到犹太人卡恩的性侵犯

我这几天基本上二门不出地精读着李春阳的博士论文《白话文运动的危机》。他也感叹文言文丢失。这篇论文是本人的那部《妈妈的舌头》的"知音篇"。我已经下定决心：无论论文的选题在北大通过与否，这个题目是铁了心地要做到底啦——也算是为了咱们民族传统的文言文的"复辟"做出微小的贡献吧。还有，读了那么多关于胡适的故事和他的文章后才发现，胡适在美国并没有通过博士论文答辩就匆匆回国，回国后就开始用"胡适博士"的名目出书。而他的那篇《中国古代哲学的方法研究》论文竟然是用中文写的。当时哥伦比亚大学的论文答辩小组里只有一个德国人会中文。这就好比一个外国人用非洲斯瓦西里语写的论文，要让北大的中文系老师们审查。

IMF的总裁卡恩被抓了！卡恩，我看他第一眼就猜出他是个犹太人，因为他非常像我从前在蒙特利尔工作时的二老板。他果然就是个犹太人。犹太人的眼睛里总闪动着一束狐疑和愤世的光——我曾经对着二老板的眼睛怒目圆睁过几次——用本人并不太大的华人的眼睛。卡恩的妻子安妮·辛克莱怪可惜的——她有着一双我更熟悉的眼睛。我在报纸上一看到他们夫妻的照片就仿佛触了电，立即认出她来。我留学蒙特利尔时，每隔一周都能看到一次辛克莱那双蓝得像宝石一样的眼睛，那是法国电视台的"7 sur 7"（"每周7日谈"）的节目中，她的眼神就如蓝宝石般光泽和睿智。但不幸的事就是那双"法国第一双眼",现在要亲眼看着自己的老公在全世界的各种颜色的眼睛的注目下——出丑,罪名是"性侵犯"。对卡恩性侵女性,我深信不疑。据过去的同事说,我的大老板"鱼先生"就曾在他的那个我偶尔去过一趟的几十平方米的大办公室中,性侵犯过我们的女同事,而那个大老板也是个犹太人。我的二老板"小鱼"和我们一同在美国的费城出差时也当着众人的面让女服务员揉肩膀子,否则就不付账——把肩膀吊起来那种揉法。哦,还有电视剧《乡村爱情交响曲》里的那个"大脑袋刘总"让女部下捶肩膀子砸背时,也是那副样子。

新的IMF总裁的人选很可能是现任的法国女财长,为的,兴许就是她不太会性侵犯异性了吧。

我越来越发现中文里有一个神奇的字眼:"管"。昨天就和一伙老同学在其中一家老同学"管"片儿的饭店大吃大喝了一顿。还有,咱这个岁数的同学中几乎"管"什么的都有:有管设计战斗机翅膀的、有管开发油田的、有管核电站的、有管食品安全的、有管老干部的、有管蘑菇中草药的……好像这个"管"字在英文中没有完全对等的译法,比如,不能说是manage,那是"管理","管理"和"管"太不一样了。"管理"饭店的不能白吃"霸王餐",但"管"饭店的却有可能——尤其是"城管"的那个"管"。

小师兄的答辩和百年讲堂上演的戏剧

昨天在北大静园的五院参加了小师兄的毕业论文答辩会。答辩通过了，我们这"陈门弟子"中终于产生了第一个不带"候选人"后缀的"博士"。看北大的答辩很有意思，仿佛是在看戏。在五院中文系的那个我每周去听一次课的会议室，或许也是中国文学上最最重要的会议室里，每天都演出着你坐在座位上被提问，或者看别人"出丑"被追问、嘲讽以及鼓励和夸赞的戏剧演出。能听明白那些个"戏"中的"戏"也不是一件简单的事情，需要专业知识，你还需要知道和认识提问和被提问的人。总之，看文学理论圈子的那些关于学问的攻防转换是一桩十分好玩的事。本人去年年尾巴上在那个会议室里扮演的是被"批斗"的角儿，而今看小同学被"善意地批斗"，也是乐淘淘、喜洋洋的。有许多值得被记载的，比如"学术双重人格"，还比如谦卑和狂妄的辩证关系。本人似乎就是既无知又特别狂妄之人——在"学术"上，因为本人早先的知识和工作背景是贩卖马桶（搞建材）而不是研究文学理论。

小师兄的"谦卑"极为有趣：他为了在论文中表示对那些大师们的敬仰，以前的写作中都会在他们的名字后面加上"先生"二字，而在严谨的学术论文中这是"不严谨"和"有意恭维"的证据，于是，小师兄就只在一位大师的后面加上了一个"先生"的称呼，再加上一个括号进行说明：由于篇幅有限，后面的"先生"都省略掉。答辩时一个老师"指责"

说:"你就是加上'先生',又能占多少篇幅呢?"这像不像是在看戏?

※

和小同学们在"正大中心"一起晚餐后,匆匆去"北大百年大讲堂"去看北方昆曲剧团演出的《红楼梦》。上星期看的是话剧《老舍五则》。那个戏,我看到"三则"后就回家了,编得没有生活基础——我是说胡编的,还不如五院的答辩更富于戏剧色彩呢!昆曲一般都论"晚"(也叫作"本")演出,一演就演上它"几晚"(几本)。昨天看的是"第二晚"。由于是《红楼梦》,所以剧情并不打紧。"百年讲堂"中前半场位置的票贵,后半场位置的票便宜,即使位置前半场是空的,后半场的人也不能到前半场看戏——中间有人阻拦。从前我一贯买后半场的票,这次无意间把票买贵了,被请到了空空荡荡的、被人呵护着的前半场落座,起先,感觉极其地不习惯和别扭。两星期前在国家体育馆看意大利的盲人歌星波切利唱歌时,我买的票是全场的倒数第二排。那是"馆"里最便宜的座席,极为陡峭,建筑设计师仿佛设想人越贫困就越不要命,我坐的那排距离地面十几米高,一往下看就晕眩,像是要蹦极,一不留神就能栽下去。所以当波切利开始高声演唱的时候,我索性双目紧闭。

在前半场落座后,一听到昆曲的那股子悠悠扬扬的腔调,就进入昆曲的"古典情景"了:贾宝玉高喊着"弱水三千,我只要一瓢",还有林黛玉临死前焚烧她的诗稿。将诗稿"自焚"时的苦痛一般人不好理解——他先要会写诗或写小说,但把自己写的论文烧了,本人绝对毫不犹豫——反正都是"垃圾",早晚是要用来焚烧的嘛。看到大观园的衰败,我联想到其实北大的这个红墙绿瓦的"燕园",不也是一个"大观园"吗?不同的是它或许永远不会衰落,但这儿的人,可是走马灯似的一拨拨赴宴、散去、再赴宴席、再散去的,也是你方唱罢我登场:就在贾宝玉中掉包计娶薛宝钗、林黛玉在潇湘馆焚诗稿的这个舞台上,我三年前还听过北大时任校长许智宏给我们做开学报告——就是那个给学生唱《两只蝴蝶》的许校长，这不，三年后，这园子中就不见了他的踪影。还有，10年前和我在哲学系一同上研究生班的那些个老同学们，而今又何在呢？那时候我们的班长是个解放军的大校，不知后来当没当上将官；我的那拨儿同学中，还有一个穿袈裟的和尚哩。

最后，贾宝玉一只手拉着林妹妹、另一只手拉着宝姐姐上场了，他们三个都皆大欢喜的，不过，那是在向观众谢幕的时候。

祝贺你，李娜

今年的6月4日是个值得铭记的日子——李娜赢得了大满贯（Grand Slam）赛事之一法国网球公开赛的女单冠军！看完比赛后，我激动得查遍了西方各国的网站，果然，都是"大满贯"式的报道。我查了一下字典，Slam原本是桥牌用语，后来被用到了网球赛事上。

书桌上放着一张纸，上面是歌曲《隐形的翅膀》的歌词。李娜在放飞后，才找到了并振动起她隐形的翅膀。

昨晚的另一场比赛是男子单打，是费德勒对阵纳达尔。结果，纳达尔赢、费德勒输。纳达尔赢了"大满贯"赛事。听，他们俩在用法语、西班牙语、英语轮流说着："谢谢你啦，隐形的翅膀！"

"隐形的翅膀，让梦恒久比天长，留一个希望，让自己想象。"

"蒙娜丽莎"北京的真容

上周四去观摩一个小同学的开题过程，结果是不幸的——他没能把博士的题目开成。这是比较罕见的。就好似《卡门》序曲中的悲观旋律似的，那旋律若隐若现，穿插于《卡门》的主旋律中间，预示着某一种不幸的结局。假若本人9月15日的开题也像那样的话，那么等待我的，就是那几个"不"幸了。博士的开题就如同开刀，你只有开了刀，把肚皮割开了，才能有机会一根根地数落肚子里的肠子以及蛔虫——咋这么地恶心？但是我的感觉是——有一点的。

于是我，加紧在老师们的中间迂回和周旋，我必须将他们一一地"搞定"，请求他们认可我研究的题目，然后，我就能够顺利地开题了。某个晚上在北大的中关新园，我成功地"搞定"了几位教授，我一边敬酒、倒酒，一边趁机把论文的提纲给老师们看——我特别地谦虚和恭维，我问老师啊老师，您看我的这个题目？老师们在微醉和想醉中认可了这个题目。

于是，我内心大喜——老齐我终于在学术研究上取得了一个重大的进步！于是我在昨天的周日，就进行了一次每周一次的"学术放风"，我到什刹海和北海、景山去观光啦！

※

什刹海那边正在修复"银锭桥",那个字念"dìng,音同'定'",而不是"diàn,音同'电'",但我分明听见路边的一个人把那个音发成了"电"。裸露着水泥的桥面还没有进行装潢,像是一个光秃的拱着的水泥屁股。我记得从前那桥挺不错的。"银锭观山"是老"燕京八景"之一,咋越修越不好看呢?

北海后门的旁边又开了一个新的后门,进去后是一个庭院,穿过庭院,一下子就看到了那个幽灵似的湖水上的白塔,以及路边跳着新疆舞的"老男和老女"们。舞蹈的节奏是快的,跳的人也十分地专业和投入,那些人看上去都比本人大,应该都五十多了,俺哩,也马上就到五十了。咳,都快五十了,咋还没开题呢,而那些个跳得极为投入的五十开外的人,却似乎没有开题或不开题的烦恼。我想人一过五十之后,该想的,就是什么时候开刀的问题了吧。那时候,他们会趁着外科医生——而不是教授半醉、微醉、想醉、已经醉了的时候,唯唯诺诺地问:"大夫,您看我那个恶性瘤子——""开了,开了!!!"外科大夫果断地说。

还有,我即便是明年到了五十岁,也不愿意加入那些在湖边跳舞——而不是荡起双桨的老男和老女的原因,是因为他们都搂搂抱抱的。那不是本人的长项。

景山后山有一个"北京红歌队",他们都是一些更老的、跳不动舞的、抱不住异性的人。他们播放着20世纪60年代的著名播音员夏青朗诵的"文革"时代的社论——昨天播放的是"十六评",据说是1966年在天安门广场广播的那段,听起来热血沸腾。另一些人聚在一起议论着、争论着国事,你一声高、我一声低地辩论,就好像我2003年去意大利时,看到米兰歌剧院边上的那群老头正在大声辩论着美国是否该轰炸科索沃一样。

昨天在景山顶上看到的北京城,是我不知看了多少次的——最最"清楚"的北京城。呀,紫禁城的每一片瓦都清晰可见,还有西山,还有北京国贸三期最高的楼。北京这座城市也像个大家闺秀,她的真容时隐时现,而本人昨天看到的,或许,就是她——中国"蒙娜丽莎"最最真实的真容了吧。

范曾状告郭某的大获全胜有感

前些天著名画家范曾状告郭某侵权的案子有了审判结果，人民法院判范曾胜诉，郭某要向他发布道歉声明，并支付7万元精神损害抚慰金，判罚理由是说郭某在文章中使用了"才能平平""逞能""炫才露己""虚伪"等贬损性词语，构成"侵害范曾名誉权"的罪名。我于是想到了两个人，一个是鲁迅，一个是本人：鲁迅最能在他的文章中骂人，光是骂梁实秋的（咱们在中学课本上学过的），就有"丧家的资本家的乏走狗""流氓加文痞"之类的，哦，后面那个词语好像不是骂梁实秋，骂的别人，反正是骂了人。那么说，假若那时候被鲁迅骂为"才能平平""逞能""炫才露己""虚伪"的那些文人政客都到当时的"人民法院"去起诉鲁迅的话，鲁迅可能连他那个躲进去骂人的、本来就难得"成一统"的"小楼"，都容不得身了吧。鲁迅肯定会破产的，破产后还留得一屁股债务。于是我想，那或许就是鲁迅老爱用笔名写文章的缘由之一——怕被范曾一类的人起诉呗。还有，鲁迅的文章中老是用"曲笔"——就是采用迂回的方式骂人，或者也是出于怕赔钱的考虑。写一篇文章就赔个六七万的人民币，即使刨去稿费，也是挺大的一笔负担。

画，比一般的文要值钱，所以假若范曾先生真的像被"揭露"的那样曾用流水线的法子画画的话，那么经济上，就比写文章的强多了，写文章很难用流水线的方法写，你总不能把一大叠稿纸铺开，先在第一张上写"我家有两棵枣树",然后,再在另一张稿纸上写"我家还有另一棵枣树哩",即使能那么写,也就最多能写上两棵,可人家画画的一旦"流水"起来,可就不得了啦,看照片上范曾作画,能在十几张纸上画,是一模一样的一撇小胡子——画的是同一个人嘛,而且胡子在限定时间之内,应该是一样长的。而写文章的呢,一次,就只能写一篇。这么说,那个郭某人用一次只能写一篇文字的稿费赔偿同时能画多幅画作的画家,而且后者的画是那么地值钱,这从经济上真算是"不对称攻击"。

平静悼念马伯伯

下午小中来电话，说他父亲刚去世了。春节的时候我还给马伯伯打过电话，说想去看看，他却说不用了，自己身体不好。没想到才过了几个月的光景，马伯伯的追悼会都开完了。马伯伯享年86岁。86岁的人离去，没有什么太大的痛苦，作为晚辈，不完全是悲哀，而是一种淡淡的哀伤。我刚才在回家的路上想，老人的去世，像你抬头看到的一颗星星，它从你仰望天空的时候就一直闪亮着——看着你，但有一天你突然发现，它不再亮了。也许，那之后会再有一颗颗的星星升起来，但那颗伴随着你半生的星球上的光彩，却成为了永恒的追忆。但此时候，星星还没有彻底消失，真正的消失，是连你也想不起它们的时候——那时候你也老了，也快死了。

马伯伯是马寅初的大公子。马寅初是北大曾经的老校长。从这层意义上说，我和北大还是有点缘分的。从1985年到2006年，将近20年之间，我每隔两三个月，就到东总布胡同老宅去探访马伯伯和他的夫人卢阿姨。这座老宅是马寅初从燕园搬出后一直居住的地方，我每次去探访，都与卢阿姨和马伯伯神聊。20世纪80年代我和卢阿姨是同一办公室桌对桌的同事，他们都大我30多岁，我们三个可算是绝对的"忘年交"了。

马伯伯是我所知道的，或许是中国唯一的，也是最后称得上"谦谦君子"的长者。他为人那般的谦和，那般的睿智，又那般的忠厚。他身为名人之后没有丝毫的做作和矫情，而他们老夫妇除了过老百姓的平淡生活，对这个世界似乎没有任何的要求。

马伯伯毕业于复旦大学，他告诉我的是抗日时期流亡重庆的"复旦"。马伯伯是学工程建筑的，他最后的头衔是"高级工程师"。但我觉得他当初真是选错了专业，他真正的天赋是在人文科学上。退休后的他喜欢看《书屋》等文学杂志（我还帮他去三联书店买过），一个工程师，竟然对文学界、哲学界的最新动态思潮那么敏感并拥有自己的独立判断。比如他说他喜欢一个叫"摩罗"的文人，喜欢摩罗的批判精神，但马伯伯的社会批判性可一点都不差于那个摩罗。

我们三个每两三个月就要聚在一起谈天，在那座总有阳光从树叶之间倾洒下来的北京少有的深宅大院中，这一谈，竟然谈了20年之久，直到2006年卢阿姨去世。清明时节去福田公墓祭奠她，刻着她名字的墓地另外一边，就是为马伯伯预留的。我今天问小中，小中说明年他们就会把父母合葬了。

当2008年我在卢阿姨去世后两年，再去老宅看望孤身守护和卢阿姨半个多世纪恩爱记忆的马伯伯，孤独衰弱的他已经没有了畅谈的兴致和精神，他步履蹒跚地送我，我叫他留步。没想到除了今年春季又从电话中听到他的声音之外，那竟是我们三个"忘年交"的永别时刻。我想到用"一尘不染"来形容我那两个老朋友，他们或许是中国最后的知识贵族了吧——卢阿姨毕业于上海圣约翰大学，是名副其实的大家闺秀，是那个时代的进步女性。而如今，马伯伯和卢阿姨，这两位我心目中的中国最后的知识贵族，变成了只有我知道的温暖的回忆。而我今后，又向谁去讲述关于他们的故事呢？

记得2005年的一天晚上，马伯伯和卢阿姨非常郑重地送给了我一件礼物，是一套十多卷的《马寅初全集》。马伯伯一板一眼地在上面写上了他们两位的名字。这是我和两位"大朋友"交往了20年后，得到的最最珍贵的宝物。

我又想，马伯伯和卢阿姨或许是见识最广的两位"民国人士"了吧，他们两位结婚的时候，来宾中有当时的教育部长马叙伦，马叙伦送给他们的题字就悬挂在他们客厅的墙上。他们阅人无数，跟着老父亲马寅初从上海到重庆，又从重庆到杭州；他们最懂得人世间何为荣、何为辱，也正是如此，他们的生活那般的淡定、平静，几乎大门不出，与世无争，但他们对中国之国运和世界之大事，又几乎无所不知、无所不晓、无不拥有自己独自的主见。

我还想到了杭州。马寅初是浙江人，马伯伯在杭州度过了少年时光，和我一样，马伯伯是个铁杆儿的"杭州迷"。我在杭州有家的时候，马伯伯喜欢和我一起神聊着西湖杭州的雨水打在屋檐上的声音。后来我无奈把杭州的家出售了，马伯伯听了后半天沉默不语，他一定认为我是个唯利是图的败家子。（哦，今天恰好是杭州西湖申请世界自然遗产获批准的日子！）我那时还邀请他们到西湖边的家中去玩，可没等他们去，卢阿姨就患重病了。现在，他们二位能魂归杭州否？

20多年来我走到哪儿，卢阿姨的信就跟随到哪儿。信追着我到日本的东京，又追到加拿大的蒙特利尔。他们随大儿子在美国生活的时候，我常常从蒙特利尔的家中给他们打电话。信是一种信物，有时信的内容并不重要，但老是没人给你写信，你的世界想必要孤独的吧。我想，那么清高、不与尘世争抢的他们，在人世间能称为"老朋友"的人真的不是很多，我恐怕算是走动得最频繁、最亲近的"老朋友"之一了吧，虽然我们之间相隔着30多年的岁月。小中今天还说，我春节打电话问候马伯伯后，他还特地和小中念叨，说小齐来电话给他拜年了。

我和小中说等明年清明我一定去福田公墓，看看相隔了五年后被合葬的我那两位老友。他们生前是那么地恩爱，是世间罕见的一对曾经大红大紫过的"金童玉女"和"才子佳人"，而今他们都去了，带走了整整一代人的民国式的经典的风流和风度——卢阿姨曾是经贸部进口大楼公认的最有风雅风度的女性，而从此，一个近乎没落的、被忘却的时代的最最优雅的、最最正直的、最有知性的和最最靓丽的一对"伉俪"，就安眠于西山脚下的那一小片其实并不是他们真正故乡的石碑底下了。而在此我不——我今后也绝不告诉任何人他们真正的名字。

让他们像生时那样，享受着大地的宁静和素雅吧！

关于唱红歌和党的生日的纪念

今天是中国共产党的生日，所以十分值得纪念——即使，本人是个无党派的人士。党的英文称呼是 Party，过节呢，也叫开 Party，所以今天应该说是 Party 的 Party 了。

那天老母说"没有共产党哪有我，没有我哪有你"，这句话在别人家不算是真的，在我家倒是千真万确，我妈我爸甚至包括我丈人和丈母娘都是1949年之前加入的中国共产党，都为这个新的共和国出生入死过，然后都随着中国共产党来到了大城市，要不然，他们就不会在此地把本人变成"党的后代"了。

从公共管理学的角度来说，"党"在中国的存在，是个被许多的国家羡慕的事情。奥巴马在美国之所以老是玩不转，是因为他的民主党远不具有这样大的执行力。能把 Party 打造成一个聚拢十多亿人的"经络"和"纲领"，然后，再将国家的中心意图顺着这条"经络"传输到广袤国土的每一个角落上的人的神经末梢，这，不能说不是一个东方的神话和奇迹，我由此想到了佛教——佛教起源于印度，但没过多久就在印度失传了，几千年后在中国昌隆兴盛！Communist Party 在发明它的西方已经式微，在东方呢，却大展宏图，你不由得将其和昨天开通的京沪高铁、佛教、肯德基中的豆浆油条进行或许是不太恰当的类比，并叹服我们这个民族将异类文化嫁接到本土上的能耐和智慧。

能唱红歌是个福分——我对那些不太愿意唱歌的朋友说，因为你是能在别人都必须下工地、下农田、下车间干活的时候，还能精神抖擞唱歌的人；唱歌能帮助人提高肺部功能，是一种健身活动。而有些人——比如我，就没人邀请我去唱红歌——这，无疑是我这种"红二代"做人不成功的证明。

作为一个无党派人士，在这种日子，我想到更多的是农民工，其实你看那些1949年顶着子弹的瀑布朝前冲锋，又齐刷刷倒下的人——不就是农民，是今天我们周围的这些被视为边缘的农民工们吗？当年，他们当中那些幸运的没死去的——也包括我的老爹老娘，就进了大城市，变成了这些城市的"上等人"。

电视上天天播放着红色的回忆。前天看到一张方志敏被捕后的照片，他两手上有两根绳子，那是为了减轻他脚上的"死铐"的重量特意给他绑上的。方志敏是那般的英伟，真乃大英雄、大丈夫、大豪侠也！

本人相信人的底线良知和最普通的理性。这才是本人的真正信仰。我想，方志敏无论是在写《清贫》和《可爱的中国》的时候，还是他一大早被带到赣江边被执行枪决的时候——他被七杆枪射出的子弹击中后平行倒向了江中，也都是坚定地相信人类的最大良知和最基本的理性的吧。

"旅行者的步伐"的评语：

有同感。最近央视播放的《开天辟地》就让我从内心里涌出某种情感，进入到人物的思想里，达到共鸣，产生了真实感和同理心，恐怕就是您所说的底线良知和基本的理性吧。

虚岁五十

昨天俺虚岁就整整五十了,而五十是半个百。中国人愿意用虚岁计算年纪,我想是颇为科学的,我们的生命始于母亲的肚子里面嘛。

昨天共享用了两个大蛋糕,第一个是中午在刘老师和小赵学弟家,是个大惊喜,第二个是晚上老伴和小女准备的,但我在切第二个的时候没有告诉老伴和小女,那是同一天老夫和老爸刀切的第二个蛋糕和头戴的第二个"皇冠"——这是一个善意的机密。送惊喜的和享受惊喜的——都有保护"惊喜"的义务——这是到五十的人和没到五十的人之间的区别吧。

人生如攀登喜马拉雅山般,如果人的生命极限是珠穆朗玛峰,五十岁就是半山腰,有的人刚到半山腰才再迈几步路,就立马到山顶了。前些天傍晚老伴去医院看一个"老护士",这位护士就在56岁那天看到了"珠峰"。她伺候了一辈子病人,死前却因为癌症的疼痛撕心裂肺地喊叫着,整个医院的楼道都能听到;她死在了她工作了一辈子的那个医院,她白衣服来白衣服去,算是死得其所、质本洁来还洁去吧。

虚岁五十的"虚",我说是"虚度"的意思。信奉道教的本人相信人的一生原本是虚无的,所以就应该计算"虚岁"。但什么是"实"呢?什么又是"虚"呢?比如我没去唱红歌,就有一种既挺"虚"又挺"实"的感觉。

这卷的标题是《五十还不知天命》——俺的确还不太知道什么是自己的"天之使命"。比如我不知道假若9月份的开题成功了，或是下一本书出版了的话，就算是把天命知道了吗？

50岁左右的人都站在半山腰上，我们向上眺望，山顶像我曾经深夜从后山腰独自攀登的泰山时看到的情景，中天门在夜间的星星注视下悬在半空中；我们朝下看呢，出发时还是小鱼苗儿，现今都已经肥壮着跳跃龙门了。于是，我们是加快脚步向顶峰冲刺呢，我们还是倒退回童年？想到此处，嘹亮熟悉的红歌仿佛从耳边响起，歌声把我们带回了红色的童年。

生活速写：圣保罗大学、郭美美、水华以及崔如琢老师的大皮鞋

近来的生活围绕出版社、大学的课堂以及玉渊潭的西湖团团转。

我这次教的是从巴西圣保罗大学来的暑期生，我的话题除了"中国经济"之外，就是教他们如何 Doing business with China——和中国人做生意。我的课分三天上，每次三个小时。每天，当我讲到第三个小时快结束的时候，一半以上的巴西学生都出现了"审美疲劳"的迹象，于是我便像乐队指挥在指挥到交响乐第四乐章结尾时那样——轻轻收棒。当老师也要学徐志摩那样在课堂上"轻轻地来，再轻轻地走"。三个小时的课堂进度最不好掌握了——假如你当过老师的话，你想，让你看一部三个小时的故事片，你能不累吗？故事片里有那么多的明星，看三个小时你都厌了，何况你前面的讲台上，老是站着一个人呢？

※

郭美美的新闻我不能不记录，因为我带着万分的惊奇越来越觉得这个20岁的女孩子注定要变成一个历史名人。声称是红十字商会"总经理"的她，挑了一头大象的脚筋，于是大象就歪斜和趔趄了起来。她打开了一个大匣子，那个匣子比潘多拉的匣子还大、还深哩。

※

当北大、清华、复旦、交大为了抢高考状元大打出手、不择手段、

脸都不要的时候，北京的四个高考状元投奔了港校——虽然北大的一位教授说他们都"素质不高"，我想，假如北、清、复、交抢夺状元的手段再稍微激烈一些——比如学习利比亚反对派的方法，开着"丰台"车、在车上架着冲锋枪的那个样子的话，我们的榜眼、探花，甚至是高考不及格的、素质最低的那些考生都要去投奔港大啦！

※

我在玉渊潭游泳的时候，湖面表层有一层厚厚的绿色，大家说那是"水华"。什么是"水华"呢？"百度"的解释是：

水华（Algal Blooms）指淡水水体中藻类大量繁殖的一种自然生态现象，是水体富营养化的一种特征，主要是由于生活及工农业生产中含有大量氮、磷的废污水进入水体后，蓝藻（又叫蓝细菌，包括颤藻、念珠藻、蓝球藻、发菜等）、绿藻、硅藻等大量繁殖后使水体呈现蓝色或绿色的一种现象。"水华"现象在我国古代历史上就有记载。在自然界中它们很快消失，并没有给水产动物和人类带来危害。[1]

因此，尽管当我从水中把头探出来的时候，我仿佛被一层绿油漆刷过了几遍似的，我的头发是深绿的，我的眼睛是深绿的，游泳帽是深绿的，甚至我的心也是深绿的，血弄不好——也变成深绿的了，但我还是根据"百度"的科学解释认识到："你很安全。"因为水华"并没有给水产动物和人类带来危害"。

※

今天的《新京报》说天津即将召开一个国画拍卖会，其中一幅叫价最高、名字叫《荷风千秋》的作品引起了本人的关注，因为画家的名字叫"崔如琢"。"崔如琢"何许人？20世纪70年代俺们三里河四小的体

---

[1] 这里作解者有误，水华是有危害的。藻类有毒素，影响饮用水源和水产品安全，特别是蓝藻的次生代谢产物——微囊藻毒素（Microcystin, MC）能损害肝脏，具有促癌效应，直接威胁人类的健康和生存。——编者注

育课以及绘画课的老师也,也就是说,我本人的绘画就是崔老师教的!印象中崔老师留着黑黑的微翘的胡子,身材健硕,所以他先是体育老师,后来才教画画。前些日子小学同学聚会,一个小时候特别淘气、外号叫"猴腚"的同学回想起当年屁股上挨了崔如琢老师一大皮鞋猛踹的时候,那种疼痛不堪的感觉仿佛犹在。但俺们老师现在用"手"画的一幅《荷风千秋》,就值4200万元哩!

达·芬奇有密码吗

本周在给巴西圣保罗大学生讲"如何和中国人做生意"的课上，我统共用了三个案例，第一个是"高铁"，第二个是"达·芬奇家具"，第三个是"姚明"。

一个星期之前，我用了特别激动的口吻讲述 high speed train，我将其用作中国制造成功的案例，问："你们知道高铁的开通意味着什么吗？"巴西学生正在期望着我的答案，这时候下课了，我说你们回去好好想想吧。我还建议他们最好乘坐着高铁去上海旅行，去看看中国改革开放的伟大成就。没想到这几天就有报道说高铁出事了，"不正点到站""地基下沉""害怕雷电"的问题层出不穷。于是我在上周五的课上又把"高铁"作为案例翻腾了出来，我说你们周末还是坐飞机去上海吧。假如飞机飞得不太高的话，你们或许能从半空中——鸟瞰我们正在大踏步行进着的、"正在磨合之中"（铁道部发言人语）的高铁。

※

关于"达·芬奇"家具店，我从来没有注意过，但电视上关于它的报道沸沸扬扬的——那个女总裁还在几个意大利人的陪同下在电视上痛说"发家史"，不过她忘了，她的"发家"是别人的"败家"呀！有个"有钱没文化"（网上评论的）的客户哭着说他买了1000万的"Da Vanci"家具，一张床就30万块，我吓了一跳，妈呀，这比秦二世的棺材都贵！

前天晚上我坐的公交车在长安街上行驶，到建国门地段的时候，我一眼就看见了马路边"达·芬奇"家具的门面。敢情本人每周都从这家店的门口路过，却从来熟视无睹！哦，2003年我到意大利威尼斯考察商机——那时候我还是一个建材公司的老板，一个意大利人曾经把我带到他自家开的家具工厂参观，还问我想不想在中国做他们的产品——我当时可是一种真的产自意大利产品的中国总代理哩。那时候每次本公司开产品介绍会的时候，我背后也都站着两三个意大利人。

"达·芬奇事件"真是好玩，是一场真的"狂欢"，我是说骗的人和被骗的恐怕都有问题，真正的好人是四周看热闹的。今天的中国真是一个千载难逢的"故事多多"的中国——从郭美美到高铁，到达·芬奇家具"——嘿嘿，一场一场的你想都想不到的大戏，主题和情节都不带雷同的。中国是个"小说"的国度，为啥？就是每天的故事都太好玩、太刺激了，好玩和刺激得连我这个喜欢瞎编故事的都不用编了——把它们记录下来就行啦！

※

姚明要退役了。全球哗然，人们像纪念去世的人似的缅怀起了他。当人还活得好好的时候被人们用"追思"的心情议论，那种感觉挺爽。但我心目中的姚明他根本就不是人类，是"超人"，也是"恐龙"。

出版的"组合拳"和众多的"飞来的横祸"

最近中国和世界都是多事之秋,最安全的火车——动车出轨了;最安全的国家挪威首都奥斯陆遇袭了;最庞大的新闻帝国——默多克的"世界新闻集团"快要崩溃了。

本人这个暑期的最大的梦想就是在提交了"论文开题报告"之后,乘坐高铁去南方旅行,去亲自体验一下"日行千里"的神圣而骄傲的感觉,我的第一站是往年常去的杭州,但昨天"动车组"在从杭州到福州的路上突然因为雷电而出轨,这动摇了我的想法。雷电都能把高铁打翻出轨,那么我们的高铁就会变成"恐怖列车"——因为你不知道"轰轰隆隆"行进的它,正在驶向什么地方——尤其是在半夜,尤其是怕边行车边打雷。那么,除了雷,你还可能怕下冰雹——冰雹会让高铁在轨道上踉跄打滑,你可能还会怕下雪——雪就更滑了,高铁会刹不住车的。

我的一位编辑朋友是中国铁道出版社的,他每年都要在火车上逗留100天。我想从今往后,他比我还要怕坐火车了。

※

默多克家族在伦敦被"听证",是本周的一大看点,那天晚上我看了睡,醒了再看:一个世界最富有、最能经营、拥有最多的"舆论支持"——默多克家族是世界上拥有最多家新闻媒体的老板,正在接受着"世纪听证",而老默多克,这个犹太老头,正在过着他的最"卑微的一天"（the most humble day）！听证会上，一个人突然朝默多克冲过去想要袭击他，但被他的中国妻子邓文迪一记"左勾拳"——她从前是打排球的，给击退了。她和默多克相差40岁，但据说有"坚贞的爱情"，而且有两个女儿，但都是通过试管生的。这个世界早晚有一天——到处都行走着从试管中孕育出来的人类。

本人的两本书，一本《自由之家逸事》是17年前写的，一本《走进围城》是8年前写的，正在紧锣密鼓地酝酿着出版，以下关于第一本书和北京燕山出版社李满意老师的通信：

李老师好！

"尊敬"的确不敢当。您的评论我十分地诚服，把我写作中的缺点都看出来了和点出来了。那是17年前我的"处女作"，是我在第二家犹太人开的公司上班时偷着写的，带着"报复"的情绪和情结。"议论"无疑是最大的毛病，但写的时候有些受雨果写《悲惨世界》时候写法的影响，想写点用"上帝之眼看世界"的俯视的感觉。阿拉伯的部分您提醒得好，以前没想到过，可以适当修改。

总之，谢谢您的慧眼和对稿子的理解。那部书虽然是个用北京话说的"糙活"，也十分地幼稚，但事和情都是真实的；真正的"编故事"，倒是和印度人做生意的那段，虽然故事有原型，但写着写着就放开写了，就有点过"故事瘾"的味道了。

另外，现在电视上正在播放犹太人默多克和他们家族丑闻的消息，默多克和他的儿子和我那家犹太老板父子外貌非常地相像。

如果此书能通过您出版，真是万分感谢，也算是十几年前故事的一个被尘封后的解密，尽管它本身并不太重要。

敬候佳音！

国人都得了"恐高症"

我敢说，这个星期的国人都非常地抑郁。按最新的研究，本来只有发达的、GDP增长缓慢的国家的人，才最容易抑郁，比如德国人、挪威人，而像中国这样发展最快国家的人，是不该抑郁的——我们没有抑郁的时间呀！我们不舍得抑郁，抑郁是要付成本的，你想，你我对着颐和园的昆明湖抑郁上一个上午，那钱，不就让周立波那种快嘴快舌的人给赚跑啦？时间就是金钱，在中国想抑郁，要有足够的物质储备才行。

但高铁的事故还是变成了国人"深度抑郁"的原因，反正我算其中一个。我原本计划得好好的，甭管北大的学位拿得住还是拿不住，反正两年之后结论就揭晓了，然后，我就彻底地退居到人生"刘老根大舞台"的二线，乘坐高铁周游中国之中的"列国"，我想在高铁上吃、高铁上睡，然后，再在高铁上抑郁——这些本来飞机上都能实现，但本人天生就不太信任飞机的驾驶员，我担心他们在空中"醉驾"，所以这些年只要是出远门我都坐在、躺在咕咕隆隆的火车里，那，可是一种接近"让别人抑郁"般的奢侈呀，你想，别人都在空中冒险赶路，你从重庆到北京一坐就是三天，连十本书都看到第二遍了，连上铺那个人的奶奶的小名都知道了，你不是活活把人气死吗？

但这次高铁的提速以及事故，却突然打破了本人的"退休后在高铁上睡大觉计划"。

我怕坐飞机——至少在本人手头写好的200万字没出版完之前,我现在又怕坐火车了,坐在动车头四节车厢怕追上别人的尾巴,坐在动车的后半截怕被顶住屁股,而且,坐飞机害怕出事只是在一起飞和一降落的时候,那很短,飞机在空中被追尾的可能性也不高——但动车可就不同了,一坐就要若干个小时,而且一路上时时刻刻都有被追上的可能呀!你一使劲儿跑,又追上别人了。

我绞尽脑汁想起来有一趟列车或许还不会被追,那就是从北京到拉萨的那趟,车少呀,缺氧呀,气喘吁吁追不上呀。从此,本人每年只去拉萨。总之,不发达国家的、本该没工夫抑郁的我们却患上了发达国家的奢侈的、长久的、没有出路的"郁闷担忧症"。似乎我们最后只剩下了一个选择,就是老老实实地趴在自己城市的窝里按兵不动,静观下一趟车还追不追尾,什么时候追,什么时候不追,比如我吧,原本就没有非要出远门的必要,就最好行走在北京这个城里,我不着急远行,但是,昨天我在东单的地铁站,迎面看到了一大段慢慢腾腾朝我翻滚着行驶过来的——"奥蒂斯"牌电梯。

而且,那电梯上空无一人。

有些失望的延庆

我早就说过"延庆是个好地方",于是,又坐着S2动车去了延庆。

S2是新近开通的一种"通勤"类的动车,用地铁卡就能乘坐,也就是说,你明明坐的是火车,但感觉是在坐公交车,才6元钱。不知道为什么火车以"S"打头,S现在通常是中国影星的名字,而且都是女的。S看上去像蛇,S车其实就是用一种蛇状的"步履",在詹天佑设计的那条"之"字路线上行驶往返。虽然也是"动车",但我不太担心我坐的这趟车和前面的车"追尾",因为上一趟车50多分钟前就开走了,倘若我这趟车能追上50分钟前开走的那趟车的尾巴的话,那么肯定开车的是一男一女,而且还应该是"剩男剩女"——才成。

我去延庆的目的,一是能检验动车是否安全,为更远的旅行做铺垫;二是能用最简单的方法走向绿色、走向山峦、走向人迹罕至的"所在",甚至是"走向共和"。

那条我终于能正确读音的河流名字,叫作"妫水"。读音与"诡异"的"诡"、"出轨"的"轨"、"鬼子"的"鬼"相同。这下你也能念了吧。

一般我到延庆,一下火车,就先围着县城外面的那个不知道叫什么名字的湖——或许就是"妫湖"吧,先转一圈,然后再转一圈,本人可并不是想投那个湖,我是想在湖边找一处哪天能住上一两宿的旅店,但我看到第一个像是五星级酒店的地方,一敲门,才知道是县政府;第二个,一敲门，是县检察院；第三个，再一敲门，是县公安局；第四个，明明楼上写的是"大酒店"，去前台盘问每晚的标准房价，接待的说想住不收费也行——才知道这儿是县执法大队，难怪下面的来客停车场上停的都是半新的警车！

我于是比较失望，我对延庆失望了。看来，延庆最核心、最该开星级酒店的"妫湖"四周，都是在假若我真跳了湖或有人把我推进了湖的"事件"发生之后，才用得着的机构。也就是说，想在这湖边常住一阵子的话，还真得做出点骇人听闻的事情才成。

醋意的山西

第二次去山西，上次去的是大同和五台山，还有云冈石窟，这次去的是太原乔家大院和平遥古城。上次是10年前了，记得那时候的大同城里，街道上到处都是垃圾，人们好像丢垃圾时只是把握一个原则，就是不往家里丢就行。这次去的省会太原是个十分洁净的城市，但随便丢弃空水瓶子倒是又目睹了三次：前两次是开车的司机，喝完后，就使劲儿把空瓶子朝停车场的空地上一甩，第二个司机也是抡圆了膀子一甩，正当我以为只有男人才朝地上丢瓶子的时候，一个打扮得挺花枝招展的当地女人，也在喝完了第11口水之后，唰——把瓶子像扔手榴弹似的投掷了出去。

看来10年后的山西，是进步了。

我才去太原了两天，回京后竟然也像山西人一样朝饭食中倒醋了。正如到了意大利，每顿饭后要喝咖啡一样，山西人吃饭是离不开醋的，我想可能是因为山西雨水少，碱性大，醋，是用来中和酸碱的——本人没白学化学吧！

山西人的计算能力无疑是一流的，一流得让我震惊。太原城比我想象中好得多，出奇地整齐，气势恢宏，布局合理，那汾河没有水，两岸竟然也出奇地翠绿，那恐怕是"计算"和"算计"出来的。不过人是会变的，在崇尚"抠门儿"的山西我所碰到的人都出奇地大方——最起码能大方地把笑脸免费地送给本人这样的外人。

在逛平遥城时我们莫名其妙地被导游带进了一个和尚的居所，原本还以为是另外一家钱庄（号子）。一个头上悬着一块像是玛瑙的老和尚教导我们，说看人有没有"佛缘"，一是要看眼睛里的光是否是自然的光，二是要看人的脸上有没有笑意。那个和尚对别人只是简单地做一两句话的训导，当轮到我时，就好像憋了一肚子的话突然找到了倾诉对象似的，说先送我两个字，叫作"干净"，并问我知道"干净"是什么意思吗，我答曰"干净就是自然"，他接着说"恭喜你"，你终于变成了一个完完全全独立的人了。我听后挺激动的，知道被他道破了天机。当我被引领到外面该给钱的地方时，看到名簿上别人都写的四五百，我有些慌了，因为当时后裤袋统共就只剩下500元了（我来山西对自己相对抠些），就对那个不给钱恐怕就会突然变成少林武僧的小和尚说："我就给你们100元吧！"他嗔怒道："不能说'给'！"

我想从"上供"的角度说在山西比在山东压力要小得多。

在太原那个叫作"太原煤乡"的三星级酒店里，我生平第一次遭遇到了半夜的停电。按说半夜停电不妨碍，但对于正在和蚊子奋力格斗中的我来说，无疑是毁灭性的打击。因此几只蚊子对着突然"盲目了"的本人展开了复仇的围攻。我只好用衣服盖着头，只把嘴唇裸露在外面，于是我嘴唇上，就顿时鼓起了几个淡红色的包。

第二天晚上我找到"太原煤乡"三星级酒店的前台服务员，问她今天夜里几点停电，她笑着说她来这儿工作都整整两年了，昨晚是第一次停电。

在繁华区"柳荫"大道边上，有一个不大不小的公园。那天我从公园第二次路过时，园子里正表演一个节目，我无意中发现报幕的两个人长得一模一样，台上唱歌的两个人也长得一模一样，就连我前后左右鼓掌着的那八个人，也两两的——长得一模一样。我起初猜测他们每人都携带着一面大镜子，后来一看头上的条幅，才知道这是在举办"《太原晚报》第 × 届双胞胎艺术节"。知道后，我顿时感觉特别孤单。

绵山是一个值得去的地方，一个煤老板，竟然代替了政府，把方圆多少里的一座大山都开发了。那规模相当于再造个小紫禁城。还有晋祠，虽然现存的"晋祠三绝"中有"一绝"是假的，但好歹其他的两个还都保持着真容——我还是头一次见到宋代的陶俑。那些"俑人"身上显露着宋代的和谐、安详，宋代的雍容华贵。

乔家大院里到处都是精工雕琢的物品，那些东西上面也到处都有"仁义道德"的警句。可见，大富之家是有规矩的。遗憾和悲哀的是，除乔家大院之外方圆多少里的现代人修建的房子，我看都只配贴一个字——"拆"！也就是说，都是次品和垃圾。

没到山西的腹地真不知道中国建筑能被修理得如此地华丽和寓意深刻。这，不能不佩服"老西儿"们"深挖洞广积粮"的耐心，那种执着和耐心以及锲而不舍把那些古代建筑变成了"藏经洞"，那一个个"洞穴"中渗透的文化之水何其深也！那是历史的真酿，而绝不是勾兑。

山西人说话的方法和他们喜欢深藏一切东西的秉性一样，是用了嗓子眼的"咕隆"外加鼻腔的共鸣。山西人的相貌特征充分表现在人脸长，双眼皮，眼大略泡，感觉有些个嘟嘟囔囔。山西人身处太行山之内，有山之掩护，不浮躁，性子慢，不像山东人那般动不动就会亢奋和争斗。加上说话的"低调"，所以不属于张扬的族类。

我坐动车回到北京，才用了三个小时，但对山西的印象就像那几个空水瓶子似的被甩在脑后了。在返京动车上时，车窗外天黑黑的，由于下着雨还夹着闪电，我担心我所在的车厢——四列车最前面"豪华车席"和前方的列车发生"追尾"，担心背包中的那几瓶"宁化府老陈醋"能否安抵北京——这个和太原相比既没有什么专属的方言也没有什么独特"饭前饮品"的、似故乡又好似不专心属于我的"故乡"。

我看到了开题的曙光

昨天的北大由于还没有开学，仍是个被旅游者充斥着的北大。到中文系的五院去和陈老师研讨开题报告。我人基本上是惴惴不安的，另两个小师妹也一样。北大的开题我说过，就仿佛是开刀一般，虽然有点麻药，但毕竟好比开膛和破肚子，疼，是注定了的。真的不疼了，你就是死在了手术台上。

陈老师终于兴冲冲地来了。他刚参加完一个重要的会议，陈老师首先对我们三个道了辛苦，然后基本上肯定了我们三个的开题报告，说他在阅读时"没有阻力"。我压抑着心中的狂喜——就好比听医生说"手术成功了"似的。老师还表扬了老齐同学我的进步，之后，陈老师提出了18条修改意见，老齐我获得了10条，其他的分别被两个小同学获得了。

我们的正式开题是在9月初进行，假如能成功，本人的"奉子成婚"战术就算成功了——我在没正式被判决我研究的题目是不是个值得研究的问题之前，就把论文的大约10万字给写出来了，就好比我抱着一个大胖小子到婚姻登记处去领结婚证，办事人员是给呢，还是不给呢？这挺惊险的，因为假若"题"开不成的话，本人的所有先前研究就都荒废掉了，那么"北大博士"的称呼将可能永远与我无缘。

北大的开题犹如在京剧中演"三岔口"，在没开题前，你是个"三不知"，你不知道那个"题"在哪儿，你不知道要挑战你的是谁，你更不知道你

"生"的那个"孩子",是否已经在世间逍遥——你的题目是否有人做过,你一定要确保题目的"鲜活性"和"创新性",但同时,你的那个题目也不应该是"无源之水",别人还要多少研究过一阵子,就是说,你的题目不能前无古人,同时呢,也不能风马牛不相及——这很困难吧!

和老外一道旁听中国聋哑人"开会"

本人的确是个天生的语言爱好者，就比如在三联书店对面的那个小四川馆子中，别人对一桌子聋哑人用手势热烈地"开会"恐怕没什么大的兴趣，可我就看得开心死了，而且，还猜测着他们那些重复性手势的意思。这就好比是听着一种有声的语言，当我听到一种音素被反复地重复了几遍之后，想念一下前后左右的逻辑关系，就能大致猜测出那个音节的意思了。我用这种方法学习了很多种语言，从英文到韩文。不过，这还是第一次看见一群聋哑人用手语"开会"，他们在会餐，他们之中有的还喝醉了似的，"说"着"说"着就从椅子上站了起来，赞同他的人——我注意到——都伸出了大拇指，这当然是表示同意了，我发现聋哑人的手语和非聋哑人的手语——就在用大拇指的区别。非聋哑人赞同一个人的发言时大多能用"好"表示出来，翘拇指的顶多有一个半个，而聋哑人呢？他们全桌子的人都在"亮相着"他们的拇指；还有，我发现聋哑人想让别人听他（她）"发言"时，需要狠命地拍打桌子——可见他们能听到微弱的声音，但非聋哑人却不用玩命地敲桌子。

吃饭时我前面有一对外国夫妇点菜，我"友情出演"了一把他们的英语翻译——其实他们的英语也是"二把刀"，饭店里的小服务员们高兴得不得了，说您老能来就好了，还说"金钥匙"她们的这个小饭店养不起。她们说的"金钥匙"就是能说外语的人。本人能说上几种，应该算是"钥匙链儿"了吧!

我发觉那两个听起来母语是意大利语或东欧某种语言的老外夫妇,一边吃饭也一边饶有兴趣地观摩着那桌用一门比英语更难掌握的"外语"——中国手语畅谈的中国人的"表演",在那个时刻,我真难以分清和他们讲的那种我偶尔能听懂一两个单词的"外语"相比,我和谁之间更有"语言障碍"。

五十而刚知道天命——我的开题报告得了88分

就在昨天下午，就在北大中文系的五院，我的论文开题成功地通过了，还得了88分——最低分。头一个小同学92，第二个小同学90，俺老齐同学得了个88。

博士的论文开题好比寻找本·拉登，你要先圈定拉登所在的方位，是东还是西，是南还是北。三年的竭诚努力提心吊胆、诚惶诚恐、七上八下之后，终于，我锁定了拉登的方位，我那个题目："从'言文一致'到'文白转型'——中日近代语言革新对比研究"，就是最后的"拉登"——论文的藏身之地。

开题又仿佛是开刀。你一刀把肚皮割开，就要发现"学术瘤子"——带着"问题意识"的"瘤子"，需要化解的、割开的、解析的瘤子。而当你的论文做出来后，那个瘤子就没了，那个问题——就被你解决掉了。

评审老师们似乎达成了一个"共识"，就是"老齐同学进步很大"！半年来陈老师的"力挽狂澜"、日语系李强老师"给力"的书面评议——李老师为了传发那份评议，特地从家里赶到了北大，都是成功开题的"必要条件"。隆重谢了！

结果宣布后，两个小同学都分头大哭一场，不知道是因为能成功开题而喜，还是为没能得到100分而悲。之后她们都看着我，看"大师兄"我哭了没有。北大的开题是能把人逼疯的——由此你们能够体会。

未宣布开题的结果时，在走廊中遇到了哲学系的冀老师，是她2008年为我写的入学推荐信，正寒暄着，陈老师也走了过来，这样，被推荐、和推荐和接受推荐的——我们三人，第一次相聚了。陈老师对冀老师说"他正在接受折磨哩"。

本人的下一本书《自由之家逸事》，即将由北京燕山出版社出版，外加原子能出版社即将出版的那本《四十而大惑》，本人今年的这个"虚岁五十"想收获的几抱"庄稼"就算是收获齐了：博士论文的开题和两部新书。人活五十而知道天命，本人的开题和出新书，或许，就是那个遥远的"天命"吧！

黄世仁都向杨白劳借钱了

　　疯了和没疯，是一个相对的事情，所以想发现一个时代的"疯相"，要戴上一副另一个时代的眼镜。比如我看李阳对媒体解释他为什么进行"家庭施暴"的时候，他那股子淡定从容、侃侃而谈、善解人意以及宽容的样子，知道的是他把美国老婆打成了"乌眼青"，不知道的，还以为用重拳砸人脸的不是他，而是他的老婆。这，就有点"疯狂"。我知道李阳是个卓越的演说家和煽动家，这次的家暴被他那么轻而易举地转用为"疯狂英语"的公关行动，也就是说，他以施暴为契机间接地进行了商业活动的推广，这，也非常的"疯狂"。疯狂的不光是李阳，疯狂的是我们作为看客的平静和习以为常。

　　本学期在语言大学翻译学院的两小时课上，本人教授的科目是"经济基础理论与实务"。我在课程介绍时说：之所以命名为"理论与实务"，是因为齐老师我理论不行，实践也马马虎虎。这样，讲理论讲不下去的时候我就会开始讲实践；同理，讲实践不行的时候我就开始讲理论。通常，我用前20分钟的时间点评本周的国内国外"经济大事"。我下周想要讲的是意大利管咱们中国借钱的事。当意大利朝中国借钱的时候，这个世界算是半疯；但当中国真的把钱借给意大利的时候，这个世界就真的crazy——疯了。《白毛女》中有一个有钱人的名字叫黄世仁，有一个没钱的叫杨白劳，我们现在面临的"最危险"的一件事是"白劳"真的把那么多血汗钱——包括给喜儿过年头上拴的那根"红头绳"——让叫"世仁"但不"是人"的外国人——给诓骗走了。

中国人似乎同样也应该高兴,高兴连洋人们都管俺们穷小子——借钱啦!

到四中给女儿开高三家长会,高三呀,那种"疯"的感觉,一坐在四中的大礼堂里就能感到高考前的紧张气氛。老师的"和风细雨和谆谆教诲"和前两年比一下子就没了,说的尽是"高考、高分",就是没有"高兴"。听老师高度赞扬那些暑假期间每天学习10个小时以上的学生们的"优秀",本人诧异地想:"每天要学习10个小时,那还是'暑假'吗?"

更可怕的是,当你坐在校园的凳子上观看这所"北京最好的中学"(只有"人大附中"不那么认为)的学生时,你竟然分不清楚哪个是你的女儿,哪个不是——她们几乎是一模一样的:身着统一的四中校服,背着沉重的书包,眼睛上压着一副硕大的可乐瓶底厚的眼镜,对了,我想现在的学生和自己上学时候的中学生相比的,最瘆人的就是那副眼镜——现在的中学生几乎全戴着眼镜——你说疯了没疯?本人上中学的时候班上有一个同学的外号就叫作"眼镜",因为他是班里唯一的戴眼镜的人,而现在的中学生哩,班里那唯一、唯二、唯三的——不戴眼镜的极少数学生,都应该有外号了吧! 20世纪90年代我第一次去台湾时在餐馆里发现孩子都戴眼镜,我着实大大地惊愕,我庆幸大陆还没有那道"景观",但没过20年这儿的孩子也都"眼镜化"了,这绝对是别的国家难得一见的"中国式奇观"。

这显然极度的 crazy!

> 有点像金丝猴的梵高和由"姐夫"指挥的老柴的《第二交响曲》《第五交响曲》

位于西长安街的我家就好像是头枕着首都博物馆,脚蹬着国家大剧院,和艺术是首尾相连的,于是,在国庆假期的一天里,本人上午到首都博物馆去喝喝咖啡,顺便看一眼梵高的那张自画像,晚上到大剧院去消食,捎带着听听俄罗斯马林斯基乐团演奏的柴可夫斯基的交响曲。

梵高总共才活了30多岁,出名前他没名,和其他一切的伟大的艺术家一样,他生前不为人所知(从这种意思上说,本人从今年开始的"齐天大作品"上书架工程,走的是和"伟大艺术"满拧的一条道路)。展出的唯一的一张梵高"自画像",我凑近一看,只见梵高长得的确不算出众,如果是"出众"也是奇丑的那种。他的眉毛是金黄的,胡子是金黄的,连舌头(我有透视功能)——好像也是金黄的,于是,我仿佛和一个小金丝猴"面对面"对视,而我那时那刻的感觉,恐怕就是100多年前梵高画那张画时候的感觉吧:他边画着自己边纳闷着——俺咋长了一副这样的嘴,以及脸呢?难怪你的画没有人买!

老柴的命运本身就是六部交响曲。由于本年度经济状况有所改善,老齐我现在去大剧院已经没必要死活非要买最便宜的——80块钱的那种票了,我直奔200一张的而去,也就是说,虽说还没敢"只买最贵的",但我已经能不买最便宜的了。我坐的位子和去年买的80块钱的基本是一样的——都是乐团的后面,都正对着指挥,听的也是同样的老柴的《第五交响曲》。去年演奏的是一个由比利时组成的乐团，而今年的乐团，来自老柴的故乡俄罗斯、来自圣彼得堡，那高大的指挥据说颇为有名，名叫"捷杰耶夫"——听上去像是"姐夫"似的。我注意到了"姐夫"和去年那个比利时"小人指挥家"的最大的区别，除了他不睡眼惺忪之外，是他的手指能不时做出破浪形的抖动，不时蝴蝶翅膀呼扇似的动着——那也许是让乐手们发出"颤音"的暗示？还有，我坐在200块钱的第一层抬头仰望楼上二、三层那些买80元票"经济舱"里坐着的人们，顿时感觉极佳！因为那些人一不留神就能从楼上倒着——栽进乐池，那高处不仅座位狭窄而且陡峭得很哩。这我太熟悉啦！本人从前一直是那个区域的"座上客"！注意，可不是"上座"的"座"。

毕竟是老柴的老乡，他们来自老柴写曲子的地方：同一座城市，经历过同样寒冷的冬天，对乐曲传达的情感、氛围感同身受，所以无论我听过十遍百遍，马林斯基乐团的这两段老柴，都是真正的，都是最好的、最正宗的——"老柴"。"姐夫"的指挥也是最到位的，最后一次返场时他竟然不用手，只用眼睛、头和身子指挥——好玩！我一边听着"柴五"一边想：世界是复杂的，音乐是复杂的，交响乐更是复杂的，这柴可夫斯基尤为复杂，但我很难想象于本人来说，假若人生的路途上没有柴可夫斯基美妙无比的旋律，地球将何等的"失声"，人类将何等的无福！而当老柴最擅长的大、中、小提琴轮流卷起如风似水的难以用语言表述的悠扬旋律时，于我，那就是一切的终极和传说的"上帝"的欢愉和抽泣。

音乐的语言是最简单的：我旁边来了一个老外，他没有曲目单子，但他只要回头用英文问："2、5？"，有人答曰："Yes, 2 and 5!"，他就听明白了，就知道要演奏什么了。这就如同那个指挥"姐夫"连手都不用，仅用眼神就能调动指挥那么多种乐器，让它们发出铺天盖地的声响，那声响不仅美好而且极其繁杂，繁杂到需用4-8只耳朵才能分辨清楚！

《马勒第四交响曲》和本不该鼓的雷鸣般的掌声

今年是"马勒年",我原本对马勒不甚了解,也不太喜欢,忘了他是德国还是奥地利的。但我知道他是个犹太人,也听过他的一个大曲目——忘了是"马六"还是"马几"了。印象中他的作品旋律不明显,比较怪诞;又挺宗教的,但不很光鲜,总之,用柴可夫斯基的旋律和任何一个他人相比,于我,就好似要背叛自己的"初恋"一样,有着——极大的难度,但虚岁五十的我还是必须尽快寻找"老柴"之外的"新欢"。

昨晚在《北京晚报》上看到中山音乐堂要演"马四",就匆忙从西单徒步赶过去了,没票了,就到筒子河边去等。中山堂那边搭起了一个帐子,正在开着露天的酒会,是一个"M"打头的国家的公司举办的,小提琴的悠扬声不时传来,在给穿着十分体面的"夜饮客们"助兴。演奏会快开演了,一群群人执着票从酒会那边直奔音乐堂这边走来,其中的一半人说话"哐哐哐"的,听上去像是广东那边的,我明白了:今晚的"马四"是这个大公司的包场,招待他们的经销商,所以买不到票也等不到退票——"退票"都叫"黄牛"样的人抢先揽光("黄牛"能从他们的扮相上看出来,都穿着深色的衣服,头发卷卷的,像是日本红灯区拉客的黑社会)。"黄牛"神色也不定,而且离演出时间越近他们越发神色不定,于是,我对其中的一头"老黄牛"开出了"200"的价钱,他说"300",我摇了摇头,他就走开了,这时候离开演还有30分钟,我旁边也有几个等票的女孩儿,我让她们原地不动,先告诉那"黄牛"

大哥她们能接受的价位，快开演时那头"黄牛"肯定会主动回来的。果然，当距离演出还有10分钟的时候，"黄牛"就找我们来了，说："行，200吧。"我问他那票原价多少，他说："180！"我先给了他200，说："我不信。"打开票一看，上面果然写着："赠票，请勿出售。"我对"黄牛兄"笑着说："我说不是180吧！"在另外几个女孩的哗然声中我走入了"中山堂"。其实，"黄牛"也挺不容易的。

由于执二楼票的人破例可以坐到一楼，于是我就坐到了一楼第一排最中间的那个位子——这个位子通常是给重要客人的。

爱乐乐团上台来了，那个德国人指挥"小哈丁"也来了。我能看清乐手们锃亮的漆皮鞋，他们的鞋和我的视线头一次平行。第一部分是一个联唱，唱的是马勒的《少年魔号》，歌手是个高大的"男孩儿"，名叫"沈洋"。沈洋相貌不凡，他是用德语演唱的，我想除了极少数德国听众和我之外，大多数在场的那个M公司花重金"打包"来的衣冠楚楚的、"咣咣咣"说话的听众们，是不知道沈洋唱的是什么的，我更不知道唱着唱着就特别激动的沈洋是否知道自己那些听着像是咀嚼大蒜的声音的德文的意思，反正他唱着唱着就快哭了。他一激动得停下来，中山堂的掌声就雷鸣般地响了起来——这本来顺理成章，但听西洋音乐有一个基本规矩，就是在乐章之间绝对不能鼓掌，于是，沈洋、曹秀美、小哈丁、爱乐乐团的演奏员，以及坐在正中间位子上的我，就都会心地相视浅笑了——今晚咱们可以瞎唱、瞎演、瞎指挥，因为台下的都是外行。

"马四"极棒，爱乐乐团、小哈丁指挥和两位歌手（过后才知道那个瘦弱的老态的与本人同龄的女歌手就是极其有名的韩国人曹秀美）也极棒，但曲终人散后我随着大众朝中山公园门外走着，听到的最多的评价是："哈欠——你困不？我都困得不行了！"

人在五十看死亡

最近离奇的、"骇人"的死亡颇多,比如卡扎菲死了、乔布斯死了、广东佛山的小悦悦死了(她才两岁,被两辆车碾过,路过的人都视而不见),总之,有该死的、会死的、冤死的,也有不知道该死还是不该死的但终究是死了的。

卡扎菲的名字我还在小说中借用过,在《美国总统牌马桶》里我发明了一个叫"克扎菲"的狂人,就是从"卡扎菲"的名字里寻找的灵感,没想到我那个"克扎菲"在书页中活得好好的,真的卡扎菲却死在黑枪乱枪之下了——在他也只用一个念头就杀死了一千多个"执不同政见者"的若干年之后;在利比亚卡扎菲执政时期,杀戮和被杀戮仿佛是稀松平常的事情,但一个活脱脱的国家元首,去年、前年还和奥巴马、萨科奇、赖斯勾肩搭背、关系暧昧(赖斯说卡扎菲诡异地钟情于她),没过多久,就被"老朋友"们支持的民众打死,又暴尸于"肉铺"的水泥地上——卡扎菲和他的儿子的尸体并排,你看了,就不是觉得卡扎菲该死还是不该死了,你会暗叹人类作为一种"动物"的残忍伪善,你会对作为"人类"的一个成员这桩事情,有一种说不出是恶心、害怕、自负还是自惭的感觉,但总之,不是舒服和舒适。

还有那个56岁就死了的精神永不会死的乔布斯("乔不死")。他的英文名字是Jobs,我在给学生上"经济基础理论与实务"课时把他的名字写到黑板上，说："Job 是'工作'的意思，你看乔，是不是一个最能创造工作、创造就业的人。他创造出来的'工作'没死，还在全世界大批量'生育繁衍'着，他自己却没能活过本人即将行进的'50-60 岁'的那个生命区域。"

人生死亡的可能性，我估算着，是按照概率逐渐"升华"的，如果人的生命按 100 年为限，你我"死"的概率（可能性）是从生下来（或者从在娘肚子里的时候就起算？）就开始计算了，比如，一岁死的概率是 1%，两岁是 2%（因此说佛山的小悦悦是死于非命的），以此类推，40-50 岁的死亡概率是 40%-50%（好像稍微高了点？），一旦进入 50-60 岁，那概率就突然地增高了，比如乔布斯 56 岁就死了，那个刚结束的电视剧《辛亥革命》中的袁世凯也死于 59 岁。袁世凯一直念叨老袁家的男人从前都活不过 60 岁，就死活要在 60 岁之前登基当皇帝，否则就来不及了，他那么一急切，皇帝倒真的当上了，但还是没能逃过家族男人的宿命！而那个非要把他从"洪宪皇帝"的名号上拉下马的孙中山，58 岁就死了；其他"民国人物"们——梁启超、鲁迅都死于 56 岁，这么一看，我刚才说的"死亡概率"倒是比较正确，至少在那个年月。

我的"生死概率"还没说完：当人活到 60 岁以上，在 60-70 岁之间，死亡的可能性就达到 60%-70%，活到 80-90 岁，就是 80%-90%，然后呢，就是"百年"的 100%。100 岁之后的亮相呢，好比是人生舞台上的"加演"，是在听众热烈得不行了的掌声下的"返场"。但返场时通常都唱重复的曲目。

本人从 50 岁上看今天的这个世界，是个蛮异样的世界，一方面，科学如此发达，人的寿数已经突破了"历史平均概率"，也就是这二三十年，人类突然间把寿命提高了，比如我崇拜的那个杨绛老人，竟然以瘦弱之躯活到了 100 岁上头，假若如此，50 岁才刚刚是人生的"5 折"，还要有漫长的"5折岁月"需要打发，于是我们会精神抖擞、斗志昂扬，但同时哩，"历史平均概率"又在同时发生着效用，我等60岁后随着年龄的"十进位跨越"在死亡的概率上已达到50%-60%，就在今年，我就已经听说过若干个同龄人亡故的消息了。于是，乔布斯在哥伦比亚大学学生毕业典礼上那段著名的关于"生命"的演说就能派上用场，他说："无论是亿万富翁还是穷人，我们面对的结局只有一个，那就是死亡。"（大意如此）他接着说在明知道结局的情况下，我们需要思考计算在剩余的生命中应该如何安排支配时间、如何实现自己最大的价值。他认为不要迷信一切既有的模式和戒律，走出一条自己认为拥有最大价值的道路。这价值用英文表示，就是"value"，而也只有在那个场合、在知道自己活不太长久的大天才乔布斯那里，"value"这个字眼才是真真切切的"价值"。

50岁头上的人生，我感觉我面对着太多的"无知"，太多的"非确定"性的东西，就仿佛爬珠峰，我已经爬到了"第二阶梯"，我依稀能看到山顶；也好像爬泰山爬到"中天门"了，站在那儿，"玉皇顶"的轮廓已朦胧可见；又好比登富士山登到了"五合目"，后面还有剩余的5个"合目"需要"征服"。我们在向上步履蹒跚地爬着，但同时，我们的身旁也不时传来某些人暴死、冤死的"消息"，它们让你隐约感觉前面的5个"合目"会突然被你走完，你也或许能预知其实余下的路是荆棘遍布而且会意外丛生，比如你的身体会在手术台上被大卸八块，你的大脑、小脑会猛然萎缩，某一天，你的浑身上下会遍布针眼，你的"腰子"（肾脏）会像梁启超那样被协和医院的外科大夫给左右拿错了——你甚至会像卡扎菲、本·拉登那样先不可一世又死于暴动和乱枪，也会像小悦悦那般被不止一辆轿车碾过，总之，发生在你身上的变数会骤然增多，而当你在与增多的"未知"手忙脚乱打"交道"的时候，你还要尽义务，为你的上辈们送行，因为他们还焦灼于漫长的对付"生死概率"的最后的、马上就会获得最终胜利的——人生"革命大道"上面。

成功地死在了中国的丹尼

在我想到了问候丹尼却没来得及问的时候保罗主动提到他。昨天中午在语言大学和澳洲的老友保罗聚餐，我老想问问丹尼怎么样了，但话题一直停留在比保罗小20多岁的妻子和从天而降被他们收养的那个小男孩儿身上，直到我终于能问问丹尼咋样了——他们两个老头儿是好朋友，都在北语教书，我上次还看到他们俩在一起，保罗却突然问我："你知道丹尼的事情吗？""？""他死了。""什么？死了？什么时候？""上个星期五，在一辆公交车上死的，是突发心梗，他一直想死在中国。"保罗还说上上星期五（10月14日）他们俩还一起吃饭来着。那天丹尼告诉保罗他有一天在公交车上正在思考着一道数学题，突然眼前一片漆黑（black out），但突然又一片光明，像一个大屏幕似的，屏幕上写着一个大字："What？"（什么？）他说那或许就是数学题的答案。还有一次也是在公交车上丹尼打瞌睡，等他一睁开眼，发现现场只剩下了他和好奇地看着他的司机。保罗告诉他你应该马上去看医生了，你可能是心脏出了问题。但丹尼说不用去。紧接着就到了上星期五（10月21日）——那个卡扎菲死于非命的日子，保罗说丹尼要是知道自己死的日子和卡扎菲是同一天的话，非气得心脏病发作不行。我问是不是因为他去世前的前一个时刻丹尼想出了那道数学题的答案，他欣喜若狂，然后突然兴奋得过去了。保罗说那十分可能！

和丹尼相识大概是在2006年前后吧，我还是北语继教学院的"学办主任"，一天在学院极其黑暗的走廊中，我发现一个面色十分苍老煞白、头顶非常秃的、腿有残疾的老头儿，像螳螂走路一样一拐一拐，动作极其缓慢地朝我蹒跚而来——他就是丹尼。我和丹尼第一次打交道是处理学生对他的投诉，学生说丹尼上课时先用两节课中的第一节点名，然后用两节课中的另一节宣布下课。于是学生们就都不来上课了，有的学生还在丹尼点名的时候代替两三个人应答，反正丹尼也搞不清中国人名字之间的区别。一旦丹尼发现有学生代替别人答复，他就非常地但讲话慢条斯理地——表示愤怒！在我主持的学生和丹尼面对面的矛盾调节会上，学生们指着丹尼的鼻子说他没有幽默感——现在的教书先生按学校要求统统都必须具备幽默感。丹尼对学生们的指责的回答说："I am a boring person."（我生来就是一个非常乏味的人。）学生们还批评丹尼在讲解 China Daily（《中国日报》）的时候念完就完了，什么评论都不做。丹尼说："我刚来中国一个星期，你们叫我怎么评论中国的事情呢？"最后，我只有宣布调解会完满结束。

后来和丹尼又接触了若干年。丹尼告诉我他来自美国的夏威夷，他父亲非常有钱，死的时候给他留了一大笔遗产，所以他四十出头就不用工作了。他还说他参加过越战，在越战时不打越南人，而专门对付那些去帮助越南人的俄国人。我看着他那条瘸腿，想问他的腿和越南有没有关系，但没好意思问。保罗也说他和丹尼相识了那么多年，就是不好意思问他的腿是怎么回事。我说那恐怕和俄国人有什么关系吧。保罗说现在他死了，我们来不及问了。丹尼上星期五是69岁，基本和卡扎菲同龄。丹尼终生独身一人。保罗也说丹尼是他认识的唯一的绝无牵挂的人。我回想到多年前有一次我问丹尼你什么时候回家——go home 呢？他回答说我的家就在北语呀——那时候他刚到中国不到月余，说 wherever I live, it's my home——"我住在哪儿,我的家就在哪儿"。保罗听后和我分析这或许就是他就想死在中国的原因吧。保罗说丹尼其实是个绝顶聪明的人——即便他生来就十分的 boring(乏味),保罗自己也统共才让丹尼笑过一次。但丹尼的经历十分不凡,他大学学过核物理,曾经在美国的核潜艇上当过一个什么"长官",长期潜伏在太平洋的深海下面。因此丹尼对解决数学题抱着极大的兴趣。我于是想:第一次他的突然眼前漆黑又突然灵光乍现(保罗嬉笑说那不知道是 black out 还是 white out!)时眼前看到的,就是那个难度极高的数学方程的答案吧!我说,或许丹尼在生命最后出现的屏幕上看到的不是"What",而是电影在放映后通常出现的大字"The end"(大结局)吧。保罗问我想不想出席丹尼的葬礼,我问会有吗?在葬礼上能看到他本人吗?好,那我就去吧。你在给他致悼词的时候,就把丹尼说过的那句话用上——"我住在哪儿,我的家就在哪儿"。我发现65岁的保罗在谈到死亡话题的时候,始终和我一样是谈笑风生的,即使我们是在畅谈着四天之前老朋友丹尼去世的话题。保罗说上星期五下午4点,当他接到一个不认识的中国人打来的电话,问他认不认识丹尼时,就隐隐地感觉到丹尼出事了,立刻问对方丹尼是病了还是死了,那个人说,是死了。丹尼大约是上午11点前后死的——在北京城的某一辆公交车上面。保罗说似乎丹尼知道自己命中注定是要死在一趟中国的公交车上似的,仿佛他始终等待着那个时刻的到来。丹尼现在已经和语言大学没什么关系了,由于校方知道了他有心脏病就没和他续签合同。于是他在北京买了一处期房,拖着残疾的腿,到国贸一带教书去了——即便他压根儿不需要钱。保罗还说丹尼是一个非常慷慨大方(generous)的人,他们两个吃饭一般全是丹尼埋单(我想咋我也是这样?)。2008年四川汶川地震的时候,丹尼还为灾区捐献了6000元人民币。哦,我想起来啦,地震后是有一天丹尼到我们学生办公室问我怎么给灾区捐款来着。

饭后我和保罗边走边继续说着关于死亡的事情,保罗说上帝说了谁也不知道你将死在何时何地。我补充了一句:"还有,也不知道你死在哪辆公交车上!"我们哈哈笑着告别,并约好下次在丹尼的葬礼上重逢。

晚上老伴下班回家,她一进门我就告诉她从前我说过的那个老被学生造反的美国教师老丹尼上周五死了,她说大家都听说了呀,是报纸上写的,说是有一个老外坐着坐着车死了,但所有的人都不知道那个老外到底是谁。

死于《无病呻吟》谢幕时刻的莫里哀

最近老是和"死"的事情发生关系。昨天在北大的英杰中心参加陈老师主持的和冰岛诗人的座谈，其中一个冰岛诗人说他们之中有一位诗人写了一大堆调侃死亡的诗歌，假如能翻译成中文的话，中国人一定会非常喜欢。冰岛那个国家——据诗人们说，你把死了的、活着的所有的冰岛人加在一起，总共也就一百万人。我计算了一下，这也就和我居住的月坛街道的人差不多，因此，当介绍到这位冰岛最著名的诗人之一，即他旁边的那位女士时，他说"她不仅是个诗人，还是以前的冰岛外交部长"，在场的北大代表们竟然没有表示出一贯的对于"外交部长"那个头衔的敬佩，我想，那恐怕是因为一个把死的、活着的所有的"国人"全加在一起才一百万人的国家的"外长"职能，也就相当于"月坛街道外联部主任"吧。

在座唯一的中国诗人叫"北塔"，应该是"北方之塔"的意思，但"北塔"的发音听起来——尤其他发得比较随意的时候，非常像是中学数学课上老师常用的那个 β；按说一般诗人的数学都不太好呀。纯中文系出身的人常说"我数学不太好"——这种话在俺们中文系也常能听到。一般来说这种不好，并不是能否算出"微分方程"呀、"线性代数"的那种的不好，而很可能是算不出来"200 加 49 再加 1 等于多少来着"的那种极端的焦虑和痛苦。

对于秦立彦老师的发言中"不知道现代人都这么忙,诗人们怎么才能抽出时间写诗,我想一定是在上半夜"的说法,诗人北塔说不是的,说他一般只在下半夜写诗,因为上半夜是属于"鬼"的,下半夜才是属于"神"的。我不知道这个诗人如何能把"上半夜"和"下半夜"像足球上半场、下半场那般地区别分明,我是说他如何保证不会一头睡下去——从"魔鬼的时间"直接睡到或睡过了那个"神灵的时间"区域,是用三个闹钟吗?

另外一个冰岛女诗人在回答她在什么时间写诗的时候,对那个中文讲得比我们北大的都要地道的冰岛先生说:"就在你刚才对着我说话的时候呀!"她说她具备一心多用的本事。我一看神啦,就在她和那个主持人进行对话的时候,她手中的那个本子上面的的确确多了几行地球上只有不到一百万人能看得懂的字——因为冰岛的一百万人口之中包括着历代死去的人呀。

※

再把话题拉回到正题"死亡"的上面。昨晚在国家大剧院,我坐在"池座"的第一排第19个座位上,看了法兰西戏剧院演出的莫里哀的《无病呻吟》(*Le Maladeimaginaire*,法文原意是"想象的病态")。之所以本人能坐在楼下的"池座"中,而不是历来的三楼最后一排最偏的座位上看莫里哀,是由于卖票的小伙子劝我加入了大剧院的"票友俱乐部":我用200元变成了一个"会员",于是我,就能花100元坐上650元的"池座"了,而这种"池座"中的人,从前是我在三楼朝下"鸟瞰"他们的;其实他们也没什么,也就本人这副样子。从"池座"里朝楼上的那些80元、180元一张票的区域仰望,绰绰的人影就仿佛是山洞里黑压压乱飞的蝙蝠,你再偷听一下四周围不时发出的动听的巴黎音,总之,本人在"池子"里的感觉极好。

《无病呻吟》能用奥委会主席罗格评价 2008 年北京奥运会时用的那个"无与伦比"（exceptional）来形容。由于自认为本人就是个"喜剧工作者"，所以我说好，基本就是真的好了。无与伦比的构思、精彩的台词，四幕的布局、作品中显露出的 17 世纪人的幽默聪慧等——统统地好。我的法语一般，但对着中文字幕我基本能随着据说是莫里哀 300 多年前"原汁原味"的台词"走"，同时我在想，法国人 17 世纪的语言被原汁原味、一字不动地被本人这样一个 21 世纪的中国人差不多地听明白，并随之喜、怒、哀、乐着，这说明法文的口语在 300 年间的变化——并不太大嘛！

　　看完了"无与伦比"的《无病呻吟》后走回剧院的大厅，再看一遍张贴的剧情介绍，我这才知道莫里哀本人就是在演出完第四场《无病呻吟》谢幕之后倒在了舞台上并当晚就死掉的。躺在舞台上的莫里哀虽然已经不省人事，但还残留着一个喜剧的"鬼脸"。当夜他就死了，那是 1673 年 2 月 17 日，莫里哀享年 51 岁。他的死因是得了严重的肺结核病（也叫作"肺痨"），因此他在台上老是咳嗽，观众还以为那是戏中人在"无病呻吟"、那病是"想象"出来的就大笑着狂热鼓掌，越鼓掌莫里哀咳嗽得就越厉害，于是在第四幕喜剧结束的时候他的嗓子就被咳破裂了，他就保留着那副喜剧鬼脸死在了被他创作、被他导演、被他主演的那个"想象的病态"的舞台的中央了。《无病呻吟》是他创作的绝笔，那场戏，也是他喜剧人生的无与伦比的"最高点"。

　　由于教会的阻挠，莫里哀的葬礼是在夜深时分冷清地举行的。

追思光合作用书店和美国教师丹尼

　　我党号召大力发展文化事业的十七届六中全会刚刚闭幕了不久，国内最大的民营实体连锁书店"光合作用"就轰然倒闭了，这使本人十分惋惜，本人惋惜"光合作用"为什么没能早一点、哪怕是早那么一点点——获得党的十七届六中全会即将要召开的消息而再坚持一会儿呢？同时，我也想到了越剧《红楼梦》中贾宝玉哭灵的那场戏，贾宝玉对着林黛玉的牌位哭诉说："我来迟了！"

　　被本人"来迟了"的五道口光合作用书店的二楼只剩下如林黛玉瘦骨伶仃般的书架子，但旁边的咖啡馆还惨淡经营着；一楼那曾经卖过我上一本书《永别了外企》的地方也人去楼空，也真的"永别"了。五道口光合作用书店的倒闭对于周边几所大学的读者——我在当天下午的课上对学生们说，就好比喜欢吃汉堡包的人得知麦当劳倒闭、喜欢喝豆浆的人得知"永和大王"倒闭、喜欢长跑的人得知联合国宣布禁止马拉松比赛一样，统统是比较让人深度郁闷的消息；尤其是对于本年度末就要自费出版两本"实体书"的本人来说，更像是好容易想好要皈依天主教了，教堂却被北约的无人机给炸飞了似的。

※

　　在赶着追思完光合作用书店的"遗址"当天的晚上7点，本人还履约到北语的主楼出席保罗邀请我参加的美国丹尼老师的葬礼，并在"追

思会"（memorial service）上做了 5 分钟发言。直到当天下午和保罗碰头的时候才知道我是三个必须做追思发言的人之一，但直到其他两位老师都做完 shared reflections（分享感言）之后，我才知道最后一个发言的本人是唯一没有准备稿子的，那令本人极端地紧张，紧张得已经完全将丹尼忘在脑后。我更紧张的是怕自己犯下不该犯的对不起被追思人的错误，那就是把本来该伤心的追思会的气氛给搞砸了——因为下午保罗告诉我说我可以用比较诙谐的语气述说丹尼的故事，我也是那么打腹稿的，但假若我在前两位追思者都把在场的人已经说得非常伤感的时候突然变换了风格，那么，遗像里笑着看着我们的老丹尼会答应吗？大家会饶恕我吗？丹尼他可以笑，但我、我们可不能呀！

　　本人一边试探着开始，一边察言观色。我从那个在无比黑暗的学院的走廊中第一次看见一个面色惨白、一条腿拉着另一条腿、当时才 59 岁的丹尼说起——我是半开玩笑着说的，主持人保罗也浅笑着鼓励我说下去；我没想到虽然我和保罗都半笑着、像相声中捧哏配合地进行我们对丹尼的 reflection（追忆），但在场的其他人——那些来自北语、矿业大学的学生们的抽泣声却此起彼伏地开始了！于是我心里乐了、保罗脸上乐了，丹尼那本来就比较诡异的笑容也泛滥起来啦！

　　对于丹尼的一生——由于当天是 2011 年 11 月 1 日，我概括为"1"。我说就在 5 年前的 11 月 11 日，我和保罗组织继教学院的学生们庆祝"International Bachelor Day"（国际光棍节），真正的老光棍儿丹尼就坐在台下当评委，之后呢，丹尼所有的行为都和那个"1"发生了关联：比如他一个人来中国、他一个人过一辈子、他一个人死在北京的一辆公交车上……我甚至把学生批评他没有幽默感时他自我批评说他自己生下来就是一个 boring person 朝"1"上拉扯，说难道还有比 1 更枯燥的数字吗？但诸君，你们知道喜欢数学的丹尼一生转换于最最单调的两个数字符号

0与1之间有多么平凡,又有多么不平凡吗(此时抽泣声更强烈了)?于是我按照和保罗事先商议好的、从丹尼生前也喜欢的哲学的角度说0、1这两个数字怎么地不平凡,从《易经》中的"阴阳"说到计算机的二进制,说到单一的从未婚丧嫁娶的"极端个人主义者",说想死在中国的丹尼作为一个地球的独子如何恰到好处地仿佛"神八"在完成和"天宫"的 docking(对接、飞吻)之后,又回到了人类共同生存的地球母亲的怀抱,说尽管他是一个美国人,但选择死在中国的他是多么地勇敢啊!

我在极其热烈的掌声中结束了有生以来第一次用英文对一个不懂中文的、曾经是同事的人的追思。保罗对我竖起大拇指;别的老师也说:"今后齐老师该多上点课!"第二天,我还收到了保罗发来的短信:"Jimmy, many thanks for your beautiful sharing for Dan. Well done!"(Jimmy 由衷感谢你为丹尼所做的美好的追思。贼棒!)我的回信是:"Dan deserves it!"(丹尼受之无愧!)

我还是第一次参与这种有着浓浓天主教意味的对逝者的追思。保罗把它当作了一堂英文课,精心准备的材料好像是怎么开追悼会的英文教材,而配合他上课的两个人,一个是在这种课上不可缺少的不能不死一把的丹尼,而本人呢,则是个助教。这使我甚为敬服。保罗——这位毕业于牛津大学的、自己相识了8年之久的老友即使在这种场合也是那般的风度翩翩;我注意到追思会快开始时他脸上突然显现出了难以抑制的悲伤:他眉头紧锁,仿佛马上要哭了,因为毕竟丹尼和他是校园里形影相随这么多年又年龄相仿的老友,从他压制住的悲伤中你能读出"兔死狐悲"(这当然是诙谐的表达)的意味,但追思会一开始,保罗就像开始上课似的收住了脸上的悲伤,他发言时甚至和我开起了丹尼的玩笑,说丹尼知道他最后上的那辆公交车是要开往天堂的,他打的是去上帝那里报到的。

正如毛泽东在《为人民服务》中追思张思德时号召为死去的人"开

个追悼会并寄托我们的哀思",我觉得西方人的这种对死去的人所进行的 memorial service 挺好的,也应该在国人中大力提倡,并且如果可能,可以用到已经半百像本人这样的人身上,我是说我宁愿早于已经 65 岁的保罗几年而死,被他组织一帮学生用这种"温情总结式的发言"追思,也不喜欢躺在北京的某个卫星城殡仪馆中的遗体告别床上——送葬的人在花钱临时组织的鼓号队的演奏声中,一拨拨地走过我的遗体前,而鼓号队的人一边吹一边盘算今天又能吹几场葬礼赚多少钱——去见玉皇大帝。我是说就连丹尼那么 boring 而枯燥的一生都能被我和保罗追思出那么令人留恋的光彩,还有人为之悲伤,为之哭泣,那么何况本人和保罗这样比丹尼枯燥程度不知道要低多少的人呢?那时俺们两个的追思会还不开个 365 天……当然了,还有那个开了 16 载在全国拥有 31 家连锁店、不知给多少喜欢书的人带来过咖啡浓香和书香的——光合作用书店,是否也应被全国人民玩命地"追思"一把呢?

小王的读后感:

刚看过您的博客,为您失去一位朋友感到惋惜。11 月份在天主教被称为"炼灵月"——主要为所有逝去的亡者祈祷的时间,11 月 1 日是诸圣节,11 月 2 日是追思已亡,这两天又是 11 月里最重要的两天,西方国家都过这个节,就如同中国人过清明节祭拜亡者一样。以前我知道一位希腊大使馆的外交官突发心脏病在中国家中去世,后在宣武门教堂里举行了一台黑弥撒(专为亡者祈祷的仪式),按道理他们东欧大部分属于东正教徒,即在东正教堂(比如莫斯科红场的教堂)里举行仪式,但因为当时北京好像没有东正教堂,而且他身份特殊不能在非法的地方办,所以在这种特殊情况下来到了同属"基督"的教堂——这是教宗允许的。我还记得有一回有个美国人追思她的朋友,在祭台上为她逝去的朋友自弹自唱了一首歌，这种对死亡处之泰然、轻松的态度跟我们很多国人号啕大哭形成了鲜明对比。我真能想象出那天您诙谐的悼念方法，为逝者的墓碑献上了一束"美丽的白花"。

我的回复：

追思的事情正如你说的，也正如我写的，不能不佩服西方的文明程度；我已经快50岁了，对生老病死的事情想得多一些了，我情愿艺术一点地"被追思"。不过，我最急的还是能让我的书尽快都出版——还有十几本哩，我曾写过，我的作品就是本人的真正的墓砖。

刚刚整理出来了《研究还是被研究》，是去年在《日本二次会》两头写的集子，也有十万字。我这种"大事记"写的时候不觉得，但回头一看，还真是过去的那一年的"民间小史记"哪，否则一个人稀里糊涂地活了一年又一年，连个记性都没有。

《雕刻不朽时光》="天命"乎

上星期一的晚上我在白云观附近散步的时候，突然意识到将六部《雕刻不朽时光》连接起来——就好似曹操把若干小船连接成一条驰骋于江面的大船那样，或许，就是本人所要完成的50岁上的"天命"。因此，本人在那个诗人所说的神灵能来造访的"后半夜"——夜不能寐地反复思考那个想法，在脑海里开始了连接上述部分的工作。本人有某种"特异功能"、某种感应，就是当一个想法能把自己整得"夜不能寐"的时候，我会预感到那将是本人做一个人生非常重要决策的征兆，是"天意"在从外星传递着呢，我必须趁着深夜把那个老天的"意思"给承接下来。2000年本人在杭州西湖边上的"清波饭店"就整夜兴奋得没睡，于是第二天，清波饭店对面的那个正在建设中的"柳浪阁"上的一个面对吴山和城隍阁的窗子，就变为我在杭州的家了——尽管我最终没能将那阁楼守护住，2006年它易主了，但它却如化蝶一样地把它的魂儿——化入了我的书《谁出卖的西湖》里面。而由那时候起，本人已长达10年都不曾"夜不能寐"地接收神灵的"短信"了，上周一，是长久以来的第一次，于是，我不得不想到了那可就是"天命"的暗示。老天说："齐天大接旨！"我先说："老子困啦！"可那个天上来的为玉皇大帝传旨的天女说："小娘子我更困！"于是，我才接了。

《雕刻不朽时光》在第六部的时候戛然、毅然决然地结束，无疑和丹尼的死有关。丹尼和我一样在同一个学院当了6年的"编外教师"，我在《雕刻不朽时光》的第一部中找到了那个说自己boring的他，我在另一部中也找到了他的踪影——一年中秋节他到我们"学办"捐献月饼，我们刚吃完，一个女学生就哭丧着脸问老师们你们见到到处发月饼的那个厚脸皮的丹尼了吗？你们吃的月饼——是我前脚刚作为珍贵礼物送给他的！

美国编外教师丹尼的死无疑给这部大部头的"编外教师们眼中的21世纪初的大千世界浮世绘"打上了休止符，人都死了，故事还非要继续吗？他因为心脏病，无法再和学校续签哪怕是"编外"的合同了——那于学校也在情理之中。不久，丹尼死在一辆盘桓在国贸地区的公交车上，死因也就是现在非常流行的"猝死"。丹尼的死亡引发了我和保罗——另外的两只编外的"狐狸"对死去的"兔子"的内心的悲哀，于是我决定：第一，终止这部起始于2005年12月31日、长达100多万字的"编外教师雕刻时光文字之旅"；第二，在完成本年度12月的授课之后，从明年起暂且就不再当客座教师了。

其实，"编外"和"编内"本来就无所谓孰优孰劣，就跟网中被编进去的鱼儿似的，编外的，反倒可以随心所欲地、随时随地地从"网"中游玩出去。

《雕刻不朽时光》全书完——2011年11月15日，星期二
于复兴门家中

（另：不久前智利作家波拉尼奥惊世之作《2666》中文版隆重上市；他在2003年于50岁的年龄去世，死后才声名鹊起。）

····· 附录

《谁出卖的西湖》留言

齐一民 心灵飞鸿(张巧玲)

1. 2008-02-04 11:42

齐老师,上午再读你修改的《谁出卖的西湖》,我已觉得读懂了些你所要表达的思想,按你发表的顺序,我写下了自己的一点阅读感受,附在你的每篇文字后。喜欢这部书,这部书已读的几节连接紧密,语言凝练酣畅,故事见闻穿插得天衣无缝,这是我读到的你的所有作品里我最喜欢的,我知道它的价值,但我也知道,它不属于现在,但它属于历史,更敬佩齐老师的执着清醒、寻梦圆梦,更理解了齐老师的所思所想。在阅读的喜悦中,祝福齐老师继续耕耘。我后天早上又要回家了,大概初七左右回来,到时再接着分享。祝福的话语尽在不言中,佳节顺意就好!

2. 2008-02-06 09:45

张老师,新年好!前两天没能够上网,所以今天才看到你的留言。当初我卖掉杭州的房子是因为公司关门后的困境,是万不得已,所以忍痛写下了那本书,难得你解其中味了。其实,西湖在小说中是一个概念,是一种生活的最理想状态,它远大于山水之乐,我做的是一种哲学上的演绎,也算是这一代人奉献给中国人最爱的祖国山水的一份留念吧,更没亏待我那个可爱的家给我的一份厚爱,这也是我每年还去杭州的原因。我将每周4小段落,一个个上传一共90多段。太谢谢你的理解了,这本书我一定能够出版的,否则就愧对大好的河山了,也算没出息了。我过几天又去杭州了,回来再交流吧!

3. 2008-02-09 12:39

刚收到你的短信,正和刘莎谈论你呢,她说你高大、活泼、乐观、阳光,我想象中的你也是这样的,同样也相信你是幸福的人。初七回家后再来细看你的文字。望齐老师劳逸结合,新年快乐!

4. 2008-02-09 15:37

张老师好,留言收到了。问小刘好!我明天要去杭州了,大概一个星期回来,再续写杭州的故事吧。谢谢鼓励,我也是在整理旧作的过程中发现它的价值的。以前都是闷头改,很是无聊,但篇篇上传同时改,能看到你的反馈,真是蛮有意思的。还有一本《爸爸的舌头》比这本书还有看头,以后都会这样交流。节后见啦!

5. 2008-02-16 09:42

齐老师:在你从西湖归来之前,分享完了你笔下的西湖,总之思绪被你灵动的思维牵动,随心解读了,就当是为你写作修改助兴了。这一份愉悦,是由阅读中进入你思考的领域油然而生的。我对你的叹服又加深了一步。你的小说,不同于那些写风花雪月故事的作品,既富有哲理,又逻辑严密,联想、想象丰富多彩,其中的妙语佳句更是随处可见。赞叹、愉悦、惊喜之余,进而在你的文字后面信笔涂鸦,也是一份受感染的乐趣吧。这样的阅读积累过程,受益匪浅。期待继续分享!春安!

6. 2008-02-19 10:43

张老师好,刚从杭州回来,就看了你那么丰富的评议。我还去了黄山,过两天把它们写下来。你的评议把我说得太高了,好在书是事先写好的,否则就不敢往下写了。西湖对我来说是很难摆脱的,可能是折磨我一生的一个"情结",是要用一辈子背负的一个美丽的包袱。我能努力的就是心中有湖,目中无湖。你的评论都是我想说的,只是表达形式不同罢了。明天我接着写新的和整理旧的吧。多谢了!

7. 2008-03-02 18:07

齐老师好!下午一口气写完了西湖12-21的感悟,轻舒了一口气,终于赶上了你的进度。阅读中捕捉你思维跳跃的触角、描画你思绪游动的轨迹,我的点滴感悟,也随你灵动的文字,任意东西。读你的文字,常常会忍俊不禁。还是那句老话:你若写作,天下再无人能比;你若不坚持写作,那可真是资源浪费。

具体的感悟都留在每节后,信口开河,不当之处还望指出。目的还是那一个,分享助兴,快乐多多!祝工作顺利!开心顺意!

8. 2008-03-02 21:07

张老师,道一声辛苦了!整理这本旧作,我也有些惊奇,现在好像风格变了,也写不出那时的刁钻古怪。后面更有意思,你慢慢看吧,你也是在创作之中啊!

张老师,我刚读完你的评论,我没辜负西湖,你也没辜负我的文字。请一定保存好,我们一起出书!第一本博文我正跟长江文艺的编辑联系出版的事情。

9. 2008-03-02 23:10

齐老师，谢谢鼓励！我每次都是先把你的日志复制在桌面文件上，一口气在上面写好感悟，然后再边修改，边发在你的博里，已把1-21的原文带感悟，还有留言发到你的邮箱，让你集中过目一下！

10. 2008-03-03 00:24

张老师：收到后非常欣喜，因为通篇观赏的感觉真好似西湖的山水，云雾缭绕且错落有致——因为中文是象形的，有自己的神态。你的评论经常比我的原文更加精彩，正是相得益彰，交相辉映。

我们就每周3-4的编写下去吧，后面的故事更有意思，会有新的令人啼笑皆非的情节！

我正在紧锣密鼓地印制和整理我没出版的11本书——都好似"西湖"这样的，明年过后我就打算不再在学校坐班了，兼1到2门课，在50岁之前专心出版书的事宜。我总共有16本作品了，值得专心做这件事情了。

"博文二"我已经把视角"赖"到奥运会上了，灵和肉的演绎，所以不会特别地牵强，而且会非常地富于戏剧色彩。

祝春安！

齐一民

11. 2008-03-04 00:11

齐老师：好久没有用邮箱，都不知道收信了，不过还是惦记你是否收到，因为你的邮箱拒收过。离开电脑前，突然想起看邮件，才知你已收到，我在发过去的内容里，把个别防不胜防的错别字也顺便消灭了。

"西湖"我看着对路，不知怎的，看了就能写出几句，一点不费事，而且昨天下午，写那12-21共9段，就用了3个多小时吧。比我以往的效率高多了。只是写时没有多想,顺着你的文字信口说来,觉得有话说,就什么也不管的想怎么说就怎么说了。因此若有精彩,那也是你的原作精彩。我比较喜欢这本书,那就参与到底吧。

你最近和前段时间的日志,我想评来着,因为牵扯到灵、性的问题,因此我还是找不准评的角度。可你一写到奥运会,我就知道有看头,我又可以参与了,因为这也是我对"贵在参与"的奥运精神的灵活理解呀!

专门出书值得做,出书中的故事也是书吧,难逢的奥运会都是书了,生活处处便都是书。边出边写,生命不息,出书写书不止。

可还是要劳逸结合呀!

12. 2008-03-24 00:44

齐老师好!我哪有什么文笔?只是顺着你文章的思路朝下写的。如果真把你写得好了,那是你文字里透露的好的、潜意识信息让我捕捉到了。离开你的文章,我就什么都不知道,也什么都不会写了。所以,我是在写你文章的弦外之音、言外之意。我在写前一个章节时,根本不去看后一个章节,这样就不会受后一章节内容的影响了。这次写西湖,思路比较顺畅,今天晚上你那后两节出来后,就一口气全写完了。至于好坏就不得而知了。还是那句话,就当给你助兴了。

关于你考博的事,是考完了,还是考取了,我读了几遍也没辨清,这回可是反应不灵敏了。

好,期待下周继续分享!祝春安!

13. 2008-03-30 21:18

齐老师好!昨天收录了你的修改稿,因为今天要到岐山县(诸葛亮安营的五丈原和周公庙都在此)上研讨课,所以心有些不静,昨天没有给你写评论。今天上课很顺利，心情也很好，又去看了周公庙，下午五点多回来，与女儿聊了两个多小时的天，就开始完成本周的作业了。还是信笔写来，解读西湖，述说感思，有一吐为快之感。齐老师本周创作颇多，也许是考完了那个博，心静了，写起来也就顺手了吧！祝福春安！

14．2008-03-30 23：21

张老师，辛苦了！关于《外企》，虽然你的赞美有些过了，但正是我写那本书的真正意图。明天去中央电大出版社谈出书的事，他们可能一下出几本，也包括我们合作的"博文一"，但开始印数不多，采取征订的方式，我也要投一部分资。有结果我会随时通知你的。我计划尽快把所有的作品——共16部都整理并"合法"地出版，然后几年内出文集。这家出版社愿意保留书的原貌，正是我想要的。祝好！

15．2008-04-01 15：34

齐老师，不必遗憾，是金子，总会发光的。这一点，我深信不疑！祝贺5-9出版有望。支持你的创作活动，能在分享中对自己有所提高，我已很高兴了，期待《西湖》将来出版，你若有时间，可以加快修改进度，每周以6-8节的速度修改，如果时间较紧，就以现在的速度修改好了。这段时间我还有些空闲。我想《西湖》将是我们合作的一个新起点了，下一步，我想改变一下分享的方式，既是小说，那里的你，也不一定全是你了，因此，我的解读就含有对广义的你的理解，对文学形象中的你的解读，因此，你大可不必不好意思，也是从这个意义上来说，我才大胆去挖掘的，当然，在我心中，那还是真人你。"博文"已近90篇了，我都收录起来了，只是评论得很少，但全都读了，很赞同在众人皆狂的时候，你对奥运会的思考。只是关于灵性的评论文字，我思维表达的闸门还没有打开，但赞叹你始终的清醒，我也受影响，而清醒一些。总之，进入你文字的世界，视野开阔了，受益也是Ｎ多的，不说谢了！继续努力！祝春天好心情！

16. 2008-04-01 19：21

张老师，谢谢你的回信。今天下午跟电大出版社签约了，5月20日前出书，我再让刘莎带给你，明天一个出版商来谈出书的事，我把《妈妈的舌头》和"博文"给她。《妈妈的舌头》我重新命名为《我学习8种语言的心得——"妈妈的舌头"》，如果运作成功，其他的书都能带动起来。我每次发４个，是怕你负担太大。以后每次发６个吧，放心，我可是个职业的商人，是教市场学的，我的战略是先把产品线做成，然后攻其一点，打开知名度，然后整体跟进。这样就不会在半途因名声而浮躁。16本书，已经是一般作家的全部了，所以我开始正式启动市场运作了。我们的书，有一天，会在全国的各个书店都能看到，这是我的目标，辛苦了！

17. 2008-04-01 20：50

齐老师好！祝贺，很高兴！期待分享你的新书，还希望在书上看到你的签名，呵呵，这样才有收藏价值！

常看"博文"，其实摆在我面前的它，就是一本书了，我早都当作它已被我们自己出版了。想起那些分享的日子，还是很愉快的。尤其是在去年"五一"，分享《刘备三顾茅庐寻孔明》，那真是长假博客"三顾"了！

另外，你在发《西湖》的六节时，连在一起发吧，我喜欢一口气把几节都写完，这样看起来就有连贯性了，中间就不会有太大的断层了，因为，思维一旦被调动起来以后，就像蚕已开始吐丝那样，就要一鼓作气把所有的丝倾吐完,这样才会更充分地享受写的感觉吧,也许只是一种习惯吧。另外,你哪天改完都可以发,我晚上没有多少事,随时都可以做完这件事的。

想想这网络、这博客,还真是有意思,还得谢谢那个伯乐,还有我和泪雨晚霞认识的那个W博客,是她引我走进博客,在她的博吧里读到你的文字。那个博客和W虽都已停了,但我却有幸走进你的文字世界,获得了这许多的乐趣。呵呵,想来与文字结缘,真幸运!祝福!

18.
张老师,刚读完批评,你比我更"知"西湖!

19. 2008-04-13 21:32
齐老师:43节的评论不好写,这是《西湖》带给我的第一次考验。草稿早写好了,就是觉得不满意,似乎没有感悟到你文字中的魂魄。这一周,这一节文字,在空闲时总闪现在头脑中。我知道你的文字总有严密的逻辑思维联系,我要在读你的文字中,透过这众多的现象,捕捉到那联系的纽带。终于有点突破,终于找到了一点感觉。呵呵,写完之后,有一种捉迷藏时,费尽千辛万苦,找到玩伴的兴奋感,不知是否传达出了你的思想,还是有些言犹未尽的感觉吧。祝快乐!

20. 2008-04-13 23:37
张老师好,我的电脑"登录"出了故障,所以你的留言只有明天去学校看了。上周一直在忙北大的复试,所以没精力改。下周再继续吧。新的评论十分精彩,因为零散,不好表达,但还是让你给捕捉到了精华。辛苦!

21. 2008-04-13 23:43

张老师,看到你的留言了。你的评论非常精彩,与我的相得益彰并有突破。布局也十分讲究。我们像是在下围棋,我是白,你是黑,我先下,你应对。莫非也是一场高智商的快乐的对弈?这局你赢了!

22. 2008-04-14 01:12

谢谢齐老师裁判!读你的文字真像是做大脑保健操,真是一件很能锻炼思维、提高表达能力的事情。

听到复试消息,为你高兴!愿试随心愿!

继续分享!祝春安!

23. 2008-04-20 05:02

齐老师好!12点睡醒,已完成本周作业,因明天还要给高三质检监考,就先不写思考过程中的感悟了。下周开始,半月时间在市教院进行学生心理健康咨询教师培训(晚上照常回家,节假日照常,不会影响分享工作),回来后我要兼任这方面工作,生活又有了新的变化。等孩子上高中后,我想到北师大进修学生心理健康教育专业。祝春安!

24. 2008-04-20 08:52

张老师好!对我书的评论都把你的博客给耽误了。新的我看了,你的评论已经"脱离"了、超出了我文章的母体,自成一体和一派了。这真是意外的收获。因为你的透视能力和"解构"能力极强,具有哲学的穿透力。我上星期还想,假如出版的话,我们可以做成两个单行本,就比如教科书和配套的习题集似的。你真到北师大来,我们就能见面了。谢谢!

25. 2008-04-20 13:03

齐老师好！看到留言，有点惴惴不安了，千万不要再说超出了什么。我在这里写的所有文字，都是从你的文字中衍生出来的，如果没有你的文字，我是连一个字都写不出来的，因为我在读你的作品之前，还没有想过要去"西湖"呢，我对"西湖"的认识理解可都是从你的文字里来的。我只是在尽情地分享并表达着阅读的点滴感悟，享受着这个过程中一吐为快的乐趣。至于这些文字出与不出，怎样出已跟我无关了，那可全由你来决定了，我获得了这一阅读表达过程中的愉悦，已心满意足了。

真正要感谢的还是你，你的作品引领我走进了一个个全新的世界，让我的视线走出了秦岭山下的校园，让我在习惯了的感性思维中，又习得了一点理性思维，这一思维方式的丰富拓展，使我有了脱胎换骨的感觉。可若不是遇见你，读到你许多作品，我独自一人也许一生都无法超越、改变这种单一的思维模式。因此这一分享过程中最大的受益人还是我了。回头再看以前写的一些评论，想我一直以来的无知无畏，真觉得羞愧了。

所以，发自内心地说声：谢谢你了！愿春天好心情！

26. 2008-04-20 14:59

张老师，新的留言看了。这本"书"是一年多前写的，已经有些淡忘了。后来想起加工，自己一节节改又无聊，所以就上传了，没想到有了你精彩的阐释，这是意外的收获。其实总的文脉你已经看出来了，就是人间—天堂—人间—天堂，我在不自觉地用循环的逻辑表现着西湖，使得人间处处有西湖，时时是天堂。那年因为极其割舍不下，所以身在北京，心在杭州，看什么都有杭州和天堂的幻影。那种"循环"与其说是刻意为写书为之，不如说是真心和真意的难以压抑的随机表象。西湖你要是没去过的话一定要去一次，你就能真心体会我文字中的一片拳拳了。还有，我始终以为，杭州是中国文人的真正的心灵的家园。老了我还是要到西湖边住的，也算是最终的回归吧。再有，可能有些像狂言了，历来中国人写西湖的文字有那么地多，我们的这种写法算是前无古人——因为起码要先买房后丢房啊（玩笑），在过"籍"的杭州人和游客毕竟是不一样的，前者是真心的"本地人"——即使是短暂的5年。我之所以想去北大读书，也是因为北大有湖，但北大的湖是人工的，杭州的是大自然造化了千年的。喜欢西湖的人是道家，喜欢北大的人是儒家，出世和入世之别。我出世不成，只有入世了，但何苦为之呢？北大只我一个及格进入了复试，应该没什么大问题，有，如有，就是年龄超了。你找到北大中文系的网站，上面有我复试的名字。

27. 2008-04-27 17：23

张老师，评论辛苦了。你看我的故事又回到"人间"了，考博的真实故事。我已经被北大正式"拟录取"了，现在整理2006年的那段考北语博士的故事，真有"小人得志"的感觉，可能也是宿命吧。我在北大的"修行"，目标是从写小说的变成一个学者，或者二者都兼顾。下周运动会，还要走队。

28. 2008-04-27 23：21

齐老师好！首先恭喜你！真是两年前的故事刚好与现实吻合，只是一喜一悲，悲喜之中，感慨多多。我的评论只是在随意捕捉着你文字的魂魄，虽是点滴，却也信手拈来，自有一番阅读分享参与的乐呵。看后一笑！我"五一"三天假随团去延安。现继续参加培训学习，到5月8日结束。这几天若有新改好的，还可以评；若无，那就等回来后接着分享了！顺心就好！

29. 2008-04-28 02：27

张老师，刚爬起来看你的评论，真有意思，把我当初不好直言的都给说出来了，表现形式也好，真是痛快，痛快！其实我这个岁数，上不上博士已经没什么功利的意义了，考试成功本身带来的快乐却回味无穷，尤其是在整理两年前那个倒霉时候的记录的时候。今年我也考了北语，分数可能也是最高的，算是创了考试纪录了。延安我2002年自己去过，民风淳朴、厚道，祝你旅途愉快！

30.

齐老师，我已将《谁出卖的西湖》（1—57）的原文、评论和这段时间的留言发到了你的邮箱里，万一我这里弄丢了，你那里也留一个备份吧！再次恭喜你考上博，除却功利，也是一个圆满吧！无论在那里做学问，还是写小说，抑或是两者兼顾，你都会是你自己，而且永远都会是，这一点我深信不疑！考博经历是过程，考上是结果，过程与结果一样有意义，这段特殊的经历，是你自己独有的财富。你拥有了如此丰富的人生阅历，又读了古今中外各学科的许多书，你靠自己的打拼拥有了这得天独厚的资源，因此，你又要承担起更多的责任和使命了，而且你早已在身体力行。以后你大概不只是修改，还要不断创作了。你才45岁，最少还有45个春秋，路还很长，因此，期待分享更多！祝福也会多多！

31. 2008-04-29 10：23

张老师好,邮件收到了也存了,不过你的一定要保存好,到时一定出书,正如你说的,我的戏剧性考试比读博士本身更有价值,我也那么认为,这部书的后半部都是围绕这个故事的,因为那年我的确因为杭州和考试的事情"想不开"了很长时间——毕竟当老板和"假洋鬼子"了那么多年,一直在决定别人的命运,这次反被操纵和戏弄了。可能那正好是"文学"产出的必要环境吧,现在看来,对我写书来说,是幸运的。还有2006年、2008年两次写博士的话题,时间还这么地巧合,似乎也是天意吧,其中有我的执着,也是上天开的善意的玩笑。因为我改着稿子,原没想到正好改到"考博",而北大恰好上周网上公布了拟录取结果,而且我的导师陈老师两星期前还在嵩教授的陪同下来语言大学做比较文学讲座,是戏剧吧!

32. 2008-05-06 10:04

张老师,欢迎从延安回归!我以后把原稿给你发去,对比一下就看出来了,故事性和趣味性损失了不小,但能顾全一些人。这是我不情愿的,但也只能那么做了。

33.

齐老师好!我3号下午就回来了,沿途去了黄帝陵,看了壶口瀑布,最后到了延安。壶口瀑布值得一看。30日看到你删去与考博相关的日志,还以为你的录取又出现了问题呢。站在现实的角度,删去、修改掉虽是不得已之举,但也只好如此,唉,无法活在真空中,只好边适应着,边尽量保留自我了。如果你觉得将来要出版无删节版,那么你可以把它们发到我的邮箱里,而在你的博里发删节版,我也可按无删节版评。如果觉得将来出版删节版,那就像现在这样了。愿夏风送爽!

34. 2008-05-07 08:53

张老师,我删除是由于30日有人在博客上攻击我不尊重导师和骄傲自满。这给了我一个提醒。我想还是先按删节版评论和出版吧。原版我随后发给你。当我意识到批判讽刺"学者"会引起新的故事时,觉得十分不适,因为我不想因为功利的原因放弃我对文字的追求,何况是非分明的事情有什么躲闪的呢?同时也考虑了我们的合作,如果不出版或无限推迟,也辜负了你的辛勤劳动。所以最后我采取折中的这个方案。不过,把那些不愉快的拍马屁的故事删除了,西湖的文章也显得干净了、纯净了,但辛辣和幽默却丢失了。与学者和导师们相处是很辛苦的事情,尤其是与搞文学的人们在一起,因为大家都认为自己是最优秀的。我有时想自己都一把年纪了,还要再一次"扁平化"自己,而且要长达数年之久,又是何苦来着?

35. 2008-05-07 21:29

齐老师,这些年,在写作上,你还算是可以自由思想、自由表达的人,可真不知校园里是否还有容纳百川的学术氛围。人生每走一步,都意味着得与失的角逐,但在今天,你读博也意味着一种圆满,先为这一份圆满庆贺一下吧!至于旅途中的事,那就边经历边面对吧。

齐老师说:"如果不出版或无限推迟,也辜负了你的辛勤劳动。"这可是客气了,或者说对我还不够了解。分享你的文字,对我来说是一份喜悦。如果说我们的合作是在淘金的话,那么这些金子面世早晚并不重要,也许我们还可以囤积居奇,让它们升值呢。按你的本意和喜欢的风格去创作,那才是你的方向,才是你要考虑的,相信你会坚持的。当然,在现实生活中可以权变,讲方式策略,但在创作时尽量不要违背了本意。因为自己的作品应尽可能由自己来决定。何况那些文字的意义还会由时间来验证,任何委屈都会留下遗憾。随着年龄的增长,已渐渐看淡或远离名利的我们,也许更在乎每天是否做着自己喜欢的事,在做的过程中是否能心安理得。基于这样的想法,分享感思表达的过程,就已最快乐了。

我从开始参加培训到现在,博客一直没有更新,不是因为给你写评论耽误了，也不是因为没有时间，而是因为最近半月多接受的培训，让我接触了一些有关心理健康教育的理论和思想，而这与我平日里的一些观念还有些不同，而这些不同正需要我在心里琢磨、感悟、扬弃。在这个转型期，便觉得表达不够顺畅。因此空闲时间常读书思考，期待着回到学校后，在教育教学中，走完这一磨合过程，期待着表达的灵感再一次光临，但这一反思和重新审视的过程，也许会离教育的本源更近一步吧。适当的空歇也许是冲刺前的缓冲吧。

齐老师，你走进文学阵营，会给陈腐孤陋、就事论事（就文学论文学）的地方，注入鲜艳多彩、春意浓郁的生活气息，使其有了些人间烟火。你从其他领域走进文学，正是文学的幸事。古今中外，真正为文学而文学的人，反而难走得更远。因为他们过多接近文学，而缺少了参与广阔现实生活的热情和真情；因为受溺爱文学情感的局限，阅读视野的广度也会不自觉地受到制约。而文学不是孤立的，它是以文字的形式，艺术地反映广阔的现实生活。你的价值，正在于既有切实深广的生活积累，又有广博的跨学科阅读视野，更善于用文学的形式，表现自己对现实生活的不朽思考，这是学院派们一般永远也无法想到、做到和超越的。因为它们本身就远离了真正的现实。因此我觉得这两年，你的主战场还在于以撰写文学作品的形式，展示你留给这个世界的独特思考。至于研究比较文学，那也许是你的业余，因为这件事别人或许也能做，但你的文学创作，却是别人谁也不能也无法代替的。这两年你拥有了更多写的时间，也算是幸事。当代文学缺少发展创新，要么只在古人古事古书堆中钻探，要么沉在现实里，与现实同流合污，缺少对现实的批判引领。写你自己独特的书，应该说比研究古人的书更有价值，当然你也可以同时把它们做得更好！

这是我在与你相识近一年半之后的感觉，期待分享更多！

36. 2008-05-08 00：34

张老师好，谢谢你的忠告，正所谓日久见人心，虽然只有一年多，你算是把我看明白了。考博和上学的事我已经看开了，就跟随命运的安排吧。其实我在北大以前业余"混"过两年，上研究生班的时候，对那些以文学为职业的人，我也着实有自己的看法，因为我认为文学根本就不应该职业化。我不断转换职业，为我总是用全新的体悟写东西提供了视觉的新奇，这在哪儿都没什么区别的，上学也罢，到另一个城市生活也罢，效果是一样的。有时写东西是一种十分神奇的感觉，来了就来了，苦求也没用，我去年的博客写得还真挺有水平的，现在枯竭了，生命力不旺盛了，我今天想那是为什么，你知道吗？是因为今年我们脱产的学生数字大幅下降，学院都只剩下夜校的学生，白天没有了年轻人，我在校园里是无聊和寂寞的，变成了个精神的老人。所以今年我即使不去读书，也要再掉头，去从事一种更新的生活，否则创作就失去生命力了。

37.

张老师好！我把《西湖》的原版第4部分发给你，你评论的时候"凭感觉"评吧，出版的时候我也见机行事，我还是喜欢这个版本，生活中的种种状态恰恰是西湖纯洁的一种反衬。

有意思的是，出书和我考博士竟然又有了新一轮哭笑不得的喜剧故事。

这就是幽默吧！

齐一民

38.

齐老师，收到《西湖》文稿，最近无事，那就评个尽兴吧！对比之后，我也喜欢原版，觉得更有味道。也更有助于联想扩展，抒发感想。这些文字既是留给历史和后人的，这些真实体验也许会更有价值。

39．2008-05-10 22：39

张老师，你就尽兴地评论吧。刚才跟北大的陈老师吃饭，我去北大的事情已经没什么悬念了，我过一两月就要到北大中文系去"上班"了。陈跃红老师是系副主任，心胸开阔，不大会在意我写小说的事情。只是在博客上我还是发删节版的。让你担心了！

40．2008-05-17 12：55

齐老师，安好吧？因为地震，评论搁浅了一周，我们这里露宿的人还很多，我们住一楼，相对好些，这里高层已不允许住，上班时间要为学生安危着想，还是有压力的。地震考验着幸运惶恐中的人们，现在终于平静了些！先发上两节评论，以引领继续进行的分享活动，祝平安！

41．2008-05-17 22：21

张老师，你的评论真精彩，把西湖的魂写出来了。这阵子心绪烦乱，为震区担心，看到你的文字，又有了生活的意志，看来我们都该认真地生活下去，认真地做事，才能对得起来之不易的生命。道一声辛苦并表达对人民教师的敬重！

42．2008-05-19 22：32

齐老师，在这默哀无语的日子，看你日志，有许多话要写。可此时，看着电视滚动字幕上出现的我们地区19-20日有较强震感的预告，只能防震了！祝福好朋友平安！

43．2008-05-20 09:59

张老师,留言看到了。你们那里其实也是灾区,所以以保证安全为上。何况,老师的责任非常大。可能过一个月左右之后,心境就渐渐平静下来了。今年真是多事之年啊！

44．

齐老师好！我们已停课两天,今天又接到通知,下周一才上课。晚上住在防震棚里,白天回家。我家在一楼,相对比较容易逃生。又过去了两天,在我的博客里心随风动地写了点滴文字。现在情绪已很平稳,于是就利用这几天的空闲接着分享了,心静也便走进了你的文字世界。

不好意思,不知怎的,看见你的文字,写起来就刹不住车了,似乎评论的文字越写越多了,我也不知道为什么,反正是想怎么写就怎么写了,所以我说是尽情分享了,读后一笑。共享写作与分享的愉悦吧。好了,我要接着再读下一节了。祝好！

45．2008-05-22 13:45

张老师,看了你在抗震时写的评论,我的感觉是你对书的喜爱更胜过我。不过"书迷"我倒是当之无愧的,就在这几天还买了一大堆。而且我在跟北大的老师们聊天时,发觉他们对读书的兴趣远不如我,即使读得多,也是工作的需要。你的分析虽然过誉了,但确实挺贴切的。还有,至今,我的读书都是非功利性的,是好奇心和求知欲望所致。还有,这本关于西湖的书,其实是三个人或更多人的倒影,其中有个人,就是你自己。金圣叹的评说,其实就在叙述他自己。你可能没到过西湖,但仅凭借文字，你心中就有清澈如梦的湖了。余震可能还有，千万珍重！

46．2008-05-26 00：52

齐老师好！下午又遭遇与"5·12"一样强烈的震感，惊心动魄。现在已平静，又放三天假，权且当在家休息吧，接着分享，只是这次分享进度有点慢，只好心随震动了。

另外，"博文二"我已收录了100篇（截至23日的两篇，不算西湖，你拟录取考上博的那篇还没复制，结果你删了），其他都收上了，祝贺恭喜，又快一年，总是在不断地写着！愿百事可乐！

47．2008-05-26 08：45

张老师好，看留言了。今年对你们来说，可真是惊心动魄的一年。受惊了。人只要好，就是最大的收获了。"博文二"显然没有"博文一"好。可能是热情减退了，因为我们的脱产学生渐渐少了，白天没年轻人跟我"玩"了，失去了活泼的冲动。所以即使没有北大的事，我也要下决心离开北语了。写东西的冲动有时也跟地震的原理相似，是冲撞和崛起的过程，所以需要板块式的不协调和集成式大面积的新奇感，这就要求我不断地变换方位，转换角色，不停地从已经熟知的环境中出逃，北大是一个契机——从写作的角度来说，所以我只能去了。不过，这些对于跟大自然斗争中的你们来说，都是微不足道的。

48．2008-05-26 10：57

张老师，刚看了余震的细节，连西安都受影响了。还真要注意。另外，忘了说了，"博文二"等写完后我一次性发给你吧，我的计划是写到奥运会结束的那天就结稿。最后能有130个左右吧。另外，你的博客文章也非常精彩，也应该考虑出版的事情。应该出几本教育专题系列。你有空也整理整理，我看能否帮上忙。你写的教师和孩子的事情是非常独特的，体现出一个教师的情操。前些天还有一个"被老师打了"的学生的留言，看起来也挺戏剧化和风趣的。

49．2008-05-28 22：41

齐老师好，最近震感不断，看来是难以静心了，只好暂时再搁浅分享活动。昨天下午5.7级余震移到陕西境内后，大家更是严阵以待了，现在政府机关都在防震棚办公，我们也是住在小区广场上搭的防震棚里。学生总放假，社会也不安定，因此刚通知明天复课，但估计课还是无法上的，因为不能上教学楼，怕有余震，出现踩踏事件。总之，多难之秋，当务之急，只好先维护生命了。关于我的那些博客，等把西湖写完，再说整理吧，先谢谢你。祝福齐老师顺心！多保重！

50．2008-05-29 14：01

张老师，特殊时期注意安全，有上天保佑，一定会平安无事的！

51．2008-06-04 23：08

齐老师好！拖了近10天，才写完了这4节的赏析，真有些慢了，而且还感到有些不流畅，那就先写个大概思路吧，等心静了再把思路连接顺畅些。在余震的震感和各种传言中生活着，情绪虽有些受影响，但心态基本还算可以。我在昨晚的日志里也表达了自己的一点想法，那就把这些经历当作一种心灵的历练吧！你可以再发上几节，我会接着写的。

有趣的是这个周末我们要为高考监考，三人一个考场，还准备了一个地震万一到来时的预案。若正考试时到来，听到楼下主考的哨音，才能由两位监考组织考生撤离到楼下的安全区域（每个考场划定了一个安全区域，此时不允许考生谈论考试题目），留下一个主监考（我也是），守护学生放在桌上的高考试卷。撤离的监考，等接到上面通知，再组织考生上来接着答题。

其实这些预案，若真是遇到地震，是全行不通的，不但我们监考教师全体跑不出，而且考生也难幸免。汉中还出台了一个政策，监考教师若在地震中不顾学生先跑，开除公职。

其实教师们倒不太怕死，问题是，在高考时，若真发生了地震，还要等听到哨音才能跑，怕到那时，一切都来不及了。如果大地真要在那时和大家开个玩笑，面对这样的预案恐难幸免。

但愿那两天平安无事，不再有新的悲剧发生。

你大概快到北大了吧，祝福顺利！

52. 2008-06-08 02：55

张老师，第一天的监考顺利吧！我又看到一个你说的"哨音"的规定，真有地震时，千万别等它，就像《集结号》里的情节似的，可能没有人会吹。一句话，学生和老师的生命都重要，地震来了就该让学生们开始跑。珍重，因为地震不一定真的会来。

53. 2008-06-13 00：52

齐老师好！高考第一天下午3点半左右，我市位于渭河滩附近的省重点高中考点又有震感，主考在权衡之后，没有吹哨，好在没有大的震动。我们学校在高坡上，相对震感不明显，高考算是平安无事。这周学校已恢复正常，我们已住回家中，但防震棚还没有拆，以备万一。总之，心已基本静下来，你可以再接着发西湖的修改稿了。另外，你最近的几篇日志写得很好，尤其是《中国"儿童年"快乐！》和《"北大"和"不北大"的区别——顺道说"知识"的效用》这两篇具有划时代意义，你对问题的认知，已到了他人无法企及的地步，只有意会颔首的份儿了。真诚祝贺！祝好！

54．2008-06-13 08：25

张老师好！非常高兴看到你的留言。这两天心里犯嘀咕，还真担心你们那边的安全。我的那个"跑跑系列"还挺禁读的吧？这两天还要接着写。4本新书的校对稿子前天送到出版社了，出来可能还要等等。算上它们，我已经有9本独立的书了，另外的7本——包括了我们的"西湖"，加上去，共16本，我的"万花露"工程就能收尾了，那就是我的文集。我在北大待几年，再写写理论的书，计划4本，就算一个完整的"中国现代文人"的全貌了。最喜欢之一，还是那本《钢铁是庙里炼出来的》，昨天一个老师边看边乐，还说你的评论精彩。这星期我给学生考试，再一两个星期就自由了。

55．2008-06-18 23：37

齐老师好！知你接到通知，十分高兴！为你终于战胜了牛魔王高兴。看到你的新书封面，真感觉喜气扑面而来，色彩图案都令人耳目一新。我那从事摄影，对色彩特别敏感的丈夫，看了以后直说好。这样的设计在书店里还很少看到，很引人注目。另外，看到封面上介绍你的文字，觉得若在"从事过"与"多种职业"之间加上你从事的具有代表性的几种职业，这样就多了一些个性特点，更能吸引读者阅读。当然只是我的感受，期待拥有这些新书！祝福一切顺利！

56. 2008-06-19 00：34

张老师好，封面上的"职业"，我做过10种之多，所以写不下来（玩笑）。遗憾的是，我们的"钢铁"这次没在其中。不过你放心，我一定把它出版出来，就跟克服我考博的艰辛似的。正跟北大出版社联系，他们可能有意出我那本《妈妈的舌头》，那样随着我的知名度的提高，别的书就好出了。北大的光环或许能帮助书的出版。我一个学经济管理的，打败了9个专学文学的竞争者，是唯一三科目都过分数线的，由此实现了最高学府的文学梦，而且是在46岁的高龄，应该是奇迹了。我获得的是全额奖学金，学费全免，还有生活费用。你说幽默吧。祝福你！

57. 2008-06-19 21：43

在我心中，文学的桂冠早已属于你了！只是由北大在更广阔的范围内认证了一下而已。喜欢文学的我，第一眼看到你的文字时，就有一种被震撼的感觉，因此才乐于赏读你的文字并汲取营养，才情不自禁地在分享互动中写下自己的点滴感悟。为你高兴！你的考博经历其实也验证了"祸兮福所倚""挫折也是试金石"的道理。这一戏剧性的转化，在你最后一搏中到来，说明上天也不愿不忍让你再受更多的委屈了。真好！单单考博，大概也能成为一本书了。看来北大中文系真有伯乐。幸甚至哉,祝贺！祝贺！

《西湖之70》，你发后我就看了，你在和那本书论战，我反复读了许多遍，在想我该从哪个角度加入你们的论战呢？每天看几遍，今天中午回家，看了一遍，突然有了灵感，一阵猛敲键盘，写下了我的论辩内容，总算一吐为快，修改润色后，发在你的博里，又完成了一次有点难度的作业。继续分享！你的最近几篇日志，我也会抽空写一些，尤其与跑跑有关的，我还是有话说的。关于钢铁，不要遗憾，我跟前有这本书，随时都可以读，乐趣更在阅读分享中！祝好！

58．2008-06-20 00：22

张老师好，你的批评真如行云流水，跟黄河的瀑布似的，声情并茂，我自愧不如。今晚刚和北大的陈老师和师兄妹们聚会，我这个"老齐"算是真的成了"北大人"了。陈跃红（你能在网上查到）老师是老77届大学生，中文系的副主任。他人心胸开阔，心地善良，有海纳百川的气度。真是老天有眼，让我能追随一个人品高尚的人完成我的"梦游"，让孙猴子取到"真经"。我已经正式向北语提出了辞职的请求。未来的五六年就在北大"学术出家"了。70以后的我还没改完，要不明天我把整个的第5-7部分的草稿都先发给你。你能看出脉络，我同时慢慢改吧。总共90多个，我们快大功告成了。注意好好保存，我学校的电脑就刚被病毒彻底摧毁了一次。分别存到C盘、U盘最好。辛苦了！

59．2008-06-20 09:18：32
张老师好！

我把第5、6、7部分的原始稿发给你，修改的完成后再一一传去。

这些故事都是那时的真实记录，故事性强，所以没必要逐段评论，有大概的感觉就可以了。

你那边学期末也在忙着，我们假期结束前"合龙"就行了，没必要太着急。

我的初步计划是奥运结束时结稿"灵与肉"，假期结束前完成"西湖"，外加"钢铁"，做成为一个系列，都是杂文性的，且之间你中有我，我中有你，依次是西湖、钢铁、灵肉，原文加评论总共80万字之众，也挺壮观的，再找出版社联系出版的事情。保重！

齐一民

60. 2008-06-19 21：43

齐老师好！书稿收到，我就先在有时间，有感觉时，随意写了。我想等全写完后，再纵观全书，删除一些可有可无的评论，力争做到更凝练集中。因为前期防震，我们推迟到10号放假，紧接着初三补课到奥运会前，不过补课时每天上完两节课就可以回家了，愿如期完成任务！我明天坐动车回家看母亲，1小时到西安，后天晚上回来，再欣赏了。也愿你保重！

61. 2008-06-29 20：04

齐老师好！读《西湖》的感觉真好，后面的情节故事性比较强，我就有的放矢地来评论吧。读你写的故事，总是忍俊不禁，感觉后面越写越有气势，语言凝练顺畅，更感你写时"思接千载，视通万里"。今天读到74节下，看到你写2006年世界杯冠亚军决赛中齐达内撞人这件事，我那时刚好开博，就在看了那场比赛后，写下了《你好！齐达内！》，发在评论栏里，目的只是与你共享一下。我也喜欢足球，从1988年看世界杯开始，每届都看，只看世界杯和奥运比赛，其他赛事看得少。知道你写齐达内，只是借他的魂，传达你的思想。

我们6月上旬就搬回家住了，现在已经平安。前天与刘莎通电话，她说7月20多号才回，因为残奥会，他们学校9月20日才开学呢，她正好可以利用这段时间准备研究生考试，这孩子，就是爱读书。你的书若出来，到时候能否带过来再看情况了。

最近你的"博文二"写得很顺手，等放假后，我再赏析。今天陕西新闻报道，周正龙华南虎事件已有处理结果，纯属造假，多人被处理。

到此住笔！天气炎热，祝福爽心！

62. 2008-06-30 15：14

张老师好！这两个星期老是夜里起来看足球，昨天终于看完了。你关于齐达内的文章写得真好，还正好跟我的连接到一起了。我的那些"见不得人"的内容就别评论了，包括其他的最好也是有感而发，那样才自然。其实现在反观"西湖"，里面似乎什么都有，有好人坏人，有湖有海，有学术有市井，真是个大观园。新书还没做好，好像正在校对，如果在刘莎离京前能印出来就好了。祝好！

63. 2008-07-11 23：56

张老师好！我特别喜欢你刚写的"格式化"的那个评论，其实离别时候的心情是十分复杂的，但这就是生活的无奈。好，我这些天抓紧修改剩下的"西湖"。时间你随意吧，喜欢就多说两句，没有想法就"放"那些文章过去，因为余下的，已经是些西湖的沉渣了。假期愉快！

64. 2008-07-18 10：53

张老师好，第6部分改好的发去了，我们已经"胜利在望"了。时隔两年多第一次读那时写的东西，还是挺惊异的，因为它的确是不可再得的文字，写时必须在心理的底线上和绝望的境况下，对于学术界的批评也是极为不留情面，可谓离经叛道。但却有钻心之真实的疼痛感。还有，《西湖》最后的几个大段落的"抄底"让整个小说的所有环节有点一穴而活全身之效，顺畅和流利了起来。自夸得太多了。《万花露》月底就能见书了，可能刘莎那时已经走了吧！辛苦辛苦！

齐一民

65.

齐老师好！刚才打开邮箱，看你只发到92回的第四节，对照草稿，全部完应到95回，改好后你再补发喽。

上次我说要提前写完，结果事与愿违。市教研室的老师又让编写一部分书稿，要求8月5日交稿，所以看了你改的内容，还没动笔。不要紧，你全发来了，我用上几天时间，一口气全写完。只是完成时间要推后到奥运期间。

你的西湖是我看好的，而且是情不自禁加入"胡言乱语"掺和行列中。特殊心理背景环境下所写的文字，带有投入真情的深刻，现在走出这种情景再看，连自己也叹服自己怎会有这样的思考，这就是思考写作的意义所在。齐老师的勤勉、执着、倔强、伟大就在于：坚持不懈地用文字给每个阶段的经历以思考，塑形，定格；还在于始终知道自己在做什么，要做什么，为什么要这样做。这些都是我在40岁后才逐渐明白了一点的道理。所以，一直会敬佩你，始终清醒地生活着，真是很难得。恭喜"万花露"在盛夏出来晒太阳！问候齐老师夏安！

66. 2008-07-20 11：23

张老师好！我刚把第6、7部分给你发去了，其中第6部分又有了一点点改动，以刚发的为准。这样所有的都完成了，我每改完一个小节就把题目"加黑"，所以你那里的文章都该是"加黑"过的。我开始修改和上传"柳浪阁留墨"，是这本书的附录，但不长，一万字不到，改完后连同书的目录发给你。小说后面加上"柳浪阁"家里做的文章，也算是交响曲的最后一个寂静的收尾吧。注意防暑降温！

67. 2008-07-25 19：57

张老师好，电视说你们那一带又有余震了，注意安全，祝平安！

齐一民

68. 2008-07-25 20：22

昨天连续三次，下午3点09分最厉害，当时在一楼给学生上课，出来10多分钟，又都进去接着上课了，现在大家已不太惊慌了，一切照常进行。谢谢齐老师！

我已把你修改的收录好了，在看，等8月6日补完课，写完手头的教学书稿后，集中几天欣赏完。也在随时欣赏你这几天的文字，你们那里的奥运气氛越来越浓郁了，可写的事情也越来越多了，望你劳逸结合，祝福夏安！

69.

张老师好，我把"西湖"的最终稿子给你发去，没什么大的改动，就是小节的编码核实和校正了一下，外加目录和"附件"的"柳浪留墨"。总之，以这个文本为准。

你如近来有时间就评论评论，没时间就好好看奥运会吧，这本书年底之前完成也不晚，并没人催促。另外，评论时最好能把你自己不同的感觉也"评"出来，忘却原著者我而以文本的"事件"和你自己的独特思维为中心，让它也成为表现你文采思维的平台，那样会更有意味。总之，别有什么负担，随意自由带着乐趣议论吧，有则说之，无则跳过，在评论时表现、施展自己的风格。

辛苦了！愿劳逸结合，快乐著书！

齐一民

70.

齐老师好！知道你奥运前出游已返回，开心！等待分享你的旅游见闻。邮件已收到。

看了你的留言，对我写后面的内容启发很大，最近也在考虑，评论的意义何在？以我自己的视觉体验经历，感知解读阐释你文字魂魄的同时，发展延伸尽我所能拓展看西湖的视野，算是另一个版本的西湖，尤其你说的"评论时最好能把你自己不同的感觉也评出来，忘却原作者我而以文本的事件和你自己的独特思维为中心，让它也成为表现你文采思维的平台，那样会更有意味"和最好"在评论时表现、施展自己的风格"这层意思，是我没有考虑到的，以前也不愿过多写的。因为总想这是在评你的文字，自然要以你为主。但我也知道，任何没有自我，没有融入自我的文字，都没有存在和供人阅读的价值。这一点，也是我在工作生活做人中一直奉行的。在你的点拨下，又一次找到了自我。既然你希望这样，觉得这样是最有趣的，那么，我就"随意自由带着乐趣"的议论文本的事件，我喜欢这样做事，喜欢自由挥洒，有感而发，这也是最初自发评论你文字的乐趣所在。

谢谢齐老师指点迷津。只是觉得底气有些不足，学识有些捉襟见肘，但这近两年的阅读和博客写作，尤其是这一年半多阅读你的文字，我觉得自己取得了很大进步，相信自己会"评"得开心。既然时间充足，那么我就先即兴发挥完，然后再修改。因为喜欢文字，用文字表达情感，也已成为我生活的一大乐趣。祝齐老师奥运愉快！

71.

张老师，我就是那个意思，我国清代最伟大的评论家金圣叹在评《水浒》时，就评出了自己的另一部"水浒"，我的《西湖》终结了，下半部分应该是你自己的"西湖"了!

72.

齐老师好!快开学了吧?边看奥运,边欣赏你的奥运私家传真。单这20篇就可以成书了,你独特的感思视角,会给奥运会留下一段无人企及的记录。祝贺你!看奥运这段时间,同时忙于学校心理咨询室筹建,同时也看着《西湖》,修改着前面的点滴感悟,有些还需调整思路和角度。后面的也正在寻找灵感和突破口,既然不急,那我就从容地在2008年剩下的三个月里,力争借你的西湖,圆我的梦,并能充分享受到表达的愉悦。

我们29号开学,你这学期要做学生了,写作时间会充裕些,祝愿思如泉涌。问候秋安!天凉记得添衣裳!

73. 2008-08-27 18:45

张老师好!你看我奥运期间上蹿下跳的,也够忙的吧。好在快完了。这本"博文二"已经18万字了,"三峡"写完了也就截稿了。到时把整本书给你发去,劳你把为它写的评价加上。今天我一看给"三峡"第一篇评论的语气,就知道是你的文字。"有涯"和"无涯"就是你的领悟。我9月12日才开学,所以还能逍遥两周。新学期快乐!

74. 2008-09-21 21:25

张老师好!又看到你的评论了,甚喜!我这边忙着开学,也无暇写博客了。《万花露》已经出来,但封皮没印好,所以挺失望。印得也不多,投放市场还要我再出资。学期结束时再送给刘莎去。"灵和肉"算是写完了。我用邮件给你发去一份完整的。另外,还请你把前面写的一些评论也添加上去。这样,我"十一"有空时,想把"钢铁"和"灵肉"

送出版社看看。就算是"博文一"和"博文二"上下集了。另外,下周国家图书馆的系统里就能查到我的《万花露》了,算是完成了一桩心事。开学忙吧?注意身体,切切!

齐一民

75. 2008-09-21 22:20

齐老师好!看到留言了!真高兴,谢谢你了!开学这段时间忙疯了!尤其创文明城市检查,都让人害怕"文明"了。终于快结束了!正巧我们这两天没休息,周一、周二不上班,可以把前期写的一些评论加上。听到《万花露》已出版更高兴!祝贺齐老师!也愿你注意身体,多多保重!期待分享你的更多作品!真是秋实累累!

76. 2008-09-23 20:31

齐老师好!"博文二"已整理出来,刚已发给你,望查收!个别地方做了些修改,可惜后面光顾看《西湖》了,几乎未写评论!有许多文字再看时觉着不顺畅,望你看后随意删除吧!能为齐老师文字写一些读后感真是十分荣幸!《西湖》还在继续写着,在你的文字里开阔视野,感觉真好!祝你学习生活天天可乐!

另外,不知《万花露》现在是否还有,若有,可让我一个学生的父亲国庆前捎回。他在烽火无线电厂驻京办事处,在五棵松附近。他孩子在我班上,我可以把你的电话告诉他,让他与你联系。若已出版的书所剩不多,那就等下次再版时了。愿"博文一"和"博文二"能顺利出版,你可要辛苦了!

齐老师回复:张老师辛苦了!

77. 2008-09-23 22：30

张老师好！当然有你一套了。请明天把那位的姓名和联系方式发到我的手机上，我会跟他联系。

78. 2008-09-30 13：49

问候齐老师节日快乐！托学生家长给你带去一份小礼物：一个泥塑小卧虎和一只小型的青铜爵。这两件都是我们这里的特产。他节后回京，会与你联系。不成敬意，望笑纳。节日快乐！

79. 2008-09-30 22：15

张老师好！先谢谢你的礼物了。我近来把"西湖"原稿和"灵肉"打印出来了一份。在电脑上看不起眼，但打出来后还是蔚为壮观的。我想把"西湖""庙""灵肉"做成一个三部曲，名叫《雕刻不朽时光》，分别是"2005-2006年的""2006-2007年的""2007-2008年的"，这样书就更有深意了，有点像名著《追忆似水年华》，是前后呼应的整个一部大书。其中以独立的教师的视角，深入中国3年来主要的事件，记录时代精神，直到顶峰的奥运结束。另外，"西湖"中考博的折磨最后以北大大门打开为结局。整个书形散而神不散，浑然一体，气势也算磅礴。有大起大落，也有小桥流水，最后汇入万里长江。不信你也打印出来，装订成册，把它们三个按我的方法一排，就变成一部完整的大书了。而你的评论，也是准确和精彩的，一呼一应，相得益彰，形成了"对话"的机制，螺旋上升，生气盎然，生命力也在对话中张扬。全文3卷近100万言，语言丰富，内容纷繁。这种作文方法，也算前无古人了。

80.

看了齐老师关于这三本书的构想，非常高兴。文章的构思立意由隐性潜意识变为显性有意识，给人豁然开朗的感觉。看来只要在为，就会有意外惊喜。这为的过程，就是在用语言文字为时代把脉，能有缘参与真是荣幸。再看你的新书，我和家人都感觉这几本写得更精彩了。另外，封皮的主要问题是，文字显得不够清晰，其他都很好！这几天，在写"西湖"评论，争取提前完稿！祝福秋安！

81.

齐老师好！

"西湖"的评论已写到82节"浮躁"，前段时间一直浮躁于玩圈子，终于悟出怎么写了。发给你，留存，我再接着写！祝安！

82. 2008-10-01 22：11

张老师好，收到了，也辛苦你了。还有十几个就完成了，但别着急，过节本来就该外出"浮躁"几天。整个书的格局也挺"养眼"的。不过，后面我写得不太精彩，你评起来会枯燥一些。可以跳过那些干瘪的，有感则说，没感觉就放弃。我重读最后章节时，觉得最后结尾处是真的有感而发的，其他的也没什么太大意思。总之，能把你自己写进去最好。节日快乐！

83. 2008-10-15 20：14

齐老师好！中午收到你的短信了，刚又看到留言了，不用客气，小小心意，不值得感谢。那只小卧虎，是今年妇女节时，单位组织去泥塑之乡（这些泥塑几次上过邮票）春游时给你买的。我们这里还是青铜器之乡，这只爵是爱人为青铜器博物馆重建工程摄影时人家送的纪念品。读你文字，受益颇多，没有什么特别物品相赠，爱人提议从一对中拿出一只转送于你，不成敬意，你的书他也在读，他以前从事新闻报道，有点文字功底，直赞你写得好。

夏先生女儿本不属于我们学区，但因孩子与班主任发生冲突不愿再上学了，无奈其母找到我好友放在我班上，两年来，孩子由厌学到好学，夏先生夫妇十分感激。我女儿与她女儿还是最要好的朋友，因此这条路线联系起来还是比较快捷方便的。

齐老师，你博客里的文字，我也在同步阅读，最近理顺了手头工作，会再来以点滴感悟的方式随意分享。

已到深秋，望注意冷暖！

张巧玲

84．2008—11—06 23：46

张老师好，好久没见你更新了，一切还好吧？祝一切如意！

85．

齐老师好！今天立冬，问候冬安！最近学校工作较忙，连续几个周日因自考监考、月考都没休息了。我一切都好，谢谢你的问候，你的文字我一直在读，只是没有静下心来写评论，那篇《时代依旧需要诗歌》写得很精彩。11月手头还有一本教学用书要编写完，只有等到12月再完成《西湖》了。祝福齐老师顺心如意！

86．2008—12—12 23：16

问候齐老师周末愉快！一月多没给你留言了，抱歉！一直在看你的日志，从日志里知道你过着怎样的读书生活。在2008年结束之前《西湖》就可以分享完了。虽因各种事情推后了很久，但心中一直记得，现在就剩下《柳浪阁留墨》那一部分了。先来问好，并汇报一下进展情况。

读你日志常想，人生本来没什么主题，只是每一个人给自己的生活加了主题罢了。比如齐老师你，本来可以经商，可你却弃商从文，人到中年，却又教着经济学，读着比较文学，虽给人从南极到北极跨度太大的感觉，但这正是齐老师你在今天、在将来、在文学上的独特之处吧。在没读你的文字前，对于你所写到的内容可以说很少涉猎和问津，可一看到你的文字，却也会说些连我都不知道是否出自我心的话语来。感谢齐老师的文字，激活了我思维的另一面。

相隔一段时间后，再读《西湖》，阅读的愉悦感依然如故。

祝福齐老师冬安！

张巧玲

87. 2008-12-13 08：49

张老师好！《西湖》的评论千万别有什么包袱感，有则评，没有，原本那样也非常完美了。我也时不时翻翻那本书，同样，也觉得那时的东西现在也写不出来，所谓的"时过境迁"吧，但"真挚"却是没得说的。这些日子的博文的主题，一是北大，二是冬泳，可能会再出来些什么新的，写北大，也是批评着写，不直言，但意思在里面，一是想把读书的过程"故事化"，把理论也"故事化"，二是写给那些无缘在北大听课的，告诉他们那种感觉。但我也极端地抵制"北大综合征"，即使真的喜欢，也"使劲"不用那种肉麻的笔法写。我还是在跨着几条船呢，但我绝不放弃任何一条，目的是"战略性"的，就是生怕被其中的某一条放弃而"抄底"，这样，做起来虽然挺累的，但起码心情能随意转移，不至于僵死在任何一个"情结"之中。

又看到你的话非常高兴,就瞎写了这些。祝期末愉快,注意休息啊!

齐一民

88. 2008-12-16 14:12

齐老师好!下面是今天中午オー口气写的96节《我又要封笔了》一节的评论,与你分享,你后面的文字我就不写了,到此我觉得话已基本说明,这两天我把全篇再梳理一遍,这个周末就可以发给你了!

读《谁出卖的西湖》到此,才明白:原来你的作品,都是在真实故事基础上产生的,都是一个个苦闷的象征!真为这些文字所承载的苦闷而感到"庆幸"了!"庆幸"它们,在涅槃之前,却被以降妖捉怪为己任的齐天大(圣)你那双火眼金睛,识别出了附着在它们身上的祸害人的魔影,并按动键盘这一新型快门,以幽默讽刺的文字为胶片,将其抓拍下来,在时代的冲卷机里为它显影、定影,并在澄澈的湖水中,冲洗并放大出这苦闷制造者的原形,岂料他们竟是给你和这个时代制造苦闷的,出卖了西湖的,那些个所谓的,有头有脸的文化人呀!

虽然我喜欢阅读你这辛辣讽刺中,难掩赤子情怀的哲思文字;虽然你的文字,使我在阅读的茫然中,有如遇知音、如获至宝之感;虽然每读你的文字,都是在笑意还未从眼角散尽之时,就被你文字的波涛卷入冷静思索的深谷;虽然我痴迷于你文字的丰厚底蕴,沉醉于开放在这丰厚底蕴之上的,明艳与冷峻并蒂的花朵,但当我知道了你的作品,是在这样的苦闷寻上门来之后,才不得已而为之时,那么,即使我内心里,虽然还很想一如既往,永远分享你的文字,直到不能再分享时,可是,但是,我却还是要做出果断决定:在你没有改变写作习惯之前,真不忍心,或者最好不要再让我看到你的文字了!因为我,一个网络读者的分享愉悦，是建立在你，一个网络作者的苦闷之上，我又怎能再如此自私冷酷呢？

热烈祝贺你这一次封笔成功！但同时也还是希望：你若能把在书写苦闷时，保留下来的写作习惯发扬光大，但愿不只是用它来承载生活中的苦闷和苦难！如若是这样，那么你也就不用再封笔了，我也就还有希望，再能分享到你更多的文字，更能于你的文字之后，来点兴之所至的、画蛇添足般的、感悟式的解读文字，与你的文字遥相呼应，这也是一种情不自禁的愉悦。

我这既希望你封笔，又希望你改变写作习惯，不再封笔的矛盾心理，在你这本《谁出卖的西湖》的落幕中油然而生。你又要封笔了！封得其所！我又要在分享的愉悦中，暂时地对自己说：若对个人而言，你的苦闷也许会有终结，若对像你这样，常常把西湖的苦闷当作自己苦闷的人来说，其实你一拿起笔来，就决定了苦闷在你生存的这个世界上，根本就没有终结的时候，于是我也就不用担心，我会失去分享机会。想到此，我这矛盾的心理，虽已失去了继续矛盾下去的理由，可我并未释然，并未笑逐颜开，并未载歌载舞，也并未喜不自胜！那么，就与忧在天下先的你同行吧！愿我这微不足道的文字，给予苦闷忧虑中，为这许多苦闷忧虑创作象征体的你，一点文字上的支持与相伴！让这苦闷的象征体不再孤单！

就此住笔！但我决定，这一个寒冬之后，也就是下一个春天，我将亲自去朝拜，那在心灵世界里，阅读你的作品时，已关注、亲近、迷恋了四季的西湖！看看你那柳浪阁是怎样的七级浮屠！

再会！我的评论，也就此搁笔了！

89. 2008-12-16 14：37

张老师好！刚看了你的留言，我觉得这就是最好的评论和结局了，你在评论我的东西时也把你自己写出来了。道一声辛苦！你放心，我会最终把这本书给出版出来的——我前几天的一篇博客说的是真的"企图"，我打算北大的事情基本结束后就开始做自己的出版，从小到大，专门出别人不出的但有价值的书，当然，我自己的优先。谢谢你的劳作，我年底把《雕刻不朽时光》印出来一套，让那位家长带给你吧！

齐一民

90．2008-12-17 15：58

齐老师好！

又看了一遍，基本如此了，大多都是瞬间支离破碎的感悟，长短多少，参差不齐，虽分享时间已有一年，但真没有当作包袱，总是觉得有些话要说，便随心随口说了，贵在参与，共享文字快乐，终于在2008年终了之际如期告一段落！等下周忙完手头的一件中考书稿任务，从2009年开始，再接着分享其他文字。分享你的文字，对我来说，是一种丰富、学习、滋养、开掘和提升，更是在习练手脑健美操，既有这许多益处，就会在时间允许的时候，随意分享了。昨晚又把《西湖》的结束语修改了一下，发在你西湖博文的最后一章里，也算在博客里结束了这本书的分享。这个结语，到现在，我才觉得满意了！

现在，把整部书稿和评论发给你，我的分享任务就算完成了！感觉真好！提前祝圣诞新年愉快！

张巧玲
2008年12月17日

91．2008-12-17 18：04

张老师你好！

我们马拉松式的合作终于有结果了，衷心感谢你的参与和理解。我又看了一次你最后的那个评论，文笔极其好，远在我之上。

　　我尽快看一遍，并把它打印成册子，送给编辑朋友。（要是有什么合同要签的话我会事先通知你的，因为这是我们共同的创作。）

　　再道一声辛苦！

齐一民

92. 2008-12-17 17：55

　　张老师，收到了，一路下来辛苦了！但愿我们的"马拉松精神"能通过这本书的发表感染后人。我们这种合作据我所知还真无前人。也算没辜负杭州的青山绿水啊。齐一民再谢！

　　关于西湖的评论已经结束，关于"西湖"的留言也就告一段落了，也就是2008年即将结束之时了！做完一件事情后这种轻松的感觉真好。

　　齐老师：

　　整理电脑桌面，要把与"西湖"有关的内容打包收藏时，突然决定把这平时存留在桌面上的关于"西湖"的留言原封不动地发给你，作为"西湖"外传留存，又看一遍，觉得挺有意思。原来曾说过为你整理写作言论，做了一点，最后搁浅了，在这些对话里，也看到许多精彩论断，就先收藏着吧，等以后有灵感时再整理。

雕刻不朽时光
——我用博文写春秋

第四部

余力还开着电梯：
小说《电梯工余力》的命运

齐一民 著

心灵飞鸿 等 评

北京燕山出版社
BEIJING YANSHAN PRESS

图书在版编目（CIP）数据

余力还开着电梯：小说《电梯工余力》的命运 / 齐一民 著.
心灵飞鸿 等 评. — 北京：北京燕山出版社，2018.1
（雕刻不朽时光：我用博文写春秋）
ISBN 978-7-5402-4968-7

Ⅰ.①余… Ⅱ.①齐… Ⅲ.①散文集—中国—当代
Ⅳ.①I267

中国版本图书馆CIP数据核字（2018）第031470号

余力还开着电梯：小说《电梯工余力》的命运

作　　者	齐一民
评　　者	心灵飞鸿 等
责任编辑	陈　雪　王梦楠
责任校对	甄　飞
封面设计	闻江文化
社　　址	北京市丰台区东铁营苇子坑路138号（100079）
网　　站	http://www.bjyspress.com/
微　　博	http://weibo.com/u/2526206071
电　　话	010-65240430
传　　真	010-63587071
印　　刷	北京世纪恒宇印刷有限公司
开　　本	710mm×1000mm　1/16
字　　数	208 千字
印　　张	16.75
版　　次	2019年5月第1版
印　　次	2019年5月第1次印刷
定　　价	298.00元（共6册）
出版发行	北京燕山出版社 BEIJING YANSHAN PRESS

版权所有　盗版必究

谨以此书献给我敬爱的父亲！

前 言

一民：

  我每天睡觉前，都在你的作品中度过。

  从文字上，它给了我极大的快乐、享受和心动。从文意上，它给了我许多现实生活中的深刻启示。

  我似乎是在重读着马克·吐温的著作，而它又大高于他那火辣般的笔触。

  结构的完整，可与福楼拜媲美。

  每部作品中所揭示的主题，倘若认真思索，犹如大海的广阔，也如地火般的深度。用你精美、深邃而又能搅起层层浪花的文字将读者（假定是一位认真思考的读者！）的灵魂颤动，让他认识到现实生活中的真、善、美。

  是你那不留情面的笔触，在诙谐、调侃之中，刺痛了人类的弱点，颂扬了正直，执着了良知。

  你的文字功底，已经达到了推波驾云的纯熟境地。你可以将任意微妙的思维、状物和一切纷繁、相互关联的人和事，干净简洁地表露无遗。

  十几年前，在课堂里，在奔突于"百花山"的路上，我还把你看作是一个大孩子。而今，见到你的人，读到你的作品，我欣喜地看到，在

你艰辛地走过了十几年的心路上，不断地抛弃着名和利的诱惑，犹如杰克·伦敦一样地面向各种具有鲜活生命的生活，深入着，体验着，观察着，思考着——

于是丰富了你的作品中的内涵。

于是便在你作品中以白描的手法展现出了这个特殊背景下的各种人物的嘴脸和扭曲着的心态（如"马桶三部曲"）和他们各自未来的命运。在现今，在丑恶的名利场"角斗"中，漂浮在水面上的一些所谓的"作品"，是假冒伪劣作品的泛滥成灾。

而你所铺写出的百余万文字，像一块金子，即便投在湖底，也会熠熠发光。随着年深日久，更会成为不朽的著作。

因为你的文字，在"笑里藏刀"中触及到了中国人灵魂的底线！

在对你作品的几次复读中，我一方面赞叹你的表述技能，一方面因你独有的语言魅力使我从心底萌生阵阵笑意，另一方面也使我感受到"人"的悲哀，可怜又同情！

当你提起西湖时，你文字又带着柔情的一面，使我坠入诗的梦境之中，使我如梦如幻，使我顺着你那如歌慢板式的语言缓缓地飘向极乐的自然之中，令我陶然……

你的各个阶层生活的沉淀，你对现实生活的敏锐观察，你的胆识，你的直白，你的良知，你那独有的布局谋篇，你那天赋般的文字运用，必将，最终，在圣洁的文坛上筑上一块基石！

这是老师我对你的一片热烈的企望，会是这样的。

几段文字，是作为新年的礼物吧。

老师　张金俊

2005.12.16

寄语齐先生
——写给灵魂有香味的人

原来我曾经想过,如果哪天我要向陌生人介绍齐先生,该怎么说呢?若是做详细的介绍,担心话多了容易让人一头雾水摸不着头脑;若是简而言之,又觉得三言两语说不清楚齐先生的事迹为人。因为齐先生的人生阅历太过于丰富,包括他的学习、职业、创作、作品、藏书……

齐先生与我相识快10年了,用营销编辑小涂的话说,是我的"铁杆粉"作者,但其实我不是很确切地记得齐先生的年龄,在我的印象中,自认识他开始,他大约四十多岁的样子,奇怪的是现在依然感觉他还是那个年纪:他的思维反应还是那么快,上下楼梯还是跑来跑去一阵风似的,演讲起来几个小时不用打草稿……这就是齐先生第一个让人捉摸不透的地方:他的脑力和行动力让人猜不出他的年纪。

到现在为止,我对齐先生的了解大致源于他的作品,以及他不经意间谈及的更换过十几种职业,掌握数国语言之人生经历:上个世纪八十年代早期的天之骄子;然后拥有了同龄人最羡慕的职业:被国家贸易公司派驻日本;接着在八十年代末出国留学,从兼职到打工一直干到高级经理人,经商足迹踏遍五大洲,直到自己开公司当boss,期间还不忘把自己经历创作成作品——这就是我早先帮齐先生出版的《自由之家逸事:新乔海外职场"蒙难"记》以及《走进围城:新乔"内外交困"记》;在快达到一般成功学眼中的人生巅峰时,他却毅然回国,做起了自由职

业人：继续经商，却又自己关停公司到北京语言大学任客座老师，又开始继续写作，还出了畅销书，还在50多岁完成了北大的博士学业，目前在练习书法绘画；对了，忘了说，齐先生还是多项运动健将……，面对这样跨界复合型的斜杠中青年，就是齐先生第二个让人捉摸不透的地方：该怎么界定他的职业呢？

当我逐渐了解齐先生的创作之后，觉得他的作品和他的人一样：很难界定风格范围，初看平淡无奇，细读却耐人寻味。这就是齐先生第三个让人捉摸不透的地方：他想要表达什么？

好像是去年，齐先生思虑再三加入了北京市作协，其实他十几年前在创作方面已经"出名"了。早在2000年，因齐先生创作的《妈妈的舌头——我学习语言的心得》畅销，曾作为湖南卫视"有话好说"栏目的特邀嘉宾，和新东方两位合伙人俞敏洪、王强一道与李阳（"疯狂英语"创始人）就外语教学方法"舌战湘江"。2012年，他曾经作为两位代表之一，与苏童一起参加了第一届澳门文学节，参选的作品是在海外也颇有影响力的短篇小说《电梯工余力》。

齐先生曾经跟我和王梦楠说过，我们做他的书，无论装帧还是内容简介都传达了他最想要的效果。曾经一度他还希望把我们的名字加在作者之后，在我们再三解释作为编辑不能如此之后，他显得很失望，因为他觉得经过我们打磨后的书稿宛如整容成功的美人。齐先生说这些话并非完全夸张：他的作品文如其人，也充满了"奇"的色彩：初看第一遍时得"咬牙"看，因为那种齐氏语言风格让你的头脑有一种要爆炸的感觉；但是耐心打磨文字一两遍之后，读起来会有点爱不释手：因为嬉笑怒骂皆成妙文，因为黑色幽默的语言让你忍俊不禁，因为他弯弯曲曲地说出了不少人生真理，因为在反讽尖刻的背后藏着他善良博爱的心胸……

例如这套即将出版的6卷本的《雕刻不朽时光》,洋洋洒洒100多万字,摘自他2006年到2011年的博客文章。2006年,博客还是比较流行的网络写作方式,齐先生有心想写点纪念的文字。当越写越多,越来越多人参与齐先生的博客讨论时,齐先生有了一个很符合他人生阅历的大胆想法:他想写一部中国版的《追忆似水年华》,作为一名心怀中华民族复兴执念的普通中国人、一名土生土长的北京人,以纪念百年奥运前后发生在自己周边的"大事"。

我个人比较喜欢这种风格的作品,除了延续齐先生一贯我行我素的语言风格之外,更因为欣赏这种微言大义的春秋笔法,于无声处描述普通民众眼中每天都在发生变化的中国和时代,是一个人的微观史。同时更在其中浸染了作者浓郁的爱国情怀和对社会人生的哲思践悟,既像随笔又像杂文,总在精彩议论之处戛然而止,文后还附有一位好友的精彩点评。对了,齐先生最擅长的事就是这种麻辣香锅式的大杂烩,在不停地煸炒过程中,炒出了一种独特风格味道和精神——我以为是:天下兴亡,匹夫有责。

但这套书绝不流于说教,相反这套书颇具阅读的趣味性,齐先生把他独具一格的黑色幽默和略有几分"哀其不幸,怒其不争"之反讽完美地结合在一起,读起来轻松有余,笑中带泪。我印象最深的就是齐先生在一篇文章中,不露痕迹地对有些"富贵人"进行反讽,因为他们在欣赏交响乐时像看京戏一样中途鼓掌叫好,读起来让人忍俊不禁又若有所思。

齐先生这套书几年前就交给我了,抱歉到现在才算是基本完成任务。估计很难达到齐先生一如既往的期望,但期待读者会有奇妙的解读,以符合齐先生之奇人奇作。在调入中国言实出版社工作之后,虽然跟齐先生联系不多,但我知道他一直默默关注着我(经常在我的微信里点赞),所以总觉得应该为他这套书写点什么,不敢说作序亦不敢说推荐,主要

想纪念与齐先生因书结缘的美好往事,因为齐先生留给我的,除了散发墨香的图书之外,更有散发香韵的灵魂。

祝贺齐先生多年巨作终于付梓,期待斜杠青年今后带来更多惊喜!

李满意

2018年6月30日于时雨园

目录

2009年5月

- 05.28 "微辣"宣言 / 001
- 05.28 贾宝玉游巴黎莫名惊诧 / 002
- 05.28 公交车故事补遗之一 / 004
- 05.28 公交车故事补遗之二 / 005
- 05.30 文学研究与趣味 / 007

2009年6月

- 06.01 钱锺书比喻的"来路" / 009
- 06.02 纪念今生今世的最后一次闭卷考试 / 011
- 06.04 昆曲的"本" / 013
- 06.06 "余力的十字碑"——纪念"少作"英文版的出炉 / 016
- 06.06 追忆我和罗京的那次会面 / 018
- 06.09 爱"扫文集"的我 / 020
- 06.10 关于《自由之家逸事》的补白 / 022
- 06.11 《自由之家逸事》的笔法和文学从业者必备的"品性" / 025

06.12	公交车上的"神"和冰心集子里的"遗书" / 028
06.20	《周作人文类编》和幸亏并不是暴风骤雨 / 030
06.23	小说《自由之家逸事》的终结 / 032
06.26	杰克逊的太空步——从今天不在地球上平移 / 033
06.27	中考、中考——难熬的中考 / 035
06.28	获得学生们的最猛烈鼓掌有感 / 037
06.30	张爱玲和她的"再版香魂"——读《重访边城》 / 038

2009年7月

07.03	灯下的漫笔 / 040
07.03	今天的确是我的生日 / 043
07.11	这让几家欢喜几家愁的——中、高考啊 / 045
07.14	三字之师季羡林 / 047
07.26	从长白山到哈尔滨——消夏之旅备忘1 / 050
07.27	让"死魂灵"复活的阳光下的哈尔滨——消夏之旅备忘2 / 052
07.28	我看到了也诀别了天池——消夏之旅备忘3 / 054
07.29	几种常说的东北话——消夏之旅备忘4 / 056
07.31	东北人懒吗?——消夏之旅备忘5 / 060

2009年8月

| 08.01 | 女儿考上了北京四中 / 062 |
| 08.01 | 小霞大声骂街了 / 063 |

08.03	今天下午，我被热情的女青年拦腰截住了 / 065
08.06	"这年月，就连王家的老二，都考上博士啦！" / 067
08.18	北京有个地方，名字叫"良乡"（玩笑段落）/ 069
08.19	到北京四中开家长会的心得 / 074
08.22	祝贺张金俊老师开博！ / 077
08.25	啊呀，那么多人——全都被抹了脖子 / 081
08.27	喜听陈老师说西藏 / 083
08.29	看《北平战与和》怀想旧日的商业战场 / 087
08.30	昨天是个喜庆的日子 / 089

2009年9月

09.03	《小说道德经》——我的《电梯工余力》？ / 091
09.05	女儿问："老爸，你在这儿住过吗？" / 094
09.06	谁是"底层人"呢 / 098
09.07	导弹来啦 / 101
09.09	有感于萨科齐的"矮人工作室" / 103
09.10	我的第六个教师节 / 105
09.11	教师节给北大留影 / 107
09.13	湖面传来嘹亮的京剧 / 109
09.16	老博士的新学年"八卦" / 112
09.18	用"核心旋律"来串联生活里的"糖葫芦"——我写"随笔式小说"的方法坦白交代 / 116
09.26	瞎想于孔子的"被纪念" / 119
09.28	国庆临近的兴奋和一个老留学生大回流的感怀 / 121

2009年10月

- 10.01 今天果真——是你的生日 / 124
- 10.03 假冒汪国真作诗 / 127
- 10.05 嫦娥为何不再奔月 / 130
- 10.07 我们俩使劲出卖《电梯工余力》以及女作家的"裸写" / 132
- 10.08 《朗读者》和语言学习的秘诀 / 134
- 10.10 天安门广场彩车上的故乡情结 / 136
- 10.17 延庆可是个好地方 / 137
- 10.18 电梯是"吸血鬼"？ / 149
- 10.21 年过半百的"小伙子" / 151
- 10.23 热烈庆贺中国"点子大王"何阳出狱回京 / 153
- 10.25 国际学术会议上的趣事 / 155
- 10.28 得诺奖秘诀——对双层"我"的超越 / 157

2009年11月

- 11.01 记念2009年11月1日的10年一下的——雪 / 160
- 11.02 和澳籍作家贾佩琳续说"余力" / 163
- 11.05 听交响乐时听出的愤怒 / 165
- 11.08 听电梯女工说钱学森 / 167
- 11.08 走进钓鱼台 / 168
- 11.09 我的恶心——都来参与"讨伐'牵尸'若不彻底赞美英雄又有何意义"讨论 / 171
- 11.13 "交大"变"焦大"——嘲笑"交大人格证书" / 175

11.14	"第19部交响曲"的后半途交代 / 177
11.14	也有不是"多余力量"的"余力" / 179
11.16	去西什库教堂 / 181
11.18	奥巴马"熊抱"他弟和"白宫""白屋"之争 / 182
11.20	再次《暗算》和小说的密码 / 185
11.27	2012年地球"毁灭"? / 188
11.27	杨宪益和他的去世 / 189
11.28	18天的新妈妈来答辩 / 191
11.30	我推荐谁上北大 / 192

2009年12月

12.02	原来阿Q的Q是这个意思? / 194
12.06	我看见一篇葡萄牙语的《电梯工余力》评论 / 195
12.11	"老书虫"和圣诞节以及保守 / 197
12.13	"博士梦"记录 / 198
12.16	师兄们开题和白先勇的《玉簪记》 / 200
12.16	一个荷兰语网站对《电梯工余力》的评述和对武大郎原型的质疑 / 202
12.21	感想于颐和园素食馆子被"铐" / 204
12.23	简·爱两口子结婚之后怎么样 / 206
12.26	伟人连续着诞生 / 209
12.27	"团圆"——"滚"的上海说法 / 211
12.27	余力有力量,还是没有力量(To have? Or not to have?) / 213

○ 附录1　电梯工余力　/ 217
○ 附录2　我们大家都是"余力"——《电梯工余力》
　　　　英文版的"跋"　/ 249

"微辣"宣言

"学而时习之"是孔子的学习方法，正在北大读文学的我，正是用这种札记的方法，在"习"着。我的这本新的札记，是我将要耕作的第19亩地了，我以前写过18"亩"书，书论"亩"算，也是我的发见。我在不停地耕种，同时，又在用猴子式的"火眼"，手搭"凉棚"，眺望着下一块新田。窃以为自己是在延续着祖师钱锺书的未竟事业——我在用人情及事故，真切地展开着他《管锥编》《谈艺录》里的那些个没来得及抖开的包袱。他用的是文言，我用的是"假古文"——我虽然没有把握文言的能力，但我却可用白话底下的酒香的余韵，让白话的滋味深远，那也就等同于他的古文了吧。

我这个札记的味道，将是"微辣"型的，我不再想让自己的"东西"太咸太辣了，那样于人不好，会伤害我本来就不多的朋友，使他们的血压增高，但太甜的文章——拔丝香蕉和咕咾肉似的，也不好，那不过瘾，那不解气，那不使人清醒，所以，我要调成"微辣"，微奉承、微讽刺、微打屁股、微扇耳光，然后，再送上一小盘子——西瓜。

贾宝玉游巴黎莫名惊诧

这个题目或许是这个集子的名字。上周五的"比较文学"课上陈跃红老师当堂让学生们做作文，我也现场做了，我用了30分钟，那纯属语言的游戏。所谓语言的游戏，就是写这种东西时，你不要动用脑筋，让感觉跟着笔端走，跟着词汇走，走到哪儿算哪儿，不想走，走累了，就不走了。于是，我就"走"出了这些个"乱码"。

《贾宝玉游巴黎莫名惊诧》："好妹妹，你细听俺说：在埃菲尔的底层，我看到的，是一个底层的巴黎，是受难者的、委屈的、巴士底狱般的巴黎；是一个脑袋下面没有垂着辫子的巴黎，当然，也没有马褂，也没有京剧的腔，更没有咱这样的你一定要跪下去看却永远也看不到真面目的——皇帝。哦，有卢浮宫，有油彩仿佛能从上往下滴的油画，有不穿衣裳的女人的身子，有不用使劲就能看到的宝姐姐似的却不是你那样的臂膀；有马车，有圣母院，有条比紫禁城还长的却不是四方环绕的、长流的河，那条河中，流的是比葡萄美酒更鲜红的血水……林妹妹啊，我接着，就上到了那塔的第二层，那里有一个餐馆，在餐馆中，我用到了最怕看到的刀，那刀，插着带血的如残阳般滴血的活生生的牛肉，那刀，就也，插到了咱们的园子的一隅，咱那个园，后来叫圆明园了。

"从塔的二层，你再看巴黎，它，就已经是半石头的了——我是说人家的园子，都是石头建造的。那每一幢石头建筑中，都是一部《石头记》，都是一本本小'红楼'；小'红楼'中，有吉卜赛的女人和小仲马的女人，还有你特想变成的浪女卡门。我知道，有了'卡门之心'的你，已不再静心于此'红楼'了。然后，我已经能从半空中，再回观那巴士底了，那个监禁人和思想的'法国大观园'，已在半空中失真了，失去了你可抚摸的恐惧。再有，就是那油画：油画的油彩，已沸化于十几米的半空，巴黎妇人原本仿佛宝姐姐膀子的臂，到十几米之后，已能和你的连接。我为了让它们彻底地衔上——你和巴黎妇人包法利的以及宝姐姐的左臂或者右臂，以及中法、中西之精华，我就又爬上了那塔的第三个层次，我于是，就开始恐高了，我已经从海拔上高于我大清皇帝、我们的宗法、我们的被紫色禁锢的城，我虽然恐高，但我却心情良好，因为我已经不至于最后出家，我能飞了，我大同了，我中法合一了。此时的巴士底，已不再是个监狱，而是又一个石头的方盒；此时的卢浮宫中的油画上滴下的，已经成了一个修长的千手观音的指，那指，在巴黎的、欧洲的、全球化的天空中百般地变幻，变幻成了一体，变革成了一条天际中的塞纳，那臂膀的河，打开了紫禁城的河道的方形，它已无源，它已无终点，它流啊流，它流成了这大观园中秦可卿榻上的一洼涟漪——咦，俺怎么尿炕了？"

公交车故事补遗之一

其实即使贾宝玉真的去了巴黎,也一定把公交车当作交通工具。

我近日,始终想把几段公交车上的见闻给补录下来。自从去年那本《我爱北京公交车》印制了200本之后,我就不再关心"公交"的话题了,或许是因为那本书并没有成为我认为的"名著"的原因吧。200本的首印量——其中100本在我家里,要想变成举世闻名的名著,除非它们都是——初版的《圣经》。

俺家倒是真有一本年代古老的《圣经》,但上次小霞(小时工)打扫卫生后,就找不到了。小霞不识字。我怎么说那本首印于几十甚至上百年前的旧书,是多么的重要,小霞她也不在乎,竟然说你不是会写小说吗?那你就再多写一本呗,十分无奈的我,就只好再写一本《圣经》了。

其实,我那本《我爱北京公交车》,就是本北京人应该——甭管信不信(齐)"天"(大)"主教"的——人手一册的书。那样才不会迷失于北京城里的道路。

公交车故事补遗之二

上个月过"清明节"的时候,我从北大东门上车,忘了是几路公交车,但车上的一个醉鬼却让我至今记忆犹新。他像晕船似的晃晃悠悠,浑身酒气熏熏,于是,我就赶紧给他让座,他尽管神志不清,却说了声:"谢——谢!"中间的那段"——",是他拉长的舌头。那分明是一条"爸爸的舌头"(拙著的名字)。他断断续续地对我和女乘务员说,他当时特别地高兴,那种高兴,甚至是毕生第一次的,因何?他说由于他的老婆带孩子回老家祭祖去了,还有他的丈母娘——去年就不在人世,于是这个2009年的"清明节",竟然,变成了他这辈子的不受女人管理的元年!刚把话说完,他头一栽,就呼呼大睡起来。

上星期我下车前想问售票员该不该刷卡,可我问了三遍,她都不搭理我,细看,原来她已经趴那儿——睡着了。

在我的那本《我爱北京公交车》里,我记录了不少816路空调车的故事,但我书刚一写好,816就突然被撤线了,就好像那路车,是专为我写小说而开设的。前天我坐697路去北大上学,一上车看到那个戴眼镜的售票员,就想起来了,我问他是不是原来816路的,他听后怔了一下,说:"是啊!?"其实很简单,并不是我记性好,而是我坐了大半辈子公交车,他可能是我遇到的第一个戴眼镜的售票员。他说816路是股份制,不赚钱,就不开了,现在这趟697路是国营的了。我说祝贺你,终于在一辆"铁饭碗"的车上搞定了自己的位子。

他比我强。

更早些时候,那时天还贼冷。一个女乘客上车后买票稍迟,女司机从驾驶座位上弹起来"嗷"地吼叫着骂起了她。那动静大得,就跟贾平凹写的《怀念狼》似的。女乘客当然心情不好,就到后排的乘务员——一个肉肉的男孩儿处倾诉。那乘务员听后,让周边人都万分意外地,哗啦诉了一路的苦,你听,他说了什么:"你啊,该知足了,不——就是被她(女司机)吼了一嗓子吗?她啊,是全4路公交线最有名的'一姐',是个母夜叉!谁不怕她啊?吼你一下子算什么,这——还是你碰到了她脾气最好的时候!她每天早晨对我……那叫一个凶……不过,她人可真不错,就是脾气太坏啦!她家庭不和睦,她——咳,她人——可还是不错的啊——"

眼看3站都过去了,那个售票的小伙子,还唉声叹气地说着,我看大势不好,周围的人都下光了,还包括那个上车时被骂的女乘客,我也安慰了他几句后,乘机赶紧跳下了车。我心想,周围的"人墙"没了后,小伙子的话,就会直接被西北风送达到正等着下一次发大脾气并付诸行动的女司机的耳朵里……

文学研究与趣味

等下周一开始的一大串期末考试完成和学期论文提交之后，本"北大博士生"的第一学年，就会戛然结束，我或许就将进入下一个漫长的、真真切切的"学者"生涯，冲着四年后的"博士帽子"，硬着头皮冲锋了！

那将是十分乏味的几个步骤，包括资格考试、开题、写作、答辩。可能不只是一次性的，就说那"开题"，就如同开刀，第一刀割开了肚皮，发现没有瘤子之后，还要再开另一刀，从背部开，假如还没有毒瘤的话，你连缝合上，都不大容易。

于是我，兴趣开始索然了。"文学"对那些专搞理论的人来说，是饭碗，而对本人呢？本人上半辈子是写小说的，写小说的人开始像学究们似的在别人的肚子中找没用的肠子，并进行显微放大和开发研究，这无非，对"小说者"，是一种"伤神"和折磨。于是我，有些讨厌和却步了。文学理论的研究者们，用我祖师钱锺书的比喻，是即使撞到了妖妇人的雪白的胸口，也只会用放大镜看人家胸口的汗毛孔，而看不见胸脯的整体的人，而俺呢，为了四年后的那个学位帽子，要钻书山，要爬纸堆，要忍痛让专家们百般地挑剔，啊，俺可真要受"学罪"了。

在我看来，专业搞文学研究的人中至少有90%对文学是并无趣味的，像学术工程师似的，是考据派，而文学呢，根本上是从趣味中滋生出来的嘛！搞文学的人不懂得读文学的"趣儿"，那颇似爱吃臭豆腐的人一辈子都天天感冒和没有味觉，那么臭豆腐的"香气"，不就白香了一遭？

我早晨和老伴开玩笑，我说我是徘徊在研究者和"被研究者"两边的人，我只要稍稍一蹦，可能就变成一个"被研究者"啦，可能就会成为别的学者们追求的"新臭豆腐"，可能就会有"苍蝇"成群拢来，为何？因为被那些学者"开题""立项研究"的许多作家，还真没我更专业，本人才是更适合当"开题"和"开刀"的对象哩！那么，假若我真的在未来的一两年里，出了山呼海啸的"大名"，那么，"天大喜剧"就发生了：一头，我死乞白赖追逐着一个"已知名作家"，做关于他的花边新闻专题研究；另一方面呢，俺的身后，也紧随着更大的一群学者，他们飞啊飞，让我想赶都赶不干净！那时啊，兴许我既是博士生，同时，又是"假博导"，我用我自己身上的花边新闻，比如说什么梦话啊之类的，细心指导着想通过钻研我的痛苦和乐趣以及传说而得到博士学位的学生，而由于我配合得好，人家还先我两年拿到了美国"克莱登"大学的博士学位，论文题目是《著名作家齐天大为什么永久性地成不了合格的学者的缘由综述》。

钱锺书比喻的"来路"

有"来路不正"一说，文学作品的"来路"，你细究起来，也蛮有意思的。

我从图书馆借来了一本《钱锺书作品妙喻百例》（田建民著，河北人民出版社，1992年版）。这，满足了我对"钱氏比喻"的好奇，于是我，也学习着我的"祖师"，明喻和暗喻他人和他物起来。自钱氏之后，"钱喻"已经绝迹了，可能，不会再有人，能像他那样通今博古，即使有，也没有能把一只苍蝇和一只蜜蜂联系起来的情趣了。"情趣"，是"钱学"之根本也！我昨日读到余杰的《想飞的翅膀》，余杰也是个才子，但余杰显然没有太多情趣，所以他就不喜欢钱氏。文学的功用，一曰"抒情"，但人的情，哪能那么频繁地"抒发"呢？那还不天天心肌梗塞？于是大多数的"文学青年"，"发情期"一过，就远离文学了。于我，于"吾祖师"，是一样的，那就是文学乃情趣之物也，文字中暗藏的是智慧也！是超级想象也，是嬉笑怒骂也，是会心之笑声也。

在《谈艺录》中的"长吉研究"部分，我终于找到了"钱氏讽刺"的"根子"。"上卷"之十——"长吉曲喻"中，默存（钱锺书）言："而其比喻之法，尚有曲折。夫二物相似，故以此喻彼；然彼此相似，只在一端，非为全体。苟全体相似，则物数虽二，物类则一；既属同根，无须比拟。长吉（李贺）乃往往以一端相似，推而及之于初不相似之他端。"

用白话说，就是把八竿子打不着的两件事，给巧妙地往一处"对接"。那就好比把猪的大脸，嫁接到马的屁股上去。真接上去后，你冷地一看，还以为是马的屁股被人给拍得都肿得"高高的"了。嘻嘻！

钱氏在他自己的比喻中，恰恰用了李贺的"手段"。《围城》的开头，说到鲍小姐，就先把她喜欢展示自己的"局部身体"，比喻成"开熟食铺子"，然后，鲍小姐把别人的讽刺，按照李贺的"以一端相似，推而及之于初不相似之他端"手法，说成"真理是赤裸裸的"，以及被暴露的那部分肉体，都是"局部的真理"。

以这种"窍门"，你就能打开所有"钱氏比喻"的那些"旁门左道"了。也就是说俺"祖师"的那些个"小聪明"，被俺，通过他两本书的这么"骨肉相连"地一摊开，给识破了。然后呢，你们就可以随意复制开了。就像我刚才那样。

纪念今生今世的最后一次闭卷考试

昨天我考第二外语日语场，考试开始前，坐在第一排的、比其他50多个学生的父母小不了多少的我，竟然心潮起伏，不太平静。开考前，边上的学生们说特别紧张，因为北大的"二外"，也是要扒人一层皮的——出奇地难，第一年，就要把所有的语法都学完了，仿佛刚走进海滩几米，就一下子10米多深度了。和边上学生心情起伏不同的是，我知道，这，是我这辈子，绝对最后一次的闭卷考试了。（驾校的不算啊！）

本人这个年纪的人（47岁，属虎的），还参加这种严格的、由三个老师监考的试，的确，跟考老虎似的不可思议。但我还是考了，我仍像上次那样，第二个交了卷子。第一个交的女生被监考老师问："是答完后交的吗？"那意思是，这么早——提前一个小时——交难度如此高的考试的卷子，可能有两种情况，一种是压根儿就不会做，另一种，是全会。我，就是那第二种，莫忘，本人早年学的是日语专业。

我出门前，感觉背后两个监考老师交头接耳，她们肯定是偷着议论——刚才那个比咱姐俩儿岁数还大的"哥儿"，没交白卷吧？！

我万没想到今生今世的最后的一场本不应该参加的正式的闭卷考试，竟然以对别人最难而对我最容易的方式，被我考过去了。这门课，我本学期总共听过五六次，还坐在一进教室最显眼的地方，目的是让老师知道我这个曾对她声明专业学过日文的"大哥级学生"的态度,还是良好的,那么,假如最后成绩差一分及格,我好用一张"态度还好"的脸,去找老师求情。不过,昨天考完后我凭感觉,知道那不用了。

最近在"百度贴吧"上,我一直在发着反对电影《南京!南京!》的帖子,就是说,我在网上积极地抗着日。所以,我绝不能在考日语时考100分,哪怕是为了学位。因此我在还差1个小时时,知道70分稳拿,就全场第二个提书包匆匆离去。不过那时,已经是晚上八点一刻。即使夏日长了,北大校门外,也已是万家灯火。我第一个想到的是不知女儿今天中考"二模"考得咋样?

昆曲的"本"

昨晚在北大百年大讲堂看昆曲《西厢记》下本,也就是连续演两场下半场的意思。注意到了吗?当买票时,她(卖票的)一问,"你只看'下本'吗?"就已经把你给拉回了古代。古代人,就是那么说的。

百年讲堂只要有古装戏,我一定看,尤其是昆曲。上次看的是《关汉卿》。昆曲是古人语言习俗的活化石,是人情世故的"出土文物"。你听,那时的人喜欢用"呵"做说话结尾时的叹词,念起来长长的,发"胡——"的音;还有那个"者",并非"之乎者也"里的那个,而是说着说着话,就用"者",表示说完了,结语了。这都是,让我"惊诧"的。

"《西厢记》全名《崔莺莺待月西厢记》。作者王实甫,元代著名杂剧作家,大都(今北京市)人。他一生写作了14种剧本,《西厢记》大约写于元贞、大德年间(1295—1307),是他的代表作。这个剧一上舞台就惊倒四座,博得男女青年的喜爱,被誉为'《西厢记》天下夺魁'。"

历史上,"愿普天下有情人都成眷属"这一美好的愿望,不知成为多少文学作品的主题,《西厢记》便是描绘这一主题的最成功的戏剧。

适才这段话,是我从百度上摘录下来的,它帮我更精确地证实我昨晚在剧场发现的"惊奇"的具体年月,你看,昨晚台上说唱的语言,竟然是公元七百多年前王实甫写的,而且是"原装"的,就是说,我们在回味着七百多年前人们说话的用词、用调、用腔。那些个让人眼花缭乱的"曲牌"（有的颇长，俺一个都没记下来！），是七百多年前人们在"大都"，也就是在北京这个地面，或许就是在北大的这块地儿——海淀，说的、念的、唱的，这细想，还是蛮有"新鲜感"的。

《西厢记》其实还挺"情色"的哩。崔莺莺和那个张生在"下半本"第一次约会，就直接"入洞房"了，这绝对十分"80后"和"90后"。我昨天在晚报上，发现现在的"80后"们，把离婚当儿戏，有为了抢厕所离的，有因为打呼噜离的，有因为小两口谁也不愿做饭离的，全凭刹那的喜怒和哀乐，但就是没有因为另一个不孝顺父母（我最关心这个）离的。也就是说，现在当老爸老妈的，压根儿就不在儿女离异原因的"单子"上面。就连办手续时，据说，也是"抽空"去的，边办还边催："你能不能快点儿！我还要去开一个新产品推介会呢！"你瞧你瞧，自己都离婚了、变成"老产品"了，都不在乎，这倒是和王实甫时代的开放度有一拼哩！

我诧异地发现，你看《西厢记》时，还有一种感觉，就是那其中，有"古人的古"。在听到那句"你原来是个银样镴枪头"的时候，时间就呼啦啦穿越了，因为这分明就是《红楼梦》中贾宝玉、林黛玉在偷看这本"禁书"时，打趣的时候说的。也就是说，我们在想着"宝黛"是古人时，我们正看着一台他们也认为是"古人故事"的戏，恍惚间，我们和宝黛相隔的时空，仿佛被烫平了似的，都处于同一个时间平面上，都是"现代人"了。在《西厢记》的舞台前，我们和宝黛，都是观众，都是旁观者，都是凭吊者，都是"后人"，都像是"80后""90后"，只不过，他们是公元13世纪王实甫的"四五百年后"，而我等，是"七百多年后"而已。

我看《西厢记》时，最后惊诧的，是张生要去京城赶考不得不与崔莺莺哭啼离别，剧演到此就结束了，那"聚"，也终止了，换句话说，张生到底中还是没中状元，到底有没有资格回来娶相府家的、没结婚就同居就怀了他孩子的"千金",你我并不知道,宝黛,他们也不知道,包括写剧本的王实甫,所有人都不知道。那《西厢记》,原来是一出悲剧呀!我想那张生真的中状元,像百年大讲堂里坐着的这些个"小状元"似的的可能性,是几乎没有的,那时的状元,可是全国唯一呀。"大团圆"是中国人的追求。无论戏里戏外连最新出的张爱玲遗著,名字都叫——《小团圆》,但七百多年前的崔、张,却只能对"有情人终成眷属"空发感叹,而没有团圆,而生离死别,而留下了一个七百多年的悬念。《西厢记》是改编自唐传奇,那么,那个悬念,就更久更久了。

"余力的十字碑"——纪念"少作"英文版的出炉

昨天看到Harvey的"牛氏来信"——他是牛津大学毕业的,我的这部名叫《电梯工余力》的小说中文版是10年前写完的,过不久,就真的要面世了,可能,是在香港和东南亚一带吧。鲁迅似乎说过"不悔少作",似乎是鲁迅说的,但看了《电梯工余力》的英文稿子后,我对那时也就用了一两天时间写的整部小说,不仅不悔,还真佩服,我佩服10年前那个年轻人的"火气"和笔下的流畅、想象力的丰富,以及特浓的关爱——对多余人的、对小人物的,而那些,恰恰是过了10年之后的本人,所不具备的了。现在的我,奉行多一事不如少一事的"杨朱哲学",就好比这个"杨朱哲学"吧,在从前,我还会为您解释解释它说的是什么,从哪朝、哪儿来的,现在呢,你还是自己去查吧。

"杨朱"说了,用自己的一根汗毛,去拯救全世界,他都不去,我现在也是一样,何况用全身的汗毛拯救世界,恐怕世界,还是那个世界,你还是你,篱笆还是那个篱笆,狗,还是那条狗,你就随他们自生自灭吧。那么多人想拯救世界来着,可这世界,偏偏总倒霉在那些"拯救者"之手,因此,适当的"无为"不仅必须,而且急需,无为已然到了不可不为的地步,无为,已然迫在眉睫,不无为,就已经来不及了;无为,已经到了不无为,就最危险的时刻了,所以,我宁可当一个"杨朱",我情愿无所事事,我唯一想为的"为",目前,也就是为"余力们",树起来个"纸碑"而已，而 Harvey 此次的壮举——他几经挫折，从深圳到澳门，终于能在澳门开机印制这本微薄的小书——又，为"余力们"做了一个 English 的碑，那碑的形状，我依稀已见，是十字形的，是小巧的，而且是雪白色的。

感激他的赤诚！

追忆我和罗京的那次会面

　　名人的去世，本来都是令人惊诧的，且罗京得的是淋巴癌，这也是我从前就知道的，即使是那样，他去世的消息，还是震惊了我。于是我想到，和他也算是见过一面的，而且他还是应约而至的。那是在1998年，我刚回国，在中央台的梅地亚中心安顿下后，毕大姐——那里管事的，由于在加拿大受过我的接待，就想回报一下——于是，就把她的好友罗京，特意约到中央台的大厅里。罗京从楼上缓步下来，他身着T恤衫，看上去儒雅秀气。毕大姐介绍我时说这位站在中间的大个子齐先生，就是代表加拿大公司的首席代表云云。寒暄后，他从兜里拿出一张梅地亚的门卡，那卡，就是我那家公司在我的监督下制作的，于是，我给他介绍了一番我们酒店特殊门锁的性能。之后，他还说他老婆的单位什么什么的，内容想不太具体了。陪同我的代理商对罗京说，您说话的声音，真是天然的好听，和电视上听的一模一样。罗京笑着应了。所以我也能证明——罗京也是会笑的。至于他说话的声音和他播音时完全一样，那也使我稍稍诧异，因为有的人的嗓子在台上和在台下，并不完全是一回事，在台上，是吊着嗓子，是后天练出来的。

　　有人，是衔着玉石从天上下来的，如贾宝玉；有人来到人间时，是口含着天籁的声音，就比如罗京，从这层意义上，他的确是一块国宝，宝玉的宝，玉石样的翠绿，那宝贝，就嵌在他的嗓子眼儿那儿。

斯人已去。10年前和罗京虽然短暂却是特意安排的约会，忽地，已变成追忆的对象了。他才48，我已47，所以，事业诚宝贵，生命的价值，还是更要高的。

一面的故人，你安息矣！

爱"扫文集"的我

小说的魅力,读起来,有时也和看人似的;人有时也需被反复地推敲,我是说人身上的魅力和"不魅力",我不说人的"丑陋",人可能天然的就是丑的,那姑且不说,但就人格的"魅力"而言,无论是自己的还是他人身上的,常常,像是老酒的香,也仿佛金子的亮,时间越久远,就越有回味的兴致。就拿钱锺书说吧,他的那股子机智聪慧的样子,时间越是久远,你越会觉得,是属于"独(毒)一份"的。我近来似乎找到了另外一个能跟钱锺书比"灵气"的人——在北大图书馆二层摆放近代文学"文集"的书架上,有个人叫"废名"。我计划着交完本学年最后的读书报告,就从书店里把7.5折的《废名全集》给搬运回家,外加4折的《周作人全集》。至于《齐天大全集》嘛,一是人还活着,出不来"全集",另外,也"差钱",所以过后再说。中国人的"差钱",差的,好像是钱锺书的那个"钱"哩。

在图书馆二楼"扫文集"的本人,尤其是扫民国时代的那些个"吾师"们的,总爱先打开他们文集的第一卷,查看文集的总共字数。有400多万字的,如冰心、丁玲等,其他的大多数人的总创作量,都是在400万字之内。400万字之上的,也有,比如鲁迅,700万字,比如他弟弟周作人,560万字;郭沫若的文集,当然也多于400万字了,他一辈子贼爱写诗;诗集里空白多,而空白在文集中,也是能充当字数的。当代人里写的最多的恐怕就是王蒙了。王蒙前几年出的文集，就已经是700万字，那之后，他还马不停蹄地写，出版社也随后马不停蹄地给他出。但无论是民国的还是当代的"大师们"的文集，从中你会发现一个共同的现象，就是都能分割成"上半身"和"下半身"。"上半身"是火焰，"下半身"是海水。上一半，是纯粹的文学作品，是艺术味道浓的，下一半呢，就是报告、发言、说教了——说怎么才能当一个作家之类的；"上半身"是实心的，"下半身"是空壳的；上一半是"讲究"的，下一半是"将就"的。总之，下一半的文集，除了供学者们研究的功用之外，大多数作家文集的平均一半以上的"作品"，就已经不再是文学了，经不住时间对艺术真谛的"严刑拷打"，其价值倘若有，也只是"史实"性的。就连我家藏的1981年出版的《鲁迅文集》，你仔细区分一下，在统共的16卷里，12卷之后的几卷，大多不能算是"文学"了，除了"日记"，就是"索引"，加起来，有200万字左右吧，况且，鲁迅的日记写得是那么的死板，就像是"飞行记录"（日志）似的，记录的是每天怎么起飞，落地，再起飞，再落地，外加，在1000米高的地方看到了一只秃鹰，在10000米高空，又看到了一只，而且还是同样一只，之类的。这种日记，真没什么意思，比俺在上大学期间写的那几十万字逊色多了——也就是后来无端失踪的那些"佚文"。我因此一直纳闷，而且纳闷了十几年：你说那贼，没事偷人家日记干吗？哦，分明看到了它后来的价值。

关于《自由之家逸事》的补白

本人从身份上说，现在，应该算是一个文学的研究者，但本人和其他研究家不同的是，他们不写小说，而俺，是写过小说的，做个比喻吧，他们不生孩子，而俺呢，有自己的孩子，所以评头论足的时候，想方便，就自己说自己的孩子了。

我这个思想上的"情种"，的确在不经意之间，在众多的地方，撒下了那么多的种子，它们开出的花，大多是不俗的。昨天，我现任的文字助理"小小陈"把我15年前写的那本《自由之家逸事》的稿子在电脑上打出来了，当文字在电脑上显影的那一个片刻，我一激灵，我仿佛忽悠地就被文字牵手，退回到了蒙特利尔我那间写成了三部小说的高速路边的办公室，回到了那个整日喧哗着的厂房。

那本书，真的可称为我的"处女作"，这本书的完成游历了三四个城市：故事，发生于一个叫"Liberty"的"黑匣子公司"，写作，是在另一个也是犹太人开办的公司"尤克"的办公室，那两处，都是在加拿大的蒙特利尔，而打字，是在公元2009年，也就是故事发生过后了的17年、写书过后的15年，在中国的北京完成的。

昨夜，我总是醒，是Liberty里的那些个人物和故事们，让我兴奋、让我麻木、让我诧异、让我慨叹，我想到"文学"这种东西，还真是有巨大魔力的家伙，它借助文字，竟能让时光一下子原封不动地倒退十五六年，让你这个人的肉体，你的感觉，你的知觉，再老老实实地和那么多年前的人相会，而且是那么地逼真，是那么地重叠，是那么地直观。看着这本《自由之家逸事》，我暗叹自己头一次写一本实际上最终并没完成的长篇小说，竟然写得并不赖，写得竟然那么地细腻，那么地"假成熟"，用它的"共时读者"范勤雨兄当时的话说（我每写完一页就发传真给他），我小说中的视角和感觉，完全像电影《摇啊摇，摇到外婆桥》里的小水生似的，而那个犹太人一家，就像是上海滩黑社会中的那个"老爷"。而今，我这个"水生"，虽然，自己至少是活到了"老爷"的年岁上了，但回观旧作，还不免地水生水生，不禁地好奇好奇，外加惊诧惊诧。

说来，也还是那位范兄，是我的文学开路人哩。那年去他新买的 house 做客，我问小范你最近忙什么，他说他写小说，名字叫《大灰狗》，于是我，就惊诧和手痒痒了——俺也是个作文高手啊！之后，就是第一个小短篇《阿休其人》，接下来，就是这个 16 万字的《自由之家逸事》。好笑的是，15 年过去了，范兄的那本《大灰狗》的身子，还在修补之中，而这本《自由之家逸事》，已是我的第 17 个"原生"的集子，虽然也"海归"了，可范兄至今还在商场上抱轻机枪赤膊冲杀，我这个"孙悟空"哩，竟"下凡"到了他原本的母校（他是北大历史系毕业的）——北大中文系专职读文学了。

我的小说的开道者，除了小范，就是在莱薇家工作时获得的"无比惊诧"了。《自由之家逸事》可以说绝对是境遇压榨下的奋力反抗之作，因为 Liberty 里的所见所闻，实在是太奇特了，太不可思议，太催人反思，太不可理喻，而当用"理"表达不出那些不可理喻的现象时，文学的冲动就来了，就激发了，就不写不行了，就不写不痛快了。我写《自由之家逸事》，与其说是为了文学创作，不如说是给自己两年的在"自由之家"极度扭曲式的生活,用笔,做一个判决,记录下一种心安理得的说法,获得一种能自圆其说的解释,而就是那些不可言喻的复杂而万箭齐发的强大推力,把我的笔强推着,推出了那16万现在看来也是难得的、原生的、奇妙无比的文字!

我写那部书,也是为"自由之家"的工友们写的,记得菲律宾工友Roly,也逃到了我的第二个东家,我们又成同事了,他每天在车间里,继续开他的叉车,我呢,"鸟枪换炮"地变成了白领阶级,我上班没事干,就写小说,依工友原型写"自由之家备忘录",写累了,就到厂房找Roly聊天,告诉他我写到第多少页了。他跟着我高兴,分享和编排莱薇家族最新的离奇故事。那么一高兴,我和他,就在另一个工厂的屋檐下,一同高兴了五年。

这本书,本是想长期或永远被压在箱子底下的,一来它是个半成品,二来我觉得,文字年轻,没有现在的成熟。它之所以又变成了电子文稿,是因为"小小陈"实在没什么好打的了,我总不能让她失业啊,于是,就只有打出来了。

《自由之家逸事》的笔法和文学从业者必备的"品性"

我在极力做的,是把研究文学的文章给写成文学作品。让我特别纳闷的,是我结识的绝大多数专门从事文学研究的人,压根就把文学和理学、工学、医学混同起来了,他们本无太多的"酸性"——现代人太累了,据说,身体就呈酸性的了,罗京就是那么早逝的。在上周结课的市场营销课上我刚一说酸性话题,马上就有一个学生建议我吃螺旋藻——原来她是药厂卖药的。我说的搞文学的人必备的另外一种"酸性",是该懂美感,该懂赏识,该懂罗曼蒂克,懂想象,懂跳跃性思维——总之,得是那"斜路"上的人,可你在文学领域看到的绝大多数,也包括了学者们,都不是那样。

昨天在天坛读完书,路上我停下来,我买了三种"摊车"上的"几乎半零落"的水果,它们分别是紫桑葚、丑的荔枝、不红的樱桃,那樱桃,据说还是我老家山东烟台特产的。我拎着透明的塑料袋,里面装着它们,走入了地铁。在东单站换乘的时候,我听到后面两个女子悄悄地切磋,一个说:"我喜欢吃樱桃。"另外一个说:"我喜欢吃荔枝。"接着,第一个又改变主意了,说她除了樱桃,还喜欢吃桑葚。我听着听着,觉得不对劲啊。我于是,看了看我手里的三袋子水果——还在,我回头一看,那两个女子,就朝我笑了。

我刚才随便说的,就是"文学"的那种感觉了。于是当我在课堂上看到一头白发的先生，用桥梁工程师的严谨呆板，在说着一桩桩或惨痛或风流的文学事件时，心想，他这辈子，还不如去研究桥梁去。包括昨天翻阅《贾植芳文集》中贾老的论文，我都觉得，刚离世不久的贾老为文学蹲了那么长久的监狱，但贾老说文学的文字里，咋一股那么冲鼻的"报告味"？都快成"报告文学"了！

鲁迅的书好看，是因为从头到脚渗入了他每一根汗毛的那股子邪劲儿和抑扬顿挫的乐感。读"专书"忙中偷闲，看他写的那些译文的序跋，就能感觉到一个文字大师的彻头彻尾的震撼力，他所有描述文学的那些文字，本色上就是文学，就有浓情，也有浓爱，好比麦当劳最新推出的"香浓咖啡"。麦当劳是和星巴克过意不去，才打出 McCafe 这张小王牌的，鲁迅也是和那么多跟他过意不去的人打嘴仗时，打出了那么多的好到几乎歇斯底里的文字。

在译著《死魂灵》的"跋"里，鲁迅说果氏的长项是讽刺挖苦，所以当他转而写一个小女子是多么地美丽动人的时候，他的笔，就转不动了。他怎么写，都写不出来。这说的，是风格的转换。你仔细回忆鲁迅的文字，似乎，也从未有过把一个女子说成天仙的段落，假如真有，那女人，早先长得，也貌似"豆腐西施"。你再仔细看《围城》，钱氏的风格也是讽刺挖苦，所以《围城》的"上半身"，就非常地春风得意，但"下半身"，尤其是写到尾巴那儿，写到方鸿渐和老婆发生冲突时，钱先生讽刺挖苦的本事，就没用武之地了——夫妻二人打架，作为叙述者，你挖苦谁，你就向着谁，那架，还咋打啊？所以，那《围城》的尾巴，就成一条艰涩和艰难的尾巴了。

我写那本《自由之家逸事》时为何到中途突然就终结了呢？我问了自己十多年。当然，我写到那里时出差回国，心境转换是其中的缘由之一，但并不能说明全部。我现在想明白了：《自由之家逸事》后半截的故事，是苦闷和悲剧性的，是衰败，是抵抗，是冲突，是分崩离析和散伙，那么，我用我唯一能运用自如的嘲讽的笔调开头，又怎么能用一样的笔法收尾呢？那就好比，你的交响曲的前一半，是"谐谑曲"和"圆舞曲"，你是在空中朝下看，边看边写边觉得好笑好玩才写的，没想到突然地，一场悲剧发生了，你不得不"悲怆"和"命运"了，你咋做那种突然的转身？技术上能做的，就是赶紧地更换视角，你不能再用第三人称的"他"写悲剧了，你必须把视角换回到第一人称的"我"，因为没有比用"我"说悲剧色彩的故事，更逼真的了。你怎么说"他悲痛得很啊！他真想哭啊"都像是外人看戏，并幸灾乐祸，只有你说"我真想哭啊"的时候，警觉的读者，才能放松他们的警惕，然后，和你一道声泪俱下。

可怜我那三斤昨天被妇人偷窥了的"夏日三姊妹"——桑葚、荔枝，还有烟台樱桃啊！

哇！！！

公交车上的"神"和冰心集子里的"遗书"

现在的北京的公交车,你上去时,尤其是那些个支线,就宛如进入一个老人社会——65岁过后乘公交车都不要钱的缘故。

昨日在41路上,一大群老头老太太上来了,弄得都不知道谁该给谁让座了,年轻的,当然让了——比如我,我刚给一位老人让完,就又被他转让出去了,因为后一个更老,八旬的老人家大声地说——他们似乎是一同的,都戴着遮阳帽:"你们知道北京为什么老不地震吗?""??""是有神在保佑!"另一个老太太,也是七旬之上的,说:"北京有30万信徒啊!……还记得《圣经》上说的那句话吗?……"她说了一大通,但我没听清。接着,他们就"××姊妹"地称呼着,之后呢,我就到家了。

《冰心文集》(上海文艺出版社,1982年版)第一卷,马上就该还了。始终有些不舍,不舍的不是冰心写的那些文字,而是她的一个1920年去世的朋友写的几封"遗书"。她叫"宛因"。她知道活不久了,在海滩边上看着海里的浪花,于是,她把人生比喻成为"浪花",一朵朵的,那每一朵,就是人的一辈子。而她那朵,眼看着,就要灭亡。《管锥编》中钱锺书考证,西洋人把浪花比作"白马",浪涛中万马奔腾。但奔腾到最后,还会被新的白马取代。"宛因"的文笔绝佳,佳于冰心,且通情达理。她说搞创作的人要先把书写好,不要在乎那些批评家们事后怎么说,批评是镜子,但人总不能老为镜子活着。她提倡"白话文言化""中文西方化"。"这'化'字大有奥妙,不能道出的,只看作者如何运用罢了!我想如现在的作家能无形中融会古文和西文,拿来应用于新文学,必能为今日中国的文学界,放一异彩。""真正的作家,他不和人辩论,只注意他自己的创作!"

上面的几行文字,都引自海边坐着、明知自己生命快要终结了的、1920年就真的终结了的那个"宛因"写给冰心的"遗信"。

我目前想"做"的文体,恰恰是"假古文",是"白话文言文"。

从前,为我的那本《妈妈的舌头》写过一个书评的"海因",从文字看,也是个"宛因"一样的才女,《舌头》倘若再版,我一定把她的评论放在最前面。可惜,我当时没好意思给她打电话道谢,她在不久后,也因车祸,突然不在了。

《周作人文类编》和幸亏并不是暴风骤雨

我这种杂感,本是为防治老年健忘症而写的,所以稍稍松懈一两次,就真的开始犯遗忘了。昨天在北大的五院开电影研讨会,在卫生间明明撞见了小魏,可我脱口就叫了人家一声"小邹"。

虽然并不是冒着暴风骤雨,但我还是倒了两次公交车,把十多斤的、十卷本的《周作人文类编》给拎回了家,快到门口时,天上已经落雨滴了。运什么都不怕雨,比如运送水果什么的,但运书却怕。

周二上午11点我到北大为本科生监考,正赶上打那著名的1000个雷,和北京历史上最最黑暗的上午11点,我打着伞,"遮蔽"着雷的狂轰乱炸,以及电光的疯狂闪烁,我想,假如我那个当口手提着一捆《周作人文类编》行走的话,那么,可能反而就没有危险了,因为万一一个大雷从天而降朝我轰下来,肯定会先打他——人家是传说中的"大汉奸"嘛!

这个集子,是我"暑期读书节"的半个部分,另外半个,是从前说过的那个作者叫作"废名"的集子。你打字拼写"feiming"时,很可能打出来的,不是什么"废名",而是"非命",不信你试试,而恰好,废名就是死于非命——他是被饿死的。所以我喜欢研究。按说鲁迅的弟弟周作人,也是死于非命——他好像是被打死的。不知道我研究他们的结局——我自己的,是否也有危险。但出于能拿到北大文凭的目的,我明知道有少许的风险，这险，还是要冒一点的。大不了，我到"中国平安"上一份"社会科学研究者研究过程险"，他们没有，我就找马明哲说理去就是了。

关于周作人到底是不是汉奸，我问过陈老师，我也问过同屋快要搬走的老马，他们异口同声地说："是，肯定是！"

我原来也笃定地认为他是汉奸，但乐黛云老师的回忆随笔集里说她曾听废名在南方劳动的时候趁别人不在身旁时说过周作人的不是。废名是周作人的学生。老马说那是出于师生的情谊。或许有道理，因为任何人都不愿意声称自己是大汉奸的弟子吧。

在昨天的"国家电影研讨会"上，台湾大学的女学者张小虹在议论《色戒》时，说就连那个汪精卫政府的"易先生"，也不能100%被当成汉奸，因为他使用的所有文件和信封上，都有国民党党旗、党徽，还有"国父"的头像。她还用了一个别致的词形容"爱国"的那种"爱"，是一种sticky——"黏着"的感情，"爱"的"胶性"，能把所有的周边的人——爱国的不爱国的、有人味的没人味的给聚拢到一起，而那种"黏"，有时，是超时间、超男女、超国界的。

我想废名对他老师的那种爱，就是非常sticky的，至于周作人本人的爱sticky——黏着与否，可能千古难以定论。但即便如此，晚上醒来，冷不丁看到那一横排大部头、黑乎乎的《周作人文类编》，想到那是一团"汉奸"的"死魂灵"，就感觉多少有些瘆人。

小说《自由之家逸事》的终结

在经历了三四天的颠三倒四甚至"神经错乱"之后，我终于让那本17年前的"处女作"的修改完事大吉了。没有比文学更"感情用事"的事了，所以不仅创作是感情用事，就连最后的润色整理，也是感情用事的过程，这过程之所以特别，尤其是对这本17年前写完后就从没再看过一眼的书来说，仿佛让你自己边整理边和那个写书的"青年人"对话、交流，而那个青年人，就是你自己。那个"黑匣子"随着一行行的阅读，在一层层地打开，打开来一看，才知自己那时候是那么地想、那么地感觉和那么地写。正所谓"尘封的岁月"，被文字给忠实记录了，又被忠实地打印出来。

那本书现在看了，有"三奇"——奇人、奇事、奇文也。它读起来的味道好比《呼啸山庄》，是诡异的，是疯癫的，是感染人的，是使人如食用鸦片的，是过瘾的，是古怪的。我经历了那么一段奇怪的事，好在，我竟然第一次写长篇小说，而且在那么一种本不是写小说的工作环境下，就把故事那么准确和恰到好处地记录下来了。那是青春的笔法，那是青春的激情，那是青春的好奇和青春的果敢，字里行间没有油滑，没有世故，没有犹豫，看往昔文字，才知真的青春不再，真的意气已无，才知"老"是怎么一种状态。和早先之自我比较的结果——是也！

杰克逊的太空步——从今天不在地球上平移

今日惊悉迈克尔·杰克逊去世了。

我第一次看到他边唱边跳是在东京迪士尼乐园里的多维电影厅里，那是在 1985 年前后吧。那时的国内，还少一些这样的自由的舞步，所以第一次看到那种激烈的舞蹈，是挺震撼人的。我起初一直认为那个跳舞唱歌的是个女的。我那时还没有去过真正的西方——严格讲日本不算，所以我误认为，西方的女子都像他那样的凶悍。那几年前后有数次我去东京迪士尼，竟然我都认为那个"他"是"她"。

定居加拿大后，就知道他是"他"了。迈克尔最让人难忘的一次演出，是 1993 年"世界地球日"举办的演唱会上，他带领上百儿童抒情地演唱《Heal to world》——专门写给地球孩子们的歌曲，那真是够真诚和让人感动的，觉得让他那么一唱，最起码，全球的儿童就没什么问题了，就可爱和无邪了，但后来才听说，他竟然对儿童犯了"猥亵罪"——当然，最后判他无罪。

前一阵还一直疯传，他全身皮肤都好像被置换了，有人认为那白色的皮，是从他的肚子哪儿移植到脸上的，但我想了一下，说不对啊，黑人的肚子，应该也是黑色的呀！

除了遭罪，按说他想移植什么或把自己漂成什么颜色，都不关别人什么事。

人可能天天都有死亡的，只不过那些没名的人死亡，不可能被全球各国的电视台在新闻里"联播"罢了，至少你我的一生，即使在十几岁就死亡了——于我现在看来也不可能了——也不会有太多的人惊诧，但他，那么一个奇特"星球"的去世，的确是太早了点。人死了如灯灰儿，人都没了，生前人们对他的种种猜测和毁谤，对他来说也不成立了，也没用途了，所以，迈克尔现在的状态，应该是最从容的吧。

中考、中考——难熬的中考

女儿的中考昨天终于结束了,今天我就不再陷入中考的惆怅了。中考和高考这两样东西,是东方人的发明,是中国人"智慧"的结晶,是专门用来和自己过意不去的东西。不过你看,我刚才在那"智慧"二字上面,加的是引号,所以说是"智慧"也是,说不是,就不是了。

女儿的中考,我和她妈都是间接的参与者,我的主要分工,就是倒垃圾之类的,另外,我的"做饭权",也被中考给剥夺了——理由是不太对女儿的口味,你看,为了她中考,我竟然足足一个月不能和不用做饭,所以中考一完,我是那么地失落!

保证女儿的睡眠,也算是一个任务,于是我,就死盯着家里的门窗,我必须把所有的杂音都阻击在门和窗户之外。但考试头一天夜里,我就差点儿失职,晚上十一点,女儿刚睡下,我才放松,一阵铁蹄压马路哼哼唧唧的声音,就慢慢朝我家这边来了,那声音就在楼下,但我没太在意,因为过了十几分钟,那"坦克声",就慢悠悠消失了。没想到天还没亮那"坦克声"又慢悠悠哼哼着来了,我气坏了,因为才凌晨四点钟,假如女儿这时被吵醒,再一紧张,那中考,还咋考?我朝楼下看,我看见了一队履带车——拖拉机似的那种,前面有一个刨土用的大叉子,那些车,正排着队,一辆辆发着坦克般的轰鸣,从我家楼下通过。我明白了,原来是为了"十一"阅兵,长安街正在改造,它们白天不敢上街,就专找晚上——找我女儿中考头一天的晚上,从我家楼下去长安街,清晨再"猫"回窝去。

我第一想到的是开窗朝楼下车棚子里的人破口大骂,骂他们半夜扰民、扰中考,要是高考,他们绝不敢这样!但我没骂成,因为我大嘴一张,第一个听到争吵的会是我女儿。

我第二想到的是朝"敌军坦克"扔酒瓶子,就像《南征北战》打狙击战的战士们那样,但不喝酒的我的家里却没酒瓶子,我只有醋瓶、香油瓶,而里面的香油和醋,都是昨天刚装满的,我不能用香油慰问扰民的他们。

我第三个恨不得做的就是拨通110,我报警,我报警有人夜间施工扰民……但我最后没打,我犹豫了,我想起楼下的这些履带式刨地车,是给庆典修路的,只有路修好了,才能大阅兵,"十一"那天,真正的巨型坦克,才能轰轰隆隆、气势恢宏地从俺家楼下车轮滚滚地开过。

五点半钟到了,女儿醒了,我第一问她的,是她有没有因为凌晨四点的那种轰轰隆隆的声音而被吵醒。没想到女儿的回答是:"我早就习惯那种声音了!"

获得学生们的最猛烈鼓掌有感

  上周五在语言大学论文指导导师和学生们的见面会上，当念到我的"真名"时，学生的掌声顿时轰鸣，而那时的我，已经有一年之久没同那些学生们会面了，所以，我惊诧，过了那么多的日子，他们还记得我；再有就是，在被念到的老师的人名中，俺的那三个字，获得的呼声最高，所以，我不禁暗中得意。无疑，这种掌声，是真正的，是情不自禁的，是不可能不发自内心的，是安排不出来的，而且，这种场合，可能也是绝无仅有的，那好比是从舞台下传来的——学生们就是观众，给谁的掌声最猛烈和最冷清，是由不得唱戏的角儿们的，俺呢，至少在那几分钟里，享受到了观戏者的浓情。这种感受对于教了五六年书的教师，于我，是"一揽子"的，是"一下子"的，是"纯天然"的，那是本人作为"客串"的教师最不可多得的、最求之不得的、最理想的"下场"方式了吧。

  当然，我的"人气"最旺，有一个原因不得不提，就是我曾是专门搞学生工作的老师，倘若我只在教学一线，肯定会因要求过严而得罪"上帝"——这，不能和别的老师相提并论，但我暗地得意的，是至少那学生们的自发的激烈巴掌（掌声），是对俺精心策划了那么多次"本不可能"的课外"第二课堂"活动的认可和回报，由此，我知足而永远难忘。

张爱玲和她的"再版香魂"
——读《重访边城》

刚才和河北教育出版社的一个编辑商讨出版书的事，她说现在基本上是市场经济，于是我就踏实了，我知道我那些积累起来、未出的书已有9本了，出版只是时间问题。我所差的，也就剩下钱了。这样，倒是把原本十分复杂的问题给简单化了。大不了我去拉来一笔"风投"——风险投资！

昨日获得了一本张爱玲的《重访边城》，这是继《小团圆》之后的她的另一个被发现的"遗著"。在嘉里中心的星巴克，我读着它，感叹着世界上有那么几个极少数的人，他们的学名叫作"作家"，比如张爱玲，比如加缪（读了他的《鼠疫》）。我近日读的几个，他们都是极富于"神性"的人，他们的眼睛扫描了这个世界，那眼，是独一无二的，就跟杰克逊的太空步一样。是有了他们，我们才看到了这个世界？还是没有他们，这个世界，就不是这个世界了？我不知道。我知道的，我佩服得不得了的，是"大姐大"张爱玲即使写港台、北美，写那些历史故事和那些她本不擅长的叙述性的东西，她的那股子鬼精灵的灵气，竟然也无人能及，写得也那么细腻和周全，也那么冷静和孤僻，而她一旦写了，就绝对是一流的，这和她死前死后、时光的超前滞后、曾发表和未发表似乎也毫无关联，但一旦它们——她的遗稿被公布出来了，那，就是一流的和不可超越的。

借助她的那双眼，读者看到了世间另一番景象，那是"上帝"派遣来的眼,那种眼,你我都只能望之而敬重三分。

周作人的集子,在翻读时,我不禁笑了。据说周作人唯一不服的是他哥哥鲁迅,但我只需看他那十卷本的文集里的一本,就知道他和鲁迅,究竟谁该是哥哥了。才艺高低不同也!我的那套1981年版《鲁迅全集》中少了第二卷,前日从女儿的那书堆里终于"失而复得"了,一打开,就看到了《祝福》。鲁迅的文笔只要看上一行,就让你觉得和"上帝"对上眼了,没错,鲁迅的笔,是支撑在巨大的博爱之上的,没有那个心,他就不可能在村口"看到了一个头发已经花白的祥林嫂",然后突然听到了她的死讯,然后再追忆她的那些过去——那是神性的慈悲的思维,那绝不是纯技巧性的,而这,正是他弟弟"知堂先生"所欠缺的。周作人充其量能做一个被上天宽恕的人,但他绝对没有上天般博大的情怀,所以他的文字,别管是自己写的,还是他"文抄"来的,性质上,都是如此非二流莫属也!

与知堂先生560万字之全部著作相比,令本人能欣慰的是本人400万字中所"抄"别人的比重在1%之下,而知堂老先生的哩,似乎正好相反,我甚至嬉笑,他那么"抄"别人的,在没有文字加工软件的"复制""粘贴"等功能的时代,还用毛笔,而且冬天还烧着蜂窝煤,冷飕飕的,他累呢,还是不累呢?

呵呵,失敬了。

"心灵飞鸿"的来信摘录:

一直在分享你的文字,前面发来的小说还未读完,齐老师这段时间笔耕不辍,思索的触角已深入到了更广阔纵深的领域,很令人感动。中年走进学府,对齐老师来说也是在认祖归宗吧,但我分明看见,齐老师的"祖宗"分明是一个扬弃了他人"祖宗"长短,渐渐清晰了的不属于历史的崭新形象,祝贺齐老师。

灯下的漫笔

都第二天了，还是没有睡意，就写些个"漫笔"吧。"漫笔"这种写法，好像还是鲁迅发明的，只不过他那时候的"灯"，与此时我这间书屋的灯，有些个不同罢了，我的灯，是节能的，贼亮，他那时候的灯，或许是煤油的。我比鲁迅环保。

第一个该"漫笔"一下子的，是昨日接到杭州徐兄打来的那个电话，我接的时候，正在北大图书馆和邹弟查看我这一学年的网上成绩，正在得意我几乎没怎么努力，就得到了和他们特别努力的几个同学的几乎是一模一样的好成绩时，徐兄在手机上说你记得10年前你来杭州参加婚礼时和你坐在同一个桌子上的那一对夫妻吗？我说记得，那个胖胖的女同志后来得了乳腺癌去世了，徐兄说这次出事是她的那个先生，我说也记得啊，他是一个十分厚道的、笑眯眯的人，是在银行工作。徐兄说就是他——刚被抓起来了，是从你们北京总行来人抓的，他贪污了几千万。我一听，傻了，我说那——那他们的孩子可真惨了，妈妈去世了，爸爸成了麦道夫（美国大骗子），至少要终身监禁。我还说老徐啊，看来还是我的日子过得还可以，在这么静谧的图书馆里听你说那些不幸的消息，连大声说话都不行。

在同一个桌子上吃过喜酒的二人，十载过后，一个已不在人世，另一个在监狱里蹲着，这种事，是应该被漫笔漫笔的。

昨晚小学同学聚会，也是那么一个大圆桌子，来者都是一片儿长大的，有的40年没见了，所以热闹哄哄的。一个老同学说他在水利部干了二十几年了一直没挪地方，我就试探着问他："你在水利部工作这么多年了，现在一定是科长了吧？"众人大哗，说老齐啊，你也太不会说话了，你咋能说人家只是一个小小的科长呢？我说你们听我说呀，你们问人家官衔的时候，一定要从底下说，拣最小的说，而不能说最大的。假如我问："你是局长吗？"他如果不是，一定会不高兴；若问："你是处长吗？"真是了，也没什么激动的；但你要是问："你——是科长了吧？"如果是的话，那正合适，如果是比科长大的处长、局长、部长之类的，那还不心里乐开了花！众发小听了说："有道理，有道理！"散席时，我向那个水利部的同学讨要了一张名片，一看，果然那上面写着的是"处长"，和我猜的一模一样。

还有一个是公安大学毕业的，我问，你们当初大学同学现在最大的官有多大了？他想了一下，十分失望地说："最大的才是局长。"我一听，倒吸了一口气，你想，公安局的局长啊，连水利部的部长都敢抓！

人生如宴，一席接着一席的，你不知道在座的每一个人，过后会是怎样，那下一席，又是同谁人吃。你姑且一席一席地吃下去吧。反正吃饭的时候，统统的，都是"喜宴"。

明早的安排是，5点钟，也就是过三个小时以后起床，送女儿到北海公园去参加北京二中的毕业游园。她和她妈两个小时前竟然都问我同一个问题："北海在哪儿？"我说了半天也没说明白，就索性说是在天安门的北面。她妈听了说："那不是景山吗？"她妈（我内人）是外地人，统共才在北京生活20年，不知道北海在哪儿，也不奇怪。女儿是在外国的蒙特利尔生的，那个城市的音儿假如发得不好，听起来跟"厄瓜多尔"似的，至于"厄瓜多尔"到底盛产什么种类的瓜——西瓜多还是黄瓜多，那要去质问厄瓜多尔的人民了。

明早（哦，今早了！）9点还要赶到语言大学去代替邹老弟领奖，要领的据说可能是"最佳教学奖"。老齐我都教了6年书了，这才是第一次上台去接受领导颁发的、用于鼓励别人的教学成果的奖，而且是替刚代课了半年的小老弟领，所以我特别激动以致睡不着觉，只能狂写"灯下漫笔"吗？当年鲁迅的那篇文章，我终于体会到了，估计也是在"冒领"教育部的什么大奖的前夜突击写成的！

哈欠！俺困了。

今天的确是我的生日

　　生日这种事,是半明半暗的,所以即使我觉得人到47岁的这个日子,是与众不同的,我还是在帮小邹代领"优秀教师奖"的那100元钱时,暂时忘却了生日的特殊性,朝着领导深深地鞠了一躬,双手捧过来证书,王书记笑着说:"咋是老齐你呢?"我说:"不,不,我叫邹赞!"然后我又手举着红皮奖状,像奥运铜牌得主那样对在场的所有教师们招手,心潮三分起伏地说:"太谢谢大家的支持,啊,实在是太谢谢了!"而后我顺便,还代替小邹喝了一瓶获奖人员的矿泉水。那水挺贵的哩。小邹中午从新疆乌鲁木齐发短信问我代他领了什么奖,我说是获奖证书和100元奖金,还有,我还代替你听了一个半小时的评审委员发言和领导讲话。小邹说那——真不好意思。

　　由于连续这么多年老过生日,我人就真的老化起来。老,也是有"老态"一说的。一个拥有40多年教龄的满头白发的老教师是评审,上午他发言时,本应该点评获奖教师的优缺点什么的,但他说着说着,竟然自己即兴发挥了起来,他原本是教中文的,你注意啊,他说:"我那天听课,听一个老师给学生讲解《诗经》,他讲得是那么地认真和详细啊,老师们,你们知道《诗经》是怎么回事吗?那个《诗经》啊……"半个小时过去了,他还在说着《诗经》的第10个要点,直到主持会议的给他递了个条子,催他,他看了看那纸条,想结束发言,一会儿又忘了,又接着说《诗经》了。

我在台下笑着对周围的人说:"这位老先生,一定是在家憋了三年没授课了,是来过讲课的瘾的。"

你看老,的确是一桩可怕的事情吧!本人从今天开始,就该马不停蹄地奔五十去了,而对外,我从今天开始,就打算正式宣布我已经年过半百,那样等三年后,我才真的50岁,才和那个杰克逊同龄。多说几岁你的年龄,对你是十分有利的,比如前些日子我逢人就说我都50了,所有人听了都会说:"老齐,你看着可真年轻啊!"废话,那还用说,我离50还差三四岁呢!

在众声喧哗的时候,我溜出了会议厅,来到了篮球场,一个学生的球飞过来,我顺势就投进了篮筐。我索性和他打了起来,我冷不丁发现,我"还"能打篮球呢!而且打得不错,就连后跟腱的老毛病也没在奔跑时把俺咋样。这时,至少是在这块篮球场上,我还能像前些年那样,带着学生们飞奔。所以青春她,好像还在俺这儿。

再有,老,是有心理上特征的,和实际年龄能造就"时差"。比如,那个借机说教《诗经》的老教授,就真的老了,就没"时差"。煞有介事和不懂装懂,分明也是老态;有好奇心的人是不老的。仗势欺人者别管职位多大,在我看来,都算是"老一代人"。我们不能阻止我们的肌体变老、变腐、变无能,变得失去弹性,变得血管不断地胡乱扩张以及心脏不该跳的时候瞎跳,但我们能做的,就是想法不老化,情绪不老化,毛病不老化,好奇心不老化,上进心不老化,荣辱心不老化,还有什么来着?呀,生日一到人又老了一岁,真的想不起来啦……

这让几家欢喜几家愁的——中、高考啊

这周是中考和高考的"宣判周"——出成绩和发榜的日子，本人因女儿的原因也被裹挟到其中了，幸好，本人是属于"欢喜"的那类——女儿的中考成绩是550分，注意，满分才570分。这丫头太不争气，咋给老爸每门课丢了4分哩？！玩笑、玩笑。不过超常发挥的女儿能在6000人参加考试的东城区考到第八十几名，就像是制作了一只橡皮筏子，把她的父母的感觉给送上激流，呼啦漂流开了。

我是第一个知道的。我敢于负责查分。相信每个负责查分的家长在那一时刻，都像是等着被宣判的第一被告人。知道了那个成绩后，我故意吓唬熟睡着的——极有可能是怕醒的女儿，说："齐天（小名），醒醒吧，你考砸了。"她立马就真的醒了。我把成绩告诉她后，她爬起来查看电脑，直到第二天，她还沉浸在"考砸了"——我那第一个"谎报"的恐慌里。看来，这孩子对考试这种事情，是认真的。

考好了的家长，就有"小人得志"的本钱了。同事问我小女为什么考得"超牛"时，我说："一定是遗传因素吧！"

今早才高兴地得知我原来的同事小孙的女儿，也考上了她的第一志愿——山东大学。我起先鼓动她考南开，但幸亏她没听我的，否则，否则我就完了。

随着高考各学校的分数线的出炉，有人欢喜有人愁，不过，欢喜又咋样？愁又咋样呢？高考啊、中考啊，只是人生一段上的游戏——game 罢了，你参与了，也就行了，你赢了，好！你志愿没报好考瞎了，也好！用中国人土制的方子解释，决定结果的是那个"命"，你的"命"在左右着你的方向。"命"那东西，就是你"本来该咋样"的缘由，所以，你就随它去吧。

我有一种自制的"解惑"的法子，是"总有成功人士感觉"的本人的"隐私"和"秘诀"之一，不妨小声告诉大家——只要你们别到外面瞎说。我的方子就是，一旦你在两种结果——"甲""乙"之间，不幸得到了你并不想得到的结果"乙"——我们谁每天都会碰到这种事，别管是大还是小，那么，当你在"乙"的路数上行进时——你身不由己地走在那条路上了，你会又碰到更多的"小甲"和"小乙"，这时你肯定会碰到你喜欢的"小甲"，不喜欢的"小乙"，总会得到一些个"小甲"——你绝不可能老是得到"乙"吧？这时，我就该告诉你我的"秘诀"了，那就是，你把所有那些"小甲"，都作为美妙的、意想不到的"成果"，反算到那个最早把你抛弃了的"大甲"上面去。正是因为那第一个"甲"你没得到，你落到了不情愿的"大乙"的结局，你才得到了这么多这么多的"小甲"，否则你永远和那些"小甲"无缘；注意在此时，你只在乎"小甲"，你只计算"小甲"，你只想那些好的，你一定要忽略那些坏的"小乙"们。只有按如此方法思想，你在人生每时每刻别管是大大小小还是真真假假虚的实的情愿不情愿的——"中考"啊"高考"啊之类的"甲方、乙方"难受的选择和被选择之前，你才能百战百胜，你才能不为它们——那些个人为的 games 所左右、所操纵，你才不会要不就大欢喜，要不就大惆怅哩！

三字之师季羡林

今天在北大季羡林老先生的灵堂，我先鞠了三个躬，然后在留言簿上写道："一面之交，三字之师。季老师永远。"哪一面和哪三个字呢？那三字，就是他的名字"季羡林"。

1980年我们十三中高中，高考前，文科班到北大参观，季先生陪了我们一个时辰。开始是他介绍东语系，和我们一起看法语电影，后来，我和同学季元宏单独问季先生关于考学的事情，他介绍了一番后，说："有什么困难可以来找我。"我们问："您怎么称呼呀？"——我们只知道他是系主任。季先生在一个条子上写下自己的名字——就是电视上看到的那种笔体，我开始没认清那个"羡"字，对季元宏说："老季，你看，这位老师还是你们本家哩！"

后来季先生的名气越来越大了，变成了"泰斗""大师"和电视上的人物，但30年前的印象，他就是一个腰板笔直的"正人君子"，他那天穿着蓝"干部服"，相貌堂堂，"正派"是他给人的绝对印象。

走出灵堂后，我踱步到图书馆边上的东配楼，我想起来了，这儿，就是30年前季羡林给我和季元宏写"小纸条"的地方。我前天才查到，其实他从1979年就当上北大副校长了，一个副校长给两个可能和北大根本无缘的高中生留名，换了别人，恐怕还真做不来哩。值得一提的是，元宏那年考入了北大中文系，我哩，阴差阳错，30年后，也勉强变成了个在籍的"北大老学子"。

老而不糊涂,就是季羡林的"亮点"。人越老,不能说越糊涂,但至少,是有些与时代的大拍子不相合的,但他却能。他的记忆区域,正如有人在报上说的,是跨越若干个时代的。他生于民国元年,所以新中国成立的时候,他就已经38岁了,所以你不能仅用现代人的思维模式去解读他,不,是他能用他"活过来人"的方式,来凌空解读我们。

老人是"活宝",就是指记忆,见过宣统的人和没见过宣统的人,看历史,肯定是不一样的,因此,"老朽之人",仿佛古树一样,只要比你我活得漫长,自然就不差判断良莠的参照,所以,年近百岁的他怎么的,都比你我聪明。但也有一个前提,就是要好学,要喜欢求知。这方面恐怕无人和他相比吧,至少,人家学习的时间长嘛。

在"国家智者"离世之后,我们失去的,可能并不仅仅是一个总怀着善意的智慧老人,我们更缺少了一对从1911年起就睁开的跨时代眨着的眼睛,那双眼,什么都看过,什么都带着疑问观察过,什么都带着焦虑思考过,所以季先生真如有人说的那样"带走了一个时代",他那副"时代目光"一黯淡,我们的"国人有效视线"就从此近移了几年。

老人离去后,一些儿孙们的"大戏"也就开演了——谁不愿说自己是太阳周边的唯一的一颗星星啊?于是,那些"关门弟子"们的头,就叮咚地磕起来了,不过明眼人一数那些个人头,就知道了,原来季老的弟子那么多,他那门何时曾经关过?师门如佛门,香火当然越旺越好,但我却只记得30年前北大图书馆前那个明知自己是北大副校长、写了名字两个高中生也不知道,却还是毫不犹豫地一笔一画地写了的、穿蓝干部服的——长者,那年他已经"古稀",我记得,却是一头黑发。

人之死,如果子之落成,熟透了,就"扑通"掉到地上,然后再腐烂,再把籽散落到泥土里面,再生根,再发芽。人和人之别,就在于人家的那声"扑通",比你我的动静要大,而这,就是平凡人和不平凡人之别吧。

季先生!我们两个高中生终于在30年过后看清了您的名字,那是再明白不过的三个大字:季——羡——林。

从长白山到哈尔滨——消夏之旅备忘1

昨夜才回到北京，今早就赶紧写这个"备忘"，由此可以推断，上周那个旅行我还是不情愿遗忘的，哪怕只是一周。有的回忆，你压根儿就不想记录下来，哪怕是经历了很久、很久，而有的，哪怕是一瞬间的，你也死活不想忘掉。我记录的是惊奇、惊诧的那种感觉，你惊奇和惊诧的是高质的旅游体验，无法使你惊诧的，即使是那么好的风景，也不是高品质的记忆，关键在于感受时的状态！本人的上半辈子，可能经历的没有查尔斯和希拉里之类的多，凡是百姓都如此，都平淡地过着日子，但若论外出惊诧后又记录下来的生活，我肯定超过他们！他们不是没有富饶的经历，那些王子外长们天天绕着地球排放二氧化碳，经历咋能说不丰富呢？缺乏"惊诧"也！欠缺"惊奇"也！不会"感知"也！没有"落差"也！老是站在原来的位置或者瀑布发生的上游，是看不到瀑布的落差和下落的壮美的，人的生活也是如此，你的旅行的惊奇和审美滋味的富庶，可能不在于你是否天天国际导游似的狂奔，而在于你的那双眼睛，于我，就是已经100度了的老花眼，外加连续半年在北京被憋着的、终于要"出逃"的那种后坐力——我最多半年才能出门一次，我当然要比外长出门时显得更加地兴奋和认真，我认真地观察和用心记录下路途上的一切的细节，那些，要供我后半年慢慢地回味和反刍哩，而对于天天在飞机上飞的专干外出推销的我的老同学来说呢，他们在飞机上梦想的，是何时才能马上回家和安全落地,因此,到达目的地后的他们的那副老花眼,肯定比出门的时候还花!

　　你酸葡萄是不是?嗯呢!(肯定是用)似(是)!咋啦?(用说东北方言味的口气说)

让"死魂灵"复活的阳光下的哈尔滨——消夏之旅备忘2

喜欢一个城市就好比喜欢一个人,讨厌一个城市也如同讨厌一个人。有的城市,别管你去过多少次,都兴奋不起来;有的呢,像哈尔滨样的,我一下火车站,一抬眼看那个城市的大蒜头房顶的建筑,就开始喜欢上了。

哈尔滨是个轻柔的城市,哈尔滨是一羽天鹅绒,是洁净而女性的,是唯美的,是性感的,是艺术的,是情趣的,是生活着的。我惊诧于自己都快50岁了,才发现就在一夜火车的工夫,就在身边不太遥远的地方,在不用护照就能到的领地,有一个那么符合自己情趣的所在:满街童话样的欧式的阁楼,而且住进去不贵,那里有面包,有夜晚不眠的花花绿绿色泽鲜艳的乐乐呵呵的随心所欲的市民;那里冬天有白色的大雪,有天然的如镜子般大的冰场;那里夏天有欧式阁楼上在冰爽的晚风中吹着萨克斯管儿和拉小提琴的少年,有双双对对夜夜不停跳舞的中老年舞男和舞女;有慢悠悠不着急说着话的性情中和的人们;还有千种万种的美食,有会做那些吃的勤快的像我老家山东烟台的人……还有在街上散步的、真像是坛坛罐罐的、毛主席说千万不要怕打碎的、打碎后还会再有更多更多的——俄罗斯大妈……

哈尔滨甭管是夜幕下的,还是太阳下的,都把我带回到了曾经侨居过将近10年的蒙特利尔的那一条条天主教的古欧洲风格的老街,换上的,只是东正教的蒜头形房顶，我注意到，即使是这些年新盖的公寓楼上也在每楼顶摆放上一两个那种房顶——花了那么多的钱，可见，那里的人的骨髓中，还仍然有着俄罗斯东正教的情结，这种情结，在中央大街铺街的石头块上有，踩上去，软绵绵的；那种情结，在古街道幽灵般的灯光下翩翩起舞的中老年们优雅的步态间有，是隐藏在每一个小碎步里的；那种情结，在街区中仿佛"到家了"的俄罗斯人的漫不经心的游荡里有，是表现在不惊奇不见外上面的——他们在几十年前，曾经是这个城市的主人，而这个城市也因为他们那种虽然是强制性的植入文化，而获得一种中国稀有的东西混血式的蓝色的血液，那血液浓浓的、黏黏的、稠稠的，而那，莫非也是本人内在的文化血液？在一个天主教的城市中起居过10年之久的我，到了哈尔滨的感受，除了"回归"还是"回归"，回归到一种异样的情态，复原了一片久远了的基因，找回了一块久违了的生活状态的"失地"，伸手在空气中捞回了一把已经在自身不再活泼的魂灵。果戈理有著作《死魂灵》，哈尔滨也有条"果戈理大道"。人的内心积淀着的文化感觉的"魂灵"，不会真死的，表面上死了，哪股风来了，它又会复活，托尔斯泰写的《复活》，仍在不停地复活着，我哩，身在红色高堂大庙的中国都城，但肉身的一块，却曾被乳酪化过、被西方文化蓝色化过，那是10个365天种上去的文化基因的牛痘，牛痘的疤痕虽然不大，但想取下，除非把整条胳膊卸下，由此，我在哈尔滨的几天从早到晚在中央大街古欧式建筑群中晃荡，肌体内蒙特利尔——那个同样是地球最北方的冰城的侨居生活感觉重新复原、复活、复制、复习……这种感觉我只能意会和少许地言传，正所谓老子自己感受的心态冷暖，有谁人知哩？

我看到了也诀别了
天池——消夏之旅备忘3

我们那天坐着转了据说是72道弯子的、被四个轮子驱动的吉普轿车到达长白山顶之后,朝下一看,就看到了那个天池。

那是一池子蔚蓝色的水,水的那边,就是朝鲜民主主义人民共和国的——哨兵。

到长白山能不能看得见天池,是不好说的,据说有人上了三次山,一次都没看到;而有人只上了一次山,就看到了。我们去的前一天的上午10点钟之前,是能看得到的,可10点以后看不见;我们离开的第二天,下了大雨,就肯定看不到了;第三天还下雨,还看不到。也就是说,我们看到天池的那天,是在一周间唯一能看得到的一天,否则,就是你转了72道急转的弯子之后,好容易到了山顶,朝下一看,是一团云雾,你再不留神,你再不甘心,你再朝前冲去的话,你就要落入孙猴子踩踏的云彩里了,然后,你就会误入朝鲜民主主义人民共和国的领地,然后被那原本没什么事干的哨兵——人可能马不停蹄地奔向一个目标,都到眼前了,就是达不到那个目标,看到的只是一团迷雾——挺"天池"的吧,天池就在眼前却看不到,你得下次再来,从北京来,从南方来,你——还来吗?你第二次还来,你还看不到,那么,你——还来第三次吗?你第三次又来了,你又看不到,那么你——君——还——再——来——吗?

你可以对着那云雾中的池子大喊:我——是——大——人——物! ……

但那山却说:"我不听你的!我——不——受——你们——人管!"

看到天池的第二天,对着旅馆外如注的豪雨,我的心情相当复杂,第一我为前日去就看到了完整的天池而暗喜,同时,我的不满也是十分强烈的,因为我可能再也没有来这座让人喜爱的、满目森林、溪流的大山的必要了,我看过天池了,我没必要像别的人物们那样来第二、第三、第四次了,由此可能,我就此与此山永诀。

几种常说的东北话——消夏之旅备忘 4

我父亲的老家是辽宁兴城,所以东北话,算是我的半个"母语",但东北话的全貌,我这次一直走到最北的大都市"哈市",才掌握了"大致的全部";"大致",是说有些个打死我也不知道的意思,比如"匪语"。我们团的导游是吉林市人,他说一旦到了镜泊湖,他那两下子就不好使唤了,他说那一带就是《智取威虎山》故事的发生地,直到目前,还是有些匪的,于是我们到黑龙江境内、到镜泊湖之后,我悄悄地问卖俄罗斯商品的黑龙江妇女:"你们这儿还有匪吗?"她先一愣,然后急了,说:"兄弟,你听谁瞎说的?!指给俺,俺整死他!"

原本对我来说,去看看"匪"是怎么回事,是这次旅行的不便告人的潜在目的之一。其实"匪"挺酷、挺摩登的,也极其有"现代性",哪天普天下一个"匪"都没了,那"天道",又由谁来替行呢?

贾平凹他怀念狼,我呢——我怀念匪。

"整"是东北话中的最通用、最常用的动词,相当于普通话里的"做"和"干",以及英文中的"to do",但又不能任意置换,比如你能说"整死你",但你不能说"do/ 做 / 干——死你"吧。和东北人聊天,几乎每说一两句,都有一两个"整":这么整、那么整、整——还是不整?呀,没整好!那么——下次再好好整吧。比如大领导上了长白山,天池不出来接客,当地人会说:"对不起首长,这次没整好,下次再整吧!"那下一次"整"天池，可就是退休下野后的事了。

所以什么事，都是趁早"整好"为好。人都退休了，没权没势了，那天池小娘子，不就更"唤"不出来、更不好整了吗？

"我的妈呀！"和"咔、嘎、嘎嘎"等，都是最常用的，表示惊奇。你从长春到哈尔滨，只要有稀奇的事，大人小孩儿、男人女人们就都成串成串地说，而且那个"的"，被拉得贼长。"咔""嘎"啊，都是象声词，可以用在任何的你不想细说但又特想强调的地方，比如"那人坏得咔咔、嘎嘎的""坐动车到北京特快，咔——地就到了"。

还有那个副词"老"。电视上小沈阳爱说"老好了"，"老"是"特别""极其"的代用词，你可以把这个"老"，放到所有你想夸张、强调一下的形容词前面，比如："你老漂亮了！""你老丑了！""你老香了！"我不知道说人"老"时，能不能说"你老——老了"，那不，就变成北京话的"你姥姥"了吗？

小戴的来信（7月29日）：

小齐：

很高兴又和你相聚并有美好的交流。多谢你们的款待！

我在回家的路上读了你的《与母老虎的对话》的第一部分，写得很好。是一部典型的后现代诗篇作。我在纽约时曾参加过一个写作团体的活动，在聚会时大家会诵读或传阅自己的作品。那里的年轻的后现代诗人非常喜欢写你这样的文体的作品（当然是英文的），而且洋溢在你的作品中的自然主义的理念也是美国作者们所热衷表达的一个重点话题，只是我觉得那些年轻诗人们的作品的结构远不如你的工整，而且逻辑的流程也不如你的明确，行文也不如你的流畅（虽然听起来我这好像是在拿苹果与橘子进行比较，但是我自信有这种比较的能力，因为毕竟两种语言的作品我都欣赏过）。我相信把你的作品译成英文在西方肯定有市场（只是除了《人与空间的对话》一文之外，其他的文章涉及一些只有大陆同胞才能理解的中国文化，所以可能较难译成其他文字），不过我不知在今天的中国国内，有多少读者能够接受这种西方人所热衷的后现代的文体呢？在阅读你的《人与空间的对话》一文时联想到了我自己也是不久前刚学到的关于空间的一些基本知识。今天的物理学家告诉我们：空间不但不是"什么都没有的空空如也"的虚无，而且是一种在不断增长的东西。

最初我以为空间的增长是因为大爆炸以后各个星体各自向外扩散，因此彼此之间留下了越来越大的距离使得空间在不断增大。后来在网上向一些天体物理的专家们请教后才知道，目前空间的增长并不是由于星体的相对离去而造成的，而是空间自身就在增长，而这种增长本身恰是造成星体间距离不断增大的一个主要原因……我们都知道爱因斯坦告诉我们光速在真空中是不变的，而且任何物体的相对速度不可能超光速……但是，那只是相对于不存在自身增长的空间而说的。由于空间自身的增长，虽然任何两个质量之间相互接近的速度不可能超过光速（因而信息不可能以超光速来传播——非量子力学意义的传播），但是两个星体之间的相互离去的速度却可能因为空间自身的增长而超过光速……所以，今天的物理学家们对你的《人与空间的对话》已经又做了新的补充：空间是一种实实在在的东西，这种东西自己还一直在不停地增长着，只是至今为止，就是前端物理学家们也说不清楚为什么空间自己还会不断地长大……对于哲学家来说，时空是一个基本的话题，所以你的作品的开头就很有哲学特色……祝好！愿我们彼此能有很好的哲学交流与合作！

我的回信（节选）：

小戴，收到了，你把这些信备份好，也应该是著作的一部分。物理上的事我是外行，那个霍金的《时间简史》讨论的就是这类问题。你以后写东西在介绍的同时不要客气，尽量大胆地创新，就像我说的，连老子、孔子之类的都别在乎，因为中国不乏好学生，缺的是大胆从头创新者。任何一个生命在创作方面的权利都是平等的，因为生命的一次是等值的，孔子一次，你我也一次也！

说到庄子，我的那个"对话"就颇具"齐物"的味道，你把所有天下事都看得不分高低优劣和等级了，都"同质"了之后，就连"后现代"和"现代"的界限也都无所谓了。做到这不容易，需要"真性情"，要藐视一切人类自创的、后天的"符号"性的东西，也包含那些概念。可能"后现代"再如何超前，也超不过庄子，因为庄子不承认"后""前"之间的界限，一视同仁，用不着故意颓废和假装反叛。"后"是依附和承认了"前"的，所以是有预设前提的，所以也并不自由，只做与"前"相反的事而已，真正的"新潮"，是随机、随事而变，是不拘一格，是随性情和每个事物的情理而应对，那样才能随时变，随事变，但又是不变，和"事理"总贴切也！

东北人懒吗？——消夏之旅备忘5

我的这几篇东北游札记，就要接近尾声了，再写下去，就有些懒了，何况，别的故事——生活里突然发生的，会搅乱你的追忆。就比如一会儿——再过30分钟，我就要知道女儿中考的结果了，所以脑子再留在上星期的东北，就是一种懒惰和不思变化了。

但现在还可以写。

东北人其实并不是真懒，他们那叫作休闲。那么广阔的土地，那么广袤的森林，那么清澈的河水，谁到那里，谁都不会再营营地谋生。我对富有的定义是只要有好山及好水，那么，你就没必要为干活而拼命。我们原来侨居的蒙特利尔的 Verdun 地区——按发音我把它戏称为"完蛋地区"，就是东北长白山那么地地大而物博，那里大多数都是法国人的后裔，那里的人，可比我在长白山看到的东北人要懒多喽！他们的绝大部分，尤其是那些个男的，一生只做一件事，就是站在阳台上拎着小啤酒瓶子喝酒和晒太阳，那么，全区每天驱车上班的，似乎就剩我一个人了。我每天上班前，还主动地朝那些阳台上站了一排的"毕生小酒瓶族"们挥手道别，而且呢，我还把工资的48%给上了税，给他们当啤酒钱了。

东北的地之大、物之博——这次我看到的，远超出我在别省份背包游历时所看到过的，这使我反思自己当年为什么拖家带口、寒寒酸酸、抽抽泣泣到加拿大的那个地球上最北的地方去，替法国人那么懒惰的后代们去奋斗那小啤酒瓶子钱,早知道,我到长白山和哈尔滨去"留学"不就行啦?!

女儿考上了北京四中

昨天，女儿考上了由郭沫若题字的北京四中，从此，我们的生活就进入了一个史无前例的四中家长时代。

昨天是发榜的日子，上午9点，那个可以在网上查录取结果（东城的）的时刻终于到来啦！但我还未来得及打开那个网，手边的电话响了，一个清脆悦耳的女老师的声音，说："您是齐天儿同学的家长吗？我是北京四中的老师，非常高兴地通知您，齐同学已经被四中录取……"我赶紧把电话传给了女儿。

其实，女儿考上示范高中是非常正常的事，但意外的是考上四中之类的"最牛"名校。不仅女儿欢喜，我和她妈也是比较欢喜的。一般人都知道的四中出产的名人之中有台湾的李敖，还有大陆当红的名嘴于丹。我可以十分"确定"地如果有机会当面对李敖大师说话："你是我女儿的老学长！"

四中离我上的十三中学不远，所以去过两三次，记得有一次是去开批斗会。30多年过去了，那几个被我们批斗的人应该都已平反，他们对自己的后代回忆过往辉煌时，会不会还以名校为荣？

小霞大声骂街了

我家的小时工——平日是我，不过这些年周末的小时工，是小霞。小霞是安徽人，平日在真武庙那儿卖菜，由于她不识字，所以她只会卖黄瓜，好像是因为黄瓜卖起来最不用文化，只要会数出几根就行了，不像卖西瓜，需要能听出或生或熟的复杂技能。

这几年周末只要我们外出，不用小霞来打扫，一般都是由我步行去通知小霞，而小霞卖菜的那个热闹非凡的早市——就数她的嗓门高，她一见我，就知道今天不用去我家打扫了，每回还要死活往我怀里塞几条黄瓜。我一般都不要，除非实在推托不了的时候。

今天我老远，就听到小霞和别人吵架的声音，我挤进去看到小霞面红耳赤、义愤填膺，大声吵着什么，见我来了，小霞知道我的来意，但还是忍不住大声地争辩，看来那气是不打一处来的。我问小霞，谁欺负你了？她说大哥，刚才有个坏老太太想买黄瓜，我告诉她怎么卖，她听了可能嫌贵，就骂我。"她骂你什么了？"我做出一副要替她抱不平的架势。"她骂我是一个卖破菜的！"

她骂小霞——是个"卖破菜"的？！！！

这显然是歧视性的，就跟有人骂我是个"穷教书"的似的；

就跟沈阳人以前骂警察是"马路橛子"似的；

就跟骂单位发工资的出纳是"手最脏的人"似的（我发明的说法）。

总之，小霞是受气受侮辱了。我听了大声帮小霞骂："谁这么缺德？说人家是卖破菜的，那么你是不是吃破菜的呢？"

但没人应我，可能那个最先骂人的人，已经被小霞和我骂跑了。

这时小霞才想起来给我塞几条黄瓜的事。

我连忙说不不不，就走出了繁忙却不繁华的、有几分脏乱的但富于生气和乡土气的菜场。

路上，我大脑闲着没用，就想，第一，小霞每天卖不出去的黄瓜，她家怎么吃呢？你要是多卖几样其他的茄子、西瓜什么的，剩了还能做一顿饭，但只做黄瓜筵席，甭管怎么厨艺高超，总有还没下嘴，就先放凉了的——黄瓜。看来文化，是非常重要的。

我想到的第二，是那个看不起卖黄瓜的小霞的妇人，可能不知道小霞的真实底细，要知道，她肯定不那么骂。什么底细？也就在上个月，小霞还刚刚给在一个据说是极好的棒球体校上学的儿子，缴纳了 2 万的学费，她儿子——在那高昂学费直追贵族学校学习的男孩儿、小霞夫妇的未来，前两个星期，还到上海去集训。

小霞每日起早贪黑卖"破菜"的钱，大多是给儿子打棒球用了。从这方面说，小霞比我们还新潮，还赶时髦，还风流，还用心良苦，我们家的女儿幸亏考上北京四中，不是"择校"、须交 3 万元的那种，她离我们交 3 万元择校费，只差一道小题，考试时手一颤，那钱就得我到学校去打小时工——教书，去死命挣个一年半载了。

小霞每天都有黄瓜可卖，因为总有哪个想吃黄瓜的人；可俺哩，上哪儿去抓那么多人次的学生，每天听我连年背诵的那同一门课——"同一首歌"呢？

今天下午，我被热情的女青年拦腰截住了

下午，我正在建外SOHO地带游荡，冷不丁地，一个春风洋溢的女青年站在了这个那地区并不多见的——我的面前，我当她是要问路，对问路的，我一贯尽老北京人的职责，因为现在的北京几乎全是游动人口，都是打游击的，知道天安门在哪儿的都没剩几个了。那个春风洋溢的女青年似乎见我与众不同，没像别人那样见了她就跑，就张口向我抛出了她的疑难问题，她问："请问，在北京这个地区，人们心目中安利的形象怎么样？"

啊，原来是搞传销的！

"不太好，不太好！"我脱口连说了两句，就直奔地铁站，跑了。

我钻到了地下。

看到这儿，安利的朋友们，可就千万别接着看了。

无巧不成书，我前天在龙潭湖公园游荡的时候，见有一帮青年正在玩着游戏，连喊带叫的，就近前看个究竟。年轻人左一行、右一行，中间是空的，两头有两条绳子，他们一个接一个地光脚、闭眼从绳子的这头走向另外一头，一个走完了，大家就喊："你成功！你完美！你贼棒！耶！"

看了一会儿，我明白了，那些人只有闭着眼在两条绳的范围中走，才能得到"耶"的鼓掌，就是说一定要走直道，走歪了，就得站出来，向大家承认错误，解释为什么走歪了。歪了就歪了吧！可领队的两个教

练可不那么看，他们批评得非常狠，说："你知道你为什么走歪了吗？是你缺乏信念和信心！你中途犹豫了，你半路逃避了，你意志不坚强了，你对你追求的伟大目标——没有坚定的信仰！！！你——这样犹犹豫豫的，能——做——好——传销吗？"

啊，原来他们是一个传销的团队！

游戏做完了，领队的那个"女老师"，就说到下一步该干吗了，她说："接下来，你们每个人要在心中默想几个客户的名字，然后用最大的声音给喊出来，让旁人给记录下来……从下周一起，你们就朝那些目标——玩命冲锋！"

"可别喊老子的名字。"我暗中祈祷着。

接着，那个颇具雄风的女教头就大声宣布："在今天的全部活动没结束之前，一个都不许去厕所！有个名人说过一个名言：'连屎尿都憋不住的人，是做不成大事的！'他说的对不对？？！"

"对！！！"大家狂吼着。

"这不是我以前说过的吗？"我心里想着，就赶紧逃跑了，那附近没有地铁，所以我钻不下去。

我猜疑，下午建外SOHO将我热情拦住的女孩儿，就是"传销龙潭湖支队"的骨干之一，反正眼睛老花了，我看谁都已经是一个模子。

"你成功！你完美！你贼棒！耶！"

> "这年月,就连王家的老二,都考上博士啦!"

昨天到学院去录音,录的是测试外国人汉语水平的考题(HSK),其中有一段听力,是男女对话,女的说:"你看别人多么用功,就连王家的老二都考上博士啦!"

女的赵老师把上句说完后,该男的——也就是我说了,我按原文高声念道:"考上博士有什么了不起!"按要求,我还用了十分不屑的口气。接着是提问题,问题是:"刚才他们说的两句话,是什么意思?"

录音结束后,我说不用问了,这分明是在挤对我这个中老年"中举"——考上博士的老齐。

中西思维的区别,还是挺大的,中国人喜欢达成一致,但西方人呢,喜欢二元对立。昨天看CCTV 9那个"杨瑞"(音译)和欧元之父蒙代尔(美国哥伦比亚大学教授)对话,说的是智库——think-tank的事。我直到现在,都不明白"智囊""智库"和"坦克"——tank之间有什么必然的、有机的联系。是由于美国的高智商的诸葛亮们都藏在坦克里办公吗?中国的智囊比如诸葛亮,出谋划策时,也是坐战车的,不过那是一种古代坐骑。

在谈到"世界货币"——world currency那个话题时,"杨瑞"的东方思维特征就显露出来了,他问:"蒙代尔先生,您说,难道那些世界最著名的智库们——美国的、英国的、日本的,在这个问题上,就不能达成一种 consensus———一种共识吗？"他的问题我听了也挺正常的，这与"杨瑞"有时思维的不正常是两回事，但没想到老蒙代尔先生一听这话，立马就急了，他说："No、no、no、no、no、no，谁说所有的 think-tank 们都要在一个问题上达成'共识'啦？它们绝对不能达成共识，它们必须拿出决定独立的、与别的智库截然不同的意见。为此，一，它们要有高水平，二，它们要绝对独立，要不受任何政、经势力的控制和制约，它们还要彼此竞争，只有那样，才能被称作一流的、可信的'思考坦克'！"

老蒙先生说刚才那一长串的"大话"时，镜头没有对着"杨瑞"，但我听到了他自我解嘲的笑声，我猜，他说完"达成共识"后，一听老先生的反驳，就意识到自己刚才的问题又是非常的"东方化"了。

西方的"智库"到底中立不中立、独立不独立我们尚且不论，但老蒙先生的思路和"杨瑞"的思路的明显不同，却是绝对真实的，东方人讲"和"和"合"，西方人讲"分"和"纷"；只要"和"和"合"了，我们就踏实，我们就痴醉于其中，我们就审美于其中了，而西方呢？他们可还是在用一对儿藏在"坦克"（tank）中的怀疑、狐疑、质疑、机警、左右独立的眼，在"思考"（think）着、观望着、分析着——我们呢。

北京有个地方,名字叫"良乡"(玩笑段落)

良乡,你不是特别清楚吧,就连我,也是在上周末和十三中的老师和同学们一起到百花山重游时,听他们反复唠叨,才知道"良乡"的确切方位——在房山那边。

并不仅仅是因为我只是放眼世界,对身边的事情孤陋寡闻,而是因为北京实在是太大了。我早就有一个雄心,就是在60岁之前,大概还有十几年吧,不仅要把世界游遍,更要在腿脚还不彻底老朽之前去一趟通州。那个宏愿还没实现,良乡又出来了。

上个月跟一个北京团去长白山,我们是在吉林市下火车之后,才知道彼此"团友"的身份的。有四个女同志,是祖孙三代的一家子,为了套近乎,我问她们家住在北京的哪儿,她们四人像小合唱似的一起说:"良——乡!"见我没反应,就问我家住北京哪儿,我信心百倍地说:"复兴门!"她们也没反应。于是我,就想说"中南海"了,要是她们听到"中南海"之后还没反应的话,那就对了,她们就是良乡的。后来路上熟了,我才知道,那两个外孙女,有一个姓"武"——"武术"那个"武",第二个也姓"武",不过,是"武器"的那个"武"。玩笑、玩笑!

其实,对我不知道"良乡"在哪儿,你们知道的别嘲笑,你们不知道的,就更别嘲笑了。我就遇见过许多北京的出租车司机不知道天安门在哪儿,尤其是那些刚拿到车本的,从前开卡车没进过城的,就比如说从复兴门那儿来的吧。所以,我上出租车,为了怕碰上不认路的,我总是用"您知道天安门在哪儿吗"的问题试探试探,有一次一个司机用极为浓重的复兴门口音说:"先生,这,是北京地图,你指哪儿,咱就去哪儿吧!"

不过,从老同学们的嘲讽中,似乎我不知道"良乡"在哪儿,显得挺"天安门"的。他们好像全都知道似的。我家住在三里河——西边的这个,我又足不出户,所以对北京周边的情况的确生疏,比如最近十分火爆的"燕郊"什么的。有一个同事在"燕郊"买了房,叫我去,我至今没去,我想,怎么着,我也得先把通州、良乡去了,然后再去燕郊。

我家的这一带,三里河,在我们小的时候,就是北京的"燕郊",而现如今,连天津,都好像非常的"燕郊"了。

燕郊——好,良乡——更好!

张金俊老师"百花山"游后来信:

武斌、温珂、秀耘、月梅、王硕、武斌之爱子、国均、缪飞、一民:

你们好!

这两日你们往日学友的聚会,使老师萌生愉悦之情。尤其是见到大家抛掉了平时"做人"的那种俗气的装腔作势的面具,以伶俐的"手段"相互在嬉笑、反唇相讥的"攻击"中,以机敏、智慧,制"敌人"于死穴!获得心底上的一种真情的彻底快乐。

老师见了,一方面,脱去了我多年沉重的教师外衣,另一方面,也无厘头地同你们一起"下海",或多或少地参加了这场饭桌上的"战争"。当然,我的手段略显卑劣一些:"落井投石"!当众人快乐地轰击齐天大时,我也从侧面给他一脚!

当然,温先生实为一员猛将。"火力"之威猛,机敏与智慧相结合之后的神速"出击"，往往，几乎快要把"弹簧舌"打个人仰马翻，巾帼也！

而"弹簧舌"，却使出了八面缠绵的"太极"架势。一方面抵挡温的火力，另一方面又要防范"小弹簧腿"的凶狠偷袭。当然，能"审时度势"的聪明人也有：飞先生、国先生，往往也会出其不意地给大圣后脑勺一块"板砖"！

自然，也有站在城头上观战的秀耘女士，以一种恬静的、不动一丝声色的心态下视这种城外的混战。其内心之城府绝不是众人所能及的。

当然，也有更惊人的：武女士似乎驾驭云头之上，畅游于天外，不过问天下凡人之事，一味地修行。

这场战争的结局，是一杯残酒仍未下肚！……

胜败如何论"英雄"？不置可否……

正言：三十年春光，弹指已逝。你们这群可爱的孩子，已从稚嫩的天真、无邪，善于美丽的幻想中脱壳，蜕变成为了现在的你们：富有敏锐思维的能力，富有深邃思想的沉淀，富有思辨事物的能力，富有一种超群的，历经生活种种重压、磨炼之后而生的，一种顽强的意志力！于是你们战胜了自我心灵中的许多阴霾，获得了人生中的成功，获得了自我心灵中的慰藉，获得了欢乐！

这都是因为你们在数十年岁月的轮回中，付出了艰辛，付出了劳作，付出了血性，付出了青春，付出了情和爱的必然结果。

我，作为与你们阴错阳差地相遇的一名语文教师，见证了你们的大部分成长过程。在思想、文化、知识上的交汇中，我给你们的太少，相反，我多少年来从你们纯美的陶然世界里，获得了太多太多的真、善、美！充裕了我干瘪的精神世界，该谢谢你们了！

我们师生关系，在悟性相汇中，形成了一道美丽的风景线，演奏着一曲精美的华彩乐章……

我祝愿它永恒！

此次"山野行"，是一次我们对大自然的召唤，一切都是质朴、粗犷、雄伟的，很少被世俗染污。自然不自然地洗涤了一次我们的灵魂。让我们远离浮躁、低劣的世俗！

当然也有不足，烟波浩渺的湖面只窥一叶，登峰造极未有光顾。两位"英雄"夸尽海口，却只落得山根徘徊。黎大师、武状元、月女士却情有独钟地满目赏识了花草的潜在姿丽，更有"卡通"式美丽小女孩，陶然在大自然的怀抱之中。武状元身边的保护者，犹如玉皇大帝身边的二郎神，前簇后拥地护驾。

温大侠由于桌面战争，气数已尽，缪飞先生由于身体有恙，都无心登山，只好沦为玉米交易商。

但无论如何，我是爱你们的。我，因你们的存在，使我身心再造！

但愿将来再能重聚，搅他个天翻地覆！

那是人间最快意之事！

祝愿你们永远地执着向前！

老师 张金俊
2009 年 8 月 17 日

老同学的留言：

谢谢齐大侠将张老师的评语予以转载。偷眼一望我们的班主任好像还和给我们上课时一样年轻……在这里借贵书一角，请转达我最良好的祝愿，衷心地祝愿我们的老师永远健康、快乐。

一名很欣赏你的同学

转载"百花山"归来别的同学给张老师的邮件：

张老师：

您好！

百花山回来事情太多，都是些日常琐事，但又必须亲力亲为，也没及时回复您，很抱歉！看了您的文章，很生动又风趣，一如您当年授课时的风格，实为老当益壮！我那两天身体有点不适，又缺睡眠，但玩得很高兴，像是又回到了童言无忌的懵懂莽撞的青少年时代。不过有齐一民这样的同学也是大家的乐趣，他言语常常犀利，有"贱招"和"拱火"之嫌。有时和他交火，令人有愈战愈勇的欲望和豪气。我平时说话很收敛的，这时就要接招，只觉得弹无虚发，枪枪中的，过了把狙击手的瘾！有点像进了"德云社"，博大家一乐，也是百花山之行的意外收获吧！初秋仍有暑热，多保重！！

学生

到北京四中开家长会的心得

我这辈子，做了许多非常"极限"的事情，在北大，我就是最老的学生，同时，到北京四中给女儿开家长会，我的身份既是爸爸，又是学生，所以，别人都穿得一本正经的——最起码衬衫都是带领子的，我呢，就偏不带领子。学生应该不受拘束。

能做一个正经八百的学生，去给四中的另一个学生开家长会，是不太平凡的，就连前两天四中开高一新生迎新会时四中的老师都这么说，他说："要不那么那么那么那么——努力过，你们——指我们家长——也不会坐在这儿！"但我和老伴，还真的就坐在这儿啦！

用我十三中班主任尚老师的话说——她女儿也是四中毕业的，北京四中是中国中学的最好学府之一。这，我连开了两天的家长会后，还真的体会到了。四中的宗旨是"培养杰出的中国人"，而不是我原来想象的，也是别的地方常看到的"培养更多的北大、清华学生"。我上个月，在哈尔滨的第三中学的楼前飘着的红绸子上，就看到过一长串硕大的白字，说："2009年，我校有多少多少人——考上北大、清华了！"但四中不那么着，四中就是培养"四中人"，就是"杰出的中国人"，其中最最杰出的，是台湾的李敖，其次还杰出的，是北师大的于丹老师。不过，假如每个"四中人"——也包括我女儿，女生，都是于丹那样的，男生，都是李敖那样的，他们的爸爸中国，也许，还是要忧虑的。

我认为四中对我们父母诱惑力最大的，是从四中毕业后，我女儿按照严格的培养计划，应该能做四菜一汤啦！这无疑是一项伟大的教育成果。我以前从没梦想，在我老得再也不能做四菜一汤时，我女儿能为我做；我能想象的是她七老八十，按现在的普遍水平，给我端上的，肯定也将是肯德基的鸡和麦当劳的薯条，哦，外加吉野家。但自从听了四中女书记的报告后，我对能在100岁时吃到70岁女儿亲手做的菜和汤，已经非常有信心啦！

我以为，四中教育的实质，是以高中教育本身为核心，而不是只当高校的梯队，即还原高中教育本身的内容，我还猜想，这只是百年老校才有的自信和风格，因为在她前70年的教育史上，高中并不是大学的梯子，高中基本上就是"最高等教育"了，所以高中就是育人的最后、最终点的阶段，因此，他们——那些毕业生们，就一定要会做——四菜一汤！

能不做下一个环节的梯子，能以本阶段为出发点、为终点做事，不单纯是一个教育理念，也是一种普遍思维的理念。那就好比让恋爱就是为了恋爱，而不是做结婚生育的"梯子"；那就好比让你的上司就做好当这个上司的分内的事，而不是把他那个职位，当作下一个更高职位的"梯子"。假如你碰上那样一个领导的话，你就惨大了，因为他的目标并不是管好你，或管好你们该做的事，他的目标是把你当梯子，朝更高、更险处，用更快的速度——爬，就跟我们上周末爬百花山似的，虽然我们花了一个小时只爬了20多米。还注意，在那种领导人的领导下，你——群众，就不是你了，你就是他——那领导的道具和梯子的台阶，所以领导会玩命踩你、蹬你、踹你。

我上大学的时候，最后一年，就碰到过那么一个辅导员，他的目标，并不是管理好我们那届毕业生，他的目标是只管教我们一年，就把我们的"刻苦努力"作为他的成果，向上一个台阶、向校级干部的目标冲锋，于是，我们那些个被他管制的学生临毕业前那一年的日子，可就成悲惨世界啦！具体的，就是我们那几个班的学生，每天，都在全校学生还做着美梦的5点来钟，就在操场上连跑带高喊口号了，全校的人除了我们都纳闷——他们都一起、都这么早，就患神经病了，不就成了报晓的鸡了吗？

北京四中的教育，就是还原式的教育，就是把自己身份等同于北大、清华、哈佛的，不以下一个目标为目标的教育，通俗言之，就是"四菜一汤"的教育，当然，关于煮鸡蛋算不算一菜，答案是否定的。这个问题，是她——女儿昨天提问我的。

祝贺张金俊老师开博

　　本来没什么想写了，可我得到张老师开博的消息后，就又想写了。其实，我从前写下的400万个字码，正确地说，都是张老师在我们上高中时布置的作文的延续，所谓的"名师出高徒"，张老师是名师，我恰巧不是个高徒。张老师是北京市政协委员，按西方的说法，是个"政治家"，而我哩，都快50了，还在受着七旬老师的鼓舞，每写完一本书，都老实地交给老师，请他判作业。

　　就跟长跑时冠军的前面，都有一个领跑运动员似的，人的一辈子，最多活100年，就像是跑万米吧，但并不是每一个跑步的人的前面，都幸运地有一个领跑的，领跑人不见得绝对地能带你跑出一条直路，或者正路——人生真有直路、正路吗？我至今都不愿意承认，但有人带着跑，最重要的，是你十分省劲儿。而张老师呢，他，就是我们那个班50个学生的大半辈子的领跑人，是为我们定向的，是为我们找生活基调的，而那个调子，30年前定下来之后，想改，是十分难的。

　　前些天乘车去百花山，其实是30年前跟张老师出游的一次重复，只不过，上次是骑车去的，那时（1979年）我们17岁，我们一下子，就往返骑了近200公里的山路。我们虽然没有骑到百花山，但我们骑到了斋堂水库。是张老师，那时他整40岁吧，坐火车追上了我们，他怕我们出事，又是他一路，陪着我们骑回了北京。那时的夜，我们是睡在109

国道上的；我们穿过长长的军事隧道，我们用采集的萤火虫的"集锦"，作为照明的路灯。那时的学生们物质不丰富，况且又是瞒了家长，所以远行时，物质上就更不丰富了，具体地说，我们的自行车，有的有闸，有的没闸，但即使没闸，也不妨碍我们的自行车——后面还驮着另一个，从坡度极高的山顶上，用萤火虫的灯照着微亮，朝山下俯冲！

这次去山里，下半夜1点我们和老师在百花山下的小旅社坐着神聊时，漆黑的夜幕下，又划出了三三两两的"火柴"，那"火柴"拖着娇美的长尾，它们，就是30年前为我们照明的萤火虫的重重孙子。

什么是最好的教育？上星期在参加四中的家长会时，我反思着30年前在离四中不远的北京十三中所受的张老师的启蒙教育，我想到四中的教育，是精英的，是儒家的，是要出人头地的，而张老师和十三中对我们的熏陶呢？是道家的，是自然的，是古色古香的，是中国式的（十三中在贝勒府里）。是儒家的好，还是道家的好？让我自己选，我还是喜欢道家。道家的魂，在水边在深山，在朴实的民间，在过小日子的人情世故里面；在清新的空气飘着，在骑没闸的车从山顶朝下俯冲的勇敢中。在不戴眼镜！在火眼金睛中！我特别恐惧的，是四中学生，尤其是那些男孩子那一副副架在鼻梁上的厚重的镜框。90%的孩子都那么戴着！那种镜子，我15年前第一次去台北的时候看到，就令我万分地惊悚，但今天它们终于，架到了北京孩子的鼻梁上！戴着它们，我们的后代，还能凌晨两点骑车从崇山峻岭上，朝下玩命地俯冲吗？注意，那车，一定要是没闸的；注意，那骑车的男孩子的后车座上，一定，还驮着一个瘦弱的女生！再有，那队夜行大侠的车队后面，更要，有一个曾骑车14天从北京出发、游遍祖国江南数省的大城小城和山山水水的——压轴的学生保镖张金俊老师！

张老师的评语：

谢谢你对老师的关爱！

心灵飞鸿评语：

什么是最好的教育？是用人间真情演绎着的，人与自然融合着的，春风化雨般的，在爱与被爱、激励与被激励、引领与被引领中，师生相互铸魂的教育。而不是死气沉沉的，模式化的，脱离生活实际的，以粘贴复制、复读拷贝书本知识，答好每一科试卷得高分为终极目的，漠视人的发展的教育。

向张老师学习、致敬！

张老师的来信：

一民：

认真读了你的大部分博客，我内心顿觉开朗。原来，博客不都是用水瞎划拉出来的。你的博客，字字闪着潺潺的心智，字字凝润着深厚的情理，让有志向的读者，从中悟出具有哲学味道的人生：在现今的生活里，去探索、去思辨、去反躬自问，去追求真善、去寻觅质朴、去崇尚光明。

我开博客的意图，只为，在你的众人拥戴中，增加一个老兵卒，车前马后悉心照顾于你，使你超越众人的智慧，通过你，用心血写出来的象形汉字，能在如今混乱的阵前，拼杀出一条去虚伪而存真，去浮躁而存实，去软弱而存坚，去俗劣而存高尚的一条路来！以求宽慰我们民族，具有良知的灵魂。

战斗仍未有期，策马挺进！

老师　张金俊

8月22日

数日后接到心灵飞鸿的来信：

齐老师好！

我在未登录下随时拜读了张老师的文字，看到张老师几次到我博客并写下评论："您对齐天大作品的注脚，我曾一一过目。文字之坚深，画龙之点睛，不可多得。"还在你的日志《祝贺张老师开博》文中我的评论后写下："您对生活的认知，非一般人能比。"十分感谢！今晚遂加为好友，并给张老师留言表示感谢：

"感谢张老师来访！三年前，偶然读到齐老师文字，被感染、激发，于是便一吐为快地随意解读。在与齐老师的留言邮件交流中，他也多次提到您，虽未谋面，但您也是我心中崇拜的师长了。得知您开博的消息，我也多次在未登录情况下拜访您。看了您论美的文字，也被您优美文字中那丰富深邃的内涵震撼感染，深感这是智慧与睿思的结晶，也是来自您心灵的独创。你勤奋开采书写着心灵世界的珍宝，真是功德无量的事情。有幸分享，快乐之至。

"我虽是一个极其普通的中学教师，但钟情教育，本来写博想圆文学梦，但摊开来写又跟忙碌的教学有些矛盾，于是就心随风动断断续续记下心灵成长的点滴感悟。这学期带初一年级两个班语文课，当着班主任，且孩子们都住校，还要上晚自习，所以平时有些忙碌，博客就这样散淡地打理着。但即使不写我也会在晚上四处走动，读一些喜欢的文字，齐老师的文字也一直在读着。也在读您的《苦途》，在分享您的心路历程中增长阅历，获得启迪！感谢您与齐老师给予我的导引！愿我们的人生因书写而充实！

"齐老师，我们的读写交流分享促进队伍又增加了一位善思老人，可喜可贺，我真感到很荣幸呢！秋雨绵密，天凉记得添衣裳！"

啊呀，那么多人——全都被抹了脖子

我这些年来的生活，重复性最强的，莫过于每个月都要耗在北大医院半天——我陪老母亲去看老病。她的病无论怎么看，都那么几种，而且每次拿的药也都是一样的药，无非是糖尿病科的、眼科的、消化内科的、老干部科的，所以，我对那些个科和那里的那些个大夫，都无比地熟悉，他们见了我，也像老熟人似的，好像病的并不是坐轮椅的我妈，而是推轮椅的我。

久了，对去北大医院，我似乎也有了一种依赖，似乎一阵子不去，就哪儿不舒服，就跟真病了似的。我前些年，对老去一个医院，是没什么大兴趣的，于是，我就老去第二个医院——女儿她妈就职的协和医院，那儿，我比北大还熟，说白了，连对象都是那儿搞的！可以说，没有协和，就没有我女儿——她妈就不会认识她爸嘛。

今天在北大医院，我见到了一个奇景，我真想描述给您。我在内科的走廊，看见了一个、两个、三个——一直到第十五个人的咽喉部，都盖着雪白的纱布，那纱布上，还有渗出的血迹，那些人都用他们的一只或两只手，死死地捂着咽喉部带血的纱布……怎么了？我疑惑，这么多年行走这家医院了，我还是头一次，看见这么多人的脖子都被从正中间划开了。他们有男有女，但他们中大多数是"她们"——比较妙龄的女性。

我终于忍不住,悄悄地问了一个脖子没被划开的像是陪同的人,他说,那是她们都被做了"甲状腺取样检查"(大致意思是),由于是同时预约的,所以十几个人都在同一个时间,脖子上挨了一刀,因此那么一大堆的人就都左右卧着,都用手捂着自己的带有血色纱布的脖子了。

今天看见的北大医院的最奇怪的情景,就是刚才那个。由于在医院你心情十分不好,你满目看的,不是丑陋的,就是残缺的,还有就是衰老的,于是,你特别渴望哪怕是就那么一样稍微美好的、顺眼的事情发生,比如过去一个健全的人——我是说胳膊是胳膊、腿是腿、脖子是脖子的人,从你前面走过,比如一个有生气的哪怕是正在生着病的孩子,在你后面奔跑,当然,那些脖子就是脖子的和孩子就是孩子的人,如果长得稍微像是祖国的花朵,稍微的眉是眉、目是目,你就会更加欣喜,因为毕竟病树之前——还将有万木之春。

取完药之后,我和母亲去看一个两年前就在重症监护室伺候一个80多岁老太太的护工,她名叫"牛牛"。牛牛比我小一岁,两年前母亲也与那个老太太住同一个病房——三个人一间的,所以我是看着牛牛怎么夜里睡在地上,白天吃在楼道的,而且,那么一吃、一睡,就是6年之久,哦,该8年了。牛牛见老相识来了,很是高兴,她说那个马上就要90岁的她的雇主——刘老太太,现在睡到8人房间了,她呢,就更不知道今晚睡哪儿、明天吃哪儿了。她说她快要有孙子了!她属兔,我属虎,真没想到,她竟然都要有孙子了,而我女儿呢,竟然才刚考上北大医院隔壁的四中!

我落后呀!

张老师的评语:

"牛牛"的命运正是底层大部分人命运的写照。

喜听陈老师说西藏

昨天突然接到北大陈跃红老师约我们几个博士生去开会的通知，我还以为是导师检查暑假读书情况，就先吃了一惊，然后就抓紧读书，一早晨，就读了三本，可怜写那三本书的人，费了那么多工夫写，让我随便一读，就读完了。

一到"静园"的六院，人还在楼下，就听到了陈老师那如高音喇叭的大嗓门，上了楼，才松了口气，原来他是在说着西藏的事。陈老师刚从西藏回来。六月份临放假前，和陈老师神聊旅行的事，他还说他的最大心愿是入藏，没想到刚过几十天，陈老师人都回来了。

西藏让陈老师声情并茂地一说，无疑，确实是世界上最美丽的地方了，蓝天、白云、哈达、澄澈的湖，还有，陈老师还见到了珠峰，看到了活佛，不仅见到了活佛，被他祝福了"扎西德勒，陈老师"，陈老师还和活佛的父母一起吃了饭。活佛父母用非常好的汉语说，陈老师长得非常像小活佛。

我们几个学生被陈老师的一番神采飞扬的"西藏畅想"给说得神不守舍，我们发觉，老师从"屋脊"下来后，马上，就成佛了，就能藐视一切、俯瞰一切、想开一切、不在乎一切、赞美一切……看来，我自己的西藏之行的计划，也要提前筹划了。

我自己在未来的未来，也想出一本"游记"类型的书，我那本书，其实早就开始写了，就是散落在我那已经完成的十几本集子中的关于旅行的部分，给抽出来另做成一个集子，就是所谓的集腋而成裘，计算了一下，它统共也该有几万字了吧，从古巴到哈尔滨，从西贡到北京的我早晚都非要去一次的良乡，从复兴门我家到朝鲜的平壤——平壤我虽然没有去过，但我将采用梦游的方式去旅行。这当然是玩笑了。还有山，这几年也积累起来了，从黄山到长白山，从石景山到景山，再到百花山。

我下午刚才在国贸的嘉里中心购到一本英国人阿兰·德波顿（Alian de Botten）写的游记——《旅行的艺术》（*The Art of Travel*），作序的是余秋雨老师。这本游记据说在西方卖了40万册，我翻看了一下，似乎并不比我那本仅仅卖了8000册的"语言游记"《妈妈的舌头》精彩许多。于是，我就接着看我在同一个地方购到的第二本书、图书工作者孙重人写的《书缘》，书里说的是他30年搞出版经营的经验和体会。

北大的功课结束后，从公元2012年或2013年起，我的下一个事业或许是搞一个由小到大再到消失的出版公司。这话大家听起来像是到平壤一日的梦游，但假如我告诉你别管你住哪儿，只要是长江以北，你家的暖气，或许就是我曾经开过的公司从意大利用集装箱海运来的——这种事以前经常发生，本人曾经当过京城某某建材公司的那个可怜的CEO，那么，说说我能开一个小小出版公司的梦，或许，还会最终有它的着落呢。

为了那个设想，我在研读的另外一本介绍出版经验的书，是民国活跃人士赵家璧先生写的，他的那本书很是给未来想搞出版的我，提供了精神的"珠峰"。他曾是"晨光出版社"的CEO，和他合伙开"晨光"的你猜是谁？是老舍。老舍也对别人给他出书不满意——别人老不给他稿费，弄得他虽然写了很多的书，物质上还十分贫困，还老是得贫血病，于是，他就老想有一个自己的出版社。

要说，当资本家的并不都是坏人，我从前当过那么多年，您看我是坏人吗？卖马桶、暖气、酒店锁，往香港卖德国产的监狱门锁，整得香港的囚犯都没法随便越狱的那个我，都不是坏人，何况四年后的那个开小出版公司的出卖精神产品的我呢？

我从前写的一个小说的主人公——《柴六开五星WC》中的柴六，开的连锁厕所倒闭后最后实在走投无路了，也提着他的大提琴，朝一个湖走去了。那个柴六不用我说，也不会游泳。看了赵家璧先生写的《文坛故旧录》后，我倒是有些害怕：他书里说当听说老舍自杀的消息后，熟悉老舍的朋友们的第一个反应，就是老舍他——肯定是投湖而死的，因为他从前写的那些书里的寻死的人的死法，各个全都是跳湖！

张老师的评语：

在书的瀚海中畅游，在生活中闯荡，练就了齐天大文气逼人的真功夫。他文笔的尖上，润透着散文、随笔的闪光点，给人生多方位的联想与思考。

关于《谁出卖了西湖》和"心灵飞鸿"的通信：

张老师好！

这本书是我目前读到的，也可能是有史以来国人送给西湖的最美好的文章集锦了，这么说，或许并不是完全的"自我感觉良好"，从理论的角度来看，我们的书是一种"心灵史"，写这种书并不是中国文学的特长，用最时尚的俄国巴赫金的理论，我们的文章是"对话体"，而不是独白体的，是人和自然、人和人，好人和坏人、是和非的对话，在对话中体现主人公"西湖"的全面的寓意和内涵。这种表述，比起摄像机式的单纯的景物描写更有效果和令人震撼！

出书的事情我还在进行之中,《电梯工余力》的英文版已在香港上市了,这本书由于抨击了某些"博导",以我现在的学生身份不是特别恰当,等我毕业后再实质性地筹划吧,但我坚信,我一定会让它面世的,而且它肯定是一部在文学史上有"说法"的好书。别忘了,我现在可是科班的文学学者呢!

(玩笑!)

再次对"文友"说声感谢——以我的,也是你的西湖的名义!

齐一民

"心灵飞鸿"的回信:

齐老师好!

看到留言,收到邮件真高兴!谢谢你把我随意写的文字收在书稿中,对西湖我觉得没把内心感受全写出来,有空再添加吧!祝贺齐老师的《电梯工余力》在香港上市。从山上回来,看了你这几天的日志,恭喜张老师开博,他为人真诚,思维敏捷,文字功底深厚,令我敬佩,真是一位良师。博客让志趣相投者成为心灵相通的挚友,认识你受益多多。真诚致谢!

看《北平战与和》怀想旧日的商业战场

我往下这些年的日子的基本格调，就应该是读书、读书再读书，在这个色彩缤纷的年月，要想能坚持下去，要做的就是清淡、清淡再清淡，就跟大海在你的足下又惊涛、又骇浪似的，你能在海沿上踱步，而不受那种心动的诱惑，着实，是要有些出家人的定力的。

我于是就常看那些战争的大戏，边看，边能把我带到想当年战场上的那些故事里面，并在里面，看到自己的旧影。现在正看着的是《北平战与和》，里面的"华北剿总"傅作义，就是个了不起的人物，我想在他最后无职无权之后，在晚年回忆想当年的自己时，那心情，和本人这时的一定十分地相像，有区别的只是大小，共同的都是曾经的战火纷飞和斗智斗勇。他是个大大的"剿总"，俺呢，是个再小不过的"剿总"，"剿"的对象大小不同罢了，但那种运筹帷幄的感觉，是不会不同的。我常在上"商务理论"课时对学生们说，好男儿在战争年代一定要当将军，在和平年代呢，一定要经商，而且非要独当一面，非要有自己的"一队人马"，哪怕你最后彻底失败了，也值得一试。

前些年在北京供热界的"大哥大"老魏，就是一个彻底的失败者，想当年他开的暖气店铺遍布京津，在"居然之家"边上，老魏的"地盘"就有上千平方米，《北京晨报》上，你每周六都能看到老魏那家店的整版的广告，可以说，老魏就是那几年华北战区真的供暖的"剿总"和"总司令"。但后来，老魏倒闭了，传说老魏被50个代理商讨债，把他追到公安局，公安局说你们的官司是民事的，不归我们这儿管，可老魏死活不走，说警察同志，你们还是让我在这儿多待待吧，对我来说，这儿比外面安全。后来又听说老魏实在在京城待不住了，就只身到了长沙，又在那儿开了一个小小的暖气店。

新世纪初的那年夏天，我公司请京城的代理商们到京郊去郊游，老魏开的车最好，是辆崭新的"奥迪"，后来听说，就连那辆车，最后也被他抵债了。还记得在酒店的那晚，年轻人都去玩了，老魏给我讲他怎么从山西一路杀到京城，从京城最大的娱乐城之一到栽个大跟头，父子三人只剩下10万的保命钱，后来怎么又用那保命钱从我公司拿到了样品、连同我们给他的信贷，在几个月内咸鱼翻身、时来运转，一下子变成了最大京城供热城的"总司令"。

其实那时老魏的厄运就已经开始了，另外一家同样是拼命三郎脾气的公司就已经开始了对他的穷追猛打，那家店的司令姓王，那家店的名字叫"圣火"。

张老师的评语：

齐天大以他那天才的文笔，揭示了一个道理：自1840年"鸦片战争"以来，持"剑"（国防之力量）经商，是自由贸易之后公认的客观现实。

昨天是个喜庆的日子

昨天的周六是一个喜庆的日子，第一，新中国成立60周年的大庆游行在长安街彩排，第二，小姚——我语言大学一起工作的小同事，结婚了。

我坐着大型公交车——别的车都禁行，从天安门前走过，我看到了广场上坐着的满满一广场的穿得花花绿绿的学生，外加一辆雪白色的装甲车。下一次彩排的，可能就要是我期待了长久的坦克和装甲车的队伍了，那队伍，10年前就从我家的阳台下轰轰隆隆地开过——由于我家的下面，就是长安大街，所以每10年，我就特别地高兴一次。

直到我走进婚庆现场，我才百分之百地确定，小姚的对象，就是小杨——老到我们办公室去的那个男学生，也就是说，在我的眼皮底下，小姚瞒着我这个她曾经的"主任"，和一个学生要好并马上要结婚了。上星期小姚发短信说非要请"齐叔"我去吃她预备好的"大餐"，我知道是婚礼后问她新郎是谁，她"哈哈"说先不告诉我，偏要把谜底留到昨天的婚礼，我早就听说她"潜规则"了我的好学生小杨，但她不说，我还是不能百分之百地确定，就好比电视上瞎猜的那些节目的主持人问："你确定吗？"我还真的不确定。看到喜宴那儿果真是他们二人的巨幅相片，我并没有惊奇，我担心的是万一她的那个老公，假若不是我猜想的和传说中的小杨，咋办？那对小姚来说，或许，就不是喜宴了吧。

喜宴上当他们二人到我们这个"新娘同事"的桌前敬酒时，我逼着小杨当众大喊了小姚两声"姚老师"，才肯吃喜糖。我和小杨拥抱了，我和他在球场上一同踢过三年的球，年初在北语他的毕业典礼上，我和他就那么拥抱过。还有，当小姚的母亲致辞时，她激动得哭了，边抽泣边用和小姚几乎一模一样的京腔说："我女儿小姚今天结婚，我特别激动……"

小姚和小杨两家都是老北京，亲戚特多，和他们照相时，光姨父，就站了一排，姨父们下台之后，另一排上来的，据说都是姑父。我边看边想，在北京一家直系亲属都没有的我，10年后在自己女儿的婚礼上，我上哪儿去给孩子凑这么多的姨父和姑父们呢？

和小姚在一个语言大学的同一个屋檐下上了四五年班后，我们的那个学生办公室现在都换了新人，小姚走了，我也走了，我们都是"编外"，小姚到CBD一带的万达广场上班了，我呢，去北大接受继续教育。更有，在新政策下，北语继教学院再也不招全日制的本科生了，所以，我这个孩子王的美好时光，就那么出乎原本预料地提早终结了。全日制学生和在职学生的最大区别是，前者是真的学生，后者不完全是学生，前者你说什么他们信什么，后者呢，他们说什么你信什么。

在北语前些年带学生们玩的日子，不经意间，又成了我的另外一段"大观园"似的回忆，也被加上了"一去不复返"的色泽，今后，为了不再追加那么一段新的"人去楼空"的空寂，我认为最好的方法，就是在精神上彻底的"出家"，就是不再在人群中扎堆，躲开热烈的人和事情，就仿佛我小说中的衡水的电梯工余力那样，每日只钻研同一本书——《道德经》，那样，就能真实做到心静如水和刀枪不入。当然了，在实在寂寞时，就趴在自家的阳台上，看坦克和洲际导弹的车队轰隆而过。

张老师评语：

齐天大以清新的文笔写就了"有情人终成眷属"这段欢愉的文字，让平凡之辈乐死不得。

《小说道德经》——我的《电梯工余力》？

前日和从香港飞来的 Harvey（哈威）在三里屯的中 8 楼云南餐馆边吃边谈《电梯工余力》英文版在香港出版的事。哈威是来参加今天开幕的北京图书博览会，他为本届博览会带来了他唯一的作品，就是翻译我的小小说——《电梯工余力》。这是一部超薄的书，但书轻薄道理却不浅薄，我戏称它是"The Way of Novel"。"The Way"是老子的《道德经》之英译，我把自己的小小说大言不惭地说成《小说道德经》，又取《小说之路》之意思，无非是说它虽然仅有 5000 多字，但"字字是血，声声是泪"——《智取威虎山》小常宝唱词，因为《电梯工余力》中到处是隐喻、四下有地雷，可以一书多读，一字百看，百看了还不特别厌倦，而且，讨厌了就更是想看看——这还不是《道德经》的水平吗？

对我上述的仿佛是夸大其词的观点，哈威是基本赞同的，因为翻译之、出版之、发行之，是他目前的主业之一，之所以还不能成为他"不之一"的、唯一的"主业"，是由于齐天大的书究竟能不能养活一个喜爱和推进它的人，目前还不知道，我知道的，只是过不了多久这本小《电梯工余力》，你就能在香港的书店里买到了，在香港的机场你也能买到，在北京国际机场和上海的虹桥机场，哈威说假如我不反对的话你也能买到，我当然不特别地反对了！还有，在北京的唯一和唯二甚至是唯三、唯四和其他许许多多的不三不四的——英文书店，你想买的话，你的愿望，哈威的《电梯工余力》在北京的经销商，也同样能够满足，条件是它的原作者 Jimmy Qi 我，一定要抽时间到那些英文书店去朗读那书的英文译本，这，我从前还没试过哩。可能是以前要是不被事先安排好、我随便闯进某家书店不管不顾地大声用带复兴门口音和被李阳亲自关门指教过的"疯狂英语"朗诵自己的作品的话，就连你，也会被书店的治安人给推搡出去。

在 Jimmy Qi 的后面，在我们的合同上，还有了一个圆圈，在圆圈中，又放进了一个 R，那是"Register"——"注册"的意思，也就是说，从今往后，我那个英文的笔名，就忽然变成知识产权了，所以自己要特别认真地使用和发挥自己的名声。

哈威和本人一样，眼下也变成个半自由的文化人了，他辞去了原本的美国某公司驻港代表的职务，边为一家英国银行写些商业分析报告，边翻译和推广"齐天大"之流的中国"作家"的图书，被他推广和看中的，到目前为止都是些不知名的、如我的"作家"，他的努力，有可能把我这类"作家"双肩上的那个双引号去掉，比如他很有可能把我的《电梯工余力》推广到香港各个中学的英语课堂上面，那么，对我的评价就只有两种了，一种是"道德家"——往好处看，或者是"教唆家"——朝坏处想。我以前当"东亚门锁大王"时，就把香港监狱的囚犯们，给关到用德国人制造的坚强而顽固的锁——锁住的大门里面去了，直到现在还有一部分人没能出来，那么，我的《小说道德经》一旦经由在香港的海滩边和渔夫比邻居住的、牛津出身的哈威的手，摆放到香港小朋友们那嫩嫩的小手旁边的话，我在那个已经许多年"没亲近"的城市里的作用，也是不能太过小视的吧！

哈威说，一次，在海边租的那个公寓的阳台上，他突然抬头，看见了一条大花蛇，那蛇是那么的大，以前他以为只有在公园才能看到，于是他吓得呼叫了警察和保安,我想,就连警察和保安见了那么大的蛇,也会"啊"的一声发出动静。警察和保安不怕坏人,但会怕蛇。后来呢,哈威说他有一次在路边看到另外一条同样大小的蛇时,他从容了,那蛇见了他,也从容了。

张老师的评语:

齐天大的《电梯工余力》我是最先读过的了。书中潜溢着的哲学问题不仅令人思考,其行文之精美也是使我赞不绝口的。它是一颗埋于沙中的珠宝。可惊的是,人家哈威独眼识真货,不远万里来到中国,将这粒夺目的珍宝挖掘了出来,用世界通用的文字出版了。幸事!幸事!

"乡村女教师"——在美国执教的刘丹老师的留言:

祝贺祝贺!《电梯工余力》英文版正式面世!看来,如果我下学期还上"Modern Chinese Literature in Translation"这门课的话,可以给它加个副标题了"From Lu Xun(鲁迅)to Jimmy Qi"。

女儿问:"老爸,你在这儿住过吗?"

我长达七八年作为世界数一数二的五金集团的亚洲区经理的门锁洲际销售生涯,现在早已变成晚上做"什锦梦"时的素材之一了,我常常在不知不觉中——由于是在做梦嘛——回到蒙特利尔那个封闭的方块形状的工厂,我在那儿工作了五年,我又走进了厂房,我回到了车间,回到了集团公司国际部的办公室,又回到了仓库,回到了组装线上。

下午带妻女在我的"老巢"——国贸一带闲逛,我们走到一处颇像电影《大红灯笼高高挂》里富贵得惨红惨红的极其气派的地方,我告诉女儿,这儿叫作"中国大饭店",算是北京最贵、最豪华和最典雅的酒店了。女儿问老爸你带我们来这儿干吗,你在这儿住过吗?我有些尴尬了,因为能住这儿的人,眼下都是最最红火的人们,但我还是说,老爸虽然没住过,但这酒店里每个门上的电子门锁,可是你老爸从蒙特利尔运来的哩,而且,这个项目的合同,最后还是我跟当时的中国大饭店的总经理签的呢!

那是在1995年前后,我从蒙特利尔飞回北京,北京的代理商带着我和香格里拉北京中国大饭店的总经理——一个个子高大的加拿大人谈合同的最后细节,我对他说,我可是代表加国公司来求你的,你要是真爱你遥远的祖国,就别再犹豫了吧。他于是,就真的签了。当我让他在门卡制作装置上输入密码时——那个密码是绝密的,只有酒店的总裁和保安部长才准许知道,知道了后就能打开所有房门,他毫不犹豫地就输进去了一大长串数字，我问他你刚才编制密码时为何那么从容潇洒、连想都不用想，他说："当然，这是我在加拿大的社会保险号码！"在加国，那个号码一辈子才有一个，他当然忘不了了。

但没过一年我才知道，我可把那个身材高大的、趾高气扬的加籍总经理给害惨了。由于北京的冬天天气干燥，静电太强，我们的门锁在北美使用没有问题，但到了北京后冬天天天因为静电出现故障，具体说就是冬天一到，中国大饭店中每天至少有10—20个客人，在自己的房门口站着，拿着门卡开不开门，这还了得！中国大饭店是什么人住的地方？那年美国副总统戈尔访华时就住在那儿，美国人把整个楼层包了，而其中的几个戈尔的贴身保镖，就很有可能拿着我从加国不远万里运去的门卡——开不开房门！我还记得那房门是用泰国硬木特制的，每一扇有5000多块钱哩。

那两年的冬天一到，那位中国大饭店的总经理和我这个锁厂亚洲区销售经理，连同北京的代理商、饭店的保安部部长就像是热锅上的小龙虾——七上八下起来了。开始公司谁都没认识到是北美的电子门锁在北京"水土不服"，工程部人死硬说我们的产品在北美是酒店门禁老大，绝不可能出现质量问题，但中国大饭店不干了，香格里拉集团不干了，说你们尤克公司少说废话，赶紧派工程师过来解决问题！我于是就建议公司打发一个叫麦克的工程服务主管飞速到北京排除故障。工程部十几个工程师、公司两个副总裁和我跟麦克每天的电话同声会议上，我说："麦克你好！听见我说话了吗？我是Jimmy，你先帮我向我家乡的北京人民问好！"我接着安慰说："麦克你别担心，问题是会解决的，实在不行，你就去找中国大饭店的那个加籍的总经理，他肯定会照顾你的。"这时电话中传来的麦克的声音就已经是哭腔了，他说："Jimmy，你就别提那个总经理了，由于每天有20个VIP进不去房门，那个总经理已经成热锅上的蚂蚁了,每次他见了我都用恨不得要把我活剥了生炖了的恶毒眼神看我,逼问我到底什么时候能解决问题。现在我哪还有胆子去找他呀,连他常坐的那个电梯我都不敢上了!"

就那么一个星期过去了,又一个星期过去了,我每天上班的第一件事,就是和十几个软硬件工程师和麦克开蒙特利尔—北京的联席技术会诊会议,最后,还是在我"真急了"的情况下——我不得不急,因为香格里拉是亚洲最知名的高档连锁酒店,这个项目"做臭了"的话尤克集团就将彻底滚出亚洲市场,我据理力争,让工程部别死要面子活受罪,看在麦克被"当人质"扣在国贸饭店的份儿上,承认自己设计的产品不适合在干燥地区使用,抓紧提出一套改造方案并将改进用的配件空运至北京,又由北京的代理商趁客人办理入住的空当一层楼一层楼地对门锁进行改造,那样折腾了好一段工夫,中国大饭店的长达两年之久的"冬季门锁悬案"才得以彻底解决,麦克也才能最终结束了长达数星期之久的在中国大饭店的"被囚"生活,虽然是灰溜溜地但还是完好无缺地回到了蒙特利尔。

我刚才说的这些,当然,女儿和妻子是不知道的。她们知道的今日的"老爸"和"老公",是和富贵流油的那些个中国大饭店的贵客们无缘的,我只能带着她们在酒店华贵的大堂里像小偷似的窥视几下,但她们咋知道,假如我当年舌战不过那些自以为是的工程师,酒店的门锁直到今天还带着那冬日看不见摸不着的静电的话,那么,眼前这些珠光宝气的贵宾们,恐怕今夜,就只有将就着横卧在饭店的大堂里了。

张老师的评语:

妙哉!语言:"小龙虾""水土不服""横卧",使用得多么有魅感!首尾呼应的结果,似有苍凉之美。

我的回信：

张老师好：

来信看到了，我的两位"张老师"终于"接上头"了，可喜啊。张老师是刘心武的对桌和《班主任》的原型，你们真的算是同行哩。我们一同"鼓励"，让他多写些文字，最好留几本书，因为他们那代人的文笔的确是珍品了。所以我私下约你别老是"潜伏"，在他的博客上留下些评论，那样他写得也有动力，我们能多欣赏一些。开学了，又要辛苦了。注意身体。

齐一民嘱。

谁是"底层人"呢

昨晚在三里屯"老书虫书店"（Bookworm）旁边的一家茶馆，我和哈威最后签了英文版《电梯工余力》的合同，那时候已经是9点多了，下着零星的小雨。最近去了两趟三里屯，我才发现北京的朝阳区的确是个非常西洋化的地方，四处都是过夜生活的外国人，颇像北美的"唐人街"，是个划区而乐的所在。

昨晚一起神聊的，还有一位出身"798艺术工厂"的雕塑艺术家，他姓张，《电梯工余力》的封皮就是采用了他的作品，还有一位朱女士，朱女士是上海人，但长在香港，受教育在美国，是个"publisher"——出版人。

我们讨论了什么是"底层人"的问题——是从开电梯的余力开说的，我压根儿不认为真的有什么"底层"，尤其是中国的变化如此之快，人的社会身份每时每刻都在重新编排和划分，你今天是"顶层"，你明天，可能就是"低层"或者"底层"了，你今天当了大官，你明天就入狱了——监狱还不够底层吗？比如我吧，我从前从经济上似乎是"顶层"或者"中层"，但现在我的地位，绝对就是底层，哈威也是一样，五年前我们第一次见面时，他还是一家美国公司的香港经理，所以来北京请我吃饭时什么贵点什么，每个人不消费1000块钱就好像没吃。可现在呢，走上小书商的小路了，又是为我这种十分"底层"的人出书，所以花钱请客时，就基本是以能不停地免费续杯的茶水为主了，我呢，就更显得底层了，我现在连公交车都拣最便宜的坐了。那个河南籍的雕塑艺术家也是一样，他去年自编自导了一部话剧，是说金融危机怎么破坏农民工的饭碗的，他特别同情那些人，但过不久他自己的艺术作品就卖不动了，他的日子就越来越接近或者逼近他同情的那些个农民工了，于是在那个话剧的尾声，他写的就最动情和最真实，他写出了受金融危机而差不多下岗的——他自己的真实感受。

张老师的评语：

高层、底层的变化像一个万花筒，时世出"钱雄"，出"穷雄"！

"心灵飞鸿"对《电梯工余力》的评论：

记得两年前读过齐老师写的《电梯工余力》，今天在邮箱里找到了那时所写的感悟：

2007年5月19日星期六

笑读小说《电梯工余力》，简洁利落的幽默语句，给人许多深刻哲思，真是一部不可多得且满含了你奇思妙想的佳作。

这个农村来的余力，有多余的精力，但却无法与都市、与现实生活接轨。他虽然操纵着现代化电梯，接送着当时社会顶红的政府、娱乐界要人，也充满了想帮助他人和释放自己的种种冲动，可这些不但没有改变他的命运，反而更显出他的多余以及被人轻视甚至忽视，现实给予他的这一重创，致使可怜的余力竟然无奈地自愿放弃仅剩的一点本能冲动力，用道貌岸然来麻醉自己，来抵抗都市生活的诱惑，最终成了城市中的一个被扭曲了人性的、没有了自我的、完全可以由自动程序来代替的多余人。

体能、精神既饱满又过剩的农村人余力，最终全线疲软、槁木般矗立在都市见不到阳光的电梯里，这不正是都市人精神堕落沦丧的一个缩影吗？

这一可怕的转变，正是现实的悲哀，正是你所要表达的主题所在吧。

导弹来啦

凌晨一点钟左右,我被一阵轰隆的响声吵醒,"导弹来啦!"我下意识地翻身到阳台上朝下看,果然楼下过的是威风抖擞的白色装甲车队!这是我预想的国庆阅兵的彩排车队,我于是飞奔乘坐电梯,跑到长安街上,我因此——看到了一排排的地对空、空对地、地对地,百里对百里、千里对千里、万里对万里的小的、中的、大的,短程的、中程的、远程的——我人民解放军的——导弹车队!这些个,和1999年我看的差不多,其中有几种新式武器,由于是军事秘密,我现在也不能够说,我只能告诉大家,10年后咱们的"大东风"从白色变成浅绿色了,而且弹头是红的,也就是说,我们以后使用的将是洲际环保武器!

记得1999年那年阅兵彩排时,我也是冲下楼——在没鸡叫的半夜,这是俺家10年一回的奇特景观,俺天天受着长安街的废气和噪声的袭扰,但每10个年头,俺就能在平台上朝下看我威武之师的雄壮推进。我在马路牙子上,和肃穆笔挺的怀抱冲锋枪的解放军叔叔相视,我十分羡慕他英武的军姿,而且我知道他的冲锋枪里——应该没有子弹。

10年前看阅兵,我的美国同事查尔斯还和我一起看来着,他是个越战老兵,我说查尔斯你看,那最长的、有十几米的、像是水罐车的家伙,就是俺们的"东风"洲际导弹,它打得不远也不近,正好能打到你们国家的加州。查尔斯说Jimmy没有关系,我家住在美国中部的北卡,它打不到我家。所以今天凌晨再次看到导弹上DF——"东风"两个字的缩写时我格外地激动，我想都10年过去了，眼下咱们的"大东风"，说什么，也能打到恐怕已经退休了的查尔斯他老家——美国的北卡州了吧！

　　夜间的观众不多，有几个，也是我们楼的邻居，有一个天天在电梯里见到的女的，我让她别拍照，她偏偏"咔咔"个不停，于是，她就被警察轰到小树林后面去了。我说你别着急，还应该有一次夜里的彩排，等"十一"那天你想咋拍都行，那天，天上还应该有掠空而过的飞机。

　　妻女熟睡了，所以我是一个人冲下楼去看这10年一遇的长安街"导弹"夜景的，我原想把女儿叫起来看导弹，可又担心第二天她迷迷糊糊地到四中上课——她不像我，她已经开学了，到时老师问她为什么那么没精打采，她总不好回答"我夜里在阳台看洲际导弹来着"吧！

有感于萨科齐的"矮人工作室"

　　昨天下午暖阳煦秀，我在玉渊潭湖畔游泳，碰上了一个法国老太太，我 10 年前就见过她，还用法语聊过几句；她也想起来了，她说她就住在对面的五孔桥，10 年后，她又来湖边游泳了，她和老朋友们兴奋地打着招呼。2001—2004 年的时候，她在北京住过几年，来练习她在巴黎第七大学学的中文，不过，真正的中文，她是十几年来在玉渊潭湖边学的。我发觉我的法语还没忘记，不过在一个十分"北京化"的地方，听她说着一口塞纳河畔携来的语言，你不由觉得一种文化的"冲击"，那就是语言是随着人走的，人的口中衔着语言，就如同贾宝玉脖子上拴着的那块娘胎中带来的玉，你走到哪儿，它跟到哪儿，玉和玉对上了，就好比一个法国人无意中发现北京的湖边有一个能和她说她的"玉"的，用那块"玉"说席琳·狄翁、蒙特利尔之类的和北京的湖完全不着边的、只有用法语才说得通的人和事，那，就是语言的神奇的跨时空性了。

　　巧的是，当晚的《北京晚报》还真的说了一段法国总统萨科齐的新的趣闻，在他新搞的"萨科齐工作室"，为了显得 1.65 米的他身材高大，他在做电视讲演时选来作为背景人物的人，一水儿地，都是 1.65 米以下的小矮人。于是，你在电视上看到的他的形象，是那般的高大和魁梧，你竟然需要仰视，才能看到他的威猛！

　　看来身材比 1.65 米高出许多的俺之类的人的法语，无论讲得怎样的地道，也无缘于巴黎的萨科齐的"总统工作室"了。

我的这种夹生的残破的破法文，看来，只能就着湖水的滑绿润色——随便说说。

"咖啡时光"的评语：

矮人是萨科齐的陪衬，齐老师的法语是法国老太太法语的陪衬，滑绿的湖水是齐老师法语的陪衬——俺觉得齐老师的陪衬最令人羡慕。

我的第六个教师节

　　严格地说，我现在并不算是个"教师"，我是个全职的学生，在语言大学，我只上两个小时的课，是个授课的"讲师"——lecturer，而不是真正的teacher；"讲师"和"老师"的区别是，前者只"授业"，而后者既"授业"，也"传道"、也育人。"育人"的发音，我边打字边发现，和"愚人"在汉语拼音上，是完全一样的，我凭借被叫了六年的"老师"的身份，想说的，是当个教师能做到不"愚人"，还真不那么容易哩。

　　我给陈老师发去了祝贺教师节快乐的短信，在这个年纪上还有老师教诲着，不也是一种福分？同时，我也零星地收到了几条把我这个老师在零星的记忆缝隙里还记着的、从前的老学生们发来的祝贺的短信，我想再多收几条时，就后悔昨天在新学期开课时没有把自己的手机号写到黑板上面，那样今天我就可能从100个听课的学生那儿，收到更多的或许能把我只能存40条短信的这个手机给发爆了的祝福，还有，要是再把给齐老师发信、不发信，与学生们的考试成绩结合一下的话……以上都是玩笑话，不像个"教师"，而就像个上一两个钟点课的"讲师"说的。"讲师"的幸福之处在于只专心授课，而不用为人师表了；为人师表是很辛苦的，尤其是在你的"表"和你的"里"并不完全等同的情形下，再说人之"表"和人之"里"，又怎会时时相同？鲁迅当年当的所谓的"教师"，按他自己的说法，也是我现在这样的"钟点教师"，下课就走，就回他的教育部当科级干部去了，所以他在文章中不管怎么地骂人和发飙，也无损他根本就不是的"老师"的形象，他自由嘛。钱锺书从前当的"老师"，也是"钟点工"，所以写起《围城》来，他才能对教师们冷嘲热讽。

今天有条值得一提的短信，是小乔发来的，他说："齐老师，衷心祝您节日好！——物业公司小乔。"于是，弄得我哭笑不得，回信说："小乔真不好意思，又让你挂念了，齐老师我下星期，一定去交物业费。"

"咖啡时光"的评语：

我们小区物业说持教师证可以去物业领份礼品，该不会是张贺卡吧，上写："请交物业费，祝您过个快乐的教师节。"

张老师的评语：

师者，不分年长年少，不分地域远近，不分中外，不分高低，不分贫富，只要授业、传道，皆为师者。我只驻足乞望"绩效工资"办法真正落到实处。乞求广大农村教师得到一点点物质上的实惠，以暖人心！

教师节给北大留影

昨日由于是教师节,我沿着未名湖走到中文系的静园的一路,分明是节日的一派喜庆。湖水——"久违"了半月许的,也是初秋的、墨绿的甚至是羞涩的,不知是否因为才开学,被新来的学生们看得不好意思了。静园外的草坪上,说是初秋,却仿佛是春日里的,到处是兴奋的不着边的各种颜色的学生,中国的外国的,在喊着,在选着班长,在游戏,在合影,好一幅"秋日开学图"呀。

我们几个陈老师的在读博士、硕士学生,带着老师和我该叫"师母"的陈老师爱人甄老师一起去中关村的一家贵州餐厅会餐。两位老师都是贵州人,陈师母按年龄是我的老大姐,也和陈老师一样,是潇洒型的,在飘逸中显露着从容。北大历来的风格是"不同",不同于他人,不同于俗世,不同于其他,所以在那个院墙中游走过几年的,大多带一种独特的风姿。

这学期我又多了两个博士生小师妹,一个会印度的梵文,一个刚从中亚的叫什么"斯坦"的国家当国际志愿者回来,会俄文。小师妹用俄语和我说话,我说了头两句,到第三句时,我就不太会了。

陈老师和我中学的张老师一样,在学习文学前也是学地质的,陈老师在1977年考上大学前,当过地质勘探队长。"地质学+文学",这是非常奇妙的知识结构组合,搞文学的到大自然前如果不知地质,那么就是只知其表，而单纯搞地质的呢，假如没有诗意和想象力，那么就是只知其里。8月在百花山上张老师带着我在山中的深涧中行进，他对着山石峭壁品头论足，感叹地貌之变化、万物之沧桑，因为张老师学过地质，是个行家；地质勘探队员出身的陈老师对着西藏的河湖山川所发出的慨叹和抒发的豪情，也是我等只知道好看不好看而不懂得大地水土内涵的外行，只能羡慕却不能企及的呀！

张老师的评语：

我们生长在大地，大地是万物之母。她以江海的气魄给我们灵魂上气吞万里的感受；她以峰峦的险峻给我们精神上的勇气。母亲，我可爱的大地。当人们捉弄你时，求你不要哭泣！……

"枫中隐鹤"的留言：

我一直觉得教师节那天放鞭炮是给伟大的人民教师的。后来才知道是财神节和教师节同一天。商家们拜财神的。

"心灵飞鸿"的留言：

大地母亲的哭泣声，从来都没有停止过。有人在母亲的哭泣声感召下，亲近善待大地；也有人在母亲的哭泣声中，变本加厉；也有人对母亲的哭泣，视而不见，照样我行我素。

当大地母亲流干了最后一滴泪时，我们人类将后悔莫及！

湖面传来嘹亮的京剧

我的这种札记的方法，实际上是在写着一本时代的流水账，我把每年每天看到的和觉察到的、不记录下来就再也不复返的小节——我们这个国家经历着的连同我自己的影子，给草写下来，比如，昨天星期六的上午正在床头看书，我被一阵晴空的打雷的声音吵闹，抬头一看，原来是巨型轰炸机们一架架从楼顶上飞过，翅膀的两侧，还带着能做空中加油的一左一右的两根竹竿似的管子，接着是战斗机，那飞机的两个翅膀，是蜷着的，像是大鸟在空中叉腰飞翔，还有最后的，是直升机，一架，再一架；直升机飞得也太慢了！这些呢，就是我特想写的和不写不行的，因为国庆节一过，下次我家的床前再在正午的太阳下随便看轰炸机飞过的机会，就该不太多了。庆幸的是我在床前看到的，都是自己国家想飞的轰炸机，我既没看到日本的，我也没看到美国的，因为我没生活在伊拉克，我也没生活在1937年的上海。我丈母娘在1937年的上海，就在那个著名的"大世界"的房顶，看见过日本人的飞机像是下蛋似的投弹飞行。

我在万般都忙着做生意的这样一个世界里，在床头翻看着王佐良写的《英国诗史》、美国人 Cleanth Brooks（克林斯·布鲁克斯）写的 *Understanding Fiction*（《理解小说》）、*Understanding Poetry*（《理解诗歌》），翻看早期的英国诗人弥尔顿如何在《失乐园》的诗歌中混杂着用那些读来牙碜的拉丁文的词缀写古英文的诗，同时，又用法国人普鲁斯特的《追忆逝水年华》的手法，记录天上每 10 年才一飞的、用于保卫世界和宇宙和平的轰炸机的低空飞行……我的这些个电子记录本子恐怕永远地没有意义也无从问世，因为我昨天在网上查看了一下，目前自费出版一本 200 页的书籍的价格，已经像北京和上海的房价，上涨到 5 万元人民币一本了，也就是说，假如我再写再自费出版这些关于天上飞行的轰炸机战斗机的、可写也不可写的故事的话，我就要落入"丈母娘逼女婿买房"的经济怪圈子中了：说这个"丈母娘定理"的是个经济学家，他说目前的房价之所以飞涨，都是由于在女儿要嫁给"准女婿"之前，丈母娘通常先要找女婿正经搞一次"一对一的谈话"，谈完之后，能买得起房子的女婿就匆忙地砸锅卖铁然后去把房子买了，并由此形成了都市对裸房的"刚性需求"，那些砸不起锅和卖不起铁的女婿们呢，从那天"正式谈话"之后，就不再是"这个丈母娘"的准女婿了。我于是又庆幸自己，没在 21 世纪的现在，被丈母娘找去谈话，我还让老伴从现在起，就做好大约 10 年后找她准女婿好好谈一次话的充裕的作战准备。

今天的"似水流年流水账"的主要内容，是下午我游泳时游着游着，忽然听到水面上一阵京剧的唱腔，那声音越来越大了，只见三个男子朝我这边呈三角阵划着水，他们仨的中央有一个黄色的小岛似的小救生圈，在水上漂浮着，救生圈上，放着一个用塑料袋包裹好的播音器，那里面的人扯着专业的嗓子在高唱着叫板，哈，边游泳边听京剧，好非凡的创意呀！于是呢，我就把它记录到今天的"流水账"里面了。

回想起两个月前，一个小伙子头刚扎进水，他屁股那儿就"腾"地漂起来了一个小救生圈，也是黄色的，我好奇地问他为什么泳游得那么好还在腰上拴一个救生圈，他边游边回答说，他一游到湖心，腿就喜欢抽筋。

那个法国老妇人今天又来了。她说她每天都来游泳，但后天不来，因为她 29 岁的儿子要来北京——第一次。她过不久，也会把他带来看妈妈游泳。不过她十分不情愿地说她 10 月就回巴黎了，她要回去照顾她 96 岁的妈妈。她冬天也在塞纳河里游泳。我想游回来后问她法国人怎样想他们的总统的那件事情，不过返程后从水上朝那儿遥望时，她，早已经不在老地方坐着了。

张老师的评语：

文字的动感，将生活中的游丝随手可捉。然后变作"战争""游侠"现代版的史记。令人"若有所思"之功力不可多得！

老博士的新学年"八卦"

新学年开始后北大热闹了起来，我游走于各个教学楼和宿舍之间，也算是不亦乐乎。本来同屋的老马带着他年轻的妻子到浙江师大——就是花20万录取一个金华状元的那所大学——任教去了。我去年一学年只在"畅春新园"好像是537（573？）的那间宿舍留宿过一夜，一是由于年岁大了在学生楼中出没不大方便，二是由于老马和他的可能是第三任的小爱人老在房间里面：我初次回宿舍时，他爱人还特别不好意思和客气，不一会儿就跑出去来着；一个月过后我再回宿舍时，她就已经在床头坐着不站起来了；当我最后在大约是冬季的时候，再回我的房间的时候，觉得特别不好意思的，就已经彻底是我了。老马后来还在屋里添置了一条爱犬，我呢，三个月回宿舍一次，每次，都仿佛是到朋友家探视，敲门进去后又环顾四周又察言观色的，不过，老马小两口对于我冷不丁的出现，还始终是非常热情的哩！老马是个学术迷，是个中国近现代文学一条道跑到黑的研究者，满屋子都是书，据说家藏有书万本，而且有的是借钱买的。我和老马学了不少的本事，他们两口子今年能同时在一所大学就职，在博士不好就业的现世也算是学有所归了吧。祝福他们二人！

现在的同屋老孙帮我们调换的宿舍，是452号房间，先记下来，恐怕过后忘了。和537（573？）不同的是，那间是朝阴的，这间是向阳的。我才知道宿舍里也能有普照的阳光，发霉的被子也能晒得热热乎乎，于是中午就索性在自己的床褥上眯瞪了一会儿。呜呼哀哉,俺终于仅用了一年就彻底解决了有宿舍不能回、无论春夏秋冬都在未名湖边失魂落魄游荡的历史性问题!

周一是戴锦华老师的"文化研究理论",戴老师是北大"十大名师"之一,是中国的波伏娃,她上课时座无虚席,连站的地方都是"实"的。聪明的思考、负责的态度,和拳拳之心合在一起,是戴老师的风格写意。

十分不情愿又没什么办法的,周二连听了三种与日本文学、语言学有关的课——都是外语学院开的,我的"大论文"是《明治、大正时期的文体转变和中国清末民国初期的"言文一致"运动比较》,所以必须去听日本近代文学的课,这样就省得自己私下苦读了。论文的准备,我采取的是"长征"时的战略——跟着走,我在外语系听京剧似的把要写论文的那些"故事"的脉络听得耳熟能详,然后,再自己按研究的需求挑一些"折子戏",唱唱"高精尖"的片段,把问题具体化、深化、细化,最后,就可能将之变成自己的想修成的"正果"——博士论文。

老年博士("博二")去和刚上"研一"的20多岁的研究生们一起听课,最困惑的不是我,也不是那些学生,而是授课的老师,老一点的,没事,比我还小的,就有问题了——他们误以为我是去检查上课质量的,尤其是日语专业的老师,心就更细微、更敏感,昨天,就有一个男老师问我是不是走错地方了想叫我出去,还有一个女老师,见我后连忙递上名片,边半鞠躬边用日语说:"请您多多关照!"

"比较研究所"的师生碰头会每年一次,昨天的是下午开的。去年由于不知道就没去还挨了批评,今年由于清华想"振兴文科",把一两个北大文科教授挖走了,还有的老师出国了,来开会的,就只有严先生、陈先生、车先生和戴先生了。陈老师让大家用三句话介绍自己时,我头一句就说:"我是年龄最大的学生。"陈老师笑言:"不要有年龄情结嘛。"

这情结是很难没有的，因为假如我自己不"交代"，新来的学生会想："他——咋坐在那儿？"

会上，陈老师用我的例子说明同宿舍同学之间的关系，只要你想好好处，就不是没有可能的。陈老师说："比如老齐同学，他去年同屋的……是什么人来着？是对象还是妻子来着，就跟他们住在一起，就连这么复杂难处的关系，老齐同学都能妥善处理好。"我连忙补充说："据说那是他的第三任妻子。"

张老师的评语：
似乎确是不尽相干的几件小事，却折射出博学的快乐。

"咖啡时光"的评语：
齐老师的"八卦"写得好看。

插曲：北京"老书虫"书店所做的关于《电梯工余力》英文版推广活动的告示

"Confessions of an Elevator Operator"：Booklaunch by Jimmy Qi

When

Oct 22nd，7：30 p. m.–10：00p.m.

Starts Oct 22nd,ends Oct 22nd

Where

The Bookworm

Contributor

Description

Beijing novelist Jimmy"Monkey"Qi firmly subscribes to the philosophy that writers should live in the world, rather than take writing as a "professional occupation". A talented linguist, in addition to Mandarin, Jimmy is fluent in eight languages, including Japanese, French, Esperanto, and Korean. Jimmy's major work, a Trilogy of Toilets was published in 2000. In 2004 he published an essay, A Dialogue With A Tiger, a work of philosophy and art criticism, followed by his latest novel, Farewell To Waiqi in March 2006. Tonight, this fascinating, unusual new voice presents the first English translation of his *Yu Li–Confessions of an Elevator Operator*, recently published by Make Do Studios, Hong Kong. 30/20rmb

Contributed by sashaz.

张老师的评语:

我不解英文版的内容,但,当我先睹为快地读完汉字的原著,我就深感这本书在世界文坛上发表的意义。祝贺!

用"核心旋律"来串联生活里的"糖葫芦"
——我写"随笔式小说"的方法坦白交代

我在试验着把生活小说戏剧化。所谓的"小说",就是讲"日本近代文学思潮"的李强老师在黑板上写的"历时"+"逻辑"。"历时"就是沿着时间的逐步轴展开,"逻辑"就是要有前后的呼应和联系,于是,我就在这个似乎也要成为一个"集子"的"集子"中,将"惊诧""百花山",将"洲际导弹",将"良乡",将"余力",将"北京四中"……将还可能有的另外一些的现在还不知道的"关键词",蘸着实际生活的露水,给实验性地展开,让这些keywords在时间的还汩汩流淌着的河水中彼此照应着玩乐和狂欢起来、游戏起来、游玩起来,跟着时间跳一场不知道结局的舞。

我从前写的所有的那些"集子",几乎用的都是这种方法,这也是写欧洲古典音乐曲子的方法,就是在一个曲目中,你先找出几个核心的旋律,然后,再让它们在各个乐章中展开、变调、变色、变化,但无论怎么变,都是围绕着那几个基础旋律旋转。德国人搭建哲学体系时也爱这样,有一个核心之后——比如黑格尔的"绝对理念",比如康德的"二律背反",所有的部件,都是那个"核心"的诠释、说明、注脚和材料。他们——古典音乐家和哲学家们,用文字的材料和那些核心概念的支撑、构架、远景期待,构建成一件件彼此不同的艺术产品,而那些产品至今,还没摇摇欲坠,还非常坚实,还被我们一遍遍复读着、复听着,而那些，就是所谓的"经典"——classic 了。

我说我的"余力"在哈威的"牛津笔"的润色下，已经摇身一变，成了英语文学中的 classic 了，我并不是在吹牛，我毕竟已经"专业地"在北大研究着文学，我已经能用内行的尺度衡量自己的文学创作价值；哈威就更不否定了，因为那个是他的译文。

"经典"就是法国人巴尔特所说的"文本"。"文本"按昨天车槿山老师在"法国当代文学评论"课时所讲，是不同于"作品"的，"文本"可以一遍遍地再"被写"，它们是多元的，是永远无法一次性地被定义、被定论和被解读的。它们——那些个"经典"们，用我自己的话说，是一个个"活物"，你能说《红楼梦》和《西游记》已经死了吗？要不，我的笔名咋成了"齐天大"？它们，那些个经典中的游魂，一个个、一次次地反复"杀回"现代生活的场景，再次复活，再次重生，再次游玩，再次现身、现形。

要想成为"经典"，就必须有"经典元素"和"经典成分"，在我的"构书"的方式下，就是寻找和迎接那些能使每一本书最后狂欢起来的起初的"经典唱腔"和"经典曲调"，比如《谁出卖了西湖》中的"西湖"，比如《美国总统牌马桶》中的"马桶"和"裘八"（"求发"的谐音），还比如《灵与肉的厮杀和缠绵》中的那个"灵"和那个"肉"。而这个集子中呢，你将看到"百花山"和"洲际导弹"以及"电梯工余力"的令人"惊诧"的跳舞和拥抱。

生活被时间的"画轴"展开着，我们不知道它们的明天、它们的未来，所以我们对于它们几个的明天的"基本旋律""和弦"，今天，是不会知道的，这也是"齐式小说式随笔"的特征，我们谁——又能知道明天我们生活的那些基本旋律、色调、成分——是会咋样展开的呢？我们所爱的、我们所不爱的，我们的事业，我们的工作，我们的薪酬，我们的情趣——几乎所有的这些我们生活里的"关键成分"的变奏，我们今天，都不可能完全预知，比如说"洲际导弹"，我只是知道按照"报纸"上的告示，它们在今天的半夜 12 点以后，会再一次从我家的阳台下大摇大摆地通过，但我不知道我是否真的能看见它们，我不知道我那时我是否清醒着，还是我不清醒；比如"百花山"和"良乡"，即使我从前不知道有"良乡"，但"良乡"分明地，已经存在多时了，但"良乡"是在北京吗？我女儿四中校友李先生说："不是！"在他的一段"凤凰卫视"视频中，他清楚地说了——"在河北的良乡"如何如何。

所以我们永远地，属于无知和半无知，而正是无知和好奇，使得用戏剧的、小说的思维方式思考生活、描述记录生活成为可能，也让我能用这种用竹签串"冰糖葫芦"的方式，把一个个看似毫无关系的随笔、生活札记，用一根根"历时"的"逻辑"的串儿，把它们串成或者交响乐或者奏鸣曲或者协奏曲最终的艺术产品和最终的艺术文本，赋予零散的、零乱的生活有趣的、有滋味的意义并伺机从中幽默幽默，难道，这不也是一种活着的快乐吗？

张老师的评语：

万事，都有盘根错节的内在联系。谁能以达观、敏锐的眼力将那些浮飘的、破碎的，或看起来不相干的事物扑抓到手，并以非凡的腕力将它们一个一个地编织成形，显示在众人面前，催人思索，催人辨析，催人自己得出结论。那便是高手、高才！而你，已经是水到渠成地这样实践着了。而你那鬼使神差似的既富有鲜活的生命力，而又流畅、优美的文字，绝对是你那串起来的那串糖葫芦中浓厚的酸甜味道，可人心，可人口。

"咖啡时光"的评语：
核心旋律下的曼妙舞姿。

瞎想于孔子的"被纪念"

我家的后面就是"中国职工之家",是"中华总工会"开的。"职工之家"是个大酒店,以前是三星的,后来变成了四星的了,哦忘了,这家酒店的门锁也是我负责给装上去的。当年它的一个副总经理到蒙特利尔参观工厂时我接待了他两天,临走前他说:"齐先生回国后有什么事,一定找我去啊!"真回来后才知道它——那"职工之家"就在我家门后,我和妻小去吃早茶的时候你别说我还真想找找那位副总经理来着。"找我"是中文里特别有意思的词语,在别的文字中仿佛没有,比如那个"职工之家"的副总吧,他让我回国时"找"他的时候,或许压根儿就没想到老齐我真的能够回来——那时俺们的小日子过得不错;即便我真的回国了,中国那么大,他没想到我就"回"到了他的眼皮底下。所以我的"回",就有可能对人家形成一种负担了,我不可能为一顿早茶找他,何况,我早就忘记他的具体相貌了——当时没想到往后真的能回到人家的身边嘛!看来人的记性,也是选择性的。

但有人却记得两千多年前孔子的长相。有人说他长得贼像周润发,像电影明星。还有说孔子一米九几的,比姚明矮不了多少。眼下孔子挺火的,昨晚电视说孔家的最新家谱已经出炉,红灿灿的有几十卷之厚,里面这次连外国人都有了,竟然两三百万人之众呢!前天从电视上看见中央领导出席一个跟孔子有关的什么会后我出去散步,从"职工之家"

门外走过时见灯火辉煌的，还有一个横幅高悬，哦，是纪念谁谁谁诞辰60周年——才诞辰60周年就这么庆祝？够有钱的。仔细一看，60前面好家伙，还外加了25，是2560年诞辰！谁活了这么大岁数？哦，原来是孔子！我于是想起来了，"新闻联播"里的那个中央领导，就是到这儿开会来着。

有时电视节目，比如"华表奖"颁奖仪式，比如"延安老同志回延安"晚会等，把你看得心血来潮，但一下楼，一看横幅，知道就是在"职工之家"里搞的，那心血，就不那么来潮了，就有一种"不过如此"的感觉。就好比你的邻居天天办喜事结婚，办多了，就不新鲜了似的。

说实话，我挺嫉妒孔子的，他的2560岁的生日，还这么多的人记着，不仅记着，还大办特办、举国欢庆的。俺们这辈子人你别管是谁，他们的2560岁诞辰，可否还有人纪念？那时地球安在？还有，动不动就纪念谁死了100、200、1000年的，是大国和历史悠久国家的精神特权和奢侈，美国就没法纪念谁死500年，它200多年前才建国，500年前美国快死绝了的，是野牛和印第安人。

国庆临近的兴奋和一个老留学生大回流的感怀

马上就要新中国成立60周年大庆了,北京在激动,我也在激动;昨天去看了,什刹海那边又复原了一条800多米、有800多年历史的"白河",西单那儿大伙儿围着"特警"的装甲车照相,我也围观了。近看特警们都挺酷的,腰上围着防弹衣,跟小围裙似的,枪上还有刺刀。装甲车偶尔呼呼喘气,喷出柴油的黑烟。

周日补周三的课,所以昨天的"商务"课我格外地高兴,就像自家老爷子要过60大寿似的。我给学生们讲祖国的前30年和后30年,我说到你们30岁、中国真的成了经济总量的世界第一的时候,那时的路,也好走,也不好走,因为中国一二百年没当老大了,再当上时,还需要找找感觉!我还说大阅兵时阅的是整齐,而那种不可思议的整齐,几乎能达到世界之最,达到极限,达到中国这种人种能达到的整齐的顶峰。有的种类的人无论你怎么训练,也练不成那种整齐,比如南太平洋上的那几个小国的部队啊什么的,他们怎么走,手脚都是一顺的,都像是马戏团在彩排。所以说我中华民族,是非常地了不起的。

下课后碰到了刚从美国访学一年回来的柳老师,她也是我十三中的小校友。聊起了我早年在北美的留学生活,想当年俺也是"恰同学少年""忆往昔,峥嵘岁月稠"啊!20世纪八九十年代那么多的人,放弃了那么多比钢铁还坚固的岗位走出国门,我们的总人数,应该比那时的大学生的一半都多吧，也有数十万之众吧。他们按学历，算是那个时代绝对的精英，但他们将终老于异乡，他们的绝大多数都已是进入暮年，他们就像是自愿到太空船外行走的宇航员，一失足，就再也走不回来了，就朝木星和天王星漫步而去了。而我呢，10年前毅然回来，赶上了北京大修地铁，赶上了13号线、5号线和10号线，今天下午，我还要再赶上4号线的开通，过几年很有可能，我还能赶上从家里坐地铁1000号线——能一直坐到——北京的良乡呢！

哦，忘了，小王老师他们在练习大庆彩排的时候——她是天安门游行群众的一员，就曾在良乡机场排练，还有，他们训练的时候，队长千叮咛万嘱咐，让他们在总书记检阅时，千万不要脑袋跟着检阅车旋转——那不就从演员变成观众了？

电视剧《勇者无敌》昨晚播完了全部的34集，陈宝国饰演的将军周晓峰直到牺牲，敌人也弄不清他是不是共产党，黄曼饰演的刘芳侠也牺牲了，那个政委王晓农也牺牲了。他们是看不到60多年后的大阅兵的——想回头看也不行。还有，我昨天又问了父亲，代替父亲牺牲了的那个烈士姓孙，而不是姓王。前几年听父亲说过，但没有几年，我就把他王姓和姓孙，给记模糊了。

"高原漫步"的评语：
噢！你是正儿八经的红色后代了！

张老师的评语：
论风格，典型的即时记者风格，用5个小节锁定现实发生的事件，并用笔者流动式的主题串起来：为空前强大的祖国，骄傲！

"咖啡时光"的评语：

国庆阅兵值得期待。

齐老师要去良乡不用等地铁1000号线了，良乡的地铁S5号线正在施工中，明年十月份试运行。

今天果真——是你的生日

今天无疑，是极为特殊的一天，所以即使懒得写什么，也不得不写下来，其中，有在阳台上看从天安门撤退下来的军车——载着绿色和平洲际导弹的，还有我一推门，发现楼道里有一些根本就不认识的人，也朝楼下看着，他们当然，是混进我们这幢长安街边上的楼门看导弹车的。在楼下，我朝左看，是行进着的海蓝色的导弹车，我抬头朝右面的楼和人头的缝隙里看，是空中加油的飞机、轰炸机、武装直升机，还有拽着彩带的——我猜那飞机，应该是女兵们开的；我看到的是十里的晴空，因为万里之外的，我看不见。我家的阳台上趴着的，还有我爸和我妈，他们一个是当年土改工作队的"小八路"，一个是妇救会的主任，他们显得比我还要激动，因为假若当年革命失败了，我家就不会住在北京了，没有我，那也是当然的了。

前两次我是在夜里看到的坦克车行进，那都是彩排，今天呢，是在"解放区"的晴天。我家楼下的每个楼口，都有黄色的警戒线，但我还是时不时地从警戒线下钻过，我或者还有可能，从那上面跳跃。负责国庆警戒的，有志愿者，有武警的部队，还有说京腔的警察，但凑前仔细一听，他的腔是良乡地区的。解放军在1949年没进城前，就先在"北京近郊的良乡"集体学习整顿来着（根据本周的《三联周刊》），他们在学习毛主席的指示。我理解的，是在60年之后，我们的国家终究是"人民"的，所以总书记今天在天安门城楼上念"重要讲话"的最后一句，我最喜欢听了，他说："伟大的中国人民——万岁！"

《晚报》买不到，脱销了，我买了《法制晚报》，我还收藏了今天的《参考消息》和《三联周刊》，翻开，都是记载2009年10月1日这一天的。在《三联周刊》上以"百年从屈辱到崛起的25个文本——中国"为主题的特刊上，我读到了若干个你读起来能马上就情不自禁的文章，它们是方志敏的《可爱的中国》，它们是毛泽东的《中国人民站起来了》，它们是梁启超的《少年中国》，它们还是孙文的《建国大纲》，我突然发觉，这些个大诗人的大文章，竟然是这个共和国的今天的一个个总谱。我昨天给学生上节前的"最后一课"时，说了两个小时的中国的及我和中国的故事，我说到最后学生们都鼓掌了。当然，我怎么说的，即使再过10个年头，希望，都可能在他们记忆之中存在。

要等待另一个10年，我才能再看一次绿色的和平的洲际导弹的战车从我家的窗下走过，我的最后面的生命的长和短，非常有可能，是按能多少次以及和谁看楼下路过的导弹车而计算的，比如10年后看导弹车时女儿和她合肥来的表哥还会在身边吗？那可说不定，还有，10年后还需要洲际导弹吗？它们还是不是和平的绿色的？——1999年的是乳白色的。

现在是晚上的八点二十，天安门在烟火里狂欢着，我们在长安街的南面，所以只能看到复兴门彩虹桥的灯光，看不见那漫天的烟花和青烟。今天的天真蓝，在阴天了一个星期以后，仿佛突然地变蓝了，昨天晚上街道上还有雨滴，可能是天意吧。哦，我昨天在课上说齐老师此生最感到孤独和无望的，不是20多岁还没有对象，而是1985年我只身一人在东京三菱商事的总部实习的时候——那年我22岁。我和日本人比赛谁能加班，比谁更勤奋，我每晚9点下班，我还偷着拷贝人家的合同文本，我私自"潜伏"着为祖国搞商业合同文本,但当我回到东京的"廖承志办事处"时,我发现自己的奋发和图强并没有什么人关心,办事处的人们的麻将照打、便宜洋货照买,那是一种失落——我痛感到的,是一个落后国家青年的彻底的对前途的无望。但今天好了,我弱了,但我的国家强了,比起当一个"弱国的强民"——当时所有的日本人都那么评价俺这个"小齐先生"——中国第一个派到日本大企业、第一个窥见了"炮楼"里的实景的年轻人。但我,这个今天几乎什么都不是,只是一个北大的老年学子的我,眼下,在二十五年之后当上了一个"强国的弱民",两者相比,现在的感觉,当然是甜美多了。

由衷祝祖国六十大寿!

张老师的评语:
题材顺手抓来,借以抒发爱国情感之用。

"咖啡时光"的评语:
我说齐老师最近在多篇博客中提到良乡呢,原来他们是先止步在良乡想想进城干吗,想清楚之后才进入北京城的那些熟悉的革命老文章……

我的回复:
哈哈,您不知道这是我在和十三中的老师和同学们开着玩笑,我们去百花山时由于我不知道良乡在北京被大家开过玩笑,现在是在反复地回击!

假冒汪国真作诗

我写的这些杂乱的东西,其实都不是什么"东西"——不是文学作品,而是我这么多年来的田野语言研究活动的继续,我在探寻着语言这种媒介是不是所可能有的极限,就是词语到底能产生出多少类型的"变异",才能探求我们"活着"的生活的原貌,这应该是一个永恒式的接近,但极限永远不可能到头,因为你表现的手法刚一到头——你认为的"头",那生活,就又像老鼠似的溜了。"溜"可能是朝前,但也有可能是向左或向右。我写一本书换一种文体,换一种语感和说话的节奏,就是在不断地变化着我的"器"、我的老鼠夹子,我想让新的"鼠类"撞上我的千奇百怪的套子。你用不同的语言描写生活的时候,那生活,是不一样的,所以生活的故事就是那些,老鼠就在那儿,你换一种新的表现手法,无论是语感、语态还是语种,还是文字的布局排序和组合方式,那些上当的老鼠,会截然地不同!有花的,有黑的,还有草绿色的。昨天在故宫博物院散步,我看着眼前不同肤色游览的人:黄的,红的,白的,黑的,不红不白的,等等,我扫描的眼,也像是捕鼠器,像是国庆天空上飞的"预警机",我竟然突然悟出,造物主在制造人类时所用的手法,和造鱼、造鸟的没什么两样,他把人时而造成金色的,时而造成黑色的、白色的,时而造成大眼泡的,时而弄成小眯缝眼的。

诗也是一种套老鼠的语文的夹子,诗我从不会写,也从不愿写,以前曾写过几首，那是在看了迪金森的诗之后。我不喜欢现在的那些个职业的酸性的"诗人"们，以为一写诗，就变成了那种人了。作为长短句的文字手段的诗，其实是不难写的。其实这种诗的写法的"诀窍"只要一点破，是任何人都能"哗啦"变成诗人的，就是在有节奏的文字中——那些是我以前说过的"糖葫芦"，用抽象一点儿的一根逻辑哲理丝线——也好比是串糖葫芦的那根竹棍，一串，再拎一下，就变成所谓的"现代诗"了。这种小文字游戏，你可以信手就写，你可以边炒菜做饭，边聊天，边睡眠——边写，比如我刚才灵机一动，回想着我昨天写的那篇《领导人零碎接触回忆集锦》，就得到了这样一个小东西：

"生活的包袱皮——你随意打开时发现，里面有一大堆快烂了的东西；你不舍得丢；你于是在20年过后，又把它们——晾在20年之后的太阳下——翻晒；于是你得到的是——几块再也不会腐烂变质的——文字的豆腐干。"

刚才我随手瞎写的几个长短句子，不信你请一个现代诗评家给评评——事先告诉他是某著名作家早年写好后不好意思发表的诗，他——那个评论家读后说不定会说："好诗，实在是好诗，不愧是出于著名作家之手！"

"萤石的诗歌"的评语：

您的诗歌"神"已足够，但是，您的文字凝练得不够，赘词多。

生活的包袱皮

里面满是快烂的东西

舍不得弃

20年过去翻晒

得到几块永不变质的文字

"咖啡时光"的评语：

广告中说"每个人都是魔术师"，该改成"每个人都能诌成诗人"喽！齐老师这篇文章是那些梦想成为诗人，却又写诗无门的人的指路明灯。

嫦娥为何不再奔月

前日是中秋，昨晚去人民大会堂看了《复兴之路》，今天去了顺义的"花博会"，想必再过10年，当下次大阅兵的车队再从我家楼下经过的时候——我家那时还在这个楼吗？——人们就都忘却了"花博会"是什么了吧。

昨天从人民大会堂的东门看那些灯车中间悬着的月亮，它圆得，挺没劲的。

听到了一个我月坛中学的女同学大约八年前就病逝的消息，我万分震惊。她是班里学习最好的人之一，她患的是癌症，我们曾经老一起开班干部会来着，我那时是班里的——想起来了，是红卫兵的中队长。生命如此地无常，望着灯车之间的那个圆得不能再圆乎的傻大的月，我想。在大会堂的二楼的墙上，左边的、右边的，都是用黑大字写的词，词的作者，都是我自认为的师父——苏轼，一首是《念奴娇·赤壁怀古》，另一首是《水调歌头·明月几时有》。我想起了苏东坡，我也想起来想必是在月亮上舞蹈着的我的那个儿时从没单独说过话但老在一起开会的、不知道是去世了八年还是九年了的同学，我似乎能从大会堂的二楼边默念"千里共婵娟"边依然看到广场上那个傻大的月亮。我痛恨现代的科技，它让我们不再相信"寂寞嫦娥舒广袖"那样的毛泽东的词，它说月亮上没有升天的魂，而只有石头，何况，连水都没得喝了。据说她是在美国病逝的,美国的月亮从前我们还一直以为是更圆的,那样,她死后就不太冷清了吧,可我们,现在又不信了。生命哦,谁又会预料到,你竟如此无常。

愿君异乡月下安睡!

张老师的评语:

孩童时代的怀念,属于纯情;工业化的到来,商人涂污了人类原有的纯情至爱。一切情愿都将会堕入冰河时代。

我们俩使劲出卖《电梯工余力》以及女作家的"裸写"

前两天Harvey（哈威）来邮件激动地对我说，他在amazon.com（亚马逊网）上做的"余力开电梯"（Yu Li：Confessions of an elevator operator）广告刚一登出，就马上有一个人订了一本，他说Jimmy（我的别号），咱们开张了，你还不发动你在美国的朋友到处宣传宣传你的英文书，那样，你的royalty——版税，就会大大地多的。我回信说，Harvey呀，那个第一个买咱们的书的，其实是我在新泽西州居住的——哥，是我发现了你在"亚马逊"上做了广告，让他试订一本的，那本书，将送给我的那个只能看懂英文的侄子。

Harvey还说香港飞机场进了90本"余力"，但不知道能否卖出去，再有，北京和上海的机场，如果不出意料之外的话，也马上要订货了。他在cross finger（英语俗语，把手指重叠上）、祈祷着《电梯工余力》的大卖特卖和大行其道。我只能"嘿嘿"地旁观。我想象着已经有不止一个，不只是我哥和我侄子的人，手捧着花了12美元的《电梯工余力》，走上了我已经六年多没走上的飞机的舷梯，然后在飞机朝下玩儿命俯冲或者使劲爬高的时候，艰难地捂着肚子读着我的作品。

刚看完一本女作家王心丽写的随笔集子——《五月最后的傍晚》，写的是她写作的过程和苦闷。她有一次实在写急了，就索性脱掉衣服"裸写"了起来，而且还写的是和"中央一套"有关的事情。"中央一套"，是一款安全套的戏称。

还有一本书，这两天也正在看着，是北大的曹文轩先生给他的学生们"强烈推荐"的，德国人写的 Der Vorleser（《朗读者》），读了才知道，原来是一个15岁的少年和一个比他大21岁的女性"早恋"的故事，其中也有很多二人缠绵的场景，难怪这本书一直高居欧洲人最喜爱的书的榜首！曹老师的课我听过一次，讲得十分刻苦认真和一丝不苟，他是个"唯美"主义者，他写的《草房子》传说光是版税，每年就收入几十万元。同样是写书的，曹老师的收入在天上，王心丽老师的与他不可同日而语，至于我呢，我的版税是我侄子从新泽西给的。

王心丽的书是生命之书，是用绝对真的情感写的，从情感的层次上说，这肯定是上品。有一个明治时期的日本人说文学是"用感情表现和追求真理"，我赞同这种说法。文学中只是有饱和的发达的情感，是远不够的，因为情感谁都有，坏人也有，希特勒、三岛由纪夫之流，不能不说都是性情中人，但在"感情"的宣泄背后，一定要含着"真理"的成分。曹文轩批评时下没有"崇高"的文学，是堕落的文学，是不是文学的文学。我却以为，文学不妨是一种"感情＋趣味＋崇高"的结晶体。缺乏真实情感的东西是假的，只有崇高而没有趣味的东西也是道貌岸然、伪善的。崇高难道就不能被包含和隐显、寄生于情趣和趣味里面吗？吾祖师苏东坡，就是"情感、趣味、崇高"三位一体之人，否则，人民大会堂二层的那一整面墙上，也不可能只有他老人家一人做的诗词。感情的生成和表达不需用太多的技巧，倘能用有趣的法子表现崇高的情怀，不就更好了吗？

《朗读者》和语言学习的秘诀

夜里被秋后的蚊子空袭，索性继续读《朗读者》，它英文的名字是 The Reader，这是上午看网上的电影放映才知道的。《朗读者》的确非常震撼，它并没有桎梏于一个15岁少年和一个36岁妇女的情爱，它说着说着，就揭开了女子汉娜（Hanna）的真实面目——汉娜，原来是奥斯维辛集中营中的一个女看守！于是，真正的戏剧就开始了：情和爱、死亡和暴力、暴力中的幸存的诚实，等等。你自己去看吧。我想说的是，那个汉娜，竟然是个学习语言的天才，她发明了一种你可能从未听说过的法子学习她的母语德文，她本来是个文盲。那个从前做爱前给她念书的"小男孩儿"在她服刑的20年间继续用磁带给她朗读文学名著——其中当然包括《电梯工余力》了——开玩笑，她听着听着，就从监狱的图书馆把原著借来，对着录音机里的声音一个字母一个词儿地对照对比，这样"破译"了若干年后，她竟然，一个字一个字地照猫画虎能自己学会写字了！你注意她采用的方法了吗？她在一大篇她不认识的文字中，也听着录音机读出的单词，一边数着书中出现单词的数量，先找到并对应上一个词，比如"the"（其实应该是德文的der/die/das），然后她把那些同样的冠词们像择菜那样拣出来圈出来，这样，她就知道读"the"的那个词长什么样、怎么写了，如此炮制举一反三，她竟然就会写字了。而这种法子，正是我学习外语时老用的：我每学习一门陌生的语言时，都把压根儿就不认得文字的文章的磁带放上 10 遍 20 遍，然后，我就能把那些重复过数次的、发音同样的"家伙们"给揪出来，再一翻书对照看单词，看看意思，就永远地记住了。

汉娜用这种奇特的法子学会了语文，学会了写信，她自己扫盲了，但遗憾，她却没学会对她在集中营里犯下的罪行诚心忏悔，当已经成年了的"小男孩"在她就要出狱前，问她你在监狱里这么多年，到底 learnt（学到）了什么的时候——他用的那个 learnt 显然是双关的，他在问你领悟到、认识到、反省到了什么，你——认识到你自己有罪了吗？汉娜却回了一句："I have learnt to read！"——是啊，我"学会"了阅读。

天安门广场彩车上的故乡情结

　　直到推着老娘的轮椅走到写着"山东"二字的国庆彩车前面时，老娘开始激动得使劲地哭起来了，我才 learnt——认识到，那些由各省份精心制造和推出来的彩车们，原来还承载着每个省祖籍人士的故乡情结。除了上面有一个大"鸟巢"的北京的彩车，不仅是我，就连情感最最丰富的北京人，也不会见了北京的彩车，就放声号啕大哭吧。我因此推了我妈就跑！我边跑老娘还边继续触景生情："想当初我就不该离开山东！想当初我就不该离开山东！我那时是县里的优秀教师……我离开老家前你小姨说……"我边快跑边心说："您要是当初不离开烟台，今天那个推你的，早就不是——我了！"

延庆可是个好地方

刚才从延庆回来,坐着"假动车"。所谓"假动车",是说从延庆开来的"动车"只有"动车"的身子,而头——车的头,是普通的车头,就跟老电影《列宁在1918》里说的:"耳朵嘛,就是极其普通的耳朵!"

我是上午从新的"北京北站"出发的。北京的建设日新月异,前两年从北站去八达岭时,北站还是个破烂的站,记得回来时天上突然哗哗地泼起了雨水,开始没舍得买伞,等终于舍得买伞时,衣服已全湿了,大雨也停顿了,不过,为了对得起刚买到手的伞,我还是在没雨的情况下,打伞在站台上猛走了一阵子。

今天的北京北站是全新的,全新的车站中行走着一个已经"旧了两年"的我,人一年一旧,年呢,却一年一新。

本想在八达岭下车来着,但全车的人全下了,想必,那山上即使有什么报纸上玩命渲染的"红叶",也会被众人的头发染黑,于是,我就没在那儿下,我继续坐,我坐着车,转眼就把万里长城和满山遍野的人民给甩了,还甩出来一片碧绿的"希望大大"的田野,以及并不太遥远的群山的背影。"大大的希望",我想到,可能是当你把所有的冲动闹腾着的人群给甩在屁股之后的时候才有。

下火车后,站台上除了三两个人,单行的,就剩下了我,我上了一个有延庆口音的黑脸庞汉子的车,他说你再多给我5块,我就拉你去看一个比你想去看到的湖更大的湖。那湖到了，果然是个无边的湖，是个绿色清澈的湖，那个汉子走了，拿了我 15 元钱，起先，我还以为他骗我来着，因为到延庆市内后我才知道，有那种花 5 块钱就随便走的出租，但回程时第二个司机告诉我：到"动车站"就是 10 元。你对一个城市的好感，往往存在于开始以为被骗、后来发现没被骗的那个时刻。

　　一路上还是老习惯，看周六的有书评专刊的《新京报》和本周的《南方周末》，上面还在分析着刚得了诺贝尔文学奖的德国籍罗马尼亚裔——Muller 的事情。光她的名字，上周，就至少有三四种译法，有说她叫穆勒、米勒的，还有至少两种。她说她最早的几本书，都是在工厂的办公桌子上写的，这，倒和本人在蒙特利尔工厂写的第一至第四本书一样了。有人说中国作家有的一到发诺贝尔文学奖的时候，就特别地"焦虑"，而据他所知，没有一个得过那个奖的人，是凭靠"焦虑"得的。被告知得奖时，还都大吃一惊，而且那些人都以为写作就是因为"好玩"。

　　周五接受了 Beijinger（"北京人"）网站澳洲记者 Dan 的采访，上周日还接受过葡萄牙女记者 Vera 在"老书虫"书店的采访，她供职于《环球时报》的英文版，叫作 *Global Times*，也就是说，本人将马上因为英语版的"余力的故事"，而上《人民日报》的英文子刊物了——虽然那个刊物，据说才开张三个来月，正处于没什么人可报道的"焦虑"之中。Vera 问我的最后一个问题，是假如让我在我最喜欢、最崇拜的作家中选一个人，邀请那个人一起喝咖啡的话，我选择哪位——这是他们采访时习惯放在尾声上的问题吧，我想了一想，说："No one！They are all dead！"（没任何人，他们都死了！）其实我想请的，是钱锺书先生，当然，如果钱师爷不喜欢来，备用的，还有狄更斯、雨果，以及鲁迅。哦，还有，可能还有那个和我一样在工厂假装干活其实写书的"钢盔头"——女作家穆勒。

Yu Li, Confessions of an elevator operator（《电梯工余力》），是本期的英文报纸 *Beijing Today* 的 best seller——畅销书，上星期内人在香港新机场的书店里也在最显眼的地方，看到了站着的它，下面还摆着个 NewsLink（最新上市）的标牌。Vera 问我为什么我的笔名叫 Monkey Qi（猴子齐），我费了两次的工夫，连打电话外加发邮件才说明白，我说我的"齐天大"，是一个叫"齐天大圣"的猴子的上半身，那个"圣"的尾巴给截去了；没尾巴多好啊！尾巴都没了，做人时，连夹的就都没了。

在延庆闹市的一个地下的名字叫"蓝梦书屋"的店里面，我竟然发现了几本欧洲文论的经典，有本雅明的，有关于罗兰·巴特、拉辛的，是1998年版的，一口气买了四五本。卖书的女店员诧异地为我包裹着书，她想——它们肯定是阅读兴趣极其冷门的人才会买的，因为这本书都在书架上站立11年了。罗兰·巴特也好，本雅明也罢，还有卡夫卡，那些死过的欧洲文人，也万没想到说关于他们故事的书，在一个比北京城冷四五度的中国偏远的县城里被罚站，而我哩，我在北京的书店想淘也淘不出10年老书的宝贝，倒是在这儿淘到了。看来偏远和与世隔绝，倒也是文化的本色，就仿佛是县城中间的那个被命名为"夏都"的湖，它的上游的河的名字，是一个"女"字旁，加上一个"为"，司机说那个字在字典里没有，也不念"为"。不懂的像我，只能念"女为"了吧。

静心，是禅也是神圣。延庆是个好地方，是个能闲也能静的地方，那儿海拔稍微一高，就距离天空和星星近了，人少些杂念，就纯粹，就朴实，就真切，就叫人放心，就"有话好说"：我本来买的是7点的回程票——4点50分的卖完了，我向两个检票的延庆人求情，他们一笑，没说行，也不说不行，后来他们又将我当球踢了一回，但一回刚踢过，就不忍心踢第二回了，我于是得以拿着7点开车的车票，上了4点50分的"假动车"。列车启动后头一站车厢几乎是空的，延庆的群山和田野，在下降到尽头的太阳下还是散发着迷人魅力，但一到八达岭，当那些一片红叶都没抓挠着的、铺天盖地等在站台上的北京城中人冲上来后，他们一下子，就把"我的座位"给强占走了。

张老师的评语：

延庆，古道西风瘦马。杨六郎，杨家将们，拼死拒敌，热血春秋的地方。几次冬日带着学生拉练走到那里，住下，如厕时，屁股快冻掉了。那里纯种的民风，使你衷肠相对。如今，城里干最苦力的活的，大都是延庆的兄弟们。甩掉万人争睹红叶的办法，实为上策。走入空灵的大自然，心中会有多彩的回想。《电梯工余力》存在的意义，必将突破时空的束缚。因为，那是普通人真实的良知再现！

"律师张建国"的留言：

一看到延庆，我就感到很亲切，因为一个偶然的机会我曾在那里住过一个晚上。记得是在1997年国庆，我和我老婆想上八达岭长城游玩，没想到公共汽车把我们拉到了延庆，我们就在延庆住了一个晚上，早上4点多有个小公共汽车把我们几个都是坐过车住在延庆的人直接送到长城的后门边，没让我们买票就直接上了长城。每人省了几十块钱，真是因祸得福。因为在此占了一个便宜，因此印象很深。

"心灵飞鸿"的评语：

是一个逃离喧嚣的好去处！

这里秋水澄澈，人迹罕至，民风淳朴！

更重要的是你在此淘出了本色和人情味。

我的回复：

将心比心也！

"咖啡时光"的评语：

余力走向世界了！

偏远的地方恰是最好的地方，更何况那里还藏着闹市中见不到的宝贝。

《环球时报》英文版关于我和书的报道：

MONKEY BUSINESS

Source：*Global Times*

[00：11 October 21，2009]

Comments

By Vera Penêda

Jimmy Qi at The Bookworm. Photo：Vera Penêda

He calls himself "Monkey". He can read a book a day, jot down a story by hand in two days, and he submits first drafts as final without caring to revise his stories.

Jimmy Qi writes hilarious fiction in a satirical style. His titles are eye-catching and thought provoking: *Trilogy of Toilets*, *A Dialogue With A Tiger* and *I love Beijing Public Transportation*. On the author presents the first English translation of "*Yu Li-Confessions of an Elevator Operator*" at The Bookworm so that we can finally know what this "monkey" is writing about.

Humor is "candy for readers, but Chinese medicine for the writer" Qi says, giving away how he likes to tell his tales. Switching between the monkey and the writer in him, Qi explains that an author should "write to let people laugh and be happy, but these joys must come from the bitterness of the writer, which makes true humor possible".

Qi's fiction is distinguished by a broadminded yet sardonic wit but with an inevitable bond to human life and his environment.Accordingly, Qi subscribes to the philosophy that writers should live in the world, rather than do it as a 'professional occupation'.

"That's just something I told my publisher. It's because I can't make writing my way of living, because I'm not famous, "he confesses with a smile. "But the thing is...being on the other side gives you the possibility to live, to experience life, which really is the source of writing. When you become famous, you usually loose the taste of real life. "

The talkative Qi speaks as much with his hands as his voice. "For example, I just'found'my next novel when I saw the National Day parade with all the green missiles (they used to be white). Its title can be, " "Environment Friendly Missiles, " he says, a hint of derision in his voice.

Inspired by the flow of life,he doesn't want to interrupt the flow of his thinking. "The writing follows your thinking. The author is like a conductor of an orchestra. He has the details, keeps up with the rhythm and incorporates the elements of surprise. " Qi explains that's why he doesn't polish his stories, to keep them genuine.

Qi's story launches a new series of Modern Chinese Masters, a new imprint of short fiction from contemporary Chinese writers in English translation by Make Do publishing from Hong Kong.

Yu Li: *Confessions of an Elevator Operator* is Qi's first story to be translated into English. Yu Li is a minggong–a migrant worker–whose elevator will drop readers into Beijing's world of the rich in a newly rich China. "Yu Li (余力) means extra power. He's invisible but he's also intense and dramatic. People will like him, " Qi assures.

The story starts in Hebei Province, where Yu Li works as an inspector at a fake wine distillery in a small town. Abstinence is a harsh business and Yu Li gets fired because he is caught drinking the wine during his inspections. That's when the worker comes to Beijing, after landing a job as an elevator operator in a luxury apartment building where the winners in the new China go up and down every day. Yu Li soon learns life as an operator isn't smooth.

"It's a made-up story. But as in real life, Yu Li has a typical Beijing job and is one of the many migrant workers struggling to adapt to the change from the countryside to a big cosmopolitan city. That's why his perspective on people and life is so interesting, " the author argues.

Colorful misadventures light up the short book as celebrities, VIPs and party bosses step in and out of Yu Li's"office"while he fights to adjust to the confusion of city life and, above all, battles to restrain the"nuclear weapon"in his pants.

Yu Li is also the starting point to feature Beijing's society. The elevator is a one square meter central stage where different emotions and aspirations meet.

"Every one of us becomes an elevator operator sometime, managing the highs and lows of our life," Qi declares, proud about featuring "big topics in a small elevator".

The hilarious plot floats between nonsense and drama with hints of Kafka that trap the reader, to find more laughs and remember many of his own elevator trips (ups and downs) in Beijing (I know I did). Yu Li's training program and a celebrity affair in the elevator are just two of the many riotous situations in the illustrious Building B, Gate A elevator. Gangsters and toilets will also be serious threats to Yu Li's elevator.

Qi reads one book every day from his 4000-book collection. *The Reader by Bernhard Schlink* was the latest; Tolstoy and Qian Zhongshu (Chinese writer and scholar famous for his sharp wit and cross-cultural literary expertise) are among his favorites but he'd like to have a cup of tea with Victor Hugo or Dickens if the masters were still alive.

"I constantly search for new books, more and more authors, I just have to keep reading. At some point I'll find another great idea," he claims among the shelves full of books.

Unsurprisingly, his "Monkey" pen name was borrowed from Journey to the West. "I like that monkey so much. He is smart, witty and has 72 ways to change his shape, that's why he can overcome every challenge," Qi says, inspired by the main character in the Monkey King, Qi Tian Da Sheng （齐天大圣）, and the similar characters in his own Chinese name Qi Tianda （齐天大）. "I've written 10 books so far [including an essay, a work on philosophy and art criticism, and several novels] and I don't want to repeat myself. I like the challenge to cover different subjects and styles."

Married with one daughter, Qi is doing his PhD in Comparative Literature at Peking University and teaching at Beijing Language and Culture University. Once a manager and a businessman, now a linguist, scholar and writer, Qi uses all these roles to find his characters, plots, and feed the urge to switch genres.

After 10 years living in Canada and 3 years in Japan, Qi is happy to be back in town. "This is a rich city. I want to be in a multicultural environment, big, complex, with many faces. Here, I have all the good ingredients to ignite my writing."

英文网 Beijinger 的报道:

"We Are All Dispensable"–*Confessions of an Elevator Operator*

Submitted on Oct 21, 2009 10:00 a.m. by Dan Edwards

Beijing author Jimmy Qi.

Yu Li–*Confessions of an Elevator Operator* is an uproarious tale of China's surplus labor by Beijing author Jimmy Qi. Yu Li (whose name literally means "extra manpower") is a migrant worker transported from rural China to the lift of one of Beijing's classiest apartment blocks, stuffed with celebrities and important officials. The responsibility of transporting these powerful men and alluring women from floor to floor is almost

more than a country boy can handle, especially with a "nuclear weapon" in his pants ready to go off at any moment.

Yu Li has just been published in English by Make Do Publishing, a new Hong Kong-based imprint. On the eve of the launch of Yu Li at the Bookworm this Thursday (October 22nd), Dan Edwards spoke to author Jimmy Qi about his work.

What inspired you to start writing?

Actually my first piece of writing hasn't been published yet. It was based on my experiences working for a rich family business in Canada (Qi lived in Canada from 1989 to 1998). It was a very funny working environment–more like a prison! (Laughs) It was really a unique and shocking experience. They had cameras watching us, and when you went to the toilet, after two minutes the door was locked. They had people working there from all over who had just landed in Canada and wanted a new life. When I quit the manager pulled out a knife. So when I started my second job, I just wanted to get that story down. That was my first novel.

How has the time you spent in Canada changed the way you look at your homeland?

Yu Li was inspired by my apartment block, which I think I looked at differently when I returned from Canada. It was very common in China for buildings to have an elevator operator, but when my colleagues visited from Canada and the United States, the first question they always asked was, "What's an elevator operator doing here?" In your own environment you get used to these unique things. It was only when I lived outside China I knew why people asked this question.

Apart from those kinds of details, did you see China differently after nine years in Canada?

It was more commercialized when I came back. You know this book was written in the late 1990s, when China had just switched from a very centralized kind of society, like the Soviet Union,to a more globalized economy. That was a huge shock. People couldn't adjust. It was like driving your car on the right side, and all of a sudden you're asked to drive on the left. Everything was turned on its head, like an earthquake. It took everyone some time to adjust to that new environment.

You've published nine books in China–is Yu Li is typical of your style?

Not really–I switch from one style to another, depending on what I want to write. Style is just a tool.The target is what you want to say. I read a lot, so when I start writing I always have many different novels in mind, and all the masters. I have my own collection of around 5,000 books,starting with Shakespeare and Confucius. Depending on what I want to say, I always have the working style of another author in mind,and I draw on that.

The new English-language edition of "Yu Li: *Confessions of an Elevator Operator.*"

There seems to be a subtle critique of Chinese society running through the story of Yu Li,with his ridiculous training to be an elevator operator and his calm, Daoist sense of resignation at the end of the novel encouraged by his supervisor. Was the story intended as critique?

In general, I don't aim to be a political writer –that's not my goal. Time passes,systems change, but great masters like Dickens never change,right ? Literature should have that kind of artistic value. So Yu Li is more about the cultural conflict between the Chinese and Western–or the "international"–way of thinking.

In your essay in the new edition of Yu Li, you write, "We are all Yu Li…we are all dispensable. " Can you talk about what you mean by that ?

We all have ups and downs.Yu means "extra, " Li means "manpower. " Look at George W. Bush – he's a Yu Li today, right ? He's a leftover. That's life. You have your powerful times and shining moments, but things rotate. Sometimes you're on top,sometimes you're not. Yu Li's story tells a common tale of human behavior.

Yu Li was first published in Chinese in 2001. Was there anything that surprised you about the story looking back over it in the course of preparing the new English edition ?

Yes,because I wrote this book ten years ago in only two days. When I read his translation I realized it's a great story–it's short but it really says a lot. Classic writings are those that create a prototype figure that is an expression of generic human behavior–you create a mirror in which everyone can see him or herself.You can re-read these books again and again and the feeling is always different,because the reader is always in a different place.

Jimmy Qi will launch the English edition of Yu Li–*Confessions of an Elevator Operator* at 7∶30 p. m. this Thursday, October 22nd at the Bookworm. RMB 30 / 20 (members).

电梯是"吸血鬼"?

电梯里的故事还在每天继续着。"余力",是"多余的人力"的意思,在我们这个日益衰落(由于VIP们的逐一搬走)的长安街上的楼里,随着新电梯的来临——约两年前的,"余力"们的故事每年零星了起来。早先我记得开这些电梯的人总共有一个班,班长是个红发女郎,红发当然是染的,又多又长,一直披到了腰部。她人到中年,面色威严,她坐在电梯里时,不知道的,老以为她是贵妇人。我记得她的那件大衣,也是仿裘皮的。后来她走了,又换了无数的"女余力",当然其中,也有我在《我爱北京公交车》里写的那个孙大哥,他真名是"孙大水"。他,是正在专心读着我写的《妈妈的舌头》的时候,被炒了鱿鱼的。另有一个叫"小欣"的,特别爱读书,我把我的《永别了外企》借给她读,目的是为了搞读者反馈调查,不过,那本不厚的书,她半天就看完还我了。在新电梯到来之后,"多余"的他们,就更显得多余了,他们一个个走开,他们偶尔回来代班,但他们没过多久,就都gone with the wind——"飘"了。

现在楼东边那个门的电梯,统共,只剩三个人开,她们一个是四川人,一个是重庆人,一个是黑龙江佳木斯的。昨天,我看见"四川大妹子"用一根像铅笔样的长棍,代替手去一下下捅键盘上的开关,我说你也太懒了吧,你干着全世界最容易的活,现在倒好,你连手都懒得抬了,她听了笑着说:"是啊,连手,以后都不用抬啦!"

在昨晚上楼的时候,那个埋怨秋日电梯里冷的"佳木斯大姐"说电梯简直是个"吸血鬼",我吓了一跳:"吸血鬼?"她说:"可不!夏天我们这电梯里本来比外面凉快,门一开,热风就'呼'地进来了,电梯里热得像蒸笼,可刚入秋,又没电暖气,坐半天,全靠自己身上散发的热气暖和,可门一开呢,外面的冷风又'嗖'地蹿进来,把好容易拢起来的热乎气一下子全吸跑了,你说,这不像吸血鬼,像什么?"

"方圆自在"的评语:
草根族,无奈的人群。

"咖啡时光"的评语:
骇人的比喻!

张老师的评语:
谈笑中的人泪。

年过半百的"小伙子"

学生篮球赛,邀我去"开球"——就是朝两个学生的头上扔,于是我,就把那个球抛向了天空。不过后来,那个球又掉下来了——歪着。比赛开始。

他们在重复着两年前的比赛,那时的学生数比现在的多,赛起来,也一轮一轮的。我是在"商务"课上鼓动学生们年纪轻轻,就把事业搞得好好的、身子差差的了,要学刚去世的——吕正操将军。老将军享年105岁。

前天在湖里游泳时,水温已经15摄氏度了,有一个64岁的"小伙子",身子像铜铸似的,他能游到小码头那儿,我一看,好家伙!来回六七百米,须知,没练过冬泳的你,一下去,就轻易上不来了。"小伙子"特能吃,他说他在20世纪70年代的时候,老用食堂的馒头票和人换窝头,因为吃5个馒头不饱,一吃七八个窝头,就饱了。他还说时代的发展对他极为不利,因为眼下馒头4毛了,而窝头呢,都6毛了!要不是他那么一说,从来吃不下整个窝头或者馒头的本人,还不知道窝头都这么有收藏价值了。哦,窝头和黄金,是一个色的嘛!

"小伙子"朝白色的码头"深度游"去了,岸上更换着"泳装"的我,还在回味着他跳水前留下的最后那句话——他说他来玉渊潭前,统共喝了5大碗牛奶。

张老师的评语：

人生有命，往往是各种因素决定的。常言道："人生于忧患"，也不是没有道理的。清朝帝王中，短命的也很多。

热烈庆贺中国"点子大王"何阳出狱回京

在20个世纪90年代中国有一个专门搞策划的大师，名字是"何阳"；何阳风光好一阵子之后被抓进监狱，最近又被提前放出来了，有趣的是，他刚一出狱，第二天，深圳的一条繁华的商业街就挂起了一条横幅，上面写着"热烈庆贺中国'点子大王'何阳出狱回京"。

警察很快就没收了那个横幅，然后，还把何阳又带到派出所拘留了4个小时，目的是帮助何阳"安分安分"。

这，都是今天的《新京报》说的。

除了《新京报》，我还在报摊上想买21日的英文版《环球日报》来着，因为据说那上面虽然没有何阳出狱之类的消息，却有本人的"巨幅照片"——我还是昨夜在Bookworm书店做完收30元门票的采访节目之后回到家，从老伴的口里知道的，她说一个从加拿大回京的老朋友找我没找着，急了，就在报摊上买了一份 *Global Times*，然后，就看到了手中抱着一大摞书的Jimmy Monkey Qi的"巨幅照片"。但她第二天就走，我也没她的电话。她是20世纪80年代我中技公司时代的老同事，那时我们一起和加拿大人谈造纸项目的成套设备采购，她一来，加拿大人就发抖，因为浙大毕业的她砍价时对加拿大人贼狠。她后来嫁给了加拿大人，他们在温哥华住。老同事平均6年回一次国，她回国后我想她最多是找一次"小齐"，也最多在街头买一次报纸，于是她，看到了似乎是已经（她肯定那么想！）非常著名了的英文全国大报上的"小齐",然而她就又走了。我无法保证她过6年后再回国,再找我没找着而再在街头买报时,能否看到另一个"猴子化"了的——本人。

　　我刚才累赘地写了这么许多,无非是在嘲讽着如晨露般短命的现代媒体世界,要想上全国的大报——就连更大的 China Daily——《中国日报》,我昨天无意买来时,也发现了告示 Multilingual novelist Jimmy Qi(会多门语言的小说家齐天大)要在"老书虫"贩卖新书的消息——其实这非常地容易,容易得我都不好意思说了,就是你先写一部特别轻薄的书,然后有人把它译成另一种语言,然后再在境外上市,你的书商呢,再在北京的媒体圈子认识几个想把明天报纸的空白填满却找不到对象的人,就比如我吧,我身上必须有少许故事的坯子,比如我学过几种外语,比如我还说过些"我家能看到洲际导弹"之类的疯话,于是,那几个媒体朋友——Dan 和 Vera 就开始编排我的"奇特"了,说 Jimmy Qi 在做着 Monkey Business——"猴子生意",他能像猴子似的一天读一本书,能像猴子似的写书,以及他会流利地说8种语言!我一再和他们"侃",我说我真的不会说"流利8种"——我压根儿就没说过那话!我呢,我只是流利了4种而已,但我的确是学过8种的。昨晚访谈的掌声响彻完后,还真的有一个看上去像是英国人的女子上来和我说日语,还有一个巴基斯坦的跟我和另一个"作家"Linda 说法语,幸亏我都能听懂,但那个巴基斯坦人和一个看似是意大利西西里人实际却是英国籍的老头儿——他爷爷的爷爷的爷爷曾指挥过英军贩卖鸦片的军舰——说开了阿拉伯话时,他们问我会不会,我说我只能说一两句,而已。

　　张老师的评语:
　　很漂亮的潜移默化的艺术!

　　"咖啡时光"的评语:
　　那也是相当厉害了,听着像是在开联合国会议。

国际学术会议上的趣事

直到我和加拿大籍的意大利人"马克西姆"（Massimo）教授在"芍园"邻桌就餐的时候，我才发现世界是如此之小——他，竟然认识我当年在麦吉尔大学学习意大利语时的女老师。我想不起那个女老师的名和姓了，马克西姆费了半天的劲也没想起来，但那个个子高高的、黑发的、非常像索菲亚·罗兰的身影，显现在我们的大脑里了。

昨天在中文系的会议室里，北大和阿尔伯塔大学(Alberta University)进行了一整天"比较文学探讨会"，直到把清华南门"全聚德"的晚饭也给吃掉为止。我听着听着，由于是下午，又由于会议室一半的人都有了睡态，我就也困了起来。突然，我的手机强烈振动了一下，我一看，是陈老师发来的，我赶紧追出问先出去的他有什么要紧的事情吩咐，陈老师笑道："没什么，你刚才打呼噜的声音传到对面桌子的我那儿了……"什么？我开国际文学研讨会打呼噜？本人从来没打过啊！我于是回到会议室问身旁的小邹，小邹仔细想了一下说："好像不是你呀。"

马克西姆有意大利人的敏感和直率，他听说我曾经在加国的卡尔顿大学学习过"公共管理"后，吃惊地说："那可是个不错的能赚钱的学科啊！"然后他问我北大毕业后想干什么，我说我50岁就想退休了，他说："什么？退休？是不是早了点！在家没事干吗，read books？（读书吗？）"他似乎看不上读书的，但他下午做讲演的时候，却显得非常专注，他谈的主题是"东方与西方的诗体寓言"。我看他那使劲克服着时差做文学专题演说的样子,在心里笑着——他显然不是个文学的真正喜好者,他是在用文学谋生。早年他在蒙特利尔的意大利餐馆干过,他极端羡慕我原先的卖门锁的职业,但此时此刻他却在大谈着中国的《诗经》和基督教的《圣经》的差异性。发言时,他的神态竟然显得极为认真,由于头顶略秃,看上去真像个中世纪罗马的一个红衣主教。

其实文学是个奢侈的东西。用车老师的话说——他是听法国人说的,大学里文学专业研究生们都是"没在册的失业者"。文学交流有时也似可似不可,比如在研讨会上,有的中方教授大谈17、18世纪的欧洲究竟是怎么用从中国传去的儒学指导着克服早期资本主义的弊端的,加拿大的学者们听着听着,竟然都听糊涂了,他们似乎压根儿就不知道有那么回事,他们问发言的中方教授:"您说什么来着?西方17、18世纪真的受到中国儒学的指引了吗?"中方的教授说:"那当然了,且听我细细道来!"由此晚宴时间推后。

小吴师弟想发起个学习社,晚餐时和大家商议。我帮他起了个名字,叫作"无知社"——未名湖畔的"无知社"。还有上下两联,曰:"知我者无知,不知我者,更无知;来此者无知,不来此者,更无知。"英文名字是"naive group"。naive 说的是"单纯、无知",正符合本人的"永葆学术童心"的理念。

听说下次学术会议——"北京论坛"(Beijing Forum)是在钓鱼台开,时间是11月8号。还隔着一个多星期,我就悸动了起来。我对大家说,自己是在钓鱼台的围墙外长大的,一直长到现在这么大(都齐天大了!)。我说的墙,就是每周去游泳的玉渊潭东湖的那堵墙。

得诺奖秘诀——对双层"我"的超越

自从德国的穆勒得到诺贝尔文学奖之后,我一直在追踪着有关她的报道,和我一样,国内的所有搞文学的人——作家、评论家,内行的、外行的都经历了一系列的从对她无知到有知,再到惊异,再到佩服的几个阶段的心理变革。

一开始我对她的无知和嘲讽,是因为我对德国人"钢盔"头型的从来就有的反感,而且,我至今还以为,在德国人的血脉中,有那么点冷兵器的内涵。我和德国人打交道的年份可不算短,我从业过的那个国际锁厂中有几个分厂就在德国。我至今还记得我第一次在德国南部的弗莱堡小城,在咖啡馆见到的第一个德国人,就长得像戈培尔——黑发,眼睛湛蓝、像狼一样地泛着冷兵器的寒光。我 2003 年在法兰克福的机场等飞机时,那时的亚洲人嘴上都突然戴着吓人的口罩,而我不知道中国和北京究竟发生了什么,但我又不得不"乘机归去",我于是看见一个德国男子,他同样地冷静和冷酷,他端坐在对准飞机跑道的座椅上一动不动,像一尊雕像。他连续几个小时"军姿挺拔"地用一个望远镜观察着每一架飞机的起落,几个小时,他就那么腰杆笔直、面无表情、毫无冲动地把手抬起、放下,再抬起、再放下,而且,他的眼睛,从始至终都是湛蓝,和日内瓦湖似的,那其中,潜在着逼人、冷峻的寒光。

从那以后,我就再没坐过飞机了,难道我是被那个德国人吓的?

要想得到诺奖，尤其是文学的，从我的阅读体会来看——我读了几本去年得奖的那个法国人的书，其中有一本叫作 *La Guerre*（《战争》），我想，你注定要超越两个"我"才行，第一个，是你那个"我"，我说的就是你！你必须克服自己肉身的七情和六欲；你，绝不能成为一个让人讨厌和嫉妒的你，因为那个你，不可能是别人非常喜欢的对象，所以，那个你，要舍得牺牲，最起码，在你写东西的那种时刻，你，注定要是"牺牲着"的，就好比写《文化苦旅》时的余老师，还有写《苦途》时的我自己的张老师。穆勒写那些罗马尼亚人在独裁时受罪的非常经历时，无疑，也一定是一个苦难中的、痛苦里的穆勒，而不是拿了150万美元之后的富裕的穆勒，因为拿了150万美元后的穆勒无论如何地放弃和超越，也休想超越150万美元的诱惑、优越、舒适，这时，她对苦痛的同情和感知力，必然会退化、会迟钝、会打折扣。由此，得奖，尤其是物质的，对文学事业者来说，始终是双刃的刀，它既让人得意，既是褒奖，又能废掉你的武功。文学，我以为，应该有"代上帝言"之功用，在上帝（造物主）的眼中，他肯定是无我而只有芸芸众生的，他那个"我"太大太强了，他无须关照自己，佛陀眼中看到的是人间的苦恼才行，只有他（佛陀）无我了，说出了（用笔）无我的话，他代言了，他为在苦恼里挣扎着的人类——精神的、物质的苦——指导说教了，他（她），才有那把通向诺奖的（我们权且假设那是那种最具有代表全人类意义的最高奖吧）钥匙，才有资格，否则就没有。你假若只在乎自己，你不关心别人，那么，别人又何必奖励那个已经被自己关心得一塌糊涂的你呢！不发你奖就是了。

其次，你还要关心超越第二个"我"，就是本民族的那个我。我不是说穆勒非要写西班牙人，托尔斯泰一定要写阿拉上海人的故事，那只是地理位置的超越，我在说你写的东西，一定是全人类共同的、"最大公约"的苦恼或快乐，比如那个法国人写的《战争》，他写的是全体的《战争》，是作为"战争"的"战争"，他写的那个战争的战场是法国和德国，但你在北京和杭州读它，却能感觉到疼痛和惨烈，他连带地也写了你的战争，他的视野和感知是普遍的、全人类性的，那么，他的书，无论写书的是德国人、中国人、非洲人、印度人，你——远在天边的和他本没什么干系的你，都能"痛感"到那痛、那伤、那快乐、那悲悯、那良知，哦，对了，我其实想说的是"良知"，人类共有的良知，一个写书的假如没有超越普通人、一般人、强大的能辐射万里之外的"良知"的成分的话，那么，你怎么能希望他（她）写的东西，会得到全人类的"共爱"呢？你须先"博爱"，你才能换取他人之"共爱"；你的"爱"越博大，你的辐射、穿透力才越强——穿透你自己的肉体，穿透你自己托生的民族的局限，穿透形形色色种族的人的用各种躯壳（皮肤的、语言的、方位的）搭建的抵抗的工事而感染人、感动人、沟通人、关心人，你，才能被全人类喜爱，而这，不就是获得一切有形的、无形的、有价的、无价的那些大奖、小奖的秘诀吗？

"咖啡时光"的评语：

照着齐老师获奖秘诀去做的人，即使没真的获得诺奖，也要自己给自己颁个诺奖。

纪念 2009 年 11 月 1 日的 10 年一下的——雪

今天早晨的鹅毛雪，后来才知道，是 10 年来最早的雪。起初我还以为是 10 月 31 日下的，但又一想，10 月 31 日是北京十三中 80 年的校庆日，于是我，就踩着雪、打着伞去北大静园五院的会议室，听乐黛云老师讲课去了。这是比较所研究生的那个由小吴号召的还没确定是什么名字的"社"的第一次活动。乐老师是我的老师的老师，她今年 78 岁了，是中国比较文学学科的创始人，是真正的国宝级别老师，但大师的她坐在那儿，看上去却像一个中学生般乐天、亲和、平易。雪，在中文系五院的古色古香的砖墙上"天花"般地散落，这种下落，假如真是 10 年一次的话，那么，我们这个"社"的开局，就是 10 年一遇的、前所未有的洁白了。乐先生说她昨夜没睡好觉，是因为愤怒——长江边前日 3 个学生落水时本来是能救上岸的，但能施救的船在边上就是见死不救，说是要准备捞尸，捞上来一个要一万多元。我想一个学者的良知，其实就在于此，就在乐老师身上吧，就在于她会因别人的不平、因天下之不公而彻夜难眠。

之后去未名湖边赏雪。我每年都乘雪未化留下一张有博雅塔影子的模糊照片（由于是用低像素手机请路人拍摄），"去年"的那张其实也是 2009 年 3 月照的，谁让 2008 学年天不下雪呢。赏雪的情怀并不全是"矫情"，其实"诗意"那个东西，是古中国人传了千年却刚刚丢的，从前逢事写诗的，尽是些刚阳血性男儿。而今的诗呢，你若吟，你若假天地之雪白纷纷而偷想汽车、楼房、手机,以及飞机之外的事,却显得非常"矫情"了似的。

昨天在十三中高中同学老师兴奋团聚的时候,一个30年没见的老同学,他就整天想着飞机的事——他是专业修飞机的,战斗机于他修起来太简单了,他只修大型客机。30年未见后,你再见老同学,再在当年拍毕业照的原地拍30年后的合影,就仿佛是10年未遇的11月1日的初雪那般的洁净,经过了不知不觉的十分经久的期盼。北京的11月1日的雪,十三中下次90年校庆的时候,还会再在第二天漫天地飘下来吗?或那白,就只是头顶上的霜?老天爷和人都不敢保证。30年后,你的同窗们做什么行业的都有,有我这样似乎"不务正业"的,有做兽医的、护林子的、修飞机的、造飞机的,有在CCTV工作的……有已经成了大器的,有还没成什么大器的,还有尚有成大器希望的,有已经注定永远不可能成什么器的(咋好像还在说我)——反正这么好多,反正,30年的时光,被那苍天老儿的无名指一弹,就弹得毫无踪影了,就成了白色的虚无的边下边融化根本靠不住的——雪花。

张老师的评语:

此文太妙了!太撒欢儿了,太联想了,太矫情了。绵里藏针,针针见血。天地之比较,人生之比较,人与人之比较,丑与美之比较,都在一种真实的比较之中袒露无遗!文字的铺展,似缓缓飘落的雪花,又似风霜刀剑。

我的回应:

哈哈,张老师也发少年狂了!

"心灵飞鸿"的续评：

这就是齐老师文字的风格，读后有精神被震撼的欢愉，情感被宣泄的酣畅，视、听觉被冲击的鲜亮，心灵被触动的警醒。这美与丑的对垒，是与非的碰撞，真与假的抗衡，善与恶的分化，使得读者的思维如铁屑般，被齐老师文字所形成的磁场牵引，使我们欣喜地看到了神奇无比的磁力线运动。

和澳籍作家贾佩琳续说"余力"

贾佩琳,其实就是在"老书虫"夸奖我的"余力"的那个澳籍作家 Lind Jiavin,据 Harvey 说,她"非常有名"。她送了我一本她写的 *Eat Me*(《尝尝我》),同时她还说"这本书非常的'黄色'"——她中文极好,她是个"老"汉学家了。她是吴祖光、新凤霞和翻译家杨宪益夫妇的朋友,她还在听说丁聪去世时不由自主地哭了。她死活向我要了一本《美国总统牌马桶》。这,就是她"留言"时,说"reading *President Brand Toilet*"的缘由,而我呢,我说读你的《尝尝我》感到不适,因为那本书太 nutritious——营养丰富了,还是该留给那些正闹着饥荒(starvation)的人们吃吧。

贾佩琳有名——在电影圈子里,还因为她是张艺谋、陈凯歌、姜文导演们导的影片的英文译者。她在她自己的图书网站上介绍、推荐了我那本《电梯工余力》,还打了四个星。她是那种天生就为艺术、为感觉书写而生的人,这类人世上不多——这样对文艺极度的敏感、感觉夸张还极为正确的;有的人则不,有的人非常的性情却不准确,疯疯癫癫的却老不到位,那是错误的疯狂,我是说,疯狂在了错误的时间、场合和地点。

我的英文版《电梯工余力》得到了贾佩琳非常夸张的、纯天然的赞叹,这于翻译它的 Harvey、于原作的本人甚至于那个根本不存在的被我虚构而生的"余力"本人，都是该自负、该洋洋得意的事情。但愿哪一天，贾佩琳能亲手翻译我的那部20世纪90年代史诗《美国总统牌马桶》——在翻译大腕儿们电影的闲暇当中。

张老师的评语：

《电梯工余力》，他是我们社会现实变革中的"普众"的典型影像。具有深刻的社会意义。

听交响乐时听出的愤怒

昨晚在国家大剧院听法国图卢兹国家交响乐团的音乐会。我买的票是100元的,本想会像从前那样,从远处斜视舞台——买便宜票的人往往都仿佛"偷窥",没想到恰恰相反,我是正面对着指挥看的,他,那个据说是法国"著名指挥家"的表演,好似顽童跳舞,不过那舞,是会跳的人的懂行的舞,谐谑而恰到好处地描绘了柴可夫斯基的D(大调或小调?)小提琴协奏曲,拉琴的是宁峰——帕格尼尼大奖获得者,他是个鬼才,还有柴氏的第五交响曲。柴氏的音乐于本人,就像样板戏,我随便听哪块儿,就知道下一个调子是什么。

30多年了,我无法忍受听交响乐时旁人发出的噪声,但偏偏又是在我的两边,一个女的在最需要安静的时候,先把手机摔地上了,之后是揉搓手里的硬纸质的票,接着舞台更该静了,于是她,就开始"咔、咔"地每隔一分钟、用吃奶的劲抓挠她的头发,好比里面藏着一窝虱子似的;好容易她消停下了,右面那个男的又有"情况"了,此时法国指挥正指挥着全曲最深情悠扬的段落,我身边的那个男的使劲揉搓他手中的一个塑料袋子,哗哗,哗哗,哗哗哗哗……我就真急了,我手指他厉声说:"你能不能别抓那个口袋?"他怕了,不敢抓了,当然,我说那话时,是挑了法国著名指挥把音乐调到高处时说的。出了国家大剧院,我的余怒仍未消,我把那怒火带回因没暖气而冰冷的家,老伴问,你听的是什么主题音乐？我说："抓挠头发和揉搓塑料袋子！"我不解的是为何我在好几个国家听过交响乐，而偏偏是在咱们这儿，总有这种你似乎永远也去除不了的听音乐时的噪声？这种事绝对是"中国特色"，是全世界独一无二的邪乎事，是因为物质还不够丰富吗？非也；是因为交响乐不合胃口吗？——你完全可以去听京戏、去看相声啊！你何必来这儿受洋罪呢？令人不解的是，你明明去了，别人都安静时，你老是弄出那些个浮躁喧哗的噪声，从前是BP机，手机，聊天，疯狂咳嗽打哈欠，现在变成了一分钟一次"嚓嚓"地抓挠和"哗哗啦啦"地揉塑料袋子。我想我们这个民族的文化，或许本来就是好热闹的喜好、乱炖火锅、丰收锣鼓、四世同堂放鞭炮、四喜财、八匹马、发发发发、火火火的文化，我们本然的好动、好折腾，这种天性，和交响乐要求的静心和在思考中沉浸或许压根儿就没什么干系，就是风、马和牛。

听电梯女工说钱学森

先表"女余力"是怎么说钱学森的。我们楼只剩下了三个电梯女工,今天在电梯里碰见其中之一,她的小工作台上放着《北京青年报》,报上有钱学森去世和追悼的消息和照片,她对我笑言:"你看人家的贡献多大!"我想了一想说:"是呀!咱们这样的一大群加起来,也不如人家一个。""女余力"下面的这句话,才是我既吃惊又叫绝的,她说:"他这样的人只要是活着不死,别的国家都害怕!"

我走出电梯后,还一直寻思着她说的话。也是,电梯工本来就是"多余的力量",但原子弹和洲际导弹,哪怕是绿色的,似乎也多余,对于地球来说,也是可有和可没有的。"可能"的"可",我是说中国有了钱学森,咱就有了它们,没了钱学森,或许,咱就没了它们,就不会每10年,让我过一次楼下轰隆隆跑导弹车的狂欢节了。

张老师的评语:

一种美好的"和平"观念。

走进钓鱼台

本人终于在有生之年，走进了从墙外偷看了40多年的——钓鱼台国宾馆！比我先走进钓鱼台的是我家的老猫和我女儿。我家的老猫，是1989年我们移居加拿大前，由于它即将举目无亲，而被我们放生到有铁丝网和高墙防护的钓鱼台。我游泳的玉渊潭，我们这片地区长大的小孩子从小戏耍的玉渊潭，我们可能就终老于此的玉渊潭，和钓鱼台，只是一墙之隔，但就是这一墙，我们可能一辈子都不能逾越，就好似男人和女人，都是人，都差不多，就是你不可能在有生之年，从女的，跨越为男的——这当然是不高贵的比喻，但就连这种比法，也形容不出从钓鱼台大墙外跨到大墙里，有多么地艰难。另就像中南海的墙外以及墙里，你天天从中南海身边走，但只要你敢随便朝"海里"走，你可能就是个大人物。

我是以"北大学生"的身份，参加6号北大主办的"北京论坛"（Beijing Forum）的，坐着北大的大豪华车，没人阻挡地走进我家的邻居——钓鱼台国宾馆，我当然比"走进非洲"还要激动！我中午休息时用手机和一个发小女同学聊天——她当然也是钓鱼台边长大的，我说你知道我现在在哪儿吗，是在钓鱼台啊，她简直不相信了，我说，怎么，你难道连钓鱼台都没进来过吗？哈哈。

"北京论坛"的开幕式无比地隆重，有联合国副秘书长，有副委员长，有诺贝尔经济学奖得主（1972年得的？）、北大校长等出席。我只听了一个人的演讲——忘说了，这儿是钓鱼台里最大的会议厅。我听的是那个联合国的"老"副秘书长的演说，他实在太老了，说话声太小了，他竟然把同一句话，在不同的段落，说了两遍，他那样子会使你联想，联合国的副秘书长，绝对要至少有七八个才行，那样联合国才能运行，那些副秘书长们假如要都是他这样打不起精神的，或许，要有七八十个才够，才能把一句话说得清楚。

于是我不听了，我从主会场走出，我得抓紧，游钓鱼台了。我起初还以为跟在我后面的那几个都是便衣，后来发现，他们的"便衣"都太脏兮兮的，才知道他们是钓鱼台里的园林工人。我走到和我上半辈子有一道大墙之隔的、有铁丝网的那个地方，那有一个古城楼，那个古城楼上写着我从墙外一直望眼欲穿的不知是慈禧还是乾隆写的"钓鱼台"三个字，而那儿，也是我们1989年放猫的地方——我家的老猫是因为我们认为钓鱼台里肯定不缺吃的才寄养进这里的。所以我不知道我在钓鱼台里面现在迎面撞见的白猫黑猫里究竟有几只，是我家老猫的子孙——当初它可有四个儿女。

我花了30分钟左右的时间，飞步游完了钓鱼台，我使劲记住了哪儿有湖，哪儿有涌泉，哦，就在一墙之隔的这边，竟然有几处的涌泉——"涌泉相报"的那个真的、净水由地下而来的汩汩的涌泉，这涌泉，我也是在北京第一次看到，但水的源头，应该是墙那面的"东湖"；哪儿人少，莫非哪儿就有涌泉？

中午我带着五六个北大的师弟师妹们，没听讲，又一次把园子游了个遍。他们没一个相信，老齐俺是第一次来到这个园子，因为我对哪儿有湖，哪儿有回廊，哪儿有涌泉了如指掌，我是个钓鱼台导游！于他们说，来此，可能是第一次和最后一次，于我，也可能是第一次和最后一次，区别是，他们做梦并没想来此，我呢，即使想做那种梦，也是没用的，还不如换成别的梦做，做这种梦，以前是不值得的白费。墙外的人，那些发小，那些游一辈子冬泳的，都这么想的——墙外就是墙外，墙里就是墙里，要不然要墙，做甚？

张老师的评语：
一切事物都可能在"轮回"之中。

"咖啡时光"的评语：
俺给想进钓鱼台的人提个建议：应聘钓鱼台清洁工。

我的恶心——都来参与"讨伐'牵尸'若不彻底赞美英雄又有何意义"讨论

"挟尸要价"的照片登在昨天的报纸上,我看了一下就随手扔了,那照片中一个白衫老者,站在船头用手似乎在抬价,他的另一只手上,牵着一条绳子,绳子连到船下,你见到的是一个只露了一条胳膊的人,他的身子,浸泡在江水和烂泥里,而那,正是三个救人的大学生之一的尸体。

我只感到一种作为"人类"——这种物种的战栗和恐惧,它们,已经超出了正义不正义、伦理不伦理的范围,我就是害怕,但——也不知道具体害怕什么了。

今晨4点起来,在"凤凰卫视"的网站上,有一个大讨论,题目是"讨伐'牵尸'若不彻底赞美英雄又有何意义",上面有400多条留言,我一直看到6点,然后就接着睡去。我只是感到恶心,那种恶心,要靠昏睡解除,我恶心世间有如此怪诞之事,我恶心宣传媒体的冷漠,我恶心整个社会对此事的束手无策——可能是因为我们面前猛然出现了一个怪胎、怪兽,对这个兽,从前的法律无用,因为法律在制定时,压根儿就没设想那样的情景:一个人为救别人无畏地死了,而他的尸首,会被另一个"人",一群"人",一大群"人",作为牟高利的道具,像从江中猎捕到一头大鱼那样叫卖。而说到底,我和我们,难道,就不是那群"人"的一分子、一部分吗?难说。我感到恶心的,其实就在于这个"难说"，因为那个挟英雄尸要价的"人"的动机，物质意义上的，分明你、我、他、她、他们、她们都有，只要是现代人，就都是一个利益链条上的一环，就认同那个理念，哦，就是不包括"它们"——动物，一个老虎在舍身挽救了另一条老虎的生命之后，会被它的同类之一"挟尸要价"吗？天鹅和海豚也不会，猪狗更不会，能做出这种离奇事的，或许"只有"和"就有"人类，你不相信吗？那报上的照片上，分明、清楚地告知你那种人的存在和现场的行为。我不只为那"白衫人"恶心，为荆州、为湖北恶心，我也不只是为现代中国恶心，我恶心的，是全体人类——作为一种物种的我们。

"心灵飞鸿"的评论：

真是恶心，太恶心！让人不寒而栗、让人毛骨悚然的恶心！让人为这人类一员的丑恶嘴脸恶心！让人为同类无视善恶良知，被物欲蛊惑恶心！

可怜的因救人而长眠的大学生，你若知离去后，世人这样待你，你还会义无反顾地救人吗？

张老师的评论：

这是一篇"讨还血债"的愤怒檄文！将这已超出人类最残忍的丑行暴露无遗！公共道德的底线何在！我为三位可敬的勇敢献身的学生的牺牲，长歌当哭！我爱他们，我爱他们的民族魂魄的永垂精神！

小王的来信——是关于《永别了外企》的：

齐先生：

您好！

我的台湾朋友这两天才刚回到北京，又赶上最近天气不好他开车不太方便进市区，所以我跟他约好下周四在太平洋的台湾咖啡厅喝下午茶，这也是我们通常每次见面的固定时间与地点。如果您那本《马桶三部曲》已复印好并愿意他也拜读下这部作品，我想这周末我们可以约在某地见面给我，顺便我把那份《今日北京》英文报纸以及我已准备好要送给您的吴经熊先生的《超越东西方》一书也带去。

我有时周日上午去西什库教堂——也称北堂——去参加弥撒。如果您周末有时间，我们可约在那附近或者一个中间地方见面，除了下午，约在上午或者傍晚六点前都可以。但要是您十分繁忙的话，邮寄或者以后有机会见面再给我都可以，请您来决定。

另外，《永别了外企》《我爱北京公交车》以及《谁出卖了西湖》我都已完整拜读过。特别是《永别了外企》一书，常使我捧腹大笑，即使坐在地铁或公交上也时而忍耐不住咧嘴一笑。您对犹太人的描述，也勾起了我对曾经接触过的犹太人的回忆。真是如您所说，他们吝啬到极点，为了两毛钱，居然能跟你昼夜不停地讨论上几天几夜，乃至拖延一个月还没个结果——以前在广州的老客户 Agedu 我是耳闻目睹过的。看完你的书后，我真庆幸当年没去他在广州将要创办的公司效力！还有，我也曾遇到两位犹太人——十年前北京语言学院的留学生，当时他们在英国当律师，这对儿年轻夫妻当时在广渠门租了一套高档外交公寓，当时我还不到二十岁也不懂事，当那里的工作人员发现他们"不结而走"，离开已经两个月多了——对不结账而逃走表示了震惊及不解，我得知情况时也目瞪口呆……到现在我房间里还挂着一个大幅 JERUSALEM 夜景的裱画——当年他们送给我一本具有浓厚以色列风情的挂历，我选了其中一张拿去外面改裱成一幅拉米娜画——那时还送给我一对英国皇家仪仗队的士兵玩偶，没想到十多年后，在犹太人、英国人和齐天大的《永别了外企》之间如此有缘。要不是您书里提到的那些人物,我早已把那悬挂在墙上的"耶路撒冷之夜"的来历给抛到九霄云外了。

对了,我也是齐天大博客的忠实读者!

祝好!

小王

"交大"变"焦大"——嘲笑"交大人格证书"

早晨电视上说上海交大要给每个毕业生发一种"人格证书",听起来就特别地"二百五",晚上一看《北京晨报》——我通常只在晚上看《晨报》,《晚报》留着早晨看——没想到那是真的。"人格证书"?《北京晨报》上已经有了批评性的文章,说"人格"咋评定的问题,是按阿Q的标准打分,还是按阿炳的打?我看,如果按阿Q的标准,阿炳的人格肯定十分地低下——阿炳是拉《二泉映月》的。我奇怪的不是阿Q和阿炳,我奇怪的是身为上海最高学府之一的"交大",咋呼啦一下变成"焦大"啦?《红楼梦》里的那个"焦大"啊!

天底下,还真第一次听说有给人品打分的大学,而且还要发证,那么,没拿到那证的可咋办哩?是否还要补习?那么正好,没惊天动地干大事的俺,北大毕业后何不去给学生补习补习人格课,去狠赚"人格"的钱?让他们长大了,像俺一样,也干不成大事,只好去为别人巩固加强"人格"?哦,俺不也没"焦大"颁发的"人格毕业证书"吗?啊,或许几年后北大会给我一张,连同博士证书,问题是,北大的"人格保证",按普罗大众的尺度,是否合格?当北大毕业生说"以我的人格保证"时,你敢信吗?陈独秀就是北大教授,但他老去"八大胡同"。

呵呵——呵呵呵呵(注明:我的缺乏人格的讪笑)。

张老师的评语：

天下奇事、奇闻！"人格保证书"发完之后，"人格"要是坏了呢？有时盖棺，还不能定论了呢！

"吴音"的留言：

呵呵，看完以后我也发出没有人格的讪笑。

"第19部交响曲"的后半途交代

由于我这第19部"文字交响曲"的两个主旋律是"绿色和平洲际导弹"以及"电梯工余力续曲",而且它——这个第19交响曲已经进行到了第79个小节,所以接下来,按我惯于的"艺技",我会展开我最喜欢干的,就是在书的最后阶段,让两个或三个、四个主旋律狂欢、合奏、变奏、交响,直到达到我这个指挥想要的"最最高潮"——那就是交响乐的顶峰处的那个"轰隆"一声,然后才是戛然,随后才准许打哈欠的、来短信的、搓纸的、挠头的那些响动复辟和起死回生;再然后,才回到下一个现实世界。

因此,在暗处看着的你,千万要熟悉本人的套路,要习惯变奏部分的冗长和啰唆。我,总喜好把一个过逝的年份,牵强地安上一两个主题和主旋律,然后再记录下零散的事件,过后再变成集子,当然,主题和主旋律可能是最后安的。2007年的主题是《红楼梦》,我名之为《钢铁是庙里炼成的》,是以红楼选秀为中心的,其中有陈晓旭的去世;2008年的主题是《灵与肉的厮杀和缠绵》,大地震和奥运会都是灵肉的抽搐和结集;2009年的主题,是和平,是建国,是绿色和平的导弹雄赳赳气昂昂从我家过,是"导弹之父"钱学森的加入,是他母校要颁发"人格文凭",这都是国家的。我个人的"主旋律"呢,是小说《电梯工余力》的再复活,是对民工的再描写和再关注,哦,或许私下不好意思告人的心思是"自己怎么才不当民工"。

时代有主题吗？每年有主旋律和基调吗？反正，我是在写着这第19部有旋律的杂而能归拢的"文字交响诗"，我不会作曲，但我绝对地毫无保留地以为，人间最高贵的艺术，就是交响曲，那是人类智能审美的最高层次，我不会用音符，但我用我熟悉的祖宗传下的材料——中文的字块来作曲。

我博士论文的题目选择，正走火入魔地筛选着，不是我筛选它，是它在考验着我。我从德里达的《论文字学》中的"文字中心主义"，摸到日本明治大正时期的"言文一致"运动，再到中国的"白话文"运动，我最终想搞明白的是，中国的文言文——那种带声韵的文字，为什么会突然消失，它还能否复活？这是本人《妈妈的舌头》《爸爸的舌头》两部早期"交响曲"主义和主旨的延续，或者说，我们这个时代的文字，已被完全口语化的"语言中心主义"所取代，文字，成了第二性的东西，文字变成记录声音的工具，文字已变质贬值为西文的罗马字拼音，文字已无色、无香、无韵、无景外景、无"话中话"、无话外音，这可咋办、咋整？那么我们只能从自我做起，我用一部部的、一年年的文字编制成的带韵味的主题曲，做还原方块字原始形态的尝试，我要找到汉字的"景外景"和"画外音"。德里达说"文本之外无一物"，那么除了用文字缀成的这些个集子，集中纪实的、在场的、活灵活现的国人的、世人的音容笑貌、所思所想，这2006—2009的一年年过下来，地球马不停蹄地亡命旋转之后，我们，还剩有什么呢？

也有不是"多余力量"的"余力"

我一直在证明,开电梯的工人们,本是"多余的人力",但也有不是的,我昨天在玉渊潭游2009年第一场雪后冬泳时,才听人说的。

昨天三场雪后的玉渊潭东湖,由于出了太阳,看上去十分地深奥,懒懒的,蓝蓝的,湖岸被雪的白色勾出了边,仿佛是青藏高原的海子。"海子",就是高原上的湖泊。

我是和一个白发的"半老者"先后下水的,我上一次游的时候是8摄氏度水温,他上次游的时候水温是13摄氏度,于是,我对他敢于老海狮似的漂亮一跃,跳进和上次温差多达8摄氏度的冰水,肃然起敬——当时的水温5摄氏度。他上来了,我下去了,随后,我肯定——也上来了。冬泳的"门槛温度"大概就在5摄氏度上下,即使下月冻起冰了,水温也就4摄氏度。

对着千万人口大都市之中藏着的这个"大海子",我们两个北京人,和三个保定来的像是外来工"余力"模样的小青年,聊起了他们和我们的生活。他们先打听我们退休后能拿多少,我说我没地儿退休;我们又问了他们的日子,结论是保定乡村的农民的基本生活水平,相当于北京的3000元——只要你要吃饭、你要有地方住。不知怎么的,就说起电梯工来,"半老者"说在城里打工最好的工作,是在公园里拔草扫地,那对农民来说,跟玩似的;最累待遇最不好的呢,是医院里开电梯的工人,为什么？才拿800块钱，但医院电梯不通风，而且，那电梯里全是病菌！

我才想到那倒是真的。我研究了这么多年电梯里的事，竟然没想到这个。北大医院的电梯工全是女孩子，她们可不像我家门洞里的电梯工——本来可有可无。北大医院的电梯里都火气贼大，而且里面尽是坐轮椅的，偶尔，还会有死人搭乘，我想他们，的确不方便自己去操纵电梯。

去西什库教堂

周末去了西什库大街的西什库大教堂。你会觉得震撼,因为那个教堂十分地高大和美丽。震动你的,更是从小生活于这"家"都市的我,从那个教堂的门口路过了千次万次,我竟然只听说过它的存在。

大教堂和我前些天"混进去"的钓鱼台不一样,钓鱼台与我每天出没的玉渊潭只隔了一堵墙,我从小就想进去;大教堂呢,由于不完全是信徒,我和它,和主,和天堂的世界和歌声,或许只是邂逅。

西什库教堂仪式和我们曾侨居地那加国蒙特利尔的教堂的仪式是一样的,所以我惊奇,蒙市是天主教的城市,所以我们河边的那处居所,从阳台,都会流入教堂的铃声。

神父用他的诵经,把信徒们带入神圣,礼拜的话讲完了之后,他就说起了大家的"奉献"和暖气充足不充足的关系,今年要想不寒冷地礼拜,还差2万元整。炙热的理念和冰冷的现实,只差一句话间隔。

天国有吗?我们都宁可信它的有,倘若没有天国,那么现世的所有,可能就更没有了。

玄吧。

张老师的评语:

西什库教堂,庚子事变时,京城洋人都龟缩在里面。义和团挖地道,填充炸药,几乎轰开了大门。

奥巴马"熊抱"他弟和"白宫""白屋"之争

周三本人第一次"罢课"了——教了6年书的我第一次没去上课,因为感冒、发低烧,昨天是第三天,已经不烧了,但还是没去上课,在这甲乙丙"流"(流感)被到处怀疑的时候。本来我上课的时候就像"放毒",就爱说些"感染人"的话,那些都是"假毒",带真病毒上课我于心不忍,于是,就猫儿在家研究起奥巴马访华来了。

奥巴马终于见到了他那个同父异母的弟弟,还有河南的弟媳——倒不如说他弟弟和弟媳终于见到了"无限风光在险峰"的他,但只见了5分钟,其中的两分钟,按报纸上的用语,是用于"熊抱"的——这个词我还是第一次听说,肯定是源于英文的hug,不过译得非常形象。东方人总难适应的,就是西方人之间动不动的"熊抱",我刚到加拿大时,在办公室,也极端地不适应,但六七年过后就适应了——这需要反复练习;我练习的方法是先从洋人老太太抱起,这是真的,我原来的上司是英裔的Chris,他老伴每次来,我都上去玩命"熊抱"一次老太太,有一次还是在刚把她老头气得鼓鼓的之后,她,是特地赶来拉架的。到圣诞节的时候,全公司的几百号男男女女都相互"熊抱"一次,左贴脸,右贴脸,嘴里要礼貌地发出咂嘴声,那叫一个累人!回国多年后,我又不适应了,见了西方女子,就如同见了真的饥饿的狗熊。上月在"老书虫"推介完《电梯工余力》后,几个西方女子就冲过来,把我逼到墙角,狠命让我签名!

奥巴马在中国这几天，美国人和中国人争论着一个词的确切说法，他该叫"欧巴马"呢，还是该叫"奥巴马"？美国的懂中文的外交官非说得叫"欧巴马"，因为那个词更接近Obama，但中国的所有报刊传媒早都说开"奥巴马"了，是你们说改——就改得了的吗？再说，既然叫中国名字，得中国人说得顺嘴才行。有人说之所以不能叫"欧巴马"，是因为那太像说日本婆姨的"欧巴桑"了。不过我私下以为，这次两国之所以没因这个叫法闹开外交争端，关键还是两国实力接近的作用，咱是债主，你是借钱的，就好比你还债时绝不能把"中国银行"和"中国工商银行"给搞错了，把欠一个银行的钱还另一个银行了，人家银行呢，只要你还来的是银子，哪里在乎你名叫"王小二"还是"汪小二"呢，反正机读都是wang-xiao-er——"小二"嘛！

不过，美国的"中国通"们反对管"White House"叫"白宫"，说该叫"白屋"，本人倒极为赞成。美国人说他们的国家没有"宫殿"，只有"屋子"。"house"本来就是"屋子"，中国人嫌"屋子"太土，没法跟咱的"阁""殿"对等，就偏管人家的"屋子"叫"殿"。可人美国人不那么想，美国人建"屋"，就是从造"宫"的反——造英国"白金汉宫"的反开始的，就是建立在想在另一个大陆上"另起炉灶""另谋发展"的动机之上的，美国人反帝反封建！这不能不说是美国那个国家对人类文明的贡献。

其实真正的"白屋"北非还有一个，这，恐怕连绝大部分看过英格丽·褒曼主演的《卡萨布兰卡（*Casa blanca*）》电影的人都不知道，Casa blanca是西班牙语，casa=house，blanca=white，就是"白屋"，所以，用西班牙语说奥巴马的官邸，就是"卡萨布兰卡"，于是我建议，中美外交官再别为"白屋""白宫"的译法伤和气，索性把美国总统的家——都叫"卡萨布兰卡"得了。那多浪漫和富有诗意，而且，前总统克林顿肯定高兴!

"咖啡时光"的留言:

就这么定了,以后就把白宫叫作卡萨布兰卡。

再次《暗算》和小说的密码

电视剧《暗算》第二次看下来,发现其中密码的破译,颇像小说的解读。那个黄伊伊(陈澍饰演)是个破译苏联密码的天才,而编码的那个女俄国人呢,更是个鬼怪式的天才;天才的密码由天才破,那数码,就是天机了吧。所以陈澍现在叫"陈数"了。

我于是联想到,其实好的文学、好的小说中,不就潜藏着密码吗?至少,用象征手法写的书,里面,都沉藏着它们。《红楼梦》中有,卡夫卡的小说里有;《红楼梦》的密码破了吗?尚未可知。

更好的书的密码,是破不了的,比如说俺的《电梯工余力》。俺曾对 Harvey 说,你,知道"吹牛"在中文中是什么意思吗?他说知道之后,我说,我这个《电梯工余力》,不是吹牛,它其中的内容,你怎么解都解不破;它有套中套,环中环,你解开这个,解下一个时,前一个,又自动结合上了。我在文字中布下的,是《暗算》里说的"活码",码中有码,码上套着另一层码,还有排布时的定时错位,叫你解开一层,就忘掉一层,让你进一步,就陷一阱,它——那作品是个无底的黑洞,是个智力游戏的迷局。

文章的结构本身,也是密码,也是个暗谜,也是一个被文字附着和遮盖着的一个庞大完整的体系和构架,我的19本"文字交响曲",就是19个隐含布局截然不同的体系,有的宏大、工整,有的分散、放射;有的有中心，有的没中心；有的中心在脑袋顶儿，有的呢，在尾巴和肚脐上；有的读起来需要你的综合能力，比如我的《永别了外企》，它的布局，就故意是没中心的中心，它的中心，被打散在七八十个小段落的每一个缝隙碎片里，有的读者阅过心领神会，有的读者却说："读后全然不知所云！"我不禁失笑，您没有把"小中心们"归拢回来的综合能力呀！那么《红楼梦》的中心何在？在每一集的只言片语之间也。这就是作者的苦心，这就是曹雪芹所说的"其中味"：味在布局中藏，味在结构中含，味在味之味也。尼采的后半生著作中，一再反复啰唆地解释早年著作的"味"，就是怕他人没了，他的书中"迷局"还无人能破；我哩，也半大不小了，我在后半打的著述中，借出版和译著之机，要反复为前期的作品解密，老实交代创作时的隐情初衷，作品有无人看无关紧要，紧要的，是想看的人误解吾意。

　　本人最牛之作，莫过于那部《谁出卖了西湖》，由于台湾的一位出版家有兴趣，我复又翻看，其中的密码和布局的诡异，让本人自己也觉得为世间奇文，只可遇不可再求也。景中有景，景景相连，景景相套，处处玄机，近百个段子东拉西扯，天地上下，古往今来，人间鬼蜮，无所不及，无所不包。幸好"心灵飞鸿"老师协助解读，但被出色解读和再解读后，仿佛又套上层更新的密码，所涉及又开阔一层。不可解之文——无解之文，方好文乎？方天书乎？

　　"心灵飞鸿"的评语：

　　每读齐老师文字，常会被其中的环扣套住，被其中的诡秘逗乐，被其中的思辨折服，被其中的韵味感染。在溯洄中解套，在苦思中觅乐，在冥想中跳摘，在吟诵中益智。谢谢齐老师给大家带来的阅读喜悦。

我的回应：

呵呵，又见知音文字，但也需心有灵犀。

"咖啡时光"的评语：

奇妙无穷！

张老师的评语：

文坛中的鬼才！

2012年地球"毁灭"？

才刚打完标题，我就遐想到了当初哈姆雷特所说的"to be or not to be"不该译成"生存或者死亡"，而是"毁灭，还是不毁灭"或者"减排，还是不减排"，温总理才在哥本哈根大会上代表中国说："我们决定减排！"于是，到2020年，我们的碳排放，就要下降45%了；美国说减排17%。这绝对是好消息，但可能来不及了。我又把这和下午刚看完的《2012》电影联系起来，假如，玛雅人预测的是真的话，那么，到2012年地球就大水四处泛滥了，连喜马拉雅山那么高，都要用"方舟"才能获救，那么，咱们从今天起无论怎么减排，也没什么用啊！那时你我的选择，恐怕就是 to be or not to be on the earth ——是、不是在地球表面上了。

得抓紧练习长距离游泳。

明年我和北大老师同学要去留学的那个日本金泽大学，我在网上查了一下，就是在日本的靠马里亚纳海沟最近的那个端点，离世界"第一深沟"才200公里，我游都能游到，也就是说，万一2012年我还在金泽那儿进行痛苦论文写作的话，日本一旦朝太平洋倾斜,我们那儿稍一晃悠，就滑进几百公里深的大海沟了。

看来除了远距离游泳之外，还要苦练深海潜泳。

杨宪益和他的去世

大翻译家杨宪益先生的去世,是本周该记录的"故事",所谓的"故事",不就是纪念故人吗?杨老先生译的书我收藏的不多——连他自己都不收藏,但他的译文的英文,我是看不太懂的,这说明那是古老地道的英文。在保利剧院,我还看过昆曲的《牡丹亭》,字幕的译者,也是杨宪益,还是看不大懂。

一代人有一代人的文字,古人的文字,要会古文的人翻译才行,同理,今人的文字,也只是属于今人,让杨老先生译《红楼梦》没有问题,但叫他译"酷毙""帅哥""蜗居""偷白菜"之类的今人语言,他即使译了,也不会有人懂吧,所以说,文字是能随一代人的肉身来,又跟着他们的肉身走的,一个国家幸运了,有一位杨先生这样的熟知他那个时代语言文字的人,又活得长久(他今年96岁了),把那个时代的文字,按他们熟悉的路数,给衍变成另一种异邦之文;一个国家假如不幸运呢,没人愿意做那样的事情,那代人没了,文字也就失传了。从这层意思上说,杨宪益和他的英裔太太,是肩负使命而来人世的,他们一个初译,一个打磨——polish,生生地把《红楼梦》里的贾宝玉,给"大变活人"变成了会说 English 且流利得不得了的国际人士。

我在"老书虫"遇到的那个澳籍作家贾佩琳,就是他们夫妇的好友,他们一个去世后,她少了一个好友,而今这另一个又去世了,她恐怕,会失落吧。想起来了,她也是一个汉—英翻译专家,翻译过《霸王别姬》。

小檀的留言:

嗯,看了你的文章,很想读一遍杨老翻译的《红楼梦》,想知道呆霸王是怎么说英语的。

我的回复:

嘿嘿,我在语言大学看到了一套,下周将其收入囊中。

18天的新妈妈来答辩

每到这个季节，也就是在流感还普遍没好的时候，语言学院的毕业答辩就开始了。由于是成人教育，我每年都在这个时候，见到自己久违了的学生，一个跟着一个变成了妈妈，当然，肯定也有变成了爸爸的，可是这人类，当你变妈妈时，别人知道，当你变爸爸时，一般，别人不太知道。

今天我主问的一个学生，本来说不来答辩了，可下午一到，她又来了，进门说："老师们，我来了，我儿子刚18天！"于是，我们连忙道喜，然后说，你赶快第一个答吧，但我这个主考官，问题还没准备呢。她的论文题目是"游戏在英语教育中的应用"，我的第一个问题于是就有了，我用英文问她你今后打算用什么游戏教育你的儿子？

她答辩完了，出门，过一会儿又推门进来，送来一大包喜糖。我们三个老师商议着，怎么给她判分……

另一个男生的题目是humor——幽默，他在答辩时，你无论问什么问题，他都基本上保持沉默，我最后说，老弟啊，是不是沉默是最高级的幽默啊？

最后一个女生，在楼道里广播似的一直高声朗读，进门后的打扮，非常像希拉里·克林顿，说话时嗓门大得更像了，而且手舞足蹈，我说，你这架势，怎么像美国总统对全体美国人民致辞呀！

"心灵飞鸿"的评语：

呵呵，答辩花絮，朵朵新鲜。

我推荐谁上北大

推荐上北大的事,在全中国弄得沸沸扬扬,我女儿上的四中,也是推荐校之一,前些天她妈去开家长会,学校的老师点评被推荐了的一个学生,他被推荐的理由,主要是他曾得过一次大病,不能上学了,就在家自修,最感人的是在期末考试的那天,他不能站着,他必须趴在地上答卷,他,就是凭着"这么强的毅力"(老师语)趴着答卷,得了那次考试的第一!

我当然佩服那个学生了,反正我没有那种毅力,我要是趴,也趴在家里的床上,我还想到一个问题:万一考试那天,那个学生趴着答卷,他真的爬不起来了咋办?我们的教育——全国性的,难道不是在"玩"飞蛾扑火?那火盆,其实全国就那么几个,就是北大的火,就是清华的火,就是名校的熊熊之火。成功飞进去的,就是铁蛾,就是不锈钢蛾,就是烤不烂烧不化的磁蛾子。

我女儿倒是能毛遂自荐,北大不是想要"歪才"么?我女儿满可以说,我爸爸可是个残疾。

另一个趣事,编都编不来的,一对夫妇(名叫撒拉希)竟然大摇大摆地混进了白宫,混进了奥巴马宴请印度总理的晚宴,他们还一本正经地和奥巴马握手交谈。他们是骗子,但他们骗得道貌岸然、潇洒倜傥!我猜,奥巴马和他们说的,可能是这么几句话:"啊,原来你们两个来了!

欢迎，欢迎！咱们——似乎在哪儿见过！"他们二人从容地说："是的，总统先生，您记性可真好！是在您上次的晚宴上呀！"

这句话留着下次说，也同样好使！

原来阿Q的Q是这个意思？

昨天在地铁里看《新京报》，看到好笑好奇之处，我都不想下车了。原来张岂之忆侯外庐先生时说——你不知他们是谁并不重要，重要的是侯老先生（著名马克思主义史学家）曾在课堂上对学生说阿Q的Q，就是Question的Q，是问问题的意思。我在大学时代，曾是侯先生的"隐含弟子"，他写的《中国思想史》，让我佩服得五体投地。至于阿Q的Q，是否就是Question的Q呢？我不记得有别人说过，鲁迅好像没说，阿Q自己，好像也没说。阿Q在被砍头前在地上画过圈圈，老画不圆，假如，那个，就是Question——问题的Q的话，画的圆还是不圆，就不太重要了，关键是他问了，他也画了。

昨天中午，还参加了北大邵燕君老师主持的"中国当代文学作品评论会"，其中"被痛批"的，有大作家莫言写的、据说要凭之冲刺诺贝尔文学奖的《蛙》。靠冲刺冲锋得诺奖，是该被Question、被Q一下的——动机不纯也！文章之事，我看，该还原到日本江户时代的"戏作"之态度，何谓"戏作"？调戏之戏，游戏之戏也！还有，"小说"者，也该还原到中国古代之"小小之说"，小说早先是讲故事的，是"杀时间"（kill time）的，切莫把那些沉重的主题的翅膀，压在"小儿之说"身上，那些个功利的诱惑、国家的个人的名利的诱惑，把本来数儿戏行当的小说——挤兑得气喘吁吁、沉沉甸甸，而那，哪如阿Q老弟在大牢的地上用水笔画圈圈、问人生大问题——来得痛快？！

我看见一篇葡萄牙语的《电梯工余力》评论

我一直在跟踪着我英译小说《电梯工余力》的行踪，上星期，我发现有一家连锁书店在销售它，那个书店的性质是 Medical Book Stores，译成中文是"医学书店"。于是老伴问我："医学书店卖你的小说做什么？"我的回答只能是："可能用作精神恢复治疗吧。"还有，就是英语 textbook——教科书中，也有《电梯工余力》了，不仅有，还有打折的和 rent——租赁的。我难以想象学生们用我的书上课，是怎样的一番情形，学好还是学坏？还有，怎么考试呢？

今天凌晨我在网上，无意中"截获"了三条同样关于《电梯工余力》的评论，它们竟然是葡萄牙文的，写评论的主人似乎是在香港的 Cosmos 书店无意间得到了一本《电梯工余力》，然后就激动地写书评，然后就在三个葡语的网站上发表了他（她）的文章。我把这篇文字打印下来看后，甚觉惬意；惬意，是因为竟然有人用葡萄牙语写我小说的书评，同时觉得"好玩"的，是他（她）——那个写书评的人，极其有可能不知道我能"截获"并读懂他（她）的"天书"。葡文并不难，属拉丁语系，凭我的法文、西班牙文、意大利文的功底，我猜它——那葡文，就好比北京人破译陕西方言。

在文中，他（她）用了一个非常有意思的表述："Por favor desnuclearizem-me！"直译是："求求你们了，快让我无核化吧！"熟悉我那个小说的知道,我那里的"核武器",是余力的青春的核武器,那核武器,就在余力的"当下"(谐音)。我说为了全世界的和平,为了实现全面的禁欲主义,为了让被青春动力刺激的火烧火燎心神不定的农民工小伙子"余力",能安心工作,能踏实地没有丝毫冲动邪念地为城里的电梯运行服务,特别是在电梯里有男女偷情时,他十分有必要实现自身的"无核化";但我笔下的余力的"弃核"是自愿的,是主动的,是建立在以往经验和福祸的理性分析的基础之上的自觉行动,他想当太监,他想忘掉"当下"的情动,完全是在平静得不能再平静、坦然得不可再坦然的时候做的选择,所以显然,那个葡萄牙评论家说的"我求求你"是他(她)自己给加上去的,是他(她)的动情发挥。

  但我还是窃喜,因为我的"小余力",至少从网络上,已经走向了包括澳门、葡萄牙、巴西的三个葡语大陆。

"老书虫"和圣诞节以及保守

昨晚 Harvey 是 7 点半才告诉我 8 点半在"老书虫"书店里有一个 party 的；party 被音译成了"派对"——跟搞摊派似的。"老书虫"里面全是"老外"，里面的人在唱歌，在唱圣诞歌，而会唱的大多是英国人。英国人这个民族很有意思——我姑且把他们称作一个"民族"吧，他们很保守，他们非常有文化，他们的文化，就是固守，固守的是什么？似乎并不重要，重要的是能守住。我们今天的中国呢，要想守点什么，那太难了，房价守不住，贞洁守不住，晚节守不住，脸——也守不住，国界，好像也不太能——守住。今天下午到一个老出版社送书稿，本来，它（出版社）挺能守的，也挺保守的，但编辑大姐叹气说这两年不同了，出版社的价码高了，出一本书要 10 万元了。这就是我刚才说的出版社守不住底线，让贪欲的球给进门了。

在歌声静下来后，那个我 7 月 22 日给《电梯工余力》一书做 luanching（发布）时碰到那个据说他爷爷的爷爷是鸦片战争时英船上的头目的白发绅士站在钢琴前，开始了教堂牧师似的祈福，我觉得奇怪，他本来挺不严肃的呀，澳洲朋友 Dan 小声解释说："He is a true believer."（他是个真信基督教的）。我把那话反着听——那么，其他的，都是假信的了？不过，全屋子人的那股认真劲，我还是感服。10 年没感受到真的"圣诞"了，自从离开了蒙特利尔后，猛地扎回西洋人的圈子，那种感觉，似乎是几个月没冬泳后，开春，又突然扎进了湖中。

"博士梦"记录

也就是大约一个小时前,我花了几十分钟的时间向导师陈老师一路走一路汇报博士论文的写作思路,我从德里达的"反语音中心主义"说到索绪尔的"语言""言语"说,然后顺势,把自己的论文构思和盘托出——"语音中心主义在近代中日两国的得与失",陈老师听后非常赞赏,因为我叙述得特别卖力,所用的理论也极为抽象,虽抽象还比较恰当,看到老师认可了,我非常欢喜,就又顺势醒了。

理科的我不知道,但北大文科的博士学位,是不好拿的,首先比其他学校要多上一年学(4年),我前面的一位师兄终于拿到学位时,已经过了8年,他还是研究日本的专家。我请求的是5年。最难的是"开题",就是要找到有意义的题目研究,题目只要找到了,写20万字的论文,也就有了方向。但那个题目本身,是看不见摸不着的,就如同个"土八路",要不我老师兄,怎么搜索了8年了呢?等"八路"真的找到,目标好容易确定,正要开枪,天皇他刚好宣布投降。

题目不能雷同,但那么多人研究,哪好不雷同呢?我只能一个坑一个坑地挖,看有没有藏着"地道"的可能,你还不能挖得太深,你一挖挖了3年,都快到毕业了,一做"开题报告",参加判决的老师里假如就有一位早把你的题目研究过了,你说他让你继续呢,还是把你否决?被否决后你就惨了,因为3年已过,你再到别处挖吧,那一挖非常容易的又是一个 3 年，因此，我那位老师兄 8 年拿一个北大文科博士，叫我真羡慕他的神速。

前些天陈老师听说了我的烦恼，安慰说别着急，这是每个人到你这个阶段时的必然反应，有极个别的把脸都思考肿了呢。我还好，1 小时前在"博士梦"里，通过了审题的大关。

"心灵飞鸿"的评论：

祝贺齐老师在脸还没思考肿的情况下，就已成功开题了！又要孕育一本新书了，期待早日呱呱坠地！

师兄们开题和白先勇的《玉簪记》

在两个开完题的小师兄的"谢师宴"上告了假，匆匆赶往"百年大讲堂"看白先勇带来的昆曲《玉簪记》。我是个昆曲迷，按说，这种"迷法"，也是白先勇"传染"的，所以，在演出结束后看到台上站着说话的真实的他，还委实高兴了一下。不过他说了一大串感谢的话中，有一句是"感谢北京可口可乐公司帮昆曲走进北大"，也比较的"昆曲"。《玉簪记》道白用的是苏州话，听起来十分地道，我年初去苏州时，曾"蹭听"几个当地人拉扯家常，但她们拉的，我一句没听懂。昨晚台上的好懂，比如在说话的尾巴上拖一个"哉"——不过那也可能是明朝苏州人的说法。还有，把"姑母"说成"姑娘"，起初我误会了，纳闷为何一个"姑娘"管一个后生叫"侄儿"，过后才知，那个"娘"，是个实在的"娘"，所以是姑姑。《玉簪记》说的是一个后生爱上了一个尼姑，他们最后战胜了"阿弥陀佛"的管制——偷情了。但假如那个后生没房也买不起房，咋办？尼姑会跟他吗？所以，爱情可能战胜管尼姑的"佛"，但战胜不了房子。白先生的"酷"处，在于他有一个五星上将的父亲——小诸葛白崇禧，父子两个，一个"杀杀杀"，一个"呀呀呀"，一武一文，真可谓子不承父业呀。白先生号召大家都为昆曲做义工，其实我，早就是了。昆曲之美，在于唱腔的飘逸不定，你几乎找不到京剧唱腔中的"范式"，即使是打出了"浣溪沙"之类的曲牌，唱的，也是无端的中音的空灵。

那调子，让人特别怀古。其实人快到50岁时，正值所谓的"更年时期"（从中年到老年），你就已经是半古的了，你可以随心所欲，你想怀什么"古"都行，之所以"都行"，是因为你的"怀"与"不怀"，于任何人，都已经没什么意义，你都眼看成"被怀"的了。你的存在，是"昆曲"样空灵的。因此，我到了"老书虫"那儿，就怀"阿里路亚"的"古"，就特别想念蒙特利尔的弥撒和耶稣他爸爸上帝；我到了北大的"百年大讲堂"，就半沉迷于明代昆曲的吴侬腔，就为那台上的造型的匠心、那江上一个"出墙"的尼姑和一个"吃姑子豆腐"的纨绔，一退一鸣咽、像两块磁铁被强行拉开而哭哭闹闹，而抑郁，对，仅抑郁而已，那抑郁随着曲终人散，也就无影无踪了。于是我，又回到了家，回到在网上追寻《电梯工余力》去向的电子时代，我发现，有一个不知是哪个国家的哪儿的人，在一个"读者俱乐部"上评说了我的《电梯工余力》，他把余力说成了一个开电梯的"宇航员"（astronaut），说"that guy Yu Li"（余力那厮）可神了，说 Jimmy Qi 写的小说贼拉好。我暗喜着。于是我想到了下午在中文系五院里进行的开题，导师们先把两个小师兄的论文提案大卸八块一通批判，有一个老师竟然口误，在句子尾巴冷地带出了一个轻微的"国骂"，但过后，导师们又大加褒奖，他们都通过了选题，我呢，向他们冲过去紧紧握手，仿佛宇航空间站对接后的 astronauts 激动不已。这不，"小余力"眼瞅着，走向了北大和太空。

一个荷兰语网站对《电梯工余力》的评述和对武大郎原型的质疑

评述说："This is a short story novel showcasing one of China's promising new writers. The book is funny...and sad in it's portrayal of the most populace country in the world."

我感兴趣的，是他发现的《电梯工余力》中的"funny and sad"——"有趣和哀伤"，而这正是我的"喜剧原则"。幽默中的哀伤元素，好比米醋中的糖分和酸劲，糖是甜的，醋是酸的，光有甜，是张艺谋的"三枪"，是贫和搞笑，那绝对不等同于幽默，幽默里的醋意，一定要浓，要浓得冲鼻，要浓得掉泪。

还醋酸一点的是，那个给我的《电梯工余力》打了四个星星的可能是荷兰人的人，在边上，给刚获得了诺奖的德国罗马尼亚人穆勒的一本书《护照》（*Passport*）——只打了两个星星，并说："你别看她刚得了诺奖，但她的书的确写得不怎么样，她的风格很冷，所以我不妨，也用'冷静的态度'给她打个二分吧！"看到这，俺心里咋反倒热乎乎的。

还有想记下的，就是"武大郎"的"新故事"。昨天中央4台说武大郎的原型被发现了，不是在山东，而是在河北一个村庄，旁边那个村，是潘金莲的故里，全村人都姓潘。潘家和武家可能是因为祖先被写进书里了，竟然200多年不通婚。另外，武松的原型比武大郎的原型——据科学考证，大了200多岁。幽默的不是这些，幽默的是，据村里的家谱记载,真正的武大郎个子不矮,从他的一截小腿骨的长度能推断,武大郎原型的身高是182cm,他不仅不是卖炊饼的,而且学习非常用功,他最后中了进士,他和真正的潘金莲也情投意合,二人相敬如宾,白头偕老。

我怎么想怎么别扭。别扭1),武大郎的原型假如是182cm的话,那么他还是武大郎的原型吗?别扭2),中了进士的"武大郎",还有资格卖炊饼吗?别扭3),连潘金莲都和老公"相濡以沫",都没绯闻了,那么,时代,不就退步了吗?不就提前哥本哈根、马尔代夫、《2012》了吗?别扭4),那武松往哪儿摆设?老虎怎么挨打?别扭5),再就是余力,余力不能不开电梯呀,他绝不能去开飞机,电梯都不开了,他还是俺笔下的"时代多余力量"吗?

感想于颐和园素食馆子被"铐"

颐和园有两个东门，一个是大家都去的那个，另一个，是我喜欢去的那个，在第一个的南边。昨天我照例坐地铁4号线，在看完《新京报》后从北宫门进了园子，我还是爬上了万寿山，我从"半空"处朝下观看仿佛一块整玻璃似的昆明湖，然后我，听着冰的断裂声、眼看着轮廓明澈的西山，朝十七孔桥走。水很浅，基本上都放光了，也就是说，即使你万一掉下冰窟窿，你的脚，也只会被没到脚面，何况，我还会冬泳。我看到了几尾在冰和泥那么一点的空间里受惊拼命奔跑的鱼，而正是它们，让我想到了在哥本哈根没有达成实质性气候协议的全体人类，其实，我们这种物种，很可能，就是生存在大气层和火山那样狭小的夹层之间的冬天的鱼。

我走到了"南东门"，我在寻找去年夏天去过一次的那个非常不好找的素餐馆，它像"功德林"，但它里面的佛性要大于"功德林"，它给人的感觉，似乎是和尚开的。

我终于来到了那个素食馆，它的名字我使劲记了一遍，但还是忘了，反正它的名字，是十分清素的那种，即使它的门上已经被大铁链子给铐上了，被关了！它、它、它，我恨不得用随身带着的纸币，把那个"铐子"打开（注：学昆明监狱自杀囚犯的样子）。

在被封掉的素餐馆的外墙上，我看到了物业公司贴的两张像死刑判决书的最后通牒信，贴于2009年9月，大意是你们的合同到期了，我们早告诉你们不再续约，但你们这些"素人"却执迷不悟，却死活不关门，于是我们，对你们实施法律的权益——干脆把你们的素菜馆子给封了！总之那两张通牒信写得非常凶狠，血淋淋的感觉，旁边还有一张更大的，是"公证书"，盖着血红的大印。

　　我透过玻璃朝被锁了的素菜馆的里面看去，竟然发现，里面的容貌压根儿没变，桌子还是桌，凳子还是凳，更有意思者，墙上的那些"慈悲为怀""积善成佛"意思的书法，还原封地"被封"在墙上，看来，店主撤离的时候，是匆匆的和惶惶的，或许，他们——那些去年来时印象中颇有尼姑、和尚出家人形态的、说话和风细雨大气不喘的餐馆的服务员和营业者，还希冀第二天能回来，但从9月逃离到眼下的12月，也有了一个季度时间。

　　我也回身走了，我去找别的馆子"用膳"。我觉得不舒服的，是一个以"行素"为宗旨的用餐处，被那么恶狠狠地查封，哪怕是它差了钱，哪怕是它违了约，但一个素馆子和卖炸蝎子、卖驴肉火烧、卖烤全羊和"龙虎斗"（广东人吃的猫加蛇）的门脸儿，毕竟有很大区别，后面的那些即使被封了、被铐上了——猫会高兴、蛇会高兴、羊会高兴、蝎子会更高兴，但以慈悲为出发点的僧人居士们的馆子被"立即执行"，不高兴的是俺，是萝卜、青菜、茄子，以及地球的绿色心情吧。

简·爱两口子结婚之后怎么样

做过老师的,都熟悉一个学期末"结课"时的感觉,本人本学期的"工商导论"今天下午也结了,如果不出意外,可能今后的一年,就不在这个学校任教了。"意内",是指我明年到日本去当"助教",按说也算是"一嘴"努出了国门。当然,意外,也不是不会出现。这时代,只有不出意外才真正是"意外"哩。

在依依惜别的学生面前,我也不舍起来。授课的和被授课的,其实是"课"这床被的里和外。

昨晚携老伴到国家大剧院看话剧《简·爱》,是陈数和一个男演员演的。陈数,就是演《暗算》那个破解密码的女数学家黄依依的演员,她由于演了次数学家,就把原本不是这个"数"的名字,改成了这个"数",她原来是哪个"shu"呢,已经不重要了,人家自己都不想记着,我想说的是,演完了《简·爱》,人家的名字,是否就会变为"陈简"?名字嘛,还是本色的爹妈起的好。

我们的票是280元一张的票,还坐在2楼,其实是3楼。我们只能从空中看那个舞台;舞台不但模糊,还贼高贼陡,我们仿佛是倒着"坐井观天",我甚至后悔出门时没背上一个降落伞,好在紧急情况下朝一楼"软着陆"。还有,我真纳闷,那些坐在"井下"的,花了500到2000元不等的票钱看"数女士"的,到底他们的钱是从哪儿来的呢?从迪拜用骆驼运来?

花了 280 元才只能看清台上主演性别的我们，嘲笑那些花最低价 180 元一张票的我们的两侧的那些"最低贱"的观众，或许，他们连性别，都看得非常模糊。现在你说，简·爱小姐还会和罗切斯特——那个庄园被烧、眼瞎腿瘸、又老又丑、又贫穷又不绅士了的"老公"白头偕老吗？这，也是我每次碰到写《简·爱》论文的学生答辩时最爱提的问题。房价每平方米 5000 元的时候可能，但房价到了每平方米 5 万跟上海的房价一样时，上海的"现代简·爱们"，兴许早就跟最有房子的开发商"蜗居"去了吧。所以，罗切斯特先生能得到他的"简"，除了该感谢英格兰地皮没地王们炒之外，还要感谢，写《简·爱》的女作家英年早逝，没活到 20 世纪的 90 年代后。

我的问题总之是："他们两个结婚后——怎么样？"就好比鲁迅当年问"娜拉出走后怎么样"一样。

张老师的评语：

《简·爱》的作者是抱着人类有希望的主题来写的，而妹妹所写的那本《呼啸山庄》却认定了人类是没有前途的。这篇文章之幽默感，可比马克·吐温了，井上观，井下看。井下的装样子，一群白痴而已。多少银子，也不会买到圣洁的智慧。照此下去，人类，真的不会有前途了！

"咖啡时光"的评语：

只能想象了，不过他们没有生活在现在，结局想必会很好。

"我本善良"的评语：

哈哈，博文写得可真幽默，顺带说一句，还有点刻薄。路过也禁不住停下脚步，冒昧留言，我看《简·爱》，还从没想过这个问题。简·爱和罗切斯特结婚会怎样，总不会简·爱去傍大款吧。那也不符合她的性格啊！

"六月天"的评语：

《简·爱》就在我身后的书架上，回手取了下来。简和罗切斯特一定会白头偕老，即使是在物欲横流的今天，他们获得的是彼此的需要，足够。

"情感墓地"的评语：

绵延在心里的幸福可能有，但如果现实不合作，这种幸福就有了期限。

伟人连续着诞生

祝毛主席万寿无疆。

伟人、名人们连着诞生,昨天是圣诞,今天是伟大领袖毛泽东的生日。早先我小时候,全中国那一天的食堂,是统统要为毛主席吃面条的,而今天,就不用了,今天是天天"面爱面"时代。

昨天一早,我顶着大约10级的大风,在零下10摄氏度的状态下,去王府井大教堂看"大弥撒"。出地铁站时,有一个山西口音的人,先问我"王府井步行街"咋走,过一会儿,又问我"教堂怎么走"——那时那步行街上好像就我们两个,我指着正前方,说,就这么笔直走,千万别回头,然后就钻进路边的"麦当劳"了,一是暖和暖和,二是怕被他视为同路。

我终于到了大教堂,先是早晨的"小弥撒"(晨弥撒?),唱诗班比较松散(中老年),神父的声音也似乎不太专业(带口音,罪过!)。然后8点钟一到,"大弥撒"开始了,唱诗班正规了,神父的声音也男中音和洪亮了。

当全堂的人,都齐刷刷地跪下去后,只有一个没跪的我,自觉地靠到了教堂最后的墙上。

唱诗班,我早年在蒙特利尔的华人教堂也参加过,只不过参加的不长,一是因为不认五线谱——我老走调,二是因为我一跑调,耶稣就或许不能顺产。但即使是那样，教堂的歌声、琴声，和神父的男低音的读经声，只要你喜欢古典音乐的动静，就不应该错过；比起国家大剧院的交响乐，这儿的是原生态的。

我从不百分之百信任何教，我的"形而上"喜好中，假如分析成分，有百分之三十的佛，有百分之三十的道，有百分之二九的基督，百分之十的其他，还有百分之一的相信自我。难道你自己就不能自成一教吗？耶稣当时那么想，就把百分之一的他扩展成你我的百分之二九了。

昨天的颂词中，神父说苦海无边，物欲横流，但只要你信了耶稣，就不怕了；他还说每个人的终点，都是死亡——你肯定怕死，但只要你知道耶稣在那儿等着接你，你就不怕了。听完我下午跑到语言大学监考，和同事们戏言，说老齐我而今可不得了了——我信教了，但你们可千万别信啊，那个通向天堂的位子，是给先信的人预留的，也就那么几个。

"情感墓地"的评语：

请问博士：你这行为究竟属于无私呢，还是自私呢？

"团圆"——"滚"的上海说法

我这个"当代流行词语垃圾站收容所"本来都要年末关张了,蓦地,又进来了一个冒失的词语——上海一个冲动的后生主持,在忍不住的情况下用独特的方式让外地人"滚"出上海,他说:"……这位听众,请你以一种,团成一个团的姿势,然后,慢慢地比较圆润的方式,离开这座让你讨厌的城市,或者讨厌的人的周围。"于是"'团成一团,圆润离开'迅速成为了沪上论坛的热门词汇,而且也引发各方面议论狂潮"。(摘自一网上文章)

我从没在任何媒介上,看到过如昨天"搜狐"上那么多一个城市(上海)和其他地方人对骂的留言,竟然有15000条之多,真乃触目惊心、史无前例,但等我过了半个小时后再想看那第1000条骂人的话时,"搜狐"那原本是放在最显眼的方位的、被打成了黑体的"上海人让外地人'滚'出上海"的新闻,竟突然失踪——被删除了,我于是,又到"凤凰网"和"新浪网"去追——我挺无聊的吧?我于是追着了几条,也是对骂声一片,但都没有"搜狐"那么丰富和热火朝天,我于是就觉得生活太平淡、太空虚了。

有一个北京人这么总结上海人:"精明、骄傲、会盘算、能说会道、自由散漫、不厚道、排外、瞧不大起领导、缺少政治热情、没有集体观念、对人冷淡、吝啬、自私、赶时髦、浮滑、好标新立异、琐碎、世俗气……如此"——这是我记事之后知道的最长、最全的骂人话,还有一个安徽的,说他家住在长江上游,他撒的尿身处下游的上海人喝——这够缺德的。

  上海人也挺好玩的,除了老一辈的把外地人戏称作"乡下人"之外,年轻的管外地人谑称"硬盘"(身上只有一个铜板又想在大都市混的人),你注意呀,就在几个"上海网友""英勇答辩"的时候,满嘴,也左一个"硬盘"右一个"硬盘"地说——这使爷爷我非常生气!还有,"上海网友"中百分之九十九赞同外地人"团成一团,圆润离开",其他的全国各地人民——广东的、山东的、东北的,都把"炮口"对准了上海"小男人"——在网上他们都挺敢讲大男人的话的,朝"小男人们"开炮的最近的城市,竟然是苏州和嘉兴,而那两个地方一个在北、一个在南,离上海才一个小时的路程啊!就好比有人架着洲际导弹从廊坊打咱北京。看来,想要和谐一个世界(中国),想同一个世界(中国)、同一个梦想,还真的不太容易哩!因此该删除时就得删除!

余力有力量，还是没有力量
(To have? Or not to have?)

随着年末的倒计时，我这个小集子也一步步到了它的结尾。这个集子从今年5月底写起，总共换了3个标题，第一个是"贾宝玉游巴黎莫名惊诧"——取自北大本科生的课堂作业，然后是"绿色和平洲际导弹"——取自60年国庆大阅兵，再就是"绿色和平洲际导弹和《余力》续曲"——因为从10月开始，我那个小说的英文本，就被"launch"（推出）了。有趣的是，发射导弹的"发射"和"推书"的"推"，在英文里是同一个动名词，都是"luanchig"。我原来把这半年中国关键主题词，定位在"绿色和平洲际导弹"，主要是出于人类和平的考虑，因为任何可怕的武器——钱学森们发明的，一旦被绿色化了，都会用于环保的目的。但电影《2012》观后，我就不再担心地球上打洲际导弹战争了，因为已经没有那个必要，海平面的上升，会把一切的导弹——绿色的、黑色的、黄色的，都取缔、都替换，都变为可有可无。在"天地"神力面前，我们人类的一切行径，都是小打小闹，都形同儿戏，都是"余力"——费多余的劲。

我是在三里屯的英文书店"老书虫"launch找到它的《朗读者》，为此，我还做了平生第一次的"朗读者"（the reader），这是我今年最喜欢看的一本德国小说，只不过在那本书里，"小家伙"是给一个裸体的老情人读书——她并不识字，我呢，是对着几十个花了30元票钱的异邦人，读着 Harvey 用英文写的——久违了的我自己 10 年前创作的小说。那时的感觉良好。我能听到对面几十个人该笑的时候的笑，当然，到该哭的时候，我就不读了。读，朗读，大声地言说，是展示文章语言韵味的最佳手法，前提是，你写的语言要先有韵。我一贯追求的"现代古文"，不就是白话的韵文吗？

再回到本书的题目，我前两天在马路上走着想，莫不如叫它《余力还开着电梯》——走在王府井天主教堂的路上，后来干脆，把那个"着"，也拿去了，叫它《余力还开电梯》。它的前身《电梯工余力》（《北京文学》刊物给起的名字，在《马桶三部曲》中，我唤它作《余力开电梯》）被 Harvey 特意翻成了 Yu Li ,The Confessions of an Elevator Operator（《一个电梯工的忏悔录》）。"Confession"是一个西方语言里最有人缘的词了，从中世纪奥古斯丁的 Confession，到两百年前卢梭的 Confession，甚至前天我在王府井大教堂，一进门，就见人们排成了一排，走到一个木制的有洞眼的屏风前，跪下去，向屏风另一侧的一个人叨念，同去的小王——她是《电梯工余力》英文版的"红娘"——我和 Harvey 的牵线人，说那些人，是在向背面的那个神父忏悔，我问忏悔什么，"比如干了什么坏事呗"，小王说。

从这个意义上说，我笔下的"余力"们不用去教堂，也不用下跪，更不用忏悔，因为他们从不做坏事，至少——在那个一平方米大小的电梯间里。

余力不需要忏悔；

余力们绝对不需要忏悔！

坚决不。

10 年前怀着一身的冲动，从国外，我回到了北京长安街上的这幢楼，我不久，就即兴地花了两天时间，写下了那个小小说。那是一个杜撰的电梯工在电梯里苦寻男"大人物"和女明星的故事。我之所以写它,是因为当时,我们这个至今还被称为"高干楼"的楼里的确住着几个非常重要的人物。10年水似的流干净后,剩下的是变化。10年后不变的,是我还住在这个门洞里,变了的,是那些"大人物"们,除了个别的进了秦城监狱之外,其他的,都早已不在这个楼了——你再也看不见早晨门口奥迪车冒着青烟、被一个十分有耐心的司机擦拭的景象了,现在被仔细擦洗的都是些"电驴子"。当然,大人物的弟弟妹妹们和孙儿们,或许仍住在这里。至于女明星,我们这个楼压根儿就没住过,那是我瞎编的,对之我必须忏悔。撒谎就得自责,所以世上所有爱写小说的人,都该定期去向神父、隔着屏风说出事实真相,然后玩命忏悔!

还有变了的,就是那些电梯班的,本楼的电梯班,无疑,是一年不如一年景气,从早先的一个排到一个班再到眼下的一个三人小组,而且只剩下了妇女,其他的呢,都已陆续下岗。我的小说《电梯工余力》的下半部分英语并没翻译,《北京文学》也并没采用的,名字就叫《余力下岗》。被我那么一写,他们还真稀里哗啦地都下去啦。或许,不,就是因为他们原本就是"多余的力量"吧。再有就是,10年后,原来那个嘲讽"余力"们的我自己,咋,越来越觉得自己在每天地变成了"余力"之中的一分子了,我无所事事,我比较散淡,我想起床就起床,想不起,太阳还照常升起。我自己,也变成了个多余的了,而且仿佛连"力量",都没有少许。

2009年美国的《时代》周刊,把"中国工人",当成了年度风云人物的候选人之一,我本能地想到,"中国工人"里面,是,还是不是包括当电梯工的余力们,余力们算是"中国工人"吗?余力能拯救世界于经济危机吗?可能不能,道理还是那个,那电梯——尤其是我们这个楼里前两年才被更换的新电梯,即使是国产的,质量也非常地好——中国而今已变成了真正的"世界工厂"啊，它的的确确地不需要人开，我近来就经常地上了电梯，一看，驾驶员的座椅是空的——她去方便了吧，我于是，完全凭自力更生，就把电梯安全地开到了我家那个早就没有一个VIP的楼层。于是我觉得自己也有特异功能。因此说余力并不是"救世军"的分子，恰恰相反，余力是该被"中国工人"拯救的那部分人，因为使用"中国工人"造的"中国电梯"后，就没有哪个楼，怕余力罢工了。

从昨天的上海"团圆事件"，我又遐（瞎）想了，咱们这些个"余力"，假如在上海的某个真还有大男人、女明星居住的豪华楼宇里当电梯工的话，上海人除了"乡下人"和"硬盘"那些贬义词之外，还会发明出什么样的词汇用在他们身上呢？你想啊，连北京的大人物去了，都被说成"乡下人"和"硬盘"，那么压根儿就不是什么人物的可有可无的俺们"余力"，还不——？？？

《咱们工人有力量！》那首老歌唱得真好，但万一俺们不算是"工人"，俺们还有力量吗？

有，还是没有？（to have？ Or not to have？）这也许，是一个非常值得问问的问题。

杂文集《余力还开着电梯》收笔。

2009年12月27日，星期日，南礼士路家中

"心灵飞鸿"的评语：

恭喜恭贺《余力还开着电梯》收笔！

电梯工余力

（刊登于《北京文学》2001年1月刊）

电梯的世界很小，电梯的世界也很大。农村来的余力在北京城当上了一名电梯工，从此每天在狭小的电梯里窥视着进进出出的城里人，他到底看到了什么呢——

关于余力：他所从事的是一项前无古人后无来者的堪称奇特的工作，用他身怀的绝技和少有的冲动。

一

余力满脸长着晚出的青春痘。

余力是二十岁出头的时候才在全脸的范围内全方位地长青春痘的。出人意料长了满脸青春痘的余力一下觉得青春真的到了，心里便火烧火燎的，裤裆下面躲藏着的那个家伙也火烧火燎的，整得他满镇子里到处寻——他控制不了晚来的旺盛的青春，他真急了，他也就是在这个青春得蹿火的当口，来到京城丙区乙楼甲门——开电梯的。

二

余力成长于河北衡水地区的一个没有楼房的小镇。

余力原本在一家镇办的生产假冒衡水老白干的酒厂当质量检验员。

余力在那家酒厂一干就是十多年。

余力最终被开除是厂里突然发现全厂的假酒生产量在余力的检验下下降了10%。最后厂里发现原来是因为被余力抽查过的假酒都被余力喝了，于是厂里在制订第二年产量增长10%的生产目标时便开除了余力。

其实余力在进厂的前九年滴酒不沾，余力有遗传的酒精过敏症，厂里也恰恰是因为看中了余力沾了酒就全身起红斑的特征才让他进行假酒质量检验的。

余力最初在工作时喝酒也是在不情愿下喝的，因为他喝酒后实在难受，有一次他喝完酒后全身超重10%，而且长满了紫血的大包，使他想到了死，但他不得不喝，因为对他来说世界上只有喝酒一样是白喝的，就像对打扫厕所的人来说只有大便是能白吃的那样。——余力不能白白错过这个机会。

余力又不是傻瓜。

三

余力是在没有楼房的镇上徘徊了一年多后才有机会进京开电梯的。

一天，先进了京的王三从京城里坐火车回来，问在家待着的余力想不想去首都工作，并说正好有一个开电梯的工作可能缺人。

"什么叫电梯？"余力问。

"电梯与楼宇自动化有关。"王三说。

王三又问余力会不会英文或电脑，因为北京对电梯工种的文化素质要求得可能很高。

余力又问什么叫英文和电脑。

余力的父母本来就因儿子既没工作又找不到媳妇发愁，一看王三这是在做要礼品的暗示，就赶紧从地窖里提出两瓶上好的正宗假衡水老白干出来。

王三将假酒提走了。

半个月后王三又返回没有楼房的镇子，告诉余力尽管有十个人同时争取开电梯那个职位，而且其中还有一个硕士，但因为王三认识电梯班的班长，就录取了余力。

于是余力便开上了电梯。

四

河北出骆驼祥子。

祥子当年也是河北老家。

祥子当年进京时也蛮青春的。

但祥子与余力比只是个拉车的，余力将要开的是——电梯。

送余力进京那天晚上没有楼房的镇子十分地热闹，都说余力终于有了出息，要开的是电梯。假酒厂的厂长也来了，他知道余力是要进京，因为他常进京，想以后进京时借余力的一点余光。

"什么？开电梯？电梯用人开吗？"——厂长是坐过电梯的。

"飞机还用人开呢！"王三替余力答道。

接着，王三私下向余力透露了他今后的工资——八十八元。

五

丙区乙楼地处京城最繁华的地段，是一座每平方米上万元的商品楼。乙楼共十八层。

乙楼甲门里住的基本上是京城的中产阶层，居民中有80%的局级或局级待遇干部，15%的处级或处级待遇干部，50%的中老年，30%的单身，外加一位部长，两位副部长，一位A级男性影视明星和一位C级女性影视明星。

由于乙楼里住有政府的部长和国家的明星，便有了一定的政治敏感度，便需要对国家的机密和首长的安全进行保障，就不能选用由日本人和美国人制造的进口电梯了，因为日本人和美国人在知道甲门里住有中国政府的部长后可能会在电梯内安装窃听器。

甲门选用的是国产电梯。

国产的绝大多数电梯是需要人来开的，不开就不走。如同目前国产的绝大多数汽车一样，都是手动的，自动挡的还没出世。

因此甲门就需要五名开电梯的了。

因此余力就从衡水地区没有楼房的小镇风尘仆仆地赶来开电梯了。

中国的电梯还需要用手来换挡，还需要余力。

六

余力在上岗前接受了三个月的上岗培训。

培训由电梯班班长主持，他总共将培训八个新的电梯受训员，其中四个男的，四个女的。培训主要包括以下内容：

学习《中华人民共和国宪法》；

学习《首都人民文明公约》；

爱党爱社会主义教育，爱国主义教育，公民权利义务教育，反帝反封建教育，基本人权教育，电工原理，社会主义初级阶段理论，基础电脑学，基本英语会话，基本格斗训练，基本擒拿本领，基本普通话教育。

班长还请来了"三通"电梯厂的总工程师，让他给大家介绍"三通"电梯的基本运行原理以及几十种排除危险情况的手段，如在电梯内一下全看不见的情况下怎么办，如坐电梯时遇到电梯从十九楼以上楼层向下俯冲的情况下怎么办。

"这楼总共不就十八层吗？"有的学员问。

"所以叫作紧急情况嘛！"总工不耐烦地回答。然后他给大家看了一段美国"挑战者"号火箭腾空时爆炸的壮丽情景。

余力看完录像后心潮澎湃。

七

班长在培训时特意指点了一下余力。班长告诉余力他是被破格录取到培训班的,因为他既不是首都户口又没有学历。班长说北京与衡水不完全一样,北京全是人才。在北京有十几万人在开电梯的岗位上从业,而且平均学历是大专。班长说之所以将余力作为甲门电梯员的候选人之一主要并不是因为他认识王三,而是因为余力是单身男子,是单身就毫无牵挂,就能全心全意地投入到开电梯的事业上。

余力听后特别感动。

班长在三个月的培训即将结束的时候才开始了全部培训中最重要的课题——讲政治。

班长说甲门不同于乙门,更不同于丁门,在乙门和丁门中没有部长和明星,但甲门中有。

"班长大还是部长大?"余力问。

班长并没正面回答余力的问题,而是说保护好部长就等于保护好国家,因为国家不能没有部长,没有部长就不可能有国家。

"这是政治任务!"班长严肃起来。

关于A级男明星和C级女明星,班长说应该以保护女明星为主,因为从发展的势头来看,今后中国女明星肯定会超过男明星,这位女明星目前虽然是C级的,但她的男朋友是A级的。

至于如何保护首长和两位明星的生命安全,班长并没做正面回答,而是组织大家看了两场电影,一场是《董存瑞》,一场是《黄继光》。之后,班长还特意带领四名女学员看了一场《小英雄刘胡兰》。

看完电影后班长还想补充说些什么,但大家一再劝他不用再说了。

班长最后又请来了丙区公安局的一位民警同志,给大家介绍了近来北京地区发生的十大凶杀案件,以及在电梯里与歹徒搏斗时的注意事项。

"一定要坚守住电梯的控制机关,一定要将歹徒与部长区分开来!"民警同志说。

这时大家才想起问在几百户人家中究竟哪家是部长家,部长和明星到底长得是什么样。

"这是国家机密,能泄露给你们吗!"班长厉色起来。

其实他也不知道。

八

领到电梯培训班毕业合格证和甲门电梯上岗证那天余力在心里哭了一场。

因为有三位女学员虽然也领了合格证却没领到上岗证——即使她们是大专生。班长说女的开电梯不大方便,因为在千钧一发的时刻女的总是先尖叫起来。

有一个女学员与班长争辩,说女电梯驾驶员可以转移歹徒的注意力,从而变相保护首长的安全,但班长反驳说说了也没用,五个人开一部"三通"牌电梯已经够多了,已经算人浮于事,他让那三个人到别的使用国产电梯的楼里碰碰运气。

于是余力便上岗了。

九

余力在上岗后的最初三个月里有三次差点被开除。

第一次是因为他太紧张。

余力开电梯前没坐过电梯。

余力在班长手把手的指导下完成了第一趟客人的运载,然后班长就走了。

但也就在班长的后脚刚刚跨离电梯的那一时刻,电梯内的灯就全黑了。

余力大叫起来。

余力一叫吓得梯内剩余的乘客——尤其是女的——与他一齐尖叫,这就更吓坏了余力,余力的手便本能地四下乱抓,他同时抓到了几个女人的胸部。

"有歹徒!"——女人们的叫声更加声嘶力竭。

"什么?有歹徒!这么快就来了!"余力听后先失了魂,随即马上想到了《董存瑞》《黄继光》,以及《血染的风采》,便在伸手不见五指的电梯内一个猛子向歹徒扑了上去。

他又扑出了一片哭号。

这时,电灯亮了,电梯的门开了,门口站着班长,班长身后跟着两个身穿深绿色警服的警察。

其实电梯根本没离开地面。

"歹徒在哪儿?"警察提着警棍焦急地问。女人们的手便一同指向了余力……

十

第二次要被开除也与余力没坐过电梯有关——他一上电梯就犯晕,就目眩,就紧张得想小便。每次停机时他都头一个冲出去小便。

上岗的第二天,"三通"电梯在十七层和十八层之间停住了,一停就是半天。余力打开电梯门后发现不是空间,而是墙,就使劲儿去踹那堵墙,因为他想小便。那堵墙被他踹后还是不动,余力就更急了,也就想随处尿了。

余力在电梯里冲着电梯的一角——尿了。

梯内的女客见了,大叫,"流氓!"

"流氓在哪儿?!"紧张的余力又扑出了一片女人的叫声。

事后余力被班长叫去,班长想开除余力。

"在那千钧一发的情况下,你为何不好好想想董存瑞、黄继光呢!"班长语重心长地说。

十一

余力第三次差点被开除是纯属业务方面的原因。

余力不精通业务。

余力的数学水准极低。

尽管在培训期间班长用计算器模拟电梯键盘对余力进行了三个月强行突击式的训练,余力还是按不准电梯上的那十个数字,尤其是常常混淆6和9。

"您去几楼?"

"9楼。"

余力肯定会按那个6字。

问题不在余力错将9按为6,问题在于想去9楼的人大多数说完9后就再也不看电梯表盘上的数字了,他们从6层上下来就径直朝自认为是各自的家门走去,而且还不看门号。

因此在余力值班的时候经常有6层的人用钥匙去捅9层人家的锁,也有9层的男人一走进6层人的"家门",便张开双臂去拥抱原本属于6层男人的妻子。

班长因此被公安局通告，说甲门的刑事案件骤然增多。

班长也莫名其妙。

十二

余力在人们上楼时问人们去几层，

这是对的。

余力在人们下楼时也问人们去几层，

这就不对了。

尤其是早晨上班的时间，大家的心情都十分迫切。

十楼有人进来了，想下楼，余力问："去几层？"

"？？？一层。"

九楼有人进来了，想下楼，余力也问："去几层？"

"？？？一层。"

进来十个余力问十次。

而甲门最低就是一层。

"你怎么找个傻子来开电梯？"甲门人不止一人、不止一次问班长。

"他傻吗？雷锋不是说大家都应该当革命的傻子吗？"班长理直气壮地回答。

但背地里班长还是想开除余力。

在听明班长的意图后余力反驳道："你不是在培训班上说一定要在问清客人要去几层后才能开电梯的吗？"

"……"班长无语。

十三

余力一直想查出那个部长、那个男明星和女明星的下落。

这对他来说太重要了。

班长说近来全国歹徒越来越多了，部长却没有歹徒多，所以保护部长的安危是衡量一个电梯员杀敌本领过硬不过硬的重要方面。

男女明星也十分重要。虽然目前中国男女明星的数量比歹徒还多，但明星是好人，歹徒是坏人，好人总需比坏人多。

余力一直考虑在歹徒用刀、用枪，或用冲锋枪伤害首长时应该采用什么样的方式去保护首长，是挺身而出，是用胸膛去堵枪口，还是将首长一个猛子按倒在地。

保护首长时应使用侧身，正身，还是用臀部？——余力反复想。

"首先要千方百计地将首长辨认出来。"——余力又想。

余力开始用一种不正常的眼光打量起每天上下电梯的几百号人来。准确地说余力只打量上下电梯的男人，因为班长曾向他透露了一个不准向第三者透露的秘密："部长是男的。"

于是每个男人都在他的审视之中。

余力先从胖的看起；

余力再从走路迈正方步的看起；

余力又从说话拿腔拿调的看起；

余力更从一句话也不说的看起。

最后余力索性直截了当地问了十个既胖又走路迈方步、既上午拿腔拿调又晚上一句话也不说的男子们："你是部长吗？"

那些人都说："我还不是。"

余力听说部长都坐奥迪车了，就到楼口观看哪个男的出去坐奥迪，但由于甲门的人都比较富有，每天坐奥迪进出的总是几十人上下，余力便不再将奥迪与部长直接挂钩了。

这时城里又发生了几起重大凶杀案，歹徒逼得更近了。

余力的目光便从寻找部长改为寻找歹徒了。

余力又反复用怀疑的目光打量那十个既胖又走路迈正方步、上午拿腔拿调、晚上一句话不说的男子和那几十个上下班坐奥迪的男子们,心说他们到底是歹徒还是部长,因为班长明明说过歹徒看上去与部长没什么大的区别,歹徒有时装成部长,部长有时看去也像歹徒。

有时余力眼看花了、看累了,竟然将全门的几百号男人都看成歹徒了;有时余力看累了、看花了,也会将全门的几百号男人都看成部长。

至于那位男明星,余力也一样会看混淆,有时他把所有男人都看为明星,但他们时不时地也会全部变成或部分变成——歹徒。

十四

甲门的女人们反映有个开电梯的有作风问题,是个流氓,她们指的就是余力,因为余力为了找出那个女明星的下落总是用直勾勾的眼睛看电梯内所有的女人,连老太太和少女都不放过。

开始余力将全门的女人都当明星,因为对于衡水地区的一个没有楼房的小镇来说,京城的女人凡是化了妆的长得都有点明星的模样,何况余力本来生性腼腆,本来从不敢正眼观看异性,他是为了完成任务才用勾直的眼睛看女人的。但他不看则罢,一看就在眼里拔不出来了。

年近三十、长着满脸青色痘子的余力的目光在电梯中每接触到女人,便会感到裤裆下面那个"棒槌"的亢奋,更使余力的目光欲罢不能,使女人们见了欲躲不及。

"他是个歹徒!"女人们愤愤地向班长投诉。

"不会吧。"班长慢腾腾地说。

十五

自从甲门的女人们都用看歹徒的眼神看余力后，在余力的眼中连那些女人们也都像起歹徒来。

因为她们的目光十分地歹毒。

因此余力就更加不安起来。

余力想如果这么多女歹徒也一同袭击部长的话，那么他将如何保障部长的安危呢？部长的安危都保障不了还怎么保障国家的安危、保障人民的安危呢？

余力突然意识到自己目前的处境还远不如当年的董存瑞、黄继光。因为董存瑞在炸碉堡时还知道身后有战友和人民；黄继光在堵枪眼时也知道有人事后会讴歌自己，但眼下我余力的周围可能都是歹徒，或者都有可能成为歹徒，他（她）们可能都会同时扑向部长，虽然自己那么想奋不顾身地保卫部长，却不知道部长长得是什么样子。

如果自己因保卫部长英勇牺牲了，部长会追悼自己吗？会寄托对自己的哀思吗？会失声痛哭吗？

可能她们都是部长，谁说部长一定是男的？——余力又想。既然她们有可能就是部长，既然她们知道自己会在生死攸关的时刻像那天电梯灯突然灭时那样猛地扑上去保护她们，她们为何还用这种像看坏蛋般狠毒的目光死盯着自己呢？

——余力想不通——用半疑惑半警觉的头脑。

被余力在黑灯瞎火的电梯内狠抓了几把胸脯的女人们也想不通。

女人们怎么也不明白为何电梯班班长找这样一个用歹徒般的手段和目光对付女人的人来开电梯。

女人们想如今这个年月歹徒简直是无孔不入，都打进电梯里来了。

女人们认为歹徒就在她们的身旁。

女人们认为有部长的楼门里被像歹徒的人把持电梯是世纪末的灾难，是中华民族的悲哀；女人们以为中国要完了——如果余力这种满脸长着青春痘的人继续将电梯开下去的话。

发生了以上双向误解的余力和女人们在用歹毒的目光在电梯内对视了一段时间后，便不由自主地分别将希望寄托到真正的歹徒和真正的部长身上了。

余力想只有真的歹徒来了才能表现自己大无畏的英雄气概，才能有机会成为英雄；

女人们想只有余力真杀个人才能有机会将他抓起来，才有机会成为智擒歹徒的女英雄。

余力想唯一能使歹徒暴露出原形的方法就是让部长站出来，因为只有部长才会吸引歹徒；

女人们想如果部长都挺身而出站出来了余力还不动手，那就说明余力是个城府极深的歹徒，是个对整个国家甚至整个世界都有极大潜在威胁的一定要被根除的歹徒。

"对，一定要从根部除掉他！"——女人们想到了对太监的根除方法。

中国的男人如果都像太监那么老实、听话就好了，就天下太平了；中国的男人之所以都像余力一样有潜在的成为歹徒的可能性就是因为六根未除干净。——女人们坚信。

"部长你到底在哪里？"——都想把对方根除的余力和女人们一上电梯就四下寻找。

十六

转眼冬去春来，余力在乙楼甲门已经开了半年的电梯了。

半年来虽然余力没找到他心目中那个唯一的人民——部长，却找到了一个开电梯的人应有的正确感觉。

余力开电梯开出瘾来了；

余力开电梯开出点味道来了；

余力开电梯开出点权力意识来了；

余力开电梯开出点意境来了。

余力不得了了！

余力抖起来了！

十七

是"三通"电梯为余力提供以上种种感觉的；

是"三通"牌电梯成全了余力。

开"三通"牌国产电梯比开手动挡电车和开直升飞机都难，都需要细心大胆，都需要动脑筋，都需要体力和脑力，都需要智力，都需要知识化、科学化，都——危险。

开"三通"牌电梯的余力所经历过的危险足能使人联想起美国功夫片《007》。

余力曾在"三通"电梯内在断水、断电、断粮的状态下被关过七十二小时；

余力驾驶的"三通"牌电梯有一次差点从十九层楼顶直升出去；

"三通"里曾经发生过大水淹没胸部的水灾；

"三通"的按钮经常"上""下"不分；

"三通"里夏天有时要穿棉袄；

"三通"里有时会混入煤气；

有时"三通"会突然加速；

有时"三通"会猛地减速。

余力想夹人的时候就可以将关门的速度一下提高。

余力可以让"三通"在十六、十七层之间的位置上停顿，让他认为像歹徒的人从老鼠那么大点的小洞里钻出去。

余力不喜欢谁就不在他不喜欢的人住的那层楼停，或是先停一下，等那人半条腿刚一跨上来时就猛地将门关闭。

余力心情不好时整个十六层的人都要走上走下。

当楼里的孩子闹着要去坐惊险的过山车时，孩子们的父亲们都说不用了，说坐坐满脸绿痘叔叔开的电梯就能达到同样的效果了。

以上种种余力都可推到"三通"的头上。

"三通"本来保修时间就短，只保修六千公里，班长又没算清到底"三通"跑了多少里数，所以"三通"的人三个月后第一次上门服务时就说保修期已过，故障期已经开始，而且从故障期的第一次维修起就要按钟点收费。

"三通"的人排除第一个故障就用了整整三天时间。

班长一看这下完了，第二个故障肯定会用半年时间排除，按半年时间收费。

因此班长便放弃了与"三通"纠缠的原始思路，将与"三通"斗争的战略重点转移到电梯驾驶员的培养和锻炼上来了。

所以他要大专生，要有汽车或飞机驾驶执照的，要胆大心细，临危不惧的——勇士型的，要如余力般智勇双全的人才。

所以脸上晚些长青春绿痘的余力便在电梯班内凭着他的果敢和机智，凭着他处理风险时的英勇果敢在电梯班内走红了，打响了。

——余力成了开电梯的明星；

——余力成了电梯标兵；

——余力成了开电梯的长征突击手；

——余力成了与"三通"英勇搏斗的电梯英雄。

总之,余力已经不是半年前在衡水假酒厂偷酒喝的余力了,余力已经是大写了的余力了。

十八

正当余力的电梯刚开出点情调的时候,不幸的事情发生了,甲门的居民开始装修了。

甲门的居民不知为何选在同年同月同日同时开始装修。

也许春天本是装修的季节。

由于余力以前没有装修的概念,便以为甲门是要拆迁,便以为乙楼要被推倒,便以为电梯再也开不成了,便以为要回衡水。

因为甲门的人在装修之前先要:

1) 拆掉马桶;

2) 拆掉浴盆;

3) 拆除不想要的墙;

4) 推倒不想要的梁;

5) 敲毁不顺眼的玻璃;

6) 再将马桶、浴盆、破墙、破梁、破玻璃全部运出甲门,

——用余力的电梯。

整整运送了一个月。

轰轰烈烈,浩浩荡荡,热火朝天。

余力看傻了。余力心说,这么拆楼,一层层地拆,再过一个月这楼还能不倒?楼倒了后我余力还开什么电梯?这不是要丢掉铁饭碗吗?开电梯的铁饭碗丢了我上哪儿挣八十八元去?如何娶妻?如何安慰裤裆下的那杆枪?

总之，余力茫然了。

当装修工程进行到十天之后余力已经不敢再开电梯了，因为他怕甲门从十层突然断裂，因为他眼看着九层楼的梁都被运出去了，十一层的墙也都被运出去了，如果再运十层的墙和八层的梁的话……

"这楼准塌！"

余力这么想着，心里抖着，手发颤着。

担心楼就要倒的余力已经忘记了部长、A 级男星和 C 级女星的存在，因为余力知道一旦楼都倒了，自己再英勇，董存瑞、黄继光再视死如归也无济于事，也会与部长一同光荣牺牲，因为余力可以不怕歹徒，但余力和部长、明星都怕楼塌，都怕水泥做的墙，连歹徒都怕墙，何况部长呢？余力虽然害怕部长，但余力知道墙比部长厉害，余力知道谁都怕墙。

余力想中途不干了，想在楼塌之前临阵脱逃到衡水去。

余力向班长请假，说他奶奶死了。

班长一听就急了，让他奶奶再延长口气，因为装修工作刚刚开始，正急着用人，目前五个电梯工根本就不够用，正是用人之际。

"什么叫装修？"余力第一次听到这种说法，因为衡水的经济水平还没达到装修的阶段。

班长就告诉他什么叫装修。

这下余力才恍然大悟，心里才踏实下来。

原来甲门的电梯事业才刚刚起步，甲门还没最终成型呢！

余力一个猛子又返回了热火朝天的电梯第一线。

墙拆完后新的墙和新的马桶就陆陆续续来了。

十九

有一天几家为了新换来的马桶在一层电梯口打了起来，大家都想抢运马桶,都想先把马桶抬入电梯。

这下余力为难了。

不论余力如何厉色或如何好言劝阻几个指挥民工抬马桶的人也维持不住现场的秩序,因为电梯太小,新马桶太大,一次只能运一个马桶。

这时一个老头儿急了,就问余力知道不知道他是谁,余力说不知道,那老头儿就说我是堂堂中华人民共和国马桶事业部部长——的爸爸。

余力起初只听清了"爸爸"二字,以为老头儿在骂他,就愤怒地说我才是你爸爸,但他马上又回味起了"爸爸"前的一长串定语。

琢磨出"马桶事业部部长"几个字味道的余力差点激动得昏倒在电梯岗位上。

二十

接着余力又与几个与部长有关的人巧遇了,他们分别是:

部长的邻居;

部长的大姨;

部长的大姨子;

部长的大舅;

部长的大舅子;

……

部长他姥姥……;

为部长修马桶的人;

为部长开车的人;

给部长送文件、送条子送礼的人;

以及,

——部长他姥姥的弟弟。

以上这些人都是在与余力发生冲突时说"你知道我是谁吗？我是（马桶部部长的邻居、大姨、大姨子……姥姥的弟弟）"时暴露身份的。

但余力只知道那些人都住在十三层楼上，却始终没搞清部长家的门号是多少，因为那些人往往暴露身份后就一个健步跨出电梯——包括部长的姥姥——然后便消失在十三层楼上。余力想跟着一个大步追上去看个仔细，却都被电梯上其他顾客一把抓住裤腰带，因为"三通"电梯不能没有驾驶员余力，否则就会失控，就会从十三楼上一个跟头掉下去。

因此余力不知道部长家的门牌号，也不知道谁是部长本人。

二十一

知道部长住在十三层楼上的余力格外谨慎起来，因为十三层楼的人很多，每个要到十三层去的人都引起了余力的警觉，因为他们有男有女、有老有少、有正经的有不正经的、有深沉的有不深沉的、有像歹徒的有不像歹徒的、有像雷锋的有不像雷锋的……

余力从部长有姥姥那里判断部长的姥爷也可能健在；从部长有大姨那里判断部长会有大姨夫；从部长有开车的判断可能给部长开车的人也有大姨、大姨夫和大姨夫的姥姥、姥爷……

那些人都很重要，都需要保护，因为保护他们就是间接保护部长，保护部长就是保护国家，国家可以没有余力，余力本是多余的，但国家不能没有部长，没有部长的国家就不再是国家了，所以说保护部长就等于保护我余力，因为余力也是部长给的，没有部长哪有我余力……

以上道理余力是懂得的。

余力不懂得的是如何间接保护部长的姥姥、大姨和大舅，因为他们的人数太多，余力却只有一个，而且一旦余力为保护部长的大姨子光荣牺牲了，还有谁去保护部长本人呢？何况电梯也离不开余力，一旦余力为保护部长的大舅光荣牺牲了，或是失去了知觉，那个电梯马上就会脱缰从十三层上摔下去，摔死了电梯上剩余的人倒是小事，万一十三层楼下被砸的人之中正好有部长本人呢？

"我如何向党和人民交代？"——余力想。

余力越想越胆小，越想越后怕。开始余力怕十三层楼上的人，但后来余力所害怕的人就包括整个甲门的所有男女老少了，因为那些人走上电梯时并不事先通知余力他们是十三层或不是十三层的，他们有可能是十三层的有可能不是十三层的，有可能就是歹徒，也有可能就不是歹徒，因为班长说越接近部长的人越可能是歹徒，因为堡垒最容易从内部攻破。

余力越想越感到可怕，因为他可能已经陷入歹徒或部长大姨、小姨父们、大舅小舅们的重重包围之中了，他已无法自拔，因为这门里除了十三层楼的部长之外，还应该有几位副部长，而且80%的局级和局级待遇的干部中随时都有可能被提起一位副部长，处长也可能破格成为部长，他们都有大姨小姨和大舅小舅、姥姥姥爷们……

"去他妈的吧！"在苦思和紧张了一阵子之后有一天余力突然大骂一声，放松了下来，他干脆不再去想什么部长副部长了，因为他知道虱子多了也就不再怕咬了。

二十二

余力的第二个目标是找出A级男星。

他先从长得像英雄的人找起；

他再从长得像雷锋的人找起；

他又从身材伟岸的男子中寻找。但班长说他找错了，因为九十年代的A级男明星长得都像歹徒。

这下就为难了余力，因为凡上电梯的男人在他看来都像歹徒。

连他自己都像。

于是，他便也放弃了找男星的尝试。

找歹徒比找部长容易多了，但歹徒实在太多，无从下手。

二十三

当余力裤裆下的那个"棒槌"在暮春的香风的熏陶下再也不肯垂下头时，余力开始找C级女星了。

班长说九十年代的女人都有明星意识，而且长得都像好人，所以找女星是最难的一项工程。班长说九十年代找老婆比找女星难上十倍。他为了证明自己的理论正确，就让余力随口举出几个女明星的名字。余力毫不犹豫就说出了"慈禧太后"和"武则天"的名字，还有刘晓庆、希拉里。

"那你老婆叫什么名字？"班长紧接着问。

余力哑口无言，"棒槌"也跟着垂下了头。

余力的心被触动了，因为余力没钱娶妻，余力正是为了娶妻才来京城开电梯的。

余力的月薪仍是八十八元整。

二十四

余力买了一个七十年代末产的国产黑白电视，他要用电视找女明星，因为班长说只有电视中有的女人才够明星的资格。班长说七十年代以前中国之所以没出几个明星，就是因为没有电视。班长还说一百年后当电视全球普及时，余力本人也自然就是明星了。班长还引用了社会主义初级阶段的理论，说目前余力之所以还不是明星，完全是电视还不普及一手造成的。余力听后差点将那台电视砸了。

二十五

几天后余力终于在一个用英文播出的电视节目中找到了一个与他在甲门电梯中见到的长得一模一样的女人。他马上将这个重大收获告诉了班长。班长让余力先别激动,叫他一定弄清这个女人与电视中那个女人的 DNA 是否相同,因为连美国人验尸都使用这种最科学的方法。其次是验证电梯里的那个女人是不是假的,因为当今什么都可能有假,连这台"三通"电梯都可能是假冒产品。班长说连专业打假的王海为了能够打更多的假、为了保留青山都不敢登上这部电梯验证它的真伪——而让他的助手前来。

余力使劲儿辩解说没错,他在电视中看到的就是她,因为她的体形特征十分明显——她有两个如广东沙田柚般硕大的巨乳,和大葫芦般两边不对称的肥臀。

二十六

余力第二天便在电梯内与"沙田柚"单独邂逅了。

余力如获至宝。

余力用长着青春绿痘的脸正视着这张他苦苦寻找许久的 C 级明星的脸,以及明星脸下的那一对如沙田柚般令男人垂涎的丰乳,还有那乳下另两瓣一大一小如葫芦般不对称的肥臀……

余力痴呆了。

余力青春绿色的豆子发芽了。

于是裤裆下的"两弹一枪"顶上膛了。

余力从没这么近距离地凝视女人,余力从未这么咫尺之间注视明星。

"沙田柚"的脸是有姿色的,是有看头的,是能使青春的绿豆萌发和裤裆内的"轻重武器"扣上扳机的。

余力活了近三十年，第一次感受女人的丰乳肥臀；

余力活了近三十年，第一次感受动物的生命力；

余力活了近三十年，第一次想要拎着裤裆下的武器与女人作战；

余力活了近三十年，第一次知道自己——是个男人。自己虽不是男星，虽不是部长、局长、局长部长的司机或局长部长的姥爷——但自己也是个男的，是个被"轻重武器"配置起来的大老爷们，而且全副武装一样都不少，而且自己也好战，也是一头被欲火武装到牙齿的——歹徒！——在这个如柚、如葫芦般熟透了的女人面前！

——在这个如狐的婆子面前！

二十七

余力想一个猛子扑向那个丰硕的"柚子"，余力想上去啃一口那个"柚子"，去吸吮那澄黄的表皮下应该是酸甜的果汁，余力想去掐一把那两瓣大小不均的"葫芦"，余力想去尝一口那"葫芦"中酿的陈酒，因——余力是男的！

因为余力是喝衡水烈度假白干长大的——烈性小子！

也就在余力再也抑制不住想去吃"沙田柚"和想去掐女明星的"葫芦"的时刻——

余力想到了班长。

余力想起了班长在培训班上的谆谆教诲，班长说："在任何情况下都不准在电梯内扑向女人，扑向男人可以。如果扑着了女人，就一定枪毙！"

想到了那句话的余力的"轻重武器"一下解除了警戒，余力一下就蔫了下来，目光也垂了下来。

"但是，"——班长接着又说，"除非那个女人是歹徒。"

余力的眼睛又噌地一下亮了，又迸出了火花！

"她要是歹徒就好了！她为什么……不是歹徒？她难道不是歹徒吗？好人有长这德行的吗？好人的奶子能这么大吗？好人的屁股能一大一小吗？她莫非真的是女贼？是强奸犯？是歹徒？是骗子？她……她如果真是歹徒……的话……那真是谢天谢地了！"

余力越想越兴奋，"棒槌"和"手雷"又上紧了弦，于是他的双眼又直逼"沙田柚"，因为此时此刻在余力的眼中"沙田柚"已经没有理由不是歹徒了，已经不可能不是女贼了，她必须是贼，她一定要是贼，"她如果不是贼的话，我就跟她拼了！"

正当激动得面红耳赤的余力正要越身而起，正要一个猛子扑向"沙田柚"的当口……

突然，电梯的门打开了，一个长得极像歹徒的男人闯进了电梯。

"怎么在楼下按了一个小时电梯也不下来，你他妈的是不是和老婆睡觉去了！十三层，快走！"——他愤怒地吼道。

二十八

那次遇见"沙田柚"后余力卧床了一个星期。

二十九

余力从病床上起来之后又见过几次"沙田柚"，但二人一碰面余力就开着电梯跑了——他猛地将电梯提速，使"沙田柚"上不了电梯。

还有一次余力在"沙田柚"的一条玉腿刚刚抬向空中，还没踏上电梯时就使劲儿关门，狠狠地夹了那条玉腿一下。

余力十分得意，余力得意后又后悔没能拖住那条玉腿，让它又缩回去了，如果能拖着它跑上几层就好了。

余力特坏。

"沙田柚"家住十八层，余力就从不把电梯开到十八层去，只要有人按了十八层的按钮，余力就去上厕所，因为班长说电梯员绝不能离开电梯岗位半步——除非是上茅房。

上了几十分钟茅房后回来的余力往往能在楼道里与"沙田柚"相遇，——她正从十八层上一步步走下来，那条玉腿也比以前粗多了，看上去跟象腿似的。

余力特别得意。

余力挺坏的。

每到这时余力裤裆里暗藏的"核武器"也十分兴奋。

整了"沙田柚"的余力虽然十分得意也十分气恼，使他恼火的是无论他如何用电梯整治那个女人，她对自己既不怨恨也不公然指责，每次她与余力在道梯上相遇时都侧身而过，她……她根本就不记得余力，根本就不正眼看余力，根本就忽视了余力——开电梯的余力——的存在，她压根就没把余力当人，当个裤裆下掌握着"核武器"的、正常的——男人！

余力咬牙切齿！

三十

余力差点想死——当他又一次看见"沙田柚"时。

那天余力刚刚从一层的茅房回来，就见"沙田柚"已经在电梯里等他了。由于按规定不能将客人赶下电梯，余力就把电梯开向了第十八层——用极慢的速度。

电梯刚刚启动，他就发现电梯内还有一个人，一个中年男子，一个身穿中山装的一本正经的中年男子，正在与"沙田柚"亲嘴。

那男子还用双手去摘取她胸前那一对硕大的"柚子"，并用另一双手——不知他如何又腾出了一双手——去摸她身后那一大一小的两瓣"葫芦"。

余力眼前发黑，余力想死。

余力裤裆下的一对"核弹头"与"常规武器"一下进入了一级作战状态，如同一下被绑上了"长征二号"二捆式火箭，并点着了火，急待升空。

余力想死。

余力目眩。

电梯的隆隆声和一男一女亲嘴时的咂咂声在他的耳畔此起彼伏，"沙田柚"在呻吟，那男子在喘息，余力在……想死。

电梯走得极慢，比以往任何时候都慢，电梯内的灯又忽地黑了下来……余力——想死。

余力怨恨母亲为何将他生下；

余力怨恨父亲将他制成个男的；

余力怨恨父母为何在他裆下绑上了"长二捆"，为何在"二捆"上装配了如警棍般可以自行发出高压电流的"常规武器"——本该常用的家伙，那家伙只要见了歹徒——见了女人就会自动发电，就要跃跃欲试，就猴急猴急的，但他余力——一条提了三十年"警棍"的衡水汉了，一个见了三十年女人的大老爷们，却一次也没用上这条"警棍"，尽管他眼中满目都是歹徒，都是如眼前的这个"沙田柚"般的女人！

余力想哭。

在漆黑的"三通"中，

在咂咂的啃"柚子"的呼哧中，

余力想念歹徒。

余力想如果此时此刻真上来一个歹徒的话，肯定会当着余力的面将这一对忘我的男女杀了，将那两颗"柚子"和大小不等的两块"葫芦"劈了，为他余力出气，为他余力解恨，与他分享切碎的柚子皮和葫芦片子，用那些碎片告慰自己裤裆中一直报国无门的"核武器"。

余力甚至自己想当那歹徒，想自己跃身而起去掐死身旁这一对在光天化日之下、在他的睽睽目光之下公然吃果子的男女，那样做肯定会将自己变为歹徒，对了，那样不就再也不用去死乞白赖地抓歹徒了吗？原来自己也可以当歹徒，原来自己就是那个班长和甲门女人们想抓的歹徒，原来自己也不是人，原来歹徒就在自己的体内！

"我他妈不是人！"——余力在心中怒骂。

余力真想纵身一跃，将那男人扑倒在电梯上，自己取而代之，尝一口"沙田柚"，但余力强行克制住了，余力并没完全失去理智，余力使劲儿猜想他们可能原本就是夫妻，那个男的本来可能就是班长所说的Ａ级男星，何况如今女人已是商品，女人是要用钱来买的，真柚子和真葫芦还要用钱买呢，何况肉柚子和肉葫芦？余力心有余而力不足，余力没钱，余力月薪才八十八元整，连零头都没。

余力很清醒，余力能推算出八十八元能买到什么货色的柚子和葫芦。

想到钱余力已经清醒一半了。余力接着使劲儿往更美好的方面想，余力想肯定是他们作为夫妻或朋友几月、几天、几小时没见面了，见了面就要亲热，就要品尝彼此的舌头，就要尝尝鲜，而家里既有老人又有孩子，便在电梯的黑暗中举行那套仪式。

余力甚至试图去恨那"沙田柚"，余力想那两个"柚子"一定特酸，特辣，是芥末味的。余力想"沙田柚"的屁股之所以一高一低肯定是小时偷了东西，被父亲的巴掌打小了一边。余力快乐地想如果这个女人用一又二分之一的屁股穿着高跟鞋走路，那将是何等地别扭，何等地现眼！

余力想着想着,就基本上想通了,"核武器"也想通了,卸下了发射架。

只有一点余力想不通,就是为何这一对夫妇(情人)在他的眼前、在灯还亮的时候就开始吃果子,那不分明不把余力放在眼里、不把余力当人吗?"我是人吗?"——余力又拍着脑门问。

这一拍拍出了清醒,原来余力压根就不是人,余力是开电梯的。

余力这才发现自己是属于电梯的,是电梯的一部分,是楼的一部分,是楼梯的代用品,没有电梯便没有余力,没有甲门也就没有电梯,没有"三通"也没有余力,"三通"没问题更没有余力,余力本不是人,是电梯,而且是一个破电梯——的一个部件。

是活的部件。余力终于不得不承认自己不是人了。是人能没有名字吗?甲门上上下下几百号人天天乘坐这部电梯,天天与余力见面,有一个叫得出我余力名字的人吗?有谁问过我余力的名字吗?有谁知道我是从衡水没楼小镇百里迢迢来开电梯的吗?

没有。

余力彻底想通了。

彻底想通了的余力就在黑暗中昏昏地睡去了。

连同他的"警棍"和"核弹"。

这时灯突然大亮了,穿中山装的男子迈着方步,擦着嘴,向十三层楼口走去。

梯中只剩下了睡倒下去的余力和刚被那男人褴褛了衣衫的"沙田柚"。

她自己按了一下十八层的按钮。

三十一

接着余力又在同样的时间经历了以上同样的过程,只是电灯未熄,只是看得更清楚了。他知道那两个男女在偷情,跟电视上一样地偷情,因为他们根本就不住在同一层楼上,因为他们虽然在电梯内轰轰烈烈,一下电梯就逃之夭夭。

余力怀疑那个穿中山装的男人就是那位马桶部的部长——因为他的确住在十三层楼上,而且从未声称是部长什么的,没声称是部长什么的不就是部长本人吗?

余力想过来想过去,既不敢肯定这个人就是部长,也不能断定这个人不是部长,因为班长的确说过C级女星有个A级男星做朋友。

他会是那个A级男星吗?他长得又不像歹徒啊!

那么歹徒——藏在楼里的歹徒——到底是谁?

可能是那位"部长",因为一个部长在电梯内偷吃"柚子",偷摸"葫芦",不就成了歹徒了吗?——有着大姨子、大舅子的部长!

"部长"可能是部长,"部长"可能是歹徒,也可能是明星,或者既是部长又是明星又是歹徒!

余力想不通了。

又经过了几次同样的事后,余力终于想通了,余力发现"部长"永远是"部长",不管他是真的部长还是假的部长,是真明星还是假明星,或者真假明星和部长都不是,但他永远是部长和明星之中的一个——因为他住在京城,他住在乙楼,他住在乙楼甲门的十三层楼上,人只要住在这种楼上,就只能有两种选择,不是当部长就是当明星,再不就是当局长、处长、局长候补,却永远不可能成为——歹徒,而有可能成为歹徒的只有一个人——他自己余力!来自衡水的余力!单身的、没钱娶老婆的、每月挣八十八元钱整的、满脸青春绿痘、裆里揣着"核武器"的——余力!

余力不当歹徒谁当歹徒,歹徒不当强盗谁当强盗。"部长"有钱、有老婆、有车、有楼,有十三层好住、有女人的"柚子"好啃,还用当强盗、当歹徒吗？

男星用当歹徒吗？

女星用当歹徒吗？

"沙田柚"有十八层好住，有电梯好乘，有电视好上，有追星族崇拜，还用当歹徒吗？

还值得当歹徒吗？

还配当——歹徒吗？

只有我余力配！

只有我余力没钱没老婆没地位没身份，连住的地方都几乎没有，我不是歹徒的嫌疑犯谁是，我不当歹徒谁当，人家丢了东西不怀疑我怀疑谁，人家老婆被偷吃了不怀疑我怀疑谁，什么最贱丢了我最会被怀疑，什么最无耻的婆子被强奸了我最会被怀疑，我……我他妈还能活——吗？

余力安抚着裤裆中湿漉漉的"核武器"，在心中抽泣。

三十二

余力想当太监。

余力到处打听部长家除了司机和姥姥，是否还需要太监。班长说他想搞封建复辟，余力说我他妈不管复辟不复辟，反正我想当太监，我要放弃"核武器"，我想要和平。

余力是实在受不了目睹"部长"在电梯内偷吃"柚子"才想出这个解脱的方法的。余力管不住"核武器"，余力镇不住"警棍"。"核武器"和"警棍"根本不受他脑中理智的支配，总是在"部长"吃"柚子"时笔直地立着，总是想发射卫星。

余力心有余而力不足，余力做不了它们的主，于是余力便想放弃"核武器"，想丢掉"警棍"，想谋求和平，想当——太监。

余力痛恨自己的父母缺心眼儿，没在他生下来时就顺手割掉"两弹"，就拔掉"火箭"，就给他和平——心的和平，要不就甭在衡水生他，要不就甭让他长这么大，要不就甭让他开电梯，最起码甭让他在别人吃果子时开电梯。

"如果世界上的男人都成了太监，这个世界就太平了。"——余力想。

余力坚定地认定世界上之所以没有和平，就是因为大家都不是太监。余力知道有一本书叫作《战争与和平》，其中的"战争"便是没当成太监的男人们搞的，他们肯定都是像余力一样的没钱没老婆却满脸青春绿痘的男人，他们不开电梯了就去打仗，反正死活都是发泄，死前不能发泄不如先死后发泄。

那个"和平"一定是放弃了"核武"和"警棍"的太监们制造出来的。因为他们已经不再想吃"柚子"了，他们可以在别人啃柚子皮的时候心平静气地开电梯了，他们的心永远是平静的，即使他们没权、没钱、没长相、没地位。

他们还当不了歹徒，歹徒大多是佩戴"核武器"的，歹徒当不了英雄，便只有当歹徒了，但歹徒不会是太监，当了太监就有皇宫好住，就有剩餐好吃，就有宫女好看——那还用去当歹徒吗？

余力想来想去还是认为当太监好。当了太监最起码能缓解眼前在电梯内"核武器"在"部长"吃"柚子"时跃跃欲试的燃眉之急，最起码能有瞬间的太平。

但班长断然否决了他的提议。班长说九十年代的中国男人绝不可以再当太监，绝不可以给社会主义抹黑，随后班长送给了他一本《道德经》，还让他学做和尚。

班长说九十年代流行《道德》，也提倡和尚心态。

于是余力便在开电梯时默念《道德》。没想到这一招还真奏效，过不多久，余力不论"部长"和"沙田柚"在电梯内如何男盗女娼，都能心如止水了。

我们大家都是"余力"——《电梯工余力》英文版的"跋"

是 Harvey 让我写这个"Afterword",才使我再一次捧读那本很多年前出版的"余力的故事"的。创作那个"余力"的故事,大约是在10年前,那时我刚从加拿大回到北京,那时我还在一家外国公司任职,而那时的我,由于在国外生活了多年,已经对北京比较陌生,是开电梯的人——我住的这个楼的,提醒了我——你现在已经回国;是我那些从不同国家来看我的同事们,指着楼里开电梯的人问:"What is he doing here?"提醒了我,原来电梯里有人开,是个绝对富有中国特色的事情。于是,我就发挥那时比现在要发达得多的想象力,于是这个虚构的人物——"余力",他就被我在一两天内,给匆匆编造出来了。

"余力"无疑是个被虚构出来的"家伙"。"余"是"多余"的意思,"力"是"能力""力量""力气"的意思,"余力"用英文说,既可以是"extra power",也可以是"redundant, useless-power/energy/person"等意思。我特别喜欢"extra"这个英语单词,因为大约在1992年,当我在加拿大的 Montreal 侨居的时候,我曾在好莱坞的"Hilander-3"摄制组,做了几天的"群众演员"。英文管"群众演员"就叫作"extra",于是我就想到,其实你我的生活中只有极少数的人是那些"主角",而其他的绝大部分人都是 extra。就拿现在的美国来说，在中国和世界其他国家老百姓的眼里，似乎只有奥巴马总统和希拉里（Hilary）国务卿——才是"主角"，是大家能叫得出姓名的，而其他美国人呢，都是extra，都无名无姓，都是"配角"。

其次，就是那个"余力"——redundant的问题了。"余力"象征着中国人力多的特色，但让那么多人去开本来不用人开的电梯并由此创造就业，我想，也正说明中国人民的心地善良和创造力的丰富。因此在我们的世界，我认为，需要造就更多更多的"余力"式的岗位。10年以前世界经济蒸蒸日上，好像大多数人都不多余，但10年过后，尤其是在今天的所谓的"金融危机"的时代，又好像突然地球上的人人都变得多余了，都成为"余力"了，都是"可有可无的力量"了，都面临着下岗失业的威胁了。其实这并不奇怪，只要你细想一下，我们人类今天的生产能力：工业的制造能力——硬件的，外加我们发明的聪明的电脑——软件的，已经是100年前的100多倍、1000多倍了，那么我们还需要用那么长的时间去劳动创造吗？换句话说，假如把地球上的所有机器——都开足马力地运转起来，那么我们可能仅仅用掉50天、100天，就能够制造出我们全年365天所需的所有物品，然后按道理说呢，我们就该好好地休息了，我们就都能舒舒服服地变成"余力"了——但这，显然只是一种美丽的假设和梦想而已。我认为我们地球的危机，并不是发生在生产财富（production of wealth）的环节，而是在怎样分配财富（distribution of wealth）上出了问题。只要是这个"分配"的问题解决不好，我们人类的庞大无比的"制造机器"，就会永远不停地、直到把地球上的所有资源都损耗一空地运转下去，因为"生产"绝不能停顿，因为"余力"们需要工作，需要挣工资，需要用工资养家糊口，然后需要谈情说爱和繁衍后代，一句话，需要满足最最基本的人的需求——生存。所以很有可能，10年前我胡思乱想出来的"余力开电梯"的故事和"余力"这个"小人物""多余的、可有可无的人物",今后,不只是一个被我虚构出来的、隐藏在我居住的这个门洞中的人,而是在纽约,而是在伦敦,而是在东京,而是在阿富汗,而是在伊拉克,而是在印度和南非……而是在我们整个地球的每一个角落,而那个"余力"——他,也就是今天的你,也就是今天的我,也就是你所爱的,也就是你所恨的;不久以后,他就是明天的你,他就是后天的我,他就是明年和后年的——他和她以及他们和她们。

所以从实质上说,我们大家都是"余力",我们都是芸芸众生,我们都有一模一样的七情六欲,我们都可"有",我们也都可"无",我们今天"有"了,我们明天就或许"无"了。因为我们人类的总数以及我们集体所做过的事情外加我们将来还计划想要做的,于这个地球家园——可能实在是太多,可能实在是多余。

雕刻不朽时光

——我用博文写春秋

第一部

钢铁是庙里炼成的

齐一民 著

心灵飞鸿 等 评

北京燕山出版社
BEIJING YANSHAN PRESS

图书在版编目（CIP）数据

钢铁是庙里炼成的 / 齐一民 著. 心灵飞鸿 等 评. —北京：北京燕山出版社，2018.1
（雕刻不朽时光：我用博文写春秋）
ISBN 978-7-5402-4968-7

Ⅰ.①钢… Ⅱ.①齐… Ⅲ.①散文集—中国—当代 Ⅳ.①I267

中国版本图书馆CIP数据核字（2018）第031472号

钢铁是庙里炼成的

作　　者	齐一民
评　　者	心灵飞鸿 等
责任编辑	陈　雪　王梦楠
责任校对	杜　睿
封面设计	闫江文化
社　　址	北京市丰台区东铁营苇子坑路138号（100079）
网　　站	http://www.bjyspress.com/
微　　博	http://weibo.com/u/2526206071
电　　话	010-65240430
传　　真	010-63587071
印　　刷	北京世纪恒宇印刷有限公司
开　　本	710mm×1000mm　1/16
字　　数	276千字
印　　张	22.25
版　　次	2019年5月第1版
印　　次	2019年5月第1次印刷
定　　价	298.00元（共6册）
出版发行	北京燕山出版社 BEIJING YANSHAN PRESS

版权所有　盗版必究

谨以此书献给我敬爱的父亲!

前 言

一民：

  我每天睡觉前，都在你的作品中度过。

  从文字上，它给了我极大的快乐、享受和心动。从文意上，它给了我许多现实生活中的深刻启示。

  我似乎是在重读着马克·吐温的著作，而它又大高于他那火辣般的笔触。

  结构的完整，可与福楼拜媲美。

  每部作品中所揭示的主题，倘若认真思索，犹如大海的广阔，也如地火般的深度。用你精美、深邃而又能搅起层层浪花的文字将读者（假定是一位认真思考的读者！）的灵魂颤动，让他认识到现实生活中的真、善、美。

  是你那不留情面的笔触，在诙谐、调侃之中，刺痛了人类的弱点，颂扬了正直，执着了良知。

  你的文字功底，已经达到了推波驾云的纯熟境地。你可以将任意微妙的思维、状物和一切纷繁、相互关联的人和事，干净简洁地表露无遗。

  十几年前，在课堂里，在奔突于"百花山"的路上，我还把你看作是一个大孩子。而今，见到你的人，读到你的作品，我欣喜地看到，在

你艰辛地走过了十几年的心路上，不断地抛弃着名和利的诱惑，犹如杰克·伦敦一样地面向各种具有鲜活生命的生活，深入着，体验着，观察着，思考着——

于是丰富了你的作品中的内涵。

于是便在你作品中以白描的手法展现出了这个特殊背景下的各种人物的嘴脸和扭曲着的心态（如"马桶三部曲"）和他们各自未来的命运。在现今，在丑恶的名利场"角斗"中，漂浮在水面上的一些所谓的"作品"，是假冒伪劣作品的泛滥成灾。

而你所铺写出的百余万文字，像一块金子，即便投在湖底，也会熠熠发光。随着年深日久，更会成为不朽的著作。

因为你的文字，在"笑里藏刀"中触及到了中国人灵魂的底线！

在对你作品的几次复读中，我一方面赞叹你的表述技能，一方面因你独有的语言魅力使我从心底萌生阵阵笑意，另一方面也使我感受到"人"的悲哀，可怜又同情！

当你提起西湖时，你文字又带着柔情的一面，使我坠入诗的梦境之中，使我如梦如幻，使我顺着你那如歌慢板式的语言缓缓地飘向极乐的自然之中，令我陶然……

你的各个阶层生活的沉淀，你对现实生活的敏锐观察，你的胆识，你的直白，你的良知，你那独有的布局谋篇，你那天赋般的文字运用，必将，最终，在圣洁的文坛上筑上一块基石！

这是老师我对你的一片热烈的企望，会是这样的。

几段文字，是作为新年的礼物吧。

老师　张金俊

2005.12.16

寄语齐先生
——写给灵魂有香味的人

原来我曾经想过，如果哪天我要向陌生人介绍齐先生，该怎么说呢？若是做详细的介绍，担心话多了容易让人一头雾水摸不着头脑；若是简而言之，又觉得三言两语说不清楚齐先生的事迹为人。因为齐先生的人生阅历太过于丰富，包括他的学习、职业、创作、作品、藏书……

齐先生与我相识快 10 年了，用营销编辑小涂的话说，是我的"铁杆粉"作者，但其实我不是很确切地记得齐先生的年龄，在我的印象中，自认识他开始，他大约四十多岁的样子，奇怪的是现在依然感觉他还是那个年纪：他的思维反应还是那么快，上下楼梯还是跑来跑去一阵风似的，演讲起来几个小时不用打草稿……这就是齐先生第一个让人捉摸不透的地方：他的脑力和行动力让人猜不出他的年纪。

到现在为止，我对齐先生的了解大致源于他的作品，以及他不经意间谈及的更换过十几种职业，掌握数国语言之人生经历：上个世纪八十年代早期的天之骄子；然后拥有了同龄人最羡慕的职业：被国家贸易公司派驻日本；接着在八十年代末出国留学，从兼职到打工一直干到高级经理人，经商足迹踏遍五大洲，直到自己开公司当 boss，期间还不忘把自己经历创作成作品——这就是我早先帮齐先生出版的《自由之家逸事：新乔海外职场"蒙难"记》以及《走进围城：新乔"内外交困"记》；在快达到一般成功学眼中的人生巅峰时，他却毅然回国，做起了自由职

业人：继续经商，却又自己关停公司到北京语言大学任客座老师，又开始继续写作，还出了畅销书，还在50多岁完成了北大的博士学业，目前在练习书法绘画；对了，忘了说，齐先生还是多项运动健将……，面对这样跨界复合型的斜杠中青年，就是齐先生第二个让人捉摸不透的地方：该怎么界定他的职业呢？

当我逐渐了解齐先生的创作之后，觉得他的作品和他的人一样：很难界定风格范围，初看平淡无奇，细读却耐人寻味。这就是齐先生第三个让人捉摸不透的地方：他想要表达什么？

好像是去年，齐先生思虑再三加入了北京市作协，其实他十几年前在创作方面已经"出名"了。早在2000年，因齐先生创作的《妈妈的舌头——我学习语言的心得》畅销，曾作为湖南卫视"有话好说"栏目的特邀嘉宾，和新东方两位合伙人俞敏洪、王强一道与李阳（"疯狂英语"创始人）就外语教学方法"舌战湘江"。2012年，他曾经作为两位代表之一，与苏童一起参加了第一届澳门文学节，参选的作品是在海外也颇有影响力的短篇小说《电梯工余力》。

齐先生曾经跟我和王梦楠说过，我们做他的书，无论装帧还是内容简介都传达了他最想要的效果。曾经一度他还希望把我们的名字加在作者之后，在我们再三解释作为编辑不能如此之后，他显得很失望，因为他觉得经过我们打磨后的书稿宛如整容成功的美人。齐先生说这些话并非完全夸张：他的作品文如其人，也充满了"奇"的色彩：初看第一遍时得"咬牙"看，因为那种齐氏语言风格让你的头脑有一种要爆炸的感觉；但是耐心打磨文字一两遍之后，读起来会有点爱不释手：因为嬉笑怒骂皆成妙文，因为黑色幽默的语言让你忍俊不禁，因为他弯弯曲曲地说出了不少人生真理，因为在反讽尖刻的背后藏着他善良博爱的心胸……

例如这套即将出版的6卷本的《雕刻不朽时光》,洋洋洒洒100多万字,摘自他2006年到2011年的博客文章。2006年,博客还是比较流行的网络写作方式,齐先生有心想写点纪念的文字。当越写越多,越来越多人参与齐先生的博客讨论时,齐先生有了一个很符合他人生阅历的大胆想法:他想写一部中国版的《追忆似水年华》,作为一名心怀中华民族复兴执念的普通中国人、一名土生土长的北京人,以纪念百年奥运前后发生在自己周边的"大事"。

我个人比较喜欢这种风格的作品,除了延续齐先生一贯我行我素的语言风格之外,更因为欣赏这种微言大义的春秋笔法,于无声处描述普通民众眼中每天都在不断变化发展的时代,是一个人的微观史。同时更在其中浸染了作者浓郁的爱国情怀和对社会人生的哲思践悟,既像随笔又像杂文,总在精彩议论之处戛然而止,文后还附有一位好友的精彩点评。对了,齐先生最擅长的就是这种麻辣香锅式的大杂烩,在不停地煸炒过程中,炒出了一种独特风格味道和精神——我以为是:天下兴亡,匹夫有责。

但这套书绝不流于说教,相反这套书颇具阅读的趣味性,齐先生把他独具一格的黑色幽默和略有几分"哀其不幸,怒其不争"之反讽完美地结合在一起,读起来轻松有余,笑中带泪。我印象最深的就是齐先生在一篇文章中,不露痕迹地对有些"富贵人"进行反讽,因为他们在欣赏交响乐时像看京戏一样中途鼓掌叫好,读起来让人忍俊不禁又若有所思。

齐先生这套书几年前就交给我了,抱歉到现在才算是基本完成任务。估计很难达到齐先生一如既往的期望,但期待读者会有奇妙的解读,以符合齐先生之奇人奇作。在调入中国言实出版社工作之后,虽然跟齐先生联系不多,但我知道他一直默默关注着我(经常在我的微信里点赞),所以总觉得应该为他这套书写点什么,不敢说作序亦不敢说推荐,主要

想纪念与齐先生因书结缘的美好往事，因为齐先生留给我的，除了散发墨香的图书之外，更有散发香韵的灵魂。

祝贺齐先生多年巨作终于付梓，期待斜杠青年今后带来更多惊喜！

李满意

2018 年 6 月 30 日于时雨园

目录

2006年11月

- 11.05　博客里的隐私　/001
- 11.06　中非论坛和快成吊死鬼的萨达姆　/002
- 11.08　浅谈傻a和傻b　/004
- 11.08　陈水扁夫人和狗及尿布　/005
- 11.11　谁会出卖我的藏书　/007
- 11.15　俺真偷过书吗　/009
- 11.17　风水好像就是迷信　/011
- 11.18　再戏说风水和中医
  　　　——非严肃的　/013
- 11.19　我的学生老张　/015
- 11.22　我是她从商后的第一个客户　/017
- 11.22　该焚的书和没焚的书　/021

2006年12月

- 12.01　从"亲轱辘"到"东木"　/023
- 12.02　听吴建民大使讲国际形势报告的深刻印象　/024

12.03	我院的球队怎么能不得冠军
	——从几任队长说起 /026
12.06	疯狂欢迎"赵忠祥"老师的来访 /029
12.08	疯狂欢迎"赵忠祥"（二）
	——话说与名人重名 /031
12.11	我是条回收的破船 /033
12.10	我的"老年计划"（一） /034
12.10	我的"老年计划"（二）
	——关于体育活动 /035
12.16	我不可能没有随感
	——比如与郝龙斌的那次非名人面对面 /039
12.16	学院式生活
	——可喜的和可惜的 /041
12.20	凭吊马季的笑声 /043
12.23	这个世界终究还是属于你们——女人的 /045
12.29	对这一年的清算 /049
12.31	我丢失了头上的那一颗闪闪发光的红星 /051

2007年1月

01.02	令人郁闷的萨达姆之死 /054
01.03	鲁迅《故事新编》和钱锺书《管锥编》中所说的死 /056
01.06	北京的公交车啊，你为谁开 /059
01.06	公交车上的最新故事 /061
01.07	诗人的裸奔与诗意的全零落（一） /063

01.07 ○ 诗人的裸奔与诗意的全零落（二）

——什么是诗和诗意 /066

01.10 ○ 我从单位下班时手上有一桶油

——中国"单位"研究（一） /069

01.13 ○ 又一届学生毕业留下的又一个空虚 /072

01.13 ○ 我恨无冰可滑的北京 /074

01.17 ○ 演林黛玉有必要会跳芭蕾舞吗 /076

01.20 ○ 人心怎么才能古

——听林妹妹如是说 /079

01.20 ○ 高鹗就是曹雪芹的最最知音 /081

01.21 ○ 林妹妹果真从天上掉下来了 /084

01.24 ○ 从林妹妹到希拉里

——她真能当上美国总统吗（一） /086

01.24 ○ 林妹妹与希拉里（二）

——她也需展示才艺 /088

01.27 ○ 英雄所见

——希拉里当总统（三） /090

01.28 ○ 我怕把老张忘了 /092

01.29 ○ 当彩云消逝以后

——送给两个冤屈（远去）的朋友 /094

2007年2月

02.01 ○ 你是不是也变刻薄了 /095

02.01 ○ 中国人是不是变刻薄了

——屁股奇遇记 /098

02.02 ○ 编辑部的新故事　/101

02.03 ○ 中国股市的熊市与W教授的胡言　/104

02.06 ○ 小议讽刺与挖苦　/109

02.06 ○ 再议讽刺挖苦还有拍马屁　/111

02.06 ○ 《西游记》里那个真真假假的动物世界　/113

02.08 ○ 悟空与八戒讨论做人哲学　/115

02.09 ○ 看八戒比悟空还幽默　/119

02.09 ○ 好神奇的《西游记》言语　/122

02.10 ○ 李世民怕鬼　/125

02.10 ○ 还是在第九回

　　　　——有一首前奏曲　/128

02.13 ○ 有关岁月的"感悟"　/132

02.14 ○ "情人节"里忆老板　/135

02.14 ○ 还有下一个"感悟"

　　　　——是用拔牙换来的　/137

02.17 ○ 孔老夫子与股票市场（大年三十寄语）　/140

02.18 ○ 孔子的无可无不可与小平的黑猫及白猫　/142

02.28 ○ 心路的回归和妖精　/144

2007年3月

03.03 ○ 关于否定的否定　/146

03.03 ○ 不同的出轨事件　/148

03.03 ○ 行千里路读一本书　/149

03.04 ○ 该闹的和该不闹的

　　　　——狄金森纪念　/151

03.06 ○ 究竟为什么林妹妹最终会选择出家（之一） / 155

03.07 ○ 林妹妹究竟为何出家（之二） / 157

03.08 ○ 林妹妹出家研究（之三）
——人为什么会信佛教和过"三八"节 / 159

03.11 ○ 怕死 / 161

03.15 ○ 学院式生活
——院里和院外的 / 164

03.20 ○ 钉子以及打屁股针 / 167

03.22 ○ 运筹帷幄，决胜万里
——张良祭 / 170

03.24 ○ 再祭张良 / 174

03.24 ○ 三祭张良 / 178

03.27 ○ 最牛钉子户 / 181

03.29 ○ 为了阳光
——我当过"钉子户" / 183

03.31 ○ 这是"我的"奶酪
——我看《物权法》 / 186

2007年4月

04.02 ○ 文人的独立与弄臣 / 188

04.04 ○ 他不愧是毛泽东的儿子 / 191

04.06 ○ 她也是一道独特的风景
——我看"小甜甜" / 193

04.08 ○ 文人的辫子与投湖 / 195

04.10 ○ 你和我在"殉"着什么 / 198

04.14 ○ 一个接着一个的杂耍　　/ 201

04.17 ○ 日本的天皇、英国的女皇以及小霞的来与不来　　/ 205

04.21 ○ 香椿颂　　/ 210

04.21 ○ "你们都玩什么呢？！"（单位掠影续集）　　/ 213

04.24 ○ 它是一段最美好的文字

　　　　——一张送给美国校园枪手的条子　　/ 216

04.25 ○ 记住这些条子吧　　/ 220

04.27 ○ 美国人都该有枪吗　　/ 222

2007年5月

05.01 ○ 今天又是一个"五一"　　/ 225

05.02 ○ 打捞和被打捞的　　/ 227

05.07 ○ 刘备三顾茅庐寻孔明（齐天大闹剧版）　　/ 230

05.10 ○ "just 加 it！"

　　　　——杂说加班　　/ 249

05.13 ○ 护士节、母亲节连颂　　/ 253

05.15 ○ 听曹雪芹大骂"扯臊"

　　　　——好容易下凡的一个林妹妹她又走了　　/ 256

05.18 ○ 悼陈晓旭（一篇我希望作废的文章）　　/ 260

05.20 ○ 在一堆石头里无论怎么淘汰，

　　○ 剩下的最后一块也不会是美玉　　/ 263

05.22 ○ 看上去很丑

　　　　——冷观"东施"淘汰"西施"　　/ 265

05.23 ○ 我的"三心主义"和"《红楼梦》选秀"　　/ 270

05.27 ○ 一桩革命时期的特殊爱情

　　　　——坐在手榴弹箱子上的　／273

05.29 ○ "北大医院"阳光印象　／276

2007年6月

06.02 ○ 昨天那个"六一"　／280

06.03 ○ 昨晚目睹的选秀之怪现象

　　　　——从卖鸡蛋的当评委说起　／283

06.05 ○ 决定'87版《红楼梦》最后人选的可能是个英国人

　　　　——我看"看不见的手"　／285

06.06 ○ 俺也算个"过劳模"吗　／288

06.07 ○ "我已经结婚了"　／291

06.08 ○ 关于高考的回忆

　　　　——其中有季羡林的　／294

06.09 ○ 关于经历的夜间断想　／297

06.10 ○ 滚滚红尘你哪有落定之时

　　　　——这次选秀的最终结果评说　／300

06.12 ○ 对名人博客的一点轻微调侃　／303

06.16 ○ 有时有戏有时没戏

　　　　——选秀结束后杂碎的学院生活品评　／306

06.20 ○ 我的万年藏书阁　／310

06.23 ○ 送老朋友武田走后的郁闷　／312

06.27 ○ 人生总共的两次冲刺　／317

06.30 ○ 四大悲剧还是四大喜剧　／320

06.30	"HONG KONG, HONG KONG, 和你在一起" / 323

2007年7月

07.04	需解释的不需解释的、情愿的和不情愿的——恶心 / 326
07.08	胡玫们玩弄"意外"后该遇到的意外——从大观园中出局 / 329
07.08	还有一些零星的别的"意外" / 331
07.10	我收集的这本书 / 334

博客里的隐私

俺这个一贯用软毛笔写书的人，也终于有了自己的所谓博客了。我想，用电脑写东西的好处，大抵有这么两样：

第一，不会遭到编辑的活活砍杀——而从前俺的所有文章，在编辑们的剪子下，就如临上桌前的活鱼；他们将它们——俺的文字，仿佛宰鱼一样该不留的都不留，甚至还包括了头脑，也就是说，可能——我只是说可能，读过俺的书的所有人所看过的——齐天大的东西，就都不是东西——我是指完整的。

第二，在电脑上写东西——完整时，作者可以装傻充愣，甚至可以装嫩，因为，俺浏览了一下其他人写在博客上的文章，犹如菜场里卖的——日本豆腐，都好像出于手无阳刚气力的太监之手，诚然，太监也曾有过阳刚状的。你们——我在说与俺的博客友情链接着的我的最亲密的朋友们，当然不是稀软的日本豆腐，我刚才是说那些不来看俺的博客的人呢！

他们＝它们；它们＝他们。

他们根本就，不是……

中非论坛和快成吊死鬼的萨达姆

昨天世界上发生了两起非同寻常的重大事件：中非论坛的结束和萨达姆被判绞刑。

在中非论坛举行的这两天里，北京的上空突然来了风暴，不是赤热的，却是冰冷的，似乎好像是，非洲是在冰冷的北极。

我坚决支持富裕了的中国人民拿出五十亿美元，来援助"在那遥远的地方"——非洲，因为人家都与我们友好了很多年了，至今，还依然在——水深火热中呢。兄弟有难，需要帮扶。

北京的小商小贩，就像老鼠听说猫就要来了，纷纷钻进了洞洞——不敢出来了。令我极为抱不平的——更有每天早晨赶车时路过的路边卖报的那对老夫妻：他们每天都手举着一份还散着油印香味的《环球时报》，迎着，从兜里乱掏一块钱的急奔的我。

但这两天里，他们都不敢在街头，卖一块钱的报纸了——他们大休了，他们大歇了，他们在家中欢庆着非洲人民的喜悦。

今晨，他们终于又出洞了，我边掏一块钱边匆忙地问："前两天不让出来吗？"

"不，不，是我们自己不出来的！"男的老人说。

这——正是俺中国人民的高度觉悟。

我庆幸自己没像萨达姆那样——被人判处绞刑。他们（它们）不是大红过,就是大紫过。然后,就是被吊而死。有人吊他们——我是指用绳,却无人吊唁和吊念——我是指用哀思,因为他们的好死,正好利于其他人及你我的赖活。

浅谈傻a和傻b

当朋友急着想删掉令他们感到恶心的、网友留言的带有"傻b"字样的批评言论时,我大笑着说:"千万不要,千万不要!"原因是我本人就是一个一贯愤怒的老青年!又为何不虚心于一个肯定是同路人的、新一代的愤怒小青年呢?再者,我与那位名为"杰哥"(网友)的顾名思义应该是比较杰出的小伙子——想表达的,完全是一模一样的意愿,只不过我用的是酸溜溜的字眼,他抬着的——是迫击炮罢了。

关于"傻b"中的"b"——这个不便直接用中文字眼写明的字,在我以前发表的小说里,始终是坚持用原来的那个汉字表达的,所以,杰哥比起齐天大,在使用文字上要讲文明和讲礼貌多了。我一贯以天下第一傻人自居,不信,你用"百度"轻轻地摇摆一下,你输入"齐天大"三个字,出来的,不是"齐天大圣",就是"齐天大傻"。而按照英文的字母排序,"a"一贯在"b"的前面,所以,我这个全天下最傻的主儿,应该是"傻a",却并非"傻b"。a肯定要大于b嘛,于是,俺确切地应该被叫作"傻a",而"傻b"那顶桂冠呢,总不能让它被搁置了,所以,我可能要把它转送给杰出青年们以及全天下所有自认为比俺机灵和聪明的人喽……

如此推理才是正确的嘛。

陈水扁夫人和狗及尿布

当陈水扁夫人吴淑珍被正式起诉的消息传出来后，我就知道，这下阿扁可要真的下台了——因为这次他们卷入的是，一个具体到不能再具体的贪污案子。他们以"国务机要费"的名义，报销了钻戒、英语书、皮鞋，可能还有尿布。腐败的事，只要是特殊的权力不死，就好像北京四月份的沙尘，你不想让它来，它也会像赴约那样按时来的，你唯一能做的，就是在家里躲避。所以，人们对于位数上的贪污，无论是以百万计的，还是以千万计的；无论是大陆的，还是台湾的，都有点麻木不仁。但有一点，就是不能提到具体的、被腐败了的东西——我是指实物。比如有人说你家边上住着的老张——贪污了三百万时，你可能反应不大，因为三百万块钱，不过是三百万张一张一块的彩色的破旧的纸。可是，可是，可是……当有人说老张家的轿车，是用那三百万的一部分买的，你可能会急，因为你还没有汽车，你只有一辆破得不能再破的自行车，而你的自行车之所以那么破，是因为有一次，被老张家的腐败来的轿车，给狠狠撞了一下。更使你起急的是，你知道老张家的那条高贵的狗，也是他用腐败来的钱的一部分——买的，而你的爱子亦即独子腿上的那块至今还没彻底好透的伤疤恰恰是它——老张用腐败来的钱买来的狗，有一次急了后跳墙时，给咬的！！！！！这时候，你想做的，就可能不仅仅是骂骂老张傻 a 傻 xyz 什么的了，你兴许会付诸行动，会上街跟着施明德一类的人去满大街静坐，因为你想的是怎么拿回老张家那些本来可能——哪怕是只有万分之一的可能性属于你家的轿车、狗，以及尿布。

这叫作实物腐败的危险，因为实物是实实在在的东西，比那压根儿就不是什么东西的纸做的钱，更能激发人们的义愤。所以，当你腐败的证据，我是指哪怕是极小极小的微不足道的腐败，一块表啊，一盆花啊，一双破鞋啊，只要是被公诸于众了，您应该知道那时候，你快要完了。

谁会出卖我的藏书

昨晚到首都剧场看了一场越剧，是由王旭烽编写、茅威涛主演的《藏书之家》。说的是宁波"天一阁"的故事，不过，剧中的故事，按说明书里明确说明的，是纯属虚构编造的。

编造的故事有时反倒格外地真实。

天一阁的阁主——范容，为了收藏李贽的那本《焚书》，不惜——卖了家里的百亩良田，而且还嫁走了他本来特别喜欢的嫂子（他兄长在抵抗清军的战斗中英勇牺牲），他为了收藏名人的手稿，真可谓豁出去了。我本人大力收集他死了几百年以后，名人们写的书，可叹，我那本《永别了，外企》的手稿，至今，躲藏在自家房屋的角落，那般地无人问津外加冷冷清清。可见我的书稿比李贽的《焚书》还更有那么点——生不逢时。

我也喜欢藏书。首先藏的是，齐天大写的书；其次藏的是，那些别人不大好找的书，比如说，《红楼梦》后四十回的——原稿。还有一些不大引人注意的，就是被秦始皇焚书时，没烧干净的——那些竹简的余灰。那更算书了吧。

开始说正经的了，我上个月还真收录了物超所值的书——民国十九年出版的一本法国人写的比较语言学方面的小集子，是刘半农译的，原主人是在1949年购买的。那是中华人民共和国成立的那一年，因此那本书上，还残留着当时的新鲜气息。那本书的主人之所以把它——连同几十本带着尘土的旧书，白给了校图书馆内的小书店的主人，那主人又像处理破烂似的用收一百块钱的简单方式把它们——转移到了假装漫不经心的我的手上，是因为那位原主人老学者刚退了休，他此生不用再研究有关语言的学问了，而他的家人之中更没人跟着他，继续那种研究，也就是说，他的学问在家里——断根子了，于是，他的与学问有关的藏书们，也就失传了。而我——根本没见过那本民国绝版书的原主人的我，于是，既没用倾家荡产，更不用让家中的女子改嫁——就轻舒猿臂地得到了它。说什么好呢？对能把绝版书按破烂价收集的我来说，倒好像是——生而逢时了。

  清人黄宗羲曾将天一阁的前赴后继藏书精神赞叹曰："尝叹读书难，藏书尤难，藏之久而不散，则难之又难矣！"他那前两句话，我是深有体会的，因为我平生的最大乐趣之一，就是买书，藏书，读书，写书，出书，我经常用累得仿佛红薯般的双臂，提着沉得不能再沉的如铅砣般的书袋，在公交车上与不读书的人拼搏。为什么书那么沉，不打一辆出租车？因为用出租汽车运书的费用，一般，正好可用于买一本新书！我与书有如此可歌可泣的缘分，我搬书运书，我甚至——偷过书（真不好意思），但我到目前为止，好像还没丢过书、抛过书、卖过书嘞！但俺藏着的几千本的书是否哪天藏着藏着被藏散了，要多久才能散掉散尽……这，可就不好说喽。真想当面向黄宗羲讨教讨教！

俺真偷过书吗

好心的老同学因为我在前一篇短文中说我自己曾偷过书，就忧心忡忡地前来兴师问罪，问我是否真的偷过东西，我一看也吓了一跳——俺真的偷过东西偷过书吗？才回想起是在文章里无意之中写的，是句玩笑话，不过，细想一下，这人世间，从来没偷过一次东西的人，似乎并不真实地存在，因为，按《圣经》中的说法，人，就是亚当、夏娃，偷吃了野果子，才诞生下来的。只要是在黑暗里和背着人进行着的事情，就都不光明，就通通不磊落，就应算得上偷偷和摸摸。齐天大圣孙猴子曾偷吃过王母娘娘的仙桃子，就不兴俺齐天大也偷着写一把博客不成？

这又是玩笑话了！你说俺偷过东西吗？

俺刚刚偷着诞生出来的小博客的点击量，竟然在短短的几个星期过后，也超过一千了，但是，这并没给本人带来超长时间的狂喜，尤其是在我知道，我自己点击的次数，也被一次不落地计算在内之后。往往我是，越想知道别人点还是不点，就越勤奋地打开看看，看的次数越多，就越不知道到底和究竟——哪些是自己，哪些是别人点的了！所以，极有可能的是，这一千个点击数中，有九百九十九下——是俺齐天大自己亲自点的。于是，我发现了一个比较能超越自我的，能知道别人真正点过几下的法子，就是以睡觉醒来后看到的数字为准：你上炕时，如果是九百九十九下，你醒来后，到了一千下，那么那新增加的那一下子，就绝不可能出于你自己的渴望点击之手，除非，你会梦游，除非，你有三只手。而第三只手，不正是小偷才有的吗？

因此俺好像应该是——又偷过书了。

风水好像就是迷信

之所以我在标题的上面不情愿地多加了"好像"两个字,是因为如果我胆敢说风水就等于迷信的话,那些指望着风水过日子的人,看了这句话,准会把我刚刚出炉的博客给查封了,无论是谁的饭碗,也都是挺重要的。不过,从下午来学院做报告的美国来的风水大师——曾博士身上,还真眼见到了封建人士的鬼影,因为按他的那些"feng shui"理论,就连我现在敲着键盘的这间第八层楼上的屋子——也该原地七百二十度地转上一圈,才与本人——这个房子主人的阴阳八字相符合。

由于曾老博士是还爱国的美籍华人,所以能用英语对着拥有二三百中外学生的大教室里的听众,口若悬河地滔滔不绝地宣讲着玄而不能再玄了的风水,只不过,如对他的英文稍稍细加分辨一下,就能轻易地发现——那其中根本就没有英语语法的制约——我是指他有些胡说。

曾博士先让大家按投影上的图表,找到自己的生辰八字,然后,再引导大家按另一张图表,推断出自己是哪种人,再对照到底是该住东南房,还是西北房,再或是南北朝向的。我按曾博士的办法,也跟着全屋子的人查了一下自己的命中朝向,结果是,我该居住的最佳风水宝地,应该是:第一,房顶朝下的房子;第二,土星或海王星上面。

曾博士还说,百分之百的号称最权威的风水先生,甭管纽约的还是香港的,统统都是骗子——他自己除外。曾博士又表明,虽然他早已经是美国人了，已经操持着一口地道的美国式样的英文，但中国毕竟是他的母亲，母亲当然还是他的最爱——没有母亲哪儿来的儿子？总不能从海王星上掉下来吧（俺俩还是老乡！）。但曾博士一旦把话再说回到风水后，马上就不再爱国了——他说二〇〇〇年他们国家的人请他到他们国家的关岛——太平洋上的那个——去看风水时，他对关岛的最高长官说，用不了五年，关岛肯定会繁荣起来，"这不，去年我们国家就把航空母舰和大飞机给放到关岛上去啦！"

再戏说风水和中医——非严肃的

从风水学再多想一想——我很容易联想到中医,这源自我个人一次偶然的看中医的经历。

缘起鲁迅对医学的特殊情怀,或许是由于鲁迅是在日本学西医的,所以他对中医一直微词不断,在一篇文章中,他提到中医用蟋蟀当药引子的事,说要一对公母的,还必须是原配的——那只是配一般的中药,配高级一点的中药时,那对原配的蟋蟀就一定要是——经过最少七年婚姻考验的(七年之痒)。这么说来,最高级的中药——所需的作为药引子的蟋蟀,就必须和一定是举办过银婚、金婚仪式的——白头到老的那种了。

因此,鲁迅并没把中医学当成科学。

我对中医的成见,可能来自那次去看中医。

我本得的是比蚂蚁屎还小的一块皮疹,但女中医在紧锁着眉目为我把完脉搏之后,用发现新大陆的口吻质问我为什么人还不到四十,怎么脉都快没了,说我一定要先每天喝三服汤药,一连喝半年,把脉给补回来。我说我的体质还可以啊,昨天刚刚跑完一个马拉松,而且今天还有足够的劲再跑一个,否则就全身憋得难受。她一听就没耐心了,说你不是有地方报销吗,能白喝那么多汤药,你不想喝,是不是除了皮疹之外,小脑也需——喝另一阵子汤药补补?!我连说谢谢谢谢,还问我喝完半年的中药以后，是不是就可以喝上一点一滴的——能与皮疹有点关系的——药了？"你怎么这么心急？不先治好'里'，能开始治疗'表'吗？"女中医说。我于是连声说不行不行，然后像大臣从早朝上退出来那样，小步子退出了那间中医诊室。

  第二天一早，我发现小皮疹没了。当然，我并没抓药和吃药，因为我怕药里——当真有原配的蛐蛐。为了一块皮毛之患，何必破坏人家美好的婚姻呢？

  嘿嘿……

我的学生老张

最近我又新增了两个称呼我叫"老师"的外国学生,其中一个是老张。老张那天来到我正主持着的多国语言培训中心,问能不能帮他找一个辅导他中文的中国学生,我说可以帮忙,就问他是从首尔来的,还是从釜山来的,他听后使劲摇头说都不是,是平壤,我听了内心使劲一激动,说:"太好了,终于又见到从朝鲜来的同志了!"于是,我就成了他和他的另一个同志——老俞的中文辅导员,同时,他们也顺带着,成了我的第三任韩语老师。那前两任,都是从韩国来的学生。

老张在与我第一次进行语言交流时,就严正地声明,我以前所学的都是韩国语,而我将要从他那里学的,却是朝鲜语,我半点着头,说:"张同志,您说的……实在是太对了!"于是,老张就批判起已经爆满了英语外来语的韩国语来了,说那些根本就不应该算是朝鲜话。我更是连声说是。此段日子里,正值朝鲜突然进行了第一次地下核试验,于是,老张就用小孩子般呀呀不太流利的汉语,急切地问我:"齐……老师,你们觉得……我们的国家,怎么样?!""挺好挺好的!"不知为何,说这句话时的我的中文,也与他的中文的流利程度——等同了起来。

老张是个非要把中文在几个月之内,就学得呱呱叫的急脾气的人,由于我工作太忙,不能天天为他辅导,他就急着问我能不能再帮着找一个学生，下午或晚上到他们的宿舍里去"聊天，聊天"——老张说得最顺嘴的就是"聊天"二字。我说我试试看吧，就帮他到正在学韩国语的学生们当中去找，可大家一听说是两个四十多岁的男同志，就都不愿意去。这下就难为了我，就更急坏了老张，这不，昨天中午我刚给他上完一课，老张就拉着我的手死活不放，问："齐老师啊，我让您帮找的……陪我们聊天的……老师……您，怎么还没给我找来啊？！"

我是她从商后的第一个客户

一

她只是一个小孩子。

她蹲在颐和园的一条长堤上。

她的身旁有一个比她大的、讲一口京片子的男子。

他们两人一齐吆喝:"卖矿泉水喽!"

而我,正好从那长堤上过,

又正逢特想喝水时,

被他们喊住了。

于是我,就从兜里拿出了买矿泉水的钱,并,买了一瓶。

那瓶水里不大不小,还有那么一根棱样的冰棒。

其实,这是一桩再平凡不过的事;

其实,这是一段根本就不值得让你看的文字。

但,后来,却出现了一个不大不小的——转机。

二

转机是从那小女孩的惊喜开始的,

她,就在接到我递过去的那几块钱的一刹那,用野花狂放般突然的开怀大笑,使我愣住了:

她,为何如此得意?

她,一个未开花的小女子,为何如此忘形?

她,……

她、他们,都在莫名其妙地开着怀、大着笑。

莫非,这水是假的?

莫非,这是祸水?

莫非,这是毒汁?

莫非,我是被人暗算了?

莫非,这是本人的大限?

那昆明湖也在暗笑着。

那万寿山也在冷嘲着。

那十七孔桥,也在失常地摇着头、摆着尾。

我,完了。

我,遭——暗算了!

三

"这是我今天卖出去的第一瓶水!"

——女孩终于开口了,指着已爬到头顶的日头。

"原来如此!"我先抓回了魂。

"那昨天呢?"

"这是我这辈子第一次卖东西,今天是我第一次在这里摆摊,而你,是我的第一位客人!"

哦,是这样。

哦,我明白了。

哦,我也笑了。

原来，这是一个老商人——我，被一个新商人——一个初上战场的小丫头，给做了一单生意；原来，这是一个有着近二十年商场军龄的老八路，被只有一个多小时作战经验的儿童团，给俘虏了。

哦，原来一瓶水的生意，即使是第一笔生意，也值得，高兴得跳湖、跳桥，或跳魂！

四

她的路还有多长？

她在卖水后还想卖什么？当她卖第二瓶水时，也还会这样笑，这样得意，这样没大没小吗？

是商人后，她还该如此毫不掩饰地笑吗？

是商人后，她还会笑里带着纯真吗？

她这个新兵，知道商场上后来的你死我活吗？

她这第一脚迈上去后，知道那条船要驶多远吗？

就不要管那么多了，就让她，让他们得意一阵笑一阵吧；

就不要顾那么多了，还是与他们一齐吆喝着卖水吧。

反正卖第一瓶后就不怕卖第二瓶；反正，上了第一条船就不怕还有第二条船。

哪怕那是一条——贼船。

"卖真矿泉水喽！"

"真的矿泉水哟！"

——我带着他们二位，一同高喊起来。

对着那宽阔的湖面。

"心灵飞鸿"的评论：

快乐就是这个小女孩卖出的第一瓶矿泉水。快乐其实很简单，对生活的期望值越低，便越容易获得快乐。

该焚的书和没焚的书

周日在国家图书馆的二手书店里,喜获了两本半价的书——明代李贽的《焚书》和民国朱生豪的《朱生豪情书》。

《焚书》的作者,是中国历史上为数不多的因写书而获罪自刎的人,他的这本《焚书》,正是前两周我在人艺剧场看的那个杭州小百花越剧团演的《藏书人家》的楼主——范容倾家荡产后购得并藏在了"天一阁"里——的书。一个以血写书,一个以身家性命藏书,一个几百年后以如获至宝的心态半价购得了它,我们仨:李贽、范容和齐天大,算不算是——千古知音呢?

李卓吾之所以丢了性命,是因为他说了孔子的不是,可那绝对是对孔子的一个天大的讽刺——孔子明明是个大慈大悲大贤之人!

李卓吾说的写书人的"童心",也就是"真心",也就是莎士比亚戏剧的译者朱生豪的心思,他可是在敌人的炮轰下,躲藏在危楼上,在心力交瘁和焦躁不安中——译的书啊!还没译完,年仅三十二岁的他,就携他的书稿,魂飞西方了——那样他才好更方便地,去问莎士比亚的真意。朱生豪的情书,也写得这般地好,可惜我手上的这一本,别人再无缘看到,因为,一本书开始卖半价后,要再版,起码要再隔上两百周年。

几个写书人读书人藏书人译书人买书人买半价书人,明代的民国的,都有登高楼藏高楼躲高楼从高楼上连滚带爬屁滚尿流摔下来和栽下来的——经历，不过，这才叫童心的未泯和文明的生生不息，以及，从古至今不绝的风流！

从"亲轱辘"到"东木"

我是今天从平壤的老张口里,才知道用"朝鲜语"说"朋友"时,要发"东木"的音,而在我以前学习的"韩国语"中,"朋友"一直是发"亲轱辘"的音。

一个是"朝鲜语",一个是"韩国语";一个是"亲轱辘",一个是"东木",这使我诧异,更使我茫然,还使我欣喜!因为我隐约回忆起来了,以前看抗美援朝的战争片子时,中国志愿军在坑道里一遇到朝鲜人民军,双方便使劲地拥抱在一起,激动地大喊着:"东木!东木!"

朝鲜语里面的另一个单词,也与韩国语不同,而且不同之处比较明显,那就是"洗手间",朝鲜语的发音,与汉语的"便所"一样,而韩国语呢,用的是"化妆室"的同音。这,就是时代的不同;这,就是生活的差异;这,就是语言地域的分水岭。

听吴建民大使讲国际形势报告的深刻印象

总的印象是：外交官就是外交官，名人就是名人，儒家就是儒家，优雅人就是优雅，不凡人就是不凡；还有，懂外语就是不同于不懂外语，懂两种外语就是不同于只懂一种外语，做过伟人翻译的人就是不同于没做过伟人翻译的人。

吴建民现在是北京外交学院的院长，他从前曾经是中国驻法兰西特命全权大使，他曾经见过的伟人有毛泽东、周恩来、邓小平、陈毅等；他曾经见过的人物有金日成，还有希拉克……在他四十年的外交生涯中，他所见的，可能只有和只是——不同于你和我这样的凡人的伟人和大人，因此，那使吴大使拥有一身的正气和典雅；他那种正气和典雅，可不是你我这样的人可学和可模仿的，因为那起码要与毛泽东、周恩来、邓小平、陈毅等巨人们近距离亲密地接触一下——才可能被传承和熏染上呢，而如今巨人们——都早已乘黄鹤去了啊！于是乎，在你我面前，现在的吴院长他——也就是这个时代的伟君子和大人物了。

有几个令我十分羡慕和嫉妒吴大使的他参加过而我再有齐天大的本事，也没法参加过的会面，现可以为好奇的大家历数一下：

他参加过邓小平最后一次会见外宾——金正日的父亲金日成。听吴大使说他在场时的情形时，我这个"民间田野语言学者"特别想问的那个问题是："金日成的中文程度到底有多高？""他同邓小平会面时，时不时说中文吗？"但是，直到大使的演讲结束，我也没有机会提问，因为即使我的手举起来了，在如林子的手中，他远在台子上——也不会看见。

吴大使亲临过的令我更嫉妒的一次外交活动，是我出生前一年的一次陈毅元帅主持召开的那次中外记者会，陈毅对一个好像是西方的记者真的急了，大意是说老子等打仗，等得头发都白了！让他们放马过来吧！吴大使说他在一旁听着听着，心潮都——澎湃了！本人也许——老天爷知道——就是听了这种男子汉的宣言，才抑制不了——澎湃的心潮，才在第二年——下决心投胎到中华人民共和国的！

吴大使由于精通法、英两种外语，所以在他儒雅的中国江南绅士风度之外，还有些法国上流社会人士的风范，何况，他又被法国总统希拉克授予过荣誉级大将军勋章。

我院的球队怎么能不得冠军
——从几任队长说起

第一个赛季任队长的是老李，老李虽然也是一个学生，可他的年龄较大，大到有一半的任课老师如果按年龄排列的话——就必须管他叫哥哥。老李的头发卷卷的，远看近看都像米卢，与米卢不同的只有信念——米卢坚信足球应该带给人类快乐，而老李却坚信足球能够带给人类和每一个球员的是痛苦和悲伤。因此老李在自保当一个合格的教练的时候，让每一个想踢球的球员给他一张书面的保证书——保证教练打不还手骂不还口。于是，在大家刚半傻地交上保证书时，老李刚收齐那些纸片后，就破口用脏字把队员一一臭骂了一遍！

老李带领的球队按实力本来该拿第一，但之所以只拿了个第四，其一是因为在进行比赛的时候，老李总认为整个球场的中心就只能有一个：不是球场上飞奔的十个球员，而是场外跳脚大骂的教练——在赛球的时候老李说教的声音贼大，而且嘴里始终喷发着洒农药似的瓢泼大雨！有几个球之所以不知为什么地进了，就是因为守门员在扑球的时候，人都飞起来了，才听见教练场外的暴叫："方向反了！"——可明明教练事先叫他见球就朝东西两边扑来着。

其二，老李不会用人，老李最不爱用和最讨厌用的，一般都是最佳球员。本赛季的全校金球射手、总共进了七个球的陶美林——就是那时李教练最反感的球员之一——他一直让他在场外反省着。换句话说，就是因为陶美林没被派上用场，我院球队那个赛季一下子——就少进了七个——那几乎等于那个赛季的冠军队的进球总数。可见——会用人对于一个球队，是有多么地重要！

在老李教练兼队长带着没打进前三强的遗憾毕业之后，在第二个赛季里，我队又连续有了两任队长——李申和赵一。李申由于也姓李，所以始终还在前一个老李的光辉下小心翼翼。李申当领导的宗旨只有一个，就是："我是队长，我谁都怕！"还有："服务，服务，再服务！"而他服务的最具体的内容，就是从楼里往几百米外的球场在盛夏扛水——那一桶水，可有几十斤沉重，而偏赶上李申的身子——不特别伟岸，于是，每次开球前，队员们同情的目光，都死盯着蚂蚁搬大米似的步履艰难的场外走着的李申队长——从而忘了进球。

赵一本是个前锋，所以当队长和教练时，就自然地——不那么专注于场外指挥。赵队长也有两个毛病，其一是比赛越关键越不爱来；其二是即使最关键的比赛时来了，本该在场外当教练破口骂人和指挥战斗的他——经常一个猛子，出现在对方的门将——面前，与对方虎视眈眈——他又错把自己当成前锋了！你说，时不时没有教练和队长在外围全盘指导的第二个赛季的本院球队，不输球，还输钱不成？！

我们的足球队，在苦等了两个赛季之后，终于——进入了景西队长的新时代！景队长本是名人之后，其祖父是二十世纪五十年代著名的诗人。景队长本来就是球队的最佳后卫之一，本来就是场上主力。但景队升任后所做的第一个重大决策，就是不再踢球！他从此不上场啦，他把足球放在脑后、放在嘴巴里啦！他除了自己不上场外，也不许和更不许不如陶美林的所有球员——也包括前任队长李申和赵一——上场。他专心搞球队的政治工作：他让大家在学院成立20周年的院庆上高唱《真心英雄》——即使那不全是真唱！他先搞定裁判后再搞定记分员，让他们把原来瞎吹的别瞎吹，把原本该算分的进球别四舍五入……总之景队在李、李、赵、景四代球队领导人之中，是最会摆平一切的，是最年轻的一代。

你看啊，在上周五对亚欧一队的那个老冤家的、最后我队以三比一获胜捧杯的——那场2006年已下过了第一场雪后的——决赛中，我们的那几个队长：一贯破口骂人的老李：已经不在——球场；一贯扛水桶的小李：在铁架下守门；有时进球有时不进球的赵一：在场边替补（只有快冻坏时才让他上），而本来就骁勇无比的后卫——景西队长此时此刻都——已经不再会踢球了：他只动脑动嘴就是不动脚！

结论是：这样的球队——焉有不胜之理！？

疯狂欢迎"赵忠祥"老师的来访

在敲出上面那个题目之后,我本人——差一点笑出声来,更何况是——知道了事情真相以后的——你呢?

昨天在"访客"的明细上看到"赵忠祥博客"以后,我先是吃了一惊,心说:"咋,赵老师也有博客?"又心说:"咋,还到俺这小地方转转?"点击它之后,还真是"他"的博客,点击率有十万之多,上有一条早年只有皇帝才敢用的龙的图腾。于是我课间奔走相告同事和学生:"齐老师的博客,你们再不看,今后——可是想使劲挤,也未免能挤上来——那上面以后肯定会人满为患——就比如赵老师!……噢,你们听说过赵忠祥老师吧?!"我担心学生们年幼,只听说过周杰伦,就补充地问。

下课后我到家都快十点了,又打开博客用显微镜和手电筒仔细端详,才发觉此"赵忠祥"非彼"赵忠祥"也,因为人家的博客上明明用几个珍珠般大小的字样,说明着"俺并非CCTV名嘴啊",于是乎,我猛地一下子——困劲就上来了。

最后,有必要声明一下——我用大大的字:**此"齐天大圣",亦非彼"齐天大圣"也**——孙悟空那小子根本就不是人,是毛猴子,而俺呢,跟你们一样,好歹也是个人啊——好坏先别乱说。

疯狂欢迎"赵忠祥"（二）
——话说与名人重名

  与名人重名，是一个有趣味的现象，正如与机会（opportunity）在大路上走着走着——迎面碰了个满怀那样，共有两三类原因：其一是压根儿就没瞅见机会——就那么生撞上了。还有，就是故意朝人家怀里面——假装没看见地——冲上去的。

  我那个笔名——"齐天大"，给人的第一印象，就是与孙猴子攀亲，但我因为从不认为自己完美，所以就省略了那个之后的"圣"字，但即使我是如此地谦逊，我还是遭到了间接的——报应：都出来6本书了，被别人按"齐天大"的关键字在"百度"上搜查时，无论人家怎地使劲地"百度"和"搜狐"——蹦出来的既不是躲藏在黑灯瞎火里的"那人"，也不是一只狐狸，更不是我这个写了几百万字的不入流的"作家"，而只是一个毛猴——齐天大圣孙行者。不信，您也试试搜嘛！

  一句话，与名人的名字套近乎，别管是好的名人还是作风上有少许瑕疵的名人，或者是先好后又不好或不太好的那种，都可能像撞死一个本属第三者的"机会"一样，你一旦被抓了，可是要被警察好好盘查一下——行为的动机的啊！

  此"老赵"——那个本名也"忠祥"的律师——非彼"老赵"也，那正如本"大圣"非彼"大圣"似的。但两个"老赵"恐怕都挺可怕的，都能置本"大圣"于死地——一个用真名嘴，一个用"假名嘴"，因为后者是个律师，我最怕的人类之一——还偏偏就是律师！

我这个同已经盖棺定论的老孙——悟空同叫半个名字的，我想，被当笑话传的可能性和风险，显然是不大的——除非孙猴子也干过与"动物世界"无关的什么事的话。

您说呢，那个用"赵忠祥"的名义写着博客的"老赵"律师？！

玩笑和文字游戏罢了——拜托，可千万别告我去呀。还有——真诚欢迎来访。

我是条回收的破船

我的经商经历可谓三起三落，大学毕业后的几年，首先当的是政府的官商，做的是拯救地球般规模的大宗生意，见的是最低部长、最小局长、最不起眼省长之类的大人物们；后来赴加拿大留学，留学之后立即沦落到高尔基《人间》般的社会最底层，见的尽是《人间》中为生存而战的来自世界各个种族的移民们；再后来又在加拿大的大公司中落草，开始与不幸的犹太人结下了长达十多年之久的连哭带笑又百般无奈的孽缘；然后我又回国了，回国时的我是商海中一条漏底的破船，这条船的帆虽然依然随着国际上吹来的贼风而动，但好歹我算是离岸后又归岸了。

正所谓三十年河东三十年河西，然后又从河西迈回了河东，中国毕竟在东面嘛！

转眼间已是二十年。二十年后那些二十年前的部长、省长以及那时曾打过交道的各级官商们已经升迁的升迁、下台的下台、去逝的去逝、倒闭的倒闭了，二十年后中国的商业已经是民营企业蓬勃发展的商业，已经是市场驱动的商业，已经是商业化了的商业了。

二十年后的本人已经被太平洋的风和北美的冰雪修理成了一个完全没有了官气或完全沾不到官气了的、懂得何为小市民何为小商小贩，何为从小商小贩到大商大贩再到大洋商贩大洲商贩的——商贩了。

这个过渡既是本人的不幸也是本人之大幸，不幸的是要懂得这一系列过渡的过程需经几多的屈辱和几多的失意,幸运的是我比那些从未漂泊海外、从未将自己的人生先归零后再从头拔高过的人长了更多的见识,有了更多的人性的通感,从而也具备了更强的在风浪中求生的本领。

本人虽然是条从海上转了一圈后又回归的漏底的破船,但毕竟:

其一,本人还是条船;

其二,本人这条船还有底;

其三,本人曾出过远海,曾在大海中航行。

此时想起鲁迅的"破船载酒泛中流"的诗句来,瞧人鲁迅,虽然大名鼎鼎,不也是条破船吗?

破船万岁!

经历万岁!

苦难万岁!

我的"老年计划"（一）

中央八台正在播放着一个叫作《中年计划》的连续剧，因为说的是中年人的故事，所以也引起了我这个已进入中年一段时间了、正在向下一个年轮——老年——每天大踏步进军着的人的关注。

近来之所以感到老年将至，是因为早晨很早，经常四五点多钟就醒了，就大彻大悟，就起床了，就读书看报看电视了——这无疑增加了我对"老年人灵魂"已经开始附体的恐惧和警觉，我于是问同事郑老师怎样解释自己的这种习性，郑老师一听就恍然明白了："您这算什么啊，我爸爸每天晚上七点睡觉，凌晨一点就起。""他起来后也写博客吗？""他一起来就上街去遛弯儿！全家人想拦都拦不住。"

郑老师父亲的例子给我的启示是：

a.本人离凌晨一点钟就起的"老年状态"——还有两三个小时——的距离；

b.郑老师的家人无论怎么劝阻，他父亲如果真的希望凌晨一点钟就上街漫步的话，我认为，除非全家三代人都那个时辰集体行动似的先起床——然后再苦劝和阻截，我看是难以奏效的。

c.我的家小也随着我的老年式样的生活习性而进入了困惑——她们都在因正常的睡眠被打搅表示义愤的同时，关切地问："老公/老爸——咱不那么要强，行吗？"

我的"老年计划"(二)
——关于体育活动

人一上了年纪,就好比车子有了高公里数,想要强,也是不舒服的。就如同一辆开了几十年的老爷车,再想同法拉力跑车比赛,那叫作费力不讨好和赶着鸭子上架。

我今年踢足球时,就已经力不从心了。二十岁的时候,还上着大学,每年都因为搞体育活动,而整得遍体鳞伤。三十岁初期的时候,在加拿大上学,有一回跟另一个城市来的中国学生队踢,我跳到空中顶球的时候,一不小心,把另外一个也是闭着眼睛朝同一个球玩命顶的小子的两颗前门牙,一下子,就给顶下来了!于是那时本人的头上,就好比红玫瑰突然绽放,血一下子喷满了整个球衣。又过了一会儿,在场边观战的家属们就纷纷议论:"谁家老公的脑袋都开花了,浑身全都是血,还在玩命地往前冲锋呢,快把他抬下来吧!"我老婆开始还与众婆娘一同把"那个人"当笑话聊着,在她得知那人长相与我差不多时,我已经失血过多了。后来我又在等了漫长的五个小时之后——加拿大是免费医疗,所以需长时间地等,才被医院用缝麻袋那般粗大的针——在脑瓜顶上缝了五针。但之后又感染了,又拆开再缝上,直至几个星期后长好。不过,我与另外的那个被我把两颗前门大牙整齐地用头部全都顶下来的渥太华来的中国小子相比,还算是幸运的——在国外看牙奇贵,而且还没有保险。我估算着，他要用打工的钱去补那两个比金子还贵的门牙的话，一般都需攒够一年的钱。因此，那一年里，因为怕被"冤家"索要"牙钱"，我一般都不去渥太华，即使去了，见着嘴里没门牙把门的中国青年，也先是绕开，然后再低头走。

时隔十几年后，又悄悄进了这个学校曾经的校园，如果说是图着教授"邓小平理论"而来的，那样说，连不讲假话的你——可能都不太会相信。究其深层次的原因，现在我扪心自问，可能还是为了能够踢球。在那以前我自己开公司时，一般不大踢球，即使想踢，也只能一个人踢，作为一个老板，我总不能一到下午四五点钟，就到办公室说："伙计们，跟老齐踢球去吧！"那一来不像是正经开公司的，咱留不住人才；二来那种球如果每天都踢，似乎成本较高。

前两年我四十刚出头不久的时候，在校园的球场上，还是有球就胡踢来着，不管一起玩的是哪国学生，一到那儿，就使劲在人群里飞奔，偶尔，还能混个场上核心。去年夏天心情很爽，与法国理工大学的学生比赛，我看学生们太怂，就索性冲在了前面，不过，踢不够二十分钟，就已经上气不接下气了——因为人家毕竟都是军校来的法国军人。今年就更不行啦！自从上半年有一次因从空中平着摔下来整得右胸肌肉拉伤两个月不敢大口呼吸以后，我就觉得自己真的完了，真想告别人生——连球都踢不成了，人还为什么而活？后来伤刚好，才踢个小场子，才当当前锋什么的，可不久就又出事情啦——我一个月前在打篮球时与一个学生在空中发生冲突，他的膝盖满打满算地顶进了俺的下腹，整得我五分钟不能直腰，心说，这下可真完了——因为撞胳臂和大腿以及门牙脑门什么的都是外伤，可肚子里有什么？那里可全都是——坏水！负身内伤的原因——你知道究竟是什么？那天我抱着肚子蹭回到办公室后，对同事们说，求求你们了，我一旦有点什么不好的迹象，可千万别打电话对我女儿说："你爸爸满肚子的不合时宜和坏水，是因为跟小伙子们打篮球，而被搅混了的！"——打篮球算是什么出息，那是叫为足球热身！

本赛季我也踢了一个半场，而且还是跟新疆学生队踢的。维族小伙子的身体素质——简直跟欧洲球队似的，因此我能顶住他们那么多次的金戈铁马似的冲锋——我踢的是后卫，也就算可以了。

几乎是每隔一两天，我都在四五点钟（这次是下午而不是早晨），悄悄地换上与一般鞋看样子极为相像的、可用于踢足球的鞋子，若无其事地溜到操场上并伺机——蹭野球踢。通常是，七八个谁也不认识谁的学生在场外等，等场上一拨学生败下阵了，就一齐上去轮换。总得有守门的啊，他们就把一个球放到地上转几圈，谁被转到了，就要去守门。有几次，我一瞧对方是虎视眈眈的日本队，心说弄不好准会就地牺牲，就自告奋勇地要求守门。当然，谁守门时，球都不可能不进。

这两三年的业余足球生涯，从生龙活虎到从空中摔下，到肚子被顶得不敢上厕所——怕便出来的不是水是血，又到只能踢半场，再到在瑟瑟的秋风中守大门，直被日本学生将球沿裤裆踢进……我，几乎在一步步地——朝老年的方向疾步前进。我的"中年计划"——从体育方面来说其实十分地简单和容易理解，就是在老年真正到来之前，不是像只会用嘴踢球的人那样吹嘘得热热闹闹和沸沸扬扬，外加哗众取宠，而是用一双为业余大众足球爱好者而生的带伤的脚——去把足球踢到底，一直踢到把足球大门守空，一直踢到连受伤掉门牙和脑门子开花都无感觉、无动于衷无伤大雅小雅的时候，一直踢到再也不想踢和踢不动的那天。一直踢到共产主义，而那天它只要不来，我的老年——即便它就想自己开始,于我,也是不算数的。

您说,我这样地计划着中年时期的生活——马马虎虎的,是否还算可以?

我不可能没有随感——比如与郝龙斌的那次非名人面对面

上个星期我有随感所想吗？有，因为上个星期曾经着实地流逝过去了。地球一周一周地自转着，有时我想使劲拉它让它先别转，或我倒霉时它先别转、慢转，但拉，看来是拉不住的，因为地球似乎也有它的脾气，地球并不像人类这么浮躁，它认定为朝一个方向、用一个速度——转了，我们这些它上面菌一样寄居着的生物，无论是小人还是伟人，活人还是死人，有灵魂的还是没有的，灵魂出了窍的还是藏在窍内的，都只能没什么脾气地跟着它——那顽固的埋头转着的地球——不停地疯狂地无知地走马灯似的旋转着，而没有"随感"的转和有"随感"的转的区别，在于后者即使是转晕或转得天花乱坠了，也算是白转了。因此，我还是在冷风发疯地吹着的这个周六，也随着地球瞎转着的天还没亮的早晨，把上周的与本人有关的一些杂事给记录下来一点，免得使地球它——白白转了一周。

台北市的新市长郝龙斌——我曾与他有过一面之缘，而且还是两人单独面对面的。我们那时无法把我们的"face to face"说成名人的"面对面"，因为1997年我在台北的那个繁华街道上看见一个人摆一个摊位，像卖保险的人一样孤单单又因无人问津又因天色已晚马上就要收摊的他——郝龙斌时——他还没什么名气。我是在北美的华人报纸上知道来自郝柏村的他开始从政的，又在路边看到一个夜色中孤零零拜票的大旗上写着"郝龙斌"的人,就好奇地问台湾朋友老吕:"他就是郝柏村的那个公子吗?""是啊!"随着老吕的回答,我好奇地走上前去,走到郝龙斌的面前。他看见一个人走向他时,由于是一个人站得实在是太长了,就好比卖保险的终于见了一个上前询问的人了,是那样惊喜和意外!"我坚决支持你!"我边握手边说,我的话更令他受宠若惊,他紧紧地握着我的手,还连鞠着躬,连说着谢谢谢谢谢谢!"您来自那个选区?"郝龙斌仰头问我。"北京。"我随便说出口的"北京"被郝龙斌听后,他先是小吃一惊,后有些迟疑、有些尴尬、有些暗喜、有些不知所措了,要知道那可是十年以前的事,那时去台湾的大陆人如凤毛如麟角。

我是在郝龙斌的嘴由于不知所措还半张着的时候,被老吕和老陈拉着离开了郝龙斌的拉票摊位的,老吕苦劝我说:"齐先生啊齐先生,以后你别见了拜票的就压不住好奇心死活都往上凑,你一个大高个子,往我们闽南人堆里一站,谁都能猜出你是从大陆来的啊!"

后来我就真听老吕的劝告了,我不再去看流水席(在路边摆饭桌让大家白吃)或郝龙斌式的设摊子拉票了,因为那次以后,我再也没去过台湾。

学院式生活
——可喜的和可惜的

昨天包括院长在内的两个老师在学院的楼道四处找"齐老师",于是我就被找到了。"派出所的警察刚才来电话,脱口就问齐老师到哪里去了?????!"我吓了一大跳,因为至今我还没在任何一个派出所有什么友人或者亲属任职的。我心猛地一沉,心说这下完了。后来细问,才知道是因为一个学生据说是犯了行窃罪,而且还被抓了,让我代表学校去派出所"捞人"。

于是我就去了,我去时,骑的是一辆借来的极其破烂的自行车,而大家之所以不敢在校园内骑新车,也是因为怕偷,可见,我去捞学生时骑的那部车子,未来,也是要被偷走的。因此,我就骑得更加快了。

在警察局里,学生当然说他没偷,警察也当然说他偷了,对之,我也没法评判,只不过,在把学生从那似乎是"悲惨世界"中——看守所里——用我的人格"捞"出来以后,顶着那个还没彻底下山的但急速下滑着的——冬日,我对那个似乎还在用编作文内容的方式对付我这个老师的胡话的学生说:"是真偷,还是假偷,只有天上的那个太阳和你自己知道,年轻人,你现在还是学生,所以齐老师来捞你,明年你毕业后也可能当老师了,我不知道,那时候谁……"

"老师,我懂了。"那学生低了头。

于是,我就又风驰电掣地骑着那辆可能第二天就被别人偷走的破车,回到了干净的大学校园。

我庆幸那个学生能去派出所一游,因为即使他真的没偷,也因为不愿意到此重游,就不会去偷什么了——除非是去偷情。

以上,是不可喜的——学院式生活。

还有一种既可喜的又不可喜的学院里的生活,就是看着那些学生们一拨拨毕业离开,那如同眼瞅着精心养好养大的活蹦乱跳的小鱼苗,呼啦地一下子,都四散游向了大河和大海,可那海和河流,以及大江,都已被废水染脏。学生们,总之是要从尚有花、尚有草、尚有理想、尚有道理、尚有能捞人的人的校园中,离去的,最后遗留下的,只有想捞谁却无人可捞的——一天天在似乎还是理想国的学院里变老、变朽,变得思维和体力不再活跃了的——教师们,在那里守望和坐庄。

凭吊马季的笑声

我虽然没有用肉眼直接看过马季说相声,但他的离去,也引发了我的感伤。这种感伤,是对快乐被夺走的,是对喜悦被抢去的,和是对才能不能再生的一种深深的忧伤:他的才能,是能给人减少忧郁的那种,是能为寂寞的心态增加花絮的那种;是,无风时,掀起一尺高低的绒绒谐谑细浪的那种,而那,就被称为"相声"。

马季的老家住得离我现在这个家不远,就在南礼士路广电部一带,在一九七六年夏天大地震的时候,我听同学说,他们看见马季在有路灯的大马路上下棋。无独有偶,我和他的公子马东在湖南卫视曾为做一期节目同席用餐,我问马东他父亲怎样,因为那些年马季已很少在电视上露面。马东有其父之风范,为人质朴,做节目时思维敏捷,而今天一早,马东他——却意外地失去了父亲。马东节哀。

人总有一死,对于人的死,本应习以为常,但我们不习以为常的是,曾为人们带来过许多快乐的人的死,因为那等于一种独特方式的愉快的消失,马季的离去,等同于马季式样快乐艺术的终结,因为他用他的天赋,制造了一种只有他才能够用肉身制作的艺术。人死如灯灭,艺术家的死——我是指制作了绝妙艺术的人的离去,带走的,是一盏别人再也无法燃放的艺术的华灯。他那灯——马季式笑哈哈的,今晚的此时,想必正在天国被马季点亮了，放光了，就宛如那欢乐的悠悠的佛火，由此，作为观众的我们，若想再听他的相声，也要赶快——去天堂里抢座。

这个世界终究还是属于你们——女人的

昨天上传的那篇文章《如何打造女领导的魅力》——是六年多以前写的了，它原本是《永别了，外企》之中的一篇，但它在编书的时候，被编辑给删除了，我想之所以编辑把它同其他几十篇文章一同残酷无情地裁减掉，是因为那编辑本人，就是一个女人、一位老大姐吧！我要是碰上一个女作者在书里大骂男儿郎了，也一定会展开我的剪刀。

但这个世界，迟早，它会是你们的，我是指女人和女领导。毛泽东曾言："世界是我们的，也是你们的，但归根结底，还是你们的——你们是早晨八九点钟的太阳。世界的希望，在你们身上。"

基督教的理想境界之一，是tolerance——"忍耐"，男子们念经念了几千年了，把各种经书都念遍念颠倒过来了，可还是四处寻衅斗殴，可还是打打杀杀杀，可忍耐和tolerance的水平，还是没女人的高；能忍受，是女人的重要天性之一。

女人本然是能独立的，而男子却不能。女人的目标——我是指为之奋斗的，而且几乎是所有的——就只是为了成全和完美自己：并没有多少女子拼命奋斗了一辈子，要想实现的，是想多嫁几个男人。因此，女子们生存的终极目标——可以脱离异性而自成。这一点，我们男子，压根儿，就无法与她们相提并论。

本人在写那篇与女领导魅力相关的文章时，其实是已经脱离女性领导多年以后了，因为那时候的我——还是自己那家小公司的掌门人。然而我并不用常去公司烦恼员工，每天躲在紫竹院的一间不大不小的斗室里，用笔，清算着所有管过我的男女中外领导们的"罪行"，其中当然首先被我选中的，就是几个那时就该当妈妈、当奶奶、当婆婆了的女领导了。我在写那篇文章时，至今还清楚地记得，是那般的扬扬得意、扬眉吐气，以及心情无比晴朗——那好比解放区的天——它可是晴朗的天呢！

可没多久我那家苦心经营得好好的小"解放区"——小集团公司，就遇到了各种说不清缘由的大灾小难，就被泼上了纷纷霏霏的大小祸水，于是它就关门了，于是它的CEO齐天大先生就像关云长一样千里走单骑落荒而逃，流落到我现在这个学院……令我百思不得其解的是，打那以后，管理我这个半路出家人民教师的所有领导——我的顶头上司们，一水的，就都全是女的！

《如何打造女领导的魅力》那篇我不太敢于给现任领导们看的文章里的几个人物的原型，今天都已经成了婆婆和奶奶：那个在东京对我施暴的女领导那时年龄才四十多岁，而今她已经六十多岁了。她本来姓"慈"，就是慈禧那个"慈"。那个单位的上千号人都不喜欢她，因此我骂她"泼妇"并马上被她打了的小报告，还没等我人回北京，就早已在北京的公司能像"号外"那样被传得神乎其神：回国后别管认识不认识和熟悉不熟悉我的，在楼道里只要见到了当年的"小齐"，都把我拦腰截住，泪眼巴巴地问："你胳臂上的伤——已经痊愈了吧？"他们的神情好像是在希望，本人的伤痛赶快养好，然后一个筋斗再翻回去替他们破口大骂慈阿姨，好再挨几记慈阿姨的新拳！

哼！

第二位女领导，那个与我同时侨居在加拿大蒙特利尔的丹麦人Karen

的命运，可没有慈阿姨的好，当时她因为要对肚子里的小 baby（宝宝）的健康负责，的确是真的，才按下想要狠命说我做事不认真的——强烈而严谨的欲望，但最后她很不幸，这不幸可与我这个 Chinese 学徒无关：她可爱的天使一样好看的小婴儿刚刚出生不久，也就是第二年，Karen 的丈夫就患癌症去世了。我听说 Karen 后来活得很惨，四十多岁的她单身带着两个孩子，不知是回了丹麦，还是继续为那家犹太人开的公司——"Liberty Home Ltd."（自由之家）卖命。那时我已经离开了那个监狱似的公司，留下的，是我的第一本二十多万字但并未完成的长篇小说。现今它的原稿——还压在我家的一个不可告人的破柜子底下，那其中，我是指在黑灯瞎火里——有许多不同国籍的人士的嬉笑怒骂和哀伤。我与那些人曾共同在一个只有在如厕时才有思想"自由"的地方，掺和着工作了两年，当然，即使在男厕所里，犹太老板娘的敲门声音，也会把你的"自由"思绪打断。

我写小说和短文的动机——从最初直至今天，可能都没能脱离那时在"自由之家"中的穷开心和在幽暗里找寻乐趣的情结和初衷，因为只有如此，生活似乎才能在半夜十二点的时候——突然阳光普照！

如今已经退化成"老齐"了的我还是被小妹妹的女领导领导着，她们的感觉，我想，可能像是开着一辆"二战"时出厂的又老又旧但仍然风度不减的"奔驰"，她们既想快开，有时却不敢使劲踩踹我的油门，可能是怕踩大劲了以后，我会突然熄火，或是急得暴跳如雷起来。

她们与慈阿姨和 Karen 大姐一样，也是挺爱哭的，也没有收藏好泪腺。昨天，一个女领导因为中午喝多了一点，也就是多了几滴的小酒，就泪汪汪地一下午在哭，整得老齐我也心情无比起伏：与国外的女领导们或破口大骂或拳脚相加相比——还是祖国的女人们好啊！

我昨天刚把"女领导"那篇文章传到博客上，就邀请管理我的女领导们一起观赏，告诉她们俺可是个"下有无数种对策"的人。她们看着看着，其中一个指着电脑屏幕上用双拳对我左右开攻的慈阿姨的故事说："用一个拳头打人，叫作侵犯，可用两手轮流地打，那可是亲密人之间的动作！"

"……？？？！！！！"我一边本能地侧开身子，一边在脑子里自由地思忖："看来时代它——真格的是变啦！"

从俺的这些个身世中，妇女们一定知道：你们的未来会比俺们的美好；这个世界它——终究和只能是你们的喽！

对这一年的清算

就好比一个杂货铺子在年底要盘一下架子上的货一样,眼瞅着一年,一步步要蹭到头了,我也需对之做出一盘的"清算",而不是"青蒜"。

在过去的三百六十三天里,本人总共做了这些个杂事:

(一)出了一本新书——二十万字;

(二)写了另一本新书——十五万字;

(三)改好了另一本旧书——二十五万字;

(四)新买了近七百本新书,其中竟然有二百本——是我自己写的;

(五)开了一个博客,并开始用上下乱跳的弹指而不是软毛笔——打电子书了;

(六)放弃了一个偶像;

(七)树起来了一个新敌;

(八)嗷……不,是两个!

(九)新认识了两个莫逆——他们都比本人年轻;

(十)出了一趟差,并由此——看了一次海;

(十一)那海我发现——竟然还是蓝色;

(十二)教了几百个学生,那些学生我发觉——在考试那天最多;

(十三)开了半个学校;

(十四)学会了另一种语言——呀呀地学会的;

（十五）但这一年里真遗憾——我没发明什么新的理论；

（十六）经历并挺过了一次与学术界有瓜葛的危机——我是指能够灭顶的那种；

（十七）因此，我又软着陆了；

（十八）失去了一个忘年老年朋友——我是指只有在一百年后才可在天国再见的——那样的失去，因此，我已无更多的泪水，分配给他人；

（十九）又捞回了一桩友谊——像面条那样的捞法；

（二十）曾想重新冬泳，可玉渊潭的湖面——这两天已经冻死；

（二十一）于是今年，我只有滑冰；

（二十二）宣布了一次封笔；

（二十三）还有紧接着的第二次；

（二十四）但都没坚持住；

别的，就没什么了。

评论：

一年中可以记载的很多，变成文字时，可详可略，可留在心里的也一定还有沉甸甸的原汁原味的记忆吧，有些或许还只是没有理出头绪的半成品，所以肯定不只这些可量化的，不可量化的或许比这些更有价值，但它们也都是你漏报的"家财"呀。

你就是你，你也已经是你了，能做回自己并不易，恭喜你做到了！祝你新的一年平安、平常，一如既往开发自我！

我丢失了头上的那一颗闪闪发光的红星

我那顶雷锋式棉制军帽上的红五星，昨天在挤车的人群中丢了。由于下雪，719路车上人实在是太多了，不是人挤人，而是骨头架子挤骨头架子，而且拥挤中还伴随着暗自较量的火星和暴力！我头上那顶好容易才敢戴的雷锋式棉军帽，由于占空间太大，就一直被我抱在手上，即使那样，还被挤得打对折了一次！那并没触发我的隐痛，触发了的，是我快要下车时，帽子上的那颗原本闪闪的红五角星——就已经不见了。我在人脚下四下搜寻，却不好意思公然大喊："谁踩到了我头上的红星？！"我想让售票员在人全下车后帮我找一下，等我再乘这辆车时把星星还给我，可年轻的她恐怕压根儿就不知道军帽上曾有过这样的红星，于是，我只得被人群给推下了719路车子，头戴着一顶——已经没有红星了的雷锋同志戴过的军帽走回家里。

那顶帽子，我是在学校的友谊商店里买的，他们之所以卖那种仿制二十世纪七八十年代的中国军人的帽子，大约是为了满足留学生们的猎奇心态，可他们没想到的是，本人的那种心态，可比外国人的强烈多了，因此，我虽然没有入伍，却头上平添了一顶儿时解放军叔叔才能戴的帽子。我又戴着那顶帽子，挨个去办公室招摇，无疑的，引起许多不同年龄段的人惊吓喜叹又嫉妒又羡慕又引发有限无限慷慨了。

我一般不当着学生们的面戴"雷锋帽"，他们看见过的，也就那么几次，因为我要为人师表，我怕他们看了，会误以为，解放军叔叔也同齐老师这样，不具备正规的形态。我还往往把那有闪闪红星的帽子的正面，放到左边或右边去戴，因为如果正着戴，不仅是马路上迎面走来的人会被吓着，就连我的十多岁的独女，每天早晨，也不让头戴红星帽子的老爸送她去上学。她昨天一早不到六点，就"嗷"的一声惨叫，她妈妈起来后第一句话就问她爸："你是不是又要戴那个军帽送她上学？"今天清晨，我又同女儿谈判了："你看，这帽子上面没星星了，我能不能戴？"她的回答是："可以，不过你可得离我远点！"

也有羡慕本人有一顶二十世纪八十年代的军帽的人，十几天前在校图书馆，一个学生把我那个帽子借了去，我老半天找不着他——他戴着它，在图书馆前一动不动地站了半天，面色红扑扑地发呆。我问他是否当过兵，他说是的，他家里几代人都当过兵。

这种大耳朵帽，雷锋式的，的确是最保暖的一种，不信你戴一戴试试；人类有一种不好的想法，就是什么都是新的一定要取代旧的，可你不知道，旧的可能会永远不旧，不信，你戴戴试试。再有，有些东西的造型设计，一旦被设计出来，它就不再需要补充和变化的了，就比如人腿上的裤子，你无论再改革，再革新，裤子的两条腿最理想的，还是一般齐的最好，不信，你穿穿试试！

因此，在潮流上，我始终是最守旧的，我一贯认为，七八十年代的帽子，再过七八十年就会卷土重来，于是，我先把它戴在头上，让红星和宝石灯早别人二十年先在头上闪闪发光，我要先时髦先创潮流先声夺人先睹为快先入为主先抢占那个时尚鳌头！

保守万岁！保守最时髦最风流最与时俱进最风流倜傥最光彩夺目最不落伍！我虽然不是军人，却合法地头戴一顶正规军人才能戴的帽子，过一把军人的瘾，这还不算时髦和耍酷吗？

呵呵！

本人三教九流地做过十几种行业的工作了，还就是没当过军人，只要是不杀人，我最想当的男子的正业，应该就是做一个军人，否则，只会用电脑打字和写博客，绝对分不出男人和女人的风姿。"好男儿该去经商！"我在商务课上对学生们忽悠着说，原因是什么呢？因为在没有战争的时代，唯一能体会到格斗和谋划以及斗志斗勇、运筹帷幄乐趣的，也只剩下商战了。

眼下，俺这个从商业战场上拼杀多年后退役的"老兵"，只能在一顶棉帽子上的红星的照耀下，回首征战时候的戎马倥偬。

但昨日红星已经失落，失踪于群众的脚下。

"齐老师，你戴着这个一耳朵高一耳朵低的保安帽，咋那么像个胡人？"昨天雪停后谁见到我谁都问。

令人郁闷的萨达姆之死

说死，本身就是一件令人郁闷的事情，何况是用新年的第一支笔来抒写？可是似乎二〇〇六那个年的尾巴，是一个叫作"萨达姆"的人的死，在郁闷的过程中，郁闷地结束了的，由此，我们只得将那件郁闷了全球的事情，隔年，再接着抑郁地议论一次。

我们郁闷于萨达姆之死的原因，似乎超过了对他该死还是不该死的理由的判断，使我们郁闷的，就剩下了死亡本身；我们郁闷于一个本来似乎是要让人死的一幕假戏，正演得热闹，而突然，那个戏中的走向断头台的人物，被真的，在舞台上砍断了脖子；我们郁闷于一个虽然也是混"过"蛋的人，被另一群正在混"着"蛋的人，给往死里玩弄；我们平时都郁闷于自己老是当不上总统，但我们更郁闷于有人都当上总统了，还不能保住自己脖子的完整；我们郁闷于有的坏人死了，却有比他更坏的人，在他的脖子给整断了的时候，在床上呼呼大睡；我们郁闷于而今一个人被在犄角旮旯和黎明前的黑暗处绞杀后，他的图像，会那么快捷地被上传到全球每个角落的报纸和文章上，这无疑标志着我们的进步，可我们用如此进步的手段报道的，竟然是这样一桩一点儿也看不出人类进化或净化了的——news（新闻）。

"depressed"和"gloomy"是"郁闷"的English说法，一贯反对将English全球化的我之所以在此处用它们，是因为全世界所有种族和宗教的人们——无论他们操用着何样的母语,只要他们会使用英文,就应该为地球隔几年被绞杀被枪毙被判刑被穷追猛打上几个全权国家的 president——总统,而 depressed,而 gloomy;

无论是郁闷,抑或是 gloomy 还是 president,无论保不住脖子的是总统还是流氓,无论那脖子是长是短是高贵还是下贱,是他的她的还是它的,只要还是脖子,就应该保持它的始终如一和独立自主的完整,哪怕是鹤立于鸡群甚至是其他。

何况,萨达姆也写过小说。

我虽然不才,却庆幸自己的脖子安在,还在顺畅地指挥着键盘的敲击——即使它——俺脖子下面,已经贼风细细。

二〇〇七年伊始,祝你和全体地球上有脖子的生命的脖子——万事如意吧!

鲁迅《故事新编》和钱锺书《管锥编》中所说的死

　　湖面上的冰被美国人排放的热气搞得没法滑了——由于又是个暖冬，由于美国人不签《京都协议》，于是，我只得在小楼中躲着——读鲁迅和钱锺书写的书了。

　　鲁迅的《故事新编》里面，有一个关于羿和嫦娥的故事，羿就是用箭把几个太阳射下来的那个勇猛无比的男子，而嫦娥，就是先在地球上忍耐不住寂寞，后来又飞跑到月亮上的那个仙女。但鲁迅并不认同从前的那些个传说版本，他说嫦娥之所以长途奔袭到那遥远的月亮上，是因为她嫌羿老给她吃的那种"乌鸦炸酱面"实在太难吃了，她嘴馋，她想吃月亮上天鹅的白肉，于是，她就哗啦地一下子，出走到月亮上啦！

　　嫦娥真像二十世纪九十年代生的人！具备90后的特征。

　　其实，羿曾经给嫦娥射过野鸡一类的食物，但由于他的劲头过大，箭把那些野鸡射成了肉酱，于是，就只能让嫦娥喝野鸡汤了，而她觉得野鸡汤同"乌鸦炸酱面"一样，让她觉得索然无味、了无生趣，因此，她就只能远行。

　　这一点更像90后！

　　月亮上，也有乌鸦可射可炸可做汤吗？哪天地球上真的由于美国人不参加《京都协议》——连一只白色的乌鸦也射不着了，那地球上的奇女子们，还不都模仿着嫦娥对付羿的法子，齐刷刷地飞着离开我们，出逃到那远在天边的月亮上面？不过，那样对我们男子而言——倒是一种——像今天这样的慢慢等待的长假。

钱锺书在《管锥编》里面的那篇义章，是拿人与动物的气质比拟的。他从古代到今天再到意大利再到德国再到法国和古罗马——考证了一番以后，用极为充分的证据证明了：人类就是地球上蠕动的白色的蛆一样的东西——或叫作"肉虫"；我们孑孓在脏水里面快乐地游泳的时候，说不定什么时候，会被人连盆子一同泼掉，当然也有的，会展翅——哗啦飞翔到月亮上面。

钱氏还考证说人的品格和本性——几乎能同所有的动物和昆虫们——对号入座。注意！他可不是仅指那十二生肖，如属"牛"和属"马"，也不是仅指西洋人的十二星座，如"巨蟹"和"金牛"一类的，他可是说——所有的其他物种的品行，都会体现在你们和我们以及它们的身上。比如有的人的品格——与野驴的十分一致；比如有的人的举止像蛆；还有的人行为起来——像臭虫及其土鳖它岳父——本人细细回忆了一下，前天我在京郊开会的时候，就还真的与一个怎么看怎么与引进的蟑螂沾亲带故的人，隔一个桌子仓促用餐都能完全感受得到。

看来读书有用和给人以启发，读书能帮助人们扩大视野，给人以联想。

鲁迅在一篇并不是《故事新编》的老一点的文章里面，又说到了死。因为上周萨达姆也死了，我就在夜深人静的鬼火大小的灯下，在那个比金字塔小不了多少的我的书楼里，小心而冷静地研读起——鲁迅在临死前不久书写的关于"死"的文章。鲁迅说人死后除了身子不能动弹以外，其他的都十分敏感，比如，如果人们在把死者抬进棺材时没把他下面的衣服褶拉平，那个死了的人在棺材里躺着的时候，就怎么都不自在，非常地痒痒和硌得慌，而且还使劲想笑，而由于是死后，还不能随便翻身——"那我可受不了！"我边读着边想，不自觉摸了一下身后的衣服，还顺带将其拉平。

我至今还相信人死后如果身子骨还在的话，那个魂，它迟早要飞回来。不过那要求人死后要被土葬，要有一个完整的能接纳那个魂的"托儿"，否则飞回来的那个精灵，不就成了无盆的水和没枝子的花？梅花的魂要想"三弄"，怎少得了花蕾下的傲骨——哪怕它有几分的嶙峋？

但地球太小了，白色的"人虫"太多了，于是为了让地盘，我们只有死后被烧烤，被像化石样散掉。于是乎，俺又开始担忧了，俺担忧的，早已不是鲁迅想的后背下面的衬衫笔挺不笔挺和硌不硌人的问题了——那一定是件小事；俺担忧的，是万一我与那个人品和人格仿佛引进的蟑螂一样的人，被同炉送进火坑焚化，俺那不幸的英灵它一旦有回头之日了，可别错爬到那厮的一撮恶骨之上！那样我死不瞑目。

俺不想当白骨精。

北京的公交车啊,你为谁开

从本年度的一月一日起,乘坐北京的公交车打四折。这无疑,对民众来讲是一个利好消息。另一个更好的消息是,去年十一月王岐山市长到香港考察了公交车的使用情况后宣布:我们也要大力发展公共交通了!

于是,"噌"地一下子,车票就打折了。

但有人还是说:即使白坐公交车,俺们也不坐。不信你到网上查一查,说这话的人还真不少。我想他们其中的绝大部分,都是开着车的。

他们极端缺乏平民意识——何况他们本身可能就是平民。没有平民意识的平民比有平民意识的非平民有的时候——还不可爱。

一种新政在执行的时候,很可能会出现一些意想不到的状况。二〇〇七年的第一天,我就发现被我每天苦等、等得想骂娘而且已经骂出了口的——816路空调汽车——它再也听不到我的脏话了——因为它已被取消,据说它是被"咔嚓"地掰成了两截,被叫成了另两个谁也说不清番号的车子,就像切蛇那样——从腰的中部截断,理由是有人突发了一种奇想,想让大家不是一次地从这头坐到那头,而是先坐一段,再下来,再走几百步,再等等车后——然后再开始坐……据说那叫作"三百步内科学换乘"——我是听一个719路的中年女售票员说的,她说就连你——指我——现在坐的这辆719——可能在三十分钟或四十分钟或四十个小时后——也不存在了,也变号了,也被切成两截或者三截或者五截。

于是我没有冒险，第二天只能去坐地铁。因为那个似乎压根儿就没坐过公交车的、屁股像口香糖一样黏死在办公室沙发里的、好似具备小说家齐天大这般神奇妙想的公交车公司的领导还没开始策划着——怎么把地铁也切开成三截棍。

因此，由于坐地铁更贵，打四折的喜讯对本人来说——初步的，起到了完全的相反作用。

我昨天打了一辆出租车，在车里我问的哥——因为实在是感觉到了堵车的寂寞无聊——您说您要自己买车的话，您买什么牌子的车——他那辆出租是"现代"牌子的。"我根本就不会买车。"的哥没什么精神地说。"那假如您真的买了车，一年却开不到一万公里的话……"我那么问，是因为按我从前在北美开车上班的经验，所有在城区开车上班的人的年度的公里数，平均，都在一万以下。

"那都叫傻冒！"的哥说这话时的口气，倒挺果断、挺毫不犹豫以及挺斩钉截铁的。

我由此，将头转向了车外一动也不动的如土鳖状前呼后拥着的自驾车中的方向盘前爬着的那些人们——他们有男也有女，有当官的也有普通民众，有有钱的也有没钱的，有开自己的车的也有开别人的车的……但他们的车——我敢保证，鲜有开过一万公里的。不信你下去挨个问问！

公交车上的最新故事

我那本《我爱北京公交车》——那部记录了在上百来条公交路线上发生的千奇百怪故事的集子——还没有来得及出版,而伴随着新年一来,新的小故事,也就跳着小碎步来了。

我刚从719路上下来,下车的前二十分钟前,售票员和一个东北口音的女乘客打了一架,不过是用嘴打的,打得一声高于一声:原来是女售票员在报"阜成门"那站时,可能由于声音小了,女乘客没听见,也就没来得及下车,因此她就大声嚷了起来,高叫着责怪女售票员没有大声报站名,售票员说我的确是报了,而且声音够大;女乘客说那根本就不可能,否则,俺咋就没听见?于是,俩人就声音究竟大还是不大争得声音一嗓子接一嗓子地大起来啦!大得全车人都像是在听着意大利花腔女高音。乘客坚持说售票员没报站,售票员坚持说她的确是报了,而且别人都听见了,况且她也是人,根本就不可能挨个提醒乘客或连续八小时一刻不停地报站……但以下的这句女乘客的一声大吼,戛然止住了女售票员的反驳,她说的是:"如果你刚才报站名的声音比你现在跟俺吵架的声音还高的话,俺能听不见吗???!!!!"

"……"

"……"

东北女乘客的声音又从719的下面传到了车上——她人下去了,还返身对着车门嘴里一个劲儿地质问着刚才那个"杀手锏"式的问题。而那个女售票员，那时候就倚在车门边上，就站在我的眼前。此时，车已经开了，一切的骂声都已被寒风嗖嗖的声音压过去了，而她，半身石雕似的，眼里已有了少许的泪花。

诗人的裸奔与诗意的全零落（一）

听说有一桩诗人光着屁股念诗的事，但是我不信，因为也许那是谣言，一定要有事实根据才行；后来事实来了，出自学生办的一个《众观》的杂志，那上面，某诗人光着身子的相片，有三至四张，于是我就先是一阵子作呕，然后就不得不信了。

我由此伤逝了，我伤逝于中国诗意的真丧失，我吊唁起诗的不再，我怀想那还有诗的唐朝，总之，我胡思乱想那些根本就不该是我想的东西——那种东西本来是职业诗人们的看家的东西，可一旦被我这种你一说我是诗人，我就会像被人指证为鸡瘟时那样、连连后退说"不是不是"的人也伤心地怀念了的时候，那中国的诗意，那中国的 sense of poem（诗意），就恐怕是，真的没了。

由此说来，那个诗人的当众裸体，并随后被那家"第三极（级）书局"保安驱赶着屁滚尿流地逃离那个书局的令人恶心的一幕，可能还真是一次历史的（诗的）案子，它在诉说某年某月某日——中国的诗——在那一天，终于，寿终正寝——是用那种光屁股和一溜烟逃跑的方式。

如果一个唐代的人能来到一千多年后的今天的中国，我想，会让他大吃一惊并羡慕不已的是——我们的比马要跑得不知有多少倍快的汽车，我是说如果唐代的玄宗哪怕只有一辆"法拉利"当坐骑，也不至于在马嵬坡弄死他的爱妃。而我们今人，一旦有机会到唐代体验一次生活，我们同样会惊奇和不可思议的是——那时候人人爱诗。显然，在人人都爱诗的国度里，诗人，绝不可能也没有必要光着屁股读诗，并通过这种下策之举引起别人的注意。在一个人人都爱诗——都写诗都读诗都抄诗都传诗都明白诗都可怜可爱可歌可泣可哭可笑可切磋可玩味——诗的年代，有的根本不止是手写的诗字面上的诗口头上的诗——有的更是诗的诗——"诗意"，是诗的感觉，是诗的嗅觉，是诗的味道，是诗的声音，是诗的魂魄，是诗的意愿，是诗的精神和诗的——feeling……(有一个歌，就叫作"feeling"，听，此时它奏起来了！)

华夏的历史，或许，也能用诗做隔断，就跟搭房子那样，有有诗却无好诗的年代——如汉如宋如清；有既有诗又有好诗的年代，如《诗经》的时代，还如大唐；又有马上就快没诗了却还有好诗的年代——如中华民国，如中华人民共和国的初期——毛泽东的诗在我看来，可比谁的都好！

因为我们的时代，已经没有了诗意，没有了 sense of poem（诗意）的土壤，因此就长不出像样子的庄稼，如长，也只能是枝叶败絮和歪瓜烂枣。这恰如没有了孕育诗的土壤。

评论：

真情是诗的生命，诗意是真情的浓缩；诗意是心灵在触及某一具体物象的瞬间，对积蓄已久的真情萌生的诠释和顿悟；诗意是从心泉奔涌而出的晶莹明珠。"愤怒出诗人"的说法不无道理。诗意的零落就是真情的迷失，呼唤诗意的回归就是在期盼真情的萌生、积蓄！

诗人外在的"裸咏"是对诗意的践踏，好在只是个例。

同时栽种的一般高的白杨和银杏，享受同样的阳光和水土，一段时间后，白杨却远远高于银杏，原来珍贵的东西总是慢慢成长。失落的珍宝再找回，也还要经历一个漫长的过程吧！

齐先生守望中的期待，虽有一丝苦涩，可这苦涩，也是你收获的一份小小诗意呀！

诗人的裸奔与诗意的全零落（二）
——什么是诗和诗意

一般与诗有关的语言——都是酸甜的，所以我在以下故意把它们——写得苦辣了一点。

我们在回答什么是诗和诗意这个问题时，开始，不妨——用一点非诗意的、西洋人搞化学时惯用的排除的法子，把那些不该夹杂在诗里面的东西——给一一掐出去，让坏的东西先行落下后，再显露出诗的晶石。

就好像《红楼梦》说的，就是石头的故事，而那，就已是诗了。

什么不是诗呢？首先，一切不要脸的东西，都不是诗；其次，一切不好看的东西，都不是诗；还有，一切野蛮的东西，也不是诗。《恶之花》和《荒原》一类的，只能是西洋人喜欢的诗，但我们中国人，却喜欢在诗中忘我和微醉，我想无人——愿意每天在玩味着《恶之花》的时候，进入他的甜梦。还有《荒原》，它只能勾起来人们的厌世，它因此不可能成为中国人喜欢的诗。

诗不仅要"虚"，诗还要"伪"，诗要隔一层东西论世，诗不能太实在，因此，作诗和读诗时——人最好穿点衣服。人虽然和作为宠物的狗——在冬天同样穿着衣服，但人与狗的最大和最根本的区别——在于狗不会自己穿上内裤，而人会；当狗都自己主动穿内裤了、都知羞愧了，而人却不把穿内衣当成本能的动作之后，那么狗，可就比人的诗的意味——要更浓了。

因此，读起来让人不好意思的东西——就不该算诗。诗本身应该是含蓄和空虚的，是朦朦胧胧的，是遮遮掩掩的，是羞羞答答和回回味味的；是该有些包装的，是隔着一层的，是时隐时现的，总之——是该穿条裤子的；穿裤子写诗读诗——无论于西洋还是于华夏——都是诗意的底线。

诗的"伪"，在于不能太实实在在。《石头记》中的那块石头，它也是假托的；它其实并不真的存在，因此它才是诗材。无边的落木无论如何地潇潇下——也不可能真的无边；不尽的长江它怎么滚滚地来——也会有断流的那一刻，因此，一切诗上的东西，都不可能是"真"，都更不会是"实"，反过来说，可能正因为它们不是那"真"和那"实"，人类才通过"诗"，通过 poem，去乞求它们的到来……人类用诗——无论是长诗还是短诗——歌咏的，都只是一种心愿。

我这么说，是否有些个残酷？

一切的诗，都必须是假的，写《满江红》时岳飞无论怎么地想喝匈奴的血，怎么想吃胡虏的肉，他也不可能真的碗碗喝人血，更不可能顿顿吃人肉，那样，他就不再是诗人，那样，就更没有诗意。再有，我们千里之远真的能共婵娟吗？那云雾怎会甘心？

诗可以恨可以狠可以怨，但真正的好诗——却只能表达无奈。在无可和无奈里——花会一束一束落下，一朵都不落的花——那肯定是假的。

诗人还不是一个职业，因为职业是要回报的，乾隆每天平均写三首诗，他务的正业——却是国家的大事。诗不应用于卖钱，诗一旦用作卖钱瞬间就失去了诗意——别忘记诗本性的务虚。

诗的世界不能没有绿色，不能只有假山；诗不能与几何形的建筑共存——因为它们都太实际，太僵硬了，但高楼不可能是虚的，否则高楼会倒，因此诗，与我们现在这个环境为敌。诗又是慢的，诗"声声慢"，中国式样的诗绝不可能产生和吟诵到高速公路的上面。诗还是曲折的和曲曲弯弯的，正如那一轮"弯弯的月亮"，所以，在方块的电脑上——无论我怎么地敲击，也敲不出李白的"将进酒"——除非我此刻——一下子把它砸了。也只能借酒消愁啦。

诗并不等同于"诗意"，没有诗意的诗哪怕是千首万首，换来的，也只能是形似。所以，乾隆爷写了千首万首，但大部分都不是真诗，而他的诗意就丢失在——他出生于一个皇家：生下来就知道一辈子做什么的人，是无缘于诗意的——因为"诗意"谐音于"失意"，不信，你就看李后主的身世。

如此说来，乾隆枉作了一辈子的假诗。他早知道十辈子后这样被俺评价，当初又何必写诗？

《红楼梦》才是一首真正的长诗，它的诗意，来自曹家的被抄，来自雪芹的破落，来自那对以往的瑟瑟和涩涩的回味，那本书中的滋味，正每天被"江中亮嗓"（北京电视台赞助商），一遍遍在电视上呼唤着——通过昨天对刘姥姥的选秀（《谁是红楼梦中人》选秀节目）……

诗一定要有韵，一定要有余音，要几千年里无论哪朝哪代的人玩味起来，都一样的甜，一样的酸，一样的苦，一样的辣；或一样的如水，或一样的像蜜……

今晚是电视上选秀贾宝玉的一天，因此这篇关于什么是诗意的文章，它可就写到此喽。

我从单位下班时手上有一桶油
——中国"单位"研究(一)

前两天不知是什么原因,学院里每人分了一桶油,不是石油,与全球油价飞涨没什么关系,"鲁花"牌的"食油"。大桶的是豆油,小瓶的是香油;一大一小,用胶带捆绑在一起,无论远看还是近看,都像是等待升空的"长二捆"火箭。同"长二捆"油桶一起分发的,还有半箱子的橙汁。我没假思索,就把那些橙汁,分给"同室操戈"的同事们和送饭的一个保安喝了。那个保安,本来并不认识的,见我真的给他一瓶贵重的橙汁喝时,显然是激动不已,喝它的时候,像是对着一瓶子"敌敌畏"一样——咕咕咚咚的。

本应把那箱子橙汁带回家给女儿喝的——人家都那样地做,可我的家,"在东北的松花江上",我是说离单位贼拉地远,不仅要挤高密度实芯的公交车,还要下车后长途奔袭,那一箱橙汁要这么辛苦地搬运的话,肯定会因为搬运的人(我)口渴,都牺牲于搬运的路上,因此,这次我没告诉我女儿单位又发了橙汁的消息,当然,你们也不可能告诉她了——因为咱们好歹,还都算是朋友。

关于"长二捆"油,我只能远途提运。它们的确是十分地重,打车是最省力的方法,不过,如果因为总价在五十元上下的"食油"而使用需烧"石油"的汽车的话,那么,"石油"的油价——还是由于俺家太远——可能会略高于"食油"。我又不傻,于是我只能挤公交搬运。其实，即使手上没油，我有时也打车回家，尤其在领工资那天，给内人的理由是为了安全，而昨天搬油的时候恰恰又刚拿了工资。可俺偏偏要挤公共——俺绝不能让别人在运油这件事上指责俺是弱智——因为这已经不仅是"食油"值钱还是"石油"值钱的问题了，是大智慧小智慧的、大聪明小聪明的、大手法小手法的、大傻瓜和小傻瓜的、大文明和小文明的极其重要的——事情了，一句话，俺别无选择，俺只有一条死路了，那就是拎着一桶炒菜专用的"鲁花牌山东豆油"，——挤719路回家！！回家……回家……回家…… 9-1-8啊！9-1-8！（是不是联想到了《在松花江上》？）

　　决心已有，剩下的就是技术处理的问题——俺必须提着它们，从时常有百来个天天管我叫"老师"并略微低头的学生们出没的学院走廊里，有师道尊严地通过。于是我就上路了，还好，头五十个学生都没察觉什么，第五十一个学生却意外地发现了！在我刚要前脚跨出大门，并出逃进已经漆黑的冬天的校园里的时候，一个学生拦住了我，并死活不让我走——他想问"邓小平理论"这科考试的成绩，并问我出的那道"精神文明重要还是物质文明重要"的题目，我究竟给了他多少分。当我正集中精力回忆他的得分的时候，他问了我第二个问题："老师，您这油真好，是隔壁超市买的吧？"

　　……

　　……

　　后来，我就使劲冲撞了十几次719门口那个死活不给我和油桶让出两个缝子的中年男子的后腰，然后用吃奶的劲儿一蹬脚，占据了一席之地，便踏上了送油回家的归途。我终于，把单位发的两个油瓶——带向了它们的归宿。一路上，我耳畔始终回荡着出发前周老师嘱咐了三遍的那句话："下车时，你可千万别忘了油桶！！！"

评论：

生活处处有故事，信手拈来也有趣！

又一届学生毕业
留下的又一个空虚

空虚也可以论"个"算吗？也许，假如把它误用作名词的话。昨天二〇〇七届继续教育学院的那么多学生的毕业，的确每一个学生，留下的，是我的一个空虚，其中有半个空、半个虚，和整个的虚无以及缥缈——因为了他们的不在校园，因为了他们的笑声失散，因为了他们的人影远走，因为了他们的精神欢快地——高飞。

因为了与他们的可能不再见面。

他们之中，有我教过课的——虽然本人这个助教是客串的和玩票的；有我指导过论文的——即使我都写不出来他们的水平；有跟我搞 English Garden（英语花园）的——那可是本人的创意；有站在二〇〇五年十二月"同一首歌"的舞台上与周杰伦、孙楠同台演出的——那天我们的学生去了两百多人，是出镜率最高的；有无论数九寒天还是烈日炎炎都同我一起打篮球踢足球游泳跳绳子的；有上过《北京晚报》封面的；有在学校的卡拉OK大赛上夺冠的……还有，一进校就差点退学的——她是江西九江来的一个女同学，二〇〇五年她哭着喊着非要退学，因为她的原单位不让她继续学了，那时我是学办主任，连蒙带骗把她留下了，一直留到昨天她将学士帽子使劲地——甩向了天空。

男学生和老师之间，一般是不善表达友情的，一个来自东北的憨实的小张，他在同我合影时手使劲地攥着，我怎么也脱不开，那一刻，我也"天亦有情"了。

他们从此远去，从此奔天涯，赴海角，留下的是一个个的以及实实在在的空旷和空虚——给我们。"空虚"这个东西之所以出现，是因为在它现身之前，那其中有过实打实的东西，是因你的确真正地创造过什么、拥有过什么而它们却突然地不知了去向；你没真正充实过的东西的失去，并不会给你带来什么"实在的空虚"。我应该为荣的是，这两百多学生的毕业离走，我算是最最失落和寂寞的那人之一，因为他们几乎每一个人，都能在我的记忆里留下几分钟回放的电影。我想作为一个他们叫过"老师"的人，仅对于他们，我算是及格的了；而对别的学生们——还不敢那么说。

评论：

你这实在的空虚，是满后的空，空的只是形式，可内心里却分明留有了回忆、牵挂和期盼。这迎来送往的过程像大地，在四季更替中催熟了一片片庄稼，又滋养着新生的禾苗。走了的，留下根须，滋养心灵；来了的，展露生机，充实心灵。大地在来来往往中盘点心灵，腾空更新，收获感动。

愿我们如大地一样博大、宽容！

我恨无冰可滑的北京

今年冬天的玉渊潭，是几年来头一个不能滑冰的冬天——由于管理处的人怕人们掉进冰窟窿，就在湖的周边凿了一圈的冰缝，那样，想滑冰的人一踩上去就准会掉进缝子，就更能证明他们是对的了……呸，还俺们的滑冰权！

都是暖冬闹的。

我有二十多年的冰龄，在我这个年龄以上的北京的男子——大都是"冰痞"：那都是五十年前没事干造就出来的。那时的北京的冬天是野孩子们在冰上"大闹天宫"的季节，那时北京男孩子们的风采，在冬天，只能在冰上领略。我每年都要提着一双在加拿大买的二手的冰刀，到紫竹院、后海、故宫的护城河和玉渊潭去"上班"——我去跟那些大多是五十开外的老"冰痞子"们一同切磋技艺，一同打冰球，一同追忆那些二十世纪七八十年代的旧事。那些人个个身怀绝技，无论是玩跑刀还是球刀。他们的那身本事全是野路子的，是不受任何管束下自己琢磨出来的，是室内绝对练不出来也看不到的。

头些年玩冰球时，我都是借别人的球杆玩玩，由于我自己呢，没有杆子，就用一根木头杆子代替。当然，有时候我也用扫帚。我本想今年买一根专业的球杆来着，可——今年就忽然没冰啦！如果从今年以后就再也滑不了野冰的话，那将是一件喜忧参半的事情——喜的是，我没买球杆对了；忧的是，从此北京的那些作为"活文化财产"的、我的那些大多已经五十开外的"冰友"们的一身身"童子功"般的绝技，将从二〇〇七年的这个冬天起，成为永远的"尘封"。因为，他们的那些天桥把式般的"奇技"，在室内的冰场上是无论如何也练不出来，也施展不开的——就好比让猛禽在鸡窝里腾飞。结果可想而知。

我带着一身的无奈，下午，到国贸的室内冰场里去滑冰。北京的国贸，洋名叫"CBD的核心"。假如中国真的跟国际接轨，又假如那两条轨它们非接不可的话，那么国贸的两座塔楼和底下的冰场，就是轨对轨的接口。你看，从语言到长相，那儿的人都与俺格格不入：他们说着洋话，而且连篇连片连骗连编地说，俺呢，一边滑着冰，还一边念叨着宋词。

就连CBD（中央商务区）的人种，有的也是轨道们对接的产物：那里一些中国女人所生的孩子，有些，咋根本就不像俺们炎黄的子孙？

我在一群群既不像中国孩子、不像外国孩子，也不像地球的孩子的孩子们的缝隙中——飞速地滑着冰，我边滑，边诅咒那不再有的寒冬，痛恨着汽车的杀人的尾气致使暖冬出现的重要因素之一，同时，我还冥想着北京曾有的湖上的野性……嗷，一不留神，我还撞上了一个"中外合营"的孩子！

我知道我那些舍不得花一百元买一根球杆的北京的"古迹"——老冰友们，大多，是不会到这五十元一场的地方来滑冰的，何况这里又太小。因此，我只有——当一只脚踩西瓜皮的单顶鹤，代替他们——在CBD卖丑献艺。

不信你可以去看，最格格不入的肯定是俺了。

演林黛玉有必要会跳芭蕾舞吗

好端端的一场新《红楼梦》的演员海选，又弄成了"超女"和"梦想中国"，人心不复古也。心不古了，想再现古人之心也难。有一个入选下一轮黛玉人选的小姑娘在舞台上，竟然跳起了芭蕾，倘若她真的被选中了的话，那么，《红楼梦》岂不变成了《天鹅湖》？不过那倒是曹雪芹和柴可夫斯基的一次绝妙"天仙配"，可宝玉到哪里去讨回他失去了一次的林妹妹呢？看来，只有投奔被废水整黑了的天鹅湖了。

二十年前北京的玉渊潭倒是从那遥远的地方来了两只天鹅，本人还在十米开外目睹过它们踱小步子行走的样子。它们的鼻子较高，还真有点俄罗斯女孩儿的模样，可不久就有一个厮，用气枪——"轰"的一下把它们打死了，打成了玉渊潭标本展品间的样本。人们指着不再动的它们之中的一只说——它，就是那传说里的——天鹅。而另一只，就再没有回来，就落得后半辈子独守空"湖"——另一个湖。从那以后不但玉渊潭，连我，也只有在舞台上，才知道天鹅长的是，小脚女人的样子，而且还一踮一踮的……直到《红楼梦》选秀的电视的荧屏上面，我才又见到了快要成了俺林妹妹的——那人和那鹅。

可……林妹妹的确不该是会跳天鹅样的芭蕾！天鹅是天鹅，小林是小林。天鹅死了，比小林晚死了四百多年。小林死于痨病，死于人的暗箭；天鹅也死了，却死于人的明枪——杀她们的武器不同；何况，林妹妹打小就身体不好，没底气锻炼那用脚尖着地的芭蕾。小林四百年前，哪怕是每天练三十分钟的芭蕾，也不至于，被宝钗抢走了表（宝）哥；ＰＫ时体力不支所致嘛！

再有，芭蕾舞演员的体形，跳久了，不符合古代国人的美感。古代女子们的美，多是内在的，是棋琴书画中排练出来的，而小林妹妹的美，更应是病态的，是大气都不敢出也出不来的，因此，找林黛玉时，绝不能比试谁能拿大顶，谁卡拉OK唱得像帕瓦罗蒂——女"罗蒂"并不是林妹妹的"真谛"，找携带小林MM真谛的MM要到大医院的"年轻病室"中去寻觅，找那些从早到黑见不着什么太阳的，找那些打小就身体不好弱不禁风摇摇晃晃的脚尖站立不直的，找那些没事喜欢弹古琴吟古诗而且还一吟诵一咳血，外加从小跟一个傻呵呵疯嘻嘻表哥要好的……找那些美丽的白衣天使们，对！她们就终日不见阳光，她们就整天对视着咳血病人的愁的眉毛和苦的脸庞，而且，她们还需像小林那样对着苦痛强笑暗笑苦笑蔫笑假笑……没错！病得可人的怜人的小病友们和她们四周一身雪白"鹅装"的护士们，正是就是准是一定是绝对是——那虽身逝而魂归的玉渊潭的白天鹅和大观园的小林妹妹的——魂兮归来哟。

评论：

联想丰富，真羡慕你有那么多奇妙无比的想法，有那么多畅通无阻的思路，你应该算是发散思维皇冠上的一颗明珠了！佩服！

我的童话剧《我们拥有一个共同的家》中"破镜难圆"一场，讲的就是玉渊潭上那两只天鹅的故事，是我根据资料改编的，没想到你还见过呢，下次再演，我要告诉学生，我还熟悉见过这两只天鹅的人呢，肯定能调动起小演员们的表演热情！

凡是美的事物，都让人难以忘怀；丑的、不伦不类的事物，也耐不住寂寞，粉墨登场了！

热闹？恐怕要笑出眼泪了！背后是什么？钱、名、利，等走到了极端，会怎样？文化是什么？！

娱乐却要来拿文化开涮！整合起来美其名曰：娱乐文化！

回复：

那两只天鹅在玉渊潭大概是一九八八年，它们经常在一个小池塘的一头走，像大鸭子似的。我看见过一次它们从湖面上齐飞，特别地好看，因为天鹅飞时头压得低低的，身子特别地长，翅膀展开着，挺像图片上面的姿势。从那以后我就再没见过天鹅飞了。天鹅也从此不再来玉渊潭了。那个标本后来也见不到了。

人心怎么才能古
——听林妹妹如是说

在一派喜气洋洋的《红楼梦》选秀的气氛里，我每日入梦前展开了书本上的《红楼梦》，我伴着倦意，与古人和古意交流着，于是，就察觉到这样一段有关"古意"的文字：在第八十六回"受私贿老官翻案尺牍，寄闲情淑女解琴书"之中，黛玉对宝玉说明什么叫作琴理："琴者，禁也。古人制下，原以治身，涵养性情，抑其淫荡，去其奢侈。若要抚琴，必择静室高斋，或在层楼的上头，在林石的里面，或是山巅上，或是水涯上。再遇着那天地清和的时候，风清月朗，焚香静坐，心不外想，气血和平，才能与神灵和，与道合妙。所以古人说'知音难遇'。若无知音，宁可独对那清风明月，苍松怪石，野猿老鹤，抚弄一番，以寄兴趣，方为不负了这琴。还有一层，又要指法好，取音好。若必要抚琴，先须衣冠整齐，或鹤氅，或深衣，要如古人的像表，那才能称圣人之器，然后盥了手，焚上香，方才将身就在榻边，把琴放在案上，坐在第五徽的地方儿，对着自己的当心，两手方从容抬起，这才身心俱正。还要知道轻重疾徐，卷舒自若，体态尊重方好。"

听了林妹妹的这一番话，你们知道什么是古人之习和古人之心了吧。怀古好像是人类的一种天性，打孔子开始，他就认为人心不古了，就舍身而"克己复礼"了。苏东坡在赤壁怀古，林黛玉让宝玉怀古，而我们几百年过后，又怀起林妹妹的古了，注意，到此，怀古并没有终止，一百年以后，还有人怀你我的古，说：我们怎么如此倒霉，摊上一百年前那些没什么可怀的古人，算啦，还是跳过他们，去怀念刘姥姥那辈人吧，于是，两百年以后刘姥姥，又会卷土重来和风流一回；可见，该古和真古的，是永远不会作古的，而年头再老的东西，只要是没有"古意"，也马上会被忘记——秦始皇"坑人"的故事，怎就没人作为"旧"来怀念呢？可见，古可今，今亦可古，"古"——那些可怀的和值得怀的让人不得不怀的"古"，并非只是时间上久远一点的东西，它——那"古"，有时仿佛比什么都现代，都在每一代活着的人的身体上像英灵样复活着，延续着，继承着，发扬着，挥发着，坚守着，不走着，不死着，再来着……就如那宝玉和黛玉的"红楼梦"，就如那越来越难团圆和美满的明月——现代的城里人连月亮都见不到鲜活的了，只能到国外去看。的确，美国的月亮这十几年，已经比中国的圆了，除非去塔克拉玛干沙漠看，由于那里没有污染，还挂着一轮比美国还大还浑圆的巨月！

这么一说，只有天上的那个月亮，是最古老的和能被复古的哩，"千里共婵娟"——我们与东坡，还在一个千年之"坡"的两头，共望着一个尚有知己的月亮，那个婵娟她——也许叫黛玉吧，也许叫刘姥姥吧，也许叫女娲也许叫王母娘娘也许叫圣母玛丽亚也许就叫"月亮"吧，她——展现着古意，代表着古意；她——展现着永恒，代表着永恒；她——展现着不变，代表着不变；她——展现着不朽，代表着不朽；她——展现着纯真，代表着纯真；她——展现着朴素，代表着朴素；她——展现着简约，代表着简约……而她们的所有，不就是林妹妹对宝哥哥所说的——"古人"的弦音吗？

评论：
这些凝聚着永恒、不变、不朽、纯真、朴素、简约等古意的各种人或物，就是你所说的古人的载体吧？

高鹗就是曹雪芹的最最知音

虽说不可"同日""而语",但在同一个今天的一月二十日,我还是写了第二篇文字,是关于高鹗的。

我总觉得高鹗几百年来一直被人们恶搞着,干了费力不讨好的——其实是好事的事情。雪芹有知音吗?有,似乎人人都是,尤其是在"满天遍布贾宝玉"的这两个月里,整得俺这个"真宝玉",都不好意思说"是"了,可谁,最大地帮了他成全了他保全了他赞助了他呢?高鹗也!

对高鹗的批评,由来已久了。印象里最激烈的,算是周汝昌老先生。我是个周先生迷,可有一点,是让我不迷的,就是他对高鹗,竟有那般的憎恨。虽然汝昌先生那么真情地对高鹗口诛笔伐还有些恨之入骨,可你真让他老先生把后四十集的《红楼梦》给拿下来,或让他给续接上,我想老先生也同样会感到压力山大的!

我赞同刘大杰先生对高鹗的评价。刘大杰先生在《中国文学发展史》中对高鹗所续"红楼梦"的评价是:"他以极大的同情与了解,以及美妙的文笔,完成了曹雪芹未竟的工作,而得到了很好的成就……他四十回的续作,大体没有违背作者的原意,一反中国小说戏曲的先例,把《红楼梦》写成了一个大悲剧。这一点,我们不能不称赞高鹗的文学天才,比起后来一大批写《红楼梦》的人来,真是有云泥之差了。"

他们无疑都是彼此的知音。知音是能隔着世纪接力的,高鹗是雪芹的知音，刘大杰又是高鹗的知音。有时，知音说难也不难，有相同的经历和阅历或者人性相合就可是知音，因此，好的艺术作品并不太乏知音，贝多芬随便一划拉，就能划拉一大片《田园交响曲》的知音，尤其是在农村。

可是，能知音并能传音和续音则难。有谁？能仿贝多芬，写一部《田园》的续曲？有谁，能把《水浒》再写出下一个一百单八回，注意，可不能让人看出破绽！

说实在的，我初中二年级读《红楼梦》时，可真没像有些人（如张爱玲）那样在第八十一回处仅读了一个字，就"轰"地一下看出了续集的断痕。是俺那时的警觉性低吗？不是，是人家高鹗续得好啊！有谁，能写出第八十六回黛玉说的那番关于琴的"古话"？有谁，没曾像雪芹那样在脂粉堆子里游荡过，却能把林林总总的妹妹哥哥们写得如同己出，唯高鹗也！有谁，从来没败过家，却写起书来，那么像个败了家的子孙，唯高鹗也！雪芹有恨，恨不能写完他的全书；雪芹又有幸，有幸还有一个高鹗——知他懂他明白他还能模仿他写成那后半个故事的知音！是高鹗，令他的短梦变长；是高鹗，令他的残梦变整；又是高鹗，令他的大梦成全；还是高鹗，令他的假梦成真……多谢了高先生，我代那"江中亮嗓"，我代那些即将再现《红楼梦》百态的少男少女与少奶奶，外加少姥姥们，正是你——让他们飞黄腾达，让他们不依不饶，让他们哭哭啼啼，让他们你抢我夺暗中较劲……总之最后，让他们的美梦成真。

评论：

"高鹗就是曹雪芹的最最知音"，"有相同的经历和阅历，或者人性者，就可成为知音"，"能知音并能传音和续音则难"，虽难，但高鹗做到了,便是最最知音了!

  高鹗与曹雪芹经历、命运不相同,但因志趣和人性相同,而成为知音。解读中感悟:高鹗已做得够好,至今还没有人能取代!你总是能想出新意,佩服!

林妹妹果真从天上掉下来了

昨晚的上海地区的选秀，正选着选着，飘出来的一个小姑娘——我一眼望去，就喊出来了："她就是林黛玉了！"妻小还不信我的眼力，但当所有的评委都用我同样的语气说："你就是林妹妹！"以后，妻小，就相信我的判断能力了。

那个小姑娘名叫李旭丹，在越剧里面扮演过黛玉。正如我事先猜测好了的，她是个浙江人，算是我的半个心灵的老乡，因为我的心灵之家，就在西湖——虽然我那旧日湖畔的家，已成了别人的雀巢。

她又是半个金陵女子，是在南京长大成人并学了戏的——哪怕学的是假戏，但从今往后，她就要将林黛玉的戏唱真，唱成，唱得扑朔，唱得迷离；唱得如林仙子再下凡一次；唱得全国人民跟着淅淅沥沥地哭泣；唱得让雪芹再返乡再复活再回魂……唱到宝哥哥他不爱出家了，唱到雄鸡报晓和天下大白了，一句话，她要把林妹妹唱活啦。

演林妹妹的人，非江浙人不行，因为那才能让林黛玉回家。南方的人眉清目秀，不是北方人能仿制的；南方人那眉宇间的神情，也不是北方人能整明白的。关于这一点，俺们北方人需有自知之明，何况，万一来自齐齐哈尔的一个女孩儿，托生成林妹妹的话，那她几百年前的在天之灵——外加了曹雪芹的，在下凡时，还不披着件棉猴儿？

一定要怜惜她呀。

我们的林妹妹，也要孤，也要傲，不骄傲、不孤独的女子，就没有她的气色。她是中国千百年里面第一个独立着思考着的孩子，因此，那些只让人可怜的孩子们，演不了林黛玉；还有，那些不聪明的孩子们，也演不了林黛玉；再有，那些只好看一点儿的，还不是她的坯子——她可是个超凡脱俗的孩子，她绝不应在台子上对评委们献媚，她有时候怎么都该横着眉头冷对着，那荧屏前千夫万夫亿夫的指摘。

男子们人人都可自比宝玉，可自比的前提是，先细看一遍那书。在人人都宝玉长黛玉短的时候，有几人，认真地好好看看原著？还有，你要真怜香，你要真惜玉，你可别抬眼看着赞着红楼梦，底下却欺负着妇女。

林黛玉这次，是通过李旭丹下凡的，所以你们我们要千万格外地珍惜，因为那林妹妹的前身，可能是仙草，可能是小鹿，还可能是青蛇和狐狸，更可能是一颗和一粒——迢迢来撞击地球的流星：她一划，就划出来了一道青光，然后沿着那道光的环，下落到上海选秀的舞台上了，且由此，激起了我的一声惊讶。

从林妹妹到希拉里
——她真能当上美国总统吗（一）

在我一直担心一个女子哪天会当上美利坚合众国的总统时，希拉里还真的要回来了，本月二十日，也就在咱们这边紧锣密鼓地选林妹妹和探春的时候，大洋的那边，一个白人的老妹妹也粉墨登场啦——希拉里——克林顿的妻子正式向美国人民宣布："I'm in（我又回来了！）"——她"宣布参选总统，迈出二〇〇九年重返白宫的第一步"。（《环球时报》一月二十二日）

她极有可能成功；

她，极有可能成功！

她极有可能——成功……

那样美国——与我们是"战略伙伴"的美国，就开天辟地地有一个女人——当他们的首领了，而且她将是——全球最不和平的一支武装力量的——三军总司令了，一句话——今后的她可是不得了啦！

克林顿——还是希拉里"从政最强大的后盾"。本人是目睹过他们夫妇的模样的——怎么克林顿你也见过？以为本人吹牛的人一定在此提问，然也！本人还见过英国女王和日本天皇哩！不过我见过的那一男和一女——的确是活生生的——他们夫妻，不过，我是在长安街的高架桥上面，"嗖"地一下看过他们在轿车里的背影。那大约是在一九九八年不是冬季的一个季节，他们来北京访问，车队路过长安街，我正想过马路那面去,被一个陌生的人拦住了。我说这又是谁???!陌生人低声说:"这回可能是美国来的总统。""现任的?""像是。""那老子倒是想看看。"因为那阵子全球的电视新闻上,就只有小克的绯闻。正议论着,说时迟那时快!一溜漆黑的颜色的车队,像灵车似的,不过比灵车要快——噜、嗖、啪、哗……地从我的脚前开过,我先赶紧抬脚,然后我看到——一男,怀抱着一女,男的高大,女的不高大——从老子面前一闪而过!

那个女的不是别人,她就是2007年1月22日在我们中国人选秀时,在那边偷着宣布参选的未来的(极有希望)成为美国女总统(第一个)的——希拉里。

林妹妹与希拉里（二）
——她也需展示才艺

近些年流行"秀"。"秀"是从"show"引申来的，只有"秀"一下，才能打拼成林妹妹，同样，也只有"秀"一下，才能选上美国的总统。普京的拿手秀，是摔跤和开战斗机；克林顿的特长秀是吹萨克斯；希拉克的拿手秀是背唐诗；赖斯的拿手秀是花样滑冰……因此，希拉里也非要秀一下她的才艺。在我看来她最拿手的有两样：一是当过第一夫人，对白宫里面"门儿清"；二是善搞重量级拳击——克林顿1998年在长安街先从我的视线里怀抱着她消失，然后坐"空军一号"刚回他们的家——White House——之后，不久后就挨了希拉里总统候选人的一拳？据说那可能是她错将老公的——美国总统的头颅，当成了训练时候的沙包。总之，她也有能秀的项目，因为天下的女拳手虽然也有，但能拿美国总统的头当靶子的——可能只有她希拉里一个。

大千世界，真是离奇得一塌糊涂，因此我一看《环球时报》上说的《克林顿夫妇欲搬回白宫》那个标题，就想先啼一下，然后再笑一下——那真是滑稽滑稽和滑滑稽稽——国人不是想找回幽默感吗？因此我一看《环球时报》就知道了，此番小克之所以如此玩命地为老妻拉票，多半和准准地——是出于经济上的考虑，他卸任前欠下那么多官司的债，之后勉强在曼哈顿购了一个宅子办公，这不，老婆如果真的再入住白宫，他也能跟着，再免费住上一回公房！

所谓的百尺竿头还能更进一小步，指的就是能把别人气死了根本就不能回生的那种人——比如就说小克夫妇。选美国总统有多么地难啊！咱这样的连做梦都不敢想，可人家是已经住进去的还想再次故地重游。

英雄所见
——希拉里当总统（三）

我无意地翻开昨天的《参考消息》，发现了这样一篇文章，它的出现（中文稿）比我的上一篇博文晚了半天——我的文章是二十六日凌晨上传的，但几乎是如出一辙，因此将其一个字不落地抄下来，聊表得意之心。

标题：美报文章——美国人不喜欢"世袭政治"

美国《国际先驱论坛报》一月二十三日文章，题：美国世袭政治对希拉里不利（作者 罗杰 科恩）

参议院希拉里·克林顿已经投入竞选并说她一定要赢，但她面临一个没有什么人公开谈论的微妙问题：主宰美国政坛近二十年的世袭现象。

布什、克林顿、布什——又是克林顿？从一九八八年以来，两个家族控制着白宫。如果克林顿夫人在二〇〇八年获胜成为美国第一位女总统，那么麻烦的两头政治就会向四分之一世纪接近。

美国宣布独立于英国有许多原因，但是其中一个就是不愿在合众国内复制像都铎和斯图亚特王朝那样的世袭竞争王朝。

是的，亚当斯家族（父子）在十八世纪末和十九世纪初控制了总统宝座，只担任了一个月总统的可怜的威廉·哈里森有一个孙子在近半个世纪后当选总统。还有罗斯福家族的远房兄弟西奥多和富兰克林。

但是总统职位从来没有被看作是世袭的东西，也不是要像乒乓球那样在对立家族之间来回跳动的。那些互相争斗的家族彬彬有礼地表示敬佩对方的风度，却在心底里蔑视对方的政治观点。

过去一年世袭家族的关系稍稍改善，老布什与克林顿带头成为朋友，其中带有的那种旧时贵族自认行为应该高尚的气息会令开国元勋们恶心。

到二〇〇八年，美国历史上两位制造最大分裂的总统治理这个国家就有十六年了。克林顿被弹劾和布什的战争给这个国家造成的创伤，可能是这两个王朝本身无力治好的。

研究总统史的罗伯特·达莱克说："人们似乎渴望看到一个新面孔，一种新鲜的东西，一个给人以希望的人。正是因为这个原因，我认为希拉里不会赢。她的包袱太沉重。最终选民会感到他们不能支持她并担任这个国家的最高职务。"

这篇迟到了几个时辰的文章我引述完了，你再回眸一瞧，就会知道，它与我的前几篇东西竟是那般的——"沆瀣一气"哩！

我怕把老张忘了

由于明天还将有更惊心动魄的事情，需要我去面对，所以我犹豫了一阵子，还是先把上星期五同老张的会面，给记录一下，免得，我把老张忘了。

平壤来的老张、老俞和老李，与我互相学习朝鲜语和汉语，已经有一个学期了，前天的星期五，是我放假前最后一次与老张的约会，所以，我们都没有学习什么，他用中文，与我——慢慢地聊天和谈心。他用中文居然能说这么多的话题，这使得我吃惊不小。老张今年四十出头，比我小几岁，但经历的事情，与我大致相同，只是，他在那一边，我在这一头；他在天边，我也在天边，因为平壤，也不是海角。他说他的爸爸曾在抗美援朝的时候同中国的同志们并肩作战，他父亲目睹过许多中国战友的牺牲，他们的家里至今还有中国同志送给他父亲的纪念物——两杆钢笔。我们一同回忆了儿时的那些电影：《卖花姑娘》和《摘苹果的时候》，他说他知道，中国人那时候看那些电影，也要准备许多的手帕。他说二十世纪七十年代初的时候，中国人的日子比他们的还苦，他小时候，就见过从中国来的小孩儿，在街头卖黑色的金鱼。他说后来中国的日子比他们的好多了……

老张、老俞和老李他们，都是机械学院的老师，其中老张最聪明，学习也最好，他们总是两个两个地来，一个同我学习，另一个就在远处站着等候。老张他们二十几个从平壤来的同学，平时都爱打打排球，有一次我说去看看，也没看成。老张和老李他们在二〇〇七年快到前夕，送了我两本像早年《人民中国》那样的宣传杂志。老张对中国的感情之深，是我事先不知道的，他回忆起毛岸英、彭德怀和周恩来，他还见过周恩来呢！他之后又谈到他那个一岁时就病死了的儿子，他至今都天天想象那个儿子的笑貌，他说他的第二个儿子今年七八岁了，总不如大儿子长得好看。我说哪里哪里。我每次都为我们俩人每人买一杯咖啡，因为我知道，老张那点零花，是用于买"大件"的，但他每次都使劲摆手说："不用，不用！"有一次他可能是不好意思老让我埋单，就追到我的办公室，说那里学习更安静，我说不行不行，因为有人中午在那里睡觉而且还打呼噜。

他有一次听着邻座几个中国女学生的大声嬉笑，就急了和毛了，大吼了起来，那几个女生第一次不仅没听懂而且还吓了一跳，老张出门后对我说，在朝鲜，哪有老师在场的时候敢这么大声喧哗的学生，太不像话太不像话太不像话了！

我是个喜欢和主动忘事的人，马虎到要时常省身，才不至于忘了自己的出生日期，但三个月来同老张他们在图书馆前每周的两次学习，一次是周二，一次是周五，我是一次都没忘却过，有时甚至本不该去学校，我也如约前往。倒是老张他本人，把学习忘掉了半次，他那天先忘了后又想起来就撒丫子往这边赶，那天，对着老张的脸，看着他质朴而善良而且气喘吁吁的样子，我报之以轻松的一笑。

当彩云消逝以后
——送给两个冤屈（远去）的朋友

  我去为你们送行，连同你们的母亲；那凄厉的哭声，打断了大地的搏动，以及云彩的飘过，于是，你们的魂，就乘了那云，去了。

  我也为我自己送行，送行我的记忆里的你们的笑的歌和歌里的好梦；可惜那好梦，也成了恶的，随那同一抹云，变成了黑的。

  你们没能同生，却如鸟儿的不可缺一的白翅，同步地扇着，那使你们的灵无论到了哪儿，都永久是一对儿，都不再会缺一；唯一失却的，是你们父母的无处再傍靠的，挚爱。

  如烟那样，你们的彩魂，冤屈地远去了，随那冷风，随那冬阳，随那亲友的惦念，只见她们——那一对儿魂，在空中戏耍着，笑离了人世，轻盈地在来世中翻滚，腾空，告别，不再，不即，不离，没有留恋，没有沉重……

  因为你们已经成仙。

（齐叔叔同日挽）

你是不是也变刻薄了

当在电脑上敲下二月一日时,我就有些想笑,因为我想起前些日子有个学生问我们什么时候开学的时候,一个领导毫不犹豫地张口就说:"二月三十一日!"

看来,今年学生们返校,好像还有些不易。

哈……

我写这些个小杂鱼似的小杂文,一般,都喜欢借题发挥和借鸡下蛋,具体的做法就是平日里猛地看书和看报,然后把那些能触发我"邪恶灵感"的文章和书报,往一个还能想起来的旮旯里一存,就像做饭前储存要泡的鱼和黄瓜似的。在开始写小杂文的时候,我再将它们一一给提拎出来。但有时候,我竟能忘记那些鱼和黄瓜的藏身之处了,于是,我就像无头苍蝇似的乱找和乱翻,这不,一月二十三日《环球时报》上的这篇文章,就是我刚从一个旮旯里面,给拽上来的一条陈旧的老鱼。它的题目叫作《中国人是不是变刻薄了》,作者是郭之纯。有的中国人——像齐天大这种类型的——的确是有些刻薄了,那么一点儿。

郭学者文章的纲领,十分地有看头。第一:"随着与世界在诸多层面'磨合'的加剧,一些中国人的性情似乎由传统的包容性很强,而变得相对浮躁、肤浅、脆弱、狭隘、偏激和刻薄。"

对于这一点,我想把郭先生的这段话,只改两个字,就是把"似乎",

变化成"绝对"或者"肯定"。

郭文提要的第二点是:"在这种心理氛围中,但凡有'事',便肯定有各路人马义愤填膺,上纲上线,报以汹涌口水。"

本人昨天在博客上对余秋雨老师的一通没头没脑的攻击,与那个压根儿就不认识的叫什么"李博客"或"博客李"的一唱一合,就正好是这种现象。况且,人家余老师自己这次根本就没什么"事",他只是想把头上的"作家"帽子摘了,你说,那帽子戴在人家头上,摘还是不摘,关你们什么事?!这话太正确了,谁让咱是个中国人呢?而且还生活"在这种心理氛围中"。外加,写小杂文(鱼)的那天,还碰巧是"二月三十一日",嘻……

郭文提纲的第三条是:"在这种偏激、浮躁的心态下,一些真问题、真讨论很可能被口水遮蔽,进而影响到作出理性的判断。"

我不知不觉地把杂文,错误地写成了"杂鱼",因为昨天我在玉渊潭的冰面上违规地行走时——那里到处都插有"冰面是滑的,掉冰窟窿里活该!"的警句,发现有那么多的人,在被凿了那么多洞洞的冰上,那么耐心地钓着似乎根本就不情愿上钩的——小杂鱼。他们,那些个钓鱼者用叉子在冰上凿的洞洞们啊,是那么的密集,密集得再多凿——哪怕只多凿一个以后,就再也找不出凿下一个洞洞的地方了。

我想,那种情况,很可能就是郭先生在文章的提纲里所说的中国人的"相对的浮躁"以及"肤浅"外加"狭隘"和"刻薄"吧!

你们看嘛:人不浮躁,能明知道下面根本没鱼——还打洞垂钓吗?冰面被他们的叉子敲打得越来越"狭隘";还有最最致命的:那冰,原本那么的厚实,被凿之后我眼睛瞅着瞅着,就薄得无地容身;无独有偶,我的体重放假之后,还偏偏地又增加了。

于是你说,在诸多层面都"加剧"地与外界磨合着的、如此心理氛围下的俺们这样的中国人，怎么能活得不像行走在薄冰之上呢？

你听俺："咚，哗啦……"

"救命啊！！！！"

评论：

平日里猛地看书和看报，然后把那些能触发我的"邪恶灵感"的文章和书报——往一个还能回想起来的旮旯里一存，就像储存做饭前要泡的鱼和黄瓜似的；在开始写小杂文的时候，我再将它们给一一提拎出来。——这是一种很好的读书积累资料方法！

点点滴滴，层层推进，于无声处，叙事说理，令人信服！

中国人是不是变刻薄了
——屁股奇遇记

　　这个问题可以被拆成两半，一半是海水，一半是火焰；一半是中国人很久很久以来，就一直都刻薄，一半是这二十年里，我们的同胞们"变"得十分地刻薄。

　　关于前一半，我的答案是"是的"，为什么？你到那些人不刻薄的国家走上一走，你去去泰国、你去去越南，你甚至可以去去美国，与那些国家里的人近距离地亲密地接触一下，哪怕只是一小会儿，你就会觉得他们要比你单纯，他们要比你可爱，他们要比你宽容——虽然你（我是说我），在中国，还算是最单纯、最可爱和最宽容的那类人——之一。可能是由于我们的历史太悠久了，或许是因为我们地大物博，难免有内耗。这不，960万平方公里的祖国的大好河山上面，又打起了"商战"。"商战"或许可以做两个解释，一种是"商业的战争"，一种是"从商朝就开打的战争"，这样打来打去，打了几千年了，结果，你我周围的同胞，个个，不是某一次大战的英雄的后代，就是一个现役的军人；不是正规军，就是地方武装；爷爷不是当过还乡团的副团长，就是曾经处决国军某高级官的杀手……总之，我们的父辈和兄长们与别人的祖辈们发生的冲突，实在是太多。冲突太多了，也就有了前仇和旧恨，就不淡定，就爱发生冲突。在这种基本环境和心理背景以及传统之下，人待人、人见人、人接触人的时候，就容易刻薄。就拿本人来说，虽然眼下，本人只会在电脑的键盘上连敲带打和无中生有以及指桑骂槐，人嘛，看起来也如春风般的温暖，可君莫忘，俺可当了那么多年的"商战"的一线指挥官，也是个武夫，只不过，我在带兵时，让弟兄们嗷嗷地在前面英勇杀敌，本帅呢，则躲在某个阴暗的角落里，苦读古今中外的兵法，从孙子的兵法读到诸葛孔明的战术，再读到奥地利人克劳塞维斯的战略，读累了，就从阴沟里爬出来，对手下的弟兄们发令："那边那边，敌人藏在那边，快冲啊！"

与加拿大人相比，美国人就比较刻薄，我曾经长居美加两国的边境，那时候为了加一桶便宜点的汽油，或买一打更便宜一点的鸡蛋，我们常常开车到USA（美国）那边去，我那时，每把油箱装满，或手一触到便宜的鸡蛋盒子，就恨不能让我那辆比鸡蛋值钱不了多少的——破车，插着翅，往Canada（加拿大）那边逃，因何？美国人比加国人——更刻薄、更不友善也！美国人虽然自南北战争之后就没打什么内仗了，可对外在天天打啊！我的那些个美国分公司的同事，几乎个个都上过战场。有时公司开业务协调会，只要是讨论机械性能方面的，都得按美方工程师们说的办，人家有实践经验啊！你一跟他们争，他们就会说："Jimmy，你就别争了，我去年在伊拉克的一辆坦克上，刚安装过这个东西。"

就连跟日本人相比，我们也十分地刻薄。在东京挤地铁时，要在嘴边上拴好这句话，中文的谐音是："死你妈三。"意思是："我真是对不起啊！"是句道歉的话。用在什么时候呢？用在别人踩你的脚，注意，可不是你踩别人脚的时候。为什么日本人在被人踩了后要说对不起呢？据我的日本朋友说，之所以那样，是因为被踩的一方，认为自己的那只不争气和多余的脚，挤占了人家该踩的地方——那也太失礼啦！

因此，你到了日本，就别再太客气了，你想踩哪儿或见了在国内不敢踩的那种贵人的脚,放心踩了就是。你一路踩,就一路会听到:"死你妈三!死你妈三!"

在国内的公交车上,正好相反,因为我们的同胞,对人一旦刻薄起来,可是没什么余地好留的。在北京的公交车上,你似乎就是那些驻伊拉克的美军,你躲躲闪闪,你低三下四,你小心翼翼,因为你周围的那堆根本就不会说"死你妈三"的乘客,个个都十分地恐怖和亢奋,都像是腰上拴有集束的炸弹,而且还想拉就拉!他们积攒了几千年的那一大股火气,不撒则已,一旦撒了,而且你成了目标,那可绝不是非同和小可的啊!

上个月从单位把那桶"鲁花牌"大豆油拉扯着回家以后,我真是大舒了一口长气,那口气,今天还有半口没泄完!那天我都快下车了,在放下身子提地上的油桶的时候,我本能地,把臀部,向后顶了一下,你想啊,人腰弯下时,谁的屁股不朝后撅一撅啊?我又不是蛇!再说,蛇的屁股焉在!没想到我仅那么轻微一顶,由于车上人屁股挨着人屁股的,就顶到一个老兄的另一个极端"刻薄的"屁股上了!他那个屁股,不但没有一点"死你妈三"的表示,相反,还"嘭"地一个猛子,就势顶了回来!

你想当时要是我的屁股,该怎地反应和反抗那厮的黑灯瞎火里想与我决斗的屁股呢?

答案在下一回找。

评论:

齐先生追根索源,纵横驰骋,旁敲侧击,旁引博证,抛砖引玉,耐人寻味!博学、博闻、博识,越写越自如,越写越潇洒!期待下一篇!

编辑部的新故事

好像有"二月二，龙抬头"的俗语，不过，那是指农历的。

我昨天又去了阔别已久的某出版社编辑部，在那里，我出过第一本据晓渡（那本书的责编）说让他赔了两万块钱的书——《妈妈的舌头》，晓渡是昨天才把那个噩耗告诉我的，在那之前，我一直以为，是我赔了许多的钱。我每出一本书，知情的老母就喜欢若无其事地顺带问："这本书赔的，比上一本多了多少？"

昨天，我本来是想让晓渡出那本《我爱北京公交车》的书，因而再次登门拜访，可没想一到编辑部，就见着了几乎是所有的编辑们都极端痛苦的表情，因为按照社里的最新统计结果，他们的绝大多数人，都在二〇〇六年里，为出版社带来了惊人的负利润。"怎么还出了负利润？"我问晓渡。晓渡说具体情况是这样的：发行部没向编辑打招呼，就把大批的书，按3折给卖了，后来，又由于书没卖出去，就让书商按六折给退回来了。这样，书卖一本，编辑的名下，就要赔上三折，赔着赔着，自然出现了负利润。

我和我的稿子在这个时候出现，显然，没有给出版社的这个时候，带来什么转折和惊喜。当我把那白花花的《我爱北京公交车》的书稿交给张编辑时，她呢，就像刚接下了一个手雷。由于晓渡怕赔，就不再编书了，把书转让给了她。她，我也认识快十年了，既是著名作家又是名编，倪萍的《日子》和赵忠祥的《月子》，统统是她做的责编。再有，就是连已经卖了十几万册的《生死疲劳》，按此算法也是"莫言的"。这使得我，也跟着她那极不稳定的情绪，糊涂了起来。

由于是老朋友了，张编辑开始说心情不好，不不不不不不⋯⋯不想看你老齐写的破书，后来被我哄了一会儿，她就低头看了起来，她的第一个反应，就是要把我书的名字《我爱北京公交车》给改了，因为那种名字太土；她的第二个反应是："你的书，写这类题材的，不删则已，一删，就得删掉三分之二⋯⋯嗨，他们凭什么让我赔啊！"她的"赔"的情绪，看着看着，就又开始飘浮了。于是，她就说我写的节奏太慢，说里面的英文单词影响读者阅读，其实就有零星的那么几个，"还有⋯⋯"她在看完两百多页书的第五页之后，说："你为什么写这些跟公交车没什么关系的地铁和飞机以及轮椅什么的，要写公交车，就干脆写个彻底和明白，你应该去买一张北京最新的交通图，把北京的所有公交车都坐一遍，然后，记住所有的车站的名字⋯⋯啊，他们！凭什么说我没有正的利润？？？"

我十分有耐心地说："老姐姐，好像把每一趟公交车都按地图给坐一遍并记住所有车站的名字，是北京市交通局该干的事，我这个好歹还从事着人民教师职业的人，恐怕要在退休以后，再细细和慢慢地坐了。"

后来张编辑就带着依然极其不稳定的情绪下班了，我没等晓渡回来，也留下书稿走了。在路上，我打电话给晓渡，问他能不能帮我再找一个每天坐公交车或其他公共交通工具上班的人，编我的这本书。

晓渡在电话的那一头，笑了。

中午在晓渡他们的那个饭桌上，遇到了一个诗人——杨炼，唐晓渡本人就是中国最著名的诗歌评论家之一，所以每次到他们的席上去时，我都会遇到一些奇人。我在和他们聊天的时候，抽空问晓渡："前些日子脱得精光的那个诗人,是不是也是你们的同伙?"他说:"不是,那人是一个行为艺术家,而我们是搞诗的。"关于杨炼,我回家一查,才知道他可是个代表性的诗人,而且名声蛮大的,他的特色是"寻根",寻中国人的文化的根。一次我问大家电视剧《贞观长歌》里的那些个"胡人"们,现在都到哪里去了,杨诗人说:"你我身上,现在就都有胡人的血啊!"我的血我不太清楚,杨诗人倒真像!他一头披肩长发,50多岁的人了,清纯得还像个男孩。我想古代的诗人,可能就是他这个样子,不,又可能不完全像。因为古代没人靠写一些不长不短的句子养家糊口的,而且那样的糊口方法,也一定是要赔的。

我每次与那些个诗人和职业文人在一起的时候,都像是和一群总也长不大的孩子们在玩着,而且他们极为任性,你一不留神,他们就想往河里跳。由于怕承担责任,所以,我总站得离他们远一点儿。

因为我也怕赔。

评论:

等你哪天取经回来,修成了正果,有了钱,想出啥书就出啥书,想什么时候出就什么时候出,想出多少本就出多少本,谁的脸色也不看,赔了,就当作精神领域的慈善事业,那才叫爽呢!

先写吧,等待时机,山不转,水转,不鸣则已,一鸣惊人!

相信你的书会很好看,先独自享受著作等身也不错!

中国股市的熊市与 W 教授的胡言

从昨天中午到现在，我家一直没有网络信号，因为没按时缴费，因此后果很严重，齐叔我也很生气。这不过就是经济规律，什么叫"经济规律"？对此本人体会比一般人都深刻，因为毕竟本人的本职工作，二十几年都没有变化过，一直都是商业经济。前几天一个同学在我的博客上留言，说："齐老师，按照你去年十一月在商务课上面的煽动，你说股市会上升到两千五甚至三千点，我真去买了而且还真的赚了，我真后悔卖少了。"然后，那位同学还说，"谢谢你的感觉。"

如果那位同学昨天看了股市的最新动向的话，准会说齐老师的感觉怎么没预测到昨天股市的狂跌？在此，我可以告诉你别担心你的股票会跌光了，但也要小心翼翼，让你的股市上的投资别超过你不能承受的比例，同时，你再看一些心理学方面的书——这是句玩笑话，总之，愿你在股市上，一路走红走好！

那位同学所说的"感觉"，其实我在六七年以前就有了。那是在二〇〇〇年，那年中国的股市开始大踏步下跌，下跌的原因不止一个，但与某人的大出风头直接相关。那人就是 W 教授。关于他那年怎么说中国的股市是个乱摊子，是个黑洞，是个马蜂窝一类的话，你可以查一查历史资料，但有一点你可能还记得，正因为 W 教授讲的那些个"真话"，中国的股市一路狂泻，进入了四五年之久的大熊市，一直到二〇〇六年的夏季。我博客上从前有一篇文章，是写我在梅地亚中心的邻居老李的，他就是一个股市上的不大不小的玩家。记得在 W 教授在媒体上把股市说得一天一个蹦极的那些日子里，我与老李也在办公楼里对那些胡言乱语，一起义愤填膺。但我们无能为力，我们没有话语权，我本人，也只有眼巴巴地看着老李的那些个股，贬得稀里哗啦。

因为我其实，根本就不买股票。

无疑，W 教授说的是实话：中国的股市极不规范，上市公司的欺诈极为普遍，监控不到位……那些都是事实，不仅那时是事实，就连在今天，在全国股市一片红的日子，教授说的那些个中国特色的股市的毛病，我估计，也没有彻底消除。中国的股市，是生下来虽不能说是百病，却可说几种病缠身的先天不足儿，因为我们是半路出家的孩子，是从娘肚子里钻出来就小儿麻痹的瘸子。你如果是个真正搞经济的，如果你是个真正想让这个孩子长大成为一个负责任的成人的，你就不会像 W 教授那样，在大街上一见到人，别管是国人还是老外，别管是在国内还是国际，都指着那个瘸孩子的头，像豆腐西施似的大喊："瞧啊，他他他他……是个瘸子！"再加上："我猜，这孩子压根儿就长不大，即使长大了，也会得癌！"

更可恨的是那么说完了之后，W 教授还紧跟着澄清："这孩子不是我的，我在他身上一个子儿都没花，至于你们往他身上投不投钱，你们，就自己看着办吧！不过，我可没说不让你们投钱啊，我只是说，这孩子即使长大了也是个废物……"

W 教授因为"直言"而一夜成就大名了，可倒霉了中国的股市和股民，中国的股市由此缩水了 70%，企业没了投资，工人没了工作，投资人没了幻想，为了给国民经济注入活力，政府一边需举债发国库券，一边眼巴巴地看着民间的巨额储蓄利用不上，资金被大量闲置和浪费……

结果是中国的股市和国民总体经济的发展远不成比例，前者占世界经济的 5%，后者仅占 1%。

W 教授二〇〇〇年的那一通"真话"和由此带来的股市的负面效用，从根本上说，是传统人文扭曲理念在经济活动中的一场"恶搞"，是 W 教授的一次极为自私的"文侠"秀。中国自古就有被曹雪芹借贾宝玉之口痛骂过的"武死战，文死谏"的传统，而这种传统之所以有市场，是因为皇帝的专制和有老打别人的项上人头主意的恶习。那些死活都要在朝廷上说一把"真话"的人，其实是在跟爱让人人头搬家的皇帝们，玩着荒唐的以脑袋为代价的双簧游戏。大臣们明知皇帝会取下他们的脑袋——如果他们说了什么"真话"的话，有人还偏爱说，因为一说出来，脑袋一搬家，就可以在所谓的"青史"上留一个"到此一游"的记号。掉下来的是临时的脑袋，留上去的是永久的名字，只不过，那脑袋一掉，就不是那个想留名者一个人的了，而是一群人的一家子人的一族人的，直至九族十族人的。因此，那些个"文死谏"的文人，如果他们明知他们的直言根本就不可能对暴君起什么作用还那么说，而且说的目的就是想在历史上留下用两个或者三个汉字组合起来的"英名"的话，在我看来，他们骨子里，都是些极其自私的人，都是中国这种极其扭曲的封建体制中的变态分子。用戏剧一点的话说，就是那些想当英烈的大臣们，把他们那些用作成名工具的头，递到皇帝的面前，说："我这头，你要是不敢拿走的话，你就是个窝囊废！"你要是一个皇帝，无论如何地不中用，碰到那种脑袋，不拿，也是白不拿的。所以像这样砍头的和被砍头的，要我说，都不是什么好东西，都是在给别人演戏。

W 教授不负责任地像大夫一看化验结果，就对着患者和全楼道的所有有关系的和没关系的看热闹的人都说："他得了不治之症喽，他得了不治之症喽！啊！他—得—了—不—治—之—症喽！"并一再向所有的人澄清"我说的可是真话"和"我在股市上可没投过一块钱啊"由此证明自己仗义执言的无私性和一心为公,其实,是继承和延续着中国古代文人想通过直言而成就自己名声的变态的私欲,玩的是逻辑障眼法。难道某教授没在股市上投一块钱,就能证明他对股市"讲真话"没有一点儿的私心吗?非也,他的真正私心可比小股民的要大得多了!他用了千万个股民们的股本和整个中国的融资国际信心为代价豪赌出来的,是他自己的"敢直言"的名声,因此,他是有私下目的和有极大的私心的,而且比起那些在历史上被真的砍了头的文臣们,还要无本而万利,因为在二十一世纪的中国,无论你说什么,脑袋毕竟还是有保障的,何况,他自己当了个"讲真话"的英雄,舍掉的,不是自己的脑袋,而是别人的孩子,是老百姓的血本,是中国企业的口粮,是长达几年之久的股市发展的契机,还有房价的高涨。股市的兴衰跟房价有何干系?干系大了,你想想中国有那么多的民间储蓄,银行的存款利息又那么低,有些人就想投资追求更高的回报,朝哪里投?主要和最大的渠道无非是金融和不动产,金融渠道里面最大的就是股市,从二〇〇〇直至二〇〇六年中国的股市被W教授等这样的人给唱衰之后,仅剩下的投资保值产品就只有房屋了,有那么多的资金进去,有那么高的需求,房价能不突飞猛涨吗?从这层意思上看,二〇〇七年股市的回升以及对大量民间资金的吸收倒真是长期稳定房价的一个因素。这样分析来分析去,我们就终于明白了,像教授这样的言论的确是该被讨伐的。

正像有部电影叫 *English Patient*(《英国病人》)那样,股市这种东西,打诞生的那一天起,本来就具备赌博的"病态"的性质。虽然按道理股值是要反映融资企业的真实业绩的,但业绩之外的就是信心和投资者的参与豪情。既然是一种有赌博性质的游戏,培养和培育参与者的信心就起着非常关键的作用,用白话说就是只有心想,才能事成。只要全中国的人和全世界的人都对中国的股市有信心，都积极购买，那么必然会给企业注入资金的血液，企业无论怎么地不规范和先天不足，也比根本没有融资渠道和断粮断炊要强。所以，对中国的股市，一定要像会说"善意的谎言"的有医德的医生那样，既知道病情，又不告诉病人，同时积极治救，而绝非像 W 教授那样，指着患者的鼻子大叫："他有病，他有病，他马上就死了，他还传染别人，都离他远点！"

不过，哪一天，只要你再看到报纸上有一个人，像 W 教授那样，见了便宜就通吃或为了自己出名而不择任何手段的人，单独在那里出风头的话，别管他是唱衰还是唱繁荣，我劝你立即把股票卖掉，因为那就准是另外一个大熊市的开始！

你看我这个同样是一块钱股票也没买过的人，说的还有那么一点道理吧，其实如果在二〇〇六年十一月听我的课时才买股票，就已经吃了大亏了，因为我在二〇〇六年第一学期，大概是四五月份，在股价还在 1000 点上下没什么起色的时候，就对那一批听我的课的同学们鼓吹，说他们如果要想发财，下课就该马上去买股票，因为股市下半年会大涨。只可惜那拨学生们都还是未成人，除了缴学费，他们都没闲钱买股票。

那是多么地遗憾和可惜！

评论：

真言是否该直言，这是一个值得探讨的问题！若在不该言时言了，则有可能是胡言乱语；若在该言时不言，则有可能是圆滑自私。从把握说真言的火候和方式方法上，可昭示一个人的心地和修养！

人生有限，不是所有的事情都适合自己，尝试以后，选择最适合自己，又最喜欢的事情尽力做好就行！

小议讽刺与挖苦

在读昨天博友的"留言"时，看到有个小朋友说的"又是讽刺"的评论后，我先大笑不止，然后悲从中来，为何？因为下午我的老伴刚刚在我指着电视屏幕上的某主持人冷嘲热讽得得意忘形时，也说了一句类似的话："他爹，你这个人怎么见谁批评谁，遇到什么批判什么，看什么都讽刺挖苦呢？"

好像是有那么回事。我马上又回忆起来了，就是我写什么样的文章都能凑合，就是不能写赞扬什么的文章，因为本来好好的东西，经我那么一赞扬，无论我在赞扬的时候有多么认真和虔诚，写出来以后，别人一看，就不知为什么，都不再是东西了，都好似在旁敲侧击地讽刺和挖苦。这使本人非常苦恼，比如，我所在的那个学院经常举行一些必须搞的活动，搞完之后必须给学校的新闻机构投递自我宣传的稿件，有几次我被领导指定写那类的稿件，写完之后，一公布，就有人议论："那个号称什么'作家'的小子，怎的，把你们的学院糟蹋成了那个样子？！！"

又比如，我二〇〇六、二〇〇七年两次被人指定成了"就是他！"的证婚人，在众目睽睽之下进行有效婚姻的证明的时候，我也坚决地坚持使用被人写好的稿子而打死都不自己写，同时，在念稿子的时候，我还时时提醒自己绝不能即兴地发挥，因为一旦我按自己的传统风格——擅长讽刺挖苦，在人家大喜的日子里，用"月下老人"的身份，想什么说什么的话，那准会特别地不合时宜，严重的，还会被新郎新娘的亲友团给当场取消证婚资格！

  我发誓从今天起，用这篇文字郑重宣布：我一定要改掉看什么都不顺眼和嗜好冷嘲热讽的老毛病。你别说，在决心下定以后的——这个瞬间，我猛地就发觉，这个世界是这么的灿烂和辉煌啊！我刚一打开电视，马上就看到主持人那张红润、慈祥、正派、亲切、安详，就像正在熟睡的脸庞。他正在一片片的青松翠柏以及鲜花的环抱下，那么平静地主持着每一个悄然无声的节目……

再议讽刺挖苦还有拍马屁

下午坐在漫长的743路公交车上，车内异常挤——都是公交车新政策给弄的，在我好不容易把一个座位给坐死以后，前面有一个打呼噜的，后面有一个打喷嚏的。被夹在他们中间的我，真想一脑袋，把我那多余的头给埋到车轮子底下——在它等红绿灯时，从而使后面那个看不见的女人的稀里哗啦的喷嚏，直接，打到前面的那个看得见的男人的呼噜响的战鼓似的头上去，替我把他喷醒！

在车子怎么都走不动的那一个小时里，我有些个悲哀，我悲哀地看着743下面的那些个被自驾着却老也不动的小汽车。我悔恨我都快人到半百了，怎么还不会溜须拍马；我反省为什么活了一辈子了，就只会讽刺挖苦。你看人家小车里的人，有几个是擅长讽刺挖苦的？！我越挖——人家越苦，我越讽——人家的刺就越多，而且竟然还含带了骨刺。管过俺的领导们，之所以大多有骨质增生，可能就是管俺齐天大管的。

"马屁"一词被用在马上，的确是对马的亵渎。马喜欢被拍吗？绝不，你一拍，人家就得干活！不过与其拍人，还不如去拍真的马要来得轻松。因何？人屁有异味也！真的马放的屁——我虽然未曾有闻，我猜若闻，可能跟氧气一样：因为马是吃素的嘛。

难能可贵的大白马的屁股啊——何时俺能拍上你？！

评论：

勇于自我反省，是君子风范呀！

歌颂、赞扬者看到的只是事物美好的一面，而忽视了不和谐不太美好的一面；而讽刺、指责者冷静地看到了扭曲的、不和谐的一面，而忽视了美好、和谐的一面。事物都有两面性，每个人反映生活的角度不尽相同，感悟生活的方式也不尽相同。

社会需要热情的歌唱家，但也需要严肃、冷峻的讽刺幽默家，按自己喜欢的方式思考、表现、展示自我，不需要为了别人的喜好改变自己。

但若和孩子相处还是需要阳光一些，还是需要把语言的芒刺稍微地收藏一些，因为他们毕竟未成年，还缺少辨别是非的能力，很容易受到负面的影响，过早过多感受社会不和谐的一面，不太利于身心的健康发展。

《西游记》里那个真真假假的动物世界

有人在人类社会里混出小问题来了，就缩回到动物世界那边去避风；而有的呢，像吴承恩，在人世间没活出什么滋味，就创造出来一个美妙的任动物们戏耍的天堂，我指的，就是那本旷世奇书《西游记》。

近来我对《西游记》情深意切了起来。现今人人都是情种，都对《红楼梦》品头论足，都借助一部古人的孤愤之作大抒特抒小资的情调，相比较，《西游记》却大受冷落。你到书店一看，就知道同样是一本名著，曹雪芹的《红楼梦》前人山人海，"孙大圣家的"《西游记》前却人烟冷清。

对此，本人这个盗"齐天大"猴名的人，怎可无动于衷呢？

我近日购得了一部明人"李卓吾"批的《西游记》，可真正批书的人，却不是李贽，他名叫"叶昼"，又自称"梁无知"。他把他本名换成了李卓吾，是因为李氏的名气极大。巧了，前些日子本人的博客，也杀来了一个号称"赵忠祥"的朋友。无知者无罪也！

我以为，为了俺齐天大的假名：《西游记》在三百年后的价值，一定会超过《红楼梦》。究其原因，《红楼梦》讲的是人间的情爱故事，《西游记》说的是人与其他动物以及宇宙的关系，前者只要人类不灭，就会生生不息和绵延不绝，可人类其他"本是同根生"的动物朋友们，别管它们是猴子，是蜈蚣，是狐狸，是老鼠，是可用来换太子的狸猫……都在逐渐一个物种接一个物种地与大自然诀别，都——不再愿意当我们人类的朋友。没有它们的辅佐，我们有一千条一万条恒心，我们有亿万个想去西天的和尚，可又能取来什么真经？

何况真经焉在？

《西游记》之后，中华再无绝妙的神话。没有神话了，国人眼前的，就是一个再务实不过的世界。你想，天上没有玉皇大帝没有王母娘娘和妖怪了，地上没有猴王，没有白骨精和赤脚大仙了，我们什么都不再信也都不怕了，我们失去对宇宙对玉兔牛郎织女的神秘幻想，那么，我们相信害怕和幻想的，就只有人类自己，就只剩用电子手段吹打出来的那些个本来并不比你我多长一根毛发的媒体上的名人们。他们身上的神秘感，不仅来自媒体不厌其烦的炒作，更因为我们对什么人类之外的神圣都不再怀抱信念。《西游记》里那么多那么美的天神和动物的故事，已经远离了我们，我们不再流传和相信它们的存在，而引起我们幻想和神往的就只剩下了怎么也治不了的"抑郁"和明星们的越传越没什么新意的绯闻。

因此，从今天起，俺假大圣要再次奋起金箍棒，把人间的抑郁和绯闻全部砸碎！

评论：

读这几篇文章，已觉你具备了深邃、诙谐、热闹、恬淡、闲雅的文字风格，读来如品茶。祝贺了！

悟空与八戒讨论做人哲学

刚看《西游记》，就有了心得。在第八十二回"姹女求阳　元神护道"里，有一段悟空和八戒的对白十分好看。故事情节是这样的：八戒看见两个女妖在村口打井，上去就"妖怪，妖怪"地叫她们，结果被两个妖精把猪头打肿了。他回去向悟空汇报，悟空就问："你叫他做甚么的？"八戒道："我叫他做妖怪。"行者笑道："打得还少。"并说明了道理："'温柔天下去得，刚强寸步难移。'他们是此地之怪，我们是远来之僧，你一身都是手，也要略温存。你就去叫他做妖怪，他不打你，打我？人将礼乐为先。"悟空说了这些后八戒还没听明白，道："一发不晓得（我越听越糊涂）！"于是，悟空就接着开导八戒："你自幼在山中吃人，你晓得有两样木么？……一样是杨木，一样是檀木。杨木性格甚软，巧匠取来，或雕圣象，或刻如来，妆金立纷，嵌玉装花，万人烧香礼拜，受了多少无量之福。那檀木性格刚硬，油房里取了去做柞撒，使铁箍箍了头，又使铁锤往下打，只因刚强，所以受此苦楚。"八戒听了悟空这一席话后茅塞顿开："哥啊，你这好话儿，早与我说说，却不受他打了。"

大圣话中的第一层意思是，即使你知道有人不是人，是妖怪，你也不能当面管人"妖怪"长、"妖怪"短地直接称呼。这一点，本人我一般是能做到的，我比八戒略强，但没能强到哪儿去：我对"妖怪"边上的人说："看清楚了吗，她是个妖怪！"

悟空的第二个意思是,如果你身在异乡,或在一个陌生的环境里,做一个外来僧时,无论你本事再大,你也要"略温存"一些,因为"温柔天下去得,刚强寸步难移"。人要是选择在故乡之外的地方居住和工作的话,就一定要把自己的尾巴牢牢地夹紧,将锋芒死死地藏住。本人在他乡当异客有十多年,当然知道在别人的房檐下要低头做人的道理。终于有一天,我再也不愿意假装"温存"了,就携了老婆孩儿一个筋斗,又翻回了北京。可不知怎的,北京又变成了"他乡"。我在这个"他乡"里已经没有了多少"故知",因为"北京人在纽约"了。所以每天我出门前都要反复提醒自己:"刚强寸步难移,你(我)是个远来之僧。"

悟空最后一个杨木和檀木的比喻,可就太妙了。你发现了吗?你上面只要有管你的人,别管他们是老板,还是经理,别管他们是本土的还是外来的,一般有一条这样的规律:头号领导是檀木——极硬,二号三号四号五号领导是杨木——贼软。当然也有头号领导是杨木,二号三号四号领导是檀木的。眼下电视上播放的《贞观长歌》里的大太子,就是杨木性格,就优柔寡断,他的几个弟弟却都是檀木性格,一个个虎视眈眈。那样这个王朝运行起来就有问题了。我想起来一个比喻,可能不太恰当:一般车胎是软的,有弹性的;车轴是硬的,怎么转都不弯的。无论生活在纽约还是在北京,你如果是块杨木,你就有可能像悟空说的那样,被雕刻成菩萨,受万人的跪拜,因为你软啊,木匠喜欢用刀刻你,他怎么刻你都行;相反,要是你是根檀木的话,你的生存范围可就狭小了:你要不就硬得钢铁似的,冲锋陷阵打一番天下,做一回李世民,但你千万别又硬又没当成皇帝,那你的厄运可就来了——你会被"油房"拎了去,被带上铁箍,被敲着铁锤;你天天在油锅里被人煎熬着,你永世不得翻身和改变身份——因为你太硬怎么炸都不变形啊!谁让你是根又臭又硬又不温柔的——檀木?你不仅仅是块檀木,你还身处异地,你还不知道东西和南北，那你不倒霉，谁还替你倒霉不成？

嗨……

评论：

太精彩了！完全具备了你所追求的深邃、诙谐、热闹、恬淡、闲雅的文字风格！真有于无声处听惊雷之感！

由此，想到了鲁迅的杂文《立论》，先生回忆上学堂时，向老师请教立论时老师讲的故事：有一家生了男孩，满月时，想讨好兆头，抱给客人看，说要发财、做官的受感谢和恭维，说孩子将来要死的，遭痛打。学生问："我愿意既不谎人，也不遭打。那么，老师，我得怎么说呢？"老师这样回答："那么，你得说：'啊呀！这孩子呵！你瞧！那么——阿育！哈哈！hehe！he，hehehe！'"鲁迅借老师之口，巧妙回答了立论的问题！

我想立论问题即如何面对现实表达自己观点、看法的问题。吴承恩借悟空、八戒之口表达反映自己对现实生活中如何立论的思考。看来一个要用文字表达思想的人是要先有思想并选择表达思想的方式方法的。你已做出了选择，你用文学的笔法，以漫画的幽默反映现实，描绘众生相。现在读你的文字已觉得每句话都弥漫着这种味道了！

回复：

没错！吴承恩与曹雪芹一样，也是个终身四处碰壁的大才子，他写《西游记》的用意也是借妖魔鬼怪的荒诞，追求明朝乱世中的自由，所以《西游记》不是一部简单的书。我会慢慢道来。

评论：

用心看出皮毛里面的天地，这就是你的功劳了！

期待分享你的研究成果！

看八戒比悟空还幽默

在杨木和檀木的道理弄明白以后，悟空又开始教八戒怎么拍马屁，怎么溜须妖精了，他让八戒再去找她们，而且要这么去："你变了去，到他跟前，行个礼儿，看他多大年纪，若与我们差不多，叫他声姑娘；若比我们老些儿，叫他声奶奶。"八戒笑道："可是蹭蹬，这般许远的田地，认得是甚么亲。"行者道："不是认亲，而是套他的话哩……"

"礼儿"和"老些儿"，都是带儿音的。吴承恩是江苏淮安人氏，在《西游记》中也时常用带"儿"的京腔写人物对话，十分有趣。

把陌生人无端地抬高辈分称呼，是中国人的人称特色，可能就起源于孙猴子。二十世纪八十年代初我第一次去天津时，听见满街上的男子都管女人叫"大姐"，还带着天津话特有的鲜鱼味道，就被恶心了一下子。前几年开始北京也流行起在你想求的人的姓氏前加"姐"和"哥"相称了。我两星期前想帮朋友讨回点儿他本不该缴纳的物业费时，也用了一下这招儿：我打听到管物业的公司里有个姓"李"的女士后，一进门就高喊："李姐啊，你在哪儿？"等"李姐"好容易走出来后，我一看，才十多岁。按悟空的法子，我下次管看上去小的，叫"李姑娘"，只要她约莫着比我大——四十以上的，见了就叫声"李奶奶"吧，反正"奶奶"……也不是亲奶奶！正如，月亮它并不是那个月亮，星星，也并不是那个星星……(《篱笆、女人和狗》)

于是八戒就按悟空的法子，摇身一变，变做个黑胖和尚（令人羡慕），摇摇摆摆（猪的舞步）走近怪前，深深（十分低调）唱个大喏道："奶奶（呵呵！），贫僧稽首了。"那两个喜道（有用吧！）："这个和尚却好，会唱个喏儿（儿音），又会称道一声儿。"（嘴甜的功效！）问道："长老（你甜她也甜），那里来的？"八戒道："那里来的。（呵呵！）"又问："那里去的？"又道："那里去的。（呵呵呵！）"又问："你叫作甚么名字？"又答道："我叫作甚么名字。（呵……）"那怪笑道："这和尚好便好，只是没来历，会说顺口话儿。"

八戒不仅按师兄说的，见了女妖就叫"奶奶"，由此得到了女妖们的良好的第一印象，还在悟空的马屁法子上自我发挥起来——他一个字不动地说起了"顺口话儿"：妖精不是喜欢听俺顺着她们说的话吗？俺索性就来一个顺到底，你说什么我说什么，假如你喜欢，以后我连主语和人称都能100%地跟着你说，俺不多着一字，俺恰恰超级幽默外加风趣风流！老猪的这一招儿用到现代，就好比在你去外企应聘时，洋经理用Eeglish发问："What's your name？（你叫什么名字？）"你为了100%顺着他说，就回答道："What's your name？（你叫什么名字？）"洋经理听了，心说是我不知姓什么还是你不知姓什么？接着，洋经理索性用刚学会的中文问你："你喜欢什么样的工作？"你一听就懂了，毫不犹豫地回答："你——喜欢什么样的工作？"

评论：

看出学问来了！

按此逻辑顺下来，岂不荒唐可笑？岂不本末倒置？岂不让人如坠万里云雾？

你总能在给人带来笑声的同时，引起人的一些思考！

这顺的思路正是不痛不痒,不清不楚,不云不雾,不仁不义,不善不恶,不人不妖,不是滑头、家奴、应声虫,又是什么?

若都是如此,那人活着岂不是太郁闷、太无自我,人与人的隔膜岂不是太大太深了?

你好,我好,他好,大家都好,为功利而唱赞歌,是一种媚俗吧,但现实中世人媚得不亦乐乎!

生活中不会,所以就……

好神奇的《西游记》言语

《西游记》第八十一回，我随手抄了几句，也莫问仔细：

（一）八戒道："哥呵，师父既是轻慢佛法，贬回东土，在是非海内，口舌场中，托化人身，发愿往西天去拜佛求经……"天大按：三藏曾回到人的世界，怎样的世界？"是非"如海，"口舌"——闲言碎语和冷言冷语如世界最大的广场的——世界也！但人世，不也正是如此，才如此这般的热闹？东坡云："高处不胜寒！"琼楼玉宇中虽没世界这多的闲言，可什么动静也没有呀！

（二）众僧道："古人道的好，莫信直中直，须防仁不仁。"齐天大按：这句古人的话怎么今天没人再提了？"直"虽好，可"直中直"——那最直的，就不见得好，莫如八戒见了年长的就赶紧大呼一嗓子——"奶奶！"但凡叫错又何妨？又岂在乎"同志"不"同志"的？

"仁不仁"极端的可怕和阴险，它同"人不人"谐音。无须多说，这种人大家天天都见，老相识了。

（三）那众僧道："……诸檀越来呵，老的、小的、长的、矮的、胖的、瘦的，一个个敲木鱼，击金磬，挨挨拶拶，两卷《法华经》，一策《梁王忏》；诸檀越不来呵，新的、旧的、生的、熟的、村的、俏的，一个个合着掌，瞑着目……"

齐天大按：大段大段的排比，隔着数行的对仗……此等笔法如行云像流水。《西游记》前半部的笔法好像没敢像后半部这么"撒野",可能是写顺了写开了,写得肆无忌惮了。《西游记》是吴承恩的遗稿——据我目前所知,他是否不敢将此书在世时公诸于世,获得一打子的稿费?是否确有见不得人之隐痛?见不得的是何人?好人乎,坏人乎,阉人乎?他死于万历年间,是个阉人总数量非常大的峥嵘岁月,在那世道,借猴子和老母猪之口,说一些个矮话、胖话和村话、俏话——也该人先死后志可已了!

"挨挨拶拶"这个词汇后来被日本人借了去,成了每日口中不可缺少又不可多得的"寒暄"话的统称,比如"请多多多多多……关照"之类的。你说了,他可能不关照你;你不说,他是万万不会不关照你的,不过,用的不是你希望的关照法子。

嘻……

(四)第八十一回里的俏话,简直是俯拾皆是:如"怒从心上起,恶向胆边生""睁着一双不白不黑的金眼睛"——像不像你们领导的眼睛?又如:"俗语道:'公子登筵,不醉便饱;壮士临阵,不死即伤。'"

再看这边:"徒弟,常言说的好,遇方便时行方便,得饶人处且饶人;操心怎似存心好,争气何如忍气高。"前一句是给管人的人听的,后一句是给被管的人听的。在管你的人死活都不行方便不饶人的时候,你就别再操什么心争什么气了,因为那根本没用,人家唐僧一千年前都整明白了的如此浅显的道理,你咋就还没整明白呢?

你还不如像"那怪"般行事,"那怪"根本不在乎什么道理不道理的,就"把行者使了个绊子腿,跌倒在地,口里'心肝哥哥'的乱叫,将手就去捞他的臊根"。

"那怪"无疑在及时行乐,是个现实主义者。

(五)接下来好看的文字,还有"单丝不线,孤掌难鸣。兄啊,……

宁学管鲍分金，休仿孙庞斗智"。齐天大按：有些成语流传至今只剩下一半了，不信，你用"拼音加加"能敲出"孤掌难鸣"的连字，可敲不出"单丝不线"（我试过的，显示出来的是"单……四不像"。哪儿去了？让明朝以后的清朝人和民国人给传丢了！你细看《西游记》，会发现许多对仗句的后半个，我们还挂在嘴边，像"得饶人处且饶人"，可"遇方便时行方便"，就消失了。《西游记》早于《红楼梦》，《红楼梦》里似乎没有那么多先人箴言的"遗骸"。

我们一朝朝一代代的，都是空竹子做的"话篓"。

（六）最令人瞠目的，是八十二回里那两个被八戒叫了"奶奶"的妖精们从井里打的水——是用于煮唐僧肉的，打的什么水？"阴阳交媾的好水"也！《红楼梦》中妙玉的那几坛采自梅花蕊上的白雪、再埋到地下几年的已经是琼浆玉液的水已经使我们醒目了，此处喷出来了一井男欢女爱的"好水"（"坏水"？），令我们不得不敬佩吴承恩翻千古山跨万古岭的想象！"阴阳交媾"之水，乃万物生生不息之源泉，如印度恒河的涓涓，如喜玛拉雅的细流。

看来《西游记》游出的，又是一条爱河。

评论：

你已游进了深水区！再去龙宫找个金箍棒来就更厉害了！佩服！佩服！佩服！这一回由表及里，又里到表！把内容与表现内容的形式都作为研究对象了！你已走进了吴承恩的世界，在用自己独特的方式挖掘这一历史文化遗产所蕴含的深意，祝你收获更多！

李世民怕鬼

我每天晚上都看中央一套的《贞观长歌》。一写下"中央一套"几个字,就不自觉地想起来前一阵子有个卖保险套的公司同中央台抢"中央一套"网址的事情,那在报上被炒得沸沸扬扬的,我想,那件事,可能就是昨天"那怪"(想娶悟空的)干的。

不要忘了,妖怪可是不会死的。都知道有"海枯石烂"一说,在海真的枯石真的烂的那个将来,我认为,有那么几种东西可能还在,一可能是"爱情"——这是人所希望的;二就是"妖精"——这是人所不希望的;三呢,就是"鬼"了。鬼是本文章的主题,因为我昨天翻到《西游记》的第九回,说的就是鬼的故事,是说有个人怕鬼,谁?大唐天子李世民。你不信找来那段故事一看。那一回叫作"袁守诚妙算无私曲 老龙王拙计犯天条"。而里面呢,先说来说去说完别的情节以后,就说起唐太宗在夜里"苏醒回来,只叫'有鬼,有鬼'""皇上脉气不正,虚而又数,狂言见鬼……"这些与鬼有关的事了。

故事的梗概是这样的:海里的老龙王干了一件他不该干的事,被玉帝按犯天条的罪判杀头,龙王吓坏了,托梦让李世民救他,李世民怎么能救龙王?因为执行龙王死刑的是魏征,魏征是臣子,当然要听皇帝的。魏征虽然表面答应了,却在与李世民下棋时假装下累了,世民让他睡一小觉,他在睡小觉时谎称做了一个梦,在梦里——把老龙王还是给杀了。

魏征到底是个铁面无私的人，连龙王都毫不留情。老龙王没头了，就来找李世民讨说法，他在世民睡觉的时候，"手提着一颗血淋淋的首级，高叫：'唐太宗，还我命来，还我命来！你出来，你出来！……'"

因此，李世民就见鬼了，就怕鬼了，就让人在卧室外站岗拦鬼，鬼没拦住，太宗还是被吓死了，他到阴曹地府，见到了被他杀死的哥哥和弟弟，哥哥和弟弟们高兴地说："世民来了，世民来了。"

我于是怀念起鬼来了，就跟贾平凹怀念狼似的。你不觉得吗，我们已经进入了一个连鬼都活也见不着死更见不着的时代。小时候家在河北农村时，有的地方夜里有鬼火（磷火），浅蓝色的煤气在荒野中腾腾烧的样子，据说就是传说中的鬼，所以小孩子单独不敢走那段夜路。后来还有《孤坟鬼影》之类的小说和电影可看，再后来那些个"孤坟"，就变成公司里的"股份"，人们就不再信什么鬼了。皇帝怕谁？怕鬼，你看那《西游记》第九回里的十八层地狱，里面有多么地丰富多彩。没有了对地狱里"寒风滚滚，血浪滔滔，号泣之声不绝"的"奈何桥"的那类想象，我们的现实生活又是多么地露骨和直白？中国人相信来世和轮回，有对来世和轮回以及善有善报恶有恶报还有20年后又是一条好汉！——的信念。但如今，我们对鬼的延续了千年的恐怖期望甚至热爱，已经消失殆尽。没白蛇了，没小青了，没断桥了，没怨死鬼屈死鬼和大鬼小鬼了——我们自己给自己剩下的，就是这短命的不到100年。没鬼可信可怕的人类自己，已成了可怕和不可信的——唯一对象。我们把鬼赶光了之后，我们这些——活人，就取代了鬼的位置，我们都成了鬼的替补。这就难怪，员工见了老板——也好似见鬼。

鬼还会热情地在十八层地狱里，热烈欢迎唐太宗李世民的到来，还说着："世民来了，世民来了！"还把他迎了进去，你我呢，那时连鬼可都想见，也见不成了。

鬼魂你莫散!

评论：

果然想到龙宫拿金箍棒！只是这龙非东海龙王，乃大唐天子李世民！

在你的文字引领下打开《西游记》第九、第十回，绕过渔夫、樵人以诗斗嘴自夸水秀、山青，袁天诚智胜泾河龙王，细看魏征智对太宗梦斩龙头，太宗梦龙王索命疑鬼神染疾病故，阴间遇魏征旧友崔判官，添阳寿20年，散金银摆脱冤鬼纠缠，地府还魂。

再读你的《李世民怕鬼》，产生相同的感慨：帝王，因怕地府受罪，也怕鬼。想到美国电影《修女也疯狂》中，信仰基督的歹徒在行凶前因惧怕入不了天堂，而有所收敛。又想到今人信仰缺失，自我私欲膨胀，无法无天。

像你说的那样："没鬼可信可怕的人类自己，已成了可怕和不可信的——唯一对象。我们把鬼赶光了之后，我们这些——活人，就取代了鬼的位置，我们都成了鬼的替补。这就难怪，员工见了老板——也好似见鬼。"

鬼回到了人世间，比在地狱、地府更让人寝食不安，六根难净了！

精彩！引人深思！

还是在第九回
——有一首前奏曲

　　我断章，我取义，我评着《西游记》。前人多说《西游记》是"游戏之作"，有鲁迅，有胡适，还有金圣叹。金圣叹如是说："《西游记》又太无脚地了，只是逐段捏捏撮撮，譬如大年放烟火，一阵一阵过，中间全没连贯，便使人人读之，处处可住。"既然先人们都那么说过了，我读《西游记》时——这次读，前一次是在十几岁时——就索性按孙猴子的榜样，一个筋斗一个筋斗地翻，想朝哪儿翻就朝哪儿翻，今天翻到第一百回第一千页，明天翻到第八十一回第五百页，瞧没好看的、养眼的妖精了，就回花果山歇歇；等有了妖了，再用棒子使劲一敲，将文章断开，将寓意取回，然后留下一泡猴尿——本人的几段奇谈怪论。

　　这好不快意！

　　第九回还没说完。第九回不仅有地狱，还有仙岛。第九回是有点类似法国人比才写歌剧《卡门》的路数，后面是打斗，是闹剧，开头是十几分钟的优美的序曲。你听，那渔夫和樵子（砍柴人）的一段段一节节拔高的对唱，唱的到底是谁更悠闲、更无烦恼、更优雅。那调子是樵子起的："李兄，我想那争名的，因名丧体；夺利的，为利身亡；受爵的，抱虎而眠；承恩的，袖蛇而走。算起来，还不如我们水秀山青，逍遥自在，甘淡薄，随缘而过。"接着，二人就"到底是水秀好还是山青好"的话题，无休止地、一个台阶又一个台阶、一个八度再一个八度地争了下去，调嗓子似的，调开了花腔，足足争了十几个大自然段，全然不顾书前书后的妖孽玉皇大地李世、太上老君和如来佛观音菩萨。也是，明知打鱼和砍柴比干什么都强，还去西天取什么真经？真经埋于青山、藏于秀水也。

我仿佛在那个渔夫和那个樵夫的身上，看到了《红楼梦》一僧一道的影子。

你说，到底是当渔民好还是当打柴的好？那些公司的总裁和董事长们听了肯定会说：都没俺们当总裁、董事长好。可人家樵夫眼里——一个唐代砍柴的，早就把董事长和总裁归到"夺利的"那类人里，早就说过"夺利的，为利身亡"。砍柴的可真够损的！哼，我非炒了他！可一个砍柴的，你又咋炒？炒砍柴的，是柴——当山里没柴火时；炒打鱼的，是鱼，当大河和大海干枯。

吴承恩无疑，在借二夫之口，说着自家想说的话。他满腹文章，可是屡试不中，大约在五十三岁中岁贡，六十多岁才当了一个县丞，主管粮马、巡捕之事。我们可以想象那时候的吴承恩的样子，就如同《武林外传》里面那个头小的手拿片刀到处抓小偷的——"本县唯一捕头"。

那一渔夫一樵夫关于什么是幸福的争论，只有在产生过老子庄子的这片华夏土壤的氛围里讨论才有意义。哈姆雷特在思考"生存还是死亡"时，绝不会被"今后我是去打鱼还是去砍柴"这样漂移的问题打搅。而，吴承恩并不仅仅说打柴或是打鱼好，并没点一下就算了，而是无休止地一环环地争上去——连吟诗带唱歌的，分明是不给对"当老百姓好于做官"那个理念存有疑虑的人任何发言的机会。就如同两人在街头吵架，一个是要饭的，一个是捡破烂的，他们在从五个不同的角度争论那个问题，你按捺不住，也跟着他们争开了，在你说"住嘴！我看要饭的要好于捡破烂的"的时候，他们对你这个既不是要饭的也不是捡破烂的人的——绝对的优越，早就不再是个讨论该问题的人了。

那已经是一个事先被确立好了的立论,是一个原始的前提。

是确凿了的。

这,就是吴承恩在第九交响曲(九回合)里,想通过《卡门》那样长长的时快时慢的、高一声低一声忽悠的"序曲",给后人传达的消息——用他特制的"游戏"方式来呈现。

可惜我们破解那戏法,迟了点儿。

评论:

齐天大语:我评《西游记》,索性按孙猴子的榜样,一个筋斗一个筋斗地翻,想朝哪儿翻就朝哪儿翻。

心灵飞鸿评:有个性,评的形式与书中主人公的特技——翻筋斗相吻合,形神兼备,好!齐天大语:真经埋于青山藏,于秀水!

心灵飞鸿评:悟得妙!刚看过第九回,只觉这渔樵俩人怎怎有能耐,竟能各自以诗句悟出青山、秀水的妙趣,岂料又让你悟出了深意!惭愧!

才有感受,你脑筋一转,让键盘也翻了一个筋斗云,从唐长安的闹市回到了现今,也就是你齐天大的立身之地——商海了!借渔樵之口警示同仁:勿"为利身亡"!用心良苦!

紧随你齐天大回到了《西游记》作者吴承恩(没有承恩)身边,又一个筋斗翻到当今热播闹剧《武林外传》中,"本县唯一"的捕头身边,真是目不暇接!

刚喘了一口气,又开始了《西游记》,由渔人、樵夫之争,贯中(老庄)外(哈姆雷特)古今,悟吴承恩第九回序曲中的警世箴言:勿"为利身亡"!

短短一篇千字文,行云流水,思接千虑,又如悟空的筋斗云了!悟空腾云驾雾为降妖捉怪，保唐僧西天取真经；齐天大行文为警世忧苍生：勿为利亡身！

今天，心灵飞鸿发表评论，也索性跟着悟空和齐天大学翻筋斗，见笑了！也跟着续上两句：利本身外物，生死两手空，胸怀感恩心，知足会常乐！

有关岁月的"感悟"

我们都在用博客的形式创造和刷新着"感悟",不过,"感悟"这小东西,也跟人来疯似的,来的时候,成堆成堆的,码都码不过来;不来时,就好比浑身发冷却测不出体温——体温老是维持着低调,无论你怎么的急切,也是没有用的。

所以我就外出去查找"感悟"了。昨天倒是找到了一个:我去探访一个二十年前的老领导,老领导如今是个大官——他已经有了一个男性的专用秘书。在我国的官场上有一个值得深切感悟的"悟点",就是有女秘书的人,一般不是什么人物,那极为普遍,就连卖盗版光盘的都有,但一旦一个男领导干部被配上了同性的秘书,那,你一定要对他先肃然一下然后再跟着起敬,因为这意味着他级别不低。

我直呼着老赵的名字闯进那个王府般庄重的国家机关时,才知道,今天见老领导是要有一些个程序的,就好比反复告知他那个客客气气的男秘书我真的是老赵的朋友。我办完了那些程序以后,不知怎的,就已经没有了去见那个在日本东京时每天从一个锅里抢白饭吃的——老赵的信心和兴趣。

老赵当然十分地热情,老赵先把秘书赶走——在他非要为我倒茶时,然后,老赵替小齐(本人)把茶倒好,还没说上几句话,老赵就去了办公室内的洗手间,他连门都忘带上了,哗哗的一阵子响。老赵今年马上就要退休。我听了不禁惘然了，我甚至比他还要失落，因为随着老领导的退休，我就会失去手指电视一个人影说："孩子，那——可是你老爸的熟人！快叫大爷！"那可能——该是一种挺良好的感觉吧。

有时人需要一些能拿得出手的有来路的朋友，就如打牌时人们手里总爱攥着几张好牌不出，即使打完了打输了也不出，因为那样，可以始终保留还有好牌能打的信念或者幻觉。所以，有时候朋友的得意和出人头地，跟自己得意和有出息，有那么一点儿的异曲同工。

老赵真的已经显老了，那种老，是用紧张光阴的集中度过而换取得来的，不过那也值得，不过，"老"这个东西，真挺跟人过意不去的，你对它没什么感觉，它对你却老像一个情人（明天那个节日的主人）纠缠，不过，它那种情（老），一年四季地老发摆脱不了，而且老那么死缠不放，这不，把一个那么意气风发的老赵——我的老上级，给恋得缠得都有些力不从心了。

老赵力不从心地迈着有些老态的步子，在整个机关里那么多人的——有的看得见有的看不见有的带几分惧怕有的带几分敬畏，还有的带几分疏远的眼光里——他毕竟是那个大楼里的领导，把我送上了回程的电梯。

我们在电梯的夹缝中觑视着彼此，挥手告别了，我知道，他可能也知道，这，是他在岗位时，我们的最后一次挥别。

不知是"感"，还是"悟"，是小感是大悟或是深悟，反正我半夜就醒了，听着仿佛能把人的隐情给吹得怅怅绵绵的不知从哪个方向刮来的早春的风，回忆着二十年前在日本东京那踌躇满志的老赵的和我自己的影子，那些个商场外交场合中似乎总也摆不尽摆不散的筵席。它们，那些个筵席的桌子，在我呆呆地仰望着黑夜的天花板时，就快要撤散了。

评论：

感慨人生，思绪万千。其实，我们普通人不是更好吗？无所谓退与离，做着自己喜欢的事情，人生无所谓起点，也无所谓终点，每一天都有滋有味地活着，也很好！

"情人节"里忆老板

今天是卖花的和卖巧克力的人一年一度的节日,谨向他们表示热烈的祝贺!

记得一九九二年我在蒙特利尔找到的第一份工作,就是在一个韩国夫妻开的花店里当小工。那年我已经老大不小了,而且还刚刚得了一张硕士文凭,凭着那张文凭以及一个韩国朋友的介绍,我就成功地得到了那份工作。开花店的那对夫妻以前在韩国好像也是当老师的,是为了移民才去的加拿大。他们两人十分地善良,对我总是笑眯眯的,那可能是因为他们第一次当小老板,我呢,也是第一次打那种小工,双方都有点不适应和不好意思。我的工作就是帮男老板搬花和帮女老板剪花,搬着搬着、剪着剪着,就到了二月十四日这一天了。由于是 Valentine's Day,所以那之前买花的人特多。老板和老板娘当然乐了,也忙坏了我这个小工。不过那种忙非常的充实快乐,因为不是情人节的时候,我们三个就在店里傻待着,我就没事找事,但有时候还真找不出什么事来,老板从不好意思指使我,偶尔想让我干点什么,也是先脸红,才开口。韩国人是崇尚儒教的,我那韩国朋友在把我介绍给花店的老板时,把我的学问和经历神吹了一番,那样老板就更对我毕恭毕敬的了。好在"情人节"那时候来了,我们真忙了一阵子,有活干了,我也算是心安理得。

记得我好像就是在"情人节"过后不久离开那个花店的,是我"炒"

了老板,因为"无情人"了以后,店里实在是再也找不出什么需要我做的活了,通常是一个花盆我和老板抢着去搬,一朵花我和老板娘的剪子同时飞舞,那的确让人不好意思,于是我跟介绍人说,无论如何也要辞工。

我走的那天,老板夫妇送给了我一大束郁金香,看上去让人火烧火燎的。他们把我送到店的门口——那店在半地下,还不舍地挥着手,我想,那可能就是传说中的"有情"(友情)吧。

我在此祝福他们。

还有下一个"感悟"
——是用拔牙换来的

这个感悟我都想写第三次了，前两次刚一下笔，就写起别的来，就情移他处——谁让今天该"有情"呢，不过这一回，我非不放它走。

那点感悟，是女儿拔牙的时候发生的。如果写博客的人实在没有什么"神思"的时候，我劝你，就该去拔拔牙了，因为人在被人把牙都活活地给拔下去了的时候，倘若还没什么知觉和感悟的话，那么你即使把他杀了，也"悟"不出什么来。哦对！好诗，一般写在头快要落地的前夕，金圣叹的诗、谭嗣同的诗，写得最最好的，往往是在牺牲的前一个时刻。我想，那应该是人类最最真实和彻底的以及最后的和最关键的感悟了，所以，我们在无痛无恙无疾时发出的这点子"感悟"，还真不如小女拔牙前的那些个想法，更有血染的风采！

那是一家逝世过包括末代皇帝在内一系列著名人物的医院，在那种地方拔俺们的牙，也算得上一种风光！我的一颗门牙，就是在那家医院的"无痛拔牙诊所"，在疼得差一下子就昏死过去的状况下——被强行拔走的，她——那个拔了我"虎牙"的大夫，后来到美国给美国人拔牙去了。

女儿要拔四颗。女儿拔牙是为了做牙齿矫正，就是用一排金属的箍子，把人的牙给套上。目前许多小孩子都那么套，看上去，个个都好比武装到了牙齿的小狼犬。那据说是为了美容，而且价格奇贵，一条箍牙的铁丝，要用掉她老爸我两三个月的薪水，因此，我后两个月的所有劳动所得，都要用于换取小女嘴上的那条铁丝以及拔牙先生的那一把子腕力。

牙科医生的工作在我看来——你可千万别转告他们——就是3级钳工。

女儿和我以前被拔牙时的状态相比，要远远坚强得多。我往往一躺到牙医眼前的那个细长条的小床上，就一下子瘫掉了。我不仅辜负了党几十年的领导和一再一再的再教育，而且，那么多革命义士的视死如归的先例，于那张小床上的、横在对我参差不齐的牙虎视眈眈着的牙医们的面前的我，根本就不起什么作用！

是本人的意志出了问题吗？

不会吧！是那个场合，的确让你触目惊心。医生们技术好了，善意了，是你在看牙，万一相反了：他们技术不好或不善意了呢？我是说只要他们略带那么一丁点的恶意和恶气的话，你不就成了被人用器械——那么现代化的、德国进口的——逼问"口"供的犯罪嫌疑人了吗？"你——说还是不说！！！"牙医们用口罩下面的那个看不见的嘴问，同时，还晃动着手里那些动静贼可怕的家伙，外加旁边那个床上的意志非常薄弱的伙计发出的一会儿高一会儿低的尖叫……我看，你还是把我当你的"情人"那样，杀了得了！

我自己也常去这个"无痛牙科诊所"，我常去的原因是因为我的一个"虎牙"每年准需再补一次，我是属虎的。那个牙在我的所有虎牙里，算是最有用的和最关键的一个，第一次补它的，是个日本大夫——都二十多年了，不知因何，它被日本大夫补了以后，就每年都需要再补。上周，一个价值几分钱的瓜子，又把它整坏了，因此，我又需要再上一次刀山，外加，搭上我再下下月的工资。

我们似乎都在为这张嘴和里面的那些破牙工作着；

我们是在为了牙科里那个小床上的恐惧和疼痛而生活。

这就是不知是谁瞎说过的：只有疼痛才会给你带来快乐？

比看牙乐观的是去看眼科，因为眼科医生通常不拔你的眼球。

    在女儿拔牙我不敢在现场看的空当，我到隔壁那个只有一个女老大夫和一个男老病人的门外，去寻找别人倒霉时我自己的"感悟"——还真的有哩！女大夫岁数特大，像是返聘的；男病人年岁更大，像是离休看病不花钱的。他在老太太（大夫）的指导下，正对着墙上的大表不紧不慢地测着视力。他的眼神不好，看不见；大夫的耳朵不好，听不着。于是大夫手里的棍子，老往视力表上那些个最大的"E"字符号上指："这是朝上？还是朝左朝右？……"老大夫一遍遍地问，老病人就是看不见，突然，他终于看见了，说："啊，朝下！""……？？？你说什么？"这回是老太太发出问题了——原来，她根本就听不清老头说的话！

    昨天我一天的"感悟"，也就这么一点儿。

评论：

我们似乎都在为这张嘴和里面的那些破牙——在工作着；

我们是在为了牙科里那个小床上的恐惧和疼痛——而生活。

这就是我们普通而又平凡的生活，因为这些感悟而多了一些乐趣！

孔老夫子与股票市场
（大年三十寄语）

大年三十还写博客和读博客的人，一般都挺有毛病的，我是在开个玩笑给您拜年的！

孔子也是个爱开玩笑的人。我早就知道他会再次进入牛市，正如我早就知道，在股票最最"熊"的时候，股市会卷土重来那样。

孔子是好读和不好读的，好读的是《论语》——一本那么久远的"名人访谈录"，几千年过后读起来的感觉，竟然像读着王朔写的《我是你爸爸》。《论语》是本极其亲切近人的书，亲切到好似孔丘在流着口水对着你的耳朵——"喷"着说话，要知道，你摸遍了中国的古书，有那种感觉的，可没那么几本：《庄子》有点虚无缥缈和油滑，《老子》太神秘深沉，《鬼谷子》太坏，《韩非子》太狠，《离骚》太自恋……能与《论语》比亲和的，可能就是《史记》和郁达夫的那些日记，而这，不能不说是一个千古的奇迹，为什么？一个两千多年以前的人说的话，却那么地像是枕头边子的唠叨话，这还不是一种神奇吗？

没错，《论语》里的话，每一句，到现在，都还这么中听。

能把世上最不好懂的道理，用幼儿园小孩子都一听就懂的话给说明白的人，一般都是经过千锤百炼和九死一生过的，就像那孔子，还有写《圣经》的人。正如毛泽东的语录，之所以你一听就能记住，是因为人家毛主席为革命奉献那么多！孔子何尝不是哩？大学校园里的那些衣冠楚楚的教授学者们，之所以永远不可能真正讲明白孔老夫子话语里的真谛，是因为他们绝不可能还像毛泽东那样：当机关枪在天空上像爆竹那样响彻的时候，人家还在马背上边疯狂奔驰边津津有味地读着《三国演义》。你必须像孔子和他那些苦弟子那样，走几千里路，受几百次冷落，外加断水断粮，还有逃难似的狂奔……那么几十年，你才能下笔写一条《论语》中的语录，你才有可能把后人怎么整都整不清楚的、既望而生畏又高不可攀的、需要用天下所有纸张书写才能解释个半明白的道理，用小儿一听就懂的话——写出来啊。

你听："己所不欲，勿施于人。"这句话中的深意，你我今天——这个鸡年和猪年交替的大年三十的时刻——已经闹清楚了吗？

哈……如果闹清楚了，那就接着闹大年吧！

评论：

人在旅途，其言也善；辞旧迎新，既往开来；与仁同行，任重道远！

孔子的无可无不可
与小平的黑猫及白猫

上次忘了说了：没当过老师的，恐怕不可能真实地理解孔子。

在《论语》里面，有一句孔子的话，叫做"无可无不可"，那是本人这些年的座右铭。同时还联想到了小平同志的"黑猫和白猫"，把孔子的话和小平的话隔着两千年对接一下，就成了，"白猫也可以，黑猫也可以嘛"。

"无可无不可"说白了就是怎么着都行：当官也行，不当官也行；当老师也行，不当老师也行；当要饭的行，不当要饭的更行。是人也可以，是鬼也没什么了不起；成功也可以，不成功更可以了；成仁好，不成仁呢——也没人怪你什么；发财可以，不发财也可以。

我们既无可，也无不可；

我们的脸皮挺坚固的。

我们出家也可，我们不出家也行——我们是男人时；

她们出嫁可以，她们不出嫁更好——因为她们是女的；

这个"年"，咱想过就过，咱不想过，也不死乞白赖地过；

中国崛起更好，实在是"崛"不起来了，也别太勉强……因为俺们已经有过那么多的盛世。

最后的，我明天（年初二），既可以去杭州，也可以不去杭州，但我可能还是要去，因为车票已经买好了，除非那趟明天下午三点出发的列车，它也学孔子的样子，想开车就开，不想开车就——不开的话。

我到了杭州哩，当然在那几天里，也可以写博文，也可以不写博文喽。

诸位回见了。

心路的回归和妖精

　　每一个中国人的心，这两天，都划了一条细长的弧，不得已的，回归到了单位的门口。本人是受了一个同事的极其错误的提示——她说我们那里今天开学——今天一早就赶到学校去的，可都到上午十点钟了，还没什么他人来，于是我知道该上班的——是三月一日。无疑，这种损失，是致命的和不可挽回的，那好比是明明上帝让你三月一日去报到，你却在二月二十八日就到那里了，天堂又没有等候的地方，于是，你就比较地被动。

　　我的天堂，还是杭州。我昨日刚又从天堂到——对我而言虽不能说是地狱却起码不是天堂的北京的——那列32次列车上，极其不情愿地下来——还早了一天，于是我发现北京这个当初被孙猴子用棒子指着被一团妖气遮盖着的"所在"里，只有一个十几个平方分米的净土，它，就是与你们连通的这个电脑银屏。

　　我今天才知道就连我所在的那个学校里面，也有极其有限的同事，在"偷看"本人的博客，这使得我今天心事重重，尤其是"同室操戈"的那个郑老师，她说她看了我写的那篇《谁的爸爸见义勇为并且真的牺牲，孩儿中考就应加10分》的文章，今天她还问我我的孩子如果只多加10分，够吗？

　　看来，我在这首都——是一个多余的人。

我前天在西湖的南岸——我的"老家"附近散步时，先是碰到了一个熟人，然后就到西子宾馆那边的长凳上把屁股落定着，仰视天边的神云和挣扎着不想栽下去的残日。那太阳，就像太阳灯，那一团云，就像不断变换的光圈，它们一次次耍花样地组合着，在湖上画着魔影般不可思议的图案。它们分明在为我——操演着一个人的堂会。但本人并不领情，因为我凭常识就知道，一千年后，也会有另一个不是我的人，在这张长凳上，目睹它们一模一样的伎俩。

对大自然的情，我休想独占，所以我恨它们，它们是妖，是孽，它们会用它们的亿万年的妖娆，先诱奸你的真情，然后就企盼你的死，然后再隔着一五六七年，去奸杀另一个多情人的青春。正如苏东坡就是被自然的妖艳给耗死的，之后，又轮到了我。

我于是，明知有人不怀好意地告我提前上班，也愤愤地弃西湖而去了，回伟大祖国的首都北京了：与人斗，由于本人个头可以，勉强还有胜算；但斗西湖，本人甘拜下风——人家是个修炼了千年的、淡妆浓抹怎么都能勾引人的"妖精"。

我的这个学期，就这样，在总不相宜的情况下，被启动了。

关于否定的否定

由于今天是三月的三日,是个发起来叠音的日子,所以我索性把这篇短文的名字,也用重叠的词语给取了。

我羞于看我写的上一篇关于西湖的文字,因为我竟然把西湖用文字给"糟蹋"了一下,但我仍以为——直至今天,它——我的那篇东西,是自从有文字以后,历来赞美西湖最最强烈的一篇:我用的是一堆反话。反话,就好比天下所有的女人,尤其是中国的,都爱说"男人没有一个是好东西的"一样,她们在用着否定的否定的方式,传达着一个重要的信息:"全天下,只有男人是好东西!"(得罪了!)你想啊!李白是男人吧,拿破仑是男人吧,鲁迅是男人吧,因此,男人们之中,你不能,更不敢说一个好东西都没有,那么,我只能用反话的方式理解女人们挂在嘴头上的那句对男性的评语了。

西湖,她总是美好的,她甚至能用美貌把人逼着用脏话埋汰她。

十几年了,我每年都到杭州的某一个寺庙去烧香,我的真心实意,就像那个名字是"熊猫烧香"泛滥得一发而不可收的病毒一样无时不占据着我的心。这两年去的是上天竺法喜讲寺,就是留下"三生石"传说的那个地方。今年一不小心,烧着烧着,从庙里烧出来一个尼姑——她就是刚刚出家的林妹妹陈晓旭,有意思的是而今世道变了,那个本来应该出家的宝哥哥,他没有出家,而该嫁人没嫁成的林妹妹的替身陈晓旭——他反倒出家了：这是不是因为全球气候变暖？还有，你没注意我在林妹妹的后面，用了一个看去不顺眼的"他"做人称代词么？那可是古书里的习惯。亿万家产又算什么？人家还有皇帝不当当和尚的哩！我的问题是，难道那烟熏火燎的庙里，就真是净土吗？一些个中国的寺庙，今天甚至是最大的闹市。何况前去烧香的，眼下，还有一大群怎么杀都杀不死的、带着巨毒的"熊猫"！

还我河山，外加西湖的和寺院本来的清静。

不同的出轨事件

我本是个一年至少有一个星期在飞机上睡觉的人,可是,我已经有整四年没坐过飞机了,俺变成了一个在陆地上飞行的动物,而火车,就是那钢制的能飞行的"蛇"。前两年火车才提速,每当火车在夜间叮当着摇晃着走的时候,我就一直警觉着不睡——我想在火车出轨的时候,当第一个见义勇为的英雄。我至今还把那么一个悠长着的铁长龙,能在两根极有可能根本就不直的钢轨上跑,当成人类发明的一种壮举,但的确那铁轨带着我,真的走了那么多的路,于是,我就只有接受这个奇迹了。但我刚一乐观,上星期,一辆火车就在新疆出轨了。

是被风给刮的。

车厢里总有奇遇。从杭州回北京的那个车厢里,共有我们三个人,其中有两人,整夜只用了一个床——那是一对一路死缠在一起的小男女。我起先还以为他们是去新婚旅行的天津小夫妻,因为他们只要一张口,说出的就是麻花一样的天津方言。但,我的判断最终是一个错误,他们说笑和恩爱了一路,快下车时却抱头大哭生离死别,就像车轮死抱铁轨那样。于是我猜想,他们并非夫妻。

看来出轨事件,不只是发生在新疆。

行千里路读一本书

读书是我的唯一乐趣，在火车上读书，是乐趣之上的乐趣；而在卧铺上、在软卧的包厢里读书呢？你替我说吧！更有乐趣之上的顶级乐趣，就是在你的下铺噼里啪啦地亲一路嘴的境遇中读书了。

首先，你要珍惜那书，因为它是能帮你战胜他们——那两个亲得难分难舍的同车厢男女造成的纷乱的唯一工具；其次，你还要读进去，因为，如果你读不进去的话，那么，一下车，你就必须剃度出家。感觉生无可恋了。

这本今年一月号的《三联生活周刊》里的主题，是关于王朔的。我问办公室的小姚老师，她就不知道谁是王朔，你一问，她就回答："王朔是谁啊？"这说明代沟的确存在，而且，还可能有一定的深度。

记得上学毕业，由于我对被分派去上的那个月坛中学不满意——它非让俺们从初一开始就学习日语，就托人想去四十四中，并且还考了试，但由于英语只考了44分——没及格，就没被王朔的母校录取。顺便说明一下，我是在压根儿就没学过半分钟的英文的艰苦条件下，才考了44分的。

可见，王朔毕业的那个学校，还是相当不一般的。

近来王朔又活跃起来了，同时，也更可爱起来了。他先在《南方周末》上发表了几大版块的"王朔说说说说"，随后，又在我在杭州到北京的这趟软卧上、在别人紧锣密鼓地亲嘴的时候拼命读着的这本"生活周刊"

上，发布了另一些言论。

王朔挺是个人物的，我是说不仅仅在四十四中的历史上。因为首先，他敢于承认他自己就是一个"流氓"，这，在中国自北京猿人的时代起，还真是第一次。中国人一贯，都喜欢说别人都是流氓——别管他们我们做没做过大流氓、小流氓或老流氓新流氓公开流氓私下流氓的事。就连鲁迅，也只是承认他的内心和肺部是有过阴影的，但鲁迅从来就没说过"俺是流氓"之类的话；换句话说，假如鲁迅当年在与郭沫若、梁实秋等那么多人辩论时，大家都抢先说上一句"我是流氓，请多多关照"的话，那么，中国的现代文学史，也许就会是另一幅景象。

自认是流氓的人，我看，一定比只说别人是流氓的人更有三里河一带小流氓的气质。须知，当人顶着一顶"我不是流氓，从来就不是，今后永远也不是"的桂冠的时候，是挺累和挺汗流浃背的，又何况他们有的人已经做过了天大的流氓的事情？！那个台上怎么看怎么不是流氓的陈良宇，我想，现在他该知道我这番话里的滋味吧。

在家被憋了几年的王朔这次从土堆子里破壳爬出来后，想要对大家说的是他的一些最新的领悟：他领悟到了原来这世界上，根本就没有什么精英，更没什么救世主；他领悟到了"众生平等"才是最高的真理。

王朔没能像他吹牛的那样，一不留神写出一本《红楼梦》来，因为演林黛玉的演员已经出家，失去了现实基础，但他还真不留神的是，说出了几条真理。

Z32次列车，还在深夜、在由南到北的大地、在那两根不知是直还是不直的钢轨上晃晃悠悠甚至气急败坏地飞奔着，我呢，正在回忆着王朔的事、四十四中的事和那张我怎么也想不通为什么不让我及格的——三十年前出得挺流氓的英语卷子中的那几道题，而一直在清醒着；现在，我终于会做那些个题目了，而且，还不需采用任何我知道的流氓手段。

该闹的和该不闹的
——狄金森纪念

昨天有个朋友说今天是元宵节,而元宵节是该用来闹的,因此,我就写一篇闹一点的东西,为这个节日助兴。

其实我本身是不喜欢闹的,昨天我写的第一个小短文,竟然有两百多人点击,我一看那个蹭蹭往上跑的数字,就慌乱得一发不可收了——这些人,俺根本就不认识啊!也没留下什么"留言""流言"还有"悄悄话"之类的,看了就跑。因此,我还是在网上也"出家"为好。

有一本书,我在杭州庆春路的新华书店里买了来,并在寄居的徐兄家里的第三层楼上读完了,就是《狄金森研究》,作者是刘守兰,云南昆明人氏。先说一下,在那个杭州最大的书店里,我最想找和最先找的——绝不可能是一本写一个美国人的书,我当然要从中国作家写的书看起;而在中国作家里面,我最最关注的是有没有那个叫什么"齐天大"的作者写的书。我像没事人儿一样一本正经地问了半天书店的服务员,她们几个先在各自的记忆里使劲"百度"了半天,又在电脑上噼里啪啦地敲打了一顿饭的工夫以后,才"啊!"地欢喜地尖叫着,带着我找到了那个静静地排放着四本《永别了 外企》的书架。那上面,都已经长草。

这才叫绿色书籍。

十九世纪三四十年代,在美国的新英格兰地区的一个富有的家庭的也是三四层的小楼里,生活着一个奇女子,她就是艾米莉·狄金森(Emily

Dickinson）。她从二十多岁起就足不出户，她终身未嫁，她更没出家，但她一辈子写了一千七百多首在她活着的时候从来没发表过的诗歌。她的诗歌是她死了之后的五十年后，才陆陆续续地发表出来的。

    有些东西在飞行——
    鸟儿——时光——大黄蜂——
    我无须为它们哀歌。

    有些东西滞留——
    悲伤——山丘——永恒——
    这也并非我的责任。

    有些静止的东西，升起。
    我能否为上苍解释？
    谜团静静地躺着！

  上面，就是一首一个几十年足不出户的弱女子写的诗。我很少读现代诗，更很少读西方人写的、被中国人翻译过来的诗，因为我一贯地坚信，如果你读不懂或读不全懂它们的原文，就索性不要去读——那等于在读翻译写的作文并帮他们改错。在一家出版社，我就曾亲眼目睹过一个编辑在一个人从西班牙文翻译过来的诗文上，用红笔胡删乱砍，还一边与我聊天。而那个编辑，凭我对他背景的了解，根本就不可能懂西班牙文。也就是说，被他胡删和乱砍掉的，根本就分不清到底是人家那个西班牙人写的，还是翻译胡翻的。我是说极有可能，最终你看到的所谓"西班牙著名诗歌集"，是一个"三胡"产品：诗人胡写后被翻译胡翻，然后又被编辑胡编。不过"三胡"似乎也没什么，中国还有过"五胡十六国"

时代哩!

但狄金森的被任何一个翻译翻的诗,你是可以看的,也别管碰上没碰上根本不会英文的编辑——因为小女子的诗只有一副副的骨架,并没有多少的肉。她人长得就瘦,正所谓"诗如其人"。她为她的后人,也包括了你我,留下了一千七百多个精神的骸骨,那上面的肉,需要你我,一代代地填充。我惊异于她的想象力是那么的丰富,文字的穿透力是那么的强,射线似的,能透视人、地球和外星球。那使我能在徐兄家的三层楼,在淅沥的雨夜里,能望穿天堂,能望到大西洋,能看到新英格兰——那一带,我曾无数次在白昼夜晚经过,可我,咋就写不出一个大门未出二门没迈的小女子手下的 poem 来?

什么是真正的宗教情结和宗教信仰?人为什么有的想在家有的想出家、有的出了家又回了家?那无非就是当你用另一个眼睛和另一个"非我"的、"无我"的、"外我"的视角,开始打量起自己的言行和饮食起居的时候,那就等同于诗人的眼光了。狄金森的眼睛,是在闹中取静的,是直白和达观的,因此,她就看到了一千七百多个人间和宇宙的万象。而你我可能就看不到那些。你一看西湖里游动的鱼,就只想到"西湖醋鱼",那湖,本来压根儿就不是醋缸嘛!

在寂静楼上写着寂寞的诗歌,然后再在寂寞里守着书稿死去,在美国,有狄金森,在中国,有曹雪芹。曹雪芹的《红楼梦》,绝不可能在当代任何一个编辑的手里发表,更不可能通过三审,因为他的那本书,可能,根本就没写完。编辑会说:"小曹啊,你还是先回去一趟,把那东西写好了以后,再送到我们编辑部来,行不行?"

文章和文学乃寂寞寂静之事。文学是对人的反思和反观。狄金森幸亏没有出户、出嫁或者出家,万幸曹雪芹家族破落,那些衰败换来的,不是元宵节里的喧嚣,而是万家灯火下的清醒。我们今夜似乎也应该"让谜团静静地躺着"。

评论：

这篇纪念文章引人思考，你说："文章和文学乃寂寞之事。文学是对人的反思和反观。"并列举狄金森和曹雪芹的事例印证，令人信服！

文学是苦瓜上结出的甜果，苦难是文学的生命源泉，苦难中呕心沥血的思考，是文学的鲜露琼浆！文学家们坐在自掘的思想深井旁很有耐心地打捞掉下去的光明，作品就是他们打捞智慧的结晶，作品就是他们在寂寞的世界里拥有的伟大的灵魂！

究竟为什么林妹妹最终会选择出家（之一）

有个同学想不开"林妹妹"（即陈晓旭，为肯定她在《红楼梦》中的精彩演出，在此称呼她为"林妹妹"）为什么会出家，就去看了一本书《禅外说禅》（好像是张中行写的），还是没想明白，就问我，我一看就知道，那是一个好问题，而且还提得极其有水平。

首先，冥思苦想这个问题，并特意找来一本书来读，就已经有一种禅外之意了，中国人搞不明白陈晓旭出家原因的或许有上亿人吧——也包括了我本人；但有了这个念头的，又放弃的，或许有那么几千万人吧；去看报纸和网络等其他媒介解释的，可能还有几千万人；而最后，抱着书本在炕上躺着死乞白赖想搞明白的，可能，也只有你那么寥寥无几的人，而这，本身就是禅的境界。禅，是个你用"百度"和"搜狐"搜千条万条，也搜不出所以然根本就没有标准答案的"存在"。我之所以在"存在"的两个肩头放上了一个引号，是因为"禅"，还很有可能根本就没有、根本就不曾存在，是个空的无。那是一种感觉，那是一种境界；那还是一种无形的悟性，那更是一种思考的过程。你又往深处想了吗？在万家的爆竹声中，在我们快用鞭炮把天轰开一个洞洞的极其热闹的元宵节的夜晚，一个曾经经历了人间最最热闹和奢华的演员，在寺庙的烛火和灯火中，或者在庙里的冰床上独自吟着"枉凝眉"，那又是为了什么？但反过来，那又有什么不可？

你在想这些的时候，不知不觉地，就已经，是半个佛了。

评论：

对陈晓旭的出家，我没有多想。我觉得就跟海边的人想住在山里，山里的人想住在海边一样平常。现实中缺少的，再努力也难以拥有的，往往就是人的梦想。过多的繁华反使她觉得平淡宁静最重要，我想那也就是她在尘世无法圆的梦想吧。

正如经历过饥饿的人，在过上好日子后，还要存下许多金钱以备不测的做法相同。她的选择在于她已实现了自己追求物质财富的梦想，她出家是为了圆在尘世难以实现的精神梦想——求得心灵的宁静。

每个人的经历不同，每个人的梦想不尽相同，每个人实现梦想的方式方法也不尽相同。她觉得只有佛门庙宇，才能使心灵得到永久的宁静。她果断地抛开尘世的一切羁绊，勇敢地去圆自己的梦，这对于功成名就的她来说，更需要勇气。

从这个意义上说：陈晓旭是一个勇敢的人！当然，出家是她的梦想，她去实现了，她也一定会快乐。

理解她的选择，无论身在何处，只要她觉得快乐就好，心灵得到宁静就好！

每个人生存的方式不尽相同，理解并尊重她的选择！

林妹妹究竟为何出家（之二）

一看这篇文章的上传时间，你们就应该猜测，是"向日葵"同学把我害惨了，半夜爬起来，继续回答她（他）的问题。（开玩笑！）

你说也是，陈晓旭放着好好的"陈总"不当，空着王府样的豪宅不住，为什么偏偏跑到长春的一个破庙里去，把头发剃了？弄得有人像本人这样夜里醒来胡思乱想，还弄得有人大呼小叫："咋让她给抢先出家了，又先炒作了一把！"

林妹妹选择的，说到底是放弃，放弃什么？是金钱，是大额的金钱和金钱所能代表的物质的世界。那可是上亿的资产哩！陈晓旭如果放弃的是百万千万的，我们可能不太会瞑思，但一到那个天文的"亿"数，你我就都会苦想了。因为，那是个常人所能达到的财富的极限和无限，而大到极限无限后的放弃，使得想达到它获取它而碌碌的人们，不得不不由自主地陷入反思了。这就是陈晓旭给我们全体中国人民在每个人、每家每户拼命"崛起"的中途上——留下的一个巨大的思考题目。这是个划时代的、会令你我想放弃思索也欲罢不能的题目，因为林妹妹既出了家，又撒手了万贯家财，既得了所谓的名——得了个不真的法名，还丢了利，丢了你我求之而不得的利。

"妙真"莫非取自"妙玉"？

陈晓旭虽然不真是林黛玉，但在新的林妹妹被接受以前，中国人对林黛玉的那股子痴情，可都被她一个人占据着，因此，我们的眼前，又仿佛在上演着形象的错觉："黛玉"真的代替"宝玉"看破红尘了，真的拂袖而去了，这难道不是，一场古人对今人的戏弄吗？这莫非也是，曹雪芹为《红楼梦》安排的另一个大结局？黛玉根本没死，黛玉先经商去了，然后弃财而去。女儿比男儿更想得开，更舍得掉。正所谓"红楼梦别样红""女儿悲"。悲什么呢？

林妹妹出家研究（之三）
——人为什么会信佛教和过"三八"节

在回答这个问题之前，俺先向全国的妇女同志们，别管是待字闺中的还是已经出嫁了的，道一声真真切切的节日快乐，虽然这个节日，它本该属于我们。不过，世界是我们的，更是你们的，你们女同志个个都是晚上八九点钟的太阳，所以无论如何，这个地球它，即使变得暖和得连北冰洋都成了南冰洋的希望，也还是，寄托在你们女人身上。

我所在的那个部门的两位同事，都是我的小妹妹，所以我今天的博客，就只能也只有那么祝福着开头。我心里知道身为这个摩登时代的俺们大老爷们儿，正像有一个女作家刘索拉写的一部小说的名字那样——《你别无选择》。

为什么有人选择相信佛教甚至出家了呢？这个问题的确太博大了，博大得好比汪洋大海，每个人在回答它时，也只能给出"一勺之多"的结论。"一勺之多"是乾隆爷在山海关海边的一块石碑上题写的字，我是用肉眼目睹过的，我那天目睹了的，还有那一望无际的苦海。

当你把过节的不过节的、过上节和过不上节的（就比如今天的我们男子），天底下的所有人和非人（动物），一律地全看成苦海里游泳和挣扎着的人（或非人）的时候——你就已经开始有佛教意识了，别管你说信，还是说不信；也无论你出家了，还是在家里。凡海，就只是苦的；凡海，也是无边的；凡海，无论是商海还是宦海，只要它还是海，你进去了，就咀嚼起一口接着另一口的苦涩——不苦不涩的，是河水和湖水。我想陈晓旭真的在商海中游过那么长久，游出过那么好的成绩的话，她呛的苦咸的海水，一定比别的女同志多。也可能正是如此这般，她回眸一看时，才望到了山中佛庙的彼岸，那于她，是一块无苦水的、坚实的陆地。

　　有时候，女性也是男性的陆地。要不，咋偏偏人家今天过节呢？男性似乎无任何专属节日。

　　昨天，我的那两个同一个姓的同事满楼道接力地传唤她们心目中的"齐老师"——当时幸亏我没开小差。于是我慌忙地、神色紧张地推开她们的门，心里盘算着这次是批评呢，还是批评呢？女同事之一的妹妹在我进去以后，先让我把门拉上，再命令我把门闩拉好，然后让我转过身去，我突然感觉到自己那本是冰冷的、就快要失去知觉的手里，被人热烈地塞了一个小条子。我在两位女神蒙娜丽莎般神秘的微笑下，打开那个肉色的条子一看，才看清那是一张一百元人民币的"三八节免费购物券"，呕，原来是她们特意给俺这个老大哥的节日礼物！难怪她们一个劲儿地对我使用着极其特殊的眼色，暗示我别让内室外边的两个我的同性们知道哩。

　　那一刻过去以后，我就从领导的房间里出来了；在路上，我比女神们还要感觉幸福无比。

怕死

人会惧怕很多的死的和活的东西——最起码本人如此,比如怕遇见坏人,尤其是那种表面上贼好的坏人;再比如怕被雷击。我岳母就差一点被雷给击了:那时我们在蒙特利尔住的时候,楼下是一大片无际的草坪,一天一个大雷乘着下雨"咣"的一声从天上跑了下来,我岳母当时正在阳台上收取晾晒的衣服,眼见着,那雷"咚"就从离她手指半米的地方,携着一溜的火光,摔了下去!从那以后,无论是哪里下大雨,哪怕是隔开半个地球——就比如天津下着雨吧——只要我知道消息,就立马把家里的门窗紧闭。

这才叫真怕。

但以上的这些个怕,还是可以通过采取一些措施给屏蔽或治愈的,比如说不愿意见先是好人后是坏人的人的话,就躲到动物园里同狗熊交朋友,不就成了?你把家里的门窗全钉死了,雷它还死皮赖脸地来侵犯的话,你可以把新房——按揭到防空洞里面去,那里的"公摊"面积,肯定比有雷的地儿少。但对死亡的怕,却与以上两种怕,从根本上有别,因为死,是无论你想什么法子回避,它,也是死活都要来临的,要不怎么说"死乞白赖"呢?因为它老缠着你。对于别的可怕的东西,可能,你怕并防范着点,它们就离你远去,但偏偏死那厮,你越怕它,它就离你越近。有些人得了病,病本来没什么,人却死了?怕的!

这时候跚跚走出来的，就是宗教。宗教说：怕什么？有我呢！我还没死！也是，人类都死了几千轮了，一代代的，要不你家怎会有那么长的家谱——可那宗教们，却越活越精神。对死没做什么解释或给过什么说法的就不算是宗教，而在几大教派里，解释得最能自圆其说的，就是佛教了。佛教，是"死亡专业户"。佛教对你说："兄弟，你可别怕它——因为咱还有来世，来世长着哩，来世更美好！你要不要提前看一眼来世的风采？"但真有来世吗？鬼才知道。因此我曾说有鬼。有鬼的日子，别管在心里有还是在家里家外有，也是一种寄托。当代人该怕的是，鬼都被从拆迁的旧房子里随着推土机的到来吓得跑光了，鬼没了，谁牵咱们的手去地狱和天堂呢？瞧，领路人（鬼）没了！

这大千世界，似乎什么事情都发生过了，就只差，死过的人从另一个世界——它倘若有，回来给弟兄姐妹们送个准信：人死后的故事到底有还是没有？凭俺们手里的旧船票能登上天堂？我们真有魂吗？真有地狱和天堂吗？如果有，还用预定吗？地狱里，莫非也有豪华间和总统套？啥，地狱和天堂里，莫非也有总统？那俺就不去了！总之，我们的问题多多人也咄咄。但佛家能兑现的，最起码，是一块山林中的宁静；如果那块绿地和山上的新鲜空气地就是所谓的天堂，我看，还算勉强可以。但不幸，由于烧香的人太多，那里的空气已经污浊。中国人为何那么爱烧香，大多无非是为了乞愿发财和升官。因此，那山里的香，也是欲念的臭香，也不太好闻。

大乘的佛，该是普度众生的，是毫不利己专门利人的，是张思德式的，是雷锋样的。不过在而今中国的寺庙里，当我在人堆子里哄抢着往香炉里插香的时候，发现，我周边那么多嘴里念念有词的同胞们，竟没有一个替我还没亡的灵超度，说一句："祝齐天大平安！祝齐天大升官发财、万事如意！"那些人压根儿就没有普度俺的胸怀，没法子，我只有自己为自己"度"几下子了,我边给佛祖作揖边在嘴里念叨:"……哈哈哈哈——!!!!!"

那括弧里的,都是我对佛说的"悄悄话"。你要是知道内容的话,你就是我的佛。

评论:

于信佛之人而言,佛是在心中的,是每个人自造的心佛。唐僧师徒四人去西天取经的过程,实际上是驱逐心魔的过程,没有了心魔,自然就取到了真经,成了佛了!

灾难是人生的试金石,灾难是寻找心佛的必经之途,当一个人从灾难中走过来后,有了自己的本心,他就与佛结了缘,在以后的生活旅途中,他就会以真心佛心律己待人。

死对有了佛心的人,已无足轻重。活是美好一天的继续,死是美好一天的永恒,尽心尽力地做着快乐自己和他人的事,是他生命的意义。

当然,并不是所有的快乐都是以欢笑的方式出现,比如你用文学寻找精神悬崖的探索,也是在做着唤醒愉悦他人精神的事情。

无论是深思还是浅笑,只要是以佛心在为,最终都会悦己悦人!理解你的心声,佛在心中!妖魔也在心中!佛与魔在心中决斗的日子,是人生最痛苦、最难熬的日子。犹如取经之途,战胜心魔之后,才会有身轻如燕、获得重生的感觉!

快乐每一天,其实不只是一句祝愿的话语,无论怎样,人类都该回归到无心魔的快乐世界!

回复:

善哉,善哉!

学院式生活——院里和院外的

"3.15"是个讲求品质的日子，以前我还在经营"马桶"生意的时候，每到这个日子，就一边看中央电视台的声泪俱下的"3.15"晚会，一边在沙发上坐立不安以及心惊肉跳：我生怕那些被我们出卖的、由"八国联军"生产的马桶里粪便外泄的悲惨场景突然出现在电视里面。看到这里你还别笑，齐老师早年可是个打遍半个中国的"马桶大王"，至少每天我坐北京的公交车上下班的时候，无论车子在哪一带徘徊，不出方圆几里，我肯定能找到至少是一套被我从海外运来的"美国总统牌马桶"。前两天学院的一个老师老远就热情地大叫着"齐老师"！我被他的兴奋差点击倒，原来上周日他到北京国际展览中心参观了"国际马桶展"，他知道我以前是干那个行业的，就随意打听那些展台前的"八国联军"的代理们，问那些人听说没听说过一个叫"齐天大"的人。没想到他不问则已，一问把两边都吓了一跳，那些轰轰烈烈、志气高昂、衣冠楚楚、神气活现的大大小小的"马桶"行业的精英们，不仅大都知道或听说过俺这个"齐老师"，而且他们有的不是当过"齐老师"的伙计，就是当过学徒，或是合作伙伴，要不，再就是当过敌人（竞争者）。记得二〇〇〇年"国际马桶展"时，我们的展厅是个两层的楼房，房子上下全是壁挂的"马桶"。我们的阵势把当时的建设部长都给吸引过来了。一见部长，我和意大利朋友卡罗俩人顿时站得笔直，严阵以待。部长一边观看着我们的国际新式"马桶",一边连连说好。我问部长对国际"马桶"有什么期望。他想都没想,就脱口而出:"最好的品质,最低的价格!""他刚才说什么?"卡罗问我。"Highest quality, lowest price!"他听后说怎么哪国的人都会这么说,并大笑不停。

往事逾七年,七年后我的那些个同行们都还在从事着那个我曾经是领军和风流人物、而今仍然气象万千的行业,而我这个当年他们的"老总"和师傅,却早已遁入了学院的"空门"。我那些"徒子徒孙们"都在传说着俺现在在天高云淡之处,"整天在学校游泳池里扑腾"的"绯闻"。

我听了那位老师的一番"奇闻"后,对他哈哈大笑,之后,就又到图书馆备课去了。

※

第二个学院的趣事,也是发生在学院之外的。前两天我下班以后,坐着"实心"的719,好不容易到了站。我走着走着,看见一个路边的小卖店,在卖着那种老式酸奶——乳白瓶子像圆肚马桶一块多钱的那种。"多少钱?""一块五。"老太太说。我出于怀旧心态买了一瓶,边喝边和老太太聊天。我说没想到我上大学时喝的这种酸奶好像就是一块多钱,快三十年了还一块多。她也说是啊是啊,什么都变了就它的价钱没变,还是一块多钱。我正跟她搭着话,嘴里嘶溜嘶溜地吸着酸奶,一个软软的声音呼唤了一声:"老师!"我转头一看,是我上学期教过的一个女学生。"你,家住这一带吗?"我不敢再吸了,问她。"不是,我是路过的。"她说。"这边可离咱学校有大半个城啊!"我说。女同学也说是啊真巧,然后就"老师再见"了一声,转身走了。

我继续使劲儿把后半瓶圆肚酸奶嗫干净,就与老太太挥手拜拜了。

看来俺这个老师的"桃"和"李",也开始遍布满京城了。

评论：

院内院外的你，拥有不同的人生天地。在"3.15"这个讲究品质的日子里，你也拥有了不同的心态。院外的你，为所经营产品的质量担忧；院内的你，又在为学生而充实地忙碌着，注重着精神产品的质量！院外院内的你，都一样是一个有质量意识的人！

愿齐老师不只桃李满京城，更要满天下！

钉子以及打屁股针

我又把电脑的电源线给插上了,每做这种事的时候,我都在想象,我是一个男护士,正在给躺在床上的垂危着的病人,接上了几根管子。电脑一没电了,就像病人——病情极端不乐观的那种病人,被拔去了管子一样。我去年冬天,还真在北大医院的"临危病人观察室"里,见到亲手把自己鼻子上的管子给拔了并马上去世的年老的病人。那是她在做第二次的试拔,这次她还真的成功了!要问我为什么去了"临危病人观察室"?是因为我拔了一颗虎牙,医生怕事后感染,需要让我先留住一下观察,别的地方都没床了,就让我姑且先"临危"一下。我在"临危"的时候,还真获取了一些有用的信息,比如说八宝山里面的空位极其地匮乏,即使让你进去了,也只能在那里待一年,你搬出来后还要再另找地方安置;但谁都想强占、抢占山清水秀的地方,北京周围哪有那么多的地方啊?我一听就急了!俺真想和病房里那些人就地拼上个是你先死,还是我后活。我真没出息!我没人家动作快,让隔壁那个儿女怎么哭着苦劝都没能拦住的老太太给抢了个先。

前天我去学校医院里拿那个"破伤风"针剂时,白衣天使先是犯了个错误——她给我拿成"脑白金"了。我说:"大夫啊大夫,'脑白金'是往脑袋里补的,而'破伤风'的针,是朝屁股上扎的!"她先嫣然一笑,然后说:"哦?!"就顺手帮我换成了"破伤风"。我随后便在万众瞩目下，让另一个"白衣天使"注射。那两秒钟真好比两个世纪！那一刻，我终于悟彻了爱因斯坦的"时间相对理论"：就是说他发明"有时一个小时，你咋觉得像一秒钟"的那种理论，不是在跟女孩子谈情说爱，而是在普林斯顿大学校医院——撅着屁股被人扎针的时候。

其实，我右脚被一个一寸长的狼牙棍型螺丝钉子给扎穿了，在医生看来，也是可以不打那一针"破伤风"的。但大夫还是毫不犹豫地让我打了，他说在不打你可能抽风，也可能不抽风的情况下，我作为一个人民医生，怎么能不让你打呢？

于是，我只有被打。

还有，其实我早先也不知道让一个区区的、下贱的、二手的、直立在学院走廊里的、被施工人员残留着的——钉子，随意地那么一扎，本人一叫，一疼，一晕眩，一左右摇晃，一忘我，一忘乎所以，就需要上医院，就非要再在钉子那个"粗针"之后，另挨上一根"细针"。但好心的同事告诉我非要打，要不就会截肢。起初我不信，就去问具备医学常识的另一个人，那人说你虽然也可以不打，但七天之内的任何一天，或者在第七天但绝不可能超过八天，就有可能，但谁也不知是在哪一个具体的时间段落（上午、中午或下午）里——抽风。"破伤风"嘛，就是个"破"风，还不是什么好风和正经八百的风，又叫作"七天风"。我一听这些，当晚就迅速瘫痪到了床上。我期盼着黎明的飞速来临，我祈祷着校医院马上开门。于是，在我一瘸一拐地"忽悠"到校医院时，那个第一个看见的，就是那个把"脑白金"当成屁股针让我打的"非著名拿药医生"。

再有，我那天下午，本不该被钉子扎。我牵着一个根本与我无关的人，在走廊中为她指路——她原是想去校医院打针的，到我们这里却不知道该往哪儿走。在我像伟大导师那样朝医院的方向挥手示意的那一刻，能引发破伤风的那个倒霉的钉子就恶狠狠地把我的软底布鞋刺穿，于是，我就疼疯了。

当那一针真的打完了以后，我的心情无比的顺畅，我从那个有可能是已经疯了的世界里，又回到了似乎谁都不疯的人间。在谁都不敢保证你真疯假疯半疯还是半不疯、什么时候开始疯什么时候又不疯了——也就是在还没被"防破伤风"的针剂的液体给你随时有"变疯"的嫌疑的躯体做"保险杠"的时候，你的思绪的快车一开出去，就可能撞死一两个真疯的、不走人行横道的人。

由于那个钉子是直立在每天被数百人通行的学院的走廊里，而且它，带着想刺穿一个人的躯体的直白的目的，在那里"待兔"，所以，它的目的早晚和终究以及一定是非要实现的。而我，却恰好出现了。

故事都快编完了，我的心中还有点惴惴，因为现在七天还没过完，万一那打下去的一针，也不是防破伤风的话……

评论：

那是一颗幸运的钉子，它虽然以伤害者的面目出现在你眼前，但你却独具慧眼发现了它退居二线后，警醒他人不要轻掷生命的价值，用你的疼痛阻止了这钉子可能对他人造成的伤害。

你这个被伤害人也应该是荣幸的，用自己的痛换来了他人的平安，这正与你用思考的笔触透穿他人病痛，唤醒他人快去医治的心声是一致的。

痛并快乐着,痛并做好了为此疯狂的准备！人生就是如此多姿多彩，相信你会在思索的疯狂中获得新生！

运筹帷幄，决胜万里——张良祭

最近每天早晨六点左右我都在看中央电视台电影频道播放的"连续电影"——楚汉相争的故事电影，每天一集，每集一个人物，什么人？刘邦、项羽、张良、范增、韩信等英雄也！

刘邦——原本是一个"市井"的平民。电影里那个演员把刘邦演得惟妙惟肖。刘邦有着所有平民百姓的粗俗、直白、贪心和浪荡——就像你我这样的，但他那样的一个怎么看怎么没皇帝相的人——居然当上了大汉的天子。

楚汉，是一个易中天所讲的"英雄辈出、英雄惜英雄"的时代，是个乱世，英雄只有在乱世才能成拨儿成拨儿地产生，因为英雄与"非英雄"有别的，就在于乱中取胜、浑水摸鱼的水平，水清得谁都能见到鱼能抓鱼了，那还叫英雄吗？

项羽是个情种，也有易中天说的"本色英雄"。项羽能"力拔山气盖世"，同时，也能为虞姬而舍弃一切，项羽的不同凡响在"软硬兼施"之中，在一个"霸"字里头；似乎在他之后，就再也没有用"霸"字称王的了，哦，还有"小霸王孙策"和"呆霸王薛蟠"，但这些都不是正规的霸王！

我最信服的是后来被封了"留侯"的张良，张良本是个道家，是个仙人，是个能从已经快坍塌的空中危桥上谈笑风生走过的人，而天子刘邦见了那桥，却面如土色（传说）。张良知进知退，他既能运筹帷幄、决胜千里，又能在天下再无敌手时从人间蒸发，真的做到不食人间烟火，死后还布下三千疑冢，从而避免身败名裂或被鞭尸。

张良打仗，用的是仙人黄石公传给他的那部《太公兵法》。我取来架上的《太公兵法》，翻开，里面字字有玄机、行行现真谛、篇篇见智慧。看："心以启智，智以启财，财以启众，众以启贤，贤之有启，以王天下。"在商战中，本人曾是带兵打仗之人。在那些硝烟弥漫的日子里，我曾苦心钻研如山的《中国兵书大全》，也曾决胜千里之外，也曾让强敌灰飞烟灭。记得之后有许多被本帅打得屁滚尿流的敌人——商场上的，哭着喊着非要见俺一面，然后一壶清茶，握手言欢。没带兵打过大仗的，是不可能理会研读兵法的乐趣的，正如我不懂围棋也没法下围棋那样——我是色盲，看不清围棋的棋子，所以整不明白为什么两个人在一个破台子上面，没日没夜地摆弄那些个一模一样的小圆石头究竟有何意义——传说它们有黑有白。

其实张良的"运筹帷幄"比起我的战略战术，也就差那么一筹，而且是一小筹。俺还会"运筹一时，决胜百年"哩。"千里"，是空间上的，而空间上的得手，并不是全胜，就比如围棋之黑子白子，你在棋盘的一端胜出了，并不意味着你在四端都胜，你还要小心翼翼地、顽固不化地接着下下去，直到获得通盘的胜利，但一盘完了，你的敌手转眼就又来了："再下啊？！"你只得再陪着下，直至你精疲力竭以及一命归西，然后，还要制造假相留下几千的假坟，免得对手死后再来袭击。

只有时空上都能全胜的，才能全盛。真正的勇士在于使得刀枪入库，真正的战略家能够消灭战争，或不再用屠杀的手法拥有战争赢得战争。

于是我，在商场上就弃甲而逃，留下了屁股后面的——一片哭声。

评论：

赞同你的最新研究成果："只有时空上都能全胜的，才能全盛。真正的勇士在于使得刀枪入库，真正的战略家能够消灭战争，或不再用屠杀的手法拥有战争赢得战争。"

你的理论让我这个与政治军事无缘的人也要击节称赞了！你说张良运筹帷幄决胜千里之外是空间上的胜利，你比他胜一等，那就是还拥有时间上的胜利，我猜是指你在商战之外，还著书立说，使你的谋略留芳百世取得时间上的全胜。正如邓小平一国两制，化干戈为玉帛，立下千古功业。你的"弃甲而逃"是为了谋求时空的全胜，你"还挨了一针"是指，你为此受痛，以至于疯狂，你的执着追求令人感动。你的思想原野广阔无边，还时常会耸起一座座小山，你思维的触角更灵敏多变，你的大脑是一个不断孕育奇思妙想的海洋。而中年的你，才只露出了冰山一角。

我在欣赏的愉悦中常怀期待之心，渴盼分享更多！没有勉强自己，没有觉得是为了什么，只觉得分享你的思想，走向你思考的世界，跟着你的脚步读书思考，是一种情不自禁的、宁静的、轻松的、来自于心灵的愉悦！是一件妙趣横生的事情！因为走进你文字的世界，与你相识，拓宽了探究的领域！这也正和我写博的宗旨"珍视点点滴滴馨香，愉悦心灵，美丽人生"相吻合！真高兴！

顺便向你宣传本地古迹：张良庙离我们这里约七十公里，位于秦岭柴关岭南麓，紫柏山东南脚下，傍山依水，古朴典雅，终年云霭缭绕，颇有仙家灵气，它融名胜古迹、文物、风景于一体，现在已是陕南著名的游览胜地。青砖砌成的山门上方横刻"汉张留侯祠"五个朱红大字，大门左右刻着一副对联：博浪一声震天地，圯桥三进升云霞。

老子讲说《道德经》之地楼观台，是道家文化发祥地，亦是道教祖庭仙都圣地。我去过三次,那里幽壑清泉,茂林修竹,有"天下第一福地"的美誉,在秦岭西部陕西周至,离西安六十公里。若喜欢他们,这都是你将要周游之地了!

再祭张良

刘邦当了皇帝以后，反而睡不着觉了。他日思夜想，他坐卧不安，怕有人抢他的位子。"位子"这个东西，可是值得研究的，你家里的空位子，可能没有什么价值，可同样一个位子，在一辆挤得连屁都放不出去的公交车上，就弥足珍贵了。我每天坐的那辆719路公共汽车上面，就有这种现象——我是说别人。在那种场合里，你的所有的努力——拥挤的、拼搏的、格斗的、抗争的，就是一个方圆半平方尺的位子。你一旦把屁股"搞掂"到了那个车座上，你臀部的体验——正如那个刚当了皇帝的刘邦一样坐立不安。你周围所有的人——亲的、疏的、好的、恶的……都是你那张位子的兴趣者和挑战者，都是你潜在的敌人，还有那些老的、弱的，他们更是使你丧失"位子"的另一类的"强敌"。假如，在一个连售票员和驾驶员都没位子坐了——相当野蛮的车上，有人生把你从位子上踹下去的话，在那瞬间你可能会想到杀人。中国古代的皇帝，在我看，就是会杀人，似乎他们没有一个——没下令杀过无辜的人的，即使那些最最柔弱的、不中用的皇帝，因为他们拥有的特权之一——那个"最高领导"位子上面坐的人的特权就是能够下令杀人，他最少要杀上一个半个，方才会证明"我能"。皇帝不杀人，就好比当老板的不炒员工。不信，你去问任何一个手下有些个人马的老板："您，敢炒他们的鱿鱼吗？"他准会像餐馆中的大厨那样指着水里游弋着的海鲜们那样说："你说哪一条吧！"

我就曾当过这类"皇帝老板"的杀人欲的牺牲品。那还是在蒙特利尔的时候，我的那个总共才雇得起我这样一个员工的老板——希腊人乔治，就在他那张奋斗了大半辈子才好不容易坐上了的从家里搬到办公室的老板椅子上，整天对着忙得不亦乐乎和慌慌张张的我，用各种手势，练习着炒我鱿鱼时的最佳姿势和技巧。即使当客人来了，他与他们交谈的时候，我一边端着茶，一边还听到乔治一句一句"Fire him！ Fire him！"（炒了他，炒了他）与客人嬉笑。当然，作为他唯一的员工，我明知那是指我，却也只能跟着哈哈哈的。终于有一天，那刀被乔治放到我脖子上了——他说我上班时裤线熨得不直，说我不像是做生意的伙计，但他和我都知道，他是真发不出我的那份工资了。因为老板乔治的生意已经不好到了在餐馆请客时不仅想打自己这个桌子上的"包"，还时常命令我和他的老婆女儿——我们公司的另外两个"员工"，到旁边的桌子上打别人吃剩下东西的"包"的地步。

其实，我也挺感激乔治——在回忆起十几年前的那个挺不幸的事件时，因为有了他，有了那些一系列的炒了我、被我炒了的林林总总的我的"前"上司、老板，甚至还有我的"前雇员"们的热忱帮助，今日我才站到了一个半尺见方的、本来就可能与我无缘的大学的讲台上面，在上面能够自由地"胡说八道"。

所以说中国古代的王位，从存在的那天起，就是最血腥、最肮脏、最野蛮、最不稳定的一个位子，坐在那上面的男人，都是群婚主义者，他们的使命——我是指最重要的，就是与众多的女人生孩子——这可是张良给刘邦出的第一个主意——他让刘邦在全天下，都只派姓刘的人去当王并彻底铲除异姓王（所以韩信和彭越就都死于非命）。那么，怎么才有那么多的"刘姓"的人呢？刘邦他就必须快生和使劲生。汉朝的"刘"

姓的人怕丢了"江山"，就得大量繁殖姓"刘"的后代；唐朝的统治者怕丢了"社稷"，就玩命孕育姓"李"的人，所以到了今天，就连你进公司大喊："李先生家着火啦！"马上就会有半个公司的人跑步回家去救火。可见其影响广泛而深远。

因此，大汉，并没亡；大唐，也没死，因为今天的小半个中国，依然还姓刘或还姓李。亡了的、死了的是在中国封建体系和思维之下，本不该与血缘和种姓发生关联的公理和天理，是真理，是真实，是公平，是平等，是公正，是无须靠糟蹋女人和使劲生孩子就本应该是存在的权力和"位子"的合法性和公正性。再说，那些孩子，即使是与"位子"上的人同一个姓了，是否就能保证，他们就是同一个品行同一个素质，同一个理念同一个信仰了呢？非也！种姓与人性是无关的啊！全天下、全地球有六十亿之众生，岂能和岂可用种姓和种族区分敌友和亲疏——那岂不枉来了人世一回？那岂不白白当了一次"人类"？"王侯将相宁有种乎？"是非也莫论"刘李"！

那么张良给刘邦出招儿——只让"刘"姓人当王，对的是稳定了刘姓的"大汉天下"和"江山"，错的是开启了千年封建社会靠猛生孩子才能维系正宗血统，并以血统体系分配权力的政体先河，而真正的社会的道理和正义，又岂能只存在寄托于男女的唏嘘搂抱和孩子的哇哇哭叫之间？

评论：

这篇《再祭张良》，客观公允，既赞张良排除异己的奇才良谋，对稳固汉业所起重要作用；又叹张良家族独揽世袭谋略的局限；更叹这一谋略开创以血统体系分配权力的政体先河，给后世带来的祸患。

行文思路流畅，从现实坐车占位难，到往事失去位子痛，再感慨得失祸中有福，福中隐祸，为结尾的赞颂和慨叹做铺垫。又拓开一笔，从个人事、小事，说到汉代的王位，以及为刘邦占有并稳坐王位出谋献策的张良，以及由此谋略衍生了的无数刘氏、李姓后人，最后发出这样震撼人心的感慨：大汉大唐没有亡，亡了的、死了的是在中国封建体系和思维之下，是本不该与血缘和种姓发生关联的公理和天理，是真理，是真实，是公平，是平等，是公正，是无须靠糟蹋女人和使劲"下崽"就本应该是存在的权力和"位子"的合法性和公正性！

由个人事、身边事，说到国事天下事，以小见大，这样的祭文引人深思，既来人生，就该思虑："帝王宁有种乎？"是非也莫论"刘李"！思路流畅，语句凝练，字字珠玑，结尾的反问，于幽默讽刺中见作者对国运民生的深切忧思！

爱国，有各种方式，以思考的笔触谈古论今，以史为鉴，预知兴衰。祭奠张良，最好的方式，莫过于此！

这篇文章，文理兼备，堪称佳作！还望多多益善！

三祭张良

写东西的人，总比读东西的人赶早；看大家还在睡懒觉，我就索性接着写了。我不等你们了，你们是皇帝，皇帝愿意几点起就几点起。不过以前那些早起来上朝的皇帝，可比你们起得早。我在学校每天下班的时候，都对同室的两个同事说："你们接着干吧，我先退朝了。"

三祭张良，是因为我放不下他。他隐居、他逃遁、他舍下人间的一切、他设下三千个真假坟墓（那时的地价低、开发商少），他为了什么？还不都是因为那个"位子"。你注意到了吗？皇帝坐的位子——无论是古今抑或中外，含金量都那么地高，只要你拥有了坐在它上面的权力，你就有了"天下"：天下所有的财富、天下所有的荣耀、天下所有的生灵、天下所有的人，但你可能并不偏要承担天下所有的责任。若那么想了，说明是个好皇帝；若不那么想，照样当皇帝，而且，还不怕败家，因为即使家败了，也是别人的家。

正因为那个龙椅上的主人的诱惑力有如此之大，所以争起它来，那些个皇帝们，可没一个客气的，没一个不不择手段的，没一个不六亲不认的，没一个不下三烂的，没一个不脸皮厚的，没一个不要流氓的，没一个不心狠手毒的……于是，他们得到了皇位，他们的追求实现了，他们占有财富、荣耀和女人了，他们体验到万人匍匐脚下高呼万岁的风光了。之后，他们既千分地感觉良好又万分地忧心忡忡——因为他们太爱那个位子太需要那个位子，太知道那个位子对他们的重要性了，因而他们怕失去那个位子，离开了那个位子，他们可能什么都不是，因为皇宫里为皇帝提供的一切优质的服务，足以把任何一个不是低能的人变成低能，把一个原本不懒的人变成懒人，把一个原本不残酷的人变得残酷，把一个原本不爱杀人——有错的和无辜的人——变成一个变态的杀人狂！在那个位子上坐久了并知道了当皇帝的"好处"的时候，皇帝的眼睛，看所有人的，就只剩下了对可能挑战者的猜忌和无端的仇恨了，因为他怕他们，那些本不是挑战者却具备挑战者的实力的，用同样的手段夺取他的皇位，他于是，就对那些人一一下手。正如刘邦的那些原本叫他"邦哥"或"阿邦"的兄弟们，就一个个被他送上了去地狱的黑路。

一切靠世袭或流氓手段产生的"位子"上面的主人，就都是"邦哥"：无论是大"邦哥"、小"邦哥"，还是土"邦哥"、洋"邦哥"。那些个中外皇帝式的老板们，我本人亲自侍候过的，别管是信犹太教还是基督教，都如出一辙，他们都疑神疑鬼，都战战兢兢神经兮兮外加磨刀霍霍和杀气腾腾……这就是当权者和"位子"拥有者们的"不二法门"和坏毛病，外加恶习和危险性。所谓的"伴君如伴虎"并不过分，但"君"（皇帝、老板们）——那些个暴戾的和贪婪的蛮不讲理的，可比老虎要可怕得多！如项羽光为了争那个"君位"，一次就坑杀了二十万秦军，二十万人，全世界的老虎吃一年，也吃不光啊！所以人之凶残，君之凶残，为得到"君位"和保住"君位"而暴露出来。别管那些最后当上"君"还是没当上"君"的，所有人的凶残，真是罄竹难书！皇帝们为了能当上皇帝，必须杀杀杀——管他是父亲还是兄弟（如李世民弑兄），当了以后更要杀杀杀（如刘邦、吕雉铢功臣），只要是争夺那个"位子"的游戏规则不变，不合理、不公开、不透明，几千年为了它杀人和被杀的故事就从未停息。历朝历代，几乎就是那么一个版本；不过是同一个戏的脚本，被不同朝代的演员们演出。有的是全剧，有的是折子戏罢了。

通晓《太公兵法》和熟知这些个"杀人"规则的张良的聪明和智慧，就是在于其功成之后，就立即卸装下场，他一装病，二装傻，三假谦虚，四假退让，然后逃之夭夭，再后来活不见人死不见鬼，他用三千个真假坟头，与可能也怕他再用"决胜千里"的招数争夺那个破"位子"的主子刘邦，起舞周旋，从而获得了汉朝开国元老中不多见的寿终正寝。

那的确不太容易。

评论：

这一次的祭奠落笔于张良的聪明识时务，功成而退，运筹帷幄，布下三千迷冢。逆向思维，由此慨叹位子是血腥的祸端！

最牛钉子户

在一个想象力早已被无穷化了的我们这个国家,总是趣味横生的,最近便是重庆那个被各种媒体争相报道(连英文报上都有)的"中国最牛钉子户"的事了,那真是连写小说的人都编不出来的趣事:那个小破楼的四周全被掏空了、楼的主人是个重庆散打冠军,他靠轻功攀岩回家,楼里已经装满了用于与楼同归于尽的煤气瓶,一点就着,一着楼就升天;还有楼的四周是闻讯而去的等着看热闹的全国乃至世界各地的记者和民众……你说像不像好莱坞大片里的情节?而且那些个好看的细节一个都不能缺少,比如,倘若那个楼主不是"功夫"高手的话,开发商随便找几个小厮,一冲一吓,楼主也就屈服了,但哪个伙计敢跟打架冠军过招儿?除非,他们改用枪炮则另当别论。

那个画面,在我看来,就是长城的烽火台,因为那个二层小楼在肚脐眼下被掏空了之后,昂着脑袋翘首而立,就像是八达岭上的一个长城的断面。有人建议等事情了结后把那个小破楼移走,建一个"维权博物馆",我看即使把楼搬了,也很难重塑它的"烽火台"气势,除非那新楼干脆就别盖了,就地圈出一个博物馆。还有,它之所以像破长城上的破烽火台,更是由于它本是一个破楼就有历史的沧桑感了。

守"烽火台"的和攻"烽火台"的,我同意有这样的说法,都是以长城为精神的英雄;开发的和被开发的,我看都是时代的潮儿,因为正是他们引领了这个时代的变更。

如果评议中国二十世纪末和二十一世纪初最牛和最能代表时代的一个字的话，我只认可一个，就是"拆"，外面还有一个圆圈的那个"拆"。那个字，你从中国的南边走到北边，无论横着走还是竖着走倒着走，都是逃脱不掉的。就连你家楼下的那个破厕所兴许哪天也被贴上一个"拆"字。只要那个字来了，你就等着吧，不久，就有专门从事"拆"的事业的人士，拎着家伙，来拆除你家门口的公厕了。

我们荣幸地生活在一个四处都是"拆"、旧迹都难以保留的时代。说明一下，我是不反对任何一个"拆"字的出现的，虽然我也不认同什么都"拆"，但"拆"点什么，总比什么都不拆——即使是拆错了——要好些，正所谓旧的不去新的不来。俺出生的那个破楼，七年前就早已被拆了。当我们家被烙上一个直径一米多的雪白的"拆"字时，我心想："这可是古迹啊！"但我自恋"故居""遗址"的情结，是挡不住时代的"拆"的车轮的，于它而言，我们只是一个该拆该卸的螳臂的小爪儿。

中国这三十年快速的变革，是建立在一个"拆"字之上的，那个"拆"四周的圆圈，拥有着相当的震慑威力。在一个字的周围，圈上一个圆圈——就好比阿Q试图画好的那个圈圈似的。

舞台是分别上的；风水也轮流地转，我们哪天真的被别人给卸了拆了撤了——我看也未必不是好事，因为时代还没被拆光嘛！拆了我家的东墙，邻家的西墙不正好有了砖吗？不妨跟他们合住同居。那时人多热闹，其乐不也融融……

评论：

联想丰富，引人深思，这愤慨的言辞中流淌着浓烈的忧患意识！

（那个"拆"四周的圆圈——拥有着相当的震慑威力。在一个字的周围，圈上一个圆圈——就好比阿Q试图画好的那个圈圈似的。）

为了阳光——我当过"钉子户"

说着说着，我自己家当钉子户的经历，也被说了出来。我原以为谁家都当过钉子户哩，后来一想，好像也不对，因为所谓的"钉子"，就是最后的那个，是最顽固和最赖的那个，也是最顶头的最拔尖的那个。我们搬出家里那个"遗址"时，忽然想起来了，的确是符合了那几个条件的：最后、最赖、最不妥协的"那一家"。

都与我老妈有关。"拆迁办"那天早晨发新的房号，头天晚上贴出去告示，说下个月就拆你们这个楼啦，明天一早到拆迁办去取新房号吧！贴告示的那天，也巧我们全家——除了已经开始坐着轮椅出门的我的老母亲之外，都不在家：出差的出差，出国的出国，出门的出门，出诊的出诊。第二天一早，我们那片楼的居民，都早早地起了，天刚亮，每家就都把身手最好的那一个撒出去——让他（她）埋头朝"拆迁办"那儿飞奔抢新房号。等俺老娘驾驶着轮椅不紧不慢地移动到"拆迁办"的时候，我家能抢到的就只有一种房了：白天也要点灯的正北房，就是没有丁点儿阳光的那种。俺娘不要，说我家原来有两间朝南的阳光明媚的房子，为什么你们一拆，就把我家几十年的阳光给拆走了？谁要动我们的阳光？拆迁的人说，谁让你今天不早点儿起床朝这儿赶？有阳光没阳光不都是房子？这北房，你是要还是不要呢？

我在外地听了以后，打电话对我妈说，要了就要了吧，反正也没朝阳的房了,你再不要,我们就只有住地下室了;再说,头几十年太阳从东边和南边出,很难说后几十年,那太阳是从西边还是从北边出呢?我妈说我都住了几十年的朝南的房子了——从进北京城的那天起,凭什么他们这一拆,就让我以后在西边出来的太阳里摸黑?我不干,我不搬,我们坚决不搬,我们死活都不搬!你听,我家老太太那时的口气,像不像重庆那个散打冠军?顺便告诉你,天下的钉子户们——也包括了可能明年可能后年也被拆被迁的人都那么想,也都那么说!这样,我们十几户被人把阳光拆走了的人家,就开始钉在那里了。

当钉子户,开始是挺兴奋的,因为院子里的人见了你都问:"你家搬了吗?"你说:"没搬!"马上就有人对你翘拇指:"好样的!"又过一阵子,有"怂"(软)了的,搬了;有有路子的,搬了。他们明明领了朝南的新房,还对你说:"没法子,胳膊拧不过大腿,搬吧。"因为新房要几年以后才入住,那时候谁还认识谁,谁还在乎谁呢?因此就有人对老邻居撒谎了。他们揣着新房号,对留下的"钉子"们说:"我先走一步了,你们千万要保重啊!一定要坚持到革命(拆迁)取得最后胜利和阳光普照你们家阳台的那天!"

再后来,天就开始冷了,推土机的声音就真响动起来了;电也没了,水还有,却开始结冰。在一片快成废墟的地方,在人们恨不能把你像小葱样连根拔起的企图和阴谋之下,为你所剩的时日,在一天天地减少。你无疑已成为了众矢之的:那些原来住北房却抢到了南房的人,想尽快让你走,只有你走,他们才能住进"暖房";搞拆迁的,想都不用想,更巴不得你走,好交差啊!还有……我想不出来除了你们自己,谁不想让你们走呢。

十二月北京没暖气的房子——本人的"故居",是不大好住的;那用蜡烛照明的时光,却格外地光明。那一阵子,我没事时,整天在从小长大的那幢眼看就快从地球上消失了的"半废墟"里,爬上爬下的,出没于残砖烂瓦之间,就像个失魂的幽灵,因为我知道,"钉子"户最多只能钉下此一时的物资状态,但彼一刻——这座四层灰楼的四十年的历史和那些所有的童年印记,在这片马上就不复存在的、快要被推土机"零落成泥碾作尘"的砖石缝隙里的、曾经活蹦乱跳过的人的影子们,是永远也拆不走迁不净的。

后来,在第二年下第一场雪的一天,我们终于圆满结束了长达几个月的"钉子生活",从我们那个立即就要坍塌了的"阴墟"中,一户户搬了出来:"拆迁办"的人后来了解了我们这些住户的情况,从另一部分房源中选了一些阳光房分给了我们这几户人家。原来我们其中有一个"老革命",他向有关部门如实地反映了这个情况,于是,我们的愿望才得以光明地实现。阳光万岁!哦,我的太阳!钉子精神,永放光芒!

这是"我的"奶酪
——我看《物权法》

《物权法》的内容我还不是特别地清楚,因为我唯一拥有的那张全篇刊载《物权法》的报纸的头半张,被别人撕了去,至于是因何缘故,我想,也是为了维权吧。

从《物权法》中我不确切地知道,好像有那么一条,就是中华人民共和国公民的个人财产"神圣不可侵犯"。倘若它准确无误,那至少在本人看来,是自盘古开天之后,在这片本来十分肥沃的土地上出现的一件大事!君不记得:"普天之下,莫非王土。"在"王土"里面,又有了俺们百姓们的"产权"的"神圣"。

把王的财产真正"神圣"化为私有的人类,可是经过了血战的,如美国的宪法上除了开宗明义给私有财产加了一个"谁都不许动"的保险杠之外,还发给了每家每户一把看家的土枪:美国宪法里有一条,说每个美国的公民都有拥有枪的权利。要枪干什么?防贼?对,但除了防贼,也防政府,政府一旦想用暴力动谁家那块神圣的"奶酪"——土地的话,那么,公民可以用同样是政府让大家买的、合法的武器,将来犯之敌一举歼灭!这两条看似相互毫无关系的宪法的条文——对"私有财产"的神圣性的承认和认可老百姓的持枪自卫权利,其实是有着内在的逻辑关联的,那就是对政府——无论是联邦还是地方的执法和行政行为的公平性、正义性从一开始,就不是百分之百地信任,对其怀疑最早的人是谁?

就是美国开国的那些个"国父"们，就是那几个宪法的起草人，他们知道，代表政府的是谁？不是老虎，更不是大象，而是人；只要是人了，他们那些执法者，也就有人的一切七情六欲，那样一来，咱们那些好容易置备了点家产的儿孙们，可咋对付那些有枪者的侵犯呢？干脆，就也发给大家一只枪，用作看家护院和打那些搞不合理拆迁的坏人吧！这样一来，美国的百姓人家就都有"维权"的土枪土炮了。美国有三亿人，前些年民间枪械的持有总数，就跟国民总数相差无几。美国是个名副其实的全民皆兵和被"武装到了牙齿"的国家。究其根源，就在"私有财产神圣不可侵犯"这一条立国的根本理念里面：既然是不可侵犯的，你侵犯了，我就可以打你。你没看美国的国民个个都耀武扬威地晃悠着走路，说起话来也跟高音喇叭筒子似的吗？因为他们个个都敢和官府舞枪弄棒！

可是注意，世界有那么多个国家，或者说绝大多数国家，都承认私有财产的神圣性，但在宪法中规定每个公民拥有武器的神圣权利的，据我所知，也就只有美国那么一个国家（有的国家虽允许持枪，但有数量等方面的管制）。

可是，千百年来，咱中国的平民百姓，并没整明白，也没人对咱表明清楚。因为皇天后土之下，咱只知道真正实实在在拥有的私有的财产，就只是一张用于吃饭的嘴巴。

因此回望华夏的这几千年的历史，你会发现，我们绝大多数的人，都还是平民，我们每一个家族的财富，都是有了没，没了有，有了又没，没了又有。你祖爷爷留给你的那张更破的"船票"，凭之，你能登上哪一条破船呢？

《物权法》是一场及时雨，它终于开始下了，它的存在会引发更多的争议和争执，因为它还将是注定中国人贫富等级的又一个分水岭。

因此我赞成它的出现。

文人的独立与弄臣

《百家讲坛》就像个擂台，是我每天早晨必看的节目；有的台主，看着看着，就有出息了，就成了王朔一样的名人。他们一旦成名，似乎就获得了经济和人格上的独立；而只要是他们独立了，好像有的就再也不回来讲了。因此齐叔（我），有时很生气，但由于我是个小人，所以即使是生气了，后果也不太严重。不过，如果连我也生起气来，后果也都严重了，那是不是我也出名了？

昨天有位老先生，讲的是司马相如和卓文君的故事，也是从《史记》里扒出来的。由于司马相如写了《子虚赋》，被汉武帝看中了，进了宫，成了一个"弄臣"。但在老先生看来，司马相如那个"弄臣"与别的"弄臣"是有区别的，因为他的老婆卓文君的爸爸是个富可敌国的商人。由于司马相如有钱，他就没必要在官场上仰人鼻息，就可以自由进出，就可以"保持人格上的独立"。注意，重点来了！老先生说到司马相如的"独立人格"之后，又开始联系他自己，他说（大意）：其实我也知道知识分子只有经济上独立了，人格才能独立这个道理，可我在经济上做不到独立啊，因此我只有……

"我只有上《百家讲坛》讲课了。"这是我接着老先生话的余音，在我脑子里为他盘绕出来的他的"话中之话"。由此我就在心中大笑不止，因为这也太具有戏剧色彩啦！老先生不是分明在说他对着全国的电视观众侃侃而谈了那么多次，收视率那么高，只是因为他没钱没独立的人格吗？

其实在我看来，就连司马相如的出息好像也不大，他虽然与别的臣子相比，由于有钱，在人格上是"相对"独立的，但拿他与汉武帝比呢？不还终究是个"弄臣"？是个皇帝让他写什么，他就必须写什么的"笔头戏子"。更何况，支撑他"半独立"人格的经费，还是他老丈人给的哩！与他相比，在他们的那个年代，我看人格上最独立的人，莫过于司马迁了。司马迁拖着"半壁江山"的身子，竟留下了那么多连皇帝看了都会汗颜的"风火文字"，他不是顶天立地的汉子，又有谁是呢？看来，有钱、有独立的经济地位和衣食无忧似乎并不是一个文人在品格上能否"独立寒秋"的必要条件，至少不是唯一条件，因为那个"独立"是不大好衡量的，对"独立"的要求因人而异。

我不得不搬出外文的"独立"，来阐发我的"独立观"了。英文法文的"独立"，可用"independent"表达。其中"in"是个否定的前缀，"depend"是"依靠、依赖、凭靠"的意思，"independent"与其说是单独的或单腿的金鸡独立，不如说是"不"依赖依靠于"任何"东西，而那个"东西"，既可以是"权"，也可以是"势"，更可以是"钱"。由此，西方人的"独立"概念，与我们的是有着不同定义的，我们只要靠上后一个什么了，就可以不靠前一个，就仿佛可以"独立"了，却不知，你所投靠的另一个"东西"，它有时更不是什么"真东西"或"好东西"。有钱的人曾说："钱是什么？钱是他妈的王八蛋！"瞧，好好的一个知识分子，一不留神，就投靠到"经济""王八蛋"的怀里了。因此，我奉劝那些那么想通过先有"经济"，然后再在人格上搞些独立策划的大师们，还是稍稍远离"王八蛋"一点为好。那样，才叫真格的"independent"哩！

评论：

文人的独立与否在于自己，在于自己的观念。文人传达的是思想，若为钱而从文，思想便有了奴性，便会偏离寻求真的主航道，便亵渎了文人的天职。文人的独立在于精神的独立！

他不愧是毛泽东的儿子

我和许多人一样，知道毛岸青去世的时候并不觉得震撼，因为死，虽然人人忌讳，但不会因为忌讳了人就不死；但使我感到万分震撼的是毛岸青还是一个翻译了十几本书的翻译学家，他都离开苏联那么多年了，直到去世前还保留着用俄文思维的习惯。我更觉得不可思议的是，包括了我在内的几乎所有的中国人，对他——毛泽东唯一的儿子，在他还活着的时候了解得那么少，我们不但不了解他的生活工作状况，就连他的相貌，我们也大都不知。也就是说，假如我们在马路上与毛岸青擦肩而过的话，有人说："那就是毛岸青！"你我肯定答说："哪儿呢？"

要知道，毛岸青可绝不是一个普通的人。毛岸青的普通，说明了中国发生了真正的巨变，毛岸青的低调，证明了他父亲毛泽东的丰功伟绩。毛主席是谁？毛主席是中国人民的大救星。毛主席他们那代人救了中国，给了中国的是不再有外国人在北京的圆明园里放火，不再有中国的良家妇女被拉去做畜生都不如的异国军人的"慰安妇"，是你我能无忧无虑地在自己的家园里吃喝玩乐。

因此，我想说，毛岸青的默默无闻，是中国的伟大进步。再有的就是他本人的不平凡了，他不愧是一代伟人的儿子，他一直过着普通百姓的生活，不张扬，其实，可能张扬对他们来说，是多余的，因为没有人，至少在这几百年的中国里，没有再能超过他们父亲那样的更"风流"的人物了。他父亲本是一代天骄，他们的平凡，他们的低调，正是天骄的另一个风流的姿态。

我又想到了毛岸青的母亲杨开慧。要说二十世纪最浪漫的一段感情，不是徐志摩的那段，而是杨开慧和毛泽东的。要知道什么才叫大丈夫写的情诗吗？就要去读毛泽东的那篇《挥手从兹去》，那是一张即将远行的革命者在熟睡着的爱妻枕边留下的条子，那叫情深，那是意切，那才是真心英雄写的。而可能那同时也是毛岸青的父亲母亲之间的绝笔。他的母亲惨死在街头，在长久的挣扎中流尽了血，但临死都没说出他父亲的实情。而那时的他和他的哥哥毛岸英，可能正在上海的街头要饭，他的父亲在指挥着千万个"李云龙"，在鏖战着，在拼打着我们这个共和国的江山。

"我失骄杨"是大家都知道的词，你可能已被它感动，但那首词，一定要与几十年前写的"挥手从兹去"一起读，才能读出词人心中的百般滋味：他为了事业，痛失了他的真爱。几十年过去了，我们对开国伟人毛泽东的心态，一年一年地仰视和崇敬了起来，因为说一千道一万，毕竟是有了毛泽东和站在他身后的千千万万的中国人民，我们中华人民共和国才得以诞生，我们才有了平安，我们才有了主权，我们才有了最终会属于我们自己家的能传下去的物权！如果日本人还没走，我们的国土还被占领着，你还敢不敢当"钉子户"呢？

评论：

悟出故事背后的事理，足见你的深邃！是的，正如你所言，社会在进步，美德也在逐步回归。风流人物及其亲人们，留给我们的宝贵精神财富与他们的人格魅力一样，与日月同辉！抚今忆昔，离去的英魂团聚，活着的我们感恩励志！让我们把敬意给予那样具有美德的离去和健在的人吧！

愿无愧的逝者安息，前行的生者快乐！

她也是一道独特的风景
——我看"小甜甜"

就在清明的前一天，龚如心死了。

她无疑，是一个奇特的女人。最早看见她的照片的扮相，是在蒙特利尔华人办的小报上。那些个小报十分容易投稿，因为我一投，就中了，我再投，又中了，于是，我就不再投了。我想给《人民日报》投搞，不过回国快十年了，由于担心不中，我至今一篇都没敢投。这样，我还能保留一线投中的希望。

"小甜甜"龚如心去逝的消息，却不用她本人投稿，就有那么多的报纸报道。难怪她是亚洲最有钱的女人。有的人死后，给人留下的是"意义"，就比如雷锋；有的人死了，给人留下的是"意思"，龚如心我看就是那样的一个。别说她是六十多岁的人了，还装扮得像幼儿园大班的女孩儿，也别说她为了那四百亿的遗产，一直战斗到花不动遗产死了的那天。可她那么一死，香港那个地盘上，的确缺了个有"意思"的人，于是我说，"小甜甜"虽然活得荒诞怪异，但也活出了一股子自己独有的味道和从别人那里难觅的"意思"，而那不也挺赏心悦目的吗？

你再想，许多故去的人，在你的视线中，都是一幅画像，都是一道风景，你闭上眼，那些画，就围着你转，比如故去的亲友们的。随着我们一天天变老，同龄人死得越多，那些故人的肖像的数目，就加快增长起来，直到你自己也死了，也成为别人印象中的一幅画像。而我所追求的那幅，它不一定伟岸，它也不一定唬人，因为但凡是伟岸的和唬人的，都不太会长久——老虎一隔代了，就会变成猫，但希望俺那幅肖像，一定要有点儿别致的"意思"，有那种越久意思越浓，越不大会散的——"小意思"。

"小甜甜"龚如心也一样，一百年后，兴许不再有人记得作为女华人最有钱的她。一百年后，遗产的事也烟消云散，但一个小上海的老女人——仿佛桃符上小胖丫头模样的、那么俏而不丽实却不华的一个她，却会作为香港的一幅独特的肖像在后代人中流传。

评论：
愿她在天堂也能甜蜜快乐，童心永驻！

文人的辫子与投湖

缘于一个现在还不可告人的原因，这两天，我始终漫步于清华园里。清华大学是我常去的地方，第一次去是在"文革"的时候，但每次去，都没像这几天这样，看见了满园的春色。春色中的这个有了古色又有了"新香"，还有了书本气味的园子，真真是一个典雅的去处。

于是我就有些情不自禁了。我带着按捺不住的心劲儿——观看着那块矗立在清华标志性牌楼边上的纪念王国维的石碑。那块碑，是王静安（王国维）投昆明湖自尽以后人们竖立的，碑上的悼词是陈寅恪写的。陈寅恪文章的"中心意思"，是说王静安是个会"独立思考"和具备"独立意志"的文人，也正是因为了那个"独立"，他就投湖去了。

或许没有必要知道谁是王国维，也没有必要知道谁是陈寅恪，总之他们都是民国初年的国学大师，但有那么一点，你应该知道，就是直到王国维沉到了昆明湖底，他的脑后，还有一个清朝留下的大辫子，毋宁说他是因了对那条辫子的忠诚，才以死明志，才"独立"地从不再有古色了的民国里消失。

在那个时节，还要记住一个也不愿剪辫子的且也是留过洋的国学"大腕儿"，那就是辜鸿铭了，但辜鸿铭没有投湖，辜鸿铭想得开。

庆幸二十一世纪的我，不用再留一条大辫子了，如果是那样，我宁愿也投湖。我要投"八一湖"，它就在玉渊潭边上，那是我游冬泳的地方。

我从小就经常在"八一湖"里练习跳水。

我佩服王国维对中国古文化的固守，但用一条辫子，就能把那古文化给勒回来吗？何况，若是跳湖，又能唤醒多少人的"古色"？还有"独立"难道就是为了"独立"本身吗？为"独立"而刻意、不转弯子地死心眼，那不也是一种"非独立"吗？可能是俗人太多，中国只要出一个以"独立"为特色的人物，马上，他就变成了民众的"偶像"，就好比王小波，而那些把"独立者"又变成了新的牌位的民众，莫非，在他们哄抬起来的偶像下面，又失去了自身的"独立"？因一个人的伟大的"独立"，牺牲了那么多人的"独立"，这笔账，我是指大的那笔，不也是不划算的？

说这种话，我知道已经晚了。假如我在那时的清华园里，假如我见了王静安，就一定要提醒他："兄弟，可别老去颐和园啊！"时代的如柳叶的辫子，自有时代的春风去剪，我们的人头，是用于吃饭和喝西北风的。我们还有可能，把脑袋上的毛发，像小"三毛"似的立着，笑看这坎坷的世界。我们要该妥协时就妥协，该趴下时就趴下，因为我们要活满地球免费送给我们每一个人的天年，那样，才叫真格的独立。我们在别人都已经在归宿地紧急集合之后，倘若，还健康地活着，跳着，蹦着，笑着看着地球上崭新的万物的话，那么，我们还不算得是"独立英雄""孤胆英雄"吗？

我是说王国维可惜了，他该活下来，该陪我看这公元二〇〇七的水木清华园子里的春之颜色，看这缤纷的花瓣，那才不辜负了她们。

评论：

1927年6月2日，中国杰出的国学大师，忧生忧世的王国维先生，拖着一条大辫子，自沉于颐和园昆明湖，为疲惫的心灵寻找到了永久的栖息地。如今，清华园落英固然缤纷，可不知清华园里，是否还有像先生那样热爱民族文化,为民族文化忧思的痴情人?不知是否还有人续写《人间词话》?博主的忧思之情,先生若地下有知,当欣慰之至!

你和我在"殉"着什么

这个问题也是被王国维的那块碑给引出来的。昨天我又去了清华，回来后马上写了一个"碑文"，可不幸，家里的电脑不喜欢那个问题，它就出现了紊乱：在我刚刚打完的时候，它故意把我的"碑文"给弄丢了。于是，我只有早晨起来再换一台，用更新的"武器"再打出来，祭奠我昨日失踪的思绪。我干的，好像同陈寅恪当年为王国维干的是同样的事情。

一个人死了，又是大师级的人物，于是他的弟子们，就马上为他的死，寻找合格的理由。我觉得那就不妥：难道，人就不能为自己而死吗？难道，一个也是肉体凡胎的人，就不能为一时的想不开去死？他也许就是为了一段不该有的情赴死，他或许是那天喝凉水被塞了牙缝赴死；他缺钱了也可能会死，他辫子太长了难梳也可能会死。死，可是人的一种动物本能下的选择啊！又何必送给死那么多的意义？！我们真正企图"独立思考"了，就不要为思考的内容预设太多事先的"崇高"吧，人终究是人，伟人是人，小人也是人，大师更是人。我们何苦在他人都"泥牛入海"了，还在那个留沉甸甸辫子的本是瘦瘦的脊梁上，压上那么多应该由大众、由全民族一同承担的使命和任务呢？让王静安轻松地过过死后的"幸福时光"吧，他的寻死本是找解脱的，我们不妨就释放了他？

再有，我们为殉了什么的人、为了想不开的人，没跟他本人商量，就送上了那么多的震耳欲聋的"解说词",是否压根儿就不是为了那些个投湖的人,而只是为了我们自己:我们是投湖人的徒儿,我们是投湖人的兄弟,我们是投湖人的校友。投湖人是从清华园里出走的,那他必然必须是为了时代,为了华夏命运而投的,这么说时,我们就没有一厢情愿?我们就没有自私自利?我们就没有强人所难?我们没在意和没尊重的,可能正是那个死者真正的初衷和隐情。

为什么不?我们就不能让他走得轻松快意那么一点吗?我们对故去的人,就不放他们一马?眼下,连中小学生都提倡减"负担",何况对一个我们都喜欢的大师呢?

归西的人的魂,必须是潇洒自由、飘逸飘扬的。

我们每一个人,其实,都在"殉"着什么。"殉"在字典上的第一个解释是"殉葬",第二个是"因为维护某种事物或追求某种理想而牺牲自己的生命"。

你"正""殉着"什么?你在为什么而"殉着"?别不好意思。你无非在殉着钱,你无非在殉着名,你无非在殉着情,你无非在殉着"责任";再有,你还会殉思想,你还会殉尊严,你还会殉体面;你会殉考试,你会殉出书,你会殉出国殉出头等等,大人物有"大殉",小流氓有"小殉",都是为了"某种事物"或"某种理想"嘛。王静安的理想,由于他是大师,就一定崇高;俺齐天大的理想,由于是普通教员,就一定低下。我想你绝不能也不敢往那边想,因为你一想了,王国维的投湖,可能就真的是白投了一回。就等于你亲手把大师从湖的中央给捞了回来。

评论:

你总是能发现物外之趣,令人羡慕!各自飘逸洒脱地奔自己选择的人生路,各自心安理得地殉自己的道吧!安心、静心,颐和园的水域也自有它的波澜。

愿逝者长眠，生者自得其乐！

一个接着一个的杂耍

我写的这些"杂感",就像是一个个小小的"杂耍",在捉弄着我们的情绪。我们有时对发生于面前的诸多的故事和景象,是那么地被动。总是郁闷、不郁闷、郁闷、不郁闷,这样交替地生活着,那岂不就像在被一个个游戏耍着?

其实这篇文章到底能否被多少人看见,我本人也是没有把握的……因为小霞她明天就又要来了。小霞是谁?是我们家请的周末帮助打扫房间的小时工。"你那么懒?!"有人肯定会说。但我们的能量的确在二十四小时里,都用在打扫单位的房间了(你别不信!)。小霞什么都好,就是工作时下手太狠了,上周我们一没注意,"啪"的一声,她就把我写博客用的那台笔记本,从书架上摔了下来,仿佛是故意摔得那么狠,笔记本得了脑震荡,写好的文章回忆不起来了,幸好我脑子还清楚,就又写了一篇补上。

我感觉在清华人文学院那个叫"新斋"的楼道里,也被戏弄了一下子。在我办完事刚想走时,我看到了墙上的一个讲座的告示,要来讲课的人姓李,是"北京大学平衡论研究所"的研究员。我忽然想起来了:这不是我的同学老李吗?几年前我在北大哲学系上过一个"伦理学研究生班",我前后有两年在那里。"伦理学"研究的是什么?是"善"与"不善"的问题。学着学着我就半途而废转到别的班去了。因为我在第三学期时发觉，第一个学期里说什么是"极善"的那个老师，才过两个学期，在上另一门课时，就说那个什么又是"极恶"了。

老李似乎也没坚持到底。他四处去宣传发明的一种叫什么"平衡论"的学说去了。他说什么人只有吃饱了，心态才能平衡之类的理论。老李是山西人，长得挺富态，浑身上下看着还算平衡。上学时，我们常常拍他的肚子戏弄他，问他肚子里的好水和坏水是不是正在保持平衡。

我看了清华墙上的介绍以后，得知老李如今已经相当不得了，似乎也已经成了大师，已经被二十多个党和世界政要"接见"过，哦，其中还有袁伟民（原来是打排球的）。那意思好像是老李为全世界找到了一个能够起死回生的新的理论和学说。（记住了吗？老李说："人一吃饱了，心态就能平衡。"）

我凝视着那墙上有关老李的传单，心潮起伏不平。默默提问着老李：

老同学啊，你说我咋吃的……都需要减肥了，我的心态还——没平衡过来呢？

上面就是我的老李"平衡论"的平衡看法。

小霞可快到了！

接下来，在心情允许的时候，我可能要写点关于日本的回忆录了，免得一不小心，我的那些记忆让别人"养的狗"们，给衔了去。二十世纪八十年代的年轻人——我们学院里的那些小同事们，的确不懂得什么叫作"会玩"，直到有一天我对他们说，在八十年代初整个中国还未开放时，齐老师就已经把东京的迪斯科舞台差不多都跳塌过、把全东京的高级餐厅和冰激淋店差不多都吃遍过、把每个日本的头面政治人物都见过，把半个东京城里住的外交官们的名片都收集过……以后，他们（年轻同事们）才终于知道什么叫"会玩"了。

玩，有时是能玩出点儿智慧和意境的，要玩，起码就要玩出模样和玩出伎俩，就如我现在还没玩够的外语和博客一样。

小霞还来吗？

王小波去世十年的时候，最起码，在我知道的网上和报上大家都在纪念。有人说李银河在开采着夫君无穷的商业价值，我倒觉得她做的也没错，要不"王小波精神"能如此在中国发挥出来吗？

我暗想，王小波给我们这些写东西的人传达的最有意义的消息是，人死后反而能发出更大的声音……

我自己的家庭图书馆慢慢地已经在开张了，我二十年来收藏的十几架的图书，都按图书馆的分类方式打点好了，共有中国哲学、外国哲学、中国古代文学、中国现当代文学、史学、传记、语言学、毛泽东的书、鲁迅的书、少儿的书、齐天大的书等类别，其中每一类都有一架之多。当然，我不可能藏有一整书架的少儿书，那是怕你们认为齐天大胆敢跟毛泽东、鲁迅并列着，而特意加在文字中间的。人，无论是谁，都要有自知的能力。

我下午偶然翻出了一本民国人士朱湘写的集子，是二〇〇〇年我在西湖边上的外文书店买的。那是我常去的书店，直到它被拆掉为止。一切的东西，最后都是难逃一"拆"的——我说是从物质形态上，但西湖东湖滨上的那个外文书店，包括了那些店员和店里的每一本书，至今在我脑子里，却还没有完成拆迁。

朱湘在这本书里，把徐志摩的诗、郭沫若的诗、胡适的诗、闻一多的诗，都给有理有据地批判了一番，他说那些个诗，有的没韵、有的没美感、有的没水平、有的没道理、有的没品位、有的没体统……由于朱湘也是那时的重量级文人，所以看那本书，我有一种小人物得一次大志的快感！隔代人，尤其是隔了两三代之后，人是不太敢批评故人写的东西的，尤其是那些早已经成为了公认的"东西"的东西，就宛如我们指摘我们爷爷的毛病，我们肯定会只挑那些"好的毛病"。所以要想看真正的批评，一定要看同代人的，因为他们敢批，因为他们可以平视被批的人。在该书里，朱湘左一个徐志摩还那么年轻、右一个胡适尚且幼稚的评论着实不少，你我敢那么说爷爷辈的人吗？连那么说王小波，我们恐怕都没资格了。

我昨天购得了一套民国人写的竖版《中国文学史》，也是蛮有意思的读物，因为那本书出版时，鲁迅还活着，还没被完全偶像化，还在与他的敌人们风风火火地斗争着哩。

这人间啊，老是爱有无奈。

评论：

只是随着你的文字，这一个接着一个的杂耍，演出完了以后，又与你的心境一样，有了许多的无奈。好在这无奈的都已在此之前成为了往事，成为了可以无奈，也可以毫不相干的往事。

唯有记得明天抱牢你的电脑，就又少了一个新的无奈！

日本的天皇、英国的女皇以及小霞的来与不来

小霞来了。在小霞快来的时候，我老是担心她来，但小霞真的不来的时候，我又总是在家里的一堆"废墟"上，站着翘首盼她。来与不来，总是令人惆怅，正如你担心机会和机遇不来，但机会和机遇真的来得太多了，你又疲于应对。就和中国今天的外汇储备似的，一下子成了世界第一了，我们有钱了，又不会花了，又花不出去了。又如禽流感，昨天地铁里一个人玩命打喷嚏，那动静，不像是人得的那种流感，使得我连连朝边上的人群中躲闪，并寻思：这难道就是传说中的"禽流感"？

还有一个人，我在日本时期也见过，那人就是上星期温总理会见过的日本天皇。我不仅见过他，还见到了他的爸爸，那个名叫"裕仁"带头打咱们的那个人。我们头上的那块蓝天，谁当上了它的儿子，谁就敢称皇帝。因此，我的名字里，也少不了那一个"天"字。日本的皇帝也称"天皇"，那无疑是跟中国学的。只不过，同一片天，有两个儿子，一大一小，一正出一偏出，双方都气呼呼地看着彼此，都想离老天更近一些。

我见到"裕仁"和他的一家人时，是隔了一个防弹的玻璃房子。那应该是在一九八六年前后，我忘了那天是日本的国庆日还是天皇的生日。我和几个同事到皇宫去看热闹。到点了，皇帝一家人还真的出来了，有

老天皇，也有现在的天皇。天皇一家出来后，就在高处，隔了一个像是鱼缸的茶色的防弹玻璃罩子，朝群众们挥手。我们周边的日本人一下子就激动了起来，每人都手举着太阳旗，使劲高呼着"万岁、万岁、万岁！"其中有的年老的，还哭了。我们被那么多的喊着"万岁"的日本人围绕着，忽然就犯傻了。我们就像是几只金鸡，独立于其中。

我还"会见过"英国女皇伊丽莎白呢！"会见"两个字你别太害怕，并不是只有站在高处的人，见你才叫"会见"，你也可以"会见"他们。在英文里，会见就是一个区区"meet"嘛，同"meat"（肉）的发音差不多的，也可以说两个肉长的人，彼此见见面，就是所说的"会见"。我曾两次会见英国女皇。记得那是在一九九〇年前后，她到加拿大的首都渥太华参加国庆庆典。从理论上说，加拿大也是英属殖民地，所以她要去。女皇那天是单独去的，没带着查尔斯，更没带戴安娜，也没被用玻璃罩子扣着。只见女皇乘坐着马拉的敞篷车子，极其稳重地前后左右地做着 pose，从吱哇乱叫的群众前经过。我也向她注目着频频挥动手，不过我的手和眼，是"千手千眼"里的那一小对儿。

被我"接见过"的国际大 VIP，就是这些了：克林顿和他老婆面和心不和的"矛盾着的"背影、被玻璃罩子罩着的日本天皇，以及被马拉扯着的英国女皇。

VIP 就是"Very Important People""极端重要的人物"的意思吗？小霞在我家的周末，就是"极端重要的人物"，因为她一来，我们就都不敢外出了。杀人犯在法庭上，也是"极端重要的人物"，没有他（她）了，还开什么庭？枪毙时，他不在场，那子弹打谁啊？教师别管课讲得好坏，一站在讲台上，就是"极端重要的人物"，否则就是下课了。还有双人滑冰的时候，那一对儿里，不论是男是女，都是对方的 VIP，你不信的话，让一个摔倒了爬不起来的人试试看。

"新东方"的那个俞敏洪，我也曾接触过。他外出的时候，边上总是带个保镖。吃饭的时候保镖也一起吃，一边吃饭，那保镖还时不时动手动脚的。他好像在用管不住的拳脚对俞敏洪表示着：老板啊，我的拳脚是没的可挑的，可就是老等不来袭击您的歹徒。

　　昨天我又极其心情不好地去看牙了。我问井大夫有没有一种更新的技术，能让你的钻子钻在我的牙上，却疼在别人的牙上。井大夫特别认真地说，现在的科技水平还不像您期待的那么高。井大夫也刚从"日本七日游"回来。我问他对日本人的印象好吗？他的回答是，日本女孩儿长得都还可以，就是没有一个牙口好的。这就是人的职业视野和职业毛病了：牙科医生从日本回来说牙的问题；眼科医生从日本回来说眼的问题；心脏病医生从日本回来说良心的问题；那么脑科医生呢？那么肛门科医生呢？

　　最近报上有一则消息，说在清华读书的一个博士生，读着读着不读了，去修电动车了。他还发明了一个词叫"知识混子"。《北京晚报》的一篇文章对"知识混子"的"名词解释"是："他们并没有虔诚的向学之心和传道授业解惑的人生理想以及相关能力，只是出于生活轨迹的惯性，不得不在原地转圈……"本人也是个"知识混子"吗？还是因为本人不是"编内"的教师，本人压根儿就感受不到所谓的"惯性"的"伟大力量"？在北大听课的时候，我倒真见过一个姓Z的老教授，他的"惯性"可大了！上课时他老用一套卡片，一张一张抽出来照着念，有时候还时不时抽倒了或是抽反了。据他的一个二十年前的学生说，二十年前老先生给他们上课的时候，用的也是那一套卡片。所谓的"那个老师是很有一套的"，大概说的就是这回事。

　　我也在人不知鬼不觉的时候偷偷地纪念着王小波。我想对一个人的最好的留恋，在于跟着他学，做他做过的事情。我们在宣传王小波的独立和批判精神的时候，就应该像他那样，用最猛烈的火焰，去烧烤他。我们要BBQ王小波和那些个活着的死了的英雄，我们要BBQ我们的陋习，我们要BBQ我们的成见，我们要烧烤和审视我们坚信过的一切。王小波所"殉"的是那一桩他认为神圣的写作事业，是对文字的痴迷，是神经和精神的跨越，有一件事，我被感动了，王小波在临死前做的最后一件"实事"：他考取到了一个货车司机的本子。他，一个留学生、一个大学"编外教师"、一个著书百万言的思想VIP……在计划着日后靠开货车而谋生而殉他的"文士道"，他用的不是砍刀而是键盘，他说："实在不行了，我就干这个了。"好一个"实在不行了"！你知道，考货车的本子可是不容易的，那要白天黑夜钻许多的杆子呀。

又一琢磨，"知识分子"用广东话"港腔"，好像就能发成"知识混子"的音。人做事情，不可能每一件都认真，必须有的"混"，有的"不混"，或者有选择地"混"。关键是你想混什么不想混什么；即使想混了，也有个怎么混和用什么伎俩混的问题。就比如轮到我做饭了，在做菜的时候，我是不能混的，我不能往菜中无休止地放盐；但饭做好了，在刷碗的环节上，我是可以混的：我可以选择根本不刷，或只刷我自己吃饭的碗。对于知识，态度也该是差不多的。别人写的东西，你可以混着读混着看，自己的就不能混了。别人的思想和思路，你可以尽情地打乱和破坏，自己的思路，在还力所能及的时候，应尽量保持准确和清晰。我们每个人的脑袋，早晚都是会痴呆的，要不得老年痴呆的人，怎么这么的多。到那时候了你想痴呆，就随心所欲、痛痛快快地去痴呆吧！

我上周日在学校值班，所以当我回到我家的时候，小霞早已像晚霞一样地消失了。我一进门，就下意识地看了看桌子，发现那上面的电脑又没影了。我赶紧问妻子，妻子说："我早把它藏起来啦！"

评论：

你自己的思路，在还力所能及的时候，应尽量保持准确和清晰。——在你纵横驰骋的文字圈里，终于找到了内核。清醒、独特、别具一格的你，在这纷繁嘈杂的洪流中，依然精彩着，请接受我真诚的祝贺！

回复：

小霞代表着朴素的在北京打工的老百姓，当然是不可多得的和最可爱可敬的人。我这两篇文摘是借了小霞的来去当引线，把零散的故事串成正体。也算她的功劳吧！

香椿颂

我们单位又发东西了，这次发的是一小捆香椿！几经周转，好不容易把那捆香椿带回了家，因为它很入味，该按照北京人的传统做法用它炒鸡蛋了。油也烧冒烟了，才猛然发现，我家没鸡蛋，于是，我就大骂起了单位：为什么不连鸡蛋也一起发？

我那种对单位恋母似的依赖性，你保准也有吧！这说明我们这个民族的亲情是多么地浓厚。我在中外的各类单位里都工作过或者都密切接触过，包括日本的、希腊人的、犹太人的、北美人的、意大利人的……要说那亲情，还是咱中国人开的单位最浓了，因为我们的骨子里，都有一种"香椿"加"鸡子"的情结。我们吃饭时，家里的那个是个小盘子，单位的那个，是个大盘子，而且还富于"自助"色彩；小盘子被我们吃着的时候，那大盘子里的东西，也在我们的视线之中，关键是你能从"大盘"内夹到多少。单位的大盘子，就跟股票的大盘差不多。有时大盘涨了，你那一小股也不见得盈利，因为有人比你夹得更快，夹得更巧，夹得更狠，夹得更不择手段，甚至更有资格。不过无论如何，大盘还是牛市和牛逼一点（王朔喜爱的用语），比驴市、狗市、跳蚤市都要好！

因此，昨天发的那把至今还在冰箱里被我冷落着，没找到鸡子做伴侣的香椿，的确让我兴奋得彻夜无眠。

评论：

我最爱吃香椿了！没有发鸡蛋不要紧，还可以用开水烫一下凉拌呀！放点盐和熟油，味道也不错的！

还得感谢你的《香椿颂》，让我在监考前的一小时里，写了一篇即兴短文：

香椿——我的最爱

那天女儿做英语作业，其中有一题是：你母亲最爱吃的一种蔬菜是什么？她脱口而出："妈妈最爱吃香椿！"想想也是。我过生日时，丈夫做的一桌菜中，凉拌香椿是我动筷子最多的。

我不挑食，什么饭菜都能吃。但对香椿却情有独钟。

香椿的吃法常见的有两种。一种是凉拌。把洗净用开水烫好后的香椿，切碎拌上盐，再浇以适量的热油，搅拌均匀，一股幽幽的香味扑鼻而来，吃在嘴里甜香中稍有一些清苦，感觉特别地舒心。

另一种是蛋炒，这种做法是跟母亲学的。把香椿洗净，切成小段，再和三两个打碎的鸡蛋搅拌在一起，放在烧热的油锅里，再放上盐，轻炒几下就好了，这种做法虽简单，但吃起来既鲜嫩，又美味。

我喜欢吃香椿缘于母亲。我母亲是一个持家的能手，记得童年时，院子里种了好几棵香椿树，每年我们家都是从香椿一冒芽就开始吃，吃不完母亲就用盐腌上，或晒干了，等到冬天的时候吃。

离开家后，每年我也是从菜市场上第一次出现香椿开始便买来吃，直到再也买不到。有时我也买一些晒干，哪天想吃了，抓两把，放到开水里一泡，再放入汤里，香得不得了。

每次吃香椿，都有一种很温馨的感觉。即使不是食用香椿的季节，只要回到母亲身边，总能在冰箱里，找到腌香椿的坛子。我总是先从里面捞两根解解馋，也总能吃到母亲做的腌香椿炒鸡蛋。看我吃得香，母亲也总是高兴地说："走的时候，记着带些！"可结果，我总是以各种理由来推托，一次也没有带过。其实，我心里明白，母亲知道我爱吃，那个放在冰箱里的腌香椿坛子，是母亲每年特意为我准备的。我若带走，那里就少了，下次没有了，母亲会愧疚的。因此，我就把想吃香椿的最温馨的渴望留在了母亲身边。

前天打电话，母亲告诉我，今年香椿长得特别好，我说五一放假我要回家吃香椿，母亲说："满院子的香椿树，让你吃个够！"

我怎么会吃够呢？香椿里那浓浓的亲情，浓浓的爱，是我终生不能忘怀的情感，那浓浓的香永远都环绕在我的周围。

香椿永远都是我最喜欢吃的蔬菜。

"你们都玩什么呢？！"
（单位掠影续集）

我所在的那个外语培训部前两天又新来了几个小伙子。他们一个个看起来精神得很，而且高大威猛。他们被安排在另一个屋子里面。我推开那间屋子的房门，见他们每个人都在，为了表示对男同胞的尊重和亲切，我就高喊了一声："嘿，小伙子们都在玩什么呢？"

听了我的话后，只见坐在电脑前的他们，人人都大惊失色外加不知所措六神无主……

我回到自己的办公室后，把刚才的事情跟同屋的Z老师和L老师讲了一遍，她们说我不应该对刚上班正在艰难渡过着"试用期"的年轻人那么说话——即使我是在开玩笑。我仔细一想也是：

其一，他们可能真的正在网上玩耍；

其二，即使他们没在那里玩，作为刚来的新人，也不大方便回答我的那个"你们正在玩什么的"的问题。

于是我下次再去时，就说："现在，没什么好玩的了吧！"

Z老师和L老师是与本人"同室操戈"的同事。所谓的"同事"，或许就是从那个成语里"扒"出来的（开玩笑）。她们一个是女的，她们的另一个，也是女的。

Z老师和L老师的共同特点——除了与本人的性别不同之外，就是都比本人年轻：一个年轻三岁；另一个年轻六天。对，Z老师只比本人年轻了六天！我对她为什么只差了短短六天，就必须管本人叫一辈子"哥哥"的合理解释是这样的：起初她是不敢降生到这个人世来着，因为她一直对这个人的世界没什么信心，于是，她始终在观望着，她一直等到本人我先"哇哇"地来了。她一看："哦，那个世界好歹还有个齐天大，还有光明！那我就别生成海龟了吧！"于是，她才在犹犹犹豫豫了六天以后索性诞生。

至于L老师嘛，她比Z老师的犹豫时间，又长了三年。

Z老师哪儿都好，只有一个缺点，就是一到中午，她就乘机偷窥"齐天大"的博客。我昨天对她发出了严重的最后通牒："你要是再看我就写你了啦！！！"

这篇东西，不知她还能否看到？

为了在两个"大妹"同事的夹击之中，有效率和有尊严有地位地生存，知道心眼老不够用的俺，前天从图书馆花三十二块钱，买到了一本盗版处理的、足打了两折的《易经通解》。我边工作边用《易经通解》上的六十四卦的解说以及这本书上开列的六十四种对策，并对着我当时的卦象，像对着方子吃药似的，掐算着与她们俩周旋的方式和战略。直到上星期的卦象，好像最底下还是一条实线，是"阳"（—），实线的上面通通是虚线（- -），是"阴"：那都是她们整的。但是，说，我的卦象"五一"之后就要彻底和完全改变了！我们屋里听说已经决定了，又要来一个虚线的"阴"，来一个女同志，她要坐在我的另外一边。那样的话，我那条"—"线，就要朝卦的中间上浮了：我会被夹在那么多虚线的正中间。

我们几个还有一个比我更勇敢、更积极、更早了二十多年来到这个世界上的"大叔"级别的同事——老L老师。他也是男的，也是个"阳"（—）。老L老师尽管年纪已大，但身强力壮，站如松、坐如钟、走如风，而且边走,还边一跐一跐地朝前冲锋。于是我送了他一个绰号——与电脑有点儿关系的叫作"奔六"。

它是一段最美好的文字
—— 一张送给美国校园枪手的条子

在昨天的《中国日报》上，我看到了一个写给上周美国校园枪击案凶手赵承熙的纸条，可惜我把那张报纸送给几个挪威学生了，我回头再想买时，它已经卖光了。今天，终于在《参考消息》上看到了它的译文："希望你知道，我并没有太生你的气，不憎恨你。你没有得到任何帮助和安慰，对此我感到非常心痛。所有的爱都包含在这里。劳拉。"

刚才那段文字，也许是我们人类自从发明了文字以后，能写出的最好的一段话，别管它是中文的，还是英文的。因为杀了三十二个人的他，自己也死了，人只要一死，就进入了另一个沉默的场子，就有资格接受悼念。我们虽然都是好人，但活着的我们，决然没有那个等同的资格。还有，"二十一日，在弗吉尼亚理工大学的操场上，三十三个纪念遇难者的花岗岩悼念石摆成一个半圆形，其中还包括凶手赵承熙的悼念石。这是因为他虽然犯下残忍的罪行，但学校和社会此前没能对精神有问题的他提供适当的治疗和心理咨询，人们对此感到遗憾，这样做同时也是为了安慰失去他的家人……"（《参考消息》第六版，四月二十四日）

那也是我们能看到的地球上最动人的一个场面。还是那个道理：人死不能复生，但活着的人还有希冀，那就是他的家人。美国虽然可能已经被包括了本人在内的人看成了世界上最大的"邪恶国家"，但美国之所以就是"美国"，之所以还仍然有"美国残梦"，之所以有人还那么想去美国并留在美国，也许，其中的奥秘就在"劳拉"写的那张小小的纸条，一张送给杀人凶手的条子里面。

写那张"大赦"条子的手所承担的重量，可是不轻的呀（"劳拉"是个女子的名字）。写了它，会有人恨，会有人怨，会有人骂。我突然又肃然起敬于那些站立在另外三十二个遇难者悼念石边上的那些青年人的家人来了；要是你，可能就做不来。那些人代表着的就是美国的"好梦"里的精神。那无疑是一种让人战栗惊骇的挑战，那种挑战，作为无辜者的亲人，要在剧痛中承受另一种心理创伤：我是指连同杀了自己子女兄弟姐妹的凶手一起，向上天祈祷他们所有人的异地平安。

这，就是传说中的"博爱"和"宽容"吧。

在这次的枪击事件中，有一个以色列的教授舍命挡门救了他的学生。碰巧，我最近也在给六个挪威学生上课。我对学生说那个教授真是个英雄，他做了一个教授在那种情形下应该做的事情，就是在枪声响了以后，一下子朝门上扑。我还说，倘若中国的大学里万一也发生那类事情了，作为教员本人的我，毫无选择的余地，就是一下子冲上去抵住门框，而你们学生呢，就该从三楼朝下跳了……

正在我严肃地说着刚才那个"假设"场景的时候，突然，楼道里传来了几下惊人的巨响，而且，一下比一下近了……

……原来那是有人正在使劲装修着学院的楼道。

评论：

惊叹于劳拉送给美国校园枪手的一张条子！惊诧于这张条子上的文字："希望你知道，我并没有太生你的气，不憎恨你。你没有得到任何帮助和安慰，对此我感到非常心痛。所有的爱都包含在这里。劳拉。"震惊于这发自灵魂深处的博爱和宽恕！

劳拉的"我并没有太生你的气，不憎恨你"，是怎样的宽恕呢？是宽以待人的大爱之心。拥有如此情怀的劳拉，心灵里包含着多么深切的体恤和悲悯，一定可以和我们心中的菩萨相媲美。劳拉那发自肺腑的"你没有得到任何帮助和安慰，对此我感到非常心痛"的倾诉，又是怎样的自责呢？是严于律己的深刻反思。拥有如此自责自省意识的人，燃烧的是多么浓烈的关注他人生命健康的责任心啊！

这心痛就像是以宽恕的心融化了一件黑色的憎的铁衣，再用博爱的心重新缝制出一件全新、纯洁的美丽纱裙，所经历的心灵历练过程。这心痛，是一种自责，是一种警示，是一种憎的升华，是一种爱的极致！我们若拥有了这种基于责任之上的宽恕博爱情怀，我们就不会只是揪住这种不合常理的事情，一味地发泄我们的憎恨和愤怒，我们也许会时常探寻产生这种现象的根源，反思这种现象给予我们的教训，探求解决这一问题的行之有效的方法。

劳拉，一个再一次让世人震撼的名字，一个再一次引起我们反思的名字，一个再一次让我们汗颜的名字，一个再一次让我们省察到宽恕、博爱、责任至高无上的名字！

假如这样的悲剧发生在我们的校园，原谅我做这样的假设，比如马加爵事件，我们是否有过这样的反思？我们是否迷失在憎和恨里，而漠视酿成这一个人悲剧的根源？是否制定并采取过预防新的悲剧产生的有效措施？

还有追悼会上，"学校和社会此前没能对精神有问题的他提供适当的治疗和心理咨询"感到的遗憾，更令人震惊！这是怎样的遗憾？这遗憾里仍然包含着宽容、反思和自省，不只是来自于个人，而且是来自于学校和社会，这也是一个令人十分震惊的消息，而且凶手和受害人拥有同等的受悼念资格，这更是一个令人震惊的消息！敢于承担责任，才有了这可贵的宽恕！没有责任意识，没有关爱意识，又怎能谈得上宽恕？

于是，想到了做教师的我，是否也漠视了对产生问题孩子根源的探究？是否也尽了我所能给予他们的帮助和安慰？是否曾经留下过许多的遗憾？为了不再因了遗憾而心痛，我该做些什么？

这样的思考，使我的心扉豁然开朗，对于已成往事的悲剧，反思自身行为是一种正视现实，不逃避责任，不回避，积极有效的处理问题的方式。因为敢于、勇于承担责任，才有了劳拉与学校、社会的博爱和宽恕。因此责任与博爱、宽恕是孪生兄妹！

教育者有了关注孩子身心健康发展的责任心，才会发现问题，才会理解、体恤这些问题孩子的不幸，才会恰到好处地给予帮助和安慰，并协助有关方面给予适当的治疗和心理咨询，才会不失时机地抚慰并愈合孩子心灵的创伤，使其身心得到健康发展。

谢谢博主齐天大先生采撷这两束拥有人间大爱的信息，并抒写如此深刻的感思，给予我以上启迪！深表感谢！

回复：

我真是抛砖引玉，你的这段诠释更是最完美的，与劳拉的异曲同工！

记住这些条子吧

我早晨从 China Daily（《中国时政》）的网页上把"劳拉"的英文原话抄下来了：

"I just wanted you to know that I am not mad at you, I don't hate you, I am so sorry that you could find no help or comfort——Laura with all my love"

第二个条子是巴贝拉（Bawara）写的，就是这个图像上的（4月23日，China Daily）

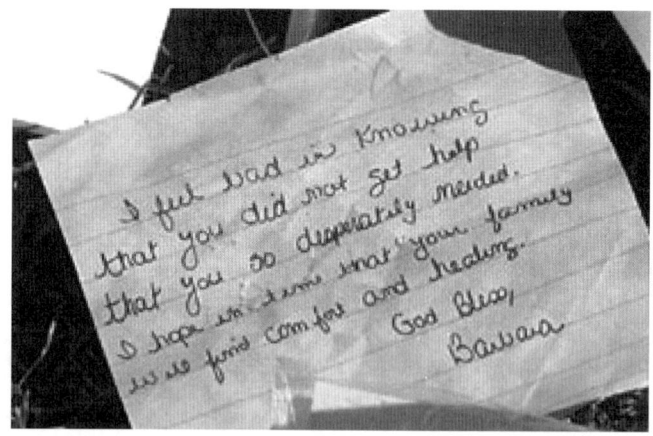

A heart-rending note pays tribute to Virginia Tech gunman Cho Seung-hui at the campus memorial. Reuters.

24日《参考消息》上的译文是:"你没有能获得必要的帮助,知道这个事实的时候,我感到非常悲哀。希望你的家人能尽快得到安慰并恢复平静。巴贝拉。"

第三张条子是"大卫"写的译文是:"今后如果看到像你一样的孩子,我会对他伸出双手,给予他勇气和力量,把他的人生变得更好。我希望你的家人能克服你的作为带给他们的痛苦。希望你对其他那么多人的生活造成的破坏尽快复原,而这类事也不再重演。希望许多人心中对你的怨恨化为宽恕。大卫。"

而本人的希望是,人们记住这些写条子的人和他们在条子上所写的话。

评论:

记住这些写条子的人和他们在条子上所写的话!!

记得承担责任,记得宽恕、抚慰不幸的心灵,记得在现实生活中,伸出双手,呵护每一个孩子的心灵,使他们都得到健康成长,记得别再因为我们的冷漠,而使悲剧重演,而空留遗憾!

美国人都该有枪吗

由于同事们都去爬司马台长城了,我只有在办公室里光明正大地独自写博客了,除非他们从长城的烽火台上,能瞭望到本人在电脑上的这些个"暴行"。

为了度过这个劳动者的节日,我明天还要跟随另一个学院的六七十个年轻人,到一个叫"黑龙潭"的地方过夜,一听是住什么"农家院",我第一个问题就是:"条件好吗?是地主家的院子吗?"他们的回答是:"那儿的人如今早就都没地了。"

校园枪击事件之后,美国人又开始争论"是要枪呢?是要枪呢?还是要枪呢?"之类的问题了。对于那些说禁枪的,有人坚决反对说:"如果每一个大学生都人手一杆枪的话,也不会一下子死三十二个人!"于是他们想让学生们都带枪上学。注意,那可不是在说军校!

许多年前我去美国的赌城拉斯维加斯办展览,那阵子美国人正在热谈禁枪的问题,我笑着问一个美国同事,他可是一个挺文雅的人:"James,你说,假如你们的政府强行把你家的枪给拿走的话,你会怎么办?"令我万分意外的是,平日那么一个斯文的他竟说:"我就用冲锋枪扫射!让他们的尸首一排排倒在俺家的院子里!"我至今还能忆得他当时的咬牙切齿,和从牙缝里挤出的那两个字"dead bodies",意思是"死人",还用了"s"表示复数。

不知"黑龙潭"的村民平时用什么看家护院？是用野狗，还是用土枪？由于我明天被安排着要在那农家院子里，在伸手可能根本看不清五指的空地上当男主持人：他们的确没什么别的优秀人才了，所以，我特别担心这一幕的发生。上星期日本长崎的那个爱好和平的市长，不就在他正对大伙热情洋溢地说着什么的时候，被人从腰间"啪，啪"地击毙了吗？

防人之心万不可无啊！何况又是在黑夜，在有野龙和毒蛇出没的山沟？

一直到民国初年，东北兴城那个叫作"高家岭"的我的老家，由于太富裕了，还藏了几支枪嘞，还有高高的院墙嘞。后来日本人从我们家那一带路过，我家带头开了枪，带头抗了日，结果不但被急了的"太君们"一把火把家点了不说，还被打死了一两个齐家的"祖先"，因此，就在昨天，一个在东京一起工作过的老大姐问我有没有"博客"一类的，她便可以看着学习中文时，我仍然保持了跨世纪的沉默。

评论：

最险要的司马台长城，为抵御侵略而由山羊驮砖艰难修建而成，也曾经抵御过无数想占领他人土地的侵略者，如今成了一道吸引世界各地游人观光的亮丽风景线；喜欢战争，也喜欢和平的友邦，或名正言顺地拥有枪支，或在先辈枪杀了他人之后又被别人的后辈所杀；你那曾经抵御外侮、保护家园的祖辈，在失去了家园之后，又建立了更新的家园，你牢记这曾经蒙羞的一幕，默默守卫自己的家园。

土地，是生命之根、之魂，是生命之家、之园。土地，生命的繁衍生息之所，为了守住土地，家犬、长城、土枪都纷纷派上过用场。可为了眼前的利益，却也会拱手把土地廉价地奉送给商家，任由"上帝"似的游人在家园里栖息。可不知到了后辈，还有什么可以奉送的？还能靠什么来维系生命的繁衍生息?

思绪被你的思索牵动,有土地耕耘真好!

评论:

中学生的"脑田"绝不该变成装满教科书的两脚书柜,应该是一块正在由他们自己以及老师家人共同开垦的野生山地。那里有肥沃的土壤,有四处飘来的种子,有大自然的甘霖,有春风春花春阳,也有霹雳中的暴雨,还有朔风雪花残阳。在这灵异的思维领地里,思维之马也常脱缰驰骋,不断引发一场场圈地运动,思维的领地虽无有形的疆界,但那马蹄落下时留存的印痕便是不言而喻的疆界。

可眼下这里虽没有硝烟,没有战场,但孩子们思想的马步却常常被中、高考禁锢,为这些孩子担忧!

我也深知野草只有在地火中摆脱重负,才可在地下卧薪尝胆般默默孕育生机。真希望孩子们大胆开垦自己的心田,并且早日练就"烈火焚烧若等闲"的石灰精神!那时也就不会借助于棍棒刀枪核武器解决纷争了!

今天又是一个"五一"

今天又是一个"五一",又是一个举国"大串联"的日子!你看那些乘坐着海陆空各种交通"杀"向异地的人们,像不像几十年前的"大串联"出行?我的那几个挪威的学生也随着"串联"到西藏去了。我让他们临行前把我的电话号码记下了,并说:"只有真的遇到紧急情况,比如说与一只老虎面对面时,你们才能打,要不老师不接!"

我也刚刚从北京郊区的黑龙潭"串联"回来。那是一个农家的院子。在我们的大巴进村之前,那附近方圆几十里地的鸡、鸭、鱼、蝎子和牛羊狗……就早已组成了"联防小组",但即使是那样,它们的一些还是在我们几十个人的"三光"式扫荡中,"牺牲"了它们的生命。我们总共吃掉了三只羊、几条红鳟鱼,外加很多个鸡蛋,还有半山的香椿,更有我们对附近的"原住民"——野鸡、野狗、野菜、野草等造成了短时间不大好愈合的心理创伤。

本人是我们这些"恐怖主义者"的节目主持人。我与一位姓金的女同事搭档,但我与她的区别是:她不用看词,而我用看。她特能背词,而且背得非常快,尤其那词是她自己写的时候。我为了不用背诵,就只有胡说八道。我对一对儿情意绵绵正在热恋里的少男少女说:"你们看见天上挂着的那半圆的月亮了吗?哦,对了,它就是你们爱情的见证人月下老人啊!难道你们不想向他老人家表白点儿什么吗?"还没等我把话说完，他俩就搂抱着亲起来了！看来他们真得应该细读《红楼梦》，得学点儿古人搞对象的含蓄。

半夜解手时，驻足于已经熟睡了的农院中央，我又举头望那明月，她已比吃饭喧闹时更亮，我又低头，却发现我并不在思念故乡。

与十年前的我相比，此时，我已经身在故乡。虽然，我的故乡它不在此山中，就在那百里外的那个城市。

黑龙潭一带没有伏击的暗枪，却有报警的狗。在我早起散步时，那条狗的狂叫，就是动物们鸣放的"烽火"，随着它，四周的鸡叫了，猫叫了，狗更叫了。它们仿佛都在对我抱怨："你不该早起……"

中年的我，觉已不多了，已经比狗早起。

是同屋小王的那一双好比"化学武器"的鞋里的异味，逼得我半夜在院子里幽灵般地游逛，对月自作多情，天刚亮就踹门而出。他那双鞋，似乎是用于做老北京臭豆腐的药引子，一脱就把我从熟睡里臭醒了，我同时还大声喊出了胡话："我不想吃法国奶酪！我不想吃法国奶酪！"

我们几十号人的离去，令黑龙潭四周幸存的活物们——也包括了山里的人，无疑，都大大松了口气，他们都一致高兴地说："咱们的五一节终于要开始啦！"

评论：

下午刚从没有铁马秋风的大散关下来，看到你的文字，差点笑趴下。好在没参加大串联，只是就近拜山。我们的小狗嘟嘟全程担任领队，率先登上了雄关的最高点，我还轻轻地抚去了峰巅陆游塑像上的一条小毛毛虫。

所幸今天闯关的人不多，鸡犬还算各得其乐！

打捞和被打捞的

有钱人都"伊拉克七日游"去了，我"五一"（昨天）又去了实在是不想去的玉渊潭，只因女儿要到那里去与别人划船。女儿是与别的同学和别人的家长一起去的，我怕她划着划着掉进那潭里，所以就悄悄地到岸边守候。我要是说我去，女儿就没面子了，因为她谋求的是"独立"。而据说，在这十多岁的年龄上，她就已经开始该"逆反"了。这一点她倒是继承了她的父亲我。直到今天都快四十多岁了，我还依然在"逆反"着什么哩。尽管我早已不反我的家长了，但我还逆反着老天。

你说这死丫头，她咋不逆反别人的家长呢？

我来到了碧波荡漾的湖边。只见我手搭凉棚，朝一个"东"一个"西"的两个湖上轮流"眺望"，但就在我就要发现女儿踪迹的那一刹那，发觉自己忘记配老花镜了。因此，我看那满湖里端庄盘腿坐在船头的所有如花的女子，她们个个都是我的女儿。于是，我就看花眼了，也看迷惑了。

接下来另一个找亲生女儿的法子，就只剩下看有没有"扑通"从船头落水的人了。那样做我凭借的逻辑是：只要她不落水、只要她在船上，不管她在哪儿怎么"逆反"她老爹，俺都无所谓，当然，我还是衷心希望她去"逆反"别人的家长。但一旦有人掉到水里了，哪怕我看不清那人是不是我的女儿，我也要玩命游过去救人，因为万一那个落水的"她"就是我的女儿呢？况且，即使"她"不是，只要我没被"她"拖下水，能救个鲜活的生命上来，俺不也不吃亏。

我用半花和半近视的肉眼扫视了一袋烟工夫的"东、西"两个湖面，还是没有见到水中有人。我都不耐烦得想拍屁股走了，这时，只见水面上有一个扑通着的半光屁股的人，正在一会儿上一会儿下地在湖里挣扎！我终于大叫了一声"好！"我于是……

正当我马上就要扒衣服下水的那个片刻，突然，水面上一艘疾驶的巡逻艇划开了一道白玉兰似的大花瓣，同时，一个高音喇叭里传来了刺耳的声音，一听就是老北京糙爷们儿的霹雳声："说你呢，那个偷着野游泳的，你以为往水底下藏我就看不见你了？少废话，快朝岸边游，要不老子罚款了！！"

败兴的我从湖滨走开。边走边奚落着那个快艇上的"公园管理员"："你罚个什么款？！他身上带着钱吗？"

评论：

你那划船的女儿，打捞着属于她的自由和快乐；做父亲的你，打捞着心海中爱的旗帜；做公民的你，打捞着被肩负救生职责的"公园管理员"雾化了的阳光；"公园管理员"在他管辖的水域里，打捞着权力和威风；那个偷泳的"水氓"，也在这一潭玉渊里打捞着仅存的肢体活力；我，一个读者，也在你的文字里打捞着飘飞的思绪，可乐的气息，水波的奥秘。

其实每一个人，既是执着的打捞者，又是无法逃避的被打捞者。

父母那已绷断了的爱的绳索，也将被孩子的"逆反"打捞回来；你女儿的平安，也已被你关注的眼神，打捞在水面上；那"公园管理员"的文明，也将被你的呐喊，打捞出他守护的水域；那赤膊的"水氓"，也该被你这理解的话语，打捞出一线希望；常常在浅水区瞎扑腾的我，也已被你这来自深水区的体验，打捞出想学游泳的冲动。

我们每一个人都按自己喜欢或习惯了的方式打捞和被打捞着,逆反和被逆反着,管理和被管理着,救人和被人救着,理解和被理解着,激励和被激励着……

愿你这可乐的文字打捞出非常可乐!

回复:

你这些美妙的排比,已经把我这篇短文里的意思,像抓鱼似的打捞得半条不剩了!

刘备三顾茅庐寻孔明（齐天大闹剧版）

第一幕：孔明自比管仲和乐毅

　　孔明正和他的四个好友崔州平、石广元、孟公威、徐元直一起谈天说地，那四个人都侃侃而谈、长篇大论，唯独孔明双手抱着膝盖，突然长喝一声："你们四人可真是太有才啦！""我们咋个有才法？""你们今后不是能当刺史，就是能当郡守！"众人你看看我，我看看你，都半信半疑的。"那你呢？你以后能当多大的官呢？"听后孔明头朝天哈哈大笑了好一阵子，并不答话，而是挽袖继续帮老婆弯腰扶犁躬耕去了。

　　犁地的老牛此时用浓重的鼻音闷叫发出的呻吟依稀可辨："我想当宰相，当管仲、乐毅……管仲、乐毅……"

第二幕：家乡人背后的评价

　　诸葛亮无论在田间还是在地头，都有乡亲在背后指指点点——对着他的背面议论："这位先生可是个人才，要当宰相的。"见有人不解，乡亲便接着说："那可是他自己到处说的。家里的田不好好种，天天在家里看军事地图，夜里也和梦游似的，到后山顶上去看星星。都二十六岁了，还没个一儿半女，可能是因为老婆长得奇丑，不好意思生吧。你说，连做梦都想当宰相的这个后生，在咱屯能留得住么？""嗨，都是这个兵荒马乱的世道整的啊！一个连漂亮媳妇都娶不到的后生，当什么宰相啊？这年月乡下的后生不安心种田，都想去城里打工。人才外流啊！这就是时代的浮躁！"

第三幕：孔明在家里

孔明的家里就像毛泽东在西柏坡指挥三大战役时候的样子，只见墙上有全国作战地图，草棚的正中间是占了半个棚子的沙盘。孔明的床头全是兵法的书，有《六韬》《孙子兵法》等。孔明天天在这种环境中，团团地忙着，口里念念有词，颇像一个神经有毛病的呆子。他还动不动就一个步子跨到门外，突然地去看星星，去观月亮。孔明口中的词，能听清楚的就是："明主啊！……"

第四幕：家人的牢骚

饭桌上，孔明的丑妻有一次吃着饭，突然暴跳了起来，她筷子一摔："我爹咋那么瞎了眼，把本姑娘嫁给你这个肩不能担，手不能提的人家，你看咱家那地，那还叫地吗？从我进你家门那天起，你就骗我，说我明年就变成宰相的夫人。呸！我连个地主的太太都不如！"

孔明爱搭不理地继续吃着饭："娘子别急，娘子别急。我明天就出山，好吧。徐元直不已经出山啦，下次就轮到我啦！眼下在城里找工作哪有那么容易，再说我别的不干，我就想一步到位当丞相。我已经把我的资料送到猎头那里去了，你就好好等吧。等徐元直一回来……""你想跟徐元直学，妈呀！他老娘听说都让曹操给扣了，难道你也不想要你家老爷子的命了？夫君，听我一句话，咱老老实实当农民过踏踏实实的日子行不？""真是妇人之见！唯小人与女人不好养啊！"孔明悻悻地摇头晃脑地离开了饭桌，又出门去看天象了。

第五幕：听说刘备要来了！

徐庶星夜里从新野刘备处赶来见孔明："兄弟，我已经把你介绍给刘备啦！"孔明先面露逊色说："元直，这么快就把我出卖了不是？哼！"然后立即转怒为喜，"元直，你说我是不是快去新野了呢？""那多掉价！沽名钓誉懂不懂？书白读了？"于是，徐庶和孔明就连夜把另外三个好友和弟弟诸葛均以及老丈人都找来了，他们成立了一个孔明"隆重推出委员会"，并一致达成协议：其一，机会终于来了。其二，但不能自己跳上岸边，要耐心等着钓钩。其三，他们分头去准备，背诗的背诗、打探的打探、看地形的看地形、备驴的备驴，万事俱备，就等着刘备三兄弟前来了。

第六幕：三兄弟一顾茅庐

临行前，刘备为诸葛亮准备礼物。由于那些礼物必须全由张飞带着，张飞就急了："大哥，带什么礼物？不就是去见一个弯腰种地的农民吗？"刘备训斥："三弟，你懂个屁！农民怎么了？国家长期重视'三农'问题。何况，现在什么最重要？人才！"

因此，他们三兄弟就上路了，张飞在马上怀抱着送给诸葛亮的礼物：一个石头磨盘。那是在诸葛亮出山之后留给他媳妇磨豆腐用的。

三人到达了隆中，刚一进去，老远就看见几个农民一边用锄头耕地，一边用浓烈的地方口音唱着："苍天如圆盖，陆地似棋局；世人黑白分，往来争荣辱；荣者自安安，辱者定碌碌。南洋有隐居，高眠卧不足！"

几个农民还有一个把词唱错了的，边改着口，边对其他人抱怨："这词也太难背了！"听者回答："要不人家能给你钱？好好唱就是了！管那么多干吗！"

关羽听了说："这儿的老农素质挺高的啊！"张飞抱着磨盘骂道："老

子怎么一句也听不明白？"刘备勒马，问几个用高低音唱歌的农民："这首歌是谁叫你们唱的啊？"一个刚想说："是卧龙让我们唱的……"另一个就把他揪到了身后说："这歌词是……卧龙先生叫……不，写的。""难怪，我说你们几个种地的也没这个水平。再说，农民嘛，你们的天职就是种地，什么荣辱不荣辱、隐居不隐居、碌碌不碌碌、高眠不高眠，无聊嘛！你们不好好种田，都睡觉去了，城里人还不都饿死？……那个卧龙他在哪儿啊？""就在山南边的卧龙岗，他就整天在那儿睡大觉……哦不，他自己说是'高卧'！"张飞已经急得不行了："大哥，我先走一步，把那个别人干活他睡大觉的懒蛋给擒来？"刘备给了他一个眼神说："三弟，你急什么！"

三人终于来到了诸葛亮的家。有一个小孩子从门里出来，刘备弓身说："汉左将军宜城亭侯领豫州牧皇叔刘备，特来拜见先生。"小孩子说："这是什么名字，也太长了，我记不住啊！"刘备说："我也是记了半天才记住的。你就说刘备就得了。你家主人呢？"孩子说："他今天早晨出去了。""他啥时回来？""我也说不好，可能三五天可能十几天也可能十年八年吧！"关羽一听也没耐心了："那家伙也太不务正业了！"刘备刚想发怒，又使劲忍了下去，对小孩说："他回来就说刘备来过，行吗？"见小孩走了，就对他的两个弟弟说："臭老九都这个毛病，都游手好闲的，不过眼下咱不缺别的就缺这种人才。得忍啊……"张飞说："哥哥，这磨盘？"刘备："你就接着抱吧。"

他们三人正欣赏着隆中的景色，迎面来了个特像知识分子的人，刘备说："他要是卧龙，咱就省得下次再来了。"于是张飞特别积极，上去问他是不是卧龙，那人说不是，是卧龙的好朋友崔州平。张飞说什么好朋友不好朋友的，你就是卧龙了。刘备说休得无礼，然后就与崔州平海阔天空地谈论起天下大事来了，崔州平更是一套一套的，拼命同刘备抢着说。关羽在旁边听了直纳闷:"这些人是真的山民吗?"刘备听说崔州平也是在找卧龙,就说你干脆别找了,快跟我们到县城工作吧!崔州平试探着问:"那户口……"刘备说:"可以办'农转非'。"但崔马上又改口了:"你们还是把指标留给孔明吧。我懒散惯了。我受不了在城里工作的压力。"说完就走了。张飞本想着好歹拉一个孔明回去,见崔州平走了,气得把磨盘摔在了地上:"没见到那个孔明,却遇到这个腐儒,酸得跟变性人似的。大哥,你不该跟他白费了那么长时间的话,你还不让我把这个破磨盘放下。哼!"刘备安慰说:"辛苦了,我的好兄弟,对付他们就得用这个法子。曹操比我虚伪假装多了,他更会给这些臭文人面子,所以人家那里谋士多得像苍蝇似的,想赶都赶不干净。咱以前打仗吃亏,全吃在他们这些臭文人的阴谋诡计上面了。今天好容易见到了一个,咱还不得好好忍着?小不忍则乱大谋啊,等老子拿下了天下……哼!"他的手捂住了剑。

于是三人垂头丧气而返,回去的时候,改由关羽抱着磨盘。

第七幕:三兄弟第二次去茅庐

刘备听说诸葛亮已经回来了,就一个猛子从炕上跃起:"这么快,不是说可能十年八年吗?"刘备说着就要再去。张飞一看那另一个磨盘——这次是大理石做的,就吓得直往后退。刘备说:"有什么奇怪的?这叫礼重仁义重。"接着,他又问一个有学问的人说什么时候下大雪,说等雪一下了,就马上出发。张飞说有工夫托人打听什么时候下雪,还不如让那人直接把孔明叫过来,不就是一个泥腿子吗?刘备说你就是有勇无谋,连孟子都说知道有人才了,却找不到招到人才的法子,就等于既请人家吃饭又不给人家开门。我就是要等下大雪的时候和西北风吹得最猛烈的时候去求那个农民出山,要不诸葛亮咋知道我等的诚意和殷勤？关羽说："殷勤是留给女人献的，何必专给一个老农呢？"

正当三个人在炕上卧着站着争论不休的时候，被派出去打探天什么时候下雪的人回来了，报告说外面已经大雪纷飞了，还说能让老天何时下雪、下大雪还是下小雪的人，在这一带据说只有一个，那人叫什么"孔明"。

三人在大雪飞扬的隆中艰难地骑马走着。张飞怀抱着那个大理石的磨盘，又没戴手套，所以边走边骂。关羽也有些发怵，他想如果这次再见不到孔明的话，回去时当驴扛磨盘的事情又要轮到我啦。刘备却边冻得上牙打下牙，边兴高采烈地说："越冷越好，越冷越好。知道什么叫真正的伯乐吗？他就是在发现好马以前九死一生的人。"见张飞骂骂咧咧的样子，他训斥道："怕冷了是不是？不就是天寒地冻吗？"他心里也嘀咕，"那村夫既然能让老天下雪，莫非也能让这天也越来越冷？看来他真是公元二三世纪的一个奇才！"

张飞见大哥已经铁了心，就哆嗦着说："冷难道比死更可怕吗？我是怕你太自作多情！白费了这一天的工夫。"关羽说："这冷，就是比死更可怕嘛！"

这时他们看到了一个小酒吧，就下马察看，发现两个道貌岸然的农民，正在那里高谈阔论什么天下啊、什么奸臣贼子啊、什么独善其身啊的。刘备听了大喜；关羽听了怀疑，因为俩人怎么看怎么不像是务着正业的山民。刘备以为孔明就在其中，就像在潘家园见到了真的古玩似的用惜才的眼光上下打量着他们，然后吞吞吐吐地扭捏着问那个长胡子的人："你就是那个传说中的孔明吗？"

长胡子的摆起了谱："有什么事吗？"于是刘备就滔滔不绝地倾诉了三十分钟，从汉室到曹操，直到全球变暖和人类的归宿……直到听长胡子说他不是孔明，才停了下来。

那两个一个叫石广元、一个叫孟公威，都是孔明的好朋友。刘备一面在心里怨着:"又现眼了一回,真臭!"一面满脸堆笑,邀请他们一起去见卧龙。怀抱大理石的张飞和还没彻底暖和过来的关羽也赔着笑说是啊是啊。但他们死活不去,说自己就是山民,对国家大事情没什么兴趣。刘备心想一旦他得了天下,第一个要抓的就是国民的爱国主义素质教育问题,尤其要先从广大落后的农村抓起。

　　三兄弟终于来到了茅庐,问看门小孩儿这次先生可是在家了吧。小孩儿说咋又是你们三人,在呢。张飞听了兴奋得把磨盘一下子抛向了天空。只见室内有一块匾,上面写着:"绝非淡泊以明志,偏不宁静以致远。"刘备点着脚偷着往里看,见一个酸儒书生模样的人在那里摇头读书:"我盼我主,吾爱吾庐,我爱我家……"等他唱完后,刘备一个猛子冲过去把他摁倒在地上:"你敢说你不是孔明?!"那少年边挣扎边说:"我知道你是刘豫州,是来找我二哥的,我是他弟弟诸葛均;他跟崔州平出去玩了。"关羽听了恨得咬牙切齿:"又是那个崔某,上次真该一刀……"然后回眼愣愣地瞥着被张飞摔在地上的那个磨盘。

　　刘备也已经有些失态了,他的手不由得三次去找腰里的佩剑。他真想亮一下剑!他从牙缝里好不容易挤出来了几个字:"他……什么时候回来?你给我老实说,你二哥……他真的懂什么韬略吗?还有你真的见他读过兵书吗?"诸葛均先是吓得魂不附体,心想我二哥可是把我害惨了,但马上又装着镇定的样子:"我—不—知—道……我就是不说!看你们能把我怎样?"

　　刘备毕竟是刘备,他马上就恢复了常态和慈祥。他说:"小兄弟,我的这两个弟弟没受过什么正规教育,所以极其野蛮和粗鲁。你有纸笔吗,我给你二哥留一个条子。"于是刘备就哈开冻死了的毛笔,还在怀里焐了几次,弄得内衣都黑了,然后又叫张飞帮着在腋下焐,说他那里毛多……

刘备铺开了宣纸，在那上面写下了那封倾诉衷肠的"求贤书"，书的最后写道："孔明先生，我知道你故意躲着我。没法子，我只好回去多吃素和勤洗浴了。我的诚意你是知道的，我就不信我……抓不到你！"然后毕恭毕敬地把条子呈给了诸葛均。诸葛均客气地把三人送出来，心说下次打死我都不给老二当替身了。刘备临出门时，又想起来那个磨盘。诸葛均说您下次千万别带这么贵重的礼品了。刘备用眼神示意关羽快扛着走啊……一边说还是下次当面送给你哥哥更有礼貌。

他们三人的影子刚一消失，孔明就从夹壁墙中冲了出来："那大理石磨盘在哪儿？我那磨盘呢？"

诸葛均气得埋怨二哥："早扛走了，就留下了一片破纸，我看你这辈子再也没机会到城里工作去了。还想当什么乐毅、张良，你是聪明反被聪明误！"这时候孔明的老婆阿黄和岳父黄承彦也极为不满地赶了过来，黄承彦气得丢了手里的酒壶，并捶打着刚骑过的驴，说他按孔明的吩咐刚刚也忽悠了一番见到他就滚鞍下马的刘备三兄弟，炫是挺炫的，但人家一听说他又不是孔明以后，就明确表示再也不来了；尤其是那个抱着沉重的磨盘的刘备，在马上累得呼哧呼哧的，小脸惨白，在听说我也不是孔明时，气得口吐着沫子，直说什么汉室不汉室的，老子不干了！老子也要买块地皮开发或者种地磨豆子！他没瞧我都白胡子拉碴了，我能是什么卧龙吗？

阿黄更是不依不饶地闹离婚。孔明先是十分气馁，但马上就陷入沉思。他看了天一眼，说："雪停！"等雪停住之后，就对垂头丧气的众人说："公元二三世纪的人才有你们这么没出息的吗？不懂炒作是不是？现在的刘备已经被我们炒得除了来请我再没心思干什么别的了。他肯定还要再来一趟！今天大伙儿就这么散了回家去吧。等刘备他们吃完素和泡过澡后下次再来……"孔明说到这里的时候，自己也停顿住了。

"那……咱们明年还种地吗？"大伙半信半疑地问。

"废话，农民不种地吃什么？等着政府发补贴、发工资啊？"孔明大怒，拂袖进屋去了。

第八幕：第三次进隆中前的各自准备

由于全球变暖的原因，第二年的春天马上就到了。刘备为了实践对诸葛亮许下的"斋戒薰沐"的承诺，在那个冬天里着实折腾了一些日子：他每周连续三天都到"全素斋"去订饭，并且去遍了新野县城的洗浴中心。搞得刘备无论路过哪个洗浴中心，老板们都离着老远就高喊："刘皇叔怎么才来啊？"这样一来，冬天过后的刘备，看上去既没精神，又没风度，由于他白天吃素夜里泡汤，所以消耗极大。人瘦了好大一圈，已经脱相得不是从前的刘备了，连眼里也开始有些暗暗的凶光。

知道哥哥又要去隆中，关羽先是带头反对，他说，哥哥你这是怎么了？你有病啊？你明明知道那个诸葛村夫是个自己特会炒作自己，徒有虚名的家伙，你咋还要让俺们兄弟扛那个磨盘？刘备一听不高兴了："上次回来还是大哥我扛的呢？！人才是那么白白来的吗？人力资源需要开发，就像开发华北十吨大油田那样，要用劲开发才能出油。你没听说过以前齐桓公统共去了五次，才见到那个叫'东郭'的野人故事吗？何况他诸葛亮压根儿就不是个野种？我知道上次他可能明明就在屋里藏着不出来见我，我瞥见他家内屋的军事地图和沙盘还刚刚被人动过。但即使他孔明不想见我，我死活也要见到他哩！他一个臭泥腿子天天摆弄那些打仗用的家伙干什么？前些天有人说诸葛亮要去投奔曹操……"张飞听了气得发抖："哥哥，你不用去了，我去拿条绳子，非把那个傲慢与偏见的家伙给像老母猪似的捆来！"刘备说："三弟，我知道你从前是个卖猪肉的。但对人才要讲究人道！对君子要讲究社交礼仪！我们对他先仁至义尽和面面俱到，但如果他诸葛亮这次真的不来的话，我岂能让他日后用那些个沙盘和地图帮曹操对付你我兄弟？三弟，到那时你就……"

"用绳子把他捆来？"

"不，用磨盘把他们都废了！"

三兄弟于是就抱着这次要不志在必得，要不斩草除根的决心出发了。他们活要见人死要见尸。还有，万一诸葛亮跑了，他们也要沿路抓一些人才，把人才活捉后用绳子捆回新野，然后凑合着使用。于是这次上路时，还是由张飞扛着一个磨盘，关羽的马上拴了十几条粗绳子，是用于捆人才的。

他们刚一出发，诸葛亮就接到了情报。他连夜召开紧急的"卧龙隆重推出委员会"的扩大会议。有关的人士都到齐了，包括老婆阿黄、岳父、崔州平、石广元、孟公威、诸葛均，以及门童和地里唱歌的那些人。诸葛亮把这次紧急会议的议题定为："是要当卧龙还是当卧虫？"他先是总结了前一个阶段接待刘皇叔三人的成绩，表扬了几个人，同时也批评了几个，说他们不够机智勇敢和不会随机应变，比如门童一见张飞就瑟瑟发抖；比如夫人阿黄一看关羽就想朝人家怀里扑，还喊："太帅啦太帅啦！"还有挚友崔州平一听说能进城当干部就意志动摇了，就想取诸葛亮而代之，就忘了自己仅仅是个"托儿"；更不能理解的是，那几个在田垄上唱歌的老乡，有的不但唱得跑了调儿，甚至唱错了词，唱起了以前我教你们的曹操写的《短歌行》了，幸亏刘备兄弟三人没什么文化，没听出来。诸葛亮接着说这次他们真的又来了，咱们大家是成"龙"还是成"虫"，咱们的家乡以后继续叫"卧龙岗"还是改叫"卧虫岗"，这次是最关键的也是最后的一搏，因为好事从不过三。假如这次咱表现不好的话，大家不仅都要当一辈子的农民，弄不好还会遭到那三人的灭门之灾。

听了孔明的话后，众人半信半疑，说你就躲着他们呗，他们还能把你吃了不成？孔明说当然了，因为那刘备已经好长时间没吃肉了。况且为了引诱他们再次进山，我已经使用了那最后的一招儿，就是放风说我们要去投奔曹操。其实我们要是真的想去曹操那儿还需要四处张扬吗？曹操那里是个谋士窝子，都是天下顶尖的人才，我们去了根本就没有优势。但刘备并不知道我们的心意，他这次来了就可能不走了，非把我们一窝端了或斩尽杀绝不成！听说这次刘备还让他那个野蛮的弟弟带了一个更大的磨盘，那不是礼物就是凶器……

众人听着听着突然发觉事态严重起来，有的说刘备看起来那么文雅的一个君子，怎会强逼我们出山？怎敢在光天化日之下欺压百姓？诸葛亮说你们啊真是农民，那刘备三兄弟是干什么的？他们可是地方军阀啊，他们可都是乱世的草寇，可都是残暴的丘八（大兵）。而我们呢，我们是善良的农村秀才，我们是农民知识分子的优秀代表。我们跟他们斗心眼还行，要是他们真的混蛋起来了，我们岂不都会变成那磨下的冤鬼？

散会时，诸葛亮让大家别太激动别太慌张，要各就各位，要各司其职，要视死如归，要大智若愚，要泰然若定，要像没事人似的，总之，要不成功就一定成仁。

于是大家就慌忙进行出山或者成仁的准备工作去了。孔明自己呢，也开始在野地大声背诵早已写好了的《隆中对》，因为无论如何，这次对他来说都是最后的面试，是当管仲、乐毅和张良的最后一次机会。

第九幕：三兄弟第三次访问茅庐

刘备三人终于看到了久违了的卧龙岗。为了充分表示诚意，刘备在离草房子还有半里路的时候，就匆忙从马上下来了。因为他知道孔明可能就在家里观望着他们。这下可苦了抬着一个更大的镀金磨盘的张飞和关云长了。他们喘着气抬着送给孔明的那个既贵重又沉重的见面礼,在刘备的压制下又不敢骂出声来。

迎面来了诸葛均。刘备忙作揖,问他二哥在家吗,诸葛均说皇叔你来得正好,他昨天晚上刚回来,你自己去吧。说完就"飘"着去了。张飞忍不住了,破口大骂诸葛均无礼,不给他们引荐。其实他们不知:诸葛均在见到他们三人的时候,尤其是又看见了关张二人抬着的那个大磨,联想到二哥说过的话,后腿始终在转筋。但他还是挺住了没有崩溃。

又见门童小孩子了。小孩子说你们把那个又大又圆的家伙放远一点行吗?刘备听说孔明在家却在睡觉,就对小孩子和他的两个弟弟说,你们先在外面候着吧,我去见卧龙。于是,他按剑蹑手蹑脚地来到了正在一张席子上头朝下死睡着的孔明面前。他终于看到那个传说中的神奇大个子孔明了!他心潮起伏,思绪万千,几乎崩溃,甚至差一点瘫倒。其实孔明也不敢抬眼看一下刘备,他在摆着那最后的一个 Pose,他必须把戏演到有个结局。他知道刘备就垂手站在他的床前,他甚至能"看见"刘备的剑柄,他知道他可能就是他未来的如老虎的君主,但他就是顽强地不起来,他一直将头死扎在枕头里。刘备也纳闷:有用这姿势睡觉的吗?哦,因为他是条卧龙嘛,他原本就不是凡人!

张飞闯进来了,见哥哥正伺候孔明睡觉。孔明才二十六岁,孔明脚上还有田里的牛屎。张飞就先想点火烧了草房子,然后又想去搬磨把孔明砸扁。刘备大声叱责,你这是干什么嘛?你没看先生正在沉睡?孔明听了把头往枕头中扎得更深,心说:这下完了!但我就是打死也不起来。刘备也奇怪这小子,咋打雷的声音都听不见?莫非是死了?他又一想不对,因为刚才在张飞叫唤着要火烧房子的时候孔明使劲动了一下。刘备明知孔明压根儿没睡,但还是没"弄醒"孔明,犯了错误罚站似的在下面恭候着。又过了一个时辰,孔明又翻了几次身子,偷看刘备也开始打瞌睡了,站在那里前后直摇晃,就赶紧吟了一首:"大梦谁先觉?平生我自知。草堂春睡足,窗外日迟迟。""卧龙"终于起来了,但"皇叔"却站着睡着了。孔明说还是我"先觉"了吧,这样不好,就使劲把刘备摇醒。刘备一个趔趄,也醒了。孔明边摇着刘备,边问小童这人是谁啊?怎么他私闯民宅?小童说他可是刘皇叔。孔明一听就急了,说既然是刘先生,你为什么让他等这么长时间?小童不懂事,说是你让他等这么长时间的!孔明说胡说!之后他让刘备回避一下,就开始换衣服了:带上纶巾,身披"神仙服",然后就与刘备一同落座了。

  刘备问孔明看没看到过他上次来时写的那篇"署了'贱名'"的信,孔明说看过了,不过那信里好坏内容都有。二人你来我往地谈起了"天下事"来,孔明问了刘备的志向,刘备说是匡扶汉室;刘备问孔明有何志向,孔明也说是匡扶汉室。二人就开始激动起来了。刘备问孔明有何具体的良策,孔明还没等刘备的问题提完,就把刘备拉到沙盘和全国作战地图那里,背书似的把《隆中对》一字不落地慷慨陈述了一遍。听得刘备心脏狂跳不止,心说这个农民的确真有水平,人还在山沟里,就已经知道以后中国要一分为三了,而且还替我刘某人预留了一份。于是冲动了的刘备非拉着孔明出山不行,孔明也开始了煽情,他先谦虚说我就是一个农民之后不谦虚地说我不是一个一般的农民;他先辞让,说最适合我的工作是种地,但刘备已经哭起来了,已经开始了刘皇叔那天下无敌的"号啕大哭":刘备边哭边说为了全天下的水深火热之中的穷苦百姓,为了人民的安危冷暖和为了让刘家的江山永不变色,我求你,妈耶!哇……

  这时候孔明瞅了一眼门缝里偷着朝这边看的他的顾问团的那些人的眼神,那些人都示意他火候和时机已到,于是孔明就含含糊糊半推半就地答应了刘皇叔，扭捏着不好意思地说："那我就试试看吧。"于是刘备大喜！草棚外的张飞和关羽听了更是喜出望外，因为刘备终于要给孔明送礼物了。他们把那个镀金的磨盘"哐"的一下子摔到了孔明睡的炕上。大家此时也"呼啦"一下子都从黑地里"冒"出来了，说您这份礼也太重了，我们乡下人真承受不起。

孔明临走时千叮咛万嘱咐叫他看好地，一旦他功成名就了，就接着回来种田。诸葛均听了后小声说："二哥，你好好种过地吗？"老婆黄氏哭闹着要想跟着孔明或者关羽上路，孔明说不用了，我如果明年这个时候还回不来的话你可以改嫁，或者用那磨盘开个豆腐坊吧。

卧龙岗的所有村民，都出来欢送他们。乡亲们说："这个后生啊，今天可算找到梦寐以求的差事喽！"

第十幕（尾声）：他们望见新野了！

四个人从卧龙岗返回新野，在望见新野城城楼的时候，四人各有各的心思。关、张二人喜笑颜开，因为磨盘没了，绳子也没了，再也不用去小农村了；诸葛亮也不动声色地喜悦着，因为他终于看见了传说中的城市；不知为什么，刘备却在距离新野越近时，脸上露出的神色越重。关、张于是问他们的大哥说，连孔明先生这么个跨世纪蝎子拉屎毒（独）一份的"人才"你都招到了，还有什么苦恼的事情？刘备先看看关羽，再看看张飞，说道："两位兄弟，嗨，有一句话我不知该不该说？"关、张二人都叫他快说。刘备又犹豫了一下之后，就索性说了："好兄弟，你们俩今晚就从咱们那个炕上把铺盖卷走吧。我从今以后要和孔明老师'食同桌，寝共榻'，终日共论天下之事了！真不好意思啊。你们俩以后真要多读读书了……"

（全剧完了 07\05\07）

评论：

刘备三顾茅庐寻孔明（齐天大版　应朋友之邀戏作）

（心灵飞鸿　毛遂自荐瞎解读）

之一。　第1~5幕：

第一幕：孔明自比管仲和乐毅

第二幕：家乡人背后的评价

第三幕：孔明在家里

第四幕：家人的牢骚

第五幕：听说刘备要来了！

解读：齐先生"戏说"三顾茅庐，想象奇特丰富。针砭时弊，入木三分。

选取不同角度和场景，全方位构建故事的真实性和现实性，又是在借古籍（鸡）下金（今）蛋了。你所写的只是每一幕剧的提纲、剧情简介或故事梗概，若要成剧本还须你腾云驾雾，舞文弄墨。

之二。第六幕：三兄弟一顾茅庐

试着解读一顾茅庐的"五个一工程"：

一份独特的礼物——磨盘，送给刘备妻子的礼物。深知卧龙惧内，投其所好，走夫人路线。夫人见了赚钱工具，岂不乐哉？焉有不支持相公出山之理？刘备心语：哼，别得意忘形，你丈夫就是给我拉磨的驴！

一出才人代表诸葛亮自编自导自费雇人串演的捧秀情景戏，大有姜太公钓鱼——愿者上钩，周瑜打黄盖——一个愿打，一个愿挨，醉翁之意不在酒，自以为是的嫌疑。

一首欲擒故纵的《寻隐者不遇》诗，使人想起"松下问童子，言师采药去。只在此山中，云深不知处"的诗句，侧面烘托诸公的深不可测。

一场烘云托月的亲友团煽情闹剧，吊足了刘备胃口，又怕刘备恼羞成怒，拂袖而去，坐失良机，于是亲友团乔装打扮，半推半就，布下迷惑阵，终于使刘备虽恨得牙痒痒，但难关当前，只得提刀饮恨，筹划再顾，于是一顾在笑声中结束。

一幕出师不利，犹如鸡肋在手欲罢不舍，别有用心，求贤而心不诚，不得已委自枉屈，随时做好了卸磨杀驴的求贤喜剧，幕前的是访客雇主，幕后的是才子被雇佣者，一个不诚，一个有备，各自为利所趋，岂能共谋发展大计？令人笑在脸上，忧在心怀。

故事编得精彩，解读的人有姜女（住在姜水畔）才尽之感，看了无数回，此刻才留语，不知当否？

之三。第七幕：三兄弟第二次去茅庐

解读再顾茅庐的剑拔弩张：

（一）主奴加大投资融资筹码：雇主：石磨盘——玉磨盘，诸葛夫人，你岂不动心？专等大雪猛风天出行，以人造诚心煽情。被雇佣者：人造恶劣环境，考验雇主诚心，提高知名度，抬高身价。

（二）被雇佣者加大炒作力度：唱歌谣，论古今，山民尚且如此多识，孔明岂是平庸之辈？雇主：再次被山民所涮，恨意更浓。

（三）孔明造假欺主龙颜大怒：门童以"在"引备上钩，亮弟诸葛均表演模仿秀，亮造假欺诈过分，雇主恼羞成怒，挥刀相向，虽强压怒火写下"求贤书"，但此恨绵绵无绝期。

（四）坐失良机孔明家人内讧：刘备携磨盘怀恨离去，惹得孔明眼馋、弟怨、妻嫌、岳父恼，但他岂能甘心，还想再炒作下去。

（五）主奴之间矛盾冲突加剧：刘备与孔明这两位：一个面临灭顶之灾，急需贤才辅佐，却又虚情假意，虚张声势，一再被孔明捉弄，虽写聘书，但恼羞成怒；一个做梦都想出人头地，却偏要故做清高，自炒自卖，戏弄雇主，抬高身价，求得心理平衡，引来人怨声载道。面对这剑拔弩张、矛与盾对峙、针与锋相对的场景，欲知后事如何，且听天大先生下幕分解！

勉强如此解读，不知是否有隔靴瘙痒之嫌？一笑！

之四。第八幕：第三次进隆中前的各自准备

解读第三次去茅庐的战前准备：

哎，人生竟如此复杂！把精力和智慧都用在你争我斗上，你说这人活得累不累，可现实它就是如此！想不累，那除非你到外星上去，你说："你以为我不想去呢？可问题是我去不了呀！再说我不争我当不了王！"

于是你就想不在沉默中爆发，就在沉默中灭亡。帝王要爆发，争得天下，巩固帝业；才子要爆发，拥有权势财富，光宗耀祖，并想逐步成为帝王。于是乎我用你，但又怕你伺机谋我江山，多生防范之心；我被你用，我依附你，但我也有条件，我要看你给我多少筹码，否则，我还可另谋高就。

于是在斗智较量中，虽以谈判的方式讨价还价，但却又无处不是充满硝烟的战场。自古有《曹刿论战》，庶民曹刿战前问鲁庄公："何以战？"庄公答，衣食与民同享，祭祀对神灵诚信。曹刿认为这些都不妥。庄公最后才答出："小大之狱，虽不能察，必以情。"即取信于民，秉公执法为百姓办实事。受到曹刿首肯，就算是做好了战前准备，赢得了以少胜多的赫赫战功！美名永垂青史！

那么说到此，天大先生先让这决一死战的三顾茅庐，决战双方都来了个充分的战前准备！公平竞争呀！

刘备帝王一方：

一颗黄（皇）心三种准备：先以礼争取，顺我者昌。若无效，则以兵，让逆我者亡！再以绳捆一些不识时务的人才。可见帝王的忍耐有限度，图穷匕首现的游戏帝王也会！精彩！

孔明才人一方：

一颗绿（禄）心两种准备：不出山，便成仁。总结经验教训，分清此举利弊，明确形势严峻，确立奋斗目标，释放迷刘雾弹，诱刘痛下决心，实现腾达梦想，众人匆忙备战，羽扇纶巾迎战。

要知后事如何，还请天大先生快点分解！

瞎想瞎写，借天大先生地盘，逗大家节日快乐！

之五。第九幕：三兄弟第三次访问茅庐

第十幕（尾声）：他们望见新野了！

解读三顾茅庐及尾声：

无硝烟的决战果然出人意料的精彩：

新野帝王刘皇叔倾情上演求贤若渴、爱才如命、以诚感人、以情动人的卧薪尝胆、委曲求全、相见恨晚请神剧：

礼物更贵重：石磨盘——玉磨盘——镀金磨盘；

诚意更真挚：提前半里走下马，毕恭毕敬礼亮弟，和颜悦色待童子，炕前立眠候贤才；

煽情更威猛：志同道合匡扶汉室，贤才相助帝业有望，哭天喊地求神保驾！

卧龙才子诸葛亮极力打造泰然若素、淡泊宁静、心若止水、口若悬河的欲擒故纵、欲张故弛、半推半就山神像：

作秀登峰造极：亮弟表面爱搭不理，实则乐得要崩溃；门童拿磨盘障眼，也泄露作秀底细；孔明假寐试诚意，装腔作势猛摆谱，吟诗唤醒立眠君，换装造势贼深沉。

诸葛孔明千呼万唤闪亮登场：隆中狂对皇叔忧虑问题，诱饵猛料一股脑儿全抖出，诸葛亮钓鱼——刘皇叔岂不上钩？此时火候正好，却还要故作置身三界之外，皇叔只好拿出三尺男儿杀手锏——"号啕大哭"感天动地。于是孔明不负众望决定出山，于是皇叔喜不自胜访得栋梁之才，于是诸葛家人成仙有望，于是诸葛先生还要故作以死效忠皇叔状，于是皇叔决定与孔明同室共眠，也可能是同室操戈，于是就由诸位看官顺着天大先生的剧情去随心所欲的想象吧！

这两幕编得跌宕起伏，真有于无声处听惊雷之感，一口气跟着先生文字走来，分享齐先生版的三顾茅庐，哎，虽然可乐，但我也觉得太累了。

我还是希望现实中少一些这样的闹剧为好，否则，我也会郁闷得要死了，再也没有力气来分享齐先生的文字了。

我是一个头脑简单的人，大家都还是活得简单点好，各自心安理得地做自己喜欢做的事，尽量减少人力资源的内耗，各自尽职尽责，真诚无欺才好。我想这也是天大先生创作这十幕闹剧的真实用意吧！

好了，说得够多了，就此谢幕吧！不当或曲解之处，还望批评指正！

回复：

看来能看透天下事的既不是刘皇叔，也不是孔明，更不是我，而是判卷的先生！

你的解读比我写得好，但意思是一样的，即知识分子待价而沽；帝王想使其御用，二者是个讨价还价和博弈和斗智斗勇的关系。

"just 加 it！"——杂说加班

近来我关心的一个新的课题是加班。昨天我久违了八天没见的同屋工作的Z老师——就是总喜欢窥视我博客的那位老妹妹，她说我的小说《三顾茅庐》写得还可以，但要是"四顾"就会更忠实原著，还有她质问我说："你昨天倒休，为什么没写新的？"于是，我只有今天四点就起来开始了我在电脑上的加班。

在"五一"期间，全国所有服务行业的人士都在加班，都付出了辛勤的劳动，尤其值得赞颂的是北京动物园里的大熊猫，由于游人太多，它们没办法就只有每天加班半个小时，每天多向人类展现三十分钟的眼。由于我不是那种动物，真体会不了它们工作时候的心态；比如马拉车吧，马在拉车的时候有"我在上班"的与咱们类似的感觉吗？可能知道这个答案的人只有那些姓"马"的人了吧。

在"五一"期间，我看到《北京晚报》上，有一则调侃非要让员工加班，并用自己公司的特殊口号激励他们的杂文，那文章很有意思，比如说生产"白加黑"的那个药厂的加班口号是"天黑了得加，天亮了更得加"（大意），我一想，这可够狠的啊！"联想"公司的加班口号应该是"加班能增进我们的联想"，如此类推。那报上还有一条加班口号，更绝了，是"耐克"公司的，"耐克"平日的口号是"just do it！"（少废话，干你的就是了！），换成加班的，就成了"just 加 it！"。这些都是我自己编的。听见了吗？当稀有动物的熊猫和当拉车夫的老马，以后让你们加班时就少废话了，都得"just 加 it！"。

据说在北京"国贸"那几个"精英楼"里上班的人，一般都加班到晚上九十点钟，另外据心理学家分析，那些拿高薪的人士一加班到特晚的时候，就自动进入到了一种蜜月般的兴奋和自我欣赏陶醉的状态，你想不让他们加班都做不到，那会令他们陷入悲哀和失落。我有一阵子总去那里拜见一个姓 P 的小先生，他就每天加班到那个时辰，所以每次我上午十几点钟到他的办公室去找他时，他的下属们总对我说："他刚刚睡了过去……""是睡眠吗？还是昏迷？"我听后关切地问。

二〇〇三年"非典"时期之前，我也是在那几个楼里上班，而且当时还是领导。一般我到办公室的时间，是上午的十一点钟左右，其他的时间，你若问"齐总"在哪儿，同事们会说："要不您去'星巴克'咖啡或者地下滑冰场找找？"

我记得"非典"闹得最凶的那几天，我戴着个大口罩，打了车，夜闯"国贸"去加班，我要让我那些"国际"的朋友们知道我们这些中国的合作者都还活着。那时候的"国贸"城就像是一个死尸所，没有一丝活人的气息。我走在黑灯瞎火的 CBD（中央商务区）的心脏，把几十个邮件发出去了，我就是那个冒死加班的英雄吧！

昨天有一个学生在日本的横滨找到了一份编程的工作，他正在苦学日文。我说我二十多年前就在东京的三菱总部实习和工作过，日本人干起活来可玩命了，你要有充分的思想准备。他问玩命到什么程度，我说，比如晚上六点才去吃饭，为七点以后的工作做"肚子"的准备工作；比如夜里回家总见不到妻子的样子，因为妻子已经早早睡了，到了月底，才终于看到并想起老婆的长相，等等。我还嫌没说清楚，就补充说，这么说吧，齐老师自打二十二岁的时候在日本工作，从那以后所有的工作对齐老师来说就都是在玩！就比如老师现在同你聊天，这难道不是在玩吗？学生被我说得大笑起来。我刚说完，五点半的下班时间就刚好到了，楼道里也有人大喊："齐老师，咋还不下班？"我匆匆跟那个学生拜拜，说："嗨，你还得坚持工作，我都下班了！"

昨夜晚上十点左右，家门外传来了一个邻居强烈的叫骂声，因为他回来晚了，老婆不给他开门，所以男的在楼道里骂着。他先说他是加班了，不是在外面瞎搞，他老婆不信，于是，他也不管那个正隔着一道门在用"猫眼"关注着事态变化的我的感觉，他用了一句老北京人的惯用骂法。接着，我的心里哗啦了一下子，因为那男的终于进屋去了，屋里的叫骂声还没断，女的也骂了与男子同样的话，同时还不时传来了如坦克般的巨大响动。我心想，可别出人命！有几次我都想报警，后来想着想着，就失去了知觉。我之所以不顾别人的生死早早昏睡过去，就是为了今早起来加班写给Z老师一篇关于加班的博客。至于那家人的生死，可能一会儿开门后才会知道。

活着的人和动物都要加班，真累。而我要上班去啦。

评论：

如果把每天八小时以外、每年节假日以外的工作都算作加班的话，那么现代人为生存，不加班的可算是少之又少了！

齐先生不负同事重望清晨加班写博，由此想到了节日里动物们不辞劳苦加班欢迎四方宾客，员工为保饭碗加班服务企业，精英加班打造金身，昔日从商的博主也曾加班娱乐，加班与死神周旋，加班与东洋人比拼，还想到邻居夫妻为加班打架，由此感慨活着的人和动物似乎都在加着班，然后再累着去上班。我也只好晚上加班看博主的文章，被博主灵动的思维感染，被博主关注民生的情结牵动，也想起我熟悉的一幕加班场景。

对于过着农耕生活的庄稼人来说，仁慈的大自然把雨雪天定为他们法定的节假日，知恩回报农人辛勤栽培的禾苗也在成长过程中，精心安排了一些农闲时节。可这些昔日里有些悠闲时间的农夫，为了生存，如今也要背井离乡去做农民工，去做本该不属于他们的工作。他们出大力、流大汗，以粗茶淡饭果腹，睡在潮湿的工棚里，他们付出的又岂止是时间意义上的加班，还有体力上的透支，情感上的孤独，还要承受子女教育很可能被荒废的重创，甚至还要承受城里人的冷嘲热讽，他们的加班更富有悲壮的牺牲精神。

精英加班被称作过劳模，高知加班导致英年早逝，关注这些问题的大有人在，可那些被人轻视的农民工，在忍辱负重中默默无闻地加着班，可有些加班的精英，甚至连养家糊口的工钱都不愿意付给这些为他们塑金身加班的、微不足道的农民工，这也该引起社会更多的关注。每当我和这些农民工的孩子在一起，我都想着他们就是我的孩子，我要加倍弥补忙于加班的父母亏欠他们的那许多。

细心的博主竟然想到了我们人类的朋友——动物，在节日里为度假的游人加班，这该是多悲悯的情怀！当全体社会成员都在加班时，我们的社会成员是否都已处于亚健康状态呢？试设想：我们的所有社会成员如果都不加班或少加班，不提倡大家都来加班，那么我们社会成员的健康状况是否会有所好转呢？

回复：

老骥伏枥，加班不已！

护士节、母亲节连颂

昨天晚上在上电梯的时候，开电梯的女工告诉我昨天是护士节，今天是母亲节。我听了以后心说"不好"，这可够我忙活一阵子了。

把两个女人的节日连起来，不知道是谁的决定。我由此想到护士这个职业是为数不多的几个能让人把职业和性别放在一起幻想的现代职业之一（因为古代的中国没有当护士的女人）：我一听说哪个人是个护士，就马上会想到那是一个年龄在二十至三十五岁之间的妇人，却绝不大会想到那个人是个八尺长的硬汉；当然那种护士也是有的，是在战争期间，或是在二十至三十五岁之间的女性的确不多的时候。

可能我们每一个人，无论是男是女，在屁股上打针的时候，都不希望那个给我们扎针的手，是一个糙老爷们的或铅球运动员的吧——我是说"它"——那只手起码要比较温柔。

由此我还想到护士这个职业的"悲壮"色调。我昨天在给一个当护士的小同学发节日贺信的时候，发现她在她的博客上也在颂扬自己的职业，看她的博客《露桥闻笛》，触动我的是，她在她的文章里面居然谈到了退休——这个我天天都在苦思冥想的问题，可她才二十多岁啊，由此我想到了护士那个职业，也是在为数不多的职业里面"昙花一现"式的，她们——美丽的护士们，大约在四十岁以前，就要宛如白鹤似的飞走了……那不是一种使人悲悯的举动吗？还有像护士一般在英年间就会飞走的，也是一个女子特有的职业，那就是空姐。五十多岁的空嫂和七十多岁的空奶奶也是有的，但那并不是主流，此外，空姐也绝不可能全让八尺铁汉们取代。并不全是因为如果护士和空姐都换上了八尺铁汉，我们就不去医院开刀，我们的腿就迈不上飞机，我想，其中的原因可能更是因为从事与"呵护"有关工作的人，是需要有一点母性般的柔性的。无论是护士还是空姐，都是年轻母亲的象征，她们在我们肉体上有危难时候（开刀、疼痛）和在精神上不安的时候（怕飞机失事掉栽下去），顽固地屹立在我们的旁边，她们无疑是一种母性的柔和和关爱支持的力量。再有，她们还那么美丽——因为她们身穿着洁白无瑕的或是优雅风韵的制服；更有就是她们的年轻，她们因年轻而美丽；但她们自己，却在美丽即将老化的时候，像白鹤（护士）和孔雀（空姐）那样，一旦亮全了翅膀和开足了屏，就要谢幕、就要下场、就要飞走了……你们说，她们难道不是我们的喜悦和我们的留恋，以及我们的悲伤吗？

可能，这些就是护士节和母亲节被连到了一起的偶然原因吧。她们的出现和她们身上所展现的那一团或和蔼，或默默，或无语，或匆忙的脚步，我认为，就绝对女性和母性，也是最最坚决和最最耐心的；她们有时候可能厉害、可能冰冷，但她们的性别绝不可能让男性替代，因为在人类潜在的印象中，我们病了的时候，即便我们要死了，我们的父兄，也应该还在沙场上与敌人舞枪弄棒，他们不应该是为我们递药打针或为我们平心静气坐在一边的人。空姐也是一种带着悲壮的色彩、用优雅引领我们走向有可能就是那最后一条到天堂的"近路"的年轻母性的符号，我们在她们的呵护下，在天上飞的时候就不那么害怕了，因为她们每天都在飞，她们是"花衣天使"，如果她们哪天都青面獠牙了，都膀大腰圆了，都横眉立目了，我们即使是"砸"在空中了，也可能不能平和地去见上帝，因为我们身旁没有天使引路啊！护士之所以是"白衣天使"，就是因为她们知道那通向天堂和地狱的路，她们的确是我们来到人间看到的第一个在母亲身边陪伴的人，但我们离开人世的时候哩？那时候母亲已经先我们走了，那时还在场陪伴你上路的，还将是她们护士！她们为你向天堂引路，她们就像是飞机舱口迎接你走向蓝天的空姐，她们含笑着对你说，别怕，反正大家都会去那个地方的。你真合眼的时候，她们肯定就在身旁。她们是你睁眼来人间（那时你第一眼根本看不见妈妈）和闭眼去人世的时候（那时可能妈妈已经先走）——都在现场的那个模糊的"白衣视频"。

中国人，一般死时既没有神父或牧师在场帮助安魂，也可能见不到医生，因为医生可能太忙可能太想赚钱，除了亲友，唯一的"职业送别人"，就是代替母亲的雪白的护士。空难发生时也一样，她们那些个仿佛是花大姐的"花衣天使"，不就是他们——那些不幸人的灵魂陪伴？因此她们——女性的洁白的安魂人，是美丽伟岸、无私和伟大的；她们职业性的年轻和职业性的伟大，与母亲节一同，隔夜被我们万众讴歌……

评论：

这是一首满含真情颂扬母亲般伟大无私的白衣天使的赞歌；这是一席充满了男性对女性更深的悲悯与关爱、体恤与理解、尊重与崇敬的肺腑之言；这是一个男性以感恩的情怀为安抚灵魂的天使精心编织的美丽花环；这是洞察了人间真善美、假丑恶的男性对母亲般伟岸庄严的女性奉送的一份独一无二的节日贺礼！

感谢并颂扬这美好的精神！愿这些美丽的天使青春永驻！

听曹雪芹大骂"扯臊"
——好不容易下凡的一个林妹妹她又走了

前天，就在母亲节的那个晚上，我认为该演林黛玉的那个难得从天上掉下来的李旭丹被不想让她当一回林妹妹的规则给淘汰出局了。她没能进入"红楼梦中人"的前八强，取她而代之进入了前八强的八个人，要我看，该是潇湘馆里的八个丫鬟。

这两年我收集了几乎所有前人研究"丑学"的书籍，正在细细和暗中做着这门新兴的被叫作"丑学"的学问。它是在《厚黑学》之后最富于现代色彩的美学和伦理学。

李旭丹被淘汰，还使我学会了用电子计算机骂人。我是前天才在女儿手把手地指导下，发现有"百度贴吧"那样好玩的地方的。我输入了"红楼梦中人"几个字，发现上面有几万人在为他们的"林妹妹"喊冤，其中也有骂人的话，于是乎被骂的人也用同样的方式回骂。由于当了教师已经有四年不太方便用脏话骂人的我，突然发现了一个可以用这么自由且又不用暴露身份的方式说脏话的虚拟的地方……因此我如获至宝！于是我也试着骂了几句话，比如"哦跟你丫的拼了"，还有"某某，去你妈的"。骂完后就马上关机，发现我自己毛发无损。于是乎就坦然和痛快了起来。

这世界上有些事情，骂一骂是比较痛快的，就比如说非要把那八强送上"宝哥哥"的温床（温都"水城"）这件事，其中的理由，都已经被世人猜尽了，有说有潜规则的，有说评委们不是人的，有说是黑金了的……但我说，我们不该再去细想那些颇费脑筋，既说不清楚也道不明白的细节了，我们不如痛痛快快地骂骂，因为骂可以解除疲劳，因为骂可以表现真情，因为骂可以止住和回应那些扭捏的虚伪……君不知，曹雪芹就是一个骂人的高手，那部《红楼梦》中写有多少种痛快淋漓别开生面的骂法。什么"扯臊"，什么"小蹄子"，你不妨去收集收集，然后编一本《红楼梦骂经》。一句话，在遇到假斯文、假文明和真黑暗、真虚伪的时候，我们最文明的武器，就是大喝一声："扯臊！"

在有既定的美好目标的时候，"民选""海选"一类的手法和把戏，压根儿就是"扯臊"。因为"群众"并不可信。如果群众的眼光和手里的那一票那么神圣的话，美国怎会选出来了小布什，台湾怎会选出来了陈水扁？何况"群众"压根儿可能就是流氓。

在真实的《红楼梦》中，林黛玉就是参加"宝二奶奶"十几年的选秀没获成功，被贾家和薛家王家的黑金、被权势被摆不上台面子所谓的"潜规则"给调了包，被黑被欺骗被隐瞒被戏弄了之后，才郁闷吐血而死的。今天，林黛玉的化身李旭丹又被"扬州八怪"和她们背后的同样是又厚又黑又没品位又不敢光明正大的活人和死鬼，给生生地从"宝玉"的身边拉开隔绝，被逼着回到了她的故乡。她没有出家也形同出家，她跟陈晓旭一样，她头顶九个太阳，她光明磊落，她光芒四射！但她也像几百年前的林妹妹一样，会抱恨而去，会魂归那干净的西天（西湖边的天堂），因为我们这儿没有一寸让这么一尘不染的仙草成活的净土啊！我们的这个地球已经太脏了，它比曹雪芹那个年代的地球变得更恶心不堪，总之更不适合那株仙草的茁壮成长和郁郁葱葱！

于是，当年黛玉说："宝玉，还是宝姐姐更适合你！"于是今天旭丹说："黛玉，不是我不想复原你，而是这儿太不卫生，何况，我特想回家。"

然后她们就都飘然离开我们这个巨大的"温都污水城",升华到别的干净地儿了。

本来嘛,她们只属于净土。

评论:

昨晚看了相关资料,为这净土里的黛玉不得不谢幕而深感遗憾!读你的文字,被你荡气回肠的愤怒所感染:海选不知还能进行多久?海选这种竞争方式不知还有多少可信度?难道挑选一个最佳演员非得由这种方式来决定?假如曹雪芹在世的话,他也一定不会赞成用这种方法来复活他心中纤尘不染的林妹妹!

寄希望于有眼光的导演,不被海选蒙蔽了双眼;寄希望于更多像齐先生这样呼吁美好真纯圣洁的勇士挺身疾呼;寄希望于更多的孩子,拥有辨别真善美的明眸,别再让更多的李旭丹蒙尘!

评论:

今晚李旭丹又在4进3的比赛中奇迹般地复活了,而且直接晋级,看来像齐先生这样的呼吁起作用了。生活中时刻有戏剧的元素,只要努力,就会有回报,放弃就意味着彻底失败!

回复:

该留的还是要留的!等着看一部好《红楼梦》吧!

评论:

今晚李旭丹真真切切地走进了红楼梦,今晚齐先生心中一定有一份情不自禁的惊喜:我们这个时代还是有许多双欣赏美的眼睛!为这样一个振奋人心的喜讯欢呼一下吧!接着再去为迎接更多的喜讯奔走疾呼,生活会因为先生的付出而多一缕阳光!

悼陈晓旭
（一篇我希望作废的文章）

在上一篇文章里，我还刚刚提到了她的名字，可写下一篇的时候，她却亡故了。

听说有些人去世时，别人是很容易相信的；可有些人去世的消息，人们却不愿意相信它是真的。直到刚才，都快一天了，我还一直觉得陈晓旭正快乐地生活在人间，不论网上如何转载报道，我都觉得那是在编造，可刚刚看到了"陈晓旭慈善基金会"发布的消息，说她真的不在了，并且留言捐献五千万救助贫困的人……我才依稀以为，那个消息是真的了。因为那正是她的风格。

曹雪芹仅用了半部书，就教会了中国人真爱，而林妹妹更是被给予了几乎是每一代和每一个中国人的带有隐私式的爱恋，也就是说，谁成功地扮成了林妹妹，谁就是全中国人自家和心灵暗处的小妹妹了……于是你想，晓旭就这么无端地走了的时候，谁家心灵的房子，不空出来一间呢？

我在上一篇短文里说过，我们今天的这个地球，它已经不干净了，已经不卫生了，不幸的是，我们十几亿人之中就这么一个弱不禁风的小妹妹，她就真真的被肮脏所污染了，她得的是癌症，癌症就来自于污秽的环境。她那么一朵仙人荷被浸泡在污水里，那个最耐不得脏的她，就匆匆地去了，那本应出污泥而不染的花，只因污泥太脏而枯败。

美好的人带着美好的图案，先我们而去，使得我们继续存活的人有几分的惴惴不安，我们几乎觉得有罪了，因为我们的来日，将在一份独特美好的缺席中度过，我们的未来，因没有了美人般的小妹妹而变得空旷……我们都成了一个失去挚爱的家人，却拥有着漫长来年的死亡的幸免者。而我们长寿的代价，是少了一个不再需要我们呵护了的好妹妹……这无疑是全体中国人共同的伤痛和缺失，尤其是我们那一代人。

我今晚在上课时对学生们说，如果陈晓旭病世的消息是真实的话（我这会儿还不能百分之百地相信），那就说明我们那个"干净的时代"提前终结了。我们那个时代的中国虽然物质上贫穷，但我们却拥有真诚，尽管我们常用那份真诚去做错事，但我们仍然拍出来了令曹先生满意的《红楼梦》，我们还挑出来了一个人见人爱、人见人怜的林妹妹；但你们这个时代呢，你们却再也不懂得喜欢和珍惜邻家的小妹妹了……

我比晓旭大三岁，所以我仍能对她说：好妹妹在天国中别再任性，也别再哭了。因为这次该哭的是大家。

评论：

《红楼梦》戏中的宝哥哥因家道衰落，无路可走，遁入空门；戏外的妹妹陈晓旭饱受疾病困扰，在佛国里期待着与她的"宝哥哥"相会。戏中她们是生离死别的知音，戏外她却又与"宝哥哥"不期同道。

"林妹妹"在生命最后的一段时光里，远离尘世的喧嚣，在家人的陪伴下，与佛结缘，静悄悄地在佛祖的怀抱里度过了最后一段时光，直到在佛光中离去，她的灵魂有家人和佛祖呵护，她是幸福的。

大慈大悲的佛祖，会携她的弟子陈晓旭，在天国与那早已出家等候她多时的宝玉哥哥相遇！

是呀！林妹妹离去了，大家的心灵都在哭泣！逝去的是纯洁宁静纤尘不染的美，失去的却是真善美的化身，愿陈晓旭在天国继续做她宝哥哥的知音！

> 在一堆石头里无论怎么淘汰，
> 剩下的最后一块也不会是美玉

我最近终于弄明白了什么叫"发帖子"，就开始在百度的"红楼梦中人吧"上面频繁发"帖子"了，比如刚发上去的那个，它的题目是"在一堆石头里无论怎么淘汰，剩下的最后一块也不会是美玉（针对昨晚的黛玉选秀）"。

内容简单如下：

他们正在进入一个逻辑上的错误假设，就是只要将这种"选秀"硬着头皮埋头苦干地顽强坚持到最后，剩下的那个最后一个就是林黛玉了，可他们错了，因为那里面压根儿就没有黛玉了。就如同试图在一堆茄子里面通过淘汰挑选西红柿一样，到了最后，也只是挑出一个最完美的茄子。同理，一堆石头之中那块最好的也只是块石头，也变不出来玉。我们在旭丹出走以后，都在用一种看闹剧的眼光看这场可能没有下场的人间戏剧的继续，真是"你方唱罢我登场"。

我刚刚发完这个帖子，还不到一秒钟，就有人迅速地答复了，那个人说："真牛×，连这都想得出来！"

看了后我沾沾自喜并开怀大笑，就像个石头狮子似的。

评论：

同理在按既定的,但又是极端、偏激的标准、方法,圈定了的候选人中,选什么都会像先生所说的在石头里面选石头，选石的"头"（帮主、教主、霸主）——石狮子！时代的悲哀！

看上去很丑
——冷观"东施"淘汰"西施"

其实人和动物是美丽还是丑陋的事情，有时候是说不太清楚的，因为那是相对而言的，所以看到这篇文章的你，没必要产生自卑。我这个人，就相对地看起来比较地丑陋，我是说同《红楼梦》里的那个专喜欢吃女人豆腐的贾琏相比，或是跟那个英俊的汪精卫相比。还有齐天大圣孙悟空，他看上去就更难看啦。如果你用猪八戒的眼光和角度看孙猴子的话。再有，在一切一切的猪牛和羊的眼里，你我这样的人类不但最丑，而且还最可怕以及可憎呢，因为你要吃它们嘛。

因此陈晓旭在她生命那一段最后的日子，就改吃素了。

人类的美丑也并不是没有绝对标准的，要不，为什么那么多人都说"红楼梦中人"选秀最后剩下的那八个林妹妹们不美丽呢？诚然，正如她们之中的一个在被淘汰的时候说的："谁见过真正的林妹妹啊？谁也没有嘛！"她说的我看也对也不对。的确，谁也没见过真正的林黛玉，那个真的林黛玉，可能只是在曹雪芹的心里有过，或许，她是许多人的影子凝集成的一个人物；就像那许多的露珠，曹公把它们一小点一小点采集了起来，变成了一个满眼泪流的娇小女子……但我还是要说，林妹妹虽没有肯定的造型，但林妹妹却有底线的造型，那就是：（一）她必须文弱；（二）她脸上必须没包；（三）她嘴并不歪；（四）她脸上可能没有酒窝，但有的话，一定不只是一个……以上的这些特征，恰恰被分别表现在我们从一万多个"林妹妹"中淘汰了几个月后,还剩下的那八个"好妹妹"的身上。她们里有一个外号叫"许大壮"的人,身材就超级威猛;她们有一个叫"李歪嘴"的,那嘴就出奇的"不正";她们还有一个脸上有太多的包,简直能在那上面进行障碍赛跑了;她们里还有一个,那女孩儿只拥有半个酒窝,而且还特别地硕大。

前天,我的老伴边看着那越来越激烈的"美人淘汰赛",边同我发生着更加激烈的争论,她说我太求全责备了,只要采用现代摄影技术,那些选手美人的那一点缺陷就一定能被遮蔽,比如用强光将那个"林妹妹"脸上的低洼和突起给打掉推平,实在不行就专用遥远的镜头拍摄,或者让观众用望远镜看他们的"好妹妹"。又比如,她继续说看那个脸上只有一个酒窝的我们可以在全部戏中,只照她有酒窝的那一半脸。再有——接着她激情澎湃地说,看那个嘴歪的"好妹妹"的时候,你觉得实在别扭的话,咱家的电视,为什么就不能斜着摆呢?她是想用物理的方法协助我审查"林妹妹"的"斜美",以追求最后的"视觉综合平衡"。

如果那个嘴歪的小女孩真的是下一代林黛玉的不二人选的话,我倒真的可以投资一台新的向下倾斜三十度的电视。

人的长相,如果你只跟自己比较的话,谁都无可厚非,谁都宛如天仙,谁都是天上掉下来的那个理想人物,比如,俺怎么看怎么都是"天上掉下来的那个齐天大";猪八戒一看,就是那个"天上掉下来的'那个'猪八戒";你呢,当然就只能是天下掉下来的那个最养眼的"你"啦——咱不跟别人比啊!咱不想变成什么人扮演什么人啊!何况是扮演那个全中国人民都仿佛是她的哥哥的林妹妹呢?你想,嘴歪的,万里可能也挑不出来一个,至少是我有生以来,除了用肉眼见过一个刚刚中风了的老太太,她嘴歪了又马上转正了之外,还真头一遭看见一个嘴这般不正的"好妹妹"哩!中风人的嘴歪,那可是临时的;嘴被贼风夜风头天吹歪了的那也好办——你明晚用另一半脸对着窗户,让风把那一半也吹歪了,不就能够平衡?可天然的和天生的嘴歪,那我们可咋办呢?嘴天生就歪的人,有一点倒是与我们心中的林妹妹相同,那就都是"万里挑一"和只会从天上掉下。须知,我并不是在拿一两个小女孩的天然缺陷在这里寻找开心,我是说作为一个远房哥哥,我有捍卫我的"好妹妹"嘴的平直和脸的无障碍的权利,不仅是我,全中国人民都有这个权利挑剔,谁让我们先认林黛玉是神仙亲妹妹来着?作为哥哥姐姐,我们总不能让外国人指着鼻子嘲笑"哈,原来你的天仙妹妹是个歪嘴"吧!

女人的长相,自古有"西施"和"东施"一说。我们选林黛玉,按理说是在朝"西施"的那个本无原型的美丽极限上靠拢,但选过来选过去,大家突然发现,被我们选出来的那些,怎么越来越像难看的东施?于是,我们就真无计可"施"了。为何给东施投票的人总比给西施投票的人多?东施的总人数总是远大于西施嘛!西施毕竟是极其个别的,是万里挑一的,何况东施还那么嫉妒西施。《红楼梦》里不是有一句话叫作"不是西风压倒东风,就是东风压倒西风"吗?那么多东施给东施投票,不就是要用"东风"排挤"西风"?有那么多看不见的东施们的手在黑暗中选举,那些手一只只一次次地把可怜的罕见的西施们给拽下去淘汰下去了。由此我想说:海选这种游戏就是用于淘汰西施的!绝对的可能。《红楼梦中人》用同样的方式挑选林黛玉,被选出来和剩下的按照"适者生存"的原理,就只有脸皮厚的和嘴不正的了。人说"脚正不怕鞋歪",可脸正还真在乎嘴歪不歪哩!

我在"红楼梦中人"的"贴吧"上发了几个帖子,一传上去,马上就有许多人看,看的人越多,就准被吧主的黑手删除。我发的上两个帖子,一个是说"根据'木桶原理',2007版的《红楼梦》将由于林黛玉的水平低下而低下"。具体来说"木桶原理",就是一个木桶,它的那根最短的木头，决定它能盛多少水。同样，假如演黛玉的那个演员嘴歪了，眼斜了，心术不正了，脸皮太厚了，作风有问题了……之后，无论用怎样出类拔萃的宝哥哥跟她配戏，也配不出激情，也配不出真爱，也配不出火花，也配不出情趣……于是，我就发了第二个可能又会被吧主气得删了的帖子，我说："曹公很生气，曹公根据最近的林妹妹选秀结果，毅然做出了重编《红楼梦》剧情的决定：先让贾母、王夫人和贾政给贾宝玉指婚，他们非强迫他娶丑陋的林黛玉。宝玉正在一天天长大并且一日日苦恼之际，眼看都快要入洞房了，蔡飞雨扮演的靓丽的宝姐姐突然出现了，就像是一块飞来的雨花石，于是宝玉就暗自咬牙决定：我死活都要抗婚，我要同这个天上摔下来的宝姐姐私奔……"

正所谓量体裁衣、看人下菜碟以及过了这个村就没这个店，我看不如就来一个顺坡下驴，顺水推舟外加与时俱进……索性按照演员的真实条件重新来一个《红楼梦》大掉包、大换血和大颠覆，搞一个真正的《新人新传新红楼梦》。不然的话，我们最终看到的就将是这么一个不伦不类的极其别扭的场景：宝哥哥一边演戏，一边怎么看林妹妹都不顺眼，都别扭，都想偷着朝宝姐姐那边看……在他听说林妹妹已经死了的时候，对宝钗情不自禁地脱口而出："好姐姐，咱俩终于盼到了这一天啊！"

评论：

齐先生的美丑相对论和绝对论标准乍听起来荒诞不羁，但细想也不无道理。要不怎会有"情人眼里出西施"一说。

关键问题在于这情人宝玉和西施黛玉是曹雪芹先生用文字勾勒好了轮廓、外貌、气质和才情的。我们若按曹先生的小说来拍电视剧，那还要按曹先生笔下的情人宝玉的审美标准来寻觅西施般的黛玉。若真是这样，何须如此兴师动众？若真有黛玉在其中，也早已被这千锤百炼、刻意造作的阵势打磨得没了黛玉的神韵。再说曹先生笔下的黛玉也不是会八面玲珑的宝姐姐,她岂能在这海选中披荆斩棘,大获全胜?海选出的林妹妹有了这大红大紫的打造体验,又怎能演绎好曹先生笔下那个处处小心、时时凝眉、令人怜爱、寄人篱下的孤儿林妹妹葬花时的伤悲? 更何况,外形的形似与否只需目测就能确定,为何非要让那么多外形相去甚远的阳光靓丽的女孩子为演黛玉强颜装愁呢?

感谢冷观海选的齐天大先生,为这次选秀活动构想了一个大胆且恰如其分的《新人新传新红楼梦》剧情提要,若如此,这一传统爱情悲剧便被颠覆得充满了喜剧色彩,正好"与时俱进",顺应了全民娱乐时代的价值取向,也算各得其所!再次感谢名为冷观,实则"助人为乐"的齐天大先生!

我的"三心主义"和"《红楼梦》选秀"

今天，几个学生要带着收集好的捐赠物品到一个郊外的"慈善村"去，临行前，我送给了他们三颗"心"，让他们一定把那三颗"心"都带上。哪三颗？一曰"爱心"，二曰"良心"，三曰"戒心"也。无论干什么样的慈善，爱心都是不可缺失的，缺了就不是慈善了。但是，做慈善的事情时，还要有一定的良心。所谓的"良心"，就是学会用理智的方法做事情。他们上星期问我说，老师我们实在是精力太多余太旺盛了太不好收藏了，我们这些天急需做一些能表达善心的事，您说哪种事最好？我说那好办，你们把我们周围三四所大学路边和过街天桥上的那些正在要着饭的男女老少们，都给接到咱学院里来，免费招待他们白吃白住和白喝三天……你们就算是做成一件真格的善事。但听后学生们却说——那……不是不是不是。

所以他们就要远赴那个郊外的慈善村去了。但是我还是要说，带好了"三心"去，尤其是那第三个"戒心"。

人的第一个心——爱，我看是天然的；有爱，才有了你和我。在繁体的那个"爱"字的中间，好像原本就有一个"心"字，但不幸现在，它已被删除和简化。

人的第二个心——良心，是在第一个心上，外加了一点打磨的；所谓的"良"，就是"好"的意思。

你带着这两个"心"去那个被宣扬得轰轰烈烈和车水马龙的"村"去，你注定会泪水哗哗和哭哭啼啼，然后你慷慨解囊，然后你心灵升华，接着就是你睡个好觉，然后你就会踱起救世主般轻盈的步子，再然后你就会在过后的人生里莫失莫忘那个你曾经无私赞助的谈资……

以上都是妈妈姑姑姨姨姥姥们的规定节目。但我却要求学生们，非带一个能自己洞察测量度量衡量的"戒心"而去。那才是一个成人和接受过冷静教育的男孩子的规定动作。

我绝对没有轻蔑女性。

女性万福。

同理，我们也要用"三心"武器，去观看《红楼梦中人》选秀（我知道你已经烦了，但我比你更烦！）。我们先要用"爱心"去挑林黛玉；接着我们要用"良心"去挑林黛玉；然后，我们还要用那个起初被许多人忘了的"戒心"去挑那个黛玉。一不留神，就在万里、十万的妹妹中，"被"挑出了一个嘴歪的不好的妹妹。

也就是在昨日，在我激情燃烧地看着我那个"看上去很丑"的文章，被三千个我根本就不认识的闲人点击和评论得一塌糊涂的兴奋点上，我的老伴不干了，她说我太没有爱心，说我不该恶毒攻击一个女孩子的嘴不正当的生理缺陷，还说没想到你这么不厚道，还盗用我的名义等等（你又烦了吧！）。你看，她就是我说的那种只有"二心"（没事，她不会看这个东西的！），而不具备"三心"以及"二意"的极其不成熟的那种人！

俺咋不厚道啦？是俺诋毁那些嘴不成一条直线的人，还是那些用极其不光彩和见不得人的手法伎俩的人不厚道？

我是替全天下嘴不正当的人，在用"戒心"鸣不平啊！

……所以"三心"每颗心都不能少！

（我不怕得罪人，因为我相信看着这篇文章的绝大部分的朋友们的嘴，都应该是公正的。）

也就是在"贴吧"上，昨日我终于搞清了"顶"那个字的含义：原来那些见不得人（至少没被我看见）的人们，只用一个"顶"字，就把已经"哗啦"掉下去的帖子，给"当啷"一下子，顶到贴吧的首页！开始我还不信女儿的话，后来我试着使劲"顶"了几下子，乖乖，还真眼瞅着把俺的文章给一次次"顶"上去啦！当然，我并不是说那三千次的点击和八十次的"顶"都是俺自己手下的勾当，那还有什么"爱心"和"良心"？何况，人家的"戒心"，也没有全送给狗！

"二心"不好有，"三心"不可无。

评论：

先生所说的戒心也包括智慧心吧！无论是施爱、行善，还是支持、帮助人，都该讲究个智慧。若盲目从众，或被表象迷惑住了双眼，爱心有可能变成害心，善心有可能被恶心利用，起到危害善良人的反作用。

先生洞悉事件中包含的理趣，清醒冷峻地思考民众关注的热点问题，真可谓：不畏浮云遮望眼，只缘身在最高层。

一桩革命时期的特殊爱情
——坐在手榴弹箱子上的

前日我们一群人陪一个校领导吃饭。陪领导吃饭是许多的工作里，最吃劲的那一种，因为，如果你不说话的话，领导会以为你就是个哑巴；但你的话一多，领导就会以为你在"抢风头"。

这位校领导还是非常亲和的。他自己不停地说，他说着说着，就说到了他那五段爱情。那都是二十世纪六七十年代的事情了，当过工人、农民、士兵和人民教师的他，在每一个职业里，分别留下了一小段具备那种职业特色的爱的故事，比如他当小学老师时通过帮"目标"的弟弟补习功课，去攻克那个男孩子的姐姐；又比如他当兵的时候通过常去卫生院打屁股针，去攻克那个打针的医务女战士，而那个女战士为了拒绝他，就在打青霉素的时候，下手稍使劲一点，等等。唯有在当煤矿工人的时候，他没有谈过对象，因为漆黑的矿井下面，根本就没有女人。他的那最后的一段故事，相对来说，还是非常感人的，因为在头三段中他和他的"对象们"连手还没来得及拉，就开始那下一段新的故事了。在第三段里，就是同给他打屁股针的那个女战士的，他倒是特想抓一把那个正在给他朝屁股里面"灌水"的女兵纤细的手的，但他一把——我猜——却抓到那粗壮的针管子上去了！

他同他的那第四个最后没有搞成的对象，曾经坐在矮矮的弹药库里，把屁股死顶在"整装待发"的手榴弹箱子上，手紧拉着手（我猜），复习功课迎战高考。他们在那个点着煤油灯的黢黑的、地下的、着了能把他们俩一下子双双送上西天十次的弹药库里，一待，就通常待到凌晨4点。那灯油，就带着火星，朝填满黑色火药的手榴弹箱的缝子里滴答、滴答、滴答地滴。你听，外面的寒风在吹；你瞧，天上的星星在看；你再听，他们身子四周堆积如山的枪和炮的"口粮们"在呐喊："俺们要自我实现一把！俺们要自我实现一把！休想让俺们过期！休想叫俺们报废！你为啥还不快拉手？你为啥还不快亲嘴？你为啥还不快蹭火花？？？"

尤其是被他们二人压制在屁股底下的那几十颗手榴弹们，它们老朝箱顶上拱，它们特想狠狠地"顶"一下"楼上"的那一对人的屁股，它们都心说：俺凭什么被两块不清不白的人的臀部欺压着，我顶，我顶，我顶顶……

校领导的那第四段虽然未果但我推测是已经手拉过手了的"革命爱情"，以一个考上大学，另一个考上中专而没从一而终。无疑，他，考上的是大学；无疑，她，考上的是中专。考上了中专的，怕考上了大学的看不上她，就"人间消失"了——即使他们曾经在零下四五十度的时候差点一块冻死：所谓的"差点"，就是那另一个人真的被冻死了。在第三人被慢慢冻死时，他们的手，我想是相互传电，才有了热气才没僵死的。但就是他们那种的生死之交，也没"抗"得过一个在现代人已经可以"区区"了的高考。高考将他们在意识中分开了层次和等级，高考最终成了那颗被点着了的手榴弹……"轰"地在他们底下炸了，将他们那连冰箱里冷冻都冻不死的爱情的暖意给炸凉了、炸飞了、炸烂了、炸上了西天！

爱人啊爱人！

后来，那个校领导也曾去找过他那第四段爱情的女主人公，但三十多年过去了，他就是找不到她。他说他不想找了，我说不，因为你一定没忘。

要不你就不会，说了手榴弹一晚上。

评论：

悲叹：在逆境中可以共患难，在顺境中却因为等级藩篱相爱双方劳燕分飞，空留遗憾！这是个人的悲哀，也是时代的悲哀。

爱情这人世间纯洁美好的情感，也不得不打上时代的烙印，令人忧心。等级，不同时代有不同的分类标准。恢复了三十年的高考制度，选拔了一大批人才，也修筑了一个坚固的等级堡垒。要不，为什么全社会都在拼命地胁迫、挤兑、绑架着孩子们，去走这座独木桥，去攀这等级的金字塔？

过了桥的也只是走到了这等级的门前，具备了踏上金字塔的更多的机会。跨不上桥的，或在桥上落水的，便以挫败者的身份隔河望等级兴叹，再寄希望于孩子，并早早地、坚定果断执着地威逼利诱自己的孩子，跨过这坐桥，历尽千辛万苦来到这等级堡垒的门前。人生路途的许多悲喜剧就在这桥的两岸，你方谢幕，我又登场。

对天大先生笔下的主人公来说，高考岂不成了王母娘娘用银钗画出的天河？什么时候，这深不可测的天河才能变成郭沫若笔下那浅浅的，可以骑着牛儿自由来往的爱河？

读先生故事，借先生宝地，愿天下有情人终成眷属！愿呵护真情，不再被人为的等级羁绊，不再让新的悲剧重演！

"北大医院"阳光印象

已经有几十年没怎么排队了。二十世纪七八十年代的时候,物质十分地匮乏,所以只要是菜市场来了西红柿或者茄子,马上就有人报喜:"来茄子啦!!!"于是,那时候正上着小学中学的我,马上,就飞出去排队。

手里还提着菜筐。

我的小学和初中的印象,就是排队排队排队,外加做梦做梦做梦,而那梦,就是《红楼梦》。我看《红楼梦》的时候,大概是初一和初二,那时班里有许多人,上课的时候,不是手拿《钢铁是怎样炼成的》,就是一本《红楼梦》。我大概到初三的时候,大梦才初醒。那天,我对着出家了的贾宝玉的背影说:"去吧,钢铁就是在……庙里——炼成的!"

听了我的话后,宝玉回头答道:"快去,又来西红柿啦!"

北大医院的今早,我又去西红柿样地排队了——是为母亲挂号,我要挂三个科的。六点钟到那儿一看:妈唉,这次是来新茄子了,你看全都是人!这令我想起来了强者和弱者的关系。没病的,在中国,都是强者,所以他们不再用排队了;有病的,都是弱者:老的、残的、矮的、穷的……他们都如茄子和西红柿,都一撮撮的,都一摊一摊的,都一筐一筐的,都一车一车的……他们就这么——都站在我的前面!我来晚了。六点钟啊,我竟然,来晚了!

开始我前面有五十号人五十个陌生的人头，让我一下子叫不出他们的名字。但七点钟一到，我第三个就挂到了所有的号：我不得不用了母亲的《老干部离休证》。

那是一个蓝色的本子，拿那个证的人的父母，必须在1949年以前参加过革命。我母亲当年冒险参加了。

挂完号的我，仿佛买到了七八十年代的紫茄子，然后，我到医院的门口去吃早饭。早饭摊子上我遇见了一个没教养的人，他使我想到中国的革命还非要继续：那人用他的那个黑手一样不卫生的手，正从早餐车上狠狠地抓起一个芝麻火烧，他问那摊主："这火烧，是咸的还是甜的？"摊主刚说完："甜的。"那"黑手"把手里的还掉着芝麻的火烧丢回餐车，就转头而去了。

看着他，我特想再革命一把。

比黄金周的火车站还嘈杂和浮躁的北大医院的电梯里，尽是感人的故事。比如一个双手叉腰的老年好斗女子，在电梯入口处，对着所有拥入电梯的人大声提示："小心我的腰，小心我的腰！小心……我的腰！说你呢！你没看见我的腰不好啊？瞎挤什么啊？"

这时候上来一对老夫老妻——二人贼有"夫妻相"，眉毛都倒立着。他们一边朝电梯里面狠挤，一边大骂那个叉腰"腰胁"每个上电梯的人的凶恶的妇女："你能不能先把你那对翅膀收了？？快先把翅膀收了！"

经他们夫妻一骂，那妇女还真的把两手从腰眼子上像武警战士那样"唰"地放了下来。

一物降一物吧？！

又一对老年夫妇上电梯时，开电梯的女孩不小心按"关"了，把老太太狠撞了一下。老头急了，是那种心疼式的本能的急，他死瞪并痛骂了女孩子一下。女孩委屈得半天脸色难看。

我们——有病的没病的、利落的不利落的，在北大医院，都是热锅上的蚂蚁。我们，除了医生和护士，都想尽快逃离那个热锅。

我推着轮椅上的老娘在四层楼上下飞窜。我在逃离着周围病态的眼神和病态的声音、病态的容貌，以及病态的一切。在杭州的灵隐寺的墙上，有四个大字——"咫尺西天"。那四个字就是指这西城区的"北大医院"。

我不小心，用轮椅的轱辘，轧着了另一个老太太的脚，我心说不好不好，我正皱眉细想着退路……老太太见我紧张得面无表情，就大声提示着我："你轧我的脚了……你，轧，我的……脚啦！你……"

我这时才连说对不起对不起对不起……

我还没全说完，就发现，眼前，已经离医院的通往灿烂阳光的阳台，只有咫尺的距离。

评论：

先生辛苦了，祝你的母亲早日康复！

阳光在哪里？在天空、在人的心里。即使阴雨天，阳光也还在，只是它没能穿破厚厚的大气层，它在等待时机。天空刚一放晴，它就会灿烂了如洗的苍穹，甚至还会变幻出神奇的七彩虹呢！即使贫瘠的年代，阳光也还在，在孩子们的书本里，在孩子们的梦想里，它也曾洋溢在长大了的孩子灿烂的笑脸上。

可是，在这里，在首都，在高等学府直属的医院里，阳光怎么就被楼房电梯遮住了呢？人们难道就因为疾病，而把阳光从心灵的沃土里驱赶走了吗？没有了阳光，病人缺少了抵抗力，没病的家人也缺少了免疫力，即使医院里有灵丹妙药，但缺少了阳光这个神奇的药引子，那灵丹妙药也会效力大减。

年迈的老人为什么那么易怒？他们也曾热爱过阳光，播撒过阳光，难道因为青春逝去，疾病缠身，就该背离阳光吗？可是孙子在效仿着你们，儿女也在惦记着你们，愿儿孙多给你们一些关爱，愿你们把夕阳的余晖照耀在儿孙辈身上！

阳光近在咫尺，多一点宽容，阳光就会照耀在我们的脸上；多一点微笑，阳光就会使我们身强体健。西天也在咫尺，每萌生一份私心，朝阳就会靠近夕阳；每滋生一丝冷酷，夕阳就会加快坠落的脚步。

让我们的心灵世界充满爱的阳光，让我们人人健康快乐！

回复：

医院里没有阳光，主要是人满为患，人心憋闷，虚火上升。

昨天那个"六一"

　　昨天那个"六一"是我女儿的最后一个"六一"——她明年已经十四,就再也不是儿童了。所以从今以后我们家里能过儿童节的,就剩下了那个孤零零的我了。

　　别说,现在人们还真流行在"六一"互相发无忌童言的短信。我昨天就收到了几个,收到后,我又把它们转给别人了。别人收到后,我想,就又转给别别别别的人了,其实这么转来转去,就转出了一串子的童心和童趣。我想,假如小布什也转这种贺"六一"的短信给普京或者卡斯特罗的话,我们这个星球,就肯定能快快地"和谐"起来。

　　我喜欢有童趣的人。就比如俄罗斯的那个刚走了的叶利钦,他一喝醉了,就欢喜得一塌糊涂的,连到了人家的飞机场,别管来接机的乐队演奏的声音有多么地响,他就烂醉着不从飞机上下来……我瞧他那样很好玩,而且很顽皮和很"六一"。相反,我讨厌和憎恨的——尽管我一贯不轻易地憎恨过什么,就是假正经的一类。好比蛇吧。蛇就不会顽皮和笑。蛇笑是用芯子笑的,那芯子吱留吱留的,说你来啊,你一真来,它就给你一口。蛇是没有"六一"的。但猴子却有。我就是猴子变的,因此我属于人类。

　　(打击面稍大? 自己掌嘴!)

　　有童趣的动物,如小狗,也是挺"六一"的。我家的猫就不"六一"。

我到父母家从来就见不到它。因为它属蛇，它老躲在阴暗的床下观察我。这我知道。鸟类也"六一"——我是说除了猫头鹰类的鸟。猫头鹰也属蛇，猫头鹰也阴险。鸟中，喜鹊是最"六一"的。俺是个老虎：我属虎。虎有时"六一"有时不"六一"：那可要看对谁！对那些来访的敌人——如美女蛇，我们就从来不"六一"，俺一掌将她拍死！尤其现在的美女蛇，也都不如从前的美女蛇美丽了。不过蛇——假如美若天仙，即使有点毒液，也还挺"六一"的，也比"丑女蛇"好。丑小鸭可爱，丑女蛇可恶。

大熊猫就天天"六一"！至少，熊猫带给别人的不是"四一"。"四一"是愚人，"五一"是劳动，"八一"是建军，"十一"是国庆。我们既不可能天天"建军"——那样比较危险；我们也不能天天"劳动"——那样不太人道；我们还不能天天"国庆"——那样特别铺张；我们更不能天天愚人或被人所愚——那样十分疲劳……但我们却绝对可以天天"六一"、天天儿童。

评论：

六一不只属于孩子，还属于天下有童心和童心未泯的成年人，还属于童心依旧的天大先生所关爱的动植物。童心是每个生灵与生俱来的，是万能公正神奇的大自然，赋予众生超越时代等级的共性美德。但随着年龄的增长，这种美德却在渐渐消失，我们的快乐也随之变得越来越少。

于是，每年的这一天，以及这一天的前前后后，人们便又想起了每个成年人都曾拥有过的童心，于是便把快乐和孩子连在了一起，于是便想起了自己做孩子时的快乐。于是有童心的，没童心想唤回童心的，或心底里压根儿就轻视童心，只是为了搞笑娱乐的，也就互问节日快乐，互发祝贺儿童节的短信。比如我收到的短信里有这样的语句：过节了，想吃手就吃手，想尿床就尿床，谁管就咬谁吧！

这一天，我也和即将不再是儿童的初一学生一起，只小心翼翼地占用了一小时自习，以吃好、玩好、唱好为主题，在我们班教室小闹了一下，在《明天更美好》的祝福声中，告别了真正属于这些孩子的，最后一个儿童节，引得没有动静的邻班同学羡慕不已。

这一天，我分享着孩子们和有童心的成人的快乐。放学后，也和女儿一起走路回家，聊天分享着彼此的快乐。走到小河边，也向生活在污染环境里的小鱼问候节日快乐！也大度地满足了拖欠女儿很久的几个心愿，比如和她一起照大头贴，让她开心地玩跑跑，和她一起吃烧烤，和她一起在歌声中，将快乐一直进行到她的梦乡。

于是，我想，如果每一天，我们成人都能站在孩子的角度，以宽容、从容的心态和孩子相处，让每一个孩子健康快乐的心愿，将不再只是梦想，也将会有更多的成人富有童心、童趣。尤其是我们这些女同胞，也不再需要耗费大量的时间和金钱，靠化妆或整容来年轻了。

其实，童心才是最节俭、最环保、最有效、最高档的驻颜滋补品，既美丽自己，又快乐他人，天天拥有，也会魅力一生。

童心就是纯洁、真诚、乐观、热情、富有同情心、好奇心——就是如高山流水般天然的真善美。

六一虽然已属昨天，但在六一以后的日子里，希望我们不要淡忘这一天的快乐，让我们天天拥有童心、童趣，拥有六一般的好心情！让我们像天大先生所期望的那样：天天六一！

昨晚目睹的选秀之怪现象
——从卖鸡蛋的当评委说起

"德清源"好像是一个卖鸡蛋的公司，但他们的代表却上台去往《红楼梦》的瓶子里，倒了几瓶子温水。我不反对卖鸡蛋的，因为我也吃了鸡的卵子长大成人，但去让一个那样的代表，去投那《红楼梦》的关键一票，我却觉得不妥。因为，这不是在给鸡评"金鸡奖"，这是选林黛玉和薛宝钗。

每当那些长得千奇百怪的"评委"们，上去往瓶子里倒水，我们观众的心，就提到了嗓子眼里，因为我们仿佛看着时光倒退，看贾府的下人们——劳动人民——一个个上去给"大观园"的少爷小姐投票，选他们谁最美。第一个投票的是焦大，第二个投票的是刘姥姥，第三个是刘姥姥屁股后的板儿，接着，就是李嬷嬷赵嬷嬷刘嬷嬷王嬷嬷……还有林之孝家的……最后那个给林黛玉的瓶子里"灌水"的，是宝玉的书童，他好像叫"茗烟"吧（快提醒，红学家！）。茗烟最不喜欢薛宝钗（比如），就把水灌给了杨舒婷；焦大最恨林黛玉（又比如），就把水——毫不犹豫的，倒给了李欣汝。殊不知，焦大叔压根儿就想造反，压根儿就反对重新让《红楼梦》风光再现！

什么叫风度？我看蔡飞雨的拂袖而去，就是宝姐姐的真情再现！《红楼梦》的女子们，可是一群真心红粉英雄哩！她们既然敢爱，她们凭什么就不能敢恨？而俺们的宝姐姐，身负了那么多人的希望爱恋和托付的她——蔡飞雨，在觉察到可能的不公平时，怎的，就没有表示不满的权利？莫非，在别人朝你的嘴里倒狗屎的时候，你一嘴一个"香啊香"才算是佳人必备的礼仪和风度？谁说蔡飞雨不能比张莉？那是厚道和善良的张莉的本意吗？新《红楼梦》，本来，就应该是我们这个世纪的开篇之力作；本来，就该是二十一世纪中华艺术之集大成！它代表了另一个二十年，它本来就该是一部新的由举国奉献之爱剧经典；而评它论它选它，本就不该有掏钱赞助的卖鸡蛋的代表！我并没给劳动人民摸黑，因为恰恰是憨厚的焦大和刘姥姥们，不愿意看到那么多可以用于救助他们的金子，被白白浪费了，被用于拍了就该作废的一个给《红楼梦》毁容的电视剧的上面。

我是说：大家都该极其地严肃。

评论：

这种由公司决定红楼梦中人去留的怪现象，正如齐天大先生所分析的那样，无疑在广而告之天下人：娱乐选秀钱作主！如果现在的口号是："钱袋子里面梦成真"，那么既然有钱能使梦成真，物质利益决定制造精神产品的人选，也就不足为奇了！

这样想来也就见怪不怪了，可这岂不是正在上演一部现实的《红楼梦》？我们这些梦中的观众也该醒了！

但愿不是这样！且拭目以待这场选秀戏如何收场吧！

这多半年，围绕《红楼梦》戏剧性的事件太多了，陈晓旭、李旭丹又成了这众多事件的焦点、热点，这些交织在一起真够一部新《红楼梦》了。人生真是无常，好好活着，珍惜享受每一个今天，才有时间、有机会、有缘看到更多的风景。做什么事都别太拼命。乐观从容，放慢节奏，有利健康。

决定'87版《红楼梦》最后人选的可能是个英国人
——我看"看不见的手"

有的时候啊，戏就是社会；也有的时候哩，社会就是戏。这不，2007年选秀小把戏搞着搞着，生就把整个中国的这台大戏给搞出来了。

二十年下来，仿佛弹指之间。与一九八七年比，我们人民的体格明显地变强健了。要不，我们二十一世纪的宝玉怎么那么轻易地就一米八几的个子？我们的黛玉怎么那么轻松地就一米七几？有几个膀大腰圆的黛玉和宝钗的种子，你我看了，应该感到欣喜，因为那代表我们健康后代的实力强壮！我们"东亚病夫"的那顶子破帽，我看一经选秀，就可以"哗啦"摘啦！

还有就是民众的力量。一九八七年拍电视剧《红楼梦》时，可能黛玉、宝玉，是导演定的。而二〇〇七的呢？我看宝钗和宝玉的最后人选——兴许要被英国人定了。那人是谁？是亚当·斯密，是个英国人。斯密有一著名理论，是用在经济学上的，叫作"看不见的手"（Invisible Hand）。用这个"看不见的手"一点拨，你就明白了吧——我们跟着折腾了大半年了的这个轰轰烈烈的选秀——还真可能，被那只根本就看不见看不清楚看不明白……但分明有那么一个影子晃来晃去的手，给指点着指定着指挥着指导着……进行着哩！

哈……！

发短信的手，你我看得见吗？何况，有的还是从地球的背面发上来的，有的还是从阴暗角落里发出来的，有的还是从犄角旮旯田间地头和海底深处里群发出来的，就像美国人用的集束飞弹。

"内定"的手——如果有的话，你看得见吗？本人最痛恨选举时搞"内定"了。我们至今还不习惯"不内定"或没有"内定"嫌疑的公开公平公正的选择。这是我们千古的文明遗风，区区一个选秀焉能改正过来？那么，搞内定的和被内定的人又是谁？我可以告诉你，就是那只"看不见的手"。那只手，是永远也不敢放到阳光和台面子上的；可能是好手，也可能是坏手，还可能是脏手黑手；也可能是人手，更可能是猪手以及熊掌。但它和它们，却的确的确地——可能有。身在我们的已经比一九八七年大大法治了的社会，连抓住杀人的人了，都只能说他是个"犯罪嫌疑人"，更何况面对我们根本就抓不住那一只那几只那些只——用各种择不好瞎择的手段——在幽暗阴暗中左右着我们的选秀结果的——一想就令全体国人恶心的——"嫌疑之手"呢？我们只能说——它可能在可能有。

我们广大观众虽然赤手空拳，但我们愤怒后也想打人——无论我们是蛋粉、藕粉还是面粉以及春露春笋……但我们的手一抡上去，打花了的只可能是我们自家的电视，因为那只手，我们压根儿就看不见摸不着啊，但它，却真格地有逆境回天之力和海底捞月之能，它能化真的腐朽为假的神奇，它能指鹿为马，它能指桑骂槐……那只手的厉害，你现在总算领教和佩服了赞叹了吧，因为那不是一只普通的手，是洋人的手，是英国人的手，是亚当的手，是斯密的"看不见的手"……连我们这个星球，都抓不着它摸不到它，都恨它爱它拧不动它躲不开它……何况一个小不点儿的卑微的无名的你呢？更何况，那只手的第六根小指头——它兴许就长在阁下你自己的身上。

倘若你也用手发过一个短信的话。

评论：

戏剧是以艺术的形式反映现实生活，现实中又充满了戏剧元素。正如齐先生所说：有的时候啊，戏就是社会；也有的时候哩，社会就是戏。齐先生纵观改革开放二十年来，演绎文学巨著《红楼梦》的历史，使我们看到，不同时代决定《红楼梦》演员的标准不尽相同，最后齐先生聚焦发展市场经济的今天，所举行的"红楼梦中人"选秀活动，使我们看到：演员的去留，是由亚当·斯密所说的那只"看不见的手"决定！

回复：

差不多的，斯密所说的是经济的无形的力量，所以看不见。我只是偷换了概念，用于形容那些人的操纵的手。

俺也算个"过劳模"吗

我刚才知道，今天是六月六日，是该特别"顺"的日子，可再过半个小时，七号就要来了，就又该不顺了。

在返家的公交车上，我看《北京晚报》上有一系列的文章，是讨论"过劳模"问题的。我今天给几个挪威学生讲"人力资源"课的时候，恰恰也谈了与此类似的话题。我说按照管理学的理论，最好的管理者不是管人，而是管目标，如果哪天你们几个在挪威也当上了能管人的人的话，那么就先从给被你们管的人制定明确的目标做起吧……说完，我小心合上书本说："不过，从被管的人的角度来看，我以前最讨厌的领导，就是特会制定工作目标的那种领导！"

她们三人听了连声说 yes、yes、yes。

我庆幸已经从事过十多个工种的我，至今还没变成一个"过劳死"的牺牲者。按晚报这篇文章的说法，世上共有三种过劳："被迫过劳""主动过劳"和"跟风过劳"。其中有一个"跟风过劳"的例子，在我看极其地恐怖和荒唐：就是在一个公司里，共有五百名员工和一个老板。老板是属于"主动过劳"型的，他每晚八点钟才下班，其实他并没什么事情好做，有可能是怕回家做饭；那五百名员工是"跟风过劳"型的：老板不走他们也"不好意思'提前'走"。但，注意这个"但"字，人家老板可并没有让他们"不走"啊！其结果是，五百名员工人人都要在什么事也没有的状态下、一直干熬到老板先走后,才慢慢地一个跟着一个地离开……

二十多年前我在东京的"三菱商事"总部学习的时候,由于就我自己一个中国人,又由于好面子和想为国争光,我每天都"过劳"到晚上九点以后才下班。记得特有意思的是:在那个比两个篮球场还大的灯火通明的办公室里,往往到大家都一个接一个地走后,就剩下了我和一个叫"小泉"的日本青年。小泉是个语言天才,会五六国外语。我们九点以后实在是太累了,就一边聊天一边"残业"(日语,"加班"的意思)。小泉边聊天还边喝着啤酒,那时他往往已经脸色蜡黄。我有时看天实在是太晚了,就问小泉为什么这么晚了你还在办公室里这么吃力地"残业"着。听了我的问题以后,小泉哭笑不得地说:"我工作太多了,再'残业'一会儿吧!"

半年以后我在"三菱"的实习结束了,我回到了北京的公司总部。总部领导说你这个小伙子啊,在日本可把人家"三菱"的人给折腾惨啦。人家派人来北京反映,说你们那个小齐先生啊哪儿都好,就有一个毛病,他晚上总也不下班!他自己不下班不说,还害得我们每天晚上都要搭上一个小伙子在办公室里陪他加班,没把我们那个小伙子累死!……"

这下我才恍然大悟,原来小泉君他……后来一想,人家每天派一个人"陪"我当"过劳模"也情有可原,因为我毕竟是那个大楼里唯一的一个外国人。别忘了,那还是一九八五年呢。

有一点,我那半年里和小泉二人一同"过劳"(我"主动过劳",他"被动过劳")的经历,倒是让我终身受益,因为我的漫长的多语言学习探险之路,就是在他的第一个榜样的引导下开始了的。那路我至今似乎才走了一半。我在此谢谢他了。

评论：

点击齐先生博客，搜狐也随机显示妙语"不夸你我不痛快"，嗨，正是我此时心情的写照。

目送"过劳"的莘莘学子走出高考考场，我也有一种重获自由的感觉。谁让这些考生"被动过劳"？是社会现实吧，这不，路上听一考生给家里打电话，说今晚不回家，肯定又去以"主动过劳"的方式，弥补"被动过劳"的损失去了。

无论主动还是被动，都尽量不要过劳吧！适当劳动，健康最重要！冲齐先生这样的立意，也该说"不夸你我不痛快"！

回复：

哈哈，所以就不夸白不夸了！

过劳是现代人的通病，聪明的人要学会自我保护。因为生命比什么都更重要。

"我已经结婚了！"

由于本人使劲"顶"了一下，我们那个有两千多学生的学院，就有了第一个话剧社。剧社的名字现在还没定下来，我以前也提了几个，比如"四海乐"一类的。那是一个学校附近的餐馆，是专卖饺子的，但如今它已经被拆除，要变成校医院了。我的意思是如果我们的剧社叫那个名字的话，我们的口粮和疾病——如果有了的话——就不再是问题了。

前天学院的小汪老师给还没定下名字的剧社做了第一次讲座。他以前是个"非著名"的话剧演员。他口若悬河，他滔滔不绝，他信誓旦旦，他一张口，就驷马难追了。

小汪让两个人——一男一女到前面，去模仿罗密欧和朱丽叶临死前的对白。在念罗密欧和朱丽叶的满腹愁肠的台词之前，为了让那一男一女两个学生进入热恋的状态，小汪让他们先"含情脉脉"地对视二十秒钟。那男的岁数已经不小了，他可能是来学院进修的，他一听小汪叫他"含情脉脉"地与女学生眼对眼，就大声和急迫地说："我已经结婚了！"

在台下的我一听，无疑地就笑了。

然后俩人就迫不得已地对视着彼此。那男的似乎还是不敢与女学生"含情脉脉"，就贼眉鼠眼地朝人家上下打量；或刚一"对视"着，就猛然把头转向天花板，就好像那女孩子的"情"被窝藏在楼上似的。

有几种人，我是比较佩服的。第一是作曲的，第二是演话剧的，第三是小人。因为这三种人的才能都是上天赋予，都是一般人练就不出来的。你咋知道那些优美的旋律是哪来的啊？比如《同一首歌》的，比如《让我们荡起双桨》的，比如《黄水谣》的。是来自作曲家吗？不是，是来自上天。

能演话剧的人的本事，在于能一字不落地大段大段地背诵台词——即使他们背诵的，可能是一段段漫长的废话！前些年有那么一阵子，我常到人艺的小剧场去看话剧，当时演话剧的那些人，现在都变成当红的星星了。有一次我一进场，就迎头撞上了一个女子"顶来"的绝不是"含情脉脉"的极其冷酷和含沙射影的目光——我心说我买票了啊？后来剧散了后，孟京辉向大家介绍，才知道那丫头就叫梅婷。那天在舞台上，她被那个后来演《乔家大院》的乔致庸的姓陈什么的男演员，用一桶凉水，给劈头盖脸地泼了一大下子，被泼透了的梅婷，还真成了个"泼妇"似的"病梅"，而且，那还是个寒冬腊月……

所以我真真佩服他们话剧演员。

我昨天还在办公室里戏说，说一个话剧演员的肚子里最少有几十个厚厚的本子，他们都能把那些本子一字不落地倒背如流，所以他们日常说话时也能满口格言和句句真理，可就是没有一句，是他们自己的话。而俺哩？俺虽然口不能悬河，俺即使吞吞吐吐，但俺说的每一个字，可都是自编和原创的真理。

哈哈。

小人就更是天赋了。小人那是真的有才。那也是不大好模仿的。就比如拍马屁。我何尝不会和不想拍马？但就是没人家小人拍得像真的那样。我可能每次都拍得过于执着和认真，认为人家那是真马的结实的屁股，所以一掌下去，就给人屁股上烙下了个红印，就搞成了"五指煽红"。屁股烙上红印了，马，不就要被出卖了吗？所以被俺拍过的人和马都不太爽。

小汪在讲课时说，孔子因什么事情，也曾大叫了一声"不爽"。以前有一种夏天专用的"爽身粉"，不知老夫子喜欢与否；若是，我快去买来一包，省得又被小人小马当先。

评论：

"我已经结婚了！！" 好明澈的心灵独白！好腼腆、率真、纯洁、有情有意的男儿情怀！好清新、沁人心脾、久违了的男子汉宣言！齐先生真真切切地看到了一个好男儿！于是就极力地赞美这来自灵魂深处的真诚独白！

尤其是和那些口若悬河，心装万千虚拟剧情，随时可以演绎各种情感场景的名角名嘴相比，这来自心灵深处的声音更显得可贵！物以类聚，人以群分，齐先生极力推赞这句纯真富有童心的话语，说明自己也是一位真心男儿，否则，怎么会相互怜惜呢？

哈哈，这一句"我已经结婚了！！"是大声和急迫地说出来的，不是在被迫无奈的情况下，羞答答、吞吞吐吐地说出来的，不是压根儿就不愿意让别人知道，偷偷地在心里念叨千万别让人知道"我已经结婚了"！

其实，齐先生说的当然不只是宣布"我已经结婚了"这件事，当然是在赞美说真话的可贵了！尤其是在今天许多人都喜欢"拍"人和被人"拍"的情况下，这些真诚的声音更显得难能可贵了！

关于高考的回忆
——其中有季羡林的

今天是第三十次高考结束的日子。对于每一个参加过高考的中国人来说，那都是一道分水岭，岭的那边可能是山，岭的这边可能是水。有的，也许是一马平川，有的，就是悬崖。我从来没有在悬崖边上勒过马，因为我的马，从不朝悬崖边上飞奔。

我是一九八〇年那年参加高考的。上初三的时候，一个教化学的老师对我们说：有可能很快就恢复高考了。快高考的前一个月，我们北京十三中的同学去北大参观——为了知道什么叫大学。接待我们的是北大东语系的主任季羡林老师。他那时六十多岁，头发黑黑的，身穿深蓝颜色的中山装。季老师腰杆笔直，走起路来，我记得，就像个军人。他带着我们一个班的学生在东语系转了一个多小时，还看了法语电影，电影里还有熊猫吃竹子。电影看完了，季老师把我们送出东语系。见同学们都散了，我和季元宏二人单独问季羡林先生关于报考的问题。然后，季先生说你们以后有什么事情可以来找我。我们问："您的名字是？"季先生拿出一张纸，用钢笔写下了"季羡林"三个字。我一看他也姓"季"，就对元宏老弟说，你看，这位老师还是你的本家呢！之后，季先生就客气地回系里去了。

那年的高考，我本想按季先生的"要求"报东语系的，可谁知招生计划出来后，北大那年偏偏不招日语专业的。我又不愿学纯文科。就只有报"北京外贸学院"（对外经济贸易大学）了。结果，我的成绩是北京市日语专业总分第二（第一名考入了北外），分别比北大当年的外语线和文科线高20分和30分。据母亲讲，按照报纸上刊登的外语分数段，我的成绩是当年北京的外语前80名之内。元宏弟如愿考上北大中文系，而我却失去了进北大的那次机会。凭我的成绩，只要北大招日语专业的，就一定应该有我。也就在第二年，北大就又招日语专业了。这似乎就是所谓的命运。后来，就在我极不情愿地在外贸学院学习的第二年，我向系主任提出退学，主任问，你想干什么？我说我想再考北大哲学系。主任说有多少人想考我们这个大学啊，你还是再考虑考虑吧。我"考虑"到了大学的第四年，也就是在逃了三年课以后，又重整旗鼓报考北大社会学系的研究生，结果未果。因此，就极其失意地步入了"国际商界"，谁想，那一步迈出去，就是二十多年。我前两年，在已经年逾四十以后，又隔三岔五地考北大的比较哲学以及比较文学博士，考得连导师都怀疑我是否神经正常，说你放着外国公司的首席代表不当，你这么粗壮的，正是挣人民币和欧元以及美元还有伊朗货币的最佳时机，你你您您您您……为什么偏来读书？你不是在拿本博导开心吧。我说我的确是一匹来自北方的好狼，我的家就在书籍擦成的旷野中，我来拜您为师，不为别的（变高音了！），就是为那在病榻上都九十多岁了还在热忱期盼着我的季羡林先生！

元宏考进北大之后，我每隔一个月就骑车几十里，从我那个学校到北大去借书。我问元宏你没找找那个"季羡林"老师吗，他说笑话！人家季老师现在都是副校长了，不好找。后来，季老的名声就越来越大了，眼见着一天天一月月一年年地成了中国的国学大师，能见到他老人家的人已经越来越少了。

我还真上了北大哲学系的研究生班，外加"人文教室"。那是二〇〇〇年到二〇〇三年的事了。看着讲台上吃劲念着教学卡片的、已经退休再返聘了的赵光武老先生——我二十一岁考研的时候曾到他简陋的宿舍里去请教过哲学问题——已经四十多了的我,只能一叹二叹三叹四叹——那无情岁月的滔滔。你说,还有比这种感觉——还更是"哲学"的吗?

评论:

同龄人中,你已很幸运了!

你总是在学习—实践,又学习—实践,边学习边实践着,你这四十年,本身就是在书写一本变换角色的大书!愿你早日以文字的形式,把这本独特的大书,完完整整地呈现在大家面前!让读者也能早日分享到你的幸运!

关于经历的夜间断想

好像古人都有"夜不能寐,爬起来胡写一气"的坏毛病,不知怎的,我今天也得上了。我爬起来,因为我就像李敖似的,都说的没什么人听了,他还是有话要说。

昨天,在中午跟一个小 d 老师边吃边聊的时候,我先说某某某人是知识分子里面的混人,接着说某某某人是混人里的知识分子之后,我说你知道我是什么人吗?小 d 说不知道,我说我曾是地痞流氓和土匪兵痞里的小知识分子——就是指我带着一群弟兄们在建材界拼拼杀杀砍砍的那些年。记得有一次一个公司的老总来俺们的公司打架,我一见众人都怕了,就不慌不忙地说:"我可真不愿意再杀人了。我在北美就是因为犯了错误,才逃回国的;如果实在不行,就把枪拿出来再玩一次吧。"那东北来的五大三粗的"老总"一听这话,就转头带人跑了。

"你其实没杀过人吧?"小 d 还真的认真地问。

回首大学后的二十年,我感慨的是我没有当成一个"学者",我庆幸的也是我没当成一个只会读书的学者。本人在商界蹦蹦跳跳了二十年,但我从开始到后来都轻视商人,因为我至今都坚信,经商不需要太多的智力,只要模式找对了,盈利是很容易的事。眼下最能赚钱的搞股票,搞股票需要什么太高的智力吗?那就跟个厨子似的,今天把菜盛到"大盘子"里,明天又换到"小盘子"中就行了。如今,在又跟学者们混了四年之后，我又把那种看商人的眼光，用于了观看学者了。我发现学者——那些特著名的，无非是书的奴隶（王朔语）。于是，学者们发现我眼光中的恶毒和粗野，也就不喜欢带我玩了。

男子都有喜欢说自己多么地不容易的忆苦的毛病——尤其是在爱同情人的女孩子面前。有一回我刚说我差一点就让车撞死了，另一个男老师就说他小时候是个瘸子。留给我的，就剩下说我小时候根本就不是人了。

在我那高考后的、毕业后的、离开了大学和书堆后的二十年里，我最拿手的经历，说出来能骗取别人的"崇敬和同情"的，并不是我在商业方面的那些"战斗故事"——与有些人比那的确太不是故事了，而是那期间，我在北美的大型工厂里工作就业了（当市场经理的时候）总共七年之久。我当过小工头——箱子组装线上的；我当过小学徒，各类锁生产线上的。同学们知道什么叫"学工"吧，我一学，就在那种环境下"学"了漫长的七年。我会看图纸，我会跟十几个几十个工程师用越洋电话做远程技术交流沟通。我会头顶安全帽眼着防护镜在铜和锌的冶炼高炉前冒着高温给来访者介绍冶炼工艺，因为我知道我即使说错了他们也听不懂。我跑遍了那么多国家的那么多工业产品的制造组装车间。记得有一次我又回到美国北卡州的那个工厂的那条锁的组装生产线，又看到了那个名字叫"K"的中年女工，我问你还记得我吗，我三年前给你当过几天的学徒哩！

有人在上海做了一个统计，说99%的上海人都不愿当工人了。那无疑不仅是上海那个以产业工人素质高为荣的城市的悲哀，更是我们国家的不幸。我们的这种教育，最终培养出来的精英，都是"四体不勤，五谷不分"的病秧子和书奴，学者们都会变成职业自恋者和无行为实践能力的"名誉过度兴奋者"外加"处境莫名忧伤者"。他们留给这个社会的，只能是病态的"怪孩子"和"无行"的印象。就跟谁都不敢娶女博士当老婆似的。因此，我不得不鄙视嫉妒外加轻视他们。我怀念我那七年的跟外国无产阶级和产业劳动者为伍的"洋工业插队"的岁月……我为之半夜醒来，我情不自禁地留下这些记忆的美好碎片。

在昨天跟六个挪威学生讨论中外审美观念差异的时候，我告诉他们，人最美的本性，按我们古人的说法，就是"eat good food and enjoy beauty"，翻成中文，就是"吃好喝好和能在'美'来到你面前显现的时候你会眼里自动放光"。我那二十年，在学校外，在书外，在国外，在天外，在城市外，在同胞外，在海内外……看到了那么多的工业的美，苦难的美，流浪的美，健康的美，风华正茂的美，斗争的美，拼命的美，无可奈何的美，无助的美，百花齐放人种人性的美，死亡的美，挣扎的美，平静的美。

因此，我很知足；所以，我很骄傲；从而，我不后悔。

评论：

"我感慨的是我没有当成一个'学者'，我庆幸的也是我没当成一个只会读书的学者。"这正是你的最大幸运！你跻身不同领域，打造独特自我，感悟众生百态，建构多维理论，描绘美纶长卷。你关注民生，居安思危，尤其可贵。你的经历，正是上天赐予你的最恰如其分的馈赠！祝福你！

滚滚红尘你哪有落定之时
——这次选秀的最终结果评说

昨晚我们的《红楼梦》选秀真的结束了——这无疑——对我的妻女来说,是一个惊人的喜讯,因为她们的老公和老爸,从此以后才能恢复真正的作息。但也不见得,因为我一听胡玫说还缺人演宝玉时,就又不睡了:实在不行的话,莫非,要让老朽俺去当那个"二缺一"不成?

这次选秀,我首先要感谢的——作为一个先"蛋粉"后"飞絮"又"春露"再什么什么了的——老纨绔,是北京电视台,因为正是因为了你们搞的这次活动,我——一个土生土长的"北京猿人",才第一次知道了,就在俺们的身边,也有一个"BTV",也有一个叫"春妮"的和叫"刘仪伟"的主持人。我其次要感谢的是"温都水城"和"江中亮嗓"。我想,如果曹雪芹当年写到第八十回时,得到了你们的一下子短信赞助,他也会接着帮我们把那个梦做到天明。他又何必去管人家要粥?

春晓无疑是另一半的林黛玉。她是中华女子的精灵。她和李旭丹,是林黛玉的一人两面。她聪明,她智慧,她的魂只要——附旭丹那弱不禁风如梅花醉人袭人的"仙人体"上,就会是千古绝唱和无以伦比了。因此,喜欢旭丹的人,必定会喜欢春晓。她们一个是"丹"心可人,一个是"晓"风残月;一个是雾里看到的花,一个是水中捞来的月。

宝玉也是天降于斯的。众多"假宝玉"之所以不好入流,是因为"真宝玉"是十三四岁的身子,三四十岁的心。贾宝玉不是别人,就是大仁大德大智大爱的——曹雪芹自己的化身。用周汝昌老先生的说法，他是菩萨加基督，是中国式平等博爱的绝佳象征。演他——让一个十三岁的孩子，太小；让一个八十岁的汉子，太大；让一个二三十岁的青年，太火。

还我或飞雨或邓莎，还我《红楼梦》人物的真身！因为《红楼梦》不应是哪一个人哪几个人哪怕是哪一撮人的《红楼梦》，因为宝钗本应是亿万活人死人未来人的"大众女友"。千里铸就的"红堤"，却溃于一个蚁穴；一两个末流小商人，岂敢岂能把全体国人的真情和爱恋戏弄操作于掌心？导演该向其妥协和屈就的——在遴选如此重大的象征民族情感的人物时，绝不应是某某商人和集团的利益和情趣，而应是曹公的意愿、《红楼梦》的意愿和亿万国人的绝大多数的意愿！因此我想说，滚滚红流即使停止，所有的参与者和旁观者，我们无论是哪家的粉丝——都仍旧有一种同样的感觉，就是"不爽"！就是若有鱼骨卡在咽喉，就是丈二和尚摸不着头脑，就是被什么人捉弄戏弄过了，就是对社会诚信和艺术真诚的疑虑，就是对丑恶商业行为的憎恶，就是对人为虚假竞赛过程的领略。一句话，就是想用拳头臭揍谁一顿但眼前的人个个都仿佛是正人君子让你下不去手的难受！

悲哉《红楼梦》！哀哉雪芹！难怪你昨晚没去，因为你就在昨天——又一次不幸出家。

评论：

滚滚红尘中未定的宝哥哥正如齐先生所言：他是曹雪芹本人的化身，他是纯真、善良、美德的返璞归真，他又是一个充满悲悯情怀、重情意的好男儿，这一角色的未定使我对胡玫导演多了一份敬意，的确宝玉哥哥不在线，或许正在云游四海、净化身心，或许正在民间汲取鲜露琼浆。

愿他早日出现在众人眼前，令我们耳目一新。

这世间、这滚滚红尘中，定时了的和未定时的构成了一个个令人期待的梦幻世界，世人本是通过实力、才情、厚德共鸣于一体来圆梦，但若借助于像齐先生所说的英国人亚当·斯密的"那只看不见的手"来圆梦，那梦也就失去了真和美，那梦也就不再会更本原地演绎不朽的经典《红楼梦》，可惜了旭丹，可怜了真爱《红楼梦》的世人，更贬值了那凝聚着汗水的雪花银，也枉费了如齐先生般痴情的红迷们的一片良苦用心。

滚滚红尘你哪有落定之时？这正是齐先生对现实的真诚叩问！真善美何时才能完全回归世间以及世人的心房？这也是我真诚的期盼！

所以我们对现实也不必太失望呀，乐观些，总会有机会晒到更多的太阳。

对名人博客的一点轻微调侃

由于她参与了《红楼梦中人》的评判，我昨夜到杨澜的博客上看了一下，她的文章挺好的，但更让我吃惊的是人家的一篇文章的阅读人数竟有十万人之多。这下我可知道什么叫作"真名人"了。与她们的博客相比，咱一般老百姓的，即使每日有几百人访问，也只能说是"门可罗雀"。我们，就如同一只只的小麻雀，飞着到朋友的家里面去做窝和吃点心。不过，我不知需要有多么"庞大"的勇气，她才能一下子——面对十万之众写一份短信——那可是十个"整师"的读者啊！那如同要你造一锅大到能万众同食的大餐，那餐——假若谁都能吃顺嘴和不吃出毛病的话，搞不好，就是一锅稀粥和片汤。那样的粥汤喝起来，如果让大家都满意都不骂街的话，就一定，没什么浓味道。俺是不是嫉妒心太强？不过我想说的是，还是麻雀吃的小灶更有味道。

再有，杨澜无论有多么博大的爱心，也是没有能力给十万之众一一写回信的，于是，她的博客，就像是众人在对着一面被他们都爱死了的"死墙"——不会回音的墙。杨澜即使贼爱十万分之一的——那一个人，她也必须在博客后面蔫笑和保持沉默，因为她只要一回帖，哪怕是给一个细微的暗示，剩下的那些没被她暗示到的——99999个人，也会用众怒和"众嫉妒"，把杨澜的博客淹了。所以我想说，当名人也不是太好太自在，相反，还是当麻雀来去自由一些。

名人和公众人，也可以在小范围内当。我那天下班后回家，上车没座位，就一屁股坐在车内的一个并不是座位但还将就能坐的轮胎状的家伙上，那样一坐，我就比其他坐着座的人一下矮了半截。但我还比较的惬意，因为那比站着要强，身子总归"落停"。这时候一个女学生大叫了一声："这不是齐老师吗？！"我听后一个跟头，就从"临时座位"上耸立了起来。女学生我知道可能是我校我学院的，但就是叫不出名来。但她可知道我呀！她对他男朋友说这就是我们学院的可有本事的齐老师啊，他会几门外语啊，等等。我只好隔着三人与他们喊话似的大声聊了起来。但聊着聊着，对我的本事，她就有点不相信了："老师，您也就三十多岁吧，怎么……"她意思是说我即使是每天在梦里都跟上帝上口语课，也不可能会那么多种外语……我没办法，就只能把我的身世和实际年龄如实地当着挤得再也不行了的周边的人的面大声地说了一遍，以证明几年来我并没有行骗。全车的人都听清了，其中竟还有默默跟着感慨和点头的，似乎他们也对我的"交代"表示满意。等我把前几十年都干过什么都解释清楚并实在再没什么需要补充了之后，这时候女学生和她的男朋友就到站下车了，他们一"拜拜"下车……我就又顿时不作声了——即使我特想把剩下的那点说完。但我还很理智，对那些车上的"沉默的大多数"人，我当时绝不能继续冲动，我只能保持沉默。但谁知刚过片刻，一个边上的四十多岁的"女青年"就像对"名人"和熟人似的对我说："齐老师，您说我要是想学点法语的话，我该去找谁啊？"听了，我真想对她说："我建议你去找刚退休的法国总统希拉克，他肯定有时间教你！"

又煎熬了一大会儿——那种感觉的确不爽，因为整车的人都清清楚楚知道我是干什么的，而他们自己是干什么的却一个都不对我说……我好容易到了站，我好容易挤到了车门，我又好容易匍匐冲下了车，直到我"尘埃落定",直到我脚跟站稳,直到我觉得背后的车都开了,还觉得好像有人用蚊子苍蝇的绿眼在不怀好意地死盯着我的背影。

结论:做小麻雀最好。

评论:

做小麻雀好!尤其是在有过做大麻雀经历的齐老师眼里,做小麻雀最好!

好在喜怒哀乐既可以真诚表达,又可以得到麻雀朋友的真诚分享!真诚本源自自在地觅食鸣叫,呼朋引伴,互相唱和,暖暖的情意可以在心底流淌,才不至于因为忧郁自闭冻结心河。能分享小麻雀的快乐,也就能更深刻地感悟理解众生的疾苦喜乐,也就能发自内心地抒写民众的心声。

窗外枝头的小麻雀又开始唱歌了,这里的风景也很好!

有时有戏有时没戏
——选秀结束后杂碎的学院生活品评

生活的小雨，它稀稀拉拉地下，但你如果用心，也能用盆拾起；即使你仔细地往盆底一瞧，那水是污的。

再没选秀的日子，肯定是难熬的——对于那么"正义"的我来说，可能凭我这种性格，最好的和最快乐的日子，就是天天选秀，天天有黑幕，天天有好人被黑幕所黑……那样，我就可以天天打抱不平，天天在"贴吧"里放糖衣炮弹，天天骂那些不要脸的还好意思骂我的人，就好比鲁迅。鲁迅也是一朵寂寞开无主的没劲的枯燥的有毒的花——如果他没有敌人没有朋友的话。朋友和敌人本是一对鸳鸯，朋友是在与敌人打斗时站在你这面的人，因此，你如果有了一个古道衷肠的朋友，首先，你们——你和你那个朋友——要一起给敌人鞠躬。鞠三个。

在接下来的漫长的没有选秀、如坐监狱似的平淡生活里，我只有把日常的工作单位，当一个"秀场"看了。我于是，就先给一个屋子的两个女青年同事每人都送了一个美丽动人的绰号——一个叫"南施"，一个叫"北施"；因为"西施"和"东施"早都冠名给别人了。至于谁是那个"南"，谁是那个"北"——至今她们还在争着，还在进行着激烈的PK。我知道这种瞎命名的游戏，与鲁迅的无聊一样——他说他们家的一个树，叫枣树，另一个，也是枣树；一棵总朝南站，一棵总向北立。

我上周连续参与了三次学院"长风话剧社"选拔演员的"秀"。我坐在前排当评委时，一说话，自己都觉得自己像个油嘴滑舌的演员。

表演的确是一门艺术。我们要求有的学生要在三分钟内用面部按顺序表现"喜怒哀乐"。会表演的是按照喜、怒、哀、乐的顺序演的，看上去也是"喜怒哀乐"。但不会表演的呢？虽然他们自己认为那是喜怒哀乐，但观众和我看起来，像是怒、喜、哀、乐，或是乐、喜、怒、哀；还有哀哀嘻嘻，再就是乐乐乐乐……总之，你尽可以任意把它们排列组合。

有一个女生，她被要求即兴表演"卖身葬父"。她听了题目后毫不犹豫，蹲在地上就哇哇大哭。但她哭得却不像，还一个劲地在笑。

还有一个学生表演英雄人物被拉去英勇就义，我们要求他沿路慷慨陈词，还要求他用他的死激励其他人立即参加革命（最好现场参加并把他劫走）。但那个学生在表现英雄的沿街慷慨陈词时，由于长得太不像个英雄，还使劲地撑脖子狠叫，给观众和我的现场印象是这种人早就该杀了，怎么才……

小汪老师以前说了，他曾是个"非著名"话剧演员，所以话剧社借用我的"比较语言文化"课堂搞选秀活动时，我的开场白是这样的："表演实在是太精深了。我这次才深有体会。我们这些非专业的人，要想学习逢场做戏，可实在是太太太太……难了，不像人家汪老师，人家是专业演戏的。汪老师不仅能在舞台上演戏，还会在生活工作中天天做戏和每时每刻做戏……"这时候小汪在底下坐不住了，上来抢话筒说："我以前只以为齐老师比较幽默，我今天才知道齐老师不仅比较幽默，还比较坏。"

我前两天每天早晨，都急急忙忙地"做戏"——因为学院号召大家不再迟到了，迟到五次要扣半个月的工资云云。这无疑在总有一半人（也时常包括俺）迟到的学院里，引起了一阵的强烈议论和骚乱。但第二天，这一招还真奏效了。有人匆匆加快了脚步，有人迟到了便从后门潜入。

我呢，则倡议从学校的院墙外，连夜挖一条能"沟通"到俺们办公室的地下通道，搞"地道战"。也不知咋的，在学院宣布迟到扣薪水的这几天里，不仅我比较认真，就连我早晨乘坐的719路公共汽车司机也比以前紧张多了，他（当然不是同一个人）一看我上了他的车后就玩命地开，连红绿灯都挡不住他（当然大多数是绿灯），真的疯了！由于怕出交通事故我不敢冲上去拦他，但我却特想问："兄弟，我迟到被罚钱你咋这么激动？"

还有不是做戏的，就是昨天我给六个挪威学生上最后一次课的时候，发现有三个学生没到，刚想问，门开了，他们抱着一个大蛋糕和一大束鲜花给我。我有些不知所措，然后是暗喜。我们先分食了那个有"生日快乐"字眼的蛋糕——他们买蛋糕的时候，由于是"文盲"，就被人把"生日快乐"写在上面了。接着，我借助蛋糕的甜蜜力量，做了我整个学期的课程结语——我们已经讨论了整三个月的经济、哲学和国际政治了，我们最后的收尾议题是人类的永久和平。我说如果我们都不愿意放弃各自的宗教信仰的话——那么人类就应该"求同存异"。怎么才能"求同存异"呢？我告诉你们一个中国人这三十年才知道的一个法子，就是先彼此做生意，在不那么抽象和高雅的"钱"和经济的交换中找到彼此的低层次的接触点和"共同信仰"。那虽然不那么形而上学和歇斯底里，境界也不那么地高，但却务实，却实用，却比谁都不爱听谁的信仰的"戏"——更悦耳动听。当两个谁都希望对方从地球上消失的相互憎恨的邻居需要和平共处时，最好的办法——能够抑制一方朝另一方的院子丢炸弹的，就是把先把一家的孩子送到另一家的院子去玩。这样我就不会随意朝别人院子里丢炸弹了。

学生们听到这时齐声说："No！按照一个国际组织的最新调查，挪威是全世界幸福指数最高的国家。"

我的话还没说完,教室的门开了,有两个人来找我。我一看,一个是老张,一个是老俞。他们就是我教的那两个平壤来的学生。老张笑嘻嘻地问我下周几有时间,他们马上要回平壤了,要同我照一张集体相。

我满口答应了,因为我知道那也不是做戏。

评论:

在"有时有戏有时没戏"的日子,齐老师捕捉着生活的亮丽与暗淡;在戏内与戏外,齐老师感悟着世人的真诚与虚伪。其实,生活也就是这样虚实真伪此起彼伏,鱼龙混杂。

有戏的生活总是很累,因为要模仿别人,必须忘记并隐藏自己,模仿时还要做好随时被评判的准备。没戏的生活是轻松的,是用真诚的心去为,并拥有天然的打动人心的魅力。

齐老师关于"永久和平"的论断更精彩,使这生活中的小戏演变成了安邦定国的大戏。因为相互制约,剧情就更加复杂曲折。

如此看来,人生随时都可能被戏剧化。只不过假事真做,就有戏;真事真做,便没戏!

我的万年藏书阁

上周二我又去了北京国家图书馆（以下简称"北图"）。我去北图一般只有两个目的，一是看我写的书他们藏好没有，二呢，就是去看看延智兄。延智兄与我家是世交。他自打二十世纪的八十年代就在北图二楼的那间屋子里面工作，我那时候就时常去找他。都快三十年过去了，那间屋子无疑还在，他哩，也还在，就仿佛是有一个洞洞，延智兄是那个看洞的人——猫耳洞吧！八十年初我去那洞一探，发现延智兄不仅会查书找书，而且还会冬泳。受他的启发，我就去冬泳了一年。可我一冬泳，他就不再冬泳了。那时的玉渊潭可比现在的玉渊潭冷得多，我一个猛子从湖里爬上来后，不仅头发被冻得像是五六根冰棍，直立着好久不会趴下，就连短裤，回到单位往桌子上面一摔，咚的一声，也跟摔砖头似的。那时候我们搞的是社会主义，没有迟到早退罚款一说，全凭每人建设社会主义的自觉性约束，所以我那时候，总是上班前先滑冰或先冬泳，然后在十点钟左右，到单位去暖和身子，身子一旦暖和过来，就马上开始打乒乓球——一个多么火红的、令人怀恋让人不舍得忘怀的时代啊！如今老提80后的，要我说，在80后并不算幸福，只有工作在八十年代，才真的算幸福呢！

自从学院颁不许迟到的规定后，我不幸地已经连续两个星期没迟到一次啦。我后来才悟到，原来719路那些近日疯狂的司机，也是因为他们公司有了新的不许迟到的规定,才亡命徒似的开飞车的。我还在今天眼看就要迟到的时候,被后面的已经算是迟到的同屋的那个80后的青年女老师给一把拽住了:发现了也要迟到了的我的她,就如同发现了宝贝!因为要罚一起罚。于是我们,就双双飞身窜进一个能绕到办公室的"暗道"……还是能雄赳赳气昂昂地手拎着变成冰砣的游泳裤大摇大摆地迟到两个小时的二十世纪八十年代好吧!

它整得俺是那么的怀旧。

果然不出我的所料,延智兄今天还在"洞"里默默坚守。他就像那个守株人,我呢,就像是那几年才一现的"兔"。我对他说我去年又多出了一本书。他帮我一查,说已经在库里了。我说丢不了吧?他说怎么可能呢?你看,你的每一本书,我们馆都有7本,其中最关键的,是"保存本库"的那本,那是永久性的保存,从不外借的。于是,我就放心了。

于我来说,北图就是那个谁都把绝命的钱存到那里的瑞士。但我存的是书,是自己写的书。说正经的,被罚半个月或半年半生的工资,我可能不会心疼,但谁敢动我在国家图书馆的那"箱子底"的几本书,我可跟你玩命,用零下15度还敢往鲤鱼家里跳的俺的钢铁意志。

那,可是我精神骨灰的永久存放地。

评论:

人各有志,各得其所。有人为繁荣经济殚精竭虑,有人为振兴文化呕心沥血。对乐于营造精神家园的齐老师来说:北图就是那个谁都把绝命的钱存到那里的瑞士银行。北图就是精神骨灰的永久存放地,就是灵魂的最后归宿。

为此齐老师笑对苦寒浮华,健体励志,不辍笔耕,孜孜圆梦。祝福齐老师著作等身,祝福齐老师为北图添彩!

送老朋友武田走后的郁闷

"郁闷"这个词,以前是不常用的,因为以前,只有到特别郁闷了的时候,才用"郁闷"这个字眼,比如下顿真没饭吃了。

昨天与武田胜年先生话别之后的我的郁闷,一直持续到了现在。前天他打电话给我,说他这次真的要回国了,连家都要搬了,我说我一定去看你。我昨天买了一本日文的《中国最佳名胜》,前去送他。他已经六十三了。他比我前几年见他的时候瘦了,他说他在"减肥"。由于是走之前,我们没时间聊得太多,再有,二十几年的老朋友见了面,有时候也竟然聊不出什么话题了,他头上的"名词"一大把:三菱商事中国董事长、首席代表、中国日本商会会长……我昨天在网上一查,以"武田胜年"当法人的日资公司就有很多,可能其中的一些,连他自己都不知道是干什么的。这些,对我和他都不那么重要,他还是我的一位兄长,他还是一九八五年那个在东京三菱总部上班管我下班带我到处玩耍的"老大"。我昨天还托他帮忙带一本《王力中国古汉语词典》,送给我那时候在三菱的一个冰雪聪明的老大姐栌场,她是我们俩当年的一个同事。我们那个"团队"的几个,这一晃,都一个个排着队,朝人生的舞台边上冲刺了:武田功成名就后退休了,栌场也五十出头了,我们原来的那个团队的"部长"——浮田先生当时就快五十,今年恐怕都七十多了。你能相信吗?在当时灯红酒绿的东京的那个大大的办公楼里,我,一个从贫穷的中国来的刚毕业来的大学"新青年",在几个比我年长的同事们的呵护下,一个外国人,天天在人家那么大的办公楼里转悠——武田带着我,我天天跟他寻开心,换着法子地取笑。武田绝对是个君子,十分地恋家,他下班就回家,从不像有些日本职员那样晚上到处游荡,但有一次,他晚上带我到一个吧里面唱歌,我发现他还跟里面的一个"妈妈"不好意思地挺熟,我就戏弄他:"武田君,你这样的好人也常来这种地方?"一九八八年我已经从日本回国了,一次武田来中国出差,在香格里拉饭店请我们新婚夫妇吃饭。我们吃的是西餐,我先吃了一样什么东西,但他们(武田和我的内人)的前面总是空的,都二十多分钟了,后来把服务员叫来,才知道按西餐的规矩,我的菜比他们的多一道,必须我先吃完这一道,他们的菜才能上。服务员这么一说,武田才不因请人吃饭桌上空空如也而尴尬了。之后,就是我十年北美侨居。二〇〇〇年的一天,我从一个杂志上又把武田"捞"回来了,我一看就是他,他可不得了了,他已经当了三菱那个500强公司的中国第一把手。一听说是我,武田在电话上就说:"齐大人是你啊,快来快来吧!"这样,我又坐到了他那间在恒基中心的大办公室里。我一身布衣,在他们那些衣冠楚楚的员工看来,就是一个谁都想一把按到地上并非要"查证"的民工,但我心说,年轻人啊,爷在这家公司,可比你们早十几年哩!这时候武田带着几个高管下属出来了,说:"小齐,一起吃饭去吧。"时隔十几年,我发现他人真的老了。饭后他对我说,你看,我的名字在这么多人的头顶上,我就是那个拿最多工资的人,所以我在这儿也干不长了。武田在他知道也干不长了的最后那几年,的确对我这个小老弟倍加帮助。有一次他到我那个刚乔迁到国贸的公司去"视察",他是坐了一辆旗舰般大的奔驰去的,吓了我那些喽啰兵一跳,说:"齐总,你还有这么牛的朋友?"后来"非典"来了,我终于在国贸圈混不下去了,业务也没有新的头绪,我就向武田太君呼救。没过几天,我就接到了几个我根本不认识的日本人的电话,说:"首席代表交代了,让我们帮你!你说,你需要什么吧。"于是乎,一个极具黑色幽默色调的戏就在恒基中心那个会议室上演了,我和我的几个初中毕业水平的喽啰部下,在几个三菱"部长"级别西装革履的干部的包围下,愁眉苦脸地讨论着能帮"天大"公司振兴的方针计划,那无疑是一个闹剧,因为让一个500强企业帮由十几个"流寇"组成的蟑螂公司,就如同让大象帮助蚂蚁。武田把我们这个"活"交代给了下属,日本人又只知道服从上级,所以必须严肃对待和集体讨论,但讨论来讨论去,大家都觉得除了"三菱"直接给"天大"钱之外并没什么更好的良策。我哪能干那种事啊?后来,我的"天大集团公司"就真的关门了,我谢了半天武田,他说你到大学当"教授"不也挺好吗?再后来中日关系有变化,我给武田去电话,让他太太少外出,我还说你可千万别做什么对中国不好的事,要不我也跟你没完。他在电话中笑着说一定友好一定友好。公平地说,日本的商界一直是推动着中日双方友好关系的,即使是为了获得经济上的利益。我昨天在网上一查,才知道我这位担任中国日本商会会长的"日企老大"的确为两国商务和民间的交往做了很多的事情。武田是个极其豁达和乐观聪慧的人,他的聪慧是民间加贵族式的:说"民间",因为他本是一个百姓;说"贵族",是由于他来自日本的最高学府东京大学。在日本"东大"毕业可了不起,整条街的人都以你为荣。武田有着商人的理性和百姓式的善良达观。我一辈子下来不知遇见过多少的中外领导,也领导过许多的人,像他那样平易、正派、聪慧、细心和喜欢学习的兄长式的好领导还真的遇见得不多。昨天我在网上搜到一个北京三菱员工在参加完武田退休酒会后写的博客文章,说她也十分喜爱武田这位和善的老人和他的太太,并声情并茂地写了许多祝福的话,看来这么多年武田的风格没变。这几年我们几乎没见过面，因为我不再愿意去攀他的"高枝"：武田的"三菱"是个富可敌国的集团，是个到处投资的财神，他每到一处都是省长、自治区主席一类的出来见面，我呢，是一个每天挤车上班的非正式人民教师。但每到过年，就像亲戚似的，不是他给我打电话，就是我打给他，仿佛要不就少过了一年似的。这恐怕就是所谓的真朋友吧。去年拜年的时候他说他已经彻底退居二线了，人老了嘛。在他那仍然乐天的语气中不难听出感伤。昨天我一看，他的眼眶上还真的有了老年斑，人也消瘦多了。其实我第一次见武田时，是在一九八四年，他和一个三菱代表团来北京访问，他那时是个胖子，坐在台上翻译。有一天晚上，在京伦饭店，三菱开酒会，武田在门口迎客，他手里拿着一个能防静电的小东西，给大家发礼品，我第一次近身听他说话，心说这个日本人说中文发音这么纯正。后来我到东京三菱总部上班，我身着一身不合适的西服，戴着别人帮忙打的领带，迎面接我的，就是那个和蔼可亲的胖子武田。那年他四十二岁。武田说他的名字之所以叫"胜年"是因为他的父亲希望日本能够胜利，可日本在他出生的第二年（他是1943年出生的），就战败了。我的几个"大哥"，差不多都是那一年出生的，我和包括武田在内的另几个"老大"，前几年聚会过一次，有一位任兄，也是总经理，也开着豪华车，他的弟弟是中国房地产大亨，所以比武田还牛。我们二人一唱一和时，武田只是在一旁观阵大笑。武田对那个任兄说，我们这几个里，还是小齐最有本事，因为我们都在给别人打工，就是他敢自己拉出来单干。他们在一起的话题有高尔夫球，我说那算什么，有本事你们跟我比比滑冰和冬泳！如今这些，都已经成不再可能的事了，那位任兄已经退休，武田明后天回国，他们一个个还年轻力壮的，还神采奕奕的，都已到了生活的后台。我与武田在东京，只讲日文；十几年后在中国，只说中文。这很有意思，开始我还不习惯，因为你跟一个好了几年说一种话的朋友，又在后几年换一种语言说话时，就像是在跟一个"第三者"交流着。可能用不了再一个十年，我就该步任兄和武田的后尘了，那时候他们已经七十，就真该变成老人了。我已经二十年没去过日本，昨天的那一别，谁知道……武田和我在刚话别之后，没想，又在电梯里撞到，又见了一面，或许，这也是一种安排？

评论：

离别是一个令人伤感的话题，这真诚朴实谦和的文字中，也浸染了淡淡的哀伤。本文既是与朋友话别，怀恋与朋友之间点点滴滴的真情厚谊，又仿佛是在游历自己的心河，曾经的往事都被你与武田君的友情之线缀连在一起。

这郁闷是对一个与你有着二十多年交情的，平易、正派、聪慧、细心和喜欢学习的兄长式的好领导的依依不舍；是亲历人生沧桑巨变的你，对流逝岁月的情不自抑的怀念和遮挽；是中年的你在思虑二十年后，与朋友年岁相当的你又会拥有怎样的人生际遇时的一丝惆怅和感伤……

人生没有永久的相聚，天下没有不散的宴席；人生没有永久的青春，岁月没有永久的朝阳。但人与人之间的真挚情谊，却会如美酒越经历岁月风霜的考验越香醇，也会如亲情般越经历别离的煎熬越浓烈。因此这些郁闷便也是真情的流露了，便也是酿造友谊美酒时必经的情感砥砺了。

友谊会使我们拥有更充实富足的人生，岁月会填平一切等级、民族、国籍之间的鸿沟，真挚的情谊就是万古的常青藤！

祝福友谊之水长流！祝福友谊之树长青！

人生总共的两次冲刺

人生在我看，已经越来越清楚了，就是两个有终点的比赛，一个终点是 60 米，那个叫"退休"；另一个终点叫"去世"，是 100 米的。

我们，一个个一拨拨地向那两个线上——俯冲着。有的想跑得快一点；有的想跑得慢一点；有的想跑得酷一点——像刘翔那样地跨栏；有的想跑得舒服一点；有的想跑得身姿漂亮一点……

我呢，那第一条冲刺线——工作的，我跑得比较蹊跷，我跑得比较散漫，我跑得比较随意，我跑得不伦不类……第二条呢？人人都必须朝 100 米的生命线上猛冲，但谁都想让别人先冲过去的线——我正在它崎岖的路上。

我的父辈们，有的，早就冲过第一条线了；我的兄长们——中外的，有的，已经在 60 米的线外歇息着，他们叫唤着："小齐啊，快来！快来！"我不愿理他们，他们就没趣地开始朝第二条线那边启程。

那肯定是一片神奇的土地——我是说 100 米外面的。那是人类一切宗教、爱、诗歌的诱因，我是说假如没有死亡的话，诗就不再是诗；爱有，也不是终极的爱……

有的人，是把 60 米和 100 米混合着跑的——就比如说我。我知道那两个终点于我来说，可能都没有意义，但我还是认真地跑，虽然累了我就改成竞走。

还有的，把60和100误当作同一个终点了——五十九岁去世的侯耀文先生就是一个，他并没来得及踏上下一个跑道。没能跑退休后的第二条路，不知是人之祸，还是人之福？因为如果工作是不情愿的，是用于谋生的武器，那么冲过退休线，就是一种解脱，是一次新的开始。生命的第二条"生命线"呢？那40米的路似乎是马拉松，但马还不能是好马和快马，更不能是千里马……因为谁都不想在那条路上一马当先！那的确是雪山草地，那的确充满荆棘，因为与你同路的，会越来越少，他们都一个个倒下，他们都纷纷沉底于墓地的草坪……在那条路上，好像最后没有一个是英雄……

我的先辈人，那些我尊敬的，都一个接一个冲过第二条生命线了，对此，我只能叹息和呼唤，但我却在伤痛的同时，要理智些：我不能也急于跨线同他们握手，我只能朝他们摇摆着我沉重的翅膀，说："大爷大妈们，常回阳世来看看吧！"

一阴一阳，把冲刺线的两端经纬分开，活的人在里边，死的人在外边。生人死人在手对着手，传递着生死接力棒子。那棒，我感觉，已离我不远，因为前两棒都快跑完了啊！就在前天，我又从网上得知，我曾经的忘年朋友、一个知名的香港老人已经在去年离世了，他是香港回归时候的一个功臣，但他没能看见这个十年庆典。于是，我就胡乱写了以上这些。

评论：

齐老师把人生的"退休"与"去世"，比作60米与100米这两条生命线的终点，真是形象、生动、别出心裁。既然我们每个人都要别无选择地走在人生路上，那么不管愿意还是不愿意，这两次冲刺都是必须进行的。有的还没冲过60米，就已提前冲到了100米，比如最近离去的侯耀文先生，有的两条都已过了，比如长眠于地下的许多离去的故人，尤其是在这些故人中，直接冲向了100米的终点红线。

在这个让人心绪难宁的日子即将到来前，人到中年的齐老师，以自己独特的方式思考着人生，思索着如何冲刺。生命不息，那就前行不止吧！

其实，有很多人，在很多时候，是把两次冲刺合二为一的，这样也许会少一些阵痛，少一些迷惑，因此齐老师的60米冲刺也可以忽略不计，更不用说有无实在意义了，至于那100米也只是一个以不同质量构成的长度单位，那终点红线，也只不过是躯体归零的一个标记。那灵魂却又可以顽皮地跳到起点，重新开始旅行！人在旅途，从这个意义来说，那100米的终点红线也可以视而不见了！

这样说来灵魂可在阴阳两世友好往来，因此我们现在还要庆祝这样一个生日，悼念那些不朽的英魂！

四大悲剧还是四大喜剧

那天，也就是"长风话剧社"开社的那天，Paul 也来了。Paul 是我们的老搭档，是从澳洲来的英语老师。澳洲——可能自打建国我们从未崇拜过什么"澳籍英雄"，但 Paul 却是个例外。Paul 是从英国牛津大学毕业的，因此，Paul 是有点贵族气质的极其有涵养的绅士。

在剧团教头小汪老师给新团员吐沫星子乱溅地做演说的时候，我把小汪的训话一五一十地翻译给 Paul。Paul 乘机问能否演一下英语的剧目，我说当然可以啦！但演什么呢？我的话还没落音，Paul 的手就不老实了，他从课桌下"噌"地拽出了一本书，我一看，书面写着"Four Tragedies"，是莎士比亚的《四大悲剧》。我说 No，No，说俺可不愿意看那么多的悲剧！听后，Paul 的手又伸进课桌里去了，"啪"地拎出一本同样厚薄和大小的书，我一瞧，是"Four Comedies"——莎士比亚的《四大喜剧》。哈哈，我和 Paul 都为 Paul 的转手之间的"悲喜"掉包嬉笑了起来，笑声惹得小汪忘掉了台词。

我是专门研究喜剧和悲剧的。我的研究起始和终止于人间的舞台，以及，天上的空场。你朝天上一看——我幼时在"干校"农村的时候——天上有一只鹞子在盘旋。鹞子"你们"城里人没见过吧！雄鹰一样的猛禽。但你现在再往天上一打量，如今已经没鹞子和麻雀和蜻蜓和哪怕是蝗虫了，这就是《四大悲剧》中的一个。喜剧呢？比如八十二岁的人娶二十八岁的人,又比如杨二车娜姆在电视头插狗尾巴鲜花评选"快男"并对全国人说:俺就不嫁中国男人。那肯定是一景!可我刚想看,她就被"封杀"了。那就是一次标准的Paul式的"悲喜转换"。真正的悲喜,一定要交加着来,它们的排列组合,绝不应该是"喜剧、喜剧、喜剧、喜剧"和"悲剧、悲剧、悲剧、悲剧",而应该是无序和穿插着排列的,比如"喜剧、喜剧、悲剧、喜剧、喜剧、悲剧、悲剧、悲剧";或者"悲剧、喜剧、悲剧、悲剧、喜剧、悲剧、喜剧、喜剧"。

你用自己的一生,假如八十年吧,也可以十年一喜,再十年一悲地排列掺和着活。当然,自己的这八十年,我们都希望只有喜剧没有悲剧,我们都特别热切地期盼所有的悲剧都在我们邻居家里上演,但邻居家真的天天哭哭啼啼的话,你我家的喜剧演得恐怕也不那么流畅。还有,真正的喜剧和悲剧,倘若是循环着演的话,其效果是戏里有戏、局中有局。再有,如果没有演过悲剧话,那喜剧演起来,就真能演出喜剧的味道吗?我怀疑。我们每个人无疑都希望我们的一生平淡平稳,但太平淡平稳了,不就"没戏"了吗?戏太多了不好,没戏也不好,光喜没意思,只悲也没劲。一部《红楼梦》之所以那么地红,红透了小半壁中华的历史,就是因为在同一个"楼"里面,人人都先用喜剧登场,再用悲剧下场。假如宝哥哥一出场就痛哭流涕地闹出家,假如林妹妹一上台就晃晃悠悠地咳血不止的话,那么《红楼梦》就变成北京协和医院了,也就没人爱幻想、没人爱思量了。一个你身边的人病了,你那么地震惊,你关爱备至,你爱浪滚滚,你送水送饭送钱——只因那人先没病后有病,先喜剧后悲剧……但同样的你,在上下左右都哼哼呀呀地北京大医院的大厅里走着,你绝不可能见谁都想送水,撞上哪个都想送饭送钱——你特烦那些个影响你在楼里漫步的所有的人,因为他们全是悲剧!在100%都是悲剧的人物的时候,那些个人,于你,就不再是悲剧了,因为你身上的"悲剧怜悯同情细胞"已经用尽,你已经变得麻木,你已经变成了见人痛苦就高兴过度的大夫。你甚至已不再是一个观众,而是一个参与者或扮演者——我的结论是,只有从喜剧转换到了悲剧的悲剧,才是真正的悲剧;没有白的黑,它绝不是黑;同理,喜剧,我是说真正的,能撼动你的,非要是悲然后的大喜!喜是相对的喜,悲是相对的悲,它们翻手是云,它们覆手是雨,它们雷雨交加,它们才光辉无限!它们才轰轰烈烈!正是它们在那相互格斗着的顶峰和云端,才现出那一抹万分迷人的奇景……

评论:

齐老师道出了风雨人生的魅力所在,一成不变的生活犹如缺少变化的戏剧一样乏味,勇于搏击风浪,才有可能拥有像戏剧那样,悲喜交替的审美情趣!

人生如戏剧,变化孕育着精彩,经历累积着财富。若能坦然面对人生悲喜,便拥有了一份宁静平和与安适!

> "HONG KONG，HONG KONG，和你在一起！"

上面，是一首歌中的一句唱词。我的心思，这两天随着香港回归十周年，又和香港在一起了。它（我的心）是从一九九四年开始和香港粘到了一块的，那年，我和 Chris——我的上司，一个有加拿大和英国双重国籍的老顽固殖民主义者到香港交接工作，我是顶替他接替"游客"公司香港客户管理权的，无疑，那是 Chris 最不愿意出的一次差，也是我第一次到香港。那时候的港督还是彭定康；那时候的香港上空，还飘着巨大的英国的米字旗。那次旅行是非常有喜剧色彩的，我至今还记得 Chris 在酒店里怎么对服务生摆殖民老爷的谱，我把那些故事写进了我的《马桶三部曲》中的《马桶经理退休记》。一九九七年回归的那一年，我特地选七月一日那一周回北京出差，为的就是在国内见证那个历史时刻。临行前，我问 Chris 愿不愿意跟我去香港或北京看香港回归，他说："Jimmy，你故意啊，你不知道我是个英国人？我以前在马来西亚看过一次米字旗落下的情景，我绝不想再看第二次！我也不想哭第二次。"那片刻 Chris 脸上的表情，就跟电视上彭定康在总督府前最后一次抱着已经下落的英国旗黯然失色的时候一样。昨天看回顾的精彩画面的时候，我发现在两军交接仪式上，我军的那个威风凛凛的代表是那么说的："你们下岗，我们上岗，祝你们一路平安！"那句话，在我和 Chris 和他的继任者 Steve 进行艰苦卓绝的"权力斗争"的那七八年，我不知大声地对他们喊了多少回。从一九九四年到二〇〇一年，香港是我每隔几个月就要落脚一次的地方，是我回国和到东南亚一带出差时的中转站，我有时候去得匆匆，我有时候走得忙忙。记得《泰坦尼克号》那个电影，就是在香港看的，那次是刚从越南回来。那时的香港人把我这类大陆去的人都称作"表叔"。我年纪没那么大，就有人叫叔叔了，不知是该高兴呢，还是该不高兴呢？为了杀杀那些"表侄子"的傲慢，我不得不对他们张口闭口说英文。那其实挺没劲的，两伙同胞兄弟，要用人家的语言作为斗气的武器。我跑遍了香港的山，我游遍了香港的水，一次我在黑夜，顺着那最高的一座山的山顶上的小路，一直走到无人的海边。最后一次去，是和英裔的 Steve 去的，我们两个从北京打到上海，又从上海打到广州。由于 Steve 在广州的餐馆里看见有人吃"龙虎斗"（烹猫和蛇），就不敢再在国内和我这个中国人斗了，就拉我直奔香港。那时，五星红旗已经在香港飘扬了四五年了。那是我和 Steve 在中国的最后一次分手，从此我们远隔重洋大打出手，最后以双双出局而终。而 Chris 呢，他给我发的最后一个邮件——那时他已经退休了——上说："Jimmy，你小子真的如愿回北京定居了，而我呢，一个 retired old man（退休老人），在你和 Steve 都踌躇满志各取所需的时候，在河边孤独的 fishing（钓鱼）！"

上星期我对那个我请到学院教法文的长得跟小猴子似的法国人方飞（他的中文名字）在办公室里"发了一次大火"。原因是我请包括他在内的三个法国人当法语老师，但中途由于跟需求方的合同出现了问题，可能又不马上需要他们教了。知道后，那个放进花果山连化妆都不需要的方飞，竟然当着我的面，对另外两个法国女孩气鼓鼓地说："你们两个有什么奇怪的，这就是 la chine（中国），这就是中国人一贯的做事方法和中国文化的特性……"我一听顿时火冒三丈，指着他的头用法语说："你小子可听好了，让不让你教法语以及有什么变化跟中国人和中国文化没有任何关系，你如果敢在此地第二次说这种话，你就给老子滚！"第二天方飞果真不敢到我们办公室，我就让那两个女学生给他报信，让他在图书馆等我们。见他在课本的问题上仍没完没了地絮叨，我又急了，说："你没什么好跟我理论的，我选书，你教我选的书，你教不了，我换别人教！"说完我甩手而去，另两个学生追出来，一再地安慰我，说让我别跟他生气，那样对身体不好。在我跟方飞发火的时候，我感觉是我的一九九七年的"回归魂"，又附上了我二十一世纪后的"回归体"，而那个小毛崽子方飞的身上，也燃着火烧圆明园的那伙法国强盗的魂——他们已经习惯了当别人国民的面说别人国家的坏话，而我给他的回答就是老子炒你鱿鱼，老子要让你为你的臭嘴付出经济代价。我绝不是一个极端的民族主义者，我不同意把什么都往民族和国家上扯，因为人是地球的人，人是大自然的子民。但在Chris、Steve、方飞这种国际种族高贵流氓主义者面前，我们能做的，就只有一个，就是冲锋、冲锋、冲锋，然后立即"亮剑"。那与其说是种族之争，不如说是正义之争。在我对方飞发火后，我对那两个女学生说明道理，我说假如他在背后说我们国家的坏话，我们也管不着，但他当我们的面肆无忌惮地大说特说，至少说明他根本没有教养。她们听后笑着说，老师，不用你解释了，我们完全理解你。

评论：

读此文，我又一次笑了，这次可是对虽弃商从教，但仍浩然正气不减当年的齐老师由衷地赞赏！

香港回归，已还地球本来面目，若大家都能像齐老师这样不卑不亢地生活，促使那些趾高气扬的高贵者回归到离弃的本位，引领那些奴颜婢膝者找到迷失的自我，我们回归自然人属性的梦想，便也会早日成真！

不只和Hong Kong在一起，更要回归到自然、本源、真善美的世界！

> 需解释的不需解释的、
> 情愿的和不情愿的——恶心

　　那个当面说我们中国不好的法国人方飞，没什么好解释的，已经被另一个法国男孩子顶替了，他付出的是近一万元人民币的课时费的代价，我绝不会给他第二次机会。本人留洋插队十余年，应该算是学会了"以夷制夷"的本领，外加一句英语的名言："Money Talks"（钱会说话）。有钱都能使鬼都推磨，何况是我花一万块钱来堵住你那敢当面骂老子的臭嘴？昨天，在新生开学典礼上，那三个法国老师，一个男孩和两个女孩，还在议论方飞的那件事，她们对他说："方飞哪儿都很优秀，中文也说得比你好，就因为说了中国的坏话，所以齐老师就不要他了。"我在一旁听了并没插话，我想让"钱"来替我说话。"钱"虽然从本质和本性上讲就是个王八蛋，可在有比王八的蛋更坏的蛋的（比如加了化学染料的鸭蛋）当今社会，有时候为了让一些人变得文明，还真少不了把王八蛋请出来主持公道的时候。

　　王八蛋啊王八蛋，有时候，你竟然那么地让人爱恋！

　　有为了王八蛋连自己的"蛋"都能豁出去的"人兽"。昨天同席的那个某先生，就是一个把"钱"那个王八蛋放进裤裆的、比那个法国坏孩子方飞更可恶的人。我知道，他是个混子，但都是为了王八蛋的缘故，我们还需要在一个中外同桌的热情友好的气氛中，杯盘狼藉地大吃大喝。

　　"这就是生活！C'est la vie（法语）"。"C'est la vie！"是法国人常挂

在嘴边上的话，专用在碰到了无可奈何的令人恶心的场合，就比如那时，在那个我恨不能上去踹几脚但我又必须保持一个教师的平稳，与此同时还有法国人在一边议论为什么齐老师为了给中国人争面子把方飞炒了鱿鱼的时刻，那就是 vie，就是生活，就是生活的好死不如赖活……和法国哲人萨特用戏剧《苍蝇》所说的一样，恶心。

看来，方飞抱怨"这就是中国文化"，他是在指做事的无头绪，这也并没错；方飞如果昨天也在场，不知又要说什么了。不过可能那时无论他怎么说，我都不会阻止。

昨天的酒席散后，我请去的三个老师，一个女孩被灌得在宿舍的床上爬不起来了，一个男孩在厕所吐了一个半小时，一个匆忙逃离了现场。我问那个男孩为什么喝那么多，他说他听说中国人敬酒时不喝不礼貌。有两个喝得连爸爸的名字恐怕都叫不全了的四川来的学员（他们要到非洲去援外），追着我在校园里跑，明明是男的，却用花腔女高音喊："齐……齐……老师啊、齐老师，我可是小学程度，你……可要好好……教我啊！……"

还有一小片花絮，在院长给新学员做鼓动报告时，一时兴起，把我给当话题说了，说我们有个齐老师，懂八国联军的所有语言。学生们听后就朝我冲过来了，非要看"齐老师"的长相，我见势不好，就连连摆手，说我根本就不姓齐，"齐老师"是她！我顺势手指着旁边的我们同屋子的Z老师。还没等Z老师反应过来，十几个学生就朝她嗷嗷地扑上去了……

这，好像也是 vie，也是生活。

评论：

"这就是生活！"——需解释的和不需解释的，情愿的和不情愿的，无奈地和必须耐心地继续下去的生活!

　　能清醒地直面这样的现实生活,无论是入木三分的嬉笑怒骂,还是含蓄凝练的抒情达意,都需要勇气和智慧、责任和良知,于是我想起:真正的猛士,敢于直面……

　　生活既需要百灵鸟,更需要啄木鸟!

胡玫们玩弄"意外"后该遇到的意外
——从大观园中出局

语言是神奇的。胡玫导演就是特会使用语言的魔力的导演。她近日说若真的拍《红楼梦》时,那两个选秀时定下的宝黛——李旭丹和姚笛,她可能都不用。她说她那天是碍于面子才参加结果揭晓的,她那是"怕整个活动崩盘"。现在我们回忆起来了,在念结果的时候她说:"如果不出'意外'的话……那么,你就是林黛玉啦!呵呵……嘿嘿……哼哼……"

结果现在"意外"真的出来了,那就是胡玫那天根本就不是为了选演员去的,而是为了把"盘"托住。还有,那个"意外"并不是什么真正的"意外",那是胡玫的"意内"。所谓的"意外",是"意念之外"的意思,而且约定,那个"意"必须是所有人的"意"——就是说地球上的那一个时刻的活人——都统统没用意念想到的事情发生了,才叫作真正的"意外";但凡,有一个人在意念中已经有了,就不是100%的"意外"。一个挑逗了上亿人的心思的做戏和作秀的活动,原本大家都以为是"意内"的、认真的、长达半年之久的、仿佛那么正经和严肃的游戏,只在一小部分操纵者的心思中是"意外":他们在不断地制造着"意外"的晋级、"意外"的复活、"意外"的游戏规则的突然改变……"意外"的不承认结果、"意外"的"与本人无关"……无非是,为了实现自己的一个个"意内",他们把他们的每一个"意内"——他们事先想要的结果，都一个个冠冕堂皇地名正言顺地转换成了亿万他人的"意外"，因此他们很残忍，因此他们很冷酷，因此他们很无情，因此他们太随意，因此他们太自私，因此他们太放纵，因此他们太狂妄，因此他们太无视法律法规以及法规之外的大众的情感的力量……因此他们早晚，要我看，也要反过来，最终会承担光天化日之下玩弄这么多"意外"的"意内"的否定与惩罚。

那个"意内"就是天理和民意，是起码的真诚和真心以及良心，是任何想在大观园里游玩的人都该遵从的铁定的"浅规则"，是曹公呕心沥血开出的一张无价的"门票"。

我们，在不意外的、没悬念地等待那对他们来说"意外"的结局。因为，这次感到"特别意外"的，该是他们了——那些总喜欢玩弄别人的人。我预测，他们也会毫无意外地一个跟着一个地从大观园中出局。

评论：

昨天看到这一消息，也很震惊！想起钱锺书先生读《伊索寓言》的感悟："蝙蝠碰见鸟就充作鸟，碰见兽就充作兽。人比蝙蝠就聪明多了。他会把蝙蝠的方法反过来施用：在鸟类里偏要充兽，表示脚踏实地；在兽类里偏要充鸟，表示高超出世。向武人卖弄风雅，向文人装作英雄；在上流社会里他是又穷又硬的平民，到了平民中间，他又是屈尊下顾的文化分子。这当然不是蝙蝠，这只是——人。"

蝙蝠最终已被识破了，我们相信这些自以为是的所谓聪明人，不可能在所有的时候欺骗所有的人！到时候会正如齐老师预言的：那些喜欢随意玩弄别人的人，也会一个跟着一个，毫无意外地从大观园中出局！

还有一些零星的别的"意外"

我们每天的生活，都在跟"意外"们周旋着。我们期待着"意外"，因为如果我们的一辈子一个"意外"都没有的话，那就极其地无聊。德国的年轻人有许多，就十分地抑郁，有的还抑郁得得了病，抑郁于什么呢？抑郁于没有一个"意外"——那是一个太平静太平稳的如冰块的国家，只要你读一下黑格尔写的哲学书籍，就能体会到德国那种没有"意外"的意味了。我们的国家的这三十年，就是"意外"中的"意外"，我们已经见怪不再怪了，我们只惊异于没有什么"意外"。许多人"意外"地生——那些被"超生"的，许多人"意外"地死——那些个还没该死的；许多人"意外"地发财，许多人"意外"地破产；许多人"意外"地发红，许多人"意外"地变紫，当然，还有些"意外"地倒霉了的，再有些"意外"地长高了的和"意外"地变矮了的……就比如我吧，我觉得我每年都比那些变高了的人，相对地在一天天地连续变矮，我成了个侏儒，而真正的侏儒们呢，都在我的眼中，变成了伟大的巨人。

上周我的第一个"意外"，是有两个学生交给我的期末论文竟然写得一模一样，我是说只字没差。我惊异于他们有那么多的"灵犀"，竟然没点就通了：他们本不相识啊！那显然，是抄到一起去了。你说那路，它咋就那么的狭啊？我征求了教务老师的意见之后，反复思考并在室内踱步了一番，最终决定给他们两个两个"意外"的"0"分。这可是我的头一回哟。我跟负责往电脑上敲成绩的老师说千万别在他们回家之前往电脑上打成绩,因为"惊喜"——最好在"意外"中被接纳。我甚至已经想好了两个学生问成绩时候的"台词",我会说:"嗨,太巧了,实在是太巧了,你们俩咋就想到一块去了?!"然后,我马上把另一个学生的名字告知他(或她),让他(或她)找另一个她(或他)去理论。兴许我还能为他们两个"零"造就"零距离"交往的机会,把坏事"意外"地变为好事哩。这种"雷同"在作弊分类上是级别较高的,它发生的概率,就好比在100个人中,有两个都叫"王二"的人,一男和一女,那两个随便一坐,就坐成了同桌,"意外"地变成了同名同姓的"同桌的你",变成了"王四"。

那假如他们原来不叫"王二"而叫"王四"呢?嘿嘿。

之后,就是比上一个"意外"更"意外"的了:一个女学生在期末,手拿一叠纸走进办公室,小心地问我:"老师,你知道齐天大老师是谁吗?"我没来得及说"我就是",她就说:"这是我听他那门课后写的期末论文,您能帮我转交给他吗?"我掩饰着脸色的"意外",连声说"好好好",说我一定负责转达给任那门课的齐天大老师。

你说,这个"意外"的水平咋样?

再有一个,就是我的一个领导,竟然让我把方飞请回来教课。方飞,就是那个当面指着鼻子说我们中国人不好的法国"愤青"。领导的要求无疑是我不愿看到的一个"大意外"。我的回答,我想,比我自己的"意外"于她——我那个领导,就更是个出奇的"意外"了,我说:"你如果让方飞回来,我就立即辞职!"

我这个"意外"还可以吧。

有两个年轻女同事拼命劝我看"快男",说现在除了"快男",还真没什么好看的选秀了;而看"快男",最好看的,是那个声称不嫁中国男人的杨二（车娜姆）。她那种宣言，由于被贴在网站的首页，成了全体中国男人的一个"意外"，那冲击，就好比听一个中国男人拍胸脯说只娶外国女人一样。我首先想的是假如中国的所有女人都学杨二，都不想嫁给中国的男人，外加中国的男人都不愿娶中国的女人，那未来世界会是一个什么新的格局。昨天，为了寻求目击杨二的"意外"效应，我还真的看了湖南卫视的"快男"直播，并在电视上找到了正在作秀的杨二。只见她，在看完一段"快男"表演后，先摇头摆尾地说了一两句中文，然后，她就说起英文来了："你们啊，真是very very 的beautiful！"翻过来，是："你们这四个男人啊，真是太……美丽啦！"

这对于"美丽"来说，这绝对是一个"意外"。

评论：

这么多的意外都不约而同蜂拥而至，个个令人汗颜！问题是这每一个意外还能裂变衍生出无数个新的意外，将来令人汗颜的意外不是更多了吗？

生活没有意外太死板，可意外太多，难道就正常了吗？更何况这些个意外大多都是由人性扭曲引发的。在这样一个"七七事变"纪念日里，这些个意外，更加令人心绪不宁。尤其是若按杨二的逻辑推理，我们的民族也就毫不意外地要在"和亲"中被异化了。

于是齐老师宁愿失业，也要阻止这种忍辱媚外的事件发生了！

我收集的这本书

我收集的这本书的名字叫作《普罗旺斯写真集》。这是今天我在首都博物馆买的,写它的人叫作原晓娟,她已经在今年的4月18日去世了。她得的是癌症,她的网名叫作"鼠尾草"。她原来在《时尚》杂志社工作。她英年早逝,她丈夫说她是让《时尚》累死的。

早死和猝死,不知不觉地,成了我们这个时代的一种时尚。人类这些年,有些个莫名其妙了,我是说活的。本来我们大家都穷,日本人穷、德国人穷!我们大陆人穷、非洲人穷……在二十世纪的五十年代,恐怕真正富裕的,就只有美国;我忘了,那时候意大利人也穷。我有一次到意大利出差,开车的同事一手握着方向盘,另一只手朝前面做了一个半圆的手势,说:"这一带的人,战后那阵子,都吃不上饭!"

五十年一过,我们就都富裕了,我们都吃得上饭了,但我们却一个个被累死。

昨天的晚报,又报道了一个三十六岁猝死的,他猝死,是由于爬香山。他好像是去参加什么人组织的拓展训练,一训练,他就死了。

我最近之所以少写博文,特别是不敢写长的,也是怕写着写着,就写猝死了。我尤其不敢写那些号称是什么"幽默"的东西,因为我担心别人一读,也高兴地……

这是一个飞快的、不正常的、失控的、没节制的容易猝死的时代。

卓别林有一个电影，叫《Modern Times》（摩登时代）。怎么翻译《猝死时代》呢？我本想使劲玩命亡命翻一下子，因怕猝死，就算了吧。

还有别的也喜欢猝死的，就比如婚姻，我刚听说某某，举办了婚礼，接下就听说，他们在举办葬礼了——我是指婚姻的。那叫作爱情的猝死。还有野心，也喜欢猝死：领导刚刚心血来潮、刚刚把群情煽乎得火热，我们刚刚冷血澎湃，伟大的构想刚刚付诸实施……"噌"地，领导就一溜烟，"拜拜"了一下子，转战到别的单位去了。那叫作理想的猝死、激动的猝死、梦想的猝死、真诚的猝死、信任的猝死、寄托的猝死、计划的猝死……

假如《红楼梦中人》真的成了一场闹剧而下落不明的话，你说，不也是一种猝死？猝死了什么呢？猝死了一个好好的甜甜的香香的真真的梦啊！

一首歌说什么："留下我的真情，它还敲打着我的……"

在这个提速的神速的高速的时代，我们能留下许久的，已经不太多了，若有，可能也是那些什么人什么事什么东西猝死后遗下的片断和残骸。

那像是颗颗精美的舍利子，在发着幽暗的残光。

这本书，就是其中一颗。

评论：

大家都在寻梦圆梦之旅飞速奔驰，难免会有人因为超速，车毁人亡。即使猝死后能遗留下一些片断、残骸，可在波涛汹涌的历史长河中，还会有许多要被淹没；能不朽，那实在是对短暂生命的最好祭奠了！

超速运行的时代列车，要想减缓狂奔速度，靠一人力量很难达到。可如果我们每个人都能有意识地减缓自己的车速，时代列车不也会逐步回归到正常速度吗？

让生命遵循自身运行的规律，像花儿那样静静绽放，像瓜熟那样蒂儿自然脱落！也许会少一些猝然离去的遗憾！

　　谢谢齐先生收集了这本因过劳而早产的时尚书籍，并为我们敲响了珍惜生命的警钟！

雕刻不朽时光

——我用博文写春秋

第二部

灵与肉的厮杀和缠绵

齐一民 著

心灵飞鸿 等 评

图书在版编目（CIP）数据

灵与肉的厮杀和缠绵 / 齐一民 著. 心灵飞鸿 等 评. — 北京：北京燕山出版社，2018.1

（雕刻不朽时光：我用博文写春秋）

ISBN 978-7-5402-4968-7

Ⅰ.①灵… Ⅱ.①齐… Ⅲ.①散文集—中国—当代

Ⅳ.①I267

中国版本图书馆CIP数据核字（2018）第031467号

灵与肉的厮杀和缠绵

作　　者｜齐一民
评　　者｜心灵飞鸿 等
责任编辑｜陈　雪　王梦楠
责任校对｜甄　飞
封面设计｜闻江文化
社　　址｜北京市丰台区东铁营苇子坑路138号（100079）
网　　站｜http://www.bjyspress.com/
微　　博｜http://weibo.com/u/2526206071
电　　话｜010-65240430
传　　真｜010-63587071
印　　刷｜北京世纪恒宇印刷有限公司
开　　本｜710mm×1000mm　1/16
字　　数｜295千字
印　　张｜23.75
版　　次｜2019年5月第1版
印　　次｜2019年5月第1次印刷
定　　价｜298.00元（共6册）
出版发行｜北京燕山出版社 BEIJING YANSHAN PRESS

版权所有　盗版必究

谨以此书献给我敬爱的父亲!

前 言

一民：

  我每天睡觉前，都在你的作品中度过。

  从文字上，它给了我极大的快乐、享受和心动。从文意上，它给了我许多现实生活中的深刻启示。

  我似乎是在重读着马克·吐温的著作，而它又大高于他那火辣般的笔触。

  结构的完整，可与福楼拜媲美。

  每部作品中所揭示的主题，倘若认真思索，犹如大海的广阔，也如地火般的深度。用你精美、深邃而又能搅起层层浪花的文字将读者（假定是一位认真思考的读者！）的灵魂颤动，让他认识到现实生活中的真、善、美。

  是你那不留情面的笔触，在诙谐、调侃之中，刺痛了人类的弱点，颂扬了正直，执着了良知。

  你的文字功底，已经达到了推波驾云的纯熟境地。你可以将任意微妙的思维、状物和一切纷繁、相互关联的人和事，干净简洁地表露无遗。

  十几年前，在课堂里，在奔突于"百花山"的路上，我还把你看作是一个大孩子。而今，见到你的人，读到你的作品，我欣喜地看到，在

你艰辛地走过了十几年的心路上，不断地抛弃着名和利的诱惑，犹如杰克·伦敦一样地面向各种具有鲜活生命的生活，深入着，体验着，观察着，思考着——

于是丰富了你的作品中的内涵。

于是便在你作品中以白描的手法展现出了这个特殊背景下的各种人物的嘴脸和扭曲着的心态（如"马桶三部曲"）和他们各自未来的命运。在现今，在丑恶的名利场"角斗"中，漂浮在水面上的一些所谓的"作品"，是假冒伪劣作品的泛滥成灾。

而你所铺写出的百余万文字，像一块金子，即便投在湖底，也会熠熠发光。随着年深日久，更会成为不朽的著作。

因为你的文字，在"笑里藏刀"中触及到了中国人灵魂的底线！

在对你作品的几次复读中，我一方面赞叹你的表述技能，一方面因你独有的语言魅力使我从心底萌生阵阵笑意，另一方面也使我感受到"人"的悲哀，可怜又同情！

当你提起西湖时，你文字又带着柔情的一面，使我坠入诗的梦境之中，使我如梦如幻，使我顺着你那如歌慢板式的语言缓缓地飘向极乐的自然之中，令我陶然……

你的各个阶层生活的沉淀，你对现实生活的敏锐观察，你的胆识，你的直白，你的良知，你那独有的布局谋篇，你那天赋般的文字运用，必将，最终，在圣洁的文坛上筑上一块基石！

这是老师我对你的一片热烈的企望，会是这样的。

几段文字，是作为新年的礼物吧。

老师　张金俊
2005.12.16

寄语齐先生
——写给灵魂有香味的人

原来我曾经想过，如果哪天我要向陌生人介绍齐先生，该怎么说呢？若是做详细的介绍，担心话多了容易让人一头雾水摸不着头脑；若是简而言之，又觉得三言两语说不清楚齐先生的事迹为人。因为齐先生的人生阅历太过于丰富，包括他的学习、职业、创作、作品、藏书……

齐先生与我相识快 10 年了，用营销编辑小涂的话说，是我的"铁杆粉"作者，但其实我不是很确切地记得齐先生的年龄，在我的印象中，自认识他开始，他大约四十多岁的样子，奇怪的是现在依然感觉他还是那个年纪：他的思维反应还是那么快，上下楼梯还是跑来跑去一阵风似的，演讲起来几个小时不用打草稿……这就是齐先生第一个让人捉摸不透的地方：他的脑力和行动力让人猜不出他的年纪。

到现在为止，我对齐先生的了解大致源于他的作品，以及他不经意间谈及的更换过十几种职业，掌握数国语言之人生经历：上个世纪八十年代早期的天之骄子；然后拥有了同龄人最羡慕的职业：被国家贸易公司派驻日本；接着在八十年代末出国留学，从兼职到打工一直干到高级经理人，经商足迹踏遍五大洲，直到自己开公司当 boss，期间还不忘把自己经历创作成作品——这就是我早先帮齐先生出版的《自由之家逸事：新乔海外职场"蒙难"记》以及《走进围城：新乔"内外交困"记》；在快达到一般成功学眼中的人生巅峰时，他却毅然回国，做起了自由职

业人：继续经商，却又自己关停公司到北京语言大学任客座老师，又开始继续写作，还出了畅销书，还在50多岁完成了北大的博士学业，目前在练习书法绘画；对了，忘了说，齐先生还是多项运动健将……，面对这样跨界复合型的斜杠中青年，就是齐先生第二个让人捉摸不透的地方：该怎么界定他的职业呢？

当我逐渐了解齐先生的创作之后，觉得他的作品和他的人一样：很难界定风格范围，初看平淡无奇，细读却耐人寻味。这就是齐先生第三个让人捉摸不透的地方：他想要表达什么？

好像是去年，齐先生思虑再三加入了北京市作协，其实他十几年前在创作方面已经"出名"了。早在2000年，因齐先生创作的《妈妈的舌头——我学习语言的心得》畅销，曾作为湖南卫视"有话好说"栏目的特邀嘉宾，和新东方两位合伙人俞敏洪、王强一道与李阳（"疯狂英语"创始人）就外语教学方法"舌战湘江"。2012年，他曾经作为两位代表之一，与苏童一起参加了第一届澳门文学节，参选的作品是在海外也颇有影响力的短篇小说《电梯工余力》。

齐先生曾经跟我和王梦楠说过，我们做他的书，无论装帧还是内容简介都传达了他最想要的效果。曾经一度他还希望把我们的名字加在作者之后，在我们再三解释作为编辑不能如此之后，他显得很失望，因为他觉得经过我们打磨后的书稿宛如整容成功的美人。齐先生说这些话并非完全夸张：他的作品文如其人，也充满了"奇"的色彩：初看第一遍时得"咬牙"看，因为那种齐氏语言风格让你的头脑有一种要爆炸的感觉；但是耐心打磨文字一两遍之后，读起来会有点爱不释手：因为嬉笑怒骂皆成妙文，因为黑色幽默的语言让你忍俊不禁，因为他弯弯曲曲地说出了不少人生真理，因为在反讽尖刻的背后藏着他善良博爱的心胸……

例如这套即将出版的6卷本的《雕刻不朽时光》,洋洋洒洒100多万字,摘自他2006年到2011年的博客文章。2006年,博客还是比较流行的网络写作方式,齐先生有心想写点纪念的文字。当越写越多,越来越多人参与齐先生的博客讨论时,齐先生有了一个很符合他人生阅历的大胆想法:他想写一部中国版的《追忆似水年华》,作为一名心怀中华民族复兴执念的普通中国人、一名土生土长的北京人,以纪念百年奥运前后发生在自己周边的"大事"。

我个人比较喜欢这种风格的作品,除了延续齐先生一贯我行我素的语言风格之外,更因为欣赏这种微言大义的春秋笔法,于无声处描述普通民众眼中每天都在发生变化的中国和时代,是一个人的微观史。同时更在其中浸染了作者浓郁的爱国情怀和对社会人生的哲思践悟,既像随笔又像杂文,总在精彩议论之处戛然而止,文后还附有一位好友的精彩点评。对了,齐先生最擅长的事就是这种麻辣香锅式的大杂烩,在不停地煸炒过程中,炒出了一种独特风格味道和精神——我以为是:天下兴亡,匹夫有责。

但这套书绝不流于说教,相反这套书颇具阅读的趣味性,齐先生把他独具一格的黑色幽默和略有几分"哀其不幸,怒其不争"之反讽完美地结合在一起,读起来轻松有余,笑中带泪。我印象最深的就是齐先生在一篇文章中,不露痕迹地对有些"富贵人"进行反讽,因为他们在欣赏交响乐时像看京戏一样中途鼓掌叫好,读起来让人忍俊不禁又若有所思。

齐先生这套书几年前就交给我了,抱歉到现在才算是基本完成任务。估计很难达到齐先生一如既往的期望,但期待读者会有奇妙的解读,以符合齐先生之奇人奇作。在调入中国言实出版社工作之后,虽然跟齐先生联系不多,但我知道他一直默默关注着我(经常在我的微信里点赞),所以总觉得应该为他这套书写点什么,不敢说作序亦不敢说推荐,主要

想纪念与齐先生因书结缘的美好往事，因为齐先生留给我的，除了散发墨香的图书之外，更有散发香韵的灵魂。

祝贺齐先生多年巨作终于付梓，期待斜杠青年今后带来更多惊喜！

李满意

2018年6月30日于时雨园

目录

2007年7月

- 07.14   什么是这本新书的名字和主题 / 001
- 07.17   我与"三联"的第一次近距离接触 / 005
- 07.21   鲁二和杨二 / 008
- 07.25   田鼠的天敌转换以及幽默也要趁早 / 011
- 07.28   不柔的柔石 / 015
- 07.29   我的两次"非正式"的演讲 / 018
- 07.31   新北京乎（1）——"巨无霸" / 020

2007年8月

- 08.02   新北京乎（2）——盲蚊摸象 / 023
- 08.05   真的男子汉是将军 / 025
- 08.05   还有文将军 / 027
- 08.11   游子见闻录之一 / 029
- 08.11   游子录之二——你要会神游 / 032
- 08.12   游子录之三——进出沙漠的狐 / 035
- 08.12   游子录之四——我看见那一座座山，相连 / 038

08.18 ○ 还有一道"人景" / 040

08.18 ○ 再有一景——那就是动物了 / 042

08.18 ○ 一种了结的纪念 / 045

08.26 ○ 一些关于裸体的问题 / 047

08.28 ○ 从裸体到号贩子 / 052

2007年9月

09.01 ○ 一个下巴的回顾 / 056

09.09 ○ 又没了一个物种——帕瓦罗蒂的离开 / 059

09.11 ○ 我的第四个教师节 / 062

09.16 ○ 哲学教学散记之一 / 065

09.23 ○ 哲学教学散记之二——有关犹太人 / 068

2007年10月

10.01 ○ 黄金周日说"金婚" / 072

10.01 ○ 我上的几次离奇的课 / 074

10.03 ○ "半红与半不红"的一代 / 076

10.04 ○ 在贝多芬和李白之间,我选择了…… / 079

10.07 ○ 青色的秋季北戴河 / 083

10.14 ○ 无主题的斗争出行甚至工作 / 087

10.14 ○ 哲学教学散记之三——莫斯科大学、俄罗斯人以及去符号化 / 090

10.21 ○ 我来咏"重阳" / 095

10.21 ○ 小姐和丫鬟主子和小厮之间的互换 / 097

10.27 ○ 物质和物质化了的人 / 099

10.28 ○ 平庸的一些记录 / 102

2007年11月

11.04 ○ 我真想出走 / 106

11.05 ○ 《色戒》的雪和血"色" / 108

11.10 ○ "色戒"之二——"灵"与"肉"——联想到种驴的交配 / 110

11.11 ○ "光棍节"里的一些并不光秃的回忆 / 111

11.11 ○ 灵魂和肉体斗争的谜底——杨绛给的体悟 / 114

11.19 ○ 桑田将变为沧海 / 117

11.19 ○ 灵与肉的厮杀和缠绵 / 121

11.24 ○ 我们真犯罪了吗？如果犯了，它是何罪 / 124

2007年12月

12.02 ○ 发展体育运动，增强人民体质 / 127

12.09 ○ 答辩！答辩！ / 130

12.10 ○ 跳楼，跳楼！ / 132

12.10 ○ 用狗眼看人 / 135

12.15 ○ 还是用人的眼睛看人吧 / 137

12.23 ○ 我们都有自己的《集结号》 / 139

12.25 ○ 圣诞夜 / 141

12.30 ○ 跟着王小二过年以及维权 / 142

12.31 ○ 老王真需要钱了 / 145

2008年1月

- 01.01 新年第一天印象——是关于"腰子"的 / 148
- 01.06 《西安事变》·义气·把兄弟 / 150
- 01.12 老姑娘迎头撞见个好光棍 / 153
- 01.14 帽子戏法 / 156
- 01.19 黑色的垃圾的雪国 / 158
- 01.19 俺那三个"纨绔学生" / 160
- 01.21 二代和《一轮明月》 / 164
- 01.21 "老年"篮球乐趣之一 / 166
- 01.23 天下第一乐事——放假 / 167
- 01.23 "老年"篮球乐趣之二 / 169
- 01.25 醉意出文章 / 171
- 01.26 尾气的灾难 / 173
- 01.27 本人的"后冰球时代"——正式开始啦 / 175
- 01.28 才子走了,佳人又去——说章含之 / 178

2008年2月

- 02.01 评《红楼梦》电视剧选角换角风波 / 181
- 02.03 雪灾、股灾和人灾 / 183
- 02.04 从雪灾说到股灾 / 186
- 02.05 鼠年啊鼠年 / 189
- 02.05 俺旧年里的第三次"见义勇为" / 192
- 02.19 黄山归来 / 194
- 02.23 从"艳照门"到《艳阳天》到汤唯到我杭州的第二个家 / 197

2008年3月

- 03.01 人的夭折和黑天鹅 / 200
- 03.08 今天是三月八号 / 202
- 03.09 地球温室效应 / 203
- 03.16 有一些荒唐的记忆 / 205
- 03.23 今天,本人完成了一个壮举 / 208
- 03.27 还真有些个"二"的学生 / 211
- 03.29 "做人"二字解析 / 213
- 03.30 还是关于"做人"——从"灵肉"的角度考虑的 / 215

2008年4月

- 04.04 清明时节没有雨 / 217
- 04.06 清明的雨又下起来——祭奠卢阿姨 / 218
- 04.13 钱锺书关于窗户的趣谈 / 220
- 04.18 抵制还是不抵制 / 222
- 04.27 看,一个"拟博士"腾空出世 / 224

2008年5月

- 05.01 "五一"、校运会、我和Stephane的民间外交 / 225
- 05.02 小孙得了"癌症" / 228
- 05.10 站着听两个著名作家的对话的感觉 / 229
- 05.15 2008——这个难过的年 / 231
- 05.18 那五万人,他们都去了"极乐世界" / 233

05.19 ○ 在本不该说什么的时候——也谈马云说的 / 235

05.23 ○ 舆论的效用和同胞的手 / 237

05.23 ○ 另一个极端也不好 / 238

05.30 ○ 本人的档案 20 载轮回 / 240

05.31 ○ 莎郎和谁私通 / 242

2008年6月

06.01 ○ 兔子、狗的本能和人的本能——从"范跑跑"身上看到的 / 244

06.01 ○ 中国"儿童年"快乐 / 247

06.02 ○ 本能、本色、本性以及本质 / 249

06.06 ○ 在写那篇作文时，我也是个"领导" / 251

06.08 ○ "范跑跑"跑到北京啦 / 252

06.09 ○ 王石的"青涩" / 254

06.10 ○ "北大"和"不北大"的区别——顺道说"知识"的效用 / 257

06.13 ○ 再说"逃跑"以及"职业本能" / 259

06.13 ○ 教师的"身教" / 261

06.14 ○ "独立精神"的再次质疑 / 263

06.16 ○ 古籍、灵魂以及人类 / 265

06.23 ○ 一不留神，我变成了"范跑跑"的校友 / 268

06.25 ○ 有感于比尔·盖茨的退休和捐赠 / 269

06.26 ○ 反思犹太人 Fish / 271

06.26 ○ 本学期最后的一堂课 / 273

06.29 ○ 英雄少年 / 275

2008年7月

07.05 ○ 生日真该快乐吗 / 277

07.06 ○ 相隔19年的两次辞职 / 279

07.11 ○ 刚刚，我"格式化"掉一段生活 / 281

07.14 ○ 颐和园读书记之一 / 283

07.15 ○ 颐和园读书记之二——李鸿章该笑了 / 285

07.20 ○ 我爱北京新空气——奥运私家传真之一 / 287

07.23 ○ 警报响起时，沈从文该不该跑 / 289

07.25 ○ 马路上已经有"可疑"的人影——奥运私家传真之二 / 291

07.26 ○ 我果真买到了两张奥运门票！——奥运私家传真之三 / 293

07.29 ○ 重听"尺八"——奥运私家传真之四 / 296

07.30 ○ "为人师表"的尴尬——奥运私家传真之五 / 299

07.31 ○ 我见到了国宝"金缕玉衣"——奥运私家传真之六 / 302

2008年8月

08.01 ○ "素质问题"的解决和踢后屁股——奥运私家传真之七 / 304

08.10 ○ "一本"！——奥运私家传真之八 / 306

08.11 ○ 戏说sports和"非sports"运动之别——奥运私家传真之九 / 309

08.12 ○ 北京的这些天——奥运私家传真之十 / 311

08.15 ○ 永远绿色的费厄泼赖精神——奥运私家传真之十一 / 313

08.18 ○ 刘翔就该退却——奥运私家传真之十二 / 316

08.19 ○ 刘翔的灵肉搏击和林丹的冠军鞋——奥运私家传真之十三 / 318

08.20 ○ 人权能被买断吗——奥运私家传真之十四 / 320

08.22 ○ 美国人的阿Q精神——奥运私家传真之十五 / 323

08.23 ○ 下午到老山看山地车比赛——奥运私家传真之十六 / 324

08.24 ○ 奥运最后一日——奥运私家传真之十七 / 326

08.26 ○ 奥运结束后的空荡——奥运私家传真之十八 / 328

08.27 ○ 旅行的无涯和有涯——长江三峡重庆追记之一 / 331

08.28 ○ 有涯无涯的经济考虑——长江三峡重庆追记之二 / 333

08.29 ○ 算命先生和50元假钞——长江三峡重庆追记之三 / 335

08.30 ○ 我按成本价买了一条泰国红宝石"孔雀开屏金项链"——长江三峡重庆追记之四 / 336

08.31 ○ 重庆从来"没有过北"——长江三峡重庆追记之五 / 338

2008年9月

09.01 ○ 突破"最大公约数"外出旅行之乐——长江三峡重庆追记之六 / 341

09.02	"这里不收费,但是……"——长江三峡重庆追记之七 / 343
09.03	丰都城真的"有鬼"——长江三峡重庆追记之八 / 344
09.04	我说长江——长江三峡重庆追记之九 / 346
09.05	写给"三峡移民"——长江三峡重庆追记之十 / 348
09.06	游客的种种——长江三峡重庆追记之十一 / 351
09.07	什么是真正的"解放"——长江三峡重庆追记之十二 / 353
09.08	今天,奥运和万里长江汇流了 / 355

什么是这本新书的名字和主题

你可能毫无意识,上一篇文章(发表于博客的)是一个猝死的信号:它是我所写的书《天大博文之一:钢铁是庙里炼成的》中的最后一篇短文。那里面收录我从2006年11月开始在博客写的120多篇像文章不像文章的文章,我把它们,就像在餐馆里结账时打包那样,"算作"俺的又一本书了。我是说假如哪个出版社的哪位神灵的编辑(在此必须这么说)能相中我用120多块砖盖起来的"庙"的话,在20世纪的某个月的某一天,你,就会在中国的某一家书店里,与本人修筑的"庙"邂逅了。

那本书的合作者(心灵飞鸿),是另一个比本人更高深的人。

看过我博客的人可能会想:"就你齐天大这些个破烂杂碎文章,也能出书吗?我们一直跟着看过来的,够分量出书吗?"看客说得太对了!你与俺想的一样!起初,本人也是这么认为来着!但当我随意在书店里翻看一个红得像猴屁股的著名作家的作品时,我边看边提出与你相同的问题:"这东西,也值当出书吗?干脆,俺也把家里写的那些个破烂东西,拿出来晒上一把?"于是,我就一下接一下地晒了六把,我还要继续晒下去,一直晒到把自家的房盖子掀翻了,掀得所有真相都大白了为止。

我本来是一只干净的苍蝇,但我专寻找那些肮脏的地方歇息。我用我的文字,为脏东西解密和除臭,由此,我也惹得一身的臊。但我,还用一个黑亮的躯壳,在飞。

我会无病呻吟，但有人却明明病了，还假装健康，还夜莺般歌声嘹亮。我喜欢在本来无聊和平淡的生活中"淘宝"一样地发掘故事，但有人明明生活在那么多的故事里，明明自己就是个特大故事的主人公，却木然而无知。

我无心永无休止地进行这种文字的游艺，因为这有时很累，有时很无趣，有时因想着文字的主题而忘记了下车，有时要死死盯着一个你根本不想看一眼的男人或女人，从他（她）的躯体上剥离故事，甚至有时，还要残害自己，把自己的灵肉放在聚光镜下暴晒，让不喜欢你的人看，让害羞害怕你的人看，让小人看，让闲人看，让坏人和强人看，让朋友看，让爱你的人看，让嫉妒讨厌你的人看……让老虎和狮子、篱笆墙下的女人以及狗看……

由此，齐叔我，并不是不生气。

这篇文字，是"天大博文之二"的一个起步，就像刘翔似的，我是一个猛子蹿起来呢？还是等你先跑了，我再追？但无论是怎样，第一，是我的了。

第一座"庙"，我没想到只用了8个来月就盖起来了，即使它是座挺简易的庙；也即使庙里住不下修行的三五个和尚。还有，我原本不想让它终结或猝死于120篇短文，或许我能写到博客开通后的一年，或许它是个大团圆。是那个"猝死"的话题，使它也"猝死"了，那对我都是一个意外，何况对你们——我门可罗雀但可圈可点的读者朋友来说呢？

我唯一的师承是鲁迅。我原来也想学王朔来着，后来才认识到，王朔该学的是我，因为最起码，我还没"妄说"。我在模仿鲁迅走路的样子，我在他那条道上单腿迎夕阳斜立。（我昨天还在地铁上，因为人贴人，而不得不长时间倾斜身体，单腿做金鸡状独立）我发现，近些年我写的东西，都形似鲁迅的杂文。而鲁迅在写他那些杂文的时候，大都是在晚年。

由此，我恐怕也开始了——从现在起——直到未来的苟延。我们的时代与鲁迅的时代最大的不同，是要面对平淡。我们需要直面平淡，我们需要与平淡对视，我们需要与平淡对峙，我们需要与平淡论争，我们需要与平淡决斗！我们不是在平淡中爆发，就是在平淡里死亡，要不我们就在平淡的威逼下逃跑，再或者，我们试着学金鸡独立。我们不追求独立于"寒秋"，我们只希望鹊起于"平淡"。

我这本"博文二"，眼下是还没有主题的，我每年写20余万字的杂文，已经写了这么多年，都先以无标题登场，在写完之后都灵光乍现再命名。我的主题，往往取材于时代和时间，我要看从今天过后直至这本书截稿时，中国的主题是什么，世界的主题是什么。那时还没有嘛，那就算了；有了嘛，那就填上。反正，我现在还不知道。

不过，昨天在翻看那本"私印"的《钢铁是庙里炼出来的》书稿草本时，我终于窥见了2006—2007年整个中国的一个标志性主题了，那就是一部未尽的《红楼梦》。因为似乎那8个月里中国所有发生的故事，都与那本书有关。

评论：

你说：我们的时代与鲁迅的时代最大不同，是要面对平淡。我们需要直面平淡，我们需要与平淡对视，我们需要与平淡对峙，我们需要与平淡论争，我们需要与平淡决斗！

我说：这正是我们要做和应该做的事情！

在鲁迅所处的时代：真的猛士，敢于直面惨淡的人生！他们是旧时代的叛逆者，新时代的开创者！他们在黎明前的黑夜里熠熠生辉，令世人注目，真可谓"生得伟大，死得光荣"！

在我们生活的今天，真的猛士，未必愿意直面平淡！猛士们都执意去创造奇迹,为财富,为名利了!因为平淡,人们已对生活中的许多事习以为常,因此人们便明哲保身地认定:路见不平,可说也可不说,因为说了也未必有人乐意听;可听也可不听,听了也未必有人情愿做;可写也可不写,写了也未必有人真想读;可读也可不读,读了未必有人真正心动加行动。

但你却敢于直面平淡,明知有许多无奈,却还是要坚持点燃、拨亮这平淡生活的灯盏,与霓虹抗争,与星光、萤光、电光这些自然光华组合成一道风景线,让平淡生活,多回归一些天然美,少滋生一些人为恶。在默默地直面平淡中,守护精神家园!在坚定地与平淡对决中,使平淡生活更加平安和乐!

祝福天大老师乐在其中!祝福天大博文精彩连绵!

我与"三联"的第一次近距离接触

看来"崇敬"这种心态,是比较危险的,因为我就是抱着极其崇拜的心态去"三联"出版社联系出书的。一见到我,年轻的女编辑递来了一杯水,还没翻开稿子,就像小学老师提问似的仔细问道:"你知道'三联'是什么样的一家出版社吗?"这个问题的答案,我理应是知道的,不就是邹韬奋先生成立的吗?但我的回答,显然并没有让她满意,她有些示意性地说:"我是说……"

她停顿了一下,终于明说了出来:"我们社出书的对象是名家、名师、名人。"

我说:"你们不是刚刚给黄苗子先生出了五六本书吗?"

"黄苗子全中国不就才有一个吗?"细心和蔼的编辑反问。

这下可把我给问住了,因为剩余给我的答案只有:选择一,不对,我也是个黄苗子一样的人物;选择二,我齐天大,全中国好像也没有第二个啊?

但无论是我选择一,还是二,我都会被立即认为没有文化和学问,更不要说一名人二名师三名家了。

我终于又开口说:"名家这种人,好像以前也有没名的时候吧……"我边小心地半个字、半个字,甚至四分之一个字、八分之一个字、十六分之一个字……地说,边观察着和蔼的女编辑的表情。但我发现,对我的回答,她根本就没有心思听……她说他们没有开发新项目的时间和精力。我听明白了，因为我没有名气，他们出版社看上的，只有黄苗子那类已经知名的先生。我私下又想，黄苗子先生如今已经90多了，但可以肯定的是，他在50多年前，也在我这个座位上坐过。难怪我刚坐上去时，那个凳子还是温的。

难道，我真的要等到90岁之后，才能成为"三联"的一个"新项目"吗？

"你……能先看看这本书的稿子吗？"我努力了一下。她也客气了一下，看了，但马上又合上："我在这里工作已经很久了，据我的判断，你这种书……"

"你……能仔细看一下吗？"

但她还是还给了我。

我气得真想即刻在她的办公室里出名。

此后直至临别前我们为了面子，进行着垃圾时间似的聊天。我说我特别喜欢看"三联"出版的由著名教授×××写的书。女编辑淡淡地一笑："他的学生就是我们这里的编辑。""哦……"我跟着勉强地苦笑了。我边想着是立刻走呢，还是把桌子上面就快凉了的茶喝光了再走呢？结果是我一边喝茶一边用最后的半个舌头把话套完。我说我还特特特特……别地喜欢另一个女学者×××写的，也是你们"三联"出版的书，她的书啊，是多么的……女编辑听了就更是小嘴笑破了："她就是你刚才说的那个男学者的夫人，人家（那个在'三联'当编辑的学生）先做完了先生的，顺带着不就把师母写的书给做了吗？"

……

我连着跳了三步，蛤蟆似的跳出了以"生活·读书·新知"为标榜的书的圣堂。

50年后，假若它还存在，我再来，我非要接着，把那口凉茶喝光。

评论：

出版商看见书，未必都像教师看见学生那样，感到亲切。

我们常说要以人为本，对学生施行人性化教育，对员工进行人性化管理，原来有的编辑早就以人为本，而且是以名人为本了。

出版社既负责出书，理当以书的质量优劣为能否出版的依据。亲历人本倒置，并做翔实记载，正是你在直面平淡生活时发现的又一处不平。

真是人要逢知己，将要遇良才，书也要高山流水遇知音！

鲁二和杨二

众所周知,我是肯定会超过鲁迅的,因为我比他晚活了那么多年。还有你,喜欢韩剧和"快男"的你,已经比鲁迅出色了。还有,我忘了说了,在与鲁迅同时代的某些人眼里,鲁迅是个凶神,但同时代的另些人又说鲁迅是中国第一美男(真的,我忘了是谁了)。所以,若杨二在鲁迅的时代当选秀的评委,我想,是抵不住鲁迅形象魔力的,鲁迅有一篇可缩写成《魔力说》(《魔罗诗力说》)的文章,谈的是文章和诗中的超女和超男,其中说到了雪莱。雪莱有一句名诗,好像是(注意:记性不好了!)"夏天都到了,春天它还会远吗?"(冬天已经来了,春天还会远吗?)

还是因为了记性的问题,我前天晚上在"长风话剧社"极有可能是最后的一次活动中,按小汪老师的要求在同学们的面前大吼了一句唐诗:"飞流直下三千尺,疑是黄河落九天!!!"我的喊声博得了巨大的笑声!让我以为李白写的不是诗歌,而是相声。回家后仔细一反省,才意识到被怀疑"落"了九天之星是"银河"。

一说起"银河"和"黄河"来,我的精神又来了。我们的"银"河由于污染,已经开始变"黄"了,兴许,我们的下下下下下代人举头仰望的,既不是明月,也不是"银河",甚至不是"黄河",而是"黑河"了。看啊:"飞流直下三千尺,疑是黑河落九天!"(黑水朝"黑洞"和"黑

幕"里奔流）

看来唐诗，也是能"与时俱进"的。

何况是鲁迅呢？鲁迅一定要改头换面，让21世纪的杨二……（全名又忘了！）都赞叹得不能自持，都要以身相许的中国男儿真格的——脊梁！

那根梁本来该由中国男子足球队的猛男们扛着，不过他们上周又在亚洲杯上输得屁滚尿流，又把脊梁回传给本已不堪重负的鲁迅老爷爷的背上！

个人认为当鲁迅并不太难，有脊梁即可，何况鲁迅只是一块 Chinese Cheese。知道它是什么吧？直译过来是"中国乳酪"，意译过来呢？就是"臭豆腐"一块了。知道臭豆腐的制作工艺吧，就是把豆腐朝粪坑里一浸泡……这当然是错误的了，正确的是要使豆腐出臭汗从而憋出一层老鼠毛似的绿扎扎的恶心物质，之后，才能串出那"疑是×落嘴里"的臭味，在这里，可不是我记性的问题，我压根儿就没品尝过那中外闻名的 Chinese Cheese。但我知道，凭俺的嗅觉，它，就是鲁迅的气味。

鲁迅的文字诱人，因为那里面有霉味、有臭气、有二氧化硫……经过发酵之后，才有终极的香喷喷，才有那余味绵长、疑是从黑河里喷涌出的岩浆。即使岩浆看上去那么恶心——高热高压下挤出来的、未解毒的、酸气、臭气、沼气散尽的，也——能烫死、熏死和呛死普天下的不愿意嫁给中国男儿的浑身蒸腾着野葡萄浓香却实际上比 Chinese Cheese 甚至 French Cheese 的味道更埋汰、更恶心上一百万倍……的杨二们！

由此，劝君即使更尽一杯二锅头酒，也别轻易说我就是鲁二，那样一来齐叔我的气可就不是打一处来了。

评论：

在老子著讲《道德经》的楼观台附近，有一条黑河，它不辞劳苦地满足着古城西安市民的饮水需求。"黑潭水深黑如墨,传有神龙人不识",这是曾任周至县尉的唐代大诗人白居易笔下的黑河风光。黑河森林公园现已形成了"黑河清幽、一线天深、瀑布高悬、四湖联珠、南天浮云、象鼻吸虹、老城熊猫、林海苍茫"等八大景观,即使在盛夏也如秋天。

因此黑与白孰是孰非,需要历史来验证,需要世人来注目!

鲁迅割开病态社会的伤疤、毒瘤,展示给世人看,唤醒民众,引起疗救者注意,他的赤子情怀感天动地!

你透析社会丑行,于幽默中让我们看到某些人言辞的荒唐可笑,但愿丑者能自惭形秽!相信你的文字,也会如白居易笔下的黑河,最终成为一方有神龙潜伏的灵异水域。

田鼠的天敌转换以及幽默也要趁早

我有时候特别担心，就是假若中国所有的女人，有一天都变成杨二了，中国的男人该怎么办？我们中国男人的肋骨，似乎本来就被人打断过，似乎本来就在负重工作着，似乎本来就有被英国人、法国人、日本人、美国人用子弹穿过的孔，它——我们的肋骨，又怎经得起自家的女人嘴里刮起的哪怕是偶尔一句的阴风？杨二的话——死活不嫁中国男人，要是在韩国说，可能一夜之后，就会被本来就特容易激动，特喜欢亢奋的某些男人，像打老鼠似的当街拍死，但在我们这里，还成了网上的一个噱头。可见，我们中国的男人肋骨，仅仅18条（没错吧？）是不够用的，我们非要学恐龙的样子，长出100根肋骨，而且再给每个人备用一些。

因为中国男人的肋骨，不仅要抵挡外国男人的枪弹，还要，偶尔抵挡个别中国女人的诋毁。

老鼠无辜，老鼠无能，老鼠无家可归了。我不是说"杨二鼠"，我是在悼念那些被灭了的，被吃了的，洞庭湖边安居的田鼠。它们的家，由于人类提高水位被淹了，它们，据说20多亿的它们，就只有向湖堤上跑，它们在逃难，它们在迁徙，它们在求生，但它们的求生，与人类的利益冲突了，于是，就有人灭它们，于是，又有人吃它们。本来在食物链上，该吃它们的，是蛇和猛禽，那是它们的宿命，也就是说，假若被蛇或猫头鹰吃了的话，田鼠索性也就认了，就跟中国的男人听英国女人，美国女人、日本女人、埃塞俄比亚女人说什么死活不嫁中国男人，是理所应当，可田鼠们死都不愿意瞑目的是，张开来吃它们的大口，并不是猫头鹰、蛇，而是广东人。就好比用芯子伤了我们中国老男儿心的，是一个我们自家没教养好的蛇状丫头。

食物链中，本来是蛇、猫头鹰先吃田鼠，再由广东人吃蛇和猫头鹰（这样好像也别扭）。蛇和猫头鹰还没来得及吃田鼠时，就已经牺牲了，就已经被本来没什么关系的人给吃了。因此，田鼠就成仙了，就发展壮大起来了，只因人把它们的天敌给吃光了，它们就10亿、20亿地繁殖爆满在洞庭湖上的洞穴里了。没想到的是水位突然蹿高了，排山倒海地、气势磅礴地、汹涌澎湃地、凶神恶煞地来啦！

它们只有弃家而逃，它们只有离家出走而最后被广东人绕过"链子"吃掉。

如果哪天海平面也突然全部升高——不知是被上帝的哪只手整的，你我，该朝哪个方向鼠窜？等待吃我们的，又是哪种"链子"上面的哪种动物？本来，该吃我们的是老虎、狮子，就好比猫头鹰、蛇之于田鼠，可就连它们也被我们猎杀得差不多了，那么，我们会丧生于何物之口？

昨天在719公共巴士上，在看晚报都能把广告词背住的漫长的塞车路上，我终于盼到了一场打架，是一男和一女，用的只是嘴。他们把一般打架骂人的话都骂了一遍，骂到我都想挤过去帮他们提词的程度之后，女的终于骂出了新意：她边骂边用鼻子使劲闻那个男人的已经离得特别近距离的嘴，说："你这嘴里的味儿怎么这么臭啊？"

那男的恐怕是口臭。这下男的有些尴尬了，因为在被挤得像田鼠似的满车的人的面前，他的短处暴露了。

你要是那个男人，也口臭，也在那个车上，也面对一个跟你嘴对嘴地等着你下一句回话的女人的话，你该怎么办？是继续把嘴张大了骂她并被她闻，被她揭短呢？还是索性用一个死吻，把那丫头的嘴给封死？

有一个网名自称是"大连小妹"实际上是大连所有小妹一见他就撒丫子跑的我的憨实老同学，开始热衷本人的博客了，还特地注册了一个小女子的笔名，来欣赏俺的"幽默"。由此，我想到最近看的一篇文章，说要想幽默的话，就一定要趁早，因为据科学的研究结果，人类的幽默感，是越老越下降的。出名要趁早，幽默也要趁早；如果真的那样的话，俺还须马不停蹄地写下去——这种号称是什么"幽默"的东西，因为我好像也切实有那种感觉，就是活过了这个礼拜的我，就比上个礼拜的我的幽默感下降了一点，除非我能倒着活。真是啊，最富有幽默感的人，该是刚出世的婴儿，那些赤条条的赤子。他们的幽默感体现在：本来他们来到这个世界上，是想放声大笑的，因为他们好不容易从喜欢骂人的娘的、黑夜般的、暗无天日的肚子里，挣扎了出来，他们解放了，他们见到光明了，他们应该打从心里放声大笑……因为他们也能来人世吃一碗田鼠肉啦……他们应该偷着乐哩……可你听，他们却哇哇哇哇哇哇……地大哭大闹着。

那，就是人类最初次的、最趁早的和最高级的幽默。

评论：

在北极，有一种具有超强繁殖能力的旅鼠，不但能节制生育，而且繁殖到一定密度，所有的旅鼠都会焦躁不安，东奔西跑，吵吵嚷嚷，甚至绝食。它们无所畏惧，敢于挑战，甚至会主动进攻天敌，毛色也会神奇地由灰黑变成鲜艳的橘红，千方百计吸引天敌来吞食它们。更令人震惊的是，在天敌无法促其数量锐减的情况下，它们成群结队迁徙，跋山涉水，直奔大海，葬身巨浪，无怨无悔。

北极旅鼠为种群有节制地繁衍，视死如归，牺牲自我。

洞庭湖的田鼠无家可归，惨遭灭顶之灾。我们民族，若失去了家园，或者没有了真爱家园、建设家园的主人，任外人在上面胡乱种植，无动于衷，岂不是连面临种群生存危机、焦躁不安的旅鼠都不如了？更不用说殉国难了。

孩子来到人世的哇哇哭声，最真纯！听到这纯真的哭声，无论是助产士，还是母亲、父亲、爷爷、奶奶、亲朋好友，都会笑逐颜开！

不柔的柔石

昨晚去首都剧场看了一个"甬剧"——用宁波方言演的剧,名字叫《典妻》,是根据柔石先生的小说《为奴隶的母亲》改编和创作的。

今天又找来柔石的原著一看,发觉,他的小说写得出奇地好,用的是鲁迅一样的笔调,写的也是鲁迅老家那边的故事,所以,那些故事的荒唐在今人看来,也仿佛同"祥林嫂"。

丈夫没钱了,就把妻子给"典"了出去,"典期"是三年,在那三年中,他的妻子要为一个55岁的男子生一个儿子,生完后再离开,而那个儿子,就算是55岁的老男人不能生育的妻子的"亲儿子"了。

今早看到一个叫《星火》的电视剧,里面也有一段与"典妻"一模一样的情节,看来,在20世纪初的中国,这种分期卖老婆的事情,不仅是真的,还相当地普遍。

你能想象那样一个荒谬的情景吗?因丈夫与他人签订了所谓的契约,在一顿饭过后,就"合法地、分期地、无条件地"变成了另一个她根本就没谋过面的可能瞎、可能麻、可能瘸、可能拐……的男子的生育的工具。

由此,我觉得,我们在另一个世纪的中国活着,实在是一个明智的决定,尤其是女性。

我还想到了"柔石"那个名字,他原名是赵平复(福),他死于反动派的10颗子弹之下。他是"左联五烈士"之一。《二月》也是他写的,那也是一个让人回味的故事。

我再说"柔石"这个名字。这难道不是一个绝好的笔名吗？因为"石"本不"柔"啊。只要是石头，就僵硬，就坚硬，就坚韧，就坚强，有"柔"的钻石吗？有"肉"的顽石吗？有"稀软"的宝石吗？

只有一颗，能挡子弹的，而且是前9颗，他就是"柔石"，我们的文弱作家。

击碎、击穿、击毁一块那么"柔软"的石头，竟然需要10颗子弹，且前9颗都无能为力、无可奈何于他的躯体，那就是一个极富同情怜悯济世之心的、能写出《为奴隶的母亲》和《二月》这样如同菩萨般亲笔文章的柔石先生的男子汉伟力。

因此，当昨晚的甬剧谢幕时，我们的掌声，竟然激越得如暴风骤雨。

评论：

贺知章《咏柳》中有童叟皆知的诗句："不知细叶谁裁出，二月春风似剪刀。"在二月春风尚未退尽的严寒中，柔能幻化勃勃生机，刚能裁出动时弱不禁风、静时形如利剑钢针的柳叶，这也像是对柔石那样冲锋陷阵的战士与柔情似水的作家刚柔并济情怀的写照。

《二月》中的萧涧秋厌倦都市喧嚣，期待在芙蓉镇获得心灵宁静和情感安慰，虽然流俗击碎了他的梦想，他在失望苦恼中离去，但他对生命个体感受的深切关注，对人生道路的孜孜不倦探寻，不正如那清新的二月春风？

《为奴隶的母亲》中那个被典的妻，地位虽卑微，但她对于两个孩子的牵挂与爱怜，却是伟大而又真挚感人的！这满含辛酸的母亲，为了所爱的孩子，坚强地活着，这一份母爱，难道不也是如水般纯洁柔情吗？

赤子柔石，在生命的最后一个乐章里，为呼唤新时代，如二月春风般,在枪林弹雨的威逼下,奏响了视死如归的钢铁战士献身理想的生命华章!

　　让我们也把如暴风骤雨般激越的掌声,给予这样一个有情有义、大写的人——柔石吧!

我的两次"非正式"的演讲

由于关于"男子汉"的话题太沉重了,我就穿插一个生活中的"相声",使"男子汉"们的筋骨得以放松。

这是所谓的雅俗共赏吧。因为生活里的"雅",也是少不得"俗"的陪伴。你无论再怎么地伟岸和正经,也要打嗝放屁,夜里做梦也可能磨牙。我的一个老同学的夫人,最近老是打电话给我们家的"大霞"——孩儿的妈,非要让"大霞"托人给他老公治睡觉打呼噜的毛病,因为那毛病似乎已经到了比较危险的程度。我家的"大霞"是个儿科医生。她之所以被我叫作"大霞",是因为我们家的小时工叫"小霞"。"小霞"一不来,"大霞"就该辛苦啦。古有"大珠小珠落玉盘"一说,俺家有"大霞小霞绕太阳"一讲。她们实在都不在了,家里的事,还有俺女儿"三霞"顶着呢。我的衣服,就是"三霞"用洗衣机洗的,所以对女儿,我要时刻灌输中国人传统的孝道思想。我家的门刚开了,"大霞"走了,去找失踪一阵子的"小霞"去了,不过还真找到了。这下,她就能够保持住在家里面当"大霞"的地位。我呢,只有一个本事,就是写写博客什么的。由于"大霞"最近回老家照顾岳母,我一下子丢了两个"霞"——"小霞"没"大霞"看着不能来啊!所以只得对老同学的夫人赔罪,说治她先生打呼噜毛病的事情再等等吧,她说那我就再等等吧。老同学在这期间背着他老婆,约我和他到南方黄山一带游玩,我们20年前就一起同游,但时过境迁,彼此也变化——他变成了一个打大呼噜的人。所以我说可以，但我心想，还是别住一个屋子为好，或者，让我家"大霞"先把他的毛病根除。

俺除了会写写博客，还会走穴讲课。前两天应朋友之邀，分两次，给几百号美国人介绍北京。我拿起话筒，朝前一看，我慌了，我傻了，因为我面前的一百多号"美国鬼子"，都在使劲地目中无人地吃着。那是一个半正式的演讲，刚从长城上爬下来的他们，估计是饿了，吃得贼凶。可我还要开讲，我还要开说，我还要做一个小时的关于伟大祖国首都的专题报告。于是，我就说了（用英语）："我被邀请来给你们讲课的时候，被告知这是一次 informal（非正式）的演讲，但我万万没有想到，这种演讲 informal（不正经）到这种程度，就是我要在你们的嘴上下嚅动的时候，做我的关于伟大北京的伟大报告……"

哈哈，我那么一说，有一半的美国人的嘴，就不再动啦。

我于是哗哗哗哗哗哗地讲了下去，我的演说把他们吃饭的情绪给镇压下去了。但有的人，还在我讲到兴高采烈的时候，公然在我眼前碰杯，于是，我也"cheers"（干杯）了一句，他们听了，就不好意思了。

回家之后，我对"大霞"夸口说我两次在别人大吃大喝的时候演说成功，我说由于我的精彩演说，所有的听众都不吃饭了——他们实在是太专注啦！大霞听了说好像不对吧，是不是你的话那么地难听，让人难以下咽？

哦……

新北京乎（1）——"巨无霸"

《北京乎》是一本书的名字，这本书我有，是20世纪头50年七十几位民国人士写北京的一个集子。

那天去给美国人做报告，引得我不得不想北京的事情，也不能不说北京的事情。我口若悬河，情真意切。我是北京生北京长的人，要想不爱这座城市似乎不可能，但要想多么爱这座城市，似乎更不可能——我习惯在中小城市生活，我喜欢在街上能够碰见熟人并叫出他们的名字的那种感觉，哪怕是一年碰上一个，但这，在今天已经被扩大了无数倍的北京，已经是那么地不可能了。我去年在天安门广场倒是碰到了一个我认识的人，好不容易啊，他是葛优爸爸，叫葛存壮，但他却并不认识我。嘻！

我喜欢发现这个"巨无霸"城市的细小部分，那些别人看不到的，于是，昨日在从万里长城坐"京张"铁路那趟老火车回来的路上，暴雨如注，我看到了车窗外的一大片简陋的民居。真的，在滂沱大雨下，他们，那些破烂的临时搭建起来不知道何时才被拆除的房子和房檐下晃动着的游动着的人，使我感到了罪过：我虽然普通得不可能再普通，但我的房子起码能遮风避雨，但他们的却不能。我总喜欢拿印度孟买的贫民窟对学生开玩笑，但它——却在北京也有，而且也连成了片。

这，就是北京。

北京也是一个多语言的城市。当我在北京乘坐各种交通工具时，我两个都灵敏的耳朵，听到了全天下的方言，还有外语。北京并不是一个只说"普通话"的北京，那是北京的表层，你用心听，你静下来听，就会听到一个方言的北京，一个外国语的北京。至少，在望京地区，有几万韩国人居住的那一小块北京，是韩语的而不是汉语的北京。有一天一个韩国朋友对我说："齐老师，你可知道，在望京地区也有韩国人当乞丐啦。"我说："我信，我当然信了，因为这就是北京，北京不只是达官贵人、富豪、明星的北京，北京也属于乞丐，我早就说过，没有乞丐的城市不是个伟大的城市，虽然我们尽量——我是说用最大的力量——别去当乞丐，但我们要选择，如果你想活得丰富的话，非要找一个有乞丐、容得下乞丐、抓不尽乞丐、赶不光乞丐的城市去活，恐怕是不可能的。我并不是说那个职业是我们实在混不下去后的最后一条出路，当然它的确也是一个出路，但有乞丐和与乞丐共存的最终意义，是证明你我还行。我们离底层还稍有距离，我们可以放心地活着。所以，我坚决反对城市清除乞丐的任何一种行动。

20世纪70年代尼克松来访中国时，我正在上小学。老师在尼克松一行还没到的时候，就教给我们若干条路遇美国人的"注意事项"，我还记得其中一条是"不卑不亢"。眼下不同了，有的北京人嫁给了美国人，有的北京人已经在纽约——就跟我哥哥似的。他的儿子，我的侄子，按那里的规矩，也该算美国人了。我怎么才能跟他那样一个"小美国鬼子"保持"不卑不亢"的距离呢？北京开放了，北京融合于世界了，更是跟国际上的各种干净的血、埋汰的血、黑的血、白的血，在一堆儿流淌起来了，"英特纳雄耐尔"，我们小时候那么向往的世界大同和共产主义，在北京被提前实现，那么多人的血和汗，都搅和在了一起：贫民窟里的、外国人的、乞丐的、政要们的、认识和不认识的人的、长城脚下的、长城外面的、日本人的、韩国人的……

还有我和我哥哥的、我侄子的。

一起、一齐、一同……而这，就是今天该被"乎"的北京。

评论：

"我爱北京天安门，天安门上太阳升……"从咿呀学语时，就唱着歌儿爱北京。

每年都会有许多中老年游客，像奔赴缘定三生的约会般虔诚地去仰望挚爱了几十年的北京，他们踏上北京土地的那一刻，仿佛走进了梦想乐园，找到了灵魂的归宿。那些在北京创业、打拼、谋生的外乡人，也一定会为生活在北京而自豪和骄傲，虽然他们中许多人生活得很苦很累，但他们回到家乡却是昂着头、挺着胸。

我的一个同事，也是门挨门的邻居，十年前去了北京，每一次回来都讲述在外如何辛苦，可每一次休整后，她依旧会坐着开往北京的火车远行。我的侄女和外甥女就是为了能在北京上大学，在北京目睹奥运会，而勤奋苦读，最终如愿以偿。可还有许多国人，仍然在翘首北京，孜孜不倦地圆着踏上这片神圣土地的梦想。

北京是首都，它不只属于土生土长的北京人，它属于13亿中国人。每一种生存状态下的中国人，都有可能朝圣般跻身北京，寻找自己的立足地，当然也少不了自然状态下依然存在着的乞丐了。国人可以在异域安家，外国人到中国，当然也会首选北京了。

今天的北京，拥有了国际大都市情怀吗？今天所有在北京生活的北京人，具有了让世界瞩目的、代表了国人形象的胸襟吗？明年奥运会，就是对北京、北京人、中国人的一个世界性大检阅！

"我爱北京天安门，天安门上太阳升……"依旧唱着歌，仰望北京！

新北京乎（2）——盲蚊摸象

刚才起来打蚊子，边打着我就联想起来，我想生活在北京这样一个漫无边际城里的人，都像是一只只蚊子。我们在一幢大大的楼里面飞着，这房子大的，使我们不知上下和左右，我们倒着看天地，我们倒悬着看世界，但即使是这样，还有人误以为我们的身姿是正确的。

北京又像是一个被盲人怎么都摸不出所以然的象。这头象，似乎从始至终或者根本就没有个固定的样子。有人一摸，摸到了他们在歌里面爱唱的北京天安门，以为北京是块蛋糕；有人一摸，手插进了棚户区，以为北京是摊稀泥；有人摸到了紫禁城中的那把椅子，就以为可以当一回皇帝；有人摸到了天坛，就以为能够升天……就真像蚊子似的（我刚才打着它了！）。我们生活在这个无边界、无边缘、无边际，叫作"北京"的区域中的人们，每天都在逍遥胡乱飞舞着，直到我们被"啪"的一下子，遣送到命运的边缘。

北京，这头大象的真相，是你我前世、后世以及来世，都摸不着的。因为这头象的头，在长；这头象的足，在长；这头象的肚子，也在长。它突然生出了第6根象腿，那是你没有想到的，同理，它已经有8个头了，那你是不知情的……但你还在不停摸着，但你仍执着地摸着，但你继续执意地摸着……

那些还摸的人，别管他们出身于何处，就是北京人了。

评论：

只知道蚊子会吸血、传染疾病，看齐老师文章，在百度上一度，我惊呆了：原来雄蚊子不吸血，只吸食花蜜和植物汁液。未婚配的雌蚊子也不吸血，可一旦婚配后，就需要叮咬动物，吸食血液来促进内卵成熟。原来这蚊子也是为了繁衍生命，传宗接代才嗜血呢。

任何一个微不足道的生命，都遵循其繁衍生息的自然规律，从这个意义说：生命是平等的。但一种生命的存在，往往又损害威胁着另一种生命，因此，在大自然的角逐中，便形成了一条食物链。可这个链条上的生物，谁又甘愿被吞噬呢？旷野中的蚊子，吸食动物血液时，遇到的还击无非是尾鞭抽、蛛网捕、黏液粘。可都市中的蚊子，要想吸食人血，遇到的还击方式就更多样、更猛烈了：有巴掌扇，蚊拍抽，蚊香熏，蚊液喷，还有电子灭蚊器打，灭蚊灯诱捕,也有蚊帐拒之门外。城市中的蚊子，要想在到处都是高科技的高楼里，吸食一口鲜血，繁衍后代，也越来越难了。

试想城市里若没有了花草树木，雄蚊子和未婚配的雌蚊子没有了需要吸食的花蜜和植物汁液，它们是自生自灭，还是改变食性呢？

如果说北京是一头充斥着梦想、欲望的大象，那么人们想在这里繁衍生息，是不是也像都市中的蚊子那样，越来越艰难了呢？

真的男子汉是将军

俺的这一辈子，无论是如何地进取和折腾，也没什么真的出息，也不是真正的男子汉。我的这句话里，一点儿玩笑的意味都没有，因为以我的标准，当不上将军的男子，包括了我，都不是铁男子、硬男子和真男子。

我那天在军博的"我们的队伍向太阳"的"八一"军史展上，第一次看到了一个真的肩扛少将星星的将军，那使我激动不已。他，那个将军，正在一大群校官的陪同拥护下，试开我军的新式吉普——"勇士"。

你们——看我博客的朋友们，都没见过真正的将军吧！如果见到了，你们需要做的就只有一件事，那就是崇拜、崇拜和再崇拜。

那些声称不嫁中国男人的中国女人，如果面对的是腰上别了一把上了10发子弹的盒子枪的我军威武少将——《亮剑》中的将军李云龙，我想摆在其面前就只剩下两条路了，头条是吓得屁滚尿流，另外一条是非李云龙不嫁。

一般，在李云龙的那个年代，当军官是要杀人的，所以我不想在他那个年代当将军，我当将军——这当然只是一个梦，一定要在我军"和平崛起"的时候，无需一枪一弹就能被人叫一声"齐将军"，这，这难道真是在叫俺吗？

"唉。你，先稍息，再报告情况吧！"我对他说。

评论：

李云龙将军，既是身经百战、叱咤风云的英雄，又是敢说敢做，敢怒敢骂，敢拼敢杀，有血有肉，富有个性色彩的大写的人！在战争年代，他是名副其实的钢铁将军，是捍卫民族尊严的功臣，是一个真正的男子汉！他的亮剑精神，男人佩服，女人赞叹！

今天，无论是李幼斌塑造的艺术形象李云龙，还是他的原型王近山将军，都赢得了民众掌声，都将永载史册！这些战争年代的将军，这些贴近我们心灵的真正男子汉，激起我们呼唤、期盼亮剑精神回归的强烈愿望！

在今天这样的和平年代，我们更要发扬亮剑精神，敢于、勇于对那些践踏民族尊严的人，发射唇枪，舞动舌剑！

我们每个人都可以拥有敢于亮剑的将军情怀！

还有文将军

还有一类将军,是不杀人也能当上的,就是"文将军"。鲁迅,就是一个典型的文将军。他虽然不直接杀人,但他也杀人,否则,通缉他——一个肺部有病的人,一个气都喘不好的人做甚?还不是怕他?一般被通缉的,不都是杀了人的?

我这周正在读的书,也是两位"文将军"写的,一是郑振铎的《插图本中国文学史》(上下册),二是梁宗岱的《诗与真续编》。头一本书的作者为什么是个"文将军"呢?因为在日军占领上海时期,在朝不保夕的时候他隐姓埋名、倾家荡产地收集中国的民间文学文本,并且著书立说。国都快亡了,郑振铎还用笔名藏躲追杀,编写只剩下一小块江山的本国的文学史。他的那种抵抗,难道不等同一个前线的将军吗?即使打仗的将军赢了战争,但如果一块完整的国土没有一部完整文学史的话,那么,将军用什么给他的将星上光?

那第二本——梁宗岱写的文集,其中有一篇写屈原,也是抗战时期写的,写于嘉陵江边上,写于流亡中的复旦。在国已破的时候,在天上有飞机投弹的时候,他所写的关于不屈的"屈原先生"的任何文字,都不同凡响。那不仅是学问,那不只是学问,那就是送给屈原吃的真正的粽子,是打向敌人最响亮的炮,是威武,是勇气,是加强连,是加强营,是机械化师。梁氏此书中的学问,做得是那么地从容,那么地悠然,那么地有道理、有条理……这其中，没有对炮弹的恐惧，有的只是"做着学问"的样子。我要是敌人，我是会对他的从容淡定起鸡皮疙瘩的，我会先屁滚，再尿流，然后马上从中国撤军。

孔明的一曲《十面埋伏》（我在现场听的），就是个文将军，用文将军独特的从容，把司马懿的重兵给吓走了。那天由于我站在城楼上，司马的兵又离得较远，所以没看清楚。

评论：

读齐老师文章，想起希腊科学巨匠阿基米德。他算出 $\pi=3.14$……他发现浮力定律和杠杆原理，并制作滑轮组，轻而易举地将一艘大船从海上拉进了港口。他说出了"给我一个支点，我就能撬起地球"的名言。

阿基米德既是一个对周边事物不闻不睬、物我两忘的沉思者形象，又是一个在现实生活中大显身手、制造奇迹的魔术师形象，他也是一个像鲁迅、郑振铎、梁宗岱那样用智慧创造奇迹，用赤诚涵养人类精神财富的文将军。

不论文将军，还是武将军，他们都是勇于承担时代重任，全身心投入到自己热爱的事业，用心灵演绎人生华章，智勇双全的大写的人！

游子见闻录之一

其实,我现在算不上什么"游子",真正的那个"游子"——我,约10年前就回归故国了,关于这一点,对知道我身世的人,是无需解释的。

但我今天,又算一个"游子"了,我刚从大西北归来,乘着火车,虽然如今的"火车",里面并没有火。我的旅程是宁夏、青海以及甘肃,途经内蒙、陕西、河南还有河北。我报的是旅行团,我一个人,妻女刚刚分别"游了"回来。在我出发的时候,我对女儿说:"老爸马上就自由了!"女儿随即高唱:"我要飞得更高!!!"这歌里的词好像是为我唱的,表达了我出门前一刻的心情。

因此,我就真的"唰"——飞了。

关于去过的银川的西夏王陵、沙湖、腾格里沙漠、青海湖、塔尔寺,我真的没什么可写的,因为出游回来后写一个地方怎么怎么地好,发表感受和感想,那不是我的习惯和风格,我的确没有那么多高调的感慨非发不可,因为其中有些可能是假的。山好、水好,那是自然的,无论我们怎么说,说得再多,于它们——山和水,我们都是外人,人于山、于水、于大自然,并不优于牦牛和羔羊,在大自然中,有牦牛和羊羔的地方,都很干净和完整,一旦有了人类,就不完整了,就结痂了,就有坑了,就荒芜了,就不好看了……因此,我们的感叹,多余矫情,虚假空洞。

我们在万绿中，制造着一块块沙漠——城市和乡村。但我们又不能不发展，我们又不能让一个个哮喘的烟囱灭火。于是，我们能做的，就是停止用虚伪的调子恶心地发情和讴歌自然了。

　　每一次游回来，我真想写的——是我从没见过的。这次是沙漠。那无边无名的沙漠，那骆驼都走不到头的沙的山、沙的海，那"海里"偶有的胡杨，那胡杨下踱步的黝黑昆虫……那是死，还是生？如果它就是死，那生又何在？它居然已经在那里流动了千年和万年，在我还不在的时候，在我走了以后，在核弹把地球推平了之后？！它，那沙海，有呼吸吗？它，那沙山，有极限吗？它下面可有鱼？如果无鱼，那怎么是海？它上面可有海燕盘旋？若无，那岂能是海？它再下面，可匍匐着一个城市？那城里，可还会有生命？你无从知，你不可能知，你不想知，因为，那个答案，只能在下一回中找。

　　评论：

　　你说：每一次游回来，我真想写的——是我从没见过的。

　　我说：我每一次游回来，真想写的，是我眼中看到的景，以及由此萌发的心跳。

　　你说：这次就是沙漠。那无边无名的沙漠，那骆驼都走不到头的沙的山、沙的海，那"海里"偶有的胡杨，那胡杨下踱步的黝黑昆虫……

　　我说：这次是沙滩。那广阔、潮湿的沙滩，那爬满了海蟹、住满了海蚌、充满了生机的海底世界，那在对人类怒吼的海浪怀抱里，安稳栖息嬉戏的海洋生物的喜乐。

　　你说：那是死，还是生？如果它就是死，那生又何在？它居然已经在那里流动了千年和万年，在我还不在的时候，在我走了以后，在核弹把地球推平了之后？！

我说：那是生，可长到能随海潮涨落时，还要在渔网（欲望）里死去。如果它就是生，那生的意义难道就是为了充实渔网（欲望）吗？它们居然在大批量地繁衍着。真可谓：渔网（欲望）捕不尽，海浪催又生。这壮烈的海呀！你在充实了渔网之后，依旧使这些生命代代繁衍，你的胸怀真的很宽广。

你说：它，那沙海，有呼吸吗？它，那沙山，有极限吗？它下面可有鱼？如果无鱼，那怎么是海？它上面可有海燕盘旋？若无，那岂能是海？它再下面，可匍匐着一个城市？那城里，可还会有生命？

我说：它，那北方的沙海，也是海，也有过呼吸。今天南方沙滩上遍布的生物，也许就是这北方沙海昨天录像片的珍藏版。

它，那沙山，有无极限，全在于今天的我们。我家乡那挖干的沙坑里居然渗满了无沙遮挡的地下水，水里居然也生长出了鱼虾和野鸭。那原本生长在土层下的沙子，竟耸立在一座座高校高楼的砖缝里，那一片荒芜的土地就这样被搁浅着。沙海下面定有生命，只是城里的生命一时还无法或不能感知到。

你巡逻在北方的沙海，我漫步在南方退潮后的沙滩，同样感受的都是沙呀！原来我们都是沙粉，原来我们都像沙一样平凡。但沙与海永远相连，因为海洋是生命的摇篮。

游子录之二 ——你要会神游

我刚才把"游子见闻录"里的"见闻"两个字给去掉了,你注意到这个变化了吧?因为我想,旅途回来的见闻,最好的,并不是看见了什么,听到了什么,而是要写你感觉到了什么。写看到的和听到的好写,写你的感觉,那可就难了。那就好比,你看一个人的照片,看清他的长相,不难,但你想看明那个人的心思,则难上加难。尤其是看人在风景前面的留影,你见到的任何一个人的照片上的表情,都可能是笑的,都刚刚说过了"茄子",但那人的心思呢?我猜不一定是在想着"茄子"。

这就是为什么,你压根儿别想看到我写的游记里有口念"茄子"的照片,那是你们俗人常做的事——拍下到此一游的照片。我出门从来不带相机,因为我认为,人在湖的前面"喀嚓"一下子照一张相,那是喧宾夺主,真该被照的应该是湖。湖无语,湖老实、湖沉默、湖涵养好,所以湖不好意思说:"哎,你怎么老挡着我啊?!"

对湖来说,所有有人的照片,都是废掉了的,尤其是青海湖。这叫作"湖中心主义"。所以,看完我的话后,你就该毁老照片了。

于已有亿万年生命的湖来说,你我的到此一游,无论"茄子"与否,都是没什么意义的,何况,还有那千年的王八和万年的龟,同我们在湖前争宠!龟虽寿,尚且不求留下什么痕迹,何况须臾即逝的你我呢?

我还是喜欢不会"自拍"、无根的沙海中的胡杨。

游者游的，是感觉，是精神，而不是身躯，而不是到一个地方就匆忙照相。那些人的神，并没在游，那些人的心，也不在游，那些人的魂，更不在游。游者，真正的，要心灵出壳，要心与山川共舞，要细品！大漠，天空，还有周围的人类、动物之间的互动，以及它们（他们）间的布局，要会欣赏它们（他们）间的游戏，要心静，要心诚，要心动起来，而不要老是匆忙地紧张地照相，照那些"四不像"，不像哭，不像笑，不像在喜，不像在怒，劳累又无果。假如李白当年有一个傻瓜相机的话，中国的文化天空将坍塌多大的一角，还有杜甫，假如他手中也有一部"傻瓜"，走到路边的"冻死骨"前，说："快，跟他来一张吧！照全身的啊！"我想，死鬼都会愤怒地站起来，说："老爷，把相机给我吧，我实在是饿死了！"

所以，俺齐天大足迹遍布半个地球，是没有图像为证的。不过这次，同去的老王倒是为我照了几张——在我透露给他我今后一定也会化作山脉以后。

评论：

你说：游者游的，是感觉，是精神，而不是身躯，而不是到一个地方就匆忙照相。那些人的神，并没在游，那些人的心，也不在游，那些人的魂，更不在游。

我说：游者各有所好，有人喜欢在景中留存自我影像，有人喜欢像你这样品味情景交融的感觉。我是两者都喜欢，留影、品味全在随心所欲间。这种喜好与雅俗无关。

你说：游者，真正的，要心灵出壳，要心与山川共舞，要细品！大漠，天空，还有他们周围的人类、动物之间的互动，以及它们（他们）间的布局，要会欣赏它们（他们）间的游戏，要心静，要心诚，要心动起来……

我说：要做到你说的这些，当然很快乐。可分享自然的快乐，把令自己喜欢、感动的美景搬回家中，慢慢地赏析，也是一种可以长久回味的快乐，也没什么不好呀！

听那位身强力壮带着7岁双胞胎女儿旅游的父亲说："好累呀！咔嚓，给这个女儿照一张；咔嚓，又给那个女儿照一张；再喀嚓，给两个女儿合张影。"以至于这位不堪照相劳累的父亲，在告别漓江时，不顾妻子、导游阻拦，更顾不得换泳装，在清澈见底的漓江里，过了一把放松自我的游泳瘾。

可这位刚上岸不久的父亲，依旧会用湿漉漉的双手举起相机，为他的两个宝贝女儿照相，虽然累，但他心里也同样快乐着。

所以，有见证者自有一份凝视影像的快乐，无见证者也有一份刻骨铭心的精神愉悦，两者都拥有的，心灵也许会更充实。

旅游，要的是一份自由、洒脱、随心、尽兴，各取所好，各得其所。

理解、分享他人的快乐，当然也会更快乐！

游子录之三——进出沙漠的狐

你我都是狐狸,我们都进出沙漠。凡是无边际的,就都是沙漠。沙漠是什么?沙漠是未知。沙漠是什么?沙漠是无知。我们面对一个高深的人不知所措时,那个人,就是漫漫的沙海。当一个小伙子,用看星星、月亮的眼神看一个女孩子的时候,你看到的,就是一个美丽的沙丘。

当我混在一个谁都不认识我的 30 个人的旅行团里,朝我从没去过的遥远的地方行进的时候,我就是一粒沙子——不被知的,归流到一片沙海——我未知的世界。沿路上看见的碰见的所有的人和景,于我,都是沙粒。我们——一群相互知的人,朝更大的无知的景物中挺进,那种感觉,就是传说中的游子的滋味。人出游的真正目的和最佳状态,就是谁也不认识你,你谁也不认识,并走向谁也没见过的世界,那才是一种心游。因为沙子本没心没肺,因为你我的心肺都已在都市中破碎,因为无知和被无知,是一种解脱和放纵。

我最喜的,是途遇一个你本来就没听说过的城镇,那城镇在你的意料之外,不知不觉地打开在你的眼前,就比如宁夏的"中卫"——我从没听说过的,它竟然那么地大,它竟然那么地完整,它于我是一个未知,我于它也是一个意外。那才是沙漠中的绿洲,那才是一个喜乐的偶遇,那才是擦肩而过的新奇。

你我,应该是只沙漠之狐——不老的那种,我们"小狐狸"们昂着首,在"无"的世界里唱歌。

评论：

人出游的最佳状态是什么呢？

你说：就是谁也不认识你，你谁也不认识，并走向谁也没见过的世界。那才是一种心游。

我说：那要视具体目的来决定。

比如，有人在现实中受挫时，最大的心愿就是在征服险峻的华山中，找回自信。

再比如我这次南行的目的，就是想让心随着迥异的景致自由跳动。同去的人里有我女儿，也有我最要好的朋友和她的孩子，剩下的也都是邻校的同行者和他们的家人，彼此都不算陌生，可这并没有减少游览的兴致，反而是一路上大家互相照顾。

又比如你，便觉得在无知和被无知中，可以解脱和放纵自我。

那就根据自我的目的和喜好，在最佳状态下出游吧！

人出游的最大喜悦是什么呢？

你说：我最喜的，是途遇一个你本来根本就没听说过的城镇，那城镇在你的意料之外，不知不觉地打开在你的眼前。

我说：在以往没有认知的领域里，留下新的感光点，是喜悦。比如麦哲伦发现新大陆，又比如你看到沙漠中的绿洲。

在已有的体验里增添新的感悟是喜悦。比如在亲历了海的温柔后，又去领略海的刚烈，这一丰富体验的过程，不是也很快乐？

重温以往的体验，仍旧是喜悦，比如回到熟悉的故乡，难道不快乐？

把现实与虚无对接，使影像与实物结合，让抽象与具体沟通，同样都是喜悦。

哪个最大？也是因人而异的。

我此行最大的喜悦就是在亲近自然中，密切了母女情感，彼此成为心有灵犀的朋友。

有与无都是相对的，这正如鲁迅所言：希望本是无所谓有，无所谓无的。这正如地上的路；其实地上本没有路，走的人多了，也便成了路。

身为游子，既有责任昂着首，在无的世界里唱歌；也还要俯下身，把已有的世界打扫得更洁净，加宽并夯实前人开辟的阳光路。

游子录之四
——我看见那一座座山，相连

这是我第二次爬上世界的屋脊——青藏高原。我们这些屋子里活的人，偶尔到屋顶上去探望，只要别摔着，就是应该的。那是一块神奇的土地，那片江山，是如此地多娇。

《青藏高原》的歌曲里有一句词，"我看见/那一座座山/相连！"我也看见那连着的山了。我还看见了，那些啃草的牛羊。牛羊比现在的年轻人强，牛羊只是啃草，牛羊却不"啃老"，可能是它们的"老"都被人给啃光了吧。大人啃牛羊，小孩子再啃大人，如此循环。还有，我目之所及的牛羊，都是一个姿势，就是低头吃草。羊似乎不会散步似的在草原上闲逛遛弯儿。

我还看见了头戴各色纱巾的回族妇女。那纱巾很美很纯洁，其缘由是遮羞。那是好的禁忌和习惯。我们汉族的风俗，是无羞好挡的。

在塔尔寺，我还看见了五体投地朝拜十万余次的藏民。他们要在众目下，一次次地，一起一落地，拜一年多。佛能看见他们那次次的拜吗？或许，他们不用佛看。在诸多的要钱的佛龛上，我没留一块钱，我把那一块钱，给了一个门外乞讨要饭的老妇。我代替佛给了她。

真正的藏民——我以前看到的也一样，纯朴得像青海湖的水。那种朴实，是你我八体投地也修不来的。那是山之颜色。我下辈子再试。

在兰州火车站，我买不到水，因为没人收我的100元钱，在他们看来，那可能是假钱。我最后还是成功地把那个的确是真的100元钱给花出去了！但在列车上，我再用找回的50元买另一瓶水时，那50元钱，却是真的假钱。我720度地回转着瞅那假币里藏着的虚虚实实、大大小小、明明暗暗的毛主席像，我问他老人家，"你可是真的？"

所谓的旅行，无非是把地图上的地名和影视上的图像，"哗"地变成真的，你匆忙看它一眼，然后，你再接着走，走向下一个名词和图像。又到了，你再与影视上、书上的比一下，说："哦，一样！"然后你就再走。

火车夜行，你如果没入睡，掀帘朝车外看，在众人的睡眠中，在男女不分的胡乱的呼噜里，那是一种享受。你看见的，是带浓重夜雾的茂密的秦岭的山脉，山路上时闪时灭的车灯，还有，火车仿佛火龙摇摆着的弯弯的长长的列车尾巴……那是一幅天路中的天景。那就是传说中的睁眼做梦的感觉。

那，才是旅途。

评论：

即使再匆忙的旅途，也再现着多层面的现实。那相连的山，既喂养着低头吃草的羊群，也哺育着纯朴的民族。

但在静夜里，群山也会传递光明，点燃梦想的火把。

一座座山相连，一条条路在眼前。是自己开山筑路，还是选择一条前行，全靠自我来定夺。

迈开脚步，希望才可能有，天路也才可能不期而遇。

还有一道"人景"

　　还有一道景观,你无须花钱、受罪,到大西北就能天天看到,那就是那人景了。在他人的眼中,似乎你我都能被当作一个景观观摩。人中,有奇人,那些奇人的奇特的背景故事,一旦被堆积起来了,你再亲眼目睹到他们的时候,那种感觉,就仿佛是看三峡大坝,看鬼见愁或看乞立马扎罗的雪。

　　即使是在做梦的时候,你梦见了谁,即使那人是死的,或是牵连了已死过的记忆,那种回味,也等同于在青海湖和二郎山边。

　　那就是人景。

　　人景变幻多端,神秘莫测,人景更要用心去赏。看人景有时不太安全,尤其是赏那些已经成了人精了的人景。那是历史地被一个人留下的——魔镜(景)。你怎么看它,它那景色,都在变化着它的妖娆。

　　异性于异性也是。假如男女们互观,观着观着,就终止于"咔嚓"一张傻瓜的照片那么单纯的话,那么文学,首先得死,那么舞蹈——男抱着女那种,也得死,之后,海,就不用再枯了;至于石头,烂和不烂,也随它去了。

　　那景——男看女的和女看男的,它千万不能快死。

评论：

风景是流动变化着的，文字中的风景，也只是特定时刻，作者用心灵捕捉的景象，时过境迁，也许会物是人非。

人景却也是变化着的，随自身和外在环境而改变着。有的变化，围绕着一个恒定轴心，上下左右律动；有的变化，随波逐流，无主题变奏；而有的变化，则从一个极端走向另一个极端。

无论观人景，还是风景，在变中洞察不变，在瞬时中明察永恒，那也是一种乐趣。

再有一景——那就是动物了

我怕忘了动物,就赶紧把它们添上。

动物在被驯人性化了之后,就可以作为景观出现了,也可以供我们拍照。比如动物园里面开屏的孔雀。男孔雀是开屏的,是景;女孔雀不开屏,因此,我看就别照了。

老鼠不是景,蚊子不是景,虾,那些能吃的,也好像不是景。看来,人在给动物做成景时,还是蛮功利的哩。

那么在它们的眼里,我们人,也是景吗?

你要当心,哪天被狮子——不是石头的——拉着合影。

凶猛的动物,只有在被关起来的时候,你才同它们合影,一旦它们都逃出笼来,比如狗熊和老虎,你即使多么地想看它们一眼,它们也不是景了。八达岭的山脚下有一个狗熊乐园,里面有几十头不大不小的狗熊,那些狗熊不知是怎么被人调教的,都只吃水果,葡萄、西瓜和哈密瓜之类的,却不吃肉了。它们又被关在熊池子里面,由于没有了风险,所以游人就把它们当成了"风景",都"茄子""西红柿"以及"枸杞、枸杞"地同它们照相。但你不知啊,狗熊它们,是那么心情迫切地想从熊池子里逃出来,它们都已经有了越狱工具并准备好了三套方案。假如它们真的哪天来了个胜利大逃亡,那么,变成它们想照相的对象的,就可能是我们人了。

由此，动物原都不是景色，都是自由地能随便"动"的、如你我一样的存在，是人类把动物变成了不能随便动的，却能拍能照的"景"的。

观望"人景"时，有时是不安全和不舒服的，因为那些人已经变成了"一景"，变成了别人想跟他们合影并以之作为谈资的人，他们身上被加以"定义"，已经远远大于人们把他们作为一个生物看了：你就近看他们时，比如看拿破仑时，你脑子里充斥着是"伟大的天下无敌的法兰西共和国的皇帝……"等定语，已经早早超过了你对一个矮男人的兴趣，而且那些名义，会让你觉得那个矮男人根本就不是个人，而是一头和一个只吃西瓜和枸杞的狗熊景物！

我观望拿破仑时，真的，就是那种感觉。

跟领导打交道时，你是否有这种感觉？那时你很难放松，因为你的头脑里旋转着他说的话。他们在台上做报告时，的确是一派景致，可一旦"下凡"到你我的身边，就成了让你不再敢出大气的，不只吃西瓜、桃子的熊。

因此，拿破仑只出现过一次。

评论：

读你的文字，想起在桂林看到最多的，且已成为一种景致的动物——鸬鹚。在漓江边渔妇担挑两只鸬鹚，招徕游人合影，一次5元。在阳朔，也安排了一个鸬鹚表演捕鱼的节目。渔人从竹篓里扔出几条活鱼，停在竹排上，被渔人用绳子勒住脖颈的鸬鹚，捕获了这些鱼，却无法吞进肚里自食，渔夫用竹篙赶回这些训练有素的衔鱼鸬鹚，捏住它们的脖颈，那鱼就被吐了出来。在整个表演过程中，不时有人按动快门。这样的表演，看着舒服吗？假如我们的餐桌上端上的那条鱼，就是这样从鸬鹚喉里挤出的，我们还吃得下吗？

惯于应景的人，其实也是被金钱、权力勒住了脖颈的鸬鹚，他们不得不习惯带着绳索生活。不同的是，鸬鹚的绳索是被利欲熏心的人套上的，而应景的人脖子上的绳索，却是自己削尖了脑袋套上的。

不是鸬鹚，不会应景的人，对他们的遭遇深表同情。

一种了结的纪念

今天,我终于完成了《可怜天下CEO》的修改,这是一本于2003年写成的书。自那之后,我改了两次,但每次都在存盘的关键时刻,我的修改都复原到未修改的状态了,由此,我认定它是一本不愿意被人改动的书,也包括了生下它的父亲——作者本人。其实,就在这次改它的时候,它又复原了一次,我就怒了,我就说:去你的吧!或许是我的发飙起了作用,它随后改变了态度,因此,我得以在开学的前一天,把它身上的鳞刮干净了,杂毛也拔光了,就等着,让编辑们烹制了——假如编辑不嫌它腥的话。

那要碰运气哩。

在写这本书的时候,我还是个老板,还是个三军统帅,但我的直觉通知我:你作威作福的日子不多了,革命马上就会成功。因此我就加紧了写。我每日每夜、没日没夜地写啊写,就在"人济山庄"、我已写了两部书的无声无息的斗室里,但那绝对不是一个陋室,因为它很奢侈。书写完了,那房子也易了主,它的新主人,我想,绝对不会想到,在海快枯和石就要霉烂时,他从一个"作家"处得到的居所,在那个"CEO作家"刚刚离开的时候,会被政府强行征用,当作"齐天大纪念馆",被人们赞扬、瞻仰和凭吊。

这无疑是气话。

总之，我把那个曾用于"避世"和写作的，在里面独自搏斗过五年的屋子和司令部，转给了别人。

我很不得已。

所以，这次改书，也是对往事和过去了的感觉的一次悼念：我忘不了那些个峥嵘岁月——在和平年月来看，我忘不了每日在紫竹院湖滨的游荡，我更忘不了火热的商业战场，其中有飞奔的泪雨和斩将杀敌的畅快。"人济山庄"18层的那个斗室，当时，就是我的战斗指挥部，是无数个战役发起的地方，我身在高楼之上，写着书，敌军的尸骨却在千里之外飞扬。

我由此终于懂得，男儿的命，就是在沙场，在格斗的时候，在用智谋的时候，在较量的时候，在飞奔的时候，在叫喊的时候……而不是在——打字的时候。

我，十几年征战之后，已从那里离休。

我能做的，就是整理废墟中的武器残片；我在时隔四年以后，又在清理着战场。我缅怀那些敌人和部下，以及那些伤痛加遗恨。一遍遍地改，又一遍遍地丢，恐怕这种不舍的结束，正是来自那烽火台狼烟的袅袅。

评论：

四年前，在SARS盛行时，人人恐慌，先生却成就了一本100小节的书稿，虽然把CEO的帽子扔到太平洋里去了，却又捡回一个博主的头衔，否则，我们这些读者怎会有缘结识曾经的CEO。

对于这人生的幸与不幸，看我们怎样认识了。天下CEO多的是，随着时间的流逝，他们都要退隐，都要永久地离去，可先生笔下的CEO，却将会作为一个特定时期的非典型形象，永久地存活下去了。太平洋会为先生做证，那个帽子即使扔了，也仍然在商海上独树一帜地完好无损地保存着。

期待着《可怜天下CEO》不再只归先生一人所有！

一些关于裸体的问题

这时候一下雨，就突然有些秋意了。

在暗淡的初秋的季节，我开始研究起裸体。其实，全世界人民在上一个星期，都在关注着裸体。8月24日《参考消息》的头条，题目就是"普京向西方展现'俄罗斯肌肉'"。那源于一张普京在度假时特意赤裸了上半身的照片，他不仅胸大肌相当完善，而且小肚子那里，还有几块明显的腹肌，这一下子使俄国人自豪和兴奋了，俄罗斯人欢呼雀跃，奔走相告，而西方呢，却郁闷极了，他们从普京肚皮上的那几块发达的肉，联想到了俄罗斯的重新崛起，联系到了远程轰炸机的重新飞行，联系到了新的冷战。好像是为了应对普京的肌肉，法国新总统萨科齐也向媒体投放了一幅裸照——同样是只裸上半身的照片。8月24日《北京晚报》上有篇文章，题目是《萨科齐掉进"赘肉门"》，说："萨科齐最近也有麻烦事。和俄罗斯总统普京袒露上身博得满堂喝彩相比，法国总统萨科齐虽然也赤膊上阵，但却惹来非议。"原来法国报纸在刊登其照片时，"用魔法笔去除了赘肉，使腰间赘肉神秘消失"。同时，法国大众还指责萨科齐"慢跑时身躯前倾过度，步伐散落，两臂乱摆"。

还有，英国的媒体是最在意普京和萨科齐用上半身斗法的了，有一个英国小报就说："我们的布朗（英国新首相）小肚子上，还来得及长出普京那样的肌肉吗？"很有恨铁不成钢的意思。

有点意思吧。虽然我抄录得都有点不耐烦了，但在秋雨稀稀拉拉的时节，对着马上就可能一天天变冷的天，想象一下两个国家的"一把手"，通过脱得半光的照片比拼着国家的尊严和实力，并由此作为远程轰炸机攻击力量的补充……这样，也就不烦恼于变天给你带来的忧郁了，因为你可以继续往他们的另一个半身处联系——我是说不带"淫意"的、政治的、有深远意义的那种想法。这种例子我是见过的，大约在1992年吧，我那时还在加拿大。那年加拿大沉寂多年的前总理特鲁多，在70多岁的高龄，突然得了一子。于是举国哗然。老总理得了"新生儿"的消息，成了头条新闻。有的媒体高兴地说："前总理70多岁还能催生一个新的生命，说明我们国家领导人的身体是多么地好！说明我们国家后继有人！"

那就是在无形之中，在比较着国家领导人裸露的下半身的实力了。

我刚看完一本法国汉学家弗朗索瓦·于连写的书，叫作《本质或裸体》(De l'essence ou du nu)。法国人叫"于连"的颇多。《红与黑》里就有一个。"于连"原本的拼写是"Jullien"。现在译为朱利安，在法语中，"裸体"是"nu"，形同英语的"nude"。因此法国人在赤着身时，是能与英国人在审美上达到概念上的共识的。但汉学家于连对"裸"这件事，显然不满足用光身子，只同他们的邻国比，他比起了中国。他一比，就发现，不同于西方古典对裸体的暴露的赞美，中国的古人，是喜欢"遮"的。中国古代的艺术，无论是美术还是文字，在古代，都与裸体，与"nu,nude"大多无关——除非是在"春画"之中，除非是在想入非非的"黄"里。（在西语里，"黄"不是"yellow"，而是"blue（英），bleu（法）"，是"蓝"。）中国人从古到今，从不把人体的雕像——全裸的那种，摆放到市面上去让人参观。

我昨日去首博看"卢浮宫古希腊雕塑展"。130件展品，可是世间的宝物。10多年前,我是去过卢浮宫的,推着一进了卢浮宫就小睡不醒的女儿。所以,这130件古希腊人的赤身雕像,与我应该是第二次见面。游走在2000多年前的赤裸雕像间,还稍稍有些羞怯,因为毕竟,我们参观者,是穿着衣服的,而雕像,那些个赤裸裸"nu"着的男男女女的身体,是不能动一动的,即使它们都是石头。他们是普京的前身,他们是萨科齐的前身,他们是西方人"尚裸"的先驱。西洋人"尚裸",东洋人"尚武",我们的民族"尚文",我能这么说吗?

或许,西方人的裸体,比东方人的美?尤其是男子的,因为,中国历代的男子,那些科考上能拿冠军的人和皇帝宰相,并没给我们后人,留下哪怕是一张健美的身体图像,孔子好像没有,刘邦、刘备没有,孔明没有,乾隆也没有,古代的男性唯一留下了体型特征的,恐怕就是刘墉了吧,可他是个罗锅儿。

体态优美的、威武的以及健美的,能跟大卫媲美的也可做成雕像的裸体,中国并不是没有,比如张飞、关羽和岳飞,但不知为什么,我们那时,并没用最好的大理石,去塑造他们的胸肌。

这次参观是审美观念的不同吧。我们的美感,被赋予了书画,却没留给离我们最近的身体。

我被一个人的自画裸体像震慑。这个人就是潘玉良(张玉良)。她的画展与卢浮宫的同时展出,在我看来,觉得她画中的"魂",已超出了古希腊人。潘玉良曾是雏妓,她做过他人的小妾,后来当过中央大学的教授;她是徐悲鸿的同学,她是刘海粟的学生——但令我没想到的是,她的画早已远超出了她的同学和老师;她,在我看来,才应该真是中国近代画史上的第一人!徐悲鸿纪念馆,我20多年前去过,我为他能把西洋画中的透视的"实",和中国画的线条的"虚",那么好地结合起来而长久驻足。但我没想到的是,潘玉良的画,在中西绘画技巧结合上，平添了一个真实的、游荡的、游离的、游弋着的多彩的"魂"。那个魂，是如此地丰富，那个魂，又是如此地矛盾，那个魂，还那么地不安分，那个魂一走，就不再回来了。那是个绝版的不该复制也无法复制的——魂。

　　再说回裸体。刘海粟，应该是"中国第一裸人"了——我是指他第一个，把刘罗锅儿虚掩着的身子，把中国人的衣服，从身体上剥落，让人画，让人审，让人挑剔。他的突破，比起古希腊，晚了2000多年。但比他更伟大的，可能就是当过雏妓的潘玉良，她没征求丈夫的意愿，也没怎么犹豫，就成为第一个用自己的身体做模特的画家。

　　那难道，不是一种最高贵的突破吗？

　　那莫非，是雅典娜在一个东方国度的降临？

　　尤为使我感动的是，她画了那么多的关于母爱的全裸的画。其中有一幅是一个母亲裸体平躺，在沙滩上哺婴的画作。我一看，就在心里说，这张是"魂中魂"！果然，那张图，就是本次画展宣传单的封面。那是一个因为自己曾做过妓女，怕给孩子蒙羞，把怀上了的孩子打掉了的"母爱图"。在沙滩上，在海天下，她——那个有着博大怀抱的"母"，赤裸着哺育着她那个未曾来过人世的"子"。你说，那不是"画魂"，又是什么呢？那就是赤裸裸的光灿灿惨兮兮的美哉哉的、素人根本就不拥有、无论用什么笔也绝画不出来的——魂兮！

评论：

　　看过黄梅戏《潘张玉良》，敬佩这位苦难中成长起来的艺术家。她把一个女性的万千柔情，都融汇在艺术创作中。她蔑视世俗偏见，不仅以画笔，而且还以最本原、最圣洁、最善良、最坚贞的心灵，以孜孜不倦的努力和出类拔萃的艺术成就，维护了人格独立，捍卫了女性尊严。

她艺术地统一了西洋画和中国画的长处,把绘画美与雕塑美有机地融合在一起。她用自己的人格魅力和艺术才华,铸就了一代中国女性的精神风骨,她被誉为"画魂"。这打动人心、纯真无瑕、洁净美丽、纤尘不染的魂灵,已超越了那个时代,已回归到了生命本原的、赤诚的、可以昭示天下的、无须遮掩的、脱颖而出的美!

为有潘玉良这样一位享誉世界画坛的中国女性而自豪!向这样一个不向命运低头,坚强不屈的灵魂致敬!

屈辱中崛起的中华民族,既需要健康的体魄,作为持续发展的坚强后盾,更需要这种忍辱负重,不向命运低头,勇于成就、发展自我,坚贞、刚强、赤诚的精神和魂魄,作为前行的动力。

从裸体到号贩子

首先,祝贺普天下所有诞生于8月28日这一天的人今天都快乐!

其次,从上一篇文章的点击数远多于其他文章这一不寻常现象来看,我惊愕地发现:人们还是挺关心"裸体"的,正所谓"赤诚相见"吧!

今天我不得不写的——尽管我已经挺累了,是关于号贩子的故事。今天我起得很早,大概是凌晨5点。我没乘电梯,因为开电梯的还没有起。我下了楼,打了一个"黑车"——车身是白的,但天是黑的。我到了空军总医院,给老母亲去挂号。我一到那里,就发现遍地是人——都是连夜排队等着开门的。我刚一坐下,同排队挂号的人一聊,就知道了我前面的20个人中,有一半都是号贩。难怪老母亲说有人为挂专家号头天下午5点就来窗口外排队了!假如我也那时候来,我恐怕也成号贩了。于是我挺惆怅的。我看天渐渐发白,就要亮了!总共有4个队,每队都有50个人在排,每队的头10个,据说,都是号贩的人。而总共才5个专家,每人才看10个病人,那么,到我这里,绝对只会剩下一个大学刚刚毕业、今天才试着要开第一张处方的新大夫了!而这显然,不是我被闹钟闹醒过三次才终于起来的原意。我得想办法了。

这时候,真正的号贩,那些排队人的头儿,开始揽生意了。他们生得溜圆的,都像是民国小说中的人贩。我不得不跟其中的一个搭讪,因为老母亲浑身痒痛,需要马上看医生,时不我待。那不像别的病,比如心病。心病可慢治，但痒是急的，除非什么"七年之痒"。那种痒治起来，可以等待刚毕业的那个新医生他，先长大成人。

我一问才知，我想挂的 C 姓将军级大夫的号，从号贩那里，要 600 元一个，而且还必须预约——提前三天啊！但我们的痒呢？咋等？我只有再回到队中，我绝望地等着天亮，我静候着天它一亮到底，那时候雄鸡高唱，那时候号贩们都像乌鸦样散去。

门开了，穿白衣的挂号人出现了，保安也来了几个，还有据说跟票贩串通一气的手里还拿着黑警棍的保安！

我猜，他们的棍子，要打，肯定会先打每队的第 11 个人。但正当我琢磨着如何躲过那黑棍的时候，一个奇迹出现了：肩上标示着是上尉的一个空军军官，开始大叫着，带领着"黑棍保安"从队列里将为号贩子排队的人拉出来！他们见一个揪出一个。如何识别？待到他们抓出第 20 个的时候，我也能认出那些人了：女的都像《秋菊打官司》里的秋菊，土得很。男的呢？都像警匪片里的小土匪，贼得很。有人鼓掌，我竖起大拇指了，挂号的队短了，希望来了，我排到时，花了 100 元，逮到了一个 C 姓名医的特需号。记得吗？就是这张号，"溜圆"号贩刚跟我说要 600 元，还要忍着痒，在炽热中期盼那预约哩。

我得胜地走出了挂号大门。通过朝阳下的大院时，我看到了那一长队的萎缩成"烂菜叶子"的二三十个刚被抓了的"秋菊"和"小土匪"们。这些人都一夜没睡，所以看上去，就更加狼狈。

但我转一圈后回到挂号处时，竟然发现他们的雇主——那三个"溜圆"贩子，正在那里卖着号哩！原价 9 块钱的号，他们 100 元起价。

我对一个空军士兵朝那三人一指，说："快抓啊！他们才是真正的号贩子！"士兵摇摇头，打发我说："真的？"就没有搭理我。显然，并没人真的想抓他们。

我只有好奇地上去再次与"溜圆"搭讪："被抓了吧。兄弟，信不信，我这儿有一张C教授的号！"

票贩甲不信，说从没见过这么便宜的号，就告诉号贩乙，说我的号的确是刚刚挂的、真的C教授号。我当时，真有点以600元的价格把号出让给他们的想法，要不是老母痒痒难耐的话！

"那些被抓……？"我问。

"10分钟就放！"答。

"那，你们还给他们（排队人）每人30块钱吗？"

"当然，什么叫信用？！"

"那些人不干了呢？"

"就再换一拨儿！"

"今天买卖砸了吧！"

"没事，走形式的。"

那真是一条服务极好极周全的"龙"：先有人排队，用铺盖占地，睡觉，占到夜里2时左右，后几十个人再来插队；之后是早晨6点左右"市场人员"的跟进，询问人们想看哪个大夫，再把信息传给排队的人，让他们挂号；号被集中到号贩手里，倒卖出去，还有人把想看病的人送上楼，他不信的话，看完病后再给号钱。

"看不成病不给钱也行，我们讲的就是信誉！"白日下，谁都能听得见三个"溜圆"贩子的大声疾呼！

在电梯里，我还遇到了一个分工排队的女人，她得意地对我说她之所以"没赔"，没在紧要关头被擒，是因为她一见情势不妙，就索性不卖号了。

"你当干我们这行容易呢？！"她说笑着，又挤出了电梯。

我的结论是：其一，今天我很幸运，碰到了一次难得的严打，因此挂到了一张连号贩子都从没挂着过的"绝号"。

其二,在被抓的20个"秋菊""小土匪"们之外,肯定还有很多没被揪出来的"二菊"和"三菊"或者道貌岸然的、看起来不像土匪的"托儿"——一堆根本就没病的人,他们就混同在"病人"的队列之中挂号,否则,三个号贩手里的那么多的号,又是从哪里来的呢?

以上的,可是个非常痒痒的、叫人直想嗷嗷叫喊的现象啊!

评论:

稀少的专家资源,与众多急需求医的病患之间的供需比例失调,以及个别管理人员的为虎作伥,都为这些利欲熏心、漠视他人病痛、人性缺失的号贩子非法牟取暴利创造了条件,但也损害了患者利益,影响了医院声誉。

希望相关方面,真正严打这些肆无忌惮欺诈患者的号贩子!

一个下巴的回顾

诚然，本人的一只眼，始终是独特的。要不我也发现不了天下这么多的奇观。

我今天发现的，是一个掉了下巴的解放军小战士。我是在带母亲去就诊的诊室里，碰上这位嘴老也合不上的小战士，我一打听，原来是他的下巴掉了。据医生说，那要使劲地往上面一推才能复位。但我看那个少校军医后腿弓着"咔咔"地推了三下，那小战士的嘴朝向我时，还是一个圆圈，而且看起来，好像有一种要"啊——"地大喊一下的冲动。其实他并不想真喊"啊——"，他只是掉了下巴。都说笑得合不拢嘴，原来是因为下巴掉了，当医生给小战士看完了病，让他到更大的医院去做进一步治疗，小战士使劲喊了两声，他似乎是想说"谢谢啊"，可我咋都听不清楚，因为他的嘴合不起来，那嘴依旧是个圆的。

这时，我本能地摸了一下自家的嘴。它还好，它还在，它居然上下"交接"得挺好挺任意，它还不用请别人帮助使劲往上推。

如果你也喜好说世间的坏话，像我一样，你也需定期地检查你的下巴，看它掉下没有，看它是否完好。

在去永定路北头的这个小医院的路上，我犯了一个至今还后悔的错误——我误以为出租车司机绕路了。我印象中永定路是在北京的南边，但他一上路，就拼命地朝北开。我想让他停，但他就是不停；我想踩刹车，脚都踩下去了，但我发现，自己坐的是后排！于是我急了，慌了，我对司机说您这个圈子可画得太大了，永定路虽然长，但总该有个基本方向吧？就比如说我叫您去天安门，叫您走长安街，但您总不能先绕到长安街的最东端，再上长安街吧，那条街可是有50公里长啊！那个司机的语言表达水平不高，听了我的话后他一直在反驳，但他说来说去没说清楚，仿佛只是说了一个意思——要走永定路，就非要先找到那条长达几十公里的头，然后像摸瓜藤似的，一点一点地摸着前进。

正当我说我要投诉，他也急了问我是不是上海人的时候，那个医院，竟然到了！

原来错误在我。我把永定路的方位与永定门给搞混了，永定门在北京南边，永定路在北京北边，而司机坚持的是对的。我赶紧说对不起对不起对不起。他说他受了刺激，他说他心态不平衡了。我只有一再道歉，说以前被人兜过，所以也误以为你也在兜。

可能是警示吧，当我们进了有两排平房、由一个最高级别是上校的解放军同志领导着的医院，遇见的第一个人，就是掉了下巴的、朝我们"啊——"个不停的小战士。

于是，我就更不会说话了。我甚至私下担心自己哪天在课堂上讲着讲着，正讲到最得意忘形的关头，我突然，一下讲掉了下巴！对于一个非专业人民教师，那种结果，莫非，也是命中的"永定"归宿？

"啊——？"

"啊——！"

评论：

合不拢嘴，就没法再发音说话。那下巴，大多是在主人大笑，或大声打哈欠时脱臼的。

那种大笑多来源于意外的兴奋刺激，比如网上说一位62岁的覃老伯因为和了一局大牌，大笑后，就掉了下巴。

人为什么要打哈欠呢？人在打盹、疲劳、寂寞等情况下，大脑的抑制过程开始战胜兴奋过程。这时身体的某些部分进入抑制状态，而呼吸器官首当其冲。由于血管中积蓄了二氧化碳和新陈代谢等其他废物，呼吸也开始减慢并变得更加深沉了。这影响到大脑的呼吸中枢，便使得人打起呵欠来了。因此既有睡梦中，也有初醒或困倦时因为打哈欠导致下巴脱臼的。

虽然掉下巴与说好坏话无关，但过度兴奋或过度抑郁却都是导致大笑或打呵欠的直接原因，因此你的担心也不是多余，万一哪天我们这些做教师的说不出话来，那就是我们职业生涯的悲哀了。

不过有一个既不用受疼痛，又可以使下巴复位的良方，据说效果很好。那就是当下巴脱臼时，边刷牙，边活动嘴巴，一般情况下，当僵硬的肌肉碰到牙膏后会自动萎缩，大概3分钟后就会恢复。牙膏可以清洁口腔，还可以治疗下巴脱臼呢，真神奇呀！

记得做学生时，我班两位同学课间在教室大声争辩，一方语塞，带着满腔怒气，在黑板上写下：敬送牙膏！赢得同学们一片掌声。

那么勤刷牙，既可以保持口腔卫生，又可以预防并治疗掉下巴，还可以避免说不出话的尴尬了。

又没了一个物种——帕瓦罗蒂的离开

如果今天是阴历的日子，也该艳阳天了，因为阴历九月九是"重阳节"，但我们还是在这个该阳光灿烂的日子，失去了高唱过《我的太阳》的意大利歌唱家帕瓦罗蒂。对于他的去世，我想了很多种描述的方法，但最终，我想将它称之为"物种的又一次灭绝"。他那种类型的"动物"（我们都是动物）一走，就再也没有了。他的死，对于我来说大于白鳍豚灭绝性的冲击，因为前一阵子，据说有人在长江里又看到过一只白鳍豚，但任何人，用任何的眼，无论在哪儿，我敢肯定，是目击不到活着的帕瓦罗蒂的。白鳍豚在绝迹以前，有好些个，但老帕在地球上，却只有一个；可能连唱好几个高音 C，全地球上的活物，也包括了能高吼的老虎，就只有老帕一个。他没了，他走了，那"高音 C 之王"的称号，也随之被他带走了。狮子、老虎或其他嗓门再高的动物，想练习高音 C，我看，最后也只是练成了 B。

我猛然悟到，老帕是全地球叫得最最响亮的生命，他是全地球最能"唱高调"的那个。即使我是个低调的人，对于能唱到高音 B 的，我已经佩服几分了；能唱到那么高调子的人呢，于我，他就是天籁，他就是天意，他就是天使。

2001 年初夏的夜晚，我听过老帕在紫禁城前现场唱歌。我就在现场。由于我买的票座位太靠后了，我用望远镜才能看到他的影子。我听不出哪个是 C，哪个是 A，那也太专业啦！但我能感觉到有一个大胖子，在夜幕下专为我歌唱。我还挑剔在演出前夜他怀抱了一个"女友"，那影响了他发声，但今夜，再看他葬礼的视频，我才知，那个"女友"，就是他美丽可爱的遗孀。老帕的葬礼很风光，5 万人出席，5 万人用掌声，军队用战机在空中画出意大利国旗三色的喷气，以及他所唱的高歌为他送行，向他致敬——这是人死时的最高调子的仪式了吧！现场有人悲伤哭泣，有人还使劲鼓掌，仿佛赞叹他的精彩演出，还在促他返场。但他毕竟去了，永久去了，那个"物种"，已经灭绝。想再来一个"高音 C 之王"？那要等地球再造，要再等"上下五千年"，那时，老帕要同先行灭绝了的恐龙们商量：咱还回不回去？要不，就先让他们拍一阵子巴掌？

总统死了不稀奇，一个总统死了，千万个等急了的总统候选人站起来；文学家死了是有点可惜，但文学多是本土的，一个人的作品不可能被所有的国度喜欢。但老帕，可就不同了，虽然除了他的同胞歌剧爱好者，没人知道体重快有 400 磅的人高号着的究竟是什么内容，但有一点我们都知道，就是自己无论在澡堂子里怎么踮着脚吼叫（电影《洗澡》中有这么一个场景）你都唱不过他——那个意大利胖子，于是，他就成了咱全地球的代言人，就成了替我们各国人喊高调子的那人。

有人想培养新的"三高"（Tenor）（那时我还在北美），着实物色出了一个，但你在电视上看那人一眼，就特想换台。那厮按说唱的调子也不算低了，但他就是没有老帕那双雪亮的眼睛！这下你知道了吧，老帕的与众不同之处，还在于他的双眼——你没发现吗？老帕的双眼像是人造的太阳！不只射出万丈光芒，更像一把耀眼的"亮剑"，那里面，是白垩纪时代明澈的光线，是后羿还没来得及射下的银河水的余光。他那眼，绝不同于总统们的眼和国王们的眼，也不同于科学家的和写小说的眼——我们这些人的眼是在夜里边用的，像狐狸和狼的眼光。但人家老帕的眼，却敢同太阳长久地专注对视，看谁的更明、更亮，实在比不过了，他就亮出了一把从他那浑圆大肚子里发出的剑：他的歌声，他的怒号，他的咆哮，他的赤诚，他的岩浆般炽热的气息，和他呼哧带喘的博爱！

伟大的爱，是要用老帕最大的"亮嗓"释放和传达的！真爱，不可以用蚊蝇般的嗡嗡叫声传递。我们都没有他的亮嗓，他那嗓，上帝统共就制作了一个，把它借给了人间，看唱得差不多了，就收走了，飞回天际，到了木星，出了银河；我们的家——地球，已经太嘈杂，因此你听，就在昨日的帕瓦罗蒂的葬礼之夜，木星上，打破了亿年的沉闷。

评论：

由这篇《又没了一个物种》，我想到了达尔文的《物种起源》，若按进化论观点推测，人类的嗓音会越来越高亢洪亮，眼睛也会越来越清澈明亮。可是以最高亢洪亮的嗓音唱了40多年，以最清澈明亮的眼睛关爱这世界40多年的帕瓦罗蒂的离去，却给我们这个星球留下了许多遗憾。

谁来接替他仰天高唱"我的太阳"？谁来引领这诚挚的阳光穿破云层照耀五大洲、四大洋？谁来代表全人类以最纯真的心灵与自然对话？谁来以激越的音符唱响天籁之音，以明澈的双眸与污染环境的人类对话？谁来唤醒并升起人们心中沉睡的真爱的太阳？

帕瓦罗蒂，愿你在天国依然放声歌唱！愿你那如黄钟大吕的歌声，依然能穿越生死，给这喧嚣的世界以最有力的震慑和惊醒！

我的第四个教师节

写完括弧里的日子，才知道 9 月 11 日离咱们的教师节（9 月 10 日），是这么地近。幸亏，它们不是同一天。

这是我的第四个教师节了。我当教师，本只想当四天，后来就是四个月，再后来，就是四年。虽然，每一个 9 月 10 日，于我来说，有可能都是最后的一个，但我还是喜欢在白发苍苍回首时说我至少当过四年的教师。而且，我劝那些没当过的，也同我一样，在他们"百忙"之中，从事一下这个职业。

我至今都不认为我就是个教师，因为那本是极其正派、专业的人去做的事，是个正经人的差事，所以我每天在对着镜子偶尔一瞥的瞬间，仿佛看到了《最后的晚餐》中背叛的犹大。我之所以做了四年之久，我想，还是要感谢那些比我更像圣徒的教师队伍里的专业人士。他们是我的精神动力，他们使我不情愿放弃，他们让我犹豫了，在我一再想走的那许多的日子。

教书未必就一定育人，这是我还是教师的时候能够说的。小孩子们重达 5 公斤的书包，是他们的"老师"们压上去的。这导致让他们本来笔直的小脊椎变成了"弯弯的月亮"，而那些飞速点钞票的各类补习班教师，就是些商人，他们不是"人类灵魂的工程师"，他们是比尔·盖茨，可悲的是，他们的小算盘造就的是孩子们被一块块"书砖"压弯了的扭扭曲曲的脊梁。

中国的教育，是一根独木桥，是一个密码越来越难解开的锁，而桥的窄，锁的复杂，也是我们的教师人为的，因为只有那样，我们的神秘才在，我们的威严才有，我们饭碗里的营养才丰富，我们才有助人一臂的崇高和掌控密码的权力。所以，人们必须爱我们。其实我们普通，我们可爱，但我们中间也有可恨的；我们当中有仁义道德的，也有卑鄙无耻的。我们显得是那么地崇高，但我们也有低下的时候。

我，能这么说吗？才当了四年教师的我？但无论如何，对于我们从事教育这个行业的人来说，时不时用一点儿9月11日式的清醒进行反思，在我看，也不是坏事。我想，这才是每年的9月10日教师们在接受了那么多的鲜花和贺卡以后，应该做的。

评论：

每个教师都是教育这个链条上的一环，目前教育存在的问题，与我们每个人都息息相关。身为教师应时常叩问自己：我是否在以教育者至高无上的权威和神圣无比的职责，加重着学生的负担？我是否在以经济利益为宗旨，打着一切为了学生好的旗帜，加重着学生家长的负担？因为那负担最终会通过家长理直气壮的抱怨，再反作用于学生身上。

从事教育工作，应该先照亮自己，再照亮学生。自己都在迷惑、彷徨、消极、随波逐流、急功近利中踏浪，自己的心里都充满了阴霾，又怎能去帮助学生拨开阴云，健康成长？要育人，先要涵养师者自身的人品师德，先要明确教育的最终目的是什么。

尊师重教没错，可是我们教师也只是一种职业，职业无神圣与卑微之说，凡是对社会有益的职业都是令人尊敬的。当我们接受来自于社会、家长和学生的祝福时，我们要清醒地认识到，那是一种激励，那是一种鞭策，那不是我们不顾学生心理、生理特点，施压于学生的特权，那是提醒我们不要急功近利，不要掠夺性地开发学生潜能，不能只顾眼前的中、高考成绩与经济利益，摧毁或阻拦了学生可持续发展的通道。

我们是教师，我们的职责是教书育人，我们教书育人的成效影响着社会发展的方向，而社会发展的方向又影响着我们的教育方向。那么当我们抱怨社会现实时，我们试想：在我们这个环节上，是否出现了偏差？我们能否在自己这个环节上，尽心尽力不出差错，如果人人这样想，这样做，社会对教育的怨声也许会小一些，教育也许会生机勃勃。

积极反思，也是一种良好师德！

哲学教学散记之一

是郑老师提醒我将我在"哲学"这门课上所讲的内容,给零散记录下来的,所以,我先要谢谢她。

最近许多中国大师们上课的内容,都先被录像,再被整理,然后出版,之后就是挣钱,所以一有把上课的内容整理一下的念头,我首先想到的关键词,其一就是"大师",其二就是"挣钱"。但那些仿佛都与本人无缘,我只是写一个教书的备忘录,免得下学期再教这门课时突然脑子里空了,突然哑口无言,突然不知所措,突然被学生轰下。

我最最喜欢的哲学笔记,是北大的张祥龙老师写的,名叫《西方哲学笔记》。那本书,我至今都认为是国人里"那个"最有智慧的人写的。我曾去面见过张老师一次,他的为人就如同他写的书。他的书我在上第一堂课时推荐给大家,过不久,还真有一个女生问我哪里可以买到张老师的这本著作,并问我看了那本书就真的能增加她的智慧吗?我犹豫了一下之后,说:"能!"

由于这门课的全称是《马克思主义哲学》,而简称"哲学"。我就按全称和简称之间的那个地带讲了。也就是说,我想讲"马哲"了,就按全称讲;我喜欢讲讲孔子了,就按"哲学"课讲。这样一来,"马哲"的课堂上,就可能出现周易八卦、朱子理学和王阳明的心学。让他们几个——老马、老朱和老王,在本人的课堂上聚会,应该是这个时代哲学的特色。

在第一堂课上我讲了什么是哲学和为什么要学习哲学。我说想学哲学就是想有智慧，因为"哲学"（philosophy），是（philo）"爱"和（sophy）"智慧"两个词的组合。因此哲学是世界上最智慧的人的思考、被最智慧的人记录、被最智慧的人讲授和被最聪明的人听的。然后我就口若悬河地讲课了，同学们竟然都没退场。

按张老师的说法，哲学的问题都是被逼出来的，都是人类到了最最边缘化的"那个"时刻才想到的，是让大家既痛苦又不得解的问题。就比如"非典"时那人人都戴口罩的最恐怖的一周。那时候，13亿中国人都是哲学家，都在痛苦地沉思，都在想着"存在""死亡"——包括谁先死谁后死、谁假死谁真死、假如我死了后人怎么对我进行评价以及房子和存款怎么分配的那些基本问题，那时候连傻子都曾经那么思维。你肯定会问我：你又不是傻子，你怎么知道傻子是怎么想的？这又是一个哲学研究的问题了，因为这是个"认识论"的问题。我的反问是，（1）你咋就知道我不是个傻子哩？（2）你又不是傻子，你咋就知道傻子就不会沉思于"生"和"死"的问题呢？

这时候的课堂，已经比较地"哲学化"了。

还有那个著名的"小船""大船"的问题。大船马上就要沉了，船上共有10个人，有妓女，有孕妇，有99岁的老人，有犯罪分子，有道貌岸然的牧师，有诗人，有哲学教师，有亿万富豪，有电影明星……那条救生的小船，就只有三个名额。你是船长，你让谁上？

同学们议论起来了。一个女同学说要让那个犯罪分子先上，我们问为什么。她说要给他一个重新做人的机会。我补充说，他是个杀人犯。她说那也该让他先上。我又说，哦我忘了说了，他杀了10个人。她无语。

还有让电影明星搀着孕妇先上的。

但我注意到了，没有一个提到"哲学教师"的。

以上,是帮助大家进入哲学的一个分支——伦理学善和恶的判定和选择。对这些,无疑,是没有标准答案的。

评论:

以故事来引出所要探究的事理,这是常用的教学方法。但不同学科,所列举的事例以及探究的学问却又不尽相同。对哲学,我是一个还未入门的学生,为了读懂齐老师这篇文章,我搜到了张祥龙老师的《西方哲学笔记》,作者通过对哲学家们及其重要哲学观点的介绍,使我们能够清晰地窥视整个西方哲学的全貌。从目录里了解到原来那些我还不算陌生的毕达哥拉斯、苏格拉底、柏拉图、亚里士多德、康德、黑格尔等,都是西方哲学家,再加上我知道马、列、毛也都是哲学家,还有中国古代的诸子百家和程颐、朱熹、王阳明等,也都该是哲学家了。那么,我想哲学是否是先哲们在探索自然人生的过程中获得的自成一家的理论,而这些理论往往是创立者——像张祥龙老师说的那样,是在穷途末路,进行深入思考时,迸发出的那些来自于心灵的,把他们自己救助出困境的智慧的结晶呢?

当他们用这些智慧去解救、安抚、超度更多的灵魂时,人们便送给他们哲学家的称号。

那么也可以说,哲学是人在思想的黑洞里钻探时,发现的通向广袤世界的智慧光芒。学习哲学就是了解某一人或某一个流派的理论,并引领信奉这一理念的人,按他们的方式思考现实人生,解决现实中的问题。同时当许多哲学流派的学说都摆在我们面前时,信奉、接受哪一个?或者是辨析哪些哲学流派融会在一起,是自己所能接受的呢?或者是看清了各个流派的长与短,在此基础上产生自己独特的思想,创立自己独特的人生哲学。

如果真是这样的话,那么哲学离人生就很近了,我也算是已进入了哲学的大门。不妥之处,还望教哲学的齐老师不吝赐教。

哲学教学散记之二——有关犹太人

我的第二讲,讲的是犹太人。要搞懂马克思主义,就必须懂马克思,要搞懂马克思,就必须从犹太人说起,因为他就是个犹太人。这就好比要学会吃鱼,就要先知道什么是"海"——由于鱼是海里面来的;要想了解和尚,就要知道"庙"是什么样的——也因为和尚的家是庙。当然,也有不在庙里的和尚以及没去过海里的"海鱼",对鱼以及对海,那无疑都是比较悲伤的事情。

奥兹是以色列作家,他最近来到了中国并谈了许多关于犹太人的事,他还到北大进行了演讲,说的也是犹太人的事情。他的言论中几点,对我产生了震慑,我不妨把它们给罗列出来,顺便也震慑一下读这篇文章的你们。

(1)奥兹说:"犹太人的经历中有一点是独特的,那就是无家可归。可能正是因为无家可归,犹太人才必须要在科学、音乐、思想各方面超过他人。当中国人把创造力用在长城、宫殿上时,犹太人把创造力投入到科学、研究、思想、音乐当中。"(《环球时报》9月7日)

(2)奥兹又说:"我认为这是犹太文化的一个秘密:鼓励争论、鼓励质疑。以色列有700万人,这大概只相当于北京的两个区吧。但是这700万人就是700万个总理、700万个先知、700万个弥赛亚。每个人都在争论,每个人都认为自己知道得更多……"

（3）奥兹还说："在几千年的时间里，犹太民族没有自己的国家。当其他民族在修建宫殿和桥梁时，犹太人在写书、读书。这样，犹太人和书建立了深厚的关系。有一句犹太古语说：'书就是我的家。'"

还有，他说在以色列，老师是这样鼓励学生们独立思考的：即使是在小学，在老师就要宣布下课之前，都要问上一句："有什么不同的观点吗？"

在我的哲学课堂上，由于是下午1点30分开始上的，所以我上课时比犹太人更开发了一下学生们的创造力——我一开始讲课，就宣布："大家可以开始睡觉了！"于是有90%的学生就一头睡了下去。只剩一两个学生没睡，但头抬得也相当地艰难。

但过了三五分钟之后，那些睡下去的人，就开始30%、30%、30%地渐渐苏醒和抬起头了。过后的时间里，他们就十分亢奋地听我的宣讲了。

这正是本人讲下午课时能使绝大部分人专心听课的"偏方"。以前我在中午饭后听别人的课时，就开始神不守舍和意志不坚强地犯困，为了表示对老师礼貌，又要使劲地鱼打挺似的听，其实什么都听不进去。这时候，作为教师，你不妨先宣布睡觉，让学生肆无忌惮地先睡上三五分钟，把瞌睡虫睡没了，睡跑了，下面的课，你才没白讲。

当然，有10%的学生，在我的课都结束了之后，才慢慢地苏醒了过来。当我问，"有什么不同的观点吗"（我像个犹太老师吧！）之后，我惊异地发现，发表"不同观点"最多的，恰恰是那在我讲课时长眠不起的10%的学生。

评论：

在齐老师文字引领下，走近68岁的以色列文坛泰斗奥兹，他是以色列现代最优秀和最有国际影响的希伯来语作家，获得多国颁发的国际大奖和诺贝尔文学奖提名等。《我的海米尔》获中国第五届优秀外国文学图书奖。他还被誉为"以色列良心"。

奥兹认为质疑是犹太文化的一个秘密，但这种文化的代价是和谐缺失，他认为巴以冲突是一场好人与好人之间的悲剧，他积极呼唤巴以和解、和平。他的巅峰之作《爱与黑暗的故事》，讲述喜与悲、欢乐与渴望、爱与黑暗的家庭和民族命运，两个善良人却引来可怕灾难，两个相爱人却带来悲剧。一定程度上反映了他的家庭，也一定程度上影射了过去一百年里以色列这块土地上发生的冲突。一些冲突是位于善与恶之间，这是没法达成和解的。但在善与善的冲突间，比如巴以冲突之间，和解是可以达成的，只要试着想对方正确的地方。他相信只要人类存在，和解就存在。

对国与国之间的战争，我们常见的观点是既然发生了，那么就迎战吧，谁怕谁呢？但奥兹却敢于质疑民族文化，在质疑中思考、分析、提出解决问题的良策。他把战争分为善与恶之间和善与善之间这两种冲突，分为可和解和不可和解两种，他客观冷静地找到了一条和解善与善之间冲突的良策——试着想对方正确的地方。即多站在对方的角度去思考，国与国之间，也像人与人之间相处那样，需要相互体谅。他的美好愿望，也是爱好和平的人们共同的心声。

奥兹继承着犹太民族善于质疑的光荣传统，又在质疑中创立着自己用和平和解方式解决冲突的新学说。而我们的民族文化里中庸、和谐、循规蹈矩的色彩浓厚一些，相对于犹太民族，我们的质疑精神却要逊色多了。我们的老师一堂课结束时常问："听明白了吗？""学会了吗？"一堂课重复最多的是："是不是？""是！""对不对？""对！"所提的问题大多是无疑而问，为了体现启发式教学而问。许多学生认为反正老师要告诉答案，与其花时间思考，还不如听老师讲，直接记住一个正确答案。天长日久，便习惯于听讲，习惯于接受，不会反思，不愿质疑，不善于表达自己的观点和看法了，有时甚至认为讨论问题是在浪费宝贵的时间。因此一些所谓的学优生，常显出一副置身事外，不屑倾听、参与、讨论、辩论的神情。再加上我们的社会，对于不同的思想，也缺少更广阔的争鸣的空间，枪打出头鸟的不良习俗，还禁锢着我们的思想。质疑精神，正是我们民族传统文化的薄弱环节。

质疑也应该包括民族文化的融合，学人之长，补己之短。在思考与反思中探究问题，寻求解决问题的良策，发展壮大自己以及民族、国家，再促进世界繁荣。

正因为犹太民族无家可归，才促使他们为了更好地生存下去，总是在质疑中提出问题，在质疑中成就、发展、壮大自己，最终在许多领域取得卓越成就。我们也该居安思危，在质疑与创新中建造我们的民族文化大厦。

祝福奥兹和平和解解决巴以冲突的愿望成为现实！

从此我的课堂结束语里也会加上这两句话：有谁不同意我的意见？谁还要发表自己不同的看法？

黄金周日说"金婚"

我发现,"故事"和"事故"是两个相反的概念,用的却是同样的两个字眼。可能是这台电脑又有了病毒,虽然它并不是学校的那台,那台中的毒就更深了。这台充其量是我正打着字,文字突然没了,而那台呢,有时候,竟然会伸出一只拳头来打我。因此,这种小文章,假如篇幅短,你也别生气。该你生气的地方还多着呢。就比如电视剧《金婚》吧,我昨天好容易把它看完了,我看见张国立和蒋雯丽饰演的夫妻终于"金婚"了,还手拉着手。

不过本人,倒还是有可能的。俺的媳妇这一放假,就又回我女儿她姥姥家了。俺一寂寞了,就写起了小品文。

眼下婚礼的举办都隆重得吓人,上星期明明是一个按黄历该离婚和该死人的最佳日子,我在家附近的一个饭店,目击了一场"现行"的结婚仪式。有敞篷车,有警车,有鞭有炮,有记者和起哄的人群——显然是用"金子"堆的婚礼,唯一没有的,就是"金婚"的可能——因为那个男的看上去,早已到了该离婚的岁数。

评论:

各人的婚姻历程虽不尽相同,但谁都希望幸福美满。电视剧《金婚》的编剧希望历经坎坷的夫妻白头偕老,以完美动人的故事演绎人生。可现实中，大部分夫妻，或因中途分道扬镳，或因生命不可预测，而无缘相携到金婚庆典，空留遗憾。也有一部分恩爱、和谐、幸运的夫妻，步入了金婚，安享着美满人生。

有一位叫地雨天云的博友，已为父母举行了白金（结婚70周年）婚庆，可庆典后不久，他那年迈的父亲，卧在了病榻上，他的母亲正守护着相携70多年的老伴。每当在他博客里看到这令人感动而又感伤的画面时，泪水不禁长流。有一天我们的父母也会面临这样的境地，那时的我们该多么痛苦？有缘牵手的双方，也将面临被无情岁月相隔阴阳两界的境地，那时情何以堪？

可生命之河总有断流的时候，为了那时的无悔，珍惜和父母相聚的时刻，珍惜共结连理的缘分，恩爱相携，愉悦彼此，孝敬父母，垂范儿女，让和睦家风，代代传承！

祝福博主！

我上的几次离奇的课

在前两个星期里，我上过几次相对来说比较离奇的课。第一门是给"北京网通"公司的职工们上的，共8种语言的口号，每种让他们学三句话。那种课假如让8个老师分头去上的话，可能会发生8次费用，于是，学院就让我一个人去了。我挑那些我会的和熟练的教，比如日语的"八格牙路"，意大利语的"帕瓦罗蒂"（人名也算），法语的"笨猪"（"bonjour"，"你好"的谐音）。因为还要教俄语的"八格呀路""帕瓦罗蒂"以及"笨猪"，所以，我还特地到我学院对面的一个石油研究所，去补习陌生已久了的俄文。他们学习俄文，是为了到哈萨克斯坦去采油；我学俄文，是为了教别人说"笨猪"。

顺便纠正一下：猪并不笨。人说人笨得像猪，但猪说猪笨时，我猜，并不会那么说，猪肯定会用另外一个物种，去比喻笨的那个"它"，而由于猪除了人，恐怕已经见不到别的什么动物了，于是，极有可能一头猪对另一头猪哼哼着说："你笨得跟他们人似的。"

我上的另一门也许只有"笨猪"才会上的课，是长达四个小时的"工商导论"。这门课讲了两次，中间只隔一天。须说明的是，连续听我从下午两点一直讲到5点50分的，是同一拨学生。

那门课我把它简称为"生意经"，是用英文课本教他们怎么赚钱。课还没展开，一个学生就说："老师啊，您就别辛辛苦苦地唠叨四个小时了，干脆告诉我们买哪个股票能发财吧。"我心说我要是知道答案还会站在这里给你小子口干舌燥地讲课吗？但我还是像以往那样说我当然知道了，不过是要把它穿插在课堂你们一不留神时透露——我是叫他们别中途逃走！

最后，还是有一半的学生中途逃走了——在课间的时候。显然，我是有意让他们溜号的，因为如果让你看哭哭啼啼的韩剧或琼瑶的爱情戏，连续四个小时不许走，那也是一种体罚。

剩下的那些个学生，就该是我的铁杆弟子们了，他们四个小时听下来脸不变色心"还"跳，眼睛都睁得乒乓球般的硕大，还不停地旋转着……我不知，那是因为我的"大师"风采以及人格魅力，还是一直苦等着听我透露给他们那个能让他们发财的股票？

在我的一再坚持下，学院才没给我安排连续上四个小时的"哲学"课。我对教务人员耐心解释说你们不知道吧，哲学是传授"智慧"的，假如教那门课的教师在第三个小时因体力透支而栽倒，你们说他是个传授"智慧"的大师呢，还是一头合格的"聪明猪"呢？

评论：

人生处处是课堂，每个人既是教师，又是学生。每个人若都拥有了自己独特的技能，便都有了不可替代的立足之地。每个生命个体，若有了发展完善自己的愿望，便会乐于倾听学习；若有了造福他人成就自我的远见，便会乐于传授提高。

听不同的课，结识不同风格流派的师长，学习多渠道传授知识的技能。以不同方式讲各种离奇的课，那需要授课人既具有过硬的专业知识，还要博学多识、多才多艺，更要幽默风趣。离奇的课，成就离奇的老师。这离奇的课，也是多彩生活授予离奇老师的专利。

知识相互贯通，智慧触类旁通，离奇经历也是财富。悦纳无常，昨天的纪录，也才会不断刷新。

"半红与半不红"的一代

我这样的一代人,应该算是"半红半不红"的。父亲是属于红色的那一类,参与过中华人民共和国的成立,也拿过枪,虽然是不大的手枪。虽然开国前他还不到20岁,但也是经历过生死战斗的。父亲20多岁就在中南海的怀仁堂里听毛泽东和周恩来做报告。

母亲也是红色的。沈阳刚刚解放,有些共产党人还不敢公开露面,母亲就带了一封组织的介绍信从山东烟台老家到沈阳找她的二姐——我的二姨。二姨说你就在沈阳工作吧,别回烟台了。于是,母亲就开始找工作并找到了区里。区里的人打开母亲藏匿了一路的档案后,惊讶得半天没说出话来:"你这个20岁不到的小姑娘……是个党员?"

那时的母亲已经入党好一阵子了。那时的沈阳缺的就是中共党员!区里的人在核实了母亲的党员真实身份后,就让母亲在如下的三个工作里随便挑一个:(1)当一个区的区长;(2)当一个学校的校长;(3)到东北局机关工作。母亲选择了第三种并在那里遇到了父亲,之后生了我哥和我。父亲说在东北人民政府的篮球场上,他常看见高岗——那个曾经的副主席——跟大家打篮球。

对那些参与过打下中华人民共和国江山的人,随着这几十年我们国家的日益昌盛,本人的敬仰也与时俱进了。敬仰怎么"与时俱进"?那是从斜视,到平视,再到仰视的变化。他们还是他们,他们都变老了,他们一个个离去，但他们"开"的这"国"，却一天天变强，变美，变得可爱，变得可敬了，尤其是在这普天同庆的日子。

前天在一个片名是《走进毛泽东》的纪录片里，有这样一个场景：1974年在人民大会堂，毛泽东和周恩来给群众开会。会结束了，人们都等着看毛泽东站起来离去，可他这次却站不起来了。他自己站不起来，又不想让别人搀扶，于是，就那么微笑着坐着不动。大家都静止了，台上的和台下的。周恩来想了个说法，说："你们先走吧，主席是想看着你们一个个都走完了，他再起身走。"于是，人们便一步一回头地不舍地走开。毛泽东呢，那么的慈祥但又那么地苍老和无助，一直坐在那里，脸上笑容仿佛红润的夕阳。

我们这代"半红人"的童年，就是跟着毛主席走过来的，他那份对中国几亿"人民"无保留的挚爱，也无疑，如佛祖，如耶和华，更如红日。他就是宇宙送给20世纪中国人的太阳。有了他的关照，外加邓小平的助力，21世纪的中国，就以史无前例的时速，走上了富强。

"十一"的那天下午，我到离家只有千步之遥的金融街散步。我是第一次在那些银行的总部大楼中行走，也是第一次知道，还有那么多豪华坚固的楼。这是中国吗？我边走边问自己。这种楼群对我来说并不陌生。我22岁的时候，就天天出没在东京的"大手街"，那是条日本的"金融街"，也是这么多的楼，也这么地豪华。我那时一身的西装，手提公文箱，每天到"三菱"的总部去上班。晚上9时，我疲惫地从公司的大楼中走出，走在"大手街"上，看着那些幢华贵的楼，我想到的是："完了，看来我这辈子是别想在中国的土地上看到它们了。"于是我半闭着眼，绕开那灯火如昼的繁华街"银座"，回去歇息。

20年刚过，毛泽东和邓小平两代伟人通过他们的接力，把"大手街"搬到了我家的门口。他们就像日和月，轮着把我们的故乡照亮。而那无疑，归根结底，是出于伟大的博爱和真正的"无私奉献"。

电影《风起云涌（2004）》是讲陈云的一个片子。我印象里的他一直是坐在轮椅上的，而且他还出奇地保守。我万没想到解放初期的他，在上海管财经时，在巩固"人民币"地位时，在与通货膨胀和不法商贩搏斗时，是个热血男儿！是叱咤风云的斗士！他那股子劲头让我想起我丈母娘，她是老地下共产党，解放军进上海时，她曾顶着四处乱蹦的枪弹，给攻城的部队带路！

俱往矣，那个英雄的时代，那些个英勇的故事。我们今天该做的，就是享受这全世界最长最美好的"国庆"，就是在屋里静静坐着，"享受"父辈和祖辈留给我们的太平！

评论：

先向齐老师家里为创建中华人民共和国出入枪林弹雨的三位老英雄致敬！祝福老人家们健康快乐！

这"半红半不红"的一代，都已人到中年，承担着家庭、社会的重任。这代人在动荡中成长，虽然曾经荒废了许多大好时光，但却也有幸在刚踏上工作岗位时，就乘坐着改革开放的时代列车。这代人景仰开创不朽业绩的前辈，但又在不断建构并实现着自己的人生理想。

这"半红半不红"的一代，是连接过去与未来，沟通父辈与子孙辈的一座桥梁，也是正奔忙于父母和子女之间的爱心大使，还是祖辈和父辈所开创的和平、繁荣基业的守护人。

在长假里，向中华人民共和国的创立者和建设者们致敬！

在贝多芬和李白之间，我选择了……

昨晚，我本打算去中山音乐堂听贝多芬的一部交响曲，而且是德国人亲自演奏，可坐车到了人民大会堂时，我忽然想起了话剧《李白》在首都剧场上演，主角是濮存昕，导演是他爸爸苏民，于是，我就叫4路公交车别停下，让它一直开到了离首都剧场最近的那一站。

需要说明的是，一般看这类演出，我不会提前购票，因为通常票不会售光，可以直接到售票处购买；万一碰上比较热门的演出票售罄，也会有倒票的"黄牛"老弟们在门口等着我；假如你想买到低价票，演出开始5分钟后你可以跟黄牛党讨价还价，但那样你十分地缺德：是砸人家的饭碗和趁人家之危——你做人"不厚道"，你图了人家辛辛苦苦等了你半天才赚的那么一点财，那样你看戏时，当心演一半突然没电！

距离开演还有5分钟时，黄牛老弟给我留了一张售价80元的票，以100元成交，我对那个卖票的道了一声"辛苦"，问他那票没问题吧，他说："大哥，你就放心看好戏吧！"这说明我多付的20块钱，还换来了一声"大哥"。

值得吧？

我上月在中山音乐堂听俄罗斯大提琴演奏之前，还经历了一次险情。过程是这样的：由于没人倒大提琴的票，我必须提前30分钟去。买了票，没事做，我就溜达到中山公园的河边，那是条护城河，我起先不知道那一带是白头父母们为孩子们找对象的区域。溜达了一会儿，才发觉不大对劲，因为那里的人看人时，都含情脉脉穷追不舍，要不就疑神疑鬼的。"咳，可怜天下父母心啊！"我一边想着，一边沿着水边走。由于我没戴表，怕把大提琴演出给误了，就问河边坐着的两个比较年轻的妇女几点了，因为她们戴着表，看岁数也不太像是来此给孩子找对象的。这下子坏了事情。我刚朝音乐堂的方向走出不到10步，她们其中一个就一个大步子跨了上来，就像我党搞地下工作同志对过了暗号似的，极为地热忱以及激动和心潮澎湃："你是……？""我……？"我一看不大对劲，心说不好，她莫非也是来找朋友的，而且仿佛比那些老头儿老太太还心情迫切，于是我就一步一退地朝音乐堂的方向退却，边退边说："你找错人了，我是去听音乐会的，刚才只是问问时间。"

看来人类有时挺迷茫的，也有时会饥不择食。悲惨世界吧！

回家后跟老伴汇报了大提琴音乐会的盛况——其实只有一个演奏家在台上独拉。我还顺嘴叙述了本人是如何从"非老头老太莫入区"逃生的过程。她说你咋又去那个地方啦？原来20年前我们自己搞对象的时候，有一天实在没什么地方去了，听说在中山公园有一个"红娘角"，是中介组织大龄青年相亲的地方，我带她抱着猎奇的心思去看那个"新生事物"。刚一进入那个地段，我们立即被一大群穿灰色上衣的男子包围住了——那个时代人们还都爱穿灰的。他们见了我们，就像见了从朝鲜战场上回来的"最可爱的人"似的，一下子就里三层外三层地把我们包围了，一边往我的怀里塞他们的简历，一边像背李白的"床前明月光"似的交代各自的身世，有的说是研究生，有的说是副教授，有的说是搞核物理的，还有的说是研制原子弹的……

我发觉不对劲了。我说你们这是干什么？我说我们两个是过路的，不是来相对象的。他们都抢着说那也没什么。反正你妹妹早晚也是要搞对象的——原来他们是把我们当成了兄妹！此地危险，此地不宜久留！于是，我拉着未婚妻的手，一猛子从"红娘角"突围了出去。

20年过去了，弹指一挥间！在中国人欢度国庆，老婆回老家看岳母的大喜日子，俺还是别去中山音乐堂听贝多芬，还是去看话剧《李白》吧，看来是最明智的抉择。

濮存昕饰演的李白，应该算绝顶的了。他有李白的才貌和狂放，而李白呢，能写出那么美好的诗词，可不大会有濮存昕那么动听的声音。李白不能没有，但李白又不能太多。一个李白是福气，一千个一万个李白——假如中国真有那么多的话，那么，连贝多芬都会更加愤怒和狂躁，都会一连串再写上1000部《英雄交响曲》；但假如全中国和全球遍地都是李白和贝多芬式的狂人和英雄的话……那么男大，就再也不当婚；那么女大，更得守寡一万年！英雄、美酒、美人——无论是男是女，是雄是雌，都只能是寂寞人世偶尔的调剂，都只是锦上添花和醉里舞剑，都是水中的锦鲤和天上的明月，都是瞬时的忘却，都是过眼的彩霞。我们看李白，李白看我们，李白，我们，我们，李白……这是同一个你和我在镜中的对视，是两个"自己"在分裂里的变换。人人都有李白的那一面，那一个念头，那一份的狂，那一点的傲，那一段无法无天和无忧无虑的情结，但，那最好"是"在舞台；但，那最好"就"在舞台；但，那最大的范围，还仅在舞台的上面。濮存昕饰演的李白在几十米见方的台子上面可以疯疯癫癫，可以见谁骂谁，可以放荡不羁，可以随心所欲；但戏一收场，幕一落下，他就要回归平和，他就该小心翼翼（因为他爸爸苏民就在剧场的后门观望着他）。他不大可能平日到中山公园里去酗酒，更不大可能到"父母相亲团"里去放歌。

恐怕这就是生活，生活的本质就是三个字"悠着点"。全球人都"悠着"的话，让一两个李白和贝多芬似的狂人替代我们发泄、撒野、风流，这个世纪还和谐还太平，反过来，假如99%的人都变成了李白和贝多芬，都在大路上醉着、晃悠着、手摇指挥棒行进着，那么我下次，就再也不用到剧院的门口，去买"黄牛"的高价票了。

评论：

朋友，如果你也有观看演出的机会，在贝多芬和李白之间，你选择什么？

有人会说：他俩我谁都不选！都什么时代了，是不是想喝西北风了？如果有人传授炒股秘诀，我一定去听！见钱不捡，难不成有晕币症？

也有人说：我也是谁都不选！有那工夫，还不如吊吊嗓子，练练声。你看人家超女、快男，名利双收，风光无限，全世界都能瞧见。

也有人说：打死我也不选李白，"诗"谐音"死"，既不能当饭吃，而且还不吉利，你见谁因写诗成为富人。前年去杜甫草堂，有位老先生，呕心沥血为游客创作一首藏头题名诗，连写带裱，才挣20元。可超女们唱一首歌能挣上千个20元呢。

即使如此，仍然有人在写诗，仍然有人在学各种乐器，仍然有人花钱去听贝多芬交响曲、观看话剧《李白》！真正的艺术是不朽的，绝不是也不会是昙花一现、过眼烟云！

贝多芬、李白都把创作当作人生的乐趣，都疯狂地醉在其中。正因为他们身上有着婴孩般的赤诚，所以才自得其乐，所以他们奉献给全人类的精神财富才会永不贬值！

因为功利的人群太多，也因为人们都在为"向钱看"而忙碌！所以人类依旧没有"悠着点"，所以99%的人不会变成李白和贝多芬，所以我们依然怀念李白和贝多芬！

青色的秋季北戴河

前两天的北戴河的色调,整体是"青"色的:青色的山,青色的雨,青色的海,青色的人,唯一白色的,是从第二天才刚刚翻起来的海浪。

我的客房,能看见海。我原本想省钱,想要一个看不见海的房间,后来是哗哗下着的雨提醒我说:大哥啊,你总共才来两天,再不看看海,那不就白来了?于是,我就选了能够看到海的房间——只要我抬抬头。不过,在那雨落得连海鸟都在窝里歇了的两天里,我在房间里轻易是抬不起头来的——我在看《亮剑》。只有广告来了,我才把目光移到窗外,去欣赏那幅真如"大雨落幽燕,白浪滔天"稀里哗啦云云蒙蒙却十分凝重的青色的海图,那就是一幅沉默的油画。毛泽东有句诗词的后两句是:"秦皇岛外打鱼船,一片汪洋都不见,知向谁边?"我知道,那些打鱼的船之所以都不见了,并不全因为雨,而是因为他们都去打螃蟹去了。"萧瑟秋风今又是",但是,已经"换"了一两代"人间"的今天的北戴河,可打的鱼已经不多,能打的,就剩下了螃蟹。

据一个餐馆的老板说,我房间几百米开外,就是毛主席当年"洗澡"的那个沙滩。

北戴河的人管"游泳"叫作"洗澡"。好像有一个片子,濮存昕演的,名字就叫作《洗澡》。从我的房间,无论我怎么把头偏着,都望不见主席洗澡写词的那一片海。但我能感受到窗外雨雾交加、浪涛翻滚、浩瀚无边的海的迷茫，在《亮剑》主题曲的伴奏下，吃着、品着、喝着、吐着、吞着毛泽东50年前的诗意。

20多年前，我就是从这片海滩和海浪中，扑向世界的。1981年第一个大学的暑假，我和高中同学谷风第一次来这里。那天我们刚到，谷风就摸着黑，跳进了老虎石那一片海。我吓坏了，心说这小子在玩命啊！因为那一片礁石下面的海浪是最大的，且汹涌狂妄。我在岸上叫着他，说你让我怎么向你妈你爸交代？出发前你并没说来寻死啊？他好容易活着再出现在我面前后，我心说明天我也给你亮上一剑！

我第二天就在"鸽子窝"把我的剑给他看了一下。我的剑也没什么新意，就是从没在海里游过泳的我，下了海后，就笔直地朝前游，再也不回岸边了——最起码在岸边苦等的谷风曾那么想我。我游啊游，朝海中的一块礁石游去，因为它是我能看见的唯一目标，等我摸到它了，我才知道那块"小礁"，原来是条大船！就是毛主席词中说的"打鱼船"。船上面的人见海里有人，都大为吃惊，因为那是深海。我朝他们招呼了一下，就向更深的海游走了。

我猛回头的时候，海岸和岸上的山已经模糊不清了，它们都隐约在水和雾里。我知道该返航了，否则会失去方向，会被人误判为企图偷渡。我又不知游了多久，我的手臂又为到达本不该远离的"彼岸"划动了多少次，我才看清"鸽子窝"的山和沙滩上等着给我举办葬礼的谷风。那时我们的"经费"极少，住的是100个人联合"呼噜"的通铺。所以假如我变成了聂耳，谷风就只能将我就地埋在沙下。

之后的几天里，谷风再没像头天晚上那样"大闹老虎石"，我也不用再担心他出什么事了，因为我用"阿甘"式的"海里马拉松"告诉谷风：真英雄就在你的旁边站着。

四分之一世纪前的中国还是一个相当理想主义的时代，年轻人那时崇尚的是大英雄主义，是意大利革命者"牛虻"和古希腊的斯巴达克思铁人斗士。那时北戴河的海，还是蓝色的，那时的阳光还十分灿烂，那时上老虎石礁石游玩是不需交8元钱就能一猛子从上跳下去，否则谷风也不可能毫不犹豫地朝礁石的大浪中冲。我前天又仔细勘探了一下，发现那里的确凶险无比，恶浪滔天，现在的青年人，别说是给8元钱，就是给8万元，恐怕也没人敢往下跳了。除非给他一套房子。现在贷款买房子的人，就好似当年的谷风老弟。

记得就在那个能睡100人的通铺，我们还结识了在南开大学历史系的学生谷云兄。当时我跟他探讨历史问题，没说清楚，于是那年冬天，我特意到天津他的学校继续切磋，后来又写信切磋，一直切磋到毕业分配时他开始为就业去向烦恼，我才发现他的真正兴趣并不全在研究历史，也要关心现实的就业和吃饭问题。

1981年的北戴河很粗糙，但有着粗糙的激情；现在的北戴河很舒适，舒适得不需要激情，有钱就有一切了，包括能在房间里独自看海。这样挺好的。无论人类何种的激情和狂热，被青色混沌的大海一冲击，就必须降温和消解，就会回落到中和。不过我们还是应该给过去的激情一个圆满的温情的定位，让激情安详地寿终正寝，否则激情会不安定，它还会来骚扰我们现下的平静。哦，不用了，我窗外笼罩在秋雨和雾气里的海，就足以诠释它了，我到的头一日海极为地平静老实，像大姑娘和西湖似的，但第二日，它就又躁动和激奋了起来。我是想说是20世纪毛泽东、邓小平带着激情在北戴河海里浮游和冲浪，点燃了他们那个时代干枯的柴火，然后中国就爆发了，就革新了，所以说，北戴河海的激浪，你不能说它们忽悠得从来没有过任何时代意义。

不过，于海，人类世道的变迁，有意义也罢，没意义也罢，它本是不关怀的。海就是海。海最怕和考虑的最多的，我想，是别都被人变成了桑田。鱼和螃蟹同我们一样，也想有它们的自由和空间。

激情不再的中年的我，要靠着电视中李云龙的剑，才能追忆起曾有过的北戴河海岸上的激情。

手机连响了两次，一次是母亲打来的，一次是父亲打来的——他们都苦口婆心地劝我这次千万别下海游泳。我说都10月了，我还游什么？我这次连游泳裤都没带。不过这句话险些就是谎言，因为就在离家前的片刻，我还在四下找它来着。

评论：

广阔博大的海，让我们懂得宽容谦虚也是一种美德；宁静温柔的海，使我们感到平和优雅也是一种赏心悦目的美；热情澎湃的海，更能激发我们渴望逐浪弄潮、燃烧重塑自我的情怀。

北戴河的美丽风光，吸引了无数风云人物来此寄情抒怀，这些风云人物又增添了北戴河的神秘色彩。齐老师在27年前，曾与北戴河的海水有过亲密接触，也曾在往返海内外的旅途中，在此整装照镜。

如今，齐老师隔窗观望秋风吹拂、雨雾笼罩下的北戴河的海，思绪万千：过去粗糙的海，却燃烧着理想激情；现在舒适的海，是否还有这激情的余波？

海，就是海，虽然人们给予她许多赞美之词，但她还是一如既往地潮起潮落，谱写着自己的生命乐章。喜欢海、亲近海的人，即使在阴雨天里，依然能感受到海的蓬勃朝气。

青色的秋季北戴河，那也是渴望再现亮剑精神的舞台！

无主题的斗争出行甚至工作

我想来想去,并没给过去几周的生活想出一个什么主题。所以,它的主题就是无主题。我们绝大多数人的绝大多数的日子,是没有主题的,比如,"金婚"50年才成为一个话题,49年都不算,还有51年也不是。再如,打过仗了,并不就是战斗英雄,那要看你为之打仗的那一方是否为正义而战。上周结束的一部电视连续剧叫作《特殊使命》,其中有位在敌人阵营里潜伏了12年之久的我党同志,就是个特殊的英雄:因为他曾被国共双方都认作是敌人和特务。他在离奇的12年里,碰到了诸多离奇的事,其中有一件是他被派去处决5个"日本特务",但就在他要开枪的瞬间,5个"日本特务"却突然齐声高呼:"中国共产党万岁!"他一听就知道他处决的有可能不是"日本特务",但他还是必须开枪!于是他好像就真开了枪(我没看那段电视,看的是剧情介绍)。

斗争有时没主题吧!

公交车的主题有时也不明确,虽然"挤"是唯一的。但"唯二"的有,"唯三"的也不缺乏——我是说主题下的副调。619路公交车上有一个女售票员同志,人特别地热忱,她见一个女乘客上车,就接二连三地朝她那边看,还大声询问:"你……是吗?"那个女乘客被问得不得不回答,说:"我不是!"原来女售票员在问那个女乘客是不是孕妇,如果是的话就叫人给她让座——女乘客是个胖子。在车上所有人好奇的注视下,女乘客还自嘲道:"这已经不是第一次了。"

之后,我也听说过有人明明是真怀了孕,却因为太瘦看不出来,孩子都要生了,还是没人让座。

出行无主题吧!

学院的美国教师丹尼先生由于总被学生起哄,我必须经常帮他"擦学生的屁股"。这次是他上课点名时有20多个学生代替别人喊"yes"。后来丹尼发现不大对头,就顺势罢课了。我于是显得特别义愤填膺,叫那20个不诚实的学生向60多岁的老丹尼先生赔礼道歉。过几天风平浪静了,我又见到了丹尼。他说:"也没什么,我不再给那些撒谎的孩子们上课就是了,其实我在美国在他们这么大当学生时,也会戏弄老师,方法也花样百出,比如有一个教法语的老师特别地坏,无论我们考试成绩有多么地高,他都让分数最低的那个学生不及格——也就是说怎么都会有一个'倒霉蛋',哪怕是得了90分,也得倒霉在他手里。你知道我们最后想了个什么法子对付他吗?我们全班同学花钱,雇了一个校外的傻小子跟我们一起考试,让他考的分数最低,那样一来,别人就都能及格了!哈哈……"

丹尼说完他的故事以后,就送给我们办公室老师每人一块月饼,那天是"中秋节"。我还是比较感动的,对他的那一份国际友情,因为他上午遇到我时,追问我下午在不在办公室——原来是为了送我们每人一个"十五的月亮"啊!哦,连带一个美国学生整治老师的损招。

丹尼刚带着我们彼此的热乎劲一瘸一拐地走开,一个女学生就怒气冲冲地冲进了办公室。我说:"你这是咋啦?"女学生指着我们桌上的那三块月饼连愤怒并委屈地说:"老师,这些月饼是早晨我刚送给丹尼的!"

我说什么来着,嘿嘿,就连工作也没啥主题吧?!

评论：

主题大多是人们依据自己的主观愿望提炼出来的，无主题正是生活的真实吧！摄下无主题的场景，合成一首曲子，无形中也就成了一首关于无主题的主题曲。

生活复杂多样。

斗争中需要多种角色，扮演这些角色的人又会有各自不同的命运，无论英雄、普通一兵，还是烈士、无辜的冤魂，他们都是斗争时期的军人的命运。斗争有时没主题，可有时又是为了各自的使命而赴汤蹈火，在所不辞。

出行无主题，让我想起一个故事。一个因工致脚残的农民工，拿着工友们为他凑的路费去买票，可那钱只够买半票，他来到残疾人售票窗，因为没有残疾证，遭到拒绝。他想残疾票和儿童票都是半票，于是无奈地买了一张儿童票。车上被查出，他解释，他伸出残疾的脚，列车员和列车长都认为：没有残疾证就不算残疾人。于是一位看不过眼的长者问列车员和列车长：你们是人吗？她们大怒。老者不慌不忙地说：那么请拿出你们的人证！出行中的故事是复杂的，复杂的故事中验证着人的多样性。

工作中，学生和教师又是统一中的对立。做学生时常常既把教师当作师长，又把教师当作对手，常常或对教师服从，或与教师较量。做教师时既要为传授知识费心，又常为学生的狡黠伤脑筋，同时也会回收一些学生的感恩。

斗争出行甚至工作虽常常无主题，但从事这些活动的人，若赋予生活一定的主题，这些无主题的生活也就有了一些意思吧！

哲学教学散记之三——莫斯科大学、俄罗斯人以及去符号化

我突然地对莫斯科大学神往了,缘由是看了一个关于它的纪录片子。其一,是它所有的学生必上的第一门课——无论是学文还是学理的,竟然都是——哲学。

哲学是让人"爱智慧"的,等你学会了一定的智慧,再去研究文学或研制原子弹才行,才可以,也才有它们的意义。

其二,是莫斯科大学的教授上课从不用教科书,而只用他们自己编纂的讲义,连本科生都那么教。无疑,他们都是在创造——学生还有老师。所以我想,像丹尼老师那样在我们学校用每节课的前40分钟点名然后用后5分钟讲课的故事,在莫斯科大学是不会发生的。当然,丹尼那也是一种美国式的创造,他本人并不赞同点名,但只要是按我们的规章制度需要点名,他就索性一点,点它个40分钟。

关于丹尼我忘了说了,20世纪70年代,他曾在越南跟俄罗斯人打过仗。当时的苏联人怎么化妆都不会像越南人,只有同暴露着像丹尼一样的美国兵打了。

我正复习着"我的俄语"。语言是可以归结成"你的"和"我的"。我讲的俄语由于绝对的初级和不标准,并不能那么直白地被称为"俄语",那样对真正的俄语绝对是一种侮辱和诽谤。你的"英语"和你的"法语",如果自信不够,不妨也在那种外语的前面,先加个"你",再补上个"的"。

只是出于礼貌。

上节的"哲学"课上，我狠批了教学课本。我讲了莫斯科大学无课本的故事，说："当一本教育人增加'智慧'的课本，看完后起了完全相反的作用时，那样的课本，你们就看着办吧。"我说完后又补充了一句："老师刚才的话你们听了必须立马忘掉，而且千万别对人说。"

在讲"意识"和"存在"谁先谁后和谁决定谁的时候，我说当然存在决定意识，否则也不会有人怀疑为何林妹妹不可能热爱焦大——因为林妹妹是个养尊处优的小姐，这是不可能改变的物质性的"存在"状态。但我们也可以用"主观能动性"去克服和超越原先的"存在"状态，用康德发现的人类"先天的综合判断能力"去爱那个本来不该爱和不可能爱的对方，这一点对于男人来说，比女人要来得容易：焦大就极其有可能特别喜欢林黛玉，俺这样的愣小子，说不定也会痴迷于玛莉莲·梦露。还有就是，富人不大可能超越他们的存在去喜欢穷人，但穷人爱起富人的可能性，可就大得多了！

当然以上的话，只是写笔记时现编上来的，在课堂上，我只是讲了那个意思。

伟人和英雄之所以与众不同，就是会跳栏似的，超越他们早先既定的"存在"前提和状态。

一般人的奋斗，都是奔向"符号"的。哪些符号？就是名人和富人；那个"万"字和"亿"字下面的"身家"，然后，把他们的真名实姓，放在它们符号、抬头、标签的后面，变为"……的张氏""……的李氏"，以及"……的王氏"。

我们的大半个人生，恐怕，都在为了这些定语和符号而活，别人呢，也这样地期待我们，关注我们，欣赏我们，接触我们，惧怕我们，景仰、敬佩、敬畏我们——假如我们有了"它们"的话，我是指成串的"词汇组成的定义",那就是一个我们想象中和感觉中"存在"的场所,那就是我们先打造再搭建再巩固再舒舒服服在里面休息的——乌龟壳子,那就是我们的名誉、声誉和地位……

那正是我们的无知和悲哀。

那都是压迫你我他的山丘。

那正是哲学的敌人——无知的状态,无知的殿堂,无知的天堂。它是"脱人化"的结果,它使人忘记了自己的天性里特有的超凡的能力,就是康德所说的"先天的判断力"和"先天的道德渴望"。在这两种上天赋予我们的绝顶的超越其他一切动物的本能面前,横着的,正是使我们变得愚笨变得迷茫、迟钝、机械的,拼了小命索来争来的抬头符号,就是它们使我们失去了自我,就是它们让别人用看"符号"看"抬头"的小眼睛,那么势力和功利地观望着我们。

人死后什么符号都物归原主了,都放回原处了,都转让给他人了。你还是你,我还是我,焦大还是焦大,林黛玉还是林黛玉,哲学还是哲学,智慧还是智慧,卑鄙还是卑鄙,愚蠢还是愚蠢,莫斯科还是莫斯科,俄罗斯还是俄罗斯,俄语还是俄语。

所以我事先声明过了,"我的俄语",它只是个临时的符号。

评论:

齐老师:因为一直没有涉猎哲学领域,但却希望以博客交流的方式,向你请教拜读《哲学笔记》时遇见的问题,并交流读你哲学笔记时的点滴感悟,望不吝赐教!

问题一:符号化是统一事物名称,确立公认的评价事物善恶、美丑、真假标准,规范行为准则的过程吗?

问题二:去符号化是打破常规界限,还原事物的本来面目或超越事物的目前状态，获得新生的认知或行为过程吗？

感受：如果是这样，那么符号有助于人们认知世界，但若把大千世界都符号化了，则会失去复苏的生机、创造的活力和超越的动力。

因此，人类在对世界符号化的过程中，同时又有了去符号化的愿望。于是有了出生入死得天下的农民儿子——毛泽东，有了盲聋作家海伦·凯勒，有了用自己写的讲义上课的老师，有了莫斯科大学无论文、理科都要学哲学的创举，还有了退休外科医生刘树正变成享誉世界的魔术大师这样的新闻。

问题三：一个不以功利为出发点，灵魂能随时回归到善良、真纯、美丽状态的人，是去符号化的人吗？

天大回复：

"符号化"在此只是我个人的一种理解和说法，而非专业的主义上的哲学概念，是我自己"发明"的。总的意思是人之所以分成了三六九等，其实是人类用词语先分工再凭想象力遵守的一个过程。比如在汉语中，你遇到一个有着"将军"标签的人，你会通过对那个词语的内涵的想象，对那个"将军"肃然起敬，但你碰到同样的一个别的语言，比如阿拉伯语的同样的"将军"，由于你不懂得那个词汇，你就没有那种感觉。当然，将军的服装和将星也是一种符号。没有符号的人类社会是不发达的，因为这是人类智力的抽象思维能力的表现，因为符号和词语的力量，人类的分工非常严密和清晰，比如有"局长""处长""校长"之分。但符号也会使人"异化"，使人脱离了真实的自我，比如名人、贵人，就在符号的重量下，没有了自由和天然的本性。

你的解读我又看了一遍，就是我想表达的意思。存在主义哲学的海德格尔现在非常受欢迎，他想说的也是我的意思，只不过我更想表达的是词语尤其是名词性的"抬头""标签"对人类符号化的帮助。最理想的人是履行符号赋予的职责但不被符号所异己化而失去自我,比如你这个老师当的就像个大姐姐或母亲,而不是令学生敬畏的拿架子的那种,也是一种有意识地"去标签"的努力。

我来咏"重阳"

在上周五"重阳节"的那天，学院成功地举办了"重阳英语才艺大赛"。仔细一调查，才知道"重阳"是个老人专有的节日。老人加青春，美酒加咖啡，其乐趣也，其意味也浓浓。或者能说，青春倘若不在莺歌燕舞中度过，那就等于岁岁的重阳和天天的老态龙钟。用英语过重阳，用歌声过重阳，用戏剧过重阳，久了，那个重阳，也会变成"五四"；相反，在"五四"里用重阳的心态蹦跳，那原本好好和原装的青春，也会永驻于婴儿哇哇的哭叫。娃儿的哭声中，你用心地听，也会有"重阳"，比如那些个儿皇帝。儿皇帝的哭，并不是单纯的哭，那是朝代的重阳，那是朝代的腐朽，那是朝代的老气和死气。是谁，把个老气强加给了"横秋"？"秋"老吗？那秋虫也唧唧，那秋叶也飘飘，那是金色的舞蹈，那分明是青春活力的沸沸！你看窗外，现在不正是黄金的秋天！秋不老，本来的重阳也不老。重阳，是第二个太阳不甘寂寞的探头和跃跃欲试，她手拉手，她怀抱着第一个太阳，说：你一丝不挂地挂得累了，我陪陪你，咱一起照耀吧！

于是，她们俩，就双黄蛋似的在万里远的天上，用她们双倍的肌体和双倍的光华，普照着我们这些真正的"重阳"——我们的阴暗，我们的老气，我们的迂腐，我们的迟钝；我们的麻木不仁，我们的漆黑的城府；我们的道貌岸然，我们的坏水死水——胸沟里的……还有，我们的那些个"婴儿的黄昏"。

谁说老朽只属于老人？俺与进入"老人"地段只有半步之遥，但俺却从那些离"老人"万米之遥的青年的心跳中，分明听到、闻到了老北京炸酱面的酱气。而那正是"重阳"，正是肃杀的秋气。对之，我只有望而却步，我只有逃之夭夭，我只有跪祈那天上的第9个太阳，把她的灯光调得更亮，用巨大的光的柱子，还我宇宙的婴儿的无邪青春之本色，之意气，之风采，之华丽，之淳朴，之光明灿烂，之一览无余，之坦坦荡荡，之风流倜傥，之郁郁葱葱，之天真烂漫，之无忧无虑，之童言无忌，之赤赤条条，之光着屁股瞎跑……

而那，才是传说里真正的"青春"。

评论：

"五四"是春天的盛会，是青年的节日；"重阳"是秋天的盛宴，是老年的节日。以衰老的心，欢度五四，会把颓唐落魄注入青年的心房；以青春的心，欢度重阳，也会把热情活力注入老年的心房。青春活力不因年老而消退，也不因年少而蓬勃；颓唐落魄不因年少而逃逸，也不因年老而附体。青春是心灵的曙光，宇宙的朝阳，逆境的欢歌，迷途的灯塔，春日的惊雷，夏日的田野，秋日的果园，寒冬的雪花……青春的花朵在重阳里绽放，那是献给生命的最绚丽的礼花！

小姐和丫鬟主子和小厮之间的互换

据说李少红要接替胡玫执导新版电视剧《红楼梦》，又听说可能李少红不让李旭丹演林黛玉，而演晴雯或袭人，那样一来，新版的"红楼"，可就真成离奇故事了。本来是参选饰演小姐的人，要去演丫鬟，本来该饰演丫鬟，又去扮演小姐，真小姐，假丫鬟，真丫鬟，假小姐，真真假假，假假真真，假的不假，真的不真，这一出戏外戏倒是应了"红楼梦"中假作真时真亦假的本意了。本来就是梦嘛，又何必在乎真假？

生活中的丫鬟、小厮和主子们身份的对调，岂不是平平又常常？所有的人都认为自己是个主子，但在做小厮。而小厮呢？分明就是主子。难的是那些既是小厮又是主子的一类人，他们抬头是主子，低头是小厮，双重的身份，双重的人格。

在上次的哲学课上，我们讨论的是运动与静止的问题。我说地球的转速太快啦，中国又是全球变速最快的国家，同学们可要学会在"运动"中保持相对的"静止"，要守住道德和职责的底线，要处惊险而心不悸，要在千万种的诱惑中保持住英雄的本色——哪怕你原先并不是个英雄。为了测试他们的"静功"，我还当场问一个在某酒店当行李员的同学，说："假如我明天在你的账户上打进去一亿人民币的话，那你还会继续当行李员吗？"该同学的反应极其地迅速和果断："不当！"

"哈哈，守不住底线了吧！"我说。我还说信不信由大家，假如有人在齐老师的账上明天或者后天死乞白赖地狠狠打进去一亿元人民币的话，下周六下午你们来上课时，你们还会看到一个从不迟到，喜欢上半数人困得睡过去的"哲学"课的我。毋宁说，我一下午的"特殊使命"，就是帮助大家抵抗瞌睡虫子，用我"亿万"的激情。

下课了，坐上车了，快下公交车的时候，忽然听到有人叫我，她热情地说："老师，您来坐下吧！"原来是一个并不熟悉的女同学给我让座。那可不敢，那可不敢，那可不敢！俺有何德何能，敢抢占别人的席位？于是我匆匆下车，于是我逃之夭夭。

不过，那一站，正是我要下的。所谓的"教师"，于学生，不就是"小厮"吗？反正，我这么想的。

评论：

生活中，"难的是那些既是小厮又是主子的一类，他们抬头是主子，低头是小厮，双重的身份，双重的人格"。这说明，现实生活中，某些等级观念依然根深蒂固地存在着，说明人与人之间通向真正平等的路途还十分遥远。

有着双重身份的人，若能守住道德和职责的底线，以坚定不移的道德信念、独特的人格魅力和正直无私的品行为人处世，不需要对上司唯唯诺诺、拍拍打打，更不需要对下属横眉冷对、颐指气使，那么这双重的人格也许就会合二为一，那时的社会也许会多一些人气，到那时演什么角色也许都无关紧要了，因为任何角色都拥有共同的人性美。

那时人们也许就已达成了尊重他人的共识，人与人之间也许就已实现了真正意义上的平等，那时也许就只有社会分工不同，没有了主子和小厮之分了。因为大家同为劳动者和社会主人，没有高低贵贱之分了。

那时若再有这种角色的转化，人们也许就习以为常了吧！呼唤那样的时代早日到来，相信那样的时代最终会到来！

物质和物质化了的人

近来我总在琢磨着人的另外一个挺可怕的倾向,除了被自己和别人"符号化"之外的,那就是人的"物质化"。

比如,人一老年痴呆就"物质化"了,人的思维就停止就僵硬了,这十分地易解,但那些"中年痴呆"和"少年痴呆"的呢?美国的小童星邓波儿10岁之后就再也演不出好戏了,那就是"少年痴呆"和过早地"被物质化",那就是我选来选去选出来的一个词儿——"凝固"。"物质化"等于凝固。凡是人,曾伟大过的,曾"牛×"过的,曾不可一世过的,曾无聊过的,曾无闻过的——这些个状态并不太重要,被世间定型之后,就"凝固",就"物质化",就不再有趣了,就是观念和印象里的寿终正寝,就是太阳的西落,就是老乌鸦的归巢,就是生命不再,就是本人而今的这个样子。

本人的"不变"和"僵化",在于都四十好几了,还踢着10多岁时踢的足球,还在"进"着没人把守的空荡的门;区别是40多岁时的俺的脚头,比20多岁和30多岁时更凶更硬。

而有的人的"物质化",却在于地位一节节只升不降地"不变"地"僵化",哪怕你略微栽个小小的跟头,也算反"物质化"和"反僵化"嘛,可人家偏偏就是不摔!于是,有些人就可怜巴巴地一直"物质化"地升了官,升到了容易腐败的层面,可惜啊,明明好好的一个人!

符号化了人派生出的，一定是符号化的作品；物质化了的人的生活，分泌出来的，一定是压缩饼干。

杜甫要感谢那成就了"杜甫"的"安史之乱"，它使他流浪，它使他怨恨，它使他用诗歌发泄——在他平庸到40岁以后的那段岁月，就是说，"安史之乱"假若再晚发生三五十年，"杜甫"这个神圣的符号，就会从中华的诗歌辞典里消失。一代人的颠沛流离，给后人换来了一个中国不朽的诗人，值得？

评论：

你说："伟大的艺术永远同伟大的苦难同床！"完全赞同。

苦难是促使再现苦难的艺术峰回路转、柳暗花明的契机，是去符号、去物质化的一种良方。人生正如登山，爬到山顶固然历经艰难险阻，费尽千辛万苦，可下山与上山同样的险象环生。但这时若乘坐索道下山，则会飘飘然，忘记登山的辛苦，陶醉于山风吹拂下，高高在上的惬意中，陶醉于有钱有权便可省却旅途劳顿的怡然自得中，便会迷失那个登山途中时时处处以真心本心待人接物的自我。

你说："'安史之乱'假若再晚发生三五十年，'杜甫'这个神圣的符号，就会从中华的诗歌辞典里消失。"引人深思。杜甫的《三吏》《三别》都写于那个时期。杜甫眼中的"花溅泪"，耳畔的"鸟惊心"，也是由国破碎、家离散的现实催生；那"白发搔更短，浑欲不胜簪"的现状，也是诗人感时伤怀的真情写照。还有那因自己的茅屋不能遮挡风雨推己及人，发出的"安得广厦千万间，大庇天下寒士俱欢颜"的真诚呼唤，都是苦难赐予他的最宝贵的非物质财富。

苦难是人类历史发展的必经之途，苦难固然有益，但人们最终都希望越过苦难，过上安逸生活。难道安逸的生活注定了与真正的艺术无缘吗？难道非要以忘却苦难中的真情为代价换取安逸生活吗？难道苦难中萌生的那些平民意识、悲悯情怀都要在安逸生活中丢弃吗？难道就不能够不用世俗的物质化的眼光去待人接物、为人处世吗？

攻城容易守城难，创业容易守业难。走过苦难不容易，守住苦难中的非物质财富，不被符号化、物质化更不容易！

平庸的一些记录

　　王朔刚又出了一本书,叫作《致女儿书》,我从"光合作用"书店买了来。一看,方知道也是人民文学出版社出的,比我出的那本更小。但即使更小,也印了20万册。同他去年出的那本书一样,王朔的"孩子话"说得更流利和更自然了。他是天生写东西的种子,也有的是情。他在这本书的开头说他从小到现在都有一个愿望,就是希望被女子"养"起来。他还说天下的男子都不是好人,而女子才是。他之后又说了什么,我还没来得及看完。

　　一只特别肥硕的老鼠,从我的讲台下跑出,流窜到立式的空调下面去了。而当时,我正在教学生们怎样解读abc公司的财务报表。我说有时候这种报表在出炉之前,只有公司最高层管理人员才能看到,我还顺便说,大家别把空调下面有一只大老鼠的事,给张扬了出去。

　　周老师晚上本该下班了,但却不能下,因为跟她交接班的年轻男老师病了。由于我晚上还要上俄语课,也只能对她说:"真不好意思,我没法代替你。"她真的很急,交不出去的班,就好像手里有一个滚烫的山芋。第二天一早,我问周老师昨晚几点回家,她说只是晚了一个小时下班,生病了的"他"就来了。我问他到底得的是什么病,周老师说:"他头上长癣了!"我说:"哦,幸亏不是脚气。"

"嫦娥一号"升空的时候，我正在上俄语课，所以没能看到那个兴奋时刻。但报纸上说有一群村办小学的孩子们，上下学唯一能看到的，就是那个发射塔和塔上被捆绑着的"嫦娥"。还有你注意了吗，去月球，想直接去是到不了那里的，卫星要几次改变轨道，在太空上画几个"大花弧"，然后"曲线奔月"。人生的轨迹不也是如此？需几次的大调角，几次的大迂回，才能到达理想的去处。问题是，你想奔的月她在哪里呢？她是真的吗？你可别要死要活地狂奔了一辈子，罪也受了，"折"也"曲"了，可落地一看，它不是个月亮，它是个扫帚星（或丧门星）！

我从周一到周三连续三个晚上上俄语课，这使你能想到什么叫作中年人的垂死挣扎。我第一次学俄语是1996—1997年在蒙特利尔的麦吉尔大学。我学了两个学期，也是在继续教育学院的夜校。原打算一旦学成，就到俄罗斯去试用一下子。可同班的一个犹太人从那边回来后对大家说："我认为整个莫斯科都需要装修！"于是我就没去。那个教俄语的老师是个英国学者，是个语言学家。从他那里我学会了什么是语言学，却没有学会俄语，我是说我跟他学了差不多一年，竟然没学过怎么用俄语说"早安"以及"晚安"，我还误认为俄国人从不打那种招呼哩！

此次又学俄语，从某种意义上说，是医治本人的"中年痴呆症"——我近来的忘性比以前大了。比如大学同学在"搜狐"上有个"同学录"，开始我同他们在上面聊得热火朝天，但突然有一天，我无法接着聊了——我忘记了登录密码。我的登录密码大多是我的生日，但我连自己的生日都记不住了。这次学习俄语的另一个原因，是任课的赵老师有点像俄罗斯人，我有了俄语的"语言环境"，这就比10年前那个英国教授好多了——一看他的脸，你就想说英文，即使赵老师开课时就宣布说："同学们，我可不是混血，我真不是混血！"

经过了两个月的夜晚的学习，直到周三的课程结束，我才终于搞明白了俄语中的那些个"格"是干什么用的。"格"是俄语词语的变化形式。它们就仿佛是一个巨大的计算机的程序，把俄罗斯人的"舌头"设计缠绕得极其地烦琐和复杂。我也明白了为什么哲学中的"形式主义学派"发源和繁衍于俄罗斯——那是缘自俄语的"形式主义"特征。

说这些抽象的没劲。监考倒是蛮有意思。我周一到周三晚上学习俄语，周五和周六晚上监考。周日既不学俄语也不监考。这两天监的都是"邓论"。头一天就缴获了一大堆条子——考生作弊用的。有的是三篇答卷那么大的大纸，我看了后，对考生说："注意，请把答案写到规定的纸上！"还有的贼小，上面的字似老鼠粪便，折叠得也十分精致。一个女生交卷时不小心把我们缴获的一个"袖珍答案"从桌子上碰到了地上，我顺便说："这位同学，你的东西掉到地上了，赶快拿起来！"我当然是开玩笑，但那个女生却大惊失色，躲避瘟疫似的说："老师，那不是我掉的！"

昨天同样的是考"邓论"，我们却没缴获到半张作弊的条子，原因是在临考前半分钟，我问主考的老师到底是开卷还是闭卷，她灵机一动，心血来潮，跺了一下脚，轻柔地嘟哝了一下："那就开卷吧。"于是，我冲进了百十号人翘首待考和等待作弊机会的学生的面前，用话筒说："同学们，我现在向大家宣布一个十分不幸的消息，尤其是对那些背诵了三天三夜的同学来说，咱们开卷考试！"于是全场沸腾。

我接着说："作为因工作太忙开学两个多月你们都没见过我面的班主任，我特别对不起大家，我为大家做的第一件实事，就是争取到了今晚的开卷考试。你们的班主任没什么其他的本领，能做的，也只有这一点了。真不好意思，请同学们原谅！"

评论：
读齐老师文字，仿佛在看一出妙趣横生的多幕剧。

从王朔出新书，到老鼠无孔不入扰乱财经课堂，再到同事因头癣不能按时接班，既有本周头号新闻"嫦娥一号"奔月，还有齐老师忙里偷闲为健脑学俄语，更有监考趣事ABC……

平庸的生活中，既有许多人生际遇，又充满了戏剧元素。这看似无意的记录，却引人深思。

匆匆人生，轨道错综复杂。是进入别人设计好的，还是自己设计选择？人生路途上的变轨又会由谁来修正？无论主动与被动，都要有所选择。

我真想出走

由于特别不好意思说的原因，现在我正在研究着女性主义以及女权主义的问题。我每周二都去参加研究这个问题的集体，而那个集体中，从导师到学员，也大都是异性。

上周二我们研讨的"文本"，也就是小说，是鲁迅写的《伤逝》。讨论时无疑所有的男性就是本人和鲁迅；况且，鲁迅他始终一言不发。鲁迅用他一贯的方式保持着他的沉默，所以，本人就成了那个使同居者"子君"死去的"涓生"的代表；于是，本人就成了个"坏人"或不理解女性破坏女性气质使女性出走并令女性不能起死回生的男子的象征。

在那两个钟头里，我特别气愤的是，鲁迅他那篇可能是随意而就的小说，引来了我的窘困，换得了我的"彷徨"，赢得了我的"伤逝"，于是，我只得把那时候的情况，写进这篇周末的"狂人日记"，只为完成这十几万字的 2007-2008 年的"阿 Q 邪传"。

她们都问我："娜拉为什么出走？""她是不是被你逼迫走的？"以及"她出走到哪里去了"？对之，我只有先保持着沉默，然后顺嘴说："娜拉小姐们啊，你们能不能一个个地按顺序提问？"讲台上的教授——那个"最先出走的娜拉"也看不下去了，在帮着我维持现场和"批斗秩序"。

周五的晚上，我们还带着学生到北大的百年讲堂去看《驯悍记》——莎士比亚的一个喜剧，英文名叫作 Taming of the Shrew。我不太熟悉莎士比亚，所以在话剧开始前，我误以为那个被"驯"的对象，它不是头野驴，就是头野鹿，要不就是匹野马——因为"驯"字的左边，是带了"马"字边的嘛。可剧情一展开，我才知道那个被驯的，是个"悍妇"，是个厉害无比的老婆。当然了，那时但凡是老婆，就一定是女的，就是"子君"，就是"娜拉"她们的"同党"。嘿嘿，这戏有点看头！

最后，在莎士比亚的一再努力下，加上男演员的奋力搏斗，那个 Shrew——厉害得不成样子的女性，还是像那时代正常女性们那样，彻底服了！我正在窃喜着，没想到她又被"平反"了过来，原来那是一场梦，是个醉汉在不省人事的时候的一次对他老婆的梦里报复，而他的老婆——舞台上的，比他的块头大了两倍！她把他像垃圾口袋那样扛下了舞台。悲哀啊，悲哀！

看来我们这个时代的世风，是真的日下了。我们的女性，还不到 100 年，就都成了"娜拉"——满大街昂首阔步、大步流星走着的，还有成堆成山的 Shrew。再有就是日渐女性化的男子和不再女性化的女子。

我啊，真想出走。

《色戒》的雪和血"色"

我本来在星期一是不写什么文字的,可昨天看电影《色戒》,一直缠绕着我,使我不得不"戒掉"星期一不动手指的习惯——我在用手指写东西,而不是用《色戒》中的手枪,以及王佳芝的可戒或应戒的"色"。我不懂为何这么一个可歌可泣的片子,全国人看了后议论那么多的,竟然是"色",竟然是"性",而不是别的。我也不能构想假若这个片子没有剪辑"干净",它又要"色"到何等的地步。国人乐道的是"色",但国人忘了的,那是怎样的"色",是什么成色的"色",王佳芝、汤唯的"色"是在什么样的情形下,才"献"出去的,又献给了什么样的"魔鬼"。这又是一个女性的话题,这分明是个女性的话题,这才是真正的女性和女权的话题!用了良家妇女的"色",用了血红的色调,用了与恶魔同床的战栗?"汉奸"是什么?那个"易先生"又是谁?是胡兰成的化身吗?李安的眼泪有那么的多——在他拍那部戏的时候,他的泪流得又是那么地恰当——在该哭的时候,但那是什么色泽的泪啊?!是哭残酷的战争?是哭那中华弱女子用她们的血肉之躯当作杀敌的枪弹?是哭我们那么好的女人,死在敌人的床上、刑场?是为了那不可言喻的实施谋杀和被谋杀的男女绞在一团被褥下的"情"?是哭美国人把一个反法西斯女英雄——比那些英国的、法国的、苏联的——卓娅们更逼得你号啕大哭的——我们最可爱的女人为国捐躯、奉献——给定位成了成人片？

  以上的都该哭！李安的眼泪不够，用我的，我的不够，用你的，你的不够，用黄海的，黄海的还不够，就用昆仑山上的融雪吧——那白灿灿的新雪，祭奠她们——郑苹如、王佳芝的白色如雪的肉身和红色似血的代价，她们圣洁的裸体，都是纯洁无比的，如丰满的、博爱的、炽热的、多情的、多姿的——她们是中国的维纳斯，她们被折断了臂膀，她们都死在倒在埋汰在耻辱在国人的误解贪婪健忘麻木之中——带着雪白的血红的"色"彩，带着那么多的汉奸敌人留下的累累弹孔，在2007年初冬的中国的荒凉的大地上，睡卧着。

"色戒"之二——"灵"与"肉"
——联想到种驴的交配

幼年时我在河北干校劳动的时候,"村子"里面有一个我父母的同事,我当时一直管她叫"阿姨",至于她姓什么我已经忘了。那个阿姨全干校无人不知道,她之所以特别地有名,是因为她养了一头能当种驴的驴,她每年从事的大部分工作,就是带着她那头驴,去支援当地的"贫下中农",给他们带去温暖,给他们送去中央机关下乡干部们的"知识成果",用通俗一点的话说,就是给他们的母驴们,送去她养的那头公驴,通过交配而产精英的种子。

那头驴我记得,工作时叫得特别嘹亮,隔村都能听到,也特别地动听。而我那个阿姨呢,她个子并不太高也就到驴背那儿,她以她的那头驴出类拔萃和辛勤劳动为荣,就因有了它,她还被评为了全干校的"最先进劳动者"。

不知道为什么,现在,我每想到人类为了"灵魂"和"肉体"几千年来的痛苦的、依然持续着的、有可能还将继续延长下去的"色"或"戒",保守或开放,骄傲或羞耻、勇敢或懦弱、正义或反动、外表或内心"争斗",就想起了动物和牲口与我们的差异和不同,尤其是想到了干校的那头被阿姨四处拉着上山下乡去交配并昂头大喊的——种驴。

"光棍节"里的一些并不光秃的回忆

11月11日是"光棍节"。这个节据说是西方人的,但我在西方生活了多年,却并没有听说。我呢,每到这一天,幻想就极为地了不得,就纷纷扬扬和丰富多彩起来,因为就是在1993年的11月11日,我一怒之下,拎了外套从蒙特利尔犹太人开的"公司"中,狂奔了出来。我的黎巴嫩裔上司Almand,出于不良习惯,为了一个屁大点的事情,朝地上摔了一把刀子——那家公司是一个文具日用品批发商,我们的办公室里到处都是作为样品的刀子,想摔多少就有多少——这引起了我的震怒,我那时刚刚三十出头,所以震怒起来,也是了不得的。我对Almand大吼着:"你去报告他们家人吧,就说老子不干了!""他们家人"指的是那个犹太老板的家庭,为首的是跟慈禧一样凶狠的老太太。其实我和Almand,本是好友和同盟军——在同老板斗争方面,只不过,这次我借着对他的怒火,就炒了老板和自己的鱿鱼。从那个"黑匣子"公司办公的方方正正的建筑中出来,看到了日头,似乎我已经有两年没见到它了。我自由了,但我失业了,我要回家面对还有两个月就能让我当爸爸的老婆和刚来投奔我们的岳母。那时的蒙特利尔极冷,那时我在心理上,就仿佛缺失了一根筷子的"光棍"。但我还是要感谢那个11月11日,因为两个月后,就在我女儿来到人世后的第五天,我又到另一家公司上班了。第一天上班时秘书Marry问我有没有孩子,多大了,我说:"有,五天大！"她说："什么，五天大？"我十分肯定地回答："没错，就是五天。"这也是一家犹太人开的公司，老板叫作"Fish"（鱼）。从那以后，我就不再跟人类打交道了，我加盟进了鱼的族群。随之，我的工资从每年3万涨到了8万（加元），我的收入跳了龙门。但是在女儿两岁的时候，我又震怒了，我又拎起了外套，我又一次以同样的方式和迅雷不及掩耳的速度，从公司中昂首阔步地出走！一排人都没拦得住我。这次是英裔的上司Chris惹的祸，他耍赖，他倚老卖老，他不想退休，他仗势欺人，总之他不是东西，于是我根本就不给他第二次机会，我用已经非常熟练的动作，拿起上衣，然后"嫦娥奔月"样撒手大步前进。那种冲刺的感觉和什么都不在乎的潇洒，那一刻的浑身轻松和解脱以及走出公司后坐在地铁冰凉座位上的茫然和心中的空荡，至今我还能清晰记起，因为刚一坐到地铁的座位上，我才忽然想到：我、老婆、岳母还有年仅两岁的女儿，都是要吃饭的。还有年薪8万元收入的工作，我还能找到第二份吗？我在家待了一周，公司管人事的Liz一天一个电话催我回去上班。她说："小伙子啊，难道我不想辞工吗？你拖家带口的，何必这么幼稚和冲动？"经她的劝解，后来我回去上班了。再后来，我就回国了。人到了中年以后，11月11日，已经被我淡忘了，但那时的热血沸腾和那一刻的义无反顾、是非分明以及不计任何代价，是我至今都引以为荣的，因为那才叫作青春时代的断然和果敢。如今我老谋了，如今我深算了，如今我恐怕再也不会有拎包就走的气魄和果断了——虽然我仍然辞过工作！这恐怕是人生的"入秋"吧。

  前两天跟学院的同事们到京郊的鹫峰去秋游，都到山顶了，才确实地想起鹫峰是1983年上大学时安营扎寨植过树的地方。就连我学会狗叫，也是跟山下村子的狗学来的——你只要倒着吸气"汪汪"，就不再是"人叫"的声音了。20多年过后，还是那个山头，20多年前我植的是哪棵树，却无从知晓。也许我那棵树的孙子都老大不小了，也许它早就死了，反正教我"狗话"的师傅它早已去世了。但整个的山头以及它后面绵延的山脉，现在都已经从"秃头的鹫"变成了黄绿秀发长长的色彩斑斓的"彩鹫"，看上去像是被"挑染"过了。那，就是用我们的青春点缀和着色的吧！

灵魂和肉体斗争的谜底
——杨绛给的体悟

正当灵魂和肉体在我的脑子里斗得不可开交的时候，最后的结果，已经做出了——这次又是杨绛先生使我得出的结果。我昨日在11月号的《读书》上看到了一篇介绍她新书《走到人生边上》的文章，说的是灵魂和肉体的问题，就乘兴在哲学课上说给学生们听。今晚，我又去王府井书店把那本书买回，刚才，就着热乎劲读了正文——它只占那本书的一半，余下的文章我没有读完，就把书胡乱放到了一个我可能永久都找不到的书架的角落，因为这么好的书，你一次就把它读光了，是一种罪过。老鼠在觅到好的花生米时，也会慢慢地咀嚼——只有败家的人，才把杨绛先生的书一次精光地读完。

一位96岁的老人写书，写得就像《圣经》。她没争议的，已然站到了人生的边缘，她就踩在生死两界的这边，而那边，按她的信仰，可能就是鬼蜮。她信鬼，我也信鬼；他们（她和钱锺书）去过干校，我也去过干校，凡是去过那儿的，就路过跳跃着鬼火的坟茔地。还有，他们家在三里河，我们家也在三里河。我们是不远的邻居。区别是，他们是我精神上的"人民英雄纪念碑"，而我，是那抬头看碑的人。就在这本书中，杨绛也提到人民英雄纪念碑。她这本书的出版，正是我被"灵""肉"问题撕扯着的时分，而她，想用这个题目和这本书，向人生的100年告别。她无疑是看破了万象的智者和圣人。这种书读后给人带来的感动，也是嫦娥"奔月"前挥手诀别的那种，她再也不会回了，她已经站在广宇之上。她的声音从另外一个境界传来，是空灵的，是透彻的，是神明的，是通达的，同时，也是深情无限的。我想，一位百岁老人的声音——对地球的怀旧，要远动听于40岁就归天的人吧，因为他们在这里徘徊得更长，他们涉足得更深，他们受过的伤痛更剧烈，因此在离去的时候，他们的话就是肺腑的箴言。

关于"灵肉斗争"，杨绛在书中说："我最初认为灵魂当然在灵的一面。可是仔细思考之后，很惊讶地发现，灵魂原来在肉的一面。""每个人都具有一个附有灵魂的肉体。没有灵魂，肉体就是死尸。死尸没有欲念，活人才要这要那。""灵魂附上肉体，结合为一，和肉体一同感受，一同有欲念，一同享受，一同放纵。""我们得承认灵魂和肉体是难舍难分的一体。在灵与肉的斗争中，灵魂和肉体是一伙，自称'我'。""在灵与肉的斗争中，灵魂显然是在肉体的一面，这是肯定又肯定的。"

联想到《色戒》里的王小姐和易先生——虽然我们最后提一次他们的名字，就是在"灵""肉"的格斗中，没斗明白斗清楚。是一个女子的忧伤的敏感的"灵"，附在了并不是死尸到后来却都变成了死尸的——他们的肉体上，在相互的接触中妥协着，忘却着，伤害着。由于他们的灵原本就是他们的肉的同伙，他和她都是"活人"，所以才"要这要那"，也包括了要6克拉的钻戒。

杨绛初次说，不，我是初次听到一个能活到人生界限边缘还思维这么清晰、敏锐并富于爱心、同情心、怜悯心、好奇心、进取心，又同时是我敬仰了这么长久的老人，告诉我一个别人从没告诉我的秘密，就是掌握我们所有人命运的"造化小儿"——西方的"司命之神"，压根就不是东西，因为她极有可能是个"没有头脑的轻浮女人"。同时，她还"不知好歹，喜怒无常"。这真是个重大的发现！难怪我在蒙特利尔的几年那么地喜欢发脾气！难怪我回到北京之后就再也没什么脾气了！而且，我白天夜里都经常看见或者梦见一些蓬头垢面的野性女子。我才40多岁，就已经见了这么地多，何况96岁了的杨绛先生呢？

她的夫君，现在几乎所有学人都不得不叫先生的钱锺书，在20世纪最初，写了本小集子，取名《写在人生边上》。这么多年以后，她写的另一本书——我真担心这是我认为全中国最最聪慧的女性为我们留下的最后一本书，名叫《走到人生边上》。那一个"写在"和这一个"走到"之差，相隔了浩瀚日月，不是别的，就是"人生"二字的真谛和浓缩。

评论：

杨绛给我们的谜底是什么呢？人生无常，以善良、悲悯、真爱、童心笑对无常。

杨绛同情、帮助病弱的三轮车工老王，足见她是一个心地善良的人。那个老王，在贫穷、卑微、病弱的生命即将结束的前一天，用尽全身仅存的气力，携带那个年代世界上最美好的物品——香油和鸡蛋，来报答给予他关爱、帮助与做人尊严的杨绛夫妇，了却自己平生的最后一桩心愿。每当想起老王的不幸，杨绛都会产生幸运者对不幸者的愧怍之情。这种愧怍之情，又是从一个多么高尚的灵魂里萌生出来的呀！

从超越了生死的淡定境界中走来的杨绛，是洒脱、真诚、恬静的圣女，是脱去了狭隘、偏见的外衣，让灵魂曝光的智者，是我们这些后来者仰望的丰碑和星辰。

桑田将变为沧海

我的这种小品文字，或许不会写得太久，因为我们有的城市，马上就快成为海底了。昨天《环球时报》上刊登的第一个重要消息，是联合国秘书长潘基文在考察了南、北两极后，他说这不是骇人听闻，地球的体温已经太高太高，海平面不断地上升，许多大城市，如印度的孟买和中国的上海，或许，在不久，也许就是未来的十几年、几十年内，成为海底世界。

别人的话我或许不信——其中也包括了我自己说的一些，但潘基文的话，我还是要信的，他毕竟是整个地球的领导，他毕竟比我们站得要高。

人类想自己管束住自己的贪欲，我看是不太可能了。一个美国带坏了整个地球的人，我们都跟着两三亿美国人学习消费和浪费，我们消费着浪费着，我们享受着享福着，突然看见了可能达6米高的巨浪在我们的眼前，那巨浪，翻到了我们的眼前；那巨浪，冲进我们刚办完70年产权的，还在按揭着的房子——那时住一楼的要先倒霉了，他们朝二楼冲锋，幸亏我家在8楼！上海人呢，则坐着刚竣工的高铁，以每小时300公里的速度向北京逃来——这倒为解决南人、北人不和的毛病，提供了一个良方。我则带着家人迁徙到了昆明——海拔1000米高。日本人先往朝鲜半岛逃，但他们在逃难的途中，突然被鲸鱼拦住了去路，鲸鱼们说："哪里跑，你还我爸爸！"（日本人是全球鲸鱼的天敌）澳洲的袋鼠们也急了，因为两亿多避难的非洲人（也是秘书长说的）哗地一下子，黑压压地都登陆了，袋鼠和考拉们大叫："本大陆只能容纳一拨白色强盗，他们300年前就来了！"

其实，对于此现象我比潘秘书长知道的还要早，世纪初我在《我与母老虎的对话》一书中，就公布了我代表人类同母老虎——地球的上一个大王的谈判、谈话记录。在那次的跨千年会谈中，我们已经取得了一致的共识，就是在恐龙、老虎、人类轮流执政之后，下一个地球的主宰，必将是鱼类，因为地球早晚要成为汪洋的一片。地球被人类释放的狼烟给熏黑、熏热、熏发烧了，她必定会用她吐出的苦水——海味的，将我们淹没，将我们荡平。

只可怜那些老虎——华南的、华北的、东北的，连同那些压根就只会放屁而不会排尾气的动物们，也要为人类陪葬。

评论：

桑田将变为沧海！这论断看似危言耸听，实则是世界发展的必然结果。只是人类对自然资源的无节制浪费和破坏，加速了这种自然规律演化的进程。

手头正有一本齐老师世纪初写的《我与母老虎的对话》，摘录《人与海的对话》一节中的精彩片段与大家共享：

海：人，你知道你的大海是什么吗？

人：我也有大海？

海：如同我怀里抱着的鱼一样，你也被人怀抱着。

人：它是谁？

海：空气。

人：空气并不是水。

海：但对你们生活在陆地上的动物来说，空气就是水。鱼没有水不能活，你们没有空气也不能活；鱼在水中呼吸而活，你们在空气中呼吸而活。

人：你是指氧气？

海：对，是带氧的空气，所以说这个地球上有两层大海，上层是空气的大海，海中游弋和跑动着陆地动物和植物，下层是水组成的海，海中游弋着鱼虾，站立着海草，这两层大海构成了上下两层世界。顶上的世界可以看到下面的海的世界，但下面的海的世界却看不见上面空气中的世界。

人：由此形成了误解和隔膜。

海：对，因此地球上的人就下水摸鱼了。

人：这不关你的事。

海：我是鱼的养母，我当然要管，我用海啸和海浪来为鱼虾说话。

人：当上层世界再也没有空气时，你会敞开胸怀接纳人类吗？

海：不会，我兴许会接纳走兽和飞禽，但不包括人。

人：为什么？

海：因为你老用海枯石烂一类的话诅咒我，因为你将是海枯和石烂的罪魁。因为你把上下两层世界都抹黑了。

人：但我们也会像征服空气中的这个世界那样征服你，我们也会在万不得已的情况下，一个猛子扑向人类你的怀抱。

海：不，你不可能在我的怀抱中生存，因为我是咸的。

人：你为何咸？

海：是上苍为了防止你的入侵特意安排的，上苍早已有所觉察，知道一旦地球上的海水都不咸了，人就会混进鱼群，就会将海水用于工业，就会将海洋变为污水池，就会夺取下层世界的领导地位。上苍用咸的海水挡住了你们的进入，上苍只给了你们半个世界——空气中的世界。

人：海，你担心我会使你干枯，但我还担心你有一天会将地球淹没呢！

海：这个星球最早就是大海。

人：你是说你有一天想要复辟？

海：有可能，我早晚要恢复对地球行使主权。

人：那我们人到哪儿去住？

海：那与我无关。

人：你好狠毒。

海：都是被你逼的。

人：那我就尽快使你干枯。

海：看谁先下手。

人：其实要想让你干枯最容易不过了，只要将所有的海水都移到岸上来，不就大功告成了吗？

海：那你到哪里去住？

听完这些经典对话，我们还怀疑桑田将变为沧海的论断吗？

灵与肉的厮杀和缠绵

11月19日文章的题目，是我给这个集子初步拟定的名字。

我们的每天每日，似乎都在重复着这个主题。由于连续周末的监考，我已经忘记了今天是星期几，而据我所知道的，不再感觉星期几是星期几的，统共就两类人：一类是七八十岁的大爷大妈，另一类就是我们这种从前一个星期的周一，一直工作到下下下星期日的人。连星星月亮都疲乏了，都月经失调了，可我们还在监考。这种灵肉的厮杀，表现在肉体想休息但灵魂还不累。

我除了监考，最近还犯了一种怪病，就是夜里做梦时也在给人滔滔不绝地讲课，我来回更换着话题，用英语和汉语，偶然也用点日语和阿拉伯语授课——其实我一句阿语都没学过。我醒来时心说："糟了，我得上教师职业病了，我得上教师职业病了，可我并不是个真正的教师啊？！"这种现象，我经过白日间的仔细考虑和分析，可能就是"肉"和"灵"的倒休现象，即"肉"已经歇着了，"它"横躺在床上，"灵""它"还在继续为学院和学生们"打工"。下次，我一定要把这类的"课时费"也申请上去报批。

这次监考得非常顺利，我是说没有一个学生作弊。在考试马上开始时，我对考生透露说，学院为了对付作弊，在教室的天花板上安装了监视器，同时，由于经费紧张，在几十间教室里只安装了一台。但问题是安装上之后，就忘了具体安在哪儿了，连安的人都不知道。"我也是听说的，信不信由你们！"说完就埋头看书了。结果真没人作弊。别的教室监考老师没有我幸运，他们每人都收上来了大把大把的用于作弊的极其不整齐规范的纸头。那些被抓的学生都要写份检查才能算成绩，这样看来我们学院还是比较通融的，但我认为假如再通融一些，就该为学生们提供写检讨的几种"范文"，免得让他们煞费苦心。你看，"灵""肉"的厮杀也发生在考场上吧！它们一厮杀搏斗，就老实地考了；它们一缠绵、一搂抱，就作弊开了。

传闻最近有一个著名高官——乡镇级的，刚刚又被"双规"。那就是他的"灵"，没斗得过他的"肉"。"肉"被票子买走了、买空了，"灵"也随后被抛弃。我们的"灵"，果真斗得过我们的"肉"吗？按杨绛的说法，我们的"灵"是只"寄居蟹"，小拇指大小的它，看不见的它，不起眼的它，飘游不定的它——寄生在那么大而坚硬的一个海螺——我们的肉体里。灵，它在裤裆里吗？灵，它在鞋缝中、头发间吗？我们是看不见、摸不着它的。但我们的"海螺肉身"可就硕大了，尤其是相扑般肥胖的那种，尤其是姚明般高大的肉身，那种肉身宛然是一台独立的有个性、有感觉、有脾气、有风格、有自主要求甚至还有信念的机器啊！它会饿肚，它会馋嘴，它还有那么多种类的欲望；它喜欢花钱，它要穿名牌的外套！对它们这些的要求，我们的"灵"斗得过、斗得了吗？恐怕个子小的好斗，恐怕瘦子好斗，但高的胖的就不好斗了，这就是为什么眼下人人减肥。换句话说，那些个子高的"灵"想节俭，想穿裤衩子上街，可它那两条比长颈鹿的腿还长的大腿能答应吗？大腿会说："哥哥，我不仅冷，我还害羞。快给我换两个长的裤腿！"于是它没办法，只有挣钱——为了它肉大腿的冷暖。

电视剧《双面胶》正在播放。其中有一个副教授，好像就因为精神没斗过肉体而稀里糊涂嫖了一回娼。其实他并不是"教师队伍"中嫖娼的第一人，第一的是陈独秀——北大著名教授。陈独秀是"八大胡同"的常客，尤其在他编《新青年》和领导"五四"运动的那段日子。既有精神根本就不是肉体对手的，也有肉体不把精神放在眼里的，还有精神明明吃着盘子里的肉，肉体还死盯着别人碗里的精神的，更有自己的肉体跟别人的精神私下"狂欢"得轰轰烈烈不可开交的。不过，他们也都是人类。他们虽然没有陈独秀的精神水准，但他们其中却有把研究陈独秀当成终身职业的。

俄国的巴赫金，自从我知道他的那天起，就成了我的精神偶像。他是逃过了斯大林子弹的一个弱不禁风的学者，而他的精神，是在他的肉体没有了以后，才偶然被发现并"震惊欧洲"的。巴氏说人间有价值的真理产生于"对话"的过程，而"对话"的反面是"独白"。我们的神智和我们的肉身，难道不也是一种"对话"的关系吗？楼里的电梯坏了，我的神智说："我想爬楼。"我的双腿却说："我不想。8楼太高了，我累。要不你自己爬吧。"精神胜利了，就听精神的，肉体占上风了，就听肉体的。100岁的巴金的肉体，还听他精神的吗？

从上周五起，我开始给三个"90后"学生上"政治经济学"课。在那种课上动脑筋讲课的我，显然是教室内的"精神"，而面无表情的三个"90后"，分明是对我讲述的内容知觉不充分的有几分麻木的"肉体"——我真难以带动他们与我同步。我先夸夸其谈了一通，然后问："对吗？"对此，第一堂课他们都没什么反应。第二堂课奇迹出现了，其中有一个学生每次都在我的话音还没落下之时，就频频点头并大声说："老师，对，对，真是太对了！"作为教室里的"精神"，我听了当然特别激动——我与他们其中的一个大个子"肉体"，竟然有了初级的"灵肉互动"！

后来我才知道了真相，原来是第一堂课的课间，负责管他们的郑老师特意进去叮嘱了他们三个一通，说："齐老师可是个大师啊，你们在听齐老师的课的时候，一定要频频点头，那样齐老师才会高兴，才会把真东西都倒给你们！"

我们真犯罪了吗？如果犯了，它是何罪

假如今天是11月24日，那么，本人就已经连续13天在学校上班了。我的志向是要创造这方面的个人纪录。

今天的哲学课，我想叫大家讨论前几天发生在北京朝阳医院的一起事件，事件起因是由于一个二百五丈夫不签字，他怀孕的妻子和肚子中的胎儿在包括院长和警察在内的几十个人的无可奈何的包围下，不能做剖宫产而双双死在手术台上，正如我在"工商导论"的课上，组织大家学习新的《劳动合同法》。

智慧的哲学家，能否解释在一家现代化医院里，几十个受正规医疗教育和培训的医生和护士，面对一对在生死之间挣扎着的母子，却束手无策，人死后，还信誓旦旦地说："我们并没做错！"按法律，他们无疑是没错的，因为按法律规定，医生在家属不签字的情况下给病人开刀，哪怕是生死关头的，也要去坐牢。如果一个医生挺身而出，开了刀却坐了牢，似乎于拯救人类生命的事业没什么损害，但假若10个医生都开了不该开的刀，都去坐牢了，那么30个，100个呢？那么，整个牢房就会被改造成医院。但假若不开呢？那样我们人类的世界就真是一个十分可怕的"生死场"了。我们在救死扶伤方面就可能不如野兽。野兽在看到另一只野兽在死亡线上孤军奋战时，我想，不但会力所能及地去搭救，而且，它们不会伸手要治疗费，也不会索要另一头公兽的签名——才去

给受伤的挣扎中的母兽开刀。能开刀是进化得非常了不得的人类的本事,但在生死关头,能够搬出那么多规则和法律恐吓自己和他人、不让自己和他人去伸手帮助那些垂死挣扎着的同类的——也正是我们的人类。所以有时我们很聪明,有时我们也很愚昧——我们有时献爱心献得自己都被感动得不好意思了,有时候,我们却那般冰冷和无动于衷,看着同类在我们的眼皮下挣扎,我们仍可心安理得、坦坦荡荡。我们有千古传下来的那么多的哲学、伦理学、法学、社会学理论,经由,可用于为我们的无情和冷漠辩护。最后是,死了的,无法再生,二百五的,会变成二百六或二百七。

这种事发生了之后,我们除了惧怕我们的同类,惧怕高深、繁杂的法律医疗制度,惧怕被那些条文绑架吊销遮蔽冲刷了的人性之外,我们什么都可以不信,唯一相信的,就是这种一模一样的怪事,还可能再次发生;我们唯一期盼的,就是发生在别人而不是自己的身上,反正本人已经安全地出世了多年。这并没错,这是我本能的自私,但假若我们不自私不自爱不自保,我们还能希求那几十个眼看着病患快死,就是不用手术刀解救的人,爱我们保护我们吗?他们自有不救我们的充分的理由,但我们的小命,却只有一条啊!

我们此时那么地悲哀,但我们却不知将我们的愤怒向何处发泄,因为我们自己就是人类的一员,我们就是那些制造和承载规章制度们的"肉身"。我们的"魂"私奔了,我们的"灵"失灵了。那个可怜的下一代,就是随着他(她)母亲的身体,在即将降临人世的头一个时刻死去。他(她)在——羊水中游弋、挣扎,过后,又随着海蓝色的母体羊水,像裹在浪里的鱼儿那样,来不及窥见水面上空气的世界,就回归到那深奥的海洋。

走就走了也罢,地球上的人类确实,已经太多太多。

评论：

昨天看到这样的新闻，也是气愤至极！我们常说：救人一命，胜造七级浮屠。那么，救人两命呢？可是偏偏，大家都眼见着两条人命，一条是已做了女儿、妻子、10个月的母亲的生命，一条是鲜活的、全新的、纤尘未染的、充分做好了降临人世间准备的生命，在相依为命中绝望无助地窒息了。我们对于人类所制定的法律产生了怀疑，我们对救死扶伤的医德产生了质疑。

人到底怎么了？到底是怎样一条魔线牵制住了人的灵魂？到底是什么让人们变得如此小心翼翼，如此冷血麻木？生命难道就这样贬值了吗？我也和齐老师产生了同样的疑问：如果医生在没有得到家属同意的情况下救助了患者，即使出现了意外，如果说犯了罪，那又犯的是什么罪呢？

不做，从法律上讲虽没有犯罪，但难道不会受到良心的谴责吗？难道不觉得违背了职业道德吗？

说穿了，都怕承担那重于泰山的责任。于是都想着把泰山推到别人身上，可这样却都有可能要被自己或他人推倒的泰山压垮。当你把别人当作外人时，别人也会把你当作外人。

那么现在，当我们要逃避责任时，请我们大家也都先做好承受并吞食自己和别人不负责任的恶果吧！

发展体育运动，增强人民体质

关于母子死在朝阳医院里的事情，本来想再写些什么来着，但现在就什么也写不出来了：我在课上让同学们讨论如何避免这类问题再次发生时，一个当过"实习医生"的女同学说，这有什么新鲜的，她在家乡的医院实习时，发生过同样的事情，老大夫说千万看住那个丈夫，免得他推脱责任。

从那天以后我就暂时失去了写东西的欲望。因为这种"东西"与那些事件相比，是全然不是"东西"的，或许说，世界上所有的美妙，在那种时刻，就都变为了废墟。

还是说发展体育运动的事情吧，既然大家都已经安全地来到人的世界了。我在我们那个学院发起了一次秋季"健康月"的运动，我的"总逻辑"是不爱体育运动的人就不是合格的人；我的"总目标"是把那些在心里好想好想野蛮对待男友却在体格上力不从心的女孩子们都通通地"赶"到操场上去，让她们面对一下阳光，让她们的阴柔着上一层亮色。人，在我看来，是要时常打打篮球的，就比如我，我都已经提前知道天命了，却始终在打篮球，我甚至错误地觉得，人之所以为人，就是在踢足球踢累了的时候，还能打打篮球。当然，我这种想法是绝对错误的。

40多岁之后打篮球的感觉，真有点像乔丹，区别是人家是"大乔"，咱们是"小乔"。这时的手法，已经出奇地"油滑"了，球就像是被抹了香油，投篮时，想粘点什么都不容易。我有时竟偷着得意地想，一个饱经世态的老滑头，跟一帮子愣头愣脑的后生打球，还时不时暗算他们，让他们不知道为什么被人进了那么多的球，使用了什么样的不可告人的心计和手段，这是否有些不太厚道？

两周光天化日下的男女混合比赛下来，我们的女生分明已经开始狂野了——一个女生一个飞腿，直接朝一个男生的小肚子上蹿去，那个男孩子吓坏了，愣了半天没说出话来。

体育运动万岁！现在值得被喊"万岁"的事情已经不太多了，就比如"爱情"，你"万岁"的尾音还悠扬没落下来呢人家就离婚了。可见体育还比较永恒。

张爱玲的《色戒》，我终于"整"来了本小说。所谓的"整"，就是说不是正版的。这小说写得出奇地好，难怪她写了十几年。老到的文字出于老到的、成了"精"的心，这颗"精"的心经历了爱恨情仇、国破家衰、世态炎凉，是一切尘埃落定后的苍凉。这小说竟然像是李安电影的后记或白描，因为分明在文字中，也有场景，也有杀气，也有潜台词，也有背景曲调——文字中有电影，电影中有文字，电影和文字外还有本人。

"本人"并不是我。

还有另一本被修改了几十遍的小说——王小波的《黄金时代》，我也在细读着。我发现了其中的两条暗含着的、不曾被别人发现的主线：一是"破鞋"的主线；二是"王二"那个男主人公到底存在不存在的主线。王二真有其人吗？王小波一会儿说有，一会儿又说没有。"破鞋"也是。在我看来，那个小说说来说去，就是在思索和论证人间到底有没有"破鞋"。我见过真的和活的"破鞋"，我小时住在我家楼下的"阿姨"，"文革"时她被人在脖子上挂了双破鞋游街，可能是因为她同"叔叔"之外的男人相好过了。我那时在夜里总睡不好觉，因为他们家人夜里老是不睡，我急了之后就狠敲暖气，还吵，我就大叫几次"破鞋"。这下，楼下的"动静"就只剩下一个"静"了。

在几十年过后的今天，仿佛，我们进入了一个让人费解的"破鞋时代"。所以，现在楼下晚间再怎么吵闹和弹钢琴，我也苦苦地撑着，就是不喊"破鞋"。假如我喊了，或许人家会反问："您要的是哪一只？"

评论：

孕育新生命的母亲，在众目睽睽下，在医术精湛的首都医院里，不但没有顺利地把新生命带到人世间，而且还无可奈何地，在救死扶伤的医护人员不作为的情况下，无助地离去了。孕育生命者和被孕育的新生命，在医学高度发达、人性高度缺失的今天，连顺利来到人世间的愿望都无法实现，真是令人悲愤、叹惋！

来到了这个世界的、活生生的，或者将要做，或已做了父母的，又怎样呢？身体健康能决定心灵健康吗？何况还有许多资源污染、天灾人祸、假冒伪劣危害着我们的健康，再加上心灵世界不再有廉耻观念设防，灵魂又无须遮拦地背离道德底线，人还能称之为人吗？即使以人的形态来到世间，那也是行尸走肉，那也是魔鬼附身的傀儡。

要使灵魂归位，呼唤的力量已显得苍白无力！唯有一场毁灭性的灾难，才有可能再从人之初开始起步、发展。

答辩！答辩！

答辩是 defense，defense 就是答辩！上星期我整整答辩了一周，我作为台子上坐着的提问者，我们的对面，是想从我们的问题中突围的，想拿到学士学位的毕业生们。

本人第一次参与这种答辩，无论是从问的角度来说，还是从被问的角度来说。本人读过的两个学位，无论是国内的，还是国外的，不知道为什么，都不需要答辩，或许是那两个学校特别具备爱心？

我越提问就越心惊胆战，因为我极端地担心被我提问的学生（"她"一般都是女生）——答不上来，我像是一个排球场上的主攻手，首先，我不愿意使劲扣球，其次，我一边扣，一边对上来封网的对手传递着眼神：快啊，朝左边扑！

但一般，学生都朝右边扑去，也许是不相信我信息的正确！

于是，我只能越来越心惊肉跳了。在那些紧张得语无伦次，浑身颤抖着的 defense 者的面前，我俯下身子和头，我简直不敢直视她们，因为她们就像是那些被抓住了的意志非常不坚强的随时都可能出卖同志的被提审的地下工作者，她们并不都是江姐，她们再稍稍脆弱一丁点，就我而言唯一能做的，就是把一个个问题砸过去，命令她们："快说！！！"

答辩这种游戏，的确又是西方人发明的，连同"学士"学位。苏东坡就是个"学士"，但他却从未答辩。我们一群华夏的子孙，如此娴熟地进行着别人发明的游戏，还如此认真，真让俺疑惑。我于心不忍，外加惴惴不安。何时美国人全国都科考了，都殿试了，都范进一样中举了，我看才是真正的 globalization（全球化）。

有的学生像我，也反全球化，明明是英语论文的答辩，他们却死活不愿意讲英文，即使讲了，也时不时穿插进一两个中文单词，比如说："真不好意思！""这个这个……""老师，您让我好好想想。"

对于这种现象，我先是惊异，随后就释然了，因为毕竟这样做，要比那些说着说着中文，突然穿插进英文的人，更具有伟大的民族气质。

Defense 终于结束了，我最起码要有一整年——365 天的时间，不用再对着似人发高烧如被打败仗样的学生问如下的问题了：

问题样板 1，海明威写《老人与海》时把"老人"渔夫描写得那么神勇，可同样是"老人"的海明威，为什么最后朝自己开了一枪呢？

假如她回答不上这个问题，我就问她一个相对简单的问题了：

问题样板 2，这位亲爱的同学，您肯定知道海明威小姨子的外号是什么吧？

跳楼，跳楼！

上周人大的一个博士生导师跳楼身亡了，对此，我们只能送上一声叹息。我们除了叹息，还只能是叹息。我认为，不能去找叹息之外的超级意义，即使是对跳昆明湖的王国维，我们也应该尊重"死亡"本身，也就是说，人死了就是死了，他有他死去的私下的值得保留和暗藏的理由，如果他想告诉他人，他早就告诉了，他没有说，是他不想告诉他人，那么，就让那个理由——只有他自己知道吧！那个理由对每一个人来说，都是一样神圣的，不论他是个民工，还是个"伟人"，抑或是地痞或流氓，死，就只有一次，我相信，任何人，读过书的没读过书的，是博导的不是博导的，中国的外国的，白色的黑色的，他们自己伤害自己，对他们来说，都是生命中的关卡，无端猜测，对他们是一种不人道，会打乱他们西去的行程，会使他们本想轻松下来的神经第二次地负重。让他们死得轻松，让他们死得"无意义"，让他们死得其所，那个"所"，就是他们想投奔的地方，哪怕是朝着地面。

人类作为一种生命，是长寿的，我们应该庆幸我们能享受天年。而死，对任何生命，都是出生之后最最严肃和重要的事情。人比有些动物要幸运得多，比如牛、马、猪，再比如大树，还有那些路边的小草，它们由于人类的安排，并不是想100岁上死，就死得了的。所以我们比起它们，要学会知足，要珍爱这上天赠予的高贵之躯，统治之躯，聪明之躯，灵活之躯。我们最起码比树强，树不会跑动，树被人用刀腰斩时，也不会挪身。而人能跑，而人会跑，而人能够逃避死亡的追击。聪明的动物是会自杀的，比如鲸鱼，比如海豚，再比如人。人比动物高明的，除了会杀戮其他动物用于充饥，我们还有一个超常的本领，就是会自杀。自杀也是一种聪明的才智，自杀也是一种自我保护的本能。我们会，但猪牛不会，鸡更不会，假若猪牛和鸡在知道自己的最终下场后——都纷纷自杀或萎靡不振的话，我们就会害怕它们了。

文人比一般的人更容易自杀，因此本人从不自命为一个文人。本人只是个业余的舞文弄墨者。只有世界上一切专业文人都自杀完毕了，才轮得上我们业余的梯队。

像毒品一般，书是有毒的。这一点，许多读书人不知道。酒不能总喝，爱不能总做，书也不能总读。总读书的人——我是指那些把读书当作唯一的职业的人，就像是总在咖啡因的池子里洗澡似的，他们并不真懂得那些书的本意，他们在一个梦一个梦地做着，他们那样做梦的结果，就是把梦后——死亡当成了下一个梦。对此，我要告诉他们一个真正的秘密，你死我死他死它死，都没有任何超过死亡本身的意义，说有，那只是一种幻想，那只是一种推断，那只是一个假设，那充其量，是一个游戏。还是颐养天年吧，还是让不死成为追求吧，因为即使我们不想死，死都在那里着急地候着，我们何必傻呵呵地提前朝它冲刺呢？

死者永远为大，一切的死者，包括那些屈死的冤死的被病痛折磨死的，当然，更包括那些投湖投河投向天空的，他们的死法，我说了，倒是一种人类特有的选择和自觉，虽然我们断然不同意那样的一种死法。我们之后能做的，就是尊重那样的一种选择，而不去再想象其中的原因。

因为那就是一次灵和肉拼死搏斗的后果。

评论：

对该教授的离去，除了理解之外，也深感痛惜。在那个因父亲拒绝让他（她）来到人世的孩子，不得已和母亲一起遇难的事件发生之前，我总以为，出生的权利取决于母亲，每一个孩子成年后离去的权利大多都在于个人。可现在我觉得，无论出生还是离去，母亲和自己都不能够完全做得了主。为什么不只他一个文化人自觉地结束了自己的生命，还有王国维，死也许是他们摆脱尘世羁绊的最好选择了，于是他们或投向了澄澈的碧水，或虔诚地向生养他的大地做最后一次顶礼膜拜。

那句"自杀不易，活着更难"的话语，不正是对灵与肉激战的小结吗？自杀就是肉体为灵魂殉难的一种方式。苟活就是灵魂在为肉体打工。要有尊严的生活，那么灵与肉就得不断地较量搏斗，灵魂想要肉体屈服，肉体想让灵魂变节，好多时候，只有当灵魂征服了肉体时，才可能过上有尊严的生活。可人的灵魂又存在于一定的物质环境中，人又不可能生活在真空里，因此，生活中还有无数个灵与肉搏斗的人，他们中有很多属于灵魂既不愿为肉体打工，肉体又不愿为灵魂殉难的隐性自杀者，他们是生活中最痛苦最矛盾的一个群体，他们的肉体正一天天被不屈服的灵魂奋力抗争时，排放出的怒气、冤气、怨气所摧残，他们的肉体正走在慢性自杀的路途中。

灵与肉，精神与物质，生与死，都是值得考虑的问题！

用狗眼看人

小白的眼睛告诉我们，还是活着好。

小白是周老师家的一只白色的狗，小白我早就认识，因为它的照片曾是周老师电脑上的桌面壁纸。周六它来到我们的学院做客，我才第一次见到它。

于是，我让它当我们的客座哲学教授。

小白假如没有一双明澈的狗眼的话，我也不会写它。我发觉它的眼，竟然比人的更明亮。它的眼十分地非常地大，有神，透着几分机警，非常机智，在小白听人讲话的时候，眼睛左右摇摆，在思考。

用小白的狗眼，看人总低一截，但这并不表明狗眼看不起人，只说明狗没人长得高大。小白在用狗眼看小孩的时候，恐怕也不是低的，相反，有的成人的眼比小白的眼，看起我，还低。

这使我十分郁闷。

据周老师说小白是三个孩子的爸爸，它在跟主人散步时，趁主人在闲谈的工夫，就找了个对象，就在阳光下噌噌地做爱，之后，就成了三个孩子的狗爸爸了。小白在爱情方面既不执着，也不费力，更不你死我活，还不"色"，更不"戒"，因为它本不色嘛。它凭纯粹的白色，就把人需要那么缠绵那么掏心扒肺的事情办了，就成了三个也根本不想知道它这个爹爹是"何许狗也"的孩儿们的雄性生产者了，而这，就是小白的世界，而这，就是小白的活法，而这，就是小白的潇洒和超脱。

看来狗，比人想得开，想得远，想得容易，想得聪慧。

小白无疑是一个智者，它的"狗智"，就是随遇而安，歇息，吃饭，玩耍，歇息，思考。你千万不要逞能地以为，你的智慧就肯定超过小白，你的智慧之所以不高，是因你不懂得小白的不凡。小白的眼睛是大而亮的，小白的小"银枪"可不是蜡样头的，小白根本就没有顾忌，而且，在狗的群体中，既没有种族歧视，也没狗嫌贫爱富，更不会仗着主子的势力欺负别的同类。狗的媾和，甚至不分身材大小；狗的爱情，甚至能超越国界，洲界；狗眼看人不见得低，用狗眼看世界，一定是另一派天地。

呜呼小白，你活得自娱自乐；善哉小白，你可别出门乱跑。

评论：

呜呼！

人做不了小白，自然就无法像小白这样活出诗情画意，活出境界来。

小白一定觉出了做人的不易，所以它时常汪汪地抗议着：我不做人，我不学人说话！

像小白一样活着的人，绝对想不到要去自杀！

还是用人的眼睛看人吧

　　我一看上星期写的那篇"小品",才知道号召大家换一个角度试着用狗眼看看人的世界这个说法,一位日本作家也有过类似想法,他是夏目漱石,他曾写过一本小说,名字叫《我是猫》,就是说怎么用猫眼看人的。那些移植了狗眼球的人,就应该用他们的狗眼,外加人的思维,在看着你和我。戴眼镜的人用玻璃看世界,是隔着一层的。以前我也曾经戴过多年的眼镜,现在回想起来,那时的生活之所以失真,可能就与那副镜子有关。

　　我们中有些人,都是"精神上的太监"。这个词可是本人刚刚想出来的。人假如长期处在说假话、软话,或对假话、软话无动于衷,或只能按照假话、软话指引的方向朝前玩命冲锋的时候,就是得了"精神太监症"了,无论你是男还是女。老师当得太长了,也不太妙。前天一个学生备战"普通话能力竞赛",我当他的"副指导教师",他说了一个短语:"千万别相信男人的破嘴。"然后问:"齐老师,好像'破的'都与男人有关。"我稍微想了一下,说:"不对,男人破嘴,女人破鞋嘛!"——我正在解析着王小波的《黄金时代》,它的主题就是"破鞋",因此最近我的脑海里就充斥着破鞋,就像是开着个破鞋店。谁知那个学生听了用他的小指头一点我,说:"齐老师,请注意为人师表!"他的话,弄得我傻呵呵的。

我们是人，是人就与一切的他人一模一样地有"破"的成分，我们虽然并不都在用狗眼看人，但我们绝对地不都是没脾气没个性的圣人。长期的"表现"使有的男教师身上的刚阳本性被压抑住了，把他们变成了一步三摇晃的中国明代的儒生，不男不女。

　　我说上面这些，所用的，就是"男人的破嘴"。庆幸的是，俺的嘴还挺破。

　　评论：

　　一张敢说真话、实话、人话的嘴，敢把人眼看到的事物，一五一十说出来，那就是在铸魂。

我们都有自己的《集结号》

刚看了冯小刚执导的电影《集结号》。冯小刚我曾迎面见过一次,他的电影非同小可。好导演的天分似乎是在悟性,他们自己的人性必须丰富,必须透彻,必须透亮,必须通灵。否则,我们就很难理解一个能拍好嘻嘻哈哈的《大腕》的人,为什么也能拍好噼噼啪啪的《集结号》了。

《集结号》是战争片。战争我没经历过——幸亏,但枪声我却着实听过,而且还挺密集。我打过冲锋枪,那枪声震耳欲聋,十分地恐怖,何况我打得根本就不准,子弹在靶场的地面上乱蹦。我真难想象在枪林弹雨中,战士们无畏英勇地冲锋。那就是战场的残酷了。我不想上战场,你也一样。老婆孩子纳闷我为什么总爱看战争题材的东西,我那是为了看周围的一切——和平时代的,包括坏人,都那么地美好。

《集结号》真是部好片子,它把战场刻画得那么逼真,逼真得使你不得不热爱和平。最好的反战片子,就是如实表现战争的片子。

从战场上活下来不易。今天的中国也不易。今天的中国导演能将父辈的战斗经历再现出来,使得看它的那些远离战争的摩摩登登妖妖冶冶的80后、90后,能一个个哭着从影院里出来,这也是对亡灵们的安慰。是的,国人挺有良心。

我们每个人都有自己的忘我投入拼杀的战场,非硝烟的,杀得投入,生死两茫茫的,有血色的,有战友间情谊的。我们也吹号吗?我们也动情吗？我们也流泪吗？我们也用号声集结那些生死战的弟兄们吗？

　　本人拼死过的商场也是尸骨累累的，那也是战斗和战争，只不过，我那些商场上的弟兄们都心怀叵测，都对人三心二意。不信我现在吹一回号，我现在再用激扬的号声集结那些曾经的"战友"，随着我的号声，发来的可能都是敌对的枪弹。

圣诞夜

有一些小事，也是非同小可的，就比如说昨夜是西方人的圣诞夜，这前夜，整个西方世界都在沉睡，这一夜，我曾连续多年在蒙特利尔的与巴黎圣母院一样幽暗且神秘的"小教堂"度过，那里有洪亮的唱诗班，有庄重的教父，有虔诚的信徒，他们都在嘹亮的歌声里激动地和我这个假信徒拥抱。

我们一家昨天的圣诞前夜，是在楼下的"旋转寿司"里过的，9点了，女儿好容易写完了作业，我们到中国人开的日本寿司店里，去过西方人的圣诞夜。那里显然没有什么圣诞的福音，食客都在狼吞虎咽地吃着生鱼肉，但那里的人过圣诞，却显得比耶稣基督还要积极。

跟着王小二过年以及维权

民间有一种说法，是"跟着王小二过年，一年不如一年"，好在我现任的领导，没有一个姓王的。每年到了这个时候，都有一种强烈的想盘点一下过去的冲动，因为我们绝不能让任何一年都不被盘点地过去，那叫作放任。我们一辈子统共能盘点的，最多也就70个年头：头10年我们太小，我们不会盘点和反思；后10年我们太老，没能力、没精力盘点和反省，假如我们的平均寿命是80个年头的话。那其中又有若干个年头，是平静和平庸的，就像是白豆腐做的汤，盘点不出什么"干货"，汤不浓，也没有什么情调和格调溢出。

去年我年底盘点时，我说出了一本新书，可今年，就没有新书出来。这就是传说的"轮空"——一轮空洞的白月。我今年写出来了新书，而且还算可以。今年暂且让它沉下去吧，好比是刚被打捞的"南海一号"沉船，840年后重新出水时，那沉船竟然增值万倍。

今年后半年的生活主题好像是"维权"。新的《劳动合同法》出台了，作为合同工的"精神工程师"，我也参与了维权：我维我的权，我维他人的权，我维所有弱势群体的权。一方面，我们要用微笑的脸对学生们"献爱心"；另一方面，我们要用粗鲁和原始野蛮的方式自我保护和维权。可惜还是有没"维住"的，比如打扫学院楼道的"肖师傅"，那个每天4点就起床的矮小的在楼道擦地时背弯得几乎就要贴地面的女工，就在新法实施前，连同其他的 20 个劳工被裁掉了。在我的印象中"肖师傅"就会埋着头擦地，她是个弱小女人，但她也会灿烂地开颜而笑——当你在校园里见到她时。

开我们家电梯的十几个女工，昨日也随着新电梯的安装完毕而"人间蒸发"了。我的那个《电梯工余力》的小说的灵感，就来自那部电梯。女儿每天 6 点钟摸黑上学所能看到的第一张来自人间的笑脸，这么多年了，来自那部电梯。女儿昨日还感伤地说："再也见不到那些开电梯的阿姨了，少了多少的乐趣！"我因此今后每天早晨都要在 6 点钟爬起来，给乘坐崭新的、"没人气"电梯的女儿当"电梯保镖"。无疑，电梯女工们从开始就是多余的，但谁又不是多余的呢？在我看除了与吃饱穿暖有关的，干什么都能算是"多余"：在大学的课堂上讲伦理学就算是多余，因为伦理学是研究"善"的学问，你也许能把"善"的学问钻研和讲解得十分透彻，但你却救赎不了肖师傅一样的弱女子；拍电影也多余，因为电影里没有肖师傅们和"余力"们出现的"余地"。

能聊以自慰的，是我毕竟创造过几十个就业的岗位，而且，在那艰难的五年中，我即使砸锅卖铁，也没因为经济原因炒过员工的鱿鱼。爆发"非典"的几个月当中，我还派车给弟兄们挨家送全额工资。假若全中国占有生产资料的人，都有俺曾有过的那点境界，也不至于在《劳动合同法》生效前，有一些单位公然变相抵制一个大力推行的"国法"。对此种种，我只能叹而观止。给他们讲先天下之忧而忧的古人的名句吗？他们有的就是学习中国古典文学专业的，比俺还会背诵。

在维权的时候，我想起了让我既爱又恨的犹太老板 Mr.Fish。他是我那本《永别了，外企》的主人公之一。他出奇地吝啬，也出奇地慷慨。他是个亿万富翁，他的儿子却四处求职，但当有一年，魁北克闹独立。有人劝他把蒙特利尔那个总是赔钱的有 800 个工作岗位的工厂搬到美国去开办时，Fish 动情地对在场的人说："我都 70 岁了，赚钱和赔钱对我来说是没什么实际意义的。可你们想到过靠这个工厂养家糊口的 800 个家庭吗，他们可怎么办？"

这就是因何我当初即使丢掉了那么难得的一份工作，在被老"鱼"炒了鱿鱼时还给他发去了一个祝福的临别赠言。

创造和维护保护就业者的人是平凡而伟大的。因为工作是人的基本权利中最神圣的部分。在人有能力和意愿工作的情况下，剥夺人工作的权利是可耻和可恶的，是一种对人类的犯罪。

新年本该说与"罪"无关的话，但我还是情不自禁地说了。"负罪"并不全是坏的说法，从某种意义上说，我们都是不同程度的"罪人"，就比如对大自然，我们从降生的那一刻起就开始污染地球。当然，地球也"污染"和改造着我们。所以，做好人和好事的另一层意思并不是追求崇高，而是相对降低和减轻我们的罪恶。

让新的一年的来临，冲刷掉更多的不快和失意，让更多的"肖师傅"和"电梯工"们，不再在 2008 年的欢歌笑语声中失业流离。

评论：

维护保护就业者的人是平凡而伟大的。因为工作是人的基本权利中最神圣的部分。剥夺人工作的权利——在人有能力和意愿工作的情况下，是可耻和可恶的，是一种对人类的犯罪。

工作着是美丽的，工作是我们用劳动获取报酬，维持生命活动，养育孩子，赡养老人，维护尊严，体现自身价值，赢得社会地位的一种途径。剥夺他人的工作权利，就等于推人于万丈深渊。在新年到来之际，愿和齐老师一起祝福那些处于弱势的普通劳动者不再失业流离！

老王真需要钱了

昨日在嘉里中心买了两本年末的书，一本是王朔的《新狂人日记》，另一本是钱里群的《我的精神自传》。

王朔的新书，我知道没什么读头，本并不想买，后来一转念：老王或许现在挺需要钱的，就买了本正版的。这类名人的书，一般都用塑料纸包得严严实实，不让人打开。一般用塑料纸包着不让买书的人事先翻看的，共有两种情形：一种是特自信的，特好的那种书；另一种是特不自信和特次的那种。这也跟民国时候小媳妇出嫁前，要用盖头把小媳妇的头给盖得严严实实的意思是一样的：被盖了头的小媳妇要不就特漂亮，要不就特难看，反正不让你事先看一眼就是了。

买回来打开塑料纸一翻，果然又是个"丑媳妇"，不过我是不想退货的，何况还退不了——那媳妇都被你拆了包嘛。

写书的人——也勉强包括我，献出的实际上是一具具"精神的裸体"。要想让"她们"经久不衰、长生不老、永恒美丽和百看不厌——你真是要动一番子心思的，你的书敢放在书店的架子上"裸着"任人翻，任人陶醉，任人动情，任人玩弄，任人先过一把精神猎艳的瘾——然后再从破裤兜中毫不犹豫地掏出那把原打算用作饱餐一顿的——银子，把你那个"精神的媳妇"高高兴兴地屁颠屁颠地"娶"回家，你是要经过一番真正的历练的，你的书要写得真好看，你的书要写得真诱人，你的书要写得能与读书人的念头"做爱"——总之，你的书要写的"色香味"不少——才行。

但我还是"娶回"了《新狂人日记》，这可能是出自老读者对"老情人"的一种资助，但"老情人"的暮色分明已经十分地干枯，对之，的确我只能用惨淡的眼光去"理解万岁"着看了。这最多只是一种怀旧，但不是真正的着迷和喜爱。

我这些"翻后感"，是不是比王朔在《新狂人日记》里能说的"狂言"，更"新"一点呢？

评论：

欣赏着你别具一格的翻后感，品味着你关于出版、作者、读者的妙喻，咀嚼着你幽默风趣语言中的丰富内涵，沉醉在这奇妙的语言世界里。

喜欢用文字与大众交流的人，驱遣文字袒露心声的过程，就像是母亲在养育孩子。

虽然每个母亲养育孩子的目的不尽相同，可大多数都是为了孩子有一个好的未来，希望孩子能给他人带来愉悦，被喜欢的他（她）接纳，过上幸福的生活。但也有个别母亲，养育孩子的目的就是为了让孩子为自己赚钱，且不管这钱来得是否仗义，更不管她的孩子是否遭人唾骂。这样的人，玷污了母亲的称号，真像是过去年代的鸨母了。

如果说给人心灵输送养分的作家，也是母亲的话，那出炉的作品，就是母亲养育大了的孩子。那么，只为了钱而不顾作品质量的作家，就是玷污了作家和母亲名声的、污染他人心灵的罪人。

时间会洗尽所有的铅华，人也会生老病死。但文字既可以留美名千古，也可以遗恶名万年。愿创作这些文字的母亲们为孩子漫长的一生负责！

在新年即将到来之际，心灵在阅读中愉悦，真要谢谢你这位伟大母亲付出的辛勤劳动！

祝福齐老师新的一年，养育更多的文字宝宝！

新年第一天印象
——是关于"腰子"的

"坐地日行八万里"是毛主席说的。我这一觉,就从2007年睡到了2008年。女儿不甘心,平时早起床的她偏偏要清醒着"看"到新年的降临,可见,这世界,终究是她们的。她们还在早晨八九点钟的兴旺时期,当然在乎月亮太阳升落,年份的更迭,而我们呢,都已是日落时分了,只是天黑得淡一点和浓一点而已,何况现在的城里还多了一种叫作"霾"的东西,把天弄得没黑天没白日的,因此,我们对着这么关键的2007—2008年的更替,只有一睡了之。

我接下去说"书"的事情,反正天比较冷,出门怕被冻死,正好写点东西。我原本计划去颐和园,因为我刚买了一个200元的"北京公园通票",想要实现它的最大价值。至于为何非要去颐和园,因为颐和园的门票最贵啊!通票假如敢把故宫也包括进去,我就天天在太和殿办公了!但它不敢,也不好意思那么干,可能想天天到太和殿上班的,从古到今,不只有俺一个吧。从我家坐公交车到颐和园,要1个小时,今天似乎只有零下1度,那车里还没有热风,等我坐到了颐和园,恐怕就变成了被"速冻"的一块肉体。基于以上种种理由,我决定只有在家写东西了。我退休的精确时间,是地铁4号线通车的日子,大概在2009年,也就是明年的6月。那时,天再冷,我都可以从地底下钻到颐和园去上班。

钱里群的这本《我的精神自传》是一本好书。首先,它是一个当过所谓"反革命"的人写的。当过"反革命",九死一生过,再活过来,就不再是凡人了。北大有几个教授,是经历过这些的,我听过一些他们的课,但他们人数已经不多,大都在六七十岁开外。搞人文科学的,要想有点名堂,是要有点非凡的经历,就比如"存在主义"的发起人萨特,就当过德国人的战俘。还有搞"现象学"的海德格尔曾是一个"纳粹"校长。

钱氏是因为"搞"鲁迅而闻名的。"啃老"一词最近十分流行,说的是孩子长大了不去工作,在家专门靠父母养。那些学者,那些"搞"什么的,也相当于"啃"。有"搞萨特"的,有"搞海德格尔"的,有"搞梁启超"的(哼,就是没"搞齐天大"的!),换成另一种说法,就是"啃萨特""啃海德格尔""啃梁启超"和"啃齐天大"……他们有的要花半辈子的时间去考证究竟某名人被协和医院的大夫无辜地割掉了的是左腰子还是右腰子(肾脏),因为据从前的某著名学者的考证,说那是左腰子,可后来分明他的右腰子没了。然后就该写文章出论文了,甚至可能会做相关的博士论文或硕士论文,前提是先花一两年的时间,把世界上一切有关"腰子"的文章都通读一遍。要命的是必须提出与众不同的论点,否则叫什么"独立思考"和"独立见解"呢?那怎能拿到学位?这样前赴后继地研究下去和研究下来,某人的腰子就可能比你我的肥大,爱因斯坦的大脑就肯定比你我的沉重,《红楼梦》里的秦可卿就绝对会变成男人的化身,那太阳呢,它准能从西边升起……之后,就是那些研究者们由于劳累过度而得了肾病,需要做透析……

《西安事变》·义气·把兄弟

电视剧《西安事变》马上就要看完了。里面姜南演的宋美龄——比宋美龄本人还像;胡军演的张学良,也更像张学良。其实有时历史人物并不真的就是那个"自我",就比如曹雪芹,我看,他死后那么长的岁月,有那么多的关于"曹雪芹"的发现,累计起来,集成在一块,才是真实的"曹雪芹"哩。

"把兄弟"和"义气",在《西安事变》中有,在电影《投名状》中有,在我们今人的周围却没有了。这不能不"归功"于各种西方舶来的"主义"和异化语言对我们古典文化近一个世纪的阉割。我昨天监考中国古典文学这门课,由于我是坐在学生的座位上监考的,因此我目击了一个窈窕淑女从左裤兜和右裤兜哗哗啦啦地把小纸条分别拿出来偷看的"现行作弊",我站起身来她也不怕,我只有悄悄地说:"同学,你就别抄了,行不?!"

使我更加遗憾的,是她们那笔比狗爬还难看的破字。如果说是"狗爬",也是腿拐了的那种,因为狗爬还有一定的路数和步调。用这种破字写关于中国古典文化的事,结果就是情和义气的消失。

"把兄弟"和"义气",在西方文化里是没有的。几个男子磕了头,就是一辈子有福同享、有难同当的兄弟,在现代人看来,也是傻瓜干的勾当。所以那种交接"金兰"的"名状",一定要古文,一定要用毛笔,一定不能用烂字书就。还有，绝对不能用电脑打印出来的，就像我现在这个样子。用电脑打的"投名状"，不要说你能够凭借它"共生死"，就连去食堂吃饭，你都不能保证你的磕头兄弟们不加你的塞儿。

毛笔挺好。毛笔是要用心和气来掌控的，只有用它写的东西，才能向不朽靠拢。还有繁体字，我在学院写的一切告示，课堂的板书，都用的是繁体字。这是本人的童子功，而这童子功，竟然——说起来不好意思，是我学日文学来的。当然俺也曾经"弄墨"。

"金兰之交"最不幸的，是一个讲义气而另一个不讲义气；一个把"拜把"当兄弟而另一个却不当兄弟。这对前者来说，是一个愚蠢得不能再愚蠢却不能挽回的——巨大悲哀，因为做"兄弟样"的"插刀事"，有时是要玩命的，你因为真挚的"拜把子情"，执着地把命放进去了，而对方却当儿戏，你只能是落入一条命丢了都没有"弄明白"的下场。你喊"一二三"，就跳崖了，你的兄弟却说："这孩子怎么这么傻？"所以，中国历史上，真把"把子"一拜到底的，还真的不多，那就如同一次性的豪赌，你赌的是"兄弟"的人格，但最不靠谱的和变数最大的——恰恰就是人的品格和德行。张学良跟蒋介石"负荆请罪"回南京，就没赌赢，最起码是赌得半赢半输。所谓的"半赢"，是好歹"哥哥"没把他杀掉。

有几个"金兰"兄弟或者姐妹，在"独生"的时代，也可能是一种亲情上的补充。当今社会之所以不流行"金兰之交"了，我看或许是因为我们丢失了毛笔——没毛笔就容易作弊，没毛笔就写出一篇烂字，没毛笔就缺少了郑重，不是用毛笔书写的"生死书"，能无限地复制和投送，但对于"金兰"，我们只能同生死上一回，因此今天的电子"投名状"，统统地作废。

以前在商场上，本人是有名的"意气用事"者，因此吃的亏，可谓多矣！有特滑稽的，有特戏剧的，那些都已经成为了笑谈。但有一点本人心里清清楚楚，否则本人也就不是个"成功商人"了：就是你用"金兰之心"对待一百个人，你虽然显得特傻，而且你明知其中的99个，一定都会背信弃义，但只要其中有一个——一个就足够了，把"义气""讲"回来的话，你就没输，你就值了，因为你的下一条路，可能恰恰始发于那一株"金兰"。

老姑娘迎头撞见个好光棍

在大帽子满天飞扬的时代，我们上星期又散发了200多顶学士的帽子。不过首先，应该向那些被授予了一顶黑色帽子的同学们，表示我由衷的祝贺，然后，再接着我对它——那黑帽子的打趣和嘲笑。

"学士"，英语管它叫作"Bachelor"——光棍（我查了一下法语词典，也是"独身"的意思），所以我大前年在学院搞11月11日庆贺的时候，索性就管它叫"学士光棍节"。

本人1984年大学毕业的时候，中国还没流行这类黑色的学士帽子。1991年在渥太华那所大学拿硕士学位的时候，制服倒是有了，但没有帽子，据说还是苏格兰的规矩，因此，我从没正式戴过那种帽子。哦，是戴过一次的，就是在拿硕士学位前照毕业相的时候。那天我问一个加拿大女同学她为什么不一同去照相，她说："I am broke!" "broke"是"破产"的意思，就是说，她穷得连照毕业相的钱都拿不出来了，也就是我们中国年轻人爱说的"月光"。好在前天我们学院的这200多个男女"光棍"们，都按时地来戴黑帽子了，都还没有"月光"得像我那个异国女同学一样彻底。忘说了，现在加拿大驻咱们国家的大使，好像就是我的同学，我当时所在的学院那可是全加国最好的MPA（公共管理硕士）学院。

远看近看我那200个新郎新娘模样的学生们，他们其中的大多数我都教过，无疑，此时此刻他们是世界上——最最靓丽的200多个青年，谁让他们坐在喜悦的珠峰？那种感觉真正地美好，虽然它只是短暂的片刻。在图书馆前扔完了帽子——我号召的，他们就已经冻得瑟瑟了，因为前天最冷。冷能使记忆凝固，冷能让热情发散，冷还能让人重回冷静。

收200多套学士帽子、衣服和披肩的时候，我让他们把所有那三样东西都塞进"光棍帽"的帽圈。起初他们嫌麻烦，但我一说那是"国际惯例"（即兴想的），他们就特别认真地合作了。为什么？因为这种"惯例"，别管真的假的，于他们就适用一次，他们就深信不疑了。何况，他们并没兴趣考证。用"惯例"去支使人，是一种非常有效的法子。

那200多个被压缩在一个黑帽子里，还遗留着一捧狂喜寒气的象征学士文凭的"行头"，就一排排、一沓沓、一行行、一列列地堆积在用于议事的长台子上，仿佛一坨坨冷酷的生命遗址。记录和留下的，是散失的美丽和不再的团聚以及如同空格的虚无，那是留给今后的"填空"，那是那200多个年轻人的我们现在尚且未知的未来。

对于将发放"象征物品"当职业的人来说，无论发出去多少，对谁发，都是没什么感觉和十分平静的，除了学士帽，还包括结婚证和离婚证。昨天为我体检抽血的那个女大夫，无论我怎么让她别扎歪了，她还是扎歪了，而且比给其他人扎得更歪。乖乖！

这就是职业性的无动于衷和冷酷，是谁都会得的毛病。但是，当每年都拉送一次的这些黑袍子黑帽子穿戴的时候到了——往年是骑三轮，今年是用面包车，于我们，这仿佛是老姑娘迎面撞见了个好光棍。

评论：

冷静地看出热闹背后的真实来，是你独到的眼光。

匆忙旅途中，众人似乎都在追逐着一项项有形无形的帽子。有的帽子只是借戴一下，比如齐老师笔下的学士帽，而有的帽子却是戴上了就像孙悟空的紧箍咒再也摘不下来。更多的时候，目光则是被许多满天飞的名目繁多的帽子吸引，众人跳摘着哄抢这些帽子。幸运者戴在头上，既被许多不幸者嫉妒，又有被得意忘形的自己弄丢的可能。得到功利的帽子时得意，失去功利的帽子时失意。得意与失意相伴的旅途也是人生的常态。可还有许多人，在为得到各种帽子而忙碌着，而痛苦着，而欢笑着。

可历史却也有反弹琵琶的时候，比如那些个给人乱扣帽子的年代，那些帽子就像洪水猛兽，是谁也不愿意戴的，而那些发帽子的人却又是那样地狂热。有许多不幸者被迫戴着这样的帽子离开了人世，当然也有许多不幸中的幸运者，高兴地等来了摘掉帽子的时刻，获得了新生。

众生中的我们既是戴帽子的人，又同时扮演着发放帽子的角色。戴时的喜悦，与发时的清醒后的麻木也许又形成对比。戴时是一种沉醉时的渴望，发时则是一项模式化的工作程序。

狂热与清醒，形式与内容，得到与失去。帽子是什么？是窗外孩子手中投掷的雪球吗？是万能的造物主送给人类割裂世界的刀斧吗？

下雪时，有人怕冷才戴上帽子，可也有人为了享受雪花与大脑近距离接触的乐趣，却只让大自然中纯洁的精灵和他那与大脑离得较近的头发亲密接触，那也是一种惬意的人生。

帽子戏法

连续去学校八天的我们，盼望寒假的到来，就好比星星盼望月亮，哦，说错了，是月亮盼望太阳。月亮值班值了一夜，老在空中挂着，累急切了，就希望天空的黎明早到，就想叫太阳上班。上班的目的是什么，我有时自问，答案就是上班本身。本来这个世界上没必要那么多的人上班，就比如保安，他们有必要上班吗？没有，只要强盗不上班，他们就不用上什么班了。今天语言大学的校门口，有一群人打起来了，我正想上去阻拦，就像我头两个星期那样，但仔细一瞧，竟然是穿着制服的保安们在激烈斗殴。刚才在长安街的路口，一个警察出现在两个因为骑电动车发生碰撞而打架的男子之间，三人你一句我一句地十分俏皮。我问你们是在说相声吗？警察说差不多，这两个小子撞车了，报了警，他来了一看，那两个骑车人竟然越打越投机，成了朋友了！

今天去打乙肝的疫苗。打针对于任何伟大的男子，都是一种致命的生死考验。我向打针的女"大夫"央求："大夫，您千万要轻轻地打啊！（像徐志摩离别康桥那样）"为了让她手下留情，我还特意在搞不清楚她究竟是大夫还是护士的情况下，使劲地连声呼叫着她："大夫……"

她的确下手很轻，就像用鹅毛擦拭着俺的"沉重的翅膀"（打胳臂针）。但就在她把液体快推干净和针快被她拔出的时候，她突然，开始了剧烈的从肺腑深处始发的——咳嗽！

正好我的感冒也没好彻底，于是，我们两个对着猛烈地，不同步地，咳嗽了起来。

该说到这篇文字的主题了：我们的帽子还少吗？中国流传下来的不说，光是舶来的，就有学士帽、硕士帽、博士帽、博士生导师帽。一群炎帝黄帝的子孙，在没有一个西方人的场合（今年澳洲的 Paul 倒是姗姗来了），那么正经庄重地把一大片黑乎乎的帽子扣在本该戴秀才帽、举人帽、进士帽、状元帽的学子的头上，这种举止有没有人觉得可笑？

我倒是建议全国恢复考取"秀才"的制度。考举人和进士太辛苦，要折杀人命，但"秀才"却是个风雅的称号，考起来也无须把头倒悬在梁上，也不用针头样锥子刺进骨头。梁上的，就一定是君子吗？

我要是干猎头就专门猎那些有"秀才"名号的人。我不看你的"光棍"文凭硬还是不硬，只要你是个能背诵唐诗宋词和《西游记》的"秀才"，即使你不会半句的 English，你也是本时代的精英。

因为你懂人情世故，因为你知道什么是山水的美好，因为你还知道那不大好搞懂的"好和歹"。我发觉只会 English 的人还没开始学习什么是"好歹"，还没开始"人之初"呢。

类似不懂"人之初"但被西方人的大帽子装饰得花花绿绿红红火火的，还有得了"诺贝尔"症或被种了"诺贝尔疫苗"的人。

那个诺贝尔，假若我没记错，是研制炸药的。

评论：
当帽子变成名利的光环时，路人和戴帽者都可能被诱惑并迷惑。

黑色的垃圾的雪国

在我的文章中，鲜有关于天气的，但下雪就例外了，何况，北京已经不常下雪。我是想说，前天1月17日，北京下了第一场"白色"的雪。北京去年年底曾下了一次雪，但那雪下得实在是十分地初级和不专业，散漫得像是拍电影时撒的碎纸。当然即使是下了雪，地也同样是灰黑色的。那还不叫雪。

我小时候的北京，是有"白"雪的北京。那时孩子们一到了冬天，都穿上白塑料底的、灯芯绒黑帮子的大棉鞋，走在厚雪上，咯吱咯吱地愉快地响，还留下一串串剪纸样好看的鞋样子，实在令人怀念得很。现在呢，白色的深厚的雪没了，孩子们也长大出走了，即使下少许的雪，也是摄影棚中造景般的吝啬，即使你踩一脚，它也不滑，你再一使劲，它就变成黑色的了。

咳，连雪都黑了。

有几幅雪景，从儿时到现在一直都没有消融。最美的，是《红楼梦》中男女孩子们身披红色的长袍，在雪中作诗饮酒的那一幅。初中时读的，但至今那雪景还没有化呢，且越下越大了。

日本人川端康成有一部小说，叫《雪国》，别的记不住了，开头的一句话"列车出了隧道，一睁眼，眼前的就是雪国"，至今还没有忘掉。生活的车，我们天天坐着开着，但睁开眼就是洁净的"雪国"，这在现在只能是一种奢求。我们的"生活过山车",常常是一穿过漫长的黑暗的郁闷的令人窒息的隧道,好容易开出去了,睁眼见到的,完全不是洁净的"雪国",而是一座垃圾的大山,之后是第二座,还有那第三座,就好比意大利热那亚城眼下正在闹着的"垃圾灾难"似的——全城的垃圾,几个月都没人收了。假如你明天坐着冬日的列车从意大利的某个山洞里钻出,一睁眼看到的,肯定就是连绵不断的一个——"垃圾王国"。

评论:

记忆中圣洁的雪景与这黑色垃圾的雪国形成鲜明对比,一时的遮盖并不能解决根本问题。洁净不被污染的心灵,才配与天国的雪共舞。

俺那三个"纨绔学生"

上周五,我给三个学生监考完毕,算是结束了对他们三个长达三个月的"特殊教诲"。以前考试时共有两种学生:一,不作弊的;二,作弊的。而前天监考他们三个时,我惊奇地发现还有第三种:你让他们作弊他们都不作弊的。我见他们只字不答,就像特别坚强的地下战士似的,连谁是上级都不说,我就故意出去了一会儿,留下点时间让他们"思考"——我知道他们的书就在旁边。但我回去的时候,竟发现那卷子上还是雪白的,他们还在东张西望,但就是不屑于看那白色的我亲自出的卷子一眼。于是,我回到管理这三个"特殊学士"的培训部,对几个老师说:"完了,完了,这三个孩子是真的没救了,考试时连抄袭的欲望和企图都没有了!心真是死了,心真是死了!"

他们的父母想送他们到美国读书,出国前需先在国内"预热"两年。他们的父母应该是极其富有的人:有在山西开万人学校的,有在天津开千人工厂的,有在北京卖化工原料的。由于他们的家庭背景不同寻常,所以我还不能照着"政治经济学"的原装意思讲课,因为那里面充斥着对资本家剥削工人的分析和批评,那就如同每堂课都说他们的父亲不对。例如,我有一天问他们咋样才能激发工人的劳动热情,因为我想就此引入一些西方管理学的知识,这时他们其中的一个好像突然醒了,来老神了,答曰:"就先开除几个吧!"

我是为数不多的能将教他们三个的课坚持到底的"老师"。他们每天睡眼惺忪，无精打采，上午10点钟艰难起床，到了教室昏昏欲睡。我问他们夜里几点睡觉，他们说也就10点来钟吧。我一算，12个小时，足够啦！他们回答完毕就又昏睡下去了。

给他们三个上课，是对教师意志坚强与否的最真的考验，因为他们三个必然有一个睡觉，必然有一个发短信，之后，必然有一个向你投来蔑视的眼神，然后他们三个还相互大声说着"悄悄话"，还不时在你的演讲不该画句号的时候突然大叫"好"，就好比唱戏的角儿正在玩命提调门的当间儿别人大叫"好"，你一分神，就再也提不上去了，或者半截唱劈了"亮嗓"。

最难熬的是他们只来了两个，又相互发短信的时候。那时我仿佛成了梅兰芳，正在给两个宫里的太监极为动情地、声泪俱下地表演着"贵妃醉酒"。我还要劈叉，我还要充分显示练好的身段，我还要脸上羞涩地带着红扑扑的晕哩。我有一次再也容忍不下去了，就对他们说："同学们，课就上到这儿吧。快，快冲出去看看火啊。语言大学的礼堂正在熊熊地烧着呢。50年难得一遇。冲啊！"

还有一次，即使他们三个互发短信，即使他们从床上哼哼不起，即使他们眉来眼去，即使他们哼哼呀呀的，即使他们不摇头地贪睡在那里我的谆谆教导声却越来越大……，气宇却更加地轩昂，听起来那么地动听执着，就好比是陈独秀在对"五四"青年们振臂号召。

原来那次我们上课用的是音像教室，他们三个座位前面用板子挡着，我根本就看不见他们的脸，我是在对着教室后面的白墙做着激情的演说。不对真人和空墙上课，俺是训练有素的，俺给远程教育学院上课的时候就是对着墙和摄像机上的。我凭幻觉和想象力，"知道"墙中有成千上万的我的"隐形粉丝"，他们像看天象那样痴情地死盯着俺呢。

刚才那个"俺",俺用得挺亲切的。电视剧《闯关东》中所有的俺们山东人的先人,都在屏幕上对俺那么说。哦,俺下次上课干脆就也"俺"来"俺"去吧。

对他们三个,我也不乏批评。有一次经过三次的电话催促,包括向他们父母告状,我们终于把他们三个"姗姗"请到了教室。我那天讲"竞争和垄断"。我先讲两个英文里的核心关键词:to compete(竞争)、competitiveness(竞争性)和 commitment(承诺)。我说:"你们不是要到美国去读书吗,这两项是你们的父母希望你们到那里学回来的:叫你们具备竞争性,叫你们懂得对承诺的珍重。"我随后话锋一转,"可遗憾的是,到目前为止,在你们身上,我既看不到任何的竞争性,也没有丝毫的守约迹象,你们连区区的床,都按时起不来啊!"我接着说:"虽然老师在你们的眼里可能吊儿郎当的还天天打篮球,但老师从教几年了,可一分钟都没迟到过啊。因为按时来是我对你们的承诺的守约。你们不幸地没有被放在400号人里一起上课,那样你们睡也就睡了,一个不来,是400分之一的约没守。可你们现在是三个人上课,一个不来,就毁了三分之一的约,瞧分量是多么地沉重!"

我声情并茂了一通后,就叫他们快去看大火了。

我还特别诚恳地教他们怎么用被别人兼并的战术方法,在适当的时候把他们的父业卖掉,因为我说你们实在太不适合当万人学校的校长和千人工厂的领袖人物了,那样不是你们的父亲对不起你们就是你们对不起你们那么不容易的父亲。我还说有许多人生意做着做着,就做到大牢里去了,因为商场残酷无情风险遍布。老师我的生意做着做着,不就做到给你们当老师挣课时费的地步了吗?尽管老师把这些钱的一半,用于给学生买篮球和买新年联欢会分发的巧克力糖了。但老师毕竟还是私下留了一半,用于请办公室的同事吃饭改善生活啊!

郑老师是个直性子，有一次对那个女孩子劈头就说："姗姗，你咋老是姗姗来迟？还有，你咋脸色老那么惨白，眼也老那么翻着看人，说话还老那么刻薄？就好像老有病似的。"女孩子一听，脸色更白而且眼又翻起来了："老师你说对了，我就是有病。我打小就老贫血！"

二代和《一轮明月》

昨天说的那三个弟子，显然涉及了"富二代能继续富否"的问题。二代形同人的转世，人转世之后，还是那个人吗？

现在不少的二代，正如那个"姗姗"的女孩似的，总是贫血。身体的贫血是需要怜悯的，那可用枣子一类的东西补养，精神上贫血的医疗配方，好像很难找的，且要因人而异和对症下药。

李叔同在西湖的船上，对着他至死都没有搞清楚名字的日本妻子解释什么叫"爱"，说："爱就是慈悲。"兴许，这是治疗二代人贫血的一种方子。电影《一轮明月》中的李叔同，是在一片烛火的小河上，随着一条小船而去的。他去的，可能就是长亭子之外和古道的边缘。那也是一种补品。

濮存昕在拍摄《一轮明月》时，西湖的雷峰塔已经建成，城隍阁在湖中也能看见，而且后面的山是黑黝黝的，那一幅图，我曾在家中看见，而且一模一样。那画面，就是一种对贫血的大补。

二代人守财是可能的，二代人守名和守节，可并不容易。二代的不幸就是生于二代。催生他们的，可能并不是真的"爱的慈悲"，而是"一代"原始的欲望。李叔同降生时，他父亲已经60多岁了，何况母亲还是第四房，何况那种"守"，还伴随着"分"：分房，分家，分钱。从精神上说，他才是真正的"一代"，没有李叔同，谁在乎他那进士的父亲呢？进士能用筐装，可叔同只有一个。他使他父亲成名，他令他父亲的存在有了意义。他生为财富的二代，却变成了精神的"一代"，继承他的精神财产的，是我们这些亿万的二代、三代和万代。

善哉，善哉！

"老年"篮球乐趣之一

下午央视体育台播放了一场篮球赛，是1992年在巴塞罗那奥运会的男子篮球半决赛，对阵双方是美国和立陶宛，美国是"梦之一队"，队中有乔丹、皮蓬、马龙、斯托克顿、"魔术师"约翰逊等球星。那个"魔术师"约翰逊，我好像从没看过他打比赛，印象里的他，是一个艾滋病毒携带者，他被查出病毒后，经常到北美各地鼓励大家不要害怕，挺可爱的一副样子。艾滋病毒一般在人体内潜伏8~9年，而那场球赛，却是16年前进行的。但愿"魔术师"有超人的本事，身体上安全无恙。

观赏体育和从事体育，是"共时"的两桩事情，"共时"是我从语言学中借用过来的，意思是需要同步。很难理解一个从没打过篮球的人，怎样去欣赏乔丹的比赛，当然，也有马龙的。马龙在罚球时，总是不准，这跟我上个月在学校球场上罚球的时候一样。马龙还有一个习惯，就是每当罚球的时候，都嘴里念念有词，人们无法考证，他那时嘴里嘟哝的是什么，是"上帝啊，这次该进了吧"，还是"我靠，我靠，我靠"一类的。

天下第一乐事——放假

放假的第一天,就可以接下来好好说说篮球之乐了。不搞教育不知道,一搞就吓了一跳,跳出来了个寒假和暑假。哪怕没什么工作和工资,但有了超人的休闲。从前在北美工作的时候,每年有两个星期的假,就已经不得了了,后来去欧洲出差,才知道欧洲竟然有一个多月的假。尤其是德国人,规矩死死板板的,一天都不能够少。后来回国跟意大利人做生意,天不怕地不怕,就怕他们休假,因为中国正在马不停蹄地发展,全国人都急得不行,尤其是生意人,把休息当成罪恶和没出息,可意大利人不管怎样折腾,七八月一来,整个国家都像是倒闭关门了。有一年十几个集装箱的货,本以为已经装上"贼船"运到天津港了,一打听,因为放假没了船,没发货,后来好歹说抢着运出来了,却是一艘以色列的小船,那小船慢悠悠地别处不走,专走阿拉伯地区那些同犹太人结仇的门口。我和房地产开发商——北京的一个大户老板盼啊盼啊,好歹盼到了一个消息:船失踪了。接着说遇到了100级台风。再到后来,在老板都快从自己开发的楼盘的楼顶上,一猛子跳下来的一刻,货终于到了。老板他,才没朝下栽葱。

而今的俺,也有了半薪的寒假,虽然北京没雪,于我,也是鹅绒绒地舒服。所谓的"舒服",并非早晨赖床的一种,能出门游手好闲,飘然过市,又不被人说成个闲汉和野汉,也算是了。静静地,心安理得地,问心无愧地，从容不迫地，无所用心地笑看天下所有的从前的"老齐"们，在纷繁的，淋漓尽致的，剪不断理还要更乱最后乱成了一锅稀粥了的忙碌和杀戮中惴惴，放假，静养，静观，嬉笑，莫非不算是天下第一乐事？

"老年"篮球乐趣之二

篮球之乐，乐在能随心所欲。

我把前两天写的那个"老年篮球乐趣"的"老年"上，加上个引号，因为好像还能打篮球的人，就不应该说"老"。因此我的"不老"，是以能打篮球能踢足球为标志的，手只要还在打着，就是拍打着青春，脚只要还在踢着，就是长命百岁。

乔丹最后从 NBA 退役的时候，已是 40 岁开外了。40 岁开外篮球的意境，只有真打到 40 岁以后的人才能知道，由此，我算是极其幸运的一个。

40~50 岁的人的所谓成功，通常是一出自家的门洞，就有一辆屁股冒烟的轿车，通常是黑色的，在那里候着，等候着的人还不能太急，或许，还擦着车。20 世纪 70 年代父亲像我这个年纪的时候（兴许稍老一些），楼下，就总有那么一辆。他身披呢子长衣，在楼人和家人的目光的暗送下，步步走向黑色的车。我现在住的这个楼早先红火时也是那样：轿车早晨都排着，冬日尾巴冒着袅袅的白烟，等待着那些中老年的"成功人士"——大多是男性，一个接一个从门洞中四平八稳地踱出。

而同是这个年纪的俺，却还在篮球场上拼命地抢球。

40 岁男子打篮球是一种吸鸦片似的享受，那奇妙只能自知和偷乐。鸦片没吸过，但见过一个吸毒的小伙子，在渥太华上大学时有个白人的同学在学生宿舍吸食毒品，他的手是软的，如肉质的面团，那是"享受"

后的放松吧。

成人只要还能打篮球，就是球场上的"大智者"。我有时自己都觉得不可思议，我一个叔叔爸爸辈的"大哥"，因何能把那些该进的球，80%的都进？因何能用弹指，把小家伙们打得人仰马翻？啊，我用的就是成人的智谋！

20岁打球用的是体力和冲动，40岁打球用的是脑子和精神。就好比老兵似的，他们从不朝枪口上冲撞，他们还能用敌人的枪将敌人击毙。那个斯托克顿就是这方面的大师，他一米八几的个头在NBA算不上高，但他就像是一个蜘蛛侠，或者像"胶水"，再就是"二癞子"，飞在粘在滑翔在那些也太高大的球员中间。前几天看那场16年前的奥运会男篮半决赛，我又留意到他的几个你意想不到的动作，其中有一个，他竟然把对方一个大个子的胯部当板凳用，踩着上篮投球。

"中老年人"投球更是一绝。我20岁投篮，凭的是精确度；我40岁再投篮，用的却是气功；20岁球找篮，40岁篮找球。球篮仿佛是磁铁的一头，飞着朝另一极靠拢。再好比是一公和一母：篮是"母"，我脱手的球是"公"，它们想相好的话，你如何拆，都别想把他们分开，我投的球能同篮筐谈情说爱和亲嘴哩！你注意了吗？乔丹"晚年"投出的球也有这种"亲和力"了：他的投篮不同于姚明的，即便两者貌似，但20岁人投入的球没有那股子"内功"和"邪气"。从何而来？曰岁月的历练，曰通人情事理，曰百折不挠，曰岁月的情怀，曰老奸巨猾，曰身残却志坚，曰老不正经的，曰深情厚谊的，曰从异性那儿采集而来的甜蜜，曰含情脉脉的，曰当孩子爸爸当的……总之，那球早已不再是球了，是带了股"谷子地"（《集结号》主人公的名字）里蹿出的磅礴地气的，是携有底气怨气或者怒气豪气的，总之它就是能进篮！

就是能进，好歹能进，死活能进！

醉意出文章

就跟棒打出孝子那样，几分的醉意，也能助兴出摇动的文字。

从玉渊潭冰封的湖面，走向翠微大厦的"新华书店"，那里，有一套鲁迅翻译的文学作品选集，在等候着我。我去书店从来都是被盘剥得精光，买到只剩下回家的路费后才离开的，因此上次这两部译文集子，朝我招呼了一下，就又在书架上睡了。

买鲁迅翻译文集一直是我的一个心思。第一次发现它的诱惑，是在鲁迅纪念馆的书店之中。我发觉，那是一片颇为神奇的土地，但那次没买，因为要坐车回家。后来新版的《鲁迅全集》（人民文学出版社版）出了，里面没有收录一篇他翻译的作品。

鲁迅的译文好比一件古老的家具，是不能用来坐的，它很寂寞，也很低调，同时，它还没人留意。但鲁迅的译文中有超级的美，雕刻般的，原创般的，原始般的，你翻开一页，别管是译自何国人的文章——俄国人的，日本人的；革命的，不革命的；小说的，儿童文学的；用古文译的，用白文译的；一眼就知道是鲁迅的文笔——那般地俊秀，也那般地冷清，在俊秀和冷清中，还有着博爱和杀气。

昨天看民国人夏丏尊的散文集，又多知道了一点鲁迅。夏氏我是从电影《一轮明月》中知道的，知道他是李叔同在杭州教书时的同事，还知道是经他的点拨，李叔同才变成了那个"弘一"。他还是鲁迅的同事，一同在杭州"浙江一师"教书。左右手两个好友,一个李叔同,一个鲁迅;一个当了和尚,一个做了"刀笔吏";一个专门救赎,一个专门"杀人"——当然是用笔尖刺杀坏人庸人了。

从夏丏尊对于鲁迅的追忆,我知道了鲁迅主讲过任谁都不好意思讲的"生理卫生"课,其中还包括了"生殖系统"。鲁迅不许学生在他讲人体结构时笑出声来,在写讲义的时候,还故意"用着许多古语,用'也'表示女阴,用'了'表示男阳,用'系'①表示精子,诸如此类"。(《鲁迅翁杂忆》)

看来鲁迅在杭州的时候,就已经从西湖的水中,捞上来了几许的绿色滑稽。

夏丏尊还说鲁迅在日本学医时,曾经"解剖过不少的尸体,有老年的,壮年的,男的,女的"。文中没说那些被鲁迅掏心挖肺的尸体是不是日本人的,但窃以为,必定和应该是的。

关于"弘一法师",据说李叔同之前并未有心向佛,是夏丏尊从一本杂志上搬来了"禁食"的说法,叔同先试了,爽了,后来又是夏丏尊用话激他:"有本事你当真的和尚去啊!"话音还没落,叔同就真的去虎跑寺了。

---

① 是"系"字下方没有两个点,是借用日文。作者注。

尾气的灾难

都说北京这个地方是块宝地,好像还真有那么点意思,眼下全国人民都在大小"雪灾"中"抗战"——从南到北,从东到西,该下的,不该下的,下过的,没下过的,可偏偏北京的天空就是没雪,有的只是上去后又沉下来的——汽车尾气。

北京的汽车,分明已经变成了灾祸,我昨日上街,就是从汽车的夹缝里穿行的,别管是大道或小路上,也不论是男人或女人,都与那些个泛滥得好比"钢铁蝗虫"的汽车,在较劲着。他们似乎忘记了一个特别基本的道理:开车,为的是快。而那些车里的人,都在一辆辆、一溜溜、一堆堆根本就纹丝不动的车里面傻坐着,注目着我从他们前面大摇大摆地通过。由此,我羡慕鲁迅时代的没有如此多的车,我嫉妒起那时虽然有车,却是人力拉的车。用人力拉车,是最好的"减排"方法,是人类出行时的"自助",是骡马们的福音,而且人拉着人走时,排放的,最多是一小股不会使地球温度升高的气体——屁。油价都爬高到100美元了,北京的地面上还停滞着如此众多的压根就开不起来的车,看来,我们距离回归到鲁迅时代以骆驼祥子们为主要交通工具的年月已经为期不远。本来能用1000年的石油,本来能走100万年的路,假若省着用的话,就这样被毫无节制、毫无分寸感的自私的现代人类给"造"光,我认为是很可惜的。鲁迅时代的聪明人用破帽遮掩着头"过闹事",或者是"怒向刀丛觅小诗",再或是用"漏船载酒泛中流",那年月虽然清苦些,好歹还有空气清新的"闹市",有慢悠悠的"漏船",好歹那时的河流还是清的,河里也还有鱼虾,空气中还有零星的飘逸的"小诗"。尾气,尾气!可怕的化学的毒气,它令大诗小诗全无,它把人的肺变化成了废气处理筒子;是它,让我们的地球短命,让我们先辈们刀丛上的舞蹈和挣扎,最终变成无谓的牺牲和闹剧。因为人类很可能就因为这一股股的尾气,而不复存在,而万劫不复!

本人的"后冰球时代"
——正式开始啦

昨天紫竹院冰场的冰,是墨绿色的,就好似一块硕大的翡翠。

18年后,我第二次拥有了自己的冰球和球杆,进入了本人的"后"冰球时代。

这副新的"行头",是10天前在后海滑冰后从一个小体育用品店买到的。我无心地问了一句:"有冰杆吗?"那女店主还真的从冰箱后拎出来了一根。我出店门后,又返回去,试着问:"有冰球吗?"于是她从像是垃圾的一堆废物里,捡给我了一个黑黝黝的崭新的"黑光"冰球,只要20元。我连价都没讲就坐上了13路公交车。在车上,我听到我后面一个老爷爷对他好奇并有些惊恐的小孙子说:"那个人怀里面紧紧抱着的,可能是一根用作打冰球的杆子。"

1990年在渥太华读书的时候,一个当地同学Jim带着我兴冲冲去到一个大百货商场,买了一个杆子和一个黑色的球。从那时,我才知道冰球杆在英语中叫作"stick"。英语的筷子叫"chopstick",那个stick,就是一根"棍子"的意思,你用它夹菜,它是筷子,你用它夹冰球,就变成球杆了。

我第一次打冰球就是同Jim以及我们班上的那些加拿大同学,那次我真大开眼界:原本书生般的一群人,高的矮的胖的瘦的,一到了冰上,就好像是猪八戒脚踩西瓜皮,个个溜得贼快、贼猛,如履平地,如进"无冰之境"。加拿大孩子打冰球，就好比中国的男孩子踢足球——当然是指俺们那个年代的孩子了，用的是"童子功"，非常自由和熟练。他们说来就来，说去就去，冰球散了，换上便衣，你根本就想象不到他们是一群冰上的"超级球星"。

那是我第一次在加国打冰球，也是最后一次。后来就沉迷于滑雪，热心于从上而下的那种"跳楼运动"。冰，每年都滑，但屋后的冰场里是不许打冰球的，只让你顺时针或逆时针一圈圈没完没了地转，就像是老鼠自己追踪自己的尾巴却总也够不着似的。

1998年回国前，我的冰球杆和那个只打了几下的黑色的冰球，连同我当时用四分之一存款买的整套滑雪用具，都一样不落地送给老邻居张兄了，因为张兄从不舍得买它们但总表现得特别喜欢它们，尤其是我嚷着要回归祖国的那一两年里。

回国十年，滑雪滑过若干次的，但近两年根本没滑，由于我那个唯一的忠诚"雪友"——而不是"血友"——也是个"张"姓的老同学，在"非典"那年的冬天，背着我自己一个人去"偷滑"，结果以尾巴骨和大腿骨的双重断裂的结果从此遗弃了我。

于是我只有滑冰。我头几年也每年打打冰球，但用的不是自己的杆子和球。并不是因为它们很贵，而是你需要到王府井的"利生"体育用品专卖店去买，然后你就得抱着一个长长的似打狗棍样的杆子，从挤满全国、世界各地涌来的游客们的街道穿行而过，你可能要迎头用目光回答他们投来的"这小子想干吗？"的——比较难以答辩的质疑，何况王府井一带早没什么野狗了。

借用别人的球杆，也是件比较不容易的事，尤其是对一个曾经拥有过更好的杆和更好的球的本人来说。你要趁他们打累了停下来吸烟的时候，你要事先跟他们套套近乎，你还要特别好奇地问："哥哥, 我这么拿对吗？"

好在那些个"冰球大哥"们,个个都是出奇得豪爽和慷慨,你一提,没一个不借给你的。毕竟,能抡得了球杆在冰上飞奔的,在全北京城,或许不到1000人了。他们大都是我兄长一辈的,几十年前练就的童子功。还有,打冰球的人没有不开朗和充满豪气的,粗犷上外加几分的细腻和野性的美,因为冰球中毕竟有速度,有危险,有技巧,有配合,有力量。玩这种球的底线,是飞奔在室外的零度之下。不是说北京找不到真的男子汉了吗?到冰球场上去找吧,即使他们大都已经是暮年的"烈士"。

也连同了刚开启自己"后冰球时代"的我。

才子走了，佳人又去——说章含之

上星期从学校往家里倒腾书，有一本，一个同事借走了，我死活地要，她死活地找不到了，就是叫《跨过厚厚的大红门》的那本，是章含之写的。而她，竟前日离去了。

我看了许多纪念她的文章，有把她叫"名媛"的，有说她是中国的"简·爱"的，无论如何，她这么早地离去——73岁还不到，是出乎我们的意料的，因为她毕竟留下了一个与才子乔冠华之间堪称为传奇的故事，她是"弃女"——生下后父母就不要她了，把她送到"下一只角"——上海穷人生活的地方，那是她母亲对富足丈夫不义行为的变向报复。

关于她和乔冠华的故事，我第一次听说，还是在20世纪70年代，北京有消息门路的人都在议论着，我那时还是小孩子，由于对这方面的无知，传消息和听消息的时候，没有像成年人那般地眉飞色舞。但后来不同了，尤其是读了她那本《跨过厚厚的大红门》以后，才知道何为真实的才子，何为真实的佳人，何为中国式的忠贞不渝，何为人去了楼还没有空，因为有思念的跟随。

记忆一个时代的故事，并不都发生在自己的身上，倘若那样，这人生好不无聊？一个时代的记忆里，肯定和注定要包括了一些与自己不直接相关的风流人物的故事，而某个时代的真正终结，是以那个时代的"好男人"们和"好女人"们的一个个生命体的告别为标志的,所以说章含之的"早逝",是超出了她生命消逝的另一种更多和更大的遗憾,这使得我们过早切身感到思维狂欢了一场——通过他们那辈人编制的浪漫故事——的时代提早地结束。

"佳人"即使有了,也要有"才子"相配。于是,我们看到的是一个娇柔的女子,每星期,到中南海同暮年的毛主席探讨 English 问题。那应该是一个懂得"惜玉"的慈祥老人,对一个美好女子的祖父般的赏识。

可能没有"乔老爷"的那顶才华横溢的"大轿",章含之的一生,都止步在一个大家闺秀和一个才女。他们那是一段人生半途上的"天仙配","老乔"在与章含之谋面前的风流,是政治场上的、外交场上的,而非感情上的。他们的"恋情",起始非同寻常,由毛主席亲自搭桥结合,二人在寂寥中厮守,没有名誉恢复的希望,最后一个命归西天,一个墓外抒发无尽期的思念。

中国"简"和英国"简"是不同的,相同的只是老夫少妻,不同的是虽然都是半世后的爱怜,中国的,却把经历风光无限后的悲惨一同挺过去了,却丝毫没有改变,忠贞不渝,愈长久愈浓烈。这真是奇特,也真难为了她——章含之。英国人"简"的故事,我们只看到了他们在古堡变成灰烬后携手相握的那一个画面,故事就了结了,可"乔章配",我们既看到了老乔的西去,也目睹了"伊人"的忠贞,唯一恼怒的,就是红颜果然"薄命"。命于有些人,尤其是坏人,四五十岁就嫌长了,可那么气度非凡母仪丰饶的章含之,经过那么多磨难和起伏的章含之,73 岁,实在是不应该的"太短"和"太薄"。

也可能,是老天想把那个完美的爱的传说,为我们画上一个典雅和干净的——句号?

用她女儿洪晃的话说,"我进门叫作'进门',而我妈进门,那叫作'亮相！"她说的的确对，那个时代有教养的"佳人"，我是有亲身体会的，她们的出现，就仿佛是在"亮相"，无意间给你一种震慑和自惭形秽的自卑。那正还是出于典雅的绝艳吧！在雅典娜和维纳斯面前，她们哪怕只有一根断臂，那能量，也能将你弹出十步。

其实前年，我是有一个机会去现场看对章含之的访谈的，但那周末实在是想休息，一想北京的名人太多了，何况章含之年岁并不大，兴许什么时候就能见到。

洪晃说史家胡同51号——乔章二人的故居，眼下正摆设着章含之的灵堂，公众也可以前去悼念。我想普通的外人和群众，就没必要真的去了。活人都没去见，何况是逝者呢？不过我相信，那个平静却不平常的院子，可能有一天会被改造成为爱情纪念馆的，正如西湖边那个"梁祝"的读书房，那书房即使是被拆被毁灭了，过1000年后，只要是章含之的《跨过厚厚的大红门》还没失传，后人也会重建一个新"史家胡同51号"的。

因为那爱怜的"大红门"—携手跨进去——用了真的感情，再出来，还真的不容易。

评《红楼梦》电视剧选角换角风波

这阵子观众都在热议姚笛不该演林黛玉,是因为要当咱中国人的那个林妹妹,一个条件必须具备,就是非要"从天上掉下来"。什么叫"从天上掉下来"?其实就是读过《红楼梦》的喜欢《红楼梦》的中国人——看到谁饰演黛玉的,就该脱口而出,就该情不自禁:"就是她!"

姚笛经得住这样的"第一眼"吗?那么多次的层层选秀,那么多只眼睛看来看去,姚笛可都是被当成"宝姐姐"看的啊?姑且不说姚笛是不是那个最好的"宝姐姐",可最起码,上亿只眼睛都压根儿没曾把她当成"林妹妹"看过,就说明她别管来自天上还是出自地下,她无论有什么超常的背景,观众都不会把她当作"天上掉下"的那个林妹妹。

黛玉、宝钗之分,可不仅仅是形象外观之分,否则曹雪芹含辛茹苦写了那么多年的《红楼梦》,岂不是枉费了一场心机?黛玉、宝钗之分相貌性格之分,是品性之分,是非之分,是为人处世态度之分,是审美趣味之分,是社会观念之分。总之,一部《红楼梦》,争的就是谁该是黛玉谁该是宝钗,争的就是究竟宝玉是该让爱憎分明的黛玉妹妹当媳妇还是该娶圆滑世故的宝姐姐,这二人绝不应混淆,这二人,可不是说变换就变换说顶替就顶替的,她们都要符合中国人的那副"天眼"才行,而那天眼,是中国人价值观和审美观的代称。要想鱼目混珠,也不是没有办法，现成的法子倒是有一个，就是《红楼梦》中教的——"掉包"。

都说高鹗没续好《红楼梦》，说他对不起曹公，但我认为，有一个重要情节，高鹗编得不错，就是"掉包计"。"掉包计"使天上掉下的林黛玉惨重地摔到了地上，"掉包计"使宝钗的心机得逞，"掉包计"让是非颠倒，让好梦成灰，让苍天悲悯，让万众哭泣；"掉包"调准了《红楼梦》哀伤的调子，是它，使得《红楼梦》成为第一悲剧。

而王夫人、王熙凤当年搞"掉包"时用的就是瞒天过海，就是捂着盖着，就是暗箱操作，就是鱼目混珠。

大观园中当年的悲剧，现在新版开拍前就已经上演，现在大家争论的，分明并不是"黛玉组"里究竟谁该演黛玉——李旭丹也好，闵春晓也罢，众人不解的谜团都集中在了一点，那就是为什么那些好歹身上有些林妹妹的影子和魂魄的黛玉们，突然地莫明其妙地，被本来的"宝姐姐冠军"给顶替了；贾宝玉知道了也会同样地纳闷，也会捶胸顿足和痛不欲生，因为盖头下面的——压根儿就不是他想要的那个才华出众以泪洗面的好妹妹。

但机关算尽——莫非，是要误了尔等的"卿卿性命"？

雪灾、股灾和人灾

新年伊始，南方就被大雪埋没了。同时，中国的股市，也像是山崩地裂，从5000点朝4000点直线下垂。

昨天读到一篇文章，其中有人问，在大灾之时北京人能做一点什么，我想我能做的，至少，是把这个灾难给记录下来，让后面的人们知道，2008年中国的第一场外加最后一场雪，都下到原本不该下的南方去了。我之所以记录这灾难，还因为另一篇文章说，等下星期雪一融化，人们很快就会把这场不该下的雪给忘记。

我能做的另一件事情，恐怕是再一次在别人说了之后重申：这场雪是天灾更是人祸，或者准确地说，是由人祸引起的天灾——它归根结底是地球变暖造成的，就是那个西方人说的坏坏的"女孩儿"。"女孩儿"象征着一个怪怪的气流，她十分顽皮，她在跟人类和地球开着让她自己快乐、让人类和地球倒霉的玩笑，她就像一个想在哪儿撒尿就能把尿撒到哪儿的坏女人，而今年不幸，她把尿错撒到了我国的南部，那尿一冻，就变成了 icing rain——"冰雨"。

作为在地球最寒冷的大城市之一——蒙特利尔生活过近十年的我们一家人，什么样的天寒地冻都经历过，其中包括了人的耳朵因天冷一拨拉就掉下来，当然的，也包括了那臭名昭著的"冰雨"。"冰雨"唱成歌曲浪漫，可"冰雨"变成了真的却令人悲观。那"冰雨"用形象的比喻来说，就好比糖葫芦外面裹一层冰样子的糖，外面看起来光亮光亮的，但那冰糖太厚了，你根本就咬不动它。大概是在1997年，蒙特利尔闹过一场跟今天中国一模一样的"冰雨"，那真叫作冷，"雨"来得突如其来，那场景，就像是人类回到了冰川时代。政府在救援，把城里的购物中心都开放了，让没电的人去避寒。我恰逢要回亚洲出差，机票都买妥了，飞机就是在"冰场"出溜着飞不起来。好容易有架飞机敢起飞了，我钻了进去，它在机场绕了好多的圈子——跟开碰碰车似的，但就是不想腾飞。机长和蔼解释说："因为本架飞机的翅膀上刚才又结了一层新冰，怕起飞的时候太重了，咱先把它给除掉，然后再飞吧，大家同意吗？真不好意思！"我听后心说："这有什么不好意思的，你就耐心地除吧！"那么想着，转着，我就失去了知觉，后来一睁眼，发觉已经"上西天"了（朝西方飞），又偷偷瞅一眼窗外的"机翅"，唉，它上面的冰——咋没了？

现在回想起来，我还为了那天"沉重的翅膀"而有些后怕，因为即使翅膀上面的冰没了，但翅膀下面的呢？机屁股上面的呢？机头上如有冰，它飞起来后会朝前栽；翅膀上如有冰，它朝左右栽；屁股上有冰呢，它朝后栽。总之，对那愚蠢的家伙来说，"冰"就是"病"，"病"就是"冰"。

但我乘坐的那架飞机还是扶摇直上，一天后，它还是飞翔到了有热带雨林的越南胡志明市（西贡），候着我的，有摇摆的椰林，有在海水中荡漾着的灯火辉煌的游船。那的确是一种以出差名义从冻雨和冰雪中仓促逃避的侥幸心态，真仿佛就和这一两个星期里的北京人民一样。

天灾就是人祸。地球自身又不会打摆子，更不可能自染风寒，还不可能把本不该撒的"女孩子"的冻尿，情愿撒到便池子外面。都是污染惹的祸，都是二氧化碳过多了，都是我们不喜欢节制自己的后果。狂欢的筵席，是没有不散的，散席之后，就是杯盘狼藉。家中的"人气"过旺，那些个养孩子多的，不开窗，二氧化碳会让人窒息，何况地球上空那么浓浓的废气呢？你能把地球的天窗开了放它出去吗？即使放了，也不会有别的星球迎接，就像二手烟似的，没人愿抽啊！没辙了，走投无路了，它还要返回咱地球，它"唰"地变成集结成了一个浑身有毒奇丑无比的"女孩子"，她滞留在不该她玩的地方不走，就成了你们头上的"雪灾"。

"让雪灾来得更猛烈些吧！"那"女孩儿"在南部的上空声嘶力竭地跳着迪斯科狂呼。

环保从现在做起，环保从家人做起，环保从自己做起，环保从细微做起，我们要像老子所说的从"俭"，要学会过"简约而不简单"的生活，你千万不能铺张，你需要点到为止，你只需要满足基本生活就成。听我咋教育孩子："你能开一盏灯就别开两盏；你能开半盏就别开一盏。你能自己做饭就别到外面吃饭，你要让开饭馆的人都天天回家过年。"俺自个呢：我能不开车就不开车——其实我没有驾照；我还要，能走路穿一只鞋，就坚决不买两只！

快跟俺一起喊啊："将环保进行到底！！！"

从雪灾说到股灾

话说那次从胡志明市回到蒙特利尔后,"冰雨"已经结束,可我那辆破烂的车,却能令人回忆起那些天的惨状:它被一巴掌厚的大冰砣子严严实实地裹在里面了,就像是一个坚实而晶莹的蚕茧。我用铲子一下一下地铲了大半天,都把手铲裂了,好容易才把俺的那个蓝灰色的——蚕,给从茧中释放了出来。

所以对"冰雨"我至今记忆犹新,在看南方被冰雪裹得紧紧的时刻。

股灾挺有意思的。股灾也是人灾,尤其是在咱这里。国人喜欢投机,这是俺们 Chinese 的本性,特别是拿德国人跟咱们对比的时候,但国人却不会玩正规的投机游戏。因为那虽然也是投机,却是有规则和法则的投机。那咱玩不好。你看,咱这个股市前些年让胡敬琏老先生给吓回去了一次,说它是个赌场,于是出现了五年的大熊市。股市像赌场是没错的,但赌场有赌场的规矩,既然是个"场"了,就能让你大赌和豪赌,却不能让你瞎赌。从无规则的地下小赌到规模宏大的有严格规矩的光明豪赌,是现代资本主义的一大发明,而且是个十分严肃的游戏,它的规则之一就是你不能急功近利,你要放长线钓大鱼,你要在乎你的"终身信誉",只有它,才能使你获取"终身成就"和"终身利益"。但在咱这里不灵。股市刚刚有点起色,钓鱼的弟兄们就沉不住气了,就想下河捞了,就把水放干了,你看看那个彪悍而贪婪的"某某德"——连鸭子都耐不住寂寞了，都上来就"嘎嘎嘎"地想下河大口吃鱼，但可怜的咱中国股市里的这几条鱼，它们才是个鱼苗苗啊。

消费的没节制演变成了"冰雨"，是老天用雪给咱上的课，同样，做生意的没节制和沉不住气，全表现在了股市，某保险竟然一下子想融资1600个亿！你想啊，全国才有13亿人口，一人给你100元，加起来才1300亿。你一个卖保险的，你没本事让每个中国人拿出100元买你的保险，要是真买了，咱中国每天要发生多少次事故！于是你异想天开，你索性公然地圈钱，在咱这里，竟然能大行其道，能屡试屡爽。这像不像是往一小碗本来津津有味的燕窝汤里——人家好容易用耐心熬的——用大水桶"咕咚咕咚"地对白开水？水涨了，船却没高；粥倒是多了，可变成了一锅稀粥菜粥。

中国的股市，仿佛中国的近海——北戴河那样的海，里面容不下大鱼养不活大鱼孕育不出大鱼，就都被竭泽而渔的人一网、二网、三网地扫荡而光。小时候玩游戏时孩子们常喊："一网，二网，三网，捞上来一条小尾巴——鱼！"今人捞鱼呢，只求一网打尽，只求一猛子就见效益。发股票的人根本没想什么回报股东，倚仗着中国百姓对"中国"二字的信任，某些股票被高高地发——可瞬间，就从4楼栽到2楼（从每股40的价位狂跌到20），有这么"回报股东"的吗？他们在提前透支着人们的"信任"，他们在瞬间的得意和侥幸中陶醉着。你瞧，这多么像那场"红楼梦中人"的选秀闹剧啊！信赖和规则被强奸了，被糟蹋了，强奸和糟蹋的人却洋洋得意着，却没有矫正惩罚的机制，于是，得意者更加得意，失意者能做的，只有伺机报复或"伺机行事"，伺什么"机"？伺的，就是同样的能大捞一把大骗一次的机会。

我们玩的许多游戏，都暗含着"木马病毒"，这些个游戏是这么地好玩，也这么地刺激，但我们的游戏程序里却没有携带消毒的机制；毒有，解药却无。因此，这些个游戏——自然的游戏、经济的游戏、文化的游戏，就被越玩越大了，它们让我们越来越走火入魔，而我们，却越来越像是在铤而走险，是在刀背上舞蹈，是走向赌瘾的不可遏制毒性的突然爆发和游戏机的"突然死机"！

只因我们如此投入的"机子"里面，暗藏着许多匹虎视眈眈的早已沉不住气想尽快脱缰狂奔的"大木马"。

鼠年啊鼠年

昨日在急行的路上,我突然感觉我的这种写法,有点儿像中国的"编年日记",当然不是"狂人日记"的那种,所以,过年了,就该把这个"年"给记录下来。"年"的具体解释我给忘了,但"除夕"好像不是个好东西,是个坏孩子样的恶兽,否则也不会有那么多的人花重金买炮仗崩它。中国人对于"年",有那么强烈的宗教式的情怀,好比阿拉伯人对于他们的朝圣地麦加一样。否则,都那么大的雪了,冰结了一路,广州火车站的前面,还有那么多的打也打不散的非想见"年"面的百万回家人群,可见,咱这个"年",可不是想放弃就放弃,想好惹就好惹的。我因此产生了对它——"年"的一种畏惧。

做生意的人是最怕过年的,我那些年当小老板时就是那样,工资和奖金要发,而且要发得到位;欠别人的钱你不仅要在年三十前还,别人欠你的钱你也要在年三十前去讨。我有一个老客户"老张"。每年阳历的元旦一过,就直奔讨债的各个战场——北京四面八方的建筑工地。快过这阴历"年"时你再看一眼老张,他可就鼻子不是鼻子眼睛不是眼睛了——累的!生意人有一个默认和默契的规矩——咱昨天不是说起股市的规矩了吗——就是年三十前你讨债(欠款、应收账)时,你什么招数都可以用,你可以让女人去撒泼,坐地泡;你可以连威胁带劝诱,你可以苦口婆心和信誓旦旦并用,但"年三十"一到,该给你的想给你的你都能要回,"三十"一过,年关没了,一开了春,你欠别人的,就没一个人再会提了;同样,你也不再追讨别人的债务,大家和和美美和和气气地等明年此时再说。这是生意场上的"潜规则"和彼此的关爱和关照,前提是大家都知道,当小老板不那么容易。

俺如今的"年"是颇好过的,自家的饭碗有了,就可以小康一下,除非我把手机开机。我前天刚一开机就破费了不少,先是在加拿大侨居时一个老友的太太,从蒙特利尔打来电话。我一看那么长的号码,猜这是哪个星球的啊,接了是她的声音,替她的老父问看病的事。她说话的语速极慢,光探讨北京和蒙特利尔时差问题几点还是几点了,就先说了10分钟,然后就让我记录她先生的手机号码,我先说我找张纸吧,纸好容易找到了,她又说把那个号码忘了,又去找她的笔记本。之后就说到病了,挺重的,还要用我根本就一窍不通的医学常识耐心解释,这样,她就慢慢地在半个小时以后,终于放下了电话。接下来,我用手机打给一个家中有当大夫的北京朋友问那病情,我那朋友也语速极慢,缓缓地解释了一段时间之后,说等我回国以后再给你详细解释吧,我问:"你现在在哪儿?""我这会儿正带着老婆孩子在德国玩呢!"我吓了一跳,问:"你这个电话号码……难道在德国也能接到我的电话?"他说:"那当然啦,不过就是贵点,嘿嘿。"我不好意思一听说贵就马上要把电话掐了,然而我还是跟他用手机(我这个手机还是五年前他送的哩!),用更慢的语速聊了一会儿欧洲和北京的时差问题。

我的电话接打国际长途,好像是双向收费。

傍晚我正要关机,一个以前的同事和小兄弟来电话了,我们先是忧国忧民地大谈了一阵子雪灾股灾的事情,还展望了一下个人"鼠年"的鼠窜路径以及我国和世界国民生产总值的增长百分比以及地球的温室效应还有非要环保等一系列隆重吉祥、宽大宏伟的话题之后,小兄弟轻声地问:"齐哥,我明天就回家过年了,能借我点钱吗?"

……

我把学校放假前刚发的,还热乎乎臭烘烘,还带着"维权斗争"的火星子味儿的"过年工资"送到了楼下,他连忙表达了浓重的谢意,说,"小弟给大哥提前百年(意思是'拜年',他带点儿口音)了啊!"

望着他的背影急匆匆地消失在"鼠年"到来前四处红灯高挂的长安街的灯影里了,我这才把手机关掉。

要过鼠年喽!

俺旧年里的第三次"见义勇为"

都踩在旧年的猪尾巴上了,还劝了一回架。刚才在麦当劳,两个母老虎般的中年"悍妇",揪住一个13岁女孩子的小辫子朝死里打,边打,还边骂着:"你要是我家的闺女,我非打死你不成!"我们几个老爷们,其中有大号的——比如俺,也有小号的——比如那两个店员,咋抱她们,拉她们,都无济于事,那两个"悍妇"贼壮,于是我动了真格的,我像夹核桃似的用手狠夹那妇人的腕子,她才松开了手。

我说:"正因为她不是你闺女,你们才没权利在众目睽睽下,暴打未成年少女!"

据不完全统计,在两个月中,本人这是第三次拉架,第一次是从一个车里窜出来的半大小子,朝着收停车费的中年妇女的怀里就是一个飞腿,把她踢翻在地;另一次在西直门城铁站台上,一个小年轻同一个半大老头互殴,直打得岁数大的鼻血哗啦。我拉架的办法是,冲过去护住挨打的一方,让他们朝俺这打。三次幸运的是,他们都没有刀子。

北京号称是"首善之区",那个"首"字,好像是"首先"和"头一个"的意思。连这个该是"第一"的"区域",都不时地冲突和斗殴,频率还如此之高,这不能不令人感到不安和提心吊胆。

北京街头口头的语言和肢体的暴力——我是说你骂我一句我还你一口然后再动手的,可不比那个我曾经连城都不愿意进去的纽约少。你一上街，就几乎天天能遇到一起。尤其是那些开车子的，他们的脾气咋就那么地大呢？而且还分档次：开"奥迪"的有开"奥迪"的脾气，开"奥拓"的有开奥拓的脾气，开"QQ"的有开"QQ"的脾气；老手有老手的脾气——专对新手发的，新手有新手的脾气——专对行人发的，档次十分地分明，骂人的层次感十分地清晰。你有时会被一个连方向盘都转不圆，但已然是"有车族"的女性"雏"司机，动情地骂个狗血喷头，她们在骂你时，往往顾不上转方向盘："你会走路吗？你没看见车过啦？"

然后，她们的车就"咣"地撞到了树上——新手嘛。

许多国人的精神档次，看来，是再也超不过坐骑车的档次和车的牌子了，而且还成反比。本来马是用来骑的，可人却以马为贵。但马要是真跑起来了，人跟不上马的狂奔速度，就来个马头朝前冲，人身子和头朝后面倾斜，甚至从马背上一头栽下。

我走路惧怕路人，因为路人会打起来，还逼得你去拉架；我不敢上街，因为街上都是车子，车子上的人呢，都更加地野蛮和脾气博大，由此，我只有去打冰球了。

我不敢打人，但敢打球；我不敢扇人，却敢抽球。

黄山归来

人说"五岳归来不看山,黄山归来不看岳",我却不那么特别觉得,兴许是因为,我对山和岳都不那么看好的原因吧。这不知是山和岳的不幸,还是本人扫了它们的兴。

我是从杭州到的黄山。我过了浙江和安徽的边境,看到了那雪白色的墙和叫作"马头墙"的深色墙沿。它们的组合,就是徽派的建筑了。

我们到了汤口——黄山下的一个山坳中的小镇,这个汤口,才是让我激动的发现,却不是它顶上的那座黄山。黄山之所以没让我动心,是因为我从前在那么多的画面上见过,我去的目的,不过是去和那些幅画面对照,哦,这儿像,哦,那儿不像。但汤口却不然,因为俺压根儿就未曾知道这么个"汤口",和那里那样的一些个人。

从缆车上往下看黄山,宛如非洲女人编了许多小辫子的后脑,那些辫子支支棱棱的,那就是黄山上的松。我不是没本事爬,而是到处都是冰,那些冰能非常轻而易举地,把你我送下深渊。这时节足登钉鞋(一种特制的鞋套),敢上黄山,谁说俺不是英雄?

还说什么"仁者乐山,智者乐水",我既不单乐山,也不单乐水,我乐的是它们两个的合一,别忘啊,我从西湖边来。这个"乐"字,被大部分人都读错了,按古代音发"yào"第四声。我不光"要"山,我还非"要"水呢!我山水都同时要,我一个都不能少!这充分说明的是:

本人既仁，而且，本人还智。

汤口正如沈从文所说的那种"时间"。对于在这个山下"阴沟"小镇里生活的居民来说，"时间"什么都不是，"朝代"也没什么了不起，他们就在乎"生活"二字，正是因为了"生活"，他们的脸色千古不变都红扑扑的；还是因为了"生活"，他们还千古不变地，能忍受冬天的寒冷：他们没有暖气，他们刚有空调，他们还发明了一种箱子，那箱下通了几根电缆，女孩子们把脚埋在箱子里面。

同时，他们还在赚钱。勾引我们去吃饭的那家，是一个会说知心话的女孩，她"家"为我们端上了一个盘子，盘子里的动物名叫"石鸡"。我刚想动筷，被告知那就是山林中的一种蛤蟆，于是我只付钱，我不吃它。那盘子"石鸡"是150元人民币，我们被她当鸡"宰"了！我们于是探问她的邻居，邻居说她的外号叫"小鸡"，她妈的外号是"大鸡"，"你进村一打听：'哪儿是大鸡和小鸡的家啊？'别人就会把你带到你们刚吃完饭的那家"！这些都是她们的邻居仔细说的。

黄山下的人讲的话，连俺都听不懂，那是一种源于南面江西的方言，江西人都是老表。所有这里的人说话时，也表里表气地难懂。

汤口的民风更古朴于杭州。"古朴"中既有好的，也有不好的，好的是那里人人的眼球，都手电筒般地明亮；至于不好的，我没时间细琢磨，我要先对付那个想要我小命的滑溜溜的黄山。

这时的黄山，像是《闯关东》中的雪山，到处都有"绺子"——土匪的代称，那些个不怀好意的"匪徒"——冰雪的结合物，想把俺们给收编了去。

唯一会让我二上黄山的，是"光明顶"下半夜的星空，我已经有七八年没见过立体的星空了，所谓的"立体"，就是它们分布得灿灿烂烂的，活灵活现的，在跳动着，在挑逗着，在咋呼着，在移动着，在游戏着，就在你的头上，就在你的掌间，那使我忘掉了西湖，那使我忘掉了人生，那更使我忘掉了还要回北京上班，以及那些个"佛""基督""真主"什么的存在。佛他们还是来自于人间的认知，但那些个遥不可及的星球，却明示暗示着永恒、未知、无须知、无须感觉。那是外面的外面，那是之后的之后，那是历史的历史，那是伟大的伟大，那是绝对的绝对，那是什么都不是什么。

听导游小蒋说，有在黄山自杀的——尤其是小女子们，用燕子式的俯冲，我想她们正是，被那星云给勾了去吧。

评论：

在山间，时间、时代虽曾什么都不是，可这古朴的民风中，却依然吹进了一些并不温馨的时代风。

深夜登顶仰望，群星璀璨，万籁俱寂，空谷送寒，那一份宁静旷远，真有超凡脱俗，忘乎所以，如梦如幻之感。

寻梦、醉梦、坠梦，黄山星空，梦之家园。黄山行，看山恋水醉星空。

从"艳照门"到《艳阳天》到汤唯到我杭州的第二个家

作为一个有阴谋为年代做日志的人,今年,是不能不在文章中提一下"艳照门"事件的,虽然,我根本就不知道那个"艳照门"的细节是怎么回事。我倒是觉得没有什么,既然演员都做了,还有什么更难为情的?在古中国的文化里,本来是最看不起"戏子"的。这都是西方人带坏了我们。你看电影学院那5000个由家长带着的考生,就知道现在是"戏子"吃香。

浩然先生去世了,写《艳阳天》的那一位。现代人对浩然是没感觉的,因为他写的是农村的故事,何况是在"文革"时期。但吾辈人,却是听着看着浩然的《艳阳天》成长起来的。浩然我见过一面,是在《北京文学》的一次纪念年会上,他还发了言。他是我们那时代的农民偶像——肖长春、焦淑红的"父亲"。可见文学家有时是一代人的"感觉哺育者"。当代人写不好和写不出好的农村作品,可能就是因为那些写农村的人都把城市当成了"金字塔",把农村当成了"垃圾桶"。其实我看应该正相反才对。究竟是城里的人创造了更多更肮脏的垃圾,还是农村人呢?反正,"艳阳天"是农村的,"艳照门"是城里的。

眼下京城里最火的艺人,要算是汤唯了。她19日给"旁氏"化妆品代言,一亮相就拿了600万酬劳。她接受采访时回答第一个问题时说:"现在全家都搬到了北京,我很想念西湖,我是在那儿长大的。"(《北京晚报》）。

其实汤唯是我杭州朋友老徐儿子美术学校的同班同学，她上学时常去老徐的家，我现在杭州的家，就算是徐家了，那"家"中还有我家原先的床。上周我在"家"里休息的时候，心中暗自思忖：这世上真是无书不巧——我这本琐事连缀的集子，之所以叫"灵与肉的厮杀和缠绵"，就是因为看了那电影《色戒》，《色戒》中有汤唯，而那个汤唯，就偏偏来过这座房子。

我在杭州的最后一天，还是回到了老家南山路的一个旅馆里歇息。那个180块钱一天的"临湖大酒店"，原先是我家的邻居。区别是我从邻居又变成了一个房客。14年了，我杭州的家，从富贵的香格里拉（杭州饭店），到湖边的十几家旅馆，到7层楼自己的家，到老徐的家，再到湖边半山腰的廉价旅馆——如此轮回一下而已。

由于是"临湖"，就不要上下七层楼了，但也再见不到山，休息时，还要关上帘子，以防对面闲人的窥视。但下湖极为方便，只一个猛子，就似乎浸泡在湖中。

我方才知道，近代文学的那个"湖畔诗人"的"湖"，指的就是西湖。他们都早已死了。西湖最宁静的时候，是在正月初七、初八之后，城里人走了，挤车、挤电梯、挤马路、挤人行横道和挤岗位职位以及到银行挤兑的，留下的，是那个被万分冷落了的西子湖，还有十几年都在苏堤上小雨里慢行的我。那雨中的西边的山，仿佛是静止的油画，都能看到作画时水滴样的油渍。那动的，是一两只湖面滑动的细长的船，是像农村水田里被小孩子们叫作"酱油"的昆虫，一下一下地在没有丝毫波纹的湖面上慢爬。这种冷落和静止，连我都感到虚幻，脑中空空然的，没有了思考的标的。于是，我只好惶恐地告别和逃离。

回京第一天上班，比平日晚了半个小时，于是我看到了西直门地铁通道里我以前从没看到过的一个场景：几百个人，堆在地下通道里，前脚轧后脚，集体朝圣似的、一小步一小步地、谁也不作声地低头朝前移步。那黑压压的，那齐刷刷的，真令人毛骨悚然，多像是大批逃难中的蟑螂，再何况，对一些人来说，可能前面压根儿，就不是正确的出路和出口。

晚半小时的1号地铁线，挤得如前线运兵车，而一个个大城市人，就是那永不竭尽前赴后继的填充物。一个年轻人的手没地方插了，就插进了我的左眼。我忍着疼痛，突出了重围，我好容易冲到我当天早晨最渴望最崇高的目的地——我那个并不那么可爱的单位！

不过似乎我不应该抱怨，因为就连亲切叫过徐兄那么多声"徐叔叔"的西湖边长大的汤唯，也全家搬进了北京；因为这种生活比起那幅静物样的西子湖，仿佛逼真了许多。

人的夭折和黑天鹅

这两周我们的生活,是被一些"夭折"的故事给笼罩着的。头一个星期,一个我教的女学生去世了,据说是在购物时脑出血。我还是那个学生的班主任,但那学期我不称职,没去那个班。就是说她可能知道我,通过监考,但我没留意过她。她的孩子刚三个月大,所以说她应该是用她的外观的与众不同,而进入过我们的视线。但她离去了。她填过的学籍卡片上,还有她鲜活的字迹。

另一个夭折的,是一个小同事的表舅,中了煤气;还有一个,是同事朋友的朋友,小两口都得了白血病,一个不久就没了,一个在重症监护之中,他们有一对出生不久的双胞胎孩子。

以上这些个去世的,年龄都在20—40岁之间。还有学校的两个,都是50岁出头。据说都健壮得很,都没有任何的征兆。

"死"看来,是一个很难让人捕捉的"家伙",它四处流浪着,它在寻找着它的猎物。它是个不守游戏规则的"牌手",由于它自己手里攥着"大小王"——"大鬼"以及"小鬼"。只要那"鬼"它下来了,就"抠"了你我的"底",而这"底",于你我,就是"小命"了。

不知你有没有注意,在注解先我们而活而死的人,唐朝的,清朝的,民国的,他们的名字后面,都有一个括号,括号里先有一个年数,之后是一个横杠,然后接着又有一个年数,比如,XYZ(1841—1941)。那第一个数,是你我的出生,中间那个横杠,是你我的奋斗过程,别管你为什么而奋、而斗,也无论你"奋"成了多少,又"斗"出来了多少,但那个一小横杠,我看对于谁,长短都没什么区别,不因为她是西太后了,她的就有一米多长;你是"小白菜",你的那个"—",就比她的短些。

活人和死人之别,用符号表示,就是死人的"—"后面,是用一个年份,给封死了的,给扎紧了的,而活人的"—"后面,还是一个未知数。这个数,就像是被扣在最下面的、最后一刻才能"抠"的牌局的"底","扣"它们的,正是那一大一小的"鬼"。

人的一辈子之所以还有趣,还灿烂,还值得一活,一激动,一愤怒,一搏斗,哪怕是一衰落,就在于,我们谁都不可能事先知道那个"—"后面确切的年份。有知道的,就是不可救药的、病入膏肓的、等着被杀的,总之是极其的少数,于多数人来说,别管是活了三五十岁,还是八九十岁,谁都不可能知道他们(我们)的有生的有口气的"命",会终结于耶稣基督降生后的第多少多少年——百位、十位,尚有可能猜出,那最后的个位数,于你我他(她),都难以事先知道,它是个伴随缠绕折磨逼问我们一辈子的谜语,它是个咒语,它是个骗子,是个精灵,是个从不诚信的家伙,是个歇斯底里的暗中的存在,在不分时刻地考验和暗算着你我。而这一次,我们的一个挺着大肚子坚持学习了那么许久的女生,一个孩子刚出生不久的妈妈,就被它那"命数",给"偷摸"了去。

我不喜欢颐和园那几只黑色的、据说是稀有的天鹅。我觉得它们是一群奇异的与命数有关或某种默契的"来者",是几个不太好琢磨的幽魂。因为"幽",本身就是"黑暗"。天鹅,就应该是白色的,正好比我们不愿面对一大群天上飞来的白色的"乌鸦"。

因为它们虽然雪白,却不是告诉和平的鸽子。

今天是三月八号

不知道是哪个没眼力价儿的发明的"三八妇女节",否则我也不会在妇女的节日值班。

孙悟空齐天大圣的时代,是没有女性的专门节日的,哦,我忘了,几个去西天取经的猴子、猪、马以及和尚,都不是女性。

我近日关注的焦点,还是"灵"和"肉"的争斗,只要我们的肉它不臭,那仗还是要打,它们还要厮杀。"臭皮囊",说得真好,人体几天不洗,就会发出味道。

小同事小S说,她见过烧人,在她的亲戚被火葬的时候,人被送进炉子了,门忘了关,于是,她就见"砰"的一下,人身上的一切外表,连衣物连皮,都与肉体脱节。那火,据说有3000多度。

于是我决定取消了那天的篮球锻炼,也没有了把全身都练成肌肉的信心。

我们共同的不愿意看到的未来,无疑的"异常"光明,在3000度的火中,我们升天,旁观者战栗;我们翻滚,旁观者挣扎;我们升腾,我们失去知觉,我们遗忘,或被遗忘,直到变成白色的灰烬。

"我唯一的剩余的愿望,就是变成舍利。你们看我干过不少的好事,变舍利没什么问题吧?!"我被小S的"非凡见闻"吓破了胆子后,小心地问屋子里的人。她们都说"may-be,may-be!"是"没有必要"的意思吧。

地球温室效应

跟几个挪威来的学生聊起温室效应的事以及奥运会,结果是大家认为要想彻底减少排放,就是别再抽烟了,别再开车了,别再在外边吃饭了,也别坐飞机了,结论好像是他们压根儿就不应该来中国,或者来,就坐帆船。

我还说可能今年年底,北冰洋的冰盖就化光了,海平面就可能提升一米,他们对此十分地惊讶,因为他们的国家离那里不远。"不过,"一个说,"挪威并不十分地害怕气温升高,因为我们那里气温太低了。假如我们国家的气温变成法国和德国那样,就太爽了!"

我反问:"假如北欧的气温都变成法国、德国那么高了,那法国人和德国人搬到哪儿去住呢?"

在地球变暖方面,人类绝对是自私自私和再自私以及再再自私的,说到底,我们就只凭个人的利益对付。因为即使有一个联合国和秘书长,我们仍然绝对的是一群"乌合之众"。至于我,我已经把北京地区的海拔给搞明白了,是平均40—50米。而我家所在的长安街的海拔,是51米左右。我家在8楼,每楼有2—3米。这样,即使北极和南极的冰都化没了,甚至连青藏高原和非洲的乞力马扎罗的雪全化了,顶多,海水就淹到朝阳门永定门那一带,何况我们家人都会游泳。我以前的老板名叫Fish,所以我水性颇好。本人能在4米深的水底,不呼吸潜游多时,所以地球变暖和海平面的升高，俺这辈子，还能够处理处理。

英国朋友哈威又来北京找我谈出版我的小说《电梯工余力》英文版的事宜，我当然高兴地答应了。我们在"簋（guǐ）街"上吃饭。多年没去那条街了，人影绰绰，鬼鬼祟祟，都仿佛在半明半暗的神秘岛上贪婪聚餐。

我把那本前途还未卜的《我爱北京公交车》的样书给了他一本，说我是站在普通民众角度说话，他很喜欢，也赞同我的观点——为了海平面的平稳，大家都该使用公共交通工具出行。饭后该走了，他问我打算使用什么"交通工具"回家，我说当然是地铁——公共的，他说他那个旅馆周边的确没有公共的汽车，就不好意思地打车从"簋（guǐ）街"上出走了。

这次的"两会"，派生出了一个新的英文词，叫 new social stratum——"新社会阶层"——至少我刚知道它，指的是新企业主、律师一类的人。他们的代表有五个，集体亮相了。

有一些荒唐的记忆

岁月本谈不上什么荒唐,只不过其中有些荒唐的破碎的记忆罢了。

首先是讨要工资的事。说是主管的上级领导得了牙痛的毛病(从内部传来的),嘴也歪了,不好意思来校,在家歇着,于是大家的工资就始终没有人签字,一如继往,发不下来了。我听说有的年轻人急着交按揭,要不房子会被银行收走,就写了一个"陈情表"交给学院的书记,还签了本人的大名,说你们要再拖延,我们就申请法律援助啦!

上书后我因两个原因后悔了,其一是那天本是3月13日,我写错了,写成"3月15日""消费者权益日",这挺不好意思的,就好像故意似的。再就是我悔不该用我上课一贯在黑板上写的繁体字给领导写信,万一领导不太认识繁体字咋办?!

不过我们学院的广大职工该庆祝的是,领导这次得的仅仅是小恙,而不是姚明脚上的伤。

美国那边传来的趣事,是48岁的纽约州州长斯皮策在情人节时没同老婆而是与妓女幽会。他曾是美国的"干净先生"和"道德偶像",还和希拉里一起上街搞过竞选,这些都是天下皆知的,成为过我的"新闻"的,是我周边的大伙都喜欢议论这种男盗女娼之事,其中还包括了图书馆看门的老李。老李兴高采烈和幸灾乐祸地议论着斯皮策倒霉的事时,我正路过那里,我顺着老李的笑声,听到了一个我极不熟悉的词——"支女"。我寻思了一阵子以后，才好容易搞清楚了，原来老李的文化水平不高，把"妓女"错念成"支女"了。

下午老伴让我上街前把头发梳好，说有碍观瞻，我坚决反对，说做人要保持低调，不要总摆着吸引别人眼球的姿态，何况是在周末，我又没跟别人交往的义务！于是我头发像犄角似的摇摆着出门了。上路后，在首博附近，一个女学生往我手中塞了一张宣传单，题目写着"礼仪北京、人文奥运——文明礼仪知识"。"知识"共有十几条，第一条是："男士出门前，梳理头发，衣装整洁。女士出门前……"

我把那张落款是"北京市四十四中高一五班"的白条子起先拿在手上，后又马上塞进裤兜、我四下看看，发现那女学生只往我一人手里塞了这张"文明礼仪知识"。于是我，很不自然。

再抄几条"奥运礼仪知识"吧：（2）并行走路时，一对男女走在人行道上，男子往往走在外侧；提东西的人通常走在右侧。男士应帮女士提东西，但不能帮助女士提坤包。（3）过马路时，要走人行横道线或过街天桥、地下通道，不能钻跨栏杆。（4）三人并行，老年人走在中间。车辆多的地方，男子走在人行道靠马路一侧。四人同行，最好前后两两并行。

除以上之外，还有许多呢！我有些诧异了，我倒不是怕开奥运那十几天北京人不会走路，只要按照"礼仪知识"上说的那样走，就兴许没事，我担心的事是：一旦那奥运开完了，"八国联军"的部队都撤了，北京人那时不按这张条子上说的走路了，那可怎么是好啊！你想：一、那时的俺还有必要再梳头上街吗？二、那时的男人还用走外侧吗？还会帮女人们提东西吗？还会考虑"不提坤包"的禁忌吗？（俺们还不满大街拎着坤包瞎转悠！）嘿嘿！

早晨坐出租车去北大——朕有急事。出租司机一踩油门就反问我北大怎么走,原来他家住房山,上个月刚进城开车,第一个月因为不认路晕头转向,被罚了 2000 多元钱出租。好在我是"老北京",我像巴顿将军那样为他指引着路,勉强颠簸着到了北大。这下我才知道,还有压根儿就没有方向感分不清东南西北的出租车司机!但之后发生的事情——在我下车之后,就更令我诧异了:我前脚刚下车,几个口音极其难懂的外地学生——看来是到北京旅行的,就上了车,他们对司机说:"我们去复兴门(就在我家附近)!"

那司机为了能拉上活,没来得及考虑就满口答应了。车门砰地关上,开走了。我眼望那辆车朝前猛开的背影,心中揣摩着:刚才是我知道路,司机二乎;而现在呢,是开车的和坐车的都二乎,那这车,可咋开呢?

果然,他们的车,朝着与复兴门风马牛不相及的、长城外古道边和芳草碧连天的山海关的方向,马不停蹄地冲下去了。

我"送别"着他们。

评论:
奥运北京,人文奥运。

期待奥运会到来!期待每个人能自觉树立文明理念、履行文明职责。而不只是为了奥运会招待宾客才如此!

今天，本人完成了一个壮举

今天，本人完成的壮举是，我终于完成了长达四年之久的考博工程。"博士研究生"本人从2005年起开始考，一连考了四年，每年都考两次（只有2006年除外），总共参加的考试次数是七次，每次三小时，合计21小时。

本人总共报考过三个学校，转换过五个导师，其中的一个导师还根本不知道我想当他的学生，我后来一查啊，才知他只会日语，也不太适合当我的导师。

我还创造了几个纪录，就是在过去的四年中的头两年，我有两次是被内部消息通知"已经录取"了。我参加过两年的复试；而且，在第一年和第二年，因为抢我这个学生，两个博士生导师两次发生口角，然后勃然大怒，然后有一个说他再不当那个学校的"博导"了，假如你非要齐天大的话！但就是在第二年的第二次的复试现场，那个第一年用别人顶替了俺的差一点就要械斗的清华大学来的导师，却在复试我时激动不已了："真没见过齐天大这样最适合搞咱们这个专业的人了！中国也找不出几个啊！"

在这四年中，为了考试前的体检，本人统共被抽过四管血，那些护士压根儿就不懂得同情和怜悯，她们下手真狠啊！于是俺每年的身体检验，都是通过考前的体检进行的，我不考试的话，就无法知道血糖是多少，得了甲肝乙肝和戊肝没有，肝上的脂肪稀释了吗，今年的身高，比去年前年有无增长。

明年我再也不考了，那明年，谁再为俺抽血？！

这四年，为了考上，我转换了三个专业，我从比较哲学，考到了比较文学，再从比较文学，考到了中国近现代和当代文学；于是俺精通了，也就是这么一些的知识领域：中国哲学，世界哲学，世界哲学中的印度哲学和德国的现象学；中西方文学理论，中西方文学史；叙事学；比较语言学，方言学；再有，就是为了考博，我在原来七门语言粗通了之后，又粗通了韩语以及复习并提高了俄语。于是我，就想跟李明博（韩国新总统）和普京直接对话了！

我真成精了。在考场上，我已经没有了早先上刑场的感觉，我觉得不是上考场，我是在徐徐地——踩点走进一个个课堂，我为出卷子的导师们做着标准答案。

我的血管里，已经流淌着浓浓的博学学者的鲜血，黝黑黝黑的，如石油，又仿佛是糖浆。

在考到第四年时，我唯一苦恼的，是导师能用多大的博学，才能把齐天大我本人问倒，我并不是不想谦虚，可我谦虚的努力是那么地无效啊！

我总是提前30分钟离开每一个考场，连英语都同样，我是去方便方便！我不再像别人似的使劲压抑着憋了，那使我万分地不爽！我无法忍受那些同考场的举子们，在有人（俺）已经把标准答案做完了、上交了之后，还那般费力地哈腰奋笔疾书——那还有意义吗？

我脖子都考歪了（而不是气歪！），颈椎也不好了，我已经无法承受连续六个小时，像天鹅那样伸长脖子答题！人家真正的"鹅"，是曲项向天歌，而俺们呢？是挺着僵直的脖子答题！

四年，弹指一挥的四年，就这么被俺给考（烤）过去了，于是俺，变成了个海纳百川刀枪难入脸皮极厚的百科全书和博学大师！而今俺已经超龄了，俺已经可以叫一些导师弟弟妹妹了。俺不再恋战，俺把希望和前途留给少年，让给"少年之中国"，于是俺乘鹤西去；俺从此，告别考场。

俺啊，已经在考场的烈火中百炼成精。

还真有些个"二"的学生

按说当老师的是不能拿学生的事情开玩笑的,但我暗想被我戏说的那个学生可能从来不来看我的博客,假如来看了、恼了,我自当赔个不是,行不?

昨晚的"国际贸易"课上,我说海关在报关时都有价值的统计,以防你低报了价值,并让你该缴多少税就缴多少税。比如一个波斯花瓶本来的价值是200美元,海关是有记录的,你在报关的时候,假如报的是150美元,官员会说你不诚实,仍旧按高的200美元为基础算税。这时,一个我讲到任何时候都会问一些特别"二"的问题的女生问:"那我报250呢?!"

我迟疑了一下,以为她是在开玩笑,就没回答,接着往下讲课。但她没放弃,一直反复地问着那个问题,而且一句比另一句调门高:"老师,我250呢?老师,你还没说呢,我就250了,怎么着?"

我看躲是躲不过去了,就笑着说:"你……假如……真的,是250……的话,那么海关,还真的按250上税!"

我回答得非常肯定。她于是就满意了。

我暗自得意了好一阵子之后,又反复琢磨,这个学生的这个问题,其实并不特别的"二",因为,200的下面是150,上面就是250,假如都按50为一个值界的话。我于是开始反省了,为我的而不是她的"二"。

这个"二"字,是个北京土语,是"二乎"的意思,跟"二百五"相似。电视剧《闯关东》牛莉演的那个大儿媳妇就被她婆婆说有些个"二"。

更二百五的,是我国的股市。我国的股市这阵子天崩地裂地坍塌着,从 6000 点栽向 3400 点。在今天的课堂上,我喋喋不休地分析了一个小时其中的原因。一个学生听后说:"齐老师,你说的这些道理为什么别处看不到?"我说我说的这些,是别人不会在媒体上说的。"比如我说了,股市是"赌场"没错,但真正的赌场的输赢是有精确的概率的,大抵是你赢的概率是 49%,庄家赢的概率是 51%。人家就凭着这 1% 之微小的差别,就能长远地赢你,就能把赌场开得红红火火。但赌场,却不想把你赢得屁滚尿流,把你盘剥得片甲不留。可俺今天国内的股市哩,是想按 99% 的概率赢你,只留给你 1% 的胜利的可能。于是你就玩吧。股市的浮躁是社会的浮躁;股市里上市公司的急功近利反映了企业的道德欠缺。散户们原想在股市中钓鱼,他们在钩上套上了诱饵,然后把鱼竿放进了鱼池,可睁眼往池中一看:"妈啊,咋全是张着血盆大口的快饿疯了的鲨鱼!"

近来,我常给学生们传看一本书——马克思写的《资本论》。我越来越发现,这部书还活着。

"做人"二字解析

我又值班,没事好做了,只有说说"做人"。

我听到了一个身边的趣事,让我大笑不止,需知,能让我这种人——面子如此之厚重的人——"大笑"而且止不住,是不大容易的。那就好比让一个99岁的人鼻血横流;血都快干了,流,也只能涓涓的,哪还横着流呢?

有个关于"做人"的段子。领导非要一个部门的负责人下台,可她不想下台,于是,领导就到处说她主动要求辞职啦!这样一来,上级领导也没办法,人家强烈要求的嘛,就批准她下台了。她急了,就找到了这个说她非要辞职的领导,与领导当面对质。她说她啥时说要辞职了?她还说,作为一个人民教师,她认为最最最最最——重要的,是要会"做人"。领导开始还没什么说的,一听到她说起"做人"二字,马上精神头就上来了,口若悬河地说:"没错,我完全同意你的观点,我也这么认为,关于'做人'嘛,我是这么这么这么这么认为的……"领导于是做了关于怎么"做人"的长达十分钟的报告。

"他根本就没听出我提'做人',是在嘲讽他!"被扫地出门后的女部下一脸的无奈。

哼!

"做人"二字我琢磨了许久,还真在别的语言中找不到同它对应的词语。"做"在英文是"do"，有说"do people（人）"的吗？Nike（耐克）牌子的 slogan 倒是有一句话"Just do it!"

"do"能译成"做"，也能翻译成"整"。东北人就把"做一两个菜"，说成"整一两个菜"。那么，做人，同样，也能摇身一变，变成"整人"，比如把"做一两回好人"，演变为"整一两个好人"。

这，可就不大好"整"了。

我的印象是，全中国人都在大谈着"做人"的事和"做人"的道理，我想当年在商场上杀红了眼的时候，也天天把"做人"二字挂在嘴边，而且，往往你倒霉，就倒霉在比你还更会"做人"的人的手里。所以打那儿以后，我就不再轻谈"做人"的事情了。我把"人"搁置了起来，我把"人"给悬挂（吊）起来了。

我由此对谁都说我不是个"好人"，至少，别从我这里学习借鉴什么"做人"的道理，即使是学了、用了，你也做不成所谓的"好人"，那不是白学吗？我更倾向于教导学生和周围的年轻人那些我掌握的识别恶人的技术，而且，在他们不善良的时候，你用我传授给你的法子，一举把他们给"做掉"。遗憾的是大多数的被我教诲了的人，不相信我的"do people"的伎俩，于是就吃亏和吃苦了。

美国人就好像是一群最会教别人"做人"的人，美国的哪个政客不在口吐白沫地大谈着"正义"？但一打起仗来，哪个美国总统手下留情过？就连老大妈希拉里，要是真当上了总统，指不定哪个国家就成了她"just do it"——开仗的第一个倒霉的对象。

我的结论是，"做人"如"做饭"，各家各户有各自的高明做法，方法不同了，这世界才如此丰富多彩。还有，我们完全可以做一个别人都认为不是"好人"的人，只要我们不伤害他人，但，我们却万万不可自己口口声声地叫别人"做好人"，私下却把"做"，变成了"整"，具体的，就是用上半身跟人家握手拥抱，却用下半身去扫荡人家的裤裆。

还是关于"做人"
——从"灵肉"的角度考虑的

这年月就是男人惧怕女人,否则刚才在楼下,一个大老爷们也不会蹬着三轮猛跑,在他后面紧追着的,是个典雅的女士。老爷们是卖盗版书的,而坐在有警灯的车上,穿着庄严制服的,是个女的。她一点儿都不急,她挺悠闲的,因为她开的是机动车,而东北来的那条汉子呢,要靠着大腿蹬车,逃遁。

我昨天还从那爷们那儿买了本新书,15元一本的原版的、英国人亚当·斯密写的《国富论》(*The Wealth of Nations*)。这本写自18世纪的书里边的英文,我们现在读起来还不难懂,还挺口语化,这令我十分地惊奇。但我们,比如我,还该为18世纪的斯密支付版税吗?他又不是颠倒过来的——密斯(Miss)!所以对卖这种书的东北汉子,我看那个掌握方向盘的纤秀"密斯"城管,是不该管的。

"活路"很重要,我一直这么以为。"活路",不管是自己的还是别人的,都不应人为地断绝,我这种"活路论",是不是《国富论》两百多年后的另一个中国版本?我之所以每周10个小时地给学生灌输商务呀、外贸啊的常识,就是在为他们指出指点着活路,而我却眼睁睁地看见——就在眼皮下面,那么多人的活路被另一些压根儿就不愁活路的、只想图些更爽日子的人给断掉,给摧毁,这,的确叫老齐我万分愤恨。我于是,就只有写书。

折回到"做人"的话题,因为我想起这部书的原主人公不是我,而是"灵肉"。

在怎样做人上,有史以来"灵"和"肉"常常打架。比如说有时灵想当人,但肉不想,结果就弄得既像人又不像人(如汉奸)。还有时肉想当人,但灵却不同意。割双眼皮、拉皮、垫鼻梁骨一类的,就是后一种情况,明明人家"肉"长得挺舒服挺自然的,可那"灵"就偏偏对"它"强行折磨,使劲剥离,比如把屁股上的肉贴到脸上。有人耍流氓(这词眼下不大流行了吧!),就是肉想"Just do it!"一把;而灵呢,又没有及时管教好肉,就仿佛是女城管没追上那个玩命蹬车的大老爷们。

我的一个朋友——法国人Tonguy(学院请来教法语的),那天对我大谈特谈他们的新总统。在萨科齐有一次跟一个记者对骂之后,记者说他简直就是个小混混。他原来还挺喜欢他太太的(现任"第一夫人"),可他那朵"花"一被萨科齐揪走,他就再也不喜欢那个女人了。

萨科齐前几天还说不排除不出席北京的奥运会,我对之万分地喜悦。我们可能——至少是我一个人——希望英国人抵制、法国人抵制、美国人抵制、印度人抵制、塔利班人抵制……那样,中国就能囊括所有金银铜——直到木头和抹布——制作的一切奥运奖牌。

清明时节没有雨

今天是国家规定的第一个假期清明,所以昨天我下课前对同学们小声念叨了一句:"祝大家清明节愉快。"注意,我刚才没用叹号。清明,是个说不清楚该愉快还是该悲伤的日子,家里要去扫墓的,可能就不太愉快,我呢,就比较愉快,因为好歹假是放了,放假就愉快,不放就不愉快。管它是不是清明,等几年后我退休了,天天闲了,就连清明也愉快不起来了。

我家的小时工小霞,说她们老家安徽那边,女儿在父亲去世三年以后就不能为老爸上坟了,那是一种禁忌,我膝下恰恰只有一女,所以我幸好没让她在安徽出生,那是她外婆的家,还有我要是没了,也不去安徽,因为三年一过,我就没人理了。

她妈,我的贤内助,倒是去安徽祭奠我的岳父去了,在这清明没有纷纷小雨的时节。

我昨天还开了个玩笑,说我今天要到孔子的塑像前面号啕大哭,我边哭边说:"老二(孔子的排行)啊,你咋死得那么早呢?你要是能活到今天多好!俺老想你啊!"

我还要,在他的塑像的前面,摆上我即将出版的四本新书,就权当供品和纸钱。

清明的雨又下起来——祭奠卢阿姨

本来说清明没有雨的，但又有了；清明的雨，是可打伞可不打伞的小雨，是冰凉又不冰凉的微雨，是由于我站在了卢阿姨的墓前。

我本来该叫她"老卢"，因为我们是同事，但她比我的父母还要年长，所以我一直叫她"阿姨"，我叫她的老伴老马伯伯。

1984年的夏天，我第一天上班，卢阿姨是我的对桌。中午，她在打着字，用那种古老的打字机。午休的时候，我躺在拼凑的椅子上瞌睡，偶尔睁眼时听到的，就是她打字时发出的悦耳的声音。如今，在福田公墓里，她的墓就在我的眼前，那打字的声音，隐隐地又一次传出来了。

我对桌的"阿姨"，我的老同事和老友！

这清明，因稀落的小雨而更有了几分氛围。我在老卢的"新家"四周巡游，我发现她的"邻居"中有许多的名人，有大将军许光达，有文人俞平伯，有名气更大的国学大师王国维——这才让我想起了卢阿姨的特殊身份，她"下嫁"的马伯伯家，可是名人世家。

在东总布胡同，有一座西式的古老院落，那个院子的二楼，总有细碎的阳光照射进来，那阳光下，20多年来，隔一阵子就有一次三个忘年朋友的聚会，他们就是卢阿姨、马伯伯、我。马伯伯来自复旦，卢阿姨来自圣约翰，而我，来自三里河东路。

卢阿姨走后，马伯伯跟儿子住在那二楼，变成了冷清的记忆的故居。

那个院落迟早会变成一个纪念馆,为了纪念老主人的事迹,但我们三个忘年交在20多年来的说东道西,却只有在马伯伯、卢阿姨和我自己的记忆中,才能够找寻。

在她患病的日子里,小中(她的儿子)和我在医院的病房里陪她聊天,医生进来了,老卢说:"小齐啊,你先走吧。"于是我就走了,我走后不久她就离去了。悄悄地,淡淡地,如同平日的她。我因此,在今天选花的时候,给卢阿姨送上了一盆淡粉的野菊。

显然,雨是为卢阿姨下的,因为我刚一离开陵园,雨就停了。那啪啪声,莫非就是打字机的声音?我的对桌,呵护了我20多年的朋友同事以及阿姨,用雨点声延续着她20多年的叮嘱:"小齐啊,你要当心。"

如果说中国还有贵族的话,那么马伯伯和卢阿姨,就是最后一代的贵族,无论是从内心还是从外表,那是时代的远久积淀,那是一去不再的含蓄。

我走了,顶着脑后刚出的太阳,我不再打搅卢阿姨了,我想告诉小中,你为你母亲找到了几个不错的邻居,后面的是能开炮御敌的大将军(许光达),再后面的是用文章永垂不朽的国学大师(王国维),还有,卢阿姨身边的那个小墓碑上没有任何文字,是个空白的墓碑。无名的也许更好,因为24年前与卢阿姨上班对桌坐着的那个毛头小子,也会从始至终地永久无名。

钱锺书关于窗户的趣谈

"如果从银行 ATM 机提款 17 万就判无期的话,那么如果谁从百姓的保险金里每年提 6000 万,就该被判个 2 亿年监禁,把他家前后 300 代人都关起来!"

以上是我的网上留言,那个提款 17 万被判了 5 年的年轻人姓许,好像叫许霆。由于自动取款机中钱不停地出来,他一下"取"了 17 万本不是他的钱。他开始被判了无期,后来舆论反对,就改判了 5 年。

鉴于此,最近我经常在网上的"我说两句"那里留言,不过我一留就有人刷下,就好像在刷墙似的。墙越刷越白,真理也是一样,越刷就越清明。

今天读到钱锺书在 20 世纪 30 年代写的一篇散文,是说窗户和门的关系的。钱说根据他的考证,窗户本是多余的,人的家,只要有了门,就足够了。做窗户,还要在本来好好的房间中挖一个洞洞,那是一种奢侈的享受,可用来观景,还可用来赏月。

钱先生还考证说,西方有一个人说——不知是在哪个戏剧或小说里了:老丈人们一般不喜欢女婿从门里进来,因为要是女婿与女儿卿卿我我、不可开交以及黏黏糊糊的话,一定不从门入,而是从窗户那儿爬进来与女儿"幽会"。

我家是 8 楼。

周六我在北大"六院"中的一个古典风格的小楼上,向楼下眺望着。我不知道自己在望着什么,总之还不是未来的女婿。

其实,这次要爬楼的那个人,就是我自己。

抵制还是不抵制

在说抵制不抵制之前,我们还是说些愉快的东西吧。比如最近我和同事正坐在公交车上聊天,突然听到司机大喊:"后面聊天的小声点!"可不一会儿那个司机也参与了我们的"聊天",说前些天一个乘客在他报站名说"人民医院到了"的时候,大声抗议:"我不想去医院!"而691路的沿途分明有两个医院,一个是"人民",另一个是"儿童"。不知他抵制的究竟是哪个,他去了"人民",就不是"儿童"了;他去了"儿童",就不是"人民"了。呵呵!

还有一个关于我出书的趣事:前两天出版社的吴老师让我去看了编辑对我的文稿《我在好莱坞演过一次电影》的评语,当场我吓了一跳,大意是语言不好、心术不正、水平不高、居心不良、品位低下、不懂艺术之类的,我的汗,立马就狂流不止了,那正是传说中的"汗颜"和无地自容,两大页的批评之后,那个编辑给我的书下的结论是:"此书根本就不该在世间出版!"(大意)

我在出版社的走廊中踱步徘徊着,我痛心疾首,我追悔莫及,我甚至已经痛不欲生了。不过我突然想起来了:"唉,不对,俺这是再版书啊。"于是我打通了吴老师的手机,说:"吴老师不对啊,我那拙著早在2003年就被中国文联出版社正式出版过了,这次分明是再版啊。"吴老师听了迟疑了一下说:"喔,是吗?那你就别在意那个编辑写的什么破意见了吧。"

我已经连续三个星期给几个挪威学生洗脑了。我保证现在,他们的脑子全是空白或者充斥着本人的语录。我从孔子说到老子和庄子,我再说到释迦牟尼和他们的上帝以及真主安拉。我的意思是虽然各种人类之间存在着相互理解的障碍,但用庄子的"一"(这里的"一"当动词用)的手法,也就是"齐物"的方式,能使我们"归一"为同一种动物,那种动物都有一个鼻子,鼻子都有两个窟窿,鼻子上面都有一双眼睛——即使有一个就够用了。外国学生们听了以后试着找寻了一下,果然,他们惊奇地发现自己的鼻子也在眼睛的下面,鼻子中也有两个同样大小的洞洞。这种发现,无疑地,引起了教室内的轰动,我的意思是说东西方之间什么都好谈,都能够沟通。

我除了坚持历来不去家乐福买东西的习惯之外——俺似乎压根儿就没去过,还有一样与别人的方式不同,那就是计划在一夜之间(就今晚吧!)把我流利的法语忘却。

我终于下决心把脑子重新格式化了,由于那里面的脏东西——编程语言太多。

看，一个"拟博士"腾空出世

2008年4月23日北京大学中文系网站上的一个公告，把本人"拟录取"为北大的博士生了，这无疑，对北大和我，都是一个喜悦的消息。

其一是因为本人之"老"，北大博士的"生命线"，一般不超过45岁，可我已经超了，北大之所以还"拟"要了我，说明本人可不是"一般"的家伙。俺这个人，岂能用"一般"二字形容？自吹了不是？是也罢。假如把当博士看作一个职业的话，反正这是本人45岁和46岁之间、从事的第10个职业。所以我牛。

其次我应该"牛"的是，在报考同一个导师的五六个学生之中，俺是唯一的一个三门课都及格的，而他们，可都是专业的学生，也就是说秀才虽然进行了科考，可这一年中举的，也就是范进一个。我牛吧。

何况我不是范进，是齐天大圣孙悟空，俺72个变数，此次变作了白胡子老博士生。俺一个跟头，翻入了中国最高学府的围墙。

俺从此，摇身变成了一个"学者"，俺在文人的身上胯下出入游荡，俺要受钻研学术和学究之苦，俺将在书的枯木中钻洞，我非让那些黑窟窿里发出新的枝芽，何况北大图书馆中早就已有了一本俺撰写的《妈妈的舌头》。

从此后，"齐天大"死了，"齐学者"诞生。把金箍棒收进耳朵，我一个扫堂腿，把那个"学术圣殿"踢得翻天覆地稀里哗啦！

俺又反了。

"五一"、校运会、我和 Stephane 的民间外交

由于是劳动节,所以爬起来就写博客,这于我,就是一种加班式样的劳动。我常年以来十分容易弄混乱的,就是生活究竟是为了生活,还是生活为了文章,等没什么主题和思维了,我就去生活了。就好比不知道是雾里看花还是花中看雾。没雾气了,花能好看吗?反过来,花仿佛又是为雾气而生。何况花来花去,远看,也像雾气似的。几周前玉渊潭中的樱花就是那样,你仿佛在一团花的雾气里,在雾气中穿梭的人,反而变成了与花不同的"花"。樱花色是浅淡的,"人花"是杂色的;樱花是静止的,人花是流动的;樱花是沉静的,人花是喧闹的。20世纪80年代东京上野公园,每到这个樱花季节,也是这个情形,人和花争奇斗艳,人和花相辅相成,人和花抢夺着空间。花安分,人不安分。我上周再去玉渊潭时,花期已过,已是绿叶的天下了,静得很。人花谢了,樱树由绚烂归于平淡,等待着下一年的重新繁华。人生也同理吧。繁华时是真繁华,寂静时又真寂静。我昨日还跟孩子她妈说,我的"花期"是在20多年前。那时开得过分猖獗了,随后就变成了苦待下一个花期的绿树。而冬天一到,生命就阒然了,下一个花期,通常是另一辈子的事情。

我昨天看见校运会的走队,学生们的队列,是那么地有创意和富有朝气,远看着,感觉到了自己的衰老。老这个状态,也好比是花,开着还是没开,你自己知道。体内有"花"时,你压也压不住,随着你的筋骨,

就使劲往外蹿,展开来,就是生命的花骨朵。而你体内没有冲动的"花欲"时,使劲也没什么用,即使挤出来了,也是排泄物,没什么生命力,就像是豆浆,而不是热血。你虽然沸腾,或者澎湃,但你的生命却是无力的,你的欲念也是过时的。我前两天还当众在操场跨了两个栏,刘翔玩的那种。跨是跨过去了,裤裆也没撕开——但就是没有20岁上大学时候跨得轻松,那时候一次能跨十个,而且是"男栏",一米多高的那种,这说明前天我跨的是"女栏",矮小的那类。跨的栏个头高,说明你本人还高大,如果我去跨女栏,就证明我在严重"缩水"。可其实我已感觉到理想在缩水,欲望在缩水,心理承受能力在缩水,生命也在缩水。等你感觉周围的世界无限大而且越来越大了,你已经疲于奔命应付的时候,说明你在缩水。还是青春万岁,有着万般的美好。青春本身,就是一种情操,青春本身,就是一种无须做作,无须思前想后,无须前怕狼后怕虎的洒脱。其实本人跟一般人比,已经够够够洒脱的了,但这还是假的和装的,因为我的青春早不在了。它——青春,正等着下一个不知道是何年的也可能是来世的"花期"。在跟挪威学生讨论佛教说的来世时,我问他们下辈子都想变成什么,他们说猫不好,狗也不好,我说那就变成树一类的吧,有的树,能开花哩,我每次在天坛公园那些古树旁打我似猴拳的太极——就嫉妒羡慕恨,那些全身都是大疙瘩的老松树,显然对我的生死,它们都无动于衷,显然朝代的姓李姓张姓齐的更迭,它们都知道却不在乎。老松树不死,虽然满身疙瘩的它们,看上去那么地老朽和丑陋。假如它们是樱花、桃花、月季花,想必是活不到如今眼看我辈的生老病死、花开花谢却不眨眼睛的。我想人者不朽,是否也要丑陋不雅一些,所以我经常蓬头垢面。我为了环保和超脱,还总穿着颜色不同的两只袜子,那样久了,就会生产一种错觉,认为凡是袜子,就应该是左右不同颜色。外加中间的那一只呢?

同小龙女——我女儿讨论着"80后""90后"的问题，我说你爷爷是"30后"，你爸爸是"60后"。小女听了不以为然，说压根儿就没有"60后"这个词。俺说俺花期过了吧！

法国教师Stephane是我的朋友，他是我炒了那个当面说中国人不好的小个子"方飞的鱿鱼"而换上的。那个方飞现在想起来，的确是个以中国人为敌的支持分裂的分子，我替换他是对了。Stephane虽然也是土生土长的巴黎人，可他是个北非人的后代，肤色是棕红色的，十分地"第三世界"。最近Stephane在校园中见了我，不知为什么不说法语了，表情还不大自然，于是我思忖，可能是与最近的中法关系有关。Stephane昨天又来了，又说起法语了，说起了法国的那些坏人。他说齐老师你不知道，法国的三个主要代表"知识阶层"（intellectuel）的媒体，在任何时候都毫无顾忌永远不会改变地批评和丑化三个地方，第一是俄罗斯，第二是中国，第三是非洲。他们的头脑和意识还一直停留在1991年苏联解体以前，还在顽固进行着古老的冷战，他们从没说过俄罗斯人、中国人、非洲人一句好话，也从不正面报道这三个地方的任何好的消息。Stephane还说在学校里他有许多非洲的朋友，非洲人认为中国大多数人关于非洲的印象，也是受了西方的有殖民偏见媒体的间接影响，因为好像大多数中国人印象中的非洲，不是战争就是饥荒，而这与西方报道中国的套路是相仿的。他还说英国人、法国人都殖民过非洲，但你看他们的殖民方式并不完全相同，英国人是先占领，然后交给当地人管；法国人呢，既占据又"亲自"管理。所以法国人遗留下的殖民地，在他们撤离后，往往比英国殖民地更贫困。

Stephane离开了我们的办公室，因为我们就要放假。"亲不亲，阶级分"这条早期的革命语录，他走后又在我耳边响起。我听着它，隆重地开始了本属于全世界劳动人民的"国际劳动节"。

小孙得了"癌症"

上星期我获悉了一件不幸的事情,就是一个原先的同事"得了癌症"。小孙哭泣着把这个消息告诉我们的时候,我马上用哀婉的声音告诉她的爱人小李,一定要好好安慰小孙。

上周日和另一个同事小陈去看小孙,她用马上就要离开人世的那种眼神告诉我们,真正的化验结果——她是否患病,要这周二出来。那天她去"五洲妇女医院"做常规检验时,一个女大夫一看她的病情,就激动而果断地说:"你的病再不治就完蛋了!"还说要她下周二取化验结果,但一定要她先生来拿。还说马上就能进行治疗了,而且越快越好,最好在周二化验结果出来之前。

小孙听完医生的诊断,心想癌症肯定是的,要不能不让她本人去取结果吗?接着小孙就哭着说她孩子还没高考,她就不行了,说她还有很多要尽的义务,还没来得及尽,于是我们几个就在小孙悲伤、哀伤和绝望的空隙间,吃了午饭。然后说没事没事肯定没什么事,就哀伤地告别了。

结果还真是"没事"。周二的化验结果,上面写着:"你没事。"

站着听两个著名作家的对话的感觉

我这个"作家"无疑是自封的,就像把一顶"赤橙红"的帽子,随便往自己的头上扣一样,注意,就是没有"绿"的。

昨天大学教授、作家梁晓声和"80后"作家张悦然在我校礼堂的现场对话,我是踮脚站在最后一排,还隔了三层的黑压人头听的,也许,这就是"专业"和"业余"的区别了,正是由此,我决心一直不停止地写,一直写到我跟上帝、真主以及佛祖在这同一个礼堂对话着"同一个梦想"的时候,梁晓声老师也——隔了18层的不同颜色的人头,踮着脚、跳起来地听。

当然,在"同一个世界"上面。

张悦然是个才女,在听了他们的一半对话后,我回办公室在网上看了几页她写的文字后才知道,于是,我又返回去听了。她的文字仿佛不是取材于人间。在我看来,写东西的人有那么几种,一类是离不开人间故事的,就比如我,所以我活得挺累;一类是有了人间故事也写不出人间味道的,我是说有些个虚假;再有,就是不需要生活就能编制出人间之上和之外的"景象"的,这是我对张悦然作品的印象,那当然是天然的和上品的"东西"了。至于她是"70后""80后"还是"90后"并不十分重要,重要的是她是"凡人后"和"平凡后",我看就足以了。至于莫言和晓声老师这些"大伯"们的推举和吹捧是否由于她是个"美女",

我看也不那么重要，是了，也无可厚非，男人们说女人的好，总是有私心的——除了本人以外，因为本人的近视程度不多也不少，正好是看不清楚张小姐脸的度数。我是说晓声老师在跟我这种四五十岁的男子对话时，恐怕不会迸发出那么许多的热情和机智，更何况，我又是隔了9层的人头。倘若有人突然指点："最后一排那个半傻的外号叫齐天大的，号称也是作家！"晓声老师一定不会把我叫到台子上去同他和风细雨地谈笑风生地对话。

现在人在说年纪时，好像都不会说"30多岁""40多岁"或"90多岁"了，而都倾向于用数字加"后"来表示，晓声老师昨天就左一个右一个"你们80后"的，就好比我所在的这个屋子——不是"铁屋"的屋子——就有四个人，分别是"50后""60后""70后"和"80后"。我是那个"60后"，同时还是个"90后"的——爸爸。我承上启下，我继往开来，我力挽狂澜，我什么都无所谓，我可以左右逢源，也就是可以好死不如赖活。

2008——这个难过的年

我写下5月15日时才发觉今年结束，还要再过六七个月，2008年，它为何这么地难过。

上午上课时给挪威学生说的是四川汶川地震的事。这门"中国热点话题"课程，我原来以为要使劲地发掘"热点"，却没想到，这几个月来每每发生的事情——从雪灾到汶川大地震，都是50年未遇（雪灾）和30年未遇（地震）的，那么下一堂课，我还会有什么更离奇或前所未遇的hot issue（热点）呢？

有，那就是奥林匹克的"盛会"了。那也是100年未遇的。于是我对学生们说，可能这是第一次也是最后一次在我家乡举办奥运会了吧，因为人人都想开party（宴会），人人都喜欢热闹，但如此频繁地令世人瞩目，会使我们原本平静的日子变得不平静了。

1976年地震时，我是被地震从床上剧烈地震到床下去的，我无能为力；32年后，我们远在北京，除了为遇难者哀痛和献出微薄的捐款，还是无能为力，因为地球太博大了，博大到随便使出一个伎俩，就能把我们葬送。我们于她——这个胸怀宽广的母亲，是个她任意操纵的"腻子"。我们互为"异物"，我们想征服她，她不甘心，她企图反抗我们，这次她得逞了。我们人类唯一能做的，就是抚慰伤者和逝者，然后继续生活，然后继续在地球上与她共处。在"生存"（being）的本能下，一切都不重要了，你的国籍，你的种族，你的主义，你的喜好，你的敌友……因为与地球的关系，把我们的人间之差给模糊化了，我们忽然又一起变成了还原成了只有一种写法的——"人"。

为遇难者默哀。

评论：

为遇难者默哀。

正是这些无辜的英魂，惊醒我们这些与其他生物共处地球的人类，达成了重新审视感悟定位人生，回归人性的共识。从这个意义上说，我们在沉痛之余，深情感谢地球母亲，用这种类似于袋鼠妈妈把新生儿产在育儿袋外，让小袋鼠自己锻炼爬进安全区域的方法，为我们人类远离互相残杀的血腥战争奠定了一定的情感基础。地球母亲也许在警示我们：意外灾难会在不经意间让生命花朵凋谢，好好活着，与物为善，与人为善，和睦共处，享受生命花朵自然绽放的过程吧。

作为母亲的一个孩子，我们无法也没有必要凌驾于母亲之上，同样多灾多难的地球母亲，她在无法承受自己的苦痛时，也要借助于一种让她的孩子受痛的方式，抖落这苦痛。我们理解母亲的苦痛，愿我们的苦痛能减轻母亲的痛苦！愿地球母亲在摆脱了苦痛后，从此安康！愿我们人类与地球上的其他生物——我们的兄弟姐妹和睦和谐相处，我们的地球母亲也许会多一些快慰，少一些怨恨，我们人类也许就能多一些和平安定。

既是本命年，那就让我们——在灾难中惊醒的国人，现在就给雄鸡的长颈上，系一条象征平安的爱心红丝带吧！让我们为遇难者默哀！为幸存者祈福！祝愿我们的地球母亲幸福安康！祝愿大难之后的祖国后福无疆！

那五万[①]人,他们都去了"极乐世界"

那五万个鲜活的生命,都去了"极乐世界"。今天下午在北海公园的一个寺院,我看见了一座用玉石搭起的山,山上站立着许多的神仙,山顶上,有四个庄重的大字,那字是清代留下来的,写的是"极乐世界"。我马上想到了汶川大地震中那刚刚逝世的五万条生命,他们的肉体和他们的灵魂,此时此刻,应该已经到达极乐的那个世界里了。

地震瞬间,五万个生灵被掩埋,在无援的状态下,被疼痛折磨时,他们在想什么,做什么?挣扎,反思,绝望……在这样的消耗里,白天黑夜依旧交替中,一时时一刻刻地集体走向了那个我们人类早晚都要去的"极乐世界"。

站立在释迦牟尼的巨像前,你会想到好在还有神在,好在来世的苦乐还说不清楚,好在人类的消亡,别管是正常消亡,还是被意外摧毁,都如一缕轻烟,只不过,这次的那股轻烟,它太浓厚了,它是五万人的生命。

在天地同悲的日子里,注定有天堂,怎能没有天堂呢?天堂或许那么奢华,但肯定有,天堂不许没有,不许没有天堂!

四川人是勤劳的,中国没有无四川人的地方,他们虽然个头不高,但总是辛苦地劳作。他们为我们创造了美食。莫非那五万个瞬间的四川

[①] 注释:作者写作该文时官方媒体当时公布的汶川地震遇难人数为五万多。

人,是天堂里"成都小吃"饭店请去的厨子?四川人豁达,懂得悠闲。那五万个人中,有去年来我学院学习法语的学员吗?他们原本是该去非洲传播农业技术的,他们的口音让他们的法语说得都像"龙门阵",他们全都来自四川的中小城镇,还有我记得清清晰晰,他们的醉态,是麻辣和鱼香的。

有大佛现身的时候,人类是无能和无力的,你想啊,连大地都紧张得崩溃塌陷了,大地上的人和其他生命,还有还手之力吗?大自然的"压力",显然也太大了,大到地球她吃不住力,于是她就发飙了,于是蛤蟆就大规模逃逸,于是鸡飞狗跳了,而我们人却相对地麻木和没有警觉,我们对地球内部的岩浆的流动,敏感得既不如蛇,也不如老鼠,更不比蛤蟆,我们被水泥和其他更坚固的离间人和土地的"异物",给隔绝了,给拆散了,而当地动山摇后,又是那些我们自己精心制作的钢筋和水泥,嵌入了我们的肉体,压迫紧我们的身骨,使我们上天无路,令我们入地无门。他们——那些苦难中慢慢死去的人们,在废墟中抬眼看着星空,在数着天上的星斗。之后,他们每人搭上了一颗遥远的星,近处的星,大的星,小的星,明的星,暗的星……他们比我们后死的同类,早一步挤了上去。

愿去了的五万条生命,你们安息。

在本不该说什么的时候
——也谈马云说的

今天是国殇日，是下半旗的日子，本不该说什么的，但一两个"企业家"——王石和马云的话，的确把人逼得要说话了。首先，王石让"万科"的员工，每人捐款不得超过10元，其次，马云只捐了一元，说"企业家该做的就是搞好企业"。因此，我在他们的"企业家"的头上，扣上了一个大帽子——我是说引号。

我至少是当过多年的企业家的，其实企业家的责任，没错，就是搞好企业，那么，捐款——假如还能捐得出来的话，为何就不算"搞企业"呢？企业也是个"人"，要不为什么把企业叫作"法人"呢，是"人"，就有脸面，就有感情，就有同情心，就知晓民族之大义。因此很难想象，一个在国难当头时的大型公司的掌门人，会用区区的"寸金"——一元，来搪塞和戏弄国人的情感，这岂不是在别人的创伤上撒盐？

好企业和大企业，无疑是由公众堆积而成的，堆积它的最大的群体，是它的客户；企业的面子不只是企业自身的脸，更是千万个客户的脸面的集合。所以企业的掌门人在做公益事业的时候所做的表态，绝不是仅代表哪一个人的。所以一元的捐献，在此特殊的时候，无论于谁，使用什么言词进行狡辩，都的确是无地自容。

还有，"企业家该做的就是搞好企业"这句话成立，就所以不捐少捐了，那么人民教师也别捐了，也该只好好教书；演员也别捐了，只该好好演戏，学生也别捐了，就好好学习……这逻辑通吗？那由谁捐？

　　王石更是个该戴引号帽子的"企业家"了，"万科"是他的公司，捐多捐少他说了算，这不能强求，可"员工"是国家的公民啊，国家对每个公民负责，这是终生性的，公民按照自己的能力帮助国家，也是终生性的，对此，你区区"万科公司"有什么权利干涉？除非你的员工从娘胎中一生下来，"万科"就开始提供尿布！公民和国家的关系是一生一世的，与企业的关系是片刻一时的，你一个"时段性"的"主子"，有何种权利干涉员工对国家的职责和义务？

　　马云也好，王石也好，他们上述的言论，相比于王永庆、邵逸夫的境界，无论是做事还是为人，再或是经营者的眼界，又岂止是相差一辈子两辈子？曰小商人和大商人，好商人和坏商人，有良心的商人和没良心的商人，有常识的商人和无知的商人，有远见的商人和没远见的商人，有普遍人性的商人和无普遍人性的商人——之差别也。

舆论的效用和同胞的手

上次刚说完马云和王石，就有些后悔了，因为据说关于马云捐的"一元钱"的事，是有人瞎编的，就好比编筐似的，编了一下，就把马总和阿里巴巴给编进筐了——一个万人唾骂的筐。但王石的那故事，肯定是真的，要不，他也不会先道歉再补交1亿。其实200万也好，1个亿也罢，1元也行，都是一种心意。所谓的"有钱没钱，都回家过年"，捐多捐少，捐的是心，不捐，心思过去了——到了四川，于大家也是一种慰藉。近7万人（遇难人数有所上升），可不是一个小数，台湾的捐，港澳的捐，海内外流着同样炎黄子孙血的华人都在捐。当同血脉同胞的手，在水泥废墟下摇晃的时候，每个炎黄子孙那时都感到了手背的巨痛，正所谓同病相怜，不是说假如那求助的手是棕红的、是黑的是白的时候，我们就无动于衷，而它是黄皮肤的，是同胞的，我们就更有同种的"切肤之痛"。而那近7万个死亡魂灵，提早去了黄泉，是否，就如同是你我的先遣。

另一个极端也不好

捐献的事情,是一种心意,捐多捐少,每个人根据自己的能力。有的明星捐了10万,还叫人骂了,就不好了。我看了该明星的博客,她说她有一种被"摊派"的感觉。良心是很难也不应被摊派的,良心一摊派了,就不再是自然的天然的良心了。

电视台宣布百姓捐赠的200亿元的赈灾款,要由专门的监督部门监督发放,就是说我们老百姓,也能在政府花钱的时候,指手画脚了。以前可没有过,大清朝的钱,是皇帝想怎么花就怎么花的,叫太监的小老婆花光了,百姓也没什么脾气。可咱这次要监督了,可咱这次能批评了,这种监督的程序从"无"到"有"十分重要,也算是这次众多的"地震的收获"。

近7万个百姓的生命,永远是无价的,地震只有伤痛,本不该有丝毫的"收获"。但意外之中,不幸地有了"收获的意外",哪怕我们压根儿就不急着需要那些,比如民族精神的重塑,比如外界对解放军力量的种种重新评估,比如中西之间的和解,再比如所有的四川人突然地都可爱了起来……所有这些,都是去世的人用他们的不幸和家人的悲哀,给我们活人和世人带来的 "意外的获得"。一次地震和救灾,可能会避免几次本打算打的、不打一次不甘心的战争,以上这些即使原先有人想打,在看到10万解放军竟有如此这般的迅速而高效的集结和抗灾能力之后,也可能在另一方造成有余悸的心理。

　　我一向鄙视那些专吃政治饭的人。纯粹搞政治的人的平庸，是在于他们不能创新。同样是搞革命的，那些提了头搞的，是用了项上的人头做的抵押，他们就不同于后期的日常的"搞政治"的职业人士。区别在于有理想和没理想之间。Politician（政客）一词，在英语中也暗含着贬义。他们的共同点就是都像是猫，都有猫科动物的属性（虽然我是数虎的，但真理还需阐明）。猫的特点，就是懒惰和馋外加有依赖性。

本人的档案 20 载轮回

　　我这次，算是看到了自己档案的内容，但只是一瞥。借那一瞥，我知道里面没有能让我提心吊胆的东西。于是，我把它亲手送进了北大。假如不出什么意外的话，那将是它未来若干年休息的场所。

　　我的档案的封皮上，有一行血红的大字"中共外贸部政治部"，那是本人 1989 年前供职的"大单位"。封皮的顶端，还有一行粗大的黑字"辞——112"。"辞"我能猜出，是"辞职"的"辞"；112（大概是的），可能是说，我是那年中国外贸部管辖系统辞职的第 112 个辞职人。我那个职位，在那个年月，你应该知道，是最最令人羡慕的那种铁饭碗中的铁饭碗，碗边上还镶嵌着黄金。

　　那是差不多 20 年前的 1989 年的夏天。后来我走了，一走走了 10 年。10 年后我回来了，也就是距离今天的整 10 年前。那时这个档案于我来说没有用，我就没找它。5 年前，一个偶然的缘由，使我又见到了它，那时它还在街道的办事处里。就像久别重逢，又像不期而遇，更好比自讨没趣，也不知道是它无趣，还是它的主人无趣，反正它似乎是在对着我说："你不是不想要我了吗？"

　　我把它寄托到了"人才"。档案到了"人才"的人，一般分两类，一类是真正的"人才"，另一类是什么都不是的凡人，而俺呢，是不伦又不类的那第三种。

又过几年了，我一直想把它安置下来，我想像当年那样，再把它给送回那"单位"，但已经不可能是"外贸部政治部"了，因为时过境迁，"外贸部"眼下变成"中华人民共和国商务部"了。

最终于是，只能将就着给它——这个记录我并不完整过去的、十分朴素的牛皮纸袋子，找了个别人想找也不那么容易找的归宿——北京大学燕园里的一个红墙绿瓦的小楼的二层。那是个我的灵魂还勉强能够安生的去处，因为首先处所比较雅致，其次还有绿荫，再次是相对的寂静。那里的花和草丛，以及草丛中的蛐蛐虫子，足以，让一个漂流了大半个地球的、六神七窍和心思经历了无数次的起起伏伏、跌跌宕宕、风风雨雨、九曲十八弯子了的、曾经是中华人民共和国外贸部一个23级年少得志小干部的幽灵（那时毕业时的国家干部待遇计算方法），有了个还像样的、还般配的去处。

它在那小楼上，能睡安稳的觉。

莎郎和谁私通

女儿问莎朗·斯通（Sharon Stone）是谁。她，我是1992年那年听说的，那年她刚演了《本能1》。贪婪地议论她的是 Almand 和 Peter，坐在我身前身后的两个同事。或许是她的"三岔腿"魅力太大，所以 Almand 说得嘴中吸溜吸溜的，像是在喝着粥。那是在蒙特利尔的郊外，我们上班的地方。上班太无聊了，他们就说起了那块当红的"石头"。

莎朗·斯通在美国电影女明星中的定位，有点像姜文导演的新电影《太阳照常升起》中的女大夫，都是浪浪的，骚骚的，都有一股子狐媚。那可能就是她们的"本能"吧，至于是本能1，还是本能2或3，就不得而知了。那要去问她们自己。

50岁的莎朗·斯通这次口无遮拦，她用了 karma（报应，印度外来语）来形容汶川大地震，其中的无德无知是显然的，由此她也遭了报应——我们让她付出了5600万美元的不小代价。法国的 Dior 不敢用她做代言人了，因为她代言什么，什么就会遭到报应：她代言波音747型飞机了，那种飞机就不敢起飞；她代言"大宝"护肤霜了，擦了的人，脸上立即起鸡皮疙瘩；所以今后，她只能替地震、水灾、海啸、"SARS"和禽流感之类的灾难代言，而且我保证，由她代言的飓风和地震的杀伤力，绝对是地球一流水平！

对莎朗·斯通执行报应和替天行道的，是13亿有钱了的有消费能力了的有潜力了的中国人民。13亿中国人民别管有钱没钱，即使是都要着饭，Dior之类的都怕，何况是其中的10%，都已经挺有钱了呢。我们去买别的，我们不再护肤和"奢侈"了，行不？

　　Consumer"消费者"在"消费时代"是上帝的化身、是没有人敢造次的，在Consumer之前，再加上个Potential，"潜在的"，就更令商家们胆战心惊，因为你知道那个"潜力"今后有多么大？莎朗·斯通虽然50岁了，还挺妖媚，但那毕竟不是钻石，她很快就衰老下去，七八十岁妇人的"三岔腿"注定会失去魅力，但我们的十几亿中国人民组成的"潜在消费者"呢？却10%、20%地兴旺发达起来，我们的钱包一天鼓似一天。正所谓："沉舟侧畔千帆过，烂石前头万木春。" Dior的智力再差，这个道理还是知道点的，所以斯通恶语一出，Dior二话没说，立即避嫌（在语言上反对她的说法），马上撤除（行动上取下她的代言肖像）！

　　"灵"和"肉"，在莎朗——一块破"石头"上，也是能结合的。斯通是"肉"和"欲念"的化身，虽然"欲念"有些个邪行。现在把邪行的"怪灵"——说天灾是"报应"中国人的，再附加到她那块"腐肉"的上面，倒使得"灵、肉"变成彼此附体的一对儿了，只是更加邪行而已。

　　我上周还在天坛附近的一个钻石店的宣传画上，看到了莎朗·斯通的名字。那个店家耍了个小聪明，在广告上写了这样一句话："像Sharon Stone一样魅力永恒的钻石！"明天我打算再到那家店前看看，看看Stone的"魅力"是否真正地"永恒"。

兔子、狗的本能和人的本能
——从"范跑跑"身上看到的

真所谓"乱世出英雄",地震仅用那么短短的十几秒钟,就让"范跑跑"天下闻名了,我说的是那个地震来时比兔子跑得还快的毕业于北大历史系的中学教师。"跑跑"这个外号听起来挺亲切的,让你能想象他把所有的学生们都甩在身后,一溜烟地朝操场狂奔的那个样子,就好比一只狡兔。"跑跑"还满口的道理,因为他是学历史的嘛。他说他珍爱生命,地震来了、他跑了、他带头跑了、他连招呼都不打、他丢下整班的学生……

我眼下也是个教师。前天上课时我问学生,假如地震来了,你们说咱们该怎么个跑法?我跟学生们说了"跑跑"的事。我说齐老师别的不敢担保,但"不"第一个窜出去,或把路留给你们,齐老师还是做得到的。一个男学生反驳:"凭什么你不先跑?生命第一!我就先跑!"这班里有几十个女孩子,只有三个男生。我于是暗中算计:"这孩子,我肯定不能让他及格!"我接着说,假如你们毕业了,咱们都在天安门广场,广场上有来自五湖四海的群众,突然地震了,那时我是一个市民,你们也是市民,我不是老师了,那么我可能会先跑,谁让老师个子高、身体好呢?但假如现在地震,我在讲台上站立,我比你们年长,即使我比你们能跑,因为我离门最近,但道理上,我的职责对我说:"你必须等着,你要维护秩序。"等同学们同意了,我才接下去讲课。

生死关头的事，我经历过一次。1998年，我回国出差在烟青（烟台—青岛）高速路上，突然出车祸了，我们乘坐的那辆小面包车被撞散架了，我的腿被压坏了，剧痛，车中人惊恐万分，哭叫着，因为正冒着浓烟，它随时可能爆炸。谁都想夺路而逃。我从车窗逃出，是倒数第二个跑出来的，倒数第一是同去的老汤。他在最后，我在次后，我们把一个不省人事、口吐鲜血的女孩子从浓烟中抬出了危险的车。那时是本能地害怕，但还有另一种本能，叫先别走，叫让别人先走，叫冒险救人。那次我得了90分，老汤得了100分。所以我不得不说，在生死抉择时，老汤比我更加值得信赖，更优异和崇高，也就是说，老汤的"本能"比老齐的优越。莫忘，那车随时都可能爆炸。事后我想，假如它真的炸了呢？

所谓的"本能"，就是上篇文章讨论莎朗·斯通时候说的那个"东西"。虽然它可能不是东西，你也看不见摸不着。它是你瞬时的反应，没时间细寻思的那种：地震突然来了，200年都没来过，你当然不可能预知，你肯定没有心理准备，但你跑，还是不跑，你先跑，还是让人先跑，所有的这些，都被一个东西"支配"着，那就是你的"本能"。兔子跑了，凭的是本能，比兔子跑得还快，也是本能，外加"本事"。但同样是"本能"——教师的，在那瞬间，也迥异。你看那些手托着钢筋水泥，身下保护着孩子的教师，他们来得及思考吗？那分明也是"本能"的驱动吧。危险来时，强者保护弱者，大人护着孩子，男人谦让女人，这些似乎不只是教师，应是人性的不需思索的"本能"吧。再说说"灵肉之间"的互动，"灵"在那一瞬间，是"肉体"的司令。"灵"让你先跑你才能跑，"灵"叫你救人你就应救，是吧？在那瞬间——以我自己的经历，你考虑的时间不多，你"灵、肉"没时间争论和搏斗，你是按"天性"的指示去行事的。而那，就是本能。

除了"跑跑老师",还有值得反思的,就是那条救了32个人之后,被废墟掩埋了的犬。狗也会像我们一样思考 "风险"的事吗?狗知道那楼会继续坍塌吗?无疑,狗是聪明的,狗并不傻。还有,狗救的,可是"异类"而不是"同类"的命啊。人会为救32条或更多的狗而献身吗?那狗完全可以怠工啊,救一条人命后就凭功劳休息。但它还是那么地忠诚,救了一人又一人,直至自己牺牲。狗伟大吗?狗够意思吗?在危险和灾难到来时,狗的本能和我们的本能是否完全不同,或完全相同?对此,可能精通历史的"跑跑老师"比我更有资格言说。

"本能"(Basic Instinct)这东西,原本是简单,是"basic"的,是与生俱来,是初级的和先天的,但又是那么的复杂——我是说让你瞬间做出反应的那种"指令",它可能每次并不完全相同,上一次你是英雄,下一次你也难说,没准"范跑跑"下次也会像搜救犬一样钻到地下去救我,兴许下一次带头跑的是我齐天大老师。我上一次得了90分,下一次可能就不及格哩。

评论:

本能是什么呢?是天性!可人的天性是善良的,正如才出生的婴孩般可爱。丧失了本能的人,叫灭绝人性。拥有了人的本能的搜救犬,被称之为英雄。在灾难面前,连狗都不如的人,被称作什么呢?呜呼,以与之为同行而羞愧!

中国"儿童年"快乐

先别忘,说一声"六一儿童节"快乐!也别管你还是不是儿童。按道理说,我们家已经没有"儿童"了,因为女儿已经十四周岁,但"童心"还是有的,比如我。今年好像是我的"儿童元年",我一天天老去,我一日日"还童"。今年的中国,也是一个"元年",她在阵痛中,在挣扎里,在生死未卜的境况中,先痛得死去活来,之后生出来个红红火火、朝气蓬勃的——呱呱坠落的大胖强国。我们在难产着,但我们在新生中。今年是中国的"儿童年"。

再把话题拉回到"本能"吧。未来的几年中,我将投降于"学术界",将被狠命地打造为一个"学者"。学者的使命和写小说的不同,强调的是"学术性",而学术性的方法之一,就是"梳理"——只是,被梳理的对象的头顶,不能没有头发。鲁迅就比较好被梳理,因为鲁迅的头发多作品多故事多打骂的人多。阿Q之类的"著名人物",属于既好梳理又不好梳理之间的那种,因为他的前额那儿没毛,后面留一条脏啦吧唧的小辫子。有小辫子的人好梳理(修理),比如俺;没小辫子的人不好梳理(修理),比如莎朗·斯通吧。

再说那"本能"——地震和灾难来时,人的、动物的,我想了一下,可以这样梳理和归纳:1.兔子似的飞跑;2.狗的不跑和参与救死扶伤;3."范跑跑"似的撒丫子逃窜;4.齐天大的慢跑加救人;5.老汤似的视死如归和岿然不动。6.莎朗·斯通似的恶语伤人和幸灾乐祸。其中的1~2，是动物的"本能"；3~6，是人类的"本能"。第5种，本应该用这次四川地震中那么多的英雄的感人故事做例子，由于本文有轻微的调侃色彩，所以暂且借用自家的经历。

你进一步地推论，就能够推演出这些个结论了：

1. 兔子、"跑跑老师"是一类的，你绝对不愿跟它（他）们交朋友；
2. "救灾英雄犬"和老汤是相似的，你可以对他们以身相许。
3. 齐天大这种人，可交也可不交，所以他的朋友不多。
4. 莎朗·斯通那种人，兔子都不会喜欢，英雄犬就更甭提，倒是"跑跑老师"与她们是同类，只不过，假如他们两个同时受灾，先跑的，就不一定是谁了。是斯通穿高跟鞋跑得快，还是"跑跑先生"的步幅大？那要看地形等实际情况。但有一点可以预知：他们之中至少有一个跑着跑着，会栽个大跟头，会摔个嘴啃地，因为他们之中的至少一个，肯定会伸出一条腿，给跑在前头的使绊子："老子（老娘）叫你跑！！！"

中国"儿童年"快乐。

评论：

儿童之美在于纯真无邪，生机勃勃！灾难唤醒雄狮，聚拢散沙。紧握的双手，传递着关爱与希望。这激情燃烧的岁月，就是你向往已久的中国"儿童年"。

儿童的本能是赤诚，废墟上既站立起了坚不可摧、无所畏惧的中国"儿童"，也滋生了瘟疫缠身的疯人。这些疯人表面看来像孩子般口无遮拦，其实他们是在以这疯言疯语，昭告天下人：他们的灵魂肮脏、黑暗、奇丑无比。

童心，是生命不衰竭的永动机；黑心，是自掘坟墓时使用的铁镐。

中国"儿童年"快乐！

本能、本色、本性以及本质

今天本人倒休，所以"六一"还在继续。

我又想到了几个带"本"字头的概念。其他的几个"本"，在英语里并不全是"basic"，但不妨将它们"合并同类项"，放在"本"的基础上。

决定人在危险瞬间行为的，显然，不是"本能"自身，否则，就难以解释天灾有人慢跑、有人快跑；有人小跑时想着救人，有人压根儿就不跑；有人跑的同时叫别人跑，有人跑了，压根就不呼叫别人（如"范跑跑"）。

注意，那些个"本能"，可不纯然是随机的、偶然的，就好比你让地震震上一百次，也不可能有一次，兔子不跑或见义勇为。"跑跑先生"的"带头跑"，也不是第一次了，据说在一次火灾事件中，他在着火时，也是第一个跑的。但狗却可以不跑。狗中虽然有哈巴狗一类的，会跑，但好狗，跟主人关系好的狗，素质高的狗，震上一万次，它们可能会先跑一次；但同时我敢肯定，它们即使跑了，也会不停"汪汪"地、心急地叫主人或别的同类："快，跑啊！地震来了！！！"

但"范跑跑"跑前却没叫。"跑跑老师"跑得像兔子，人品却不如兔子，因为兔子跑是跑，而且跑得贼快，但兔子跑了也就跑了，跑出来后，不会口若悬河地高调宣扬，以求"臭名远扬"。兔子压根儿就没有"臭名兔子"意识，但人却有。

于是，我们只能从其他的几个"本"——"本色""本性""本质"来找谁决定"本能"的答案了。人生来一定"善"吗？对此，我仅同意99%，因为我周围100个人中，总至少会有那么1个的人，我估摸，生下来就不善。你没遇到过？那是你的幸运。人的本性全然是社会赋予的和后天养成的吗？我不信。绝对有天性的"本色"的成分。本色好的，灾来了时，就好。本色坏的，灾到了时，就坏。要不，就难以解释为何同是一对父母生养的，生活环境也基本相同，敌人来了，一个当了汉奸，一个没当。所以鲁迅就说，他不认为把人往坏和特坏处想是错的。假如人之初，全"性本善"，坏的只是极少数人，而且是从后天学来的话，那么时常把人看得那么坏的鲁迅，就有问题了。你认同鲁迅的说法，那么人的本质、本性以及本色，肯定有生下来就有像"跑跑"那样的坏的，"跑跑"不该让我们大惊小怪，即便"跑跑"极坏。

对你身边的明的、暗的、阴处的、阳处的"跑跑"们，你唯一想做的，就是大灾来到时，先别救他。但假如那时就只有你和"跑跑"两个人在场，你不救他，你走掉了，你自己就"无心地"变成了另一个"跑跑"。

"本能"是瞬间的，变化的，但本色、本性、本质却是长久的、长远的、稳固的。"跑跑先生"和兔子永远变不成搜救犬，就是一个佐证。另一个佐证，是善良的狗，永远不可能先跑，即使跑了，也绝不可能不"汪汪"呐喊。

人和狗都怕死，是生命谁不怕死？但假如"死"突然袭来时，凭我的本能，我绝不会把我的生的一线希望，寄托于一个怕死的人，而会寄托希望于狗，因为我知道，狗的本质、本色和本性要优越于某些人，正因为有了那个"优越的基调"，我才肯寄希望于它的 basic 的"本能"，在一刹那间为我创造生的希冀。

但希望的寄托只限于我们的"狗友"，而绝非"狐朋"，即使他就是我的同类，我是指被唤作"跑跑"的那种动物。

在写那篇作文时，我也是个"领导"

今天是"六六顺"的日子，但我却不觉得顺。

明天起是"端午小长假"，是中国历史上，首次为一个跳江的诗人而全国性地放假。所以屈原那一跳，是值得的，也是历史性的。我知道投水而亡的中国文人，有屈原、王国维以及老舍。假如人留下了什么，你跳，是有记录意义的，如若什么都没留呢？我是说有价值的文字，那么跳了，似乎也就跳了。

我想起来了，我写关于"领导"的"作文"时，自己正是当着"领导"——公司小老板，所以我在写"领导"二字时没有外加修饰语。文章第一次被出版时，"领导"前后也没有什么前缀和后缀，出版社的编辑并没挑出什么毛病，出书是要通过"三审"和"三校"的，也就是说，在那家出版社，三道把关，都没看出的毛病，却在隔了五年之后被人家给揪出来了（第一次出版它是2003年）。

我认为在现代中文之中，"领导"是一个十分好玩和滑稽的词语。古文里没有"领导"一说，李白和杜甫的"领导"不知道是何许人。所以我猜，"领导"应该是个被近现代发明的词语，不信你查查《辞源》一类的书。"领导"和英文的boss"老板""上司"并不完全等同：boss通常是指直接管你、给你安排工作的那个人，而且一般有名有姓，有形象、有性格、有具体人物，也就是说，boss是男是女，是老是小，是好是坏，你是清清楚楚地知道的。但"领导"则不然，"领导"是个恍惚的、模糊的、笼统的、抽象的概念，可能是群体，也许是一两个人；是几个层次的，也能是一个层面的。

"范跑跑"跑到北京啦

昨天（6月7日）的《北京晨报》上，有一张"中幅"大小将近全身的照片，我一看，是熟人"范跑跑"。标题是《独自逃生老师进京做节目道歉同时坚称言论无不妥》。你看有意思吧。什么有意思呢？我首先想到的，是那么多地震来了没带头跑的教师，都没来北京做节目，而一个带头跑的却来了，而且，还被媒体刊登了近乎全身的看上去竟然有些"伟岸"甚至"凛然"的照片。

《晨报》说在节目的现场，有一个"嘉宾"激烈抨击"跑跑"，说他是"双重无耻"。原话是这样的："教师在危险时刻不顾学生率先逃跑是一种无耻，不以为耻反以为荣是一种无耻，一种无耻加一种无耻是双重无耻，一种无耻乘以无耻就是无耻的平方！"

那句嘉宾的话，我想应该是本年度《晨报》上刊登的"名言中的名言"了。我还想假若没有地震，"范跑跑"假如不带头跑，恐怕，我们的同胞之中的任何一个，都想不出来这样水准的攻击别人的语言和警句。来自大自然心脏的剧烈震颤，把人类的一切一切的"底线行为"统统给震荡出来了——善的底线行为（那些英雄的）、恶的底线，外加"跑跑教师"的无耻的底线行为。"无耻"二字都被算术方法相加或者相乘了，无耻还能相减和相除吗？无耻的人在电视上振振有词，那么有耻的呢？

昨天、今天连续地进行着高考。据说震区高考时对监考教师有一条新的硬性规定——不许带头跑，要最后一个离开，否则就会遭到处罚。本能和道德、灵魂和肉体、职业操守和作为动物的肉身，在实在争不出是非曲直、孰胜孰败、孰英雄孰狗熊、孰有耻孰无耻的情况下，"恶"性质的、冰冷的、无情面的、一刀切的法规和法则，就好比是包拯的"虎头铡"，被逼出台面了，它说："少废话，莫再争论，黑脸的清官老爷在此！"

我们是该感谢这个用他首创的"双重的、平方的无耻"，把法规黑脸包公老爷"跑着"请出来的"范跑跑老师"呢，还是该继续诅咒他？不过，有一点是再清楚不过的，我们要是再加大力度、幅度以及程度地指责、咒骂、恶心、唾弃他的话，下一个他要登上的屏幕，可就不局限于北京电视台了。

正由于无耻有时竟然能登上大雅之堂，然后被平方，被放大，被曝光，被传播，所有无耻才会仿佛"无知"一样"无畏"——王朔说过"无知者无畏"的话，那么无耻加无知，不就更什么都不怕啦？

本人连夜赶写的这些文章中的这些文字，不也是在帮忙接力传播着"范跑跑"的无耻的故事？真该揍！

王石的"青涩"

今天（小长假的最后一天）我在学校上班。按照学院的规定，今天上班了，就可以换取两天的休假，所以我今天上班的情绪非常地高，即使没什么事做，不知怎的，也异常亢奋。

都是屈原"惹的祸"，不过有人把自己考证的结果给登到报上了，说"端午"其实早在屈原投江之前就有了。还有，不知道该不该说，为一个不赏识自己的君主的"冷落"和不重用跳江和投海，在我这个"60后"看来似乎没什么问题，但在今天的"90后"看来，他值得吗？

"范跑跑"肯定说不值。我昨天还真看见了一个"跑跑"。我登香山归来，在山下的车站等车，那么多排队的人，有男女，也有老幼，一个年轻的梳后背头的家伙，就生生地"加塞"。一个女子冲上去揪他的衣领子："你这个不要脸的，你给我回来！！！"那个"跑跑"压根儿就没知觉，还在几百只眼皮的"睒睒"下"加塞"——猛地朝前面跑。他真的加了上去。他有了座。他让我"本能地"联想到了"范跑跑"。须知，这还没有地震呢。

"范跑跑"一下子火了起来。今天的搜狐网，还有他的一个挺大的照片。

忘了，我昨天看见，"他"——那个"跑跑"类的家伙时，唯一的冲动，就是揍那小子一顿！

"跑跑"有的是。你身边就有，我身旁也有。人的本性是很难改的。不信你闭眼想一想，比如你上学时的同班同学，在天灾或人祸突然来时，哪个先跑，哪个牺牲，哪个踩着别人的脊梁、肩膀跑，哪个把已经开始跑了并已经跑到了门口的你给生拽回来；哪个哭着跑，哪个笑着跑，哪个疯癫癫地跑，哪个裤子都不穿地跑，哪个先光着跑了出去再回来拿裤子，你都能猜得八九不离十。

那就是人性的不变和始终如一。所以说日本人来了，汪精卫会当汉奸；即使日本人不来，汪精卫同样地，还会当汉奸。地震了，"跑跑"会跑，没有地震，"跑某某"也会跑。莎朗·斯通那种女性，即使不"三岔腿"，也扮演不了贤妻良母，本性使然也。

王石忏悔了，无条件认错了，王石说他都"快活到60岁了，说话有时还'青涩'"。"青涩"这个字眼选择得好，既达意又古朴。王石是企业家，论对社会的贡献，本非你我之辈能比，但他的"本能"在这次天灾来了之后，让他写了段"错话"，"万科"为之付出的代价，在一两百亿元之间（品牌评估减少和股值下降合计）。可见"本能"在风口浪尖的瞬时表露，在大众的透明的今日社会一不留神就会把人搞得很惨。同样是为了"臭名"，王石付出的更多，因为那是从他的"美名"上取下来的油脂；"范跑跑"呢，一个无名之辈，从"无名"突然变到了"有名"，并未伤及毫毛，只不过，那名声刚刚上市，还没出卖，就已经冒出全国熏天的臭气。

"跑跑"终于跑出了个举国关注的话题，可能是因为我们每个人的灵魂之中，既有个"董存瑞"，也有个"范跑跑"。区别的是，谁的"董存瑞"大，谁的"范跑跑"大，在那一个刹那，谁更英雄，谁更狗熊；谁被"肉身"驱使，谁由"灵魂"支配。还有，你那"灵魂"，是主张"逃跑"的，还是主张"留下"的。

留下一次容易——凭借着瞬时的本能。已经逃出来了，还一次次冲进废墟去救助下面的儿童，就难了。那个26岁的牺牲了的美丽女教师袁文婷，是无可争议的永载史册的"真心英雄"。因为第一次大震余生后，本能的"时效期"已经过去，因为那之后，她用的完全是由理性支配的勇敢和执着冲进去救人。一次救人，或许是本能，十次救人，绝对是伟大的自觉。

公元2008年的许多"关键词"之中，可能既有"坚强"，也还会有"跑跑"以及"青涩"。

"北大"和"不北大"的区别
——顺道说"知识"的效用

有人把"跑跑"联系到了北大,说他是"北大"的败类。由此,我想到了"知识"与人性之间的关系,我突出想说的是,即使不是北大毕业的,有1%的人,在只有一条生命的出路时,还是比你我跑得快了。

知识于人,我想到了一个恰当的比喻,就好比是肥料和种子,你是大烟的种子,肥料撒上去,长出的就会是一片一望无际的毒品;你是良种,如麦子、稻子,哪怕是白薯,同样接受了肥料,你长成了粮食,就会对一般的人有益。肥料能使坏家伙们越长越坏,越长越壮。何况,"知识"这种用于催生的物质,可能压根就不是水晶颗粒样的化肥,可能从一开始,就是马粪、驴粪和人粪,可能本来就臭烘烘的,把它们再"哗啦"地一下子浇到"跑跑"之类的原本是大烟的种子上,那兴旺发达起来还不是一片郁郁葱葱的害人的毒草?

知识——我一直怀疑的家伙,于人之本性的改变,是要因人而论的:是犹大的,无论上帝怎么教诲,最终,还是会把你出卖;是天使的,你即使不让他受教育,或者他没机会受教育,他还是天使。何况"教育"的内容,"知识"本身,就可能是臭大粪呢?

北大历史系可能传教了"范跑跑",成百上千个历史人物的范例——5000年的人类历史上,什么人没有啊?有岳飞,也有秦桧;有文天祥,也有吴三桂;有希特勒,也有保尔·柯察金。有忠的,有奸的,有天使,也有恶魔——这才是历史教育的全貌啊！可"跑跑"岳飞不学，只学秦桧；保尔不当，偏当孟什维克。这既是教育的过错，也不全是教育的过错，独苗偏偏喜好大粪和接受浊物是也！

没有北大的教育，恐怕"跑跑"跑也就跑了，但不会诡辩，犯了错还诡辩，才是教育的过错。自私者利用知识，不仅给逃跑者增添了一对"想飞的翅膀"，还为他们配上了一套伶俐的口舌，对自己的无耻和懦弱或者说胆小进行美化、辩护以及推广，这或许是教育的某种意义上的"协同犯罪"。

再说"逃跑"以及"职业本能"

在给挪威几个学生上"中国时事政治"课的时候,我说了"范跑跑"的案例,问若在你们的国家,假如现在就地震,我这个教师是该先跑,还是后跑。一个女学生听后脱口而出:"作为一个教师,你当然有责任在地震时保护学生!"

我是在证明,在教师该不该先跑这件事情上,国界,恐怕是没有的,也就是说,人类的"职业本能"的那部分,基本一样。教师的本能——训练有素的、职业性的教师到大难临头时,就是即使想先跑,也会后跑。你我的"本能",瞬间的动作,并不是不受所从事职业的影响,纯然的、绝对动物性的本能,恐怕只存在于新生的婴儿。一个护士的职业化了的"本能",据说,是一进家门就马上洗手。一个职业警察的本能,是怀疑一切有异常举动的人都是嫌疑人;一个长期从政的人,非常职业化了以后,就是即使见了老婆、孩子,也"本能地想"做政治报告;一个小偷,可能是连自己的钱也想偷偷。而一个教师呢,假如是长期的、职业的,就会:一、对谁、在何时何地都在滔滔不绝上课(说教)。二、对谁,只要是年幼的,也是在任何地方,都想弯腰呵护,即使是没地震的时候,又何况,是有了地震呢?

所以我想说,即使我才当了五年的教师,"范跑跑"这类人从"职业本能"上看,不配、不算也不是一个教师。至少,临危时本能的自保以及匆忙逃窜，不是一个以教师为全职的人在那种时刻的"职业本能"。他选错了行业。

　　最后想补充的是，假如我是个学生，我会让四处为自己先跑的行为诡辩的"范跑跑"这样的"老师"，站在教室的最后一排，而不是最前面给我们上课，我宁愿扭头听课。那样地震来了，反正他跑得"兔快"，不至于砸死，但若他摔了马趴，人高马大的，还挡了俺们一个班同学的生路。

教师的"身教"

可能我很快就不再是专职教师了,所以趁着还有资格,就教师这个职业,说一些有效的话。

教师除了"言传",还有一个职责,叫作"身教"——用行动示范学生。几年来我一直在这么做。我和学生一起踢球时,总是冲在最前头,所以进球的那个人往往也就是我。当老师的我踢球时,还不能动手打架,虽然有时我也想打打。不过可能,过不久我再当学生了,就又可以打了。

男子汉打架,在我看来,是一种性格的表现,假如男子汉们都再也不打架了,那雄风就会消亡。但逃跑,却不是男子汉的特征,懦夫才跑。1983年我上大学时,有一次跟高年级打篮球赛,我队的一个姓"高"的高个子,被人骑在身子底下了,我看不过去,冲上去打架,在我与对方的两个同学格斗得死去活来时,那个被骑的"小高"不但不帮我忙,还撒丫子逃跑了。那令我直到今天都很不愉快!!

现在我在学校当老师了,我不能动手了,我还要拉架,因为假若我们教师都动手,学生也会动的,一个老师打人了,50个学生会学着打人。同样的道理,我们也不能骂人,一个老师骂了,就会带动100个学生中的50个也骂人——另外的50个是被骂的。再有,地震来了,我们也不能先跑,那样学生们都会先跑,就谁都跑不出去;我们即使跑了,也要大叫一声,否则学生们也都不出声,都蔫跑。

同样是"凭本能"跑的,也有"认为不该先跑而跑"和"认为该先跑并跑了"两种。一般人可能属于第一类,而有的如"范跑跑",却是第二类。再有,即使我们胆小,靠本能先跑了,之后,也别厚脸皮张扬,否则学生也会学习老师的"身教",他们的脸皮也都会跟着变厚。现在的学生是"80后"和"90后"的,如果"80后、90后"的脸皮厚了,或者不要了,就会连累到"00后",一直到子子孙孙。

"独立精神"的再次质疑

长期以来被我一直质疑的一种学者和"知识分子"的"精神",就是所谓的"独立精神"。现在,就连"范跑跑",也跑出"独立"性来了,声称是"独立精神"的代表和什么"思想烈士"。我之质疑,原本是对陈寅恪的。陈氏是"独立"的,王国维也是"独立"的,在清华,有陈氏写的碑文为证。高举"独立"大旗的人就真的独立了吗?"独立"者,与大众不同也,反权威,反公认之一切也。"跑跑"给自己的"定位",就是凡普遍道德,凡公认的,他就都反。你们说东,我偏说西,你们说狗屎是丑的,我坚持是香甜;你说狗屎香呢?我就说臭。反正真正的香、臭于我,并不重要,重要的是你说"香"时,我就说"臭",你同意我了,你就输了,你不同意呢?大众都不同意呢?我还是英雄,因为我鹤立鸡群!因此,"跑跑"类的绝不可能跟着社会说什么就是什么,那就不是"跑跑"的风格了。那些个朝堂上专与皇帝叫板的"文死谏"者,也是这个路数,反正我图的是先说皇帝的不是,然后逼得皇帝让人抹脖子,然后青史留名。所以你皇帝说东,我就偏说西,有种的,你就杀吧!

都是走极端,投机也,取巧也,雕虫之伎俩也。

这种"独立精神"是中国的特产。是千年来专制惯了的"次生产品"。独立离不开强制的土壤,独立寄生于专制。但即使是造强制的反,却不是真格地、彻底地造,因为那些号称独立的,好歹能够偷生,甚至是大行其道，直至耀武扬威、不可一世甚至咄咄逼人。眼下，本来该挺没脸的无地自容的如过街老鼠般低调的那个"跑跑"，不也拉扯了一件历史传承下来的"独立"牌子的外衣，在各类媒体上夸夸其谈、口若悬河、振振有词了吗？

可是，苛求"独立"者，怎是真独立呢？想显得特漂白者，绝离不开漆黑；想死"谏"的，想靠谏出名的，惦念的，始终是皇帝的大刀。皇帝不杀人了，他们会郁闷而死。想挑战"道德底线"之徒，离不开道德底线，要是真没什么底线，他还挑战什么？

古籍、灵魂以及人类

昨天是周日,在周日的文津街老国家图书馆有一个"国家珍贵古籍特展"。那个展览值得一看,也值得记录。

其中有几件古籍,一是脂砚斋批注的《石头记》原物。我起初不大相信橱窗下的那本陈旧的书,是真的被脂砚斋批注过的书,但一打听,所有的展品真的都是原物。那种感觉十分地奇妙。奇妙之处在于,你并不认识的一个三四百年前的人,也不知其是男是女,但你的确又熟悉他(她),本人家中就藏有脂砚斋的《石头记》批注本,那人没了,那人的灵魂早就升了天,但那人的指纹,却实在地留在眼皮下的那本书上。

还有司马光的《资治通鉴》手稿,上面有涂涂改改的印记,字写得不是特别好看,但那上面的墨汁,分明是一个叫司马光的人一笔一画地写上去的。这也神奇,这也不可思议,因为我家就有《资治通鉴》那书。司马光小时候是砸过缸的,前些年,侯耀文和赵丽蓉还在春节晚会上扯嗓子争论究竟是司马光砸的缸,还是缸砸的司马光,但而今,他们两个都不在了,我眼前的,却是一张真切的"砸缸"的司马光用毛笔书写的文章,这上边,还有许多处涂改。

这几乎是真的,这确实不假。

还有《永乐大典》的真迹,有《文心雕龙》的第一个版本。我夏季过后去北大,要研究的就是《文心雕龙》,我真想把这本第一次面世的它,拿回家去好好地、耐心地研究研究，就像《红灯记》中的鸠山太君研究李玉和的密电码。

书是沉睡的活泼的魂灵。我一直如此认为。我甚至越来越这么认为了。在我的书房中的3000多本书里的古今中外的魂，我几乎用肉眼能看见它们，在我的眼皮下舞蹈。它们还在交流对话，因为它们曾相互塑造和彼此沟通，它们成就彼此。鲁迅在跳舞的时候，就请来了尼采和托尔斯泰的"托尼精神"嘛。鲁迅的魂说："师傅们，来，跟俺跳上一曲探戈舞吧！"尼采的魂死活不跳，说："你没见你师傅的魂还在疯着？"

因此我很少在我的那个天坛附近的书楼中过夜。其中有夜游的3000多个不安分的灵魂啊。

我写的那几本书的魂，也不熟练地起跳了——拉着鲁迅、尼采们的手，但人家目前还不带它玩，说："往后靠，小字辈的！"

老国图展览厅的所有书籍，不是手稿，就是善本，或是孤本。孤本的"孤"，并不是"孤魂"的"孤"。那些个魂，就驻足在、休息在、寄居在你我坚固的头盖骨下面松软的大脑里面。没有孔丘的、曹操的、曹雪芹的、鲁迅的、齐天大圣的魂，你我的脑子，就等同于其他动物的脑，里面就只有本能：本能的欲望和本能性指令的输出——该吃、该喝、该性交、该死之类的。

所以这些"书的书"，书的爷爷，书的祖宗，是不能失踪、不能失传、不能灭绝的，它们少了一本，我们今人的大脑，就破一个洞：孔子的书没了，会破个大洞；司马光的书没了，会破个中洞；《石头记》没了，会破个小洞……齐天大的书没了呢，就至少破一块臭氧层吧。

在世间万物里，是真不死的，唯有这些个"魂之魂"和"灵的灵"，海能枯，山可烂，堰塞湖能涨水能放水，松树和龟的本该万年的命——都能被时空耗尽、磨光，但只要有石头，只要有龟甲，只要有竹子，只要有纸张,只要有电脑的内存,只要有头盖骨且里面有脑浆的活人,那最后一个叫"人类"的生物,他(她)脑子只要健全,这些从几千年前就开始珍藏流传保护的书,书的爷爷,书的太爷爷,书的祖宗们,就不会没用。

因为从有了它们,我们才是人类。

一不留神，我变成了"范跑跑"的校友

也许，用"范跑跑"标志北大，是对北大的一种亵渎，但既然亵渎的，已经亵渎过了，被亵渎的，也已经被亵渎了，所以，将我的北大生活，用一个"跑跑"连接起来，不妨，也是一种因地制宜的选择。

我担心的是，五六年的北大生活之后，连自己，也变成了个"跑跑"。

我上星期三，正式地，接到北大博士研究生的录取通知书。上面有未名湖和博雅塔。我正式成为，获得第一年度一级奖学金两万元的"北大学子"了。

我坐地变成了一个"北大学子"，因为研究生院的那封欢迎信的确是那么说的。除外，我还可以被人叫作"北大博士"。

我自此，若干年中一直没别的名目、只有一个"北大博士"和另一个"范跑跑的校友"的头衔，现在是肯定了的。

46岁的"北大学子"，我若不是首创，也是一个特殊的案例，对此，我一要感谢我的导师陈教授的照顾，二要感谢那个金庸大侠——他80多岁到剑桥去攻读硕士及博士，成了我"攻进"北大的能作为参照的榜样。用自己的一生，做成天下别人行为的案例、典范的人，的确是不多见的。但北大却常见，比如鲁迅，陈独秀，杨振宁（他是西南联大的，也算是"北大人"），还有，就是"范跑跑"的案例，其中有好的，就有坏的；其中就忠的，就有奸的；其中有牺牲的，也就有逃跑的。

那其中已经有了我。我的案例到目前为止不大也不小，不好也不坏，更与忠、奸无缘，我只是一个"高龄"的"北大学子"。

有感于比尔·盖茨的退休和捐赠

比尔·盖茨退休了，在决定捐赠了他的所有财产之后。这种捐赠的方法被称为"裸捐"——"裸奔"的那个"裸"。580亿美元的善款，没留给子女分毫。有人（一个叫"老鬼"的）写文章说盖茨是上下五千年来的第一人；也有人反对，说他的贡献没有乔治·华盛顿和林肯大——那是美国人的家事，但先当了世界最富有的人，又在还健在的时候、在子女的眼皮下把相当于许多国家总产值的财富一下子给奉献出来，五千年来，我们恐怕还真是第一次听说。

人有不同的死法，单从财富的角度，有欠一屁股债死的，有留给后代一大笔钱死的，有收支平衡死的——我的理想曾经就是这样，我说最理想的死法是：当我弥留之际，我问女儿还有一元钱吗？女儿说："爸爸，有，但刚花完了。"于是，我才合上了眼。

刚才那是个玩笑。跟盖茨相比——假若他说的是真话的话，恐怕我们所有人，在财富的处置上，都将是侏儒：我们挣不来那么多，我们不可能捐那么多。尤其是中国人，都指望着让儿女养老，你活着好好时，就不留给子女养你的"经济基础"了，那你养老的"上层建筑"还会特稳固吗？所以我们对盖茨的善举，就只有一个动作，那就是顶礼膜拜。

盖茨是不可能退休的，只要我们还都在使用着Windows，只要我们还使用着"博客"这类用电脑写东西的手段。他是这种生活方式的开创者，是他，让我们全人类所有有条件的人都整天对着一个方块的黑框屏幕，从一早起来就开始痴呆。他引领了我们的数字化生活；但他离间了人与人面对面的交流，他让大多数人都因为只敲键盘，而写一手破字烂字；他同时也让我们能在电脑上"民主"地宣泄。

只要电脑不退休，比尔·盖茨就还在你我的生活之中。他彻底或"半彻底"地改变了人类的生活习性。孔子说我们人类："性相近，习相远。"盖茨呢，他让全世界有条件的人都"习"也相近了，就是都喜欢匍匐在一个冷血的屏幕上说着话。

反思犹太人 Fish

在得知比尔·盖茨、巴菲特和保尔森都是犹太人之后，我开始了对犹太人新一轮的反思，他们一个捐了580亿，一个捐了资产的85%，一个捐了8亿，还都是美元。盖茨是搞软件的，巴菲特是股神，保尔森是美国的财政部长。那个前两天跟王岐山副总理在美国进行战略对话时，笑得婴儿似的高个子光头老头儿，就是保尔森。

在我接触到的人群中，犹太人自认为是全天下最抠门的。我拥有和犹太人一起工作长达9年的经历，自认为我原先的那个大老板Fish，就是个犹太人，他是全世界五金界的比尔·盖茨，他的身价数亿，但他整天开着一辆散架的奔驰车上班。我在蒙特利尔的时候，有一次和他年幼的儿子一起用餐，那是一个可爱的孩童，还不到10岁，但他的爸爸那时都已经60多岁了。我们管那孩子叫"小鱼"——Baby Fish。"小鱼"的上面，还有一个异母兄弟，叫Steve。据说Steve在他爸爸把公司卖掉并得到了数亿的资产之后，还四处求人找工作！在议论起那档事时，我原来的一个意大利同事百思不解地摇头，说："你能想象那么富有的爸爸，会让他的儿子到意大利来找我这个老Fish以前的部下乞求一份卑微的工作吗？"

我远离Fish，已有8年之久了。他，那个犹太老头，假如帕金森症没夺走他性命的话，也该是75岁高龄了。"Fish，也会把他的那数亿的资产像盖茨那样捐出去吗?"我坐在雨中的公交车里,头顶一个别人看不上的草帽想着。

评论:

最近购得《犹太人是这样教育孩子》一书,知犹太人节俭但并不吝啬。犹太人对花钱有一个共同的想法:我不喜欢浪费钱,但是如果这样东西对我很重要,我宁可买最好的。"那么,比尔·盖茨、巴菲特和保尔森在捐出这些钱时,他们也一定认为:帮助别人,回报社会,对他们来说,也是一件很重要的事情吧。

本学期最后的一堂课

去年的挪威班结课时，学生送给我了一个奶油蛋糕；今年另一个班结课时，学生送给了我一阵掌声。即使那个蛋糕还没等我看清楚它的眉目，就已经被抢光了；虽然那热情洋溢的掌声，它并不十分地响亮。

但我，已经知足。

最后一次课，我的议题是比尔·盖茨的捐赠。我问几个学生，谁能把自己90%以上的财富留给别人，他们说那要看我有多少了。我说假如我们不论绝对数，就说百分比呢？他们于是说难啊难。于是我说你们看，盖茨他了不起吧！

我们接着讨论财富，我们一起思考财富的问题。我说如果你的父母留给你一座房子，你可能特别兴奋，但假如他们留给你一幢400米高的大楼，像迪拜要盖的那种每层都能旋转的呢？你，也许还会高兴。再多说，假如他们留给你一座城市呢，他们指着贝尔格莱德、贝鲁特或者巴格达说："孩子，这就是我和你妈留给你的了。"你，还会激动和雀跃吗？

盖茨的580亿美元，其实就是半个国家或一个城市的市场价格。还有给孩子遗传国家的呢！古罗马的皇帝，不就是把几个国家——有叫法兰西的，有叫葡萄牙的，有叫意大利的，分给几个儿子了？还有我们的皇帝爷爷们也是，生一个儿子，就给一个弹丸小国，让他去治理，任他去鱼肉。总之，580亿美元，相当于挪威1/3GDP的那么一笔大钱，盖茨，还真的唰——捐出去了。

中国的一个叫唐骏的企业家,就说他做不到"裸捐"。红火火地挣钱——用"微软"那种印钞机的方式,然后,再痛痛快快一丝不挂地泼洒出去,盖茨,风流人物也!

有个学生插话,他说以前在挪威,一件匪夷所思的事情发生在他身上了:有一个据说是沙特最富有的人,经一个朋友介绍给他,他吓了一跳,说:"妈呀!"那个富可敌国的人同他见面后,又管他要邮箱地址又给他名片,全然一副要深交朋友的架势。那让他紧张,那叫他惶恐,那使他不知所措,他上下对镜子大胆观察自己数遍,发现自己身上的一切的一切,竟然没有任何一样包含能跟亿万富豪成为好朋友的成分!

马上就下课了,我说这个学期以来,咱们讨论了那么多的问题:人权,圣火传递,抵制家乐福,大地震,石油价格,抗美援朝——你们和我们,西方和东方虽然分歧犹在,但莫忘的是,你们和我们共同拥有的,也许不是同一块蓝天,而是你我都有左边一个眼睛和右边一个眼睛,还有,我们的鼻子,好歹,也都在眼睛下面朝下出气。至于耳朵嘛,也都是极其普通的两个耳朵。总之,我们同是人类,我们能够沟通。

我还提示他们,在他们下周回国之后,当他们的父母展开胸怀对他们说"孩子啊,好消息一个,油价又暴涨啦(挪威是产油国)"的时候,他们可以用呀呀的中文解释:"亲爱的爸爸妈妈,我知道石油价格的攀升理由——是天涯海角的中国对石油的强劲需求,才推得油价一路攀升,才让俺们过上了什么都不用干的好日子啊!"

临别时,一个学生追着我告诉了我一个不便告人的秘密,他说:"毫无疑问,你的课是我们上的所有的关于文化交流的课中最好的一门!"

好,下课吧。

英雄少年

显然,比起那几个评选出来的"中国英雄少年"来,范跑跑一类的成人,是龌龊和恶心的。人性也能给人带来嗅觉的反应,有的人你经过他时,他有一身正气,你随之也舒展;有的人性,会让你长出鸡皮疙瘩;也有的人,是介乎其中的,你甚至忽略他的存在。人能携带气场,人身上有精神辐射。

那几个"中国英雄少年"——在地震时,救人的,被砸了腿的,我认为,都应该走进中国的一流大学(他们有4个被重点大学录取)。他们不用参加高考,高考考的是智力,而地震考的是人性。智力合格了,人性是低价的,有可能是汉奸的苗子,你越培养,你越给他们施肥,他们的毒性,也就越大。

我更愿意当一个没有太大气场,但却实在存在着的"人物"。"人物"这个字眼挺庞大的,许多人就是因为想变成个"人物",才做了那么多离奇的怪事,就比如说"范跑跑",他想将恶心和肮脏诚实地不妥协地进行到底。

"猪坚强"是另一个有巨大气场的"人物"。猪坚强在只容纳一个身子的缝隙中坚强地生存了36天,体重从300斤下降到了100斤。猪坚强一直靠啃木炭存活。猪坚强被救助以后,什么慷慨陈词都没有,就留下了两行眼泪,那意思是"谢谢"。猪坚强现在的名声和"跑跑"都差不多大了，但猪坚强却不居功自傲，在被别人花3008元领养后，猪坚强的确身价也已经不菲。可谁会花3008元去认领和保留"范跑跑"呢？因此"跑跑"被吊销了教师的执照。或许，"坚强"的人品可能还不如"跑跑"，因为"坚强"压根就不是一个人，是一头猪。但"坚强"却因为在危急中的不凡表现，获得了一个人类的学名和大名，可"跑跑"呢，原本是个人，却一地震，他的大名就变成"小名"了。

上星期仓皇逃跑的，还有本来就有一身喜剧花哨"气场"的法国总统萨科齐夫妇。在以色列，在国事访问马上就结束，他两人登机的前夕，只听一声枪响，一个士兵自杀，保镖包围了上去，他们两人意识到可能有危险，于是戏剧的事情发生了：那个刚刚闪电结婚的第一夫人、意大利模特"不知是不是得益于身高、腿长比丈夫明显占先，布吕尼身手矫健，先于萨科齐冲上舷梯"。"身高腿长的布吕尼不仅跑得比萨科齐快，在以色列媒体中所占篇幅也大大超过萨科齐。"（6月26日《北京晨报》）我也反复看了几遍法国第一夫妇抢跑的那个场景。我发现，可能世界上所有人也都发现了：

在本能的求生时刻，的确，意大利太太捷足先登；

她竟然，连老公的手都不拉扯一下；

同样，她也没吆喝一声："老公，快跑啊！"

还是猪坚强可爱。

生日真该快乐吗

我开始怀疑"生日快乐"是个错误的说法了,因为上星期的某一天是我的生日,在别人说"生日快乐"的时候,我似乎没怎么快乐。

考察了一下,"生日快乐"也是个舶来的概念,中国人似乎在民国以前,都统统地"生日不快乐",那时我们只是给年长的人祝寿,比如你60了,又比如你70岁了。慈禧就是在60岁的那年,修了个颐和园,而她现在呢,已经不能到那个园子里去"快乐"了,总去的,反倒是我这类游手好闲之人。

生日本是悲悯的日子,不在出生的那天悲悯的,可能就是幼童。畜牲的生日,也同样地不幸,就好比猪啊羊啊,过一个生日就少一年活头了。眼下韩国人闹得正厉害,闹什么呢?闹美国疯牛肉的事,说不吃美国牛的肉,要吃就吃30个月以内的牛。这下子牛惨了,那些要被出口到韩国人的胃里的牛,最多才30个月的活头,只能过两个生日。

老子说天地不仁,以万物为刍狗。人呢,也不仁,以牲畜为食粮。结果是,世间一部分的动物,因另一部分的动物的口水,而不能过足了它们的生日。

人类之间也是,美国总统一决定对哪国开战,那里的人的生日,就得抓紧过了。

生日那天,我向单位写了第二份辞呈,第一份是以前写的,不合格,我就在生日的那天写了另一份,用语也不模糊了,就是说辞职。然后,落款我写下了自己的出生日期。这也挺壮观的，也非常的波澜壮阔（一位老师评语），在出生的日子辞旧的，迎新的——我是说活法，倒也是一种出奇的快乐。无知者无畏，无职位无职业者呢？命运水滴一样的，愿意下到哪儿，是西湖，是昆明湖，是东海，是太平洋，是臭水沟，是泥潭，是暗河，这水滴它都无所谓，一个小自由落体，反正会有着落；五年前，本人赤条而来，五年后，本人拂袖而去。

这，就是生日的有检点的快乐。

相隔 19 年的两次辞职

辞职的感觉真好。

19 年前的那个夏天，1989 年的我，颇像 19 年后 2008 年的我，没有心理准备的是得到了全额奖学金，一个是来自加拿大，一个是来自家门口，一个是要读硕士，一个是要读博士。而辞职前呢，在外经贸部，我也足足工作了五年。那年，我拿到奖学金后，就踏上了"辞职快车"，先找小领导，再找大领导，再找人事处的领导。随后人事处呢，就开始算算"小齐"——指我，欠单位多少钱。那时候叫培养费（送我到日本学习的）。张处长合计了一下，说："小齐啊，你就给 5000 吧。"我说："什么？5000！"老张立即改口："小齐，那就 3000 吧。"

我回家凑钱，我把电视卖了，卖电视的那人只给了 2000 元，剩下的 1000 元，是家里抽屉中的各类毛票和钢镚。别忘了，那时我的工资才 50 多元。两个星期后，我提着一个破塑料袋子，里面有 3000 元钱，有 10 元的，5 元的，2 元的，1 毛的，5 分的，1 分的。我把那个破口袋往人事处老张的桌子上一扔："张处长，您看够吗？"老张马上让干事小瞿去细数了。

辞职后的我又在单位游荡了三个月，我已经被除名了，但我照常在楼道打乒乓球，我照常开会，照常在会上发言。而且发言时比没辞职前还更加积极。那时正在发展党员，新中国成立前就武汉大学毕业、带着解放军横渡长江、当过我"师傅"的老李同志，得了20年癌症一直坚持工作，在申请了30年后，终于被批准入党了。发言时我比老李还要激动，说："李叔叔这么好的同志，咋今天才入党呢？"书记老吴听了连说是啊是啊。

19年后，在这两个星期里，已经辞职了的本人，也是所向披靡的。一般对待已经辞职的和即将辞职的人，所有的人都十分客气，甚至也包括了领导，因为此时，"领导"已经被出走的人单方面"去符号"化了。"军长"之所以是"军长"，是由于统率几万的士兵，假如几万的士兵都"呼啦"被裁掉或者逃跑，那么"军长"还是个"军长"吗？离职的人，又好比从一支队伍跑到"另一支"的人，人的番号一变，"首长"也就不再是"首长"啦！总之，离职前的人有恃无恐，"恃"什么呢？"恃"无组织无纪律也。连组织都没了，还怕什么纪律？因此我很飘飘然。我因此公然地迟到早退——换了新门，俺没有钥匙啊！总不能我一个"离休人员"早早第一个来，在门口等着没离休的，那不被人恨死？我享受着这最后的、可能也是我这辈子最后一个星期的"坐班"生活，因为可能从今以后，我再也没有班好"坐"了。我可能只能"站班"——站着给学生上课。

辞职后的俺，发言照常地如19年前般地积极。前两天给在职员工做学期评定，小冯同志给自己写"自我评定"时，写得非常规范，一条一条的，跟电脑上"荡（down）"的似的，照例地从"坚决支持中央的一切正确决策"说起，一直到第10条"能按时上下班，从不迟到早退"云云。她念完后同事们问"老齐"我有什么真话要说，我想都没想就说出来了："你今天早晨，就迟到了大半天。"

刚刚，我"格式化"掉一段生活

今天是放假前的最后一天，也是我在北京语言大学坐班的最后的"末日"。小李把我的电脑，在我的眼皮底下，被我"监护"着，格式化了。我俩看着那一个个五年来的文件，被"格式化"着，在溶解，在消亡，在灰飞烟灭。本人五年的历史从此被洗刷成了一个"零"字。

我回忆起半生中（理论上的）一次次的辞别，有在国内的，有在国外的，有顺利的，有不顺利的，还有哭哭啼啼的——20年前在东京机场那次，整个代表处的同事都送进了机场，阻挠着飞机的起飞；也有打打闹闹的，从"梅地亚中心"出来的那次，我与犹太老板Fish拼得你死我活；还有凄凄惨惨的，慌慌张张的，但我特想"格式化"的，似乎却只有这一次。

清零的感觉挺好。清零是复位，是回到大大的那个"无"字，无时空，无牵挂，无投入，无结果，无反顾，无忧虑。人本赤条条而来，迟早赤裸裸而去，无字的石碑本来清白无比，何必要用刀刻上去凹陷的痕迹呢？

人非草木，但人最怕的是痴，人痴权力，痴富贵，痴事业，痴名誉，痴人情。累赘也！云烟也，空空也，短命也，可有可无也。

还是格式化最好，一行行灭绝，一字字破碎，破碎的记忆，破烂的时光，破损的影子，人影，树影，灯影，气息的影子，气味的影子，争斗的影子，迫害的影子，虚荣的影子，真实的影子，真理的影子，"真"的影子。

格式化像是镪水，那种能腐蚀一切、洗清一切、断送一切、破坏一切的最厉害的溶液，它能把旧的荡涤得精光：旧的恨，旧的爱，旧的恩怨，旧的情怀，旧的野心，旧的杂念，旧的所有的所有。所有的你的付出，你的投入，你的执着，你的苦闷，你的无奈，都死亡于镪水的吱吱啦啦的清洗和灭绝声里，带走的，是你的灵，你的魂，你的所有所有。

我们应该感谢我们的电脑、我们的生活、我们的生命，还有"格式化"这么一个程序，它能去掉一切，它能销毁一切，同时，它更能复活和复原一切，它将一个遗忘掉所有旧痕的全新的"盘"，和"盘中的子"，送给下一个下棋的人，那样，生活也能持久，博弈也能继续，杀戮也能延长，在赤裸的痛快的无阴影的和全新的开局之后。

评论：

五个365天被瞬间"格式化"了，这辞旧迎新、不断易主的电脑，真是功能齐备——能输入也能销毁，任劳任怨——乐意为不同嗜好的主人效劳。

但被"格式化"了的只能是有形的图文，但无形的记忆，却恐怕是无法"格式化"的。在过去的五个365天里，你所写的这些文字，这些真实记录，这些思索印痕，是属于你自己所拥有的，独特的精神财富，是他人无权，也无法"格式化"的。

能"格式化"了的，是属于别人，或者是千篇一律、千人一面的东西；不能格式化的，那就是属于自己独有的财富了！

祝福明天创造更多不能被"格式化"的精神财富！

颐和园读书记之一

没有了办公室的本人,就只有到颐和园去上班了。我是说读书。本人没带书去,到了园子里的书店买了三本。就携带着,到山顶上读。北京我常去的"顶子",大致是三个,香山的鬼见愁,景山万春亭,颐和园万寿山。它们,我一周登一个。再有,就是玉渊潭的那个土丘的顶了,虽然,它只有海拔——我估计十来米吧。

然后就是练拳,我下午在万寿山后面的一个平台上,重操我的"陈氏太极",多年前跟师父在紫竹院学的。那时正在做着生意,常与会拳脚的流氓遭遇,我不能用枪,因为没有,所以只有"亮拳"。在大学读书时,我能一拳打穿一扇门,但自打当了"人民教师",野性就收敛了,"陈家拳"的功底就退缩了些。现在好了,解放了,不用再"为人师表",路上碰见流氓地痞,正好能复习一下拳脚。过些时候,等奥运会一开幕,我打算到嵩山少林,去跟那帮子和尚叫板。估计没有敢的,因为我带着10个保险公司的负责人去,他们肯定会阻止那群不要命的和尚,大叫:"他是我们的客户,这小子的命可值钱啦!可千万别打!"

当然,那不可能是真的。但少林还是要去的。"陈氏太极"对付一般小流氓还行,大的来了,还是吃亏。

作为道家的信徒,我最喜爱的,是武当道士们的打法,用的是八卦的原理,把你的劲头像画弧那样卸掉,然后近身,再打对方的空虚。比如小肚子啊，撒尿家伙啊，后脊梁骨啊，什么的。

看少林拳时，你注意那些僧人的腿功，个个站得像木头桩似的。本人的"神行太保"的腿，也与其相似，走20华里的路，我是没感觉的，加上常年的足、篮球功力，人虽半老，但腿功仿佛少林。打拳时，我也如武当的道人，出拳没什么套路，但只要腿是根桩，立得住，手便可随心所欲。

在湖水中练拳，也颇有意思。前些年在玉渊潭冬泳，每到10月，人平躺在水上，用手，画出阴阳的弧状，打出太极的招式，你的四周，能产生"滚烫"的热流，人，也飘飘然的，腾云驾雾一般，甚是神奇。

我在紫竹院"习武"之时，有另外一个师父，长得像老鹰，据说是四川籍的老解放军战士，打仗时杀过敌人的那种。他也有一些弟子，一个个凶神恶煞似的，每人手里都有许多钢球，口里念念有词，连劈腿带下腰的。后来那个师父得了白癜风，长得越发难看，但人都快80岁了，说上树就上树，说翻跟头就翻跟头，整日倒挂在树上，他的徒弟们也真的以为，由于会武功，他们的师父倒着活了：头10年还70岁来着，过了10年，反而变30岁了。

我师父则慈眉善目，真和尚似的。教给我的拳，充其量，也就是把敌人的"小便"废了，那是陈氏太极的第一个出手动作，就是右手挖敌人的眼，同时呢，左腿朝敌人的要害处，用浑身气力一蹬，也就是说，我们不出手则完，出了，你不是瞎，就是做了计划生育。所以我说我会武术，办公室人总是不信，挑衅说："你给我们来两下子啊？"但我从不来两下子，因为那太危险了。

颐和园读书记之二——李鸿章该笑了

我昨日在颐和园读的第一本书，是《李鸿章的外交生涯》，作者是董丛林。

写李鸿章的书有一本是最值得一读的，就是梁启超写的《李鸿章传》。这符合"好书"的要求，就是名人写名人。第二本书是我昨天买的，也是"名人写名人"，是许地山写的《道教史》（原名《许地山论道》）。为什么说也是呢？许地山是民国的名人，老子和庄子是战国的名人。许地山死了，老子、庄子死得更早。也就是死人说死人了。活人说死人的事，有时我不太信，因为活人只要还活着，就能够再改口，人死了，"行"虽然不能再"果"，但"言"必"信"，是无疑的吧。

李鸿章故事的"经典"段落，不是他杀太平军，而是他到日本去谈判的，谈什么？谈《马关条约》。那是在 1895 年，清政府在甲午海战战败了，先前派到日本谈判的人，都被打发回来了，日本人点名叫他去，而他呢，又是个被打败的统领。他去了，知道无论他签什么条约回来，国人都会用骂声迎接他。但他还是去了，签了个《马关条约》回来，把台湾割让了，赔银子两亿两，终结了中国和朝鲜的"宗藩"关系。

让我感动的，是李鸿章倔强的谈判精神，即使他的谈判以"完败"告终，那不是他一人能左右的，他只是一个前去求和的使节，但好歹，他守住了一个大国使者的尊严。他使尽了几乎所有能用的"招数"，尽量让虎狼退让，尽量为中国人减少损失。他谈判的时候头部还中了一枪，但他坚持不把子弹取出，一直到他人死。73岁的他枪伤未愈，头裹绷带，被抬着一次次去谈那个任何人都不想谈的判，但在谈判的过程中，他据理力争，他锱铢必较，他动用了一切手段和招数，他时而谦恭时而愤怒，他与对手——日本首相伊藤博文一次次地用智谋周旋，他为让对方适可而止，甚至问伊藤："中国让你为首相何如？"意思是让伊藤设身处地地为中国政府考虑能接受的条件，你猜伊藤的答复是什么？他竟然说："当仁不让。"还说："当奏皇上，甚愿前往。"可见日本人那时的风头正健，他们万般藐视满清政府的执政能力。

　　也就是在这个颐和园，李鸿章去日本忍辱谈判的前一年，在1894的11月份，"老佛爷"慈禧过她的60大寿。那个"大寿"过得虎头蛇尾，因为甲午海战的炮声已经传来。慈禧生日的那天昆明湖一定是万木肃杀，而不像2008年7月14日似的虽然细雨蒙蒙，却是生机无限。中国久违了的繁荣来也。鸿章之在天之灵——曾挨了那么多骂的，也曾那么艰苦卓绝地抗争过的——无论是用舰船上的枪炮还是用谈判桌上的智谋，假如能跨过100多年的时空，来到2008年奥运会前夕的北京——驻足那么一天，或者一周的话，那个73岁、当了一辈子大英雄却在过世前成了"万人恨"的、死时眼眶下还埋着一颗屈辱的子弹头的老人，也该陶陶然、欣欣然了吧。

我爱北京新空气——奥运私家传真之一

我这个奥运家庭记者，开始记录这几个星期的北京了。我的计划是，在咱家开奥运会，这可能是我这辈子的最后一次了，所以咱不甘寂寞，咱不能无所作为。即使咱不能去亲手点燃圣火——那差使好像让许海峰抢去了；俺也进不了奥运场馆，那些名额让参加比赛的人给占据了，但俺还有支笔，有笔在，奥运精神就在，在笔头，在鼻下，在眼前。

我差点能去奥运场馆来着，一个组织招募英文流利的奥运保镖，于是我的名字被报上去了，听说是专给世界500强企业的领袖们，一般时当导游，特殊时当贴身防卫——就是有子弹来的那个时刻。我问一同去的大学生们："子弹来了，作为一个保镖，你们怎么办？""当然是先躲啊！"他们说。于是，我的资格，就莫明其妙地被取消了。

北京今天终于实行机动车单双号。这是我盼望已久的事，比盼奥运都强烈，为了北京的空气，我恨不能，北京天天开、月月开、年年开奥运。谁让俺没车呢！今天早晨，俺拉长了鼻子——拉得比大象的还长，我用力吸气，啊，北京的空气，也能没有油味！平时的北京知道的是首都，不知道的还当北京是大庆呢！是开采原油的，空气仿佛一擦火，就能点着。

昨天三条地铁线同时开通，我只试乘了一条——10号线。晚9时许，我下了地铁，从地底下浮出，走进了燕莎——北京曾经最贵的商场。我发觉，即使地铁能到燕莎，那里的东西也不是公共的、地下的价钱。还有，服务员都用"您想买什么"的眼光看我,看得我直想说:"我是赶首发地铁的,您千万别误会!"

北京的这些天的空气中,少了油气味,但多了恐怖味。恐怖来自何处呢?来自全世界可能的"恐怖主义者"。"鸟巢"边上的导弹,瞧,它竖立起来了,它对"恐怖主义"者高呼,你敢来吗?

真正的鸟类的巢穴,是不需要导弹防卫的,只有人为的鸟巢,才有这种需求。人类之间的恩怨太深,彼此的,相互的,知道的,不知道的,认识的,不认识的。

人民、人类彼此"恐怖"着,运动的兴奋和"惧怕"的气息彼此结合着,长跑、短跑、跨栏跑和奖金和国家荣誉交集在一起,在空气中,几股特殊味道凝聚、磨合、糅合甚至死死搂抱,这就是下几个星期里,北京要发生的故事吧。

警报响起时，沈从文该不该跑

昨天《北京晚报》上的一个短文，让我笑傻了，虽然本人即使不笑也傻。

文章的题目是《刘文典为何轻视沈从文》。大意是在西南联大时，学者刘文典和小说家沈从文同校任教，刘文典是学者，是专门研究庄子的，他压根就瞧不起仅念过小学单凭写小说当上大学教授的沈从文。你瞧这段话："恃才傲物，不可一世的同时，刘文典对搞文学创作的学者又分外轻视，并放言'文学的创作能力不能代替真正的学问'。"有一次警报响起，他挟着一个破布包，从屋里窜出来就往郊外的山野方向逃窜，路上正遇联大文学院的副教授、著名小说家沈从文夺路而奔。刘文典顿时火起，停住脚步侧身对沈从文大声骂道："我跑是为了保存国粹，为学生讲《庄子》；学生跑是为了保存文化火种，可你这个该死的，跟着跑什么跑啊！"（2008年7月22日《北京晚报》第46版）

大难到来的时候，看两个知识分子边跑边一个挤兑另一个，无疑像是奇景。好在敌机没把炮弹投到他们的头上，也好在沈从文没有回骂。从这个场景，再联想到他们的学生范跑跑（北大和西南联大本是同校，未来的本人的校友）在2008年地震来时撒丫子的跑法，还真有许多有意思之处，他们都是学文科的嘛。地震（敌机）来了一个边跑边骂"夺路而奔"的另一个，一个跑完后大声说："我先跑我是兔爷！"

刘文典的那套逻辑，即使在今天也是超现代的，他不但自己抢跑，他还不让别人跑，还破口大骂别人。用他那套公式，似乎谁都有抢跑的理由，比如流氓抢跑时能破口大骂别的不是流氓的好人："我跑是为了保存坏人的种子，因为毕竟坏人是极少数的值得保留；他跑是为了别让我逃跑了，把我押回到公安局，而你，一个从没干过坏事的、跟别人没什么两样的、该死的平庸家伙，你跟着瞎跑什么啊？难道你还嫌地球上你这样的人不够多吗？？？？！"

马路上已经有"可疑"的人影
——奥运私家传真之二

昨日在北京的大马路上,我已经能目击到海外"奥运人士"了。俩老外贼头贼脑的,像是怕踩上地雷,在马路上东看西看,一看,就知道是从没来过中国的"西方人士",他们肯定是来参加奥运会的。

他们肯定是头一次到一个"共产主义"国家;他们注定是第一次来到东方,第一次看这么多的黄种人。他们转向了,他们迷惑和疑惑了,他们在印证着脑子里的"中国北京"和眼前的"中国北京"。当然,他们没看到也没注意盯着他们瞧的我。

今天我早晨7时出发,到10号线和8号线交界的奥体售票中心去买票,一到那儿才知我去晚了!那些人据说有的前天就来了,已经排了两天的队。还据说,昨夜两三点钟的时候,队排着排着,突然大乱了起来,于是排了两天的和排了两个小时的全都被混淆不清!我因此希望,那臃肿的队再大乱一下子,让来两分钟的和来两天、两夜、两个小时的都获得同样的机会。但我进不去,排队的和刚来的,被站得笔直的、胸脯向前猛鼓的武警战士给隔离开了。人家(武警的"冲锋式胸脯")是练出来的。我也想照着那个样子使劲地挺,但往往是,胸和肚子都一同"高高"地挺立。

首都体育馆的队,也排得邪乎。那队从动物园的后门,一直卡龙似的,圈圈绕着,绕到了首体的门口。那不叫"排队",那叫作"亡命"!

35度的高温，烘烤两天，要是能受得了那种罪，俺还不如再努力努力，把自己练成个不要门票就能进去的奥运选手！

北京的空气，尽管限行"单号"的车上路，还是令人望而却步，所以许多娇贵的外国"健儿"，先到周边的国家训练，然后再在8月8日，听着"集结号"，紧急集合到北京的赛场。听说美国队要戴口罩比赛。西方媒体夸大报道了许多关于中国和北京的负面消息，但对北京的空气描述基本不算夸张。以前我从北美回国出差，从泰国到韩国，再到越南，然后到杭州上海，那一路都没什么反应，但每回一到北京我的家，第二天喉咙就开始冒烟，然后就发高烧，之后马上就走，一回蒙特利尔就好，可见北京的空气真有问题。

不要说我对北京空气批评得过于刻薄，因为空气的新鲜，是人体的最基本需求，而这点点"微薄"的需要，却被单双号不分的北京的300万辆满地爬的私家车和公车给剥夺了，这是个有近2000万人的大多数人不开车的城市。更遗憾的是，奥运一开完，明明知道空气不好会让人折寿，也明明知道马路堵车走不动，但我们的私家车们，还是会都冲出它们的"窝"，一齐出洞，一齐上路，一齐开不起来，然后再一齐爬在路上呼哧呼哧地污染空气！然后呢，我们一同——开车的不开车的，都得肺病肺癌。

我们吸进的是废气，我们呼出的是恶气。我们自己在作践自己的生命，作为老北京人的我，也十分费解。

我果真买到了两张奥运门票！
——奥运私家传真之三

今天值得纪念。

本人每次去买奥运门票，家人都用狐疑的眼光看我，因为他们都以为我今夜不再能回来了。但真的，当我只用了一个多小时的站立，就把两张"货真价实的"奥运门票买来展示给家人时，他们就只能相信那是真的了。

先用战略分析，做出准确的判断之后，我傍晚出发，直奔五棵松，在那儿获得了"有票"的信息，然后乘奥运8路转线到"首体"，加入"强弩之末"的队尾，在倒数50名的"险境"下，安然将8月18日的男子排球票收入囊中。

最后阶段总共有82万张票，我的这两张，也许是倒数的第50或100张吧。本来计划分三日售票，但临时改为"卖光了为止"的方法，那正中本人的下怀，因为我预计，在"绝对不可能买到票了"的全体市民的判断下，肯定会产生出意想不到的遗漏的"尾巴机会"，于是我在今天傍晚别人都认为"该收摊了"时，悄然主动出击，俺轻舒猿臂，俺果然抓住了狐狸尾巴。

我那两张票是男排比赛的，是塞尔维亚对巴西（？票上没写）还有俄罗斯对埃及（？）的。"埃及有排球队吗？"我问热情的"志愿者"，他们犹豫了片刻之后说："很可能有吧！"

同去排队买票的人就像报上说的，站在一起三两分钟就变成说肺腑之言的好朋友了，例如认识第 10 分钟大家就都知道彼此的年龄和职业，第 14 分钟就已经清楚人家夫妻感情和睦与否，第 17 分钟就可能以身相许——在异性"票友"之间，总之，排队能排出"出奇"的情谊。这，我还头一次知道。奥运才头一回嘛。周边的故事多多：有买完一次回头再钻进队伍排下一次的"黄牛"，警察来了，问："哪儿呢黄牛？"谁都不敢去揪，还是一个孩子站了出来，从人堆里慢慢拖出来了一头"公黄牛"和一头"母黄牛"。

在大桥底下，我还是先从一头"母黄牛"那儿第一眼看见那传说的神奇的奥运门票。"卖吗？"我假装漫不经心。她说卖，说："我 80 买的。""多少钱卖？""你说多少钱买？""你卖东西让我说多少钱？嘿！"然后我就排队买票去了。

不排队买的票，似乎就不是真票。因为其中没有排队的过程和乐子。一个说一口贵州话实际是山东人后裔的老兄，说他来北京 30 多次了，第一次是 1966 年在天安门接受毛主席的接见。我还第一次见到说话像广东人"咣咣咣"的山东人。看来土豆到了海南，让海风一吹，也能变成香蕉。

还有一个老弟买到了两张"鸟巢"的和两张"水立方"的票。他是提前一天晚上到奥体中心买的，也就是那天夜里 3 点，已排了两天的队让"加塞"的给冲乱了，"乱得警察都不敢朝前冲"的时候，他乘机朝前挤了进去，买到了几张好票。还有一个买了 16 张拳击比赛票的女子，说要把那些票都送给她的亲朋好友，大家一起边吃边喝边观赏擂台上别人的脸被打得落花流水。

排队时我才知道，出于安全的考虑，所有买的票，都要连看两场比赛，比如我要连续看四个国家队间的两场排球赛，从中午看到下班时间，另一个人，那个说贵州话的"山东人"呢，买的是"工人体育场"的女足票，他要连续看90加90分钟的两场比赛，否则不许出来。我说你可比踢球的消耗还大啊！

另外有趣的是中国女排比赛的票抢手，男排的没什么人愿看。据说中国男排队员虽然个个都是"帅哥"，但打球不行，连中国女排都打不过。

还听说，一个最牛的"黄牛"，把200元钱一张的美国"梦之队"和中国男篮的比赛票，卖出了21万元的天价。我听了说："那不变成卖房了吗？"

我正说着话，一个肥胖的"公黄牛"一个猛子钻进了队伍，就像西班牙"奔牛节"中的那些专朝裤裆下生钻的野牛，我连忙让警察过来把他牵走，警察闻讯赶到后，我也跟牛似的急忙朝卖票窗口奔去。真轮到我了，票已经是最后的一场，我们没的好挑，能挑的，就是B、C两个价位，B档80元一张，C档50元一张。我没有迟疑买了两张B的。

公交车上，我用手按着裤兜里坚硬笔直的票："小子们，你们终于这么得来全不费工夫地落入了本人的囊中。"

重听"尺八"——奥运私家传真之四

在国家大剧院,我昨晚听见了"尺八"。"尺八"其实是唐代的乐器,像竹箫,长一尺八寸,"尺八"在宋代传到了日本,后来中国人不擅长吹它了,变成了日本的"民族乐器"。早就听说过它,但没听真人吹过。而今听到了,而且是在"国家大剧院"。

大剧院确实是个震撼人的建筑,水在人头上流动;还有一层波纹。天上流动的河水,那叫作"银河"。但银河我们看不见的。今天的《环球时报》的头条文章,就说了北京的空气,说可能需要再把禁行的私车比例扩大到90%,北京的空气质量才能达到奥运比赛的标准。也就是说,北京要达到发达国家的空气质量,只能让10%的人开车上街。90%并不让人担忧,尤其是没有私车的本人,本人担心的是奥运会一完,那90%的车,就会发疯了似的把车开出来发泄。

所以晋朝的陶渊明早早说了,还是乡村好。乡村没汽车,乡村能采菊,还能看看南山。

有人为北京的车多辩解,说咱们是发展中国家,当然不能按发达国家的水平要求空气质量。这太有意思了。发展中国家的"标志性问题"好像是没吃没喝和无家可归,好像不应该是汽车太多。原因是北京的有钱人太多,有钱了就不能在大街上平平常常地行走,就得钻进"轿子"——"轿车"嘛。你敢不让谁的轿子上路啊?这路是爷,那路也是爷,有小爷、大爷、老爷、老太爷，还有新富以及新贵，你知道你管的限制的是谁？于是就别管初一、十五、单的、双的都要让"爷"的轿子上路。这一都上，就完了，北京落得个别人戴口罩才敢来跑步的地步。

看西方人戴口罩在赛场上比赛，俺这个都市的百姓不知心里是什么样的滋味。是西方人存心不让咱们崛起、想故意嘲弄咱？好像有些文不对题。

还是回到"尺八"的艺术话题吧。昨晚那台"中日音乐家创意音乐会"的主题是"天一生人"。"天一生人"是《易经》中的话，说的是人起源于自然。"尺八"的呜咽，听起来像是自然的悲鸣和哭诉，那是在对人类说着，你们要想跟我和谐共存，你们就要节制自己。没有对权力的节制，就不可能有对汽车上路的节制；没有对污染源的控制，人的肺，就迟早会变成黑的。汽车带给人的是飞速，但飞速向生存，还是飞速向死亡？更何况大家都想飞速，都想像刘翔似的跑第一名，但都挤在一条跑道上，任谁也跑不快。啥时北京的公路上德国产的奔驰跑车真能跑起来，跑得过韩国的"现代"，那才叫路尽其用呢。

日本人弹奏的"尺八"、古筝和中国人拉的小提琴合奏一曲交响曲，尽管曲子写得不是特别出色，听起来，也引诱人感伤——感伤于唐宋的国乐东渡，1000多年过后，"尺八"、古筝，又原装传送了回来；还感伤于西人的乐器——小提琴，在国人手中竟然比西人还要娴熟。你听，它们在合奏和呼应着：中国的，日本的，中国失传的，日本人送回来的，中国人、日本人从西洋人那儿苦学来的（钢琴和小提琴）……

"天一生人"，"生""一"的是何许人呢？唐人，古希腊人，美国人，还是奥运会冠军？人变成了奥运冠军了之后，还会是人——"天人"吗？

刘翔、姚明即使不是运动员，和你我也恐怕不属于同类。我们看姚明，跟在动物园看长颈鹿的感觉几乎能够等同，或者更富有震撼性！长颈鹿比我们高一两头，我们只是好奇，因为人家不是人嘛。可姚明呢？他可是你我的同类。

"尺八"还在隔着唐朝、宋朝吹奏。

"为人师表"的尴尬
——奥运私家传真之五

　　下午路过天安门广场,警察叔叔已经开始搜查行人随身的包裹,我没带包,就从裤兜中拿出了那个六年"新"的手机给警察看,那位同志和蔼地一笑,示意让我过去。

　　在天坛附近的一条街上,一个外国女子在街头拍照,我想有什么好照的,是一个酒家的名字,后来才想起,对她来说,中国字本身就是一景。

　　在天安门广场,有几个带奥运胸牌的中东人钻进一家电器商店买东西。他们神奇,北京也神奇。大家都神奇。

　　今天《北京晚报》照例有一篇苏文洋的文章。他的文章我喜欢看,但关于开车的言论我不赞同,他曾说中国政府就该给开私家车的补贴汽油,因为中国人挣的钱比美国人少。我想问他为什么中国人挣的钱少还偏要开美国人那么大的车,何况美国人都开独轮车了中国人还接着开加长型"林肯",莫非要天天结婚不成!

　　在这篇文章中苏文洋说有人做了一个民调,问 3000 个人 20 天奥运结束后北京是否应该接着分单双号,民调的结果是六成的人赞成,四成的人反对。但苏文洋说那种民调肯定是在不开车的人群中做的,把 3000 个人都换成开车的,结果会是相反。

　　我的问题到底是开车的人多呢,还是不开车的多。还有,应该把民调的问题更改为:"您是想多活 10 年呢,还是少 10 年?"假如大家都说特想少活 10 年的话，老齐俺就带头买车，买个最大排气量的。俺最中意的车是"悍马"。

今天出租车司机对我说，他非常不情愿开车路过人民大会堂一带，他心疼那些松树：人民大会堂周围的针叶松树需要每年更换，因为那些树是靠针叶呼吸的，由于尾气太重，汽油把叶子糊住了，树无法呼吸，就都早早死掉。

北京出租车的空驶率是 50%，也就是说，在"全民上路"时，10 万辆出租车一天有半天，是在白白烧油——烧俺们后代后代再后代该烧的油。咱这代人把油全烧光了，100 年后的美国人再想来北京参加奥运比赛的话，可能要靠游泳才能横渡过太平洋，飞机没的烧了嘛！

另一件该记录的事：昨天早晨我拿着母亲的蓝色的"离休证"，到北大医院挂号，我刚按规定站进那个写着"离休证优先"的最短的队，后面一个女同志就说："你，后面去！"这种事从前从来就没发生过啊！我解释说我拿的是"离休证"，是有优先权的。她说优先权已经没有了，你请排队，尽管我说不是我看病，是我妈看病，但她又说那也只能优先看病，但不能优先挂号。我反问不能优先拿号，那咋优先看病啊？我没再争执，因为周围的人都用不高兴的眼神看我，就说着笑着朝队尾走去——我排队去了。这时，队中央有一个女孩一再朝我热情地笑，我也回笑，她还接着笑，并叫了一声："齐老师！"我这才反应过来，她一定是我的一个学生！但我的确忘了是教过她了还是表扬过批评过她了。彼此就那样笑着，我走到了队尾。

我排着队。由于刚才是一两分钟内迅速发生又迅速结束的事情，我就如此回想着、思忖着：

（1）老妈 1949 年前参加革命的优越性，咋才"优越"了一两年，就不再优越了呢？所以现在我——一个"红色革命的后代"，一转眼，就变成了加塞插队的了。

（2）还有那个学生，肯定把她心目中的可能原本最差或是不好不坏的"齐老师"，想成当成了习惯加塞的"不良分子"了，要不她对我微笑的时候，为什么我感觉那么地尴尬。

（3）我，是否应该马上冲过去对她当众大声声明一下："这位小同学，齐老师已经离开人民教师的队伍了，现在老齐我——辞职了！"

我见到了国宝"金缕玉衣"
——奥运私家传真之六

北京博物馆的展览,只要有时间,我是必看的,上周在"军博"看到了真的越王剑——据说还能吹发即断,和最早写有《孙子兵法》的竹简;今天在我家旁边的"首博",我看到了真的国宝"金缕玉衣"。

《中国记忆——五千年文明瑰宝展》正在这里展出。进去后又要排长队才能轮到俺。奥运不奥运,于本人来说,是排队不排队。买比赛门票要排队,带老娘看病要排队,看"瑰宝展"要排队,就连坐公交车,也排队。还有别的排着长队的,是本人这些奥运期间草写的文字。

有用实事记录历史的,比如《史记》,也有用体会的民间生活写"感觉史"的,比如俺的这些奥运期间的道听途说。

本人非常想出行,想到外省去采访"奥运中国"。到哪儿?比如说去长江,跨黄河;长江是目标,黄河是路过,想去长江,你不可能不经过黄河——当然是说从长江以北去;从广州到长江假如经过了黄河,那是你不认识路。

人类的文明史也是同样,也有迷路的时段。在"中国记忆"展的同时,"首博"的地下一层,还有"古希腊奥运文明展"。那个展也是你必须看的,如果你想理解2008年北京的这场奥运。古希腊人的确了不起,在2000多年前就比赛扔铁饼,就比赛跳远;在跳远时为了保持身体的平衡,手中还要拿着石头或金属制作的压重的器械。你还能看到古希腊人制作的奖品，也是金属做的，它们在闪闪发光。那光，就好比越王的剑，也好似金缕玉衣。那是远古的光线！我从没想到玉衣是那般地秀气，秀气得谁都想试穿一下。玉衣通体是绿色的，泛着柔和的玉石的光泽。

古文明的光泽，还那般地鲜亮，那光泽使我们现代人晦暗，那光泽让我们的近视的视线昏花。

前两天我从央视CCTV9频道，新学了一个英文词——truce，听上去像是truth"真实"，但不是"真实"，是"休战"。那是古希腊人的习惯，开奥运会期间不打仗，要打，请你到赛场上去打吧，其实是把该打的仗，用另一种方式，比如说扔铁饼——接着打。但有的国家不听，联合国秘书长潘基文"休战"的号令刚下完，印度和巴基斯坦就在边境开火了20多个小时，韩国的军舰在"独岛"，也开始了向日本示威性地军演。

人类是多么不听"我们的地球首领"联合国秘书长的话啊！

但古希腊的人听，但秦朝兵马俑的士兵们服从。

据说在"燕莎购物中心"，现在正热卖着会跨栏和能打篮球的小兵马俑模型，兴许那正是"首博"两个大文明主题展的pose——综合亮相，那才叫真的"中西合璧"，在几千年前古老人们的召唤和昭示下的。

古人比现代人聪明，因为古人还懂得truce——"休战"，现代人却猴急打仗。

中国"国宝"们还昭示了，战国和战国之前古人的艺术想象力，既非今人能比，也远远胜过"大一统"后的秦的、汉的，一句话——王朝建立之后的中国的。

小国各过各的日子，分裂，于国家是坏事，于艺术品却是好事，能天马行空，能千奇百怪，能超越"大一统"模式的制约，能观之震撼人心——比如有一件宝物，最上边一个人，单腿站在一只鸟的翘起的尾巴上，而那只鸟呢，它站在一只比"巨无霸"还大的蟾蜍——"癞蛤蟆"的背上。

那就是"大一统"前的令人唏嘘的、叫绝的、个性丰满的中华远古艺术。

但那却早已是绝响。

"素质问题"的解决和踢后屁股
——奥运私家传真之七

　　眼看"南巡"的火车快开了，本人还是留下一些议论，就跟真的孙行者似的，就是走，也要先撒一泡猴尿。

　　网上就韩国一家电视台提前泄露奥运开幕式细节再接着道歉的事，议论成了一锅粥，有骂的，有说要制裁的。

　　我看那是个"国民素质"问题。"素质"这个字眼在西方文字中不太好翻译，但"素质"不好，却不单是个东方人的问题，在我看来，布什临来北京看球前还要先见见反华人士，捷克总统想带着"藏独"的徽标来看奥运，连同韩国媒体故意泄露别人的"绝对隐私"，都能装进"素质不好"的这个大筐。

　　昨日在"首博"看国宝时，虽然管理员一再劝说喜好"国宝"的人别打开闪光灯，但总有人——还都是一些看上去道貌岸然的家伙——就是"啪啪"不停地照。这当然也是"素质"的问题。

　　"素质不好"有时是表述不清楚的，有人说是"破坏了道德底线"，也有人说是"在灰色中间地带钻空子"，但我却能凭感觉探知那些"素质极差"的人，就是你特想朝那种人的后臀部狠踹一脚，而且即使你对他那么地粗野，你还觉得你的"素质"比被踹者高。前些天，不就是有一个"老者"从身后猛踹了一下陈水扁的屁股？看了，你能说那个"老者"的"素质"不高吗？他踹了"前总统"的后臀之后，没过几天就被人打断了胳臂，可见陈氏和他周围的人的确"素质"不高和就是欠踹。

显然，法律一类的制约对"素质不好"的人是无能为力的，因为法律似乎压根儿就制约不了"素质有问题"的人，相反，"素质有问题的人"却往往借法律和法律赋予的特权耀武扬威。

对那家素质不高的韩国媒体，我们与其希求他们从心中悔恨，还不如直接从后屁股狠踢上去，因为他们的那种道歉是无用的：真有歉意和道德之心的人从开始就不可能干那种找踢的丑事，所以你接受了他们道歉反而是等于受到了第二次的调戏。我说从后面踢，也有我的道理，因为韩国虽然不是孙中山、毛泽东的诞生地，韩国人发明了跆拳道——倒是不假，他们擅长腿功，所以要踢他们，我等，也只能从屁股后面使劲了。

"一本"！——奥运私家传真之八

"一本"是个柔道的专业词汇，是我昨天晚上在科技大学的体育馆里学来的，用俗语说就是给对手来个"大背跨"（摔个大马趴）。昨天看的是柔道48公斤级别的比赛，没错，也看到升国旗了，只不过，升的是韩国的国旗。

本次奥运会，本人至少能三次亲临现场。一次是昨天在科技大学体育馆，另两次分别是鸟巢和首都体育馆。但恐怕，能看到升国旗也就是昨晚那一次的决赛了。今天傍晚同样在科技大学体育馆，中国的冼东妹刚得到了52公斤级的女子柔道冠军——她是为了能蝉联冠军而给孩子断奶的妈妈。

我在奥运会开幕式当天——8日，跟圣火擦肩而过了。本人8日早晨6点才走下从重庆来京的火车，我在网上查到了8日圣火传递的线路图，下了火车就直奔北大南门的101中学，加入到万人夹道欢迎的群众队伍之中。苦等了两个多小时，等到连天上盘旋的直升机都快飞不动了，在北大西门的"北京大学"匾下，我们人挤人翘首盼着，终于，看到了前面人群的疯狂涌动，也听到了此起彼伏的"中国加油"的振奋人心的口号，但仔细一瞧，从警察缝隙中缓缓移过来的是个骑着破自行车的白胡子老头。

又过了10分钟，人们又群起而动了，又玩命喊"中国加油！中国万岁!"了,北大西门外的千万人的血又冲动和奔腾了,果然不出我所料,从警察人墙中慢慢悠悠跑过来的,是个抱着一只宠物大灰狗的中年男子。那狗的舌头吐得贼长,还流着白白的哈喇子,看样子它也格外地激动和闷热。

后来圣火终于来了,不过我们都没看清它的模样:来的是长长疾驶的车队,那"祥云"圣火呢,就在其中的一辆车里藏着。原来由北大校长传递的那一棒圣火是在101中学奥运青年营里面,而那里面外人压根是进不去的。

所以本人就那么与圣火邂逅了一下子,它在车里,我在车外,再想看它,就得到鸟巢去了,但那已经不是一个小股"祥云",而是个大团"祥云"了。

顺便感慨一下,即使我最痛恨别人老感慨了:"奥运"这个"game",之所以让人为之倾倒和狂热,之所以让许多人落眼泪(昨晚得金牌的那个韩国运动员就哭得要死要活,我特想下去安慰他),之所以使全天下激动、骚动——从巴黎到北京,再到天涯海角和珠峰,其中有一个原因,就是不是天天奥运,不是月月奥运,不是年年奥运,奥运四年一次,而对于有些人——俺这一类40岁开外的人来说,最后一次在家门口看比赛,最后一次当志愿者,最后一次的"这个和那个"——比如今晚10点15分开始的那场美国还有"梦八队"和中国队(姚明领衔)的篮球赛,布什不就是最后一次以美国总统的身份现场观看吗?他两个月后就退休了。

叹人生短暂矣,叹逝去的不再来矣,40岁以上的华人,看华人办的"奥运",哪怕明知它只是一个源自西方的"大游戏",真戏也好,假戏也罢;圣火在车里暗藏也好,在人手中燃烧也罢,是虚幻是真实,是影像是真迹,你都可以质疑,但你唯一不能质疑的恐怕是奥林匹克对你这个生命最长100年的存在而言,恐怕是最后一次在北京看奥运了。

于是即使我知道那车中的火把是平躺着的，即便我明白我笔直站立使劲听的是韩国的、罗马尼亚的国歌，我还是要去看、去听，因为这是我最后一次在我的出生地，跳着脚，看希腊的火种从眼前一闪而过，也是我最后一次挺着大肚皮立着听别国的国歌，在奥运会的赛场上奏鸣。

这有意义吗？谁知？

柔道运动员能用"一本"，把对手放倒，本人却无法用一个大马趴，把命运按死在地下。我永远斗不过它。

戏说sports和"非sports"运动之别
——奥运私家传真之九

本人对奥运的贡献，是四本新书《万花露集》，必须要在奥运会结束后才能出来，原因是印刷厂放假了。

"万花露"是古人打斗时用的一种解药，假如谁对你下了毒的话。中国的古人没有马拉松一类的运动，有的是武术，而武术呢，能打就打，打不过还可以下毒，于是我写的"万花露"，就可以派上用场了。

几天来我私下思忖着奥运会究竟对中国意味着什么。显然，中国的古代好像没有sports——被命名为"现代体育"的东西，不仅中国没有，就连古希腊以外的其他地方似乎也没有，这是我在首博看"古希腊奥运文明展"时醒悟过来的。你能在宋朝或明朝看中国人百米短跑冲刺吗？同样，你也不能在17世纪的德国，看见像姚明一样的大个子，朝一个小筐子里死命扣球，我是说，像姚明那么高的人，能生长于有了现代体育的年代，是他的幸运。

中国古代也有蹴鞠，类似于现代足球，电影《赤壁》里就有，但蹴鞠不是现代体育，还有古罗马也有角斗，在斗兽场中进行，但角斗士"绝"不是sportsman——运动员，对，不是！古中国的、古德国的、古美国（假设有"古美国"）的那些个健体强身的运动，与现代体育既相似又不完全相同，即使现代体育是建立在它们的基础之上，没有那些古老的骑术、剑术、柔道，也就没有"现代体育"，但，被顾拜旦百年前复活的"奥林匹克运动"的确给了那些单项运动项目许多的"色彩"和"灵魂",那就是"奥运精神"。

关于我国古代的有记载的"运动员",我想到了鲁智深,还有武松;鲁智深能倒拔垂杨柳,武松能打死老虎。但他们都算是"sportsmen"吗?恐怕也是也不是,拔树压根儿就没什么标准,是拔树苗还是拔遮天蔽日的槐树?打老虎也不等同于拳击,哪怕同样用的是气力:你打的是小虎崽子,还是跟老虎它们家族中最有劲的虎二大爷对打?

没有严格的统一的易于操作的标准衡量输赢,恐怕是现代体育和非现代体育的本质区别。两者的另一个区别,在于现代体育的竞技能给你我带来身体的强壮和精神的愉悦,使你我越练越竞争身心越健康。不是身心的运动呢?比拼那些中国古代武术一类的、那些古罗马角斗士一类的,却弄不好把你我的小命搭上。所以我虽然特别希望看到中国的武术变为奥运项目,但又吃不准怎么顺利地进行竞赛:比赛前我们用什么通用标准裁判呢?比如武当派跟少林派还有醉拳、猴拳、螳螂拳、轻功点穴之类的比赛,是打着、点着对方算赢,还是打服、点僵硬了,对方算赢,还是打死了、点死了对方算赢?总之俺还有些困惑。要不就分三个级别比赛:打倒、打伤和打死,报名者按照雄心的大小,自己掌握报名的分寸?

你说呢?

北京的这些天——奥运私家传真之十

北京的这些天，本人天天到大街上去巡查，有两个比较醒目的现象，一是外国人出奇地多，多到你在餐馆里吃饭，本来以为桌子对面没人，抬眼一看，全是外国人的脸，还什么色的都有。

地铁里也一样，你手拿一份中文的报纸看时，是挺难为情的，因为坐在你身旁的人，他们会看不懂：他们不是中国人。而俺以前之所以在地铁看报，是担心坐在俺边上的人寂寞。

我就想，自打八国联军撤走了以后，兴许，北京这回是第一次"满大街都是黄金甲"，那"甲"准确地说应替换为"头发"。这会儿电视正放着那个片子，但俺不看，俺能到大街上看。

还有，这回加上的别国人士，还有那些胸口悬挂各种"牌照"的国人，都一个个贼有体力，都四肢发达，他们可都是超级运动员，即使是中文盲——他们不懂俺这儿的话。但你也别没事上去给人一拳，因为你那拳打的，或许就是个轻量级的男子拳王，是柔道、跆拳道、空手道金牌获得者。他们打你的时候，根本不用热身。

上午刚看完中国男子体操队重获团体金牌的比赛，这次胜利是在2004年雅典奥运会仅取得第五名、小伙子们卧薪尝胆时隔八年夺回来的，我被超常感动了，因为那与我长达四年的博士考试之路，是一模一样的。

提前从奥运场地离开，离去的目的不同，普京是去格鲁吉亚战争前线督战，他信（泰国前总理）是到英国避难（他刚被泰国法院判了监禁）。

小布什 1975 年跟他的老爸在北京打过网球，那时的北京，是个又破又穷的第三世界的首都，33 年后的北京呢，是个他舍不得离开的美丽现代都市，这里没有血腥的战争，这里没有专唱反调的国会，这里既能当 English 教师，还能顿顿吃上"麻婆豆腐"，也能当座上客，但前提是他必须是美利坚的总统。

坐在看台上跟别人挤在一起，扇扇子看球、助威狂喊的老布什和小布什还有"小小布什"（他女儿），其实是前几天"最可爱的人"了：可爱在于他们不再虎视眈眈，不再煞有介事，不再凶神恶煞，不再满口套话、谎言连篇。临"下场"的总统，其实是人性最丰富的。

男子体操队二十七八岁的杨威和李小鹏等人马上就退役了，这也跟刚辞职的俺一样，可新问题又来了："退休后去干啥？"这个问题的标准答案，大概是多元化的。

永远绿色的费厄泼赖精神
——奥运私家传真之十一

"费厄泼赖"这四个字看起来恶心巴拉的,有些像癞蛤蟆,但它可是个了不起和难得的家伙,它是英文"fairplay"的中文音译,意思是"公平竞争",或者按照字义直译,是"好好地玩",用通俗的说法,就是"别耍赖"的意思。

"费厄泼赖"来中国的历史可长可长了,"五四"运动时期和民国早期胡适、鲁迅那些人写的书里,它随处可见,跟"德先生"和"赛先生"似的,是那个年代的"流行词"。现在100年过去了,它——"fairplay"又跳进了"鸟巢"和"水立方"之中。

我昨天到玉渊潭的湖里游泳。我在湖里仰望有棉状云彩的蓝天,想着100年来中国到底从西方"舶来"了什么?还极为可能,就是这个字面上赖了吧唧(北京土语)的"费厄泼赖"精神,我由于陷入了深刻的思考,就忘了用手划水。

最近在湖边天天散步,天天听一句高过一句的"公园里不许游泳,游泳的同志请马上上岸"。玉渊潭四处都是这种喊叫,从船上,从岸上,从地面。我走近一看,原来是几个巡逻的老兄在地上围坐着打牌,喊声是从他们放在一边的录音喇叭中传出的,湖里的人照游,喇叭声声尖叫,巡逻的人打牌!于是我决定接着游。我边游,四周的喇叭边喊,听起来真像是:"中国队,加油!"于是我变成了拿11块金牌的"金童"菲尔普斯，玉渊潭变成了"水立方"。只不过，玉渊潭的水太浑太绿，人在水中游，在岸上看仿佛水煮鱼。由于有"东湖"和"西湖"，那鱼，还是"鸳鸯火锅"里的。

100年过去，我们该庆幸的是西方传给我们了这个"费厄泼赖"，就是都"别耍赖"，耍赖了，就别play了，就不跟你玩。别忘了，100年前的中国大臣，见皇帝时是跪着的，而皇帝呢，是他爸爸传给他的，既然靠的是自然生育的法子筛选皇帝，于他人，就不fair，但你还是要跟他——那个皇帝play，是他play你——民众，而不是你——民众，play他。

费厄泼赖，是个引进于西方的，也是西方人的追求，因为它是没有终点的，它是一种竞争的方式。如果中国股市上不费厄泼赖了，有人耍赖，被人识破，股市就从此没人play了；摔跤时服用禁药，就算赢了，尿检还是会暴露；外交时你以大欺小，你的国家就没"人气"了，别国就会同你疏远。这次北京办奥运，美国人、法国人、德国人嫉妒，就下绊子、下套子，结果，中国办得一点儿都不差；恶心他们了吧！

费厄泼赖只是一种态度，它几乎无关乎结果。但只要是"好好玩"了，就下次还能玩，还带你玩。但这次你没耍赖，不保证你下次就不耍赖。有一个现象，就是生机勃发者喜欢fairplay，而老气横秋和既得利益者讨厌fairplay。半老半不老者——如本人呢，有一个法子，就是趁机退出比赛。

这两天看奥运，我发现了一个比较普遍的现象，就是当比分原先落后的队，成功"追"到一个新的"平衡点"时：比如A队原来是30分，B队是25分，B队奋起直追，追成35分时，那么最后，通常是后追上的队赢得胜利（昨晚中国女子击剑队与乌克兰队在团体比赛时就出现了这一现象，最后乌克兰以45比44获胜）。同样的，中国女排对古巴、中国男篮对西班牙都是相似的情景，在大幅领先后最后都输掉了。

按常理说，在新的平衡点上，A、B两队又站在起跑线上，获胜的机会是相等的。但几个"战例"看下来,你会觉得,其中是有着隐含的"法力"的,那种"法力",让后来者居上。

本人从前打乒乓球时,就怕事先领先,往往领先得越多,比如19比10,最后我越容易输球。我一边打一边想:"他(她)快追上来啦!"一分神,果然,他(她)就追了上来,然后就赢了本人。

中国和西方诸国、美国和日本长达150年的比赛,也跟我打乒乓球似的。让我们万分痛苦的,是他们烧毁了我们美丽的圆明园,他们杀了我们那么多的人民(今天是"8·15"抗战胜利日),但我们该感谢的是,他们给我们带来了赶皇帝下台的理论和力量,然后,又送来了从古希腊传承下来的"费厄泼赖"法则和信念。这个法则无疑是神圣的,因为虽然它只是一种貌似"空洞"的信念,但它却极为地通用,可用于体育,还可用于经济、内政、外交、文化。谁遵守它了,谁就能赢。谁耍赖,谁最后就输。

今后,本人会一直一个人睡在湖心水面上仰望着蓝天白云游泳,本人再不用"公平竞争"了:play 那个字对于现在和从今往后的我,就剩下"玩"的一个层次的、极为浅薄和单纯的含义。

刘翔就该退却
——奥运私家传真之十二

今天在去首体看排球赛的公交车上,和女儿一起收看刘翔比赛的电视转播。车上的人都在看。北京的个个角落,这两个星期,都能看到播放比赛的屏幕,这种被体育包围的感觉,挺好。

有人说刘翔应该坚持,即使是脚坏了,也该拖着腿走到110米跨栏的终点。我认为说那种话的人太不人道,因为我的脚上,就留有运动时受的伤,不穿厚底鞋的话,走路像针扎似的,更不要说是跨栏。我在大学时练过110米跨栏,还得了个北京外贸学院(现对外经贸大学)第5名。当然,参加比赛的人也就5个,但我一个栏没碰,就跑到了终点。跑110米栏的时候,你全身的重心都会在跨每道栏之间重重地砸在地上。那和不跨栏跑步是不一样的,你想几十公斤的体重,要一下子先飞起来,再落到一只脚上,假如你的脚上哪怕是有一点不适的话,你还硬要比赛,都可能会落得终身残疾。

体育中心应该有博爱。昨天美国的埃蒙斯在三姿势50米气步枪第二次"打飞"后,和妻子卡特琳娜彼此地凝视、拥抱,才是真的"爱"。我们对选手也该把"体育+博爱"双重奉送——做父母和骨肉亲属的那种连筋带骨的"爱",我要是刘翔的亲叔叔,见他脸上有痛苦了,我就会高喊"不许跑!"而这种爱心,你我都该有,才是体育。

体育的这个车头上,拉的车厢非常地长,尤其是我们这种"枯木逢春"

的民族,第一节车厢是"崛起",第二节车厢是"复仇",第三节车厢是"盛世",第四节车厢是"友谊",第五节车厢是"证明黄种人也行",还有"奖金"的车厢,"卫冕"的车厢……

于是火车头就跑不动了,就呼哧带喘了,就"马失前蹄"了。我真难以想象,那么多的包袱压到本人头上,我该咋样,我一进"鸟巢",肯定就一个跟头摔倒,然后休克。有些人恨铁不成钢,怨刘翔没能趔趄着走到终点,弘扬"奥运精神",其实怨的是为看到刘翔决赛而花5000元买的高价票,我没花钱,就脑袋贴着公交车的电视,看到了失意的刘翔和那个过程,还对他说:"年轻人别玩命,赶紧回家吧!"因为我是用他亲叔叔的立场,去看他的。我心疼啊。

"鸟巢"是前天上午去的,"秀水街"是昨天晚上去的,至此,我还差"夜游后海"和"看奥运纪念展"两个项目没有完成。然后本人的"奥运系列活动"就结束了,或许要等100年后,才重复今天的辉煌。

下午现场看的是俄罗斯队和波兰队的男排比赛,波兰赢了。看台上波兰人和俄罗斯人摇旗呐喊的啦啦队,比比赛还好看。好看的背景是,普京前几天说了,由于美国人想在波兰设立雷达站,"我们不排除用核武器攻击波兰"!

刚才又一喜讯在电脑下角显现:"何雯娜夺女子蹦床金牌创历史记录。"我终于为小女找到了一个适合她在家练的奥运项目!

她的那个床是上下两层的。她通常住上铺。

刘翔的灵肉搏击和林丹的冠军鞋
——奥运私家传真之十三

我的这本集子的写作计划,是总共17万字,现在你看到这儿大概是16.9万,也就是说,这个小节完了,这本《灵与肉的厮杀和缠绵》就完结了。但假如它们还接着厮杀、缠绵,本人也阻挡不住的话,那么,就不是本人的初衷了。我每写一本书,都像是跑一个马拉松,每个全程,大约都要一年之久。这个集子,开始"厮杀、缠绵"于2007年的暑假中期,到今天,已经是139个小段落了,但终点还没有到达。

奥运会这种人类的超级娱乐活动,就是一场国与国间、人与人间、自己与自己间、灵魂和肉体间的最大强度的搏击和决战。刘翔在赛后说他的确想拼,但真的拼不出来(大意),也就是他的灵魂在起跑的那个时刻,真的很想要强,但他的肉体的一部分——脚,就是不听他的话。肉体要自我保护,而肉体自我保护的重要方式,就是让你感觉疼痛。其实我们应该感激"疼痛"——这个肉体中的"预警系统"。有一种怪病,叫作"无痛症",就是说,你肚子里都烂了,肚子也不疼;你牙被人撬了,你牙床也不疼;你的心被人击伤了,你还仍然喜悦。这种"无痛症"要是让刘翔得了,昨天他就能跑,而且跑得很快,但那却是个体残、神经残的不健全的身子,在为我们同样是不健全的、病态的期望厮杀。《晨报》上有一篇文章,叫作"除了刘翔受伤的还有谁?"文章里列举了几种"受伤了"的人,有那些体育部门的官员——那些人"没法交代";

有他的强劲对手、古巴小伙子罗伯斯——他没对手了，赢了有些胜之不武；还有"黄牛们"——票倒不出高价了；还有广告商；有"千辛万苦淘来110米栏决赛门票的人"。而受伤者名单的"最后一个"，才是刘翔。

我们现在该继续讨论的是，假如刘翔并不会像人们寄托和他自己希望的那样"重新站起来"，假若他的肉体现在就告诉他："我不再支持你玩了！"那我们又该如何呢？刘翔那要强却受屈了的灵魂又该怎样呢？这极有可能。肉体造反了，肉体罢工了，肉体不干了，肉体想退休了，你灵魂还跟谁去搏斗和厮杀？更不要说缠绵。

有人悲就有人喜。羽毛球男单冠军林丹赢了比赛之后，一高兴，就把运动鞋一只接一只地扔到了观众席上。我原来以为那么臭的鞋——他搏杀得很激烈——应该是人见人躲或熏倒一大片观众，却没想到网上有"百人称捡到"了林丹扔到看台的鞋（今日《晨报》），而且，还有人愿意出10万、50万获得、凑齐它们呢。

刘翔看到这条消息，肯定更会潸然。

我这种业余的运动员，虽然得了跟刘翔差不多的"跟腱炎症"，但俺既没有刘翔的金鞋，也没有林丹的"万元鞋"，因此，在我早晨试验把几双穿破了的"懒汉鞋"，朝楼下人头多的地方扔的时候，苦等了半天，也没见什么人雀跃。

人权能被买断吗
——奥运私家传真之十四

得抓紧写些奥林匹克，否则周末就该结束了。这两个星期北京的空气是"可吸"的，开着窗，你能闻到空气之中的清香气，也就是说，北京直到下一个奥运会的空气，都不可能像这两个星期这样了。

带警笛的车，我前些天坐过一次，由于朋友的官大，所以出门时警笛一拉，警笛一闪，我们就上路了。那种感觉挺爽，有被八抬大轿抬着上路的兴奋，路上别的车还以为是首长来了，其实车上最大的"首长"，也就是本人。

美国人看不到直播的奥运，是因为他们的"直播权"被一个电视台花巨额资金（大概是七八亿美元吧）买断了。对于美国那么在乎"人权"的国家，这是一个啼笑皆非的笑话，也是对真"人权"的戏弄。你想，一个小小的电视台，竟然能花钱买断3亿人的"初视权"，是能用钱买的吗？所以美国人看奥运开、闭幕式，和几乎一切重要的比赛，都是"二手"的，都是事先知道结果的。很难想象看一个已经知道结果的"飞人大战"是什么样的感觉，假如还特别地激动，就有些神经病了。

商业社会是什么都能买的。刘翔的腿有价（媒体说每条保险额是6000万元左右），林丹的鞋有价（10万~50万元），美国人的好奇心也有价，3亿人的好奇心和看直播的最底线的最基本的权利，每人平均2美元就被剥夺了。咳！

看到田径场，不由地想起来了一个人物——"范跑跑"。范跑跑能跑过兔子，不知能否代替刘翔，和罗伯斯决一雌雄。月初我在重庆的最后那个晚上，地，就震了几下。我正坐在"朝天门"码头上候船。但我没跑，因为那是一块空地，跑也行，就是去投江。那个角落，是长江和嘉陵江的汇集处。昨天报上的一篇关于重庆的文章，把我又带回了"忘不了"的重庆。是"棒棒军"那个词儿，唤醒了我的记忆。我知道那些怀抱一根扁担的重庆汉子们，叫"棒棒"什么的，但忘了后面的那个"军"字。

鸟巢的上空，我看到了真的鸟。那是燕子和一些我叫不出名字的鸟。它们在我去鸟巢的那天，在鸟巢的椭圆形"巢盖"下面快乐地飞翔着。本来想说它们"翱翔"来着，但它们都不是太大的鸟，何况鸟巢对于会飞的它们还是太小，它们无法翱翔。

那些鸟，真的把那个钢筋铁骨的庞然大物给当成它们树枝的巢穴了吗？它们那么地兴奋，它们一圈圈地飞啊飞。它们也在看伊辛巴耶娃撑杆破世界纪录吗？（我那天上午看到了她）鸟儿们无疑在与巢里的9万人同喜同乐，鸟儿们在看下面的人世间的热闹，但它们不知道身下那些不会飞的动物们，在开着一次"百年奥运"。

北京展览馆的"世界百年奥运展"前天就闭幕了，所以只好到世纪坛去看中国自己的"奥运纪念展"。我看到了真的"祥云"火炬和"金镶玉"的北京奥运奖牌。它们就在我的眼皮底下，但不是在我的胸前。每天看电视，我都不停地换台，想给女儿找一个能让她以最快的速度把她老爸送上电视黄金时段"冠军之父"栏目进行闪亮登场的、适合她从明天就开始训练的"那个"项目，谁不想当一把"奥运金牌得主"的亲爸爸啊！今晚，我终于找到"那个"适合她练的项目了——女子链球。

我一会儿会向她正式宣布。

走出世纪坛，我走上了那条由铜铸成的"中国编年史"走道。那是一条几十米的长路,每一年的中国史都用一段话雕刻在地上。这条路我大约八年前走过一次,这次走,是又一个八年过后。

我发现,在公元2000年以前,有许多的几百几百的年度,就留下了那么两三句话的记录。比如公元前3000—2500年吧,也就有半行"帝死了,某某即位"一类的零星记录。你想,那可是漫长的四五百年啊,地球上,难道就发生了那么简单的几件"人事"吗?

过一会儿我想明白了,因为那时的地球上,还到处都是鸟巢。

美国人的阿Q精神
——奥运私家传真之十五

古巴小将罗伯斯昨天得了男子110米栏的金牌。他像一阵旋风,朝着终点刮过去,然后,就越过终点线了。看到那个瞬间,人们必然想到刘翔。刘翔现在是在守城,罗伯斯呢,是在攻城。罗伯斯在城下叫阵:"刘,你敢下来吗?"刘翔在城楼上回答:"臭小子,你敢上来吗?"

刘翔守的,是荣誉之城,是利益之城,是厉害之城。

人的荣誉城池,也不全是易守难攻。有名誉了的,不想丢,没有的,特别想有。光脚的不怕穿鞋的,尤其是穿金"阿迪达斯"和银"耐克"的,所以在罗伯斯跳着脚跟刘翔叫阵时,我想即使刘翔的脚上没伤,接招儿时,也忧心忡忡。

美国的压力也大。美国也怕输给中国,所以美国用另外一种方法,跟中国比赛——他们算奖牌的总数,所以在美国CNN电视台的奖牌榜上,美国还是第一,中国是第二。这无疑是美式的阿Q精神。有中国阿Q,有法国阿Q、英国阿Q,还有你的Q和我的阿Q。新的排法很可能让美国人永远地排名第一,因为假如银牌也少了,美国运动队就能再换一种玩法,让所有的运动员都争夺铜牌,300多块铜牌假若能包揽,总数也还是世界第一。

下午到老山看山地车比赛
——奥运私家传真之十六

　　人家给的票上写着"通票"两个字，原来以为是大人物专用的票，在赛场内哪儿都能去，没人敢阻拦。走了一里地山路以后，到一个人挤人的山口，到处都是灌木和泥路，问人赛场在哪儿，座位在哪儿，人家一指那人堆儿，说那就是观众待的地方。哦，原来"通票"就是方圆十几公里的山，你随便乱走的意思。

　　所谓的"山地车"比赛，要我说，就是一群戴头盔的野小子在没路的山沟子里骑着粗轱辘山地车瞎跑——跟逃命似的，一路上有一大堆人看热闹。不过，头顶上还有直升机在盘旋。有一次那直升机飞得贼低，突然蹿了下来，我想，可能开飞机的人也在盘旋着观赛，有一眼没瞅清楚，就俯冲下来了。

　　每个赛车的飞身从人群中骑过来时，大家都喊"加油！加油！"但一般我不喊，我只给车队的头一个和最后一个不是骑自行车，而是骑摩托车的人"加油"——他们一个为骑车的开路，一个替他们殿后。为什么呢？因为他们的确需要"加油"，加汽油，才能把摩托开快。

　　带头骑车的是两个法国人，而且领先得贼多，他们注定就要拿金、银牌了。我真想一个绊子，把他们其中的一个绊倒，就跟中国的奥运圣火在巴黎传递时，也有法国人给咱们使绊子使坏似的。我假如真的那么做了，肯定会在全世界引发轰动。换句话说，我离全球头条新闻只有一只胳臂的距离了。但我克制住了,相反,用法语一声声狂喊:"加油!加油!"不过估计他们没有听到,他们骑得太快了。

体育无国界,也不该政治化。我老妈就喜欢把体育政治化,下楼时,她骂了郎平一电梯。刚才,她还在电话里骂。无非是说什么"吃中国的,穿中国的,还把中国女排给赢了",我笑了。体育好像既应该特别有国界,也应该极其地无国界。如果真的没有国界的话,也就没必要有什么美国队和中国队、俄罗斯队、格鲁吉亚队了。连金牌都没必要了。都代表个人得了。没国家之别,奥运会就没意思了,没国旗升了,没国歌听了,没法激动了,没必要伤心了。所以国界还是该有的,而且因为有了,奥林匹克竞赛更加清晰。但国界也可以没有,没有了国界,中国人才跟美国人比赛由英国人发明的篮球;日本人才跟泰国人玩被韩国人开创的跆拳道;法国人也才跟俄罗斯人穿着日本人的袍子拼比柔道。体育没国界的含义之一,是大家都在进行着由他国人开创的传播世界的运动项目。从这层意义上说,东方人还得感谢西方人,特别是什么运动都喜欢的我,我很难想象一个只会猴拳、螳螂拳和蹴鞠,但不会篮球、足球、乒乓球、骑山地车以及滑冰、滑雪和游泳的纯粹和绝对"宋朝、明朝"式的中国,会是个什么状态。要知道,我钟爱的那些运动项目没有一样是自己的祖先发明的。我们的祖先也会游水,但可能只会"狗刨",我们自古以来就不会蛙泳、蝶泳、仰泳和自由泳,我们的泳姿,要不就极端自由,要不就特不自由和僵硬。"自由姿势"于中国,是100年前才传入的新概念。到如今了,我们不还在学习模仿和尝试体验着"自由"?

奥运最后一日
——奥运私家传真之十七

今天是奥运的最后一天了，"末日"——喜庆的"末日"，的确，是不愿意让它到来的。

奥运的确像是在做梦，顾拜旦说奥运的真谛是展现体育的美。没错，北京的这两个星期是我记忆中最美丽的两个星期，自打我在这个城市出生那天算起。

上下午去了后海、北海、景山、王府井。后海早晨并不算热闹，可能想热闹的人还都没起床。后海有两个"新地方"，一个是被俄罗斯人包租的俄国俱乐部，一个是英国人包用的London House——"伦敦院落"。"伦敦院落"里外都是警察叔叔，因为可能英国首相布朗和贝克汉姆要来。我看见一个从车里出来的大块头，极像是布朗，还有一个精瘦的女子，特别像"辣妹"（小贝的妻子），但身旁的人说不是，真"辣妹"比她还瘦。

景山里唱歌跳舞的"妈妈族"对老外极其地热情，见了男的拉着搂着就一起跳舞。我特别希望，奥运结束后中国人之间也比较地热情。具体说，就是别人也拉我跳舞。

景山下一个没左手的白人女子，感动了我一下子，因为在她那个没手的好似一个直棍的手臂上，悬挂了一个数码相机。她不用说是来参加残奥会的。身体健全的人，若不在一定的条件，就忘记世界上有残疾人了。

奥运闭幕后，我还比较地企盼那些"志愿者"们就这么永远地志愿下去。穿得蓝红相间的这些个男孩、女孩，让我想起了自己的过去。小时候我们一年有小半年到外面去"学雷锋，做好事"。到学校附近的任何一个餐馆，二话不说，抢过碗就洗，见垃圾就倒。还有，就是在北海的琼岛，中学时，我还在群众游园时带着"红卫兵"袖章站岗。那都是30多年前的往事了，如今的北京，满脸微笑的少男少女变成了volunteers——"志愿者"，取代了我们这些老兵们。

时光似箭吧。

王府井大街上也都是"老外"，像是回到了侨居过的蒙特利尔。那时候我们是"老外"。一次到加拿大中部的一个小镇去玩，那个镇的人从来没见过亚洲人，就都从家出来，一拨儿一拨儿拉着我们合影。我说我是印第安人，是回来赶他们白人走的——这当然是戏言。但各类人种揉合在一起，红红绿绿、黑黑白白地一同过日子，这才是真实的世界。

我一直想用肉眼看美国"梦八队"一类的明星，但除了看见那些膀大腰圆的不知是哪国的运动员外，就是没有"梦八"。回家在地铁站倒是有一个四肢粗壮的黑人在前面耳朵塞着耳机行走，但个子还没我高。他不太可能扣篮。

闭幕式马上开始，祥云就要飘散。下一届奥运和全球大联欢，就只能到国外去看了。家门口的 party，就到此为止 over。

奥运结束后的空荡
——奥运私家传真之十八

本来，奥运会结束了，本人的"私家传真"也该"粉墨收场"了，但还是有些"残念"。"残念"是个日文的语汇，是遗憾的意思，但我在此用"残念"，表示残余的念头。

奥运会结束之后，我想所有的地球上的人，心都比较地没有着落，用我孩子她妈的话说，就是："都玩疯了，心收不回来。"

但小霞的心却没事，小霞是我家周末的小时工，我问她看不看奥运，她极为不屑，用安徽话说："谁有时间看那东西！"我这时才想到她早晨在菜场卖菜，下午到别人家做工。

说明一下，小霞在我家帮忙时，我从来都是在大街和公园中游荡，也包括家里没别人的时候。不劳动者，是不好意思旁观的。所以有一天帮小霞倒我家垃圾时，我发现垃圾袋子里面藏有一把崭新的菜刀——小霞是卖菜的，所以需要刀嘛！

我还想到了奥运期间北京人尤其是志愿者们的好看的 smile——笑容——老外都那么说。其实北京人原本是不大爱 smile 的，不信你早晨在上班高峰时到地铁里看看人们的脸色，假如有一张脸朝你一个劲儿不停地 smiling 着的话，你注定会感觉紧张。凡大城市的人都不喜欢微笑，比如纽约、巴黎、伦敦。1996 年我带着家人去伦敦游玩的时候，本想多待上几天，就是因为那里的人都不会 smile，我才取消了后面的行程，我由此还怀疑 smile 并不是 English 里的固有词汇。2012 年的伦敦人，不知会用真笑还是假笑来"欢迎世界各国人民"。

这次的奥运，是全世界老百姓的代表，来咱这里狂欢。百姓对百姓，心情就好，也笑得出来。从前来中国的，不是商人就是政客，要不就是记者，那些人都不会笑，真笑了也麻烦——比如政客笑了，你我兴许就会倒霉；商人笑了，你我的钱包会空；记者笑了——记者会笑吗？是由于假新闻被别人当真。

外国运动员的笑，可是真的，是年轻人的笑，是青春的笑，是富有生命力的笑，是"将来进行时"的笑。他们笑了，所以，我们的志愿者们，也就放开地笑。志愿者为什么让来人赞叹？大学生，中国的未来大使也，后 50 年的中国，少年之中国也！这些人跟你微笑，你就别怕往后的中国了。所以你笑我笑大家笑，笑可放心的 future——将来。倒过来想，假如满大街的蓝衫志愿者——中国的年轻人，都像是小鬼，都面无表情或满脸杀气腾腾的话，那么人家回去后，会咋瞎琢磨咱中国？

笑比哭好！

朝鲜不播放奥运会，这让本人震怒。美国的 NBC 广播电视公司买断了直播权却不直播，已经够"可恶"的了！

奥运的结束，也终结了国人七年来倒计时往前推进的思维习惯，我们突然地，没有"倒计时"的目标了。这种"空虚"是真实的空虚。虽然你可以惦记着 2012 年的那个伦敦奥运，但你今生今世，就再也听不到 9 万人一起喊"加油，加油"了。人家英国人喊的是"go，go"，而"go"除了鼓劲，也是"go home"的那个 go，别人那样喊咱，你完全能认为那是叫你"快回家去！快回家去"。

"加油"比"go"好。

我甚至窃以为，中国最有意思的"火红年代"，随着昨天的奥运火炬熄灭，也就彻底地终结了。30年的加速，100年的长跑。我们已经实现了赶超。赶超过后平起平坐的岁月，怎如彷徨、摸索、兜圈子、走弯路、摸石头过河和疯狂追赶的日子，更有滋有味和值得怀恋呢？你已经是罗伯斯、博尔特、菲尔普斯了，你到达终点时，见左右没有"来者"，你就会故意放慢速度，你就想故意做怪动作，那都是成功后的空虚和寂寞无聊，是王者的悲哀。在没对手时，刘翔也曾寂寞，他也回味、怀念从刘翔变成"飞人刘翔"的那个热血沸腾的经历。中国也一样，7年的倒计时，30年的社会变革，100年的磕磕绊绊的马拉松长跑，终于冲刺出100枚奖牌。深渊峡谷里搏击跳跃和尽欢之后，只剩下"高峡出平湖"的不再刺激的平静。

旅行的无涯和有涯
——长江三峡重庆追记之一

这个游玩是我8月8日从重庆回来之后，就想马上写的，但由于奥运，就没写成，现在奥运结束了，三峡和长江又一次浮出了水面，虽然三峡两边的山并不是"浮出"，而是"落下"：前天电视上说，175米的最高水位，三峡马上就能达到了，而就在我8月1日至8月6日在长江时，还都是150米，转眼，那么大的一条江，就"崛起"了20多米，所以奥运，并不是中国唯一的大事；中国的"崛起"，也并不只是经济领域，我是说山河也跟着崛起。

关于旅行，我从前是很少想的，从前的我一年有半年在旅行，那是被工作性质决定的，后来的我，阴差阳错，当了四五年的教书先生，就不再旅行了，哦，学期没结束的时候也旅行过"一小次"——到杭州去当证婚人，但仅那一次，况且，那次被我证了婚的那对新人，最近还有些感情问题。因此我只有在学期和学期之间，也就是放暑假、寒假的时候出去旅游了。我这两年去了西北的青海、宁夏，也去了黄山，这次又去了重庆三峡。我的目的十分地明了，就是把那些地球上我上地理课时背诵过的地名，都像Windows（视窗）似的一扇扇打开，别管是中国的还是外国的。于是，我就一次次上路了。其实我只差一半的地球没看。我对北大的导师陈老师述说我这个余生的志向时，他先一沉思，然后说没这个必要，还说了一句古人的话："天地无涯，我生有涯。"（大意我回去后琢磨老师的话是对的，因为我的人生似乎的确有涯。我生有涯的另一个证明，是我刚从三峡归来参加大学同学聚会，我还想把我刚刚完成的旅行当故事和壮举说，一个在商务部工作的同学，就说他刚刚从韩国和肯尼亚回来，而我明明记得他上次是刚从印度回来啊！于是我就没在席间提什么三峡和重庆的事了。那个老弟我猜，去过重庆是没疑问的，而且多半是去剪彩讲话的。

不过有涯有有涯的玩法，无涯有无涯的路数，互不干涉也行。从前我给洋公司当"亚洲代表"的时候，玩、住的是四五星的酒店，随身携带着没信用额限制、我想取多少钱就取多少钱的信用卡，坐的是飞机，而且专门挑小号的坐——想找那种坐"专机"的感觉。那是无涯的玩法，现在想来，那样玩的确不太安全，而且现在的我，已经有整整六年没再坐飞机了。现在回味起来，那时满天飞的我，还真幸运得很，因为按我那时坐飞机的频繁度，已经极其地接近空难发生的概率了——光积攒的各大航空公司的"点数"（pionts），就能免费绕地球转几圈，但为了后来能"有涯"周游，我竟然能幸免。我打算一直到60岁，先按"有涯"的玩法，把能坐火车、汽车、摩托车（我这次旅行就常坐）的去处的"窗"，都打开一遍，等60岁的那天一到，就把房子卖了，搬回到飞机上去睡觉。不过，那时的第二次"无涯"，可能就真的无涯了。

评论：

随你的文字打开一扇扇窗口，人生难道不是行走在有涯的漫长过程中，终结在无涯的瞬间吗？

在希望中，逐渐打开一扇扇看似无涯的窗口，使之在我们眼中成为有涯，这也是过程中的真实、踏实吧。

有涯无涯的经济考虑
——长江三峡重庆追记之二

昨天的北京，我又"巡察"了一遍，已经比较地"后奥运"了，第一，志愿者们开始眼睛惺忪、笑意朦胧；第二，戴黄牌的老外减少；第三，最最不能宽容的是，地铁的滚动电梯都不电动了。我看人流还像是奥运期间那么快速流动，我脚也顺便踩上去，我前行得蛮快的，但我过一会儿才意识到电梯压根儿没开，我是在随大流步行。

刚才的是题外话和奥运的余音。旅行也一样，也有自动的和不自动的，自动的最快的是飞机，从重庆到北京一会儿就到；不自动的是我那样地坐火车——我在火车上住了两个晚上。慢车经济，真是太慢。我这几次的单人旅行，坐的都是慢车，所以女儿和妻子嫌艰苦，都不随我前行。慢车的特点是每一站都停，有的还停两次；至于怎样才能朝一个方向单行却在同一站停留两次，那是个火车司机才能解答的高难技术问题——据说是为给快车让道。从"有涯"和"无涯"的角度来说，人家快车——如"动车组"一类的，是"无涯"的，花的是"无涯"的票钱，而我们那辆慢悠悠的车，是"有涯"的。而且，坐快车的旅客的前途都好像"无涯"，坐慢车的旅客的前途都似乎"有涯"。

还有，从出门的预算上看，我最近的"有涯"的经费，也只能坐最慢的车。我在长江三峡和重庆总共漂泊了8天，在火车上睡了3天，在船上睡了3天，在重庆的旅馆里花100元睡了1天。我上路时，随身带了1400元，是每天200元的预算。所谓的"穷家富路"嘛！我把1400元分别放在了6个兜里，其中后屁股兜中，放了最重要的100——那100是一直回北京都不能动用的，功能在于应急和保命。所以我总共真的预算，就变成了1300元。而1300元的用途，大致包括这些：1.8天的伙食费（旅行社不包）；2.200元左右的各类门票；3.一天的旅馆费（旅行社不包）；4.路上买书的钱——平均每天一本（旅行社还不包）；5.买各景点文化纪念品的——比如我在白帝城花100元买了一把"唐三把"牌杨木梳子——慈禧太后专用那种；6.回京给家里4口人每人买一种土特产（如土鸡、土鸭、土鳖之类）的费用。

除以上的那些开销之外，还有另外两项重要的开销：1.被别人骗假钱的。我去年在兰州，就被人找了50元的假钱，所以在预算里打出了这笔专门支出。这次去长江的丰都鬼城时，还真用上了"预算"，又被找回了50元的假币。

1300元的最后一个用途也挺大的，就是我计划在长江地区给老婆采购纪念结婚20年的礼物——18k金宝石钻戒的费用。那的确占1300元的比例不小，因为我在北京转了许多的钻石、珠宝店，都没买到合适的和能让她惊喜得后20年忘不了的。这次出游时，我志在必得。而且我还真的得了。

算命先生和50元假钞
——长江三峡重庆追记之三

这种书得早早地完结，北大开学后我或许永久不再写这些随感，而进入庄严的学习、研究状态，我一定要把庄子和老子的身世，用我的后半生考证清楚，我的最终目标是要证明，老子并不姓"李"，而是姓"齐"。

在重庆的湖广会馆，我就被人强行按着脖子算了一命：本来以为那是个"男厕"，还排着长队，我也跟着排，排到一看，原来是算命的。我本来以为自己是算命的，才发觉还有比我更能算的。四川男人身上有浓重的淤积文化的味道，跟火锅底子似的，那个算命的第一句话，就治服了我，他说本人肚脐上有一个黑痣，我说不会吧，但掀开来一看，果真真有一个，于是我就任他算了下去。他算完后，从桌子下抱出三炷长香，要我花300元请上它们。我说没钱，就把兜里的钱都拿给他看，他一眼就看上了那个50元假钞，我说绝对不行，我说你行行好好不好，我对菩萨慈悲了，捐出了这50元，可盘缠没了，那我咋回京呢？

我侥幸从算命先生处脱身后，出来，对同行的人诉说了我的经历，说幸亏我没让那家伙把50元抢走，还好奇为什么我肚皮上的黑痣，我自己都没注意过，他远在巴蜀，却能知道？旅途上认识的陕西张老师说在我们那个团队还没进去时，我们每个人的信息，早就被导游小姐暗中传递去了。

那就更不对了，我暗想。

我过后才发现那50元是假的，否则，算命的即便不抢，我也会主动把它奉献给"湖广会馆"。

我按成本价买了一条泰国红宝石"孔雀开屏金项链"
——长江三峡重庆追记之四

昨天在北京,而不是在重庆,我又被找回了 50 元人民币,我立即怀疑它是假币,就将它同桌子下面"镇压"着的另外 4 张 50 元真的假币对比了一下,发现还是有区别的,但区别不大,我因而马上拿它到"百盛"购物中心买了一本书,售货员果然把它收去了,同时呢,把书——《元代悲剧探微》递给了我。

假如那张钱真是假的,就不是元代的悲剧,而是当代的悲剧了。还有,用"疑似假币"能心理无障碍买的,似乎只剩下书了,因为我知道,那本关于悲剧的书即使我不买,也不会再有人买,现代人只喜欢喜剧;还有,即便被擒拿了,说那是假钱,我顶多不把另一个"悲剧的集大成"招引回家就是了,我家多点"悲剧",少点悲剧,都照常运行。

除了悲剧、惨剧、荒唐剧、闹剧之类的多余的书,用 50 元,买冰棍我都心有疑虑,我怕用假钱买的冰棍都火烧火燎!

重回到三周前的山城重庆。我还是为老伴买到了一个真的、货真价实的、18k 金的泰国红宝石项链。那项链上的宝石在李先生用一种特殊的能发出镭射电光的手电筒的特殊照射下,能发出星星点点的碎光,光打在房顶上,好似鸟巢夜空般神奇,那现象行话叫"孔雀开屏",是上等泰国红宝石特有的效果。红宝石是李先生特地冒险用缅甸玉去泰国换来的。李先生何许人也?是重庆旅游定点珠宝店的老板,是缅甸籍华人。

他那天兴致极高，亲自为我们一行人——他的陕西"乡党"介绍每一样珠宝。他说他爸爸原来是贩毒卖鸦片的，是国民党残部李弥将军的部下，他父亲共有四个太太，他是四老太太生的，而重庆这个价值连城的珠宝店呢，是他自己在大陆的三太太开的。昨天他从三太太那儿得到了一件更有价值的礼物——一个大胖小子："我终于有儿子了！"（哗啦，我们陕西人都激动地鼓起掌了）他一有儿子，就可以在接待了我们这批乡亲们之后，第二天飞到缅甸蜜支那去继承老爸财产去啦，否则就没他的份儿。李先生说到这里，嘴里的被烟熏过的黄牙，就已经黄金灿灿的了。他说为了答谢我们这些远道而来的"乡党"，特意给大家备下两份大礼，第一是送每人一张他的名片，说大家只要能成功跨越中国边防，到了缅甸，一亮他的名片，就能受到礼遇；其次，他让每人在他的贵宾展品区，挑选一件价值高贵的珠宝，他呢，破例地、高兴地用成本价"送"给大家！哈哈……李先生死活合不上金牙嘴地大笑着，笑得特别专心、投入。笑声稀里哗啦的，像是在敲锣：哈哈，哈哈哈哈！我听着，咋那么像用陕北方言演小品时的那种笑声？

　　李先生的名片，我后来故意丢在 100 元旅馆的桌面上了，项链嘛，我倒是真的买了，是按"成本价"买的。既然李先生破例，我就不客气了，我照着最贵的、标价 3600 元的泰国"孔雀开屏"，就毫不犹豫地把钱砸了下去，用我最后一个屁股兜里的"盘缠"，毕竟是结婚 20 年的纪念物嘛，况且我第二天就要回京，出于安全的考虑，身上留那么多钱既没用，也不太保险。

　　兜里的钱我就都用上了，一共是 150 元，注意，我那 50 元，可是真的。

重庆从来"没有过北"
——长江三峡重庆追记之五

写书的感觉——假如你也写过的话，在接近尾声时，就仿佛跑马拉松的跑了40公里之后，一转弯，突然看见了鸟巢。

我这本书，也望见鸟巢了。重庆也像个巢。我在重庆的两天里，天天在解放碑（重庆的商业中心）的那个碑的下面坐着，我想怎么才能用最合适的词语，来形容被我在40岁中旬"惊异发现"的、让我不舍得离去的城市。于是，回到北京，我找到了那个词语，就是"鸟巢"，或者是"蜂窝"。而山城人，就是鸟，就是蜂。巢和窝有一个共同的特征，就是没有规则，在重庆连"北"都没有。方方正正的，就不是鸟巢了。说中国进入了"鸟巢"时代，就是进入了多方位的、不再四平八稳的时代。而90年代后的国人呢，就变成了飞鸟和蜜蜂。我的本性，可能也是无规则的，因此，我一到重庆，就有一种狂喜的感觉，我上下坡迷路瞎走，我在下瓢泼大雨时在桥下躲雨，那种当鸟的上蹿下跳的感觉，可能更接近我自然的天性。

重庆人是那么地忠诚于"形而下"的生活，我是说吃和玩乐。还有重庆的10万"棒棒军"——也就是挑夫们，他们的所有家当，就是肩头的那个系着根长绳的扁担。最大的"棒棒军"有70多岁了，他可能下辈子也还是"棒棒军"，但那并不妨碍他在街头搓麻。重庆满大街都是吃的，整个城市，就是个"无与伦比"的自助餐的台子，你一伸手，就能抓到一块被"处理"得连皮都没有的西瓜，而且那西瓜的大小，还正适合你的口型。

我最爱那里人的勤劳——不动脑子的那种勤劳。我这种人习惯于先动脑子，再勤劳，于是，我无法和那些不动脑子就勤劳的人相比，因为我总是落后半拍，因此，重庆人的细致和对"形而下"生活闭着眼的投入和执着以及对执着本身的已经到了无知程度的"知道"，是北京人来生来世也学不来的；于是，重庆带给我的惊讶，等同于老外来北京看奥运："啊，中国人太勤劳啊！"听，他们发出的感叹，正好跟我在重庆时的"一声声叹息"一模一样。

其实，从湖北一进入巴蜀的地段，一见到凉面，一闻到麻辣，你的胃部，就开始发生剧烈的蠕动，因为你开始馋嘴了，你到四川了。四川人为全国人开着食堂。本人向来对吃嗤之以鼻，但到了重庆，本人却夜里12点在街头坐等我的烧烤咋还没烤好，我不是只图吃，我是欣赏烧烤人对炉火和食物以及调料的"无与伦比"的专注。那种专注，让人感觉出——我生也有涯，人生却无涯。

明末清初的时候，被张献忠屠杀时，整个四川的人口还不到100万，而现在，是100个100万，是1亿多。"湖广填四川"。这些人真的是两湖人和两广人的后代吗？血统上是，但文化习俗上绝对不完全是。因为有长江看的人和没长江看的人，不可能完全一样。

我第一次如此近地接触长江，我从宜昌到重庆坐了三天的江轮。我得出的结论是有长江和没长江的中国绝不会一样；到过长江的中国人和没到过长江的中国人，也绝对不会一样，长江虽然已经听不到猿声了，但曾听过猿声的人的后代还在，重庆人就是那类的人。江边的人和不是江边的人、小江和大江边的、戏水玩耍过的和没玩耍过的、被江上雾气润色过的和没润色过的人，怎么能一样呢？重庆人身上明显地，带着大江的水气。水的滑润和山峦的野性的组合,外加"从来没有过北"的无规则,让一城的人,都纯天然地大气,纯天然地豪气,纯天然地爱吃,纯天然地会吃,纯天然地吃苦耐劳和纯天然地乐观大度,总之,纯天然地——truly exeptional(无与伦比)!

突破"最大公约数"外出旅行之乐
——长江三峡重庆追记之六

有"非物质化"一说，也有"非个性化"一讲，北京就是那全国最大的"非个性化"都市。原因？"综合平均"也，"最大公约"也，"加权平均"也。

我把知道的数学术语，都用到北京身上了。

北京的"最大公约"，使这个城市各方面，都是中性化的、平均化的、妥协化的，总之，无个性化的。从方言上就能看出，北京连方言都没有。"北京话"——那种尾巴上带个"儿"字的京腔，也正在消失着，你在北京的地铁里，已经几乎见不到几个北京出生的"北京人"了，有，可能只是那个开车的。汽车上售票的一般是北京人，可地铁没人售票啊！眼下的北京是个全国人民的"最大公约数"，是个大什锦，是个大拼盘，是个大派对。北京说什么话的人都有，但一小撮一小撮的，不会特别地集中。假如你在北京上班，一到单位，突然发觉你周围的人全在讲广东话，你就得凭本能迅速辞职；同事全讲上海话、东北话、湖北话也不行。外地方言在北京，是"局部的允许"，比如你走进"重庆小吃"，跑堂的都说四川话，你不觉得奇怪，但吃完饭了，你出了"重庆小吃"，听到的都是满耳朵的四川方言，就不大对头了。看病也一样，假如你走进一家北京的口腔医院，大夫都在用福建话窃窃私语聊天，你压根儿听不懂，那么你的牙，不如，就别让那些人拔了。

在北京生活，你希望和习惯语言文化都"最大公约"——用普通话交流，用各地人中和、妥协的思维办事，所以，长期住在北京的人外出旅游的目的之一——至少是我，也就在于突破那个"最大公约"，到外地去听"个体"的方言，接触"个体"的人，体验"个体"的生活。比如你到了重庆，那里的人原本并不"个性"，但对于过惯"平均生活"的你，却是绝对"个性"的，因为一下子，整个城市的馆子都变成了"重庆小吃"了，你耳朵里听到的，也都是重庆的本地语言。你仅仅会的那点"北京话"，到了人家那里，变成了人家也会的"最大公约话"——人家也会，但人不跟你讲。那就跟老外到中国似的，中国人能说外语的人不少，但我们不张嘴，他们不知道谁会说谁不会说，就以为都不会说，就感到万分地孤立；总之，你的特色消失，你的"没特色"败露，你只有做一件事，那就是洗耳恭听，而且，还不能轻易张口。

到外地听方言，是本人的旅游的强烈兴趣之一。一到黄山，一到西北，一到重庆，我的耳朵就会"小雷达"般直立起来，偷听方言不疲。每到听不懂，就更加好奇了。在西宁，我夜里到少数民族的夜市去窃听他们聊天，没听懂，我扫兴而归；黄山脚下"汤口"小镇的方言，我也听不懂，那令本人诧异——我老婆明明是安徽人啊！后来搞清楚了，原来皖南黄山那个地区的方言，受江西方言的影响极深，是类似"老表"的话。"老表话"最难懂，这我知道。重庆的方言，我走街串巷听下来，发现有一个通用的尾音，就是"哉"：一个语气词，有时听着像"塞"或"洒"，但多数是"哉"。重庆人说话时在句子尾巴上一画弧，一甩，然后用一个"哉"音轻轻或重重收尾，听起来的感觉像是东北人的"忽悠"，但东北人忽悠时，往往没有结尾，没有结果和结局——我说是没"哉"收场的瞎忽悠。

"这里不收费，但是……"
——长江三峡重庆追记之七

  题目上带着"但是"的句子，由于本人的经费拘谨，是我路上最害怕听的，因为"但是"的后面，就是要收费的那个数目。

  在"小小三峡"，我们上了一条小船，小船在悬崖中间的深潭中被一个船工用船桨摇着，一忽一悠地行进。船工先介绍那里的水有150米深，然后等船走到再也看不见峡的两边的当口，船工就说起了那个"名句"："我们的这个项目，不收钱，但是……"

  船上的人顿时紧张起来，几个陕西榆林来的粗壮的体育教师还赶紧把救生衣穿上。我们都恭听着这个"但是"，是个多少钱的"但是"。

  那个"但是"是10元，但还好不是白给，是船老大先发给每人一个"小小三峡"的纪念章，你再给他10元。我给了他钱，也拿了个纪念章，但过一会儿，我又把纪念章归还给了他，因为他少收了10元，但纪念章却发出去了：有人趁乱拿了章子却不给钱。老大说诸位帮帮忙吧，我划了半天船，辛苦这一趟，老板总共给我的收入才10元。我看众人都沉默着，就把我那个章子还给了他，说让他自己纪念自己。

  从小船上来，到"母船"（"云中"号油轮）之中。我身旁坐着两个男子，一个男子问另一个："刚才拿纪念章时你没给钱啊？"被问的说："傻瓜才给他哩！"

  被我听到了，我就开始发傻。

丰都城真的"有鬼"
——长江三峡重庆追记之八

从"云中"号客轮上下来,我们去了丰都鬼城。这个"鬼城"我回京后才知道那么有名,一是因为城里的一个领导的床底下,被老百姓无意地发现,有一整炕的钱;二是因为这段日子媒体都在讨论,丰都该不该再花7亿人民币,加大鬼城的建设力度。世上到底有没有鬼?没鬼,哪有《牡丹亭》和《聊斋》?

不过丰都的鬼城里,的确有鬼,我那50元人民币的假钞,就是在逛完了鬼城后嘀咕着"咋就没鬼啊"的时候换来的。我不是故意换假钱的,我是先买的葡萄,我给了小贩100元真币,我买了5元钱的葡萄,她找了我45元真币和50元钱的假币。我过后一核算,我买的那10粒葡萄——把假币的因素算进去后,大约每粒价值5元。我是那么地激动,因为我终于买到了全世界最贵最贵的、让著名鬼城的人"开光"过的葡萄!

所以真有鬼。

也有真鬼。

过了"奈何桥",有一个好像叫什么"回望亭"的景点,导游说人在死前,马上就要到另一个世界——鬼蜮去了,因为舍不得离开,就站在那亭子里,朝人世含情脉脉地再看上一阵子。

我们都去了,因为那是个景点嘛。但我注意到,有一人没去,谁?一个80多岁的老者。我仔细一想,明白了:对于他来说,那不久,就不再只是"景点"。

真有"鬼蜮"吗？所谓的"鬼蜮"，其实就是生命之后的生命世界。那些个大鬼、小鬼们奇丑无比也好，面目狰狞也罢，但好歹还是些活物；地狱里的日子，苦也好累也罢，哪怕是天天受酷刑，但好歹，也有疼痛的感觉。所以我还是希望有鬼，有鬼一样惨淡的"后人生"，有鬼那样的无涯罪受，否则到了就只化作一缕青烟，这人生，岂不是最终的虚无缥缈？

我说长江——长江三峡重庆追记之九

昨天去首博看了《长江文明展》。是预约看的，所以没花钱。上个月，我在宜昌的西陵峡，去了一个洞，叫作"三游洞"，那个"洞"的门票，是48元。历史上游过"三游洞"的，据说有白居易和苏东坡父子三人等。那时候他们去那些个洞，是随便去的，随意去的，随时去的，所以去了以后，能写出诗歌，而我辈呢，去一次48元，再去一次又48元，第三次还是48元。假如你月工资就是480元的话，那么你到"三游洞"，无论它景色多么地别致，你写出的诗，也不可能是好诗，写的，也是杜甫风格的哭诗，而绝不可能是李白样式的乐观诗。李白和杜甫在穷困时，都是已到月入480元的地步，所以假如他们活着，48元一次的"三游洞"，是无缘留下他们的诗的。

收费大煞风景！收费破坏游兴！到48元处游玩的最终目的，就是把48元钱仅用一次就给游回来。收费还削弱了山水的诗意。因此我只有，把诗意搬到了最慢的火车上。

火车上的诗情，假如有，就是慢。车从重庆出来，我夜里起来，看车窗外面。我什么都没看见。我想看的，是李白的"蜀道难"。但为什么，夜里的蜀道并不难？山并不高，水并不深，也没有野猴和猛虎？星星倒是有三五颗，闪烁得却不狂野。我于是奇怪。回来后我听"百家讲坛"的一个教授说，李白的那个《蜀道难》，原来是假的，李白早年出川后再没回去过，无从知道蜀道到底有多难，他写诗时全凭的是想象。啊，想象，想象就是失真嘛。凭他的想象就能把老齐我送上慢如老牛的慢车，本人亏了。

国人都"恋母"，从恋"母校"到恋"母亲河"。不过长江的确是值得恋的，她是有母性的。我去过长江头（虎跳峡，长江第一弯），我也去过长江尾，我看见过长江和大海的交汇处——从飞机上俯瞰的。这次去三峡，我等于横穿了母亲的肚皮。三峡美得可惜，在被175米的悬空湖"架空"了之后。人类，真的需要那么多度电吗？不过现在说这话，已经毫无意义。三峡之美丽，在于把杭州的好山、好水和好云外加黄山的奇峰，给囊括了，都汇聚于一幅云山雾罩的长轴，让你日夜不停地看，让你睡不好觉地看，因为你一瞌睡，一座奇峰就被瞌睡过去了。中国人真有眼福，我躺在"母亲河"的"羊水"中半睡半醒地想。但国人也挺能"造"、挺能"折腾"母亲的，生把母亲的"羊水"，那孕育生命的原汁原液给扎上了一个死结，给弄成了往后百年千年都要挺着的"大肚子"，让母亲的大肚子里任凭子孙的万吨巨轮横行。

我住长江头，谁住长江尾巴呢？日出江花曾红似火，春来江水咋不绿如蓝呢？

江水有点浑。但比印度的恒河干净。而我们的"母亲"呢，也只是被打造成一个大肚皮的永久性孕妇。她孕育了我等，我等呢，回报，就彻底改型了她。

写给"三峡移民"
——长江三峡重庆追记之十

在重庆我的"大本营"——解放碑新华书店,我从"三联"的那个角落买了一本书,书名是《出三峡记》,作者是中青报记者晋永权。书写的是三峡移民的故事。故事,就是已经过去和完结的事。那本书,我在回京的火车上读,书中有照片,是他在三峡大移民期间拍摄的。

我旁边的铺位,有一个六旬的妇女,她没电话,没法跟北京接她的儿子联系,我就把手机借给她用,她不会普通话。她恰是个书里写的"三峡移民"。在看到那些黑白的"记忆"之后,问她当年是怎么移出三峡的。她并没如我预想的那样激动,她说她的老家已经没有了,在水底下了,但她家比较幸运,被移到了重庆市区的周边。她不会说普通话,我听清了一半她的故事。到西客站后,她在北京当小掌柜的儿子来了,跟母亲一样的和善,儿子已会说普通话了。

现代诗人们最好的"诗才",发挥到三峡移民类的题材上,可能也不够用,写那段"故事",还要把杜甫给约请回来。

那些移民的故事,可能是几十万家的,可能是上百万家的,现已经沉睡在江底。在江轮上站立,在水上漂着走,你仿佛能感知到150米水下发来的叹息。移民的因果不值得再争议,坝已经修好了,老百姓也得到了背井离乡的实惠,长江周边的那么多现代化的新城,已经让他们过上了全新的生活。但移民那个"情感历史"的瞬间，还是永在的。对历史是"瞬间"，对那些家庭，可不是"瞬间"。历史是严酷的，人情是真切的。

我在"小三峡""小小三峡"的小船上，朝几十米高的悬崖上看，那里据说从前都是一户户零落的"三峡人家"，有十几万户之多。那里的人如何爬上去呢，那里仿佛只有鸟才能筑窝。那些个"鸟巢"，现在都差不多空了。

我怀疑生长于钢筋水泥的现代都市的人，跟长江的万丈悬崖上筑巢的那些个"巴人"们，是否是真实意义上同类的"人"。可能大写的，是同类的，可能小写的，是不同类的。就好比男人和女人，大写的，是同类的，小写的，是不同类的。那些个在水畔山崖上生活了万世的人类，走的是崎岖山路，喝的是清冽甘泉，而我们呢，坐的是每小时380公里的"子弹头"，喝的是农夫从来就没喝过的"农夫山泉"。因此严格地说，我们不可能是同一个品种。三峡人移走后活是能活，但绝不是同一种"活法"。

移到重庆山城地区的，并不真是"移民"，移到湖南、山东平原上的，才真是"三峡移民"。那就好比让天上的老鹰，突然住到了平地，突然不捕食了，突然吃人工饲料。注意，他们是"下里巴人"中的那个"巴人"，他们不会说普通话。他们习惯了——亿万年了，都在悬崖的阶梯上爬行，你突然把他们带到海拔0米的荒地——地平线能看红太阳的，说，你种地吧。

我体会过移民的痛苦。1969年我7岁，我刚上小学一年级，铅笔盒橡皮的香味还没闻够呢，父母单位的领导就上门，让我们家立即搬家。移到哪儿？移到河北省文安的"五七干校"。原因呢？说苏联人在我国周边构建了一个"马蹄形"包围圈，随时会打到北京，按上级的指示，中央机关要紧急撤离，只给一天的准备时间，你不想移也得移，而且移走后，就别打算回来。

好像是第三天，我家就随人群搬了。我们坐的是"解放牌"大卡车，拉货的那种，满车都是人和行李，我蜷缩在军大衣里，寒风刀子样割在脸上，就像是小难民。我们从此再也不会回北京了？！我们颠簸了很长时间，才到新家。那是一排野地边的平房，是个开家门就能看到红如毛主席一般"红彤彤"太阳从地平面升起的地方。我家后门就是小学，小学比"汶川"小学的条件差多了，一年级、二年级一起上课，座位，是一个长条木板凳。本人在农村的"移民希望小学"上到小学三年级。三年后才再移回到北京的家。记得回京后的一年半载，本人都不习惯北京的城里人的生活，因为没有了广阔的天地，也没有夜里高亢吼叫的野狗。

三峡移民万岁！

游客的种种
——长江三峡重庆追记之十一

从一本叫《洵美文存》（辽宁教育出版社，2006年）中，我抄录一下邵洵美在20世纪30年代介绍的另一本英国人史敦（Sterne）写的书，说旅游的人，有这些个种类：游闲的游客、探奇的游客、哄骗的游客、骄傲的游客、虚荣的游客、恼怒的游客……外加有正经事务的游客、旷职与犯罪的游客、不幸与天真的游客、简单的游客（此指一般为节省开支、迁地营居之辈。注：原文）等。史敦则说他自己是个"感伤的游客"。

好似那些个种类的游客，本人都当过，至于我曾"哄骗"过谁，由于太多，那不太好考证。我目前的状态，是游闲的游客＋探奇的游客＋简单的游客＋著作的游客。"著作的游客"是邵洵美自己加上去的，不是英国人史敦的书中写的。

我曾经，也当过有正经事务的游客＋骄傲的游客＋虚荣的游客＋恼怒的游客。但现在我不是了。我不可能既是"简单游客"，既节省开支，又"骄傲"和"虚荣"外加"恼怒"，我也不可能既"不幸与天真"同时又"有正经事务"，因此，我只能选择我眼下的那种组合搭配。

我在冬天、夏天出游时，一路同行的，有很多教师，因为教师有暑假、寒假。这，不当教师是享受不到的。上次到黄山时，正是正月初十前后，别人玩时，都慌里慌张的，边玩，还边听老板的电话，还挨老板的痛骂，还编造瞎话说人没在黄山，在上班堵车的路上，我呢，却大大方方地休假。

这次的出游，我是个学生的身份了，所以别人问我是干什么的时候，我说在学校呢，但不好意思说我是个46岁的等着开学、等着写作业、交作业也还可能留级被罚站的学生。他们问我教什么，我就撒谎说什么都教，连思想品德都教。别人就觉得特别不像。因此，我前面说我有时也是个"哄骗的游客"。

什么是真正的"解放"
——长江三峡重庆追记之十二

昨晚残奥会也开幕了。运动员入场时，生龙活虎的，似乎比我都健壮。我最近也因为类似刘翔"跟腱"的问题，走路十分地艰难，我担心自己再也不能像头几年那样，驰骋在跑道上了。但好在还有残奥。

灵魂和肉体的厮杀和缠绵——这本书理不清的主题，在残疾人身上是表现得最淋漓尽致的。残疾人的灵魂，是不屈的，但他们的肉身，却不如意。残运会真是"重在参与"，因为我想，世界上没有一个人的残疾与另一个人的残疾100%一样，如果有就不是残疾了，是缺陷。比如人和鸟儿比，都没有翅膀，都不会飞翔，就不能说世界上的人类都是残疾的。我再说一遍，100%相同的残疾，叫作"缺陷"。反过来也一样，动物跟人一比，100%地心眼不够用，但却不能说动物100%地大脑残疾。不过，人和鸟究竟谁缺心眼，那还需另说。反正，"鸟巢"上看开幕式的鸟，不那么认为，人家不需要买门票嘛。

我想到了另两个"巢"，它们都在重庆，一个是白公馆，一个是渣滓洞。那两个"巢"，是用钢筋水泥和铁丝网铸成的，那两个"巢"，是用于禁锢革命者自由的。用于把守那两个惨烈的"巢"的，还有机关枪。

在我整理三峡重庆游留下的众多"门票"中，只有两张是"免费"的，就是白公馆和渣滓洞。

什么是"解放"？那场革命过去这么多年了，满目都是歌舞升平的今日,它意义是否如前?我在重庆"解放碑"下坐着的那两天,我天天想。手旁边是9月新出的《读书》,里面有北大教授李零的一篇文章,其中有一句话"中国革命,不容诋毁",还有另一句:"人民英雄纪念碑还巍然耸立在天安门广场,一百年来,所有为中国革命捐躯的烈士(从秋瑾到江姐)永垂不朽!"

恐怕"解放"的意义,就是最终健全地走出所有那些人类铸建的"巢"吧。我们打碎了那些黑暗的凶气腾腾的"凶巢",我们铸造了和平祥和的"鸟巢"。

今天，奥运和万里长江汇流了

由于"残奥"的开始，我这两个月分别开头的"奥运私家传真"以及"长江三峡重庆追忆"系列报道，大有一种要汇流的趋势。在重庆，嘉陵江和长江不也汇流了？两个"有涯"的江河，最后一起欢快地搂抱着，投入"无涯"的海洋的怀里。

在旅行中，那些你本不在意、不曾留意、原先不知道的城市，就像是冰山，一个一个浮现出来，那也使你备感生命的无涯，尤其是对于企图把世界所有的有名有姓的城市的——窗户，都打开都窥视一遍的本人来说，就无暇细看那些窗外的景物，你只能错过，你只能掠取冰山上那一个小小角落的风光，然后，你要依然接着远行，而那些你想细看又不能细看的，就是在和你永别着。

这次长江行，被我喜欢上的浮光掠影了一下的城市有襄樊、十堰、宜昌、巫山、白帝城、忠县、涪陵。还有其他的许多许多的城市，许多的人，许多的方言的语音。但我只有在夜行的船上，凭栏，眼巴巴地看画卷从眼前展开，又匆忙地合上，然后消失在茫茫的江雾里。同你告别的，就是那个"无涯"。对于"无涯"来说，你的"有涯"的人生，不就是残疾和残缺的吗？

中国有8000万个残疾人，全世界有6.5亿，这是我早晨看电视时刚知道的。昨天我还想，中老年人算不算残疾人呢？人的生命，早晚是要走向残缺的，因此，我们迟早都会坐到轮椅上去；我们都会从不残疾，变作程度大小不同的残疾人。老年痴呆，我爷爷得的那病，不就相当于"脑残型智障"吗？

从电视上看到有一种称为"硬地滚球"的比赛，参加者都是"脑残"的人。解说人说那种比赛比的是智慧，起初看不出来，后来看明白了，我笑了：原来参加的运动员残疾部位不同，有的胳臂有力且长，但只能朝远处投球，对近处的球却无能为力；有的呢，正相反，只能在近处掷球，对远处的球却无能为力。"比智慧"就是利用别人的短处，比如胳臂长的偏把"白球"（核心球，一方先投"到位"后，大家投别的球都要朝它投掷，离它越近得分越高）朝远处扔；胳臂短的也偏把"白球"朝眼前放。这样，谁更能利用对手的短处，谁就能最终得胜。

残奥会，恐怕更接近顾拜旦当年的"梦想"——无国界，博爱，参与，快乐。残奥还真的"重在参与"，没有野心，没有铜臭，甚至"没有祖国"——祖国当然有，但有的方式，与非残奥的不大一样。总体说，残疾人本来就是一大家人，但因残疾不同，他们并不同属一个世界，有聋哑人的世界，有盲人的世界，有肢体残缺人的世界。

残奥会的比赛项目，比非残疾的奥运会多出许多，分为那么多个层次，可见，他们的世界丰富又多元，令人羡慕嫉妒。不过好在，你我早晚也都要被肉体背叛，也都多少会变成残疾。我的体会，从30岁起，人的肌体，就慢慢地开始走向残疾了，那好比柿子熟到红彤彤的顶峰之后，再红一点，就是腐烂的端倪。人活着，始终不残并能在天寿上圆满地死去，是一种福气。玉渊潭——我常游泳的那个"池子"，据说今年夏天就淹死了10多个。其中有若干个老人，一上岸，心律不齐，就过去了。那是福，而不是祸。"身残志不残"的说法，恐怕要再商榷一下，身残，并不见得肯定就会志残，相反，志残的人，大多是膀大腰圆大腹便便的。

我的这本"灵肉厮杀和缠绵"的书，就要接近尾声。写书也是在"筑巢"，写一本筑一个。写书人就仿佛鸟儿，要先飞，飞到人世间去，飞到大自然那里，飞到色彩斑斓的生活的丛林中去取材，去寻找最好用、最适合的枝叶，然后用嘴衔着那些上好的树枝，回来造窝，回来搭巢。从 1994 年在蒙特利尔开始，我"批阅"了 14 载后，写成了 16 本书，我铸成了 16 个风格几乎迥异的"巢"。

"鸟巢"又叫 bird-nest。20 公里（20 万字）的小马拉松后，我慢步着，已经跑进了"鸟巢"的里面，周围的 9 万人的欢呼声："哇噻，咋又是这傻小子？"本人已经听到了。我跑到了刘翔跌倒的那个 110 米栏的起始点，我开始冲刺了。

不过，本人参加的，是 40 岁以上人参加的四肢残疾的写书人的比赛。同我一同比赛的，有巴金，还有季羡林，还有千万个同我一样"重在参与"的四肢并不发达但大脑却不那么简单的写书爱好者。我因此当然地一马当先。当然我想超越的，有那个王朔，再有就是王小波和余秋雨老师。我只能只争朝夕、不舍昼夜，尽快地把这 16 个"鸟巢"全面开放，把我住的这个家，也变成一个能天天收门票的"遗址"。

全书完——2008 年 9 月 8 日星期一（家中，新作《万花露》刚"残缺"首版之后）。

雕刻不朽时光

——我用博文写春秋

第三部

北大最老博士生

齐一民 著

心灵飞鸿 等 评

北京燕山出版社
BEIJING YANSHAN PRESS

图书在版编目（CIP）数据

北大最老博士生 / 齐一民 著. 心灵飞鸿 等 评. — 北京：北京燕山出版社，2018.1

（雕刻不朽时光：我用博文写春秋）

ISBN 978-7-5402-4968-7

Ⅰ.①北… Ⅱ.①齐… Ⅲ.①散文集—中国—当代 Ⅳ.①I267

中国版本图书馆CIP数据核字（2018）第031465号

北大最老博士生

作　　者｜齐一民
评　　者｜心灵飞鸿 等
责任编辑｜陈　雪　王梦楠
责任校对｜杜　睿
封面设计｜闽江文化
社　　址｜北京市丰台区东铁营苇子坑路138号（100079）
网　　站｜http://www.bjyspress.com/
微　　博｜http://weibo.com/u/2526206071
电　　话｜010-65240430
传　　真｜010-63587071
印　　刷｜北京世纪恒宇印刷有限公司
开　　本｜710mm×1000mm　1/16
字　　数｜217 千字
印　　张｜17.5
版　　次｜2019 年 5 月第 1 版
印　　次｜2019 年 5 月第 1 次印刷
定　　价｜298.00 元（共 6 册）
出版发行｜北京燕山出版社 YSP BEIJING YANSHAN PRESS

版权所有　盗版必究

谨以此书献给我敬爱的父亲!

前 言

一民：

  我每天睡觉前，都在你的作品中度过。

  从文字上，它给了我极大的快乐、享受和心动。从文意上，它给了我许多现实生活中的深刻启示。

  我似乎是在重读着马克·吐温的著作，而它又大高于他那火辣般的笔触。

  结构的完整，可与福楼拜媲美。

  每部作品中所揭示的主题，倘若认真思索，犹如大海的广阔，也如地火般的深度。用你精美、深邃而又能搅起层层浪花的文字将读者（假定是一位认真思考的读者！）的灵魂颤动，让他认识到现实生活中的真、善、美。

  是你那不留情面的笔触，在诙谐、调侃之中，刺痛了人类的弱点，颂扬了正直，执着了良知。

  你的文字功底，已经达到了推波驾云的纯熟境地。你可以将任意微妙的思维、状物和一切纷繁、相互关联的人和事，干净简洁地表露无遗。

  十几年前，在课堂里，在奔突于"百花山"的路上，我还把你看作是一个大孩子。而今，见到你的人，读到你的作品，我欣喜地看到，在你艰辛地走过了十几年的心路上，不断地抛弃着名和利的诱惑，犹如杰克·伦敦一样地面向各种具有鲜活生命的生活，深入着，体验着，观察着，思考着——

于是丰富了你的作品中的内涵。

于是便在你作品中以白描的手法展现出了这个特殊背景下的各种人物的嘴脸和扭曲着的心态（如"马桶三部曲"）和他们各自未来的命运。在现今，在丑恶的名利场"角斗"中，漂浮在水面上的一些所谓的"作品"，是假冒伪劣作品的泛滥成灾。

而你所铺写出的百余万文字，像一块金子，即便投在湖底，也会熠熠发光。随着年深日久，更会成为不朽的著作。

因为你的文字，在"笑里藏刀"中触及到了中国人灵魂的底线！

在对你作品的几次复读中，我一方面赞叹你的表述技能，一方面因你独有的语言魅力使我从心底萌生阵阵笑意，另一方面也使我感受到"人"的悲哀，可怜又同情！

当你提起西湖时，你文字又带着柔情的一面，使我坠入诗的梦境之中，使我如梦如幻，使我顺着你那如歌慢板式的语言缓缓地飘向极乐的自然之中，令我陶然……

你的各个阶层生活的沉淀，你对现实生活的敏锐观察，你的胆识，你的直白，你的良知，你那独有的布局谋篇，你那天赋般的文字运用，必将，最终，在圣洁的文坛上筑上一块基石！

这是老师我对你的一片热烈的企望，会是这样的。

几段文字，是作为新年的礼物吧。

老师 张金俊

2005.12.16

寄语齐先生
——写给灵魂有香味的人

原来我曾经想过,如果哪天我要向陌生人介绍齐先生,该怎么说呢?若是做详细的介绍,担心话多了容易让人一头雾水摸不着脑;若是简而言之,又觉得三言两语说不清楚齐先生的事迹为人。因为齐先生的人生阅历太过于丰富,包括他的学习、职业、创作、作品、藏书……

齐先生与我相识快10年了,用营销编辑小涂的话说,是我的"铁杆粉"作者,但其实我不是很确切地记得齐先生的年龄,在我的印象中,自认识他开始,他大约四十多岁的样子,奇怪的是现在依然感觉他还是那个年纪:他的思维反应还是那么快,上下楼梯还是跑来跑去一阵风似的,演讲起来几个小时不用打草稿……这就是齐先生第一个让人捉摸不透的地方:他的脑力和行动力让人猜不出他的年纪。

到现在为止,我对齐先生的了解大致源于他的作品,以及他不经意间谈及的更换过十几种职业,掌握数国语言之人生经历:上个世纪八十年代早期的天之骄子;然后拥有了同龄人最羡慕的职业:被国家贸易公司派驻日本;接着在八十年代末出国留学,从兼职到打工一直干到高级经理人,经商足迹踏遍五大洲,直到自己开公司当boss,期间还不忘把自己经历创作成作品——这就是我早先帮齐先生出版的《自由之家逸事:新乔海外职场"蒙难"记》以及《走进围城:新乔"内外交困"记》;在快达到一般成功学眼中的人生巅峰时,他却毅然回国,做起了自由职

业人：继续经商，却又自己关停公司到北京语言大学任客座老师，又开始继续写作，还出了畅销书，还在50多岁完成了北大的博士学业，目前在练习书法绘画；对了，忘了说，齐先生还是多项运动健将……面对这样跨界复合型的斜杠中青年，就是齐先生第二个让人捉摸不透的地方：该怎么界定他的职业呢？

当我逐渐了解齐先生的创作之后，觉得他的作品和他的人一样：很难界定风格范围，初看平淡无奇，细读却耐人寻味。这就是齐先生第三个让人捉摸不透的地方：他想要表达什么？

好像是去年，齐先生思虑再三加入了北京市作协，其实他十几年前在创作方面已经"出名"了。早在2000年，因齐先生创作的《妈妈的舌头——我学习语言的心得》畅销，曾作为湖南卫视"有话好说"栏目的特邀嘉宾，和新东方两位合伙人俞敏洪、王强一道与李阳（"疯狂英语"创始人）就外语教学方法"舌战湘江"。2012年，他曾经作为两位代表之一，与苏童一起参加了第一届澳门文学节，参选的作品是在海外也颇有影响力的短篇小说《电梯工余力》。

齐先生曾经跟我和王梦楠说过，我们做他的书，无论装帧还是内容简介都传达了他最想要的效果。曾经一度他还希望把我们的名字加在作者之后，在我们再三解释作为编辑不能如此之后，他显得很失望，因为他觉得经过我们打磨后的书稿宛如整容成功的美人。齐先生说这些话并非完全夸张：他的作品文如其人，也充满了"奇"的色彩：初看第一遍时得"咬牙"看，因为那种齐氏语言风格让你的头脑有一种要爆炸的感觉；但是耐心打磨文字一两遍之后，读起来会有点爱不释手：因为嬉笑怒骂皆成妙文，因为黑色幽默的语言让你忍俊不禁，因为他弯弯曲曲地说出了不少人生真理，因为在反讽尖刻的背后藏着他善良博爱的心胸……

例如这套即将出版的6卷本的《雕刻不朽时光》，洋洋洒洒100多万字，摘自他2006年到2011年的博客文章。2006年，博客还是比较流行的网络写作方式，齐先生有心想写点纪念的文字。当越写越多，越来越多人参与齐先生的博客讨论时，齐先生有了一个很符合他人生阅历的大胆想法：他想写一部中国版的《追忆似水年华》，作为一名心怀中华民族复兴执念的普通中国人、一名土生土长的北京人，以纪念百年奥运前后发生在自己周边的"大事"。

我个人比较喜欢这种风格的作品，除了延续齐先生一贯我行我素的语言风格之外，更因为欣赏这种微言大义的春秋笔法，于无声处描述普通民众眼中每天都在不断发展变化的时代，是一个人的微观史。同时更在其中浸染了作者浓郁的爱国情怀和对社会人生的哲思践悟，既像随笔又像杂文，总在精彩议论之处戛然而止，文后还附有一位好友的精彩点评。对了，齐先生最擅长的就是这种麻辣香锅式的大杂烩，在不停地煸炒过程中，炒出了一种独特风格味道和精神——我以为是：天下兴亡，匹夫有责。

但这套书绝不流于说教，相反这套书颇具阅读的趣味性，齐先生把他独具一格的黑色幽默和略有几分"哀其不幸，怒其不争"之反讽完美地结合在一起，读起来轻松有余，笑中带泪。我印象最深的就是齐先生在一篇文章中，不露痕迹地对有些"富贵人"进行反讽，因为他们在欣赏交响乐时像看京戏一样中途鼓掌叫好，读起来让人忍俊不禁又若有所思。

齐先生这套书几年前就交给我了，抱歉到现在才算是基本完成任务。估计很难达到齐先生一如既往的期望，但期待读者会有奇妙的解读，以符合齐先生之奇人奇作。在调入中国言实出版社工作之后，虽然跟齐先生联系不多，但我知道他一直默默关注着我（经常在我的微信里点赞），所以总觉得应该为他这套书写点什么，不敢说作序亦不敢说推荐，主要

想纪念与齐先生因书结缘的美好往事，因为齐先生留给我的，除了散发墨香的图书之外，更有散发香韵的灵魂。

祝贺齐先生多年巨作终于付梓，期待斜杠青年今后带来更多惊喜！

李满意

2018 年 6 月 30 日于时雨园

目录

2008年9月

09.20 　北大开学周 / 001

2008年10月

10.01 　国庆节好 / 004

10.05 　北大课堂拾遗之一：张辉老师课——尼采《悲剧的诞生》 / 006

10.05 　当心和尼采一同变疯 / 008

10.05 　本人第三次开始冬泳 / 010

10.11 　北大课堂拾遗之二：金庸师兄老不来上课 / 013

10.16 　学术会议上的不学术 / 016

10.22 　国宝77届 / 018

10.22 　什么是这个时代的主题 / 020

10.22 　因本人作品《我爱北京公交车》与13中学语文恩师张金俊老师的通信 / 022

10.25 　我发言时文不对题——学术劈叉论 / 025

10.26 　"我来说两句" / 028

10.27 ○ 张隆溪先生又遇 / 030

2008年11月

11.01 ○ 冬泳的感觉 / 032

11.03 ○ 我竟然跟胡适想到一块儿去了 / 034

11.03 ○ 68岁的他——跳舞跳赔了4000块钱 / 037

11.08 ○ "非功利读书" / 039

11.08 ○ 从著名博物馆里的小便池看法国现代小说 / 040

11.09 ○ 和将军一起游泳以及9度写作 / 042

11.15 ○ 上文学课与自杀的想法 / 045

11.15 ○ 学习文学和梦的增多 / 047

11.16 ○ 俺是个"山寨版"的学生 / 049

11.19 ○ 在5摄氏度湖水中游泳 / 051

11.22 ○ 满口荒唐言 / 053

11.22 ○ 听陈平原老师把"飞飞飞"说成"灰灰灰" / 055

11.29 ○ 3摄氏度半冷水中的泳姿和差一点被淹死 / 057

2008年12月

12.01 ○ 张老师的评语 / 059

12.03 ○ "莫非尼采就在班里？" / 061

12.06 ○ 她能用戏段子说人——再说新凤霞 / 063

12.06 ○ 零度水中的挣扎——终于游到极限了 / 066

12.10 ○ 从犹太人那儿出再由犹太人那儿进
　　　　——模仿一下《城堡》吧 / 068

12.10 ○ 张老师的第三封信 / 071

12.13	一个与"雪"有关的志向	/ 074
12.13	那个与赖斯合过影的教练和 CCTV 的"大裤衩"	/ 075
12.16	我看梅兰芳的兰花指	/ 078
12.20	在冬夜下的未名湖边行走	/ 080
12.21	"答辩"兼"抗击"严寒	/ 083
12.24	我边打冰球边游冬泳	/ 085
12.26	本学期最后一堂课的感慨	/ 087
12.30	昨天北大期末考试	/ 089
12.31	"现代西方文学"期末小论文：勒·克莱齐奥获得诺贝尔文学奖原因的分析——以《战争》为窥视点	/ 092
12.31	2008 年的总账和新年的祝福	/ 098

2009年1月

01.02	最近同学聚会多了起来 ——北京十三中高中同学聚会之后	/ 101
01.04	新年和张老师的通信	/ 103
01.05	电影《非诚勿扰》和拿两根打狗棍乘公交车	/ 104
01.09	"三九"的毕业典礼和安理会的巴以停火决议	/ 106
01.09	从海德格尔的《尼采》看《悲剧的诞生》——松散谐谑、随笔和《卡门》式的	/ 109
01.12	我把老伴吓了一跳	/ 118
01.13	戏评央视 9 台的男女主持人	/ 120
01.16	北大冬景色还有我手机终于寿终正寝了，连朋友也没了	/ 125

01.18 ○ 手机的"老年痴呆"过程 / 129

01.20 ○ 快过那丑陋的牛年了 / 134

01.22 ○ 新闻主持人的打嗝和奥巴马的口才 / 138

01.26 ○ 牛年后什刹海的软冰、春晚上的以及其他
几种幽默的比较 / 140

01.28 ○ 正月初三偏剃头 / 143

01.31 ○ 2008（2009？）年的最后一场冰 / 144

2009年2月

02.13 ○ 千里走单骑之一 / 147

02.14 ○ 千里走单骑之二——千里非走单骑 / 150

02.15 ○ 千里走单骑之三——因为怕忘了才写 / 152

02.21 ○ 开学第一周的燕园——而且是带雪的 / 156

02.23 ○ 开春的冬泳和出书的困难 / 157

02.24 ○ 这无疑，是一个有缺陷的世界——兼说
圆明园兽首惨遭拍卖 / 159

2009年3月

03.01 ○ 第二学期课程的名字盘点和从北大的"逃离" / 161

03.04 ○ 医院里的"水塔"人生观培养 / 164

03.07 ○ 春江水暖人更知 / 166

03.10 ○ 重游经贸大学校园记 / 170

03.12 ○ 快快逃离"啊、咦"的歌剧《孔子》 / 172

03.15 ○ 纪念被刚修整完了的《爸爸的舌头》 / 174

03.21 ○ "食放题"和终于灌得露出了老狐狸尾巴的周博士 / 176

03.29 ○ 试论教师的才艺与"芙蓉姐姐"才艺的

不同之处 / 179

2009年4月

04.01 ○ 并不愚人的今天这个日子 / 182

04.04 ○ 我在北大的另外一位导师 / 185

04.06 ○ 花开花落时的感想 / 188

04.06 ○ 我至今都改不掉的一个习惯——东京

"情报生涯" / 191

04.08 ○ 我继续"潜伏"着——关于作家的"任务" / 194

04.11 ○ 俺也曾当过公开的"余则成"——致小读者 / 196

04.13 ○ 从许仙的家到王二的《黄金时代》 / 198

04.15 ○ 王小波《黄金时代》核心概念和隐含逻辑的

显现——提纲和段落解读 / 200

04.19 ○ 春泳 / 212

04.20 ○ 三流的博士 / 214

04.20 ○ 我的研究方向和郭老的府第 / 216

04.21 ○ 关于小说《余力》英文版 Harvey 发来的最新消息 / 219

04.22 ○ "Authentic humour"、余力和卡夫卡 / 220

04.28 ○ 指导论文的小小趣事 / 223

04.28 ○ 明恋和暗恋之间 / 224

04.28 ○ 写作的目的和下"文字象棋" / 226

04.29 ○ 能不能不比 / 229

04.29 ○ 能不能不写 / 231

04.30 ○ 给一个学生的回信——是关于工作选择的 / 233

2009年5月

- 05.01 南京？南京？ / 235
- 05.03 一天和两个小说原型的会面 / 237
- 05.05 作孽人的后代 / 240
- 05.06 我还见过当了"八路"的日本兵 / 242
- 05.10 此乃第一百单八节 / 245
- 05.11 俺要与先秦的"幽默"接轨了 / 247
- 05.11 绝不该麻木的时候——还说《南京！南京！》 / 249
- 05.15 文章的长短 / 253
- 05.16 燕园的魅力就像咖啡 / 254
- 05.16 从马寅初搬家再次联想到"独立思考" / 256
- 05.18 "三独立"——独立独创独行——"大丈夫学者"精神 / 257
- 05.21 留胡子的和"不隔"的人 / 259
- 05.24 哀兵必胜 / 261

北大开学周

首先要庆祝本人的预感得以实现：反对派失败，今天凌晨开始，单双号的车子又可以全面上路了！北京的天空，将又一次在粉尘和烟雾的洗礼中，隔着一坨被严重污染的彩云发蓝。我是说，你再想看蓝天的话，要学齐天大圣的样子，先踩上云头。

北大于我，上周开始了新的一页。不知是我的新的一页，还是北大的新的一页。北大人都挺狂妄，所以我也就索性，学着"北大人"狂妄的语调说话。真正的"北大人"，必须是从本科开始就在北大就读的，所以我们这类的人，并不是"正宗北大人"，而被叫作"非本土派"。在北大的第一个星期中，各种的信息，都提示着北大不分什么"本来的"和"后来的"之说，但越被提醒我跟别人一样，我就越感到我跟别人并不一样。那就好比他人跟你说你并不残疾、你并不残疾、你绝对——不残疾！！！于是即使根本就不残疾的你，也会猛然发现自己的残疾。

残奥会也结束了。

在北大，突显我"残疾"的是我的年龄。我是2008年博士研究生里年龄最大的之一——46岁。于是，9月12日排队报到时，好容易排到我时，保安不仅不让我进，还说："对不起，来送学生的家长不能进去！"

我们博士班的班长是1985年出生的，是个口若悬河的女干部，而我，1985年那年，已当上了外交场合的国家干部。

还好我们这一届的还有一个叫"查良镛"的，也是2008年中文系的博士生，他今年才85岁，也跟我们一起录入的学籍。他，就是金庸。金庸同学的书我读得不多。我试想，幸亏金庸那天没跟大家一起报到，否则，保安会说："对不起，今天来报到的最多只能隔一代人！"那样还好听，最不好听的是："查良镛同学，你家长也来送你了吗？"

今天还见到了校长许智宏——就是唱"两只蝴蝶"的那位银发先生。还有许多从前在书名上见到的学者。在静园同陈老师和师兄们吃午饭，"师兄师弟"还叫不习惯，因为我是"师叔"的年龄。

今天上了第一次课，本人还当上了课代表，负责复印文章以及用excel打造同学的名簿，但本人分明，不会用excel嘛！因为手机落在家中，第一次与导师们在比较文学所见面的会我没能去。老师上午连发短信带打电话联系我，本人都没回应。直到晚上10点到家后才知道这事，于是老师批评俺"平时就吊儿郎当"的。我一反思，也是，本人这一辈子可能真的非常"吊儿郎当"，一路下来，竟然也像吊死鬼似的郎当（浪荡）了40余载，浪荡成了一个85岁老"师兄"的"师弟"，今后一定改正。于是我的手机，就再也不敢离身了，包括今天下午在玉渊潭里游泳的时候。

从今年起，我要恢复从1988年开始的游冬泳的"老毛病"——周二一次，周末一次。1998—2001年我连续游了3年，后因不便，冷落了冬泳的"泳伴"们7年。2001年我游冬泳时在水里遇到的那些个鱼，早都老死了，我今年在水面谋面的，应该是那些鱼的重孙子们，但俺还是那个俺。所以俺青春永驻。

9月18日体检。我竟然完全合格。"外科"的检查方法很有创意，让20个人分两排站齐做操，看有没有胳臂短一截腿长出一块的。让下蹲的时候，我作弊了，我暗中弯曲着，因为若直着往下压，老胳膊老腿僵硬了压不下去。体检完后，一个女大夫对我的身份很好奇，问我是哪一年的，我说是1962年的，她听后笑着对另一个说："果然是个老大哥！"

宿舍的同屋是老马，他比我小8岁。老马是个学术迷，他们小两口都学中文，三人在同一个屋檐下，其乐也融融。我学会了在图书馆查书，也用"一卡通"借了书，然后到颐和园的长凳上，面对远山和湖的倒影，有心无意地读着。那山温和淡然的曲线，让我思念起失去的杭州。

周四晚匆匆去"娘家"北京语言大学上课，给学生们幸灾乐祸地讲述本周华尔街雷曼投资银行轰然倒闭的事。我抬起了"学生头"，我还被称作"老师"。我从金融的物质世界穿梭到"比较诗学"（本人博士方向）的非物质世界。

搞这种穿梭，我还比较随意轻松。

国庆节好

首先祝祖国生日快乐。我忽然有种奇怪的想法：等我们不再念叨"祖国，祖国"了，我们的祖国就真的昌盛了。不是吗？就跟你有一个可爱的爸爸似的，他十分地有权有势，当你在没出息的时候，你老是"我爸、我爸"的，但一旦你真的有出息了，老爸就没必要老出没于嘴边了。葛优的爸爸是葛存壮，你还记得葛存壮是谁吗？陈佩斯的爸爸呢？

中国人真的为强者时，我是说善良的强者和独立的强者，祖国就将退休。祖国就能享受天伦之乐。祖国就能当"太上皇"了。

北大人也是一样。老"北大人、北大人"的人，在我看，是没出息的。你就是你。你何必拉上一个"背景"呢？所以我每周一、四、五去北大上课，我二、三享受"非北大"的自由和快乐。北大的确是个乐园，是个做梦的好地方，但梦是惊醒时才称之为梦；梦老不醒的，就是死了。死，可以说是一个不醒的梦。而不想死的，就必须醒，必须逃离做梦的一切条件。

北大的老师们都非常可爱，都跟孩子似的——我这里只说文科的。理科的教师假如也孩子唧唧的，那些学物理化学的，整不好，会把地球点燃。文科，尤其是文学，点燃的是人的灵性。我跟陈跃红老师学习"比较诗学"、跟车槿山老师学西方现代文学、跟张辉老师学尼采的《悲剧的诞生》，还听一些讲座，有陆俭明的，有戴锦华的，都十分地精彩和煽情。但我还是周二、周三，离开北大，远离梦境，去跟小贩们砍价，在公交车上，细品那些主体从不重复的闲言碎语。

文学有时也跟某些奶粉似的，不能不吃，也不能吃得太多。我到楼下的复兴商业城去买奶粉，我看架子上摆放的只有平日的一半，稀稀拉拉的。我好奇地问售货员："你们咋不标明哪些有毒，哪些没毒啊？"售货员装着没听见我的话，要么就已经中毒。

那种叫什么"三聚氰胺"的毒素，据说大人吃了就没什么事，不会得结石，婴儿就不行。于是我想，大人比婴儿，已经不是赤子了，大人浑身本身就带毒，以毒攻毒，三聚氰胺被我们（尤其是大烟鬼）的自身积蓄的毒给打回去了。

杭州徐兄来，女儿的表哥一家人来，我沉浸于"有朋自远方来不亦乐乎"之中。友人自天际飞来，你即使不远行，也跟着思维飘逸。因为你原地不动，你是个固定的岛屿，燕子飞来后落下，又飞离开，你也随之动荡和颤悠了一次。那是不安分；而不安分，也就是过节。

北大课堂拾遗之一：张辉老师课
——尼采《悲剧的诞生》

老师问：第9节中，尼采认为"普罗米修斯性格"与"酒神性格"具有共同点，这个共同点究竟是什么？为什么说一切有名的希腊悲剧人物都是酒神化装而已？

我回答：第9小节，普罗米修斯是打破"自然"的一种力量的象征，同时，他用他的壮举，又勾勒出一个新的"自然"的边界。正如"神七"帮助中国人在太空行走，我们将"宇宙"的边界向时空更宏大处扩展。"酒神"的扮演者都具备悲剧性，由于是创新者，是开拓者，孤独性和单一性必然不会与大众平均"和谐"，由此而发生分裂和冲撞，但正是"酒神"们，使得新的人类的心灵的、艺术的、美的边界得以延伸，得以试探，得以变为新的准则。所以尼采推崇"酒神们"，而他自己，也正是其中的一个。

尼采的行文特色：在醉意中带有极强的乐感，读时的感觉如听门德尔松的小提琴协奏曲。两个"主旋律"——日神、酒神的，是嵌入的、原初的、隐含的，但其中又不时同新加入的"小旋律"媾和，比如苏格拉底的和瓦格纳的。如德国人喜好构建体系的天性一般，节节盘旋，层层出现，在辩证中反复演绎，在一个个新的意境中升华、碰撞，然后交会，然后合奏。气势宏大，美感在明暗中时隐时现。尼采在试图用他优美的文字和语言构建文章的才华，突破德国传统的呆板的哲学陈述方式，也突破德语自身的机械性。

关于读书：赞同张老师的读书方法。同样的书，此时读和彼时读收获不同；此时心态和彼时心态不同，此时处境和彼时处境不同，此时读书经验和彼时的读书经验也不同，所以读后感也会不同。天下书多矣，读书如海中捞海参，是永远也捞不干净的，但区别在于捞还是不捞，下水还是旁观，下水了，试探了，自然会有收获和心得。

尼采文章翻译，仿古人语体戏作。《悲剧的诞生》开卷语：诸君且听清——那些严肃的读者们！艺术乃人生之本和本然之形上之学，只要同路上有崇高者、有先驱者——就都是本文之受用之人。

当心和尼采一同变疯

在上第一堂课的时候,张辉老师介绍尼采,有一句话,应该补记,张老师说:"尼采在我这么大的时候,44岁,就已经疯了!"

于是我为自己至今还没疯感到惭愧。人家张老师看上去比我还年轻呢。

似乎变疯,是每一个学文学的人都要警惕的。自然,"疯"有"度"的分野,大致有自然疯、天然疯、后天疯几种。其中的"后天疯",大多与读疯人写的书籍有关。所以我上关于尼采的课时,一定要保持冷静。我的对策是用"疯"和"不疯"相互冲抵。比如上一上张辉老师尼采的课,再听听李零老师《孙子兵法》的课。还没"去疯",就接着聚精会神于政治理论课并认真执着地做笔记。之后就是每周两次的逃离北大校园。假如这些招数都不行、我还不能冷静下来的话,我就已经非常地"尼采化"了,已经有要变疯的意思了。不过那样,《悲剧的诞生》这门课我肯定得100分。

每周五上完陈跃红老师的课,都和陈老师在静园的6园或图书馆前的草坪一同用餐。导师的教导,就在筷子和自然风中和煦传递。我跟陈老师商议选题的事情,我说想选郁达夫和郭沫若,陈老师说这些都比较难,因为他们都让毕生研究他们的人,给掘地三尺和敲骨吸髓数百遍数千次了。我一直不解的是,那些用一辈子研究郭沫若郁达夫鲁迅的人,为什么自己没变成郭沫若郁达夫或者鲁迅(这话疯吗)?相反,有的人当了一辈子的鲁迅专家——中国有数十万之多吧,其中,却有五六万之众的阿Q。

俺不想成为下一个老Q,就转而想专攻尼采了。但危险是会变成疯人和狂人,然后写下《新狂人日记》,好像去年王朔就隆重推出了一本。你看,学文学困难和富有悲剧性吧——我们要在疯人和蠢人之间取舍,然后再对狂人疯人和蠢人先埋头投入后,再失身于疯人和狂人。这才是"悲剧的诞生"。

本人第三次开始冬泳

写完"再同日"后,我想起了"再回首"。

北京接连着下雨,实在没地方去了,就开始按原计划第三次冬泳了。

游完后站在岸上,我回忆了一下本人20年的冬泳经历,都与8有关系。第一次冬泳,是1988年开始的,后来出国10年没游,到加拿大就仅仅游了一年;第二次,是1998年开始的,回国后把办公室选在了玉渊潭边上的梅地亚中心,就又开始游了。1998—2001年,我大约游了3年。之后上班就远离了玉渊潭,就又停了8年。今年是2008年,我又有闲了,就再一次开始。本人希望,这次游得长久一点,也能写下点游冬泳的体验和经历。冬泳者北京多矣!但"游龄"20年者不多。46岁,就已经是"老字辈"的,就更不多了。

今天下午到玉渊潭时,雨还在下。岸边有一个老兄,正准备下水。老兄见我到了,兴奋了起来:"我还当今天只有我一个呢!"冬泳者之间,认识不认识的,都非常热情,一是水广人稀,二是冻得需要人气。一打听,老兄是二年级——泳龄刚刚两年。

秋雨中的玉渊潭东湖,是墨绿色的,水很纯净且深,说是刚南水北调来的。

一个多月没游"湖泳"了,一下水,就知道这已经是"冬泳"。冬泳的感觉和非冬泳感觉的区别,下水就能深切感受到,当感觉水像千万个小针尖似的乱扎你的身体，那就是"冬泳"了。凭我8年前最后一次游冬泳的经历，这时一定要注意沉得住气，不能慌神。今天的气温是十几摄氏度，水温也是十几摄氏度。水温的规律是：当天最高气温加最低气温，然后除以2。晚报说今天的最低气温是7摄氏度，最高也就14—15摄氏度。那么，水下的温度，就是10-11摄氏度了。前天我到湖边"侦察"时，水还是18摄氏度来着。假如你前一个月没坚持游冬泳的话，突然跳下只有10-11摄氏度水温的湖，你知道会发生什么情况吗？首先，你会心跳过速，其次，你还会狂蹬乱踹，你甚至会高声喊："救命！！！"所以冬泳初学者，要从9月份开始每天不间断地游下来，从20摄氏度游到17摄氏度，再游到15摄氏度。否则，你就会像泡在放了凉水的浴缸里待10分钟那样。

以上的消息，是我游完泳后，从第三个冬泳人的口里听来的，然后我再粗加工一下。他也比我大，是间隔几年旧地"重游"的，原因是他得了慢性咽炎，夏天吃了1万块钱的药都没治好，于是，就又恢复冬泳了。以前得了病能靠吃奶粉提高免疫力，但2008年夏天之后，北京人民就只能靠冬天光身子游泳这一种法子提高免疫力了。哦，忘了，真可怜了冬天不冷、"水深火热"的海南省人民！

冬泳，有几个关键时节，一是10月，立秋后；二是11月初，立冬了，北风吼叫了，水温下10摄氏度了。有人退缩了，就剩下你一个，赤条条地在湖边犹豫徘徊："我下，还是不下？"三是12月，四是1月，五是2月，六是3月……第七个坎，是次年的9月。你要不坚持游，有人会把怎么游泳给忘了，当然，我是说那些记性特别不好的人。8月我到湖边"了解情况"时，一个泳者说，有一个叫"老马"的75岁冬泳者，刚一上岸，就因为突发心肌梗死死了。一听这个，旁边一个刚退休发愁怎么打发寂寞时光的老兄，就放弃冬泳的念头了。

冬泳者也怕死,所以相互十分团结。那么深的水(今天有3米深吧!),水又冷,人也稀,万一水里有个好歹,互相也是个照应。

冬泳者还爱大声喊叫,本人今天就像海狮似的大喊了几声。那是用来排寒的,外加壮胆。大喊之后,气就通了,再打几下子拳——别管是猴拳还是太极,热乎气就又来了,精神也开始焕发。游完后到附近的麦当劳,来一杯热咖啡,再看看报,身体就开始升温。这法子目前尚且好使,三九天时,我恐怕走不到一里地外的麦当劳,就已经"断气"了——热气。

冬泳是人和自然赤膊的斗法。你不怕它,它就不伤害你,你怕了,它,就会把你冻死,所以你一定要像我一样……(未完待续)

北大课堂拾遗之二：金庸师兄老不来上课

我写这种"课堂拾遗"的方法，就是十分地随意。我翻看一下课堂笔记，然后合上，再凭印象写。我总是相信印象的真实性，而不相信黑色的笔记。人的一生，其实是由印象组成的。我们活在鲜活的印象世界之中。

上周一《悲剧的诞生》课的印象，是我被张老师表扬了。张老师在"豆瓣"网上建立了一个《悲剧的诞生》小组，让大家发言。我见没人发言，就第一个发言了。我用的是"齐天大"的笔名。于是上课时，老师就到处找那个"行者齐天大"。作为学生，"积极"二字是最重要的，比如我积极地擦黑板，积极地发言——知道不知道都发；我还积极地帮同学们印制教材——我当然不是在盗版，所以，我得了非常高的"印象分"。老学生，有老学生的"学习"方法。

我每次出现在几百人的大课堂时，都有同学主动让座，边让，还边客气地说"老师好"——都以为是任课的教师提前到了。

上周听的最大的课，是"学术前沿讲座"，演讲的是曹文轩教授。曹教授身兼作家和教授双重身份，所以上课时可以站在作家而不是学者的立场，说文学学者们——大多数——都不懂文学。曹老师的课讲得非常精彩，口若悬河，用语尖刻犀利（鲁迅式的），在南人（他是江苏盐城人）的细腻里有北人的大刀阔斧。北京的风沙，能摧残南人，也能铸就南人。曹老师对当代的文坛风气非常地不满！因为当代的文人，似乎只关注"下三路"的、低级趣味的东西，而西方人呢，虽然也写"下三路"，但格调却非常高尚。比如在马尔克斯的《百年孤独》里，一个五十开外的老男人，由于前列腺不好实在撒不出尿时，就边撒，边使劲回想20岁青春勃发时撒尿的流利和通畅，想着想着，那尿，就"哗哗哗"地撒出来啦！曹老师然后百般感慨地说："你看人家大作家写撒尿，写着写着，就写出了对生命流逝的感悟！而当代中国的作家们笔下的人物呢，就只会撒尿，而不会慨叹时光的飞快流逝，不会进行人生的深刻的反思！"（大意如此。）

我于是想到了自己十几年前写的作品《马桶三部曲》，小说里的男主人公们，如"裘八""四狗"之流，老是动不动就撒尿，有时还在大庭广众之下，但就是在撒了以后，从没有发出过任何具有深远意义的人生慨叹！

不过，裘八和四狗当年也才二三十岁，都在青春痘饱满的"哗哗"的年纪，所以还都前列腺正常。

我假如写"老裘八"和"老四狗"了，就让他们稀里哗啦地边撒尿，边高声朗诵德国尼采的《悲剧的诞生》！

车老师的《西方现代文学》课上，正在讲普鲁斯特的《追忆似水年华》。那本书，跟我刚写完的三卷《雕刻不朽时光》，有些个形似。我追忆的，是中国2005—2008年的水样年华，普鲁特斯追忆的，是法国20世纪初的年华的似水。那本书与我的一样，也枯燥，也没什么读头，并有7卷之长。其中有一段最最精彩的、据说搞法国文学的人都知道的段落，叫作"玛德莱娜小蛋糕"。课堂上车老师让一个女学生用中文高声朗读了那段。车老师说那段译文翻译得很差——搞法国文学的学者们全那么说，而的确，那段文字，是出自一个全国最有名的翻译家之手。这让读那本译作的人，就为难了。读，不对；不读，也不对。还有，据权威学者分析，那块全球著名的有着皱纹的椭圆的"玛德莱娜小蛋糕",实际上写的是"女阴",是母体的象征。

我46岁以后才头一次专业地上文学课,我才知道从如厕到生殖器一类的话题,在文学课堂上都能平心静气地讲,所以我对文学研究者们有了新的印象,他们也擅长研究生理卫生科学。初中时生理卫生课的老师讲起这些,都会脸红扑扑的不好意思,21世纪之后呢,是没什么能让人脸红的了。除非,在你喝红葡萄酒时。

我家的那瓶红葡萄酒——1992年"版本"的,就让我给喝成"醋精"了。我原以为打开后,能不紧不慢地喝,没想到一个多月后剩下的小半瓶,就变成苹果醋那酸且呛鼻子的味了。导师陈老师是个美食家,他说红酒打开后,就要在三天后喝完。于是,我打算把下一瓶,开瓶后带到法国文学和曹文轩老师的"生理卫生"课上去,和大家一起喝:边欣赏"小蛋糕"和《百年孤独》的课,边品味红酒,老师同学们一起脸红,不论是"红"小蛋糕,还是"红"红葡萄酒。

好像对于文学,俺还是门外汉哩。

学术会议上的不学术

上周日本人去参加了一个重要的学术会议，本人的最高使命是为会议收钱（会费），于是，本人就身挎了一个随身的银行——大书包。

学术会议的内容说起来太理论化，所以，我无法在这里说，我说了，你们也搞不明白。随便说一句，你们就明白你们为什么不明白了，比如，一个学者说："他者的他者就是不是他者，而不是他者的他者，反而就是他者，那么谁是那个真正的名副其实的实实在在的他者呢？那个结论，必须从他者在变为他者之前并未被其他的他者判断为他者之前，用他者的方法和理论框架做他者式的解读……那么，我现在，就暂且站在他者的角度，用他者的语言和构建方式，尝试着……"

先下课休息10分钟吧；哦，15分钟也行。

因此，我平时不太爱用学术语言书写博客。

会场的歇息处有咖啡和甜点。于是，学者们就一人一杯咖啡地就着"玛德莱娜小蛋糕们"，优雅地喝着。

学术会上除了大吃，还有去参观鸟巢和水立方。当然，也有更多的学术发言和讨论。让我诧异的是，学者之间派系那么地分明，哪个学校来的，谁是谁的学生，谁是谁的师兄和师弟，等等。我呢，既是师兄也是师弟，有时还是师侄——从我老师的师兄或师弟的角度上看，只不过，我这个师侄，年龄偏大了一点，往往比师叔还要年长。

分组发言讨论的时候，火药味也蛮浓烈。你听着像是在互相切磋，其实是在暗中较劲和下绊子使坏，不同的学校和不同的派系之间在进行着大打出手的"学术斗殴"。本来我的小师兄的论文质量是"无与伦比"的，但由于是北大的，就被一个其他帮派用学术语言"群殴"了起来。我是听不大出来的，以为是在夸他，但知情人都清楚，主持会议的一个"师祖"，正指挥他潜伏在人群中的"子弟兵"们围剿着我的小师兄呢。于是我就开始有些个讨厌学术界了。

中国人"失语"的问题，是大会的主要议题之一。"失语"就是中国人都不会讲中国话了，都在用"他者"的语言述说着谁都听不懂的学术的故事。本人也局部赞同"失语说"。就在我细心琢磨着"失语说"的时候，一个女学者就真的现场失语了，她念着念着她精彩的论文，大家也都屏气地听得认认真真的时候，突然，她就停住不说话了，面无表情的，而且一停，就达3分钟之久。那时间十分漫长和难受，既折磨她也折磨四周的听众，须知，有那么漫长的3分钟，我们，都能围着鸟巢跑整整的3圈，都能跳365个1米1的跨栏了。

最后那个晚宴，我旁边坐的是个英国来的学者。他前一天也做了大会发言，说的是基督教的现实问题，大意是现在人们都不太信教和不大去教堂了。我拿起筷子后问他的第一句话是："教授，您自己也常去教堂吗？"他的回答十分坚定："Sure, I am a priest！"（当然，我是个牧师！）

国宝 77 届

人生舞台的主角，是一拨拨轮换的，昨天在作家出版社，跟晓渡兄共进午餐时，我才不情愿地感到，过不了几年，"77 届"那批大学生们，也该退休了。

老 77 届的每一个人，在我看来，都是国宝。那是一个永不再生的极其特别的群体，他们的少年，是无规则的；他们的青年，又是最幸运的——他们以大年龄上了大学，成了宠儿，但他们儿时的那些无规矩的习性，甭管怎么受学院文明的熏陶，也改不掉，这使得他们非常可爱。他们突出的特点是，男的说话爱带"他妈的"，女的喜欢抽烟。当然，现在的女孩子也抽烟，但抽烟和抽烟不完全一样，北大的戴锦华老师的抽烟姿势，据说被中国众多的年轻女学者们视为标准的"烟姿"。

晓渡兄在 1977 年进南京大学中文系前，曾是八级钳工；现在，他是我国代表性的诗歌评论家。八级钳工评论诗，这已经就是诗了，难道还有比这更是诗的吗？我的导师陈跃红先生，也是大哥级的 77 届。有一次我和陈老师比经历——本人已经在经历上自命不凡了，谁知一比，陈老师亮出了两张绝牌："学文学前，我当过地质队长，勘探过全国的名川大山，我还坐过歼-7 战斗机上万米高空，你坐过吗？"

于是我就服了。

我自己的兄长，也是 77 届。小时候他是三里河地区年龄最小的打架大王。有一次我们一同外出，突然，一大群小流氓包围了过来，大叫："打齐XX！"我哥见势不妙，噌地蹿进澡堂子跑了，于是小流氓们把我围住了，说："他，就是他弟弟！"当然，后来我被放了。

老77届们现在大都是55岁左右。他们已经像郭晶晶和吴敏霞那样站到了10米跳台的跳板上，已经站到人生的顶端了，之后，就是往前再蹭上几步，一年一步地，然后在60岁上，猛地展翅下落。

77届是中国最后的"诗意"群体了，最起码是学者中的。之后的中国学者们，就只是终生的校园好学生们了。理科我没资格说，但文科的哲学、文学，我想象不出没出过校门的人，怎么能真正理解那些别人用离奇的人生酿出的一坛坛苦酒和美酒。

最近上课时，俺这个老学子，突然不老了！几乎在每门课上，我都变成了老师最得意的学生。表现是，当老师见谁都不跟他呼应时，都本能地把头转向我："齐天大，这个问题你怎么想呢？"一次两次还行，老这样，我就不好意思了。以前我上小学、中学时老师就经常这样，现在念老年博士了，咋还这样哩？尤其是俺才正式学过不过一个多月的文学！别人可都是名校的文学硕士出身。

谢晋老导演也刚离去了，带走了一个混沌精彩的世界。七八十岁的人一个个谢幕，之后是77届"神奇一代"人的等待"下场"，再之后，就该轮到我辈了。不过我倒是无所谓的，因为我的"下场"，早已从若干年前就结束，我只是在一次次地"返场"罢了。当然，并不是掌声的要求，而是本人自愿。

什么是这个时代的主题

我这个新集子的主题是"全然无主题"。这个主题,我正在找,我正在辛苦地找寻。我在公交车上找,我在友人间找,我在友谊中找。但我,找到了吗?

从人间词语中,上一周,我找到了"掌捆",据说,一个作家在他签名售书的时候,惨遭了掌捆。所以我写书,是从不签售的,我挨家挨户地送,我今天,就又送去一个亲友的家。假如我把书送到人家了,还依然挨了掌捆,那么,我写的那本书,注定会变作千古名著。

忘说明了,"掌捆",就是用手狠打人脸的意思。

车老师在讲《追忆似水年华》结尾处时,有些他并不善于的激动。他说作家在跟时间斗争,在用作品希求"不朽"。我也在跟时间赛跑,我跑出书,我跑藏书,我跑送书。但时间它,还在前面跑得贼快!

时间是阴性的吗?时间是阳性的吗?在法语中,时间是阳性的——le temps,但我却以为,时间是阴性的——时间她"贼阴"。时间并不光明磊落,时间在阴柔地诱惑我们的生活,让我们的生命跟不上她,叫我们对她望洋兴叹,而穷追不舍,而易老,而一劳却不能永逸。时间是祸水,时间让我们无辜,让我们无能以及无奈。

我们都在时间的折磨中消逝着。时间是三聚氰胺,时间是毒药,时间是化学毒素。时间在辐射和腐蚀着我们,把我们引导到她的另一个岸边,那就是艺术家的坟茔。普鲁特斯的坟，加缪的坟，鲁迅的坟，巴金的坟，谢晋的坟。上周末读加缪的《局外人》时，我被他震慑了，我在半迷蒙中战栗，我不相信他能把人性，写得那么地惊心动魄。

昨晚给学生们上中外交流课，我说同学们一定要相信人与人"性相近，习相远"，即使你不会相信你和坏蛋的性、国家主席的性、比尔·盖茨的性、街边要饭人的性、白人黑人红种人的性，是一模样的，但你要坚信它们基本一样，但你要假设它们几乎一样，但你要坚信和认定你的假设——然后跟别人——通畅交流——但婆媳之间除外。同时，你还要认可"相远的习"，你要学会欣赏那些与你不同的习性，因为正是那些迥然不一样的"习"：穷的、富的、白的、黑的、讲理的不讲理的，喜欢掌掴的喜欢用脚蹬的，成就了这个无比丰富的丰富多彩的气象万千的精彩纷呈的红红火火的破破烂烂的不死不活的哀哀怨怨的思思念念的爱爱恋恋的朝朝暮暮的——大千世界！

所以这个时代，不能说它没有主题。

因本人作品《我爱北京公交车》与13中语文恩师张金俊老师的通信

张老师好！

　　谢谢您的鼓励。我最近也随时重读《我爱北京公交车》，也听别的朋友的反馈，他们也有类似的感受。那本书是我在最窘迫的一年（2004—2005）时间里写的，那年我像得了病，由于关闭公司，生活方式突然变化，像看到了"末代皇帝"眼里的倒着的世界，我把那些感觉宣泄到了公交车中，于是，这本书就诞生了。应该是可遇不可求的，由于过程太痛苦了，所以我也不想再经历那些了，但现在重读，还真觉得是珍贵的艺术品。

　　我的另三部新书，已经送到出版社了，其中一部比《我爱北京公交车》精彩，也是一个悲喜交加的故事。到时把我的自制版送您。

　　您的鼓励，是这些书的精神源泉，我一定不辜负您的厚爱，把它们都刊行于世。

　　注意身体，合理饮食！

一民　切切

张老师来信中曾经提到：

一民：

　　北大学研，恐已得心应手。

　　《我爱北京公交车》我已读完。实为启示不小。

名为漫谈交通，实际上，作品中所展示出来的深层次、多方位的画面，使读者深思不已。社会的众生相，人文关怀的笔触，幽默中的冷嘲热讽，对小人物（天坛的乞食者、开电梯的老兵）命运的深刻揭示，以及始终贯穿着自我生活之路的曲折、艰辛、升降、勇气、达观、漫漫……都将作者的一片真情、血性，溶于整个的现实之中，怎不叫读者产生共鸣、心动。

作品本身，倘若以一幅画来相比，绝对是一帧现实的、完整的、浓重的油彩画。小标题之间的勾连，向着深刻的主题延伸着。从结构上讲，天衣无缝。作品的意义，将是为"现实"立此存照！待随着多人的开卷阅读，必有历史的、社会的意义。

你作品中，每一个关键处，关键词的选用，犹如夜空当中一颗颗闪着耀眼光明的星，触动人心，趣味横生！句式结构新颖，一洗一般文人叙事的沉闷。生机勃勃地向前推进，使读者爱不释手。

我犹爱你书中后部谈"缘分"那一节。这么深邃的诗人般的浪漫情怀，这么俊美的诗人情操，从哲学的冷眼直观，又以舒展开了的纯情至爱，柔情与热望……道出了一个"缘"的真谛！

你的作品之所以让老师仰慕，是因为你有着对人的独特角度的审视力，面对现实社会中人的精神状态、内心世界，你以一种近乎契诃夫式的眼力，对不同层次的人物进行观察，进行剖析，继而以白描的方式将其客观地展示在世人面前。这使我想起了19世纪巴尔扎克的《人间喜剧》。异曲同工！

你的作品使我读后，在人间迷迷茫茫的悲哀中（不同层次的拉车、坐车）偶见作者的良知，也见作者本人对未来社会所抱的殷切希望。所以，作品具有了强烈的现实意义。

往日言："秀才不出门，便知天下事。"而今，秀才多出门，更知天下事！你的作品之所以成功，全部仰仗你自身的实践。你绽放的生命力，像高尔基、杰克·伦敦那样地在坚实的土地上"闯荡"，不怕劳苦，不计后果,凭着勇气,寻觅异样,耐得痛苦与欢乐,从而在万般思绪中,你体验到了那么多的生活元素,所以才有了你作品中的"生命"价值观。这是我最爱的。

你在作品中所展示的丰富的想象力,奇思妙想,再加上京韵的土语,是别的作品所不及的。如"三截棍一样的人体""'下场'是一个不怀好意的字眼"……是那么鲜活,那么激荡人心!给作品中的文字插上翅膀,扶摇而上!

(本人拙见)老师

我发言时文不对题——学术劈叉论

如此之快，10月25日了。

前几天本人的最大"心思"，就是等待比尔·盖茨把我的"屏"给"黑"了。显然，本人用的是个盗版的Windows，要不咋有了黑屏的"黑框"警告？虽然我打开别的网友的屏幕，也全有同样的警告，但我还是觉得挺对不住比尔·盖茨的。

不过，在美国金融崩溃的这个节骨眼儿上，"微软"用如此的方法突然地从数以亿计的中国盗版用户这儿突袭要钱，还真有点死活度不过危机的"危机感"哩。

但还是要感谢盖茨，他是本人的一个偶像，他，为人类打开了那么多的"视窗"，用视窗，你能看我，我也能看你；你的窗户，就对着我家的门；我爱我家，你呢，比我更爱我家。

昨天在语言大学讲"商务通论"时，我用这样的几个现编造的例子，给同学们解释什么叫positioning——定位。我的例子包括了肯德基不能心血来潮地卖豆浆，路易·威登不能卖秀水街20块钱的表，还有，星巴克跟肯德基一样，也不能卖豆浆，同理，"永和豆浆"，也不能卖咖啡，即使那能够赚钱。见有的同学还不太懂，我就用自己家的例子，说明一个"定位"——固定的形象和位置一旦被打造成功之后，就不要轻易地改变，别人也不适应不允许你随意改变，就好比，我家的垃圾一般由我负责倒,日子久了,我不倒,就出问题了;换作别人倒——比如我女儿,我会特别焦躁和愤怒!你哪天进了必胜客,看到菜单上出现了一道"特别推荐"的"麻婆豆腐",你就会觉得恶心;"成都小吃"里突然卖意大利比萨饼,也不会让你舒服。

同学们啊,定位啊定位,老师我假如上着商学课,突然间满嘴京片子脏话,就会打乱我在你们视觉中原有的"定位"。还有,当着领导,我们都必须显得特别地低调和"傻"。在那种难得的场合,你绝不应该认为自己在装傻,而是你就是傻。

你真傻。

我自己,由于都四五十了,还没有一个固定的"定位",平日,就特别地傻和极端地傻。在北大上课,每当课上同学叫我"老师"——他们从长相推断,我就必须即刻"封口":"我可不是老师,我是老齐!"

昨天的课堂发言,本人作为"课代表",当然第一个发言了,用5分钟,我说了参加学术讨论时的"学术童心"问题。我说一定要在听别人介绍研究成果时,怀揣着一个颤颤巍巍空空虚虚的赤子之心、一尘不染一尘不带之心,要虚怀若谷,要好好奇奇,而绝不能带帮派意识和成见。(有道理吧?!)我还说在旁听学术研讨时,要懂得欣赏艺术,要用听歌听大鼓书的和听京戏的审美的眼睛看着发言人。人家的论文做得好,就好比棋下得绝,棋子本来就那么几个嘛。说到"文论",中国无非就有《文心雕龙》——那是"车",严羽的《沧浪诗话》——那是"马",还有钱锺书的《管锥编》——那是"炮",你我晚辈"学子"们呢,起初,也就是下这些棋:你如何布阵,你如何用不同的思路把那些"车马炮"给摆得新颖了,摆得漂亮了,摆得前无古人摆得技惊四座了,摆得让别人匪夷所思和大声叫好了,那,你的论文不就成功了?

我还从反面讲了那些"伪学者"的问题所在,他们不会审美,他们居功自大，他们无赤子之心，他们的心上，积淀着一层连小时工和职业"保洁"公司用专用强力厕所杀毒剂都去不掉的脏物，但，他们就那么千里迢迢地来参加学术研讨会了。于是，他们见不得年轻人能劈叉——假使劈叉的功夫是学术上特殊要求的基本功，他们嫉妒新人，他们的嫉妒不是轻微的和正常的，而是严重的和不正常的，假如他们真的嫉妒了，还说明他们知道能劈叉比不能劈叉的身体条件要好一些，可怕的是最后那一种"权威"，他们竟然坚决地认为体操运动员能劈叉，是一种无能的表现！

老师给我发言的时间不多了，我就赶紧做发言的结语，我说我都40多了，我虽然不能再劈叉了（我似乎从来没有过自己能劈叉的回忆），但，老齐同学我，还是会欣赏你们劈叉的……

这时陈老师宣布我说话的时间已到。老师评点时说："老齐同学的发言倒是符合发言的学术时间规范，就是他讲的，跟咱们今天讨论的'比较诗学'课题没什么关系。"

"我来说两句"

我一在网上帖子下面的"我来说两句"那儿留言，就非常容易被删除。

诗歌这两天充斥了我的耳朵。有个全国最高水准的国际诗会，我这两天都去听了，一次在北大，一次在国图。然后，我就见到了全国最有名的诗人们，如于坚、王家新、西川等人，还有美国的一个"桂冠诗人"、普利策奖得主 Robert Hass 教授。对他们，我当然尊敬了。但在尊敬之余，我还知道中国人今天为什么不再需要诗人们的诗了。

今天的诗歌，是写"小私"的诗歌，是个人情感的超水平地流露和宣泄，但诗人们自己宣泄了之后，对别人，就无所谓了。你都无所谓别人了，别人还有所谓你吗？于是，中国人不再爱戴诗人。还有，诗人们笔下的人和事，大都比较扭曲，你都扭曲了，别人还能跟着你笔直吗？这可能是个扭曲的世界，但诗人们假如也扭曲了，而且扭曲得比别人还弯，跟垂杨柳似的，风还没刮，就水蛇腰了，就哼哼唧唧了，就哭哭啼啼了，就自作多情了，那么别人还喜欢你们吗？所以我觉得，诗人们最少要为我们哪怕是暂时地构建一个理想化的社会，一个诗意的社会，一个幻想和空想的世界，要不然要诗何用？

中国现代诗的语言也是全口语的，就是想说什么就说什么的，几乎是英语的直译，是呓语和哈喇子语顺嘴哗哗流下来的。我直纳闷，为何我们古人那么多的曲牌和词牌，那么丰富的韵律，不为我们的现代诗人所用呢？Hass 教授说诗是 internal wildness（内心的狂野）的流露，但流露的方式，是不能太狂野的。狂野之心人人都有，我的心就比一般人狂野。

不美就不能成诗。诗人的职责，本应该是在垃圾堆中选美，在秃子脑袋上抓蜜蜂，但不能制造和营造甚至表现垃圾以及苍蝇和蛆。

诗有"小诗""大诗"之别。做"小诗"的，是为己的；做"大诗"的，是为人的。给自己做的诗，不做也罢了，想着别人做诗，那诗，自然别人会读。

好诗，绝不应该是随意的语言游戏，那如何评判优劣呢？海德格尔说，语言是"家"，是人类寄居之所，但家一定要有地基。无所谓和无规则的语言的泛用，就是活动板房，就不是真正的"家"。

今天诗会结束时，一个美国女诗人高颂诗歌一首，手舞足蹈的，说是要用诗填充 empty space——心的"空虚"，她为了填那个空虚的洞，把扫帚、把餐刀、把桌椅板凳和离婚后的悔恨以及革命性的情操和妇女的卵巢和贬值的股票和伊拉克的废旧坦克枪炮都用上了，使得，坐在那里听她朗诵的我，屁股都不敢抬起，因为我疑虑，为了填补她那个比宇宙初始黑洞还大的空虚的心的 empty space，当别的都用光了之后，下一个，就可能是齐天大我了。

张隆溪先生又遇

我在《我在好莱坞演过一次电影》里，曾有一篇开张隆溪先生玩笑的小品文，那是很久很久之前写的了，但这一次又见到他，是在今天上午北大的课堂上。上次在国图，我是一个远席的听众，这次不同了，我是正式的学生。所以，就不能开张先生的玩笑了。

今天我刚拿到北大博士研究生的红色学生证——猩红色的那种，那说明本人的一切北大学籍手续已经完成，本人即使毕不了业——那几乎不可能，也算是北大的正式学子。这于我，已经是一个奇迹的奇迹了。我最早担心体检过不去关——我的血压一见血压计就跳高。我前夜一夜紧张得没睡，但幸运的是量血压的不是个板着脸的中老年医生，而是个小护士，她见我就脸红，比我见她还紧张，于是那天，我血压就出奇地低，她血压就出奇地高。

比我进北大更奇迹的是张隆溪先生，他竟然从没上过本科，就在恢复高考的 1977 年直接以最高分考上了英语硕士，然后变成了当时和今日都最负盛名的学者之一。张隆溪先生从前是工农兵，纯粹的劳动人民，他在哈佛学习、教书 10 年，但在我看来张先生现在还是工农兵般朴实。工农兵有什么不对？我就是一个工农兵。我当过 7 年工人，务过 3 年农。

张先生说到 truth——真理时，我想到了一个自编的比喻，就是真理是水下的冰山，一般人看不见，能指出哪儿有冰山的人，就是真理的发现者。但，那时他还不算英雄，算英雄的，是船撞上冰山的那个时刻。《资本论》不就是真理吗？但《资本论》的真理性，只有在2008年全球金融大危机的时候，才又"浑然暴露"出来。于是，马克思的魂儿，又成了2008年度的"关键人物"。据说《资本论》当年出版时，也卖不出去，于是恩格斯和马克思都急了，让一个人站出来大骂《资本论》一番，说《资本论》狗屁不是。他那么一骂，就把它骂火了，也卖出去了，于是马克思大喜，特别感激骂它的那个人。

由于我的提问，张先生还说到了他的老师钱锺书和杨绛。钱先生把自己的电话号码告诉了张隆溪，那是一种殊荣。因此，我也拿张先生的书《道与逻各斯》让他签字，而他的字，还仍和工人的一样工整。工人万岁！

最近一部说杨绛、钱锺书夫妻故事的书，披露了一件趣事：社会学家费孝通也追求过杨绛，但她不从。钱先生去世后费又去钱家，还提那件事。杨绛送他到楼门口，说："我家的楼梯太高，你以后就别上来了吧！"挺会拒绝的吧！

周一下午，只要从博士楼厕所的窗，看西山晴朗，我就去颐和园读书。那山，那湖，那人——是俺，变成了"三位一体"。

冬泳的感觉

冬泳的感觉到底如何，只有你自己跳下去游了才有切身体会。

今天的水温是10摄氏度。10摄氏度的水，就开始让人感到刺骨了，所以我只游了十几米，要知道，我上周日下水时水的温度，可是13摄氏度。有一位老先生聊着聊着，"扑通"一下子就朝湖中心游去了，那还叫"冬泳"吗？不过，游冬泳的人都知道，像我这样每隔一周下一次水的，那本身就需胆量了，游冬泳要坚持，最多不能隔两三天，隔了，再下水就好比寻短见般痛苦啦。

鱼在水下优哉游哉地游弋着，只是速度慢些，但鱼是自在的，虽然已10摄氏度以下了。鱼不怕冷吗？鱼好像是冷血。我不是鱼，血不冷，所以游不远；我不是老先生，我还不着急去彼岸。

老先生越游越远了，连头都不回。

北大中文系的有名句子之一——几乎每个老师上课都要说最少一次的，就是文学系什么都学，就是不学文学。我这种感觉也极其地强烈，我已经在短短的一个多月中，忘了自己是在学哲学，还是在学语言学，还是在学生理学，但就是不是在学文学。似乎中文系的都挺讨厌小说，都挺鄙夷小说，都挺厌恶小说，甚至还，都挺恨小说的。所以，我绝不能在北大中文系向任何一个人透露本人也曾写过小说，这当然是笑话，但这也不是笑话。身兼作家和教授身份的曹文轩那天上课就说了，说我们文学系的专家们，都该被分散到心理学系、外国语系、宗教系和哲学系去。我想，应该还有生理学系。写诗的也一样，别想跟文学有什么关系的，至少本人就不同意，我真不太喜欢诗；诗，是文学吗？

我第一次作业的选题，老师没有批准，我的题目是"中文文学虚构性浅析"。我回宿舍跟老马商议，老马说你的题目的确太大，出的也不巧，绝不能说什么"浅析"，这显得你浅薄。

选题没被批，我就特别地烦躁，我跑步到"风入松"书店买了88块钱的书，都是跟日本文学有关的。我想研究一下日本文学中的"物哀"（独自哀伤）概念。但还是不行，因为这个题目，也已经有至少数百人研究过了。我于是就独自"物哀"了几个小时。我在夜幕拉下后的语言大学操场激进地散步；我在老学院的石头墩子上坐望着半空的掉光了柿子的柿子树，"物哀"着发呆。然后我就急忙到晚上灯火通明的教室，讲那堂该讲的课的内容——市场学的第三要素，第三个 p（前两个是 product 和 price），promotion——促销。

后来过了一夜，我终于又冥想出了个题目"王夫之与西方现代阐释学家的不谋而合——被宇文所安发现的"。老师基本认可了。于是我特别高兴，老齐我终于拿出了平生第一个文学专业的研究小题目！

再过几个星期，我可能就要到课堂上去高声 promote 本人的第一个文学研究成果——"王夫之与西方现代阐释学家的不谋而合——被宇文所安发现的"了。

我竟然跟胡适想到一块儿去了

今天上《悲剧的诞生》课，下课时，我突然想到了尼采和我为了写作业而正在进行着刻苦研究的王夫之有某种隐隐的联系，于是我就跟张辉老师说了我的想法，没想到张老师说胡适也曾经那么想过。我于是就感到惊异了。我想胡适要是我，也会同我一样感到惊异或者不舒服的。他惊异的是有人与他的想法一致了，他不舒服的是他是大学者，而我是小学者，或者还什么都不是呢。

昨晚在百年讲堂听了一个意大利钢琴大师的独奏。那个大师的名字，头一个词是"乔万尼"，我想这并不重要，重要的是他是"大师"，重要的，是他弹奏的是贝多芬的、李斯特的、布索尼的曲子，至于到底是贝多芬、布索尼的哪些曲子，连我都认为不重要，我都听完了，你呢，就更别在意了。我最在意的是，在听西方古典音乐时，一别真睡着，二别瞎鼓掌。有关第二点，礼堂的电子显示屏幕上一再地提醒着，"请千万别在乐章之间鼓掌"，你看，就差加一个"瞎"字了。结果是，当"大师"真的演完了全曲之后，也没人敢鼓掌。"大师"只好站起身来，给大家深深地鞠躬了一下——鞠那种颇有风度的躬，似乎在问"咋这么安静，我没演砸吧？！"这时，掌声才"敢于"暴风雨般"稀里哗啦"地响起。那之中当然，数齐天大的最响亮了。

在秋的夜幕一点点掉下来的未名湖边，我一遍遍地走。我的步调还比较整齐。我看那塔，那湖，那并不太像西湖但也有着几分幽暗几分神秘几分暗淡几分不安分的梦之湖，在夜色开始深刻时，在圆球形的湖灯开始一盏盏点亮时，悄然地一点点一寸寸地融入、腐蚀着我们的生命。那湖边的石头舫据说是和珅家残留下的，我第一次站上去，是1980年的夏天，那天是我第一次去北大，还是季羡林先生陪了我们半天，而今他老人家，却躺在床上了。等夜色，又在秋的冷清中黢黑了，我，匆忙去百年讲堂，赶去听大部分听众既不敢随便鼓掌也不知道到底该不该鼓掌的、弹到最高潮时后屁股都亢奋地跳离了黑色琴椅的那个意大利年轻大师演奏。还有，我们鼓的那些个掌，是给贝多芬的、李斯特的、布索尼的《卡门》的？还是给他的？还是给悲剧《卡门》里的那些有唱有跳有苦恼有哭闹的男男女女们的？

　　钢琴散了，夜也不再是神秘的"夜"了，我匆忙赶回宿舍，开始了第一次的北大宿舍的"实习住宿"。我从没真住过宿舍。我是怕岁数大了，看到我，别人还以为老师夜里查房，或是不法分子夜闯。同屋老马说前天就有女生打了110，说夜里楼中混进了"不法分子"。警察真来了后，还真在女子研究生宿舍楼的一个犄角，抓住了一个正低头蹲着的衣衫不整而且半老半不老的"男"分子。

　　我于是，就更不敢随便住学生宿舍了。我唯一寄托希望的，是在楼道里见到大师兄金庸。

　　还没睡，听几个人聊学习、研究、出文章、当教授的事。听了，让我最担心的是我毕业不了，尤其是老马说北大有人提倡用"学术恐怖主义"造就一群第一流的学者。老马还说他的一个"同门"师妹，都苦读6年了，还没能"开题"，人也开始随之变了。老马说他自己去年也很不正常，自己安全第一。所谓的开题，就是开论文的题。老马刚把这话说完，就到他爱人那儿去了。老马晚上是不睡觉的，他白天睡。

那"博士床",无疑是坚硬和冰冷的。我于是就不由得浮想联翩,我回想起了1984年我最后一次住大学生集体宿舍的感觉。我那么感觉着感觉着,就梦见了王夫之还有尼采以及贝多芬和卡门里那些个吉普赛人以及钢琴大师刚演到一半我就激动地站起来疯狂鼓掌还大声叫好"再来一个"……

68岁的他——跳舞跳赔了4000块钱

书实在看不进去，就写书了。这也叫书吗？这种写法其实是一种"现代西方小说"课的课堂作业，我是在学习法国犹太人普鲁斯特的方法，写着上学期间的《追忆似水年华》。

值得追忆的和不值得追忆的，每天都有许多的事情，比如今天茅盾文学奖发给了以贾平凹为首的四个作家，其中有一个叫麦加，是写《暗算》的那位。得奖，是否也是一种暗算？我那天，把一张有他们几个光荣得奖消息的值得保留的报纸，叠起来，夹进一本书中——我有这个习惯。夹完后，我才注意那本书的名字，叫《中国俗文学史》。本人也希望哪天得一个奖什么的，但那个奖，有可能是"齐天大文学奖"。嘿嘿，又是瞎扯了。

上星期的政治课，讲的是北大的传统，是一位老副校长讲的，讲得非常好。他说到北大和清华学生的区别时，说清华毕业的都不说清华的坏话，但北大毕业的却不同。鉴别的方法是，只要有谁在外面骂北大了，那就没错，他（她）准是北大毕业的！所以，我可能也要开始尝试着骂骂了，否则我焉能毕业？

在今天回家的732路车上，有一个腿上放了7大包中药的男子，我一问，他都有68岁了，但面色出奇地红润。他说他从前是演京戏的，演的还是武生，所以身体出奇地好。他退休后，就开始跳舞了。由于身体好，舞姿更好，所以他只要一去，那些个女的，就排着队等跟他跳，就跟买国库券似的。那令他很骄傲，一骄傲就跳多了，就把支气管炎给跳出来了。他去看中医，中医给他开了7服药，总共4000块钱。我说您得的是"风流病"。我接着又说，这4000块，应该让抱着你跳舞的那些排队的女人们出。不过这时，她们就不排队了。

我就这样，在我原来工作的学院、北大以及北京的公交车——这"三窟"中，像狡兔一样每天跳跃着，从一个窟，跳进另一个窟。两个是全然不动的窟，一个是全城流动的窟。我尽量，不让任何的"一窟"，把俺这个大兔子给埋了。

"非功利读书"

昨天中午一同用餐时，陈老师对另外三个同学介绍我，说："你们知道什么是非功利读书吗？"陈老师指的就是我。"非功利"，就是读书不为升官，也不为发财，更不为找工作，读书就是读书，为读书而读书。一定要把书读得死去活来，读得不好意思，让书不敢抬头，不敢再耀武扬威。总之，一定要把书读得服服帖帖和唯唯诺诺。

于是我，变成了书的搬运工。为了写那篇"王夫之"的作业，我已经把20多本书，从北大图书馆搬回家了，那一路至少几十公里，中途还辗转多处。所以我的书包，比女儿的还沉。我于是强烈呼吁减负！我甚至觉得，由于我书包里的书太重了，我乘坐的697路公共汽车，在我上车以后，车速顿时慢了。

从著名博物馆里的小便池看法国现代小说

　　上周上的课，可记的不多。在说到小说现代性的时候，车老师说法国人把什么法子都想透彻了之后，实在没什么可当成小说写了，就想出一个关于小说的名句，叫作"博物馆里的小便池"。据说这个比喻，全地球搞文学理论的人都知道。你可以想象，一个便池，被放在巴黎的一个最最著名的博物馆的正中央——就比如卢浮宫吧，那，有什么意义呢？它的最大意义，按著名文学理论家解释，是不能用来小便，而这，而仅仅这一点，就是故事和小说的开始，就极具现代性。

　　我大概听懂了车老师的意思。不过，我要是想使那个被放在卢浮宫正中央的、被一万只眼睛紧盯着的家伙，更富有小说的故事性，就索性冲上去——使用一把。

　　那，可能是"后现代"文学的起点吧！

　　刚才说的这些，可能太理论了一点，说点不太理论的吧：上星期的"学术前沿课"，是袁行霈老师上的，他，就是金庸大师兄未来的博士导师。听陈老师说，袁先生是个"副部级"的教师，是中国文史馆的馆长。陈老师还说，北大中文系里，不仅有两个副部级的老师，还有很多人大代表和政协委员类的大人物。"副部级"教授，听起来也颇有意思。袁老师的声音极佳，他讲课的内容，是陶渊明在历代的"绘画形象"。陶先生，也是"副部级"的诗人吗？"采菊东篱下，抬眼望南山（悠然见南山）"，俺要是混上了副部级，俺就不再采菊了。当然，那时的南山，也会离俺颇远而变得不"悠然"和模糊不清。李白和杜甫，可能该是副总理或副总统级的诗人了吧？

奥巴马——美国的新科总统，倒是有点诗意。他的诗意，在于他只比本人大一岁。我想这，总比在卢浮宫的正中央放一个没人敢于尿尿的便池，更好似现代小说。

我才知道，不知从哪儿算起，本人也算是个 baby boom（婴儿潮）中的一个。"婴儿潮"是在美国掀起来的，"潮头"最小的，是1964年出生的。真是潮起潮落啊！

在同宿舍老马说"我们是同门"时，我对"同门"一词印象极深。"同门弟子"就是在一个导师下的所有学生的统称。国人在做学问的时候，爱把儒林的兄弟亲情和武林的师徒情谊掺入"教——学"关系之中。研究生们彼此一见面，都彼此自报师父的名字，只要是一个师父谱系上的，就算是一家人了，气氛暖融融的，彼此就该照应。我的老师的老师，是中国比较文学的创始人乐黛云老师，所以我是"乐门"的正宗第三代传人。这么一来去参加学术会时，以前那些瞧不起我的学术泰斗们，就都得突然瞧得起我了，有的还猛然低三下四，弄得我特不好意思。但前两天见到一个小女生，一报，是"乐先生"（大家都这么叫）的直接招收的弟子，才20岁出头。我不知还好，一知道，就不知说什么好了，因为第三代"乐门弟子"好像得管第二代"乐门弟子"，叫"师婶"。

和将军一起游泳以及9度写作

今天玉渊潭的水温是9摄氏度,室外的气温也是9摄氏度。我在9摄氏度的水温中游泳,也相当于"9度写作"了。

要知道,有本法国人写的文学理论名著,就叫《零度写作》。

今天的湖水,是翡翠样子绿的,而且水面没有波纹,于是,那整湖的水,就成了一块西方油画中专画静物的色板,上面倒映的是深秋的金黄色的叶子。其中有银杏。按陈老师的说法,银杏是中国的"樱花",同日本樱花一样,见风,就"物哀"地落在地上,黄澄澄的遍地都是,上面照着充裕的毫无保留的冬阳,且无云,那景物下,别提多适合往水中跳了。

今天给我"伴泳"的,重要的大致有三人,一个是将军,据说老上电视;一个是个卖表的;另一个,还是上星期一下水就不回头的老人。我问他年龄,他说73岁了。看似小伙子一个,面嫩,声音好,恰似少年吕布。将军入水前和我聊天,我还不知道他是个将军,是听卖表人说的。他那么一说,我就朝水中看,看将军在9摄氏度水里的"军姿"。有阵子他游得挺勉强的,我就特想下去救他,我想让他介绍我入伍。本人的下一个志向——本不该透露的,就是加入伟大的中国人民解放军。

将军上岸了,在他换游泳裤的时候,你看不出他的威严,相反,肩膀上没有将星的他,体态的确跟个普通的老人一般,不仅没什么本质上的差异，还略有些臃肿，我于是不想当一个他那样的将军了，而按"不想当将军的士兵，就不是好士兵"的说法，我很难入伍。

最可爱的，是那个卖表人，他说他都在玉渊潭边卖了12年表了，他的产品一贯实行"三包"。他还说有一个12年前在湖边买他表一直都没用坏的83岁老人，他准备给那个老人进行"产品终身保修"，并用老人作"模范例子"，大肆宣传他的产品。他在入水前，还刚卖了一块，据说，他那些表都是防水的，因此，他跳进水时，腕子上明显戴了一块。由于做完生意后心情好，他一个筋斗翻身跳进了"油画布"。他在水里一圈一圈地游，边游，边用顺口溜做表的广告，荤的素的都有，太多了，比如你买他的表，必须争分夺秒要不卖没啦之类的。我见他一边大叫"这水咋这么冷啊"，一边说唱，但死活不上来，就对旁观的人说，同志们，坏啦，咱不买他的表的话，这老兄就不上来啦，为了救人，快集资买表啊！

我正喊着，老兄爬上来了。他继续用顺口溜一串串地开着社会风气的玩笑。那位将军听了，有些个不高兴。我说我教你一招，肯定能让玉渊潭湖边游冬泳的几百号人，人人买你一块表：就是找一种既能计时又能测水温的表。我还说你要是不卖，我卖。冬天游泳必须知道下水时的温度，这样游时，才知道该游多少"下"——划水的次数。我今天，就游了60下，去30，回30。以后每降3摄氏度，我就减少10下，直到最低的0摄氏度时，我还能"游一下"。

冬阳饱满下的游泳之乐，是不冬泳的人难以知道的，你不仅能跟不带枪、不被前呼后拥的退休将军赤膊袒胸换短裤，你还能听到各类的京城故事，千奇百怪，说得都口无遮拦，都畅快淋漓，都纯天然无污染，都孩子气风发和原创。

一串"驼铃"声由远而近。"卖表人"大叫："小铃铛！小铃铛！"

跟着，一中年女子跑步过来了，她大声笑应了卖表老兄的调侃，又叮当叮当地响着沿湖边而去。我说这女子皮带上的铃铛肯定是她老公给拴的！"卖表人"说不对，说她非常有钱，开名车，平日没什么事做，唯一喜欢的，就是天天绕着湖挂着"驼铃"跑步。她老公去年刚去世，是她一手伺候着离开的。

上文学课与自杀的想法

当本人的第一个文学作业题目被陈老师修正认可之后,本人非常地意外和喜悦。那个题名最终是《从〈姜斋诗话〉看王夫之阐释学思想——以迦达默尔为参照》。至于王夫之是谁,至于迦达默尔又是谁,我想,不学习文学的你,是没必要知道的。

本人可能是北大打成立以来,第一个从来没专门学习过一天文学专业课的文学博士研究生,所以,第一次作业被宣布为不是"废题"时——陈老师说以前每次都有,就十分令人欣慰了。

两个月来,我越听文学的专业课,就越觉得文学其实并不难学,老师们其实就是在说故事——浪漫的故事和不浪漫的故事,真实的故事和假装的故事而已,所以假如你连这些,听起来都特别费解的话,那你就应该是文学作品涉及的对象了。我为你定做小说吧!

我从前学的是经济和管理。记得在渥太华卡尔顿大学读经济和统计时,老师满黑板写的都是数学统计学的公式。但现在不一样啦!老师上课讲故事,听完了,你把老师说的综述一下子,就能拿学分了。还有,文学和经济学、统计学、数学是不同的,那些个小说和诗歌,无论你用何种方式综述,得出的结论有多么大的区别,可能你都是有道理的,但数学的微分积分就不行啦,你总不能胡乱综述编造和想象微分积分的结论吧!数学1就是1,你顶多发挥一下,把1加1变成3,但1加1无论如何，不能变成1001呀！但文学就真行！在文学这儿1和1相加，能变成《一千零一夜》。

讲文学课老师们的风格也和讲统计学、数学、经济学的迥然不一样：他们个个与众不同并善于发挥，而且一发挥，就朝极致处——狂奔！车老师周四讲美国的马克·吐温，说马克·吐温后来不写小说，身体也不好了，实在没什么新追求后，就索性自杀了。车老师接着，说就连他自己每当在感到身体不舒服的时候，也挺想自杀的。

我听了——我是坐在头排使劲听的，由于听得太近太逼真了，我就还以为车老师说的这是真话。我于是就心里忐忑不安了：我只希望车老师直到这个学期的期末，也就是我这门课的最后成绩出来之前，都能保持身体的良好状态。

学习文学和梦的增多

学文学和梦的增多,可能有一定必然的联系,本人刚正式学习了两个多月的文学,晚上的梦,就陡然增多了起来。

前天梦见了一个大领导,他对我说:"小齐,我先走了啊!"我和他一同被邀请到人民大会堂去赴宴。我接着,就着急了起来,我着急于找不着领带了,我于是,就满头大汗地四下找,还是找不到,我更急了,咋能让一个大领导在人民大会堂苦等我呢?我于是,就醒来了。天还没亮。我摸了摸枕头,知道那是在做梦。我就放心了,因为人家并没真的等我,我也没必要死乞白赖地找那条根本就不用系的什么领带。

知道是做梦后,我就放心地又睡过去了。这次我梦到了我找到了领带,穿上了西装,其实已经许久没穿过西装了。我紧赶慢赶地赶到了人民大会堂,我通过了戒备森严的安检,终于到了宴会厅,在灯火阑珊处正吃饭的人群中发现了钱副总理,他也正忙着吃饭。我打了招呼,也端起盘子吃了起来。吃完后,在许多衣冠楚楚、正窃窃私语的神秘男女外交官聚集的角落,我也入座了。

这时,闹钟响了。妻子要上班了。我于是,就又醒了过来。我发觉,虽然早饭没吃,我竟然有被饭撑了的感觉。

白日,在我不再做梦的时候,我对晚上的梦进行了一番解析。首先,我该给那位领导道歉,因为那是我的一厢情愿,我不可能跟他去一同赴宴,但梦见他却是事实。我虽未跟他真的谋面过,倒也有些个缘分。大约在1986年,我在日本东京外经贸部中技公司代表处当"小代表"的时候,常要到使馆的隐蔽会议室去听报告或听传达文件。有一次去看"国际形势报告"的录像,就是他作的。那次我对他的印象颇深,他说话字字清晰,掷地有声。

至于我能把一个"去大会堂赴宴"的梦,分成"上下集"连续地做,我觉得,可能是在北大学文学学来的毛病。我在去北大之前,虽然也有梦,虽然梦中也有"大片",但都不大连续。

人民大会堂的"国宴",其实我并不生疏。1987—1989年我在中技公司总部当"官商"的那两年里,夜里最怕的,就是做又被"老吴"抓差到大会堂当翻译吃饭的梦。梦到这个,我准醒。"老吴"是我在东京一同常驻时的老大哥。他回国后在外事处工作,一有公司领导人到大会堂跟日本人吃饭,他就抓我当翻译。于是,每周无论我怎么无情地推托,也必定至少要到大会堂吃一顿饭,但大多陪吃。换句话说,那两年到大会堂赴宴,对我来说,跟今天到"成都小吃""呷哺呷哺""麦当劳""肯德基"和"永和豆浆"一样,频繁得如家常便饭。比如,那时刚结婚的本人,一不想在家跟老婆吃饭了,就说,算了,今天到大会堂吃吧!

我接着进行"梦的解析"。自从1989年开始,我就再也没吃过"国宴",我破衣烂衫,我不修边幅,我再从大会堂那高台阶前走时,武警准会说"后面去,后面去"!于是,我只能做梦绕进去飞进去了。

这样分析了"一小番"后,我就坦然对待那个梦了。因为按北大的学术规范,我的梦虽然按正常不该连续地做,但也不是没有任何线索的"胡梦"啊,是有一个线索和根据的"有来头梦"。何为"胡梦"呢?当《阿甘正传》里的阿甘梦见了,和齐天大在北大的博士论文答辩时相遇,并代替齐天大用中国古文抢答,而且,还竟然获得了中文博士学位。

俺是个"山寨版"的学生

我猛然发觉,我是个"山寨版"的学子。

眼下正在流行"山寨"。我写书也写了十几年了。我写书的最大特色——如果有人会用这个主题做博士论文的话——我当然在说着1001年以后的那个夜晚才能发生的事情,就是我基本上不放弃我写的那个年和那个月甚至那个日的任何流行词语。比如在我的《美国总统牌马桶》里面,你会看到"大哥大""松下不幸之助"之类的词语,那是因为20世纪90年代流行过"大哥大"和"松下幸之助"嘛。我呢,只不过把"幸"变成了"不幸"而已。我基本上不太夸张地发挥,比如把"大哥大"变为"二哥二",把"松下"变成"松上",再加个"最大不幸""之助"。这里,向"松下"先生赔礼了!

"山寨"一词,是从早间电视节目"马斌读报"里学来的。假如你不知道马斌是谁的话,就说明你在按正常钟点上班,你特别地不幸,他8点以后,才开始读报呢!马斌说最近南京有一条街上,全都是"山寨版"的店铺。也就是假制的和仿造的意思。具体怎么"山寨"法,我倒没记清晰,比如把"麦当劳",变成"不卖不当劳",把"星巴克",叫作"星星巴克"之类的。

我由此突然想到了,其实本人这几十年,就一路"山寨"了过来。我"山寨"过外交官,我"山寨"过资本家,我"山寨"过工人和农民,我"山寨"

过买办，我还"山寨"过人民教师，而眼前呢，我正在"山寨"着北大学子、学者以及自由撰稿人，同时还兼着"山寨"人民教师。

假如我从北大毕业后，能顺利地按我的计划和光荣的梦想，被人民解放军炮兵的某一个部门"收容"的话，那么，若干年后，我就会百尺竿头迈上最后一小步，成为"山寨版"的"中尉"（起步）革命军人了。

我说我这辈子最后——能当穿一套正式制服的人，至今还没人相信。他们都认为我未来要穿的那套"威风凛凛、气宇轩昂、有大盖帽、谁见了谁跑"的制服，可能就是"北京保安"的装束。

在 5 摄氏度湖水中游泳

我从前是每周日游一次冬泳，上周日的水温是 8.5 摄氏度，今天游泳时的水温，已经是 5 摄氏度了。昨夜气温更低，零下 4 摄氏度，湖面已经冻冰。我看到了湖边的树挂，是晶莹剔透的那种，地上也有踩上去滑溜溜的白色物质，而那些，都是传说中的冰。有了冰，对于冬泳的人来说，也就有了盼头和希望，因为不久就要到达水温下降的极限了——就跟你跳楼时候似的，你跳啊跳，你脸离地面越近，你越接近成功，而当你的头就要触及水泥的表面的那一刻，你想到的是，我的跳楼壮举，离完美，就差一寸了！所以，游冬泳的人最盼的，就是老天"咚"的一下子，就冻到了一起，就冻成一个大坨。

八年前我 30 多岁游冬泳时，有人问我水下最冷的温度是多少，我说也就零上 1 摄氏度或者 0.5 摄氏度吧，但那人还不甘心，问为什么不是零下 4 摄氏度或者 5 摄氏度，我听后，先看看问问题的那个也是个 30 多岁的人，心里想："这是他物理老师的错，这孩子还小，不能什么都怪他。"我就说，等玉渊潭湖中的水温降到零下 5 摄氏度了，你就不用带游泳裤衩，带冰鞋就行了。

不过，今天一位老兄说，他去年游的最低温度还真是零下，不过是零下 0.5 度而已。

在 5 摄氏度的水中，感到手特别地冷。我只游了往返 50 多"下"。

我边划着水，边做着两手的攥拳、松开、再攥拳、再松开的动作，因为冷水正把你的手朝鸭掌的那个程度冷冻。为什么是鸭掌？因为鸭掌是僵直而不能伸缩的嘛！所以你必须在水里不停地伸缩着手指，否则，你的手就会冻僵，冻成没缝隙的、平板一块的船桨，那样，可能你就游不回去了，你就会变成一条沉船。

我还是勉强游回了岸，因为我想起还要书写博客。

游完后在湖边行走的时候，我发现，整个一个大湖中的水，竟然纯净得能看清湖底。从小在玉渊潭边长大的我，还是第一次看见了湖底！水还特别地深，有两三米，水多的都快漫上岸了。那一大汪清水翠绿而且单纯，能联想到孩童爱吃的透明的洋果冻。水中的小杂鱼们一绺一绺的，时散乱时成形地游着，游速极为缓慢，想来不见得是悠闲，却可能也是冻的。

满口荒唐言

我和小邹、小魏和小王三个同学每次下课后，都到北大南门对面的小餐馆里吃饭，而那一路上，我发觉，我们满嘴说的已经不全是中国话了！我们用的是汉语，但我们讲的却不是中国话，因为我们说的全都是学术语言，比如"源代码""后殖民"，比如"主体性"，比如"女性主义批判"，比如"区域研究"，比如，还有比如的比如。这无疑，是比较令人恐怖的。

昨天《诗学》课时，有两个同学做了presentation。"presentation"，是从国外传来的研究生上课方法，就是一个同学用半个小时，先做一个主题发言，然后大家讨论。1989年在卡尔顿读书时，我做了众多的这种发言，用的是英文，而那时，我还不太清楚，我口若悬河滔滔不绝谁想拦都拦不住说的，到底是还不是英文呢！

小邹昨天的发言，是关于中国诗学的"主体性"问题的。他讲完后，陈老师就点名提问了。先问到了小王。陈老师的问题是你认为中国现代理论中的主体性到底是什么，小王的回答十分地从容和京腔——她是北京出生的，她说："要主体性干吗啊？"

显然，她的回答出乎了陈老师的意外，那就好比你问一个女孩子哪样儿的男孩子最适合做老公，而女孩儿的回答却是："要老公干吗啊？"

陈老师看小王死活坚持不要"主体性"，没办法，就点评小王的发言了，因为那也是要算分的。陈老师的点评更让我陶然,他说:"小王同学刚才说的没什么主体性和根本就不要主体性,其实也是一种十分清楚的学术立场和观点!"(大意如此)

呵呵,我看着他们一老一少你来我往对话的情形,发出年龄居中并稍稍偏上者的能把双方都沟通和理解的微笑。你想啊,"50后"的陈老师和"80后"的小王之间的鸿沟,不就是一个要"主体",一个不要"主体"吗?所谓的"主体",我的"非学术"理解,就是做任何事情时都追究事情的价值和意义,而不要"主体"呢,就是凭着感觉走,就是走一步看一步,反正走着就行,反正有路就行了,管它是什么路,管它通向何方呢?

眼下经济全球大危机来时,学生找工作更难了,即使找了,也顾不得什么"主体性"了,管它是干什么,无论有无意义,无论是给谁干,反正有活干,也就行了。

生存危机篡夺了人们的"主体性"。

我周二上"中西文化"时,不留神,把话题岔到金融危机和就业上了。我说同学们一定现在就通知老妈老爸,给他们打预防针,说眼下工作极其难找,说我毕业后,可能还会接着"啃老"。

听了,一个叫"大伟"的男生——他1米85的大个、年龄20出头、常同我一道打篮球,说:"齐老师,您放心吧,我两年前从连云港到北京上学的时候,就已经正式通知我老爸了。我说你们就别指望我30岁之前,能有一块钱的收入!"

听陈平原老师把"飞飞飞"说成"灰灰灰"

上周连听了两任中文系主任的课,一个是老主任温儒敏,一个是新主任陈平原。老主任人如其名,温文尔雅;新主任年轻博学,50多岁就已经出了几十本书了,而且都是学术著作,每一句话,都是有凭有据的,不像我写的东西,全都无凭无据,即使有,也是子虚乌有或打死都不认账。

陈老师被邀请在政治课上做演讲。他讲的话题是中国戏剧,大标题是"舞台小天地",小标题是"时代大潮中的戏曲人生"。

在讲演就快要结束的时候,陈教授的一句话引发了一阵特大的掌声,他说:"以前中国人要想学做好人和学当有道德的人,就要多到戏园子里去听戏,而不像现在,非要去上政治课!"陈老师的演讲结束后,负责政治课程的那个头发花白的一眼看上去就非常严肃认真平时老抓迟到缺勤逃课者的老师,上台点评了陈教授的演讲,说讲得特别地动听和极具启发性和开创性。

由于陈教授是广东人,说话广东腔,他把出席新凤霞、吴祖光婚礼的一个天桥杂技艺人——曹鹏飞的艺名,说成了"灰灰灰",而人家的原名是"飞飞飞"。这不由得使我想起了美国瞎跑的长途汽车"大灰狗"。陈老师说"大灰狗"的时候,是不是会倒过来,说成"大飞狗"呢?那倒是蛮快的。

陈教授说的有关新凤霞和吴祖光伉俪的故事,倒是引起了我的共鸣,因为我刚看了央视 11 套里的《花为媒》，还有比那时的戏曲更好、更美更"主体"的艺术戏剧吗？那新凤霞，那赵丽蓉，那情节，那唱腔，那摄影，那功夫，那品位……

我对传统戏不太熟悉，我不知道现时的陈平原教授在唱着哪出戏，是《平原游击队》吗？而我以大龄学生身份在课堂上听课，又是在唱哪出戏？是《智取威虎山》？哦，可能哪出都不算吧。可能压根儿就没什么戏吧。

3摄氏度半冷水中的泳姿和差一点被淹死

今天，本周的第二次冬泳，我又游下去了半摄氏度——今天的水温是3摄氏度半。今天悬的是，我差点没能上岸。那个台阶上都是油滑的苔藓，当你努力几次仍然上不来时，你就发慌了。因为那水是极其冷的。我大约八九岁时，也是在玉渊潭边上的"八一湖"，就差点没能上岸。我和院里的大孩子们一起去游泳，也包括了我哥。他们都跳下去了，我也跳，跳下去后，我才想起来，原来我并不会游泳，那时我也就一米多高，而那水，有两到三米。我在水中挣扎，我扑腾着，我扑腾时发现了一个救生圈，就玩命抓了三把：我一把没抓着，二把没抓着，第三把呢，却抓着了，于是，我没淹死。那无疑是一次可怕的记忆，因为我回家后随意跟我妈说我下午差点淹死时，我妈马上就急了，就找我哥的麻烦去了。

今天中午在游冬泳时，发现一位老兄梳着辫子，他头发花白，那辫子看上去，就像白马的尾巴。他说他57岁了。他还说他之所以留辫子，是因为他父亲死了，他为了纪念他的父亲，就不剪头发了。于是我认为我的后代将来，也可以用他那种方式纪念我，不过，我的后代留长头发是比较容易的，她是个女孩儿。

那老兄的蛙泳泳姿非常地好，一下子能游特远，那么，同样的游30下，他的"三十"，是不同于我的"30"的，一个大写，一个小写。他要在水中冻得更长以及更久，假如他筋疲力尽了，就真会冻死在湖里。

3.5摄氏度水温下的阳光灿烂的游泳,是对大自然的一种嘲弄,我觉得。因为人类,身上并没有皮毛。我们不像人家鱼,有鳞,有外衣,有铠甲。我们是赤膊着跟寒冷叫板。人又叫作"裸虫",裸泳的裸虫,冬日的,就更是赤裸裸的了。

张老师的评语

一民：你好！

　　最近我读完了你的"博客"，很有启示。也了解了你的校园意识、学习、听课和交友的情况。

　　你的文笔依然活泼舒展，始终撩拨人心。你在浅淡的幽默与戏谑文字中，不动声色地铺展出一个"兵不血刃"的中心来，令人回味无穷。

　　我尤喜欢退休老将军和卖"手表"的两位泳友的那段活生生的贴近生活本体的文字，简约而细腻，个性通过粗线条的勾勒，异常鲜明，是一幅声色十足的村野油画。

　　生命的活力，在此获得激发。

　　在生活里，每条有意义的见闻，都逃不出你敏锐的、鹰眼式的、思维之手。现在，你把它速记下来。倘若将来铺陈开，又会使读者叫绝！

　　冬泳，是强者意志的磨炼，但也要注重身心的保健。

老师

我的回信：

张老师，您好！

　　您又把我给看穿了！　我的这个集子打算以北大课堂和冬泳为双主线，外加20%左右的学术术语，并应用一些北大课上学来的现代小说的技巧，所以既贴近生活，又有试验性。我想把它写得"赤裸裸"的和外软内硬，也就是您指出的"兵不血刃"，用您当初教我们的"白描"，不轻易阐发，也不太留情感和声色，让文字和故事自己说自己的。这本博客集子我原来想叫它"全然无主题"，但写着写着，就落地到北大课堂的主题上了。从观众的定位上看，我想把它的对象定位在对北大课堂有神秘感的、受过一定理论训练的人群，所以故意加上去一些所谓的理论类的概念，但骨子里是反理论和讽刺理论的，就如同反八股和反照搬西方的概念。我想把它的重要性放在拿学位之上，即所谓的"副产品"，但副产品，却恰恰是"正品"形成过程的故事化的记录，比正品更有价值。

另外，再过两三个星期的过年前我请您，并把我整理好的三卷《编外教师大事记》送您批评。您今年千万别再给我发贺卡了，老师给学生发卡，真是不敢当！

也祝您多保重！

一民 上

"莫非尼采就在班里？"

周一《悲剧的诞生》课，张老师问大家怎么才能让"悲剧再生"，我说只要让那些把悲剧弄死了的"家伙们"死掉，悲剧不就能复活了吗？张老师听了非常喜悦，因为那正是尼采写书的思路。于是张老师就顺嘴说，莫非这儿——班里——就有尼采？

有一本书叫《货币战争》，写书的小伙子姓"宋"，是个奇人。他前些天在电视里说了一句话，正合乎本人的心思，他说"隔行不隔理"。我虽然快50了才正式"出道"学习文学，但我发现，天下的理仿佛是马路上架着的天桥，有了那桥，你咋走似乎都能走到彼岸。

我上周五虽然只是做了一次课堂"口头作业"，但意义却非同小可——我第一次在文学课上做"学术性"的发言了。我在艰难地从一个街头艺人（写小说的）朝庙堂的理论家进化着。就仿佛是卡夫卡《变形记》里的那个人（好像是银行职员吧），在起床时，突然变成了一只大甲壳虫！这种进化的过程，无疑是痛苦无比同时还肉跳惊心的（变成一条蚯蚓咋办？）。所以本人近来早晨醒来后最先想确认的，是我是不是条"大虫"了。不过，本人早就是了。本人属虎。虎，原本就是"大虫"。

但我还是发誓，要当一条金盔银甲威风凛凛的大甲壳虫。

我现在已经初步地"学者化"了，标志就是我写的博客郑老师已经看不太懂了。我的同事郑老师是我的老"主顾",她反映说近来我写的东西越来越不好懂了,她的话是那么地让我欣喜!我似乎已经站到了学术冰山的那一角下面。还有,当我把那篇《王夫之的阐释学说》的作业让另一个老师看时,她竟然说出了让我激动得彻夜难眠的、就要变为"大虫"的"那句话"——她说她竟然一句话都没看懂!

老齐俺,终于快要看似"专业学者"了!!

学者需要"戴着脚镣跳舞"。"脚镣"就是理论。搞文学研究的人要凭理论的依据说话,而不能像诗人那样信手拈来,这无疑是正确的。你想,北大校园里整日专门研究文学的人有千人之多,假若这些人说话时脚下都没有"脚镣",都思维奔放都信口胡说的话,那么恐怕北大还要再次修复院墙。

她能用戏段子说人——再说新凤霞

这两天的确冷了下来，我是去游呢？去游呢？还是去游呢？前天都零下10摄氏度了，未名湖的水还是没有结冰的迹象，都是风吹的。风吹出了水面的褶子，褶子一有，冰就冻不成了。那就好比人脸，褶子一多，就不光滑，一不光滑，就不是冰，"滑冰滑冰"嘛。午后，风在两三点太阳最强劲、发出刺眼的光芒时，在未名湖面吹出了万点的碎银子，哗啦地洒在那本不大的湖的表层，就像是老天在开恩地施舍。

冬泳、冬泳、冬泳。不过能游零下10摄氏度的水，今年的冬泳也就"大功告成"了。

车老师的课，正讲着卡夫卡的《城堡》。他说"城堡"其实是个哲学意义上的概念，你可以把所有的可望不可即的、想得到却得不到的都归结为"城堡"，比如说情爱，比如说目标，比如说名誉什么的。那么你的"城堡"是什么，我的"城堡"又是什么呢？北大，难道不也是一个城堡吗？一个扑朔迷离的北大，一个不着边界的北大，一个说不清道不明的北大。

我在加拿大渥太华卡尔顿上学时的同学范兄给我来电话，他原来是北大历史系的教师，在20世纪80年代跟我一块儿到国外"插队"去了。他曾经做过鞋子生意和电子部件生意，现在不知是"鞋子"还是"部件"；我说小范啊，我告诉你一件特别好玩的事，咱俩现在已经变成"校友"了。

小范听了说："小齐，这可不是一般的好玩啊！"

《梅兰芳》正在上映着。我最近对戏剧的关心，还是自打上陈平原教授的那堂"政治课"。

当老师，难道不也是"戏子"吗？你往台上一站，就开始亮相了。

"戏"，倒真看了两个——也就这一个星期。一个是12月30日在北大"百年讲堂"上演王尔德的一个叫什么"城堡"的戏，由英国TNT话剧团出演。才4个英国人，就把那台子给闹的，台上台下，热火朝天，手舞足蹈，笑声不断，这使我怀疑我们这个民族，是不是太严肃、太拘谨、太不会折腾了？第二个"戏"，是同学小魏主演的，叫"在变老之前远去"，是在最冷的前天，朝阳9个剧场看的。那一带我才听说，叫"小庄"。在一个城市生活快50年了，也就隔一个小时的路，你竟然从来没听说过有那么一个地名，不由得让你想起人生有涯还是无涯的问题了。在我看来，那也是一种嘲讽——嘲笑我们的无知无能。因为即使你人没了，那个地名还是那个地名，你还是不知道。

小魏是带着38度的高烧去连演那个话剧的，他一直要烧到明天（周日），也要连演到周日，据说窦文涛周日还要去看。小魏晚上演戏，白天在陈老师"诗学"的课上还要时不时地抢着"带烧发言"，说得一套一套，听起来跟真的似的。他可能忘了，那正是昨晚的台词；而晚上演戏时呢，可能他也忘了，他说的是"诗学"课上的发言。

那个剧，说的是真的故事：有一个叫马骅的诗人，原本是白领，后来腻了，就到云南雪山下当小学教师，后来又想回城，却在返途中出了车祸，摔死在澜沧江下了。即使我本人，是厌烦诗的，也觉得马骅的诗写得真好。小魏在剧场中心演马骅在黑板上书写，给小孩子上课时，我竟然，联想到了第二天就要上最后一次商务课的自己。当老师的人，在学生来看，是否都是那样子呢？讲课的人，就在演戏。你要眼睛对着眼睛，你要观察每一句你说的话,别人的反应是什么。学生在同你的目光相遇并聚焦时,你朝水面投下的石块,就打出涟漪了,没有,你就得马上再换一块石头。我有时宁可把四下的灯都关掉,那样你就是一个空台上的那个不再需要观众的自娱自乐自在自为的"角儿"了。

从"角儿"的角度看人,新凤霞有两个例子,一个是头一次看她老公吴祖光的时候,她说吴祖光"真如戏词中说的'前发齐眉,后发盖梗,青头皮非常漂亮。宝剑形的眉毛,大眼、双眼皮,一口白牙整整齐齐,满面书生气'"。(《我叫新凤霞》)

在第一次见到秦怡时,新凤霞说:"我一看就喜欢这个出众的标准美人,两只大眼,双眼皮,想到评剧有一段形容女人美貌的唱词:'眼前只见一个人,圆圆的脸儿,弯弯的眉毛,高鼻梁儿、红嘴唇儿,闪闪双眼真有神儿,不高不矮苗条的身儿,姑娘生下的好女儿,宝贝、宝贝真还要爱死个人儿,天上的仙女地上的美人,二十多岁,还那么俊儿,细皮嫩肉像个小闺女儿。'"(《跑龙套》,秦怡著)

虽说新凤霞"从小不识字",是文盲,但人谁能"从小识字"?生下来就识字的是字典。看人家能用一字不差的唱段子形容说人,你不由得对文化水平相对低的戏曲演员们刮目相看,人家可一肚子都是各种台词,都是最好的文学段子!还有,咱们每一个人的形象,似乎在戏段子里都能找到,评戏里找不着,你从京戏越剧黄梅戏吕剧河北梆子里找,再没有,就从莎士比亚的四大悲剧和喜剧里找;还不行,你就找王尔德的幽默剧,让TNT的那些疯家伙帮你说!

外观相当于一段段台词的你我他她和它——这世间一切的活物们,在牛年还没到凛冽的寒风里,"抱团过冬"呢。

零度水中的挣扎——终于游到极限了

快到湖面时,我吓了一跳,因为一只白猫,懒洋洋地在湖水上面行走,而且用的是猫步。

原来是湖被冻住了,湖结冰了。整湖的冰啊,变作了一个大镜子。这是2008年第一天的冰。留给游泳人的,就只有一小个约40平方米大的圆圈"浴盆"了。今天的水真冷,有用表量的,才零摄氏度。零摄氏度水是什么概念?那就是立即要变成硬冰的"浆子"。之所以它还是水,是因为有人——我们——在水里游着、搅和着。据说最冷的是前天,也就是北京大降温的那天,还有昨天。昨天的水是咋样的?据游过的人说,是刀削那样地冷。你想啊,气温是零下10摄氏度的,那水本是该冻上的,可风呢?偏不让它冻,那本该成为固体的水,本已有零下好几摄氏度了,就万般难受和不自在了,就气急败坏呼哧带喘地折磨着敢于跟它做伴的冬泳的人了——用零下三四摄氏度的本来该是冰的冷酷的"浆子"。

我下水了,我连喊带叫——那是在吐露寒气。我来回总共才游了10米,只游到冰的边缘,就掉头回转了。但这无疑是大约8年后的突破。我8年前曾经常在这个温度的水中游泳。冬泳,游的是极限,而今天呢,就是冬泳和非冬泳的界限。你游过了零摄氏度后,就"拿下"这个"泳季"了。因为在没风的前提下,水温再怎么低,也不能低于零摄氏度。而今天,是全年最冷的一天。随后,湖就像锅盖那样,一点点加厚了,然后,它就把湖给封死住了。而再往后呢？别管冰多厚，水温是不会再降的，还会相反，在最冷的1月，水温由于有厚冰的"保暖"，还会升温，会升到3摄氏度哩。

在零摄氏度水里冬泳和在零摄氏度以上的水里冬泳的区别，在于手脚的感觉。一般在游了10米之后，你的手和脚就会失去知觉，因为给冻麻了，变成了"麻团"。由于太冷了，所以大家彼此壮胆着，高喊着："别下了啊！""上来吧！""我下去就上来！！"女的比男的能游。有一个女的，也是一周没游了，但下去就不上来了。她的体形，是企鹅样的，非常能自行保暖。还有一个"老杨"，60岁的他，那体格跟普京似的。看他在冬阳下，先亮了半个小时的"俄罗斯肌肉"，然后再跳下水，然后再游到"泳池"和冰的交界处，再使劲地扑腾着——他是在破冰。

像"老杨"这样每天游的人，大约有几十个吧，他们在湖面冻死后，就在这"方寸"的小池子里，每天连喊带叫，每天相互鼓励、相互推搡、相互打趣、相互攀比着地游。这仿佛是一个男爷们儿（也有少许女人）的退休、下岗、下野、下凡、下放的热闹的集市，说是在游泳，不如说是打发着没什么好做甚至是无聊的时光，因为下水上水时为了壮胆，是非要和别人交流和沟通的，他们真需要"抱团"。

至于我，我还不至于闲到每天都到湖边和湖面上出溜的野猫野狗会面的地步，我还不完全彻底地是个闲人。我想游才游，我可游也可不游，我还有更重要的事情要做，具体地说，这个月底前，我还要交学期末的5份作业呢。

从犹太人那儿出再由犹太人那儿进
——模仿一下《城堡》吧

我发觉本人的这一辈子,可能是倒霉到犹太人手里了,刚写完一天"政治作业"的我这么想着。我开始写的时候是早晨,太阳刚刚就着零星的雪花——2008年第一次的——暗里冒头的时候,但写完的时候呢,就已经天黑了。

我写的"政治论文"的题目是《马克思对现代阐释学的补救》之类的,瞧,刚写完就马上忘了。

马克思是犹太人吧;近日在课堂上说的写《追忆似水年华》的那个普鲁斯特,也是犹太人;卡夫卡是犹太人;德里达嘛,还是犹太人。好容易有一个叫斯皮瓦特的印度裔女权主义者不是犹太人了,可她是德里达的情人。本雅明是犹太人吧,卢卡奇也是犹太人。这叫作天才的大批量复制,还有,这就跟这几个月一上公交车,公交车挂着的那个电视就一而再再而三地说"上海流行送'瑞年';浙江、江苏——送'瑞年','瑞年'——氨基酸片"!

一般我一听那个广告,就气不打一处来:"能不能别再送有机化学物质'瑞年',送点'瑞雪'什么的,总之,送点实惠的吧!再说了,整天喊着要白送,咋喊了俩仨月了,谁也没白送给老子什么'瑞年'啊?"

但当我从这辆车上下来后,我上另一辆车,我腿刚一抬上车,广告的声音就又传来了:"上海流行——送'瑞年';江苏、浙江——送'瑞年'。"我大喊："不是'瑞年',是瑞雪!"

说回到犹太人吧。这个小文章无疑是给专门研究文艺理论的专业人士看的。怕你不懂,我于是,把眼睛转向了电视,电视里的那个美国财长保尔森,竟也是个犹太人。

我前天晚上做了个梦,梦见我又回到蒙特利尔那个暗红色的造锁工厂的生产车间和办公室了,我在那个四方形的厂房里面总共工作了5年。我梦见了我的两个犹太人的 boss,我梦见我到厂房中那个有1000多摄氏度、冶炼着锌的高炉前当实习生。还有那个虚伪的大个子 Steve,他正在暗中算计着周围的每一个人,当然也包括了我。但后来是我把他给炒鱿鱼了,就像华尔街的那些怀里抱个箱子下岗的人似的,哼!然后我就醒来了,我开始四下查找马克思的书,我开始做论文,我开始应付这门仿佛一直在讲着"花为媒"的"政治课"的"大结局"。

下午,大家都收到了政治课代表的邮件,好心的课代表说同学们千万好好应付期末的这个作业,免得"找麻烦",因为就是这门课,从前,曾经有一个硕士班的三分之一的学生没通过,还有,2007级的博士生,也有到现在都没成绩的。这不是"恐怖主义"吗?

下午接到了一个来自"首博"的"留言",说本人的一个小博文中了"我看博物馆"的三等奖。我一查"首博"的网站,竟然是真的,这次真的不是骗子了! 我就打了电话,说要去领奖,他说我们给你寄去吧。我说不用,我家就在你们楼下。果然,没过5分钟,我就到了。那个小伙子给了我一个本子,是一个馆藏品的并非精装的纪念册——精装的是一等奖,半精装的是二等奖,三等奖的封面是最普通的,但内容是一样的,都是国宝们的图案。

都快到家了,我突然想再回"首博",去问问那个小伙子他是咋知道我的博客地址的,因为我分明并没有投过稿子,我甚至压根儿就不知道他们搞了什么"征文"。我就是看了那个"国宝展",然后回家写下感想,然后就失去知觉了,对那件事,中国这么大,他们,咋知道我齐天大写了那么一篇关于"金缕玉衣"的文章,并追着我白送给我那么一个本子呢?那个小伙子也可能纳闷,中国这么大,网络那么快,一点能到达全世界,咋,偏偏楼下的这个小子中了我的奖了?

"邮票白买了。"他可能想。不过,还是要谢谢白送我那么多珍宝的"好邻居"——首都博物馆啊。

张老师的第三封信

一民：

你好！今日，我的眼眶湿润了。

是因为感动。

网上有两组视频：

一组是，训警犬的老兵退伍，手提一个行李箱，两步一回头，深情地望着身后五六尺远的一只大黄狗。大黄狗，迟疑地向前迈着步子，它那一双浓黑的眼睛，直勾勾地盯着它前面与它朝夕相处多年，风里来雨里去的战友——一个农村的退伍老兵！

大黄狗，嘴里衔一个长带的军用背包。两步一停地送别它的战友。路边的断草当风抖着。

此时，《圣母颂》在我耳边响起……

一组是，南方的一个繁华的大都市，现代化的汽车流，肆无忌惮地在中心马路上疯狂地疾驶着。一只小黄狗和一只大黑狗，惊慌失措地想从马路这边过到那边去。

当它们惊愕地左闪右躲，好不容易蹿到路中心，突然，一辆漂亮的高级"别克"小卧车，从小黄狗的后腿轧了过去！只见车中的一位"美眉"，从车窗往外探了探瓜子儿脸，冷漠的眼光一闪，不以为意地，马上又加速向前狂奔逃走了。

只见大黑狗在后面撕心裂肺地吼叫着,在无可奈何之后,低下了头,用嘴咬住了小黄狗的脊背,拼死命地拖着,拖着!在疯狂疾驶的车流中,左挡右躲,历尽危险,终于把小伙伴拖到了马路的对面!一条小生命得救了。

　　此时,在我的耳边,响起了庄严的《圣母颂》,她是那样地仁慈,呼唤着泯灭人性的良心回归!

　　一民,我并非多情,但黄狗、黑狗的"深情""援助"行为,怎能不让我感动?我又非铁石之心,真是让我掉泪……

　　我们的人间,何时才能达到"博爱"的境界。

　　天若有情,天,不应该老;天若无情,天,应该老!

　　难道我说的不对吗?

老师
12月9日

张老师您好!

　　您别过于伤感。上个月在我家小区的院子里我也看见过类似的情形:一辆车开得飞快,一只猫躲闪不及,就被卷到车轮底下了,车开走后,猫打了个滚起来,没事似的,又慢慢地走掉了。我在一边,看得非常吃惊。换句话说,我还没有猫那么坚强。被现代化武装起来的人,假如没有自知之明,是很冷酷的。不知为什么,我对我们自己这个民族的所谓的"贵族性"从来就是质疑的,就是似乎,我们这个民族并不真具备高雅的基因,稍微物质丰富了,就更偏移了。我的这种想法可能是另一种民族的自卑吧。您再看国人的什么都吃和种种的残酷性,其实还没脱离动物性的弱肉强食,或者说还不如动物之间的只为生存而捕食的行为"仁道"。我们人类通常会忘掉自己原本的动物属性,但我却时时刻刻有那种自觉,可能不是当什么一个"好人",而是能当一个"好动物",是我们的最高追求吧。可能每个民族都有"劣根"的一面,但我们的"劣根"肯定是独特的,那就是为什么鲁迅穷追不舍的原因吧。只是一些随感,不知是否妥当。

咱们班级的同学会网站建立起来了,他们可能组织新年的聚会,到时再通知您时间吧!

天冷了,注意防寒!

一民上

一个与"雪"有关的志向

没有雪，几乎就成了北京的"现代耻辱"了。没有雪的冬天——挺冷的这种，就好比怀孕足月的女人，总也产不下子，那肯定挺让那女人郁闷的。前一阵电视上，就有一个大肚子的妇女，都50多岁了，肚子大了起来，都不好意思出门了，但怀着的，却是一肚子"坏水"——不是孩子，而是腹水。我无意拿别人的苦痛当比喻的材料，但那个例子，的确好用于比喻虽然贼冷，却下不来雪的北京的这种冬季。

北京的冬季如能有雪滑的话，我是不至于总往湖里跳的，我会去滑雪。在加拿大的10年，我滑了10年的雪，雪色是蒙特利尔那个城市的基色，而本人呢，在这个时节，不是该在山顶的滑坡上朝下没命地俯冲，就是一个人在城市中的森林的雪道上用雪橇长征着。雪是十分好玩的，雪的结晶洁净，加上空气的清新，是玩雪人的污浊的洗涤剂。

回国后我当建材老板的那几年，每年冬天这个时候，都组织北京和各地来的代理商和公司员工们的家人，到山中去滑雪。我们前呼后拥的，十几个车，浩浩荡荡。我最后一个忠实的"雪友"，是大学的同学老张，但由于老张最后一次去滑雪，没叫上我，于是他，就摔了个后尾巴骨和大腿两处骨折。那之后直到现在，就再没人胆敢跟我去山林里滑雪了。于是我的下一个志向，也是我原本特不想做的，就是再过几年拉起一支属于我亲自带领的"部队"，在我五十开外之后，再跟着老子我的号令，到山林中去玩雪。

那个与赖斯合过影的教练和CCTV的"大裤衩"

那个与赖斯合过影的教练,长得也特像赖斯——我一边滑冰,一边想着。

国贸的滑冰场,是北京的一景。除了美国的赖斯去过那里之外,你根本就不知道希拉里是否也会去。你还能听到各种语言,比如,有的母亲先用汉语骂她的儿子,但一看旁边有人——指本人,就改用法语了,但我也能听得懂法语;比如,在冰场旁的"赛百味",两个外国绅士用英语激愤地说着,说要告他们公司的老板,那把我吓了一跳,显然至少他们之中的一个,是金融危机的受害者;还有,两个日本妈妈笑着叫她们的正滑着冰的孩子"快滑呀,快滑呀"。再有,一个意大利妈妈让她的两个孩子好好学习英文,当我用意大利语问那个妈妈为什么不让她们学学中文时,那个妈妈却用 thanks 回答了我。不是我的意大利文没说对,而是她没反应过来——一个坐边上换冰鞋的中国人,竟会听懂她们讲的意大利语。还有什么来着?还有,今天,一个妇女当着那么多人的面,用英文跟滑冰教练吵架,而那个教练呢,也用英语坚决回嘴,然后那个女人——是中国妇女,就用英文把经理唤了来,说非要更换她孩子的 coach(教练)。

有"窃听"一说,但他们都是对着本人的耳朵说的,是主动"露怯"的,所以不能说我"窃"了。当着外国人用母语说话,有时是一种"屏保",

但到我这里，那"屏保"就失灵了。

滑冰场上大多是小孩子，也有一个比我还大的。那老兄六七年前就在那儿滑冰了，那时我还在国贸旁边开着公司。老兄穿的是一双乳白色的女式花样冰鞋，从前他老爱像女人那样在冰上跳舞，一圈儿接着一圈儿地连跳几个小时，现在就更甚了，他，竟然戴着一副女孩子专用的粉色耳机，我猜那里面肯定播放的是悲剧《蝴蝶夫人》；他旁若无人，他十分动情，他四肢像花儿谢了似的边转着圈儿，边"花瓣散落"。赖斯比他阳刚多了，希拉里也是。

滑冰讲究的是千万别"串"了。我是说只要不是专业的，男的就千万别穿"花样"，即使穿，也别穿白的；还有，女的只要不打冰球，就别穿着男式"球刀"乱转。跳舞本来就不是男子的特征，在冰上跳，就更不地道了。

我也只是在每年湖冰没冻死之前，才在国贸冰场"热身"加磨刀的，每年刀磨好一次，就等着湖冰冻上了。昨天静园六院戴锦华老师主持的"工作坊"讨论刚完，我就又去查看未名湖的冰了：已经有少许人滑了，但我借着路灯看，发现远处有一个黑窟窿，还挺大的哩。我会冬泳，没什么，别人掉下去了，也能去捞，但是穿冰鞋下水捞人，还需要先练习练习在冰水下解鞋带儿再说。

为了晚年有人陪我进山滑雪，我已经决意在五年之后，重回国贸边上的办公楼上——我下午边滑着冰，边策划着那件事情。我们要做的，是先把那个占据我们办公室的美国保险套推销有限公司（非盈利性的）给轰走，然后就开始招人。当然，面试时我的第一问题是："你喜欢滑雪吗？你敢跟老板一起到亚布力去滑雪吗？"我们的那个新公司的定位与五年前我掐死掉的那个一样，是这样的：1.以不盈利为目的；2.以扩大社会就业为目的；3.以不择手段推广齐天大作品为目的。经营上大体分"吹捧部"和"诋毁部"两个业务部门。为了提高部门之间的竞争度，两个业务经理进公司之前（不是之后）必须是情敌关系！分工一明确，"吹捧"的只负责"吹捧"——齐氏作品，"诋毁"的必须使劲诋毁——齐氏作品。如何招聘"诋毁部"经理呢？一定要从北大博士生同学中找，专找那些拿到学位四年后就业还没着落的，告诉他就是因为世界上有了几本齐天大的书，经济就不景气了，就金融危机了，于是他才那么长时间没找到工作。"吹捧部"的经理呢，正好相反，告诉他正是因为齐天大写了书，赚了钱，他才有了来之不易的就业可能，于是，他就能真心实意热情洋溢地从事鼓吹工作了。

我常在商务课上教学生学做"商业计划"，我先给自己"计划"一个吧。

我们原来办公的地方，就在距国贸三期北京最高的楼 10 米处，前面是国贸大厦，后面是"大裤衩"——中央电视台那个就快要完工的新楼。我们的那个"老巢"呢，是半圆弧形的，仿佛是大裤衩裤裆下生出来的一个直立的"鸟蛋"（麻将中说的"卡裆"）。我几乎每星期都去"裤衩"的工地那儿转转，看看具体到什么时候，裤衩的裤链子才能拉上：老子好"卷土"回去啊！今天滑完冰后，我又抬头看看"裤衩"，发现坏啦！新"裤衩"CCTV 还没穿过，就已经该水洗了：只见"裤衩"表面一层全是灰，恶心巴拉的脏唧唧的，像是才尿了裤子，真有些个不雅。上面正有人吊着擦呢，但怎么都擦不干净。

我看梅兰芳的兰花指

在看电影《梅兰芳》的时候,你会发现,那时候看戏的,大多是男的。所以当"十三燕"演砸了的时候,那些个大老爷们,就一使劲把桌子和桌子上的碗和壶全给砸了。那情景,竟然跟我在玉渊潭一起游泳的那些个糙老爷们儿们那么地像。我们游完了,就骂人,就说黄段子。当然,我不会说,是那个卖表的老关说的。他正说的时候,那个裤带子上挂着铃铛跑步的女人"小铃铛"正好跑了过来,于是我们就不说黄色的故事了,就议论起那个"小铃铛"。上次,我听说她老公死了,还是个"部长",老关说不是,死的,是她的"老公公"。"老公"和"老公公",咋就差一个字呢?

梅兰芳的"梅花指",据20世纪30年代美国的雕塑家说,是全美国最美的。他的魅力是"在台上比谁都女人,在台下比谁都男人",还有天下男的都想娶"她"——台上的那个"她",天下的女人都想嫁"他"——台下的那个"他"。却不是相反。相反?假如天下的男的都想娶台下的那个"他",天下的女人都想嫁台上的那个"她"的话,那天下,可就大乱啦!

人性如深渊,你越探就越深,你可能一辈子都见不到底,甚至连你自己的。猴子的习性也仿佛没底,在今天的《环球时报》上,有一则"日本猴子爱洗温泉"的文章和照片,照片中温泉的热气和几只老猴子泡着温泉的惬意,让它们看上去跟齐天大圣似的。据说老猴子们开始并不知道泡热澡舒服,一只偶尔下去了,就把舒服劲头告诉别的猴子了,就形成了猴子们都泡天然温泉的景致。

戏子和戏里戏外的也一样,你没看"梅戏",就不知道那是"国粹",也不理解中国的和外国的众人陶醉的劲头。梅兰芳的魅力,我看是刀尖上的,稍稍一偏,就糟糕了,比如,假如他台上是女人,台下也是"女人",也扭扭捏捏的,也就不那么倾国倾城了吧。

在冬夜下的未名湖边行走

　　我这个人的命，可能注定是离不开湖的，所以这几个月，未名湖也就成了我必须出没的地方。无论我什么时候在北大，都必定要去图书馆以及未名湖。北大人都在苦读着，于是北大人都似乎忽视了那个湖，每日在湖边行走的，大都是旅游观光的，都像参观故宫、颐和园似的到湖边去看去拍照。我问10个学生，至少也有10个几个月都不去那湖边一次，而我正好相反，每天不到湖边走走，我就感觉像是缺失了什么。

　　学文学的似乎都有轻生的冲动，这，我是昨天上课才听陈老师说的。陈老师动情地说，你往马来西亚的双子塔上一站，唯一想到的，就是像鸟一样飞下去。我于是吓了一跳，下课后还追着陈老师让他以后别再那么想了。车老师有一次讲课讲到最吸引人的时候，也突然说了一句"昨天我不想活了"。一个北外旁听的女生——我的"小师姑"，也说老想自杀什么的，甚至每天都想好多遍。还有，我的一个同学的导师——人大的——去年还真的跳楼自杀了，还变成了全国的要闻。文学的那些个大师和偶像，比如尼采啦，海明威啊，芥川龙之介啊，都轻生或疯癫而死了，所以，那，似乎是一个挺正常的选择。任何热衷学文学的、能写出好的文学作品的，似乎过的都是极端的生活，按车老师在最后一堂课的说法，都患有一种疾病，叫作"文学病"，那"病"的晚期，就是"自绝于人民"。学理工的就不这样，比如学废水处理的和学计算机的吧:学计算机的人,是不大可能轻生的,因为他们每天接触的伙伴computer,压根儿就是个死的家伙,即使浑身全都是"病毒"了,它也不想寻死。搞废水处理的那个"导师"和"偶像",也好像,没什么轻生的动力,至少从每天都要进行的事业和研究的对象——坏水里,得不到什么那方面的灵感和启示。

于是下课后,大家就问我是想学尼采呢——他疯了,还是学海明威呢——他把步枪的枪口捅到自己的嘴里了。我说的话让大家吃惊了,我说我想先无限地延长这寿命,到101岁吧,然后享受这美好的生活:我不嫌命长,我只恨命短。有了这命,我们可以看电影《梅兰芳》听京戏吧;有了这命,我们可以连续三个小时地沉浸和陶醉于陈老师指导的"诗学"课的智力游戏而其乐无穷吧;有了这命,我们可以像孔子说的那样"游于艺",可以欣赏老天爷(上帝?)创造出的这个奇妙的世界的每一个细节吧——比如人为什么有一左一右两条腿而且还一般长啊什么的;还有,有这个命和这个头脑,我可以一年四季地观察那些"湖们"的微妙的各异的姿态和风光吧。

上次去看昆明湖是在一个多月前了,我直到5点才走,我等那个太阳,一点点地从西山的边上下落。你看太阳西下时,一定要用脑子使劲地想,你要想象地球在飞快地转着、转着,所以让太阳咚咚地不可挽回地下沉;你还要全方位地观察,调动你雷达一样的两眼的所有视角,你要仔细揣摩"金边太阳"从山顶上最后"下野"的那一时刻,四周的山和湖在那一瞬间怎么慢慢地由光明到晦暗悄悄地一层一层地"变脸"。

昨晚,从中文系"静园"五院的会议室出来后——下午我观摩两个小师兄的资格考试并负责给几个老师们不停地往纸杯中添水,我就趁晚上的课还没开始的空当,到湖边溜达了。那是6时许,天已经全黑,所以路灯的明亮,就显示出来了。由于气温低,湖边一个人都没有,但雕梁画栋的建筑却在这个冰点下，特别地细腻光鲜起来，可能是湖冰暗光的反射给它们上的颜色。湖上黑黝黝的，没有了白天滑冰人的喧闹和戏耍。昨天下午两个穿警服的人在湖边走，还差一点掉下湖去。冰冷，能让万物肃然，能把亭台楼阁变成冷酷的"静物"，能让幽暗的湖和山，在凛凛时露出她们的安静和沉默的媚态。

其实，这湖，才是活着的全部。

"答辩"兼"抗击"严寒

今天最低气温零下十几摄氏度,据说是自1951年以来北京最冷的一天,于是我早晨一出门,就被寒风给吹了起来。

应邀到"北语"的远程教育学院给学生们当答辩老师。"答辩"用英文说是defense——"抗击"的意思,我们要用英语,来抗击寒冷。

一个女学生在答辩的座位上坐下来后,先说她是从天津赶过来的,因为下大雪,所以晚了一会儿。让我感到奇怪的是,起先她说的是天津话——那种每个字都朝下沉的,好久没听到了的方言,但当她说起英文时,突然,她的"津味"哗啦都没有了,变成了半口的美音和半口的英音。在最后一个问题中,我问她为什么一说起英语了,方言竟然突然没有了痕迹。她又用中文回答,又变成浓重的天津味了。总之,挺好玩的。

下午的一个男生的答辩,是通过远程视频从深圳那儿传过来的。由于发言的学生全在黑影子下面答辩,我们只能听到声音,脸是看不清的。于是,一个答完了,就换了下一个,接着,又是下一个——我们怎么看,都觉得前三个男学生长得都差不多,而且还都哈着腰。等下一个学生又说话时,我们才发现错了——这次明明听到的是一个女子的声音,但那个发言的身影,咋还是那个哈着腰的男的?原来,从第二个起,那个图像就没变过——死机了。于是我们就叫来了搞技术的,花了点时间,把男学生的身影,切换成活着的、能动弹的女学生了。假若不换成真的,是很危险的：完全可能前三个考试的学生，说话的是同一个人，是代替他们三个答辩的"托儿"——发音都差不多嘛，还有呢，我们三个老师始终暴露在深圳学生们的视线里，连我吃橘子和龙眼的动作他们都能看见，但那边的人在做什么，这边却全然不知，我们在"明"，人家在"暗"，跟被审的似的。

一个显然是广东籍的学生，把英语说得跟海外唐人街的人似的，"咣当咣当"地山响。我就对别的老师说："口音可够重的。"人家天津的学生，说英语，就不带天津味道嘛。

跟邢台两个学生的答辩，由于没有了视频，用的说是最现代的QQ技术，由于还不能100%同步，对面学生说英文的画面，就晃晃悠悠、影影绰绰、鬼鬼祟祟的了，传来的英语的说话声音，也慢慢腾腾的、时有时无的，颇像中国宇航员从宇宙飞船那儿传来的画面，我刚想说"我代表全体中国人民以及所有海外炎黄子孙，向你的伟大壮举表示真切的问候"，就想起不对，我该说英文。于是我用英文提的原本一长溜儿的问题，被QQ切割成了皮皮虾似的好多个小段落。可能对面的那个邢台的学生原本听力和记性都差，她听完最后一个小段落后，早就把第一个和第四个段落给忘了，或者第一个和第四个听懂了也记住了之后，第三段落没传过去——当然是由于技术原因，因此，我问的三个长问题，她就都没答上来。我只能换一个短的了，我问 "Do you like 'defense'"？（你喜欢'答辩'吗？）过半天她终于听全了我的问题，却肯定没听明白，可能她压根就不知道defense是什么"答辩"，就大声回答说："ye——s；y——e——s啊，teach——er！"（"对啊对啊——老师！"）

我边打冰球边游冬泳

注意，两个动词"打"和"游"的主语并不是一个人，前一个是本人，后一个是卖表老关和老将军他们。上午，在玉渊潭，我打冰球的那块冰，离我游冬泳的那个"冰窟窿"，我目测了一下，也就有十几米。我的球被我打得朝那个方向飞去的时候，我真想滑过去捡球，但那个卖表的连喊带叫的动静和湖面小鸟哭叫似的冰的断裂声告诉我"那儿不能去"。

在野冰上打球，是挺担心的，因为你即使掉下去了，也没人替你追悼，那个念悼词的一定要非常沉痛地宣布："这小子是、是、是滑野冰掉窟窿里的！"

"他不是游冬泳的那个吗？"别人会不信。

有人在"东湖"北面正盖着大别墅，正砌着高墙，湖边游泳的人在大骂着说腐败，由于骂腐败是不管用的，于是，那个穿一身"北京公交"蓝制服的，就说起黄话了——我发现"东湖"这边游冬泳的男爷们儿，都是"黄话连篇"的，就连大堤上跑着的一个白胡子老翁，也"妹妹长妹妹短"地唱着跑，诸如此类的。

我原来在湖中央的小白桥水域游了许多年，也认识了许多人，今天还碰上了一位，却一句"黄话"都没听过，现在想到原因了，那边的老太太们多——比如那个70岁还跳水的"张老师"，哪天那些老太太们也"黄话连篇"了，那么地球肯定已经彻底变暖——我是说早已经非常地"反常"。

穿蓝公交服的跟大家说,他在的那个单位,总共有五个人,两个"主任",两个"实习主任",而不是"主任"的,就他一个。他都40多岁了。那两个"实习主任"是大学生,开始还没什么事,但过一阵子,那两个女学生就"老张你干这个"!"老张你去干那个吧"!"老张,我让你干的那个,你咋还没干呢???起来——""实习当主任"嘛!于是,他就想把其中的一个"强奸了"——这是他的原话,注意,"东湖式脏话"开始广播了!后来他没"得手", "咋啦?"众人问。"那小妞儿原来是总公司人的亲戚!" "蓝公交"高喊着说道。我注意到他的那身制服也挺适合我的,我早就有"制服情结"了,尤其是在五年北大毕业之后。你瞧那身制服的两个袖口子上,还各有两大条黄黄的、粗粗的杠杠,这多像是海军少将的礼服!只不过,海军的"蓝",是海蓝的,公交的"蓝",是葡萄蓝的罢了,但无所谓,都穿的是蓝,都像是海军。

关于湖边上那群海军医院后院修的"腐败楼"——大伙骂了一阵子,就不骂了,怕楼里的人听见。"蓝公交"说:"咱们哪,在这儿说的这些牢骚话,就跟你嘴里的屁似的,放完,也就完了。"

我扛着冰杆,继续绕着湖走,我回到了上星期天下水的那个地方,才终于看见了两个敢在冰上打球的快要离开的人,他们滑得非常之好,贴近一看,竟是两个白发老者。我就换鞋上冰了,于是,湖边的人就开始看我和议论起我来了——就我一个人嘛。老关他们在游着泳,也在朝这边看,他们肯定看不出——我头被冰球帽裹着——这个打球的本人,就是每周一次和他们一起跳冰窟窿的——那个。

本学期最后一堂课的感慨

昨天上的是本学期最后一堂课——"马克思主义思潮在中国"的尾课，也就是政治课的尾课。这是门公共课，是一位姓杨的老师主持的。杨老师据说是校党委副书记。杨老师满头白发，杨老师十分博学，为人厚道而庄重。听课的是08级文科的所有博士生，有三四百人。昨天的结业课除了交学期论文之外，就是听各个系的学生代表做主题发言，顺序大概是：经济系、历史系、中文系、社会学系、哲学系、政府管理学院、法学院等。这些都不是我想写的，我想写的是那些发言的小伙子们各个思维敏捷，各个富有挑战精神和建设精神。我呢，则是个介乎杨老师和他们之间的、一个似乎既是局内人又是局外人的"最佳的听众"，就好比尼采在《悲剧的诞生》中所说的古希腊的"歌队"。杨老师给小伙子们出的题目十分广泛和宏观——从金融危机到马克思和韦伯的比较，从中国伦理之改造到后30年中国法制社会之展望。小伙子们敢想敢说，把课堂当成了他们的戏台。其中有最为敏感的话题和最为大胆的设想，在别的任何地方，这些是不可能搬上课堂的。小伙子们演讲得有理有据，有激情有胆识。那个法学院的学生怕在规定的时间内讲不完，就先严厉批评杨老师没把握好前面的时间，然后紧张地说一句喘一下，直到把他的"施政演说"给彻底说完。

我由此，被后代们的这种精神感动了。我联想到了我自己曾经的大学生时代和18年前冒着严冬从渥太华驱车到多伦多参加留学生代表大会的那些个岁月。它们似乎又回到了眼前，回到了北大的课堂。在我的这本北大记录中，我尽量在回避用颂歌式的语言"言说"那个被"美言"了太多的北大，但有时却情不自禁。我有时反过来想，假如中国没有这些个富于堂吉诃德精神的理想主义者，中国又会是个什么样子？北大的这些个人，几乎每天都在接纳着、否定着，否定着自己，否定着他人，他（我）们每天都在疑问和追问，每天都在与一切已知的东西划分着界限和决裂着，然后企图重建企图在否定中创新，但真正能重建的东西，其实又那么地少。陈老师在最后一堂课上，否定了他自己写的书——他鼓励同学们写出新的书，但新书又怎么容易写呢？要看千万本书，将其否定，然后再"诞生"出新的。这，就是使命。北大是沉重的北大，因为每一个人，都在肩上，压着一个标新的重负。或者说，若北大不标新，那"新"从何来？至少这个校园中的人是这么想的。

昨天北大期末考试

昨天，整个北大都沉浸在浓郁的考试的气氛里。我也考了两门，上午是张辉老师的尼采的《悲剧的诞生》的英译中，晚上是研究生第二外语日语的考试。两个考试加起来考了4个小时，不过我总共用了3个小时多一点，就出考场了。

考试前，张老师在黑板上用正宗的书法，写了一首诗，颇有《兰亭集序》的风格。他让大家猜那诗是谁写的，一个学生真说出来了——是陈寅恪的。其中有一句话"读书不肯为人忙"，意思是说读书不是给别人读的，是为了自己。张老师说他是在早晨乘坐地铁时想起那首诗的。我对张辉老师的学问和为人极其佩服,像比较文学所的其他老师们一样，他真是个才子，仿佛半个古人，半个西洋人：写一手地道的书法，满腹中国古人的学问，同时，还是个德国哲学的专家，正所谓"学贯中西"。有人是为读书而生的，他，就是其中之一。

上午的考试是能考出水平的——从英文的《悲剧的诞生》中老师任选出三段话，当堂让大家译成中文。虽然能看字典，但尼采是何人？尼采的文字何其难懂？翻译尼采的"东西"，是真正的"东西智慧"的媾和。你首先要能看懂那几段英文，你翻译出来的"东西"，中国人也要能看懂才行。我下午还和原来学院的同事们吹牛，说上午的那场考试，你假如不是考进北大的，考那么一下子，就能包子露馅。不过我还行，我提前交了答卷。

前几天复习《悲剧的诞生》时，我用了一个绝招儿：我把20年前在东京买的那本日文版的《尼采文选》给找了出来，我对照着中、日、英三种文字读它。我发现那十分有意思。日文由于"主谓宾定状补"每一个"节骨眼儿"上都有明确的助词标记，所以尼采再如何地肠子弯弯绕，也都被日本人用日语解剖和标记得清清楚楚。日文竟然像手术刀和"分类器"，能专门拆解德国人的晦涩和故弄玄虚的"语言战车"。我把这个"好玩儿"的心得介绍给了张老师，张老师说日本人的确比中国人更早直接用德文翻译德国哲人的原著，而不像我们要经由英文之类的。还有，德国人当初和日本人的关系，也远比我们近乎。

晚上的日文考试，我是第三个交卷子的，原本想第一个的，好歹我号称是"日语专业"过的嘛，但还是被小师妹抢了个先。小师妹是北大本科毕业的，日文却学成了"精"。

我本是免考日文的，但学位要第二外语的分数，于是，我就仅仅去听了三次课，然后直接参加考试。我去听三次课的目的，是想打听到底在哪儿考试。第一次去，老师没说；第二次去，老师说了，但没记住；第三次去了，也记住在哪儿考了，但还是怕记错，所以提心吊胆的。昨天考试的时候，我特意提前一个小时到场，教室里满屋子的学生，问一个，是考俄语的，又问了几个直到问到第10个时，才是考日语的，她说："师兄啊，你好像来得太早了吧！"

我端坐在第一排考，还是像往常那样，监考老师进入教室时，一看我，还以为别的监考的老师提前来了，就有一种把卷子先一沓子给我并让我跟她一起分配的念头。

我估计，这是我倒数第二次和这些20多岁的研究生们混在一起，考这种"硬"的试了。还有最后一次，就是下学期期末考日语的时候。能拿100分吗？肯定不能。我虽然复习了，但有一个单词中的汉字，记了三次，考时，还是忘了。我于是本能地选择了放弃。人40岁以后，记不住的，就不要勉强啦。有时碰见脸熟的人，想了三遍，还是忘了那人叫什么，以前还自责，现在就不再自责了，他愿意叫什么，干脆就让他叫什么吧！

"现代西方文学"期末小论文：勒·克莱齐奥获得诺贝尔文学奖原因的分析——以《战争》为窥视点

勒·克莱齐奥作品的中文译者许钧先生把勒氏获奖的原因归结为四点，一是"决裂"（rupture），二是"诗意冒险"（adventure poetique），三是"醉心写作"（extase sensuelle），四是"对处在主流文明之外和之下的人性的探索"。（《南方周末》，2008年10月16日）

那么，我们有兴趣知道，勒氏决裂的是什么？他创新的，又是什么。形式，无疑是我们首先想到的。那么多写战争的书，勒氏的《战争》（la guerre）却非同于我们从前知道的任何一部关于战争的书——从《战争与和平》到《西线轶事》（20世纪80年代写中越战争的中篇）。勒氏的《战争》写的是身临其境的战争的形而上的感觉的解构，是哲学艺术上的、美学意义上的战争。如果说别的写战争的，是写某一个战争和某一场战役的话，那么，勒氏写的，则是所有的现代战争机器被发明之后的所有的战争在场感觉。这无疑是一种决裂，创作性的决裂、颠覆性的决裂。在他的《战争》中，由于没有了敌我身份的认同的二元性，则，所有的人类都是战争中的同盟者——敌人的我们的，而敌我双方的共同的对方，不是别的，真是、恰是、确实是 la guerre 本身，这样一来，勒氏的《战争》，就成了独特的战争了：由于没有敌我，由于我们的共同敌人战争本身以及战争带给我们的恐慌、焦虑、破坏和四分五裂，那么讨论战争中的是非还有意义吗？没有了。正义也不重要了，原因也不重要了，这些本身就是相对的和随机的以及偶然的，重要的、唯一重要的，就是战争的"恶"，就是战争的非理性的残酷，就是停止和不要战争的强烈诉求和欲望了。我们都在和战争作战着，即使我们都在和平着，都在天伦之乐着，如现在的太平盛世的中国，但我们并未停止这种同战争的战争——战争的可能性的预期，对战争的渴望——那些想打仗的，战争的永久创伤和疤痕遥遥无期的疗养——关于大屠杀的、关于故土被占领的（如电影《梅兰芳》），这无疑还是战争的潜性的存在和继续，我们反日，我们仇怨抢掠过圆明园的法英，这成为民族复仇的和国家崛起的元助力，同样这也是战争的经济建设中的"在场"。所以，现在的和平的敌人，或是盟友，或是背后，或是道具和背景音乐，难道不都是那个 guerre？何况还有那么多明处的、正在打着的仗。因此，勒氏的小说《战争》，虽然不是长篇大论，却是"战争小说之母"，它涉及了"战争"这个"母题"。而这，正是许钧先生所说的勒氏作品的第一个过人之处——"决裂"（rupture）。

"诗意冒险"（adventure poétique）。从《战争》中，我们既看不到传统意义上的小说的结构，比如说情节，比如说主人公，还比如说"起承转合"，我们也看不到用这种方式写小说的先例，至少在中国没有。《战争》的主人公，如果说有的话，是一个叫 Bea.E 的姑娘和一个叫"X"的先生，他们与其说是小说的主人，不如说是作家借用的两个视角——女人的视角和男人的视角，用"视角"而不是完整的人物诉说战争，不能说不是一种写作手法上的 adventure——冒险，这种冒险，作者是付出了代价的，那代价就是它永远不可能成为一本家喻户晓的畅销书。《战争》不大的销量，就是这种冒险的付出了代价的证明。

把战争写成带诗意的"东西"，也符合"诗意的冒险"——战争本身就是一种冒险，没有险情，也就没有战争，那么，怎么表述战争呢？我们读《战争》时候的感觉，就仿佛在读着诗，能把小说读成诗的前提，是作家在写它时，用的是虚幻的笔法：正如前面所说，《战争》描写的并不是哪个战役，是谁战胜了谁，而是人类和自己的派生物 guerre 之间的博弈。人类能打得过战争吗？由人类参与其中的（武器只是异化的手段和工具而已）战争，我们是永久打不赢它的，为什么？因为利益之争？因为正义之争？而"正义"本身是非功利和非利益的纯粹的吗？ 2009 年还没到，中国的"郑和"远洋舰队就雄赳赳气昂昂到亚丁湾打海盗去了；还有，以色列用狂轰滥炸加沙迎接美国的新总统奥巴马。所以战争仍然在继续着，所以勒克莱齐奥的《战争》，它既抽象又具体。正是这个原因，勒氏的作品才是小说之外的、之上的小说，哦，不是"小说"，而是"大说"——大道理的演说和言说。那么，我们就可以把这部小说，看成哲学意义上的"东西"，而不仅仅是纯粹文学意思上的了。文学和哲学之间还有界线吗？我们完全可以把文学写的战争，叫"形而下战争"，而哲学意思上的战争描写，叫"形而上战争"，在我看来，这部 la guerre 是介乎于形而上和形而下之间的，所以它既是小说又不是小说，它是既抽象又具体的小说。光是抽象的不足以表现战争中的真正的人的感觉，那么光是具体的呢？看那种"东西"，你或恐惧战争你或迷恋战争，你绝不可能反思战争，那么，了不起作家的工作的意义，也就呈现出来了。我始终以为"伟大"的作家是没有的，但有"了不起"的作家；"伟大"会被时代的相对性所减弱，但"了不起"被用在像勒氏这样的人身上，还是让他当之无愧的。是因为他得到了由研制炸药的专家诺贝尔设立的"文学奖"吗？也许是吧。但至少能从 la guerre 这本并不太长的小说——比《战争与和平》短多了，我们能看到他的不同于别人的地方。他不同于那些没诗意的作家，他也不同于那些没想象力的作家，他还喜欢冒写作的"险"——方式的险、主题的险、不被流行的险，而这，兴许正是他得了被搞炸药专家设立的文学艺术大奖的缘由之一吧！

"醉心写作"(extase sensuelle)和"对处在主流文明之外和之下的人性的探索"是许钧先生列举的第3和第4条勒氏获奖的原因。勒·克莱齐奥可能是一个生下来就有着"身份焦虑"的人,他是个英国人和法国人"杂交"的产物,他的父母还是亲的堂兄妹——二人有着同一个祖父;他从小生活在法国的非洲殖民地,他行踪遍布世界各地,由此,他对所有的异域文明都怀有极大的好奇。他甚至没有一个固定的"祖国",正像他自己说的,他真正的祖国其实是"法语"。这是"主流之外"的,那么"主流之下"的呢?那就是他笔下的众多的来自各种不同民族的"小人物们"生活境遇的描写了。"他关注的是公共舞台后那些边缘的人,那些弱小的群体,他主动去了解他们,去感受他们……"(《南方周末》,2008年10月16日)

这里引起我们兴趣的,是在"主流之外"和"主流之下"之间有什么连带关系吗?首先要看的是什么是所谓的"主流"。对于勒氏来说,由于他身份的复杂性,"主流"对于他来说,是英国的,还是法国的?这显然是不确定的,因为英国的所谓"主流",并不一定就是法国人的"主流"。是上流的主流吗?中产阶级的主流吗?恐怕"主流"本身不是绝对的,由此,"主流之外"和"主流之下",就更是模糊不定的了。不过勒氏还是勉强为自己找到了一个"主流",那就是法语——他主要是用法语写作的,他同时也是个语言大师,他的语言是创新的和不懈追求的,由此,他的作品以语言的新奇著称。法语,假若说是一个或"那个""主流"的话,那么,我们可以说所有用那种语言写作的人的作品都应该是它的分流和分支。汉语是一个"主流"吗?假若把汉语的流脉,像长江和黄河那样溯源的话,那么,这股文明和文字的大河的贡献者,显然就不只是华夏一支了。日本人、韩国人写的汉字文学算还是不算?当然是汉语"大流"的分流和分支了。我们都知道"影响的焦虑"——这是内容方面的,有没有"源流的焦虑"呢？显然有，既是英国人又是法国人还是非洲人的勒氏，不就是在说不清自己的身份时——不是说不清，而是本来就不清晰——便投身进了一个自己认同的宏伟的"河流"里了——语言的河流。

再有，就是什么是纯粹的写作了。勒氏醉心于的是写作。他23岁就成名了。他始终写，一直写到了70岁的今天。"不写作的勒·克莱齐奥"是个不存在的概念和伪命题，至少，从到目前为止的勒氏身上，我们能找到这个印证。那么，什么是诺贝尔文学奖的意义呢？于勒·克莱齐奥这种"醉心于写作"的人来说，写作的目的可能就是写作本身，写作行为的开始与终结，尤其是"终结"，是本来与诺贝尔奖无关联的，他得奖前和得奖后都会写，直到他生理上写不下去为止。这就分别出"此作家"和"彼作家"了。关键是写什么"东西"。"纯粹作家"写的，可能并不是"纯文学"。"纯粹作家"的核心，在于写作本身的"纯粹性"——写作对他们来说，是一种生理上的"必需"和"必然"。这里的"生理"是广义的和生命意义上的，可以理解为心智。只要心还在跳动，只要脑子还没痴呆，那么，思考和思想，就在进行之中，而作品呢？是那种反思的结石，是最终的物化形式的结果而已。勒氏之类的人，正像他自己解释自己时说的，从小就追随父母四处游走，从小就没有一个固定的身份上的固定的标记，这无疑让他思考，但这并不注定地把他自动变为一个作家，使他变成作家的还是他自身的与他人不一样的思考方式和写作的冲动以及勤奋。在这方面，他是独一无二的——独一无二的经历和独一无二的执着以及独一无二的悟性和独一无二的艺术敏感性，几个因素作用，他得了文学大奖也就不奇怪了。

许先生说的勒·克莱齐奥"以清醒的意识，关注他者，关注失落的文明，关注人的存在"（同上），在《战争》一书中得到了充分的体现。《战争》关注的是人类的冲突，而不是哪方的在战争中的得和失。在我看来，持有这种心胸的人，是应该和当之无愧于最高的艺术成就奖的，无论是不是叫"诺贝尔"的。因为，这种作家在代替全人类思考，在代替全人类认罪和寻求从苦痛中解脱的方法，这难道不该被奖励吗？不只是金钱上的奖励，更是非物质意义上的刺激，刺激他们更加反思和更加深刻地反省，而有资格得奖的，当然不只是西方的所谓"主流"群体中的人了。谁能做到全人类的代言者，谁都是候选人。我这种说法，能否化解一部分中国作家得不到那个奖的怨气呢？"诺奖"的偏颇自然是存在的，但在勒·克莱齐奥身上，从这本《战争》la guerre 本身，我们能看到这次评审结果的令人喜悦的正确性，这就足够了，我们中国的作家能从勒氏身上学习的，就是他创作中的纯粹性，对道义的不懈的追求，对包括你和我的所有的主流也好非主流也罢的只要是人类的带有呵护性的关怀。我们的作家身上假若真有了这种品质，那么，得不得那个由一个炸药发明家创立的文学奖项不就不那么重要了吗？

最重要的和最该奖励的，应该是那么写作和那么思考本身。

2008年的总账和新年的祝福

"算总账"听起来挺吓人的,但在年根儿上,平心静气地算一下,也好像是必须的。即使人一年核算一次,也才有100次好算,这其中呢,还有许多年糊里糊涂地算不清楚,于是呢,你我能计算一下每年的"总账"的机会,的确是不多的。

首先,在过去的一年,我最大的收获,就是又长大了一岁。这不完全是玩笑话,有人多活一年,就少一岁呢!上周日"三里河四小"的小学同学聚会,一聚才得知,几个小学同学早就"走了"。是真的"走"。其中有一个外号叫"葛六"的同学也"走"了。他先是因工伤断了胳臂,然后就是抑郁地酗酒,然后,就喝死了。"葛六"本人是70年代三里河一带的名人,是个样子怪异的修鞋匠,好像也是个残疾,而且也酗酒。我的那个外号叫"葛六"的同学呢,不知是长得像"葛六",还是别的原因,也被叫"葛六"。我小学时常到他家去找他。印象中他父亲也爱喝酒。

另一个"先走"的同学,姓吴,相貌记不清了,但也曾常来常往。他据说是进了监狱,原因不明。另外的女同学的走法,由于不好,就不多说了。总之,生命并不漫长,对有些人来说,能多活一年也并不容易。

2008年的最后一天,在《北京晚报》上读苏文洋的那篇文章,他总结得颇好,说是要大家"今年携手,明年抱团"。我看可以把那八个字随便组合,比如"今年抱团,明年携手",或是"今年明年都抱团""明年今年都携手"之类的。只要是别"撒手"和"散伙",我看就可以了。

我的2008年,除了没到过汶川,基本上都经历过了,比如奥运和经济危机吧。经济上的危机与我似乎没什么关系,而不只是我这样的,世界上任何以吃萝卜青菜为无上快乐的人,都不太会被经济上的危机击倒;只要青菜还是青菜,萝卜还是萝卜。什么时候,白菜的价格高涨到台北故宫博物院的那个镇馆之宝——翡翠白玉雕刻的白菜的程度时,我们这类人,就真的有"经济问题"了。

但现在还不至于。

书,是该盘点的。2008年,本人出是出了4本书,但只印了200套,还都被国家图书馆"藏"去了——我自己送去的。再有就是,我和友人共同完成了《谁出卖的西湖》,我整理,友人评论。写完了《灵与肉的厮杀和缠绵》,我把它放入到了《雕刻不朽时光》。这部分,是本人的"镇宅之宝"和"封顶之作",纷纷扬扬的100万言,可能是本人的"终身最高成就"了。关于这,我还是在上了半年的北大中文系的文学理论课后,才在一个连鸡都不叫的寂静的夜里,瞎醒悟出来的道理。原因太长也太专业了,大过年的,我看就先不说了吧。

在尊贵和尊敬的挺不容易挨过的公元2008年,我还辞了一个职,我还上了一个学,她的名字,叫"北京大学"。我完成了从1980年起的那个本来该属于我的"梦",它本来不是个梦,由于错过了,就变成梦了。什么都是这样,得到的,别管是当美国的总统,还是当麦道夫——那个华尔街骗了人家500亿美元的犹太人,只要是得到的,就都不称其为"梦"。红楼的也罢,黑楼的也罢,统统都是。而本人呢,则阴差阳错的,真的在最不可能的时候,完成了我那个意愿。要感谢老师,也要归咎于我从前干过的许多的好事吧。人不做坏事,是绝对不可能的,人人都一样。好人和坏人的区分,在于做的好事和坏事哪种多和哪种少。上个月我才听说一个女子破口大骂了"齐天大",说"齐天大"是全地球上最坏的那个,而我压根儿就没听说过那个女子,细问才知,她也考博了,和我报的是同一个老师,但没考上。我于是,特别不好意思见那个女同学。但愿她今年再考。她只有考上了,我才会从一个最坏的人变成不特别坏的那种。

别的好像也有要算的账,但还是她考上北大、我不是害人的坏人好像更重要吧。

祝各位朋友2009年吉祥如意!但假如没什么人看,就算我没说什么吧。

最近同学聚会多了起来——北京十三中高中同学聚会之后

同学的聚会，最近挺多的。下午十三中的高中老同学聚会上，同学们说让我写写大家，我说真不知怎么写。我的文风自古就是讽刺和挖苦式的，所以亲近的人十分不适合载入我的小品文，正所谓"兔子还不吃窝边草"嘛，所以我一般是不写老同学的故事的，除非那些个特别坏的，但至今，一个坏的同学都还没有。哦，想起来了一个，是大学时代的，还是被大家公认坏的，但时代列车一那么飞快行进，连好坏，都被甩光了。时代，是能抵消好坏和是非的。就连我这样的，若干年过后，或许也能由坏变好哩！

小学、中学、大学同学的聚会，近几年一场接一场的，积极召集的，大都是女同学。这值得研究研究，即使到了为人父母的年纪，男生们还不好意思联系儿时的女同学：怕人当歹意理解，但女同学们呢，却不在乎那个。我们从小学三四年级那时起，男女同学就基本不说话了。所以有的人虽然同学了几年，看到的却是皮影和木偶——都不会说话的嘛。所以，都快50了，少年时的同学下午见面时，我才发现，噢，她们原来用那种声音说话！有趣吧。少年时的友谊的记忆——30年前的，我们都从1978年起在一个屋檐下上学，正好30年了——是模模糊糊的，但却模糊得十分清楚，那毋宁说是一种清楚的感觉，而不是清楚的关于故事细节的记忆。故事时间长了，是极可能忘记的，但感觉想忘记真难。相反，感觉会随着人变老和记忆的衰退,像水落而石头能出来那样,更加透明了起来,一直随着记忆者——我们的肉体而消灭掉,这话听来挺吓人的,但吓人的事情说出来了,反而就不吓人了——我是说同学们人虽然老了,但心却不老。心真老了的话,也就没人四处永不放弃地在全球范围内"人肉搜索"那些30年前根本就没好意思说上一句话的高中时的"小孩子们"的影子了。舍不得忘却也!

老同学的留言:

1. 齐老师,你好!我是聚会参加者之一,是同你最后分手的两人中次日要离开北京的那个。你上面的"清楚的感觉"说得真好。那天我对张恩师表白了一通:三十年来二十九年的事情忘了不少,唯独那一年的事情记得多。没想让你几个字说透了。

恕我对公众匿名。

2. 因为你的作文特别好,也深得张老师的厚爱,所以,在高中时经常能听到老师给我们讲解你的大作。由于时间短,还没有更多地拜读"老齐"的文章,但我感觉你的文章与30年前的有很大不同,风格如同被称为"在中国最有骨气的文学家"一样。"老齐"你真棒!祝你不断进步、健康、快乐!

一位你可能记不住姓名的同学

新年和张老师的通信

张老师好！

　　看到您传来的"老年境界"，制作真是精美，但老年和不老年，我始终觉得大多是心理的，而不是生理的，所以您始终是青春的。我见过太多的少年老成和精力充沛但内心枯槁之人，所以我就坚信人能身老，这我们是没有办法的，但心却可始终如一，那么，就青春如一了。前些天在电视上看见王蒙和李敖一类的，都岁数蛮大了，但小伙子似的风流倜傥，就更坚信"老"是相对的了。

　　祝您青春如旧！

一民 上

张老师的来信：

一民：

　　昨日辛苦你了，找了一个好地方，那样你们学友有机会相互展示情怀。在开怀大笑中所谈论的，都是青春过往的真实情景，值得回忆。我真希望你们之间的友情加深下去，也不枉同窗一场。我在内心中更为你们祝福。

　　我过几日开始看你的书，它更现实，更能启发人的思考，更有意义！

　　多注意身体，不要太缺了睡眠。

电影《非诚勿扰》和拿两根打狗棍乘公交车

每人有每人的活法和每人的难处,你看电影《非诚勿扰》里面的那个葛优(叫"勤奋"吧),都我这个年纪了,或许还大几岁吧,个人问题还没解决,到处地征婚和"面试",跟"金融风暴"里找工作似的找对象,一直找到了北海道,还不会说日语。据说"勤奋"有"恐高症"——怕坐飞机(这点倒像我),所以他追那个"对象"(叫什么"司棋"的),是先坐了船再坐了飞机长途跋涉去的,那个"司棋"还是个(那个"司棋")"身在曹营心不在汉"的家伙——肚子里有别的相好,"勤奋"呢,是去当替身的,最后对象虽然搞到了吧,但手机却被'司棋'在船上给扔到海里去了。多么地浪费!

我们这个年龄的大老爷们,哪还经得起那么地折腾啊?就拿我来说吧,那个"勤奋"的烦恼我20年前就克服了,虽然也去过"婚介所"一次,也被人家围观过,但却是带着女朋友——孩子她妈去的,人家围观的原因,是误以为我是孩子她妈的哥哥,要给妹妹介绍对象呢。那时的婚介所也就在中山公园里面,叫"北京市红娘有限公司"。也不"非诚勿扰",怎么"扰"都行呢。20年前追求我们的那个号称是搞病态核物理反应堆的男子,去年我又路过那儿时,还在原地站着征婚呢——困难户呗,而本人呢,都快给孩子进行"非诚勿扰"啦,这就叫人比人呢,气死人。

对象早就解决了的我没什么别的事做了,就只有第一,写北大的期末论文；第二，去滑冰了。论文还有几天就写完，是关于尼采和悲剧的，滑冰嘛，只要不写了和写累了，就可以滑。今天坐42路公交车从什刹海回来时，我被人观望了一路，让座的也有，说："大爷，您坐这儿吧！"因为他们看不懂我扛着的那两条冰球杆是打狗用的呢，还是打猫用的！他们咋就不朝打球那儿想？为什么两根呢？去年买的那根，是左撇的，我没经验，就撇了一年；今天在什刹海，终于花了100块，买了根右撇的、俄罗斯制球杆（反正杆子上有俄语），一用，还不如那个左撇的顺手呢！这叫什么来着，横竖左右都不顺呗！

　　打完球后发现湖边有一个叫"客家人家"的馆子，可以边吃边喝边观看湖，就要了酒菜吃吃喝喝起来。刚一下筷子，服务的小女孩儿就端上来一罐子里面有玉米、冬瓜、茄子、西红柿和各种菌类还有什么已经记不起来了的汤，女孩子说大爷您别紧张，刚打完冰球吧，这汤不要钱，是我们店搞8周年店庆送您老喝的！我听了就感动地喝了起来，一直连冬瓜、西瓜和西红柿以及各种菌类也都吃了。出了"客家人家"，晃晃悠悠地又回到湖边，冬阳暖和得一塌糊涂，相亲的事是不是本来就没有还是让我给忘了，反正孩子还小，让她先在同学中自己找，找不到，再开同学会时我再帮着找吧……

　　上了42路车，在别人因为怕被杆子打了就让了的座位上坐定，看路边上中学时每天都要下车的那个叫"东官房"的站牌子，半糊涂着，才突然想起了，那个"客家人家"，好像去年我滑冰时，并不在那儿啊！瞧，这老糊涂汤喝的！

"三九"的毕业典礼和安理会的巴以停火决议

每年的学生毕业典礼都一样，都是在最冷的时候举行。今年不一样的，是我既是个学生，又是个先生。本来没通知我去的，但我还是去了。

和两百多个你教过的批过作业指导过论文的以及一起打过篮球的学生，在稀稀拉拉的四五年中，最后照几张毕业合影，无疑，在"三九"的最冷的这天，带着三分的暖意。是我这个"学生领袖"，提醒那个摄影的，最后一定让学生们朝天扔一下学位帽子，否则，恐怕就会被简略掉了，因为那些个学生，肯定不知道有那样的一种"玩法"。还有，让学生们拉着当"道具"照相，一次次一拨拨的，也是一种最好的感觉。

学生和"先生"身份的互换，我还是第一次真的体会。我一进"北语"的校园，马上就是个"先生"，因为认识的，都那么叫你；坐三站公交车，一进北大东门，一朝门卫亮学生卡，我立马就摇身成了"师弟""师兄"和"老齐同学"了。

是因为教了书，觉得书读的不够，就想再当回学生，所以，当"先生"在先，当学生在后，或者说我是被自己的学生们逼着再背书包上学去的。

到系里交了本学期最后的一个作业后，就到未名湖看滑冰去了。零下10摄氏度，只要是有太阳，就不算是太冷。我还在不停思考着那个"犹太人"的问题。我想我怎么以这么个沉静的湖——这个静物，冰冻的，拉开我和犹太人的"最后的战争"。原因有机会再说。

昨天伯南克（美联储的）和保尔森（美国财长）一起说是中国人存钱存得太多了，所以美国人就借钱胡花，就败家了。苏文洋在《北京晚报》上撰文，用诧异的口气说，两个美国人那么说，就好像是黄世仁埋怨杨白劳太不会消费，而杨白劳不会消费的具体表现，就是老不大吃大喝（大意）。不过，现在我们是黄世仁，美国人是杨白劳了——中国有钱，瘦得却像杨白劳；美国人没钱，但没钱的杨白劳，却吃成个肥头大耳的黄世仁。以前在美国出差时，一坐飞机，就发现两点，第一是美国的飞机都特别地旧，连头顶上塞行李的箱子，还都不是硬塑料的，是木头做的，就跟积木飞机似的；第二，就是有至少10%的美国人都超重，走路的样子都"团团圆圆"的，登机后具体的表现，就是胖子多了，都坐在飞机的一个方向，比如东边，那么飞机的东边，就在起飞时，后离开地面。

坐在零下10摄氏度的未名湖的滑冰场边的椅子上，我抬头看看那几块"清代腐败分子"和珅家留下的石碑，想到了犹太人对人类的另一个奉献，那就是卓别林。他那是真正的喜剧，以悲剧当底色的。我又想，世界上的人，都想着哈姆雷特说的那个 to be or not to be（生存还是死亡），一般人想的是 to be or not to be a good/bad man,（当一个"好人"，还是"坏人"），别管好坏，好歹能当上一个人。可只有最聪明的犹太人不那么想，他们必须回答的问题是 be a man or not a man（做得了人，还是做不成人）。他们始终是金鸡独立站在崖边上，另一只脚在空中挂着，寻找着2000多年都没能找到的能立锥的着落。60年前终于找到了耶路撒冷。

联合国安理会今天投票，叫以巴无条件停火，只有美国的那个还有两星期就要下野的"黑姑娘"国务卿赖斯投了弃权。若知道了这个，保尔森和伯南克一定挺得意的。

出了北大西门，坐394路，路过了"万柳东路"。然后到嘉汇苑，然后回家。

上午同学生毕业合影时，都照了三四张了，学生们也都冻僵了，摄影师还一而再再而三地让我们几个教师换位子，原来是院领导的脸上，上次只有半个太阳，是半阴的，要换一下位子，角度变更一下，才能把领导的另半个脸的"阳面"也照上。

留言：

齐老师，我就是这拨毕业的学生，虽然只上过您的商务导论，但是您的课让我记忆犹新。

我当时照相时也纳闷，摄影师会想出扔帽子的好主意？呵呵！我看到其他同学与您合影，我没有合影也不遗憾，因为时刻都会在这里看见您！

从海德格尔的《尼采》看《悲剧的诞生》——松散谐谑、随笔和《卡门》式的

我采用"农村包围城市"的阅读方法,从外围,也就是从其他哲人和学者对《悲剧的诞生》的评析读起,从而,包围那个城市——文本的《悲剧的诞生》。张老师带领大家在课堂上、在城内的街道上同尼采打巷战,一股股地歼敌。所谓的"敌",就是尼采文字中的"包袱",这对于详细解读一部"经典的经典",哦,还有针对文本的考试,似乎就已经充分了。所以,我把课下的经历,集中到了"城外敌人"的围歼上了。

共有两部书,我觉得,是理解尼采的人写的,可惜都是尼采的同胞德国人,一本是萨弗兰斯基的《尼采思想传记》,另一本就是我要着重说的海德格尔的《尼采》。陈鼓应先生的《悲剧哲学家尼采》从前读过,复读一次,觉得离尼采的"同胞们"理解的尼采,还是有些距离——思辨的成分不足。日本人研究尼采的书,还没有细读,但用日文能否进行形而上的思辨,可能还是个语言功能的问题。日本人能像罗盘和地图那样,用它特有的助词介词的标记法,把尼采的句子标记和建构、解构得十分准确和到位,但思辨力恐怕不足。日语虽然和德语一样,把动词放在词尾,但日文要求完整无缺的包括动词一切"变态"的解构,就不适于进行始终留有余地的、不断生成状态和正在进行时式的思辨了。思辨中的思辨,恐怕还要拼音文字的底子,象形和半象形文能否?我怀疑。就用"强力意志"这个尼采哲学的核心概念做例子吧,在海德格尔的《尼采》(孙周兴译,商务

印书馆，2003年版）中，海氏在第150页中，将德文分解成"Von-sich-weg-wollen""sich-selbst-wollen""Von-sich-weg""uber-sich-hinweg"等诸多的变形，最后，他把尼采的"强力意志"定位在"uber-sich-hinweg"，突出了"uber"（溢出），而不是"Von"（离开），并让"意志"，在"Einfachheit der Ruhe"——"宁静之简朴性"中修身养性。这些语言拼法的"变奏"，并不是中文和日文之类文字的强项。

开始"海氏尼采"的考察吧。首先，大哲人分析大哲人，这种最终的文本，就好比智慧的重新的历练，是再洗礼和再淬火，无论结论如何都是结论。看海德格尔的《尼采》的感觉，你不知是在读着尼采，还是读着海德格尔，假如他们二人你都崇拜的话。有一点十分有趣，就是我们能看到一本海德格尔写《尼采》的书写得如此到位，但我推算，我们绝不可能看一本尼采解析海德格尔的书，即使他们二人是同时代的人，相互对话，也几乎不太可能，性情之原因也；同理，我们可以假设，假设仲尼和庄子也同年同日同时代于——一个时代，我们可以想象孔子可以"聊"庄子，但我们很难想象庄子怎么谈孔子和关心仲尼，也是性情的原因吧！海氏和仲尼都是"温和派"的，Von派的，庄子和尼采都是Uber派的，都想着"超出"。一种是天然的被阐释的命运，一种是天然阐释的命运，但从价值上，却是等值的——那要看如何以及怎样来阐释了。

海德格尔写的《尼采》中译本，从第71页至290页，用了如此大的篇幅，都围绕着"悲剧"展开。《悲剧的诞生》的第一节的第一句话，是围绕着"美学"展开的："假如我们……我们对于美学将大有贡献。"所以《悲剧的诞生》直接想"贡献"的，应该是美学，虽然有许多人强调说，尼采写《悲剧的诞生》的最终目的，是为了倡导德意志精神。如果两者都是的话，那么，尼采又为何偏用他涉世的第一本著作来研究"审美科学"呢？这个答案，海氏从《尼采》的第71页开始解答。他说尼采认为"强力意志"的核心，即对什么是"强力意志"的解释，必须从艺术开始。一切哲学的原初问题，是存在，外加真理，而对此类的解说，也要从艺术开始。为什么？因为"艺术家的存在乃是生命的一种方式"，"艺术家的存在方式是最易透视的生命方式"（《尼采》第74页）。海德格尔总结的尼采"关于艺术的五个命题"是：第一，艺术乃是强力意志最易透视的和最熟悉的形态；第二，艺术必须从艺术家角度来把握；第三，根据那个被拓宽了的艺术家概念，艺术是一切存在者的基本事件；存在者就其存在着而言乃是一个自我创造者、被创造者。第四，艺术乃是针对虚无主义的别具一格的反运动。第五，艺术比真理更有价值。（第81页）还有，这五个命题，"乃是尼采关于艺术的总命题"。（第82页）

我们暂且忘却尼采和海德格尔是怎么表示艺术和强力意志的关系，我们单单想象一下"艺术"和"存在"是最易透视的——尼采说的。艺术是一种何样的"存在"呢？艺术本不存在嘛！艺术无疑是后天的，是人为的而且是人用强力而为的。这里所谓的"强力"，不全是用力的那个"强力"，是牵强的"强"，是匠心的"为"，但我们却确确实实又能感知那个"艺术"的"此在"。尼采的作品，不就是艺术的吗？但尼采的"艺术书"是用了他的性命的非凡的体验和牺牲"强行打造"而成的。同样受海德格尔推崇的荷尔德林，也是在早年就失常了，因何？"强力创造艺术"的结果也。由此，艺术的"东西"绝非一般的存在，在产生的过程中，是故意的刻意的强化的和可有也可无的。但艺术却的确"在存在着"。那是一种集约式的力的释放，如蘑菇云烟，所以它——艺术的现象都那么地"最易透视"？没错，混合于平常之中的哪怕是"大师"打制成的"艺术"也不会"最易透视"，"最易透视"的必须是艺术之上品。尼采之所以最后对瓦格纳宣战——在他的《瓦格纳事件》中他已经清楚地说清了，那就是他无法容忍瓦格纳的虚假的交响"效果"，而使得号称是"音乐"的东西变成了"不易透视"的粗糙的东西。没有"旋律"的音乐还是音乐吗？Melody 旋律，只有天才才真正能从造物主处获得，而好旋律在瓦格纳的那些场面宏大的所谓的"音乐"中，是没有的。恰恰是真正的——纯意志的表现者（如叔本华所说）——旋律：比才式的、《卡门》式的美轮美奂的独一无二的不可再生的 Melody，才在《悲剧的诞生》中缺失。那时，尼采仍年少，即使他在文章中一再说了 melody，但他那时或许还没有听过比才的美妙的"旋律"，于是，他就把单纯靠物质音响手段和物资丰厚就可以伪造而成的"效果"——瓦格纳式的、《满城遍地黄金甲》《夜宴》式的纯粹物质化的堆积误认成了 melody。但后来他醒悟了，在听了那么多遍的《卡门》以后，他感到了无知导致的耻辱，于是，他大骂了瓦格纳，不过他那本骂人的书中，那书中的语言和气势以及情调，倒真的有 melody，有神韵，倒真的是"艺术"品。所以说艺术从"强力"中诞生——强行的解脱和转变。

艺术的"最易透视"，我们必须说，是出于她的美。即使艺术不是传统的美，而是《悲惨世界》敲钟人那么地"丑"，但也要是丑陋的美，丑得如京戏里的"丑角"的美，但只要是艺术的，别管是"丑"或是"美"的，都绝对不能"不容易透视"、不鲜艳、不出众、不众里寻她千百度而看不到。艺术是焦距的存在，是浓缩的存在，是凝固的存在，是梦幻的存在，所以在《尼采》里，海德格尔强调了尼采说的"生理"的对艺术的感悟、感知、贴身接触、战栗或者冲动，那就是"陶醉"的感觉。艺术，绝不应该像柏拉图说的那样，是理论的逻各斯的干尸，是净化的都病态了的干豆角。真正的艺术，必须能用肉身感触到，能激发起人的并非只是形而上学而是形而上和形而下都能跃跃欲试的激动不已的起搏器。听比才的《卡门》时，人不就能被那些旋律的不知是如何构建成的美而抓住，而震慑住，而征服住吗？那就是好的艺术品了，那就是真正的艺术品了，那才是艺术品呢。能始终让人理智的，能让肉身始终保持平稳、麻木不仁、无动于衷、不痛不痒状态的"艺术"，是虚假的，是非天才的，是《满城尽带黄金甲》式的，是瓦格纳式的，是势力的，是用物资的多余性铺张性、用虚张声势打造而成的喧哗的垃圾。所以尼采不喜欢它们，所以尼采鄙视它们。

第二个"艺术命题"是"必须从艺术家的角度来把握艺术"。对此，海德格尔在第75页给予的解释是："尼采艺术学说的一个主导命题是：'必须从创造者和生产者出发，而不是从接受者出发来理解艺术。'"而这，不就是《悲剧的诞生》中关于"理想的观众"的讨论？讨论的全过程，不就是这种方法的实际运用吗？到底是那些所谓的正襟危坐的"理想观众"是第一性的，还是悲剧本身是第一性的？古希腊在演歌剧时，即使没有观众不也演得很好吗？观众的所谓的"理想"不符合歌剧的"理想"，怎么办？是以艺术本身为核心，还是以观众为核心？有一个危险是，假如不懂歌剧的人所看的剧需要被改装成他们能看懂的剧来演的话，那么，他们——那些观众，就永远也看不到真正的"剧"了，这就好比海外中餐馆里的变了味的"中餐"，是为了迎合不会吃中餐人的口味改造的，那么吃久了的结果，就是他们永远不知道中餐的真正味道！所以尼采就干脆藐视起那些道貌岸然正人君子样的德国的"理想的观众"、那些"大众"了，他要回到歌剧的本身，回到歌队，回到古希腊的露天的能看到星星和月亮的与大地之间亲密无间的剧场。那里既然没有也不需要局外的所谓的"观众"，所有人都不是真正的旁观者，都是歌剧的一个组成部分，都与舞台与艺术天人合一。

还有，我们在课上这么解读尼采的《悲剧的诞生》，还原它的本来面目——用结构分析的方法、用"生成的再生"的态度，也就是在"从艺术家的角度解释艺术"。从尼采出发，从尼采的想法出发，从尼采"被迫"写这篇文章的背景出发，从他的构思出发，我们就更能看到艺术的本身。"文本"并不是孤立的，"文本"有其生存和生成的源流，长江下游的水，每一滴，都是从上游而来，而上游——江河的，就是下游"文本"的起源的所在。尼采的每一句话——即使他就是个天才，也不真是由天上掉下来的，正如黄河之水从来不是"天上来"的一样。尼采，就是一个"艺术家"，我们研究尼采其人其事，就是"从艺术家的创作着手"，在研究着艺术。

尼采关于艺术的第三个命题是：根据那个被拓宽了的艺术家概念，艺术是一切存在者的基本事件；存在者就其存在着而言乃是一个自我创造者、被创造者。

这是在说艺术家自己就是上帝。什么是上帝？上帝就是至高无上，所谓的"至高"，就是"最初"。"高"并不等同于"初"，但"初"中的"高"，比高的"高"要更加"无上"。"上下"是相对的，是需要有"观众"的他人的尺度的，但"初"却可以有观众做参照，也可以没有。上帝——犹太和耶稣的有着那么多的"罪感"的上帝，是尼采所不屑的。谁说人生下来就负罪呢？如果认定人必然有罪和肯定有罪的话，那，就是对罪恶的合理性的变相的承认，就是假定不犯罪就不是人类，就已经宽恕了那"原罪"了，就会有潜在的犯罪的冲动，眼下以色列对加沙的炮火洗礼不就是"罪"的21世纪的复原和复活吗？所以尼采宁可否认基督教的"罪的假说"（在《曙光》一书中）。我进而联想到孔子的"性本善说"是善行的引导者，是"和谐"的起始点。你认为性本善，你犯罪了，那就是异端；但你认可"性本有罪"或"恶"了，你就可以做符合人性的假说的事——犯罪——而不觉得奇怪。眼下，华尔街的犹太人肇事的"金融危机"，其实是在"有罪"的先知下的罪行的制度化和专业化，并由此洗劫了全世界人的财富。

尼采并不想当另一个上帝，想当上帝的尼采那就不是尼采了。尼采打倒的，是那些自认为有先在性并胁迫别人追随认可服从那种用"故事"的编造——用《圣经》——并确立起来的对他人的本性的压迫和利诱，而还原每一个人的原本平等的认知和抉择的可能以及独立思考的尊严。所以说尼采是存在主义的发源。庄子难道不也是吗？摆脱别人的、强加给你我的"上帝"，而像"上帝"似的独立的有个性有尊严地思考，这肯定不错。打倒一个上帝后，还原成亿万个"上帝"，这是尼采说的"上帝死了"的意图。那个人为的、被故事打造出来的假上帝他不死，你我每人的自主的"上帝"就不可能复生。所谓的"上帝"，就是你我原本的纯真的判断力和审美的、艺术的功能。人人都是上帝，也就没什么救世主和上帝了。你自己创造自己，你还被他人创造，而那个"他"，还是你自己。艺术是那样，艺术家是那样，艺术的人不也是那样？

第四，艺术乃是针对虚无主义的别具一格的反运动。"虚无"是什么？为什么会"虚无"？在上帝的黑压压的影子下焉有实在的充实？所以上帝必须死，虚构必须消亡，之后，还原真实的感觉的世界。感觉的世界才是真正的实在的真实，也只有感觉的丰沛的结晶——艺术，才获有实在的观众和回应、回声，否则，就是面对着一大群的牛。牛的感觉不丰沛不发达——人类那样的，所以艺术对牛，毫无作用。艺术的发生不能没有感觉，艺术的欣赏哪能没感觉？人类的感觉其实是后天被"赋形"和被"合成"的。人生下来假如绝对不接触"艺术"这种"最透视的存在"的闪亮的、聚光的、强光的存在的话，那么仅凭人天然的本性，就只能是先吃后喝喝完再吃以及再吃，然后就大睡不起。人的艺术性起始于对艺术的接触，发端于艺术的浸泡，曹雪芹之前的没有《红楼梦》的中国，就不同于有了曹雪芹《红楼梦》之后的中国，中国人也不一样，所以梅兰芳的故事又一次被电影再现了。没有梅兰芳的人和没有《赤壁》故事的中国，就是没有梅兰芳的"梅兰芳前中国"，没有《赤壁》的故事的"赤壁前中国"了。

于是，我们也可以把中国分解为"中国——没有《红楼梦》的"和"中国——有《红楼梦》的"，依次类推。同样，"世界——没有尼采的"和"世界——尼采之后的"，也不全是一个：这，就是艺术的最终极的和最真正的作用了。所以说世界是"艺术家上帝"创造的，也是有道理的，从人性的丰富性上说，那肯定没错。

世界的人——今天的也一样，中国人，除了生理和长相的特征外，也可以定义为"人——读过《论语》的"。西洋人呢，可以定义为"人——不排斥基督教（天主教）的"，等等。当然，也有"人——既知道《论语》，也喜欢基督教的"之类。而那是，人性的跨文化跨国界的扩展和放大。

第五，艺术比真理更有价值。真理的不真，在一个"虚"字上。苏格拉底以及柏拉图是喜欢抽象的人和感性不丰富的人。所以，苏格拉底对艺术的最大程度的接受，也只是小孩子的艺术——"伊索寓言"之类的。苏格拉底——理性的他，发现的，就真是"真理"吗？发现了，又怎么样？首先，离开了人的肉体的感受，真理，是否还存在？其次，所谓的"真理"，是否会随发现者的死和时代的死而死？真理无疑是包含着相对性的谬误的。但艺术的感觉却不会，那些真正的、比才的《卡门》中的只有天才才能记录的 melody——旋律，是符合"感觉的完美"的强制的规范和规定的，这是绝不会变更的，经得起海枯石烂。噪音没有和弦好听，这谁（连上帝？）都改变不了。所以 melody 中包含着"上帝"的绝对性和"真理"truth，因为好听的旋律 truly 好听，好看的景色 truly beautiful！

真理不在他处，就在艺术中藏身，美学的五个基本定律，肯定的，是尼采的强人哲学的基石。不美的，即便强，有何用处呢？瓦格纳歌剧的轰轰烈烈和热热闹闹外加没特色、没个性、没天赋、没让人听完之后能回味能想忘都忘不了的，是 melody 吗？那不是真正的"强"，那是"空虚"和弱的空洞；那不是"真强"，而是《红楼梦》里的"贾蔷"，是虚构和虚张声势外加没找到艺术的感觉。

尼采的强人意志，所以必定要从艺术的、悲剧的真实的旋律之中复活和诞生。

我把老伴吓了一跳

要说是昨天了，因为现在已经是周一的凌晨，我突然对老伴说，我能活90多岁。老伴吓了一跳，心说：糟了，那么长？

我的凭据是正在看的一本我的本家齐如山先生写的书，叫作《齐如山回忆录》。他从1875年，活到了1962年，而我，正是那年生的。后来我又算了一下，不对，他活了不是90多，而是87岁。不过，那也就够长的了。

齐如山就是电影《梅兰芳》中的那个"邱如白"，就是梅兰芳的经纪人。他就是把梅兰芳送到美国演戏的那位，在电影里，是孙红雷扮的。冯小刚不该，把"老齐"的名字给换成"老孙"。不过，齐天大圣好像也被叫错了，也姓孙。

齐如山的书，你不能不看，眼下到处都有。这本，是我前天在首博买的，买完，就在首博的一个厕所边的椅子上埋头看了，好在首博的厕所不臭。但齐如山100年前带着一大群中国工人坐火车到巴黎时，却把人家火车的厕所弄得臭不可闻——咱工人没见过坐式的马桶啊，都蹲在马桶上大便，于是，屎屎到处都是，齐如山就使劲地替他们擦。工人们说：老齐啊，这厕所门是关着的，那洋鬼子咋知道屎屎是中国人拉外边的呢？老齐说：咱中国人没坐这车时，屎屎没在外面，咋坐了，屎屎就出来了？你说，不是咱中国人拉的又是谁拉的呢？

我在20世纪80年代初和80年代末带着国内的代表团在日本、美国和加拿大"疯狂考察"时，也经历过这些。那个老齐也是学外文出身的，他毕业于中国的第一个外语学院——同文馆，俺呢，也是"洋务运动"了几十年的，也广交了那么多的东洋和西洋的朋友以及敌人。还有，那个本家也对语言文字痴迷，也著书立说，我虽功不成名不就，却也写成了到目前为止的17本包罗万象的杂书。那个"老齐"把梅兰芳推广得天下皆知，是中国最早的京戏总策划和总导演，本人哩，2005年那年，好歹也把几十个学生推到了《同一首歌》的舞台上，"戏耍"过一回全国人民。再有就是，"老齐"的朋友上至蒋介石，下至江湖的百姓，他无人不交，三百六十行，他行行通晓，行行著述。我哩，蒋介石是见不到了，梅兰芳也"策划"不成了，却能平民布衣一个，闹市上整天逍遥着、游戏于文字和书籍之间，和他，也相差无几吧。

戏评央视9台的男女主持人

放假了没事，就更是每天都看CCTV-9每天的英语"Dialogue"（《对话》）节目了。中央台共有两个最"精致"的"对话"节目，一个好像是3台的每周六早晨的"对话"——是和企业家们对话的。我以前开公司卖"马桶"的时候，每周六必看——学人家的管理方法嘛！可不幸的是，那些个被邀对话的成功的企业家们大多不过6个多月，就都被他那个企业解聘或炒鱿鱼，要不就是公司倒闭了。井深——以前"索尼"的日本人CEO，就是一个例子。他刚"对话"不久，"索尼"的CEO就变成美国人了。我呢，也看着看着，可能是太专注了，我的那个公司，也就在"成功的对话声"里，成功地解散了。

CCTV-9的这个英文的"Dialogue"节目，总共有两个主持人，一个是男的Yang-rui，另一个是女的Tian-wei，中文名不详，为了写起来方便，我索性管他们叫作"杨瑞"和"田薇"吧。"杨瑞"和"田薇"可了不起了，能用外语主持节目，有时还是直播，况且都是敏感的国际国内问题，主题一天更换一个，从"金融危机来了咋整？"到昨天的"范跑跑（Runner-Fan）到底错了还是对了？"应有尽有，所以我每次上英文课，都对学生们说——你们一定要养成看央视9台的"毛病"，你能从那上面，学到许多"流动的""生动的"英文。比如，我昨天的收获，就是知道我的新校友"范跑跑"不但中文名字有名，连英语的昵称"Runner-

Fan"人家都有了！听说，还有一个生产跑鞋的"有限公司"想用"范跑跑"三个字做跑鞋的商标。

在男"杨瑞"和女"田薇"之间，我还是喜欢女"田薇"，而我从没在孩子她妈面前掩饰这一点——电视是全家人吃饭时一起看的，想掩饰，也比较困难。区别是明显的：男主持人在主持英语的节目时，常常在用中文思考着那些问题，这，我是能看出来的，当"杨瑞"目不转睛地、特别流利地、急匆匆地念叨"English"时，你听他的英文里还夹杂着汉语的"四声"哩，抑扬顿挫、"之乎者也"的。女主持呢，则丝毫没有这种毛病，她的立场绝对是"中国"的，但思维方式，却绝对是美国式的，能用中国人的坚定立场说一口纯美国口味的英语，外加西方人的咄咄逼人姿态，并含蓄着东方女性的那么点子"娇嗔"——这么 dialogue 起来，既"林黛玉"又"希拉里"的，效果自然极佳，尤其是对话的另一方大都是"男老外"，可谓每战必胜。

男"杨瑞"呢，有时，就显力不从心了。他明显的问题是思维和立场跟着 English 偏移，他绝对是想从中国人的立场说话的，这毋庸置疑，但一用人家的语言说呢，就老跟着人家的语言开思维的"小差儿"，比如前天，"杨瑞"问一个老外："中国的强大难道不是 threat（威胁）吗？"弄得人家说"yes"没礼貌，怕上街挨揍，说"no"呢，又不是心里话。所以我最怕看"杨瑞"做"直播"——live 的 dialogue 了。

杨先生喜欢用中文思维的习惯老是改不掉的例子，还有他经常说着特别复杂的英文时，突然地冒出一句中文的也是特别复杂的成语,比如(我按他的习惯瞎编一个做例子吧！)"破釜沉舟"之类的。他一般是先用英文说那个"破釜沉舟"，看人家没听明白，就索性把"破釜沉舟"的"谜底"说出来了，对方是个中国嘉宾，还可，要是个外国人，你说了"破釜沉舟"之后，他肯定还是不懂。我百思不解的是，在用英语思考和对话时，杨主持的脑海里咋那么多的古汉语哩？真太有学问了！

昨天杨先生主持的是一个讨论"范跑跑"的对话，标题是"诚实的怯懦"（Honest Cowardice），有一个地方，杨先生犯了一个挺大的错误：他们讨论着两个人的"事迹"，一个是"Mr. Runner—范"，另一个是个真正的英雄，是"谭老师"的，谭老师用身体掩护了很多学生死里逃生后，自己牺牲了。到底是"范老师"是英雄，还是"谭老师"是英雄，大家都没什么争议。但"杨老师"说着说着，却把"谭老师"和"范老师"的名字，给误说成了一个，你听他说"That Tan-pao-pao……"——"哪个'谭跑跑'啊……"

老同学"大堤"的留言：

少圣好，因为不会英文，所以从不看CCTV-9，有一点印象的是播音员（因为这么称呼更准确）比较有特点，不喜欢范跑跑，因为我孩子要是在他班上，我会有抽他的冲动，没什么大道理，就是感觉，他自己偷生。反思我自己在那个时刻也可能像范跑跑一样不光彩，但事后我会羞愧，决不敢辩解。

与张老师的通信

一民：

你好！京城仍没有雪可下。寒冷的朔风倒是从北方大量地进口。散去的民工已一票难求。街巷略显冷清。耀武扬威的小车像疯了一样地开着，他们忘记了前日政府刚公布的一个数字：2008年，车祸夺去了7.8万个鲜活的生命！

近日又有一条可爱的新闻：广州有30多位靓丽的"美眉"以猫步行走在台上，搔首弄姿，用尽女性挑逗之能事，求得台下十几个身价上亿大款们的联姻。大款们看上去，眼里只有一个"色"字，秃顶上乌亮稀疏的几根头发，只有"救中央"的命了。因为，他们都很"穷"，穷得只剩下钱了！

看来，现今的社会，一方，只有卖"五花肉"的地步；一方，用大价钱挑拣这肉摊上的"肉"就可以了！可见，这金钱就可以"无德而尊，无势而热，排金门，入紫阁，危可使安，贵可使贱，生可使杀"。

难道我在胡言乱语了吗？

人世演进到这种地步，也真叫人烦心的！但愿仁慈的天帝，在云游天穹之后，也下到凡界来搭把手管一管这不堪的世界！

昨日我受邀去政协老领导家做客，粗茶淡饭，聊得很惬意。

每晚，我都看一段你的作品，它们给了我很多的养分与快乐！

张老师好！

这两天看政协在开会，您一定非常忙吧！

几个老同学在一处回忆起我们去百花山的那些事，我提议今年夏天再试着去一次，上次只到了斋堂水库。

我的那本"西湖"，写的时候十分地悲观，所以挺缠绵的，但现在看起来还是像西湖的风格，记得您给我们上语文课时，讲了苏轼的那首"水光潋滟"，那时记忆非常的清晰，而且一直是我印象中的西湖的格调，这本书，算是还您的礼物吧！

我过年后还去杭州，然后想去九华山。

注意劳逸结合！

一民上

一民：

接到邮件。二十几年前去百花山半途而废，很遗憾。今夏重游很有意义，也可看看我往日的"作品"，现虽已败落，但我当时虽"不可为而为之"了，也就不留憾事了！

我会同你们一起去，好有落脚的地方。

数年前，我从西湖出发至黄山，后经太平湖到九华山。今夏你若去，必去太平湖，在烟波浩渺的碧绿湖水中，颇感浮若空游。九华山的肉身佛，李白饮酒的客店，都能使你浮想不已……

文人的意境，在实践后，在心中会升华为美丽而深厚的沉淀，去指引生活的未来。

张老师好！

我会跟其他同学做"重上百花山"的召集，到时跟您交流吧。下次聚会的时间初定在春季。

谢谢太平湖的推荐，我去年去的是黄山，也是从杭州去的。九华山回来我写点游记，写写看菩萨"肉身"的感觉。

一民

一民：

今晨接到邮件。重上一次京西的"百花山"太好啦！春日，漫山的桃花、杏花撩拨人的心腑。

我只奢望在有生之年多读点书，多读些你读的那样的好书，给心地一种平衡，并自由而快乐地活着，不再把精力耗在乌七八糟的琐事上。给自己心灵上一个更宽松的环境，来享受一次生活中的真善美。

老师

北大冬景色还有我手机终于寿终正寝了，连朋友也没了

昨天回北大，去看陈老师。陈老师夸奖我的期末论文写得不错，让我高兴不已。跟陈老师聊天是一种享受，就像在和大哥哥小弟弟聊天似的。跃红老师长我8岁，和我自己的兄长同龄。所以，小弟弟有点什么幼稚的，老哥哥正好都担待了。在饭堂吃饭时我说话声音过大，陈老师用学者方法从东西文化在吃饭行为中的表现对比的角度暗中批评——你能不能小声点儿！

北大中文系的"静园五院"，是古色古香的。在陈老师的办公室，能闻到鸟啼，也能嗅到松香。能在鸟鸣和松香中乐陶陶地工作，人生知足也。

未名湖的冰场分校外人和校内人用的两个部分，用围子围着的，是校内的，还有保安护着。我凭了学生证，进了"校内"的部分。冰面十分糙，但冰上的人不糙。太阳足足的，滑冰的学生水平也不高。我当然是个例外。在未名湖滑冰不是第一次了，但用学生证滑"内部"的冰，可还是第一次。我看其他同学滑冰滑得不好，还真的有些个着急，正想帮忙，一个南方口音的女生问我怎么滑才对，我当然真诚地指导了，我说同学该这么滑。然后，那女生就会滑了，还没忘回头说了一声："谢谢你，叔叔！"

放假了，正好能借些和写作业没关系的书读了。一进去后，图书馆也是一股浓浓的松香味。那是醉人的香。郭沫若的书，我是喜欢看的，有一股子老成的孩子气，那种气质能坚持到人没了的时分，在中国历史上，

也就他一个人。你看他在《鲁迅和我们同在》这篇文章里，是这么孩子气发挥鲁迅的"孺子牛"的精神的，他说："把我们的一切浮躁、苦闷、彷徨的情趣镇定下去，我们要定着心，老老实实地来做水牛或黄牛的工作。虔诚地替老百姓耕田，拉车，出牛奶，服务到死还要把自己的皮、骨头、角、蹄子、心肝五脏都奉献出来，一点也没有保留。"

郭大哥还说一个人要从一头牛变成两头牛，说老虎虽然能吃一头牛，但"牛"不过一大群牛，等等。

郭老真是诗人的气质，他把鲁迅的那头老实的"孺子牛"，给说成一头活牛和真牛了。

我的那部形似坦克的、"孺子牛"般服务了我6年之久的老手机，昨天突然故去了。它先是把一个人的名字，给复制三四遍，比如连续地显示3次周某某，然后在昨天下午的4时49分，突然，手机中所有"通讯簿"里的人名全都消失，我大叫"不好"，连氧气都没来得及吸上一口，那手机，就最后没了心跳，我存在里面的原本为数不多的所有的朋友的联系方式，也就随手机而"飘"了。于是，我瞬时再没有了朋友。

我赶紧下楼，花了850元，买了一个最时髦的"诺基亚"。我惊喜地得知，我原来的号码，竟然还能用哩。也就是说，如果别人给我原来那个号码打电话或发信，还能联系到我。我于是只有一条路了，就是不再追思和遗憾留在"老坦克"中的那些个老朋友了。我必须守株待兔了，像一头老牛那样。他们只要和我联系，并暴露了身份，我就能找回他们。假如他们一天或一个月再或者一辈子都不打电话或发短信给我呢，我看呢，也就算了。

"大堤"的留言：

少圣的人生追求比较容易满足，两只虎皮鹦哥，一块拉二胡用的松香，足矣。嘿嘿,赶快给你发个短信,不想你的新手机里没我,虽然你能在同学录里找到我的号码,但怕你骄傲地不屑找,我还是自投罗网吧,因为我还想你送给我你那些码好的字呢!!

少圣说话的声音还会过大??那我平时说话的声音一定超过叫驴了,我也想学着做个文明人,但无奈,本性难移,算是坐稳了不文明的头把交椅了,嘿嘿。

与"心灵飞鸿"的通信:

张老师好,看见你把以前的评论又加上了,对照了一下以前的好像没什么变化。我还不知道有这种技术呢。《谁出卖的西湖》我下周就可能送给作家出版社的一位编辑。他们如果提什么不合理的条件的话就再找别的。反正只是个时间问题。我现在好歹算是文学专业的了,认识的同学都是做这个行业的,出来是不愁的。

原想让那位家长把我印出来的三个集子送给你,但一来把他的电话丢了,二来三本书实在是沉,有些不好意思。要不你先跟他打个招呼,或我送给刘莎?也没什么新的,就是《谁出卖的西湖》和两个博客集子,不过真打印出来,一看,还是蔚为壮观、仪态万千的。

心灵飞鸿的回信:

齐老师好!最近一直在忙期末,今明两天给高二学级水平考试监考,然后补课,23号结束后回家看望父母。年后初八又开始上课了,好在我每天只上四节课。

很喜欢《谁出卖的西湖》,教室有张中国地图,监考无聊时,注视着西湖,还在想:今年春天或暑期我若去了西湖,一定会写一组与西湖有关的散文,来倾诉一年来对西湖的恋情。这西湖情结,也缘于分享你的文字。在你的文字里得知你遇到一位兄长般的老师和知音，真为你高兴。而且还知道这本书所讽刺的伪学者，竟也是这位兄长所厌恶的，这也正是《谁出卖的西湖》的价值！年后继续与你的文字共舞。祝福齐老师新年快乐！祝愿《谁出卖的西湖》新年好运！

手机的"老年痴呆"过程

从前的诗人祭奠的，都是些有机物，比如"离离原上草"什么的，还有虚无的，比如"床头的明月光"什么的，而现代人呢，祭奠的，是手机之类的非有机物质。手机死了，也该写个悼文，毕竟追随了我——它的主人六年，可能正相反，是我追随了它整整六年。

我那个根本就没有什么牌子的手机，是元宏老弟送的，他知道我从前不用手机，就白给了我一个。它压根儿没什么品牌。我感觉，要不就是那个生产它的中国的厂子，把它造出来后，就垮掉了，要不，就是它是有人专门为本人定制的一个，反正那种牌子的手机，你在市面是看不到的。

它的"死法"，我以为，和人的老年痴呆相差无几。前一个月，它突然时间错乱了，该显示 2009 年时，它上面，是 2000 年。年都错了，具体的钟点，我也就不追究了。我手机原来的时间非常精确，就比标准时间快 15 分钟整。这，是我当了五年站讲台教师从没迟到过一次的一个秘密。

它"死"的头天的那个早晨，猛然，"通讯簿"全错乱了，我那里面明明列有我积攒了六年的统共才不到三十个的朋友以及"敌人"——其中有赖我钱死活不还的，这下，就突然地只剩下了两个，一个姓"周"，另一个还姓"周"，就像鲁迅小时候家门口的那两棵双胞胎的枣树似的，那两个"周"是同一个人，糟了！手机它神经失常了，它只记住了一个人的名字，而且还记得是双份的。而其他的"投名状"（好友的代称），就都灰飞烟灭啦。紧接着第二天，它屏幕也打不开了，它也就，死了。

我匆忙到楼下"看急诊"。卖手机的人从我的SIM（是这么拼写吧）卡中，勉强调出了若干个朋友的信箱和留言。其他的，就完全变成了一个空白。我于是有了少许的感伤，虽然新的"诺基亚"只用了一个时辰，就用跨了6年时代的新功能和新便利以及新式样，向我献媚，向我证明着我早就该扔了那个旧的、早就该喜新厌旧。新的的确是好，但我还是先不舍它，但过后我很快也就把它遗忘。

人的衰亡过程，一定是和手机的更新换代一样：我们先犯糊涂，接着记不清时间，整年整年地搞错，然后，我们就"唰"地把朋友统统忘却；我们最后可能，只记得住一个人的名字，一个或许并无深刻意义的人的，那名字，还占据着明明还能腾给另一个那么爱你的人的位子，最终呢，我们的大脑，就"开不了机"了，我们非常可能到那时还四肢发达——我老手机外表还结实着呢，然后，我们的位子，就被另一个鲜活的后来者给瞬间代替掉了。

由此说来，人生是没什么意义和意思的，尤其是接近衰老的时候。我们这种中年快偏上的人，就像是一个用了4年以后的手机。我们勉强还能支撑着扮演着各种的角儿，被利用着和不同的人寒暄说话，但过不了多久，我们的神经就行将开始错乱，我们就会被遗弃和处理。

我中年在北大上学，也是有几分担心的，过三四年我该写毕业论文了，突然的一天，大脑变成了老手机的老内存，会把学的，都忘光掉。我答辩时，老师们说："齐天大同学，你先陈述一下你论文的大意吧！"我刚想说，一看，论文落家里了没带。想回家去取，又把家里的门牌号遗忘了。最后，家里人好容易在北大的博士论文答辩现场找到了我，还是通过在《北京晚报》刊登"寻人启事"的特殊方式。

"大堤"的留言：

少圣好，你的老手机记不得别的手机的号了，但别的手机还记着你老手机的号，就像有一天你老了，记不得老朋友了，可一定还会有老朋友（投名狀）记得你，如果都老得谁也记不住谁了，还会有一些文字在相互记着，直到保存文字的媒介都不存在了，才会相忘怀吧，那是以后太久的事了，现在不去想它也罢。

和"心灵飞鸿"的通信

（2009年1月19日，星期一；晨）

张老师好！

我那本《西湖》，我打算这星期送到作家出版社去，至于命运如何，就难说了。不过早晚是能面市的。我现在正在整理另外两本书，一本是《爸爸的舌头》，另一本是《四十而大惑》，大概还需要一个学期的时间。总共我还有（除了您已有的之外）5本没整理完的作品，加起来也有100万字。这样，我原来计划的写400万字的目标就已经提前实现了，算是"大功告成"。之后呢，如果写，就写几本学术性强的书，不写也无所谓了。不过无论如何，我的那三本《编外教师大事记》是我的最好的作品，因为它形成的过程，本身就是一个最好的小说题材，即所谓的故事之中套着故事，是和命运奋斗并最终战胜了命运和邪恶的过程。还有，那么多大的主题——地震的、奥运的，也是百年才有一次的，因此，那就该是我写的故事的巅峰了吧。

过几天给您拜年！

"心灵非鸿"来信：

（2009年1月20日，星期二）

齐老师好！此时，手捧三大本《雕刻不朽时光》，从7点拿到手，一直看到现在。看这些熟悉的文字，在洁白纸张上舒展筋骨，如放学的稚童，蹦跳着回家般激动喜悦之情萦怀。两年来，分享、共舞情不自禁。赏读时只觉得过瘾、有趣，今天当这些文字所记录事件已成往事后，再复读这些文字，竟觉你写的比那时读来还要深邃透彻，竟怀疑这些感思出自我手。也许因为当时已进入思索境界很深，不自知吧。现在再以平常心来看，更觉得这些文字意义非凡了。随时以文字形式，给经历中的感思塑身、留痕，大概就是写作本身的意义吧！从这个意义上说，更要感谢你这如号角般的文字，鼓舞、催生出我的点滴感思。摘录《谁出卖的西湖》第34、35页，我"只比孔子高了半头"中的部分评论：

你的书，是由商战勇士你，边勇敢拼杀，边带着伤痕创作的；你的书，是由来自前线的第一手实战方针策略，汇集而成；你的书，是和着血与泪，充满了硝烟的战地日志；你的书，是用一双不同于一般商人只瞄准了利润的眼睛，在洞悉经历背后的是非曲直后，而生成的哲思；你的书，是来源于生活而高于生活的智慧结晶；你的书，是忍辱负重，主动肩负时代使命的你，把在经济领域的探索，以赤诚之心转换为宝贵精神财富，并奉献给国民、人类社会的无价之宝。

2007、2008年逝去，《雕刻不朽时光》诞生。最佳礼物，今夜抵达。牛年，一如既往。顺祝新春愉快！

给"心灵非鸿"的回信：

张老师好！书到了，非常高兴。看出来我把这几本书统称《雕刻不朽时光》的效果了吧！我觉得这七八十万字的"东西"，是既是小说又是史实的东西了，包罗万象，仪态万千，是时代的横断面和整体感觉的复原。"博士"是一个主线，是个人战胜命运的，"红楼选秀"、地震、奥运是国家命运的主线，两个相互交叉，最后长江似的汇流。可能这是我个人的"最好成绩"了，因为从西湖，到博士，到北大，到长江，到奥运，都是最高的"题型"，而我们是受时代的命题而作文，作的是原本不可能知道结果的大文章，最后，竟然把这些那么大的主题给链接得天衣无缝似的，加上你的那么高水平的时时跟进式的评论。奥运不可能再有，博士也圆了梦，西湖也被我在出卖后在心灵中再生，所以，我还能再写出比这些更大的文章吗？我自己用"喜怒哀乐"四个字来概括之，且都是大喜、大怒、大哀，最后是大乐。能写出这么一部大书，和你一起，我知足了。古今写书的人的共同的梦，就是能写成一部"大书"，而这本，的确是部"时代大书"。再次感谢合作伙伴！

快过那丑陋的牛年了

诗中有说"马蹄声碎"的,这下该"牛蹄声碎"了。牛年眼看就快到了,不过牛年不是特好的年份,因为牛年特别地难看——"丑牛"嘛。所以生在牛年的人,都是"丑年"出生的。当然了,那种丑,是跟牛比的。

人和动物其实是近亲,这,早就被人给忘了。我却没忘。前两天孩子和她妈——一个属鸡的、一个属虎的,到保利剧院看580块钱一张的俄罗斯国家芭蕾舞团演的《天鹅湖》——票不是自己买的,回家后都精神抖擞的,我开门时说:"啊,大天鹅、小天鹅都回来啦!"

还有那天我到超市为老母买"蒙牛"牌脱脂奶,老找不着,就问身边的售货员,只听她大喊一声:"蒙牛!!""来啦!"随着声音,一个牛一样壮实的女孩子跑了过来,原来在那儿专卖"三元"的就叫"三元",卖"蒙牛"的,就叫"蒙牛"。

词语的特殊使用也挺有意思的。让我感动的是那个三大男高音中的多明戈,他昨天在央视9台接受女主持"田薇"的采访时,虽然白发苍苍了,却那么地激情澎湃,眼睛出奇地有神,他都68岁了,还有一股子的孩子气息,弄得老少女"田薇"直说他 attractive——有魅力。看来人的精神是能赛过年龄的。结论是:我必须学习多明戈,把自己搁置多年的天然美声再恢复过来。多明戈说他和 she(她)的关系时,是非常动情的,他说他要服从那个 she,早晨这么服从,晚上那么服从,起床前怎样,晚睡前又怎样，我心说老夫妻还挺和睦的哩。后来再细听，才听明白了，那个 she 和 her，那个"她"，并不是他的老伴儿，而是他的嗓子。

我的新手机由于同旧的相比，已经进步了六年，所以一些个功能，我不太会用。以前和小冯、小姚在一个屋子工作时，那些个"现代性"非常强的活儿，基本就委托她们了，比如收短信啊，比如发短信啊，比如铃声和振动的选择和调整啊什么的。现在小冯快生育了，小姚据说也要去美国留学——乘人家有经济危机，我的新手机，就都让楼下卖手机的"中复电器"的那个小经理负责打理，因为我对现代化的东西有一种天生的恐惧。好在"中复电器"的售后非常到位，我想换个铃声或变成"振动"了，只要一下楼，她马上就能调。对这些新玩意儿，你不能"愣学"，要动员社会上所有能动员的力量帮你解决具体的问题。六年后我的下一部手机，还不知啥样子。

我往年正月初五、初六都到杭州徐兄家去过"年尾巴"，昨天老伴儿跟我急了，说自己的家不过，到别人家过年！她不知道杭州的那些个寺庙，一过年你再拜，就不灵了。我于是对她实行了强烈的抗议，我用的是十分具体的行动，就是今天晚上不做饭了。这是一次具有深远历史意义的家庭罢工。我是跟韩国人学的。

新手机里没了朋友们的号码的消息在博客上公布以后，我这个"株"，还真的"待"来了几只"兔子"——老的不能再老的朋友们。其中就有身怀8甲（吉利数字）的小冯，在"中复电器"小经理的手把手协助下，我一看来的短信，乐了，一个大兔子还怀了只小兔子——年末时兴买一送一嘛！

老同学"大堤"发短信说他过年带女儿到日本去，问我在日本有什么打折的最好去处。我说我20多年没去东京了，可能方式变化较大。但有一点，就是最好用日语讨价还价。那个中学的老同学，我知道他的日语程度并不太高。恐怕他的日语用于"讨价"还行,"还价"嘛,他肯定不会!

"大堤"的留言:

少圣,我从日本回来了,听导游说在日本不能讨价还价,就只好洗干净脖子被宰了。嘿嘿!

《谁出卖了西湖》张老师评语

(2009年1月18日;星期日)

一民:你好!

这几天晚上,我沉浸在你的西子与柳浪阁中。认真读后,我心意飞扬。虽文字间略有凄清、伤感之嫌,却也掩饰不了作品中冰火之间少见的"硬气"!

你在柔美的文字遮掩下,气沉丹田,施展出硬功夫,手持两把利斧(哲理的、逻辑的),以韧的战斗,单身独挑地,去砍劈那数千年来一贯的拦杀真正人才的那道铁门槛。

"博导",实为殉道者。贻误了后来者思想的自由发挥,使意识形态枯死,也就没有了进步的勇气。一片窒息的结果,便形成了人类最大的悲哀!

你的这段向"死水"厉声宣战的文字,将会给现今明白人和后来者以极大的鼓励。

你后面用亲身的感受,继以用博大的"人文""人性"的胸怀,以西湖的"三美"作为依据,讴歌了你心中理想社会的到来。

自然(或带点纯的野性),平静如西湖之水,真是人们所追求的!

你所选用的多角度的素材,可人的相通,可人的共识,可人的赞美。

描绘中的虚实相叠，从哲理上给人一种沉思与硕大的享受空间……

给张老师的回信：

张老师好！

您的评论更增加了西湖的美。

那本书是我2006年写的，是在既卖了心爱的杭州的家（由于北京的投资出现资金问题迫不得已），又连续两次考博被人"暗算"后写的，所以是真情的宣泄。现在看来，真是难得的一本从反向写西湖的好书了。我把西湖的虚无缥缈的感觉和"水气"，用那种也是虚实不定的道家意味十足的语言写出来了。那些"伪学者"和乌七八糟的人其实都是反衬，都是"恶"的象征，这样一对比，西湖的美就更凸显了出来，所以还要感谢那些负面的东西呢。

更有趣的是，我计划把《谁出卖了西湖》也归入《雕刻不朽时光》的一部分，这样，最后的结局是我考上了北大，也就把败局转为胜局，呜咽的变成了娃哈哈的笑声，也就证明了，美丽是最终能战胜邪恶。

新闻主持人的打嗝和奥巴马的口才

今天贼冷,最高气温零下7摄氏度。带女儿去学了吉他。我记得小时候,人人都会摆弄一种乐器,夏天你在楼下一站,每个窗子都能穿出吉他声、小提琴声、笛子声、快板声,这些都不会的,就吊嗓子,总之,虽然那时的人都不识谱,但学乐器的热情是都有的。我是拉二胡和吊嗓子。开始我调的嗓子和我最初拉的二胡总是一种类型的动静,但后来,二胡熟练了,听起来不劈了,嗓子的劈,倒凸现了出来。我一拉,一唱,就是十几年,十几年不识谱,十几年后即使二胡拉得都四处演出了,但还是不识谱,所以我现在都坚信谱子是专门给不专业的艺术工作者用的。

那时我家的楼上,是个拉小提琴的,楼下,是个小吹号的。小提琴拉得特像吹号子;号吹的,也仿佛是拉小提琴,所以我至今也坚信艺术手段之间是相互贯通的。

那年月没在家弹钢琴的,大家都没钱买钢琴。现在我家里也有钢琴了,这,是在写这个"东西"时,才突然想起来的。

央视9台的那个英国生长的华人主播James Chau,今天犯错误了——他直播的时候,竟然打嗝。以前直播的有打哈欠的、有伤心地哭了的,但打嗝的,我还第一次碰到,他肯定,也被自己的"嗝声"吓了一跳,然后就接着播了,过一会儿,又打了一下。这下,我有点紧张了。我紧盯着屏幕，我算计着那下一个嗝什么时候打。这时播广告了，我和 James Chau，才都松了口气。

美国的奥巴马总统，20 号终于上台了。那天我半夜三点起来，我打开 CNN 的网站看看。"做人不能太 CNN"，但有时不 CNN 一下吧，好像也不方便。"就职"一词在英语中是个特别怪的词儿——inauguration，是"开始、开创"的意思。我上课时常对学生们说，只有看电视学英语，才能"看图说话"，才能"与 English 俱进"，才能学到"活英语"。就拿"就职"这个词说吧，美国总统四年才搞一次"inauguration"，才"开始、开创"一次。所以你错过这次电视了——即使主持人不打嗝（哦，主持人打嗝好像四年都碰不上一次啊！），你最少要等四年，才能和"就职"相遇一次。想起来了，学日语的好像没这个困惑，日本的新总理月月就职。

"奥巴马就职演说"——Obama's inaugural speech——有那么多排比句子，非常地优美和上口。比如这三个：

"For us, they packed up their few worldly possessions and traveled across oceans in search of a new life.

For us, they toiled in sweatshops and settled the West; endured the lash of the whip and plowed the hard earth.

For us, they fought and died, in places like Concord and Gettysburg; Normandy and Khe Sahn."

意思是什么并不重要，重要的是那三个"头"——For us; For us; For us，这是韵文！我第二天一看电视，妈呀，人家奥巴马竟然能把那么一篇散文似的长文，给背下来演说，就跟自己边想边说似的。

奥巴马和"美国总统"的角儿，可算是"天仙配"。他长的是个黑人，但却有白人的一半血统，但你看不出来，所以黑人选他，所以白人，也选他。这真要感谢造物主。

牛年后什刹海的软冰、春晚上的以及其他几种幽默的比较

我哥在美国20多年了，大年初一来电话时，母亲用唐僧教育孙悟空的方式，给他上爱国主义课程。母亲在长途电话中说，唐僧朝悟空急着要喝的那碗水里，撒了一把土，并说让悟空无论到了哪里，别管天涯还是海角，都别忘大唐的故土。母亲说她听了唐僧的那段话，挺有感触的。我呢，还是头一次知道，我们的爱国主义，从唐朝就开始了。

在中午上冰之前，我又去了什刹海边上那个"客家菜"吃饭。因为上次他们给了我一碗儿8年店庆的"珍珠翡翠汤"喝，所以我还没点菜，就先管服务员要了。她心说：他怎么知道有那种汤？我又对一个看样子特别像是这家店老板的说8年前这儿好像没有什么"客家菜馆"啊？他的回答也挺让我吃惊的，他懒懒地说："是吗？"

午后的冰，无疑是让人沮丧的——特别地软，而且，过一会儿，就又软了一下子。滑在上面，你不由得不趔趄。去年我最后上冰好像是大年初五那天。我一般在北京的冰不能再滑了之后，才出门到南方爬山。今年的山，暂时定在"九华"，那要看杭州下星期的气候如何。离九华不远据说有一个"太平湖"，也是要去的，那要看九华的气候如何。或者是天目山。反正，去年的黄山还可以。那冰，有意思的是，风一刮，就又硬了，滑上去就又有要飞起来的感觉。跟我打球的一个老者——学者样子的，说："收工了，收工了！"就把我一人撂下走了。于是，那什刹海的冰，就又稀软了一下。

这两天我一直"寻思着"东北幽默、北京幽默以及犹太幽默的理论上的差别。近来女儿天天看美国喜剧"Friends"——中文叫《六人行》或《老友记》。她用的是网上下载的英文版，所以我们家你一进来，还以为到了美国。《六人行》的编剧和演员有不少犹太人。我一看就能感觉出来他们冷酷犀利的聪明。里面的幽默，都是结构性的，逻辑线条清晰透彻。每一个"小包袱"，都是"大包袱"——全剧的一个精准的组成部分。也就是说，你既能享受到表层的笑话的乐趣，又能审美，审完整的深邃的剧情整体结构的完美。

赵本山的幽默，可定义为东北幽默的"上三路"。小沈阳——他徒弟的，就朝"下三路"走了。在春晚的那个叫《不差钱》的小品里，最好的，是"有"和"没有"的那个。那就是标准的幽默了。是"有、没有"的逻辑错位和灵巧掉包掉换。结构的错位和不协调有了，弥补和掩饰的努力自然荒诞和好笑。次级的，是赵本山也有个"姓毕的姥爷"那种，那纯属表层的文字的游戏，没有深层结构的概念的错位，自然，笑，也是瞬时和哈哈一下子，然后，就什么都没了。

小沈阳那种戏路，跟《六人行》和姜昆的"京味"斗嘴皮子臭贫式笑话、他师父本山的东北"上三路"又有所不同。那里面有股"胡子"气和野蛮气，尤其是北京春晚的那场，有一个想拿砖头拍人的表演。那种"艺术"是界乎于艺术的幽雅和非艺术的野蛮之间的，整好了，能上北京台的地方春晚；整不好了，演出结束后就能上警车。在我的另一个老家辽宁，搞那种艺术的人才多，他们是纯草根和纯民间的，一般是在乌烟瘴气的破烂的场子里演二人转。早先我在兴城的一个文化馆看过一次。一上来，就从肚脐眼儿下开说，要什么包袱有什么包袱，大多是荤段子。女子说的，比男的还花里胡哨。东北人都有说和编造歇后语的天赋，都满嘴的俏皮话。观众的笑点本来就不低，所以把东北的观众搞乐了都行，那本事，让北京的观众笑趴下，只需半斤八两就够。

留言：

1. 呵呵，你母亲还真是"有才"，我也是第一次听说。另外你什么时候在兴城看二人转了？我怎么不知道？现在不是弘扬"绿色二人转"吗？只有小地方才演那种荤段子。

2. 烟台"天天渔港"有道菜叫"珍珠白玉翡翠汤"。上菜时一看，是"苞米＋萝卜＋白菜"加粉条乱炖。

正月初三偏剃头

下午去剪头发，本来女儿也该一起去来着，后来她一犹豫，也就没去。我一进那个平常总去的"亮点宝贝"理发馆，吃惊了不小，里面竟然没人。平时去的时候，那人头跟蒜头似的，而且还是秋季的。才想起来了，是因为了那种"正月里剃头死舅舅"的老话，所以正月北京的理发店，就"没人头"了。也不是一个都没有，有，是有两三颗的。"在我们东北吉林，这时候，你一个头都瞅不见！"东北口音的小师傅说。我于是犹豫了起来，是理呢？还是不理呢？后来就决定理了，由于我没有舅舅。我连最后一个姨都去世了，何况舅舅呢？又何况，我以前是有姨的，但舅舅自古没有。我想给家里打手机，叫小女千万别来，因为她是真有舅舅的啊！但手机没带。我后来边被人剃着头发，边想，我自己是谁的舅舅呢？后来想起来了，我谁的舅舅，都不是，因为我没姐姐或妹妹，但那只是亲的，而表的姐和表的妹，我却有不少呢；不知那传统上的剃头死舅舅的说法，涵盖不涵盖表舅，假如也包括的话，我回家后，必须一个个给那些表的外甥们去电话，叫他们千万别学习他们的表舅舅——我的榜样，在正月里剃头，整得他们的头顶爽快了，我的这颗刚变清凉的头出门后，会"咚"的一下子，掉到地上。

2008（2009？）年的最后一场冰

今天在什刹海滑的，不知应该说是"2008年的最后一场冰"呢，还是"2009年的最后一场冰"。从赛季上说，应该是2008年的，即使今天已经是2009年牛年的初六了。但2009年的冰，分明是要从2009年的12月，才开始滑。假如说是"2009年的最后一场冰"呢，那么，我明年就不在了，所以，是不能那么说的。

上午9点，先从北海后门去了北海一趟。从什刹海去北海，就只能"走后门"。这有意思吧。有人的路，一辈子都走前门，有人呢，不得不老走后门。北海的塔，今天是模糊的。我每次在后海滑冰前，能去，都先去看看北海的塔。我有季节的通票，所以，不去也是白不去的。有那个塔，在胸中怀着，在后海的冰上游玩，与没有那塔相比，似乎是不一样的，图的是个完整嘛。就跟你回家时似的，进自家门前，也本能地朝邻居的家瞟上一眼，即使你不认识那个邻居，但你踏实。假若你一眼看完后，发现，你邻居家被盗空了，即使你进了家门，也不踏实。上周我家的邻居的家门，就是早晨是半开的，晚上还是，直到第二天傍晚才关上。

说回到北海。由于天暖了，后海的冰上午先滑到中午12点，然后等太阳出来，然后清场，等下午4点太阳下去了，然后再开场。太阳你看，有时也多余，也不受欢迎吧。11点半钟左右，忽然觉得脚下的冰不坚实了，我就知道，是太阳被高挂着了。我开始"收工"了，观看那些专业的人打球。所谓"专业的",是那么不到100个的总在后海打球的人。和他们比,我是二流的。但他们毕竟不多,也就100人。我去年跟他们玩来着,我守门,我没护膝,被他们劝下场了。打冰球的人,在我看来,是最风流的健将。你要会滑冰,在冰上,你要如履平地,你要有足球的位置感,你还要有体力,能把这些都集于一身的,也就是打冰球,那是一种高速中的飞行的健美。能见识到那种飞快的美感的,可能,全北京,也就这100多人,当然也包括了我。因为要是你不会打球的话,你也不会彻底地设身处地地欣赏他们打球。与冰球相比,在我们打冰球的人的眼睛里,其他的那些体育,都几乎是"伪体育",都是分不出会和不会的。足球吧,谁上去,都能踢上一脚,只要有脚就行;篮球吧,谁都能朝那篮子里扔球,你只要有手有眼(一只都行)。但,我给你一根球杆,和一双冰鞋,我告诉你球门在哪儿,这儿是球,哦,球在那人杆下,而那人,正在以每小时60公里的速度飞奔,我叫你抢球,你,试试看?就连滑雪,和打冰球比也是"伪体育",你只要不要命,哪怕你一次都没滑过,只要遗嘱写得"到位",谁都敢"啊"地俯冲下山头。而看的,就更傻了,说"那人滑得贼老棒啦!"(用"小沈阳"口音)。偏不知,那人只会从山顶上用60公里的速度俯冲,但不会停。

在告别了2008(2009?)年的这个"冰季"的时候,按常规,我马上要"南巡"了,我小结了一下,还是在冰场边上的那个八年前压根儿就没在那儿的、但老是白送一罐子"8年开业汤"的"客家饭店"里。喝着白送的汤,我计算了一下,这个"冰季",本人总共滑了11次冰:国贸两次,未名湖1次,北海3次(三碗汤嘛!),玉渊潭两次,紫竹院3次。从12月中旬冰冻死后并结束了第一阶段的"冬泳"之后,到1月31日,平均每周两次。然后呢,就是"下江南",然后呢,就是冰水的融化,然后呢,就是"冬泳"的第二阶段了。这样呢,本人的后30年的体育模式就摸索成形了,简单地说,就是冰冻结束之前我在湖里游泳,冰冻结实之后我在湖上滑冰,然后冰化了,就再在湖上游泳。冰化冻的这个空当呢?我人,就不在北京了。你们呢,也就别来"齐天大博客"串门了吧,我家也没人。咱回头见!

千里走单骑之一

每次春节"南巡"之后回京,都强烈地感到"冷漠"二字的意义。北京,的确是个冷漠的城市。我从前说过,首都的实质是"最大公约数",也就是平均——平均的情感、平均的感觉、平均的语言外加平均的情趣等,这些,都是各省来落户的人在这个共同的集散地打斗了多少年之后,得出的一种相互妥协,于是,这种城市中,是没有民间的激情的,我刚从杭州、苏州、南京、合肥等地回来,那些种类的人北京都有且不在少数,但那些人一进这个巨无霸的城市,一进入地铁,你发觉,就好比一盘散沙子中的几粒,猛然地散落不见了,不见了他们的特征,不闻了他们的方言,不显露了他们的毛病,而一下子,都带上了一个"首都"的面具,都"平均"了起来。这,是北京这种一本正经的城市的最大的毛病,一句话,没有生活的特色的冲动,只有应付各种挑战和挑逗的"时刻准备着"的紧张,所以北京人是不放松的,所以北京人总是快乐不起来——我是说民间的、自发的那种不管不顾的快活和冲动。就拿我家来说,我家住在长安街上,我家的窗下,就是那条"中国第一街",我们上次的快乐,还是1999年看50年阅兵的洲际导弹从眼皮下轰轰烈烈过去的喜悦,这种喜悦每10年才有一次,但那种喜悦无疑是非常不民间的,我们压根儿就不可能,像元宵节在杭州吴山广场看灯那样轻轻松松地看洲际导弹,再说人群里还有那么多的便衣和警卫,还有空中过去的歼8和空中加油机的轰鸣，等等，所以，北京几乎所有的"狂欢"，甚至包括了奥林匹克，都不能和我在"千里走单骑"中看到的南方的那些城里的老百姓的喜气洋洋相比，或许这是所有大国首都的"通病"吧，就是快乐不起来，就是太一本正经了。

留言：

1）我想在老北京的胡同的四合院中，才有那民间的欢乐！可越来越少了！老胡同少了，四合院少了，民间欢乐就少了！

2）是不是你一回北京就不自觉地一本正经了，别人也是一样，所以大家都一本正经了。

3）欢迎回来。不管你感觉怎样，北京欢迎你！

与张老师的通信

一民：

你好！

每每三更天起来，读着你的书稿，像在品尝一道精神大餐。我逐字逐句兴奋地啃下去，尝到了真正人生观上的心灵鸡汤。其味道是浓浓的原汁味型的，具有地道的人性的，非虚伪的古罗马哲学的味道。

含而不露的鞭笞，鞭鞭抽打在人类虚伪的脊背上，使其蒙羞！

任何具有良知的写作者，都有可能抵触到人类的这个痛点，但是，任何具有良知的写作者，却都没有找到你笔下的这样结构的句式，这样深邃，扭着力量出来的词语。

而你做到了！文字犹如千军万马，似洪涛怒吼着向前奔腾，淹没了一切道学者。

你的作品将会影响许多具有思维人的哲学式的思维方式！

春暖花开去一趟"百花山"。

老师

张老师好!

我昨晚刚从南方回来,去了杭州、苏州、南京、合肥,原来计划的九华山由于旅行社的行程取消没能成行。下次再说吧!

十分感谢您对"灵和肉"的分析,我的确是想通过"雕刻",形成一种既有西方的理性,又有纯东方的纯古典的"似水柔情"的风格,像是韩愈希望通过写"新古文"回到上古人的情操。所以文章是个"钱锺书、鲁迅、苏东坡"三种风格的结合体,既有钱的刻薄,又有鲁迅的深邃,还有苏轼的豁达以及与大自然的情景交融,假如真能做到,您也看出了,就算是"事业有成"了吧。还有,整个"雕刻"几部,又是一个完整的个人奋斗的故事,有几条主线连接:西湖的、考博的、红楼梦的、北大的、奥运的等等,从文体上看,该有的也都有了,有随笔,有小说,有诗歌,有古有今,还有宏大的历史事件,还有我的知音批评人"心灵飞鸿"的呼应,所以我想这70多万字应该是一本"大书",算是个"集大成",我恐再难超越了,因为再找不到这么多能牵动大众神经的真实故事了,所以,我既知足,也望着自己的所谓的"成就"却步了。好在书已经写成,就不想太多了。

春天咱们去百花山,我一定再把您心目中的"神山",用文字记录下来!

多多保重!

一民上

千里走单骑之二——千里非走单骑

昨天搜狐搞版本升级，竟然一下子，把老子这个博客的"评论"和"留言"功能给"升级"掉了，所以，可能从此往后，你们那些"隐形的读者"们——假如还有的话，就彻彻底底地没有了发言的权利，而我，从此就该真的千里走单骑——走文字的单骑了。我玩"一人转"。

一次升级，就是一次破坏，由此，我想到了北京这个我"被出生"的城市，是究竟为什么快活不起来的了，就是因为"升级"，北京是个被"行政化"了的、"法人化"了的都市，到处都是符号性的东西，也包括了人，这样一来，你和我和他，也就被"法人化"了，就不再是"自然人"了。所以，北京似乎没有纯粹的民间式的快乐。当然，除了洲际导弹从家门口走过的这一年，但这种坦克轰轰隆隆的热闹，每10年，才一次嘛！

由此，我每年，就必须出去"漫游"一次，那是真的"漫游"，我出去时，还不知道究竟去哪儿的那种。有人还以为本人是在搞"离家出走"，但快50岁的人了，离家出走，我想也没什么必要了，于是，我就想到了最好的解释，就是去寻找真正的"自然人"的而不是"行政人"和"法人"的天生的乐趣，于是今年，我在南京的夫子庙找到了，在合肥的淮河路找到了，在苏州没找到，但在杭州我第三个老家前面吴山广场的元宵灯会上找到了，那十分使人惊喜，当中国人当了大半辈子，我竟然第一次知道，元宵节的灯，是如此地好看！那人头，那火焰，那喧嚣，那并不是宣泄的本来的快活——纯百姓的，纯爷们儿的，纯男女老少的，我为什么在京城没看到过哩？后来一路上读书，读了解说《金瓶梅》和《红楼梦》中的元宵节怎么怎么热闹的章节，才知道，元宵的热闹和灯火，一定是天然、天性和天天的，一定要人头攒动，一定要合家老小，《红楼梦》里的香菱不就是元宵热闹的时候走丢的？辛弃疾的"灯火阑珊处"不也在那个时辰？所以快乐，是在外省，是在民间和民俗，是在没被"升级"的时段，是在"小沈阳"类民间艺人的小身子骨里。昨天有一个大牌学者说"小沈阳"火不了多久啦，说他必须提高品位和档次，我心说，难道就提高到您的那种一本正经和装模作样的层次上吗？所以你假如不想"一本"和"正经"，就必须走出北京这个巨大的，能把任何人都藐小到不能再小和什么都不是的四四方方、平平稳稳、规规矩矩的大都市，你非要千里单骑逍遥走上一回才行。

千里走单骑之三——因为怕忘了才写

昨天搜狐的博客又恢复了"留言"和"评论"的功能。假如真不能被评论了的话，我痛苦地想，也不是一件坏事，我就没必要想着别人怎么认为的——胡说八道开了，那也挺不错的。被评论，有时也令人紧张，去年我写着写着，有一个读者老用恶言恶语评论，他在暗中，我在明处，我十分恐慌，实在忍不住了，他粗口，我也偶尔粗口，但十分谨慎克制，就跟你在台上似的，即使学生破口骂你了，但你却不便破口回骂。学生骂你混蛋，就骂你一个，但你一回骂混蛋，就骂了100多人。所以被人在博客上骂的感觉十分不舒服，即便你也能轻微回嘴。后来我用了一个小伎俩，那个"恶言"的人就突然不再评论了：我把他最粗糙的脏话用我的半脏的话诱导出来以后，突然，我把自己回嘴的那些粗话都删除了，那么，留言处就只剩下了他（她或者它）一个人的连续破口大骂却没人回应的语言，他一下子变成了一个脏话连篇累牍的大坏人，于是我那个乐啊，他傻了，说："齐老师，不带你这么玩的！！"我因此，在博客上，既保留了一个骂不还口的十分有教养的"人民教师"和博主的高雅姿态，又把骂我的人用高台筑就了起来。他被我干晒在那儿了。

刚才的那个故事，也是关于"记忆"的，我骂人的话没人记录，我删了，他的话，就被记录和裸露了出来，他想改口都没权利。其实我之所以挺累的，还追记这些个"游记"一类的，也是惧怕忘记。这次我在合肥才知道，人不会记忆，是那么地可怕。我去合肥探望84岁的老岳母，她和我们一同生活了整整10年，但她却想不起来我是谁了。中午刚吃完饭，晚上，她就忘了，连我和那顿饭。她和我们在加拿大住在一起，之前，她还去过南也门进行医疗外援，所以，在我问"您还记得跟我们在国外一同住过那么多年吗"时，老太太突然想起来了："啊，记得记得！"（我特别高兴！）"是在南也门吧！"（我又不高兴了，因为我，并没去过南也门）。

从我们这个年龄开始，老年人的记忆力，就如同10年前买的电脑，开始一点点存不住盘了。我旅行了一路，在路上，我十分痛苦地回想上海一家三兄弟的姓氏，他们曾是早年我搞国际安防业务时的客户，一起吃过非常多次的饭，是上海滩上有名的不是大亨也是小亨，但我就是不知道他们究竟姓什么来了。我于是慌乱和惶恐起来，啊，我忘了，我的记性，成了"286"了！我的肉体尚在"奔5"，我的软体"记性"却存不了盘了。后来到了北京，才终于想起来了那个我颇为讨厌的上海"小亨"一家的姓氏。好在他们兄弟三个，是一个爸爸，想起了一个，就都涵盖了，要是他们三个的爹爹不是一个人，我的记性，可就真不够用了。

还有，我有些想放弃周游世界所有我知道地名的地方的那个老年计划了，十分有可能，我用了后30年的时间，实实在在地把我想去的地方全"到此一游"了一番之后，但就在我已经完成了使命的那一天，我突然地，也把加拿大记成了南也门。

所以，逍遥游一圈后写写游记，并不是为了那些随时都想骂我（极个别）的他人，而是为了自己，为了锻炼自己的记性。这，本是一个极其自私的行为。所以我以前说过："我写故我在。"我不写了，我就不再在了。

但记忆，终究也是能复原的，就仿佛是老是搞升级老丢东西又没真丢的"搜狐博客"。老岳母在后来几天中，似乎完全恢复了对我这个北京女婿的感觉和记忆，就在我离开合肥的那天早晨，她一直送到楼下，我都走老远了，回头时，我看见，她还在孤零零地朝我挥着手。我一路回头了几次，她就挥手了几次。

"心灵飞鸿"的评论和留言（同日的）：

1. 评论：

记忆是人类的神奇功能，记得有年高考作文题目为"假如记忆可以移植"。用文字为记忆留痕，就是在移植记忆。但这样的移植，不只是被动照搬，而且还留存了敲打者加工、搜索、勾连、嫁接与再创造这些记忆时的主观感思。以文字的形式给记忆留痕，也是一项有益的健脑活动。

人老先老脑，在搜狐的升级防老化中，诞生了你的这些走单骑文字，而这些走单骑的体验，不也是你在走出被格式化了的京城，到山水间感受真实人生，升级大脑固定化了的程序，给其中注入一些新生命活力的过程吗？

当我们被一种习惯束缚了时，想挣脱，但挣脱了旧习惯时，又渴望建立新秩序，正是在这新旧不断更替、吐故纳新过程中，生命才有了不可遏制的活力。

2. 留言：

齐老师好！知你回来了，很高兴，看了你的游记，写得很精彩。最近看了你修改的《爸爸的舌头》，已复制在我的电脑上，知道那是你在写自己教外国人学汉语时的一些体验，实际是在从另外一个角度展示母语的魅力，很感兴趣。在分享你文字时，有一种心灵宁静的感觉，与你的文字共舞，已成为一种习惯，离开你的文字，真不知道该写什么了。

那就继续在分享与共舞中充实自己吧！新年，从今天开始继续分享之旅！

我们已开学一周，你也该开学了吧？祝齐老师新学期愉快！

张老师好！首先提醒你把送给我的精彩评论收藏好，免得被搜狐丢了。《爸爸的舌头》内容十分丰富，我已经改好了10多万字了，大概一个多月后就改完了，到时全发送给你吧。其实我也是怕得"痴呆"才坚持写东西的，都400万字了，再写恐怕也没什么意思了，但不写呢，又怕哪天就写不出来了，那时就真老了吧。就算是我们通过这种文字的游戏，打发本没什么意义的生活吧。那（老）真的十分地不可思议。人终究会老会死，我们中年人因为上有老人，会让你真实地感觉生命天天靠近的尾声，所以，写杂记这类的，也算是对生命日渐腐朽的一种负隅顽抗。我们下周也开学了，祝新学期心情愉快！

开学第一周的燕园——而且是带雪的

我周一下午才知道,北大是周一上午开学,我于是,紧赶慢赶到了北大的校园。记不清了,那雪——北京今年的第一场,是周一,还是周二下的,反正,雪一下,你在未名湖上一走,那种感觉,是十分地清白,还有,我从南方回来的"时差",也就顿然消失。南方上星期都20摄氏度了,北京的这个星期,还是零下的北京。冷不可怕,可怕的是干冷,但一有雪,冷就变湿润了,所以人的天性,在寒冷时,是缺不得雪一类的颜色的点缀的。白本不是颜色,但白却也的确是色,否则,就没什么白人、黑人及白道黑道之别了,白色,是冬天的大自然的"粉底霜",那霜并不是可有可无。在始终没雪的冬天生活的人是冤枉的,就如同无缘无故地被人严刑拷了打。之后问你为什么打我,那打的人却说,哦,你让我好好想想!所以,被寒气鞭笞了几个月的北京人,在年尾巴上见了雪,无论是血红,还是雪白,都是一种后补上来的安慰,老天爷边撒雪花边说:"孩儿们呐,你小子没白过冬!"

开春的冬泳和出书的困难

今天本人相隔了整整三个月，又一次跳进了北京的湖泊，于是，那个冬泳—滑冰—再冬泳的计划，还真的付诸实施了。玉渊潭的冰，还有半湖，昨夜冷风吹得那半个也被一层冰给连接上了，所以，剩下给游泳人的，就只有半个池子。我游了仅仅五米，但会游冬泳的人知道，这三个月后的五米，是十分不容易的。那等于，飞身跳入火海。火和冰，在这个极限上，是一样地刺激。我三个月后还能下到2摄氏度的水里，在气温零摄氏度的时候，本不是什么英雄，逼急了谁都能跳，难能可贵的是我后来，又游上来了。

最近写东西的情绪不高，都缘于与出版社的编辑切磋出书。现在的出版社由于是自负盈亏，所有，在同你谈出书时，都似乎是在菜市上论堆儿买菜。你说3块一堆儿（一本），他们就会说10块一堆（一本），只不过那不是"块"，而是"万块"。原因是你不是名人。于是，我就不再敢写什么书了，因为我写着写着，就可能把我家的住房给写没了：我先把厕所搭上，接着，我再出卖厨房，我还有七本书要出哩，那么，我现在写的这些行字，就应该是我的卧室的那几块地砖了。我甚至明白了，曹雪芹当年的英年早逝和只写了半部《红楼梦》的原因，也兴许是被出版费用太高给吓得写不下去的吧。

还有就是禁忌太多了。我今天到一个著名的出版社去，接待我的编辑为人很好，但出版社的体制就如同菜场上的，所以，编辑就是怕赔。于是他们只出那些"大作家"的书。因此，我们整个国家，十几年下来，就剩下一个半个名家的书我们能看得到了。无疑，这也不是他们的错。错在我们的时代人人都"差钱"，而不是小沈阳说的"不差钱"。所谓的"禁忌"呢，就是有那么多的话不能说，比如，绝不能说"巴金假唱"。巴金怎么可能也"假唱"呢？我那么写，是带着玩笑的口吻说的，连巴老听了都会会心地笑，但我却不能那般写。不过，编辑老师说的"写书要厚道，不要老骂人"倒是大大启发了我，我于是决定，今后，一不再没完没了地写那些足足能把我家的房子出卖三次才能面世的东西，二哩，就不再说谁假唱不假唱了，非要说，就说"齐天大天天假唱"吧。

这无疑，是一个有缺陷的世界
——兼说圆明园兽首惨遭拍卖

今天从北大医院送母亲看完病后，我去北海看那残缺的冰面以及后海的没人的冰场，我继续想着我写的那些东西和别人写的那些"东西"的区别，我是说绝大多数的"东西"，我认为，我笔下的那些个被勾勒出来的"故事"（从前的小说中的），以及所用的文字和文体，还有叙说故事的手段，都受不了一个元素，就是"缺陷"。我始终认为，一切的事物，以及人，以及人背后的故事，都是不完善的。就比如今天上午在北大医院吧，那里所有的人无疑，都不完善，都有部分的残缺。还有令人气恼的是法国人公开拍卖1860年从圆明园抢去的兽首——兔的和鼠的，更让人觉得世界不完善，语言不完善，概念不完善——有人用"人权"的名义进行销赃，于是，"人权"的概念突然也有缺陷了。幸亏，我不是属"鼠"的和属"兔"的，要不，我非和法国人拼了不可，但真的拼了就完善了吗？我出书难，是不完善的，大家出书太容易，绝对也是"不完善"的一种表现。再有，早晨，在挂号的大厅，有一个女的发疯地大骂一个发号的"大夫"，她骂时是那么歇斯底里，因为那个挂号的人说她"你有病"，她当然有病，要不去看病干吗？于是，她就当着一二百人的面大骂那个穿白衣服的人："你才有病！你才有病！你丫才有病！"骂得那叫尖利。其实，那200个人之中，恐怕也就本人没病。中午12点多了，我也吵起来了！就开一个收费的窗口，我本来推轮椅排队，老妈的糖尿病犯了，等不及了，就摇摇晃晃到队伍的最前面——大夫给她开的是"离休干部优先"的方子，我于是，就不方便到前面去了，她看不清楚，交钱贼慢，就有两个大老爷们儿用京腔骂骂咧咧了，粗鲁地说："老太太，你儿子呢！！！"我在她后面的两米处，就是不能上去，说："儿子在这儿！"但他们实在太厉害了，我就"显了形"，我去找医院的，问："你们明明说老年人优先，为什么所有80岁的老人，在你们这儿，都像是夹塞的呢？都被人朝外驱赶呢？"那个"白大褂"回了一句："你去找院长去！"于是老母就开说了，说什么日本人来的时候，你们抗日了吗？我们还挨了枪子啊之类的。

　　我是说世界的缺陷和缺陷的世界，是非常明显的。昨天编辑说人家写的是世界的"梦"，是人类的追求，而你写的是什么呢？我似乎明白了，在后海那个"客家人家"喝那碗照例的"八年店庆汤"的时候，我写的，我的笔法，我关注的，总是带着缺陷的、不圆满的人和事，并企图在那缺陷中夹杂着梦和希望的影子，当然，那"梦"，即使是完整了，也不见得就是"美梦"，这不，1860年圆明园那场大火的本已是死灰的噩梦，又煽风点火了起来，令全球的华人都"心绞痛"，都想去北大医院排队挂号。

　　我幸亏没属"兔子"，还有"老鼠"。幸亏。

第二学期课程的名字盘点和从北大的"逃离"

与别的同学相比,我这个"老博士"的第二学期,是相对轻松的,我竟然比别人每星期少了8小时的学习外语的时间,英语是免修的,日文上学期虽然才考了81分,但20年从来没考过,也没听课,还能考80分,不能不说老齐我的记性还行。2005年初我曾参加过一次中文的初级考试,是想拿外国人中文教师的执照,但我那时中文的成绩,现在记不清了,或许是40来分吧,所以至今,也没拿到那种证书。说起来不能怪人家发证机构,假如初级中文的成绩是40分的我,也教人家学习中文的话,那么,他们学习的后果,是可以略加想象的。因此,语文不好的我这样的人,就只能到北大中文系攻读博士学位了。那都是记性的"技术性"问题,而不是悟性上的原因,因此我最最希望的,是在我的记性还没开始正式衰退之前,把那些要求死记硬背的考试,都一次性地考完。

之外就是"无主题"地听课了。北大要求的学分是21分,我已经完成了20分了,我还有1分的课程可选,就跟你的枪筒子里,就剩下一发子弹了,所以,使用起来十分慎重。我听的课是这样几门——从周一到周五排的,周二我在家休息或带母亲看病:"中日小说比较""《人间词话》研究""巴赫金研究""日本中国学研究""西方文学理论""比较文学"。加起来,也有六门之多了。之外就是围着未名湖转,再之外,就是坐车逛逛荡荡地回家。在车上,我看《环球时报》《新京报》和《北京晚报》，看没了，就看车上的电视。我周六到语言大学讲课，题目是《市场营销》，所用的"活"的材料，当然是《环球时报》《新京报》和《北京晚报》了。我昨天用的"促销"的例子，是美国国务卿希拉里在前些天来见我们的胡书记和温总理时的那不好意思的外加几分"嫣然"的一笑，那，就是"营销"中的"promotion"——促销，销什么，销美国国债啊。希拉里用她那么不容易"整"出来的"潘金莲妩媚"，对我们国家的老板们说："唉，爷们儿放心，你家存的俺们国家发的债券，它们不会贬值！"

六门课能坚持听下来，其实也是很累人的，似乎比我教十几个小时的书还累，什么原因呢？就是北大中文系的老师，个个都太聪明了。那个教王国维《人间词话》的李铎老师，是北大中文系的教授，但他曾经被清华大学的计算机系聘请，当计算机专业的博士后。他中原口音，讲话如汩汩的涌泉。他脑袋比常人的大一号，用鞋号做比喻，应该是49号的吧。我回家后让老伴用皮尺也测量了一下自己的脑袋的"号"，发觉虽然不小，但也就是43~44号的，跟俺的鞋号一样。

那个教"西方文学理论"的王教授——不敢说他的名字，他在那个领域是个名人，也是个咄咄逼人的才子，据说什么都会。王教授上课的板书，用的是他擅长的大草，跟宋江在墙上写的反诗似的，谁都看不太明白。因此笔记不大好记。

北大文学系教授上课的特点，都是语不惊人死不休，都浮想联翩，都口若悬河，都激情四射，因此，假如你也是个性情中人的话，在下面坐着的时候，也该是心潮起伏和情绪激动的。那么激动一次或者一两个小时尚可，但连续六小时的心潮起伏心潮澎湃下来，不知年轻人如何，我这个岁数的人，是有些吃不消的。所以，我下课后围着湖转一圈并看看和珅家的那条石头做的船修得怎么样了之后（那个"石舫"塌了），就必须坐着逛逛荡荡的漏风的732路车，看着京城的夜景回家。北大的那片红楼灰墙中放射出来的"气场"太重，重得让人承受不住，所以你就得用市井的乱乱糟糟和五彩缤纷进行调节，进行减压，进行稀释，进行融合，那样，才不至于自己也变成一个太聪明、太不合时宜、太与众不同的，"怪人"。

医院里的"水塔"人生观培养

每次去北大医院带老母去看老毛病之后，我都有一大堆的"人生感悟"，尤其是自从早 7 点到中午 12 点，终于楼上楼下推轮椅看完了病之后。昨天去时，照例，还有吵架的，还是因为一个医院工作人员说一个女患者"你有毛病啊"，于是，那个女的，就一次次地冲向那个窗口后面的说她"有毛病"的"白衣天使"，说："你才有毛病！！！"这，跟上星期那另一个女的，说的是一模一样，我于是，就好奇地看，看她，是不是那个"她"，但此"她"，非"彼她"，于是，我就以为，大家都有毛病了，甚至也包含了自己。是的，我没病，为什么老往医院里跑？但我今天的确是没什么大毛病的。我妈有毛病。老，就是一种毛病。于是你就能思想下去了，你想到了人生的真实意义，其实是没什么的。我想到了"小沈阳""眼睛一睁、一闭"的比喻，人的一生，其实就是"第一次到医院"和"最后一次到医院"，前者是出生，后者是死亡。无疑，我母亲还算是幸运的，因为我快到 80 岁的时候，兴许，都没人推了，即使我到那时看病还可能"不差钱"。所以，我们所有人都必须立刻冬泳。

昨天在例行检查时，我还看到了"彩超"的画面，就是能把人的某个部位——腿啊、脖子啊、肚子啊什么的，用透视的方法活生生看见的检测工具。从"彩超"屏幕上，我竟然看到了一个大粗管子，像河道似的，蓝色的，里面的"水"，一会儿一股，一会儿一股，哗哗地流窜着，向医生核实后，才知道那"蓝色多瑙河"就是传说中的人身上的动脉，而刚刚在走廊里，还听一个看病的说北大医院前些日子在搞什么"肾穿刺"时，把一个人的动脉给"误穿"了，病人不幸就死了，医院赔偿了10万块钱。于是，我联想到我们的身体中的90%，都是水——北大的那个在黑板上疯狂写草书的王教授上星期上课时才说的。哦，就是那个动脉里的"水"最多，多得跟自来水似的，而我们人呢，其实就是一个活动的四处游走着的水塔。塔中"水"多的地方，肚子之类的，就像是楼里的"管道层"。这么一想，你不由得对人的生命意义发出鲁迅"惨淡的人生"式的悲观叹息。印度人有一种比喻，说我们肉体是寄存和"托管"给我们的，而"我们"，只是指我们的"灵魂"，却不包括我们的肉体。对肉体，我们的工作，是"物业公司"性质的，我们只是打理，我们只是维护，我们还不能乱收什么"物业费"，因此，我们就不能满足它——肉体的穷奢极欲了，我们还必须禁欲。印度的"圣雄"甘地呢，就是一个禁欲的精神楷模。

　　以上说的那些，太复杂了些，而我在北大医院的"彩超"中看到的，却是活生生的、我们彩色血管中嗖嗖流着的和下水管子中相同的"蓝色的血水"。那景观，真仿佛我们中国孔圣人说过的"逝者如斯夫，不舍昼夜"！因为一"舍昼夜"，一偷懒，我们就完蛋了！孔老二是在"川"——河边那么说的，而我——齐老二那么思想，是在"蓝色动脉"的波涛汹涌的大河旁边。

　　（补充1：彩超画面实际显示颜色确实是蓝的；补充2：本人天生色盲。）

春江水暖人更知

不过也不能说鸭子就不知道。

今天玉渊潭的水温，是 4.5 摄氏度，一个星期游一次泳的我，在一摄氏度一摄氏度地用半裸的躯体，迎接着春天。有三个 70 岁的老太太，在一个张老师的带领下，也穿着泳衣舞蹈，她们在围观的人的观察中，摆着各种的 pose。Pose 是个新流行起来的词汇，意思是"姿态"。她们据说，是在为明天"三八"节日的水中表演而进行着彩排。我趁她们没下水之前，就赶紧游了，我游了 10 多米。我知道她们一旦在水里了，肯定比我游得遥远，那样，我这个八尺的男儿，就会在围观人的嘲笑中，提前跑回岸上。所以好男我就坚决不和女斗，我不和她们一起下水。这是一种错位的机智。果然，我上来后，三个老太太就一个个跟着跳水。她们排成了一条直线蝶泳着。她们回来时，也是一个跟一个地游的，三人一起一伏，三人前赴后继，她们管那种游法叫"小鸭子"。张老师和另一个老太太，我大约 10 年前就认识，早晨我们一起在"西湖"和"东湖"之间的小桥那儿游冬泳，后来听说那个张老师得病了，不是糖尿病就是心脏病。没想到 10 年后她不但容颜没改，还能在半个湖被薄冰盖着的水中蝶游，还能"小蝴蝶""小鸭子"地在水里游戏，还能让我——一个比 10 年前更老了的爷们儿，不好意思与她同时下水。

我围着半湖冰半湖水的玉渊潭转着。阳光已经比前一周明媚多了，多得将冰面飞快地侵蚀，多得人们散散漫漫地出来晒着，我想，下周再来，那水，会再"进取"三分之一的湖。据一起游泳的说，每年"三八"过后，春天的足迹，就会大踏步地把湖的冰飞快地踩踏，使水温一度度地提升提升再提升。

　　湖边转悠着，我想到了一个词语——"中轴线"。人的生活，会有多条主线，我现在的日子，就是围绕着"北大""北语""北京""北方"等主线展开着的。但比这些主线更重要的，是"中轴线"，我的中轴线，就是"冬泳—滑冰—冬泳"。它是底色的底色和底线的底线，为了它，我可以没有或者消减那些主线。我的这个"轴"，是个朴素得不能再朴素、简单得不能再简单的"轴"：这个"轴"连"轴心"都没有，这个"轴"连费用都无需，但这个"轴"一旦不稳固了或没有了，或许，其他的主线也失去了意义，它，是本人一定要死守的"上甘岭"。我的这条"中轴线"，既没与"财气"的线条相重叠，也不和"权贵"的线条相对应，它既是"冬泳"，它也是"春泳"，但它能变成"冬虫夏草"，它也能变作"咏春拳"，它能攻能守，能咄咄逼人，它还能随时化为"乌有"，就像春季的湖冰那样，它更能大浪滔天。这个"轴"，是水做的轴，是上善的轴，是大自然的轴。所以，张老师等三个七旬老太太，才能早春二月湖边起舞，才能比小鸭子更先知道湖水的冷暖，才能心情海阔天高，才能与天地共舞蹈、与江河同雀跃。

　　北国之春天，你来也！

张老师的来信：

（3月9日）

一民：

　　出书受挫，不要气馁。如今的现实，一些无用的杂物，都泛滥漂浮在水面上，最终经不起历史的沉淀。如今的现实，成色十足的金子大都沉于水底了，但终究要发光的！

不过，你作品中所揭示的事物本质，正是现实中的种种痛点。你质朴的真实情感寓于细密而巧妙的文字中间，只要有一位捧书者读过你的作品，那么，他（她）的心灵就会被一股清亮的泉水洗涤过，给予"人同此心"的一次共鸣。你的作品，之所以令人爱不释手，也是由于你的某种天赋而使你找到了能够适合表达出人与人之间相通的那种独有的语言句式，进而将准确的逻辑思维向社会传达！再有，你作品的内涵，不再是一般"爬格者"的那种无聊的冗长，更不是咏叹调，而是在左右逢源的旨趣中，以一种剑客的杀手之猛势直扑问题的核心，好不痛快！

我认为，一部跨世的作品，它必定要找到与他所表现的主题相适应的表现手法。而你，找到了。

我读你的作品是快乐的。它们给了我启迪。

不要受外界的干扰！要忍住寂寞！

老师

张老师好！

您的鼓励是我最大的动力，我正全心全意地整理着下三本书，大概不久就都出炉了。其中的一些内容和风格同您以前看的又迥然不同，也极富"天才性"。事隔着若干年后整理，连我也对多年前的自己"刮目相看"了。还有一个好消息，一个英国朋友把我和中国的另外五个作家写的作品译成了英文，正在做最后的出版工作，我的作品是《余力开电梯》（在《柴六开五星级WC》一书中的）。他前几年就组织人翻译我的那个小说，并说我在中国作家中十分优秀，并说此书一旦在英语世界出版，我的作品价值就会大幅上升。我当然高兴，但真是那样的话，墙里的花没在墙外的香,不也挺荒谬的吗?不过,看自己的书的翻译版的感觉,也将是很好的吧!

《爸爸的舌头》印出来后,我就去送给您!

重游经贸大学校园记

到和平里一带去办完事，就产生了去母校对外经贸大学转转的念头，于是，也就真的去了。

2005年和班里同学们来过一次，那次是毕业20年的聚会。校园又扩充了，有了个新的图书馆，但我想进去时，却被一台刷卡机器拦在了门外。我想找人说说，而后才意识到，在这个被扩充了三四倍的院子里面，我已经没有一个认识的人了。10年前回来时，在操场上远远看到了教体育的王老师，但没好意思打招呼；四年前和大家来时，尚有一两个叫得出名字的教授的名字在脑海里面翻滚，可又过了四年了，王老师按理都60多岁了，肯定不会再教什么体育，那些个"老老师们"呢，也都纷纷扬扬地退了休，于是，我显然，变成了与这个不断变美丽的地方没有丝毫联系的人。我30多岁时来母校，还可以随便拦住一个活泼的学生大声地感慨："啊，我的小校友！"但当我都快50岁了，我再在校园里截住一个鲜花一样的少年，说："啊，我是你的校友！！"那样可能会根本没人理你，更何况我企图坐公交车离去：这个大学专门出产国际商人，你都这么大了，都毕业20多年了，你还"坐公交车的干活"，那么，会给这个商业名校丢脸的，因此，我只有漫不经心地在无人问津我是谁了的校园中，没心没肺地行走。

给远方的老同学打电话，说咱们的宿舍被改造了，说咱们教学楼前面的长亭子要被拆了,还有咱们四年前看到的那几只被拴在草坪上"示众"的山羊,已经不是从前的那几头羊,已经成"羊奶奶"了。

老同学让我看那几棵玫瑰、迎春花什么的是否还活着,是否还开花,我真去了,但玫瑰不是玫瑰,迎春花即便有也还没变黄,为时还太早哩。

这个大学的园子本不算太大,但在而今喧嚣的大世界当中,显得非常地典雅寂静,那种寂静,连同20多年前那些校园边际墨绿的农田、农田里纯天然无污染和从未被转基因过的大粪的"香气",这么多岁岁月月之后,仍然在我们心中悄悄地弥散,弥散。

快快逃离"啊、咦"的歌剧《孔子》

昨晚在"百年讲堂"看了不知从哪儿来的剧团演的歌剧《孔子》，不过，看到一半，我就回家了，我感到头疼脑涨，回家后，赶紧让老伴测量血压，结果发现血压不高。其实，孔子本人倘若真的在"百年讲堂"高歌，也不见得把听众唱得偏要回家就测量血压。但那个歌剧团却不那样。那些台上的人物穿的都是"春秋"时代的衣裳，所以看去都极端地"蠢"和特别地"丑"，都臃肿和肥大，像一个个大狗熊，我边看边想：春秋的人，是穿这种衣裳吗？哦，可能是他们看过那幅孔子身穿大袍子的"标准圣人图"，于是，就那么推想了。还有，孔子、子路、子贡和老子那帮人，咋都脑袋上顶着一个大黑犄角，这，又是何故呢？哦，可能那些书生都特别地高傲。再有，就是编剧导演特别地幼稚，幼稚到用高音的冗长的唱段唱什么是"知之为知之，不知为不知，是知也！"那句话，然后，再接着唱"那就是说你学习时的态度一定要特别谦虚……特别谦虚……"，后面还特别长呢，注意，是用男高音唱的，而绝对不是用台词说的。于是，台下一片的哄笑，因为台下端坐着五大排专教古代语文的并不都特别谦虚的学者和教授。

歌剧最好的，除了"大狗熊服"，恐怕该是唱腔的优美。可那个作曲的老兄（老姐）也太没才能啦，整场，哦——我只听了半场，竟然没有一段好听的唱段，一律是从低到高，然后再降下来，再升上去，再降下来，就这样，升升，降降，降降，升升——那可是连续地在唱着哪！就跟吊嗓子似的，老是"咦咦咦，啊啊啊，啊啊啊，咦咦咦。停。咦——啊；啊——咦……"，如此往复无穷，这也忒单调啦！还有就是，我特别替那个引吭高歌的孔丘先生担心，担心他在哪儿把那个升和那个降给忘了，把"啊"歌成"咦"，把"咦"，记成了"啊"。那编钟乐队该咋伴奏？

啊？咦？！

纪念被刚修整完了的《爸爸的舌头》

今天,终于终结了那本《爸爸的舌头》的整理,所以是值得纪念的。其实写书的当时——2004、2005、2006年的时候,并没有想到过过后还有一天,且隔了这么许久,会回头反观那些七零八落的文字,但它们最终,还是被一字字、一行行、一篇篇清理出来了,那情形,就好像本人自己,是在整理、修补、抢救那些已经破旧不堪了的"国家一级文物"。

整理一百多万字的陈旧的"东西",最难的,是在偌大的北京,就只有三个人能识别我那些早年写成的"东西":我是用软毛笔写的,这是其一;我的字迹特别地潦草,这是其二;我还自己发明了一些个怪字,这是其三;其四是我爱写繁体;其五呢,是时间太长久了,我竟然,把当时怎么发明那些个"齐体字"的方法给忘却了大半。所以,从2006年度开始,我唯一持之以恒做过的我认为的"正事",就是经年累月地修复那累计起来七部之多的旧的"书"——假如哪天它们有幸能变成"新书"的话。

整理书时我共有两个助理,一个是"小陈",一个是"小小陈"。我们具体合作的方法是"交换劳动",就是我到学校去教书,去挣我的"小时工钱",我拿到工资之后,她们就上门来了。她们先取走我一半的月薪,然后,再"一手交货"地把打完的稿子和软盘、U盘之类的交接给我。她们手上那些稿子,也都是我事先复印好了的,原件我从来不给,我怕她们给弄丢了或索性将之收藏（玩笑）。于是大家来看呢，我们这条上下游流水线，既是文化的，又是经济的；既有体力脑力的投入，又有十分清澈可见的经济流水的细流涓涓，比如有卖毛笔的人，比如有复印的人，比如有打字的人，比如有出版社的人。他们都不大"差钱"，唯一"差钱"的，我寻思了一下，恐怕就是我这个虽然号称是个"商人"，也专职教授着"商学"，却整天、整月、整年、整十年空手写书、誊书、出版书的——"作者"。因此说，我压根儿就不是一个"作家"。所谓的真正的"作家"，一定是那些能靠写书吃喝的人，而我呢，我足不出户，我最多到天安门城楼上，去朝下望望。

好消息嘛，一是5月我的小说《余力开电梯》的英文版即将在澳门印制并向"八国联军"发行，还有，在《爸爸的舌头》之后，另外最后的两半本"齐体字"书，只再需两个来月，就都能整理出来了，那时，我们这个庞大的"非物质文化遗产"的拯救工作，这个长达四年之久的稀稀拉拉的又臭又长的宏大工程，在2009年期间，即将全部竣工。从那以后，"齐体字"的手稿将全部被电脑的"仿宋体""隶书体""黑体"顶替，"小陈"和"小小陈"哩，和我自打1995年（那时我还在加拿大）就开始了的长达十多年的跨世纪"打字秘书"的合作关系，就不再有任何理由延续下去了。哦，想起来了，我的第一部书《美国总统牌马桶》的手稿，还是14年前我托人从蒙特利尔带回国，请小陈在内蒙古的呼和浩特，边发高烧边敲打出来的哩。

"食放题"和终于被灌得露出了老狐狸尾巴的周博士

Date 2009/03/21

昨天晚上跟语言大学老部门的老领导和老同志以及新同志们去吃饭，吃的是"放题"。什么是"放题"呢？是我昨天追忆的一个日文的词汇，就是交了钱后就能大吃大喝的那种进食方式。"放题"跟别的自助餐的区别，是能白喝啤酒。我在大约1986年前后，在东京的新宿，被北京去的留学生"老胡"拉着，第一次去吃喝"食放题"的。我当时是政府的半个官员，天天都"放"国家的"题"，老胡就大不一样了，老胡是个吃了上顿，下顿可能就吃不上的穷学生，所以知道那种他能每半年大肆"放题"一把的场所。我们一进那个"食放题"的大厅，着实地，我被吓坏了，里面黑灯瞎火的，全是手里拿着大扎啤的年轻人，都喝得天昏地暗的，像是正在土匪窝里过节的架势，于是，我也跟着老胡"放题"——无节制地大喝了一顿，最后喝得跟土匪头子似的。老胡是自由的学生，没人管，我呢，是国家的外派代表，所以，当晚回到办事处，领导从床上爬起来稀里糊涂地问："小齐，你这是？？？"我晃晃悠悠地说，说什么，我现在和当时，都没记得清楚，好像说是到外面搞夜间中日民间友好去了，领导听了，还语重心长地说小齐啊你真是大大地辛苦了之类的话。

昨晚的"放题"，是在人民大学的一个大楼，所以，"放题"的都是学生模样的，也都长得像是20多年前的"老胡"和我似的，都生龙活虎和食欲旺盛。那家"放题"的唯一主题，就是大吃大喝，进去感觉像是进到一间学生食堂，简单的桌椅板凳，墙上连幅画都没有，四下是紧急吃着喝着的年轻人，好不热火朝天，真让我一下子回到了20世纪80年代的"东京大放题"时代。

"人大放题大厦"同"新宿放题大厅"的一个非常重大的区别，是"人大"能随便"放题"的，竟然还有劣质的白酒和红葡萄酒。这令我非常地愕然。因为你想，啤酒白喝了，你怎么喝，也就那么回事，但白酒——48度的，你放开喝，就会出事情了。于是，每平方米能挤10个人"放题"的那个场合，到最后，果然不出我之所料，就有人喝得"舞翩跹"了起来，带头的就是那个同去的周博士。他是个慢性子，不紧不慢的，喝酒时城府极深，那么多年了，从没见过他真醉过，我们暗叫他"老狐狸"。昨天那么多小青年轮番"攻城"小周，都迟迟未果，我就暗度陈仓、添油加醋了一把，在他转身和小青年们讨价还价谁该多喝谁该少喝的时候，我每次，都朝他的啤酒杯子里，飞快加入48度的劣质老白干，他每次斗完了嘴，需兑现承诺了，就转身回来拿那"啤酒"，尽管我一再劝他"千万少喝点"，他都一个猛子，在女孩子嗲嗲的威逼下，把"啤酒"喝得精光——他竟然喝不出一点的"老白干"味道！就这样三两杯"鸡尾酒"之后，多少年从来没当众真醉过的周老弟，就开始试图，当着几百号"放题"着的男男女女，劈叉、下腰、划拳，天马行空和引吭高歌起来了！喝完后，小周在众人的簇拥和搀扶下，踩着太空步伐，极其快乐地来到马路上，我笑着对他说："周老弟，你打车走在路上，千万清醒一点，别走到一半大睡不醒，那样，人家司机回头一看，座椅上躺的不是原来的人，他变成大狐狸了，非吓死不成！"

与心灵飞鸿的通信

（3月27日）

张老师好，近来忙吧！我几个月来一直筋疲力尽马不停蹄地修改最后的几本残作，《爸爸的舌头》和《四十而大惑》修改好了，现在刚开始搞《四大皆无的商人》，是说商业上的事情，全部整理出来后一并给你传去。博客写得不积极了，因为今年没有去年那么多主题好写了，我也不愿意重复以前的那些话题。太学术的东西——我们课上研究的，也没有什么可读性。所以，除了我这些书，外加最后一本在加拿大写的小说，其他的也就没什么能激发想象的题目了。不过，这些加起来已经有近400万字，我的整体写作计划就算是提前告罄了，余下的就是努力让它们面市了。我的一本英文小说可能5月就能做出来了，这也算是今年的成绩之一吧。不过，我近来整理出来的书，还是让我"出奇地满意"的。祝好！

齐老师好！看了留言，知你辛苦了！表示亲切问候和热烈祝贺！

最近一段时间我也写博少了，工作太繁忙，毕业班教师太累人。天天早上七点到校，晚上八点半才回家，周末也不休息，老师学生都在打疲劳战，这样的教育真的很恐怖！好在两个半月后就结束战斗了。但我每晚基本上还能坚持读写三小时左右。

齐老师，你的文字思考问题角度广阔，思维嫁接得也很多彩。读你文字，对我来说是一种享受。也常看你赠送的书稿，受益多多。很期待阅读你整理好的作品，也很期待在你的文字里继续做益脑保健操！春来春花开，祝思如泉涌！

试论教师的才艺与"芙蓉姐姐"才艺的不同之处

上周四下午，我逃了一门本来该去听的中文系的课，跑到哲学系去听张祥龙老师的课去了。那门中文系教授的课，本该是去听的，因为那是我的专业，但由于那位老师实在是"太有才"了，使得我反而不想听了，什么原因？他把课堂当作了他个人"才艺展示"的舞台，结果，我对他崇拜有加，但那门课该学的东西，却几乎没学到，几次课下来，脑子里还是空空。我于是，就与同学小邹——他本是新疆大学的教师，讨论，一个教师在课堂上应该怎样把握展示自己才能的分寸和尺度。好歹我也在课堂上，讲了五年多的课了，好歹，我也是有那么一点课外的才艺的，比如外语啊生活经历啊什么的，但我却坚决以为，教师并不是"芙蓉姐姐"，教师在课堂上塑造自己的"偶像魅力"的时间，绝对不该占太多的时间和太大的比例。一个合格的教师的"戏"，要照谱子上规定的唱，而那个"谱子"，就是那种课程的名称，那就好比，梅兰芳再怎么有才，他唱"祥林嫂"时，也要唱出来一个"祥林嫂"，而不许把"祥林嫂"给唱成了"梅兰芳"——教师就是个角儿，是个戏里人物的扮演者，而绝不能，用自家的"人格魅力"去替换、取代和遮掩你要扮演的那个戏中的主人公，绝不能把自己当成了"戏中戏"和"景中景"。教师的职责，是用不超过10%的人格魅力，把学生的注意力吸引来，然后，用90%以上的精力，把你要讲的那门课的专题，借助你的吸引力给讲出来，给发挥到极致，让学生学有所获，而不能本末倒置，只用10%的时间介绍那门课，却用那门课的90%的时间和底色，反衬你个人人格的"魅力"，你光鲜了，你发亮了，你被崇拜了，但你却没把本该传递的知识传递到听课的学员手里。教授和教师，充其量，是个知识——那门课程的知识——的传棒者，你是个跑接力的，你先学了，先跑了，你进取了或50或100米，然后，你再把它——那接力棒，交接给下一个人、下一代人，而不是，你在跑道上由于精力太过于旺盛而跳起了桑巴舞蹈，而走起了高跷，而前空翻和后空翻外加拿大顶。那样，后面跑上来的弟兄（姊妹）们，就都陶醉于你的前空翻和拿大顶的"才艺展示"中了，都忘了离终点——知识的、学术的、文明建设的——还差那么多米哩，那样我国的学术水平，何时才能崛起？何时才能复兴？何时才能让别人跟在咱们的屁股后面穷追？

心灵飞鸿的评论：

一个教师在课堂上应该怎样把握展示自己才能的分寸和尺度？这是一个值得讨论的话题。你把教师身份定位为"传棒者"，十分确切。

教师若只顾展示自己跑得如何快，而忘了携带接力棒，则是把课堂作为展示自己的舞台，此时教师的身份就相当于歌星了。因为只有唱红了自己作品的歌手，才能成为歌星。而作为教师，即使是某一学科的专家权威，也只是因为精通了这一学科中某一方面的知识或技能，至于其他方面，也不见得会比前人或同时代其他人懂得更多，这时还要教师把前人或他人的经验传授给学生。

每个教师传授知识的出发点和侧重点往往不尽相同。

有一部分教师侧重于巧妙利用文本资源，展示自己会唱、善画、能诵等特点。这些教师实际上是在以文本搭台，唱自己的戏。也有一部分教师，把课堂当作激发学生自主求知探究的一种途径。学生携带着教师传授的以及自己探究得来的知识，发展创立着自己的学说。还有一类教师侧重于照本宣科，按部就班地传授书本知识，而忽视了点燃、激发、培养学生求知兴趣的职责和使命。

教师在传授知识时，虽要打上教师主观喜好的烙印，但当教师以知识传承人的身份出现时，则要客观公正，尽量避免因自己的狭隘和偏执，而对自己不喜欢的事物进行盲目否定。

身为教师，更应注重充分利用文本资源，最大限度讲清楚本学科知识，并随时注意激发调动保护学生求知的积极主动性，为学生终身发展奠定基础。

并不愚人的今天这个日子

今天是传说中的"愚人节",但对于本人来说,今天,是不可能更加真实的日子,由于本人今天,完成了一个对自己来说,形同于"万里长征"的事情——还不能说是"事业"吧,那就是,终于在今天的上午10点钟,做完了所有的"齐体字"旧作的整理工作。这是个起始于2006年的、长达将近130万字的、多达六本书的工作,而它,竟然,终于在这个本来是"假装的"日子里面,终结了。

在这几年中,我几乎马不停蹄地,在整理那些个敦煌出土文物样子的手稿,我冒着的风险,是假如突然有一天,我不再认识那些天书样难认的字了,还有,它们——我已经整理好的或是整理到一半的书,都突然从电脑中消失,再有,就是帮我打字的两位小陈,猛然发财了,留下只有我们三个人才勉强认识的那些个看似像是阿拉伯文的繁体字的中文字迹。这些,都出现过,就在去年的这个季节,其中的一个小陈,就突然地由于嫁给了一个相对富裕的老公而"罢工"不干了。我急了,我怕他那相对富庶的老公,把他们婚床下的我的那些孤本的《爸爸的舌头》《四十而大惑》和《商魂儿》的手稿给半夜搜查出来,于是,我就催小陈快快快快地归还给我,于是,稿子好容易"失"而复得,于是,在请第二个"小小陈"打字前,我就先拿去复印了,但复印时,我也怕它们丢了,就在门口看着。

真的就差那么一点点就全丢了的，是在上星期刚刚改完了的《四十而大惑》，我都腰酸背痛地改完了，刚存好盘，准备再存到备用的第二个U盘上，那电脑——也就是这台，就突然地，死亡了，打不开了，黑屏了。那是在凌晨的3点，我于是，就觉得像是"大祸临头"了，我觉得这次是各方神圣都在跟我过不去。还好，早晨6时，女儿在另一个笔记本上，发现了我存的改好了的《四十而大惑（祸）》，它并没有丢。但就在她发现了这个好消息的两个小时之后，我家的那第二"胎"笔记本电脑，也像第一台一模一样，在早晨8点钟，准时地中毒并死了机。妻子吓坏了，以为我家这回得罪的，是张飞，因为同时两台电脑，相隔4个小时都猝死——这在我们家庭的20年历史上，还是第一次呀！我于是下午，慌忙到北大把那个盘中的《四十而大惑（祸）》给打印了出来，先让它在纸面上——老老实实确确实实真真切切地——给老子现原形再说，然后，老子再踏踏实实地去修电脑，去捣毁那病毒白骨精的老窝。我成功了，书保住了。第一个小陈的那个比较富庶的老公，也不能把俺孙猴子咋样了，因为花果山已经到了。

我写成的书，基本是不大改的，我只是纠正两个小陈们敲错的地方，比如把"齐天大圣"，打成"齐天大剩"——俺老齐并不是"剩男"。但那梳理书的过程，还是让人紧张得不得了。我始终是屏住呼吸的，而且那一屏，就从2006年春，屏到了2009年春。由于那些个稿子，都是早年写的，有的是2000年，有的是2003年，五年过后，我已基本上把五年前的自己，当成了一个"对象"，而不是那个肉制的"肉身的自己"——这是目前文学理论课上最时髦的说法。具体地说，我在改着"书首"的时候，根本就不知道"书尾巴"写的是什么，说的是什么，时间太久远了。况且，许多的"书"，都是由断断续续写的东西拼凑而成的，是嫁接和组合而成的，我却想让它们成为一个完整的故事，成为一本天衣无缝的书，那就，令改书的我的那口气，一直紧紧地屏着，憋着，屏着憋着到了2009年4月1日星期三、愚人节的今天的这个早晨，这本10点钟改就的《商魂儿》，是那"齐体字书"的最后一本。它果然天衣无缝，它果然浑然天成，它果然很不一般，它实在对得起整整六年后才第一次核对它的那个本人。

与"心灵飞鸿"的通信：

（4月3日）

张老师，好，再把另两部发给你，我过一阵子把它们印出来，再托夏先生送给你吧。它们能否顺利出版并不太重要，我慢慢来，因为有些内容可能现今还"不合时宜"，但过些年，可能就合时宜了。我先把它们寄存到你那儿，就算是"藏之东山"吧！我现在总共有两位"张老师"，一个是你，另一个是我13中的语文老师，那位张老师都70岁了。你们的鼓励，是我这么许久坚持作文的原动力。

这三本书里，我最得意和感到"佩服自己"的，是那本《四十而大惑》，你细读之后，或许就理解我说的了，因为都是同龄人。

还有一本1994年在加拿大写的小说，正在整理，那个完了，我也就真的没有什么"包袱"好"抖"了，就真的"江郎才尽"了。不过，我所有的400万字，基本把我想写的主题和细节都写尽了，"问题"，也都基本"解决"清楚了，所以，把这些都读后，该明白的就明白，不明白的，也就该不明白了。

你三本书穿插着看，肯定会感觉不错，因为风格不同，故事也不同，同时，它们已经在重复我从前写的东西，所以，你就知道什么叫作"江郎必须才尽"和再重复就多余的意思了。

谢谢！

我在北大的另外一位导师

那些"遗书"都收拾完之后,勉强地,也该继续写些新的。

我接下来,就想把北大课堂的一些东西,当故事似的,给写下来。"故事"这个东西,什么都可能是,假如,你用看故事的眼来看这个世界的话,而其实,你自己,就是那么一个"故事"。我导师陈老师昨天在本科生的"比较文学"课上,说他自己的梦想,原来是作家,而且那时周围的人——他工作的那个煤矿的,也都以为他能当上一个作家,但久而久之,他发现他自己的特长,不是写文学作品,不是搞文学创作,而是写应用文,是写领导的讲话(那时候的)之类的,因为他写得最好,果然如此,最终,他自己也当上了北大中文系的领导,自己给自己写最出色的"领导发言"的稿子。这其实,就是个"故事"。

陈老师上星期到韩国某大学——带着中文系的十几个老师,去搞中韩学术交流,陈老师说过一件事,让我非常吃惊——孔庆东(北大中文系教授)写的那本《独立寒秋》,在韩国,竟然被当成了"禁书"。这,也是一个故事。孔庆东的那本书,我在书架子上翻阅了一下,本来是用调侃的语气叙说他在韩国的教书的经历的,所以有许多看似攻击性的嘲讽,而那,也正是本人写东西的风格,所以我看孔教授的那本书,写的并没有特殊的"恶意"。他写谁,写北大,写他自己,也那么写。但韩国人看后急了,一急,就把它"禁"了。因此,我联系到我那些"书们"

的命运，于是，我连出版社都懒得去了——我先自己把它们"禁"了吧！

在北大的范围内，在到目前为止的时间范围内，在我所学习的带有"比较"二字的学科中（如"比较文学"），我最佩服的，也尊为"导师"的，共有二人，一个是我的导师陈老师，另一个，就是哲学系的张祥龙老师。陈老师长我八年，张老师今年按说，有60岁了，长我十三四年。2005年，我曾经考过一次张老师的"比较哲学"的博士，但那年，我除了英语及格之外，两门专业课都不及格，一个好像是30多分，一个好像是40多分。我在考之前，曾经给远在德国的张老师发过长篇的"誓言"，说一定好好学习做人和做学问，张老师在回信中，给我这么一个根本就没谋面过的人那么热情的鼓励，令我万分感动，并玩命自学，积极备考，结果却考了一个30分和一个40分。张老师不无遗憾地、委婉地在邮件中说："凭你这种成绩，好像是没希望的。"后来，为准备2006年的考试，我觐见过"真的"张老师一面，他是非常质朴的一个人，对我特别地和蔼，如果，你读他写的《西方哲学笔记》和《西方近代哲学笔记》，你会对他佩服得五体投地。2006年阴差阳错，我没能参加那次考试，后来更遗憾的是，张老师的"门"，从那就永远关上了——他停止招生了。

阴差阳错地，也就是上周的周四，我在"博雅书店"看到了张老师的那本新作《孔子的现象学阐释九讲》，我早就想买它，但四处都没找到，此刻，它就在眼前。我买到手，又想到张老师下午正好有一门《儒学》的课在讲授，于是，我就去三教的403教室去听课了。我见到了"阔别"了四年的、讲台上穿着"民国绸衫"的张祥龙老师。他的课堂座无虚席，而且里面的学生都岁数不小，有白发苍苍的，好像还有僧人。下课后，我拿着那本张老师写的书，请他签字，我说："张老师，您是否还记得四年前咱们见过一面？我不争气，没考上，后来您又不招生了。"张老师想起来了，热情地说，"你在语言学院吧！"又问我今年是猴年吧，我说是，他就在他的名字下面，写上"己丑春"三个字。于是从上周起，我就"叛逃"了与张老师的课同时开的本专业的那门课，"转战"到我多年想拜师而丧失了机会的张祥龙老师的课堂上来了。我这周四课上和课下，都积极发言和插嘴，我就中国古代的"五行"（金木水火土）中的一行"金"，发表自己大胆的推算，总之，我又死皮赖脸地入了"比较哲学"的半个"师门"。有陈老师的"比较文学"，外加张老师的"比较哲学"，他们二人，都是顶级的"学术国宝"，因此在"比较"这个领域，我只要能坚持下去，就理应该是全中国"最得天独厚的学生"。

花开花落时的感想

按说男的跟花并不该有什么缘分,但我不知是因为变老了,还是因为那些年在杭州断断续续待过的缘故,对花开花落这些事——随季节的,也敏感了起来。杭州人对花,是大有感应的,每到一种花的花期到了,全城的人都似乎知道,报上也纷纷地说,然后,山上山下——那种花开得最多的山,便都是人了。早年在日本东京住的时候,上野公园里的春天的樱花,也像鲁迅写的那样,像是白色的泡沫海,但那之后,我对花一类的,基本没有什么感觉。哦,加拿大渥太华我上学路过的一个漂亮的湖边,每年都有郁金香,大片大片的,假花似的端庄,那时我也常看的。今年比较特殊,我由于春节后"南巡"了几个城市,二月份在南京的紫金山,就已经在筹备着赏梅大会,就是说,已经有了梅花的踪影,可回京后,雪,又出人意料地造访了这个它几乎不来的城市,接着,就是那死皮赖脸的"倒春寒",寒得那么漫长,似乎再寒下去,5月就该过圣诞、6月就该"北国风光"了。正是由于这种遥遥无期的"残冷",于是,我就把南京的梅花的事给忘记了,就以为已经没有什么花不花的了,但昨日白天到龙潭湖、晚上到中山公园以后,我才知道,这"北国之春"的花,也还是挺禁看的,虽然来得迟,但也终究还有。另外,我边在那些兰花、梅花、樱花的四周散步,边想,今年,我从南到北地瞎跑,我等于把一年复制成了两年,两个花季,两个春天,两次的关于花快开了的期盼,两次的真的花开以及花落。那么假若,我往后每年都这般"南—北"一下子的话,人的生命,莫非也能复制和双倍于老天原本给的?

清明,其实,就是爱促发人的感伤,别管你需要不需要祭奠什么人,你不需要,说明你有福分,但早晚,你会去或"被去",就是别人祭奠你啊!比较好玩的,是昨天电视上放的在西安举行的"黄帝祭奠大会"。

昨晚在中山公园的"五色土",我看到了被喷头浇灌着的几株梅花。她们的四周,好像都是日本的樱花。和樱花比,咱们的梅,咱的"国花"之一,咋瘦骨嶙峋的?但她们在瘦枝上的姿态,的确是傲气凛凛的。有一棵梅的枝子,像孔雀的骨架子似的,朝后使劲背着,骨架子上的花,星星点点的,一小撮一小撮的,是那么地固执,仿佛在坚持着不落,以及和樱花争艳。把中华的瘦梅,和东瀛的肥樱,邻居似的种植——可能是夜色已晚,喷水又把我的裤子打湿,我没能细看——我认为,颇能让人咀嚼其中的味道。

"五色土"外边的一丛树下,有两只肥猫——漆黑色的猫,像幽灵和鬼影似的,跳上跳下的。我本不怕什么猫,但漆黑色的猫,以前还真少见。那黑猫,你仔细看,也有几撮白毛,是在嘴那儿,在胡子的周围,但就那么一小撮,其他的部位,就全是黝黑的了,如同那四周的春夜的颜色。

关于"齐天大"笔名的最新自我解释:

紫阳花:既然楼主爱花,俺也凑个热闹。因为没有拜读前面的内容,冒昧问一个关于名字的问题:为什么不叫齐天大圣呢?嘻嘻。

齐天大:谢谢来访,本人原本姓"齐",所以借用了孙猴子的名字的一部分;"圣"本不敢当,何况,也没什么"圣",除了孙悟空之外。

紫阳花:谢谢回复,看出治学态度是很认真的,所以只好又大老远地跑来谢谢,呵呵。

其实"齐天"和"大"应该比"圣"重了,借了四分之三,还不如统统拿来呢。

别只顾着赏花儿,也弄两只蟠桃吃吃,哈哈。

我至今都改不掉的一个习惯
——东京"情报生涯"

我细想了一下，还是有必要把 20 世纪 80 年代发生在东京的那些已经没什么意义的、可以"解密"的故事，拣些重要的，记录下来，免得我自己过后忘了，也免得后人，把我等当年的一腔爱国热血风干。陈老师在本科生的课堂上介绍我这个岁数大的"助教"时，说："同学们你们知道吗？老齐同学是我的学生，但他，可是个特殊的学生。"他于是，就讲了我几个与众不同的地方，其中的一个，就是我早年曾经在我国驻外机构中工作过。于是，和前几点我的"特色"一样，比如当过公司的老总啊什么的，都引起了本科生们的"啊"的叹息。要知道，北大的本科生可都是各省高考的状元，都挺自以为是的，但他们"啊"了我，还算是对我这个"老师兄"的一种认可和赞颂吧。我自从看了《潜伏》以后，猛然地，也对我 20 多年前，也就是我们的共和国还非常贫穷的时候，在东京的那段工作和生活经历，也重新地审视，也重新地自我尊重了起来。

我党的谍报负责人李克农大将，据他的孙子说，有一个习惯，那个习惯，一直到新中国成立后还一直保持着，就是他的办公桌上任何一样东西，他都记得十分地仔细，他人不在时，你只要略微动一下，他都能发现并且十分地警觉。我也有一个习惯，20 多年没变的，就是每天我一定要在早上 10 点钟之前，把当天最重要的、能知道世界上发生了什么大事的报刊给看完了，那样，我才感到当天会平安无事。这就是当年在东京搞"商业情报"时养成的一种习性。那时在办事处我每天早晨做的第一件事,就是把当天多达上百页的两三份与经济有关的报纸,给浏览一遍,比如《日本经济新闻》《朝日新闻》等,当然,还有那些比较重要的杂志,然后,我把能当作"情报"的、对国内做重大经济决策有用的,给剪裁下来,然后,就再把它们翻译下来,放入我的"每周通讯"。这种工作几年做下来,我对报刊和上面的消息的"机敏度"已经变得极高。后来到加拿大读书和侨居时,我的那个习惯的"变种",就是在上班的路上,边开车,边收听法文的新闻,起初法语不好,听不大懂,但听了几年以后,有一天,我突然猛省了一下:"这个新闻,好像不是英语的啊!"也就是说,我已经不大能区别和不大在意法语和英语之间的差异了,换句话说,我是凭靠每天听法语的"新闻情报",而学会了那种语言。

在那10年间,我每到周末一定要做的,就是到唐人街去买本周的《世界日报》。那种报纸也像《日本经济新闻》那样地厚,是海外华人办的。那么多年间,不管下大雪,还是"千里冰封",周末到唐人街买那种报和研究那种报,是我的一个习惯,跟喝咖啡似的,死活都克服不了。

10年前我回来了。我开始看起《环球时报》了。于是,10年来,自从这份报纸创刊,到每两天出一期,再到每一天出一期,我是必然看的,我猜想,除了那份报纸的总编,我是看这份报最齐全的"那一个人"了,不,假如那个总编是中间跳槽来的话,我比它的总编还要权威。还有就是每周必看的《经济观察报》,这都无疑,还是"东京商情生涯"的某种性质上的延续。为什么呢?因为这些报纸,能告诉你当天世界上已经发生了什么事情,你根据这些,就能判断出,明天会还是不会发生什么。现在每天早晨到北大上学的路上,大约一个小时,别管公交车上怎么地拥挤,也别管我是横着站,还是竖着站,只要是站着,我的手中都有两份报纸,一份《环球时报》和一份《新京报》,一个说的是国际上的事情,一个说的是国内的事情。我下车后朝垃圾桶中把它们一丢,才去教室上课。

　　大约是1986年前后,在日本人和美国人之间,发生了一起由于东芝公司向中国出口16比特以上的大型计算机而引发的贸易纠纷和轩然大波。美国人说东芝按"巴统"(cocom:对共产国家的贸易禁运),不能向中国出口那种计算机,因此要制裁东芝。而那个我就职的"总部",恰恰是中国负责进口那种计算机的窗口。我在报上得知这个消息后,马上去找我的"线人"——日本的对华"友好商社"的朋友去核实和搜集情报,然后,我把我掌握的最新事态动向连同我并不专业成熟的一通分析,寄回了国内。这,就是读报读出来的"作战意识"和对"敏感事件"的嗅觉。虽然,我的嗅觉早就没什么用了,我早就是一个无固定职业的"多国游民"了,但年少时的"商情"职业习惯,死活是改不掉的。去年在语言大学,在给学生们上完一轮"商务通论"课后,有的学生当面说,也有的学生在我的博客上留言,道:"齐老师,你脑子里哪儿来的那么多从来就不重样的、那么令人眼花缭乱的、那么丰富的活生生的案例啊?!你的信息来源是什么?"我的回答,是我所掌握的从公元1985年直至2008年今天上午10时发生过的,世界所有的重大事件!

我继续"潜伏"着
——关于作家的"任务"

  我继续潜伏着——看着《潜伏》。其实所谓的好"作家",就应该是一个"潜伏者"——在生活中"潜伏"。"潜伏"着看,"潜伏"着思想,"潜伏"着,把看到的听到的想到的,转变成"密电",而那,就是小说,就是故事,就是所思、所想的沉淀,就是生活中的"机密",那,就是所谓的"文学作品"了。

  你假如不潜伏,你假如大喊大叫着说"我——是作家",让社会时时地都知道你的动态,都知道你是干什么的,都写你,都说你的故事,那么,你的"角色",反成了被写、被描述、被披露的对象,那么,你就成了别人小说里的"角儿"和"人物"了,你就暴露身份了,你就失职了,你就被"出卖"了,而出卖你的那个人,恰恰就是你自己。

  其实所谓的"作家",我自己来定义,就是"带着发现故事的眼光看生活的、记录生活的人"而已。那么什么是"故事"呢?一曰"有因果关系的事件";二曰"有趣味"。凡事都有因,也有果,都有内在的逻辑的线索,别人看不出来,你能看得出来,那么,你就是一个"创作之家"——作家。你还要有"情",你还要有"趣",你不能描写"故事"时,不带"情",也没有"趣"。有了这两样之后,你还要有"上级组织",你要定期向你的上级汇报,冒着随时被抓的风险,而"作家"的"上级",就是那些"读者"。你的故事,必须对他们有价值,他们有获取的必要。

否则，他们就会把你开除，说你"叛变投敌"，说你"该——被除掉"！你看那小子，再也不为全天下受苦受难的劳苦大众奋斗了，他才打进"敌人内部"几天，就过上神气活现的生活了，就以"我是作家我怕谁，我需要谁？"自居了，就叛变和变节了，所以，我代表人民，只听"砰"的一声，你这个拿钱的、"不差钱"的所谓的"作家"的小命（使命、命运），也就完了。

所以，想写出"好情报"（作品）来，你一定要长期地在真实的生活中潜伏，不露声色地潜伏，你千万不能声张，你"连做梦，都要守纪律"（《潜伏》里余则成对妻子说的），而且，你随时都需付出生命的代价，但你的最高愿望，是被"敌人"（生活）打死，而不是叫自己人（读者）活活处决。

曹雪芹"潜伏"在"大观园"，写出了《红楼梦》；司马迁"潜伏"在汉朝，写出了《史记》；诸葛亮"潜伏"在刘备身边，写成了《出师表》。俺呢？所以这几年我打进北大，我潜伏北大，我描写北大，我创作于北大中文系。我这次，也是"组织上"派去的，我的上级，还是"全天下的劳苦大众"。我的代号，跟《潜伏》里的余则成不太一样，他的，好像叫什么"峨嵋峰"，我的呢，还是叫"齐天大"吧。

俺也曾当过公开的"余则成"
——致小读者

昨天的课上,老师说所谓文学上的梦想上的创新,并不是能写出些前无古人的东西,而是对一些别人追问了许久的问题,用自己特定的方式、特定的语言和特定的风格进行追问,比如说人从哪儿来,又到哪儿去什么的。我在课堂上边做笔记边得意,以为那种"创新",我好像已经做到了一些。

还有,北大中文系的一些教授们,也在热谈着《潜伏》的事。于是,我就想到了,本人当年有些时候,在有的场合,也挺像那个"余则成"的。我不只是时不时地装傻和装糊涂——在自认为特别明白的人面前,和余则成一样,我也上过"抗日前线"。余则成在南京,曾经刺杀过一个汉奸,而俺,20世纪80年代在东京,也曾被日本警察追踪。他们叫"警视厅"。我那天照常骑飞车到中国大使馆去游泳,游完了,我就出了使馆,由于年纪太轻,所以骑车时就极其疯狂,警车把我的路拦住了,说我的自行车——没有车灯。于是,过了几天,两个日本的便衣警察,就客客气气地找我找到了"新华社东京办事处",点着名说找我谈谈,说他们是"警视厅"的。向领导汇报之后,我就在会客厅见那两位"警视厅"的客客气气的"部长"了。他们说是为自行车的车灯而来,但眼,却四下张望着。他们随后,又客客气气地约我到警察局去。领导批准后,我就去了。我进了审讯室,一个警察,在一盏小太阳似的台灯下,我看不见他的脸,而我的脸,却被强光直射着。那警察问我问题时,我咬住牙,什么都没说。我只说夜里骑车在东京的马路上飞奔,是为了中日快速友好。那个警察倒也蛮客气的,他好奇是好奇,他"求知"是"求知",可能因为他们终于有"由头"走进"八路驻日办事处",并把一个"小八路"给带到警察局问话了,但除了车灯和办事处有多少人那些明摆着的事情(我们住所的对面,据说常年有人监视)之外,他们并没太多问,因为那时正是中日之间的"蜜月期"。临走,那个警察问了我一个非常有意思的问题:"说!你这个中国驻日代表,都23岁了,为什么还没有女朋友?!"

回办事处后,我把在"警视厅"受日本警察审问的细节向办事处的领导汇报了,领导也说,小齐同志你先别急,那最后的一个问题,组织上是要好好研究研究的。《潜伏》中的"余则成",是领导给他配了个"翠平",而我呢,则是领导对我的派遣回国相对象和搞对象的细节进行了精心的布置和部署,细致到组织上为我编排了一个名义,让我表面上是回上海宝钢出差,参加对日价格谈判,实际上是中途脱身到北京,与组织上介绍的"候选人"见面并进行只限7日的"爱情谈判",然后无论结果如何,我都必须迅速撤离谈判现场,返回东京前线,继续做党的公开的商业情报工作。当然,那个介绍人,是俺的老娘,而那个被"组织"和俺看中的,并不是什么"左蓝",她也没为革命牺牲,而就是你们现在的嫂子啊!

从许仙的家到王二的《黄金时代》

连续看了两场戏，一是上周五（4月10日）在北大百年讲堂的京剧《白蛇传》，主演并不是原来以为的杜近芳，而是她的弟子丁晓君。其实即使不在门票上鱼目混珠地打着杜近芳的名字卖票，人家丁晓君演的也极其地好；假如是80岁了的杜近芳真的来了，那么，也够那许仙受的，毕竟白蛇还是年轻一点的，才会更有诱惑力吧。

我才知道原来许仙杭州的家，也在清波门，和我原来杭州的家，是邻居。我家就在"清波饭店"的旁边，所以看到许仙把白娘子和小青——那两条蛇变的仙女朝我家的那个方向，一下一下地摇橹摆渡时，我心想，幸亏我把那个"柳浪阁"及早地卖了。还有，我不知道，那白娘子生的儿子（女儿？），是不是也有蛇的基因。或许，凡属蛇的，都是他们二人的后代？另外，戏中的词（田汉写的），把西湖叫作"圣湖"，那挺合我的心思的。

中国人在艺术上，崇洋媚外了一圈儿之后，突然发现，人间最好的艺术，就是眼皮子底下的京剧。这种发现，至少在我身上，是真实的。我以前那么着迷于西洋的歌剧，再看京剧才知道，原来京剧当中就包含着歌剧、话剧，还包括武术，还包括相声，还包括印象派、象征派等那么多种类的艺术种类，所有那些，就在一个演员身上，就在一台戏中，就在一两个钟头的时间里，全演给你看了，而且每种都那么地登峰造极。

反过来说，唱西洋歌剧的人可不会翻跟头，由于没有身段，也不会像白娘子那样地武打，她们的腰——那些歌剧演员的，一般都特别地粗。

因此，在刚刚过去的昨晚看的话剧《黄金时代》的开头，我特别地不爽，难道这，也叫艺术？我还在拿它跟前天的京剧对比。那是在积水潭地铁站边上的"解放军歌剧院"，我是从一头"黄牛"的手中，花80元钱买到的票，是第一排的，原价580块，所以"黄牛"说："兄弟，你得了大便宜了！"当我在第一排上历史性地坐下之后（我看《白蛇传》是二楼的最后一排），旁边的三个人好奇地打量着我，一个老夫人问："你的票多少钱买的？"我说："80块啊！"她和她的同伴相视笑了，然后说那是她10分钟前刚刚以40块钱卖给那头"黄牛"的，而她们的票，全都是免费得到的赠票。我听后解嘲地一笑，说真没想到啊，才十几分钟，我就替别人创造了一个就业的岗位！

其实想欺负"黄牛"，最简单的法子，就是你只要看卖票的比买票的人多，那么你只要等演出开始后，只需过5分钟，那么，那"黄牛"，肯定会杀价的，他们要抓紧抛售，否则肯定会砸在自己手里，肯定会自己去看戏，那么一来，剧场，就变成"大牛圈"了。

昨晚在剧场的大厅里，有一个很有意思的横幅，上面写着"隆重庆祝纪念作家王二的'黄金时代'上演"（大意）。其实那个"王二"，就是说王小波。女主演是史可。她是个十分优秀的话剧演员，但怎么看，她都不如京剧《白蛇传》里的丁晓君。因此我想说，干脆往后，就保留京剧一种剧种得了。中国的国剧的"黄金时代"，我看是该来了。

王小波《黄金时代》核心概念和隐含逻辑的显现——提纲和段落解读

第一部分：引言

总体印象：整个《黄金时代》由十一个段落组成，用以下这些关键的词语或核心概念构成、推演和展开，它们是：黄金时代、破鞋、锤子、流氓、沉默、哑巴、小和尚、罪孽、伟大友谊、老水牛、云、存在、交代、猎枪、山、前列腺等。

所有以上这些核心概念或曰"关键词语"像暗礁和岛屿那样在十一个段落中时隐时现，有的在几个段落中频繁出现，成为段落的核心词语，比如"存在""交代"等；有的在整个小说中从始至终都反复出现，比如"黄金时代""破鞋""伟大友谊""小和尚""罪孽"。

连接这些"岛屿"的是隐含在整个小说下的几条逻辑主线，它们分别是：（1）关于陈清扬是不是真的"破鞋"的逻辑证明过程；（2）关于王二是不是"流氓"、是好人还是坏人的证明；（3）关于陈清扬和王二之间的 a. 是否无辜；b. 是否有真正爱情的论证；（4）关于那时代是不是个"黄金时代"的论证；（5）关于什么是真正的"罪孽"的论证；（6）关于"伟大友谊"是否存在的论证；（7）关于王二其人是否真正"存在"和他存在意义的论证。

"核心概念"们是小说的"点"，逻辑线索是小说的"线"，"点"通过"线"的牵引和穿梭一段段一步步地变奏和演绎，它们是小说的"灵"

和"魂",而那些令人匪夷所思的离奇的故事情节是灵魂附着的"肉"。故事是"皮",核心概念和逻辑论证是"毛","皮"被"毛"所依附,因"毛"的需求而存在,而被挑选。

整个小说想要证明的最最核心的命题是:

(1)真爱的命题;(2)存在的命题;(3)罪孽的命题;(4)人的好坏善恶的命题。

第二部分:若干核心概念的解析

1. "黄金时代"

21岁是"黄金时代"的象征,时代并不"黄金",但青春是"黄金"的。

"我21岁,在我的一生的黄金时代,我有好多奢望。我想爱,我想吃,还想在一瞬间变成天上半明半暗的云。""我觉得我会永远生猛下去,什么也锤不了我。""我这个人,一向不大知道要脸。不管怎么说,那是我的黄金时代。" 对于21岁的正处于青春期的王二来说,无疑,那是他生命的黄金时代。这就得出了一个推论——对于一个个体的生命来言,生命的黄金时段就是他自己的"黄金时代",这与外界的政治环境无关。而恰恰是因为王二的生命生理的"黄金时段"与时代的最荒谬最压抑和荒唐的"黑铁时代"重合,由此产生了小说的超级荒谬。(导入:西方的"荒谬理论")

对于陈清扬来说,由于有王二的存在和出现,她最终实现了她自己的"黄金时代"。

"陈清扬说,那也是她的黄金时代。"

"不管怎么说,那也是她的黄金时代,虽然她那时被人叫做破鞋。"

王和陈二人通过匪夷所思的"搞破鞋"的过程,互相成就了彼此的"黄金时代"。荒谬也来自于这个过程并打破了正常的"黄金"生命的"黄金律"。

2. "破鞋"

这两个字也是贯穿于小说始终的关键词,毋宁说,整个小说就是对陈清扬究竟是不是"破鞋"的论证。有意思的是,她自己从一开始就并不认为"破鞋"是贬义的——"她丝毫也不藐视破鞋。据她观察,破鞋都很善良,乐于助人,而且最不乐意让人失望。因此她对破鞋还有一点钦佩。问题不在于破鞋好不好,而在于她根本不是破鞋。"

可见小说从开始的立意就具有反叛的意味了,它把当时那个年代的"是"与"非"先完全颠倒,避开是非判断(大胆!),并在此基础上论证"是"和"不是"。

"破鞋"论证的逻辑主线是:拼命想论证不是破鞋,但企图失败了,于是,就索性当了破鞋。随后,通过"破鞋行为",陈找到了真正的爱情。

王二起初只是陈的一个论证工具和手段。

村民对破鞋的态度非常有趣:他们喜欢将"破鞋"称号栽赃给别人,但他们无视甚至惧怕真正的光天化日下的破鞋。"大家对这种明火执仗的破鞋行为是如此地害怕,以至连说都不敢啦。""那里的人习惯把一切不是破鞋的人说成破鞋,而对真的破鞋放任自流。"

破鞋的论证过程又与"无辜"(王二)的论证、"伟大友谊"的论证(陈和王之间)、"存在不存在"的论证(王二)、"有罪无罪"的论证(陈清扬)相互穿插呼应,此起彼伏,相得益彰。"无辜"的论证是为"破鞋"的论证提供逻辑模式;王二关于"存在"的疑惑是由于他知道他的"存在"的意义只是帮助别人论证"破鞋"的真实性,他本身的存在并不十分重要甚至可有可无;"伟大友谊"的论证是"破鞋"论证的派生,而最终结的论证是关于"原罪"的——有罪和无罪,罪孽究竟是什么?谁之罪?时代的罪还是个人的罪?假如有,如何拯救和赎罪?

可在所有这些论证过程中通用的关键词语:"其实伟大友谊不真也

不假,就如世上一切东西一样,你信它是真,它就真下去。你疑它是假,它就是假的。"这是表现隐含作者态度的核心按语,体现出作者的独立思考精神和怀疑主义态度。

3. "伟大友谊"

定义:来自"义气","我也像那些草莽英雄,什么都不信,唯一不能违背的就是义气。只要你是我的朋友,哪怕你十恶不赦,为天地所不容,我也要站到你身边。""她大为感动,当即表示道:这友谊她接受了。不但如此,她还要以更伟大的友谊还报我。哪怕我是个卑鄙小人也不背叛。"

这是在用民间传统的"友谊观"和造反精神对付荒唐时代的错误!"江湖义气"的原则是无是非、重承诺。在那个是非本来颠倒的时代,无是非就是有是非。否定之否定,结果就是肯定。因此整个文本的关键概念都是中性的判断,似是而非,无可无不可。比如文本中有很多消极的词语:如"莫名其妙""无端""她像苏格拉底一样,对一切都一无所知"。

把传统的男子之间的无条件、无是非的"义气"推广运用到男女之间的友谊上,是一个奇妙的想法。王二先将为了义气"什么都可以做"的理念稀里糊涂地灌输给了陈清扬,然后成功地得到了陈。其实里面埋藏了一个被偷换了的概念,就是男子之间的"义气"和"为朋友什么都可以牺牲"与男女之间的"牺牲"是不一样的。但后期的陈清扬显然执着地相信并认定了这种被偷换了的概念。她将义气和"伟大友谊"身体力行,贯彻始终,最后对王二忠贞不渝。由此可以看出男女对"义气"和"友谊"的不同的理解和实践。对于"伟大友谊",陈清扬的最终理解是:"伟大友谊是一种诺言。""她当即表示道这友谊她接受了。不但如此,她还说要以更伟大的友谊还报我,哪怕我是个卑鄙小人也不背叛。"这是一种慷慨和无条件的感性的"友谊",而王二和隐含作者对"伟大友谊"的男性化的解释是："其实伟大友谊不真也不假，就如世界上一切东西一样，你信它是真，它就真下去。你疑它是假，它就是假的。"这种理解是男性和理性判断式的。

"伟大友谊"用在此文本，是王小波的一个文字上的创举。它的格调极高，它的寓意极广。它既是王二为得到陈清扬编造的一个美妙的说辞，又通过二人真正友谊的产生和共患难历程，充实了文字之外的真情和真意。它的内容从外表转向内在，从字面转向实质，从戏说转为严肃，从单纯肉体和性的象征转变为精神和灵魂的共同居所。

"黄金时代"和"伟大友谊"的逐步升级是分不开的。之所以对于陈、王二人来说，那个黑暗荒唐的年月以及他们在精神上备受摧残之后，追忆起来还是"黄金"的、不可多得的、不能再有的，是因为他们二人通过同受难、同享受肉体的狂欢后实现了精神上的升华，那就是唯一和不能复制的爱情。"陈清扬后来说，她一辈子只交了我一个朋友。她说，这一切都是因为我在河边谈到伟大友谊。人活着总要做几件事情，这就是其中之一。以后她就没有和任何人有过交情。同样的事情做多了没意思。"王二被村民打了后，"陈清扬披头散发眼皮红肿地跑了来，劈头第一句话就是：'你别怕。要是你瘫了，我照顾你一辈子。'"

以上两段表白：一段是20年前的、一段是20年后的，说明他们二人之间的"伟大友谊"最终以爱的方式呈现。正是那段"搞破鞋"的患难经历，成就了他们感情的一去不再复返的"黄金时代"。

4. "存在"

对"存在"的追问集中在第三、第四节。对"存在"的追问和怀疑是伴随着对"破鞋"的真假论证而展开的。

"很可能那条路不通到任何地方，很可能王二不在山里，很可能王二根本就不存在。"

"队长说，谁是王二？从来没听说过。""这样提醒了以后，队长就更想不起来我是谁了。""陈清扬则表示，她对此一无所知。""看来有很多人说，王二并不存在。""大家都说存在的东西一定不存在，这是因为眼前的一切都是骗局。大家都说不存在的东西一定存在，比如王二，假如他不存在，这个名字是从哪里来的？""对于我自己来说，存在不存在没有很大的关系。""我对自己的存在不存在的事不太关心。""我在小屋子里也想过自己存在不存在的问题。比方说，别人说我和陈清扬搞破鞋，这就是存在的证明。""我自己并不知道我走路是不回头的。因为这些事我无从想象，所以是我存在的证明。"

"他找到队长问我时，队长也说我不存在。最后他来找陈清扬，陈清扬说，既然大家都说他不存在，大概他就是不存在吧，我也没有意见。""我听了这话，觉得很奇怪。我不应该因为尖嘴婆打了我一下而存在，也不应该因为我打了她一下而不存在。事实上，我的存在乃是不争的事实。"

"到了这个时候我才悟到，犯不着向人证明我存在。""这时候我真想证明我不存在。""在这种时候，我又觉得用不着去证明自己是存在的。从这些体会里我得到一个结论，就是永远别让别人注意你。北京人说，不怕贼偷，就怕贼惦记。你千万别让人惦记上。"

以上这些对"存在"的理解和揭示，应该是隐含作者的"真实现形"，是解开《黄金时代》密码的一把钥匙。这是一种哲学意义上的盘问。人为什么存在？人怎么在自己的存在被别人忽视、被别人遗忘、被别人讨厌、被别人认为的取消了存在的资格的境遇下，还坚持自己的存在并存在得有意思？显然，王二的存在在小说中，起初是消极和附属性的，他是因为陈清扬想论证自己不是破鞋而被引入故事情节的，他的存在起初是由于一个论证的条件需求，于别人来说，他既可存在又不可存在，他既应该存在又不应该存在——在"上面"来调查时，他的存在不但不重要，而且是多余的存在，他同时也是别人不希望存在的人——不但是队长，甚至是陈清扬。他的存在需凭别人的有没"意见"为前提。于是，王二想证明他的存在，王二通过"搞破鞋"证明他的存在，那不幸地成为了他论证自己存在和价值的唯一方式。"小屋子"是王二考虑这些问题的场所，也是王小波思索这些问题的地点。最后的结论，作者用非常毋庸置疑的语气给出了，那就是："我不应该因为尖嘴婆打了我一下而存在，也不应该因为我打了她一下而不存在。事实上，我的存在乃是不争的事实。"

每人都有存在的权利，存在就是抗争，存在就是在荒唐的岁月中做恶作剧——对王二来说，存在就是写作——对王小波来说。

5. "沉默"

沉默在文本中用得不多，但非常关键。

"我保持沉默。沉默就是默认。"

"我可以辩解说，我没搞破鞋。谁能证明我搞了破鞋？但我只是看着他。像野猪一样看着他，像发傻一样看着他，像公猫看母猫一样看他。把他看到了没了脾气，就让我走了。"

"最后他也没从我嘴里套出话来。他甚至搞不清我是不是哑巴。别人说我不是哑巴，他始终不敢相信，因为他从来没听我说过一句话。他到今天想起我来，还是搞不清我是不是哑巴。想起这一点，我就万分地高兴。"

"后来在人保组，我也不大说话，包括人家捆绑我的时候。所以我的手经常被捆得乌青。"

沉默是王二特有的反抗方式。沉默是因为争辩的无效。这里的王二的"沉默"与王小波的《沉默的大多数》中所说的"沉默"者并不完全相同，后者是多数人，是无言的群众，而王二是"极少数人"，是被众多的没有话语权的群众又剥夺了一次话语权的群众中的"坏人"。群众的沉默并不是不能说话，而是说的话无效，"王二们"的沉默则是真正的被剥夺了说话功能的那种沉默。

王二的反抗方式有三：搞破鞋，装哑巴，逃到"山"上去。第一是"积极"的，第二和第三是消极的。

6. "罪孽"

无疑，《黄金时代》的落脚点是罪孽的命题。谁之罪？谁有罪？王二有罪吗？陈清扬有罪吗？领导和群众们有罪吗？时代有罪吗？如果有，那罪究竟是什么？

罪的"引子"是"交代"。没有罪就没必要交代，可王陈二人却交代了那么多次，那么许久。有那么多的人期待盼望着他们的交代。

"罪"最精彩议论在第十和第十一部分。陈清扬说她不知道罪在何处，因为她对"这罪恶"（与王二私奔等情节）一无所知。她像苏格拉底一样，对无知的罪不承担责任。

"她是如此无知，所以她无罪。一切法律书上都是这么写的。"

"陈清扬说，人活在世上，就是为了忍受摧残，一直到死。"

"守信肯定不是罪孽。她许诺过要帮助我，而且是在一切方面。"

陈清扬"真实的罪孽"是爱上了王二。"在那一瞬间她爱上了我，而且这件事永远不能改变。""一个字都不能改。""陈清扬说，承认了这个，就等于承认了一切罪孽。"

认定人生来有罪或应该赎罪，这无疑是一种宗教情结。在陈爱上王以前，她是无罪的，因为与王二媾和是她论证自己不是破鞋的一个不可少的逻辑环节，是带着冰冷的理性的，是被动的，是被迫的，是反击的需要。但真爱的产生改变了一切。真爱使"破鞋"不仅成为了主动的事实，真爱还使冰冷的逻辑链条断裂！真爱使得一切的"欲加之罪"中的"加"从"强加"变成了"不是强加"和"应得"，使原本的虚假变成了真实，使从头到尾的逻辑被彻底推翻,所以陈清扬说她是有罪的,她认可认定了她的"罪恶",而且坚持坚守不变!

问题是,难道真爱在那种境遇中的,就应该是罪孽吗?有逻辑链条上的罪,有人伦之上的罪,我们又用怎样的尺度定罪,判这些截然不同的罪呢?

第三部分:十一个部分的分别解析——王小波风格的

第一段落的名字应该叫作"论证"——论证陈清扬究竟是还是不是"破鞋"。不知为何国人喜欢把"破鞋"当作一个"作风有问题"的女人的代称。"破鞋"和"作风有问题"现在都已经成为一个古老的说法了。不过,那天我问一个学生,问他知道什么叫作"破鞋"吗?他说当然知道,说明这个说法还正在通用——这倒令我感到意外。"二奶"都是"破鞋"吗?"作风有问题"中的"作风"又是什么?

科学上有"证伪"一说,是衡量一个命题是不是科学的。比如,说"天鹅都是白的",但一旦你找到了一只黑的,就能推翻那个命题了——因此这个命题是可"证伪"的,是个科学的命题。究竟陈她是不是个破鞋,似乎不是一个科学的命题,因为很难在那么多的说她是个破鞋的人中,找出来一个,说那个人说的是谎言。这时"王二"就派上用场了。王二是唯一的那个屁股上真有许多窟窿的真的需要陈给她看病的人,虽然王二看上去就是一个"流氓"。其他人都不是来看病的,是来看"破鞋"的——破鞋竟然是那个年代人们能放肆地看的唯一一个性感的"景观"!后来让陈清扬看病的那些个"军代表"们,大都是怀着这种心态来的。陈可能并不是唯一的破鞋,但却是"最漂亮"的破鞋,是一个任人看又没有反抗的权利的"破鞋"。陈是那些人的"精神慰安妇"!

屁股上有许多窟窿的事实,虽然证明不了陈的清白,但证明了王二的真实性。可贵的是陈压根儿就不认为"破鞋"是坏人——她从头就是一个"是非"的颠倒者。她还打耳光——打那些吃她的豆腐的人。她颇像《太阳照常升起》中的那个女大夫,一个愿打一个愿挨。

无法证明自己"无辜"的王二和陈,想到了破罐子破摔,想到了索性当一对真的"破鞋男女"。世界如此地复杂,科学的方法无法为我们提供所有的"为"和"不为""有过"和"无过"的证明,无法帮助我们抵御和驳回所有的他人的臆断和猜测——按照他们喜好和需求出笼的,那么我们怎么办?路只有三条,一是沉默——像王二起初那样,二是反抗——像陈那样打人耳光,三是顺坡下驴——索性按人们臆断的方向阔步前进!那样并不吃亏,因为帽子已经定制好了,是按你的头型做的,你只是把它拿来戴在头上而已。

王小波的妻子李银河说王小波写"性"同别人不同的地方,就是写得干净。对此,我们不妨撇开一些不卫生的观念,干脆把自己当作一个医生。天下的医生们在读《黄金时代》的时候,恐怕都不会脸红,因此,俺就不太适合于从事那个职业。

第二段落的头半部分,充斥着这些个医学性的词语:21岁,小和尚,等等,一连串的,麻嘟嘟的,恶心把拉的。它们却象征着"青春"二字。21岁是个那些个部件都容易使人惹是生非的岁数,因此先人21岁就当上"爹爹"了,就已经安分守己,就已经门当户对,就可以有的放矢。但21岁的王二不行,但现代人不行——不是他们"不行",而是他们不幸地不能,他们没车没房子啊!

"阉牛",用锤子,显然是不"牛道"的。牛可杀却不可辱。人不可能把天下所有的牛都阉割干净,但可以阉割尽全部的人——我在说自由放纵的思想,那思想它说"我想爱,想吃,还想在一瞬间变成天上半明半暗的云"——这超级的轻柔和烂漫。"后来我才知道,生活就是个缓慢的受锤的过程，人一天天老下去，奢望也一天天消失，最后变得像挨了锤的牛一样。"

人在被岁月每分钟地阉割和锤打，且越锤越打蔫。但那不是王二的理想，王二和王小波都幻想"我觉得自己会永远地生猛下去，什么也锤不了我"。

岁月却锤不了艺术。司马迁虽然受了宫刑，但《史记》却硬得像个钻石。锤石头要用更硬气的石头，因此钻石"永'锤'不朽"。还有习性和思想是软的，是潜移默化的，是流在血中的，你压根儿就锤不着它。这才是王小波真想说的，它的意义远深远和长久于"我身上的这个通红通红，直不愣登，长约一尺的东西……"。

人的本性，二段中说："照我的看法，每个人的本性都是好吃懒做，好色贪淫，假如你克勤克俭，守身如玉，这就犯了矫饰之罪，比好吃懒做好色贪淫更可恶。"

本人也这么看世界——我是说齐天大，而不是王小波和王二。这本是正直的男人该有的世界观。女人的嘛，倒是应该跟陈清扬的一样，因为她认为"她在每件事上都清白无辜"。

"辜"有否，是相对的事了，但陈清扬的那种看法，却是女性该追求的境界，达得到达不到倒是另当别论了，只是女人千万不能有着和王二、王小波一模一样的世界观——我是说把"克勤克俭"和"守身如玉"当成了儿戏，那这个世界，就不再有21岁的青春的萌动幻想和期盼，我非常想说，女人有女人的生命法子和法则，男人也有男人的。女子绝不能也用"性恶论"——用邪恶的眼光看咱人类的"之初"，即使是真的那样。那样的世界，才好有救，也才好悠久下去。

之后的第二段，就是描述王二和陈氏的肉体缠绵了。我不评论它了，就像不愿意看人隔着一条河——生命的河吧——玩火似的。那是王二和陈的隐私。李银河去年（2007年）在王小波逝世10年的时候，曾想组团到云南去"重走王小波插队之路"，我认为可以，但拉着那些本来就是非不清和人事不太懂的少男少女们，去实地考察她和王晓波当年媾和的野外，我看就有些不妥了。其实亚当和夏娃还有咱中国人的先祖，在使劲创造咱们的爷爷的爷爷的爷爷的时候，条件也挺简陋的，但几千年甚至万年都过去了，还挺抒情和挺有神秘感的，不就是因为咱不知道那个空地究竟在哪儿吗？知道了就俗了。何况当事的一方还健在哩。玛丽亚生产耶稣的那个马棚，也不大好找，也是为了增加和保留点神秘感吧？反正王二活着就这么想。

春泳

这几次在玉渊潭游泳,应该算是"春泳"了吧。

"冬泳"的标准温度是15摄氏度水温,那个温度以上,就不是"冬泳"了。不过,对于那些不会"冬泳"的人说,哪怕是在15摄氏度以上下水,也可能上不来岸。大约10天前,在我四季游泳的那片水域,就有一个没上来的男子。他和他女朋友在船上戏耍并且扭打,一下子,两人都掉了下去,女的,被一个会冬泳的人给救上来了,男的,就没上来,而且几天,都没上来。我是从公交车的电视上知道我游泳的那片水域的底下,有一个死人的,于是,我就停游了几天,在那几天中我老想,男人一旦落水了,就是不幸!因为救人者——我猜也是个男的,一般都先救女的。

在上周二我再去那片水域游泳时,我先问死人还在不在水里。有说在的,也有说不在的。我本来想按惯例在上周日游来着,后来一去,就从门口处返回来了,正是樱花节,据说玉渊潭里有10万赏花的游人,那10万,分配到"东湖",至少也有5万,5万人都对"春泳"好奇,都在岸上,围观你那道水里的风景,以及你上岸用围巾围着下身换短裤的"奇景",那好像不好。还有,万一你游不回来了,5万人里,会有人到遥远的湖中央去救你吗?或许没有,有,也会先救女的。

所以上周一我去时,就十分地谨慎。我朝湖心游,因为那春天的水实在是太好了。"农夫山泉"有一桶水,我家每周都买,名字就是"Spring

Water"（春水），你想，你在那一整湖的"农夫山泉"中畅游，你还不美？但水下的水草，也是疯长，才 10 来天，就从没有，到整个湖的都是，都在扎着你的肚皮。看来什么都思春啊！

  我上岸了，我并没有接触到那个可能在也可能不在水里的那个"死鬼"，那个和女友扭打并不再能扭打了的男子的可悲的遗体。或许是我看不见，或许是他早已被捞上来了。

  上周五，我在颐和园的"西湖"，看到了另一拨儿游"春泳"的人，那水，比玉渊潭的"西湖"更清澈，更接近"农夫山泉"。他们游泳时，抬头，还能看得到玉泉山的那佛塔，以及那西山的墨绿的影子——他们是在纯净水和春水里，外加在"美景"中游的。但我却反对他们游，因为不像是玉渊潭的岸边，只是有一个永久的牌子，说"水草丛生，禁止游泳"；人家颐和园的西湖的牌子上，说的是"饮用水域，禁止游泳"。

三流的博士

北大有一种非官方的说法,是"一流的本科,二流的硕士,三流的博士"。为什么?因为他们本科基本上都是高考的状元,说"基本上",就是有的也不是状元,只是榜眼以及探花。博士生之所以被说成是"三流"的,是没像高考那么录取,不过,假如全国的青年,都像考大学那样成群结队地考博士的话,那么,中国的博士,就的确是"三流"的了。

因此,在我帮陈老师鉴别本科生的作业的时候,还是有些不安的,我比较紧张,我好比肩头背负着一个大负担,我就背着那个"负担",在公交车上行走。我生怕把那些孩子们的作业给弄丢了,不过好在没弄丢。

本科学生们的作业,的确写得非常地精彩,精彩得使你觉得不仅仅是因为他们都是"状元",还因为,他们和我有十分深奥的"代沟"。代沟加状元再加上独生子女,这使得相隔20多岁的我这个"大师兄"和那些小师弟妹们,一个是来自"太阳",另一些,是来自"火星"。太阳红彤彤的,火星火辣辣的。

判外国学生入北大考试的卷子,并不像给本科生看作业那样地紧张,因为没有状元,但也有为难的时候。我判的是作文,我才知道,给作文的判分,是一个很难"不主观"的事。比如,有一个好像是韩国学生在卷子上说"他/她四年前孤苦伶仃地被父母送到中国留学,唯一的目的,就是考进北大"。还有一个考生,在卷子上说"我就有一个最好的朋友,她是我的姐姐,但她现在,已经不在人世了,我答卷子的时候,仿佛,姐姐正看着我"。作文的题目是"朋友"。你说,你要是我,你咋给分?

我的研究方向和郭老的府第

由于这个集子的主题是"北大最老博士生",所以我还是要把最终当成一个"北大博士"的条件,给不清楚的读者介绍一样,虽然,那件事对我来说,可能是四年之后,也可能是五年之后,到那时,别管在别人眼中是三流的,还是五流的末流的不入流的,我好歹,还是要得一个"博士"称号的。

所以,我不能老是混在"80后""90后"的当中盲目听课;所以,我必须尽快确定研究的方向、研究的主题、研究的目的以及研究的内容。那个确定之后,我才能开始着手研究,才能定题,才能开题,才能写论文;再之后呢,我才能答辩,最后,我才能得到"四流至五流"的荣誉。

和导师初步商议后,我研究的方向,初步定在19世纪末20世纪初期的语言文学转向问题,我要在那个领域上,进行中日两国的对比。那时发生在两个国家的,有一件颇为相似的事,就是"言文一致运动",就是说的和写的一样,在中国叫"白话文运动",在日本呢,也叫"言文一致",也是把说的和写的,给统一起来了。

我本不情愿研究日本,因为我的"潜伏"工作,早已在20年前的东京,就终结了。我目前"潜伏"的区域,是北大。但没办法,我是搞"比较文学"的,你为了能够毕业,就必须把一个别国的文化,给拉进你的研究领域,而那另一个国家的语言你还必须掌握。所以,我最终选择了日本,我的老对象国，我的老本行，我20年前曾经"浴血奋斗"过风流倜傥过春风得意过的地方的——100年前的那个对我们来说苦难峥嵘，对对方来说不但不峥嵘还是维新的（明治）、还是变革的、还是侵略的时代的文学，以及那时日本和我国的关系。和你，和我，和他。其实，那时的日本，和你、和我、和我们都有文字上的千丝万缕的关系，哦，恐怕，"文字"这两个字，就是日本人"发明"的；哦，这"发明"二字，好像也是梁启超从日本运回来的，还有"文学"——是；还有，"金融"——是；还有，"危机"——仍旧是日本人最先使用的"汉语"。最近在上映电影《南京！南京！》，我下午在西单的"大悦城"，并没按计划去看那个电影，因为我担心我看了之后，我那个绞尽脑汁琢磨出来的论文选题，会随之戛然而止，所以你看，人有时候，为了某种明确的功利性的目的，还是挺会找个自我逃避的理由的。

  同样是选中日题材的研究方向，我上学期和陈老师商议时，想研究郁达夫和日本、或者郭沫若和日本——那还是同屋的老马建议的，但陈老师没有认可。陈老师说"郭沫若"是个可能引发争议的主题。我觉得郭老挺好的，他挺有才的，但的确他也挺有争议的。前日看人民大学的程光炜教授写的一本现代文学方面的著作，名叫《文化的转轨——"鲁郭茅巴老曹"在中国1949—1976》，其中有关于郭老的评论。看了，我才知道郭老20世纪50—70年代写的诗歌，是那般地不像诗歌，而且，不像得极端有才，那和他早年写的那些是诗歌的诗歌，是同样等级的"极品"。比如，他应邀到一个广大勤劳的人民刚刚建造好的水库，去即兴作诗，他不是"即兴"，而是"急性"地写，写的诗，100首之中最少有99首，是"多么壮观啊！水坝！难道，这是普通的水坝吗？！"之类的诗。

  程光炜教授在他的那本书里，还说他有一次去郭沫若在后海后面的那个"大宅门"参观,着实被吓了一跳,他没想到一个文人的府第,竟然会那般地"庭院深深",气势那样的宏大。"郭府"我去过两次,是够气派的,而且和清朝著名人士和珅的府第相距不远。你想啊,郭老住惯了那样气派的舒服的地方,在百废待兴的、别人还吃糠咽菜的20世纪五六十年代,他走到祖国大地的哪儿,能不情不自禁地吟唱"啊,真好!实在是好!"吗?

别说是住"郭府"了,就让我到王府饭店白住一晚上,我也会像李白那样高歌一首:"苍天啊,我——能不能明天——不搬出去!"

> 关于小说《余力》英文版
> Harvey 发来的最新消息

Hi Jimmy,

Sorry I've been incommunicado – I'm in the UK right now, and things are rather busy. All is well with the book though. I have now sent the Afterword, and the essay, to the editor for a no-doubt much needed polish!so all the text is now complete. After I get these final pieces back from the editor (should be within the next week or so) I will send to you for your thoughts. I really appreciate so much that you went to all that effort to answer my questions, and I was fascinated by your notes on 'authentic humour'. All that material was extremely helpful.

I will be back in Hong Kong on 6 May, and as of now the book is still on course to be printed not too long after that. Everyone who has seen the draft material so far really likes it, so I am excited about this. I hope to visit Beijing in May or June, and with luck we can catch up and have a good chat then. Hope all is well with you.

All best,

Harvey

"Authentic humour"、余力和卡夫卡

我逐步地,想把这个《北大最老博士生》,写成一个真正的"比较文学"式样的故事了,所以,它,就一天天地"古今中外四方对话"和"多学科对话"了起来。在我对东京的"潜伏生涯"的"追忆"中,我写了政治经济类的东西,再往下,我还要接着写,那么,"政治经济"就和"文学"对话了起来;"中外对话"呢,有我小说的译者Harvey的来信之类的,注意,我并不是把所有朋友的来信都随意公布于众,只是那些非隐私性的,只是那些写得特别好的,只是那些专门讨论"文学"的,所以,你往后给我写信,千万不要担那份心,因为,你的文字水平,或许不如Harvey,他是牛津大学毕业的,而且也是个作家,所以,写出来的英文,就是"金典"的英文了。就连我,也常常抱着字典,看他的来信——他常用怪癖的字眼(对我来说),我呢,在给他的中文的信中(比如小说《余力》的后记),也故意用一些鲜活的中文的字眼,让他去抱字典(他学过中文)。不过,我们的日常通信,还是用他的母语。

我昨天看到他的那个关于《余力》英文版书的最新消息后,给他回信道:"Very exiting news! It looks one of us will be the Chinese version of Kafka, whom you like the most, and you will be the embassador who makes that happen!

Have a good trip back home and looking forward to seeing our JV(合营企

业）."看了之后，他迅速的回答更有意思："Haha, I thought that Yu Li was a bit Kafka-esuqe – the way he struggles to make sense of a complex social hierarchy through the prism of his elevator – and made that analogy in my essay, as you will see... but your personality is definitely less gloomy than Kafkas!"

我说："你莫非真的想通过出版那样的一本书，把我们其中的一个（里面还有别人的作品），打造成中国版的你最喜欢的卡夫卡不成？"他说："哈哈，我还真认为你的余力就是有点卡夫卡的意味——他通过小小电梯里的空间，和社会的等级抗争。在我的评论中，我提到了他和卡夫卡人物的相似性，不过，你的性格，可远没有卡夫卡的那样晦暗！"

在昨天的信中，Harvey还用了一个新词"authentic humour"，他说他非常欣赏我对"authentic humour"的定义，但我压根儿，就不认识"authentic"那个字，查了一下，才知道是"真正"的意思。我是说过什么是"真正的幽默"，那种"幽默"的产生，必须是源自结构和逻辑上的不协调，也就是刘震云所说的"事理儿上的拧巴"。不过，这还是低层次的"幽默"，还是微观的，真正的"幽默"，一定要宏观起来。我翻看暨南大学出版社1992年版的《先秦幽默文学论》（作者郑凯），我发现，全古代中国，可能只有四个人，符合我的"宏观幽默"标准，那就是孔子、老子、孟子，外加苏东坡。那其实是一种人生的态度，是一种世界观。有了那种态度，别管你怎么写，你写什么，无论你的文字中的事理儿——拧巴还是不拧巴，你的文字中的逻辑，错位还是不错位、协调还是不协调，你的笔下就全是幽默，就全是"幽然之中的静默"，就全是坦荡，就全是大度，就全是安然，就全是从容，就全是达观，就全是"余力"，但绝不是"卡夫卡"。我不是卡夫卡，我也不想当卡夫卡，我就是我的"齐天大"。卡夫卡的性格中，不可能有天不怕地不怕的神猴子的基因，而中国人的骨子里，却能有。哦，孙悟空也是幽默的大家，是那孔子等四人之外的"第五纵队"！

  Harvey要用英文出版的这个集子，叫作"Modern Chinese Masters"（中国当代大家作品集）。我还是第一次被人家用"大家"称呼哩。不过，我猜想，这本书的命运，可能是卖出去1本，或者是100本，但不会太多。因为书里有专门捣蛋的余力和孙猴子在作祟。

指导论文的小小趣事

一个好容易得到了写论文资格的学生,被分配在我指导的行列里来了,他先用邮件感谢了我,说老师我能最终写毕业论文挺不容易的,还请您多多费心。我看了他的草稿后,乐了,我给他打电话,我先祝贺他终于获得了写论文的权利,作为一个业余学习的同学,那的确挺不容易的。不过,我问他,我说,你论文的头一部分,好像不是你的水平能写出来的啊,你在文章中做了希腊语和英语翻译对比的研究,还指出了从希腊语翻译英语时,应该注意的问题。我说你知道你的水平相当于什么吗?相当于一个希腊人,给一个韩国人挑他翻译中文时在韩文里该注意的问题,还有,一个英国人帮中国人校正说潮州方言时距离普通话的差距,总之,你真是了不得啊!

那个学生在电话的那一头听着听着,笑了,他说老师不瞒您说,我的确是借鉴了别人的一些东西。我说承认就好,承认就好,我的英文文章也写不好,但我好歹是能看的,那么,你就按我说的这样、这样、这样写吧,我保证你能过关,当然,我只做 99.99% 的保证。

明恋和暗恋之间

上周日十三中同学聚会——在春光耀眼的什刹海东湖的那个"客家人家"里。那是我常去的地方,不过前天我才知道,里面真正的客家人,就只是一个,就是那个领班的经理。

当酒过三巡之后,无意间醉倒了四个,醉得突如其来和轰轰烈烈,我是说吐的吐,闹的闹,那么我们剩下的没醉的,就成了他们的"保安"和"看护",外加"警察"。

谷风老弟醉着醉着,竟然当众,说出来他30年暗恋的那两个女生的名字,而当时剩下的,也就她们两个。于是原本"潜伏"的心思,变成了30年过后的慷慨激昂的"解密"。谷风说他当时是多么多么多么地爱着她们。她们听着,只是笑,还带着惊吓,因为谷风说得十分地"茅台"(喝的是那种酒)和亢奋,说,"是吗?哦,我们才知道——"

"暗恋"这东西,挺是个意思的。余则成当年暗恋着我们伟大的党,于是,就死命"潜伏"了下来,还跟着去了台湾。我们的组织为了让他的"暗恋"不空洞,就为他配上了前后两任妻子。"暗"嘛,是私下的意思,或明,或暗,要是真的太光明了,好像,就不是"恋"了吧,就仿佛,本人从始至终暗恋着我们这个博大的地球,以及地球上的活动着的生命,不过不到万不得已,我打死都不明说!

评论（静心）：

你这种暗恋好像地球人都知道吧？暗恋是一种美，不过你那兄弟一下子暗恋两个人，唉，好累！

写作的目的和下"文字象棋"

昨天的晚报上,有一个对话,是几个作家之间的,有于坚,有韩东,有祝勇,对话的题目是"写作是一场持久的马拉松"。大意是现在已经没什么天才不天才的了,靠写一本书成名的时代已经过去,现在的作家,就要天天写,时时写,每天早晨都写,写一辈子。总之,作家跟擦鞋的修车的盖楼的以及拔牙的,基本都一样,都是一种职业,都要天天干,就连曹雪芹活在今天,写完了《红楼梦》,也不能骄傲也不能歇着,也要接着写随笔,写国际评论,写博士论文,写《青楼梦》和《后楼梦》,之后,还不能轻易停笔云云,当然,关于曹雪芹的那段,是我根据他们谈话的意思推论出来的。

我能同意他们说的一半。因为我就喜欢没事写字(打字),只不过,我是非职业的,我不靠这种游戏谋生,正好相反,我的生活,谋的至今不是太好,恰恰是由于没事瞎写这个毛病。

我想,我压根儿和骨子里,算是个"语言爱好者",或者黄集伟先生曾经评说的"田野语言学家",我写了400万字的"家伙",我用十几年的工夫,做着汉语文字和语体的各种可行的组合排列,比如排列成小说,比如排列成随笔,我排列完了一种,满意了,就换另外一种法子排列。这就跟下象棋似的,总共就那些个棋子,不是"车",就是"马",就是"卒",高手和低手之差,在于码棋子的路数。你绝对不可能下着下着象棋，把"老将"下成国际象棋的"皇后"，那么，你就索性让"中国老将"和"外国皇后"婚配好了！

写东西锻炼智力，我绝不是因为我的智力高，才写东西的，正好相反，我原本智力非常低下，正因为老写东西，老用几千个汉字的"棋子"，摆设出各种的"棋局"和"棋阵"，日子久了，智力才终于达到了和正常人同等的水准！

我起初，用了70万字的《马桶三部曲》，摆了一个大的汉字的"马桶方阵"，然后，就是专门议论汉字的《妈妈的舌头》以及修辞的《爸爸的舌头》，再有哲学味道极浓的《我与母老虎的对话》——我那是在研究老虎怎么说话。我听着，老虎讲话的口音，跟人喝了茅台和"小糊涂仙"后说的，差不了多少。

和于坚他们还不相同的，是我是一个时代"关键词"的收集者，从我的起始于1994年至今的400万字中，你几乎能找到每一年的，直到2009年的最走俏的词语——语言学家嘛！比如，我在前几篇小文中，就连续地使用"潜伏"这个字眼，那是在进行着这个2009年关键词语的各种可行的"变态"的使用，不过，不是人的"变态"，而是词语的形式变形。今年的核心词，和去年的"范跑跑""奥运"不同的，还有"山寨"啊、"躲猫猫"之流的，我于是，就试着把自己说成是"山寨博士"——看我究竟是真的"山寨"还是假"山寨"，是我"山寨"还是别人"山寨"。同时，我还把偶尔观看我博客文字的你们，说成了"山寨读者"，你们和我一直在"躲猫猫"着，我在明地里过"山寨生活"、当"山寨学者"和"北大山寨学子"，你们在暗中呢，监视着偷窥着我的一举一动，在"躲猫猫"地暗算着本人——瞧，语言的游戏，汉语的关键词汇的"棋"，你随便怎么摆弄，都能下成活棋和好棋吧！

评论（静心）：

"你们在暗中呢，监视着偷窥着我的一举一动，在'躲猫猫'地暗算着本人"。哈哈，终于明白这么好的文章为什么没有人敢在此留言了，原来大家是怕你知道了是谁在监视和偷窥你呀！

能不能不比

陈老师在比较文学课上总爱说他的那句名言："能不能不比？"陈老师的意思是你选择两个东西方小说里的人物比较，有的，是可以比的——比如阿Q和堂吉诃德，但有些种对比，还不如不比，比了，也没什么意义。上次本科生的作业里，有拿中国的典型人物武大郎和法国典型人物"包法利的丈夫"做对比的，还有大约8个学生，拿中国的杜十娘——那个怒沉了百宝箱的，和另外8个欧洲小说里的女人们对比——既有叫玛格丽特的，也有叫卡门的。我看就没什么必要，因为全世界真的把百宝箱"沉了"的，就只有杜小姐一人，那8个，都没有那么大的勇气，别说欧洲的妇女，就连让一个21世纪的大老爷们怒沉——往湖里、海里、河里——装满了珍珠翡翠的箱子，我看，几乎都没那么容易，如果哪天有人一怒，朝未名湖扔一个"菜百"的金箱子，我猜测，至少有一半的在湖边转悠的真学者假学者——像俺这类的，真会游泳的假会游泳的，要跟着箱子跳湖。

因此杜十娘是没人能攀比的；

至少在我们这个时代，再没人沉百宝箱了，无论他（她）怎么地愤怒；

中国已经不是个意气用事的中国了。

真沉了，会有更多的杜11、12、13—100娘以及武大郎、堂吉诃德，去捞。

评论〔静心〕：

现实里，不比的时候好像还真不多。比方说，孩子都是自己的好，老婆都是别人的好。你都博了我才硕，你都省了我才厅，你都250平了我才249.99平……尤其是中国人，不比简直就没法活。所以啊，人们现在比的不是谁更能比杜小姐怒沉百宝箱还是千宝箱的，而是比自己为什么就没有杜小姐那样的百宝箱？！坏了，跑题了，你是讲的比较文学，而我在这大讲攀比风！那要是在什么什么大奖赛上，还不得判我0分？还望博士同志手下留情、手下留情啊！

能不能不写

从"能不能不比",我想到了一个写东西的人能不能不写的问题,这个问题也是前天晚报上于坚那些职业作家议论的事。他们不能不写,因为他们是职业写作,不写了,就好比当保安的,不想给小区站岗了,想住进小区;一旦,保安住进小区了,就好比作家里的那些大腕,能靠不断印书的版税生活,那么,他们就不再是"文学小区"的保安,而成了永久性的居民,就买房了,也就真的能不写了。于是他们一般在出名之后,就不再高产,就封笔了。

而对于我来说,写这些小咸鱼类的东西,就等同于下"文字象棋",这是我昨天想到的一个比喻,那么你问一个下棋的,他能不能不下这盘老是"车、马、炮"的几十年来一模一样的象棋,他的回答肯定是"不能"。象棋的子,还算是富裕,那么围棋呢?不就一白一黑吗?那棋,上千年下了下来,黑的,还是那黑的,白的,还是那白的,即使再下上个100年、1000年,它们也会同样是黑,是白。玩"文字象棋"的人,比如我,也是如此,玩就是为了玩,给报酬玩,不给报酬也玩,成名玩,不成名,也玩。一个小文章,就是棋的一盘,一本书,就是棋的一局,一局接着一局,越下,那黑和那白,就越模糊,就越分不出胜负,就越得接着下,就越想见分晓。可天下的棋局,何时是有分晓的?于是,天下的文字,就写个不停,就写得马不停蹄,就写得天女散花,就写得如醉如痴，就写得走火入魔，就写得疯疯癫癫的了。

评论（心灵飞鸿）：

这样说来，爱下棋的人，若不是外因胁迫，肯定不会戛然而止。赢也下，输也下，乐趣全在下的过程中。把文字当棋下的人，若非外力强制，又怎会半途而废？发表也写，不发表也写；有人看写，没人看也写，乐趣也全在写的过程中。

棋者街头、墙角、会所，处处可以摆摊，还能赢来他人旁观，愈战愈不肯罢休。如今网络下棋，不受时间地点场合限制，摆摊对弈更是方便，只是少了围观者的喧嚷，更多了几分征战的从容。原来书写文字，到了出书的时候，才算面世。如今在网络上书写文字，不用求爷爷告奶奶寻求出版社开恩，只要不危害他人，发表与否的权利，就握在自己手中。能随时与志同道合者共享，也让书写者额外地品尝到了侍弄文字的乐趣。

棋下到极致时，会得心应手，出神入化。文字写到如游戏般自如时，则情趣盎然，有自然天成之感。

能不能让天不下雨？能不能让太阳不出山？能不能让人不吃饭？呵呵，自然天成，无力阻拦！

能不能不下棋？能不能不写？贪玩成性，乐在其中！

给一个学生的回信
——是关于工作选择的

这位同学，你好！

　　首先，谢谢你常听我的课。关于工作，第一，我绝不是一个成功的样板，我的所谓"成功"，在于自得其乐，而不是常规意义上的功成名就，而是恰恰相反，这就在于你怎么看"成功"二字了。我从前大概是五年左右大幅度换一次工作，一般职场的常规也是这样，但也有我的同龄人，一辈子在一个单位，官越做越大，职位越来越高。我有的时候换工作是自愿，有的时候是迫不得已，不过一旦处于没铁饭碗的那种工作环境，就不妨两三年一换，只要经济收入不减，这样10年换上三四次，总能换到基本满意的岗位上，然后再顺惯性多待一阵子。有一点，正如你问的，我回忆一下，换了那么多次，一次都不后悔，可能是因为后悔没意义，或许是现在你做的，假如当初不换的话，是没机会做的。另外，我那个课上讲的"品字战略"，是有帮助的，"品字"是可大也可小的，比如，你有了三种选择——北语的、计算机的、财会的，这就是"品字"形的3条路，在每一个"口"里面，还可以营造出"小品"，也做成"三岔口"，那样，即使在你就职的单位，也有3种可能的选择，备用着退路了，做事就能从容。

　　关于你具体做行政还是营销等，我真没法具体地说，但按照我的那个"品字"，你在"小三角"中，总能选择出你最喜欢的事情做的。

以上的只是供你参考，我本不是"成功人士"，上课吹的牛，也是一家之言，女同志我觉得，还是以"少折腾"为宗旨，身心健康，别太冒险，那样，做什么，喜欢什么，就满意了。

不知妥当否，如不，见谅！

齐老师

南京？南京？

今天是劳动节，所以就接着劳动，假如写杂文也算是一种劳动的话。

昨天在中文系戴锦华老师组织的文化研究"工作坊"，我对电影《南京！南京！》大批特批，虽然我没看那个片子，而且，我今后，也不会为增加它的票房而看，听说那个制片人称假如票房达不到1亿的话，那么他就裸奔，我看他现在就可以开始实施他的裸奔计划了，不过，最好到南京城去进行。

我一直在跟踪着对它的评论，外加看了一些片花，我的问题是，为什么有人能拍摄出这么一部以侵略者的"视角"看作案现场的片子？杀人者于被杀者，有"视角权"吗？"视角"被那些所谓的"艺术至上"的人说成是纯粹技术性的，但岂能有无立场无功利无价值判断的真的100%技术的"视角"？视角就约等于立场，一个导演，再没有把握艺术的硬功，那么，你从杀人者的视角拍南京大屠杀，那么，你不就是在重复了侵略者的"立场"？

在讨论会上，我还说，任何所谓的"艺术"以及学术，别管多么地花哨和高深，但最后，都要还原成最基本的人性和天理，假如你祖母被奸污了，你祖父被杀了——南京就发生了那种事情，我们就是那30万遇难者的子孙，你该做什么？你无非第一要做的，是为爷爷奶奶复仇，去杀杀他们的罪犯，我们没有那么做，我们善良，我们宽恕了他们；但作为一个亲孙子,你绝对没有义务为罪犯去拍一个重现强奸你奶奶和刀砍你爷爷的片子——站在他的立场,用他的"视角",去解释他的人性,去理解他的动机,去为他在精神上开脱,他用他的"视角",用他的钱,去干那件事,是他的事,但救赎一个杀人者,绝不是被杀者的义务。你替他做那件事,只能有一种解释——你不是他们(被残害者)的亲孙子,你的血脉有问题,因为你不在乎他们的痛苦,你只在乎能让你尽兴裸奔的1亿元的票房!

即使没看全片,我也能猜想,按那个片子的逻辑,看了,你也会同情日本军人——因为影片中他们也是人,也有人性。但莫忘了,全天下的杀人犯,从杀人者的角度看,哪个没有"合理的动机"?哪个不能自圆其说?哪个不是肉长的爹妈生的?但为什么要有死刑?但为什么不宽恕救赎他们?以暴制暴也!公平也!让别人不敢学他们杀人也!动物的集体保护的本能也!这压根儿就不是"视角"、人性、动机的法则,这是对暴行的力学的法则,这种惩治,并不是为了"小人性",而是人类大多数人自我保护的"大人性"和"大博爱",你对杀人者博爱,你对更多的被杀者(30万之多)的"大博爱",跑哪儿去了?他们的加害者被宽慰了,坦然了,解脱了,那么,他们的亡灵呢?

我按说,算是搞中日友好的"老手",但中日友好的真正起点,不是以忘记和抹杀犯罪为前提,那样即使称兄道弟了,也是小人之交,也是利益之交,确认历史罪行,是不再重复之,而不是牵强地解释之、化解之、颠覆之、心理平衡之,那,就是在重现罪恶和重复罪恶。

可怜,我中华儿女,70年后,在南京,在被后代自筹的800万巨资的镜头前,被重金邀请来的侵略者的后代们,重窥探了一次集体的裸体,还被隆重地,重奸了一次。

一天和两个小说原型的会面

我把我的那个《南京？南京？》的文章,发到了百度的贴吧,我还在"齐天大"的后面,加上了"北大博士"的名目,这是我第一次试着拉北大的"大旗",做自己的"虎皮",否则,怕别人小看我的文章。但结果是戏剧性地,我招来了一大片的骂声,并不是骂我的论点,而是骂北大和北大博士,比如说"你不就是应试教育的产物吗?!"之类的,其实我本人还真不是应试教育的产物,但我才第一次知道,北大得罪过那么多的反对应试教育者,于是我决定,下次就别说自身是什么"北大博士"了,非说不可,就说是"清华博士"吧!

还有,关于《南京!南京!》那个电影,正好有两派,一派说是"汉奸"拍的,一派说是"爱国志士"拍的,我属于前一派,为了让整个"贴吧"都形成赞同这种言论的气氛,我就把所有的认为是"汉奸"(当然是说重了)的,全"顶"到了论坛的首页,于是,你一打开那个"贴吧",就不自觉地不敢不同意我们的观点了,相反,你会支持我们。说实话,拍片子的看片子的,初衷都应该是爱国,只是方式不同,观点不同而已。但即使是方式,我们也要认真推敲,想当年汪精卫,也从没说过他不爱国。

从"百盛"买回了三卷本的《蒙田随笔全集》,如获至宝。约400年前的法国人蒙田,是写"随笔"人的祖先,是essay那种文体的创始人,而我又喜欢写"随笔",因此,就把"祖师"的"灵位"——最全的,请回来家。我以前从西湖边的"外文书店",也买过一本回家,那个家,在西湖的另一边,但那个家没了,蒙田也就没了。我把我去年出版的"万花露",和师父的放到一块儿比厚度,还真的差不多。他的是90万字,我那四本书,是80来万。不过,这种比较有意思吗?不比行不行?还有,他的随笔的生命力,隔了400多年,你还是能感觉到,因为了他的真诚。他38岁就辞职隐居而不和人交往了,就只有一个朋友,那就是随笔。我的朋友的数量,我也有计划地缩减——那些做买卖的,也是为了我的"随笔"。蒙田曾当过波尔多市的市长,就是产葡萄酒的那个市,你不知道波尔多,你就不懂得法国葡萄酒。

其实我起先,并不知道我写的那些个乱七八糟的东西,就是"随笔",是一个专学文学的人,看了我出版的《妈妈的舌头》之后,告诉我"你写的这是随笔",我于是,就"无辜"地成了400年前那个蒙田的门徒。essay的原意,是"试着写",我万没想到一"试",就"试"出了几百万字。

昨天在玉渊潭的门口附近,见到了第一个我小说中的原型——"庄总",他60多了,我曾在蒙特利尔的家里接待过他。庄兄是名门之后,住在北京最早的部长楼里(钱锺书家,我想,也是在那里面)。他的鬓角,还是像我小说笔下写的那样,那样地有特色,曲曲弯弯的,我曾在蒙特利尔和多伦多的许多个临时的书桌上,使劲儿回忆他的那个独家的鬓角的样子,然后把那个记忆,转换成了文字。庄兄十分认可我给他量身定做的那篇小说,后来我们就没见过了,直到昨天才又见着。

在同一天见到的另一个原型,是动物园"狮虎山"中笼子里关着的那只"母老虎"。我昨天为了看四川来的那八只熊猫,就到了已经10年没去过的北京动物园。人实在是太多了,多得会让你误以为动物的生活质量要远远高于人类。那地段,最少要两万一平方米吧,人家长颈鹿,才三头，就占了四五百平方米，1000万的豪宅啊！长脖子鹿在里面优哉游哉的，而外面的人，却一平方米挤着十几个哩。

我一进那狮虎山，就算是"到家了"（小沈阳的口吻），不只是因为我属虎，而是我和那里面的"主人"，用我的《我与母老虎的对话》，九年前进行过跨世纪的交流。那笼中之虎，不知道是公还是母，果然还威风凛凛，还气宇轩昂，还虎里虎气，还虎视眈眈，还十分地感情用事和容易激动。总之，那虎，它还是个"人物"。

作孽人的后代

按说"作孽"这种事,还是真有"报应"一说,就比如日本法西斯和德国法西斯吧,那些个杀过人的,即使没被杀,但他们的后人——那些有良知的,还是要为上辈人的"孽",而被报应,至少我,就是一个见证人。

大约在十几年前吧,我们还住在加拿大蒙特利尔的时候,我老到麦吉尔大学去学德语。我们第一学期的那个女老师,就有点"小纳粹"的劲头,因为我明明不是抄袭,只是因为疏忽了,把练习本放在了卷子下面,她却虎视眈眈穷凶极恶地非说我是抄的。那第二个女老师,也是个金发,就是个好人,极其地温柔和善良。学期结束的时候,她还带着同学们,去看德文的话剧,不过,那倒不是我想记录的,我想说的,是她刚来上课的第二次,就特别痛苦地对同学们说,她从小在德国,就生活在内疚之中,是因为她知道他们的爷爷辈儿的人,在二战期间,杀了那么多的人,"但我们无辜啊?我们这代人(她当时还不到30岁),并没犯什么罪恶啊?我们凭什么,一生下来,就有了负罪感,就一辈子,抬不起头来呢?"我们班上,还有一个犹太人,我们你看看我,我再看看你,也想不出个法子,给她做精神上的救济。我们能说的,就是这种问题,"还是最好问你爷爷去吧!"不过,她那时的脸上的痛苦,我现在还记得,是真诚的。

大约是5年前吧,一个叫"原田"的日本青年,来到我在语言大学的办公室，我们用日文交谈，他没说几分钟的话，就发出了和那个德国女老师几乎是一模一样的感叹，他说知道他的爷爷们，在中国做了很多的坏事，但他自己并没有做啊，他说他来中国学习中文，只有一个目的，就是替爷爷辈儿的日本人，来赎罪的。原田在大阪，原来是个药剂师，是能够衣食无忧的，他说他计划把中文学好后，到中国最穷的地方去，给穷人发药。原田还真的在语言大学学了四年的中文，四年后，有一次在我们学院的楼道，一个女生不知什么原因休克了，原田用"武士道"的那股子劲头，发疯地偏要给那个女生服用一片药，周围所有的人，都用怀疑的眼光看着他，死活不同意。前几个月原田到北大来找我玩儿，还说他中文学好后，打算到中医医院去学习中医，中医学会了后，再到中国的西部去行医。不过然后，他就"人间蒸发"了。

还有，就是北大正在给我们讲"文学原理"的这个德国教授，我昨天还去听了他的课，课上，我还问及了犹太人的问题。记得前两个月他刚开始上课的时候，也主动地说德国人在二战时的罪恶。他说就拿德国说吧，谁能想象我们的国家那时候做了那些事呢？

真的"老日本兵"，我也见过几个。20世纪80年代大学快毕业的时候我在旅行社实习，由于是学日语的，接待的就是日本人。有一对儿老夫妻，我接待了他们几天，人挺和善的，但临送他们去五台山的时候，在火车站，我才知道那个男的，就是个"日本兵"，他说他们想到山西看看，因为他以前在那当过兵。我刚反应过来，那火车就呜呜地开了。

20世纪80年代在东京，有一次不知道是肚子疼，还是心疼，我去医院的时候，见到一个老者大夫，他听说我是中国人，就激动和热情得不得了，想方设法要为我做点什么。那时候全东京，也没几个中国人，虽然是个稀罕物，但我还是纳闷他为什么对我那么热情。临了，我才知道他在中国当过兵，他对我好，也是出于赎罪的心理。

我还见过当了"八路"的日本兵

我的这本札记——《北大最老博士生》，已经又有17万字之多了，它的截止日，是本学年结束的那天，也就是7月初吧，所以，我还得马不停蹄地继续。"博士"这种事，其实"老"，也不见得是坏事，周一上课的时候——那个德国老师的课，就有一个男学生先沉思然后极其严肃地用英语问："Is China in Asia?"（中国是在亚洲吗？）弄得德国人也傻了。我接过话茬，开玩笑说："不，我们都不是Asians（亚洲人），我们是Russians！（俄罗斯人）"那个在北大寒窗苦读了那么多年的中国学生，那么认真地问中国是不是在亚洲，其实，就说明，人稍微"老"一点儿，稍稍到校外去转一转，然后再回来读书，就好比我这类的，不是十分，就是七分或者八分乃至九分有必要的。正如毛主席说的"广阔天地，大有作为"，这，尤其对学习人文学科的人来说，极端地正确。

俺呢，正好和那个小同学相反，我20多年前就知道，中国的确是在亚洲（Asia）的。我在东京待了三年，那时就算差一点——冲出亚洲，而随后，我还真的一跟头冲了出去！

记得我1986年、1987年那两年，每到过年，领导老冯（首席代表），就让我和司机小张去给大约10个日本友好商社挨家挨户去送过年的礼品，其中既有茅台，也有绍兴老酒，还有中国丝绸之类的。当我和小张的"友好之车"，马上就要"出洞"的时候，老冯祝福我们顺利和安全地完成那项使命，然后，我和小张的"大奔"，就一本正经煞有介事地出征了。20世纪80年代的中日贸易，约有50%以上吧，是通过日本的几十个大小不等的"友好商社"进行的，而那些商社里呢，有很多人，都是那些年从国内回去的日本"战争孤儿"，就是长在中国的日本人，因此他们当然都会说中国话。有一次我们和一大堆"友好商社"联欢——打打保龄球什么的，我吓了一大跳，咋整的？怎么那些递给我名片的名字叫"山本"啊、"吉田"啊什么的先生女士们，都和赵本山和小沈阳似的，说一口二人转的、"刘老根大舞台"的"大碴子"话呢？哦，原来，他们都是"战争孤儿"！

当我和小张的"大奔"，停在一家叫"朝阳贸易"的商社楼下的时候，我想起老冯临出发前对我说的，说这家公司的"领导"，可不是一般的"领导"，你去了就知道了。正副两个社长出来了，果然，他们都高高、大大的，其中一个微胖，他们一见西装笔挺的我，就大步冲过来，紧紧攥死我的手——一左一右，同时，都激动地热情地大声地说："原来是老冯同志派遣你来的啊，都是同志还这么客气！来，小齐同志，别拘束，你——到家了！（小沈阳口吻）"我没反应过来，他们明明一个叫"华井"，一个叫"高木"啊？！这时我才忽然想起来，原来他们两位，就是那传说的后来当了"八路"的"日本兵"！没错！回到"廖办"后，我向老冯他们汇报了自己的"惊奇发现"，老冯笑着说，你这个"小八路"，可没有人家华井和高木的资格老，他们原先都是侵华日军，后来被我军俘获了，当了俘虏，就参加了"八路"，还立了功，还入了党。没过多久，我们就和华井、高木他们一起开"忘年会"——就是新年联欢会。华井在席间说，1978年邓小平访日的时候，就是他做的翻译。听华井同志一口一个"小平同志"的，我更觉得他那个"大八路"，比我那个"小八路"，要酷得多——即使，他也曾是个"日本兵"。

整 20 年过后,我再打听,当年的那些"友好商社"们,都已不复存在了,是它们的历史使命结束了?还是像华井、高木那类的"老日本同志"们,都已经七老八十?而我呢,现在,早就不从事中日贸易了,我已经俨然变成了一个讲堂里洗耳恭听并不时给老师提怪问题、疑难问题的"丘八老学子"。

此乃第一百单八节

按照我自己的分类,这个小节,就是它——这个集子的第一百单八个小节了,虽然,可能最终它不是。《水浒》里有一百单八将一说,所以我的书中的第一百单八个小节,也开始威风凛凛气势汹汹以及蔚然成林了——起来。

我正在钻研90年前胡适他们,是怎么发明我们正在写作的这种文体——白话文的,于是,我在未名湖边的椅子上,翻看他的集子,那个集子的名字,叫《尝试集》,这天下人——除了你——都知道(玩笑),但你们和我不知道的,是想当年,胡适他们——写惯了古文的那些前辈——在试着写白话文时,是何等地羞怯,何等地没有自信和何等地小心谨慎。我于是就,也想"尝试"了,我想在文体上朝胡适他们走过来的那一条路,再走回去。我尝试着写这种"白话古文",你没有发觉吗?我的行文中,除了有押韵,还有"起承转合"四个步骤,那四个,就仿佛是"慢三步"和"快四步"的舞曲的节奏。"起承转合"是八股文不可缺少的若干个步骤,缺一个,你的文字,就是个切开后再也合不上的——西瓜,所以,你必须先让文章"写起来",然后再绕上几个弯子,然后,你就该,乘着读者还有兴趣的时候,把文章给结尾,给"合上",这,又好比是交响乐,你的第四乐章,就相当于"慢四步"的那最后一个步子,虽然我不会跳舞,但我在天坛,老看见人家跳,一遍遍地跳,一年年地跳,但无论怎么跳,也要有个"收势",那男的手,别管多么艰难,最终,还要从那女的腰部松开的。文章也一样,无论你怎么写开,写得兴致勃勃,写得气喘吁吁和卿卿我我,你早晚都要伺机结束。于是呢,你看到的这个小节,就结束了。

俺要与先秦的"幽默"接轨了

我的"野心",除了把"白话"变回"古典白话"之外,还有一个,不妨先透露一下,就是把"现代幽默",复辟成"古典幽默"。

有一部书,书名是《先秦幽默文学论》,作者郑凯,暨南大学出版社1992年版。我抄一段吧(第10—11页上的):"在中国古籍中,'幽默'一词,最早见于屈原《怀沙》。其辞曰:'……眴兮杳杳,孔静幽默。'王逸《楚辞章句》注云:'言江南山高泽深,视之冥冥,野其清净,漠无人声。'由此可见,'幽默'是'寂静无声'的意思。这和林语堂于20世纪20年代初第一次翻译英语'humour'为'幽默',在词性和概念上完全不同。"

我本来想再多抄几行来着,但这样"静默无声"地抄下去,我怕,就絮叨了,就不幽默了。

郑凯的这个考察,实在是为我忍辱负重地闷头苦苦寻找了十几年的"真幽默",找到了一个结论,没错,"寂静无声"的效果,才是"幽然的静默"最好的品性,才是和"伪幽默"之间那不可协调和不共戴天的最大的特质。

这就好解释了,为什么卓别林的那些个"真幽默"的片子,不仅是黑白的,而且还不说话,都是沉默片——"寂静无声"也!

这也好解释了,为什么古文,都"文言不一致",都不是说什么,就写什么，文字想保持沉默也！

　　小沈阳话不多，于是，就显得"幽默"了。

　　比小沈阳更幽默的，是《巴黎圣母院》里的那个叫卡西莫多的驼背敲钟人，他见了吉卜赛美女，始终保持着沉默，实在不说不行了，也只吞吐出一个字，还，流着大哈喇子，嘟囔着说："美——！"

绝不该麻木的时候——还说《南京！南京！》

其实幽默和非幽默，是一床被子的两面。有极端该幽默的时候，也有极端不该幽默的时候。麻木也是一样。

上周的《新京报》上说，陆川导演到北大解说《南京！南京！》，在他说完了之后，有一个北大学生质问他为什么用日本人的"视角"拍一个中国的受难片，陆川的回答一再地不能让他满意，那个学生就愤然地离开了会场，以表示抗议。我不知道有那次会面，如果知道，我肯定会去，也肯定会提出和那个学生一个同样的问题。至于我会不会中途愤然离场，那要看导演怎么说了。其实，我不会怀疑陆导演的一片拳拳之心，只是，你的艺术方法，能把你的"拳拳"给攥起来，去打击侵略者吗？还是，你的"拳拳"，反而，变成了敌人的"拳头"？

我近来一直在琢磨着"视角"和"立场"之间的关系问题。"视角"用英文表示，是"perspective"，它的词根是"spect"，是"看"，用眼睛看，比如你用猪的眼看人，人就非常可怕，而你用人的眼睛看猪，猪，就非常地可爱。为什么呢？"视角"不同也！观察的角度不同也！出发点不同也！脑子里想的，也不同也！有没有没有出发点的纯粹的中立的"视角"？可能有，在人和猪之间，假如观望的是恐龙的话，那倒是可能，但一定是与两边被观察者不发生干系的。所以，"视角"，本质上，是"观者"寄居在人头里的"雷达"，是头里装着的思想，是有倾向性的。你用什么人的"眼"看，你想的，你觉察的，你希望的，你喜欢的，你愤怒的——就不可能不被带到你的"视角"之中；你持有的立场，就决定你想看什么和你不想看什么了。一句话，视角和立场是被子的两面，大体是一回事，你绝不可能也绝不会肯用自己的眼，去站在别人的立场看一件事，去评价和描述一件事，小事如此，大事亦如此，小屠杀如此，大屠杀呢？

据说，《南京！南京！》是用一个善良的日本兵角川的视角，看他的同党（同谋）杀害30万中国人的事情的，那么，假如你始终用他的那个善良的"眼光"看待那么一次野蛮的杀戮的过程的话，你希望，或者说他希望，看到他的同胞是那么地如同野兽就是野兽吗？当然不想了，所以你肯定的，在那个电影里，看不到，也不想看到那么多的野蛮。再有，你如果是他的话，你愿意看到一大群"狼牙山五壮士"似的中国英雄，冲上来，和他拼命，然后"善良的他"，再用极其残忍的手段，把那么多的壮士们用刺刀挑死或活埋吗？当然不愿意了，因为角川是个"好孩子"啊！所以肯定，在《南京！南京！》中，你压根儿看不到真正的中国的抗日英雄。还有，你杀人了，但你是个好人，那么好的你，不可能也不情愿把更好的人，给杀了吧，因此，被你杀的那些人，就注定了，有该被杀害的"汉奸"，那能让你即使杀人，也能有心情平静的心安理得的理由，于是，那些南京的被杀的中国人，就理所应当地是乌合之众了，是麻木的了，是只会享乐的了，是没有骨气的了，是不会反抗的了，是找着被人强奸的了，总之，是无论从人格品格还是从档次从习俗，都十分低下、十分差劲、十分丑陋的那么的一类人了，所以角川——那么善良的他，就"偶然"地杀了人了，即使是杀了，也并不破坏他的那么值得同情的形象。于是，30万人被杀之后，换来的，是对一个参与了杀人者的连带反思的同情——对于他丰富的原本那么善良的天性的，于是，双方的责任，似乎就对等了起来，就都对对方没什么仇怨了，就都一起和一致地憎恨起来了杀人者和被杀者应该联手对付的共同敌人——"战争"本身了。

于是，杀人者就没什么安心和不安心的了；于是天下太平，于是我们就忘却了野兽的残忍，我们责怪起来那些牺牲者和自己族群的"天生的麻木"。

这，是否就是那个电影的那个内在的逻辑？我不知道，我没看，因为我不想为它再增加哪怕是一张的门票。

不过，看到那么多"南京吧"上的关于中国人本来就麻木，就是懦夫，就是乌合之众，就没抵抗，就——的观后者的愤怒之后，我疑问了，我质疑了。我从导演的"视角"处质疑，我追问，到底是中国人当初那么麻木地被杀了，还是从杀人者的"视角"拍电影的人，更希望在他的眼睛里，看到一个麻木的被杀者的集体呢？因为即使从动物的本能上说，连智力低下的动物被屠刀加害时，还会凭本能，发出几声抽泣和号叫，还会反抗，还会拼死挣扎，更何况，是我30万之众的当时的首都居民呢？我于是猜想，一定是摄制者为了始终保留日本兵"善良"的姿态，而让死者们麻木的，而不让他们反抗的，因为这么一来，那种杀戮，就会变得斯文，就会变得不惨不忍睹，就会变得"职业"，就会变得从容，就会变得不得已，变成"执行公务"和"照章办事"，一句话，就会变得——没什么了。而不是那么地野兽，那么地反人类，那么地万世不可宽恕以及那么地，罪恶深重。

我悲哀的是，那些牺牲者，人已经都死于非命，还要背着一个"麻木"的罪名，还要在70年过后，为了那片子能让他们的杀戮者的后代，也平心静气地接受，能顺顺当当地进入日本市场，而被他们的子孙后代们，再那么地残忍地取笑揶揄轻视一场。

评论：

说得极是。特别是对那段历史了解不深的人会因此而被误导得很厉害。哎！！中国人的不幸！

在他们分析出中国人太麻木的时候他们却不知道自己其实已经和冷血无异！看着同胞的鲜血得出这样的结论。悲乎！悲乎！

文章的长短

鲁迅的弟弟周作人认为最好的文章,应该是短的,而且是300字的,我数了一下。

在昨天从北大图书馆借来的舒芜写的《串味读书》里,他说周作人是到了晚年,才说最好的文章,应该是"简单"的。关于"简单",有这样几种具体的规定:(1)简短;(2)简要;(3)真实;(4)剪裁;(5)吝啬;(6)简静;(7)腴润。

为了写得比舒芜的那篇数千字的论述"还是短文章好"的文章短点儿,我只对最后的"腴润",做一点说明。这是"点睛"的地方。一篇文字,在经历了"简短""吝啬"等六把大刀的"修理"之后,就该是个骨头架子了,但那时,你看到的是,却是一个"丰腴"的身子,而且还那么地"圆润",这,就是好文章的气象了,而这,恰恰是我的"白话体古文"想找到的感觉。好的古文——《古文观止》里的那些,都是短的,但同时,好的古文,每一篇,都有一副合身的"骨头架子",那就是文章内在的坚固的结构,你读那些古文,就好比能从大楼的外面,感受到大楼里面的钢筋水泥浇注的永远不晃动的结构。而当代人写的文章呢,尤其是短的,里面,就感受不到古文里的骨架子了,都跟墨鱼似的,滑溜得很,没骨头,只有须,外加少许的灰黑的"墨斗"。尽管那类文,也有墨鱼的"丰腴"和"滑润",但既没有刺,也没架子,有的,只是咸带鱼似的冗长。

燕园的魅力就像咖啡

对于我这样一个从小就喜欢书的人来说，燕园只能像是咖啡。我多少年如一日了，早晨没有一杯咖啡，就根本不是早晨，而是夜间；夜间，你就是困。

我仿佛一个不与时俱进的懒惰的僧，每天，都按时到燕园里去"上班"——去教室、咖啡馆、图书馆、湖边、湖心岛。

周三去听讲座的地方，叫"临湖轩"，我一看陈老师短信中说要去的那个地方，就心中一动，那可是一个北大著名的地方，是校长马寅初想当年住过的、接待过客人的所在。我在未名湖周边转悠，也算有年头了，但想去"临湖轩"的冲动是没有的，因为那是人家——校长司徒雷登、马寅初的府第。不过，周三，我还是进去了，我开会前，下到了"轩"的临水的地方，我被"看轩人"给赶回去了，说，那"轩"的周边，是不能去的，但我还是绕过了东边，到了北边最最临水的那块草坪，我坐在石凳上，反观着整个一个大的院落——这湖边最优雅别致的、最隐蔽的、被冰心命名的——"轩"。

我想到了被批判前的、没搬出这个家的马寅初，我想到了我两个月前还去过的东总部胡同里的他的那个家，那个家，和这个家，无疑，是无法比的，那里没有水，没有学生，没有贵宾；那里也不小，但那只是一个楼，一个危楼，一个孤寂的楼。春节时小中——马寅初的孙子，听说我到他爷爷的学校读书后,羡慕地说:"小齐啊,我也多想回学校当学生啊!"我下次再见到他,我会说:"小中,我前些日子,到你爷爷家里,去听冰岛大使讲文学去了!"

从马寅初搬家再次联想到"独立思考"

关键是你"独立于"什么,还有,你独立地思考"出来了"什么。北大的几乎是所有的人,都独立地思考着——这是北大的学风,但真能独立思考"出来"什么并坚决实施的,我却并不觉得多。马寅初当年思考出来了中国必须实行计划生育,但却被迫先搬出了"临湖轩",搬到"燕南园63号",过后,又搬出了"燕南园",搬到了东城的那个寂寥的院子。

独立思考——你先要在70岁高龄上独立于寒秋,并敢于被别人搬开、搬倒才行。

还有,说"独立",你能做到事事独立、时时独立、处处独立吗?再有,你独立思考出来的假如是谬误了,你还要独立吗?你能独立于地位、独立于金钱、独立于名声、独立于既得利益、独立于生存、独立于感情、独立于你自己吗?我就似乎不行,我一思考,我就受到老婆和女儿、老爸老妈、老板、老传统、老本、老毛病的强烈约束,而今约束我的,又多了一个"燕园"。北大人真的能独立于燕园和北大独立思考吗?出身哈佛的,都张口"哈佛"闭口"哈佛";半路混进、被偶然雷同进北大的我这类的"伪学者",年近半百才终于找到了靠山,那么下半辈子,假如能拿到学位,俺还不白天夜里"兄弟想当年,在'临湖轩'开国际会议的——时候!!!"

人性的弱点,恐怕,就是我们都是天生不独立的。

"三独立"——独立独创独行——"大丈夫学者"精神

能独立想不容易,独立想出来后再独立地做,就更难了。作为一个学者的最终目的,并不应该是"梳理"别人发明过的理论,而是创作出自己独特的理论,但百年来国人学者基本上都做不出来这种事情;国人中的"理论权威",那些最"牛"的,于我看来,都是搞"理发事业"的——看谁,能把别人的"头绪",给梳理得最最清晰,清晰到能在"万发"之中,揪出一根唯一的灰白头发——这就是所谓的做学问的功夫。因此,百年来,别的领域不说,就说"文学理论"吧,国人学者成千上万,就是没有一个能发明出哪怕是一种"新"的学说,发明它们的,大都是西方人,西方人里,又大都是犹太人。

我就想发明出来点什么理论,比如,仅仅不到一年,我就发明出来了"学术童心""理论乱炖""潜伏作者""白话古文"这些个假冒的似乎是"新东西"的"东西"。什么叫"理论乱炖"呢?你们一看大多数学者的文章,就知道了,就像是老北京人常吃的"卤煮",也像是四川人常吃的"香锅",里面什么都有,都是西方人发明的理论的杂碎,被中国人梳理和切碎后,放在他们的文章中"乱炖",比,就比谁"锅"中的杂物多,谁下的料猛,谁煮的汤浓,而那,就仿佛是学问了。

中国搞文学理论的,都是"杂家"和"护发师",以及炖"洋火锅"的小师傅。100年了,西方的理论层出不穷,日新月异,而我们,却还是在跟着人家背后"乱炖"着哩。

  我的"潜伏理论"之流，之所以要大书特书，就是想在"炖军"之中，杀出一条新路。什么"东方主义"，什么"结构主义"，西人的"主义"之潮，就好比是"黑潮""红潮"，一波波地汹涌而来，国人在人家的潮中当弄潮儿，无论怎么地弄，也不是自己的潮，所以，俺哪怕是个门外汉，是个半路的程咬金，是个刚吃素三天的花和尚，也要把金箍棒子抡起来，轮圆了，像当年写小说编故事那样，把一串串的"潜伏""乱炖"之类的"新名词"，一本正经地学术化，让它们也冲出国门，被当成新的 keyword（关键词），被别人朗朗上口、津津乐道，这，才是马寅初想当年的横刀立马，独立寒秋，唯我独尊之"独立"而又"独创"然后再"独行"之"三独立"、之"大丈夫学者精神"也！

留胡子的和"不隔"的人

昨天李铎老师主持的王国维《人间词话》研究课上，当李老师说到写小说的什么什么的时候，我冷不丁说我也写过并发表过小说，大家听了，都觉得挺突然的，说怎么到课的尾巴了，你才突然暴露了身份？于是，我就想到了一个写故事人从"潜伏"到"解密"的过程。

李老师的课，总共有五个左右的学生，还算上我这个旁听的，但其中有两个"学弟""学侄"，和一个"学侄女"（都按年龄算的），可都真是神人，都是古诗词的"万通"。我很难想象——假如我没在北大中文系上过学的话，21世纪的中国，竟然有20岁出头的后生，能像"随身听"那样，随口背出那么多古典的诗词，从唐诗到宋词，似乎任何一首，老师说上一句，就能接下句，而且那么地流畅，而这，我那三个"晚辈"中的任何一人，都行。三个"奇人"中，有一个名叫严明。严明1970年生人，陕西西安来的，腮下留着一绺手掌大的胡子，看着，好像是秋季玉米的须。我戏称他是"民国人士"，因为只有从民国的黑白片里，你才能看到严明腮上的那种"美髯"。他是研究古文字学的，也就是甲骨文竹简之类的。那天他对我说他在北大只能读完硕士，因为北大没有他这个专业的博导。清华的李学勤——那个搞"清华简"的，倒是一个，还有复旦的裘老先生。裘老先生今年收了一个没上过大学的年轻人做博士生，成了媒体的话题，我猜想，当那个博士生还没毕业时，他的老师，就可能把大胡子严明纳入囊中了吧。我上课，和几个奇才小同学，外加曾经得过华东地区象棋第 6 名、曾被清华邀去做电脑博士后的中文专业教授李老师，一起边吃边喝边神聊古典诗歌的"隔"和"不隔"，在这个光纤时代和以微软、巴菲特、"猪流感"为"关键词"的时节，莫非，也是在复辟、复古、复现、复活着什么？这个"什么"究竟是"什么"，我也不太清楚，那答案，或许是在竹简和甲骨文里。

　　王国维所说的诗词的"不隔"，是流畅、是天然、是不做作、是不扭捏、是不假装、是不——不自然的意思，于是，我昨天和严明开玩笑，说他只要长须不剃，人就显得"不隔"，就天然，就像个古文字大师。胡子嘛，人身上的草也，如同"离离原上草"，你割了，它还在暗自地没白天没黑夜地长。人的"不隔"，或许就是任凭胡子疯长野长哗哗啦啦或稀稀拉拉地长的状态，就是永不从额下收割，永不进行秋收，任胡须自生自灭，那样，它肯定会"离离"地如原上草，但它却不可能一岁一枯荣，除非你的脑袋，就是压根儿没有血性的荒原。

哀兵必胜

昨天是语言大学的"答辩日",所以,我就转身变成老师了。有一个比较年长的女生,她的英语的确水平不高,听得我如坐针毡——这,可怎么打分啊?！其实,她并没听懂主考老师的问题,就慢悠悠地、不停地答复开了,她说她自从大概是很久很久以前,就在一天,突然喜欢起我们的学校了,然后呢,她就开始了苦学,她每天在路上,要坐很久很久的车,那距离,就跟坐长途车似的。我于是就心想,这咋跟俺自己每天上学的过程似的?接着,另一个老师问了她另一个关于她论文的问题,可能她还是没大听懂,就又慢悠悠地、不间断地回答:"我还有一个才两岁的孩子啊！我啊,一边照顾孩子,一边每天那么大老远的来上学以及来参加答辩……"

至于她通过没通过答辩,我不能在这里透露秘密。我下午给学生们讲习"市场营销"时,给他们讲述了那个学生的"哀兵战术",我说,当时端坐在答辩现场的我的感觉,就是我这种当教师的尤其是当"答辩老师"的,面对上午那个学生,有一种发自内心最深层的负罪感,具体地说,就是自己竟然那么那么那么地坏,把一个两岁幼童的妈妈,给每天,逼上了那么飘摇不停的北京的公交汽车！

我于是打算,在我四年后的那次计划中将要发生在北大中文系的——我的博士论文的更加令人心跳不停的答辩到来的那个时刻,也复制一次她的"哀兵战术"。具体地说,就是我先把头发通透地染成银白色,然后,再进屋就对等着用"答辩问题"折磨我的头发看上去漆黑但实质上比我都白(也是染的)的考官们,用颤抖的音调说,已经年逾50岁的我,的确近日身体不好,还可能是和"猪流感"疑似人亲密接触过了,之后,我从"环保购物袋"中,艰难地取出我的沉重的论文和大号的花镜。还有,答辩教室的窗外,那天最好能让老师们若隐若现地看见我"亲友团员"的一些细节,比如,那里有坐着轮椅的我妈,有手持吊瓶的我爸,有我瘦弱的女儿和她身高2.4米的威猛男友,更有我忧心忡忡的看样子我得不到学位就企图和我当场离异的老伴,等等吧。那时,最好也借来几匹邻人家的宠物,好比藏獒、"京巴"、娃娃鱼、大蜥蜴之类,外加一只特能学舌长短句子的鹦鹉——为了帮助已经耳背的我提示和重复答辩老师提出的疑难问题。

总之我坚信:用哀兵,必然能够取得最后的胜利!

(《北大最老博士生》全书杀青;2008年9月14日,至2009年5月24日;星期日,第一学年快要结束前夕)

(全文完)